यहाँ कौन है तेरा

जीवन और सृजन का आलाप

स्मृति-कथा : दो

भगवानदास मोरवाल

वाणी प्रकाशन

वाणी प्रकाशन
4695, 21-ए, दरियागंज, नयी दिल्ली 110 002
फ़ोन : +91 11 23273167 फ़ैक्स : +91 11 23275710
शाखाएँ
अशोक राजपथ, पटना 800 004, बिहार
कॉफ़ी हाउस कैम्पस, महात्मा गांधी मार्ग, इलाहाबाद 211 001, उत्तर प्रदेश
महात्मा गांधी अन्तरराष्ट्रीय हिन्दी विश्वविद्यालय, वर्धा 442 001, महाराष्ट्र
36/ए, शेक्सपीयर सरणी, रानी बिरला गर्ल्स कॉलेज के पास, कोलकाता 700 017, प. बंगाल
www.vaniprakashan.com
marketing@vaniprakashan.in
sales@vaniprakashan.in

Yahan Kaun Hai Tera
by Bhagwāndāss Morwāl

ISBN : 978-81-19014-61-3
Memoirs

प्रथम संस्करण 2023

मूल्य : ₹ 895

आर. टेक ऑफ़सेट प्रिंटर्स, दिल्ली-110 032 में मुद्रित

वाणी प्रकाशन का लोगो मक़बूल फ़िदा हुसेन की कूची से

मेरे सामाजिक गुरु, हिन्दी अकादेमी दिल्ली
के पूर्व सचिव तथा पूर्व संयुक्त निदेशक
(केन्द्रीय समाज कल्याण बोर्ड) नानक चन्द
और भाभी प्रेम लता गर्ग को...

फिर आज खेल रहा हूँ पुरानी यादों से
यही तो आख़िरी कोशिश है भूल जाने की।

—अहमद नदीम क़ासमी

हिन्दी साहित्य के ज़्यादातर बड़े और नामचीन लेखकों का नाम मैंने 1981 में दिल्ली आने के बाद सुना था। इसका बड़ा कारण मेरी किसी तरह की साहित्यिक पृष्ठभूमि का न होना था। पृष्ठभूमि ही नहीं बल्कि मेरा कोई साहित्यिक संस्कार भी नहीं था। हिन्दी साहित्य की किसी परम्परा से कोई मेरा वास्ता नहीं था। साहित्य के नाम पर या तो प्रेमचन्द-जैनेन्द्र की एकाध रचनाएँ पाठ्यक्रम में पढ़ीं, या फिर दिल्ली आने के बाद पढ़ी थीं। आम गाँव-देहातों और छोटे क़स्बे के अनगिनत लेखकों की तरह मैं भी एक क़लमचलाऊ क़िस्म का लेखक था। कमलेश्वर-राजेन्द्र यादव का नाम भी मैंने दिल्ली में आकर जाना कि इस नाम के दो लेखक भी हैं। बाक़ी की आप बात छोड़ ही दीजिए।

हिन्दी-उर्दू के कथाकार और मेरी साहित्यिक यात्रा का एक अहम गवाह मुशर्रफ़ आलम ज़ौक़ी से मेरी मुलाक़ात नब्बे के दशक के अन्तिम महीनों में ही हुई थी। यह शायद 1988 का साल था। हालाँकि ये तबस्सुम फ़ातिमा के साथ बिहार से 1986 में दिल्ली में आ गये थे। इधर आज के वरिष्ठ ग़ज़लगो और मित्र हरेराम समीप का उन दिनों शेरो-शायरी से कोई लेना-देना नहीं था। वे अच्छी-ख़ासी कहानियाँ लिखते थे। कह सकते हैं कि इनमें एक बड़ा कथाकार बनने की अपार सम्भावनाएँ थीं, लेकिन उनकी इन सम्भावनाओं को हरेराम समीप की ग़ज़ल के प्रति बढ़ती मुहब्बत ने असमय लील लिया। इनकी इस सम्भावना और कथाकार होने का इसी से अनुमान लगाया जा सकता है कि ये उन दिनों विविध भारतीय भाषाओं की कथा-पत्रिका *कथाभाषा* (त्रैमासिक) निकालते थे, जो लगभग सात वर्षों (1987-1994) तक निकली। *कथाभाषा* को एक तरह से हम तीनों का प्रयास, भारतीय भाषाओं की कहानियों का एक मंच प्रदान करने का था। हरियाणा साहित्य अकादमी द्वारा सहायतानुदान से प्रकाशित समीप का एकमात्र कहानी संग्रह *समय से पहले* 1992 में अयन प्रकाशन, महरौली ने छापा था।

इसमें समीप की 15 कहानियाँ संकलित हैं। हम तीनों यानि मुशर्रफ़ आलम ज़ौक़ी, मेरे और ह़रेराम समीप के बीच पनपे अनुराग, स्नेह और गहरी मित्रता में जिस कारक-ने सबसे बड़ी भूमिका निभाई, वह *कथाभाषा* ही थी। इसके बैनर तले 1988 में अखिल भारतीय सर्वभाषा कहानी *प्रतियोगिता* का सफल आयोजन भी कराया था। इसमें चित्रा मुद्‌गल और कमलेश्वर जी सहित कई बड़े लेखकों ने हिस्सा लिया। इस आयोजन में कथाकार सत्येन कुमार को भी बुलवाया गया था लेकिन वे आ नहीं पाये थे। बाद में मेरे एक पत्र के जवाब में उन्होंने अपने 15 जून, 1989 के इस ना आने पर खेद भी जताया था—

प्रिय भाई,

आपका पत्र मिला धन्यवाद।

'सूर्यास्त से पहले' कहानी मुझे नहीं मिली। इस सम्बन्ध में आपको हरेराम जी से ही पूछना होगा।

'कथाभाषा' पुरस्कार का निमन्त्रण हरेराम जी ने कृपापूर्वक भिजवाया था लेकिन ऐसे साहित्यिक समागमों में जाने की हिम्मत मेरी नहीं पड़ती। दरअस्ल, अपने आप में मैं ऐसी सलाहियत नहीं पाता कि ऐसी स्थितियों में कुछ समझ-समझा सकूँ। आशा है समारोह अच्छा रहा होगा।

'पनाह' आपको ठीक लगी यह जानकर तसल्ली हुई। लेकिन यह तो कभी भी ज़रूरी नहीं है कि एक रचना सभी को अच्छी लगे। फिर यक़ीनन मेरे जैसे शौक़िया लेखक की रचनाओं में कुछ कमियाँ/कमज़ोरियाँ अवश्य होंगी। नयी और पुरानी पीढ़ी की तुलना यदि हम दंगल जीतने वाली नीयत से करेंगे तो यक़ीन कुछ हासिल नहीं होगा। पीढ़ियाँ एक-दूसरे से बहुत गहरे और बारीक अर्थों में जुड़ी होती हैं। यूँ भी रचनात्मक सरोकारों के रहते किसी भी व्यक्ति या पीढ़ी के प्रति नकारात्मक रवैया मुझे ठीक नहीं लगता। इसका मतलब यह भी नहीं है कि मुझे अपनी या आनेवाली पीढ़ी में कोई विश्वास नहीं है।

आशा है अच्छी तरह होंगे।

सधन्यवाद,

आपका,
सत्येन कुमार

मैं तीनों दोस्तों में मझला था। मझला इस रूप में कि जहाँ हरेराम समीप मुझसे लगभग साढ़े आठ साल बड़े हैं, तो ज़ौक़ी लगभग डेढ़ बरस छोटे थे।

लेकिन नियति का खेल देखिए कि हम तीनों में से सबसे पहले हमारा सबसे छोटा दोस्त जुदा हुआ। हम जानते हैं कि साल 2021 के अप्रैल महीने की 19 तारीख़, जब कोरोना अपनी विकरालता के चरम पर था, 58 साल की उम्र में ज़ौक़ी और ठीक अगले दिन 20 अप्रैल को महज़ 50 साल की उम्र में उनकी शरीके-हयात तबस्सुम फ़ातिमा, जिनकी पहली मुलाक़ात की मिठास आज भी मेरी स्मृतियों में समाई हुई है, हमसे सदा के लिए बिछुड़ गये।

मुशर्रफ़ आलम ज़ौक़ी काफ़ी समय तक नयी दिल्ली के विंडसर प्लेस स्थित काँग्रेस सेवा दल की पत्रिका में कार्य करते थे, जबकि हरेराम समीप जवाहरलाल नेहरू स्मारक निधि, तीन मूर्ति भवन में कार्य करते थे। मैं हरेराम समीप के साथ पहली बार मुशर्रफ़ आलम ज़ौक़ी के लोदी कॉलोनी वाले घर में गया था। यहाँ वे तबस्सुम के साथ रहते थे। तब तक इन दोनों ने शादी नहीं की थी। मुझे याद है कि तबस्सुम हमारे लिए एक प्लेट में पपीता काटकर लायी थी। मैंने पहली बार कटे हुए पपीते के फाँकों पर चीनी डली हुई देखी। इसीलिए पपीते का स्वाद उसके असली मीठेपन से ज़्यादा हो गया। बाद में शादी के बाद तबस्सुम से भी मुलाक़ात होती रहतीं। दिल्ली में आने के बाद उर्दू अदब और अदीबों से मेरा परिचय मुशर्रफ़ आलम ज़ौक़ी के माध्यम से ही हुआ था। मेरी नज़र में मुशर्रफ़ आलम ज़ौक़ी हमारे दौर का ऐसा अज़ीम लेखक था जिसकी हिन्दी-उर्दू में बराबर की स्वीकार्यता थी। मुझे कभी लगा ही नहीं वह उर्दू का लेखक है।

फ़रहत एहसास, पैग़ाम अफ़्फ़ाकी, अंजुम उस्मानी, मख़मूर सईदी और उर्दू के तेज़-तर्रार आलोचक तथा उर्दू कहानी पर अपनी गहरी पकड़ और परख के लिए मशहूर ख़ुर्शीद अकरम से मेरा परिचय ज़ौक़ी ने ही कराया था। पटियाला हाउस स्थित उर्दू *आजकल* में सहायक सम्पादक के रूप में कार्यरत अकरम के पास मैं ज़ौक़ी के साथ ही जाता था। मुझे याद है उन दिनों जनवरी 1988 में *आजकल* ने हिन्दी कहानी विशेषांक निकाला था। इस विशेषांक की जितनी चर्चा भारत के उर्दू जगत में हुई थी, उतनी ही पाकिस्तान में भी हुई थी। पाकिस्तान में इस अंक की कई किस्तों में कम-से-कम पाँच सौ प्रतियाँ भेजी गयी थीं। इस अंक की परिकल्पना उर्दू के इन्हीं दोनों युवा सितारों यानि मुशर्रफ़ आलम ज़ौक़ी और ख़ुर्शीद अकरम ने ही बनायी थी। इस अंक में उदय प्रकाश की एक कहानी प्रकाशित हुई थी *तिरिछ,* जिसे पढ़कर उर्दू की मशहूर अफ़साना निगार क़ुर्रतुलऐन हैदर ने उदय प्रकाश को फोन किया था। इन दोंनों की नज़र उन दिनों जितनी उर्दू कथा-साहित्य पर रहती थी, उतनी ही हिन्दी कथा-साहित्य पर भी रहती थी।

1988 में कमलेश्वर जी के बाद *गंगा* मासिक पत्रिका के सम्पादक ऋषि कुमार मिश्र हुए। वरिष्ठ कथाकार अमर गोस्वामी इस पत्रिका में बतौर सहायक

सम्पादक कार्य करते थे। इसके सितम्बर 1988 के अंक में मेरी एक कहानी प्रकाशित हुई थी–*पहली हत्या।* बाद में मुशर्रफ़ आलम ज़ौक़ी ने इस कहानी का उर्दू में अनुवाद किया, जिसे उसने उर्दू साप्ताहिक *लुबना* के अगस्त 1990 के अंक में प्रकाशित कराया। ज़ौक़ी का एक उपन्यास है–*मुसलमान।* इसके शीर्षक का बड़ा मज़ेदार क़िस्सा है। ज़ौक़ी ने दरअस्ल यह उपन्यास 1989 में लिख लिया था लेकिन कोई प्रकाशक न मिलने के कारण यह प्रकाशित नहीं हो पाया। इसी बीच युवा कवि देवी प्रसाद मिश्र की एक कविता *वे मुसलमान थे* 1989 के अन्त में प्रकाशित हुई। इस कविता ने रातों-रात देवी प्रसाद मिश्र को हिन्दी कविता का स्टार बना दिया। हिन्दी और उर्दू जगत में जैसे इसने तहलका मचा दिया। इस कविता के प्रकाशन के बाद मुशर्रफ़ आलम ज़ौक़ी ने अपने उपन्यास का शीर्षक *मुसलमान* रखा। इसी शीर्षक से उसने एक कविता भी लिखी थी।

1993 में लक्ष्मी नगर के पास ताज एन्क्लेव में आने के बाद उनकी पत्नी तबस्सुम फ़ातिमा ने जब काम अपने हाथ में लिया, तबसे उनकी आर्थिक हालत सुधरने लगी थी। बाद में 1994 में मुशर्रफ़ आलम ज़ौक़ी को एक बड़ा ब्रेक तब मिला, जब अपनी ही एक कहानी *परबत* पर फ़िल्म बनायी। लेखन और इलेक्ट्रॉनिक मीडिया से जुड़े रहने के अलावा वे सहारा समूह के उर्दू अख़बार *आलमी सहारा* के सबसे लम्बे तक रहने वाले एकमात्र सम्पादक थे।

बीसवीं सदी के अन्तिम दशकों, विशेषकर 1990 का यह वह दौर था जब देश में साम्प्रदायिकता के बीज पूरे देश में रोप दिये गये थे। दूसरे युवा कथाकारों की तरह हम तीनों भी अपनी कहानियों के माध्यम से भारतीय समाज में पैदा की गयी फाँक के विरुद्ध अपना प्रतिरोध दर्ज करने का प्रयास कर रहे थे। मैंने पहले पंजाब के हालात को केन्द्र में रखकर *पहली हत्या* (1988), *झूठा दिन, झूठी गवाही* (1989), तथा इसके बाद 1990 के अन्त में निकाली गयी रथयात्रा के बाद मेवात में पैदा हुए हालात को केन्द्र में रखकर *भूकम्प* (1991), *रंग अबीर* (1990), *महराब* (1991) जैसी कहानियाँ इसी प्रतिरोध स्वरूप लिखी थीं।

इधर हिन्दी पत्रकारिता जगत में एक ख़बर बड़े ज़ोर-शोर के साथ सुनाई देने लगी कि *सारिका, गंगा* जैसी पत्रिका के पूर्व सम्पादक, कथाकार और दूरदर्शन के पूर्व महानिदेशक कमलेश्वर के सम्पादन में *दैनिक जागरण* नाम का अख़बार अब दिल्ली से भी निकलने जा रहा है। उन दिनों कमलेश्वर जी नयी दिल्ली के ग्रीन पार्क में रहते थे। केन्द्रीय समाज कल्याण बोर्ड की मासिक पत्रिका *समाज कल्याण* में प्रस्तुति सहायक (Production Assistant) के पद पर नियुक्ति के बाद

पत्रिका के सम्पादक और व्यंग्य लेखक प्रदीप पन्त के माध्यम से मैं एकाध बार कमलेश्वर जी से मिल चुका था। लेकिन नज़दीक से मैंने उन्हें थोड़ा-बहुत 1989 के जनवरी महीने में जाना। जनवरी 1989 में कमलेश्वर जी की अगुवाई में गुजरात के जूनागढ़ शहर में दो दिवसीय (28-29 जनवरी) *समान्तर साहित्य सम्मेलन* का आयोजन किया गया था। इस आयोजन के संयोजक थे हिन्दी के कवि-कथाकार शैलेश पण्डित। इस दो दिवसीय सम्मेलन में दिल्ली से कमलेश्वर जी के साथ जाने वालों में कथाकार सुभाष पन्त, प्रदीप पन्त, अरुण प्रकाश, जितने ठाकुर, गीतकार रमेश रंजक, आलोचक पुष्पपाल सिंह के साथ मैं भी शामिल था। शैलेश पण्डित जूनागढ़ के एक स्थानीय कॉलेज श्री पटेल महिला आर्ट्स एवं डिग्री कॉलेज में हिन्दी के प्राध्यापक थे। उन दिनों शैलेश पण्डित साहित्य में बहुत सक्रिय थे। बाद में कमलेश्वर जी की तरह वे भी दूरदर्शन में आ गये और लम्बे समय तक दिल्ली दूरदर्शन में भी रहे। इस सम्मेलन के बाद जब कभी वे दिल्ली आते तो पालम गाँव में जैन मन्दिर के पास, जहाँ मैं किराये पर रहता था, कई बार आकर ठहरे थे। अपनी हैसियत के अनुसार मैं मेहमाननवाज़ी में कोई कसर नहीं छोड़ता था। शाम को हम दोनों के बीच जमकर जाम छलकते। जब शैलेश पण्डित अपनी सेवा के अन्तिम दिनों में दिल्ली दूरदर्शन आ गये, तो एक बार इनसे यूँ ही कहीं भेंट हो गयी थी। मैं पहले की तरह इनसे गर्मजोशी के साथ मिला लेकिन जिस निस्पृह भाव से ये मिले मुझे झटका लगा। बिल्कुल अपरिचितों की तरह मिले। बाद में एकाध बार आते-जाते टकराये भी, तो इस बार मैंने भी कोई ध्यान नहीं दिया।

इसी दो दिवसीय सम्मेलन के दौरान मैं कमलेश्वर जी और गायत्री भाभी को थोड़ा-बहुत जान पाया। यहीं कमलेश्वर जी ने मुझे बताया कि दूरदर्शन के लिए वे मेवात पर *परिक्रमा* के तहत एक कार्यक्रम बनाना चाहते हैं। वे मुझसे मेरे मेवाती होने के नाते इस बारे में कुछ मदद चाहते थे। चूँकि मामला मेवात का था सो मैं इसके लिए तैयार हो गया। इस तरह वे अपनी पूरी प्रोडक्शन टीम के साथ मेवात आये और उन्होंने मेवात पर वह वृत्तचित्र बनाया, जो बाद में दूरदर्शन पर *परिक्रमा* के अन्तर्गत प्रसारित भी हुआ। बाद में एक बार प्रकाश मनु, सुभाष नीरव और मैंने मिलकर ग्रीन पार्क के उनके निवास पर जाकर एक बड़ी उत्तेजक बातचीत भी रिकॉर्ड की थी। यह बातचीत सुभाष नीरव के टेप रिकॉर्डर द्वारा रिकॉर्ड की गयी थी।

इस तरह मैं कह सकता हूँ कि कमलेश्वर जी से मेरे ऐसे सम्बन्ध बने रहे कि उनके बारे में कुछ लिखा जा सके। जिन दिनों कमलेश्वर जी *जागरण* के दिल्ली संस्करण के लिए अपनी टीम बना रहे थे, मैंने अपने एक मित्र, ग़ज़लगो और मेवात के निवासी देवेन्द्र गोयल 'माँझी' के लिए उनसे सिफ़ारिश की। जहाँ तक मुझे याद है उनकी इस टीम में कथाकार अरुण प्रकाश भी थे।

धीरेन्द्र अस्थाना भी इस कोशिश में लगे हुए थे कि कमलेश्वर जी उन्हें *जागरण में* किसी पद पर रख लें।

हाँ, तो मैं बात कर रहा था अपने ग़ज़लगो मित्र देवेन्द्र माँझी की। माँझी चूँकि इससे पहले *सान्ध्य वीर अर्जुन* में कार्य कर चुके थे और उनके पास सम्पादन का अच्छा-ख़ासा अनुभव था। इसलिए मुझे पूरा विश्वास था कि माँझी के अनुभव और मेवात पर बनाये गये कार्यक्रम के लिए की गयी मेरी निःशुल्क मदद का लिहाज़ करते हुए, उन्हें अपनी टीम में ज़रूर शामिल कर लेंगे। बीच में एकाध बार मैंने कमलेश्वर जी को याद दिलाया, तो उन्होंने मुझे आश्वासन दिया कि वे अवश्य माँझी को *जागरण* में रखेंगे।

उन दिनों डॉ. प्रणव बोस नाम का एक बंगाली युवक कमलेश्वर जी का सहायक हुआ करता था। इस युवक से मेरा परिचय जूनागढ़ (गुजरात) में दो दिवसीय *समान्तर साहित्य सम्मेलन* के आसपास ही हुआ था। चूँकि यह युवक कमलेश्वर जी का सहायक था, तो कमलेश्वर जी के और नज़दीक आने का इस बंगाली युवक से अच्छा माध्यम कोई नहीं लगा। इस साहित्य सम्मेलन की समाप्ति के बाद हम लेखकों का समूह जूनागढ़ से लगभग 90 किलोमीटर वेरावल से मात्र पाँच-छह किलोमीटर दूर अरब सागर के तट पर बसे पाटण भी गये थे। यहाँ हम हिन्दू अस्मिता का प्रतीक अर्थात शिव के बारह ज्योतिर्लिंगों में से माने गये पहले ज्योतिर्लिंग और राजा चन्द्रदेव सोमराज द्वारा निर्मित सोमनाथ मन्दिर के दर्शन करने गये। हमारी गाड़ियों का क़ाफ़िला जितनी तेज़ी से मन्दिर की ओर बढ़ा जा रहा था, उतनी ही तेज़ी से मेरे मस्तिष्क में बाहर से आये एक मुस्लिम आततायी द्वारा हवा में स्थित शिवलिंग और मन्दिर को बार-बार लूटने के काल्पनिक दृश्य तैरने लगे। हमारा क़ाफ़िला जब पाटण से गुज़र रहा था तो रास्ते के दोनों तरफ़ बनीं अनगिनत क़ब्रों को देख युद्ध की विभीषिका जैसे साकार होने लगी। कानों में दुश्मनों से लोहा लेती तलवारों की टंकार गूँजने लगी।

सोमनाथ मन्दिर पहुँच मैं उस जगह को बड़े ध्यान से देखने लगा जहाँ चुम्बकीय शक्ति से शिवलिंग को हमारे वास्तुकारों ने उसे हवा में स्थिर किया हुआ था। एक बार तो लगा जैसे मैं हवा में स्थिर शिवलिंग के सामने खड़ा हूँ। इसके बाद बाहर मन्दिर के प्रांगण में एक तरफ़ पड़े मूल मन्दिर के भग्नावशेषों की भव्यता देखकर एक क्षण के लिए मुझे अरब के यात्री अल्बेरूनी का यात्रा-वृत्तान्त ताज़ा हो उठा। अल्बेरूनी के यात्रा-वृत्तान्त से प्रभावित होकर 1024 ईस्वी में महमूद गज़नवी ने लगातार दो दिन तक चलने वाले युद्ध के बाद सिर्फ़ मन्दिर को ही नहीं, बल्कि नगर को भी लूट लिया था।

प्रिय पाठक, आप सोच रहे होंगे कि इस पूरे प्रसंग का कमलेश्वर जी और उसके इस बंगाली सहायक से क्या सम्बन्ध है? मैं क्यों इस रामकहानी को सुना रहा हूँ? आपका ऐसा सोचना एकदम सही है कि इस प्रसंग का इस बंगाली युवक से क्या सम्बन्ध है। बिल्कुल सम्बन्ध है और वह यह कि दिल्ली आने के बाद मैंने इस यात्रा से प्रेरित होकर एक लेख लिखा था। उस लेख को उन दिनों वरिष्ठ गीतकार-कवि और *दैनिक हिन्दुस्तान* के रविवारीय संस्करण के प्रमुख विजय किशोर मानव ने *मौन अवशेषों की घाटी में गूँजता इतिहास* शीर्षक और कुछ चित्रों के साथ, इसे बड़ी भव्यता के साथ प्रकाशित किया था। इस प्रसंग और इस लेख का कमलेश्वर जी के सहायक व उस बंगाली युवक का सम्बन्ध यह है कि, यह लेख मेरे नाम से नहीं बल्कि डॉ. प्रणव बोस और भगवानदास मोरवाल दो लेखकों के नाम से प्रकाशित हुआ था।

इस युवक को वैसे तो कमलेश्वर जी ने अपने दूरदर्शन सम्बन्धी कार्यक्रमों के लिए सहायक के रूप में तैनात किया हुआ था, लेकिन धीरे-धीरे इसका परिचय कमलेश्वर जी के पास आनेवाले साहित्यकारों, लेखकों और पत्रकारों से भी होने लगा। इसलिए मेरी इससे एक तरह से मित्रता हो गयी, जो बाद में एक तरह से एकतरफ़ा 'दुश्मनी' में बदल गयी थी। इस दुश्मनी के निमित्त थे हिन्दी के एक लेखक और कमलेश्वर जी के पुराने साथी तथा प्रदीप पन्त के बेहद दुलारे डॉ. ज़ेड. ए. ज़ैदी अर्थात जुहैर अहमद ज़ैदी, जिसे कुछ लोग डॉ. रंजन ज़ैदी के नाम से भी जानते हैं।

हिन्दी का यह मुस्लिम लेखक कई लेखकों की तरह अपना लेखन अपने मूल नाम के बजाय आधा हिन्दू और आधा मुसलमान नाम यानि रंजन ज़ैदी के नाम से करता है। अपने आपको यह हिन्दी-उर्दू के मशहूर लेखक डॉ. राही मासूम रज़ा का लगभग पूरा वारिस मानता था। जैसे एक साधारण विषय पर शोध करने वाला हर वह शोधार्थी अपने आपको राही मासूम रज़ा का वारिस मानने का भ्रम पाले रहता है, जिसने राही पर शोध किया है, वैसे ही अलीगढ़ मुस्लिम विश्वविद्यालय से *हिन्दी उपन्यासकार राही मासूम रज़ा : कृतित्व एवं उपलब्धियाँ* जैसे साधारण विषय पर शोध करनेवाले रंजन ज़ैदी को भी यही भ्रम था कि राही मासूम रज़ा का असली उत्तराधिकारी वही है। तो राही मासूम रज़ा के इस सम्भावित वारिस ने कमलेश्वर जी के सहायक उस बंगाली युवक को मेरे ख़िलाफ़ भड़काना शुरू कर दिया। मुझे इसका आभास तब हुआ जब *परिक्रमा* के तहत मेवात पर बने एपिसोड की एक कॉपी कमलेश्वर जी से माँगता, तो कमलेश्वर जी मुझे अपने इस सहायक के पास भेज देते। शुरू में यह सहायक मुझे टालता रहा लेकिन बाद में यह मुझसे दुर्व्यवहार करने लगा। बावजूद इसके कि मैं उसके चितरंजन पार्क के पीछे बनी डीडीए की एक कॉलोनी में उसके कमरे पर कई बार

आ-जा चुका था। हालाँकि मैं चाहता तो इसके इस व्यवहार के बारे में कमलेश्वर जी से कह सकता था, लेकिन मैं जानता था कि वे अपने सहायक के ख़िलाफ़ नहीं जायेंगे। इस तरह *परिक्रमा* के लिए मेरी निःशुल्क मदद से निर्मित मेवात के उस एपिसोड की कॉपी मुझे कभी नहीं मिली। बावजूद इसके और बकौल कमलेश्वर जी कि *मोरवाल अगर तुम साथ नहीं होते तो मेवात पर बना यह एपिसोड जिसे दो दिन में शूट कर लिया गया, दस दिन में भी पूरा नहीं होता।*

बता दूँ ज़ेड. ए. ज़ैदी की केन्द्रीय समाज कल्याण बोर्ड की पत्रिका *समाज कल्याण* में वर्ष 1991 में सहायक सम्पादक के पद पर नियुक्ति हुई थी, जबकि मैं पहले से इस पत्रिका में प्रस्तुति सहायक के पद पर तैनात था। इसलिए हम दोनों में एक-दूसरे से सौतिया डाह यानि ईर्ष्या स्वाभाविक थी। लेकिन मेरी इस आशंका की पुष्टि तब हुई जब वह बंगाली युवक रंजन ज़ैदी की *समाज कल्याण* पत्रिका में सहायक सम्पादक के पद पर नियुक्ति के बाद बराबर इसके पास आने लगा। मैं और यह नव-नियुक्त सहायक सम्पादक सम्पादकीय अनुभाग में आमने-सामने बैठते थे। वह आता और चला जाता। मुझसे बात करने का तो सवाल ही पैदा नहीं होता।

एक बार इस बंगाली युवक के घर सहायक सम्पादक की *समाज कल्याण* में नियुक्ति से पूर्व, 29 सितम्बर, 1989 शुक्रवार की शाम एक तरल अनुष्ठान अर्थात शराब की महफ़िल का आयोजन किया था। इस आयोजन का प्रायोजक मैं था जिसमें मेरे अलावा कथाकार अरुण प्रकाश और *समाज कल्याण* पत्रिका के सम्पादक प्रदीप पन्त भी थे। मैं अपनी स्मृति-कथा *पकी जेठ* का *गुलमोहर* में इस प्रसंग का पृष्ठ 263-264 पर बड़ा मनोरम चित्रण कर चुका हूँ। मगर यह चित्रण अधूरा है। मैंने उस स्मृति-कथा के पृष्ठ 263 के अन्तिम पैरा में लिखा है कि 'इस अनुष्ठान का आयोजन मेरी एक रणनीति के तहत किया गया था, जिसका ख़ुलासा करना उचित नहीं होगा।'

तो मित्रो, बड़े अदब के साथ आपसे मुआफ़ी माँगते हुए आज मैं इसका ख़ुलासा करना चाहता हूँ। दरअस्ल, इस अनुष्ठान के पीछे मेरा एक स्वार्थ था और वह यह कि केन्द्रीय समाज कल्याण बोर्ड में उसकी पत्रिका समाज कल्याण के ख़ाली पड़े सम्पादक और सहायक सम्पादक के पदों को भरने की सुगबुगाहट शुरू हो गयी थी। चूँकि प्रस्तुति सहायक के पद पर मुझे पाँच वर्ष नहीं हुए थे, इसलिए मेरी पदोन्नति सहायक सम्पादक के पद पर नहीं हो सकती थी। इसलिए दोनों पदों को विज्ञापित किया जाना था। इसके लिए मैं भी अपने आपको एक भावी उम्मीदवार मानता था। अपने इसी स्वार्थ के लिए मैंने अरुण प्रकाश के

माध्यम से प्रदीप पन्त को प्रभावित करना चाहा। क्योंकि मैं जानता था कि शराब इनकी बहुत बड़ी कमज़ोरी है। इसीलिए उस बंगाली युवक के घर यह अनुष्ठान रखा गया। हालाँकि मैं और रंजन ज़ैदी इससे पहले सुलभ शौचालय की पत्रिका *सुलभ इंडिया* में कुछ महीने साथ काम कर चुके थे। इसने वहाँ भी मेरे ख़िलाफ़ पत्रिका के सम्पादक वीरेन्द्र पाण्डेय के कान भरे थे।

बहरहाल, पद विज्ञापित हुए। इन पदों के लिए अलग-अलग उम्मीदवारों की आयु सीमा तय थी। सहायक सम्पादक के पद के लिए आयु सीमा 35 वर्ष थी जबकि रंजन ज़ैदी (1952) की उम्र उस समय 37 वर्ष से भी अधिक थी। उसने इस पद के लिए आवेदन किया भी नहीं था। वह तो सम्पादक के पद का प्रत्याशी था। बावजूद उसके उसकी कैसे इस पद पर नियुक्ति हुई? आप यही सोच रहे होंगे कि जब एक उम्मीदवार सहायक सम्पादक पद का उम्मीदवार था ही नहीं, तब इसकी इस पद पर कैसे नियुक्ति हो गयी? सहायक सम्पादक के पद के उम्मीदवारों में मेरे अलावा एक व्यक्ति और था, और वह था जेएनयू (एम.ए. हिन्दी) का एक छात्र अनूप शुक्ला अर्थात अखिल अनूप। उन दिनों तेज़ी से यह युवा आलोचना में अपनी पहचान बना रहा था। उन दिनों के अखिल अनूप और आज के अनूप शुक्ला से हिन्दी साहित्य को बड़ी उम्मीद थी। मगर कहते हैं कि उम्मीदें कभी किसी की सगी नहीं होतीं। ऐसा ही कुछ आलोचना की इस युवा उम्मीद अर्थात मेरे मित्र अखिल अनूप के साथ हुआ। आजकल यह कानपुर के पास फतेहपुर के एक महाविद्यालय में हिन्दी पढ़ाता है। मैं नहीं जानता कि नौकरी के अलावा अनूप शुक्ला का हिन्दी लेखन या आलोचना में फेसबुक पर उनकी छुट-पुट टिप्पणियों के अलावा कुछ अवदान भी या नहीं? सरकारी नौकरी मिलते ही इसकी सारी प्रतिभा और मेधा को बहुत से सरकारी कर्मचारियों की तरह, उन्हें मिलने वाली सुविधाओं ने मानो सोख लिया।

जब सहायक सम्पादक की अधिकतम आयु सीमा 35 साल और शैक्षणिक योग्यता कम-से-कम एम.ए. हो, ऐसे में इन दोनों योग्यताओं और अहर्ताओं में से एक को भी पूरा किये बिना कोई सहायक सम्पादक कैसे नियुक्त हो सकता था? ऐसा हुआ क्योंकि बोर्ड के प्रशासनिक अनुभाग द्वारा की गयी छँटनी के बाद सहायक सम्पादक के पद हेतु साक्षात्कार के लिए जिन उम्मीदवारों को बुलाया गया था, उनमें अखिल अनूप का नाम नहीं था। यह मैंने अपने प्रशासनिक अनुभाग से पता कर लिया था। मैंने उस समय के संयुक्त निदेशक और पूर्व सम्पादक प्रदीप पन्त को जाकर बताया कि साक्षात्कार का दिन तय हो गया है।

इस पर जब उन्होंने उम्मीदवारों के नाम पूछे तब मैंने बड़े भोलेपन के साथ सारे नाम बता दिये। मगर जिस दिन इस पद के लिए साक्षात्कार हुए, सबसे ज़्यादा हैरानी मुझे यह देखकर हुई कि साक्षात्कार देने के लिए अखिल अनूप भी आया हुआ है। मुझे सारा माजरा समझते हुए देर नहीं लगी। मैं समझ गया कि मेरी बेवकूफ़ी भरे भोलेपन के चलते मुझसे जो ग़लती हुई थी, यह उसी का परिणाम है। दरअस्ल, हुआ यह कि मेरे बताने के बाद छँटनी के बावजूद प्रदीप पन्त ने अखिल अनूप को साक्षात्कार का पत्र भिजवा दिया था। मैंने इसका प्रतिवाद अपने प्रशासनिक अनुभाग में जाकर किया कि जिसका नाम साक्षात्कार के लिए बुलाये जाने वाले उमीदवारों में नहीं था, तब इसको कैसे बुला लिया गया?

इसके बाद दोनों पदों के लिए साक्षात्कार हुए और सम्पादक के रूप में नानक चन्द जी और उम्मीदवार न होने के बावजूद डॉ. ज़ुहैर अहमद उर्फ़ ज़ैदी रंजन ज़ैदी का चयन हो गया। प्रदीप पन्त की लाख कोशिशों के बावजूद रंजन ज़ैदी का सम्पादक के पद पर और अखिल अनूप का सहायक सम्पादक के पद पर चयन नहीं हो पाया। मैं कैट (CAT) में इसे चुनौती दे सकता था मगर यह सोचकर चुप हो गया कि अपने ही संस्थान से लोहा लेना इतना आसान नहीं है। एक कमज़ोर व्यक्ति का चुप रहना ही कभी-कभी उसके लिए ठीक रहता है। सुना है बाद में प्रदीप पन्त ने नानक चन्द से एक बार कहा था कि 'मैंने तुम्हारे लिए रंजन ज़ैदी की पीठ में छुरा घोंपा है।' हालाँकि वे यह अच्छी तरह जानते थे कि उस समय केन्द्रीय समाज कल्याण बोर्ड की अध्यक्ष, काँग्रेस नेत्री और पटियाला राजघराने से सम्बन्ध रखने वाली श्रीमती अमरजीत कौर इस पर अडिग थीं कि सम्पादक तो नानक चन्द को ही नियुक्त करना है। इसके लिए अमरजीत कौर ने एक समझदारी-भरी व्यावहारिक नीति अपनायी। साक्षात्कार के दौरान उन्होंने प्रदीप पन्त से पूछा, "पन्त साहब, आप तो संयुक्त निदेशक हो गये हैं। आपके बाद अब मैगज़ीन का काम कौन निकालता है?"

इसका प्रदीप पन्त ने बड़ी मासूमियत के साथ जवाब दिया,"मैडम, पत्रिका तो नानक चन्द ही निकालते हैं।"

इस पर अमरजीत कौर बिना एक पल गँवाये बोलीं, "जब पत्रिका नानक चन्द निकालते हैं, तो इन्हें ही सम्पादक बनाने में क्या बुराई है?"

अध्यक्ष का यह तर्क सुन प्रदीप पन्त से कुछ भी कहते नहीं बना और नानक चन्द के नाम पर उन्हें बेमन से सहमति देनी पड़ी। हाँ, अमरजीत कौर को रंजन ज़ैदी को सहायक सम्पादक का उम्मीदवार न होने के बावजूद इस पद

के लिए एक तरह से समझौता करना पड़ा था। सुना जाता है कि प्रतिभाशाली और राही मासूम रज़ा के वारिस सैयद ज़ुहैर अहमद ज़ैदी ने काँग्रेस के एक नेता गुलाम नबी आज़ाद से ज़बरदस्त सिफ़ारिश कराई थी। शायद इस सिफ़ारिश का मान रखते हुए डॉ. एस.जेड.ए. ज़ैदी उर्फ़ सैयद ज़ुहैर अहमद ज़ैदी अर्थात रंजन ज़ैदी को इस पद पर नियुक्त करना पड़ा।

अब कुछ प्रशस्तियाँ डॉ. राही मासूम रज़ा के इस वारिस के बारे में। कहते हैं कि रंजन ज़ैदी सालों तक कुछ पॉकेट बुक्स के लिए हल्का-फुल्का लिखने के बाद, यह काफ़ी समय तक नयी दिल्ली के दरियागंज से प्रकाशित उन दिनों की दो मशहूर पोर्न पत्रिकाओं *उफ़* और *माई-माई* में काम करता था। बाद में जब कुछ समझदार हितैषियों की सलाह पर यह हिन्दी साहित्य की मुख्य धारा में आया, तो इसे पूरा हिन्दी साहित्य साम्प्रदायिक नज़र आने लगा। नब्बे के दशक में कवि और अनुवादक विनोद शर्मा के संचालन में रशियन एम्बेसी की तरह बल्गेरियन एम्बेसी में हिन्दी-बल्गेरियन साहित्य पर केन्द्रित साहित्यिक गोष्ठियाँ हुआ करती थीं। एक बार वहाँ रंजन ज़ैदी के पहले उपन्यास *और गिद्ध उड़ गया* पर चर्चा थी। चर्चा के दौरान कई वक्ताओं ने इस पर अपनी असहमति व्यक्त की कि एक हिन्दू द्वारा मुसलमान के साथ जो व्यवहार किया जाता है और जैसा इस उपन्यास में चित्रित किया गया है यह पूरा सच नहीं है, सारे हिन्दू साम्प्रदायिक सोच के नहीं होते हैं। इस पर हिन्दी के इस लेखक और डॉ. राही मासूम रज़ा के असली वारिस ने तर्क दिया कि क्यों नहीं होते, मैं इसका गवाह हूँ। मुझे इसलिए सरकारी नौकरी नहीं मिलती है कि मैं मुसलमान हूँ। हालाँकि ये खुद कितने बड़े प्रगतिशील हैं इसका अनुमान इनके इस ई-मेल आई.डी. से लगाया जा सकता है, जो ranjanzaidi786@yahoo.com के नाम से है। यहाँ कोई भी सजग पाठक 786 का अर्थ आसानी से निकाल सकता है। जो व्यक्ति अपनी प्रगतिशीलता का यह कहकर ढिंढोरा पीटता हो कि देखो मैंने एक हिन्दू लड़की से शादी की है, या मैंने अपना नाम हिन्दुओं जैसा रखा हुआ है वह कितना बड़ा हिप्पोक्रेट (प्रपंची) हो सकता है, अनुमान लगाना मुश्किल नहीं है। जबकि नाम रखना या किसी दूसरे धर्म या सम्प्रदाय में जाकर शादी करना व्यक्ति का निजी मामला है। उन दिनों यह अक्सर कहा करता था कि हिन्दी के लिए उसने अपने घर तक में विद्रोह कर डाला वरना उर्दू में आज मेरा मुकाम कहीं और होता। मैंने इसकी इसी मानसिकता को आधार बनाकर *वे तीन* शीर्षक से एक कहानी लिखी थी, जो किताबघर प्रकाशन, नयी दिल्ली से प्रकाशित

दस प्रतिनिधि कहानियाँ (संस्करण 2014) में संकलित है। हालाँकि मैं किसी व्यक्ति विशेष को केन्द्र में रखकर कहानी लिखने में विश्वास नहीं करता, लेकिन उस दौरान मेरे ऊपर न जने कौन-से दबाव थे कि मैंने केन्द्रीय समाज कल्याण बोर्ड में कार्यरत कई लोगों को केन्द्र में रखकर कहानियाँ लिखीं। ये कहानियाँ हैं– *चोट, मुक्ति* और *वे तीन*। वर्ष 1994 में लिखी *वे तीन* कहानी तीन दोस्तों की छोटी-सी कहानी है। इस कहानी के दो पात्र आपस में अपने तीसरे मित्र असफल, जोकि मुसलमान है, उसे लेकर संवाद करते हैं कि असफल अपने मित्र डॉ. ऋषिकेश, जिसके मकान में किराये पर रहता है, उसे किराया ही नहीं देता है, उलटा उसी पर मुक़द्दमा ठोंक दिया। इस कहानी को सम्भवतः मैंने उसी समय लिखा था, जब इस कहानी का पात्र असफल अपने मित्र डॉ. ऋषिकेश उर्फ़ डॉ. जगदीश चंद्रिकेश के लारेंस रोड स्थित मकान में किराये पर रहता था। आप समझ गये होंगे कि यह असफल नाम का पात्र कौन रहा होगा?

अपने अल्पसंख्यक होने को यह किस तरह भुनाने का प्रयास करता था, इसका एक उदाहरण यह है कि केन्द्रीय समाज कल्याण में आने से पहले काफ़ी समय तक *अल्पसंख्यक टाइम्स* नाम का एक टैबलोएट निकाला करता था। ऐसे शीर्षकों से एक साप्ताहिक, पाक्षिक या मासिक पत्र-पत्रिका निकालने के पीछे व्यक्ति की क्या सोच और मंशा हो सकती है, समझना मुश्किल नहीं है। इतना ही नहीं इसकी ऐसी ही एक पुस्तक का नाम है *मुस्लिम साहित्यकारों का हिन्दी में योगदान।* दरअस्ल, साहित्य में खुद को स्थापित करने के लिए ऐसे हथियारों का इस्तेमाल एक प्रतिभाहीन और नक़ली लेखक ही कर सकता है। यह सच है कि इस देश की बौद्धिकता और इसकी भाषाओं को सबसे ज़्यादा *नुक़सान मुस्लिम साहित्यकारों का हिन्दी में योगदान* या *हिन्दू साहित्यकारों का उर्दू में योगदान* जैसे साम्प्रदायिक शीर्षकवाले विषयों ने किया है। ऐसी ही मानसिकता ने उर्दू को मुसलमानों की और हिन्दी को हिन्दुओं की भाषा बनाकर रख दिया है।

ऐसे न जाने कितने क़िस्से हैं इसके बारे में। यह शायद 1989 के अन्तिम दिनों की बात है। उन दिनों हर शनिवार की शाम को कनॉट प्लेस के मोहन सिंह प्लेस की खुली छत पर लेखकों का जमावड़ा लगता था। मैं उन दिनों बिना नागा हर शनिवार को इस कॉफ़ी हाउस में जाता था। पालम से नयी दिल्ली रेलवे स्टेशन जाने वाली कनॉट प्लेस के लिए जो 781 नम्बर की बस पकड़ता था, उस से जन्तर मन्तर के सामने पार्क होटल के बस स्टैंड पर उतरता था। यहाँ से पैदल इलाहाबाद बैंक के बग़ल से होते हुए, रीगल सिनेमा के पीछे लगने वाले लाटरी बाज़ार से होकर मोहन सिंह प्लेस आता था। इस लाटरी बाज़ार के

पास एक भवन के एक कमरे से एक साप्ताहिक पत्र निकलता था *इन दिनों*, और इसके सम्पादक थे वरिष्ठ कवि सुरेश सलिल के छोटे भाई और कला-नाट्य समीक्षक संगम पाण्डेय के चाचा ओम पीयूष।

काफ़ी दिनों तक *इन दिनों* यहाँ से प्रकाशित होता रहा। कई लेखक-पत्रकारों की तरह मैं भी यहाँ कभी-कभार चला जाता। एक शनिवार शाम को चार-साढ़े चार बजे देखा कि *इन दिनों* के कार्यालय में यह भी बैठा हुआ है। ओम पीयूष और *इन दिनों* में कार्यरत कुछ पत्रकार इसे घेरकर खड़े हुए थे। मैं जब गया और मैंने जब इस तनावपूर्ण वातावरण का कारण जानना चाहा, तो पता चला कि *समाचार ब्यूरो* के अपराधी प्रवृत्ति के मालिक-सम्पादक हवलदार पाण्डेय ने वेस्टर्न कोर्ट स्थित अपने कार्यालय में रंजन ज़ैदी को बुलाकर अपने गुर्गों से पिटवाया है।

यह क़िस्सा इसके *समाज कल्याण* पत्रिका में आने से पहले का है। हुआ यह कि यह नयी दिल्ली के जनपथ स्थित वेस्टर्न कोर्ट के एक कमरे से निकलने वाली पत्रिका *समाचार ब्यूरो* में काम करता था। इस पत्रिका का अपराधी प्रवृत्ति का मालिक और सम्पादक हवलदार पाण्डेय आधा पत्रकार और आधा नेता था। हालाँकि रंजन ज़ैदी उस समय *समाचार ब्यूरो* को छोड़ चुका था। इस घटना से वहाँ मौजूद सारे लेखक-पत्रकारों में बड़ा रोष था। ज़ैदी की हालत देख मैं बोला कि ज़ैदी साहब मेरा-आपका मनमुटाव अलग बात है लेकिन इस मामले में मैं आपके साथ हूँ। इसके बाद मैंने वहाँ उपस्थित मित्रों से कहा कि हम सबको इसी समय ज़ैदी साहब को साथ लेकर हवलदार पाण्डेय के पास चलना चाहिए। ऐसे कैसे वह किसी भी पत्रकार-लेखक के साथ दुर्व्यवहार कर सकता है। मगर रंजन ज़ैदी तैयार नहीं हुआ। इसका कारण था हवलदार पाण्डेय का अपराधी प्रवृत्ति का होना।

बाद में इस प्रकरण का जो कारण पता चला, वह बड़ा ही हास्यास्पद निकला। हुआ दरअस्ल यह था कि उन्हीं दिनों कन्हैयालाल नन्दन के सम्पादन में साप्ताहिक *संडे मेल* का प्रकाशन शुरू हुआ था। पाठकों को याद होगा कि 1988-89 में *संडे मेल के* साथ-साथ उन्हीं दिनों *संडे आब्जर्वर* नाम से एक साप्ताहिक का भी हिन्दी में प्रकाशन शुरू हुआ था। यह महज़ संयोग था कि इधर रंजन ज़ैदी ने *समाचार ब्यूरो* छोड़ा, उधर *संडे मेल* में *समाचार ब्यूरो* की आड़ में होने वाले हवलदार पाण्डेय की आपराधिक गतिविधियों की ख़बर छप गयी। इस ख़बर के छपने के बाद हवलदार पाण्डेय बौखला गया और उस सूत्र की तलाश में लग गया, जिसने उसकी गतिविधियों की जानकारी *संडे मेल* को दी होगी। चूँकि रंजन ज़ैदी ने *समाचार ब्यूरो* नया-नया छोड़ा था, इसलिए उसका शक इसी पर गया। इसके बाद वह इसको तलाशने लगा। यह भी एक संयोग

ही था कि जब एक दिन रंजन ज़ैदी वेस्टर्न कोर्ट में ठहरने वाले एक सांसद से मिलने गया, तो हवलदार पाण्डेय के आदमी ने इसे देख लिया। यहाँ यह बताना समीचीन होगा कि उन दिनों नये-नये सांसद जिन्हें आवास आवंटित नहीं होते थे, उन्हें वेस्टर्न कोर्ट में जगह मिलती थी। जैसे ही हवलदार पाण्डेय के आदमी ने रंजन ज़ैदी को देखा, उसने तुरन्त इसकी अपने सूचना कार्यालय में हवलदार पाण्डेय को जाकर दी। इस ख़बर को सुनते ही हवलदार पाण्डेय को जैसे मौक़ा मिल गया। उसने तुरन्त अपने आदमी से कहा कि वह किसी तरह उसे कार्यालय में बुला लाये।

हवलदार पाण्डेय का आदमी दौड़ा हुआ रंजन ज़ैदी के पास आया और बड़ी विनम्रता से पूछा कि आप यहाँ किसलिए? ज़ैदी ने एक सांसद का नाम लिया और बताया कि वह उससे मिलने आया है। इस पर उस व्यक्ति ने कहा कि वे तो हमारे साहब (हवलदार पाण्डेय) के पास बैठे हैं। इतना सुन रंजन ज़ैदी उस व्यक्ति के साथ चल दिया और जैसे ही इसने *समाचार ब्यूरो* के कार्यालय में प्रवेश किया और कुछ समझ पाता, हवलदार पाण्डेय के गुर्गे इस पर टूट पड़े।

एक और मज़ेदार घटना जो कथाकार और पत्रकार प्रदीप सौरभ के साथ घटी। यह घटना भी लगभग उन्हीं दिनों की है। प्रदीप सौरभ उन दिनों *साप्ताहिक हिन्दुस्तान* में हुआ करते थे और अपने लम्ब्रेटा स्कूटर से कार्यालय आते-जाते थे। एक दिन बातों-बातों में हिन्दुस्तान टाइम्स भवन के बाहर वहाँ पहुँचे रंजन ज़ैदी साहब का प्रदीप सौरभ से उनके इस स्कूटर का सौदा हो गया। चूँकि स्कूटर अब पुराना हो चुका था और ठीक-ठाक दाम मिल रहे थे, तो प्रदीप सौरभ ने आव देखा न ताव, पट्ट से सौदा कर दिया। सौदा ही नहीं किया बल्कि उसी समय स्कूटर की रकम देने के वायदे के साथ, उसे रंजन ज़ैदी के साथ विदा भी कर दिया।

इस तरह जब काफ़ी दिन गुज़र गये और वायदे के मुताबिक़ प्रदीप सौरभ को स्कूटर की रकम नहीं मिली, तो उनकी चिन्ता बढ़ना स्वाभाविक थी। उनकी इस चिन्ता को घर से बस द्वारा कार्यालय आने के दौरान लगने वाले धक्कों ने और बल प्रदान कर दिया। एक दिन प्रदीप सौरभ हिन्दुस्तान टाइम्स भवन के पीछे बाराखम्बा रोड के किनारे अपने कुछ पत्रकार साथियों के साथ चाय पी रहे थे, तभी उनकी नज़र मंडी हाउस की तरफ़ तेज़ी से भागते एक चिर-परिचित लम्ब्रेटा पर पड़ी, जो अपनी पुरानी ठसक के साथ एक जोड़े को लिए उड़ा जा रहा था। प्रदीप सौरभ को अपने प्यारे लम्ब्रेटा को पहचानने में तनिक भी देर नहीं लगी। उसने उसी समय बाराखम्बा रोड पार किया, वहाँ खड़े एक थ्री व्हीलर

को पकड़ा और चालक को निर्देश दिया कि सामने यह जो स्कूटर भागा जा रहा है, उसके पीछे लगा दे। ड्राइवर ने फुर्ती दिखाते हुए अपना थ्री व्हीलर लम्ब्रेटा के पीछे लगा दिया।

लम्ब्रेटा मंडी हाउस के गोल चक्कर के दाहिने ओर सफ़दर हाशमी मार्ग की तरफ़ मुड़ा और श्रीराम सेंटर के सामने जाकर उसने दम लिया। लम्ब्रेटा अभी दम लेता और उससे उतरा जोड़ा अपनी जुल्फ़ों को सँवारता कि उससे पहले एक थ्री व्हीलर वहाँ आकर रुका। थ्री व्हीलर से प्रदीप सौरभ उतरा और तेज़ी से उस जोड़े, जिसके बारे में अब तक आप समझ चुके होंगे, की तरफ़ बढ़ा। प्रदीप सौरभ ने जाते ही उस जोड़े को धर दबोचा। प्रदीप को देखते ही उस जोड़े में से नर की हवाइयाँ उड़ने लगीं। इससे पहले कि जोड़े में से मादा की कुछ समझ में आता, प्रदीप सौरभ गुस्से में बोला कि स्साले जिसका स्कूटर है वह तो बसों में धक्के खाता फिर रहा है और तू फ्री में मज़े लेता घूम रहा है। चाबी दे, मुझे नहीं बेचना है अपना स्कूटर। इस तरह कुछ दिनों तक बसों में धक्के खाने के बाद प्रदीप सौरभ ने अपने प्यारे लम्ब्रेटा को किक मारी और वापस हिन्दुस्तान टाइम्स भवन के लिए चल पड़ा।

रंजन ज़ैदी की हाल की पुस्तकों में लेखक-परिचय में साल 1991 के लिए एक *आचार्य महावीर प्रसाद द्विवेदी पत्रकारिता पुरस्कार* का उल्लेख है। जिस तथाकथित आचार्य महावीर प्रसाद द्विवेदी पत्रकारिता संस्थान द्वारा यह पुरस्कार दिया गया था, उस संस्थान ने अपने उदय के साथ कुछ ही महीनों में जितने अपयश के कीर्तिमान स्थापित किये, उतने शायद ही किसी ने किये हों। यह वही संस्थान है जिसका पुरस्कार पाने वाले विजेता और इसी संस्थान की मासिक पत्रिका *जनाधार भारती* के प्रबन्ध सम्पादक रंजन ज़ैदी और संस्थान के अध्यक्ष व कवि शलभ श्रीराम सिंह को 30 जुलाई, 1991 को पूरी रात मन्दिर मार्ग थाने में पुलिस द्वारा रखा गया। दरअस्ल, उस रात दिल्ली पुलिस द्वारा संस्थान के मालिक व महामन्त्री राजेन्द्र जैन की कार से एक शक्तिशाली बम बरामद किया गया था। इसी सिलसिले में उस रात ये दोनों मन्दिर मार्ग में बैठे रहे। इस घटना से पूर्व इस संस्थान और इसके द्वारा शुरू किये गये पुरस्कारों तथा उनसे पैदा हुये विवादों की पूरी रिपोर्ट 31 जुलाई के *जनसत्ता* व *नवभारत टाइम्स में* प्रकाशित हुई थी।

केन्द्रीय समाज कल्याण बोर्ड की पत्रिका में सहायक सम्पादक नियुक्त होने के बाद भी रंजन ज़ैदी सन्तुष्ट नहीं था। वह सहायक सम्पादक होते हुए अपने आपको पत्रिका का सर्वेसर्वा मानने लगा था। नानक चन्द के बारे में यह अनर्गल टिप्पणियाँ करता रहता। एक तरह से यह उन्हें सम्पादक मानने को तैयार ही नहीं था। रही बात मेरी तो मुझे वह किसी खेत की मूली तक नहीं समझता था।

इसकी इस उद्दण्डता के पीछे कहीं-न-कहीं प्रदीप पन्त का भी हाथ था। नानक चन्द इसकी हरकतों से लगभग आजिज़ आ चुके थे। उनकी समझ में नहीं आ रहा था कि वे क्या करें। अपनी सज्जनता के चलते वे कोई ऐसा क़दम नहीं उठाना चाहते थे, जिससे ज़ैदी का कुछ अहित हो। शुरू में सहायक सम्पादक के पद पर इसकी नियुक्ति के बाद समाज कल्याण के कुछ अंकों में इसका नाम डॉ. रंजन ज़ैदी छपता रहा।

एक दिन नानक चन्द जी बड़े खिन्न से अपने कमरे में बैठे हुए थे कि इस बीच मैं अन्दर किसी काम से पहुँच गया। बातों-बातों में चर्चा पत्रिका के सहायक सम्पादक की चल पड़ी। इस बार मुझसे रहा नहीं गया और उनसे बोला, "आपने उस राक्षस की कहानी तो पढ़ी ही है जिसकी जान तोते में बसी हुई थी?"

इतना सुनते ही वे बोले, "तेरा क्या मतलब है?"

मैंने सुझाव दिया, "राक्षस के बजाये आप तोते की गर्दन मरोड़िए। आप प्रशासन से लिखित में यह पूछिए कि सहायक सम्पादक के पद पर जो नियुक्ति हुई है, वह किस नाम से हुई है।"

इस पर नानक जी बोले, "इससे क्या होगा?"

मैंने कहा कि पूछिए तो सही। मैंने फिर उनसे पलटते हुए पूछा कि *आजकल* पत्रिका का सम्पादक कौन है? वे बोले कि पंकज बिष्ट। मैंने कहा नहीं, सर सम्पादक प्रताप सिंह बिष्ट हैं। पंकज बिष्ट तो उनका लेखकीय नाम है। इतना सुनते ही नानक जी की आँखें चमक उठीं। उन्होंने उसी समय अपनी स्टेनो को बुलाया और सम्पादक की तरफ़ से डिक्टेशन देते हुए नोट में पूछा कि *समाज कल्याण* पत्रिका में सहायक सम्पादक के पद पर जो नियुक्ति हुई है, वह किस नाम से हुई है?

अगले दिन प्रशासन से उत्तर आ गया। पत्रिका का ताज़ा अंक प्रेस में जाने के लिए एकदम तैयार था। नानक जी ने मुझे बुलाया और कहा कि मोरवाल ज़रा पत्रिका के फाइनल पेजेज को एक बार दिखाना। मैं फाइनल हो चुकी पत्रिका को लेकर गया और उनके सामने रख दिया। नानक जी ने उसी समय पेन निकाला और पत्रिका के जिस पृष्ठ पर सम्पादकीय विभाग के लोगों का नाम जाता है, और जहाँ सहायक सम्पादक के रूप में डॉ. रंजन ज़ैदी का नाम लिखा हुआ था उसे काटा, और उसकी जगह डॉ. सैयद ज़ुहैर अहमद ज़ैदी लिखने के बाद मुझसे बोले, "मोरवाल देखना नाम सही है?"

मैंने ध्यान से देखा और बोला, "ठीक है सर।"

"अब इसे प्रेस में भेज दे।" नानक जी मुझे निर्देश देते हुए बोले।

कुछ रोज़ बाद जब प्रेस से पत्रिका छपकर आयी और जैसे ही रंजन ज़ैदी ने अपना बदला हुआ नाम देखा, वह तिलमिला उठा। अपने बदले हुए नाम के बारे में जब इसने सम्पादक से पूछा, तो सम्पादक नानक चन्द जी ने प्रशासन से मिले उस उत्तर को दिखा दिया, जिसमें प्रशासन ने सहायक सम्पादक के पद पर हुई असली नाम की नियुक्ति के बारे में लिखित में सूचना दी थी। अब आप समझ गये न कि ऊपर मैंने जिस राक्षस की जान तोते में बतायी थी, वह तोता कौन था? अगर आप नहीं समझे तो मैं बता देता हूँ कि वह तोता था डॉ. सैयद ज़ुहैर अहमद ज़ैदी का लेखकीय नाम रंजन ज़ैदी। तब से लेकर जब तक रंजन ज़ैदी, मुआफ़ करना डॉ. सैयद ज़ुहैर अहमद ज़ैदी केन्द्रीय समाज कल्याण बोर्ड में रहा, कभी रंजन ज़ैदी नहीं छपा।

हिन्दुस्तान टाइम्स समूह की एक पत्रिका थी *कादम्बिनी।* एक समय यानि जब तक राजेन्द्र अवस्थी इसके सम्पादक रहे, इसका एक विशेष पाठक वर्ग था।

इस मासिक पत्रिका में रंजन ज़ैदी के परम मित्र और बुरे वक़्त में इसका साथ देने वाले भले मानुष डॉ. जगदीश चंद्रिकेश उपसम्पादक के पद पर कार्यरत थे। डॉ. चंद्रिकेश की भलमनसाहत का आलम यह था कि दिल्ली के लारेंस रोड स्थित अपना डीडीए का मकान यह कहकर उन्होंने अपने जिगरी यार रंजन ज़ैदी को रहने के लिए दिया हुआ था कि, जब आपके अच्छे दिन आ जायें तो आप किराया दे देना। अब इसे डॉ. चंद्रिकेश का भाग्य कहें या उनकी भलमनसाहत का फल कि 31 जनवरी, 1990 को रंजन ज़ैदी के ऐसे दिन फिरे कि केन्द्रीय समाज कल्याण बोर्ड में सरकारी नौकरी तो लगी ही, बल्कि पगार के साथ सरकार की ओर से मकान का किराया भत्ता भी मिलने लगा। इस तरह डॉ. चंद्रिकेश इन्तज़ार करने लगे कि सालों तक किराया न देने के बाद उनका मित्र अब तो उन्हें किराया दे देगा। मगर किराया देना तो दूर रहा डॉ. चंद्रिकेश के इस जिगरी यार ने दोस्त दोस्त न रहा, प्यार प्यार न रहा की तर्ज़ पर उलटा अपने मकान मालिक अर्थात बुरे वक़्त में साथ देने वाले भले मानुष डॉ. जगदीश चंद्रिकेश पर ही मुक़द्दमा ठोंक दिया। चूँकि एक सरकारी कर्मचारी को किराया भत्ता भी मिलता है डॉ. चंद्रिकेश ने इस मामले को निपटाने की ग़रज़ से इस बारे में सम्पादक से संयुक्त निदेशक बन चुके प्रदीप पन्त से भी कहा। मगर कोई परिणाम नहीं निकला।

एक दिन मैं कार्यालय के लेखा अनुभाग अर्थात एकाउंट्स डिवीज़न में सरदार जोगिन्दर सिंह के पास बैठा हुआ था। ऐसे ही रंजन ज़ैदी की बात चली और बात मकान किराया भत्ते की चल पड़ी। मैंने ऐसे ही डॉ. चंद्रिकेश के बारे

में बता दिया कि उनके मकान में रहकर ज़ैदी उन्हें किराया नहीं दे रहा है। बल्कि उनसे झगड़ा और कर लिया। इस पर सरदार जोगिन्दर सिंह ने चौंकते हुए कहा कि ज़ैदी तो किराये की रसीद दे रहा है और रसीद पर मकान मालिक के हस्ताक्षर भी हैं। मुझे यह सुनकर हैरानी हुई कि ऐसे कैसे सम्भव है? मैंने कहा कि यार दिखाना उस रसीद को? जोगिन्दर ने उसी समय ज़ैदी की फ़ाइल निकाली और यह कहते हुए उसे खोलकर मेरे सामने रख दिया कि देख, यह रही रसीद। मैं भी उन दिनों किराये के मकान में रहता था और किराये की रसीद देता था। मैंने जब उस तथाकथित किराये की रसीद को देखा तो मैं उसे देखकर हतप्रभ रह गया। रसीद के नाम पर वह एक ऐसे पुराने कागज़ का टुकड़ा था जिस पर डॉ. जगदीश चंद्रिकेश के हाथ से उनका नाम लिखा हुआ था। उसी कागज़ के नाम लिखे हिस्से को काटकर रसीद बना ज़ैदी ने लेखा अनुभाग में दे रखा था। मैंने जब सारी कहानी जोगिन्दर को बतायी तब उसे इस रसीद की असलियत पता चली। इसके बाद इस तथाकथित रसीद के बारे में मैंने संयुक्त निदेशक प्रदीप पन्त को भी बताया था। प्रदीप पन्त से उन दिनों रंजन ज़ैदी की कुछ खटपट चल रही थी, सो उन्होंने तुरन्त ज़ैदी को बुलाकर इस फ़र्जी रसीद के बारे में बताया। इतना सुन ज़ैदी के चेहरे पर हवाइयाँ उड़ने लगीं। मुश्किल से इस मामले पर पर्दा डाला गया। बाद में पता चला कि डॉ. जगदीश चंद्रिकेश के इस लारेंस रोड वाले मकान पर उनकी एक अलमारी थी, जिसमें उनके कुछ कागज़ पड़े हुए थे। यह फ़र्जी रसीद इन्हीं कागज़ों में से निकालकर बनायी गयी थी। इसके बाद पता नहीं डॉ. चंद्रिकेश को किराया मिला या नहीं। हाँ, इतना ज़रूर हुआ कि उस भले मानुष का मकान ख़ाली हो गया।

30 मई, 1994 को सहायक प्रस्तुति से मेरी पदोन्नति सहायक निदेशक के पद पर हो गयी। यह पद सहायक सम्पादक के ही समकक्ष था। इसे आप सेक्शन ऑफ़िसर भी कह सकते हैं। लेकिन पदोन्नति और दूसरे अनुभाग में स्थानान्तरण के बावजूद मुझे पत्रिका का कार्य भी देखने का आदेश दिया गया। मेरी पदोन्नति के बाद रंजन ज़ैदी ने एक वरिष्ठ लेखक होने के नाते आशीर्वचनस्वरूप मुझे एक दस्ती बधाई पत्र लिखा। 3 जून, 1994 को लिखा गया यह पत्र इस प्रकार था—

प्यारे मोरवाल

'पद' कार्य-निर्धारण एवं व्यवस्था-संचालन का साधन होता है, वे पद को गरिमा देते हैं। लेखक 'पद' से बड़ा होता है। लेखक राष्ट्र और विश्व की निधि होता है, 'पद' व्यवस्था से जुड़ी संस्था अथवा संगठन का एक पुरज़ा।

तुम एक लेखक हो, इसलिए इस पद से बड़े हो। 'पद' जब लेखक पर हावी हो जाता है तो लेखक मर जाता है। लेखक को ज़िन्दा रहने का मौक़ा दो।

एक अदना-सा आदमी लेखक के रूप में राष्ट्रपति के बराबर बैठ जाता है। 'पद' राष्ट्रपति को प्रभावित नहीं करता। राष्ट्रपति राजनीतिक व्यवस्था की मात्र इकाई होता है। लेखक समय-समाज का प्रतिनिधि और युग का गवाह होता है। सोचो, कौन बड़ा हुआ? मैं किसे बधाई दूँ? काश! तुम कोई कालजयी रचना लिख सको तब मैं और प्रसन्न हूँगा। तुम्हारी सफलताओं का मैं गवाह हूँ। भला मैं तुम्हारा अहित कैसे सोच सकूँगा। मिस्र के राजा होरेदस ने अपने विकल्प सरहिन्दा से कभी संवाद नहीं किया, लेकिन जब सरहिन्दा पर फीरोदस ने प्राणघाती हमला किया तो होरेदस ने वह वार अपने ऊपर ले लिया और शहीद हो गया। मेरा बोलना भी यही संकेत है। दुःख यह है कि तुम अपनी ऊर्जा का सही उपयोग नहीं कर रहे हो। काश, तुम अपना बहुमूल्य समय लेखन और पढ़ने में ख़र्च करते।

फिर भी अगर तुम्हें मेरी बधाई अच्छी लगे तो उसे तुम तक पहुँचा रहा हूँ। पर एक सलाह तुम्हें ज़रूर दूँगा। तुम अब एक भरपूर दरख़्त बन चुके हो। मैं उसकी डाली में एक फल देख रहा हूँ, जिसके बोझ से वह झुकने का प्रयास कर रहा है। फल और आयेंगे, पर तन कर मत खड़े रहना। झुकना 'विनीत मुद्रा' का सांस्कृतिक प्रतीक माना गया है। जो पेड़ तने रहते हैं, वे आँधी में गिर जाते हैं। ख़ुदा से दुआ है कि तुम्हारी जड़ें गहरे तक फैलें।

हर आदमी में एक अच्छा आदमी होता है, क्योंकि वह अपनी सन्तान का अहित नहीं सोचता। मैं उसी अच्छे आदमी को तुम में भी पाता हूँ। बस ज़रूरत है उसे ऊँचा उठाने की। एक प्रतिभाशाली लेखक के लिए ऐसे आदमी के साथ चलते रहना ज़रूरी होता है। नयी ज़िम्मेदारियों का स्वागत करो—गम्भीर बनो और 'पद' से बड़ा लेखक बनकर दिखाओ, यही मेरी इच्छा है। 'पद' तो आगे भी मिलेंगे। 58 साल तक तुम्हारा साथ देंगे लेकिन उसके बाद तुम्हें कौन मुड़कर देखेगा? तब, तुम्हारी रचनाएँ ही तुम्हें ज़िन्दा रखेंगी, आगे बढ़ाएँगी और फिर आने वाली नस्लों के लिए तुम्हें सौंप जायेंगी।

ज़िन्दा रहो, ख़ुशियाँ नसीब हों, यही मेरा आशीर्वाद है।

तुम्हारा,
रंजन ज़ैदी
3/6/94

इस बधाई या कहिए आशीर्वचनरूपी काग़ज़ के पुर्ज़े को मैंने एक बार नहीं कई बार पढ़ा, मगर ईमानदारी से कहूँ इसका अर्थ मेरे बिल्कुल पल्ले नहीं पड़ा। पदोन्नति मेरे लिए एक सामान्य-सी बात थी। यह तो अगर मेरा वक़्त सही होता तो इसकी जगह सहायक सम्पादक मैं होता। अर्थात लगभग तीन साल पहले मैं इस ग्रेड या स्केल में आ गया होता। वैसे भी यह पदोन्नति नियमित नहीं थी, तदर्थ आधार (Adhoc) पर दी गयी थी। इसलिए भी मेरे लिए यह कोई मायने नहीं रखती थी। मैं तो पहले सहायक सम्पादक और उसके बाद *समाज कल्याण* पत्रिका का सम्पादक बनने का सपना पाले बैठा था। और सपना पाले बैठा था पत्रिका को एक नया रूप और ऊँचाई देने का। इसलिए इस पदोन्नति को लेकर मुझमें कोई उत्साह नहीं था। सेक्शन ऑफ़िसर का मतलब अंग्रेज़ी में काम करना हुआ और अंग्रेज़ी, उससे अपना दूर-दूर तक वास्ता नहीं था। एक कारण यह भी था जिसके चलते इस पदोन्नति को लेकर मेरे अन्दर कोई उत्साह नहीं था।

मैं बार-बार इस पत्र में एकाकी उद्धरण चिह्न अर्थात सिंगल इनवर्टेड कोमा में लिखे 'पद' शब्द, जिसको लेकर यह पत्र लिखा होगा, उसका अर्थ और मर्म समझने का प्रयास करने लगा। जिस तरह यहाँ शब्दों का जाल बुना गया और उदाहरण दिये गये, मैं उन्हें समझने में विफल रहा। मैं समझ नहीं पा रहा था कि इसमें अभिशाप दिया गया हैं या आशीर्वाद? जब मेरे कुछ पल्ले नहीं पड़ा तब मैं इस आशीर्वाद रूपी पुर्ज़े को लेकर प्रदीप पन्त के पास गया। उन्होंने इसे सरसरी तौर पर पढ़ा और एक रहस्यमयी मुस्कान फेंककर यह कहते हुए वापस दे दिया कि इसका यह जवाब दे दो। प्रदीप पन्त ने जो कहा उसे आत्मसात कर मैं वापस अपनी सीट पर आया और उनके कहे में कुछ अपनी बात मिलाकर उसका यह बेहूदा-सा जवाब लिखकर रंजन ज़ैदी को दे दिया–

प्रिय डॉ. ज़ैदी साहब,

आपका दिनांक 3.6.94 का बधाई पत्र मिला–धन्यवाद। आपने जो शुभकामनाएँ व्यक्त की हैं इससे यह आभास हुआ कि आप एक बुज़ुर्ग और प्रतिष्ठित लेखक बन चुके हैं–काश, आपके बाल भी सफ़ेद हो गये होते, तो मैं आपको डॉ. हजारी प्रसाद द्विवेदी और स्वयं को उनका शिष्य नामवर सिंह मानता। रही बात पेड़ की सो हम तो आँधी के पेड़ ही बना रहना चाहते हैं; क्योंकि हमें अपनी छोटी-छोटी उपलब्धियों पर ही ख़ुशी होती है।

दूसरी बात तनकर खड़े रहने की है, वह पेड़ ही क्या जिसमें तनकर खड़े होने का अहसास ही न हो।

भगवानदास मोरवाल
3/6/94

चूँकि पदोन्नति के लगभग दो साल चार महीने बाद तक मैं पत्रिका की प्रस्तुति का काम देखता रहा। हारकर मैंने सितम्बर 1996 में अपने कार्यालय को लिखकर दे दिया कि कृपया अब मुझे पत्रिका के अतिरिक्त कार्यभार से मुक्त किया जाये। मेरे इस अनुरोध को तुरन्त स्वीकार कर लिया गया और पत्रिका में पूरे 9 साल कार्य करने के बाद अन्ततः मैं इससे पूरी तरह मुक्त हो गया। इस तरह प्रस्तुति सहायक से सहायक निदेशक के पद पर पदोन्नति के बाद मेरा सम्बन्ध हमेशा-हमेशा के लिए *समाज कल्याण* पत्रिका से टूट गया। अब मैं पूरी तरह एक 'बाबू' में तब्दील हो चुका था। हालाँकि बाद में पत्रिका से मुक्त होने का सबसे बड़ा लाभ यह हुआ कि, मेरे सृजनात्मक लेखन ने न केवल कुछ गति पकड़ ली बल्कि उसकी गुणवत्ता में भी सुधार आने लगा। इसलिए मैं गीता सार के इस कथन में बहुत विश्वास करता हूँ कि 'जो हुआ अच्छा हुआ। जो हो रहा है वह भी अच्छा हो रहा है और जो होगा, वह उससे भी अच्छा होगा।'

समाज कल्याण पत्रिका का सालों तक ओखला इंडस्ट्रियल एरिया स्थित अरावली प्रिंटर्स प्राइवेट लिमिटेड में मुद्रण होता रहा। पहले पत्रिका से मेरे जाने के बाद और बाद में नानक चन्द जी के डेपूटेशन पर *हिन्दी अकादमी*, दिल्ली में सचिव होने पर पत्रिका के मुद्रण से लेकर सम्पादन तक की सारी ज़िम्मेदारी अब रंजन ज़ैदी पर आ गयी। प्रिंटिंग के साथ-साथ अरावली प्रिंटर्स प्राइवेट लिमिटेड ने प्रकाशन का कार्य भी शुरू कर दिया था, इसलिए अब उसका नाम अरावली प्रिंटर्स एंड पब्लिशर्स प्राइवेट लिमिटेड हो गया। बाद में पता चला कि यहाँ से भी ज़ैद ने एक छोटा-सा कविता संग्रह प्रकाशित करवा लिया। इतना ही नहीं अपनी पत्नी के नाम से ये खुद लेख लिखते, उसे पत्रिका में छापते और बदले में अच्छा-ख़ासा पारिश्रमिक वसूलते। दरअस्ल, एक तरह से यह इसकी आदत है। मुझे याद है 1986 में जब ये कुछ दिनों के लिए 'सुलभ शौचालय' जिसका बाद में 'सुलभ इंटरनेशनल' नाम कर दिया गया था, उसकी एक पत्रिका शुरू हुई थी *सुलभ इंडिया।* उन दिनों इस पत्रिका का कार्यालय दक्षिण दिल्ली के ग्रेटर कैलाश, पार्ट-1 में हुआ करता था। *सुलभ इंडिया* का प्रथम अंक या कहिए प्रवेशांक दिसम्बर 1986 में प्रकाशित हुआ था। पत्रिका के पहले ही अंक में *महिलाओं के पन्ने* नामक स्तम्भ में *सुन्दरता के लटके-झटके* शीर्षक से एक पृष्ठीय छोटा-सा

लेख छपा था। आपको जानकर हैरानी होगी कि इस लेख की लेखिका वही नीना गर्ग थीं, जिसके नाम से ये *समाज कल्याण* पत्रिका में ख़ुद लेख लिखते रहे, उसे पत्रिका में छापते और बदले में महीनों तक अच्छा-ख़ासा पारिश्रमिक वसूलते रहे। सवाल यहाँ पत्नी, बेटे या परिवार के किसी सदस्य की रचना को प्रकाशित करने का नहीं है। सवाल एक सम्पादक और एक लेखक की नैतिकता और क़ानून का है कि ऐसे कृत्यों के लिए उसका अन्तर्मन आख़िर इजाज़त कैसे दे देता है?

अक्सर यह कहता था कि जामिया मिलिया इस्लामिया विश्वविद्यालय में नामवर सिंह ने उन्हें इसलिए नहीं चुना कि वह शिया है। अब्दुल बिस्मिल्लाह को इसलिए लिया गया कि वे सुन्नी थे। यानि इसे पूरी कायनात से जैसे शिकायत थी। एक मज़ेदार क़िस्सा *कादम्बिनी* और बाद में बने *साप्ताहिक हिन्दुस्तान* के सम्पादक और कथाकार राजेन्द्र अवस्थी जी सुनाया करते थे। उन दिनों अवस्थी जी *साप्ताहिक हिन्दुस्तान* के भी सम्पादक हुआ करते थे, और रंजन ज़ैदी कमलेश्वर जी की तरह अवस्थी जी के भी बेहद क़रीब थे। इसने *साप्ताहिक हिन्दुस्तान* में घुसने की बड़ी कोशिश की। मगर जब यह कामयाब नहीं हुआ तो ज़ैदी ने हिन्दुस्तान टाइम्स ग्रुप के सर्वेसर्वा के.के. बिरला के नाम ख़त लिखा। इस पत्र में राजेन्द्र अवस्थी की शिकायत की गयी थी। बिरला ने यह चिट्ठी जवाब देने के लिए राजेन्द्र अवस्थी जी को ही भेज दी। अवस्थी जी को इस पत्र का जवाब तो क्या देना था बल्कि इसके बावजूद अवस्थी जी इसे सुलभ इंडिया पत्रिका में ले आये। लेकिन वहाँ भी यह पत्रिका के सम्पादक वीरेन्द्र पाण्डे से भिड़ गया और एक दिन तैश में आकर अपना इस्तीफ़ा दे बैठा। इस्तीफ़ा इसने यह सोचकर दिया था कि मैनेजमेंट इसका इस्तीफ़ा स्वीकार नहीं करेगा क्योंकि पत्रिका इसके बिना निकल नहीं पायेगी। मगर हुआ इसके उलटा और मैनेजमेंट ने पत्रिका के हित में इसका इस्तीफ़ा स्वीकार कर लिया।

आप सोच रहे होंगे कि इस स्मृति-कथा में एक व्यक्ति पर आख़िर इतने शब्द ख़र्च करने की क्या ज़रूरत थी? आप सही सोच रहे हैं। आपका ऐसा सोचना जायज़ भी है। लेकिन आपके जीवन में ऐसे कुछ व्यक्ति आते हैं जिनका व्यक्तित्व बड़ा रहस्यमयी और कई परतों वाला होता है। ज़िन्दगी भर उनके लाख क़रीब होने के बावजूद उन्हें समझना सबसे मुश्किल है। एक ही रुचि के चलते व्यक्तिगत ईर्ष्या, अदावत अलग बात है। वह स्वाभाविक भी है। लेकिन एक व्यक्ति के भीतर इतनी गाँठों, विरोधाभासों और दुचित्तेपन का होना आख़िर क्या दर्शाता है। बल्कि मुझे तो यह व्यक्ति कभी-कभी किसी उपन्यास का मुकम्मल पात्र ही नहीं अपितु एक चरित्र लगता है। बेहद कम उम्र में पॉकेट बुक्स के लिए

'रंजन' नाम से लेखन करने वाला, *उफ़* और *माई माई* जैसी पत्रिकाओं का सफ़र तय करने के साथ *डॉ. राही मासूम रज़ा : कृतित्व और उपलब्धियाँ* जैसे विषय पर पीएच.डी., आधा हिन्दू और आधा मुसलमान नाम रखकर प्रगतिशीलता का बाना ओढ़कर लेखन करने वाले व्यक्ति के अन्दर इतने सारे व्यक्ति कैसे हो सकते हैं? इसलिए यदि इसी के शब्दों में कहूँ तो 'जो व्यक्ति मेरी सफलताओं का गवाह रहा है', मुझे ऐसे व्यक्ति की इतनी सारी परतों को देखकर आश्चर्य होता है। इसलिए इस स्मृति-कथा में इस पात्र पर इतने शब्द ख़र्च करने का हक़ तो बनता ही है।

शायद ऐसे ही व्यक्ति के बारे में निदा फ़ाज़ली ने कभी यह शे'र कहा होगा—

हर आदमी में होते हैं दस बीस आदमी
जिसको भी देखना हो कई बार देखना।

तो आइए एक बार फिर से लौटते हैं देवेन्द्र माँझी प्रसंग की ओर। मैंने जैसा कहा कि मुझे पूरा विश्वास ही नहीं बल्कि पूरी तरह आश्वस्त था कि माँझी को कमलेश्वर जी अपनी जागरण वाली टीम में ज़रूर शामिल कर लेंगे। इस बीच वे बड़ी तेज़ी से अपनी टीम बनाने में लगे हुए थे। बहुत से पत्रकारों को तो वे नियुक्त भी कर चुके थे लेकिन इनमें माँझी का अभी तक नाम नहीं था। इसलिए एक दिन मैंने जब बड़े आत्मविश्वास के साथ देवेन्द्र माँझी के बारे में कमलेश्वर जी से पूछा तो वे जैसे हत्थे से उखड़ गये। यह मेरे लिए एकदम अप्रत्याशित था। वे लगभग झल्लाते हुए बोले कि मोरवाल मुझे अख़बार निकालना है!

मैं समझ गया और मन-ही-मन ख़ुद से बोला, 'जा रे माँझी तेरी फूटी क़िस्मत!' इसके बाद मेरा उनके पास से उठना मुश्किल हो गया। इस तरह देवेन्द्र माँझी *जागरण* में जाते-जाते रह गये। इसी दौरान 6 दिसम्बर, 1992 को अयोध्या स्थित विवादित रामजन्म भूमि-बाबरी मस्जिद ढाँचे को ढहा दिया गया। इस घटना पर जागरण समूह के मालिकों ने जिस तरह हिन्दूवादी स्टैंड लिया, उससे आहत होकर कमलेश्वर जी ने जागरण के सम्पादक पद से इस्तीफ़ा दे दिया। सिर्फ़ कमलेश्वर जी ने ही नहीं दिया बल्कि उन्होंने 28 लोगों की जो अपनी टीम बनायी थी, उन सभी ने कमलेश्वर के साथ सामूहिक इतीफ़ा दे दिया। मेरे जानते हिन्दी पत्रकारिता के इतिहास में ऐसा पहली बार हुआ था, जब किसी प्रकाशन समूह के मालिकों के स्टैंड के ख़िलाफ़ अख़बार के सम्पादक के साथ उसके सारे सहयोगियों ने सामूहिक इस्तीफ़ा दिया हो।

इधर 6 दिसम्बर, 1992 को अयोध्या स्थित विवादास्पद रामजन्म भूमि-बाबरी मस्जिद को ढहाने के प्रतिक्रियास्वरूप, मेवात में 7 दिसम्बर को घटी दुर्भाग्यपूर्ण घटनाओं के बाद धीरे-धीरे स्थितियाँ सामान्य होने लगीं। मेवात के प्रमुख क़स्बों तावड़ू, नूंह, फ़िरोज़पुर झिरका, मेरे क़स्बे नगीना, पुन्हाना से दिन का कर्फ़्यू उठाने के साथ-साथ सेना का फ्लेग मार्च रोक दिया गया और दिन के समय बस सेवा बहाल कर दी गयी। पुलिस प्रशासन ने मेवात में दंगे कराने और करने वाले असामाजिक तत्वों और अपराधियों को सलाखों के पीछे डाल दिया। तथाकथित क्षेत्रीय और राष्ट्रीय समाचार-पत्रों के पन्ने मेवात की बदनामी की ख़बरों से अट गये। लेकिन सत्ताधारी काँग्रेस और भारतीय जनता पार्टी द्वारा एक ही दिन अर्थात 30 जनवरी को नूंह क़स्बे और वर्तमान में मेवात के ज़िले नूंह में आयोजित होने वाली समानान्तर सद्भावना रैलियों के दौरान मेवात के वातावरण ने एक बार फिर साम्प्रदायिक रूप ले लिया। भारतीय जनता पार्टी और उसके अनुषांगिक संगठन विश्व हिन्दू परिषद, आर.एस.एस और आर्य समाज भी स्थानीय हिन्दुओं के पक्ष में सक्रिय हो गये। अचानक मेवात में जैन मुनियों से लेकर पुजारियों व साधु-सन्तों पर हमलों, मन्दिरों की ज़मीन पर नाजायज़ क़ब्ज़ों, मूर्तियों की चोरी तथा हिन्दुओं के धार्मिक कार्यों को रोकने, गौकशी, हिन्दू लड़कियों के साथ छेड़छाड़ जैसी घटनाओं के समाचार-पत्रों में छपने वाली ख़बरों की बाढ़ आ गयी। इस घटना के बाद मेवात के दो बड़े नेता और सत्ताधारी काँग्रेस के मन्त्रियों और कुछ स्थानीय मेव राजनेताओं की शह पर मेव समुदाय द्वारा स्थानीय हिन्दुओं के आर्थिक बहिष्कार की घोषणा कर दी गयी। इन सारी ख़बरों का संचालन और प्रकाशन मेवात के सीमावर्ती शहर गुड़गाँव और फरीदाबाद से हो रहा था।

मेवात का आपसी भाईचारा एक बार फिर राजनीति का शिकार होकर रह गया। मेवों द्वारा आंशिक रूप से शुरू किया गया तथाकथित आर्थिक बहिष्कार लगभग डेढ़ महीने तक चला। हरियाणा में उन दिनों काँग्रेस की सरकार थी और मेवात की इन दुर्भाग्यपूर्ण घटनाओं के चलते सरकार और काँग्रेस की अच्छी-ख़ासी किरकिरी हो रही थी। मुख्यमन्त्री पर भी इस बहिष्कार को समाप्त करने के लिए दबाव पड़ने लगा था। इस दबाव का असर यह हुआ कि मुख्यमन्त्री ने स्थानीय प्रशासन एवं मेव मन्त्रियों से इस बहिष्कार को ख़त्म करने का आदेश दे दिया। इस तरह स्थानीय प्रशासन और मेव मन्त्रियों ने मेव बिरादरियों को विश्वास में लिए बिना 18 मार्च, 1993 को पिछले डेढ़ माह से मेवों द्वारा हिन्दुओं का किया जा रहा आर्थिक बहिष्कार ख़त्म करवा दिया।

लेकिन यह कार्यवाई मेवात के कुछ साम्प्रदायिक क़िस्म के स्थानीय मेवों को पसन्द नहीं आयी। इसकी मेवात के मेव समुदाय में तीखी प्रतिक्रिया हुई।

इस प्रतिक्रिया से बचने के लिए बड़े मेव नेता चौधरी तैयब हुसैन, चौधरी ख़ुर्शीद अहमद के अलावा उस समय नूंह विधानसभा के विधायक और चौधरी तैयब हुसैन के बड़े बेटे ज़ाकिर हुसैन द्वारा 21 मार्च को अरावली की तलहटी में बसे, और मेरे क़स्बे नगीना से मात्र 8 किलोमीटर दूर मेवात के गाँव मूलथान में मेवों की एक गुप्त पंचायत बुलाई गयी। इस पंचायत में काँग्रेस के विधायक और दो मन्त्री चौधरी इलियास ख़ाँ (फरीदाबाद लोकसभा क्षेत्र से सांसद रहे स्वर्गीय चौधरी रहीम ख़ाँ के पुत्र) और शकरुल्ला ख़ाँ शामिल नहीं हुए। इसलिए यह पंचायत बेनतीजा समाप्त हो गयी। अगली पंचायत का 4 अप्रैल को नूंह के पास सालाहेड़ी गाँव में करने का ऐलान कर दिया गया। इसका एक कारण यह था कि मेव समुदाय मेवात के पुराने और नये नेताओं में बँट गया। इसके अलावा मेवात का आम नागरिक और मेवों की छोटी जातियाँ इस बहिष्कार की माँग करने लगीं। इस पंचायत में मौजूद चौधरी तैयब हुसैन और उनके पुत्र ज़ाकिर हुसैन (यह अपने दादा चौधरी यासीन ख़ाँ मेव के नाम पर चलाये जा रहे यासीन मेव डिग्री कॉलेज में बी.ए. तृतीय वर्ष (1980-81) में मेरा सहपाठी रह चुका था) ने दबी ज़ुबान से इस बहिष्कार का पुनः समर्थन देने का वायदा किया।

दरअस्ल, इस बेनतीजा पंचायत का एक और बड़ा कारण था और वह यह कि यह बहिष्कार हिन्दू-मुसलमान का मामला नहीं, बल्कि यह मेव नेताओं की नाक का सवाल भी बन गया था। चूँकि वर्तमान विधायकों और मन्त्रियों ने चौधरी तैयब हुसैन और उसके विधायक बेटे ज़ाकिर हुसैन को अलग कर इस बहिष्कार को ख़त्म कराया था, इससे चिढ़कर ये दोनों पिता-पुत्र इस बहिष्कार को जानबूझ कर लम्बा खिंचवाना कहते थे, ताकि मेवों पर उनकी पकड़ और मज़बूत हो जाये। चूँकि वर्तमान मन्त्री चौधरी इलियास ख़ाँ और शकरुल्ला ख़ाँ का प्रभाव मेवात के एक बड़े क़स्बे पिनगवाँ में अधिक था, इसलिए 18 मार्च की शाम से बाज़ार में ख़रीद-फ़रोख़्त शुरू करवा दी। यहाँ पाठकों को एक दिलचस्प जानकारी दे दूँ कि आभूषण की दुनिया के दो बड़े ब्रांड पी.सी. ज्वेलर्स और पी.पी.ज्वेलर्स बन्धुओं का पैतृक स्थान मेवात का यही पिनगवाँ क़स्बा है। हालाँकि मेवों द्वारा हिन्दुओं के किये जा रहे आर्थिक बहिष्कार को समाप्त कराने को लेकर इन दोनों विधायकों और मन्त्रियों को अपने समुदाय का बहुत विरोध झेलना पड़ा। इसके बाद मेवात को साम्प्रदायिकता के भाड़ में झोंकने का आरोप मेवात के मेव मन्त्रियों और बड़े नेताओं पर लगने लगे।

इस तरह जैसे-जैसे तेज़ी से हालात सामान्य होने लगे पुलिस प्रशासन की कारगुज़ारियों से पर्दाफ़ाश होने लगा। पता चला कि शरारती और अपराधी तत्त्वों के नाम पर पुलिस ने गाँव-क़स्बों के बेकसूर मेव युवाओं और अधेड़ों को जेल में डाला हुआ था। जबकि असली कसूरवार खुली हवा में साँस लेते हुए घूम रहे थे।

इस देश की एक विशेषता यह है कि आपदा में भी हम खाने-कमाने के अवसर ढूँढ़ लेते हैं। इस अवसर का सबसे ज़्यादा शिकार निर्बल, ग़रीब और भोलाभाला आम आदमी ही होता है। जबकि प्रशासन और सत्ता में बैठे लोग ऐसे अवसरों का जमकर दोहन करते हैं। ऐसा ही इस दौरान हुआ। जो अपराधी थे वे अपने रसूख़ के चलते निर्द्वन्द्व भाव से खुले में घूम रहे थे, जबकि लाचार और ग़रीब आदमी अदालती क़सूरवार बनकर, बल्कि यह कहना उचित होगा कि बना दिया, जमानत करवाने और जेलों से बाहर आने की कोशिशों में जुटे हुए थे। इसकी पुष्टि मेवात के समाज सेवी और लेखक फ़जरुद्दीन बेसर के 20 दिसम्बर, 1992 के बाद आये 2 फ़रवरी, 1993 के पत्र से भी होती है। यह पूरा पत्र स्मृति-कथा के पहले खण्ड *पकी जेठ का गुलमोहर* में अक्षरशः प्रकाशित है। उन दिनों गुड़गाँव ज़िले में एस.एस.पी. के पद पर वरिष्ठ आई.पी.एस. श्रीनिवास वशिष्ठ तैनात थे। उन्होंने दूरदर्शिता का परिचय देते हुए अपने अथक प्रयासों से न केवल मेवात में शान्ति क़ायम की, बल्कि मेवात के पुराने काँग्रेसी नेता चौधरी ख़ुर्शीद अहमद, जो उन दिनों जनता दल (अ) में थे, उनके बेटे अंजुमन अहमद के ख़िलाफ़ क्षेत्र का साम्प्रदायिक सद्भाव बिगाड़ने के आरोप में धारा 153 ए के तहत मामला भी दर्ज किया।

30 जनवरी, 1993 की इस घटना ने मेवात के आपसी विश्वास को फिर से साम्प्रदायिकता के लावे में धकेल दिया। जो भाईचारा एक बार फिर से अपनी पुरानी लीक पर आने का प्रयास कर रहा था, अचानक गाँधी की आड़ में उसके घाव पुनः हरे कर दिये गये। बाद में मेवात में भले ही शान्ति बहाल हो गयी, मगर एक-दूसरे पर शक और अविश्वास की सूई रह-रहकर आकर टिक जाती। दिल्ली में रहते हुए मन एक अजीब-सी बेचैनी और अवसाद के चलते डूब-डूब जाता। भीतर-ही-भीतर जैसे कुछ घुमड़ने लगता। कनॉट प्लेस के मोहन सिंह प्लेस की खुली छत पर शनिवार के दिन होने वाली बहस-मुबाहिसों से मन उचट गया। पूरा देश उन दिनों जैसे एक अन्तहीन अन्धी गली में उतर गया था। 1984 में देश की प्रधानमन्त्री श्रीमती इन्दिरा गाँधी की उन्हीं के अंगरक्षकों द्वारा की गयी नृशंस हत्या, और उसके बाद हुए सिख विरोधी दंगों के दौरान सिखों के विरुद्ध हिन्दुओं का जो साम्प्रदायिक ध्रुवीकरण हुआ था;

1992 में बाबरी मस्जिद को ढहाने के बाद एक बार फिर उसकी पुनरावृत्ति हुई। 1984 में यह ध्रुवीकरण जहाँ सिखों के विरुद्ध था, और 1992 में यह ध्रुवीकरण मुसलमानों के ख़िलाफ़ दिखाई देने लगा।

इसी बीच पहले 1990 की रथयात्रा और उसके बाद इसके मेवाती समाज पर पड़े दुष्प्रभाव से व्यथित होकर लिखी गयी कहानी *भूकम्प* और इसके बाद लिखी गयी *रंगअबीर नही करना है महराब* के अलावा *आप्रवासी* सहित *अस्सी मॉडल उर्फ़ सूबेदार, लेकिन, अरण्यकांड, अँधेरा* और *बस, तुम न होते पिता जी* सहित नयी-पुरानी कुल नौ कहानियाँ तैयार हो गयीं। इन नौ कहानियों में पाँच कहानियों की पृष्ठभूमि कहीं-न-कहीं मेवात ही थी। इनमें *अस्सी मॉडल उर्फ़ सूबेदार, लेकिन, महराब, अरण्यकाण्ड, अंगअबीर* और *बस, तुम न होते पिताजी* अप्रकाशित कहानियाँ थीं। जबकि बाक़ी की कहानियाँ क्रमशः *भूकम्प* साप्ताहिक हिन्दुस्तान; 15-21 मार्च, 1992, नयी दिल्ली; *आप्रवासी* जनाधार भारती (प्रवेशांक), नयी दिल्ली; जुलाई 1991; *अँधेरा* दैनिक हिन्दुस्तान, नयी दिल्ली, 10 नवम्बर, 1991 ही पत्र-पत्रिकाओं में प्रकाशित थीं।

मैं इस मामले में बड़ा बदनसीब रहा हूँ कि मेरी जो कहानियाँ पत्र-पत्रिकाओं में प्रकाशित होती थीं, उन पर पाठकों कि प्रतिक्रियाएँ न के बराबर आती थीं, विशेषकर पत्रों के रूप में। इसका कारण शायद यही रहा होगा कि मेरी पहचान कहानी लेखक के रूप में उस तरह नहीं बन पायी जैसी बननी चाहिए। जबकि मैं अपने बहुत से समकालीनों को यह कहते हुए सुनता था कि उनकी फलाँ कहानी पर पाठकों की चिट्ठियों का ढेर लग गया। एक बार कमलेश्वर जी ने कहीं लिखा था कि उन्हें (शायद उनके उपन्यास *कितने पाकिस्तान* पर) तीन-चार हज़ार चिट्ठियाँ प्राप्त हो चुकी हैं। हालाँकि मुझे इस पर तब भी, जब उन्होंने यह लिखा था और ना आज यक़ीन होता है। इसका कारण यह है कि या तो तीन हज़ार चिट्ठियाँ मिली होंगी या चार हज़ार। तीन और चार हज़ार के बीच पूरे एक हज़ार का अन्तर होता है। हाँ, सौ-सवा सौ तो सम्भव हैं। इतनी चिट्ठियाँ दूरदर्शन पर 1993 और 2001 के बीच में प्रसारित होने वाले सिद्धार्थ काक और रेणुका शहाणे के सांस्कृतिक धारावाहिक *सुरभि* या इस तरह के अन्य धारावाहिकों पर प्राप्त होती थीं।

हाँ, भूले-भटके चार-पाँच से ज़्यादा कभी नहीं आयीं। इसका दूसरा कारण यह भी हो सकता है कि मैं कभी *हंस, पहल, तद्भव, वागर्थ* या *नया ज्ञानोदय* जैसी पत्रिकाओं का लोकप्रिय होना तो दूर रहा, इनका लेखक भी नहीं रहा। बावजूद इसके जब कभी एकाध चिट्ठी आती तो मन इसी से आह्लादित और प्रफुल्ल हो उठता।

1992 में *साप्ताहिक हिन्दुस्तान* (15-21 मार्च, 1992) में प्रकाशित कहानी *भूकम्प* पर आनेवाली दो पाठकों की प्रतिक्रियाओं को यहाँ ज़रूर देना चाहूँगा। इनमें से पहली चिट्ठी है वनस्थली विश्वविद्यालय, जयपुर, राजस्थान की एम.ए.अन्तिम वर्ष की छात्र कुमारी यासिक की, और दूसरी है हैदराबाद स्थित इंडियन एयरलाइन्स केन्द्रीय प्रशिक्षण प्रतिष्ठान में कार्यरत वरिष्ठ यान-निर्देशन प्रशिक्षक लीलाधर वशिष्ठ की–

पहला पत्र

बनस्थली विश्वविद्यालय
20th March 1992

मान्य लेखक,

'साप्ताहिक हिन्दुस्तान' (15 से 21 मार्च वाला) अंक में आपके कर-कमलों द्वारा रचित 'भूकम्प' कहानी पढ़ी। अच्छी लगी–सिर्फ़ अच्छी नहीं, बेहद अच्छी लगी। 'भूकम्प' पढ़कर मुझे प्रसिद्ध आंचलिक कहानीकार व उपन्यासकार फणीश्वरनाथ रेणु की स्मरण हो आयी, क्योंकि आपकी कहानी भी आंचलिक है। 'रेणु जी' की लेखन दृष्टि और आपकी लेखन दृष्टि में फ़र्क है। फिर भी आपकी कहानी 'रेणु जी' की टक्कर की है। 'रेणु' के अलावा फिर एक लेखक की चर्चा मैं यहाँ कर रही हूँ–आपने अव्यक्त शब्दों के लिए तीन बिन्दुओं (...) का इस्तेमाल किया है। कहीं आपपे मोहन राकेश का प्रभाव तो नहीं है? प्रभाव भी एक तरह से नकल ही तो होती है। क्योंकि साहित्यिक भाषा में नकल का दूसरा नाम पतन है। मेरा सुझाव है कि कृपया आप अपनी तकनीक व तरीक़ा अपनायें, अपनी एक पहचान बनायें, हो सके तो आप अपना एक युग चलायें। रही नकल वाली बात–सच्चाई तो आप ही जानें, हो सकता है आपकी अपनी तकनीक हो, बोल-चाल की आरोह-अवरोह के लिए बिन्दुओं का उपयोग किया हो, मगर तीन बिन्दुओं (...) की तीन सितारे जब-जब किसी शब्द या फिर किसी पंक्ति के पीछे जगमगाने लग जाते हैं, तो न चाहते हुए भी सुविख्यात स्वर्गीय युवा लेखक मोहन राकेश का प्रसिद्ध नाटक 'लहरों के राजहंस' बरबस ही मेरी स्मृति-पटल में घूम जाता है। उस नाटक में लगभग हर संवाद के पश्चात तीन बिन्दुओं का प्रयोग किया है। खैर–मुझे तो आप जैसे होनहार, दूरदर्शी युवा लेखकों से ढेर सारी आशाएँ हैं व भविष्य में भी आशा रखूँगी।

दो आशाओं के पश्चात तीसरी आशा को सम्मिलित करती हुई मैं आप से अपने संशय का समाधान चाहूँगी।

आपने इस कहानी में दो पीढ़ियों के अन्तर्द्वन्द्व की तस्वीर खींची है। आपकी कहानी पुरानी पीढ़ी की व्यथा व नयी पीढ़ी की समस्या का सजीव नमूना है। क़लम रूपी तूलिका से आपने समाज का यथार्थ चित्र खींचा है। कहानी में जबसे 'पारो' अर्थात बुद्धन की दुर्घटना हुई है, तब से मुझे बार-बार यह लगा था कि आप 'पारो' को अपनी लेखनी से मार डालेंगे और ख़ुद हत्यारा बनकर युवा पीढ़ी को पुरानी पीढ़ी से मुक्ति दिलाएँगे, उनकी मुश्किल आसान करेंगे और बोझ हल्का करेंगे। जैसे कि आजकल के नये लेखकों का शौक़ बन गया है बुज़ुर्गों को अन्त में मार डालने का। पर हुआ बिल्कुल उल्टा। 'पारो' ज़िन्दा है उसकी मुझे तसल्ली है। आप पाठकों की भीड़ भरी अदालत के कटघरे में खड़े होकर 'पारो' की हत्या के जुर्म में फाँसी के तख़्त पर झूलने से बच गये, इस बात की मुझे ख़ुशी है। खैर–'पारो' समाज व नयी पीढ़ी द्वारा नकारने के बाद भी जीवन जीने की इच्छा रखती है। हालाँकि उसका जीवन शून्य है, जीने का कोई अर्थ नहीं है, फिर भी उसमें हौसला बुलन्द है। कुछ न सही अपने अतीत के सहारे जीने की आस बँधी है। इसी इच्छा शक्ति को ही तो शायद जीवन और प्रेरणा कहते हैं स

कुल मिलाकर आपकी कहानी में भारतीय समाज की जटिलताएँ व उसके उतार-चढ़ाव, दो पीढ़ियों के बीच अन्तर्द्वन्द्व, कठिन परिस्थितियों में भी जिजीविषा, अतिवाद आदि के दर्शन होते हैं, जो वर्तमान भारतीय समाज का वास्तविक दर्पण है, जिसका प्रतिबिम्ब हम हर रोज़ अपने आसपास देखते हैं, सुनते हैं तथा पढ़ते हैं।

अत्यन्त सराहना के साथ ढेर सारी बधाई स्वीकार हो। हिन्दी मेरी मातृभाषा नहीं है अर्थात मैं अहिन्दी भाषी हूँ। फ़िलहाल मैं हिन्दी सीख रही हूँ। भारतीय सभ्यता, संस्कृति व परम्परा को समझने का प्रयत्न कर रही हूँ। अतः आपकी कहानी की आलोचना भी मैंने हिन्दी में की है। प्रति गलतियों के लिए मैं आपकी क्षमाप्रार्थी हूँ।

आपकी प्रशंसिका
कुमारी यासिक

My Address

Miss Yasik (M.A. Hindi Final)
Shanta Nikunj Hostel
Banasthali University
Jaipur Rajsthan
Pin-304022

दूसरा पत्र

लीलाधर वशिष्ठ
वरिष्ठ यान-निर्देशन
निवास प्लाट नं 30
वायु नगर, बोईन पल्ली
हैदराबाद-500 011

7/4/1992

आदरणीय मोरवाल जी,

सादर नमस्कार।

साप्ताहिक हिन्दुस्तान 15 से 21 मार्च, 1992 में प्रकाशित आपकी कहानी 'भूकम्प' बहुत अच्छी लगी। पिछले 25 वर्षों से मैं हिन्दी व अंग्रेजी की लगभग सभी मुख्य पत्रिकाओं को पढ़ता आ रहा हूँ। पहली बार मैंने मेवात क्षेत्र के ऊपर सजीव कहानी पढ़ी है। इस वास्तविकता और मार्मिक स्थिति का सहज ढंग से जो चित्रण किया है, उसके लिए मैं आपको हार्दिक बधाई देता हूँ और शुभकामना करता हूँ कि भविष्य में भी आप मेवात की कोख में छिपे मानव-प्रेम को और प्रखर स्वरूप प्रदान करेंगे। 30 अक्टूबर, 1990 से हफ़्ते पहले मैं अपने गाँव आया था। मेरे घर पर भी मेवात क्षेत्र से तीन हिन्दू परिवार पूरे सामान व घर-परिवार सहित आकर ठहरे हुए थे। एक अजीब-सी हवा फैली हुई थी चारों ओर ज्योंही मैं अपने इलाक़े पहुँचा।

आंचलिक बोली मेवाती व ब्रज का जो आपने पुट डाला है वह बहुत सहज बन पड़ा है और लोकगीतों का संयोजन बहुत अच्छा लगा है। मुझे लगा है कि यह एक वास्तविक घटना है, कृपया आप मुझे पत्र लिखें। मैं दिल्ली आता रहता हूँ। मैं आपसे व्यक्तिगत रूप से मिलना चाहता हूँ। आप अपने मिलने का सामान्य समय कार्यालय या घर का लिखें। अगर सम्पर्क फोन नम्बर हो तो लिखें। आपके कहानी संग्रह मैं पढ़ना चाहूँगा सो उनको क्रय करने का पता भी दें।

मुझे विश्वास है कि आप मुझे पत्रोत्तर देंगे।

आपका एक शुभाकांक्षी
लीलाधर वशिष्ठ

दिल्ली की महरौली जो अपनी ऐतिहासिकता के चलते मशहूर है, यहाँ के दो प्रकाशकों प्रवीण प्रकाशन और अयन प्रकाशन की उन दिनों लेखकों के बीच अच्छी पैठ थी। अयन प्रकाशन जहाँ कहानी, कविता और ग़ज़लों की पुस्तकों के प्रकाशन के लिए जाना जाता था, वहीं प्रवीण प्रकाशन कथा और कथेतर पुस्तकों के प्रकाशन के लिए जाना जाता था। उस दौर अर्थात बीसवीं सदी के अन्तिम दशक में प्रवीण प्रकाशन हिन्दी के कई नामचीन लेखकों की पुस्तकें प्रकाशित कर रहा था। मुझे याद है कि उन्हीं दिनों *हंस* कथा मासिक में क्रमशः प्रकाशित बहुचर्चित शृंखला *आत्मतर्पण*, राजेन्द्र यादव के सम्पादन में इक्कीस लेखकों के आत्मतर्पण पुस्तक रूप में 1994 में प्रवीण प्रकाशन से प्रकाशित हुई थी। कथाकार अरुण प्रकाश की लम्बी कहानियों का संग्रह *लाखों के बोल सहे* के अलावा विष्णु नागर, विनोद भारद्वाज, जयप्रकाश भारती सहित कई लेखकों की पुस्तकें यहाँ से प्रकाशित हुईं। लाला श्रीनिवास दास कृत हिन्दी के पहले मौलिक उपन्यास *परीक्षा गुरु* का भी 1992 में प्रवीण प्रकाशन ने पुनः प्रकाशन किया। इतना ही नहीं पूर्व प्रधानमन्त्री अटल बिहारी वाजपेयी की कविताओं का भी उन दिनों प्रकाशन किया गया था।

पाण्डुलिपि तैयार कर मैं प्रवीण प्रकाशन के मालिक श्रीकृष्ण गुप्ता के पास महरौली गया, तो उन्होंने *अस्सी मॉडल उर्फ़ सूबेदार, लेकिन, महराब, भूकम्प, अरण्यकाण्ड, आप्रवासी, रंग अबीर, अँधेरा* और *बस, तुम न होते पिताजी* कहानियों के इस संग्रह को तुरन्त छपने की प्रक्रिया में भेज दिया। संग्रह की सारी कहानियाँ जब कम्पोज़ हो गयीं, तब एक दिन बातों-बातों में नानक चन्द जी ने ऐसे ही पूछ लिया, "और मोरवाल क्या चल रहा है?"

मैंने बताया, "सर, प्रवीण प्रकाशन से एक कहानी संग्रह आने वाला है।"

"किसी से उसकी भूमिका-वूमिका लिखवाई है?"

मेरे मना करने पर वे बोले, "गुरुजी से इसकी भूमिका लिखवा दूँ?"

गुरुजी, इस सम्बोधन को मैं नानक जी के मुँह से कई बार सुन चुका था जिसे वे अक्सर बातों-बातों में इस्तेमाल करते थे। दरअस्ल, नानक चन्द जी, डॉ. प्रेम सिंह सहित उनके ज़्यादातर गुरुभाई दिल्ली विश्वविद्यालय के हिन्दी प्राध्यापक और वरिष्ठ आलोचक डॉ. नित्यानन्द तिवारी जी को 'गुरुजी' कहते थे। नानक जी बताते थे कि जब वे अपनी कक्षा में *मैला आँचल* पढ़ाते थे, तो दूसरे विषयों के छात्र भी उन्हें सुनने आ जाते थे। मुझसे ना कहते नहीं बना। मैंने यह सोचकर हाँ कह दिया कि डॉ. नित्यानन्द तिवारी जी क्यों मेरे संग्रह की भूमिका लिखेंगे। मैं कोई ऐसा स्थापित कथाकार तो हूँ नहीं जिसे वे जानते होंगे। दूसरा, उन्हें इतनी फुरसत कहाँ होगी जो नानक जी के कहने भर से भूमिका लिख देंगे।

हालाँकि मन-ही-मन मैं चाह रहा था कि काश, डॉ. नित्यानन्द तिवारी जी भूमिका लिख दें।

"ठीक है मैं गुरुजी से अभी बात करता हूँ।" इतना कह नानक जी ने उसी समय अपने कमरे से डॉ. नित्यानन्द तिवारी जी को उनके लैंड लाइन नम्बर पर फोन लगा दिया। फोन तिवारी जी की पत्नी ने उठाया क्योंकि नानक जी ने जिस तरह 'भाभी जी नमस्कार' कहा उससे मैंने अनुमान लगाया कि फोन मिसेज तिवारी ने उठाया है। नानक जी ने जैसे ही यह कहा कि सर से बात हो सकती है, कुछ पलों के बाद उन्होंने फोन ले लिया।

"सर नमस्कार...सर, मेरे साथ एक लड़का काम करता है भगवानदास मोरवाल। वह कहानी लिखता है। उसका एक कहानी संग्रह छप रहा है अगर आप आशीर्वादस्वरूप उस पर कुछ शब्द लिख दें, तो उसका थोड़ा हौसला बढ़ जायेगा...ठीक है सर।" इतना कह नानक जी ने फोन रख दिया।

नानक जी ने जिस तरह आधे आग्रह और आधे अधिकार के साथ डॉ. नित्यानन्द तिवारी से भूमिका लिखने के लिए कहा, उससे मुझे जँच गया कि बात बन जायेगी। फोन रखते ही नानक जी बोले, "मोरवाल, तुम शनिवार को कहानियाँ लेकर सर के पास चले जाना। यह ले उनका नम्बर और पंजाबी बाग़ से आगे न्यू मुल्तान नगर उनके घर चले जाना।" एक काग़ज़ पर डॉ. नित्यानन्द तिवारी जी का पता और फोन नम्बर लिखने के बाद मुझे देते हुए बोले।

इस बीच मैं अपने ऑफ़िस से, जो दक्षिण दिल्ली के कुतुब इंस्टीट्यूशनल एरिया में था, महरौली गया और प्रवीण प्रकाशन से कहानियों की पाण्डुलिपि ले आया। आने वाले शनिवार को ही डॉ. नित्यानन्द तिवारी के घर जाकर भूमिका लिखने के लिए मैं उन्हें सारी कहानियाँ दे आया।

चूँकि कहानियों का अन्तिम प्रूफ़ पढ़ा जा चुका था और संग्रह छपने के लिए तैयार था, इसी बीच भूमिका के कारण उसकी प्रिंटिंग रुकवा दी गयी। मैं प्रवीण प्रकाशन के प्रकाशक श्रीकृष्ण गुप्ता जी से कहानियों की पाण्डुलिपि आठ-दस दिन के लिए लेकर आया था कि डॉ. नित्यानन्द तिवारी जी शीघ्र ही भूमिका लिख देंगे। मगर आठ-दस दिन क्या पूरा महीना बीत गया परन्तु संग्रह की भूमिका नहीं लिखी गयी। इधर अब प्रकाशक का भी तकाजा आने लगा कि क्यों न हम बिना भूमिका के ही छाप देते हैं। अब सचमुच मेरी यह सोच-सोचकर चिन्ता बढ़ने लगी कि डॉ. नित्यानन्द तिवारी जी को मेरी कहानियाँ पसन्द नहीं आयी हैं, इसलिए वे भूमिका नहीं लिख रहे हैं। चूँकि मेरा डॉ. नित्यानन्द तिवारी से कोई लेखकीय परिचय नहीं था, इसलिए मेरी उनसे बात करने की हिम्मत नहीं पड़ रही थी। प्रकाशक की तरफ़ से जब एक तरह से अन्तिम अल्टीमेटम मिल गया,

तब हिम्मत कर मैंने डॉ. नित्यानन्द तिवारी जी को फोन कर अपनी चिन्ता व प्रकाशक के तकाजे से अवगत कराया। इस देरी के लिए पहले उन्होंने खेद जताया और फिर लगभग पन्द्रह दिन बाद पता करने के लिए कह दिया।

वायदे के मुताबिक़ डॉ. नित्यानन्द तिवारी जी के पास मैंने पन्द्रह नहीं लगभग बीस दिन बाद फोन किया। फोन करते ही डॉ. नित्यानन्द तिवारी जी ने तुरन्त कहा कि मोरवाल तुम्हारी भूमिका तैयार है। आकर कभी भी ले लेना। उन दिनों कुछ दिनों के लिए *समाज कल्याण* पत्रिका वापस अपने पुराने पते जीवन दीप बिल्डिंग, संसद मार्ग पर आ गयी थी। डॉ. नित्यानन्द तिवारी जी से बात होने के बाद मैंने तय किया कि उसी दिन शाम को उनके न्यू मुल्तान नगर के पते सी-1 पर जाया जाये। शाम को मैं कार्यालय से पैदल ही शिवाजी स्टेडियम बस टर्मिनल आ गया। यहाँ से पंजाबी बाग़ की तरफ़ जाने वाली डी.टी.सी. (दिल्ली परिवहन निगम) की बसें जाती थीं। उसी शिवाजी स्टेडियम के सामने और मद्रास होटल के पीछे जहाँ जनवादी लेखक और मित्र ब्रज मोहन की वही दुकान थी, जहाँ रोज़ाना लेखक मित्रों का जमावड़ा लगता था। दोपहर बाद ऐसा कोई क्षण नहीं जाता होगा जब यहाँ आपको कोई-न-कोई लेखक मिलता न था।

शाम को बस लेने से पहले जब मैं ब्रज मोहन की दुकान पर पहुँचा, तो वहाँ पंजाबी कथाकार नछतर मिल गया। बातों-बातों में मैंने जब बताया कि मुझे पंजाबी बाग़ की तरफ़ न्यू मुल्तान नगर जाना है, तब नछतर बोला कि मेरे साथ चल। मैं भी वहीं पश्चिम विहार में रहता हूँ। नछतर का साथ होने का फ़ायदा यह होगा कि मुझे जगह ढूँढ़ने में परेशानी नहीं होगी, यही सोचकर मैं उसके साथ पंजाबी बाग़ की ओर जाने वाली बस में बैठ गया। बस जब अपने गन्तव्य पर पहुँची तो नछतर अपने घर जाने के बजाय मेरे साथ डॉ. नित्यानन्द तिवारी जी के घर आ गया। मुझे उसी दिन शाम को देखकर तिवारी जी को बड़ी हैरानी हुई। वे ज़्यादा नहीं बोले और अपनी बैठक में हमें बैठा दिया। बातचीत का सिलसिला शुरू होते ही वे बोले, "भई मोरवाल, पहले तो मैं आपसे क्षमा चाहता हूँ कि मेरी वजह से आप इतने परेशान हुए। भई सच कहूँ, मुझे विश्वास नहीं था कि आपकी कहानियाँ इतनी अच्छी होंगी।"

इतना सुन मैंने डॉ. नित्यानन्द तिवारी जी की प्रतिक्रिया सुनने के लिए अपना जो श्वास फेफड़ों में रोका हुआ था, उसे धीरे-से बाहर छोड़ा। पिछले एक महीने में मेरे मन में इनको लेकर जो धारणाएँ बन गयी थीं, वे अब एक-एक करके टूटने लगीं। कहानियों को लेकर उन्होंने जो ढेर सारी बातें कीं, वे तो सब मुझे याद नहीं लेकिन उनका एक वाक्य मुझे याद है। उन्होंने कहा था, "मोरवाल जी आपके पास मेवात को लेकर जो अनुभूतियाँ, अनुभव और भाषा है उन्हें

देखते हुए मेरी आपको एक सलाह है कि आप उन्हें कहानियों के बजाय किसी बड़े काम में इस्तेमाल कीजिए! "इतना कह उन्होंने अपनी हस्तलिखित भूमिका मुझे सौंप दी।

सच कहूँ तो डॉ. नित्यानन्द तिवारी जी के इस कथन का अर्थ उस समय मेरे बिल्कुल पल्ले नहीं पड़ा था। मेरी जिज्ञासा और उत्कण्ठा तो उनके द्वारा लिखी गयी भूमिका को लेकर थी। मैं और नछतर जब तिवारी जी के घर से बाहर आये और कुछ दूर आ गये, तब नछतर ने मेरी तरफ़ देखते हुए कहा, "यार, इन्होंने तो बड़ी तारीफ़ कर दी तुम्हारी कहानियों की। किताब आने दे, मैं भी पढ़ूँगा इन कहानियों को।"

न्यू मुल्तान नगर के सी-1 से आने के बाद नछतर अपने निवास पश्चिम विहार की तरफ़ बढ़ गया और मैंने रोहतक रोड पर आकर रिंग रोड की तरफ़ जाने वाली बस पकड़ ली। बस में बैठते ही मैंने आने वाले अपने नये कहानी संग्रह के लिए डॉ. नित्यानन्द तिवारी द्वारा हस्तलिखित भूमिका, जिसका उन्होंने शीर्षक दिया *लोकाचार और जीवन्त कलानुभूति को व्यक्त करती कहानियाँ*, उसे जेब से निकाला और चलती हुई बस में हिचकोलों के बीच पढ़ने लगा। आप भी इस भूमिका को पढ़ें–

इधर हाल के उभरे कहानीकारों में से भगवानदास मोरवाल की कुछेक कहानियाँ मैंने पढ़ी थीं, किन्तु इस नये संग्रह के प्रकाशन के समय उन्होंने कृपापूर्वक अपनी कहानियाँ मुझे पढ़ने को दीं। कहानियाँ अच्छी लगीं। फिर उनका आग्रह हुआ कि मैं उनके विषय में अपनी लिखित प्रतिक्रिया दूँ।

मोरवाल की कहानियाँ पढ़ते हुए जो तथ्य सबसे बाद में मेरे मन में आया, उसी की चर्चा मैं सबसे पहले करना चाहता हूँ। इनकी ज़्यादातर कहानियों के मुख्य चरित्र मुसलमान यानी मेव हैं लेकिन इस बात पर ध्यान ही नहीं जाता। सदियों से दोनों धर्मावलम्बियों के साथ-साथ रहने, एक ही तरह के पेड़-पौधे, खेत-खलिहान, नदी-पर्वत, मेले, व्रत-त्योहार, रीति-रिवाज़ और भाषा-बोली ने उन्हें ऐसी लय दे दी है, जो धर्म का अतिक्रमण कर मनुष्य-भाव के साथ उन्हें धारण करने में सर्वथा योग्य है। मोरवाल की सृजन-चेतना में वह लय, सहज और गहरी है। जिस तरह वे स्थितियों का वर्णन करते हैं, उस ढब या शैली में उसकी व्याप्ति महसूस की जा सकती है लेकिन मुश्किल यह है कि लेखक जिस तरह की घटनाओं के बीच जी रहा है, वे इस लय पर सर्वाधिक क्रूर और कपटपूर्ण हमला करने वाली हैं। स्वाधीनता आन्दोलन तक की हमारी परम्परा में धर्म का

अतिक्रमण करने वाले समाज और संस्कृति, 'जनता' का अर्थ समझने वाली राजनीति और मनुष्य का अपमान न कर सकने वाली व्यवस्था की सम्भावना पूर्ण लय निर्मित हो चुकी थी, और शायद इसीलिए इस बात पर ध्यान ही नहीं जाता कि उनके पात्र हिन्दू हैं या मुसलमान।

लेकिन हिन्दू-मुस्लिम सम्प्रदायवाद ने भारतीय जीवन में छद्म किन्तु तीखा और तत्काल प्रभावी नाटक पैदा भी किया है जो 'लय' के विरुद्ध और सत्ता तथा ताक़त के पक्ष में है। अस्सी मॉडल उर्फ़ सूबेदार जो एक निरक्षर चरवाहा है-उसके दिमाग़ में यह बात आ जाती है कि हिन्दुओं में अयोध्या में राम मन्दिर की, और मेवों में मस्जिद की बात चुपचाप फैलाकर सरपंच का चुनाव जीता जा सकता है और उसने जीत भी लिया। काले धन की तरह ऐसे काले विचारों की प्रभावी भूमिका किसी से छिपी नहीं है। मोरवाल के कहानीकार की विशेषता यह है कि वह इन परिणामी तथ्यों को भाषा और जीवन-व्यापारों की प्रक्रिया में गतिशील कर देता है।

जीवन के उन पहलुओं और स्रोतों को देख लेना जहाँ भाषा, धर्म, जाति के भेद गल जाते हैं और स्थानीय लोकाचार, भिन्न जीवन-परम्परा बना लेते हैं साहित्य रचना की एक आवश्यक शर्त है। इस स्थानीय लोकाचार से विच्छिन्न होते ही आदमी जड़ से उखड़े पौधे की तरह धीरे-धीरे मरने लगता है। 'महराब' कहानी में कलबत्ती और अशरूफ़ी इसी स्थानीय लोकाचार में अपनी अस्मिता और ज़िन्दगी का सार देखती हैं लेकिन ये बूढ़ी औरतें, विशेषकर अशरूफ़ी नयी रोशनी की अपनी ही सन्तानों के नये 'हदीस' प्रेम से बड़ी करुण और असहाय बन जाती है। इस कहानी में 'स्थानीयता' कितनी गहरी और अनिवार्य जीवनी-शक्ति है, इसका बड़ा गहरा अहसास होता है, साथ ही वह धर्म और भूमण्डलीय-व्यवस्था को चुनौती देती हुई प्रतीत होती है।

इसी 'स्थानीयता' की बड़ी दारुण अनुभूति 'भूकम्प' कहानी में व्यक्त हुई है। हिन्दुस्तान-पाकिस्तान बँटवारे से निकले दुःख की अनेक कहानियाँ हिन्दी, पंजाबी, उर्दू, बंगला में क्लासिक महत्त्व पा चुकी हैं। 'भूकम्प' में 1947 की स्मृति है लेकिन यह स्मृति 30 तारीख़ (राम मन्दिर-बाबरी मस्जिद के सन्दर्भ में) के सम्भावित दंगों के सन्दर्भ में है। इतनी निकटवर्ती घटना को लेखक ने एक जीवन्त वास्तविक कलानुभूति में व्यक्त कर दिया है। इस कहानी की पारो की सृष्टि हिन्दी कहानी के महत्त्वपूर्ण पात्रों की जमात में शामिल होने लायक है।

मोरवाल के पास वह दृष्टि और भाषा है जो चीज़ों और स्थितियों को इतनी देर और दूर तक देखती है कि उनकी भीतरी असलियत के रूपों को झलका सके। इनकी कहानियों में नाटकीयता के साथ-साथ कवित्व भी है, जो जीवन-प्रसंगों को मार्मिक और गहरा बनाता है।

मुझे विश्वास है हिन्दी कथा-साहित्य में मोरवाल अपना स्थान बना सकेंगे।

सी-1, न्यू मुल्तान नगर *—डॉ. नित्यानन्द तिवारी*
नयी दिल्ली-110056
22 मई, 1993

कहते हैं कि एक कृति को सिर्फ़ उसकी कथावस्तु-कथानक महत्त्वपूर्ण और अविस्मरणीय नहीं बनाते हैं, बल्कि वह कई बार दूसरे और बाह्य कारकों से बहुत महत्त्वपूर्ण हो जाती है। इन महत्त्वपूर्ण कारकों में उसके आवरण, उसकी भूमिका, उसके शीर्षक, उसके रेखांकन की भी प्रमुख भूमिका होती है। सालों बाद आज जब उस कहानी संग्रह से जुड़ी स्मृतियाँ ताज़ा होती हैं, तब ये मन को किस तरह शीतलता प्रदान करती हैं, उसकी महज़ कल्पना ही की जा सकती है। ऐसी ही स्मृतियाँ मेरे इस कहानी संग्रह से जुड़ी हुई हैं। 1980-1990 का साहित्यिक दौर कई कारणों से स्मरणीय रहा है। इसमें एक था मशहूर पंजाबी लेखिका अमृता प्रीतम और उसमें भी उनकी कृतियों के आवरण। मुझे याद है मैंने उस समय उनकी जितनी भी कृतियों के आवरण देखे, ज़्यादातर इमरोज़ के बनाये हुए थे। मेरे इस कहानी संग्रह का आवरण भी मशहूर चित्रकार इमरोज़ ने बनाया था। इमरोज़ जी का बनाया एक आवरण जो मेरी स्मृतियों में आजतक क़ैद है, वह है हंसराज रहबर की पुस्तक *जो बोले सो निहाल* पुस्तक का। उन दिनों पुस्तकों के आवरण बनाने वाले चित्रकारों में जो दो नाम बड़े चर्चित थे, वे थे इमरोज़ और हिन्दुस्तान टाइम्स समूह के कला विभाग के प्रमुख सुकुमार चटर्जी। अगर तीसरे कलाकार की बात करूँ तो वह था चेतनदास। इनके अलावा नरेन्द्र श्रीवास्तव, चंचल, हरिपाल त्यागी, प्रमोद गणपत्ये, पाली और हरिप्रकाश त्यागी भी पुस्तकों के आवरण बनाया करते थे। मेरे पहले उपन्यास *काला पहाड़* के प्रथम संस्करण का आवरण चंचल का ही बनाया हुआ है। वैसे तो अपने अन्तिम दिनों में कवि लीलाधर मण्डलोई की तरह कुबेर दत्त भी शौक़िया चित्रकारी करने लगे थे। मैंने अपने इस संग्रह का शीर्षक दिया—*अस्सी मॉडल उर्फ़ सूबेदार*। दूसरे अर्थों में कहा जा सकता है कि यह अपने पहले उपन्यास *काला पहाड़* की भूमिका थी।

जिस तरह डॉ. नित्यानन्द तिवारी जी ने अपनी छोटी-सी भूमिका में इन कहानियों की प्रशंसा की, उससे मेरे मन में किसी बड़े चित्रकार से इस संग्रह का आवरण बनवाने की इच्छा प्रबल होने लगी। चूँकि उन दिनों इमरोज़ एक बड़ा नाम था और अमृता प्रीतम जी की पुस्तकों के अलावा उनके बनाये दूसरे लेखकों की पुस्तकों के आवरण मैं देख चुका था, ऐसे में इमरोज़ जी के अलावा दूसरे चित्रकार का नाम मुझे नहीं भा रहा था। लेकिन अब समस्या मेरे सामने यह थी कि इमरोज़ जी को ढूँढ़ा कहाँ जाये। चूँकि मेरी *समाज कल्याण* मासिक पत्रिका में प्रस्तुति सहायक के पद पर नियुक्ति हो चुकी थी और पत्रिका के लिए बाहर के चित्रकारों से आवरण और रेखाचित्र बनवाये जाते थे। इसलिए मुझे इमरोज़ का पता करने में ज़्यादा मेहनत नहीं करनी पड़ी। पता चला कि वे हौजख़ास में रहते हैं। एक दिन बिना फोन किये मैं उनके निवास पर पहुँच गया। हौजख़ास की एक कोठी में प्रवेश कर सीढ़ियों से पहले पानी से भरे मिट्टी के बड़े-से पात्र में गुलाब की महकती पंखुड़ियों को एक पल रुककर देखा। किसी धीमे राग में लिपटी मद्धिम रोशनी से भीगी ऊपर जाती घुमावदार सीढ़ियों के साथ दीवार पर टँगी चिर-परिचित पेंटिंग्स को निहारते हुए, मैं डरा-सहमा पहली मंज़िल के बन्द दरवाज़े के सामने जाकर खड़ा हो गया। मैंने हिम्मत कर झिझकते हुए डोर बेल बजाई तो कुछ पल के इन्तज़ार के बाद धीरे-से दरवाज़ा खुला। दरवाज़ा खुलते ही दुबली-पतली जानी-पहचानी-सी जो काया नज़र आयी, उसे पहचानने में क्षणभर की देरी नहीं लगी। क्योंकि इसकी तस्वीर और रंगीन रेखांकन को मैं न जाने कितनी पत्रिकाओं में इनकी रचनाओं और *रसीदी टिकट, काग़ज़ ते कैनवास* सहित कई कृतियों के फ्लैप पर देख चुका था। यह साक्षात् आकृति थी–अमृता प्रीतम की।

"इमरोज़ जी घर पर हैं?" मैंने बिना किसी भूमिका के पूछा।

"हाँ जी, हैं।" इतना कह अमृता जी दरवाज़े से एक तरफ़ हट गयीं।

उनके एक तरफ़ हटते ही जो दूसरा चेहरा नमूदार हुआ, उसे देख मैंने अनुमान लगा लिया कि ये ही इमरोज़ जी हैं।

''जी कहिए?'' इमरोज़ जी ने सीधे पूछा।

मैंने उन्हें अपने आने का प्रयोजन बताया तो वे मुझे अपने ड्राइंग रूम में ले आये। वहीं पास में अमृता प्रीतम जी भी बैठ गयीं। मद्धिम रोशनी में भीगे बेहद व्यवस्थित और सुरुचिपूर्ण ढंग से सजे किसी ऋषि की शान्त कुटिया-से ड्राइंग रूम और उसकी दीवारों पर टँगे विभिन्न आकार की पेंटिंग्स और चित्रों को मैं रह-रहकर कनखियों से निरखता रहा। मेरी ज़िन्दगी का यह पहला अनुभव और अवसर था, जब मैंने किसी बड़े लेखक और चित्रकार का घर देखा था।

"किताब का शीर्षक क्या है?" इमरोज़ जी ने धीरे-से पूछा।

मैंने जैसे ही अस्सी मॉडल उर्फ़ सूबेदार शीर्षक बताया, सुनते ही अमृता जी ने पूछा कि यह क्या शीर्षक हुआ? मैंने जब कहानी के बारे में बताया, तब वे मुस्कराकर रह गयीं। यह सब पूछने के बाद इमरोज़ जी ने अपना मेहताना बताया, तो मैंने तुरन्त हाँ कह दिया। दरअस्ल, मुझे डर लग रहा था कि पता नहीं वे कितनी मोटी रकम बताएँगे। लेकिन जो उन्होंने माँगा मुझे उसकी क़तई उम्मीद नहीं थी क्योंकि यह मेहताना था पाँच सौ रुपये। तय समय पर इमरोज़ जी ने मेरे संग्रह का आवरण बनाकर तैयार कर दिया। बटर पेपर से ढँके आवरण की पेंटिंग को जब इमरोज़ जी मुझे देने के लिए लाये, और जिस समय मैं उनसे ग्रहण कर रहा था, मेरे हाथ एक अजीब-सी सुखानुभूति से काँप रहे थे। मैंने जब बटर पेपर के नीचे छिपे आवरण को देखा, तो सबसे पहले मेरा ध्यान इमरोज़ जी की उसी जानी-पहचानी केलियोग्राफ़ी पर गया, जो उनकी एक ख़ास पहचान थी। मैंने उन्हें उनका मेहताना, जो पाँच सौ रुपये था और जिसे मैंने अपनी जेब से उन्हें दिया था और चला आया।

इस आवरण को मैंने लगभग दो सप्ताह तक अपने पास सहेज कर रखा। मेरे पास जो भी मित्र आता, मैं इस आवरण को उसे दिखाते हुए कहता कि मेरे संग्रह के आवरण को अमृता प्रीतम वाले इमरोज़ ने बनाया है। उन्हीं दौरान मेरी दिल्ली से बाहर के अन्य साहित्यकारों से मुलाक़ात होने लगी। इनमें कुछ देहरादून से थे जैसे कवि अवधेश कुमार, कथाकार जितेन ठाकुर, नवेन्दु और ग़ज़लगो व चित्रकार हरजीत सिंह। पता नहीं हम में से कितने लोग अवधेश कुमार और हरजीत सिंह जैसे कवियों को जानते हैं। अवधेश कुमार अपने दौर के बेहद प्रतिभाशाली कवि थे। 1980 में प्रकाशित उनका कविता संग्रह *जिप्सी लड़की* काफ़ी चर्चित हो चुका था। इस कवि की काव्य-प्रतिभा का इसी से अनुमान लगाया जा सकता है कि इस संग्रह की भूमिका विष्णु खरे ने लिखी थी।

इसी दौरान एक दिन हरजीत सिंह मेरे पास जीवन दीप बिल्डिंग में कार्यालय आया। मैंने उससे यह इच्छा प्रकट की कि पुस्तक में लेखक के परिचय के साथ फोटो की जगह रेखांकन हो। हरजीत सिंह तुरन्त इसके लिए तैयार हो गया और कुछ दिन बाद मेरा रेखांकन बनाकर दे दिया। इस तरह मेरा यह तीसरा कहानी संग्रह *अस्सी मॉडल उर्फ़ सूबेदार* इस मायने में भी महत्त्वपूर्ण है कि जहाँ इसका आवरण इमरोज़ जैसे चित्रकार ने बनाया, तो भूमिका हिन्दी के महत्त्वपूर्ण आलोचक डॉ. नित्यानन्द तिवारी ने लिखी। जबकि लेखक का रेखाचित्र एक ग़ज़लगो मित्र हरजीत सिंह ने बनाया। आज भी जब कभी इस संग्रह से जुड़ी यादें ताज़ा होती हैं, तो इनमें अमृता प्रीतम और इमरोज़ की स्निग्ध मुस्कान भी शामिल है।

वह मुस्कान जो कभी-कभी याद आती है, तब लगता है जैसे हौजख़ास के गेरुए रंग से पुते मकान में अमृता जी अब भी खड़ी हैं।

जब कुछ दिनों के लिए *समाज कल्याण* पत्रिका का कार्यालय फिर से संसद मार्ग आ गया था, तब हरजीत सिंह यहाँ अक्सर आया करता था। उससे प्रायः ब्रज मोहन की दुकान पर भी मिलना होता था। इस तरह 1993 के मध्य में प्रवीण प्रकाशन से मेरा तीसरा कहानी संग्रह *अस्सी मॉडल उर्फ़ सूबेदार* प्रकाशित होकर आ गया। हरजीत सिंह ग़ज़लें लिखने के अलावा रेखाचित्र भी बनाता था, इसलिए उसके बनाये रेखाचित्र केन्द्रीय समाज कल्याण बोर्ड की पत्रिका में प्रकाशित होनेवाली कविताओं और लेखों के साथ छपने लगे थे। हरजीत सिंह का पहला ग़ज़ल संग्रह *ये हरे पेड़ हैं* भी उन्हीं दिनों आया था। अपने ख़र्चे से बेहद साधारण तरीक़े से छपवाये गये इस संग्रह की ख़ूब चर्चा हुई थी। इसी संग्रह से हरजीत की यह ग़ज़ल आज के दौर को कितनी ख़ूबसूरती से बयाँ करती है, ज़रा देखें—

एक शोशा वो यहाँ रोज़ छोड़ देते हैं
मुल्क को जंग के ख़तरे से जोड़ देते हैं

अब तो वो अपने बयानों को घरौंदों की तरह
ख़ुद बनाते हैं उन्हें ख़ुद ही तोड़ देते हैं

ध्यान बारूद की बातों से बाँटने के लिए
कुछ कबूतर भी हवा में वो छोड़ देते हैं

हम तो पत्थर के मुरीदों में नहीं हैं दोस्त
हम तो आवाज़ से शीशे को तोड़ देते हैं।

1993 में इस तीसरे कहानी संग्रह के प्रकाशन के बाद तय हुआ कि इस पर कोई चर्चा रखी जाये। इधर-उधर मित्रों से बात की तो अपने पुराने ज़िले और गुड़गाँव शहर की *हरियाणा प्रादेशिक हिन्दी साहित्य सम्मेलन* की शाखा के तत्त्वावधान में एक विचार गोष्ठी तय हो गयी। मज़ेदार यह है कि 23 जनवरी, 1994 (रविवार) का दिन मेरी सहमति से चुना गया था, उस दिन इस लेखक ने अपनी उम्र के 34 वसन्त पूरे किये थे। दूसरे शब्दों में कहूँ तो इस दिन इस लेखक का जन्मदिन था। चूँकि मैं उन दिनों दिल्ली के कनॉट प्लेस स्थित मोहन

सिंह प्लेस के कॉफ़ी हाउस में बहुत जाता था, इसलिए स्वाभाविक है यहाँ आने वाले लेखकों और दिल्ली में रहने वाले अन्य वरिष्ठ और समकालीनों को मैं व्यक्तिगत रूप से जानने लगा था। उनसे मेरा अच्छा-ख़ासा आत्मीय परिचय-सा हो गया था। इस विचार गोष्ठी का विषय रखा गया–*समकालीन हिन्दी कहानी*। सन्दर्भ रखा गया कथाकार भगवानदास मोरवाल का कहानी संग्रह *अस्सी मॉडल उर्फ़ सूबेदार*।

हरियाणा प्रादेशिक हिन्दी साहित्य सम्मेलन की गुड़गाँव शाखा के पदाधिकारियों ने गुड़गाँव में जो जगह तय की, वह थी यहाँ का सबसे पुराना डीएसडी कॉलेज अर्थात आज का द्रोणाचार्य राजकीय महाविद्यालय। इस विचार गोष्ठी के लिए शाखा द्वारा जो निमन्त्रण पत्र छपवाया गया उस पर कमलेश्वर जी का मुख्य अतिथि, अध्यक्ष के रूप में उस समय दिल्ली विश्वविद्यालय के हिन्दी विभाग के विभागाध्यक्ष एवं संग्रह की भूमिका लिखनेवाले वरिष्ठ आलोचक डॉ. नित्यानन्द तिवारी का नाम दिया गया। सान्निध्य डॉ. विश्वनाथ त्रिपाठी जी के अलावा जिन सम्भागी वक्ताओं का नाम छापा गया था, अगर आप उनका नाम सुन लेंगे तो शायद आपके पैरों तले ज़मीन खिसक जाये। ये नाम थे–सर्वश्री पंकज बिष्ट, अरुण प्रकाश, प्रदीप पन्त, महेश दर्पण, श्याम कश्यप, सुरेश शर्मा, वीरेन्द्र जैन, मैत्रेयी पुष्पा, प्रकाश मनु, गीता शर्मा, ललित कार्तिकेय, कमल कान्त और हरेराम समीप। एक तरह से इस विचार गोष्ठी के लिए पूरे हिन्दी जगत को न्यौता दिया गया।

हिन्दी के मात्र चौंतीस वर्षीय एक ऐसे कहानीकार जिसे कहानी लिखते हुए अभी जुम्मा-जुम्मा आठ दिन भी नहीं हुए हों। जिसने अभी घुटनों के बल भी चलना न सीखा हो, अगर उसके बुलावे या अनुरोध पर हिन्दी कथा-जगत की मुख्यधारा के इतने सारे लेखक शामिल हों, तो ऐसी विचार गोष्ठी की विफलता का प्रश्न ही नहीं उठता। लेकिन ऐसा हुआ नहीं। मुख्य अतिथि, सान्निध्य, अध्यक्ष और सम्भागी वक्ताओं की जो लम्बी-चौड़ी फ़ेहरिस्त निमन्त्रण पत्र में छपवाई गयी थी, उनमें से कोई गुड़गाँव नहीं पहुँचा। कैसे पहुँचता? मैंने कोई टैक्सी या कार तो की नहीं थी। फिर हिन्दी के मुझ जैसे नये-नये लल्लू को क्या पता था कि मुख्य अतिथि, सान्निध्य, अध्यक्ष और जिन वक्ताओं को आमन्त्रित किया जाता है, उनके लिए आयोजकों अथवा पुस्तक के लेखक द्वारा ही आने-जाने के लिए वाहन की व्यवस्था करनी पड़ती है। अपने ख़र्चे से धौला कुआँ से चलने वाली रोडवेज़ की बसों में दिल्ली के विभिन्न इलाक़ों में रहने वाले लेखक क्यों धक्के खाते हुए इतनी दूर जायेंगे। यह छोटी-सी व्यावहारिक

बात मेरी उस समय समझ में नहीं आयी। फलस्वरूप गोष्ठी की जो दुर्गत हुई सो हुई बल्कि निमन्त्रण पत्र पर छपी *समकालीन हिन्दी कहानी* पर होने वाली चर्चा केवल निमन्त्रण बनकर रह गयी। पहली बार पता चला कि साहित्य में अमर होना सचमुच किसी टेढ़ी खीर से कम नहीं है।

पहले मेवात में दिसम्बर 1992 में हुई साम्प्रदायिक घटनाएँ और बाद में डॉ. नित्यानन्द तिवारी जी द्वारा कही गयी यह बात कि मोरवाल आपके पास मेवात को लेकर जो अनुभूतियाँ, अनुभव और भाषा है, उन्हें देखते हुए मेरी आपको एक सलाह है कि उन्हें कहानियों के बजाय किसी बड़े काम में इस्तेमाल कीजिए; इन दोनों का ऐसा असर हुआ कि मुझे लगने लगा कि अब वह समय आ गया है जिसकी तरफ़ डॉ. नित्यानन्द तिवारी जी ने संकेत किया था। मन को जैसे इसी घटना का इन्तज़ार था। इसके बाद मैंने कुछ अपनी स्मृतियों, कुछ जीवनानुभवों, कुछ अपने संसाधनों और कुछ दिसम्बर में घटी घटनाओं से जुड़ी सन्दर्भ सामग्री एकत्रित करनी शुरू कर दी। इस तरह एक मोटी-मोटी रूपरेखा बननी शुरू हो गयी। पात्रों और घटनाओं ने सिलसिलेवार आकार लेना शुरू कर दिया। मेवात के सामाजिक, सांस्कृतिक और राजनीतिक पक्षों को उद्घाटित करने वाले लोक-साहित्य और दूसरी सामग्री एकत्रित कर, अपने पहले उपन्यास पर धीरे-धीरे काम करना शुरू कर दिया।

मगर इसी दौरान न जाने मुझे क्या सूझा बल्कि कहिए मुझे ऐसा क्यों लगा कि उपन्यास लिखने के लिए उर्दू का आना ज़रूरी है। इसके लिए मैंने उर्दू के कुछ मित्रों जैसे उन दिनों *क़ौमी आवाज़* में कार्यरत मशहूर ग़ज़लगो फ़रहत एहसास, अपने मित्र और हिन्दी-उर्दू के लेखक मुशर्रफ़ आलम ज़ौक़ी और उर्दू आजकल के उप सम्पादक ख़ुर्शीद अकरम से सम्पर्क किया। इन सभी ने बताया कि उर्दू अकादमी, दिल्ली हर साल अपना एक वर्षीय उर्दू सर्टिफिकेट कोर्स चलाती है। मैं वहाँ जाकर अकादमी के सचिव और उर्दू के शायर मख़मूर सईदी से सम्पर्क कर लूँ। अकादमी के सचिव सईदी साहब को मैंने जब अपने बारे में बताया तो वे बड़े ख़ुश हुए। ज़्यादा ख़ुश वे यह जानकार हुए कि मैं फ़रहत एहसास, ज़ौक़ी और ख़ुर्शीद अकरम का दोस्त हूँ। इस तरह उर्दू अकादमी का एक वर्षीय सर्टिफिकेट कोर्स मैंने ज्वाइन कर लिया। नयी दिल्ली के उस समय के राउज़ एवेन्यू और आज के दीन दयाल उपाध्याय मार्ग पर राजेन्द्र भवन के बग़ल में स्थित *उर्दू घर* में शाम को इसकी कक्षाएँ लगती थीं।

तक़रीबन दो महीने में मैंने इतनी उर्दू सीख ली कि मैंने 1985 में लिखी गयी वरिष्ठ कवि लीलाधर जगूड़ी की एक कविता *रोज़ एक कम* का उर्दू में अनुवाद कर दिया। यह कविता राजकमल प्रकाशन, नयी दिल्ली से 1991 में प्रकाशित उनके कविता संग्रह *भय भी शक्ति देता* है में शामिल है। इस संग्रह के प्रथम संस्करण के आवरण पर प्रकाशित चित्र अशोक माहेश्वरी का है। अब यह पड़ताल का विषय है कि इस चित्र के फोटोग्राफ़र *राजकमल प्रकाशन* के प्रबन्ध निदेशक अशोक माहेश्वरी ही हैं, या इस नाम का कोई और फोटोग्राफ़र भी है।

अनुवाद के बाद मैं इस कविता को बहादुर शाह ज़फ़र मार्ग (आईटीओ), नयी दिल्ली से प्रकाशित उर्दू के दैनिक *क़ौमी आवाज़* में उन दिनों साहित्य का पृष्ठ देख रहे फ़रहत अहसास के पास लेकर गया। अनुवाद को देखने के बाद फ़रहत भाई ने कहा कि यार तर्जुमा तो आपने अच्छा किया है। फिर एकाध शब्द को दुरुस्त करते हुए बोले, "मैं इसे क़ौमी आवाज़ में छापूँगा।"

अगले ही रविवार को यह कविता *क़ौमी आवाज़* में प्रकाशित हो गयी। इस कविता की शुरुआती पंक्तियाँ इस तरह हैं–

रोज़ हम में से कोई चला जाता है
रोज़ हम में से कोई खो जाता है
रोज़ हममें से कोई लापता हो जाता है
सबके सब हम कभी ग़ायब नहीं होते
सबके सब हम कभी नहीं होंगे ख़त्म।

उर्दू अकादमी, दिल्ली द्वारा संचालित इस एक वर्षीय उर्दू सर्टिफिकेट कोर्स को मैंने 1994 में पूरा कर लिया। अकादमी ने मुझे इसका सर्टिफिकेट भी जारी किया। मगर अभ्यास के अभाव में मेरा उर्दू से उस तरह सम्बन्ध नहीं रहा, जिसकी वजह से मैंने इस ज़बान को सीखा था। धीरे-धीरे एक भाषा अभ्यास के अभाव में मुझसे दूर होती चली गयी। इसीलिए दाग़ देहलवी कह गये हैं कि–

नहीं खेल ऐ 'दाग़' यारों से कह दो
कि आती है उर्दू ज़बाँ आते आते।

इसी साल 1994 में प्रवीण प्रकाशन ने *हंस* के पिछले अंकों में लगातार लेखक द्वारा जीते-जी मृत्यु के सामने खड़े होकर वह 'अपने होने' को किस रूप में लेता है, इस पर लिखे गये इक्कीस लेखकों के आत्मतर्पणों को इसी शीर्षक से पुस्तक के रूप में प्रकाशित किया था। इन लेखकों में असग़र वजाहत, इन्तज़ार हुसैन, पंकज बिष्ट, गिरिराज किशोर, रमेश उपाध्याय, कृष्णचन्द्र शर्मा 'भिक्खु', अरुण प्रकाश, स्वयं प्रकाश, नासिरा शर्मा, भीष्म साहनी, जोगिन्दर पाल,

मुज्तबा हुसैन, मन्नू भंडारी, अजित कुमार, जगन्नाथ प्रसाद दास, यादवेन्द्र शर्मा 'चन्द्र', राज़ी सेठ, उदय प्रकाश, राजेन्द्र राव, काशीनाथ सिंह और इस पुस्तक के सम्पादक स्वयं राजेन्द्र यादव शामिल थे। इन नामों में आप एक नाम ज़रूर 'मिस' कर रहे होंगे और वह नाम है मैत्रेयी पुष्पा का। तो क्या तब तक मैत्रेयी जी का परिचय राजेन्द्र यादव जी से नहीं हुआ था? परिचय था तो हंस में इनका आत्मतर्पण क्यों नहीं प्रकाशित हुआ? इसका कारण शायद यह था कि मैत्रेयी जी के लेखन का वह शुरुआती दौर था। जबकि अन्य लेखक इनसे लेखन में बहुत वरिष्ठ थे।

हालाँकि इसी साल *आत्मतर्पण* के प्रकाशन के साथ मैत्रेयी जी का भी तीसरा उपन्यास आ चुका था *इदन्नमम्*। इस उपन्यास की राजेन्द्र यादव ने *अप्प दीपो भव शीर्षक* से छोटी-सी भूमिका लिखी थी, जिसमें उन्होंने लिखा था कि यह लगभग 'रेणु' की याद दिलाता हुआ उपन्यास है। इसी उपन्यास पर प्रेस क्लब में एक चर्चा आयोजित की गयी थी। चर्चा में जिन वक्ताओं को बोलना था उनमें उपन्यास *डूब* के लेखक वीरेन्द्र जैन भी थे। सच कहूँ इस चर्चा में हिस्सा लेने वाले दूसरे वक्ताओं ने क्या कहा मुझे याद नहीं, लेकिन वीरेन्द्र जैन ने जिस तरह इसके धुर्रे उड़ाये वह दृश्य आज भी याद है। राजेन्द्र जी चुपचाप अपना पाइप सुलगाकर कसमसाते रहे। उनका कसमसाना स्वाभाविक भी था क्योंकि इस चर्चा के असली सूत्रधार वही थे। हालाँकि मैत्रेयी जी ने मुझे भी अपना यह उपन्यास दिया था और मैं भी इस पर कुछ बोलने का मन बनाकर गया था। लेकिन वीरेन्द्र जैन के वक्तव्य के बाद मैंने यह सोचकर अपना इरादा त्याग दिया कि इस भभकती भट्ठी से मैं अपने आपको दूर ही रखूँ, तो इसी में मेरी भलाई है। बहुत दिनों तक इस चर्चा की दिल्ली के साहित्यिक गलियारों में बड़ी चर्चा रही।

1994 के मई महीने में मेरी नज़र एक पत्रिका में मद्रास की एक संस्था *फोरम फ़ॉर साइंस एंड कलचर* द्वारा प्रकाशित एक छोटे-से विज्ञापन पर पड़ी। इस विज्ञापन के अनुसार इस संस्था द्वारा एक हिन्दी कहानी प्रतियोगिता हेतु कहानियाँ आमन्त्रित की गयी थीं। चूँकि मेरा तीसरा कहानी संग्रह *अस्सी मॉडल उर्फ़ सूबेदार* नया-नया प्रकाशित होकर आया था, इसलिए मैंने इसकी एक कहानी *रंग अबीर* की फोटोस्टेट कराकर इस प्रतियोगिता के लिए डाक से भेज दी। बात आई-गई हो गयी। मैं भी भूल गया कि मैंने कहीं कोई कहानी भेजी थी।

यह नवम्बर 1994 का महीना था। एक दिन मैं शाम को कार्यालय से घर पहुँचा, तो पत्नी ने बताया कि कहीं से कोई तार आया है। तार का नाम सुनते ही मैं थोड़ा घबरा गया। मैंने अपने पते डब्ल्यू ज़ेड-528, पालम गाँव, नयी दिल्ली-110045 के पते पर आये इस तार को देखा और पढ़ने लगा।

तार पर अंग्रेज़ी में जिस बेतरतीबी से कुछ टाइप किया हुआ था, उसमें मुझे सिर्फ़ यही पंक्ति समझ में आयी।

YOUR STORY WINS FIRST PRIZE RAJAJI AWARD
CONGRATULATION

इसके नीचे भेजने वाले का संक्षिप्त नाम और उसके नीचे मद्रास टाइप किया हुआ था। धीरे-धीरे सारा माजरा अब मेरी समझ में आने लगा कि यह त ,, उस कहानी प्रतियोगिता में भेजी गयी कहानी *रंग अबीर* को प्रथम पुरस्कार के रूप में चुनने की सूचना थी। इसके बाद कहने या अभिव्यक्त करने की ज़रूरत नहीं है कि उस समय कहानी के क्षेत्र में इस साढ़े चौंतीस वर्षीय अधेड़ लेखक के मन में क्या भाव आ-जा रहे होंगे। अपने आपको मैं अधेड़ लेखक इसलिए कह रहा हूँ कि इस उम्र तक आते-आते हिन्दी का लेखक लगभग एक सिद्ध लेखक बन चुका होता है। उसकी झोली में तब तक इतने छोटे-बड़े सम्मान-पुरस्कार टपक चुके होते हैं कि उसे आगे लिखने की ज़रूरत ही नहीं पड़ती है। एक तरह से यह मेरे कथाकार बनने का पहला प्रमाण और पारितोष था। उत्तर भारत की किसी संस्था के बजाय दक्षिण भारत के एक अहिन्दी राज्य की संस्था द्वारा प्रदान किये जाने वाले इस छोटे-से पुरस्कार ने जैसे मुझमें एक नये उत्साह का संचार कर दिया। बता दूँ यह वही कहानी थी जिसे जनचेतना का प्रगतिशील कथा-मासिक *हंस* के सम्पादक राजेन्द्र यादव जी की ओर से अपने कार्यालय के छोटे-से स्लिप पेड की पर्ची पर 11 सितम्बर, 1992 को इस छोटी-सी टिप्पणी के साथ लौटा दिया गया था।

प्रिय मोरवाल जी,

कहानी मैंने ध्यान से पढ़ी। बहुत लम्बी है। मुझे लगता है इसके विस्तार को कम किया जा सकता है। फिर वहीद को निकालने का केस बन नहीं पाया है। क्या इस तरह के भावुक ऐप्रोच से इस समस्या का हल निकाला जा सकता है? कुछ गहराई में जाने की ज़रूरत नहीं है? वहीद का चरित्र इकहरा और द्वन्द्वहीन है वह सिर्फ़ अच्छा ही अच्छा है।

इस टिप्पणी की अन्तिम पंक्ति कि 'वह सिर्फ़ अच्छा ही अच्छा है' को पढ़ने के बाद ऐसा लगता है कि उनके अनुसार यदि वहीद को मैं साम्प्रदायिक, कट्टर सोच वाला दिखाता तो उसका चरित्र इकहरा और द्वन्द्वहीन नहीं होता। क्या व्यक्ति का चरित्र उसके धर्म या मज़हब से तय होना चाहिए?

क्या कोई आदमी 'सिर्फ़ अच्छा ही अच्छा' नहीं हो सकता? आख़िर इस अच्छाई का पैमाना और परिभाषा क्या होनी चाहिए? एक बात और मैं इस कहानी को ख़ुद उन्हें देने गया था जो एक लम्बे लिफ़ाफ़े में क़ैद थी। लिफ़ाफ़े को उन्होंने हाथ में लेकर ऐसे तौला जैसे उसका वज़न भाँप रहे हों। वज़न भाँपने के बाद बोले, "बकरे को हलाल करने से पहले मैं उसका वज़न ज़रूर देखता हूँ।"

उनके इस वाक्य के बाद मेरी समझ में आ गया था कि जो व्यक्ति कहानी को बिना पढ़े उसकी तुलना बकरे से कर रहा है, मुझे नहीं लगता वह उसे अपनी पत्रिका में छापेगा।

बहरहाल, मद्रास की इस संस्था *फोरम फॉर साइंस एंड कल्चर* की तरफ़ से 8 दिसम्बर, 1994 के पत्र द्वारा इस प्रतियोगिता के पूरे परिणामों की सूचना डाक से प्राप्त हो गयी। इन परिणामों के अनुसार *रंग अबीर* को दो हज़ार रुपये के प्रथम पुरस्कार, अहमदाबाद के यशवन्त मेहता की कहानी को पन्द्रह सौ रुपये के द्वितीय पुरस्कार, हैदराबाद की श्रीमती शान्ता दत्त की कहानी को एक हज़ार रुपये के तृतीय पुरस्कार और मद्रास की श्रीमती गोधा पार्थ सारथी को पाँच सौ रुपये के *श्री मनु शर्मा* पुरस्कार (तमिल कहानी के लिए) के लिए चुना गया था। 31 अगस्त, 1995 को आयोजित होने वाले इस सम्मान समारोह में शामिल होने के लिए संस्था द्वारा मुझे आने-जाने का दूसरी श्रेणी का रेल टिकट प्रदान किया गया था। पुरस्कार समारोह के मुख्य अतिथि व उस समय के तत्कालीन राष्ट्रपति श्री आर. वेंकटरमन और सर्वोच्च न्यायालय के तत्कालीन न्यायाधीश जस्टिस एस. मोहन, जो इस संस्था के अध्यक्ष भी थे, के कर-कमलों द्वारा प्रथम *राजाजी अवार्ड-1994* प्रदान किया गया। पूर्व राष्ट्रपति श्री आर. वेंकटरमन द्वारा हस्ताक्षरित जो प्रमाण-पत्र दिया गया था, उससे यह पता चला कि पुरस्कार को मद्रास के राजाजी मेमोरियल ट्रस्ट द्वारा शुरू किया गया है। भारत के उसी अन्तिम गवर्नर जनरल चक्रवर्ती राजगोपालाचारी के नाम पर, जिन्हें लोग प्यार से 'राजाजी' के नाम से जानते थे और जो देश को भाषायी आधार पर बाँटने के सख़्त ख़िलाफ़ थे। देश की राजधानी नयी दिल्ली के लुटियंस बंगला ज़ोन में राजाजी मार्ग भी है, जो पहले किंग जॉर्ज एवेन्यु के नाम से जाना जाता था।

पुरस्कार ग्रहण करने के बाद संस्था के बुजुर्ग सचिव SVS अर्थात एस. वेंकट सुब्रमणियम, जिनके घर मैं ठहरा हुआ था, उनसे मैंने पूछा कि आपके निर्णायक मण्डल ने *रंग अबीर* को ही पहले पुरस्कार के लिए क्यों चुना? इस पर वेंकट सुब्रमणियम जी ने बताया कि निर्णायक मण्डल के सदस्यों का कहना था कि ऐसी कहानियाँ दक्षिण में नहीं लिखी जाती हैं, जिनमें साम्प्रदायिकता पर चोट की गयी हो। सबको यह कहानी बहुत पसन्द आयी थी और सर्व सम्मति

से सभी ने इसे पहले पुरस्कार के लिए चुना। संस्था के बुज़ुर्ग सचिव एस. वेंकट सुब्रमणियम के ये शब्द आज भी मुझे याद आते हैं, तो मन को सन्तोष होता है कि लेखक की यही भूमिका उसे अपने लेखन और समाज में ज़िन्दा रखती है।

कथाकार बलराम कथा-पत्रिका *सारिका* से *नवभारत टाइम्स* में आ गये थे। *नवभारत टाइम्स* में ये हरियाणा संस्करण के डेस्क पर तैनात थे। उन दिनों पूरे राज्य का एक ही संस्करण होता था। आज की तरह ज़िलेवार संस्करण नहीं होते थे। एक दिन मैं बलराम जी के पास बैठा हुआ था तो बातों-बातों में मैंने उन्हें इस पुरस्कार के बारे में बताया। चूँकि मैं दक्षिण हरियाणा के मेवात क्षेत्र से हूँ इसलिए बलराम जी बोले कि गुरु यह तो हरियाणा संस्करण के लिए ख़बर बनती है। ऐसा करो तुम मुझे अपने बारे में और इस पुरस्कार के बारे में कुछ जानकारी उपलब्ध करा दो। साथ में पासपोर्ट साइज़ का अपना एक फोटो भी दे देना।

जानकारी उपलब्ध कराने के बाद जैसे ही नवभारत टाइम्स के 29 अगस्त, 1995 के हरियाणा संस्करण के पाँचवें पृष्ठ के दाई ओर, कार्यालय प्रतिनिधि की बाई लाइन से सबसे ऊपर दो कॉलम में फोटो के साथ, लगभग छह सौ शब्दों का इक्कीस सेंटीमीटर लम्बा *मेवाती कथाकार राजाजी पुरस्कार से सम्मानित* शीर्षक से समाचार प्रकाशित हुआ, मैं मेवात में जैसे हीरो बन गया। चूँकि इस संस्करण में मेवात सहित पूरे हरियाणा की ख़बरें होती थीं, इसलिए सारे हरियाणा में यह ख़बर चर्चा का विषय बन गयी। मेवात और मेरे क़स्बे नगीना में उन दिनों *नवभारत टाइम्स* अच्छी-ख़ासी संख्या में जाता था, इसलिए इस ख़बर की महत्ता और बढ़ गयी। इस ख़बर के छपने के बाद जब पहली बार मैं दिल्ली से क़स्बे गया और वहाँ के बाज़ार से गुज़र रहा था, तो दबी ज़बान से मैंने कई दुकानदारों के मुँह से सुना था, "यही वह छोरा है जिसे राष्ट्रपति ने इनाम दिया है।"

बलराम ने यह ख़बर कितनी मेहनत से बनायी थी इसका अनुमान इस सम्मान समारोह में दिये गये तत्कालीन राष्ट्रपति श्री आर. वेंकटरमन के इस उद्‌बोधन से समझा जा सकता है, जिसे बलराम जी ने इस रिपोर्ट में उद्धृत किया था कि—*हमारी शिक्षा प्रणाली हमारे छात्रों में राष्ट्रीयता और देशभक्ति की भावना पैदा करने में असफल रही है। राजाजी पुरस्कार जैसे आयोजन राष्ट्रीयता की भावना को फिर से जगा सकते हैं।*

मेरे इस संग्रह *अस्सी मॉडल उर्फ़ सूबेदार* में संकलित और जिस कहानी पर यह पुरस्कार प्रदान किया गया, उस पर बलराम एक चिन्तनशील कथाकार के रूप में बड़ी आत्मीयता से लिखते हैं—

पिछले दिनों इनका तीसरा कहानी संग्रह 'अस्सी मॉडल उर्फ़ सूबेदार' काफ़ी चर्चित रहा। इनकी कहानियों में मेवाती जन-जीवन यथार्थ रूप में उभरकर आया है

और शायद हिन्दी साहित्य में मेवाती जी़वन पर स्तरीय लेखन पहली बार मोरवाल की क़लम से ही निकला है। मेवाती लोकाचार तथा मेवाती संस्कृति का हृदयग्राही चित्रण देखना हो तो इनकी कहानी 'अस्सी मॉडल उर्फ़ सूबेदार', 'भूकम्प', 'लेकिन' तथा 'महराब' आदि को पढ़ना चाहिए। इन कहानियों में अगर मेवों की भाषा-बोली, रीति-रिवाज़, लोकोक्तियाँ, तीज-त्योहार, मेले-उत्सव और हाट-बाज़ार अपने जीवन्त रूप में मौजूद हैं तो इनमें मेवात के खेत-खलिहान, पेड़-पौधों का फोटोग्राफिक चित्रण हुआ है, जिससे मेवों की धर्मनिरपेक्ष जातीय संस्कृति को साम्प्रदायिक कट्टरता के ख़ंजर से लहू-लुहान होते हुए देखा जा सकता है। इनके पात्रों में यह अलगाना ज़रा मुश्किल है कि कौन पात्र हिन्दू है और कौन मुसलमान। भारतीयता के सन्दर्भ में यह बात उल्लेखनीय है और शायद इसीलिए मोरवाल को इस अखिल भारतीय स्तर के पुरस्कार के लिए चुना गया, लेकिन पुरस्कार का आधार बनी कहानी दूसरी है 'रंग अबीर', जो साम्प्रदायिकता पर चोट कर हमें निखालिस भारतीय होने की सीख देती है। किसी मेवाती कथाकार को पहली बार मोरवाल के रूप में अखिल भारतीय पहचान मिली है। राजाजी पुरस्कार ने उस पहचान पर अपनी स्वीकृति की मोहर लगाकर उसे और पुख्ता कर दिया है। काले पहाड़ (अरावली) के अँधेरे में इस पुरस्कार से एक रोशनी चमकी है। मेवात में अरावली को काला पहाड़ कहते हैं।

इस समाचार के माध्यम से बलराम पाठकों को यह बताना नहीं भूलते हैं कि—*मोरवाल आजकल मेवाती पृष्ठभूमि पर अपना पहला उपन्यास पूरा करने में लगे हुए हैं।*

वैसे *अस्सी मॉडल उर्फ़ सूबेदार*, शीर्षक को पढ़कर थोड़ी देर के लिए आप चौंक सकते हैं कि भला यह भी किसी कहानी या संग्रह का शीर्षक हो सकता है? या फिर भला अस्सी मॉडल नाम का भी कोई व्यक्ति हो सकता है? लेकिन यह सच है कि यह व्यक्ति मेरे गाँव का एक मेव था जिसका असली नाम रुजदार था और यह इस स्मृति-कथा के लिखने तक ज़िन्दा था। शीर्षक में रुजदार की जगह सूबेदार कर दिया गया।

नवभारत टाइम्स के हरियाणा संस्करण में इस ख़बर के छपने के बाद जब मैं, अपने गाँव (कृपया गाँव को क़स्बा या क़स्बे को गाँव लिखने को आप गम्भीरता से न लें। ऐसा बोलचाल के चलते हो जाता है) नगीना गया, तो मैंने महसूस किया कि सब मुझे बड़ी हैरानी से देख रहे हैं। जाते ही चाचा (पिताजी जिन्हें हम चाचा कहते थे) ने मुझसे कहा कि तूने अख़बार में अस्सी मॉडल के बारे में ऐसा क्या लिख दिया, जिसे सुनकर वह घर तक आ गया और तेरी शिकायत करने लगा। इसकी तसदीक मेरी भाभी ने भी की कि एक दिन अस्सी

मॉडल घर पर आया था। पहले तो मेरी समझ में कुछ नहीं आया, मगर मैंने जब शान्त मन से सोचा तो सारा माजरा मेरी समझ में आ गया। मैं समझ गया कि *नवभारत टाइम्स* में छपी ख़बर के बारे में अस्सी मॉडल को ज़रूर किसी ने बता दिया है। मैं उसी समय अस्सी मॉडल के घर, जो मेरे नगीना के उपरलीघाँ (राही मासूम रज़ा के आधा गाँव की तरह मेरा क़स्बा भी उपरलीघाँ और निचल्ली घां, दो हिस्सों में बँटा हुआ है) स्थित थड़ी के बग़ल में है, उसकी तरफ़ चल दिया। पाठकों के लिए बता दूँ कि नगीना के उपरलीघाँ स्थित यह वही थड़ी है, जिसका मेरे पहले उपन्यास *काला पहाड़* में विस्तार से वर्णन किया गया है। उपन्यास के पतंगबाज़ी वाले प्रसंग में पतंगों के लिए इस्तेमाल होने वाली रील (माँझे) की सुताई के लिए पिसने वाले महीन शीशे का चित्रण किया गया है। यह वही थड़ी (एक तरह की धर्मशाला) है जिसके निर्माण और बनावट के बारे में यह दोहा मेरे क़स्बे में बहुत मशहूर है कि–

चौंसठ तो नारी बणी, सोलह इनका लोग
आमई-सामई पीवणी, है ई चौंतीसा को जोग।

(इस थड़ी (वह स्थल जहाँ बारात आदि को ठहराते हैं) की दीवारों में चौंसठ खूँटियाँ हैं। सोलह खम्बों पर यह टिकी हुई है। इसके बाहर के हिस्से में आमने-सामने पीवणी अर्थात पानी के मटकों या घड़ों के रखने की जगह है। कहते हैं कि इसका निर्माण 1834 ईस्वी में हुआ था)

अस्सी मॉडल के घर गया तो पता चला वह अपनी बैठक पर है। बैठक घर के पास ही है। बैठक पर मैं जैसे ही पहुँचा कि वह मुझे देखते ही डहले (बड़ा पलँग) से उठकर बैठते हुए बोला, “आ जा भई लाला!”

मैंने दुआ-सलाम की और पायताने की तरफ़ बैठ गया।

“यार, तैने मेरा बारा में अखबार में ई कहा छपवा दी है?” रुजदार ने मुस्कराते हुए पूछा।

मैंने अस्सी मॉडल अर्थात रुजदार को समझाने का प्रयास किया कि ऐसी कोई बात नहीं है। मुझे अस्सी मॉडल नाम अच्छा लगा इसलिए यह नाम रख लिया। मेरे समझाने पर बात उसकी समझ में आ गयी। बाद में मैंने अस्सी मॉडल के इस डर को महसूस किया तो मुझे लगा उसका यह डर सही था। हुआ दरअस्ल यह था कि मेरे पड़ोस में आपसी रंजिश के चलते 1984 के आस-पास एक व्यक्ति की हत्या कर दी गयी थी। इस हत्या में न जाने कैसे अस्सी मॉडल का भी नाम आ गया। पुलिस ने शक की बिना पर उसे घर से उठा लिया और उसको बहुत मारा।

मेरे इस कहानी संग्रह और *नवभारत टाइम्स* के 29 अगस्त, 1995 के हरियाणा संस्करण में इसकी चर्चा होने पर लोगों ने उसके मन में डर बैठा दिया था।

बीसवीं सदी के अन्तिम दशक में पालम इलाक़े में एक बार अच्छा साहित्यिक वातावरण बन गया था।

पालम गाँव में मैं पिछले डेढ़ दशक से रह रहा था। 1981 में बी.ए. करते ही मात्र 21 बरस की उम्र में मेवात से पलायन कर जब दिल्ली के नारायणा में आया, तो एक-डेढ़ साल बाद ही अपने गाँव के लाला अमरनाथ की लोहे की अलमारी बनाने की पालम गाँव में नयी फेक्ट्री लगाने के कारण मुझे यहाँ भेज दिया गया था। उसके बाद यह इलाक़ा इतना भाया कि मैं यहीं का होकर रह गया। इसी से सटी पालम कॉलोनी के राजनगर में दिल्ली विश्वविद्यालय के प्राध्यापक डॉ. राजेन्द्र गौतम रहते थे। उन्हीं के पास यहीं कथाकार सुभाष नीरव सरोजिनी नगर से आकर किराये पर रहने लगे थे। जबकि रेलवे लाइन की तरफ़ इसी राजनगर में ग़ज़लगो राजगोपाल सिंह भी आ गये थे। पालम कॉलोनी में ही सतवीर सिंह 'साजन' नाम का एक युवा कवि भी रहता था। जबकि इसी इलाक़े में कवयित्री-कथाकार अलका सिन्हा और पास के महावीर एन्क्लेव में पंजाबी के लेखक और *छांग्या रुख* जैसी चर्चित आत्मकथा के लेखक बलबीर माधोपुरी रहते थे।

31 अगस्त, 1995 को मद्रास की एक संस्था द्वारा वर्ष 1994 का 'राजाजी अवार्ड' के बाद जब बलराम ने इससे सम्बन्धित भव्य समाचार प्रकाशित किया था, उन्हीं दिनों बलराम ने एक दिन मुझसे पूछा, "आपके पालम में दादा देव मन्दिर के पास कोई दादा देव कुंज नाम की जगह है?"

"दादा देव मन्दिर तो है और उससे थोड़ी दूर मैं रहता भी हूँ। बताइए क्या काम है?" मुझे अपने आप पर हैरानी हुई कि मैं इसी इलाक़े में रहता हूँ और मुझे इस दादा देव कुंज के बारे में पता नहीं है।

"हमारे नवभारत टाइम्स में एक कार्टूनिस्ट हैं राजकमल। वे वहाँ रहते हैं। उन्हें यह लिफ़ाफ़ा देना है। है क्या कि वे कुछ दिनों से छुट्टी पर हैं।"

मैंने बलराम से लिफ़ाफ़ा लिया और अगली सुबह दादा देव मन्दिर पहुँच गया। ठीक मन्दिर के सामने एक दुकानदार से दादा देव कुंज के बारे में पूछा, तो उसने बताया कि यह पीछे की तरफ़ पड़ता है। बग़ल से जो गली जा रही है उससे चले जाइए। इसके बाद मुझे राजकमल का घर ढूँढ़ने में कोई परेशानी नहीं आयी।

बातचीत के दौरान मैंने बताया कि मैं एक लेखक हूँ। राजकमल समझ गया कि अगर मैं बलराम को जानता हूँ तो लेखक ही होऊँगा। इसके बाद बातचीत के दौरान राजकमल ने बताया कि मैं भी कहानियाँ लिखता था लेकिन अब लिखना छूट गया है। मैं बोला कि वे तो अब भी लिखी जा सकती हैं। इसके बाद मेरा राजकमल के घर और उनका मेरे घर आना-जाना शुरू हो गया। राजकमल की पहचान भले ही एक कार्टूनिस्ट की थी, परन्तु कला का छात्र होने के कारण वे इलस्ट्रेशन के साथ-साथ रेखांकन भी करते। चूँकि हर महीने *समाज कल्याण* पत्रिका का आवरण बाहर के कलाकार से बनवाया जाता था, इसलिए अब वे हमारी पत्रिका के आवरण और लेख-कहानियों के रेखाचित्र भी बनाने लगे।

उन्हीं दिनों मई 1995 में पालम कॉलोनी के साधनगर से विजयपाल सिंह के मुख्य सम्पादन में *पालम टाइम्स* नाम की एक मासिक पत्रिका का प्रकाशन शुरू हुआ। बेहद सादगी के साथ सिंगल कलर में प्रकाशित होने वाली लगभग 22 पृष्ठों की इस पत्रिका का सम्पादन मित्र राजगोपाल सिंह करते थे। चूँकि वे सरकारी सेवा में थे इसलिए उनका यह पद अवैतनिक था। हालाँकि यदि वे 'अवैतनिक' नहीं भी होते, तब ही कौन-सा उन्हें पगार मिल जाती। हिन्दी में यह प्रथा आदिकाल से चली आ रही है कि, सम्पादन नाम की आकांक्षा को पूरा करने के लिए हम अवैतनिक रूप से किसी भी छोटी-मोटी पत्रिका के सम्पादक बन जाते हैं। बाद में यह आकांक्षा जैसे मजबूरी बन जाती है, और इस मुफ़्त के सेवारूपी कम्बल से चाहकर भी पीछा नहीं छूटता है।

पालम टाइम्स के बैनर तले उन्होंने पालम कॉलोनी में कई छोटी-छोटी गोष्ठियाँ भी कराई थीं। इसके दूसरे अंक (जून 1995) और तीसरे अंक (जुलाई 1995) में उन दिनों लिखे जा रहे, मेरे पहले उपन्यास *काला पहाड़* के दो अंश भी प्रकाशित हुए थे। इन अंकों में इसके तीसरे अध्याय के पतंगबाज़ी और नौटंकी का कृष्णाबाई वाले अंश प्रकाशित हुए थे। हालाँकि ये अंश पहले ड्राफ्ट के थे। इन्हीं दिनों इस पत्रिका के प्रकाशन के अवसर पर पालम कॉलोनी में इसके मालिक विजयपाल सिंह के घर पर एक काव्य-गोष्ठी का आयोजन किया था। इसमें कई स्थानीय कवि-ग़ज़लकारों ने हिस्सा लिया था। हिन्दी के चर्चित ग़ज़लगो मंगल नसीम भी इस गोष्ठी में आमन्त्रित थे। गोष्ठी से पहले इस अंक की चर्चा होने लगी और बात होने लगी पत्रिका में *काला पहाड़* के प्रकाशित अंशों की। इसी बीच मंगल नसीम ने राजगोपाल सिंह की तरफ़ देखते हुए कहा,

"भाई साब, इधर एक लेख में मैंने मेवाती के कुछ दोहे पढ़े थे। क़सम से क्या दोहे हैं। बुढ़ापे को लेकर ऐसे मार्मिक दोहे मैंने आज तक नहीं पढ़े।" इसके बाद उनमें से इन दो दोहों को मंगल नसीम ने सुना भी दिया—

धौळा-धौळा सब भला, धौळा भला न केस
आँगन परबत हो रहो, पिछवाड़ो परदेस।

भग के परबत चहड़ती, मेरे वे दिन अब सालाँ
हाथ लकड़िया ले लई, अब टेक-टेक चालाँ।

राजगोपाल सिंह ने अपने बग़ल में बैठे मेरी ओर देखा और जैसे ही कुछ कहने लगे, मैंने उन्हें इशारे से रोक दिया। क्योंकि वे इस बात को जानते थे कि मंगल नसीम जिस लेख की बात कर रहे हैं, वह किसी और का नहीं मेरा ही लिखा हुआ था। मेरे इशारे को राजगोपाल भाई समझ गये। इसके बाद मंगल नसीम ने एक के बाद उस लेख के कई दोहे सुना दिये।

अब राजगोपाल सिंह जी से रुका नहीं गया और मुस्कराकर मेरी तरफ़ इशारा करते हुए बोले, "वह लेख किसी और का नहीं इस मोरवाल का है।"

इतना सुन मंगल नसीम ने उठकर मुझे गले लगा लिया। बता दूँ *मेवाती लोक साहित्य में जीवन-दर्शन* शीर्षक से यह लेख *दैनिक हिन्दुस्तान* के 22 जनवरी, 1995 के रविवासरीय में प्रकाशित हुआ था।

मेरे बेहद प्रिय ग़ज़लगो और मित्र राजगोपाल सिंह की चर्चा चली है तो इनसे जुड़ा एक और मज़ेदार वाक़या है। एक दिन छुट्टी के दिन मैं इनके घर गया। ऊपर के कमरे की एक अलमारी में मुझे एक काले जिल्द वाली मोटी-सी पुस्तक नज़र आयी। मैंने उसे पास जाकर देखा तो पता चला कि यह पवित्र ग्रन्थ क़ुरआन मजीद है। मैंने उसे अलमारी से निकाला और उलट-पुलट कर देखने लगा। मकतबा अल-हसनात, रामपुर (उत्तर प्रदेश) से जनवरी 1970 में पहली बार प्रकाशित इसका यह तीसरा संस्करण था। इस धर्म-ग्रन्थ की ख़ासियत यह है कि मूल अरबी का हिन्दी और अंग्रेज़ी में इतना सरल अनुवाद है कि, आपको इसकी आयतों का अर्थ और मर्म आसानी से समझ में आ जायेगा।

मैं भाई राजगोपाल सिंह से इसे यह कहकर ले आया कि मुझे इसकी *काला पहाड़* के लिए ज़रूरत पड़ेगी। अपने लेखक मित्र के इस आग्रह को स्वीकारते हुए बिना एक पल गँवाये राजगोपाल सिंह ने यह पुस्तक मुझे दे दी। *काला पहाड़* लिखते वक़्त तो इसकी इतनी ज़रूरत नहीं पड़ी लेकिन अपना दूसरा उपन्यास

बाबल तेरा देस में लिखने के दौरान मैंने इसकी आयतों का संवाद तक में इस्तेमाल किया। इतना ही नहीं बाद में मैंने इसकी आयतों का इस्तेमाल अन्य उपन्यासों में भी किया।

इस तरह क़ुरआन मजीद मेरे पास कई सालों तक रही। मुझे यह समझ में आ गया था कि इससे बेहतर क़ुरआन और कहीं नहीं मिलेगी। मैं इसका अपने लेखन में आगे भी उपयोग कर सकता हूँ। मुझे जब भी मौक़ा मिलता है इसकी आयतों का बड़ी बारीकी से अध्ययन करता हूँ। विशेषकर उन आयतों को जिन्हें विवादास्पद बताया जाता है।

राजगोपाल सिंह जी ने बाद में इसे लौटाने के लिए मुझसे कई बार कहा लेकिन मैं टालता रहा। सच कहूँ इसको लेकर मेरी नीयत डोल गयी थी। मैं इसे लौटाना ही नहीं चाहता था। ऐसे ही जब एक बार उन्होंने फिर से इसे लौटाने के लिए कहा, तो अपनी तरफ़ से एक बहुत ही मज़ेदार झूठ गढ़ते बोला कि उसे फ़जरुद्दीन बेसर ले गये थे और बेसर से माँगकर कोई और ले गया। बेसर से जो व्यक्ति माँगकर ले गया था, पता नहीं उससे वह कहाँ ग़ायब हो गयी। मेरे इस झूठ पर राजगोपाल सिंह जी को जैसे यक़ीन नहीं हुआ। वैसे भी पता नहीं क्यों मुझसे इतनी सफ़ाई से झूठ बोला नहीं जाता है, जैसा लोग अक्सर बोल जाते हैं। मेरा झूठ तुरन्त पकड़ा जाता है।

इस पर राजगोपाल सिंह मेरी आँखों में झाँकते हुए बोला, "यार ना देनी है, मत दे। लेकिन बेचारे बेसर जैसे शरीफ़ आदमी को तो इसमें मत लपेट।" राजगोपाल सिंह फ़जरुद्दीन बेसर से अच्छी तरह परिचित थे। जिस तरह *समाज कल्याण* पत्रिका में राजगोपाल सिंह की ग़ज़लें बड़े भव्य तरीक़े से प्रकाशित होती थीं, उसी तरह फ़जरुद्दीन बेसर की भी छपती थीं।

इसके बाद भाई राजगोपाल सिंह ने अप्रैल 2014 में अपने दिवंगत होने तक इस पवित्र ग्रन्थ क़ुरआन मजीद को कभी नहीं माँगा। भाई राजगोपाल सिंह से जुड़े प्रसंग जब-जब याद आते हैं, उनकी ये पंक्तियाँ रगों में दौड़ते रक्त में जैसे घुलने लगती हैं–

मैं रहूँ या ना रहूँ मेरा पता रह जायेगा
शाख पर यदि एक भी पत्ता हरा रह जायेगा।

उन्हीं दिनों एक दिन सुभाष नीरव ने बताया कि लन्दन से पंजाबी कथाकार हरजीत अटवाल दिल्ली आ रहे हैं। पंजाबी के इस लेखक और उनकी कुछ कहानियों की मैं सुभाष नीरव से बड़ी तारीफ़ सुन चुका था। सुभाष नीरव पंजाबी से हिन्दी के एक जाने-माने अनुवादक भी हैं और उन्होंने पंजाबी के जिन लेखकों की रचनाओं का हिन्दी में अनुवाद किया है, उनमें पंजाबी का प्रवासी कथाकार

हरजीत अटवाल भी है। उन दिनों हरजीत अटवाल की एक कहानी *मछलियाँ* का पंजाबी से हिन्दी में अनुवाद किया था। इस कहानी के माध्यम से विदेशों में बसे प्रवासियों द्वारा पंजाब से लायी गयी स्त्रियों की वेदना और उनकी विवशताओं को जिस सूक्ष्मता से वर्णन किया गया है, वह अविस्मरणीय है। हरजीत अटवाल का पंजाबी में *रेत* शीर्षक से भी एक उपन्यास प्रकाशित हो चुका है। यह उनका दूसरा उपन्यास है, जिसका हिन्दी में भी अनुवाद सुभाष नीरव ने किया था।

मैंने जितना प्रवासी पंजाबी साहित्य पढ़ा है, उसे पढ़ने के बाद मेरी यह धारणा बनी है कि पंजाबी प्रवासी लेखन के समक्ष हिन्दी प्रवासी लेखन कहीं नहीं ठहरता। वैचारिक दृष्टि से भी प्रवासी हिन्दी लेखक बहुत पिछड़ा हुआ है। हिन्दी का प्रवासी लेखक जहाँ भारतीयता, भारतीय संस्कृति और उसकी जड़ों से जुड़ने के नाम पर अपने आपको हिन्दुत्व के खूँटे से मुक्त नहीं कर पाया है, वहीं पंजाबी के प्रवासी लेखक के सरोकार आम हिन्दुस्तानी आदमी से जुड़े हुए नज़र आते हैं। सच तो यह है कि पंजाबी के प्रवासी लेखक, प्रवासी हिन्दी लेखक से कहीं अधिक लोकधर्मी, धार्मिक रूप से सहिष्णु, उदार और समन्वयवादी हैं। इसके बरअक्स हिन्दी का प्रवासी लेखक सालों से विदेशों में रहने के बावजूद हिन्दूवादी राष्ट्रवाद का मारा हुआ लगता है। यूरोप और अमेरिका में रहने के बावजूद अपने आपको कर्मकाण्डों से मुक्त नहीं कर पाया है।

सुभाष नीरव ने यह भी बताया कि हरजीत अटवाल के साथ पंजाबी के कुछ और भी लेखक होंगे। अब चूँकि हम में से ज़्यादातर चाहे वह ख़ुद सुभाष नीरव हो या बलबीर माधोपुरी; राजगोपाल सिंह हो या मैं, सब किराये के मकानों में रहते थे। इसलिए संकट यहाँ आकर खड़ा हो गया कि शाम को महफ़िल कहाँ जमाई जाये। कहने का मतलब यह कि उनकी कहाँ आवो-भगत की जाये? बहुत सोच-विचार किया गया। बड़ा चिन्तन-मनन हुआ लेकिन कोई रास्ता दिखाई नहीं दिया। मैं उन दिनों पालम गाँव के मकान नम्बर डब्ल्यू जेड-528 में सपरिवार रहता था। बाद में उसके ऊपर बना छोटा-सा कमरा जैसे ही पहले से रहे किरायेदार ने ख़ाली किया, उसे भी मैंने ले लिया। अब मेरे पढ़ने-लिखने का कमरा अलग हो गया। यह वही ऐतिहासिक कमरा था जिसमें मई-जून के आग बरसाते महीनों में, मैंने अपने पहले उपन्यास *काला पहाड़* को कुछ ही दिन पहले पूरा किया था। अन्त में इसका बीड़ा मैंने ही उठाया और इस ऐतिहासिक कमरे को अतिथियों को समर्पित करने की हामी भर दी। जिन भले और पत्निव्रताओं ने अपनी पत्नियों से बिगाड़ के डर से अपने-अपने आतिथ्य रूपी बाणों को वापस तूणीरों में घुसा लिया था, उनकी नुकीली बौछारों को भीष्म पितामह की तर्ज़ पर मैंने ऊपर लेने का प्रण कर लिया।

बहरहाल, तय दिन और समय पर हरजीत अटवाल, जिन्दर, सुभाष नीरव, बलबीर माधोपुरी सहित राजगोपाल सिंह और राजकमल सब निश्चित की गयी जगह पर पहुँच गये। लेकिन गड़बड़ यहाँ यह हो गयी कि न जाने किस संवाद हीनता के चलते, जिस प्रयोजन के लिए इस जगह का चयन किया गया था, अचानक वह असफल होता दिखाई देने लगा। जहाँ चार यार बैठें वहाँ कुछ ना हो, ऐसा कैसे सम्भव है? इस बारे में मुझे भी इन लोगों ने कुछ नहीं बताया। बताया होता तो मैं ही 'कुछ' इन्तज़ाम कर लेता। क्योंकि जहाँ से इन्तज़ाम होना था उन सब पर तो सरकारी अवकाश होने की वजह से ताला पड़ा हुआ था।

हम सबके सामने एक विकट और गम्भीर समस्या खड़ी हो गयी। मुझे बार-बार बप्पी लहरी की ये पंक्तियाँ याद आने लगीं कि लन्दन से आया मेरा दोस्त, दोस्त का स्वागत कैसे करूँ। मेरी हालत इन सबमें सबसे ज़्यादा ख़राब थी। इसके तीन कारण थे। पहला यह कि मैं उम्र में इनमें सबसे छोटा था। दूसरा यह कि मैं उस दिन के इस कार्यक्रम का मेज़बान था, इसलिए व्यवस्था करने की सारी नैतिक-अनैतिक ज़िम्मेदारी मेरी थी। तीसरा और सबसे बड़ा कारण यह था कि जैसे-जैसे समय बीतता जा रहा था, 'उसके' मिलने की सम्भावनाएँ लगातार क्षीण होती जा रही थीं। सारा मज़ा अचानक किरकिरा होता नज़र आने लगा।

तभी मुझे एक उपाय सूझा। मैं यह कहकर घर से बाहर चला आया कि मैं अभी आया। मैं अपने एक पड़ोसी से जाकर मिला। मुझे उम्मीद थी कि मेरी लाज आज मेरा यही पड़ोसी बचा सकता है। मैंने उसे अपनी इस विकट समस्या से परिचित कराया। मेरी समस्या सुन वह बोला, "भाई साब, दिन में बताते तो मैं यहाँ ढेर लगा देता। अब देर हो चुकी है। फिर भी कोशिश करते हैं।" इतना कह वह मेरे साथ चल दिया।

लगभग पच्चीस-तीस क़दम चलकर हम जहाँ आये, उस समय के हिसाब से वह पालम गाँव का चाँदनी चौक इलाक़ा था। एक तरफ़ आधे से ज़्यादा पालम गाँव के फ़ेमिली डॉक्टर डॉ. त्रेहन का क्लिनिक, तो उससे थोड़ा आगे राजू जैन की अनाज की दुकान। जहाँ सुबह-शाम डॉ. त्रेहन के क्लिनिक पर खाँसी, जुकाम, बुख़ार, बच्चों की छोटी-मोटी बीमारी, दस्त-उल्टी समेत तरह-तरह के रोगियों की भीड़ लगी रहती; वहीं प्रायः सुबह के समय राजू जैन की दुकान पर एकाध ख़ास क़िस्म का मरीज नज़र आ जाता। मैंने इन ख़ास क़िस्म के मरीज़ों के मर्ज़ के बारे में पता किया, तो मुझे पता चला कि जैन साहब खुद अपने हाथों से पीलिया के मरीज़ों को कोई देसी, मगर अचूक दावा देते हैं।

बदले में कोई शुल्क तक नहीं लेते। जहाँ मैं किराये पर रहता था उससे कुछ क़दम दूर मेरे नामराशि भगवानदास पंजाबी की दुकान थी। वह अब भी है जिसे उनका बेटा कालू चलाता है। इस दुकान पर अक्सर वे वस्तुएँ मिल जाती हैं, जो दूसरी दुकानों पर आसानी से नहीं मिलती हैं।

पालम गाँव के इस चाँदनी चौक में राजू जैन की दुकान के सामने समय-असमय चौपड़ और शतरंज की गोटियों में मग़ज़मारी करते खिलाड़ियों को देखा जा सकता था। जब से राजू इस मोहल्ले को छोड़कर गया है पौ और चेस की आवाज़ भी नहीं सुनाई देती है। वहीं बग़ल में कहीं सीप चल रही होती, तो कहीं रम्मी। कई बार तो ऐसा होता कि एक ही खेल की कई टीमें जगह-जगह जमी रहतीं। खेलने वालों से अधिक देखने वाले होते। क़सम से कई बार लोकाचार में लिपटा वह दृश्य बड़ा लोक-लुभावन होता, जब सुबह के समय ऊँचाई वाले से घरों की खुली नालियों से तेज़ पानी के साथ बहते मल के गोले, पूरी निर्बाध गति से ज़मीन पर बिछे बोरियों, तप्पड़ों पर जमे खिलाड़ियों के बग़ल से होकर गुज़रते। मगर इन खेलने वालों पर इसका कोई असर नहीं पड़ता। बस, प्रेमचन्द की कहानी *शतरंज के खिलाड़ी* के मिर्ज़ा सज्जाद अली और मीर रोशन अली की तरह इस सबसे बेख़बर अपने खेल में लगे रहते।

इसी बीच बिजली चली गयी। ये वे दिन थे जब पालम में बिजली आती कम थी, जाती ज़्यादा थी। अँधेरे में ही कुछ देर में मेरे पड़ोसी के रुसूख़ के चलते एक बोतल की व्यवस्था हो गयी। छह-सात लोगों के बीच, वह भी ऐसे जिनमें एक लन्दन से और कुछ पंजाब से चलकर आये हों, एक बोतल क्या मायने रखता है, आप अच्छी तरह जानते हैं। लेकिन चिन्ता इस बात की नहीं थी। इसके उलट मुझे ख़ुशी इस बात की थी कि मेरी इज़्ज़त उतरने से बच गयी। यही हाल उन दोस्तों का भी था जो बेसब्री से मेरे लौटने का इन्तज़ार कर रहे थे। उन्हें भी इस बात का मलाल नहीं था कि आख़िर आधे दर्ज़न भेड़ियों में इस चूज़े से होगा क्या। बल्कि इस बात को लेकर ख़ुशी थी कि कम-से-कम अब महफ़िल में रंग तो जम जायेगा, भले ही कुछ फ़ीका सही। सचमुच ऐसा ही हुआ। राजगोपाल सिंह ने तो अपनी ग़ज़लों से मानो समा ही बाँध दिया। जब तक चूज़े में जान रही महफ़िल जमी रही। जान ख़त्म होते ही महफ़िल के ख़त्म होने की घोषणा हो गयी यानि अल्लाह-अल्लाह ख़ैर सल्लाह!

इसी साल मुझे *डॉ. अम्बेडकर फ़ेलोशिप-1995* प्रदान किया गया। अरुणाचल प्रदेश के राज्यपाल महामहिम श्री माता प्रसाद, आल इंडिया काँग्रेस कमेटी (इन्दिरा) के महासचिव सुशील कुमार शिंदे तथा श्रीमती सत्या बहन उन दिनों दिल्ली की *दलित साहित्य अकादमी* के संरक्षक थे। अकादमी के राष्ट्रीय अध्यक्ष डॉ. सोहन पाल सुमनाक्षर की ओर से 21 अगस्त, 1995 का मुझे एक पत्र मिला। इस पत्र में 24 सितम्बर को प्रातः 10 बजे देश की राजधानी नयी दिल्ली के तालकटोरा इंडोर स्टेडियम, मन्दिर मार्ग में आयोजित होने वाले अकादमी के 11वें राष्ट्रीय दलित साहित्यकार सम्मेलन में डॉ. अम्बेडकर फ़ेलोशिप से सम्मानित करने की सूचना दी गयी थी।

मुझे याद है कि हर साल आयोजित होने वाला यह सम्मेलन इतना विराट होता था, और देशभर के इतनी बड़ी संख्या में दलित बुद्धिजीवियों को सम्मानित किया जाता था कि उनके आवास की व्यवस्था ताल कटोरा इंडोर स्टेडियम के पास ही हिन्दू महासभा भवन में की जाती थी। इस पत्र के साथ *डॉ. अम्बेडकर फ़ेलोशिप* कार्ड भी संलग्न था। इसमें यह आग्रह किया गया था कि मैं 23 सितम्बर की शाम तक साथियों सहित दिल्ली पहुँच जाऊँ। इसके अलावा इस पत्र के साथ शुल्क प्राप्ति की एक रसीद भी संलग्न थी। लेकिन कुछ अपरिहार्य कारणों के चलते मैं इस सम्मान समारोह में *डॉ. अम्बेडकर फ़ेलोशिप* ग्रहण करने पहुँच नहीं पाया था।

ऊपर जिस शुल्क प्राप्ति की रसीद का ज़िक्र है आप सोच रहे होंगे कि उस रसीद का यह क्या माजरा है। दरअस्ल, भारतीय दलित साहित्य अकादमी द्वारा हर साल प्रदत्त किये जाने वाले *डॉ. अम्बेडकर फ़ेलोशिप* के लिए सबसे पहले अकादमी का आजीवन सदस्य बनना ज़रूरी होता था। इस आजीवन सदस्यता और डेलीगेट शुल्क के रूप में एक छोटी-सी राशि यानि मात्र 150/- रुपये का भुगतान करना होता था। इस पत्र में जिस रसीद का ज़िक्र है यह इसी शुल्क की प्राप्ति रसीद था। जहाँ तक मुझे याद है भारतीय दलित साहित्य अकादमी का सदस्य मित्र बलबीर माधोपुरी ने बनवाया था। मेरी जानकारी में इतनी कम राशि में किसी को सदस्यता प्रदान कर, उसे राष्ट्रीय स्तर पर सम्मानित करना अपने आप में एक मिसाल है। बिना राशि के इस सम्मान की क्या अहमियत है आप इसी से कल्पना कर सकते हैं कि मैं अपने परिचय में इसका नाम बड़े गर्व के साथ शामिल करता हूँ। इस सम्मान ने एक लेखक के रूप में मुझे नयी पहचान प्रदान की थी।

अगले साल 1996 में एक दिन मुझे राष्ट्रीय राजधानी क्षेत्र, दिल्ली सरकार की *हिन्दी अकादमी* की ओर से एक पत्र प्राप्त हुआ। 25 मई, 1996 के इस पत्र के माध्यम से अकादमी के सचिव डॉ. रामशरण गौड़ ने मुझे सूचित किया था कि–

माननीय

आपको सूचित करते हुए हर्ष होता है कि हिन्दी अकादमी ने आपको वर्ष 1994-95 के ***साहित्यिक कृति पुरस्कार*** *से सम्मानित करने का निर्णय लिया है। आपको यह सम्मान आपकी साहित्यिक कृति* ***अस्सी मॉडल उर्फ़ सूबेदार*** *के लेखन के लिए दिया जा रहा है। पुरस्कार वितरण समारोह शीघ्र ही आयोजित किया जायेगा। पुरस्कार के रूप में आपको 11,000/- रुपये नगद, प्रशस्ति-पत्र तथा प्रतीक चिह्न आदि दिया जायेगा। कृपया आप अपनी लिखित स्वीकृति भेजने की कृपा करें। साथ ही अपना व्यक्तिगत परिचय एवं पासपोर्ट आकार का श्याम-श्वेत एक फोटो भी भेज दें।*

मेरी बधाई स्वीकार करें।

सादर
आपका शुभेच्छु
(रामशरण गौड़)

दो दिन बाद दिल्ली से प्रकाशित होने वाले समाचार-पत्रों के स्थानीय संस्करणों में इन पुरस्कारों की घोषणा हो गयी। *हिन्दी अकादमी* द्वारा अपने वर्ष 1994-95 के घोषित इन पुरस्कारों में विजयेन्द्र स्नातक को *शलाका सम्मान*, दस साहित्यकारों-पत्रकारों को *साहित्यकार सम्मान* जिनमें कैलाश वाजपेयी, गोविन्द मिश्र, मंजुल भगत, सुनीता जैन, रामबहादुर राय, राजेन्द्र मिश्र प्रमुख थे; तथा दस कृतियों जिनमें भाजपा के नेता विजय कुमार मलहोत्रा की *कमल : शाश्वत सांस्कृतिक प्रतीक*, कथाकार अरुण प्रकाश का कहानी संग्रह *भैया एक्सप्रेस*, उपेन्द्र कुमार का कविता संग्रह *मैं बोल पड़ना चाहता हूँ* सहित डॉ. रमेश चन्द्र मिश्र, सुन्दर लाल कथूरिया, मनोहर लाल, निरंकार नारायण सक्सेना, सुनीता शर्मा और रमाशंकर श्रीवास्तव की कृतियों को *साहित्यिक कृति पुरस्कार* से सम्मानित किया जाना था। वर्ष 1994-95 के अलावा उस साल, वर्ष 1991-92 के *शलाका सम्मान* के लिए कृष्णा सोबती, *साहित्यकार सम्मान* के लिए विश्वनाथ त्रिपाठी, विष्णु खरे, सुरेन्द्र प्रताप सिंह, राजेन्द्र धोड़पकर तथा शरद दत्त के नामों की घोषणा हुई थी। वर्ष 1995-96 के लिए एक और पुरस्कार की घोषणा हुई और यह था *काका हाथरसी पुरस्कार*। इस पुरस्कार के लिए अशोक चक्रधर के नाम की घोषणा की गयी थी।

एक वर्ष के अन्दर एक बार फिर *नवभारत टाइम्स* के 1 जून, 1996 के दो पृष्ठीय हरियाणा संस्करण के बायें पृष्ठ अर्थात पहले पृष्ठ पर उसी फोटो के साथ सबसे ऊपर उतनी ही बड़ी ख़बर प्रमुखता के साथ प्रकाशित हुई, जितनी बड़ी 29 अगस्त, 1995 को *राजाजी पुरस्कार* मिलने के बाद प्रकाशित हुई थी। कार्यालय प्रतिनिधि के हवाले से इस समाचार का शीर्षक था *'साहित्यिक कृति सम्मान' से मेवात का सम्मान : मोरवाल*। हिन्दी अकादमी के इन पुरस्कारों की घोषणा के बाद कार्यालय प्रतिनिधि यानि मित्र और कथाकार बलराम ने एक बार फिर इस समाचार को उस समय नवभारत टाइम्स में प्रकाशित कर भगवानदास मोरबाल नाम के इस अज्ञात कुलशील लेखक को जो पहचान दिलाई, सचमुच मैं उनका ऋणी हूँ। बलराम द्वारा यह समाचार लेखक से बातचीत के आधार पर तैयार किया था। इस समाचार में मेरे हवाले से एक जगह लिखा गया कि *हिन्दी अकादमी, दिल्ली सरकार से मेरे इस कथा संग्रह को सम्मानित करने के निर्णय से मुझे लगता है कि यह न तो मेरा सम्मान है, न ही मेरी कृति का, बल्कि मैं महसूस करता हूँ कि यह सम्मान लेखक व लेखन से ज़्यादा, मेरे मेवात का सम्मान है।*

उन दिनों दिल्ली में बीजेपी की सरकार थी और मुख्यमन्त्री थे साहिब सिंह वर्मा। कृष्णा सोबती जी ने साल 1991-92 के इस *शलाका सम्मान* को लेने से इनकार कर दिया था। इस ख़बर ने पूरे हिन्दी साहित्य में जैसे खलबली मचा दी कि *हिन्दी अकादमी* के सबसे बड़े सम्मान को कृष्णा सोबती जी ने लेने से इनकार कर दिया है। अब इस सम्मान को उन्होंने क्यों लेने से इनकार कर दिया था, यह बताने की ज़रूरत नहीं है।

19 अगस्त, 1996 सोमवार के दिन मंडी हाउस स्थित फिक्की सभागार में आयोजित होने वाले इस सम्मान समारोह के लिए अकादमी ने जो निमन्त्रण पत्र छपवाया, उसमें कृष्णा सोबती जी का नाम था। सभागार में उपस्थित अतिथियों को इसका इन्तज़ार भी था कि शायद कोई करिश्मा हो जाये और वे सम्मान लेने आ जायें। लेकिन कृष्णा जी नहीं आयीं, तो नहीं आयीं। मगर 1991-92 अर्थात नौ साल बाद 2001 में 2000-2001 के *शलाका सम्मान, साहित्यकार सम्मान, काका हाथरसी सम्मान* तथा 1999-2000 के *विशिष्ट कृति सम्मान* (यह सम्मान इससे पहले नहीं था), *साहित्यिक कृति सम्मान* और *बाल साहित्य सम्मान* की जब घोषणा हुई, तो साल 2000-2001 के *शलाका सम्मान* के लिए जिस नाम की घोषणा हुई, वह कृष्णा सोबती जी का ही नाम था। उस समय श्रीमती शीला दीक्षित की सरकार थी। संयोग देखिए कि वर्ष 1996 में जहाँ 1991-92 के *शलाका सम्मान* के लिए कृष्णा सोबती जी के नाम की घोषणा हुई थी, तो 1994-95 के लिए *साहित्यिक कृति पुरस्कार* के लिए मेरे कहानी संग्रह

अस्सी मॉडल उर्फ़ सूबेदार की घोषणा हुई थी। जबकि साल 2001 में भी *हिन्दी अकादमी* के 2000-2001 के *शलाका सम्मान* के लिए फिर से कृष्णा सोबती जी और वर्ष 1999-2000 के *साहित्यिक कृति पुरस्कार* के लिए मेरे पहले उपन्यास *काला पहाड़* की घोषणा हुई। इस बार कृष्णा सोबती जी रफ़ी मार्ग, नयी दिल्ली के मावलंकर सभागार में 31 मार्च, 2001 को आयोजित सम्मान समारोह में न केवल *शलाका सम्मान* ग्रहण करने आयीं, बल्कि सम्मान-अर्पणकर्ता के रूप में उपस्थित वरिष्ठ रंगकर्मी श्रीमती ज़ोहरा सहगल कृष्णा सोबती जी ने अपने कर-कमलों से *काला पहाड़* के लेखक को *साहित्यिक कृति पुरस्कार* प्रदान किया।

इस तरह एक लेखक के रूप में मेरे लिए ये ढाई-तीन साल, विशेषकर तब से जब से मेरा यह तीसरा कहानी संग्रह *अस्सी मॉडल उर्फ़ सूबेदार* आया था, कई मायनों में एक उपलब्धि की तरह साबित हुआ। इन सालों में अच्छे-बुरे, छोटे-मोटे कुछ भी कहिए, तीन पुरस्कार/सम्मान जिनमें इस संग्रह की एक कहानी *रंग अबीर* को सबसे पहले 1994 का अखिल भारतीय *राजाजी पुरस्कार*, फिर भारतीय दलित साहित्य अकादमी का *डॉ. अम्बेडकर फ़ेलोशिप-1995 सम्मान* और इसके बाद 1996 में हिन्दी अकादमी, दिल्ली द्वारा इस संग्रह को वर्ष 1994-95 का *साहित्यिक कृति पुरस्कार* के लिए चुनने को मैं एक बड़ी उपलब्धि मानता हूँ।

कथाकार अरुण प्रकाश ने इस शीर्षक कहानी को भारतीय समाज में एक नये राजनीतिक बदलाव के रूप में देखा था। वे अक्सर कहते थे कि अस्सी मॉडल हमारे ग्रामीण राजनीति का वह प्रतीक है, जिसने धार्मिक मुद्दों को राजनीति का हथियार बनाना सिखाया। अरुण प्रकाश जी का यह विश्लेषण आज इसलिए सच प्रतीत होता है कि जितना धन-बल, राजनीति के प्रारम्भिक दाँव-पेंच पंचायत और ब्लॉक चुनावों में इस्तेमाल किये जाते हैं, इनकी शुरुआत बीसवीं सदी के अस्सी के दशक में हो चुकी थी। अरुण प्रकाश इस संग्रह की एक कहानी के बहुत मुरीद थे, और यह कहानी है—*महराब*। इस कहानी को उन्होंने वर्ष 2005 में यात्रा बुक्स के सहयोग से पेंगुइन बुक्स द्वारा हिन्दी में *हमारा हिस्सा* (कहानी संग्रह), जो पेंगुइन बुक्स की सम्भवतः हिन्दी पुस्तकों की पहली खेप थी, उसमें शामिल किया गया था। *हमारा हिस्सा* के अलावा अनीता नायर की *लेडीज कूपे* तथा एक और पुस्तक जिसका नाम मुझे याद नहीं, यात्रा बुक्स के सहयोग से पेंगुइन बुक्स ने हिन्दी में प्रकाशित की थी। इन पुस्तकों के प्रकाशित होने के अवसर पर दिल्ली के मशहूर पाँच सितारा होटल ओबेरॉय में एक बड़ा भव्य आयोजन किया गया था। अरुण प्रकाश ने अपने सम्पादन में आने वाले इस इस संग्रह के लिए कमलेश्वर की *देवा की माँ*, रांघेय राघव की *गदल*, ममता कालिया की *आपकी छोटी लड़की*, स्वयं प्रकाश की *अशोक और रेनू की असली कहानी*,

नासिरा शर्मा की *दूसरा ताजमहल*, संजीव की *दुनिया की सबसे हसीन औरत*, विद्यासागर नौटियाल की *फट जा पंचधार*, शिवमूर्ति की *तिरिया चरित्तर*, सूरज पाल चौहान की *बदबू*, विजयकान्त की *लीलावती*, चित्रा मुद्‌गल की *प्रेतयोनि*, लवलीन की *बैल बनी औरत*, मृदुला गर्ग की *मेरे देश की मिट्टी, अहा*; सत्येन कुमार की *शेरनी* और मैत्रेयी पुष्पा की *फ़ैसला* कहानियों का चयन किया। सबसे ज़्यादा हैरानी की बात यह थी कि अरुण प्रकाश ने इस संग्रह में राजेन्द्र यादव की किसी कहानी को शामिल नहीं किया।

अपनी भूमिका में *महराब* कहानी के बारे में अरुण प्रकाश लिखते हैं कि– *भगवानदास मोरवाल की कहानी 'महराब' की कलबत्ती और अशरूफ़ी अपनी स्वस्थ परम्परा बचाने के लिए परेशान हैं। मेवात (राजस्थान, हरियाणा और उत्तर प्रदेश के पारस्परिक सीमावर्ती क्षेत्र, जहाँ मेव समुदाय बसता है) में मुसलमान मेव परम्परा से हिन्दू और इस्लामी दोनों लोकाचारों का निर्वाह करते आ रहे हैं। इधर अधिक धार्मिक शुद्धतावाद बढ़ा है। हिन्दू कलबत्ती और मुस्लिम अशरूफ़ी इसी भँवर में हैं। वे स्वस्थ परम्परा को बचाना चाहती हैं। वे सामुदायिक परम्परा को धार्मिक लोकाचार से ऊपर समझती हैं। पर वे बचा नहीं पाती हैं।*

अरुण प्रकाश को मैंने एक बार कुछ लेखक मित्रों से अपने बारे में यह कहते हुए सुना था कि देखना यह लड़का लम्बी रेस का घोड़ा निकलेगा। आज अगर अरुण प्रकाश जी जीवित होते तो पता नहीं अपनी इस भविष्यवाणी को किस रूप में देखते। 1999 में मेरा पहला उपन्यास आया *काला पहाड़*। 2000 के आसपास कवि कुबेर दत्त के निर्देशन में संसद मार्ग स्थित आकाशवाणी भवन से दूरदर्शन पर एक साहित्यिक कार्यक्रम प्रसारित होता था *पत्रिका*। उन्हीं दिनों कुबेर दत्त के ही निर्देशन में लगभग आधे घण्टे का एक और कार्यक्रम शुरू हुआ था *किताब की दुनिया*। दोपहर को प्रसारित होने वाला यह कार्यक्रम किसी साहित्यिक कृति पर केन्द्रित होता था। *किताब की दुनिया* के अन्तर्गत लेखक के रूप में मुझसे अरुण प्रकाश जी ने *काला पहाड़* पर एक बातचीत की थी। इसमें लेखक का परिचय स्वयं कुबेर दत्त ने अपनी आवाज़ में दिया। दूरदर्शन जैसे मंच पर मेरा यह पहला साक्षात्कार था। यह अरुण प्रकाश जैसे वरिष्ठ कथाकार द्वारा की जाने वाली बातचीत का दबाव या कहिए प्रभाव था कि संवाद इतना सधा हुआ था कि उन दिनों कुबेर दत्त के साथ इस कार्यक्रम के सहयोगी के रूप में कार्य कर रहे श्याम सुशील ने कहा था कि यह बातचीत इतनी गम्भीर और व्यवस्थित थी कि ऐसा लगा ही नहीं कि आपकी दूरदर्शन पर यह पहली बातचीत थी। उपन्यास *काला पहाड़* के बहाने मेवात के सामाजिक और ऐतिहासिक सन्दर्भों को लेकर बड़ी अच्छी बातचीत हुई।

बीस साल बाद इस बातचीत को 25 जुलाई, 2021 को प्रसार भारती आर्काइव्ज़ ने अपने यूट्यूब चैनल पर Bhagwandas Morwal kitab Ki Duniya शीर्षक से डाला है। लेखक के परिचय में लिखा है—Prasar Bharati Archives presents Famous writer Bhagwandas Morwal, who created and maintained his own distinct and indigenous image in Hindi fiction.

मित्रो, यह स्मृति-कथा इन्हीं भूली-बिसरी यादों का दस्तावेज़ है, जिस पर समय की गर्द जम चुकी है।

भले ही हिन्दी अकादमी, दिल्ली ने मुझे 1994-95 के लिए *साहित्यिक कृति सम्मान* दिया हो, लेकिन लेखक के रूप में मेरा नाता इससे पहले से जुड़ा हुआ था। 1990 में अयन प्रकाशन, महरौली, नयी दिल्ली से मेरा जो पहला और अब तक का एकमात्र कविता संग्रह *दोपहरी चुप है* प्रकाशित हुआ था, वह इसी अकादमी के आर्थिक अनुदान योजना के अन्तर्गत प्राप्त दस हज़ार रुपये के सहयोग से प्रकाशित हुआ। उन दिनों *हिन्दी अकादमी* के सचिव नारायण दत्त पालीवाल हुआ करते थे, जो अकादमी के प्रथम सचिव थे। इस संग्रह का आमुख उन दिनों दैनिक *हिन्दुस्तान* के साहित्य सम्पादक और वरिष्ठ गीतकार विजय किशोर मानव ने लिखी थी। विजय किशोर मानव 15 अगस्त, 1990 को लिखी इस संग्रह की कविताओं पर अपनी भूमिका में लिखते हैं—

भगवानदास मोरवाल जैसे युवा कवि से, जिनका पहला संग्रह 'दोपहरी चुप है' जोकि आपके हाथों में है, सारी उम्मीदें नहीं की जा सकतीं। पर नये कवि में एक बात आमतौर पर मिलती है और वह है अनगढ़ता के बावजूद ऊर्जा का अत्यन्त व्यापक और तेजस्वी संसार। पुराना होने के साथ-साथ कवि शिल्पगत चालाकियों से जुड़कर अपनी धार और अभिव्यक्ति की तीव्रता खोता जाता है और विषय-वस्तु का क्षेत्र सिमटता जाता है। जो रचनाकार जितने धारदार तेवर, व्यापक विषय-वस्तु और सहज अभिव्यक्ति से जुड़ा रह जाता है वह उतना ही सार्थक रचनाकार हो पाता है। अन्यथा कहने के लिए कई बहुत बड़े नाम भी 'दही बड़े' वाले बड़े ही साबित होते हैं। इन सन्दर्भों में मोरवाल के इस संग्रह की कविताओं में ग़ज़ब की विविधता है। माँ के वात्सल्य, बच्चे की निश्छलता, बेमानी होते आदमी के अस्तित्व की चर्चा है, तो कहीं प्रेम की सुखद और त्रासद अनुभूतियों का परस भी उनकी कविताओं में मौजूद है। इतिहास से सीखने का

सन्देश भी है और भटक जाने की आशंका से जुड़ी हिदायत और चुनौतियों से सतर्क कमज़ोर वर्ग का सुखद सच भी।

अन्त में वे कहते हैं कि—

इसका अर्थ यह नहीं है कि भगवानदास मोरवाल ने कविता के हर आयाम को छुआ है। उनका कथ्य, शिल्प और अदायगी हर अपेक्षा पूरी करता है या उनकी सारी कविताएँ उत्कृष्ट ही हैं। निश्चय ही उनमें विषयों का दुहराव, गद्य जैसी सपाट बयानी, अनावश्यक विस्तार और अनेक कविताओं में अस्पष्टता भी है। कथ्य, भाषा, शिल्प, शैली में अभी उनकी छाप बननी है जो किसी कवि की पहचान की पहली शर्त है। पर एक बात उल्लेखनीय है और वह यह कि भगवानदास मोरवाल के इस संग्रह में ऐसी कविताओं के लिए खोजबीन नहीं करनी पड़ती जिनके कारण किसी कवि से भविष्य में अच्छी उम्मीदें बँधती हैं। ऐसी कविताएँ इस संग्रह में पर्याप्त संख्या में हैं।

हिन्दी साहित्य में ऐसी धारणा बनी हुई है कि जो पुस्तकें अकादमियों के आर्थिक अनुदान से प्रकाशित होती हैं, उन्हें पाठक और आलोचक अच्छी दृष्टि से नहीं देखते हैं। माना जाता है कि जिन पुस्तकों को कोई प्रकाशक प्रकाशित नहीं करता है, उन्हें उनके लेखक स्थानीय अकादमियों के आर्थिक अनुदान योजना के तहत अपनी पाण्डुलिपि भेजकर अनुदान प्राप्त कर पुस्तकें छपवा लेते हैं। राज्यों में तो हालत यह है कि बड़े-बड़े लेखक हर तीसरे-चौथे साल अपने प्रभाव का इस्तेमाल कर इन अनुदानों को झटकते रहते हैं। मेरे राज्य हरियाणा के बहुत से लेखक नियमित रूप से यह अनुदान प्राप्त करते रहते हैं। कई बार तो ऐसा देखा गया है कि एक लेखक की पुस्तक को पुरस्कृत योजना के तहत भी पुरस्कार मिल जाता है और पाण्डुलिपि के लिए अनुदान भी स्वीकृत हो जाता है। इतना ही नहीं बहुत-से राज्यों में पुरस्कार हेतु स्थानीय अकादमियाँ अपने लेखकों से ऐसे आवेदन मँगाती हैं जैसे ग़रीबी रेखा से नीचे जीवन-यापन करने वाली किसी योजना के अन्तर्गत अर्ज़ियाँ मँगाई जाती हैं।

हिन्दी अकादमी, दिल्ली के आर्थिक अनुदान से प्रकाशित होने वाले इस संग्रह की उतनी ही प्रतियों पर अकादमी की शर्त के अनुसार ये पंक्ति—*हिन्दी अकादमी, दिल्ली के आर्थिक अनुदान से प्रकाशित* छपवाई गयीं, जितनी राशि की पुस्तकें अकादमी में जमा करानी थीं। बाक़ी पुस्तकों में यह पंक्ति प्रकाशित नहीं करवाई गयी।

पता नहीं इस संग्रह की कविताएँ, कविता की कसौटी पर खरा उतरती भी हैं या नहीं? फिर भी कुछ कविताएँ यहाँ लगाने का लोभ संवरण नहीं कर पा रहा हूँ—

अतीत

मैं पत्र डालूँगा तुम्हें
रोशनी का ज़िक्र भी करूँगा उसमें
लेकिन हाँ, यदि अख़बार में लिपटा
तुम्हें मेरा चित्र कभी नज़र आये
तो समझना—मैं ठीक-ठाक हूँ
तुम भी मुझे अवश्य पत्र डालना
उसमें अपना चित्र भी रखना।
मैं कोशिश करूँगा
तुम्हारे चित्र को रंग-बिरंगी दीवारों पर
चिपकाने की।
मोहल्ले की सभी टूटी-फूटी
खपरैल से ढकी छतों का हाल
अवश्य लिखना
मैं उनको भी कोशिश करूँगा
तुम्हारे चित्र के साथ चिपकाने की।
भूल न जाना
छतों का हाल तो अवश्य लिखना
यदि सम्भव हो सके तो
दोनों की साथ खिंची तस्वीर भी भेजना।

तुम्हारा पत्र आया, साथ में सिर्फ़ तुम्हारा चित्र भी
किन्तु खपरैलवाली किसी भी छत का
कोई ज़िक्र नहीं आया
क्योंकि मैं जानता हूँ
उन छतों की जगह अब बन गयी होंगी
चमकते बल्बों की रोशनी से लबालब भरी
इमारतें/और सम्भवतः

तुम्हारा और मेरा चित्र
उन्हीं छतों के साथ विलीन हो गया होगा।

(रचना-काल 3 सितम्बर, 1985)

स्मृति शेष

चलो, कहीं
परम्पराओं में लिपटी
रोशनी को बिखेर दें
खुले आकाश में
और अतीत के गर्भाशय में
पल रहे परखनलीनुमा शिशु को
खुला छोड़ दें
नुक्कड़ों के छोरों पर :
लेकिन पराकाष्ठा की इस धुरी पर
अपने ही घुटनों को टेक
चारों ओर फैली
इस धुंध को वह कैसे हटा पायेगा?
पंक में सना हर सवाल
शहर की तमाम इमारतों से
टकराकर प्रतिध्वनित हो रहा है
इस धुंध में,
चलो अपनी स्मृति के
अवशेषों को
परिपक्वता के संग्रहालय में सजा दें
और अपने पद-चिह्नों को
गहरा बना दें
दलदली बालू मिट्टी में कहीं।

उन दिनों इमरोज़ और *साप्ताहिक हिन्दुस्तान* कला विभाग के प्रमुख सुकुमार चटर्जी के बनाये आवरण पुस्तक की गम्भीरता की पहली कसौटी हुआ करते थे। हर लेखक की इच्छा होती थी कि उसकी पुस्तक का आवरण इमरोज़ या सुकुमार चटर्जी बना दे। चूँकि मैं *साप्ताहिक हिन्दुस्तान* और *कादम्बिनी* के

सम्पादक राजेन्द्र अवस्थी के पास प्रायः जाता था इसलिए सुकुमार दादा मुझे थोड़ा-सा जानते थे। मैंने जब सुकुमार दादा यानि सुकुमार चटर्जी से अपने कविता संग्रह का आवरण बनाने का आग्रह किया, तो उन्होंने बनाने से स्पष्ट मना कर दिया। मगर मेरे बहुत आग्रह करने और न जाने कौन-सा लिहाज़ बरतते हुए अन्ततः राज़ी हो गये, लेकिन एक शर्त पर कि वे आवरण बनाने के पाँच सौ रुपये लेंगे। मैंने यह सोचते हुए तुरन्त हाँ कह दिया कि यह राशि कौन-सी बड़ी है। संग्रह प्रकाशित और प्रकाश द्वारा इसकी प्रतियाँ अकादमी में जमा कराने के बाद अनुदान स्वरूप जो दस हज़ार रुपये मिलेंगे, ये उनमें समायोजित अर्थात एडजस्ट हो जायेंगे। लेकिन मेरा यह अनुमान ग़लत निकला। अनुदान स्वरूप मिली राशि के बावजूद अयन प्रकाशक के मालिक और मित्र भूपाल सूद इस बात पर अड़ गये कि आवरण का ख़र्चा लेखक को ख़ुद उठाना पड़ेगा। इसका एक कारण था कि उन दिनों दो सौ रुपये में आवरण बनाने वाले कलाकार बहुत मिल जाते थे। इस पर मेरे और प्रकाशक के बीच बड़ी हुज्जत हुई। प्रकाशक का कहना था कि आवरण का 60% ख़र्च लेखक उठाये और 40% प्रकाशक उठाये। जबकि मैं यह कह रहा था कि 60% प्रकाशक और 40% लेखक उठाये।

बहरहाल। चूँकि *हिन्दी अकादमी* से अनुदान-राशि पुस्तक प्रकाशन और कुछ ज़रूरी प्रक्रियाओं को पूरा करने के बाद लेखक को दे दी जाती है। इसलिए प्रकाशक ने मुझसे आग्रह किया कि मैं उन्हें कुछ राशि पहले दे दूँ ताकि वह पुस्तक छापने की प्रक्रिया शुरू कर दे। मैंने 2100/- का चेक प्रकाशक को भेज दिया। वैसे मैं दो हज़ार का चेक भी भेज सकता था लेकिन मैंने सोचा कि दो हज़ार शुभ नहीं होता, इसलिए इक्कीस सौ रुपये का चेक भिजवा दिया। हालाँकि प्रकाशक को इससे ज़्यादा राशि की उम्मीद थी जिसका ज़िक्र उसने अपने 11 दिसम्बर, 1990 के इस पत्र में किया था–

भाई मोरवाल जी,

आपके द्वारा भेजा गया 2100/- का चेक आज प्राप्त हो गया–आभार। मैं सोच रहा था कि आप 2300/- तो भेजेंगे ही क्योंकि कवर/फ्लैप आदि में मेरे 500/- अतिरिक्त व्यय हो गये–आपकी भावनाओं को सम्मान देने के लिए। अतः मैं चाहता हूँ कि इसे 40-60 % में बाँट लें। 200 मेरा और 300 आपका। अतः कृपया मेरी प्रार्थना पर ध्यान देंगे।

शेष फिर।

इस तरह जब पुस्तक प्रकाशित होकर आयी और जैसे ही अकादमी से मुझे अनुदान का चेक मिला, मैंने बकाया राशि प्रकाशक को दे दी। उन्हीं दिनों मेरे कविता संग्रह के साथ मेरे हरियाणा के लेखक ज्ञान प्रकाश विवेक का भी कोई संग्रह अयन प्रकाशन से आ चुका था। जब ज्ञान प्रकाश विवेक ने मेरे संग्रह का आवरण देखा, तो उसने भूपाल सूद से कहा कि उसकी पुस्तक का आवरण भी सुकुमार चटर्जी से बनवाना चाहिए। यह बात मुझे मुस्कराते हुए सूद जी ने बतायी थी।

मेरे इस एकमात्र कविता संग्रह की एकमात्र समीक्षा हिन्दी की किसी पत्र-पत्रिका में नहीं, बल्कि हिन्दुस्तान टाइम्स समूह के सान्ध्य दैनिक Evening News के 26 फ़रवरी, 1991 (मंगलवार) के अंक में बड़ी भव्यता के साथ प्रकाशित हुई थी। इसको लिखा था राधेश्याम यादव ने। राधेश्याम यादव उन दिनों आर.एस.यादव के नाम से स्वतन्त्र पत्रकारिता करते थे। यादव जी मेरी तरह नियमित रूप से कॉफ़ी हाउस आते थे। इनसे यहीं अक्सर मुलाक़ात होती रहती थी। अंग्रेज़ी में लिखी इस समीक्षा में पुस्तक के विवरण में इसके आवरण तक का उल्लेख किया कि कवर सुकुमार चटर्जी का बनाया हुआ है। समीक्षा की शुरुआत करते हुए समीक्षक लिखता है–

The Author is a young Hindi poet with a chiseled idiom, fairly well soaked in modernity, so far as the use of Hindi metaphor is concerned. His imagery is catchy and his words quite engaging.

However, Bhagwandass is poet who appeals more to the heart rather than the head, though it may be said in all fairness that he does not lack cerebral qualities.

The other thing that could be said of Bhagwandass Morwal's creativity is that he belevies in making his statement more topical rather than pursue Classicism.

In this sense he seems to be painting pictures, as a famous poet, once said of his very commentative works, which reflect the contemporary reality in human terms.

संग्रह की एक छोटी-सी कविता है 'तुम्हारे साथ'। मैं यहाँ पहले उस मूल कविता को लगा रहा हूँ और फिर उसका अनुवाद, जो उन्होंने समीक्षा में किया था–

तुम्हारे साथ Along with You

सुर्ख होंठों पर खड़ी हो गयी	On the redlips it stood like
गर्म हवा की सींक-सी	A straw in a hot blast of wind
भेड़ के रेवड़ों में	Among the flock of sheep it got lost
खो गयी अबोध मेमने-सी	Like innocent lamb,
उँगलियों के पोरों पर	The rough lineson your fingertips,
बना खुरदरा परिवेश	Constituting a rugged perspective,
माथे पर पड़ी सिलवटें	The lines on your forehead appearing like
घाटियों-सी दीखतीं।	Deep valleys.
खँडहर हो गयीं	The words uttered from your lips
मुँह से निकली बातें	Ruins of some old buildings,
लेकिन सभी अपने आप में	But all these hevegot lost
एक ऐतिहासिकता लिए	Into the distance, having followed
दूर-दराज़ के इलाक़े में	the path
रेत के बवंडर में खो गये हैं	You took into the raging sand-strom
जैसे तुम्हारे साथ।	Enveloped in their own his-toricity.

समीक्षा के अन्त में राधेश्याम यादव लिखते हैं–

Going through the contradictions of the contemporary life, Bhagwandass Morwal gives us a good picture of both man's inner world as well as the external circumstances that forever keep him on trial. Of course, he touches upon love, tensions, frustrations, sorrows and joys of the contemporary youth like every other poet. But he has a style of his own and by this alone he could be distinguished by his contemporaries and his own generation. And like the youth he also throws potent challenges to his colleagues.

19 अगस्त, 1996 को पुरस्कार प्रदान करने के लगभग डेढ़ महीने बाद *हिन्दी अकादमी* के सचिव डॉ. रामशरण गौड़ की तरफ़ से फिर एक पत्र आया। 11 अक्टूबर का यह पत्र मुझे सूचनार्थ भेजा गया था क्योंकि यह प्रवीण प्रकाशन के नाम सम्बोधित था, जो इस प्रकार था—

महोदय,

आपको विदित ही होगा कि अकादमी अपनी साहित्यिक कृति पुरस्कार योजना के अन्तर्गत पुस्तकों की ख़रीद करती रही है। आपके द्वारा वर्ष 1994-95 के अन्तर्गत श्री भगवानदास मोरवाल की अस्सी मॉडल उर्फ़ सूबेदार (60/-) का प्रकाशन किया गया था जिसे अकादमी द्वारा 19 अगस्त, 1996 को आयोजित पुरस्कार वितरण समारोह में पुरस्कृत किया गया था। अकादमी ने इस पुस्तक की 250 प्रतियाँ ख़रीदने का निर्णय लिया है।

आपसे अनुरोध है कि उक्त पुस्तक की 250 प्रतियाँ अकादमी के कार्यालय में शीघ्रातिशीघ्र भिजवाने का कष्ट करें। तीन प्रतियों में देय बिल पर 25% की छूट आवश्यक है।

इस पत्र को पढ़ने के बाद यह बताने की ज़रूरत नहीं है कि उन दिनों *हिन्दी अकादमी,* दिल्ली जिन कृतियों को *साहित्यिक कृति पुरस्कार* से पुरस्कृत करती थी, उसकी 250 प्रतियाँ (25% छूट के साथ) ख़रीदती थी। इतना ही नहीं इस बारे में वह प्रकाशक को ऑर्डर देने के साथ, इसकी सूचना उसके लेखक को भी देती थी। इस सूचना को देने के पीछे कारण यह था कि बहुत से प्रकाशक लेखक को यह बताते ही नहीं थे कि उनकी पुरस्कृत पुस्तक की 250 प्रतियाँ अकादमी ने ख़रीदी भी हैं। बाद में अकादमी ने 250 प्रतियों के बजाय किसी भी पुरस्कृत पुस्तक की अधिकतम पच्चीस हज़ार राशि की किताबें ख़रीदने का निर्णय लिया। इसका कारण यह था कि अगर किसी पुरस्कृत पुस्तक की क़ीमत ज़्यादा है, तो प्रकाशक को अधिक भुगतान करना पड़ता, जबकि कम क़ीमत वाले प्रकाशक को इसका नुक़सान होता था। और यदि संयोग से एक ही प्रकाशक की अलग-अलग विधाओं की दो या तीन पुस्तकें पुरस्कृत हो गयीं, उसके तो हो गये न वारे के न्यारे। इसका उदाहरण उसी साल दो पुरस्कृत पुस्तकें हैं जो एक ही प्रकाशन से प्रकाशित हुईं। पहली बीजेपी के नेता विजय कुमार मलहोत्रा की *कमल : शाश्वत सांस्कृतिक प्रतीक* और दूसरी मेरी पुस्तक *अस्सी मॉडल उर्फ़ सूबेदार*। ये दोनों पुस्तकें प्रवीण प्रकाशन से प्रकाशित हुई थीं। उन दिनों जब साहित्यिक कृति पुरस्कार के अन्तर्गत पुरस्कृत

पुस्तकों की सूची छपती थी, तो सबसे यही जानने की उत्सुकता रहती कि सबसे ज़्यादा किस प्रकाशक की पुस्तकें पुरस्कृत हुई हैं।

मगर बाद में यह योजना बन्द हो गयी। इस योजना के बन्द होने से लेखक और प्रकाशन व्यवसाय दोनों का बड़ा नुक़सान हुआ है। एक तरह से पठन-पाठन और पुस्तक संस्कृति को समाप्त करने में ऐसी योजनाओं का बन्द होना भी एक बड़ा कारण रहा है। क्योंकि जिन पुरस्कृत कृतियों को अकादमी ख़रीदती थी, उन्हें बाद में जगह-जगह दिल्ली सरकार के सामुदायिक केन्द्रों में स्थापित अपने पुस्तकालयों तथा दूसरे पुस्तकालयों सहित विद्यालयों में भेजकर अकादमी उनके ज्ञान के भण्डार को समृद्ध करती थी। विद्यालयों-महाविद्यालयों में आयोजित होने वाली प्रतियोगिताओं में छात्र-छात्राओं को उपहारस्वरूप ये पुस्तकें भेंट की जाती थीं। इस योजना के बन्द होने से ज्ञान और पुस्तक संस्कृति को कितनी हानि हुई है, इसकी कोई भी संवेदनशील व्यक्ति कल्पना कर सकता है। लेखक को पुरस्कारस्वरूप जो राशि और समाज में इन पुरस्कारों के माध्यम से सम्मान मिलता था, वह भी समाप्त हो गया।

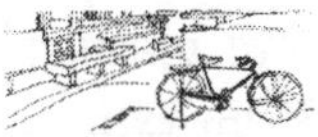

मद्रास की संस्था *फोरम फ़ॉर साइंस एंड कल्चर* द्वारा 1994 के लिए आयोजित की गयी अखिल भारतीय कहानी प्रतियोगिता में कहानी *रंग अबीर* को प्रथम पुरस्कार मिला था। इसकी ख़बर *नवभारत टाइम्स* के हरियाणा संस्करण में प्रकाशित हुई थी और इसी ख़बर में यह लिखा गया था कि मैं अपना पहला उपन्यास पूरा कर रहा हूँ। यह उपन्यास जिसका शीर्षक मैंने *काला पहाड़* रखा था, उसे मैं लगभग पूरा कर चुका था।

चूँकि *हंस* के सम्पादक राजेन्द्र यादव एक के बाद एक पहले मार्च 1991 में *भूकम्प* को और दूसरी डेढ़ साल बाद सितम्बर 1992 में *रंग अबीर* कहानी को लौटा चुके थे। इसलिए उनसे मेरा नाराज़ होना स्वाभाविक था। मैं ही क्यों कोई भी संवेदनशील और खरा व्यक्ति उनसे नाराज़ हो जाता। फिर ऐसा नहीं है कि *हंस* में सारी स्तरीय कहानियाँ ही छपती थीं। बेहद हल्की और चलताऊ कहानियाँ भी छपती रही हैं। इससे पहले कि मैं अपनी स्मृति-कथारूपी इस बैलगाड़ी को आगे हाँकूँ, मैंने राजेन्द्र जी को एक व्यक्ति के रूप में जितना जाना, मैं उसके बारे में कुछ कहना चाहता हूँ। हालाँकि किसी व्यक्ति के इस दुनिया से जाने के बाद, उसके बारे में इस तरह की टिप्पणी करना अमर्यादित और अशोभनीय माना जाता है, लेकिन यह एक स्मृति-कथा है इसके लेखक या

किसी अन्य लेखक का कोई यशोगान नहीं है, इसलिए मैं इन बातों को लिखने का ख़तरा मोल ले रहा हूँ।

मेरा मानना है कि राजेन्द्र यादव जी एक बेहद जटिल और उलझे हुए व्यक्तित्व के धनी थे। उनके इस व्यक्तित्व में इतनी गाँठें और इतनी परतें थीं कि उन्हें जानना इतना आसान नहीं था। उनके जीते-जी या उनके जाने के बाद, जो अपनी आत्मकथाओं या संस्मरणों में उनके भीतर उतरकर उन्हें जानने का दावा करते हैं, मेरा मानना है कि वे सब शेखी बघारते हैं। जबकि वे व्यावहारिक रूप से बड़े दूरदर्शी ही नहीं बेहद निर्मम और निष्ठुर व्यक्ति भी थे। प्रतिभाओं को पहचानने की भले ही उनमें ग़ज़ब की क्षमता थी लेकिन प्रतिभा के साथ वे सामने वाले की अन्य कमज़ोरियों और विशेषताओं को भी बड़ी सूक्ष्मता से भाँप लेते थे। उनकी सबसे पहले इस पर नज़र रहती थी कि उनके पास आने वाला लेखक या आने वाली लेखिका की आर्थिक स्थिति कैसी है, या कहिए आर्थिक रूप से वह कितना सक्षम और मज़बूत है। बाक़ी की विशेषताएँ उनकी नज़र में गौण थीं। कहते हैं कि प्रतिभाएँ तो हमें क़दम-क़दम पर मिल जायेंगी लेकिन अगर ये आर्थिक रूप से मज़बूत हैं, तो ऐसी प्रतिभाओं को आगे बढ़ाने का आनन्द ही कुछ और है। वास्तव में हम किसी साधन-सम्पन्न या आर्थिक रूप से प्रतिभाहीन को आगे बढ़ाकर उस पर कोई अहसान नहीं कर रहे होते हैं, बल्कि उसके सहारे हम अपना वर्तमान और भविष्य दोनों को सुरक्षित कर रहे होते हैं। इसीलिए एक मेधावी और प्रतिभाशाली की महत्त्वाकांक्षाएँ इतनी ख़तरनाक नहीं होती हैं जितनी आर्थिक रूप से सम्पन्न, मगर प्रतिभाहीन व्यक्ति की होती हैं। वरिष्ठ आलोचक डॉ. निर्मला जैन तो अक्सर कहती थीं कि राजेन्द्र यादव ने साहित्य के खोटे सिक्कों को भी चला दिया था। इसलिए इन खोटे सिक्कों के अत्यधिक प्रचलन ने असली और खरे सिक्कों को चलन से बाहर कर दिया। दरअस्ल, ऐसे ही खोटे सिक्कों में राजेन्द्र जी अपना वर्तमान और भविष्य, दोनों को देखते थे। इसलिए उनकी नज़र सबसे पहले ऐसे ही प्रतिभाशालियों पर पड़ती, जो आने वाले समय में उनकी विरासत सँभाल सकें। ऐसे अनेक प्रतिभाशाली उनके इर्द-गिर्द मँडराते रहते थे। इन्हें भी मानो राजेन्द्र जी की इस कमज़ोरी का पता था सन्देह के प्रति उनका आकर्षण उस तरह नहीं था, जितना प्रचारित किया जाता था और जिसके लिए उन्होंने न केवल तरह-तरह की बदनामियाँ मोल ली थीं अपितु लाखों के बोल भी सहे थे। इस मामले में वे बेहद चौकस और एक तरह से निरपेक्ष रहते थे। अपनी मर्ज़ी वे किसी पर थोपते नहीं थे अपने अन्तिम दिनों में अपनी एक ऐसी ही प्रतिभाहीन बग़लगीर के कारण जिस तरह उन्हें शर्मिन्दगी से गुज़रना

पड़ा तथा जिसके कारण उन्हें इस दुनिया से असमय जाना पड़ा, उसके बारे में बताने की ज़रूरत नहीं है।

मैंने कभी कॉफ़ी हाउस या कहीं और उनके किसी तथाकथित बग़लगीर के सामने राजेन्द्र यादव जी के बारे में कोई प्रतिकूल या हल्की-फुल्की टिप्पणी कर दी होगी। उस बग़लगीर ने अपने नम्बर बढ़ाने के लिए मेरे कहे में कुछ नमक-मिर्च लगाकर एक नयी रेसिपी तैयार कर उनके सामने प्रस्तुत कर दिया। इसके चलते राजेन्द्र जी मुझसे न केवल नाराज़ रहने लगे बल्कि बाद में एक हद तक चिढ़ने लगे थे। इस बात का मुझे कुछ-कुछ अनुमान था। मगर बावजूद इसके मैं उनके दरबार में बराबर जाकर हाज़िरी बजा आता ताकि उन्हें यह शक ना हो कि मैं यह जानता हूँ कि वे मुझसे किसी बात पर नाराज़ हैं।

मेरा ताज़ा कहानी संग्रह *अस्सी मॉडल उर्फ़ सूबेदार* उसके प्रकाशक के लिए कमाऊ साबित हुआ। क्योंकि हिन्दी अकादमी से पुरस्कृत होने के बाद इसकी 250 प्रतियाँ ख़रीदी जा चुकी थीं। बदले में मैंने उससे किसी तरह की रॉयल्टी की माँग नहीं की। इसलिए स्वाभाविक है कि मेरी छवि मेरे प्रकाशक की नज़र में 'असली' लेखक जैसी बन गयी थी। उन दिनों किसी पुस्तक के दूसरे संस्करण के बारे में आसानी से कल्पना भी नहीं की जा सकती थी। ऐसे में मेरे लिए इस कहानी संग्रह का 1997 में दूसरा संस्करण आना, मेरे लिए किसी उपलब्धि या बड़ी घटना से कम नहीं था। हालाँकि इस पर 'दूसरा' नहीं छापा गया था। बस, संस्करण : 1997 और मूल्य 60/- रुपये की जगह 95/- रुपये कर दिया गया। मैं समझ गया कि दूसरा संस्करण न छापने के पीछे पाठक को भ्रमित कर, नयी पुस्तक के रूप में इसे बेचने की नीयत रही होगी। मुझे क्या, पहला संस्करण छपे या दूसरा, पुस्तक ज़्यादा से ज़्यादा पाठकों तक पहुँचनी चाहिए। मेरे भीतर के लेखक ने जैसे मुझसे कहा।

प्रकाशक की नज़र में मेरी बन गयी इस 'असली' लेखक की छवि का प्रतिफल मुझे शीघ्र ही मिलता दिखाई पड़ा, जब एक दिन प्रवीण प्रकाशक के मालिक श्रीकृष्ण गुप्ता जी का मेरे पास फोन आया। फोन पर उन्होंने मुझे सूचित किया कि वे राजेन्द्र यादव जी के जन्मदिन पर एक पार्टी रख रहे हैं। आप मेरी तरफ़ से उसमें आमन्त्रित हैं। ईमानदारी से एक सच्ची बात कहूँ कि जब कभी हिन्दी के एक लेखक के पास ऐसे मौक़ों के लिए उसके प्रकाशक का सन्देश या फोन आता है, तो हिन्दी का लेखक अपने प्रकाशक की इस उदारता पर मारे खुशी के दोहरा होता चला जाता है। मन तो उसका यहाँ तक करता है कि वह उसी समय जाकर इस भले आदमी को आलिंगनबद्ध कर ले और चूम-चूमकर उसे अधमरा कर दे। मन-ही-मन वह लेखक अपने प्रकाशक के लिए अपने सारे

सन्तापों को भूल 'दूधो नहाओ, पूतों फलो' वाली मुद्रा में इतनी आशीषें और दुआएँ दे डालता है कि वेदों की ऋचाएँ भी उनके आगे कम पड़ जायें। लगभग यही हाल मेरा भी था। मगर मेरी ख़ुशी तब कपूर की तरह उड़ गयी, जब तीसरे दिन उनका फिर से फोन आया और संकोच के साथ बड़े अपराध-बोध के साथ हिचकिचाते बोले, "मो...मोरवाल जी, आ...आप राजेन्द्र यादव जी वाले कार्यक्रम में रहने दें। फिर कभी देख लेंगे।"

इतना सुन मेरे मुँह से यूँ ही निकल गया, "क्या आपको यह राजेन्द्र यादव जी ने कहा है?"

"ऐसा ही समझ लो।" वे अचकचाते हुए बोले।

"कोई बात नहीं गुप्ता जी फिर कभी सही।" इतना कह मैंने फोन काट दिया।

फोन कटने के बाद मैं देर तक निर्निमेष-सा शून्य में ताकता रहा। धीरे-धीरे सारा माजरा मेरी समझ में आ गया। मैं समझ गया कि मेरे भाग्य में 'लेखक' बनना है ही नहीं। ज़रा सोचिए कि हिन्दी साहित्य का किंग मेकर आपसे नाराज़ हो जाये, तो आपका लेखक बनना तो दूर रहा, आप लेखक बनने के बारे में सोच भी नहीं सकते। मगर नियति के सामने किसी की चलती है, जो मेरी भी चलती? मन को यही तसल्ली दे इस बारे में सोचना ही बन्द कर दिया।

एक दिन मैं अधिवक्ता और स्त्री-विमर्श के सशक्त हस्ताक्षर अरविन्द जैन के दरियागंज स्थित 4648, अंसारी रोड के सबसे ऊपर बने कार्यालय में बैठा हुआ था। शाम का समय था और शायद शनिवार का दिन था। अरविन्द जैन उस समय अपने कार्यालय में नहीं थे। कुछ देर बाद देखा कथाकार अरुण प्रकाश, रामशरण जोशी और अरविन्द जैन तीनों आ गये। तीनों को एक साथ आया देख मैं समझ गया कि ये तीनों किसी एक ही जगह से आ रहे हैं।

कुछ देर बाद बातों-बातों में अरुण प्रकाश जी बोले, "यार मोरवाल, राजेन्द्र जी तुमसे इतने नाराज़ क्यों रहते हैं?"

मैं बोला, "ऐसा तो कुछ नहीं है। मैं तो बराबर उनके पास जाता हूँ।"

"नहीं, कुछ तो बात है। अभी जब हम तीनों *हंस* के दफ़्तर में उनके पास बैठे हुए थे तो यूँ ही तुम्हारा ज़िक्र चल पड़ा। पता है तुम्हारा नाम आते ही वे क्या बोले?" इतना कह अरुण प्रकाश जी ने एक पल के लिए मेरी तरफ़ देखा और कहने लगे, "बोले कि उस आदमी का नाम मत लो! कोई और बात करो। उनकी यह बात सुन मुझे लगा कुछ गड़बड़ है। तुम्हारा नाम आने पर इससे पहले मैंने कभी उन्हें भड़कते हुए नहीं देखा।"

मैं कुछ नहीं बोला। मुझे चुप देख अरुण प्रकाश जी ने मेरी ओर देखते हुए कहा, "देखो, कोई ऐसी बात है तो उनसे जाकर बात कर लो। इसमें कौन-सी बात है।"

अचानक मुझे प्रवीण प्रकाशन के मालिक श्रीकृष्ण गुप्ता की बात याद आ गयी। एक तरह से मेरी उस सन्देह की पुष्टि हो गयी कि गुप्ता जी ने राजेन्द्र यादव जी के कहने पर मुझे उनके जन्मदिन पर होने वाले आयोजन, जिसे प्रवीण प्रकाशन की ओर से आयोजित किया जा रहा है, निमन्त्रण देने के बाद मना कर दिया गया था। अरुण प्रकाश की इस बात पर रामशरण जोशी और अरविन्द जैन ने भी सहमति जताई कि मुझे राजेन्द्र यादव से इस बारे में बात कर लेनी चाहिए। मुझे उन तीनों की सलाह उचित लगी। सचमुच मुझे अब किसी दिन उनसे जाकर बात कर लेनी चाहिए कि आख़िर वे इस तरह मुझसे क्यों ख़फ़ा हैं?

मैंने सोचा कि अब राजेन्द्र यादव जी से जितना ज़ल्दी हो मिल लेना चाहिए। यही सोचकर मैं दो दिन बाद ही उनसे मिलने पहुँच गया। उस दिन शनिवार नहीं था। मैं जानता था कि शनिवार को उनसे मिलने वाले बहुत आते हैं। जिस समय दोपहर बाद 3 बजे के आसपास मैं दरियागंज स्थित अंसारी रोड पर *हंस* के कार्यालय पहुँचा, उनके कमरे में अर्चना वर्मा के अलावा कोई और नहीं था।

अर्चना वर्मा जी से मुझे एक वाक़या याद आ गया। एक बार इसी तरह मैं *हंस* के कार्यालय पहुँचा तो देखा यादव जी के सामने कुर्सी पर एक महिला बैठी हुई हैं। पास गया तो पता चला कि मोटी-मोटी आँखों और भरी हुई देहवाली इस महिला और राजेन्द्र जी के बीच पहले से किसी विषय पर बहस-सी हो रही थी। मैं मूरख खलकामी साधिकार दाल-भात में मूसरचन्द की तरह उनके बीच ठसकर बैठ गया। इससे पहले न तो मैंने कभी मन्नू भंडारी जी को देखा था, न कभी अर्चना वर्मा जी को। कुछ देर तक तो मैं उन दोनों को सुनता रहा लेकिन जब इस मूसर बल्कि कहिए मूसलचन्द से नहीं रहा गया और इसका धैर्य बग़ावत पर उतर आया, तो मैंने उस महिला की तरफ़ देखा और बड़ी गम्भीरता के साथ हस्तक्षेप करते हुए बोला, "मन्नू जी, दरअस्ल वो बात नहीं है...बात यह है कि..."

जब तक राजेन्द्र यादव जी कुछ समझ पाते और मैं आगे कुछ कह पाता मन्नू जी, मेरा मतलब है वह मोटे-मोटे नयनों वाली महिला मेरी तरफ़ धीरे-से पलटीं और बोलीं, "मैं मन्नू भंडारी नहीं, अर्चना वर्मा हूँ।"

उस महिला अर्थात अर्चना वर्मा जी के इतना कहते ही राजेन्द्र जी की ज़ोर से हँसी छूट गयी। उनके हाथ में थमा पाइप मन-ही-मन खुश होते हुए हिलने लगा। फिर वे हँसी रोकते हुए बोले, "अबे साले ये अर्चना वर्मा हैं।"

इसके बाद तो मेरी हालत देखते ही बन रही थी। आप कल्पना कर सकते हैं कि दाल-भात में मूसरचन्द की तरह उनके बीच ठसकर बैठे इस भले आदमी की क्या हालत हो रही होगी? मेरा वहाँ बैठना मुश्किल हो गया। कुछ देर बाद यह सोचते हुए राजेन्द्र जी के कमरे से बाहर आ गया कि अगर ये मन्नू भंडारी जी नहीं हैं, तो वे कैसी होंगी? बाहर गली में आते ही मैं तेज़-तेज़ क़दमों से आगे बढ़ गया। मैंने पीछे पलटकर भी नहीं देखा। अर्चना वर्मा जी को उस दिन देखने के बाद भी मैं कभी उनसे उस तरह नहीं मिला, जैसे हम अक्सर लेखकों से मिलते हैं। हाँ, वे मुझे जानती थीं कि मैं कोई भगवानदास मोरवाल हूँ, और मैं उन्हें जानने लगा था कि ये अर्चना वर्मा हैं।

हाँ, तो मैं जब राजेन्द्र यादव जी के कमरे में पहुँचा तो वहाँ पहले से अर्चना वर्मा जी को पाया। मेरे जाते ही अर्चना जी उनके कमरे से उठकर चली गयीं। अब कमरे में हम दोनों रह गये। इस बीच मैंने देखा कि राजेन्द्र जी ने अधखुले दरवाज़े से बाहर की तरफ, जहाँ वीना उनियाल और उनका स्टाफ बैठता है, उचककर ऐसे देखा मानो यह देख रहे हों कि कोई और तो नहीं है बाहर। बाहर का जायज़ा लेने के बाद वे मुझसे बोले, "थोड़ा दरवाज़ा बन्द कर दो!"

मैंने उठकर दरवाज़ा भेड़ दिया और कुर्सी पर आकर बैठ गया। इसके बाद उन्होंने पाइप उठाया। माचिस की दियासलाई से उसे जैसे ही सुलगाकर ज़ोर का कश लिया, पाइप से एक तेज़ लौ भभककर बैठ गयी। धुएँ को हवा में छोड़ फिर अपनी कुर्सी पर लगभग पोजीशन लेते हुए बोले, "यार मोरवाल जी, तुम्हें मुझसे क्या परेशानी है?"

उनके इतना कहते ही मैं समझ गया कि ताऊ आज पूरे मूड में है। जबकि मैं तो पूरी तरह तैयार होकर गया ही था।

"मुझे आपसे क्या परेशानी होगी।" मैंने सतर्कता के साथ जवाब दिया।

"नहीं-नहीं कुछ तो है। देखो, अगर तुम्हें यह लगता है कि मैं हंस में पैसे लेकर रचनाएँ छापता हूँ, तो यह तुम ग़लत सोचते हो।"

"मैं ऐसा क्यों सोचूँगा। आप तो हम जैसों के आदर्श हैं। आपको पढ़-पढ़कर मैं बड़ा हुआ हूँ। मुझे अपने आपको लेकर कोई भ्रम नहीं है। अगर मैं कुछ नहीं लिखूँगा-पढ़ूँगा तो मेरा यह जो क़द है पाँच फुट तीन-चार इंच, उसमें एकाध सेंटीमीटर कमी होने से रही...और अगर मैं सौ उपन्यास लिख दूँगा तो प्रेमचन्द का बाप नहीं बन जाऊँगा। एक बात और बता दूँ कि मैं दिल्ली लेखक बनने नहीं आया था बल्कि अपने पारिवारिक हालातों के चलते यहाँ रोज़गार की

तलाश में आया था। आपने कैसे सोच लिया कि मैं आपके बारे में ऐसा सोचूँगा और फिर *हंस* में आप किसे छापते हैं, मुझे इससे क्या लेना-देना। आपको जिसने भी मेरे बारे में कहा है ग़लत कहा है...और अगर आपको ऐसा लगता था, तो आप मुझे अपने सामने बैठाकर डाँट सकते थे। आपको पूरा अधिकार था। मैं आपका कितना सम्मान करता हूँ आप सोच नहीं सकते।"

चूँकि मैं पूरी तरह भरा हुआ गया था इसलिए बिना आगे-पीछे सोचे एक साँस में इतना सब कह गया। वे चुपचाप सुनते रहे। बोले कुछ नहीं। जो खिंचाव उनके चेहरे पर मेरे पहुँचने पर था, वह अब नहीं था। इसके बाद उन्होंने एक लम्बा कश लिया और उसके धुएँ को बाहर छोड़ते हुए दुर्गा को आवाज़ दी,"अबे दुर्गा, चाय तो बना दे यार!"

"आया बाऊ जी!" बाहर से दुर्गा बोला।

इस बीच हम दोनों के बीच कोई ख़ास बात नहीं हुई। चाय पीने के बाद मैं उनके पास अधिक समय तक नहीं बैठ पाया। वे जिस तरह मेरी बात सुनते रहे, बाहर आने के बाद मुझे लगा कि अरुण प्रकाश, रामशरण जोशी और अरविन्द जैन ने जो सलाह मुझे दी थी, राजेन्द्र यादव जी से भी उन्होंने ज़रूर कहा होगा कि अगर उनके मन में ऐसी कोई बात है, तो वे क्यों नहीं मुझसे सीधा पूछ लेते। ऐसा मुझे इसलिए लगा कि जब मैं उनके पास पहुँचा था, तब वे तुरन्त मुद्दे पर आ गये थे।

अगले दिन उनका जन्मदिन था। वही जन्मदिन जिस पर होने वाले आयोजन के लिए मुझे आमन्त्रित करने के बाद प्रवीण प्रकाशन के मालिक श्रीकृष्ण गुप्ता जी मना कर चुके थे। उन दिनों राजेन्द्र यादव जी हौज ख़ास स्थित मन्नू भंडारी जी के फ्लैट में उनके साथ रहते थे। जन्मदिन वाले दिन न जाने मेरे मन में क्या आया कि सुबह छह बजे मैंने पालम से 727 नम्बर की बस ली, और सफदरजंग अस्पताल उतरने के बाद ग्रीन पार्क की तरफ़ आ गया। यहाँ से महरौली जाने वाली बस पकड़ी और उतर गया हौज ख़ास बस स्टॉप पर। यहाँ से सड़क पार कर पहले ग्रीन पार्क की तरफ़ आया और यहाँ एक फूल बेचने वाले से एक छोटा-सा गुलदस्ता ख़रीद लिया। गुलदस्ता लेने के बाद वापस सड़क पार की और 103, हौज ख़ास अपार्टमेंट्स के दरवाज़े के बाहर लगी घंटी को दबा दिया। घंटी बजते ही दरवाज़ा खुला तो देखा सामने कुर्सी पर बैठे राजेन्द्र यादव जी कुछ पढ़ रहे हैं। मुझे देखकर उन्हें हैरानी हुई। इसकी उन्होंने कल्पना भी नहीं की होगी। मैंने पहले उनके पैर छुए और ताज़ा गुलाब के फूलों का गुलदस्ता देते हुए उन्हें जन्मदिन की ढेरों बधाइयाँ दे डालीं।

गुलदस्ता लेने के बाद वे बोले, "बैठो!"

मैं उनके सामने पलँग पर बैठ गया। काफ़ी देर तक बातें होती रहीं। क्या-क्या बातें हुईं मुझे याद नहीं। इस बीच चाय भी आयी। चाय पीने के बाद मैं चलने के लिए खड़ा हो गया।

जाने लगा तो राजेन्द्र जी ने पीछे से टोकते हुए कहा, "शाम को आ रहे हो न?"

मैं समझ गया ये कहाँ आने के लिए कह रहे हैं।

"आप इतने प्यार से बुला रहे हैं तो ज़रूर आऊँगा।" मैंने उन्हें यह नहीं बताया कि प्रवीण प्रकाशन के मालिक श्रीकृष्ण गुप्ता मुझे मना कर चुके हैं।

फिर उस दिन शाम को प्रवीण प्रकाशन द्वारा आयोजित की गयी उनके जन्मदिन की पार्टी में मैं गया। मुझे याद है राजेन्द्र यादव जी की यही पहली जन्मदिन पार्टी थी। इसके बाद हर साल उनका जन्मदिन उनके कुछ आर्थिक रूप से सम्पन्न महत्त्वाकांक्षी प्रतिभाहीन लेखक-लेखिकाओं द्वारा मनाया जाने लगा था। कुछ तो अपने घरों में उनका जन्मदिन मनाने लगे थे। दरअस्ल, ये लोग उनके इस जन्मदिन को निवेश की तरह लेते थे। बहुतों को लगता था कि वे उन्हें लेखक बना देंगे। हालाँकि उन्होंने कुछ को बनाने का प्रयास भी किया। ऐसी एकाध पार्टी में भी मैं गया था। एक बार तो इनके जन्मदिन पार्टी को लेकर बड़ी किचकिच हुई थी। किचकिच इसलिए कि जो प्रतिभाहीन आर्थिक रूप से सम्पन्न हर साल इनके जन्मदिन में अपना आर्थिक सहयोग दिया करते थे, उनमें से एक ने हाथ खींच लिया था। चूँकि उस प्रसंग से मेरी स्मृति-कथा का कोई वास्ता नहीं है कि वह लेखिका/लेखिका कौन थी जिसने मतलब निकल गया, तो पहचानते नहीं की तर्ज़ पर जन्मदिन पार्टी में निवेश करने से इनकार कर दिया था। इसलिए इस पर कोई चर्चा नहीं करूँगा—जय हिन्द!

लेकिन उन्होंने मुझसे यह जो कहा कि तुम्हें क्या लगता है मैं पैसे लेकर रचनाएँ छापता हूँ, वह *हंस* के अगले ही अंक में सच साबित हो गया। *हंस* के उस अंक के अन्तिम आवरण पर जहाँ उस समय की मशहूर रीयल एस्टेट कम्पनी का विज्ञापन छपा हुआ था, तो अन्दर हिन्दी की लेखिका कुसुम अंसल की कहानी छपी हुई थी। मुझे यह बताने की ज़रूरत नहीं है कि इस रीयल एस्टेट कम्पनी से हिन्दी की इस लेखिका का क्या सम्बन्ध है। इसका पता लगाना पाठक का काम है। इसलिए मैं राजेन्द्र जी के इस कहे हुए को कभी नहीं भूल सकता—बकरे को हलाल करने से पहले मैं उसका वज़न ज़रूर देखता हूँ।

चलते-चलते एक बात और। अक्सर राजेन्द्र यादव जी एक बात कहा करते थे कि जाति एक ऐसी कील है जो मरते दम तक आदमी के सीने में ठुकी रहती है। मुझे लगता है उनके इस कथन के कई अर्थ हैं। मेरी दृष्टि में इसका एक

अर्थ यह भी है कि आदमी अपनी जाति को कभी नहीं भूलता, चाहे वह कितना भी सिद्ध पुरुष क्यों न हो। भारतीय समाज की संरचना और अस्मितावादी बोध ने एक बात तो साबित कर दी है कि बिना जातिगत संगठन के उसका कोई अस्तित्व नहीं है। अगर होता तो एक दलित लेखक के कविता संग्रह का शीर्षक *चमार की चाय* के बजाय 'दलित की चाय' होता। इस जातिगत सांगठनिकता के आपको उदाहरण देखने हैं, तो फेसबुक पर जाकर देख लें कि किस तरह अपनी जाति अर्थात सजातीय लेखकों के कहाँ-कहाँ से लाइक और टिप्पणियाँ आती हैं। किस तरह पहले से लगी किताबों के ढेर के बजाय, ताज़ा-ताज़ा प्रकाशित अपनी जाति के लेखक की किताब को अपने सारे काम छोड़ कर पढ़ते हैं। अपने आसपास के लेखकों को हम भले ही नहीं जानते हों, लेकिन अपनी जाति के मामूली-से लेखक का पूरा परिचय हम अपने सीने से चिपकाये घूमते हैं।

राजेन्द्र जी जब प्रसार भारती के सदस्य थे तब इनकी जाति के अनेक लोगों को मैं इनके इर्द-गिर्द मँडराते हुए देखता था। पता नहीं मैं अपनी जगह ग़लत हूँ या सही कि यादव लेखकों को ये अन्य लेखकों की अपेक्षा कुछ अधिक तवज्जह दिया करते थे। चूँकि इनका पालन-पोषण सचमुच के पिछड़े और अभावग्रस्त यादव परिवार में नहीं हुआ, इसलिए अपने पास आने वालों में भी ये एक ख़ास तरह के वर्ग को तरजीह देते थे। इसका बड़ा उदाहरण वह है जब राजेन्द्र जी ने किसी भी पुरस्कार को न लेने की घोषणा के बाद एक पुरस्कार को ठुकरा दिया था। मगर तभी बिहार के मुख्यमन्त्री लालू प्रसाद यादव के हाथों पुरस्कार लेने की बात आयी, तब इसके लिए उन्होंने यह तर्क दिया कि यह सम्मान राशि राजेन्द्र यादव नहीं *हंस* के खाते में जायेगी। इतना ही नहीं वे जिस विचारधारा के विरुद्ध बराबर अपना प्रतिरोध दर्ज कराते रहे, अपने अन्तिम दिनों में उन्हीं के सरकारी विज्ञापन *हंस* के लिए लेते रहे। मध्य प्रदेश की बीजेपी सरकार का विज्ञापन जिस तरह उनके अनुयायियों और प्रशंसकों को चिढ़ाते थे, उसे कौन भूल सकता है।

दरअस्ल, इसमें मैं राजेन्द्र यादव का कोई दोष नहीं मानता। वह इसलिए कि वे भी एक मनुष्य थे, कोई देवता नहीं। इसलिए स्वाभाविक है कि एक मनुष्य में जो कमज़ोरियाँ और उसके संस्कारजनित व्याधियाँ होती हैं, वे उनमें भी थीं। हालाँकि मेरा मानना है कि मनुष्य कितना भी बड़ा सन्त क्यों न हो जाये, कितना भी अपने आपको प्रगतिशील (कृपया पाठक इसे कम्युनिस्ट या वामपन्थ से जोड़कर न देखें), यह हर उस व्यक्ति के बारे में है, जो अपने आपको आधुनिक सोच वाला मानता है। फिर चाहे वह कोई वामपन्थी हो या दक्षिण पन्थी। असल बात यह है कि वह पहले वही है, जो वह भीतर से होता है। दिल्ली महानगर इसका एक बेहतर उदाहरण है कि यहाँ आने के बाद हमारी सारी वैचारिक

प्रतिबद्धताएँ, सारी प्रगतिशीलता, सारी सार्वभौमिकता पहले राज्य और उसके बाद जाति रूपी धुरी के चारों तरफ़ चक्कर काटने लगती है। कौन दलित है कौन पिछड़ा, कौन सवर्ण है और कौन अगड़ा—ये सारे प्रश्न, जाति के प्रश्न के आगे गौण हो जाते हैं। जाति सर्वोपरि हो जाती है क्योंकि हमें इसी में अपना अस्तित्व और अपनी अस्मिता सुरक्षित नज़र आती है। इसलिए राजेन्द्र यादव जी का यह कथन कि *जाति उस कील की तरह है जो मरते दम तक आदमी के सीने में ठुकी रहती है* मेरे मन-मस्तिष्क में हमेशा अपनी थाप देता रहता है। शायद यही कारण या उनको लेकर मेरे कुछ आग्रह या दुराग्रह रहे होंगे कि मैंने इन दो कहानियों को लौटने के बाद, कभी *हंस* में कुछ नहीं भेजा, और मैं आज तक अपने इस वायदे पर क़ायम हूँ।

पाठको, एक मिनट! इससे पहले कि मैं अपने इस विलाप को आगे बढ़ाऊँ आप भी सोच रहे होंगे कि मैं क्यों राजेन्द्र जी की 'मरी हुई' आत्मा के पीछे पड़ा हुआ हूँ। लेकिन आपका सोचना ग़लत है। मेरी नज़र में बड़ा लेखक वही होता है जिसके कथन और सूक्तियाँ सदियों तक उद्धृत किये जाते रहें। अगर यक़ीन नहीं है तो आप हर साल आने वाली 31 जुलाई को इसे देख सकते हैं, जब हमारा पूरा सोशल मीडिया क़लम के सिपाही या कहिए कथा-सम्राट प्रेमचन्द की जयन्ती पर उनके कथनों और सूक्तियों-उक्तियों से अटा रहता है। साम्प्रदायिक हों या धर्मनिरपेक्ष, दक्षिण पन्थी हों या वामपन्थी, महाजनी सभ्यता के पोषक हों या किसान विरोधी, सवर्ण हों या असवर्ण, हिन्दू हों या मुसलमान—सब इस कथा-सम्राट के उद्धरणों को जिस उदात्तता और उदारता के साथ उद्धृत करते हैं, उन्हें देख स्वर्ग में बैठा अपना क़लम का सिपाही भी पानी-पानी हो जाता होगा। प्रेमचन्द की तरह राजेन्द्र यादव जी का यह कथन सदियों तक याद किया जाता रहेगा कि जाति उस कील की तरह है जो मरते दम तक आदमी के सीने में ठुकी रहती है।

मेवात के इतिहास सम्बन्धी, अपनी स्मृतियों, लोकानुभव, लोक साहित्य और मौखिक परम्परा के जितने भी पक्ष और सम्भावित तत्त्व अपने इस पहले उपन्यास के लिए मुझे ज़रूरी लगे, उनका मैंने सबसे पहले संचयन किया। मेवाती दोहों, लोकोक्तियों और मुहावरों को एकत्रित करने का एक तरीक़ा मैंने यह अपनाया कि जहाँ कुछ लोग इकट्ठे होकर बातचीत करते, मैं उनमें शामिल हो जाता और उनकी बातों को ध्यान से सुनता। इस दौरान अपनी बातचीत में वे

जो मुहावरे, लोकोक्तियाँ और दोहे इस्तेमाल करते, बाद में मैं एक-एक कर अपने साथ लायी छोटी-सी डायरी या कभी-कभी साथ लाये काग़ज़ पर लिख लेता। उन दिनों मेरी जेब में पेन/पेंसिल और काग़ज़ हमेशा रहता था।

अस्सी मॉडल उर्फ़ सूबेदार के प्रकाशन के बाद पहले मद्रास के *राजाजी* पुरस्कार, और फिर सालभर के अन्दर हिन्दी अकादमी, दिल्ली द्वारा इसी संग्रह को मिले *साहित्यिक कृति पुरस्कार* का समाचार, *नवभारत टाइम्स* के हरियाणा संस्करण में प्रकाशित होने का लाभ यह हुआ कि गाँव के साथ-साथ मेरे मेवात के लोग भी मुझे जानने लगे। इसी दौरान मैं एक बार अपने गाँव के मास्टर सिताब ख़ाँ की कचेड़ी (बैठक) के सामने से गुज़र रहा था कि वहाँ बैठे उनके बेटे असग़र ने मुझे बुला लिया। असग़र मुझसे स्कूल में वरिष्ठ था जबकि उसका छोटा भाई उस्मान ख़ाँ मेरा सहपाठी था। इसी मोहल्ले के मुंशी रहमत ख़ाँ जो अपने समय के पढ़े-लिखे व्यक्ति थे और जिनके दो बेटों में से एक राजस्थान में जज के पद तक पहुँच गया था। जबकि मुंशी जी का छोटा बेटा अलवर में वकालत करता था। इसी मुंशी रहमत ख़ाँ का बड़ा पोता मोहम्मद इक़बाल स्कूल में मेरा सहपाठी था और अपने क़स्बे की क्रिकेट क्लब एमसीसी अर्थात मेवात क्रिकेट क्लब से लेकर स्कूल की क्रिकेट टीम में हम दोनों साथ खेलते थे। इस बीच असग़र अपने पिता मास्टर सिताब ख़ाँ की अलमारी से एक पतला-सा रजिस्टर निकालकर लाया। उसे मेरे सामने खोलते हुए वह बोला कि अब्बा ने मेवात के कुछ दोहे लिखे हैं। क्या ये छप सकते हैं?

मैं समझ गया कि यह उन समाचारों का प्रभाव है जो गत दिनों *नवभारत टाइम्स* के हरियाणा संस्करण में छपे थे। मैंने उन दोहों को देखा तो पाया दरअस्ल मास्टर जी ने इस रजिस्टर में बहुत सारे मेवाती दोहों का संकलन किया हुआ था। लेकिन इनकी इतनी संख्या नहीं थी कि इन्हें पुस्तकाकार में प्रकाशित कराया जा सके। दूसरा, इतने होते भी तो उन्हें कौन प्रकाशित करता। मैंने प्रकाशन सम्बन्धी जटिल प्रक्रिया के बारे में उसे स्पष्ट बता दिया था। मेरी बात असग़र के समझ में आ भी गयी थी। बाद में मैंने उनमें से कुछ दोहे अलग से उतार लिए थे। इतना ही नहीं बल्कि मुझे जहाँ से भी मेवात के दोहे, लोक साहित्य या इतिहास सम्बन्धी कोई जानकारी मिलती, मैं उसे संकलित कर लेता। इस तरह मेरे पास आज भी मेवाती साहित्य और इतिहास सम्बन्धी अच्छा कलेक्शन है। अपने पहले उपन्यास की सामग्री के लिए मेवात में मैं जगह-जगह गया। उन दिनों राजस्थान के अलवर के ज़िलाधीश और आईएएस अरविन्द मायाराम के निजी सहायक के पद पर तैनात अनिल जोशी मेवाती लोक साहित्य पर लगातार परिश्रमपूर्वक कार्य कर रहे थे।

मैं यह बात पूरी प्रामाणिकता के साथ ज़ोर देकर कह सकता हूँ कि मेवात सम्बन्धी लोक साहित्य पर जितना कार्य अनिल जोशी ने किया, उतना मेवात के कथित और तथाकथित किसी भी बुद्धिजीवी ने नहीं किया। *अलवर का कलात्मक ख़जाना* (1987), *मेवात का इतिहास* (1989) (यह पुस्तक अनिल जोशी के अनुसार *मुरक़्क़ा-ए-मेवात* का अनुवाद है)। इस पुस्तक का मूल लेखक उन्होंने शर्फ़ अल्लाउद्दीन अहमद बताया है। जबकि पाकिस्तान से मिली इस पुस्तक के बारे में जो प्रामाणिक दस्तावेज़ी जानकारी है, उसके अनुसार उर्दू में लिखी गयी इस पुस्तक के लेखक का नाम है शर्फ़उद्दीन शर्फ़। इनका सम्बन्ध मेवात में मेरे गाँव से मात्र दो किलोमीटर दूर छोटे-से गाँव साँठावाड़ी से था। पेशे से अध्यापक ये *ख़ानजादा* थे (इस ऐतिहासिक पुस्तक का प्रथम संस्करण 1935 में, जबकि दूसरा संस्करण 2002 में पाकिस्तान से हुआ है।)। *मेवाती बात-साहित्य* दो भाग (1991), महाभारत पर आधारित *पंडून कौ कड़ा* (1992) और *मेवाती काव्य* (1996) तथा मेवात सम्बन्धी इनकी कुछ प्रमुख पुस्तकें हैं।

इस तरह 1995 में मैंने दो रजिस्टर में अपना पहला उपन्यास *काला पहाड़* लिखकर उसे अलमारी में यह सोचकर बन्द कर दिया कि पता नहीं उपन्यास जैसी कोई बात बनी है या नहीं। लेकिन लगभग छह महीने के बाद मैंने इसे फिर से निकाला और यह सोचकर इसका पुनर्लेखन शुरू कर दिया कि जब इसमें इतनी मेहनत की है तो क्यों न इस पर काम करूँ। इस उपन्यास को लिखने में मेरे मित्र और गुरुभाई फ़जरुद्दीन बेसर की भी बहुत बड़ी भूमिका थी।

पहले इस उपन्यास को अध्यायों में बाँटने का मेरा विचार था इसलिए कुछ अध्यायों के नाम रख भी लिए थे। जैसे पहले अध्याय का नाम रखा गया था—*पहाड़ ऊपर : पहली ख़बर*। दूसरे अध्याय का नाम भी रख लिया गया था —*पहाड़ नीचे : दूसरी ख़बर*। पहले, दूसरी ख़बर के बजाय अन्तिम ख़बर रखा गया था। लेकिन बाद में न जाने क्यों अध्यायों का विचार त्याग दिया गया। हो सकता है कि मुझे लगा होगा कि उपन्यास की संरचना पारम्परिक अध्यायों में ही होनी चाहिए। हालाँकि उन दिनों खण्डों और अध्यायों में बाँटकर लिखे गये कुछ उपन्यास आ चुके थे। इनमें मुझे दो उपन्यासों की याद आती है। एक था 1993 में प्रकाशित सुरेन्द्र वर्मा का *मुझे चाँद चाहिए* और दूसरा था 1994 में प्रकाशित बदीउज़्ज़माँ का *सभा पर्व*। पता नहीं यह कितने पाठकों को मालूम है कि 2016 में प्रकाशित उपन्यास *अकबर* के लेखक शाज़ी ज़माँ के पिताश्री बदीउज़्ज़माँ साहब का यह उपन्यास *सभा पर्व* उनके देहान्त (16 मई, 1986) के आठ साल बाद प्रकाशित हुआ था। इस उपन्यास का सम्पादन शाज़ी ज़माँ ने ही किया था। 25 अक्टूबर, 1994 की शाज़ी ज़माँ द्वारा *सभा पर्व* पर लिखी गयी भूमिका पढ़ने योग्य है।

शुरू में *काला पहाड़* का अन्त एक उपसंहार के साथ करने का विचार था जिसे आधे से ज़्यादा लिख भी लिया था और जिसका शीर्षक रखा—*और अन्त में*। एक तरह से यह अरावली अर्थात काला पहाड़ द्वारा अपने पाठकों का सम्बोधन था। परन्तु बाद में इसका निर्णय बदल दिया गया। यह अधूरा उपसंहार क्या था, आप भी पढ़ें—

प्रिय पाठक, आपने मेरी दुर्गम घाटियों, मेरे जिस्म पर उगे ढाक के चौड़े-चिकने और उलझी टहनियों से होते हुए मेरे शिखर पर पहुँच कर, मेरी तलहटी में बिछे मेवात के गाँव-खेड़ों और क़स्बों के गैल-दगड़ों को तो देख लिया, लेकिन मुझे लगता है मेरे जिन पात्रों से आप रू-ब-रू हुए हैं उनका मुकम्मल तआरुफ़ आपसे अभी तक नहीं हुआ है। आपने सिर्फ़ उनके सुख-दुःख, हँसी-ख़ुशी, रीति-रिवाज़ और काज-करनी को ही छू कर देखा है। सलेमी, रोबड़ा, मनीराम, हरसाय, बाबू खाँ, रुमाली, हरदेई, रहमानी, रमजानो, रामप्यारी को एक-दूसरे के सुख-दुःख और हारी-बीमारी में शरीक होते हुए मनों को, लेकिन फ़िर भी पता नहीं क्यों मेरी इच्छा है कि मैं अपने उन पात्रों का आपसे तआरुफ़ कराऊँ जिनके बारे में अनेक संशय और शंकाएँ आपके भीतर करवटें ले रही होंगी। मसलन, आप सोच रहे होंगे कि इस समाज में सिर्फ़ हिन्दू और मेव दो ही समुदाय हैं? उनकी वे उपशाखाएँ नहीं हैं जिनको सामने रखकर हमारा भारतीय समाज विभिन्न वर्गों में विभाजित है?

आप सही सोच रहे हैं। सच में ऐसा होता है जैसा आप सोच रहे हैं। इसलिए तो मैं आपसे इन वर्गों और उपशाखाओं की उन इकाइयों से परिचित करा देना चाहता हूँ जिनकी अँगुली पकड़े आप कभी मेरी देह के विशाल और छोटे-छोटे पाषाणों से ठोकर खाकर गिरते-गिरते बचे हैं, तो कभी एक ही साँस में उस ऊँचाई तक पहुँच गये हैं, जहाँ से नीचे झाँकते ही अनेक विद्रूपताओं और अभिशप्तता की अतल गहराई को आपकी दृष्टि नहीं बेंध पायी है।

(इसके बाद इसे छोड़ दिया गया। पाठक चाहें तो इसे भी उपन्यास *काला पहाड़* का अन्त मान सकते हैं।)

हर लेखक को अपनी रचनाओं के पात्रों के बारे में ज़रूर बात करनी चाहिए। पाठक की हमेशा यह जिज्ञासा रहती है कि एक लेखक अपने जिन पात्रों को सिरजता है, उनकी वह कैसे कल्पना करता होगा। *काला पहाड़* के पात्र और चरित्र मेरी पूर्व की कहानियाँ, चाहे वे मेरे पहले संग्रह *सिला हुआ आदमी* के रहे हों या दूसरे संग्रह *सूर्यास्त से पहले* के। फिर चाहे वे *अस्सी मॉडल उर्फ़ सूबेदार*

के हों या फिर कुछ वे कहानियाँ जैसे *अँखियाँ थक गयीं पथिक निहार, बोझिल होते शब्द, बन्द मुट्ठियों का दर्द, मोक्ष* जो किसी संग्रह में नहीं हैं, तथा *वे तीन* (*दस प्रतिनिधि कहानियाँ,* किताबघर प्रकाशन, नयी दिल्ली, प्रकाशन प्रथम बार 2014) की बात करूँ, तो सबके पात्र मेरे अपने परिवार, मोहल्ले, समाज और आसपास से लिए गये हैं।

अगर किसी रचनाकार के पात्रों की सही मायने में पड़ताल करनी हो, तो शोधार्थियों को उसकी प्रारम्भिक रचनाओं को खँगालना चाहिए। इसी तरह अगर आपको मेरे उपन्यास *काला पहाड़* और मेरी अन्य रचनाओं के पात्रों और वास्तविक जीवन के व्यक्तियों का प्रतिबिम्ब देखना है, तो मेरे एकदम शुरुआती लेखन अर्थात अपनी 20 साल की उम्र में लिखी गयी तथाकथित कहानियों में देखना चाहिए। वास्तव में ये कहानियाँ नहीं हैं अपितु बीसवीं सदी के अन्तिम दो दशकों (1980-2000) में कहानियों के नाम पर एक गाँव-गँवई, देहाती युवा-मन द्वारा उकेरी गयीं वे इबारतें हैं, जिसे अपनी दिशाओं का ही नहीं पता था। इन कहानियों में आपको खुरदरे वर्तमान और अनिश्चित भविष्य के दुर्गम बीहड़ों से सिर टकराते एक अभावग्रस्त सर्वहारा युवक की चीखें सुनाई देंगी। नब्बे के दशक में लिखी गयीं और हरियाणा तथा मेरे मूल ज़िला गुड़गाँव से प्रकाशित *दैनिक मेवात* (सम्पादक विजय पाल अग्रवाल) में प्रकाशित *सहारा* (12 नवम्बर, 1980), *बन्द कपाट* (नवम्बर 1980), *कैसा है ये बन्धन* (दिसम्बर 1980), *अधूरा सफ़र* (1980), *नौकरी* (1980), *दूसरा देवता* (1980), *धुँधली परछाइयाँ* (1980), *सूखे सपने* (1980), *अनोखा दुःख* (1980), *कैसे हैं ये लोग* (1980), *नया सहारा* (1980), *नयी दुनिया* (1980), *नयी बहू* (1980), *लक्ष्मी* (1980), *मॉडर्न इश्क़* (6 जनवरी, 1982) के अलावा *एक और कहानी* (*साप्ताहिक सुपर एक्सप्रेस,* गुड़गाँव, सम्पादक चन्द्र प्रकाश गुप्ता, 12 जनवरी, 1981), *सूखा दर्द* (*पंजाब केसरी* जालन्धर, नवम्बर 1980 एवं दैनिक *अरुण प्रभा* अलवर, राजस्थान, 8 नवम्बर, 1981), *ठिठोली* (दैनिक *ट्रिब्यून* 1983), *बारात* (*मंजुली-दर्पण* (मासिक), नयी दिल्ली, सितम्बर-नवम्बर 1983 एवं *राजस्थान पत्रिका* 7 नवम्बर, 1990), *अस्सी मॉडल उर्फ़ सूबेदार* (अप्रकाशित, रचनाकाल 1983), *ज़हरीले साये* (*पंजाब केसरी,* जालन्धर 1985), *सिला हुआ आदमी* (*पंजाब केसरी,* जालन्धर, 2 जनवरी, 1986), *जीने के लिए* (दैनिक हिन्दुस्तान, 26 अक्टूबर, 1986), *लक्ष्मण रेखा* (दैनिक *हिन्दुस्तान,* 10 मई, 1987), *लिलहार* (*साप्ताहिक हिन्दुस्तान,* 19 जुलाई, 1987), *संवादों के बीच* (दैनिक *ट्रिब्यून* 11 अक्टूबर, 1987), *ऐसा तो नहीं चाहा था* (दैनिक *जागरण,* 20 दिसम्बर, 1987), *मुस्कराहट जो लौट आयी* (*जागृति* (मासिक) चंडीगढ़, अप्रैल 1988), *मकानों का जंगल* (दैनिक *हिन्दुस्तान,*

10 अप्रैल, 1988), *पहली हत्या* (*गंगा* (मासिक), सम्पादक ऋषि कुमार मिश्र, सितम्बर 1988 तथा *लुबना* (उर्दू साप्ताहिक) के अगस्त 1990 अंक में *पहला क़त्ल* शीर्षक से प्रकाशित। इसका अनुवाद मुशर्रफ़ आलम ज़ौक़ी ने किया), *धूप से जले सूरजमुखी* (*आजकल* (मासिक), दिसम्बर 1988), *क्षितिज की ओर* (दैनिक *हिन्दुस्तान* 1 अप्रैल, 1989), *मैं अभी ज़िन्दा हूँ* (दैनिक *मिलाप सन्देश,* 3 मई तथा 10 मई, 1989 दो किस्तों में धारावाहिक प्रकाशित), *टूटते तटबन्ध* (*सहज आनन्द* (प्रवेशांक), जून 1989), *झूठा दिन, झूठी गवाही* (दैनिक *हिन्दुस्तान,* 12 नवम्बर, 1989), *पटाक्षेप* (*सारिका* सम्पादक अवध नारायण मुद्गल, अप्रैल 1989 (हास-उल्लास विशेषांक) एवं *कथा बिम्ब* (अप्रैल-जून 1990), *अरण्यकाण्ड* (अप्रकाशित, रचनाकाल 1989), *परिणति* (दैनिक *हिन्दुस्तान,* 19 अप्रैल, 1990), *सूर्यास्त से पहले* (*आजकल* (मासिक), सितम्बर 1990), अपनी *खुशबू* (*सैनिक समाचार* (साप्ताहिक), 28 अक्टूबर, 1990), *लेकिन* (अप्रकाशित, रचनाकाल 1990) तथा अन्तिम दशक की *महराब* (अप्रकाशित, रचनाकाल 1991), *आप्रवासी* (*जनाधार भारती* (प्रवेशांक), कार्यकारी सम्पादक ब्रज मोहन, जुलाई 1991), *अँधेरा* (दैनिक *हिन्दुस्तान,* 10 नवम्बर, 1991), *रंग-अबीर* (अप्रकाशित, रचनाकाल 1990 में अयोध्या के लिए निकाली रथयात्रा के बाद 1994), *बस, तुम न होते पिताजी* (अप्रकाशित, रचनाकाल 1992), *सेल्स गर्ल* (*भाषा,* केन्द्रीय हिन्दी निदेशालय, सम्पादक डॉ. वीरेन्द्र सक्सेना, सितम्बर-अक्टूबर 1994), *खिड़की* (दैनिक *ट्रिब्यून,* चंडीगढ़, 13 अक्टूबर एवं 20 अक्टूबर दो किस्तों में धारावाहिक प्रकाशित 1996), *भूकम्प* (*साप्ताहिक हिन्दुस्तान,* 15 मार्च, 1997, रचनाकाल 1991), *वे तीन* (अप्रकाशित, रचनाकाल 1994) जैसी तथाकथित और कथित कहानियों को पढ़ना चाहिए।

लगभग एक मुकम्मल और मज़बूत बुनियाद वाले परिपक्व लेखक के रचनात्मक स्वभाव उसके अनुभव-क्षेत्र और वह कैसे अपनी रचनाओं के लिए गारा-माटी अपने मन-मस्तिष्क में जमा करता रहता है, इस प्रक्रिया को जानना-समझना है तो उसकी प्रारम्भिक रचनाओं को देखा जाना चाहिए। एक लेखक की रचना-प्रक्रिया क्या होती है, उसे जानने और समझने के लिए उसकी उन डायरियों, रजिस्टर और दूसरे दस्तावेज़ों का अध्ययन करना चाहिए, जिनमें वह छोटी-छोटी और मामूली लगने वाली बातों को दर्ज करता रहता है।

काला पहाड़ के कुछ पात्रों जैसे मंगतू, बनवारी, सलेमी, दादा सुग्गन, हरसाय, सुलेमान, छोटेलाल सुभान खाँ, मेमन, चौधरी करीम हुसैन और चौधरी मुर्शीद अहमद के बारे में मैं ज़रूर बताना चाहूँगा। इसके तीसरे अध्याय में दो प्रसंग है पतंगबाज़ी और नौटंकी का। इनमें एक पात्र है मंगतू।

जो पतंग उड़ाने और नौटंकी-रामलीलाओं में नक्काड़ा-नक्काड़ी बजाने में माहिर है। दरअस्ल, मंगतू कोई और नहीं वे मेरे पिता हैं। पात्र का नाम भी मैंने असली दिया है। इसी तरह दादा सुग्गन कोई और नहीं मेरे अपने दादा हैं। बनवारी के रूप में आप मुझे देख सकते हैं क्योंकि दिल्ली में रहने वाला बनवारी मैं ही हूँ। छोटेलाल मेरा चाचा हैं। मेमन वही आयशा है जो मेरे दूसरे उपन्यास *बाबल तेरा देस में* शकीला हो जाती है, परन्तु मेरी एक कहानी *लेकिन* में उसका असली नाम आयशा रहता है। वही आयशा जिसे मेरा एक पड़ोसी 1971-72 में हैदराबाद के गोलकुंडा क्षेत्र से लाया था। ऐसी ही स्त्रियों को, जो मेवात में बाहर से ब्याह कर लायी जाती हैं, मेवात में वे *पारो* कही जाती हैं। चौधरी मुर्शीद अहमद व चौधरी करीम हुसैन के बारे में मैं पहले ही बता चुका हूँ।

एक आम पाठक के रूप में मेरी स्वयं की कई बार यह जानने की जिज्ञासा रहती है कि हिन्दी साहित्य के जो बड़े उपन्यास या कृतियाँ हैं, मैं उनकी उस मूल संरचना (प्रथम ड्राफ्ट) को देखूँ जिनसे छन और निथर कर वे अपना अन्तिम रूप ग्रहण करते हैं। हिन्दी शोध में अभी यह प्रविधि नहीं पनपी है कि शोधार्थी रचना की उन शिराओं में उतरकर उसकी उस अतलता को छूकर, उसकी सतह पर उठते बुलबुलों के मानस को जानने का प्रयास करे, जिनसे लेखक उन्हें रचते समय गुज़रा होगा। मेरा यह मानना है कि अगर किसी कृति, विशेषकर बड़े उपन्यास को जानना-समझना है तो उसकी प्रारम्भिक संरचना को समझना ज़रूरी है। उसके प्रारम्भिक प्रारूपों, ख़ाकों और उन पर दर्ज आड़ी-तिरछी लेखकीय टिप्पणियों को खंगालना चाहिए।

इस तरह इक्यावन अध्यायों की पाण्डुलिपि जनवरी 1996 में तैयार हो गयी। अब समस्या यह थी कि इसके प्रकाशन के बारे में किससे बात की जाये। चूँकि मेरी पहचान एक कथाकार के बजाय एक लेखक के रूप में बड़ी चलताऊ-सी थी। एक ऐसे लेखक की जो कविता भी लिख रहा था, तो उसके साथ-साथ कहानी में भी अपना हाथ आजमा रहा था। न वह पूरी तरह कथाकार था, न सलीक़े का कवि। बहुत-से लेखकों की तरह मैं भी इस जद्दोजहद से गुज़र रहा था कि लोग मुझे एक लेखक ही मान लें। तीसरे संग्रह *अस्सी मॉडल उर्फ़ सूबेदार* से थोड़ी उम्मीद बँधी मगर एक साधारण से क़स्बाई लेखक की। एक तो हरियाणा का ऊपर से उसके एक बेहद पिछड़े मुस्लिम बाहुल्य क्षेत्र मेवात का रहने वाला। यह तो वह बात हो गयी एक नीम चढ़ा, ऊपर से करेला। वैसे भी हरियाणा को हिन्दी साहित्य में कितना गम्भीरता से लिया जाता है, आप सब जानते हैं। जिस तरह हिन्दी पट्टी में हरियाणा के लेखकों का उपहास उड़ाया जाता है,

उससे कौन परिचित नहीं हैं। ऐसे में मेरे जैसा मेवात का लेखक भला किस खेत की मूली है।

उन दिनों मैं अपनी पाण्डुलिपि को लिए अक्सर दरियागंज की गलियों में घूमता रहता था। एक दिन शाम को शायद उस दिन शनिवार था, अरविन्द जैन के अंसारी रोड स्थित, सबसे ऊपर की मंज़िल यानि उनके कार्यालय में रामशरण जोशी जी, अरुण प्रकाश जी, मैं और खुद जैन साहब बैठे थे। बातचीत के दौरान अचानक अरुण प्रकाश जी बोले, "यार मोरवाल, सुना है तूने कोई उपन्यास लिखा है?"

चूँकि इसकी जानकारी केवल जैन साहब को थी इसलिए मैं समझ गया कि किसी दिन बातों-बातों में उन्होंने अरुण प्रकाश जी को इसके बारे में बता दिया होगा। मैं संकोचवश बोला, "जी भाई साब।"

"तो यार किसी दिन उसका कोई अंश सुना!"

अरुण प्रकाश के इस प्रस्ताव पर जोशी जी भी बोले, "हाँ यार सुनाओ किसी दिन।"

उस दिन संयोग से पाण्डुलिपि मेरे साथ थी। मैं बोला, "पाण्डुलिपि तो मेरे पास इस समय भी है।"

"तो फिर देर किस बात की।" अरुण प्रकाश ने एक तरह से हुमकते हुए कहा।

मैंने धीरे-से पोलिथीन के बड़े से लिफ़ाफ़े से पाण्डुलिपि निकाली, तो जोशी जी और अरुण प्रकाश जी उसे हैरानी के साथ ऐसे देखने लगे जैसे मन-ही-मन कह रहे हों कि इतनी मोटी पाण्डुलिपि?

देर तक मैं पाण्डुलिपि के पन्ने पलटता रहा। मेरी समझ में नहीं आ रहा था कि उन्हें कौन-सा अंश सुनाऊँ। मेरी इस दुविधा का कारण यह था कि पता नहीं उन्हें मेवाती के संवाद समझ में आयेंगे भी या नहीं। चूँकि मैं पाण्डुलिपि निकालकर उसके पन्ने पलट रहा था, तो इतना तय था कि इसमें से कुछ-न-कुछ तो सुनना पड़ेगा ही। हिम्मत कर मैंने इसके शुरुआत का तीसरा अध्याय खोला और उसके पतंगबाज़ी वाले अंश पर मेरी अँगुलियों के पोर ठिठक गये।

तीजवाले दिन मेरे गाँव नगीना और मेवात के एक गाँव साकरस के बीच होने वाली पतंगबाज़ी के लिए, उपरलीघाँ की थड़ी पर शीशे पिसने के प्रसंग से शुरू हुआ अध्याय जैसे-जैसे आगे बढ़ने लगा, वैसे-वैसे उन तीनों की गर्दनें झुकती चली गयीं। नगीना की छतों पर दोनों गाँवों के पतंगबाज़ों और दर्शकों के रोमांच के बीच जब-जब दोनों पक्षों की पतंगें एक-दूसरे को आसमान में गोता लगाते हुए दबोचने की कोशिश करतीं, जैन साहब के केबिन का सन्नाटा और गाढ़ा होने लगा।

जब-जब नगीना की छतों से पतंग कटने पर दर्शकों की किलकारियाँ गूँजती, तब-तब लगता जैसे दर्शकों की नहीं, इन तीनों की मुट्ठियाँ भी हवा में तन रही हैं। कुछ क्षणों तक जब केबिन में सन्नाटा छाया रहा और मेरी आवाज़ आनी बन्द हो गयी, तब अरुण प्रकाश ने सर उठाया और पूछा, "फिर आगे?"

"अध्याय ख़त्म!" मैंने मुस्कराते हुए जवाब दिया।

इस बीच जैन साहब ने अपने पसन्दीदा ब्रांड क्लासिक के पैकेट से एक सिगरेट निकाली, उसे सुलगाया और एक कश लेकर धुआँ हवा में छोड़, उसे ऐसे निहारने लगे जैसे कट गयी पतंग को आसमान में छाये बादलों के गुच्छे में तलाश रहे हों। पाण्डुलिपि मैंने वापस रख दी। इसके बाद सभी ने इस प्रसंग की ख़ूब तारीफ़ की। लेकिन तारीफ़ करने से तो कुछ नहीं बनता। बाद में एक दिन मैंने अरविन्द जैन से कहा कि कहीं करो न इसका जुगाड़? मेरे आग्रह पर उन्होंने *राजकमल प्रकाशन* समूह के मालिक अशोक माहेश्वरी से बात की। अशोक जी ने उनसे कहा कि मैं किसी दिन पाण्डुलिपि लेकर उनके पास चला जाऊँ। मैं ज़ल्दी ही एक दिन *राजकमल प्रकाशन* पहुँच गया और अशोक जी को पाण्डुलिपि दे आया।

लगभग एक महीना बाद मेरे पास अशोक माहेश्वरी का फोन आया और मुझे अपने कार्यालय आने के लिए कहा। आप समझ सकते हैं कि किसी प्रकाशक के यहाँ से ऐसी स्थिति में एक ही वजह से फोन आता है, और वह तब जब किसी लेखक से उसकी आने वाली किताब का अनुबन्ध करना होता है। वरना अस्वीकृति की स्थिति में खेद सहित पाण्डुलिपि डाक द्वारा भेज दी जाती है। लेखक को बुलाने की ज़हमत भी नहीं उठाने दी जाती है। तय दिन और समय पर मैं राजकमल पहुँच गया। अशोक माहेश्वरी ने शिष्टचार निभाते हुए पहले चाय पिलायी। चाय पीने के बाद अशोक जी ने एक बड़ा-सा लिफ़ाफ़ा मेरी तरफ़ बढ़ा दिया। मैंने अचकचाते हुए जब इसके बारे में पूछा तब बोले इसमें पाण्डुलिपि है।

एक प्रकाशक द्वारा जब किसी लेखक की पाण्डुलिपि लौटायी जाती है, तब उस लेखक के दिल पर क्या गुज़रती होगी, उस पल को बयान करना बेहद मुश्किल है। मैं निर्निमेष उनकी तरफ़ देखता रहा। उसके बाद उन्होंने एक काग़ज़ मेरी तरफ़ बढ़ाया और कहा, "आप इसको पढ़ लें। हमने इस पाण्डुलिपि को रामशरण जोशी जी से पढ़वाया था। उनके कुछ सुझाव हैं आप उन्हें देख लें।"

जोशी जी का नाम सुन मुझे हैरानी हुई कि कहाँ तो वे उस दिन इसके अंश की तारीफ़ कर रहे थे और कहाँ उन्होंने इसे रिजेक्ट कर दिया। बहरहाल, घर आकर बे-मन से मैंने अपनी पाण्डुलिपि को फिर से पढ़ा और जो मुझे लगा तथा रामशरण जोशी ने जो सुझाव दिये उसके अनुसार उसमें संशोधन कर दिये।

यह 23 मार्च, 1996 अर्थात शनिवार का दिन था।

पहले से समय लेकर मैं पाण्डुलिपि के साथ राजकमल कार्यालय पहुँच गया और उन्हें पाण्डुलिपि सौंप दी। पाण्डुलिपि को अशोक माहेश्वरी जी ने उलटा-पुलटा और फिर अपनी मेज़ पर एक तरफ़ रख दिया। इस बीच चाय आ गयी। चाय पीने के दौरान उन्होंने एक ख़ाली काग़ज़ मेरी तरफ़ बढ़ाया और बोले, "इस पर अपना नाम और पता लिख दो!"

मैंने डब्ल्यू जेड-528 वाला अपना पता लिखकर उन्हें दे दिया। मुझसे पता लेकर उन्होंने अपने एक कर्मचारी को आवाज़ दी। कर्मचारी उनके पास आया तो उसे उस काग़ज़ को देते हुए बोले, "इसे राधाकृष्ण के एग्रीमेंट पर भरवाकर ले आओ!"

कुछ देर बाद मेरे पहले उपन्यास *काला पहाड़* के एग्रीमेंट की दो प्रतियाँ मेरे सामने थीं। मैंने बिना पढ़े जैसा कि अक्सर होता है, जहाँ-जहाँ हस्ताक्षर होने थे, कर दिये। उसके बाद अशोक माहेश्वरी जी ने अनुबन्ध पर अपने हस्ताक्षर किये और बधाई देते हुए मुझे अनुबन्ध की एक प्रति थमा दी।

राधाकृष्ण प्रकाशन से हुए *काला पहाड़* के इस अनुबन्ध के बारे में मेरे और अशोक माहेश्वरी जी के अलावा सिर्फ़ अरविन्द जैन जानते थे। जैन साहब ने एक दिन मुझे अपने पास बैठाकर सख़्त हिदायत देते हुए समझाया कि अगर तू अपने इस उपन्यास को छपवाना चाहता है, तो इसकी किसी को भनक भी नहीं लगने देगा। अगर तूने किसी को इसके बारे में बता दिया, तो यह कभी नहीं छप पायेगा।

मैं बड़ी हैरानी के साथ जैन साहब को ताकने लगा कि ये कैसी शर्त लगा रहे हैं? यहाँ तो हिन्दी का लेखक लिखना भी शुरू नहीं करता है उससे पहले मुनादी पीटना शुरू कर देता है कि, मैंने फलाँ उपन्यास या कहानी या अगड़म-बगड़म लिखना शुरू दिया है। जबकि मेरे पास तो बाक़ायदा अनुबन्ध है।

वे मेरी दुविधा भाँप गये और धीरे-से बोले, "देख बेटा, जैसे ही तुम्हारे किसी बड़े दुश्मन को पता चलेगा कि यहाँ से तुम्हारा कोई उपन्यास छपने जा रहा है, वह पता है क्या करेगा?" जैन साहब ने मेरी आँखों में अपनी आँखें घुसेड़ते हुए पूछा।

"क्या करेगा?"

"वह एक दिन अशोक माहेश्वरी को फोन करेगा और पूछेगा कि यार अशोक, सुना है तुम मोरवाल का कोई उपन्यास छाप रहे हो? अशोक हाँ कहेगा तो वह इस पर तुरन्त कहेगा कि एक बार दिखा तो सही उसने क्या लिखा है।

इसके बाद पाण्डुलिपि प्रकाशक से उसके पास पहुँच जायेगी। महीनों उसे वह आदमी अपने पास पटके रखेगा और फिर एक दिन फोन करके कहेगा कि यह तू क्या छाप रहा है। मोरवाल को तो लिखना ही नहीं आता है। क्या है इसमें? अब एक बात बता, ऐसे में प्रकाशक उस बड़े आदमी की बात मानेगा कि नहीं?"

सारी कहानी मेरी समझ में आ गयी। वैसे भी पिछले डेढ़ दशक से दिल्ली में रहते हुए, मैं दरियागंज ही नहीं पूरी दिल्ली की साहित्यिक साज़िशों और दुर्राभसंधियों से परिचित हो चुका था। उस दिन के बाद सचमुच मैंने दिल पर पत्थर रखकर किसी को इस बारे में हवा भी नहीं लगने दी।

पत्रकार और दिल्ली के राजपुर रोड स्थित सीएसडीएस अर्थात *सेंटर फ़ॉर द स्टडी ऑफ़ डेवलपमेंट सोसाइटीज़* में सम्पादक अभय कुमार दुबे ने 1995-96 में अपनी एक मासिक पत्रिका शुरू की थी—*समय चेतना*। मुझे याद है अरविन्द जैन ने उन्हीं दिनों हिन्दी के कुछ महत्त्वपूर्ण उपन्यासों पर *समय चेतना* में एक शृंखला शुरू की थी। अपनी इस शृंखला की शुरुआत जैन साहब ने वरिष्ठ लेखिका कृष्णा सोबती के उपन्यास *सूरजमुखी अँधेरे के* से की थी। इस पत्रिका में छपे *वस्तु से व्यक्ति बनती औरत* शीर्षक वाले इस लम्बे लेख की ख़ूब चर्चा हुई थी। अरविन्द जैन ने इसके बाद हिन्दी के कई उपन्यासों पर लिखा। बाद में इन लेखों की पुस्तक सारांश प्रकाशन से सन् 2000 में *औरत : अस्तित्व और अस्मिता* शीर्षक से भी प्रकाशित होकर आयी। मेरे पास जब पहला प्रूफ़ पढ़ने के लिए आया तब मुझे पता चला कि यह उपन्यास अभय कुमार दुबे के यहाँ टाइप हो रहा है। उन्होंने उन दिनों पत्रिका के लिए नया-नया डीटीपी सिस्टम लगाया था। चूँकि *समय चेतना* तो मासिक पत्रिका थी इसलिए अभय दुबे प्रकाशकों के इस तरह के जॉब वर्क भी करने लगे थे।

मैंने पहला प्रूफ़ पढ़कर दे भी दिया लेकिन मुझसे एक चूक हो गयी जो जान-बूझकर नहीं बल्कि अज्ञानता के चलते हुई थी। यह अज्ञानता ऐसी थी कि इसकी हम किसी लेखक से कम-से-कम उम्मीद नहीं कर सकते। अभय दुबे ने पौने पाँच सौ पृष्ठ के इस वृहद् उपन्यास की करेक्शंस तक लगा दीं। मगर मुझे जब अपनी इस ग़लती का अहसास हुआ तो मैंने दूसरा प्रूफ़ पढ़ने के लिए फिर से मँगा लिया। मैंने दूसरा प्रूफ़ पढ़ा और पहले प्रूफ़ में मैंने सही टाइप किये हुए को भी अपनी अज्ञानता के चलते ग़लत कर दिया था, उसे फिर से जैसा पहले प्रूफ़ में था, वैसा ही कर दिया। ख़ैर, भले आदमी और बेहद शालीन व्यक्ति अभय कुमार दुबे ने कुछ नहीं कहा और जैसा मैंने प्रूफ़ पढ़ा था, उसकी करेक्शंस लगा दीं।

इस दौरान एक दिन अभय कुमार दुबे मुझे अरविन्द जैन के कार्यालय में मिल गये। वे *समय चेतना* के नये अंक की कुछ प्रतियाँ लेकर दरियागंज आये थे जिसमें जैन साहब का लेख छपा हुआ था। जैन साहब से फ़ुरसत मिलने पर वे मुस्कराकर बोले, "मोरवाल जी, गुरु आपने हमारी डबल मेहनत करा दी।"

मैंने अपनी अज्ञानता स्वीकार करते हुए कहा, "सच कहूँ अभय जी, इससे पहले मुझे ही नहीं पता था कौन-सा कहाँ प्रयुक्त होता है।"

"कोई बात नहीं। मैंने तो ऐसे ही कह दिया।" वे मुस्कराकर बोले।

अब आप सोच रहे होंगे कि वह ऐसी कौन-सी अज्ञानता थी जिसकी किसी लेखक से उम्मीद नहीं की जा सकती? वह अज्ञानता यह थी कि पहले प्रूफ़ में जहाँ-जहाँ अनुस्वार लगा हुआ था, वहाँ मैंने चन्द्रबिन्दु कर दिया और जहाँ चन्द्रबिन्दु था, वहाँ अनुस्वार कर दिया। जबकि सच्चाई यह थी कि कहाँ चन्द्रबिन्दु लगता है और कहाँ अनुस्वार, मुझे इसका ज्ञान नहीं था।

जैसे-जैसे यह ख़बर लीक होने लगी कि मेरा कोई उपन्यास प्रकाशित होने जा रहा है, दिल्ली के कुछ विशेष गलियारों में सुगबुगाहट शुरू हो गयी। चूँकि वकील साब अर्थात अरविन्द जैन की हिदायत का मैं अभी तक पालन करता आ रहा था, इसलिए किसी को इसकी भनक नहीं लग पा रही थी कि कहाँ से आ रहा है। यह तो कोई उस समय सोच भी नहीं सकता था कि मेरा पहला उपन्यास और राधाकृष्ण प्रकाशन से। मेरे कार्यालय केन्द्रीय समाज कल्याण बोर्ड की अंग्रेज़ी पत्रिका *सोशल वेलफेयर* की उन दिनों सम्पादक थीं श्रीमती पूनम शर्मा। वे मेरे लिखने-पढ़ने के शौक़ से परिचित थीं। उनका किसी तरह के लिखने-पढ़ने से कोई सम्बन्ध नहीं था। हाँ, वे अंग्रेज़ी में अच्छा गिटर-पिटर कर लेती थीं। एक दिन पूनम शर्मा ने जो बात बतायी उस पर तब भी एक पल के लिए मुझे विश्वास नहीं हुआ और आज भी नहीं हो रहा है। लेकिन उनकी बात पर इसलिए विश्वास किया जा सकता है कि उनकी साहित्य में कोई रुचि नहीं थी। जैसे *समाज कल्याण* पत्रिका में काम करने वाले हम लोगों की हुआ करती थी। तब तक लेखक और *समाज कल्याण* पत्रिका के पूर्व सम्पादक प्रदीप पन्त की संयुक्त निदेशक के पद पर पदोन्नति हो चुकी थी और उन दिनों वे बोर्ड के पब्लिकेशन डिवीज़न जिसका बाद में मीडिया डिवीज़न नाम रख दिया था, उसके भी संयुक्त निदेशक थे। इसलिए बोर्ड की दोनों पत्रिकाओं के भी एक तरह से मुखिया वही थे।

एक दिन पूनम शर्मा ने मुझसे कहा, "मोरवाल, सुना है तुम्हारा कोई नॉवेल पब्लिश होनेवाला है?"

"मैडम आपको कैसे पता?" मैंने हैरानी के साथ पूछा।

"मिस्टर प्रदीप पन्त बता रहे थे।"

यह सुनकर मैंने बात टाल दी। ऐसा न हो कि मैं बातों-बातों में इन्हें कुछ बता दूँ और यह अपने संयुक्त निदेशक को बता दे।

इस पर वे बोलीं, "पता है पन्त साहब क्या कह रहे थे? कह रहे थे कि मैं देखता हूँ इसका उपन्यास कैसे छपता है।"

इतना सुनते ही मेरा दम खुश्क हो गया कि उसे कैसे पता चला कि मेरा उपन्यास छपने वाला है। बाद में मुझे याद आया कि मैंने इस बारे में नानक चन्द जी को बताया था लेकिन यह नहीं बताया कि उपन्यास कहाँ से आ रहा है।

मैंने पूनम शर्मा को टोहते हुए पूछा, "कौन-से प्रकाशक से नहीं छपने देंगे?"

"अरे वही कोई सामयिक प्रकाशन है?"

पूनम शर्मा के इतना कहते ही एक बार तो मेरी हँसी छूटने को हुई मगर अपने आपको रोक गया। मैंने ऐसा जताया जैसे सचमुच मेरा उपन्यास सामयिक प्रकाशन से ही आ रहा है। परन्तु मैं बाद में सोचने लगा कि ऐसा प्रदीप पन्त ने क्यों कहा होगा? ऐसा इसलिए कि सामयिक प्रकाशन के मालिक जगदीश भारद्वाज जी से इनके बहुत पुराने सम्बन्ध थे। इनकी शुरुआती पुस्तकें यहीं से प्रकाशित हुई हैं। सामयिक प्रकाशन से मेरा परिचय इन्हीं के माध्यम से हुआ था। ये इस बात से भली-भाँति परिचित थे कि सामयिक प्रकाशन में मेरा आना-जाना लगा रहता था। पूनम शर्मा जी के कहे पर मुझे इसीलिए यक़ीन करना पड़ा था कि सामयिक प्रकाशन के ये पुराने लेखक थे। इस प्रसंग के बाद मैं और चौकन्ना हो गया।

उपन्यास *काला पहाड़* का आवरण बनकर तैयार हो गया। इसे मशहूर चित्रकार चंचल ने बनाया था। जहाँ तक मैं जानता हूँ ये वही चंचल जी हैं जिन्हें लोग सोशल मीडिया पर चंचल BHU के नाम से जानते हैं। चित्रकार, व्यंग्यकार और लेखक चंचल लोक कलाओं के प्रति अपने गहरे जुड़ाव के कारण जाने जाते हैं। अपने समय में ये काशी हिन्दू विश्वविद्यालय छात्र संघ के अध्यक्ष भी रह चुके हैं। एक समय इनका समाजवादी आन्दोलन से गहरा नाता था लेकिन समाजवादियों के सत्तालोलुप आचरण और उनके बिखराव के कारण फ़िलहाल इनका झुकाव काँग्रेस की तरफ़ है। बहुत से लोगों की तरह चंचल जी का बनाया *काला पहाड़* के प्रथम संस्करण का यह आवरण मेरी दृष्टि में एक क्लासिक आवरण है।

इस बीच रामशरण जोशी जी से मैंने अनुरोध किया कि वे उपन्यास का फ्लैप लिख दें। मेरे आग्रह पर उन्होंने फ्लैप लिख दिया और 7 फ़रवरी, 1999

को टाइप की हुई टिप्पणी मुझे दे दी। मेरी इच्छा थी कि फ्लैप के लिए जोशी जी द्वारा लिखी गयी टिप्पणी उनके नाम के साथ जाये। इसका कारण यह था कि एक तो उन्होंने उपन्यास की पाण्डुलिपि पढ़ी हुई थी; दूसरा, उन दिनों रामशरण जोशी जी की पहचान तेज़ी से एक समाजशास्त्री की बन रही थी। अगर इनका नाम जायेगा तो इससे उपन्यास का वज़न और बढ़ जायेगा। किन्तु ऐसा नहीं हुआ क्योंकि अशोक माहेश्वरी ने नाम छापने से यह कहकर मना कर दिया कि, हमारे यहाँ फ्लैप पर दी जाने वाली टिप्पणी के साथ किसी का नाम नहीं जाता है। भूमिका या फ्लैप पर लिखी गयी टिप्पणी का पाठकों पर कोई ख़ास प्रभाव पड़ता होगा, मुझे नहीं लगता। लेकिन नामचीन लेखकों से हमारे यहाँ भूमिका लिखवाने की परम्परा सदियों से चली आ रही है, विशेषकर युवा और नये लेखकों की पुस्तकों पर। यही सोचकर मैं नाम देना चाहता था। हालाँकि बाद के अपने उपन्यासों और अन्य पुस्तकों के फ्लैप मैं खुद लिखने लगा। मेरा मानना है कि किसी भी कृति या रचना को जितना स्वयं उसका लेखक जानता है, उतना दूसरा नहीं। इसके अलावा हमारी हिन्दी में ज़्यादातर भूमिकाएँ या फ्लैप, रचना को बिना पढ़े लिखी जाती हैं। इसलिए अपनी पुस्तकों की भूमिका, आमुख या फ्लैप लेखक को स्वयं लिखनी चाहिए।

अशोक माहेश्वरी जी के इस निर्णय ने मेरे सामने एक धर्म संकट पैदा कर दिया और वह यह कि मैंने उनसे बिना पूछे या बिना सलाह लिए रामशरण जोशी जी से उपन्यास का जो फ्लैप लिखवाया, जब वह बिना उनके नाम के छपेगा, तब वे मेरे बारे में क्या सोचेंगे? बहरहाल, मैं अशोक जी के इस निर्णय पर चुप्पी साध गया। मैंने इस पर ज़ोर भी नहीं दिया और बिना नाम के जोशी जी की टिप्पणी को प्रकाशित करने के लिए हाँ कह दिया। जोशी जी ने मेरे इस पहले उपन्यास *काला पहाड़* के फ्लैप के लिए क्या लिखा, आप भी उसे पढ़ें–

उपन्यास का काम समकालीन यथार्थ के प्रतिनिधित्व के माध्यम से अतीत को पुनर्जीवित और भविष्य के मिज़ाज़ को रेखांकित करना है। युवा कथाकार ***भगवानदास मोरवाल*** *के पहले उपन्यास 'काला पहाड़' में ये विशिष्टताएँ हैं। 'काला पहाड़' के पात्रों की कर्मभूमि 'मेवात क्षेत्र' है। हरियाणा, राजस्थान, उत्तर प्रदेश की सीमाओं में विस्तृत यह वह क्षेत्र है, जिसने मुग़ल साम्राज्य के संस्थापक बाबर से टक्कर ली थी और जिसने भारत की मिलीजुली तहज़ीब को आजतक सुरक्षित रखा है।*

'काला पहाड़' केवल एक उपन्यास का शीर्षक नहीं है, वरन् मेवात के भौगोलिक-सांस्कृतिक अस्मिता और समूचे देश में व्याप्त बहुआयामी विसंगतिपूर्ण प्रक्रिया का प्रतीक है। इसके पात्र सलेमी, मनीराम, रोबड़ा, हरसाय, सुलेमान,

छोटेलाल, बाबूखाँ, सुभानखाँ, रुमाली, अंगूरी, रामदेई, तरकीला, मेमन, चौधरी करीम हुसैन व चौधरी मुर्शीद अहमद आदि ठेठ देहाती हिन्दुस्तान की कहानी कहते हैं। मेवात के ये अकिंचन पात्र अपने में वे सभी अनुभव, त्रासदी, ख़ुशियाँ समेटे हुए हैं, जो किसी दूरदराज़ अनजाने हिन्दुस्तानी की भी जीवन-पूँजी हो सकते हैं।

लेखक जहाँ ऐतिहासिक पात्र व मेवात-नायक 'हसन ख़ाँ मेवाती' की ओर आकृष्ट है, वहीं वह अयोध्या त्रासदी की परछाइयों को भी समेटता है, इस त्रासदी में झुलसने वाली बहुलतावादी संस्कृति को रचनात्मक अभिव्यक्ति देता है। उपन्यास की विशेषता यह है कि इसने समाज के हाशिए के लोगों को अपने कथा फ़लक पर उन्मुक्त भूमिका निभाने की छूट दी है। **मोरवाल** *की पृष्ठभूमि दलित ज़रूर है लेकिन किरदारों के 'ट्रीटमेंट' में वह दलित-ग्रन्थि से अछूते हैं।*

उपन्यास में आधुनिक सत्तातन्त्र एवं विकास प्रक्रिया भी लेखक की नज़रों से ओझल नहीं हो सके हैं। लेखक के पात्र प्रक्रियाओं की जटिलताओं एवं विकृतियों को पूरी तटस्थता के साथ उघाड़ते हैं। पात्रों के अन्दर झाँकने से एक विमर्श उठता दिखायी देता है कि क्या वर्तमान विकास प्रक्रिया के प्रहारों से इन्सान की निर्ममता और रिश्तों की कोमलता को कालान्तर में अक्षुण्ण रखा जा सकेगा?

अगर इस फ्लैप को बिना किसी आग्रह या पूर्वाग्रह के गम्भीरता और थोड़ा रूककर पढ़ें, तो रामशरण जोशी जी की यह टिप्पणी अपने आप में जिन समाजशास्त्रीय और महत्त्वपूर्ण सवालों को उठाती है, सचमुच यह इस उपन्यास को पढ़ने के लिए प्रेरित तो करती ही है। इस टिप्पणी में जिन दो पात्रों चौधरी करीम हुसैन और चौधरी मुर्शीद अहमद का उल्लेख किया गया है। दरअस्ल, ये दोनों मेवात के वही कद्दावर राजनेता हैं जिन पर 6 दिसम्बर, 1992 के बाद 30 जनवरी, 1993 के दिन नूंह में होने वाली तथाकथित सद्भावना रैलियों की आड़ में, मेवात का साम्प्रदायिक सौहार्द ख़राब करने और फिर मेवों को हिन्दुओं के ख़िलाफ़ किये गये आर्थिक बहिष्कार के लिए उकसाने का आरोप लगा था।

जब उपन्यास का प्रकाशक द्वारा प्रिंट ऑर्डर दे दिया गया अर्थात प्रेस में छपने के लिए चला गया, मैंने तब दबी ज़बान से मित्रों को बताना शुरू किया कि मेरा उपन्यास आने वाला है। उपन्यास आने तक वकील अरविन्द जैन की सख़्त हिदायत मेरे कानों में गूँजती रही।

राजकमल प्रकाशन समूह के मासिक पत्र *प्रकाशन समाचार* के द्वारा अपने अप्रैल 1999 के अंक के मुखपृष्ठ पर अपनी नयी आमद के तहत जिन पुस्तकों की घोषणा की उसमें *काला पहाड़* भी था। इस घोषणा के बाद ही मेरी जैसे

जान में जान आयी वरना चौबीस घण्टे अरविन्द जैन साहब की हिदायत मेरा पीछा करती रहती।

हिन्दी में उपन्यास-युग शीर्षक से प्रकाशित इस पूरे पृष्ठ के अग्र लेख में आने वाले जिन चार उपन्यासों की घोषणा की गयी थी, उनमें भगवान सिंह का *उन्माद*, ज्ञान चतुर्वेदी का *बारामासी*, नवारुण भट्टाचार्य का *हरबर्ट* और *काला पहाड़* शामिल थे। *प्रकाशन समाचार* के इस 20 मार्च, 1999 के सम्पादकीय में कहा गया–

अपने नये सेटों में हम जो चार उपन्यास लेकर आ रहे हैं, उनसे हमें काफ़ी अपेक्षाएँ है। इनमें एक है बांग्ला से अनूदित साहित्य अकादेमी द्वारा पिछले साल पुरस्कृत कवि नवारुण भट्टाचार्य की पहली ही गद्य रचना 'हरबर्ट'। बीहड़ कथ्य और साहसी भाषा की ऐसी महानगरीय जुगलबन्दी हमारे लिए एक नयी चीज़ है। गहरे विमर्शों के लिए चर्चित भगवान सिंह के उपन्यास 'उन्माद' के बारे में अपनी ओर से फ़िलहाल हम इतना ही कहना चाहते हैं कि हिन्दी में साम्प्रदायिकता को सन्दर्भ बनाती हुई इतनी जीवन्त कथाएँ उपन्यास के स्तर पर कम कही गयी हैं। ज्ञान चतुर्वेदी के उपन्यास 'बारामासी' से व्यंग्य-उपन्यास की बिरली विधा में एक नया आयाम इस भरोसे का जुड़ा है कि जीवन का कोई भी रस, करुण रस भी, व्यंग्य से अछूता रहने को बाध्य नहीं है। ***अन्तर्धार्मिक पहचान वाली मेव जातीयता के तनावों को कथावस्तु बनाता भगवानदास मोरवाल का पहलौठी उपन्यास 'काला पहाड़' आंचलिक लेखन की नयी सम्भावनाएँ लिए हुए है।*** *हिन्दी उपन्यासों के क्षेत्र में जो नया घटित हो रहा है, उसमें ये चारों अपने-अपने ढंग से कुछ ठोस योगदान करेंगे, ऐसी हमें उम्मीद है।*

प्रकाशन समाचार के इस अंक के अन्दर एक पृष्ठ पर दूसरे उपन्यासों की तरह एक आधा पृष्ठ का अंश इस इंट्रो के साथ प्रकाशित किया गया– *साम्प्रदायिकता से सघन मुठभेड़ करते भगवानदास मोरवाल के इस पहले उपन्यास के पात्रों की कर्मभूमि हरियाणा, राजस्थान, उत्तर प्रदेश की सीमाओं में विस्तृत वह मेवात क्षेत्र है जिसने भारत की मिलीजुली तहज़ीब को आज तक सुरक्षित रखा है।*

ये साल 1999 के जुलाई महीने के अन्तिम या अगस्त के शुरुआती दिन थे। एक दिन राजकमल प्रकाशन के कार्यालय से दोपहर बाद मेरे कार्यालय में मेरे पास फोन आया कि अशोक माहेश्वरी जी आपसे बात करना चाहते हैं। मैंने फोन उठाया तो उधर से अशोक जी की आवाज़ आयी, "मोरवाल जी, उपन्यास आ गया है। जब सुविधा हो आ जाना।"

ऐसी ख़बर सुनने के बाद भला कोई सुविधा-असुविधा देखी जाती है। मन करने लगा कि अभी उड़कर दरियागंज स्थित राजकमल प्रकाशन के दफ़्तर पहुँच जाऊँ। मेरी बेचैनी मुझे चैन से नहीं बैठने दे रही थी। जब मेरा धैर्य जवाब दे गया तब मैं अपनी उप निदेशक जो, एक महिला थीं, उनके पास गया और हिचकिचाते हुए बोला, "मैडम, मुझे एक ज़रूरी काम से जाना है।"

मैडम ने जिस तरह मेरी तरफ़ देखा मैं समझ गया कि यह आसानी से छुट्टी नहीं देगी। वैसे भी मैं अपने इस साहित्यिक शौक़ के चलते दफ़्तर में बहुत बदनाम था। आये दिन किसी-न-किसी बहाने दरियागंज या मंडी हाउस की तरफ़ चल देता। इसलिए उपन्यास आने की ख़बर सिवाय मैडम के मैंने किसी को नहीं दी।

मैंने हारकर असली बात बता दी कि मेरी एक किताब आयी है। उसे लेने जाना है।

यह सुनकर उससे ना कहते नहीं बना। इतना ज़रूर पूछा कि वापस ऑफ़िस आओगे? मैंने यह कहते असमर्थता व्यक्त कर दी कि वहीं से घर निकल जाऊँगा। वापस आने का समय नहीं बच पायेगा। वैसे भी दक्षिण दिल्ली के कुतुब इंस्टीट्यूशनल एरिया से तीन बजे निकलने के बाद वापस आना असम्भव था। मैडम ने बे-मन से जाने की स्वीकृति दे दी। मैंने तुरन्त अपना बस्ता उठाया। कटवारिया सराय से पहले अधचीनी और अधचीनी से लाल क़िला की तरफ़ जानेवाली महरौली से पुरानी दिल्ली रेलवे स्टेशन की 502 नम्बर बस पकड़ी और पहुँच गया गोलचा सिनेमा (दरियागंज)। गोलचा सिनेमा से सड़क पार कर भंडारी होमियोपैथी के बग़ल से होते हुए 1-बी, राजकमल प्रकाशन पहुँच गया।

अगले दिन कार्यालय पहुँचने के बाद, दस बजे के आसपास सबसे पहले मैंने अपनी उसी अधिकारी, जिससे मैं छुट्टी लेकर गया था, उसी के पास गया।

"आइए मिस्टर मोरवाल?" मैडम ने मुझे देखकर पूछा।

"मैडम, मैं कल आपसे छुट्टी लेकर गया था अपनी किताब लेने।"

"हाँ-हाँ क्या हुआ, ले आये किताब?"

"जी मैडम।"

"कहाँ है?"

मैंने अपने पीछे छिपाकर किताब निकाली और उनकी मेज़ पर रखते हुए बोला, "ये रही मैडम।"

"ओ माय गुडनेस! यह है आपकी किताब! मैं तो समझ रही थी जैसे मिस्टर पन्त की पतली-पतली किताबें होती हैं, वैसी ही होगी?" अपने सामने रखे 466 पृष्ठ के भारी-भरकम उपन्यास को उठाते हुए मैडम आगे बोली, "बधाई मिस्टर मोरवाल!"

इसके बाद मैं अपने अनुभाग (सेक्शन) में आ गया। वहाँ से दूसरे अनुभाग, जहाँ मेरे एक और समकक्ष सेक्शन अधिकारी थे सुरेन्द्र सिंह वर्मा अर्थात एस.एस. वर्मा उनके पास गया।

वहाँ जाकर वर्मा जी को उपन्यास दिखाते हुए बोला, "वर्मा जी, मेरा उपन्यास आया है।"

"वा मेरी जाऽऽऽन!" चहकते हुए वर्मा जी ने स्वागत करते हुए कहा। इसके बाद देर तक वे उपन्यास को उलटने-पलटने के बाद बोले, "यार, अब तुझे हम सबको चाय पिलानी पड़ेगी।"

मैंने हामी भरी और वापस अपने सेक्शन में आ गया। जैसे-जैसे समय बीतने लगा चाय-पार्टी की योजना विस्तार लेने लगी। कहाँ तो यह तय हुआ था कि मुझे अपने सेक्शन और वर्मा जी को चाय पिलानी है, और कहाँ वर्मा जी ने उत्साह में यह घोषणा कर दी कि अब मोरवाल नहीं, वे पार्टी देंगे। इस तरह यह पार्टी उन्होंने लंच के बाद अपने सेक्शन में रखने का ऐलान कर दिया।

इस ऐलान के बाद मैंने वर्मा जी को सुझाव दिया, "वर्मा जी, जब इतना सब हो रहा है तो एक काम और करिए कि अपनी ईडी (एक्ज़ीक्यूटिव डायरेक्टर) को भी क्यों नहीं इनवाइट कर लेते हैं?"

इस सुझाव के पीछे मेरी मंशा यह थी कि मेरे इस हुनर के बारे में मेरे बोर्ड की सबसे बड़ी अधिकारी, वह भी एक आईएएस जान, सके।

मेरे इस सुझाव को उन्होंने तुरन्त मान लिया और वे मेरी उप निदेशक को साथ लेकर ईडी (एक्ज़ीक्यूटिव डायरेक्टर) को निमन्त्रण देने चल पड़े। मैं साथ नहीं गया। मैंने जानबूझकर उन्हें उपन्यास भी नहीं दिया। वे बिना उपन्यास के ही उनके पास चले गये। केन्द्रीय समाज कल्याण बोर्ड में एक्ज़ीक्यूटिव डायरेक्टर का पद एक प्रशासनिक पद होता था, जो एक वरिष्ठ आईएएस होता था। उन दिनों बोर्ड की एक्ज़ीक्यूटिव डायरेक्टर श्रीमती स्मिता नागराज थीं। जब वर्मा जी और उप निदेशक एक्जीक्यूटिव डायरेक्टर को निमन्त्रण देने गये तो उनसे वर्मा जी बोले, "मैडम, हमारे यहाँ एक भगवानदास मोरवाल नाम का लड़का है। उसे लिखने-पढ़ने का शौक़ है। उसकी एक किताब आयी है। इसी उपलक्ष्य में सेक्शन में एक चाय-पार्टी रखी है। आप आयेंगी तो अच्छा लगेगा।"

इस पर वे बोलीं, "मुझे आने में कोई परेशानी नहीं है। लेकिन अच्छा होगा मैडम चेयरपर्सन को भी बुला लें। वे भी तो लिखती हैं।"

यह बात उन दोनों के समझ में आ गयी और पहुँच गये बोर्ड की चेयरपर्सन अर्थात अध्यक्ष के पास। उनके पास जाकर भी इन्होंने यही कहा जो एक्ज़ीक्यूटिव डायरेक्टर से कहा था।

अब आप सोच रहे होंगे कि आख़िर केन्द्रीय समाज कल्याण बोर्ड में ये कौन-सी अध्यक्ष थीं जो लिखती भी थीं। जी हाँ, ये थीं श्रीमती मृदुला सिन्हा जो अपने अन्तिम समय में गोवा की राज्यपाल भी रही थीं।

लगभग दस मिनट के बाद मैंने देखा कि अध्यक्ष का एक चपरासी तेज़ी-से मेरे अनुभाग में मेरी तरफ़ लपका आ रहा है। मैं समझ गया कि वर्मा जी को उपन्यास न देने की मेरी योजना सफल रही है। आते ही चपरासी ने कहा कि मैडम आपकी किताब मँगा रही हैं! मैंने चपरासी को उपन्यास दे दिया और इन्तज़ार करने लगा आगामी घटनाक्रम का, जिसका मुझे पहले से मानो अनुमान था। मेरा अनुमान एकदम सही निकला, जब मैंने देखा कि दस मिनट बाद फिर से वही चपरासी तेज़-तेज़ क़दमों से मेरी ओर चला आ रहा है। आते ही चपरासी ने हाँफते हुए कहा, "आपको मैडम बुला रही हैं!"

इसी का अनुमान था मुझे। मैं अपनी अध्यक्ष और लेखिका के चैम्बर में घुसा, तो मैंने देखा वे मुझे ऊपर से नीचे तक देख गयीं। उपन्यास हाथ में आने से पहले उन्हें लगा होगा कि यह कोई शौक़िया लेखक होगा, जिसकी कोई छोटी-मोटी किताब आयी होगी। लेकिन जैसे ही *काला पहाड़* उनके पास पहुँचा, वह भी राधाकृष्ण प्रकाशन से प्रकाशित, वे मेरे 'दर्शन' को बेचैन हो उठीं। उपन्यास उनके हाथ में था जिसकी चिकनी देह पर उनकी अँगुलियाँ रह-रहकर फिसल रही थीं। अध्यक्ष की नज़र अब उपन्यास के दूसरे फ्लैप पर प्रकाशित मेरे परिचय पर टिक गयी। परिचय पर नज़र दौड़ाते हुए वे बोलीं, "मैं भी कहूँ कि मैंने इन्हें कहाँ देखा है। अब याद आया कि इन्हें जो यह साहित्यिक कृति पुरस्कार मिला है वह मैंने ही दिलवाया था।" उनका इशारा 1994-95 के *साहित्यिक कृति पुरस्कार* के तहत *अस्सी मॉडल उर्फ़ सूबेदार* को मिले पुरस्कार से था।

सुनकर मैं मन-ही-मन मुस्करा दिया क्योंकि इस पुरस्कार में वरिष्ठ साहित्यकार डॉ. रामदरश मिश्र जी की भूमिका थीं। मेरी अध्यक्ष ने तो मेरा तब नाम भी नहीं सुना होगा। अध्यक्ष ने चाय-पार्टी में आने की स्वीकृति प्रदान कर दी, जो दोपहर बाद चार बजे होनी थी। अब चूँकि बोर्ड की अध्यक्ष और कार्यकारी निदेशक (एक्ज़ीक्यूटिव डायरेक्टर) पार्टी में आने की स्वीकृति दे चुकी थीं, तो बोर्ड के चार संयुक्त निदेशकों को और दोनों सम्पादकों अर्थात नानक चन्द और पूनम शर्मा को कैसे छोड़ा जाता। अन्त में यह तय किया गया कि चारों संयुक्त निदेशकों और दोनों सम्पादकों को भी इस चाय-पार्टी में आमन्त्रित किया जाये। इनके अलावा कुछ लोग और भी थे। इनमें एक थे रामलाल शर्मा, जो हमारी वेलफेयर एसोसिएशन के अध्यक्ष थे और दूसरे थे रामधन।

इस तरह जब इन सबको आमन्त्रित करने का निर्णय हो गया, तब इन्हें पार्टी में आमन्त्रित करने की ज़िम्मेदारी रामलाल शर्मा और रामधन को सौंपी गयी। जब ये दोनों चारों संयुक्त निदेशकों को आमन्त्रित करने के लिए जाने लगे, तब मैंने इनसे कहा कि आप पन्त साहब को यह नहीं बताएँगे कि यह पार्टी किस उपलक्ष्य में हो रही है। अगर आपने बता दिया तो वे इसमें बिल्कुल नहीं आयेंगे। इन दोनों को मेरी बात में दम नज़र आया और इन्होंने बार-बार पूछने के बावजूद प्रदीप पन्त को यह नहीं बताया कि यह चाय-पार्टी किस उपलक्ष्य में दी जा रही है। दोपहर बाद पार्टी शुरू होने से पहले मैंने वर्मा जी से कहा कि वर्मा जी, जब जुलूस निकाल ही रहे हो तो सलीक़े से निकालो। ऐसा करिए कि कटवारिया सराय की मार्किट से बढ़िया रंगीन काग़ज़ मँगवाइए और उपन्यास की दो प्रतियों को उसमें पैक कराकर मैडम चेयरमैन और ईडी (एक्ज़ीक्यूटिव डायरेक्टर) से इसका विमोचन कराइए।

मेरा यह सुझाव वर्मा जी के तुरन्त समझ में आ गया। उन्होंने उसी समय रंगीन काग़ज़ मँगाया और *काला पहाड़* की दो प्रतियाँ पैक कर उन्हें लाल फीते से बँधवा दिया। तब तक समोसे और मिठाई भी आ गयी। इस तरह तय समय के आसपास बोर्ड के आमन्त्रित अतिथियों ने आना शुरू कर दिया। बाक़ायदा वर्मा जी के सेक्शन में मेज़ें जोड़कर एक तरफ़ छोटा-सा मंच बना दिया गया, जहाँ छह कुर्सियाँ लगा दी गयीं। अध्यक्ष और कार्यकारी निदेशक अपने चारों संयुक्त निदेशक के साथ तय समय पर आ गयीं और जिस पल का इन्तज़ार था, वह आ गया। रामलाल शर्मा जी ने पहले थोड़ी-सी भूमिका बनायी और एक पैकेट अध्यक्ष की तरफ़ बढ़ा दिया। अध्यक्ष समझ गयीं कि इस पैकेट में क्या है और इसका क्या करना है। उन्होंने किसी विधिवत् लोकार्पण समारोह की तरह पहले पैकेट को अनावृत किया और फिर उपन्यास की दोनों प्रतियों को हवा में दिखाते हुए, उपन्यास का लोकार्पण कर दिया।

इधर लोकार्पण हुआ और उधर कुछ चेहरों पर तरह-तरह की तनाव युक्त भंगिमाएँ तैरने लगीं। इसके बाद अध्यक्ष का भाषण हुआ और एक अनुभागीय चाय-पार्टी, जो देखते-देखते एक छोटे-से विमोचन समारोह में तब्दील हो गयी थी, एक सुखद परिणति के साथ विसर्जित हो गयी।

अगले दिन इस तथाकथित समारोह की पूरे बोर्ड में चर्चा रही। सुबह मैं और वर्मा जी दफ़्तर की कैंटीन में चाय पीने गये। बातों-बातों में इस चाय-पार्टी बल्कि अब इसे समारोह कहना उचित होगा, उसके प्रायोजक सुरेन्द्र सिंह वर्मा यानि एस.एस. वर्मा ने चाय की चुस्की लेते हुए कहा, "यार मोरवाल, तेरा नाम तो अख़बारों और न जाने कहाँ-कहाँ छपता रहता है...एक काम कर यार, कुछ ऐसा कर जो हमारा भी नाम कहीं छप जाये!"

एक दिन पूर्व के इस सफल आयोजन के आयोजक वर्मा जी का आग्रह भरा सुझाव मुझे उचित लगा। उचित ही नहीं लगा बल्कि मुझे उस पर कुछ तरस भी आ गया। जिस आदमी ने मेरे ऊपर एक झटके में सैकड़ों रुपये न्यौछावर कर दिये हों, ऐसे भले आदमी के लिए मेरा भी कुछ फ़र्ज़, धर्म और कर्तव्य बनता है कि मैं भी उसके लिए कुछ करूँ। मैंने बिना एक पल गँवाये कह दिया कि यह तो मेरे बायें हाथ का खेल है। चूँकि वर्मा जी मेरे इस बायें हाथ के खेल से भली-भाँति परिचित थे, इसलिए सुनते ही उनकी आँखें चमक उठीं।

उसी दिन मैंने चाय-पार्टी वाले समारोह की एक छोटी-सी ख़बर बनायी और शाम को जाकर कुछ समाचार-पत्रों में दे आया। बल्कि *सान्ध्य टाइम्स* में जाकर मित्र महेश दर्पण के तो हाथ में दे दी। कहीं और यह ख़बर छपे या ना छपे लेकिन *सान्ध्य टाइम्स* में ज़रूर छप जायेगी—ऐसा मेरा पक्का विश्वास था। अगले दिन सुबह के अख़बारों को मैंने देखा तो चार-पाँच पंक्ति का यह समाचार केवल *राष्ट्रीय सहारा* में ही छपा था लेकिन महेश दर्पण ने मित्रता का लिहाज़ बरतते और लेखकीय धर्म निभाते हुए इसे एक कॉलम में प्रकाशित कर दिया। *सान्ध्य टाइम्स* उन दिनों ख़ूब पढ़ा जाता था। दरियागंज स्थित ज़्यादातर प्रकाशक इसे मँगवाते थे। चूँकि *राष्ट्रीय सहारा* कार्यालय के पुस्तकालय में आता था इसलिए मैंने इस ख़बर को वर्मा जी को जाकर दिखाया, तो देखते ही उनकी बाँछें खिल गयीं। पुरानी दिल्ली की सांस्कृतिक पहचान और अधिकतर पुराने शौक़ीनों में से एक वर्मा जी ने, तुरन्त अपने पहाड़ी धीरज वाले मकान के नीचे स्थित पनवाड़ी का तम्बाकू वाला ख़ुशबूदार पान का बीड़ा मेरे सामने पेश कर दिया। मैंने वर्मा जी और पुरानी दिल्ली का सम्मान करते हुए बीड़े को बड़ी अदा से खोला और उसमें छिपे पान को कल्ले में दबा लिया। कल्ले में पान के दबते ही मैं अपने आपको काफ़ी हल्का महसूस करने लगा था, क्योंकि अपने बायें हाथ का करतब दिखाते हुए मैंने वर्मा जी का क़र्ज़ जो उतार दिया था।

उसी शनिवार को दोपहर बाद मैं दरियागंज की तरफ़ रवाना हो गया। उन दिनों मेरी ज़्यादातर शामें दरियागंज में ही बीतती थीं। पालम गाँव से अम्बेडकर स्टेडियम (पहले अम्बेडकर स्टेडियम की जगह बसों के माथे पर दिल्ली गेट का बोर्ड टँगा होता था) तक चलने वाली 770 रूट की बस से उतरकर सबसे पहले मैंने *हंस* की तरफ़ रुख़ किया। पहले ही किसी के अच्छे-ख़ासे, भारी-भरकम उपन्यास के आने से, वह भी राधाकृष्ण प्रकाशन से प्रकाशित, उसकी चाल में लोच, लचक और थोड़ा-सा बाँकपन आना स्वाभाविक है। इसी बाँकपन के साथ *हंस* के कार्यालय में प्रवेश करने के बाद, सामने पाइप खींच रहे राजेन्द्र यादव के सामने मैं जाकर खड़ा ही हुआ था कि एक ज़ोरदार कश लेते हुए वे बोले, "आओ, तो तुम भी निक्करधारी ही निकले!"

राजेन्द्र जी का इतना कहना था कि मैं जैसे तड़ाक से ज़मीन पर गिरते-गिरते बचा। मेरा सारा लोच, लचक और बाँकपन एक झटके में ग़ायब हो गया। मुझे उनके इस वाक्य का अर्थ समझने में पलभर की भी देरी नहीं लगी। मैं समझ गया कि वर्मा जी का क़र्ज़ उतारने और उसके प्रति अपना फ़र्ज़, धर्म और कर्तव्य आदि-आदि निभाने के फ़ितूर में मेरी सारी कमाई और साख, जिसकी क़ायदे से अभी शुरुआत भी नहीं हुई थी, मुझे मिट्टी में मिलती नज़र आने लगी। बमुश्किल मैंने अपने आपको संयत किया और उन्हें एक तरह से सफ़ाई देते हुए बोला, “ताऊ जी, (अरुण प्रकाश जी, अरविन्द जैन और मैं राजेन्द्र यादव जी को ताऊ कहते थे) ऐसा नहीं है जैसा आप समझ रहे हैं। दरअस्ल, यह दफ़्तर की एक छोटी-सी चाय-पार्टी थी। पार्टी देने वालों ने बोर्ड की अध्यक्ष होने के नाते मृदुला सिन्हा जी को भी आमन्त्रित कर लिया था।”

मेरी इस सफ़ाई पर राजेन्द्र जी कुछ नहीं बोले। शायद वे मेरी बेवकूफ़ी को समझ चुके थे। लेकिन सवाल यह है कि उनके समझने से क्या, उसका क्या होगा जो समाचार-पत्रों में छप चुका है। यहाँ से निकल मैं बोझिल क़दमों से राजकमल प्रकाशन की तरफ़ निकल गया। उपन्यास की कुछ प्रतियाँ जो लेनी थीं। राजकमल गया तो अशोक माहेश्वरी भी शिकायत करने लगे कि आपने बिना हमसे पूछे इसका विमोचन क्यों करा लिया। हमसे कहते हम अच्छे तरीक़े से करवा देते। मैंने अशोक जी को भी जब वही बात बतायी, तब वे बोले कि वो सब तो ठीक है मोरवाल जी लेकिन इसका समाचार नहीं छपवाना था।

मगर नासमझी और बेवकूफ़ी के तरकश से जो तीर निकलना था, वह निकल चुका था। मगर यह सच्चाई भी किसी से छिपी हुई नहीं है कि कैसे और किन लेखकों की पुस्तकों का भव्य लोकार्पण और उन पर प्रायोजित तरीक़े से चर्चाएँ कराई जाती हैं। अपनी रचनाओं या पुस्तकों के पाठ्यक्रमों में शामिल होने से लेकर इन पर जितनी भी चर्चाएँ या उनका प्रचार हुआ है, वह सब मेरी मेहनत का परिणाम है। अब कोई इस सत्य और तथ्य को स्वीकार करने के लिए तैयार नहीं है, तो इसमें मेरा कोई दोष नहीं है।

बहरहाल, धीरे-धीरे कुछ वरिष्ठ लेखकों/आलोचकों को कुछ मेरी और कुछ को प्रकाशक की तरफ़ से उपन्यास पहुँचने लगा। राजेन्द्र यादव जी ने भी इसे मँगवाया और सचमुच इसे पढ़ा। उपन्यास जैसे-जैसे पढ़ा जाने लगा राजेन्द्र जी की मेरे बारे में पनपी थोड़ी-सी निक्करधारी वाली धारणा और प्रकाशक होने के नाते अशोक माहेश्वरी का डर ख़त्म होता चला गया। उपन्यास की ज़ोरों से चर्चा होने लगी।

इसी बीच मैंने अपने प्रयास और निजी सम्बन्धों के बूते मेवात में काम करने वाली एक स्वयंसेवी संस्था *मेवात डेवलपमेंट सोसाइटी* और उन दिनों बहुत सक्रिय राजेन्द्र प्रसाद अकादमी, नयी दिल्ली के संयुक्त तत्त्वावधान में अकादमी के मिनी कॉन्फ्रेंस हाल में *काला पहाड़* पर एक गोष्ठी करवाने की योजना बनायी। राजेन्द्र प्रसाद अकादमी ने जहाँ गोष्ठी के लिए स्थान उपलब्ध कराया, वहाँ मेवात में काम करने वाली इस स्वयंसेवी संस्था ने इसका चाय-समोसे का ख़र्चा वहन किया। इस तरह *हंस* के सम्पादक राजेन्द्र यादव जी की अध्यक्षता में 10 दिसम्बर, 1999 (शुक्रवार) को अपराह्न *काला पहाड़* पर एक चर्चा का आयोजन किया गया। इसमें वरिष्ठ आलोचक सुधीश पचौरी, डॉ. अजय तिवारी, डॉ. प्रेमसिंह, अरविन्द जैन, पत्रकार और उन दिनों राजकमल प्रकाशन में कार्यरत चन्द्रभूषण ने उपन्यास पर अपनी-अपनी बात रखी। गोष्ठी में जवाहरलाल नेहरू विश्वविद्यालय के प्रोफ़ेसर और इतिहासकार इम्तियाज़ अहमद, वरिष्ठ कवयित्री अनामिका, संजय सहाय, दूर्वा सहाय, महेश दर्पण, सुरेश भट्ट, नानक चन्द, सुभाष अखिल और महेन्द्र मिश्र सहित कई लेखक/बुद्धिजीवी उपस्थित थे। संचालन हीरालाल नागर ने किया।

डॉ. सुधीश पचौरी ने अपने सम्बोधन में कहा, *'इसका सम्पादन होता तो यह रचनाकार के क्षेत्र में एन्क्रोचमेंट होता। अपरिचित क्षेत्र से परिचित कराने की कोशिश में रचनाकार जो दे रहा है, वह एक नये संसार की जानकारी है। उसमें अनगढ़पन होगा ही।'*

आलोचक डॉ. अजय तिवारी का कहना था, *'यह मेवात का उपन्यास है। प्रकारान्तर से यह एक राजनीतिक उपन्यास है।'* जबकि डॉ. प्रेम सिंह ने कहा, *'उपन्यास स्मृतियों के सहारे लिखा गया है। जीवन सामग्री का ख़ूब उपयोग किये जाने के बावजूद बीच-बीच में गैप रह गये हैं।'* वहीं स्त्री-विमर्श के सशक्त हस्ताक्षर और अधिवक्ता अरविन्द जैन ने उपन्यास को साहित्य एवं संस्कृति के ज़रिये राजनीतिक लड़ाई बताया। दिल्ली से सिर्फ़ 70 किलोमीटर दूर मेवात के लोगों के हालात देखकर हैरानी होती है कि कैसे ये लोग रह रहे हैं। युवा कवि-पत्रकार चन्द्रभूषण ने उपन्यास में आये विवरणों की तारीफ़ की। उनके अनुसार यह उपन्यास प्रश्न खड़े करता है, यह इसकी विशेषता है।

अन्त में गोष्ठी के अध्यक्ष अर्थात *हंस* के सम्पादक राजेन्द्र यादव ने उपन्यास पर अपने विचार व्यक्त करते हुए कहा, *'विगत कुछ दशकों में उपन्यास शिल्प में कई विधाओं का मिश्रण एक शक्तिशाली विधा के रूप में उभरा है जिसे हम परम्परा व उपन्यास कला शिल्प की कसौटी के कारण न स्वीकार कर पा रहे हैं और न ही समझ पा रहे हैं। मैथिलीशरण गुप्त से लेकर अब तक*

'क्या से क्या' हो गया के परिवर्तन को लेकर हम सिर्फ़ हाय-हाय करते आ रहे हैं। इनमें होने वाले परिवर्तनों, बदलते प्रतिमानों पर गम्भीरता से विचार करने की ज़रूरत है। इधर लगभग दो दशकों से उपन्यासों में पुराने मूल्य व आस्थाएँ, आधुनिकीकरण व वैश्वीकरण के कारण ख़त्म होती जा रही हैं। यह विकास गति या मूल्यों का ह्रास है, इसे रोकने या स्वीकारने पर विचार करने की आवश्यकता है। आंचलिक उपन्यासों में परिचय देने की मनोवृत्ति के कारण प्रायः लेखक की अतिरिक्त चेतना बनी रहती है। सम्भवतः यही कारण है कि इसमें सूचनात्मकता, विवरणात्मकता व वृत्तचित्रों का अतिशय समावेश हो जाता है। लेकिन उपन्यास 'काला पहाड़' गहरी आत्मीयता से लिखा गया उपन्यास है। इसमें उपन्यास का नया रूप सामने आता है। बस, उपन्यास में विवरण बहुलता और पारिवारिक सम्बन्धों के अभाव खटकते हैं।'

इसके अलावा उन्होंने कुछ प्रतिकूल टिप्पणियाँ भी कीं।

जहाँ तक मेरे उपन्यासों में विवरण बहुलता का प्रश्न है, यह बहुलता बहुत से पाठकों को भी खटकती है। हालाँकि मेरा दूसरा उपन्यास *बाबल तेरा देस में* (2004) भी *काला पहाड़* की तरह बड़ा उपन्यास है। इन्हीं उपन्यासों के मद्देनज़र एक बार राजेन्द्र यादव जी ने मुझसे कहा था कि *तुम अपने उपन्यासों में इतना विवरण देते हो कि उनमें रह गये झोल पाठक की पकड़ में नहीं आते हैं।*

अगर एक लेखक के रूप में मुझसे पूछा जाये तो इस टिप्पणी को मैं एक लेखक का रचनात्मक कौशल मानता हूँ। अगर विवरणात्मकता या इतिवृत्तात्मकता इतनी रोचक और पठनीय है कि पाठक उसमें उलझता चला जाता है, तो इसे मैं एक लेखक की सफलता और उसकी उपलब्धि मानता हूँ।

अध्यक्ष के बाद हालाँकि किसी भी वक्ता को बोलने की अनुमति नहीं दी जाती है, लेकिन बावजूद इसके मुझसे अपने इस उपन्यास के बारे में कुछ शब्द कहने के लिए कहा गया। जब मुझे कुछ बोलने की अनुमति दी गयी, तो उपन्यास के बजाय मैं अध्यक्ष राजेन्द्र यादव की प्रतिकूल टिप्पणियों का तमतमाते हुए अभी जवाब देने ही वाला था कि सुधीश पचौरी जी भाँप गये कि मुआ यह लड़का ज़रूर रायता फैलायेगा। उन्होंने तुरन्त अपने बग़ल में बैठे अरविन्द जैन को दाँत पीसते हुए फुसफुसाकर कहा, "जैन साब, जल्दी जा...रोक इस लड़के को!"

अरविन्द जैन भी स्थिति की गम्भीरता को तुरन्त समझ गये, वे अपनी सीट से उठकर तेज़ी से मेरे पास आये और कान के पास अपना मुँह लाकर फुसफुसाया, "अबे तू यह क्या कर रहा है। चुप कर!"

मुझे जैसे होश आया। मैंने तुरन्त अपने आपको सँभाला और बात पलटते हुए छोटे-से वक्तव्य के साथ सभी का आभार व्यक्त कर, अपनी बात समाप्त कर दी। बाद में अरविन्द जैन ने सुधीश जी के सामने हँसते हुए मुझसे कहा, "बेटा, आज काण्ड हो जाना था।"

सुधीश जी बोले, "मैं तो इसका चेहरा ही देखकर समझ गया कि यह लड़का सींग घुसाये बिना मानेगा नहीं। इसलिए मैंने जैन साब तुझसे कहा कि जल्दी जाकर इस लड़के को रोक।"

मैं अपनी उसी तरह की नादानी बल्कि कहिए बेवकूफ़ी के चलते, अपना नाश करने से बच गया, जो मैं पिछले दिनों लगभग करा चुका था। मुश्किल से राजेन्द्र यादव नाम की जिस गाड़ी को पटरी पर लाया था, वह पटरी उतरते-उतरते रह गयी। यह तो पाठकों का उपन्यास पर भरोसा था वरना इसमें थोड़ा-सा भी उन्नीस-बीस हो जाता, तो मैं काम से जा चुका था।

इस बीच उपन्यास की अच्छी-ख़ासी चर्चा होने लगी। उन दिनों दिसम्बर महीने के अन्तिम रविवार या जनवरी के प्रथम रविवार को, हिन्दी के दैनिक समाचार-पत्रों तथा साप्ताहिक और मासिक पत्रिकाओं में उस साल प्रकाशित हुई महत्त्वपूर्ण पुस्तकों के बारे में बड़े भव्य रूप से एक सर्वेक्षण जैसा प्रकाशित होता था। इनमें हिन्दी के पाठकों को जिस समाचार-पत्र के सर्वेक्षण का बड़ी बेसब्री से इन्तज़ार रहता था, उनमें *जनसत्ता* शीर्ष पर था। इसी *जनसत्ता* में वर्ष 1999 में प्रकाशित उल्लेखनीय पुस्तकों पर वरिष्ठ कवि राजेन्द्र उपाध्याय का सूचनात्मक लेख छपा था। साल 1999 में प्रकाशित जिन उल्लेखनीय उपन्यासों पर वरिष्ठ कवि ने अपनी नज़र इनायत की, उनमें *काला पहाड़* भी था। ऐसे अवसरों पर एक परम्परा यह रही है कि इन पुस्तकों के बारे में एकाध पंक्तियाँ देनी पड़ती हैं। इसलिए हमारे वरिष्ठ कवि ने *काला पहाड़* के बारे में लिखा था—*काला पहाड़ उपन्यास पहाड़ी जीवन पर लिखा गया महत्त्वपूर्ण उपन्यास है।*

कुछ दिनों बाद एक साहित्यिक आयोजन में मैं अग्रज कथाकार और *डूब* जैसे अप्रतिम उपन्यास के लेखक वीरेन्द्र जैन के साथ खड़ा था। इसी बीच देखा कि सामने से अपने वरिष्ठ कवि राजेन्द्र उपाध्याय आ रहे हैं। वीरेन्द्र जैन ने राजेन्द्र उपाध्याय की ओर देखकर मुस्कराते हुए कहा, "मोरवाल लो, काला पहाड़ को पहाड़ी जीवन पर लिखा गया उपन्यास बताने वाला कवि भी आ गया।"

राजेन्द्र उपाध्याय समझ गये कि हम दोनों उसी के बारे में बात कर रहे हैं। इसलिए वे हमारे पास ही आ गये। अपने खरेपन के लिए बदनाम वीरेन्द्र जैन ने उसके आते ही कहा, "उपाध्याय जी, लिखने से पहले कम-से-कम उपन्यास को देख तो लेते। मेवात की पृष्ठभूमि पर लिखा गया उपन्यास पहाड़ी जीवन

पर लिखा गया होगा? किसी शीर्षक में पहाड़ आने से कोई भी उपन्यास पहाड़ी जीवन का उपन्यास हो जायेगा?"

"मोरवाल जी ने मुझे उपन्यास भेजा ही नहीं।" राजेन्द्र उपाध्याय ने सफ़ाई देने की कोशिश की।

"अगर आपको कोई किताब नहीं देगा तो आप उसके बारे में कुछ भी लिख दोगे?" वीरेन्द्र जैन ने राजेन्द्र उपाध्याय को लगभग डाँटते हुए कहा।

इसके बाद राजेन्द्र उपाध्याय वहाँ से चले गये।

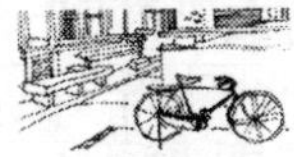

यह शायद जनवरी 2000 का महीना था। रविवार का दिन था। सुबह के ग्यारह बज रहे होंगे। इसी बीच हमारा लैंडलाइन फोन घनघनाया। फोन पत्नी ने उठाया। मैं दूसरे कमरे में था। पत्नी ने आकर बताया कि भोपाल से फोन है। मैंने कान से रिसीवर लगाकर हेलो किया तो उधर से आवाज़ आयी, "भई मोरवाल मैं भोपाल से कमला प्रसाद बोल रहा हूँ। मुझे जानते हो?"

"नमस्कार सर...हाँ सर, आप भोपाल से *वसुधा* पत्रिका निकालते हैं।" सचमुच मैं कमला प्रसाद जी को जितना जानता था उतना बता दिया।

"भई, पहले तो बहुत-बहुत बधाई।"

"सर किस बात की?" मैंने साँस रोकते हुए पूछा।

"अरे आपने बहुत अच्छा उपन्यास लिखा है।"

"सर आपको कहाँ से मिला?"

"यार इसे छोड़ो। वैसे एक बात कहूँ मोरवाल कि मैं ज़िन्दगी में सिर्फ़ दो उपन्यास पढ़कर रोया हूँ—एक गोदान के होरी की दशा पढ़कर और दूसरा तुम्हारे काला पहाड़ के सलेमी की दशा पढ़कर।"

मैं चुपचाप दूसरी तरफ़ से कान में पड़ने वाले शहद में लिपटे शब्दों को सुनता रहा।

"इसलिए सोचा मैं तुम्हें फोन से बधाई दे दूँ। अच्छा नमस्कार।" इसके बाद फोन कट गया।

अगर मेरी जगह आप होते तो इस फोन को सुनने के बाद आपकी क्या स्थिति होती, मुझे शायद बताने की ज़रूरत नहीं है। मैं आज भी किसी मित्र को इस प्रसंग के बारे में बताता हूँ, तो उसे इसमें अतिशयोक्ति लगती है लेकिन यह सच है। एक मज़ेदार तथ्य और कि *काला पहाड़* के प्रथम और दूसरे सजिल्द संस्करण के फ्लैप पर जहाँ लेखक का परिचय होता है, उसमें आपको दो जानकारियाँ नहीं मिलेंगी—एक उपन्यास का लेखक क्या करता है और

दूसरा वह कहाँ रहता है, यानि लेखक का पता और वह किस काम-धन्धे से जुड़ा है, ये दोनों जानकारियाँ परिचय में नहीं दी गयीं। अब इसका क्या अर्थ लगाया जाये? क्या लेखक से ये दोनों जानकारियाँ अनजाने में छूट गयी थीं, या इन्हें जानबूझकर छोड़ दिया गया था। सच तो यह है कि इन दोनों जानकारियों को मैंने यह सोचकर छोड़ दिया था कि अगर उपन्यास को कुछ पाठकीय स्वीकार्यता मिलती है, तो मैं आगे लिखना-पढ़ना जारी रखूँगा वरना क्यों साहित्य-वाहित्य में अपना समय बर्बाद करूँ। हालाँकि इनमें से एक सूचना अर्थात मेरा पता ना होने के कारण मुझे नुक़सान यह हुआ कि जो पाठक मुझसे सम्पर्क करना चाहते थे, वे नहीं कर पाये। अलवर के वरिष्ठ लेखक सुरेश पण्डित जी भी इसीलिए मुझसे चाहते हुए सम्पर्क नहीं कर पाये। पिछले 40 सालों से दिल्ली में रहने के बावजूद बहुत से पाठक मेरे बारे में यही समझते हैं कि मैं मेवात में ही रहता हूँ। हालाँकि यह बात अलग है कि पिछले चार दशकों से दिल्ली में रहने के बावजूद मैं आज तक दिल्ली वाला नहीं बन पाया।

उन्हीं दिनों राजस्थान के अलवर में मेरे बहनोई की असामयिक मृत्यु हो गयी थी। तब लम्बे अन्तराल के बाद मुझे इस दुःखद घटना के चलते कई बार अलवर जाना पड़ा था। अलवर शहर से मेरा बड़ा ही आत्मीय अनुराग और लगाव रहा है। यहाँ के पुराने लोगों में जुगमन्दिर तायल जी, जीवन सिंह मानवी जी, भागीरथ भार्गव, हरिनारण सैनी जी, कवि अनिल गंगल, ईशमधु तलवार, बलवन्त चौधरी (अब बलवन्त तक्षक), वरिष्ठ रंगकर्मी अशोक राही, पत्रकार कपिल भट्ट, कॉमरेड मुंशी ख़ाँ से मेरा पहले से परिचय था।

इसी दौरान मैं दिसम्बर के अन्त में एक बार अलवर गया तो जुगमन्दिर तायल जी के घर ऐसे ही मिलने चला गया। क्योंकि बहुत दिन क्या बल्कि कई साल बाद मेरा अलवर जाना हुआ था। मैं उनके घर पहुँचा तो मुझे देखकर उन्हें बड़ी ख़ुशी हुई। इससे पहले *काला पहाड़* की ये लोग चर्चा सुन चुके थे।

बातों-बातों में तायल साहब ने बताया कि यार मोरवाल तुम्हारे उपन्यास की सुरेश पण्डित जी बड़ी तारीफ़ कर रहे थे। पण्डित जी ने जब मुझे और जीवन सिंह जी को बताया कि किसी भगवानदास मोरवाल ने मेवात पर एक उपन्यास लिखा है, तब हमने बताया कि उसे तो हम जानते हैं। लेकिन पिछले कई सालों से उसका कोई अता-पता नहीं है। मैंने इससे पहले कभी सुरेश पण्डित का नाम नहीं सुना था, मिलना तो दूर रहा। बैठे-बैठे तायल साहब ने जीवन सिंह जी और सुरेश पण्डित जी को फोन किया और उन्हें मेरे आने की सूचना दी। फोन पर ही अगले दिन सुबह तायल साहब के घर पर उनसे मिलने का समय तय हो गया। अगले दिन मैं फिर गया। मुझे जब यह बताया गया कि ये सुरेश

पण्डित जी हैं, मैं उन्हें देखता रहा गया। वह इसलिए कि नाम से मैं उन्हें कोई युवा समझ रहा था मगर ये तो लगभग बुज़ुर्ग व्यक्ति निकले। बातें होती रहीं और बातचीत के दौरान सुरेश पण्डित जी ने *काला पहाड़* प्राप्त करने की यह मज़ेदार घटना बतायी।

उन दिनों व्यंग्यकार यशवन्त व्यास जयपुर से प्रकाशित दैनिक *नवज्योति* में कार्यरत थे। यशवन्त व्यास से सुरेश पण्डित जी का पहले से परिचय था और वे नियमित रूप से *नवज्योति* के लिए समीक्षाएँ लिखते थे। नवम्बर 1999 के आख़िरी दिनों में पण्डित जी जयपुर गये हुए थे। वहीं वे यशवन्त व्यास के पास चले गये। वहाँ जाकर उन्होंने यशवन्त से समीक्षार्थ पुस्तकें माँगीं, तो यशवन्त व्यास ने उनके सामने छह-सात पुस्तकें रख दीं कि इनमें से जो उन्हें लेनी हो, ले लें। पण्डित जी उन किताबों को देखने लगे तो उनकी नज़र *काला पहाड़* शीर्षक वाली एक पुस्तक पर पड़ी। चूँकि वे जानते थे कि अलवर और आसपास के इलाक़े में अरावली को काला पहाड़ कहते हैं, तो वे उसके पन्ने पलटने लगे। पन्ने पलटने के दौरान उनकी नज़र जगह-जगह इस्तेमाल किये गये मेवात शब्द पर पड़ी, तो उनकी जिज्ञासा और बढ़ गयी। फिर उन्होंने इसके कुछ संवाद पढ़े तो उन्हें अब मज़ा आने लगा, क्योंकि संवाद ठेठ मेवाती में थे। इसके बाद सुरेश पण्डित जी ने सामने पड़ी किताबों में से *काला पहाड़* उठाकर बाक़ी की किताबें लौटा दीं। यशवन्त व्यास यह देखकर हैरान रह गया कि इससे पहले जहाँ सुरेश पण्डित जी कई किताबें समीक्षा के लिए ले जाते थे, इस बार उन्होंने सिर्फ़ यही एक किताब चुनी।

सुरेश पण्डित जी ने उपन्यास *काला पहाड़* कितनी तत्परता से पढ़ा होगा, इसका अनुमान इसी से लगाया जा सकता है कि जयपुर से प्रकाशित इसी दैनिक *नवज्योति* के 12 दिसम्बर, 1999 (रविवार) के अंक में *काला पहाड़ : एक अनछुई संस्कृति की महागाथा* शीर्षक से लिखी उनकी लम्बी समीक्षा प्रकाशित हुई। यह समीक्षात्मक लेख डॉ. लोकेश कुमार गुप्ता के सम्पादन में शिल्पायन पब्लिशर्स एंड डिस्ट्रीब्यूटर्स, दिल्ली द्वारा प्रकाशित पुस्तक *लोकमन का सिरजनहार : भगवानदास मोरवाल* में भी संकलित है।

जुगमन्दिर तायल जी के घर पर ही यह निर्णय लिया गया कि क्यों न अलवर में इस उपन्यास पर एक गोष्ठी रखी जाये। इस गोष्ठी को लेकर सबसे अधिक उत्साहित सुरेश पण्डित जी ही थे। जबकि इस आयोजन की ज़िम्मेदारी भागीरथ भार्गव जी ने सँभाली थी। भागीरथ भार्गव जी जब तक जीवित रहे अलवर साहित्यिक और सांस्कृतिक आयोजनों से गुलज़ार रहता था। *साहित्य संगम* नाम की संस्था के बैनर तले भार्गव जी ने न जाने कितने साहित्यिक आयोजन किये।

आज अलवर में बहुत से शहरों की तरह भागीरथ भार्गव जैसे समर्पित भाव के आयोजकों के अभाव में यहाँ साहित्यिक आयोजन न के बराबर होते हैं। हालाँकि बाद में कॉमरेड मुंशी ख़ाँ ने *मेवाती साहित्य अकादमी* के द्वारा कुछ करने का प्रयास किया लेकिन उनकी कुछ सीमाएँ थीं। दूसरा वे असमय हमसे जुदा हो गये।

काला पहाड़ पढ़ने और दैनिक *नवज्योति* में समीक्षा लिखने के बाद सुरेश पण्डित जी ने मुझे खोजना शुरू कर दिया। इसी दौरान अलवर की *दलित साहित्य अकादमी* नाम की संस्था द्वारा आयोजित एक गोष्ठी, जिसमें उन्हें भी आमन्त्रित किया गया था, मेरे नाम और उपन्यास की उन्होंने वहाँ चर्चा कर दी। दलित साहित्य अकादमी से जुड़े जिस व्यक्ति से सुरेश पण्डित ने चर्चा की, पता नहीं पण्डित जी ने सिर्फ़ भगवानदास कहा या सुनने वाले ने सिर्फ़ भगवानदास सुना, उसने सुरेश पण्डित जी से कहा कि भगवानदास जी को तो मैं जानता हूँ। दिल्ली में रहते हैं। बस फिर क्या था, इतना सुनते ही सुरेश पण्डित जी ने उस व्यक्ति से भगवानदास का पता लिया और एक दिन पहुँच गये दिल्ली में उनके घर। भगवानदास जी से उनकी बातचीत हुई और बातचीत में ही पण्डित जी ने अपने आने का प्रयोजन बताते हुए कहा कि मैंने आपका उपन्यास *काला पहाड़* पढ़ा है। इसलिए आपसे मिलने चला आया। भगवानदास जी ने इस पर कोई प्रतिक्रिया व्यक्त नहीं की। सुरेश पण्डित जी ने ख़ुद मुझसे कहा था कि बातचीत के दौरान उन्होंने एक बार भी नहीं बताया कि यह उपन्यास उनका नहीं है। पण्डित जी भगवानदास जी से मिलकर आ गये, तब बाद में उन्हें मालूम हुआ कि वे जिससे मिलने दिल्ली गये थे, वह वो भगवानदास मोरवाल नहीं था जिसने *काला पहाड़* लिखा है बल्कि जिस भगवानदास से वे मिलकर आये थे, वे एक बुज़ुर्ग दलित लेखक थे। विदित है कि 2007 में प्रकाशित दलित आत्मकथा *मैं भंगी हूँ* के लेखक यही भगवानदास जी थे। वर्ष 2010 में 83 साल की उम्र में इनका देहान्त हो गया था।

जब सुरेश पण्डित जी ने मुझे इस घटना के बारे में बताया तब मैंने उनसे कहा कि उन भगवानदास जी को तो सब जानते हैं कि वे दलित लेखक हैं, आप उन्हें कैसे नहीं जानते? इसके बाद सुरेश पण्डित जी से मेरी घनिष्ठता बढ़ती चली गयी। बाद में वे मुझे एक बार अपने साथ उदयपुर और एक बार लाडनूं लेकर गये थे। राजस्थान के उदयपुर शहर से प्रकाशित होनेवाले महावीर समता *सन्देश,* पश्चिम क्षेत्र सांस्कृतिक केन्द्र और आस्था संस्थान के संयुक्त तत्त्वावधान में 20 मार्च, 2005 को आयोजित पाँचवें *समता लेखक सम्मेलन* के समापन सत्र में मुझे मुख्य वक्ता के रूप में आमन्त्रित किया गया था। इस सम्मेलन में वरिष्ठ

आलोचक शिव कुमार मिश्र, ओम प्रकाश वाल्मीकि, वेद व्यास, बजरंग बिहारी तिवारी, नन्द चतुर्वेदी, सुरेश पण्डित और हिमांशु पंड्या सहित अनेक स्थानीय बुद्धिजीवियों को आमन्त्रित किया गया था। *महावीर समता सन्देश* के 26 मार्च, 2005 के अंक में प्रकाशित रिपोर्ट के अनुसार मुख्य वक्ता के रूप में मैंने कहा था, '*वर्तमान और भविष्य के सवालों से जूझकर ही दलित साहित्य सही परिप्रेक्ष्य प्राप्त कर सकता है।*'

इस तरह *साहित्य संगम, मेवाती साहित्य अकादमी* और *पाठक मंच* के संयुक्त तत्त्वधान में 6 फ़रवरी, 2000 रविवार के दिन, अलवर के सामान्य चिकित्सालय परिसर में स्थित मेडिकल एसोसिएशन सभागार में उपन्यास पर चर्चा गोष्ठी तय हो गयी। अपने क्षेत्र मेवात को केन्द्र में रखकर लिखे गये इस उपन्यास *काला पहाड़* को लेकर अलवर शहर और आसपास के मेवाती बुद्धिजीवियों में किस तरह उत्साह था, इसको इसी से समझा जा सकता है कि जिस दिन गोष्ठी होनी थी, सुबह स्थानीय समाचार-पत्र *अरुणप्रभा* और *राजस्थान टाइम्स* ही नहीं; दैनिक *भास्कर, राजस्थान पत्रिका* और दैनिक *नवज्योति* के स्थानीय संस्करणों में तीन-तीन कॉलम में *उपन्यासकार मोरवाल का सम्मान व 'काला पहाड़' पर गोष्ठी आज, 'काला पहाड़' के लेखक का अभिनन्दन समारोह आज, 'काला पहाड़' पर गोष्ठी आज, लेखक मोरवाल का अभिनन्दन आज* शीर्षक से प्रमुखता से समाचार छपे हुए थे।

इस समारोह में अलवर के स्थानीय लेखक श्रीमती अंजना अनिल व महेन्द्र सिंह महलान द्वारा सम्पादित *राजस्थान का लघु संसार* का भी लोकार्पण किया गया। श्रीमती शैल हल्दिया के कहानी संग्रह तथा श्रीमती शान्ति राजपाल के कविता संग्रह की पाण्डुलिपियों को राजस्थान साहित्य अकादमी की ओर से प्रकाशन सहयोग के लिए चयनित होने पर, उनका भी अभिनन्दन करने के साथ वरिष्ठ आलोचक-कवि डॉ. जीवन सिंह जी की पुस्तक *कविता और कविकर्म* के प्रकाशन पर बधाई दी गयी।

रविवार होने के कारण खचाखच भरे मेडिकल एसोसिएशन के सभागार में मेवाती संस्कृति प्रेमियों और स्थानीय लेखकों की उपस्थिति में वरिष्ठ कथाकार अशोक शुक्ल, सुरेश पण्डित, डॉ. जीवन सिंह, जुगमन्दिर तायल, रेवती रमण शर्मा, हरिश्चन्द्र गोयल, लार्ड सन्नू ख़ाँ मेवाती, कॉमरेड मुंशी ख़ाँ, हरिनारायण सैनी ने विस्तार से अपने विचारे रखे थे।

उस दिन आज के दीन दयाल उपाध्याय मार्ग स्थित, गाँधी शान्ति प्रतिष्ठान में वर्ष 2002 का *रमाकान्त स्मृति कहानी पुरस्कार* समारोह था। हर साल की तरह 2 दिसम्बर, 2002 की शाम को इसी दिन (2 दिसम्बर, 1931) जन्मे महत्त्वपूर्ण कथाकारों में से एक रमाकान्त की स्मृति में दिया जाने वाला पुरस्कार। यह पाँचवाँ पुरस्कार था (पहला 1998 में दिया गया था) जो एकदम युवा कथाकार नीलाक्षी सिंह को प्रदान किया गया था। बीच-बीच में गाँधी शान्ति प्रतिष्ठान के पीछे आती-जाती रेलगाड़ियों के तेज़ हॉर्न के बीच धीरे-धीरे लोगों की संख्या बढ़ने लगी थी। मैं सबसे पहली पंक्ति में बैठे राजेन्द्र यादव जी की बग़ल वाली सीट पर जाकर बैठ गया। मेरे बैठते ही उन्होंने बेहद धीमी आवाज़ में पूछा, "देख लिया?"

कुछ अन्दर की चिल्ल-पों और कुछ समारोह के शुरू होने की वजह से मैं अच्छी तरह नहीं सुन पाया कि वे किसके बारे में पूछ रहे हैं। फिर भी मैंने ऐसे ही सर हिला दिया।

फिर वे बोले, "लोग बड़े नाराज़ हो रहे हैं।"

मैंने इस पर कोई प्रतिक्रिया व्यक्त नहीं की। समारोह समाप्त होने के बाद जब मैंने उनसे पूछा कि आप किसको देखने की बात कर रहे थे, तब वे बोले कि मैं *हंस* के नये अंक की बात कर रहा हूँ। मैंने मना कर दिया कि अभी तक नहीं देख पाया हूँ।

इस पर वे बोले, "उसका सम्पादकीय देखना। तुम्हारी वजह से लोग मुझे गालियाँ दे रहे हैं।"

मुझे उत्सुकता हुई कि ऐसा उन्होंने मेरे बारे में क्या लिख दिया जो उनसे लोग नाराज़ हैं? मैंने उसी समय आईटीओ से *हंस* लिया और वहीं से पालम जाने वाली 770 रूट की बस में लौटते समय उसे पढ़ डाला। अब आपकी भी उत्सुकता बढ़ रही होगी कि आख़िर अपने सम्पादकीय में उन्होंने ऐसा क्या लिख दिया?

दरअस्ल, *हंस* के दिसम्बर 2002 के अपने सम्पादकीय जो *मेरी-तेरी उसकी बात* के नाम से जाना जाता था, *रोइए जार-जार क्यूँ?* शीर्षक से अपना सम्पादकीय लिखा था। यह शीर्षक मिर्ज़ा ग़ालिब के इस शे'र से लिया गया था—

ग़ालिबे-ख़स्ता के बग़ैर कौन-से काम बन्द हैं
रोइए ज़ार-ज़ार क्या कीजिए हाय-हाय क्यों।

अपने इस सम्पादकीय में राजेन्द्र यादव एक जगह लिखते हैं—

सदी के अन्त में अचानक ही आने वाले उपन्यास मेरे मन में कुछ दूसरे ही सवाल उठाते हैं। श्रीलाल शुक्ल का 'विश्रामपुर का सन्त', निर्मल वर्मा का 'अन्तिम अरण्य', कृष्णा सोबती का 'समय सरगम', अलका सरावगी का

'कलिकथा : वाया बाईपास' और 'शेष कादम्बरी', चित्रा मुद्गल का 'गिलिगडु', गीतांजलिश्री का 'माई', नागबोडस का 'मैनिफैस्टो', ममता कालिया का 'दौड़', असग़र वजाहत का 'सात आसमान' और भगवानदास मोरवाल का 'काला पहाड़' अनायास याद आने वाले कुछ नाम हैं। और भी होंगे।

इन सभी के नायक मध्यवर्गीय शहरी बूढ़े हैं। 'सात आसमान' और 'काला पहाड़' का कार्य-स्थल गाँव है। मृत्यु के सामने खड़े हुए ये अपनी-अपनी ज़िन्दगियों को टटोलते, और सार्थकता तलाशते हैं। कोई और अधिक सत्ता यानी गवर्नरी न मिलने पर मर रहा है तो कोई अपने अन्त को धार्मिक कर्मकाण्डों और आध्यात्मिक उलटबांसियों से समझना चाहता है। लेकिन सबसे अलग है 'काला पहाड़'—बूढ़ा सलेमी अल्पसंख्यकों और विभाजन की राजनीति में अपने को अचानक लाचार और अप्रासंगिक होने के दुखान्त में मरता है।

अपनी साख के शिखर पर पहुँच चुकी *हंस* जैसी पत्रिका का सम्पादक, वह भी राजेन्द्र यादव जैसा व्यक्ति किसी नये लेखक के, वह भी उसके पहले उपन्यास पर इतनी गहरी और सारगर्भित टिप्पणी करेगा, तो उसे सुहाली नहीं गालियाँ ही मिलेंगी? भला यह क्या बात हुई कि कहाँ कृष्णा सोबती, श्रीलाल शुक्ल, निर्मल वर्मा और कहाँ मेवात जैसे उजड्ड इलाक़े से आया यह पिद्दी न पिद्दी का शोरबा भगवानदास मोरवाल?

जिस दिनों मैं हिन्दी साहित्य में पल्लवित और पुष्पित होने की प्रक्रिया से गुज़र रहा था, उसके उलट केन्द्रीय समाज कल्याण बोर्ड में मेरे जैसे एक अदने से कर्मचारी के ख़िलाफ़ मेरे कार्यालयी कामकाज की आड़ में दुर्रामसंधियों की छोटी-छोटी बारूदी सुरंगें बिछनी शुरू हो गयी थीं। हालाँकि इन सुरंगों की ख़ुदाई 1987 में मेरे बोर्ड की पत्रिका *समाज कल्याण* में आने के दो साल पूरे होते-होते शुरू हो गयी थी। इन सुरंगों की गहराई और बीहड़ता को मेरे वर्ष 1996 से लेकर 2000 तक अर्थात पाँच वर्षों की वार्षिक गोपनीय प्रतिवेदन अर्थात Annual Confidential Reports (1996 के 5 महीने, 1996-97 के 7 महीने, 1997 के 4 महीने, तथा 1998-99, 1999-2000 के पूरे वर्ष) को पढ़कर समझा जा सकता है। जो लोग सरकारी सेवा में हैं या रहे होंगे, वे इस ACR नाम के शब्द से भली-भाँति परिचित होंगे कि किसी सरकारी कर्मचारी के लिए इसका क्या महत्त्व और इसकी नौकरी में क्या भूमिका होती है। हम सब जानते हैं कि किस तरह अंग्रेजों के जमाने से चालू इस ACR रूपी हथियार का

इस्तेमाल स्त्रियों के यौन शोषण से लेकर ईमानदार कर्मचारियों को भ्रष्ट तक बनाने में इस्तेमाल होता है।

उन दिनों जब 1987 में केन्द्रीय समाज कल्याण बोर्ड का कार्यालय संसद मार्ग स्थित जीवन दीप भवन में था, इसी साल मेरी नियुक्ति अगस्त 1987 में बोर्ड की पत्रिका *समाज कल्याण* में प्रस्तुति सहायक के पद पर हुई थी। मुझे यहाँ लाने में उन दिनों पत्रिका के सम्पादक, व्यंग्यकार, उपन्यासकार प्रदीप पन्त ने जो ज़मीन तैयार की वह अविस्मरणीय है। उनके इस अहसान को मैं ताउम्र नहीं भूल सकता। अगर उनकी कृपा मेरे ऊपर नहीं होती, तो मेरी जगह उन दिनों *साप्ताहिक हिन्दुस्तान* में उप सम्पादक के पद पर कार्यरत और मित्र विश्राम वाचस्पति होते। अगर प्रदीप पन्त नहीं चाहते तो मैं आज किसी छोटी-मोटी फेक्ट्री या किसी छोटे-मोटे समाचार-पत्र या पत्रिका में क़लम घसीटता हुआ अपने परिवार का पेट भर रहा होता।

जीवन दीप भवन की जिस मंज़िल के जिस हाल में पत्रिका अनुभाग था उसके पिछले हिस्से में एक-दूसरे से लगे दो कमरों में एक में *समाज कल्याण* और दूसरी तरफ़ *सोशल वेलफेयर* के सम्पादक बैठते थे। मेरी सीट *समाज कल्याण* पत्रिका के सम्पादक के कमरे के बाहर दायीं तरफ़ थी। जबकि मेरे बग़ल में अंग्रेज़ी पत्रिका का प्रस्तुति सहायक बैठता था। दिल्ली के एकदम मध्य में स्थित कनॉट प्लेस से लगी यह ऐसी जगह थी कि हिन्दी के लेखकों का सम्पादक के पास आना-जाना लगा रहता था। सम्पादक के पास जाने का रास्ता मेरे बग़ल से होकर जाता था। अब ऐसा हो ही नहीं सकता कि कोई लेखक सम्पादक से मिलने आये और मुझसे नहीं मिले, या मुझसे मिलने आये और सम्पादक से बिना मिले चला जाये। एक तरह से यह *वहीं बहू का पीसना और वहीं ससुर की खाट* वाली बात हो गयी।

यह अक्टूबर 1989 की बात है। मुझे सम्पादक की ओर से 26 अक्टूबर का एक कार्यालय आदेश दिया गया। इस आदेश में सहायक सम्पादक और प्रस्तुति सहायक यानि मुझे सम्बोधित करते हुए कहा गया था कि पत्रिका का नवम्बर 1989 का अंक अभी तक प्रकाशित होकर नहीं आया है। यह अंक नवम्बर के प्रथम सप्ताह में आ जाना चाहिए। इसके लिए आवश्यक है कि प्रस्तुति सहायक शनिवार 28.10.89 को प्रेस जाकर अन्तिम प्रूफ़ रीडिंग करके आयें।

यह सही है कि यह अंक अब तक प्रेस से छपकर आ जाना चाहिए था लेकिन मुझे याद नहीं कि वह क्यों नहीं आया। समय पर आने से पत्रिका डाक विभाग द्वारा रियायती दरों पर भेजी सकती थी, अन्यथा डाक विभाग से निवेदन

कर डिस्पैच की नयी तारीख़ लेनी पड़ती। लेकिन उसी दिन एक और कार्यालय आदेश दिया गया जिसमें सम्पादक ने पिछले कुछ समय से पत्रिका के अंक देर से आने की बात कही थी। साथ में यह भी लिखा था कि आगामी दिसम्बर का अंक नवम्बर की 24 तारीख़ तक आ जाना चाहिए।

यहाँ तक भी ठीक था लेकिन इस बीच हुआ यह कि पत्रिका के चिट्ठी वाले कॉलम *आपके पत्रों से* के लिए सम्पादक ने पाठकों की आयी चुनिंदा चिट्ठियों को तैयार करने के लिए कहा। मगर न जाने किस पिन्नक में मैंने सम्पादक से इन्हें तैयार करने के लिए मना कर दिया। हालाँकि ऐसा नहीं है कि मैंने इससे पहले इन पत्रों को तैयार नहीं किया था, कई बार किया था। सम्पादक को मैंने बताया यह प्रस्तुति सहायक का काम नहीं है। इस पर सम्पादक ने 10 नवम्बर, 1989 का एक कार्यालय आदेश मुझे थमा दिया। इस आदेश में कहा गया कि भगवानदास मोरवाल, प्रस्तुति सहायक को इस कार्यालय आदेश के साथ 7 पत्र दिये जा रहे हैं। उनके आधार पर वे दिसम्बर 1989 के अंक की *आपके पत्रों से* सामग्री तैयार करें और प्रेस में भेजने से पूर्व श्री नानक चन्द सहायक सम्पादक को दिखायें। श्री मोरवाल को संलग्न पत्र इस स्तम्भ के लिए दिये गये थे किन्तु वे आज इन पत्रों को वापस दे गये कि वे यह काम नहीं करेंगे। यदि वे यह कार्य नहीं करना चाहते हैं, तो वे लिख कर दें।

सम्पादक द्वारा दिये गये किसी भी कार्यालय सम्बन्धी कार्य या आदेश का उल्लंघन करना अनुशासनहीनता है, इस बात का ध्यान रखा जाये। यह कार्य आज ही सम्पन्न होना चाहिए।

इस दौरान पत्रिका की पूर्व सहायक सम्पादक सेवानिवृत्त हो चुकी थीं और नानक चन्द जी को सहायक सम्पादक का कार्य भार सौंप दिया गया। इस बीच नवम्बर 1989 का अंक आ गया। इस अंक में किसी जगह मैंने अपना नाम दे दिया था, इसके बहाने 10 नवम्बर, 1989 को फिर सम्पादक की तरफ़ से एक और कार्यालय आदेश जारी किया गया, जिसमें यह आदेश दिया गया था कि पत्रिका में सम्पादक की अनुमति के बिना सम्पादकीय विभाग का कोई भी सदस्य अपना नाम नहीं देगा। इस 'सदस्य' के बहाने जिसे यह आदेश दिया गया था वह मैं ही था क्योंकि मेरी ही आकांक्षा रहती थी कि मेरा इसमें नाम जाये। उसी दिन शाम को मैंने अपनी मूर्खता के चलते सम्पादक के पिछले आदेश के जवाब में लिखित में दे दिया कि 'आपके पत्रों से' सामग्री तैयार करना मेरे कार्यक्षेत्र में नहीं आता है, क्योंकि प्रस्तुति सहायक का कार्य प्रकाशन सम्बन्धी कार्य देखना है, जो विशुद्ध रूप से एक तकनीकी कार्य है।'

इस तरह एक के बाद एक तेज़ी से घटनाएँ बदलने लगीं। मेरे लिखकर देने के बाद मुझे कुछ अधिकारियों ने समझाया कि तुम्हें लिख कर नहीं देना चाहिए था। मेरे भी यह बात समझ में आ गयी थी किन्तु जो तीर निकलना था, वह निकल चुका था। मैं अपनी समझ से जो भी काम करता, वह उलटा मेरे ही विरुद्ध हो जाता।

इस बीच हुआ यह था कि आगामी दिनों में सम्पादक का प्रमोशन हो जाना था और सहायक सम्पादक का पद भी पहले से ख़ाली था, इसलिए इन दोनों पदों को विज्ञापित कर दिया गया। मैंने भी सहायक सम्पादक पद के लिए आवेदन कर दिया था। ऐसे में मुझे सम्पादक से टकराव नहीं लेना चाहिए था। लेकिन जिस तरह मुझे धीरे-धीरे जाल में फँसाया गया, इसका मुझे जब भान हुआ तब तक बहुत देर हो चुकी थी। सम्पादक इस मौक़े को किसी भी हालत में हाथ से नहीं जाने देना चाहता था। उसने मेरे जवाब के साथ कार्यकारी निदेशक को लिखित में मेरी शिकायत कर दी। दूसरे शब्दों में कहूँ तो सम्पादक ने मेरे सहायक सम्पादक बनने की जो एकाध प्रतिशत गुंजाइश थी उसके मुहाने को कसकर बन्द कर दिया। इसके बाद 23 नवम्बर के कार्यालय आदेश के द्वारा मुझे सूचित किया गया कि इस सम्बन्ध में कार्यकारी निदेशक महोदय से बात हुई थी और उनका आदेश है कि यह कार्य श्री मोरवाल को करना है।

और इस तरह 27 नवम्बर, 1989 का मेरे नाम केन्द्रीय समाज कल्याण बोर्ड की कार्यकारी निदेशक ने मुझे मेमो थमा दिया। इस मेमो में बहुत सारी बातों के अलावा Rule 3 Sub Rule (ii) and (iii) of CCS (Conduct) Rules 1964 के तहत ताजीराते-हिन्द दफ़ा 302, 307 आदि-आदि जैसे संगीन जुर्मवाले अन्दाज़ में, मुझसे 7 दिन के अन्दर मेरे इस कृत्य पर स्पष्टीकरण देने का निर्देश दिया गया। तय समय सीमा में जवाब ना देने की सूरत में मेरे ख़िलाफ़ एक पक्षीय सख़्त कार्रवाई की चेतावनी दी गयी।

मैंने इस मेमो का जवाब देने के लिए उन दिनों बोर्ड के एक अन्य संयुक्त निदेशक, जो प्रशासन सम्बन्धी सर्विस रूल्स के अच्छे जानकार थे, उनका सहारा लिया। उन्होंने सबसे पहले मुझसे यह पूछा कि जब इस बोर्ड में आपको लाने वाले प्रदीप पन्त थे, तो अचानक आप दोनों के बीच यह कड़वाहट क्यों पैदा हुई? मैंने कहा कि सर, यही तो समझ में नहीं आ रहा है कि अचानक वे मुझसे इस तरह क्यों घृणा-सी करने लगे हैं? जैसा कि मैंने ऊपर बताया कि हाल में बोर्ड के कुछ पदों जैसे *समाज कल्याण* पत्रिका के सम्पादक, सहायक सम्पादक ही नहीं; अंग्रेज़ी की पत्रिका *सोशल वेलफेयर* के सहायक सम्पादक तथा एक जन सम्पर्क अधिकारी के पदों को भरने के लिए विज्ञापन जारी किया गया था।

मैंने भी *समाज कल्याण* पत्रिका के सहायक सम्पादक पद के लिए आवेदन किया था। मैंने जब उस संयुक्त निदेशक को बताया कि मैंने भी इस पद के लिए आवेदन किया है, तब वे तुरन्त बोले ठीक है, मैं समझ गया। इसके बाद उन्होंने मुझे कार्यकारी निदेशक द्वारा जारी किये गये मेमो का जवाब लिखवाना शुरू कर दिया।

इस जवाब में उन्होंने बहुत सारी बातों के अलावा एक महत्त्वपूर्ण बात यह लिखवाई कि मैंने जिस दिन से सहायक सम्पादक के लिए आवेदन किया है, मेरे ख़िलाफ़ बड़े सुनियोजित तरीक़े से सम्पादक ने इस समय यह मुहिम चलाई है। 4 दिसम्बर, 1989 को मैंने कार्यकारी निदेशक को अपना जवाब दे दिया। इस जवाब के बाद स्वाभाविक है कार्यकारी निदेशक ने सम्पादक को बुलाया होगा और मेरा जवाब उन्हें दिखाया होगा।

इसके बाद मुझे अचानक सम्पादक के व्यवहार में कुछ नरमी दिखाई देने लगी। कुछ मेरे और कुछ उनके शुभचिंतकों ने हम दोनों के बीच चरम पर पहुँच चुके इस टकराव को समाप्त कराने का प्रयास भी किया। मुझे समझाया गया कि मैं सम्पादक से अपने इस व्यवहार के लिए माफ़ी माँग लूँ। मुझे उनका यह सुझाव उचित प्रतीत हुआ और एक दिन मैं जंतर मंतर बस स्टैंड, जहाँ से वे ओखला जाने वाली बस पकड़ते थे, मैं उनके पीछे-पीछे चल दिया। मैंने उनसे कहा कि अगर आपको मुझसे कोई शिकायत थी या मैंने कोई ऐसा व्यवहार किया, जो आपको अच्छा नहीं लगा तो आप मुझे बुलाकर समझा सकते थे। मुझे डाँट सकते थे। आपको पूरा अधिकार था। क्योंकि अगर आप नहीं चाहते तो मुझे यह नौकरी नहीं मिलती। आपके कारण मैं यहाँ हूँ वरना सुलभ इंडिया जैसी पत्रिका में हज़ार-पाँच सौ की मामूली नौकरी कर रहा होता। पाठको, आपको बता दूँ कि केन्द्रीय समाज कल्याण बोर्ड में नियुक्ति से पहले मैं सुलभ शौचालय की पत्रिका *सुलभ इंडिया* में कार्य करता था।

इस पर वे ज़्यादा नहीं बोले। बल्कि एक शर्त रख दी कि मैंने कार्यकारी निदेशक को जो जवाब दिया है उसे वापस ले लूँ। मुझे इसमें कोई आपत्ति नज़र नहीं आयी क्योंकि यदि मेरे ऐसा करने से बात ख़त्म हो जाती है, तो मैं जवाब वापस ले लेता हूँ। मैंने उनकी बात मानते हुए एक अनुरोध पत्र 22 दिसम्बर, 1989 को कार्यकारी निदेशक को सौंप दिया। स्वयं प्रदीप पन्त द्वारा लिखवाये गये इस अनुरोध में मैंने लिखा कि *मैंने 27 नवम्बर के सन्दर्भ में दिनांक 4 दिसम्बर को जो उत्तर दिया, उसे मैं वापस लेता हूँ। उसके स्थान पर मेरे आज के इस पत्र को उत्तर माना जाये।* मैंने अपने इस अनुरोध में अपनी ग़लती मानते

हुए उस पर खेद व्यक्त करते हुए भविष्य में ऐसी ग़लती न होने का भरोसा दिलाया और लिखा कि उन दिनों मैं घर की कुछ समस्याओं के कारण परेशान था। इसलिए पुनः निवेदन है कि मेरे 4 दिसम्बर के पत्र को वापस माना जाये और उसके सम्बन्ध में कोई कार्रवाई न की जाये।

मैंने अपने इस अनुरोध में जो भी लिखा था, प्रदीप पन्त ने उसे अपने सामने बैठाकर लिखवाया था। इस पत्र की प्रतिलिपि सम्पादक को भी दी गयी थी। लगभग डेढ़ महीने बाद मुझे मेरे स्थापना अनुभाग से एक और मेमो मिला, जिसमें मुझे भविष्य में सावधान रहने की चेतावनी के साथ सूचित किया गया था कि मेरा माफ़ीनामा स्वीकार कर लिया गया है।

मगर बाद में मुझे अपनी इस मूर्खता का अहसास हुआ कि मुझे वह जवाब वापस नहीं लेना चाहिए था। एक तरह से मैंने यह मान लिया कि मुझसे ग़लती हुई थी। बल्कि मेरे द्वारा इस जवाब को वापस लेने के बाद सम्पादक और आक्रामक हो गया। इस स्मृति-कथा के लिए प्रमाण स्वरूप अपने कुछ निजी काग़ज़ात खँगाल रहा था कि इसी बीच उन दिनों डायरी जैसी कुछ सामग्री मुझे हाथ लगी। इसका शीर्षक मैंने दिया हुआ था *अफ़सरशाही लेखक को, लेखक नहीं रहने देता।* एक पुरानी डायरी के साढ़े तीन पृष्ठों पर वही प्रसंग लिखा हुआ था जिसका उल्लेख मैं यहाँ कर रहा हूँ।

यह घटना इसी साल 1989 के अक्टूबर-नवम्बर महीने की है।

यह टकराव उन दिनों अपने चरम पर था। खानवा में हुए युद्ध की तरह बाबर की तरह सम्पादक के पास तीर, तुफ़ंग, भाले-तलवार के साथ कुछ बड़ी-बड़ी गजनी तोपें ही नहीं थीं बल्कि उस्ताद अली कुली और मुस्तफ़ा रूमी की तरह इन तोपों को ढालने वाले कुशल तोपची भी थे। इतना ही नहीं बाबर की तरह उसके पास तुलुग़मा की तरह कई युद्ध पद्धतियाँ भी थीं। इसलिए उसकी पैनी नज़र मेरे ऊपर रहने लगी। मैं अपनी सीट पर कितनी देर बैठता हूँ, कितनी देर काम करता हूँ। कब लंच करता हूँ, कब आता हूँ, कब जाता हूँ। यहाँ तक दफ़्तर के बाहर मैं किससे मिलता-जुलता हूँ; जैसी मेरी बारीक गतिविधियों पर नज़र रहने लगी। बाबर की तरह अपने कुछ विश्वसनीय तीलतूतारों को वह मेरे पीछे लगाये रखता।

उस दिन अन्य दिनों की तरह कार्यालय आने के बाद मैंने रजिस्टर में हाज़िरी लगाई और दस बजे के आसपास कैंटीन में चाय पीने चला गया। उस दिन संयोग से ऐसा हुआ कि चाय पीने के बाद मैं कैंटीन के बग़ल में बने अपने

कार्यालय के पुस्तकालय की तरफ़ मुड़ गया। पुस्तकालय में मुझे अपने एक अधिकारी मिल गये और इसी जंजाल पर बात होने लगी। मुझे यहाँ लगभग एक पौने-घण्टा लग गया। मैं जब वापस अपनी सीट पर आया तो मुझे नानक चन्द ने, जो उन दिनों पत्रिका में सहायक सम्पादक का कार्य देखते थे, और मेरे दाहिने ओर बने लकड़ी के केबिन में बैठते थे, मुझे बुलाया। मैं जब उनके पास गया तो उनके पास हमारे बोर्ड के कर्मचारियों की सी.एस.डब्ल्यू.बी. वेलफेयर एसोसिएशन के अध्यक्ष रामलाल शर्मा भी बैठे हुए थे।

"मोरवाल, यार कहीं जाया करो तो कहकर जाया करो।" नानक जी ने मुझे देखते ही कहा।

मुझे बड़ी हैरानी हुई कि ऐसा इससे पहले कभी मुझसे कहा नहीं गया। चाय तो और दिन भी पीने जाता हूँ और काफ़ी देर बाद सीट पर लौटता हूँ। मगर आज?

"जाता हूँ तो कहकर ही जाता हूँ और फिर मैं कहीं गया भी नहीं।" मैंने जवाब दिया।

"नहीं-नहीं प्रदीप जी कह रहे थे कि तुम दफ़्तर से बिना बताये गये थे।"

"पर मैं तो कहीं गया ही नहीं।"

"प्रदीप जी तो कह रहे थे कि वहाँ से उनके पास फोन आया था कि तुम आसफ़ अली रोड आये थे।"

मेरी कुछ समझ में नहीं आया कि किसने मेरे बारे में बताया कि मैं आसफ़ अली रोड गया था। मैंने इस बार ज़ोर देकर कहा कि मैं कहीं नहीं गया। मैं चाय पीने ज़रूर गया था। मेरे आत्मविश्वास को देख नानक जी समझ गये कि कुछ गड़बड़ है।

फिर उन्होंने बड़े संयत स्वर में पूछा, "तुम आसफ़ अली रोड से नहीं आ रहे हो?"

"नहीं, और अगर जाता तो जाने से लेकर आने और वहाँ बैठने में कम-से-कम दो घण्टे लगते। मैं तो आधे-पौने घण्टे में ही अपनी सीट पर आ गया।"

"लेकिन प्रदीप जी तो कह रहे थे कि तुम वहाँ गये थे। यह बात उन्हें किसी ने बतायी है।"

नानक जी की बात सुन मैं सम्पादक के पास गया और मैंने जब उनसे पूछा तो वे बोले, "तुम सीट पर नहीं थे, इससे तुम्हें क्या।"

बहुत से पाठकों को शायद पता न हो कि हिन्दी अकादमी, दिल्ली का कार्यालय उन दिनों दिल्ली गेट स्थित आसफ़ अली रोड पर हिन्दी बुक सेंटर

के पास हुआ करता था। डॉ. नारायण दत्त पालीवाल इसके सचिव हुआ करते थे। लेखक हरिसुमन बिष्ट इसी अकादमी में कार्यरत थे। हिन्दी अकादमी के बिल्कुल ठीक नीचे हरियाणा के लेखक ज्ञान प्रकाश विवेक का कार्यालय भी था। ज्ञान प्रकाश विवेक एक इंश्योरेंस कम्पनी में नौकरी करते थे। मुझे याद है पहले ये मद्रास होटल के पास लेडी हार्डिंग मेडिकल कॉलेज के भवन में स्थित इस इंश्योरेंस कम्पनी में थे। मेरी पहली मुलाक़ात इनसे यहीं हुई थी। आसफ़ अली रोड के बाद ये जनपथ मार्ग पर स्थित इस कम्पनी की दूसरी शाखा में आ गये थे। मुझे लगा यह बात ज्ञान प्रकाश विवेक ने बतायी होगी। मैंने उसी समय सम्पादक के कमरे में रखे लैंडलाइन फोन से विवेक के कार्यालय में फोन मिलाया तो पता चला वे उस दिन छुट्टी पर थे। इसके बाद मुझे याद आया कि हो न हो यह झूठ हरिसुमन बिष्ट ने बोला होगा। उसके बाद मैंने उसी समय हरिसुमन को फोन लगाया।

फोन पर पहले कुछ इधर-उधर की बात हुई। फिर मैंने पूछा, "कुछ देर पहले तुम्हारी प्रदीप पन्त जी से बात हुई थी?"

"हाँ यार हुई थी। इन्द्रप्रस्थ भारती के लिए एक कहानी चाहिए थी।"

"तुमने यह भी कहा था कि मैं आपके पास आया था?"

"नहीं तो...हाँ, उन्होंने पूछा था कि वह आया था क्या। मैंने बता दिया कि हाँ आया था।"

"किसके बारे में पूछ रहे थे?" मैंने हरिसुमन बिष्ट से पूछा।

"नहीं यार, मैंने सोचा वे ज्ञान प्रकाश विवेक के बारे में पूछ रहे हैं। मैंने बता दिया कि आया था लेकिन मेरे कहने का मतलब यह था कि वह कल आया था।"

इसके बाद मैंने वहीं से सी.एस.डब्ल्यू.बी. वेलफेयर एसोसिएशन के अध्यक्ष को बुलाया और उसकी हरिसुमन बिष्ट से बात करा दी। हरिसुमन ने अध्यक्ष को भी वही बताया, जो वे मुझे बता चुके थे।

दरअस्ल, मेरी आड़ में प्रदीप पन्त एक साथ एक तीर से दो शिकार करने की योजना पर काम कर रहे थे। पहला, मुझे सहायक सम्पादक की दौड़ से बाहर करना, जिसमें वे पूरी तरह कामयाब हो भी गये थे। दूसरा, नानक चन्द जी को सहायक सम्पादक बनवाकर, वे सम्पादक के पद पर अपने दुलारे उसी एस.जेड.ए. ज़ैदी अर्थात सैयद ज़ुहैर अहमद ज़ैदी उर्फ़ रंजन ज़ैदी को सम्पादक के पद पर लाने की पूरी कोशिश में जुटे थे, जो डॉ. जगदीश चंद्रिकेश जैसे भले आदमी के लारेंस रोड स्थित मकान पर क़ब्ज़ा करने की फ़िराक़ में था। इसलिए उन्होंने नानक चन्द जी को सहायक सम्पादक का कार्यभार सौंपने पर कोई अड़ंगा नहीं लगाया।

लेकिन इनकी यह योजना तब धराशायी हो गयी, जब नानक चन्द जी ने सहायक सम्पादक के बजाय, सम्पादक पद के लिए आवेदन कर दिया। उस समय की अध्यक्ष श्रीमती अमरजीत कौर नानक जी को सम्पादक बनाने के लिए पूरी तरह प्रतिबद्ध थी। इसका अनुमान प्रदीप पन्त को लग चुका था। उधर सहायक सम्पादक के लिए अखिल अनूप का आवेदन रद्द हो ही चुका था जिसकी जानकारी मैंने स्वयं उन्हें जाकर दी थी। तब आनन-फानन में उन्होंने चोर दरवाज़े से अखिल अनूप को साक्षात्कार के लिए बुलवा लिया था।

साक्षात्कार हुए तो नानक चन्द जी सम्पादक के लिए चुन लिए गये। ऐसे में प्रदीप पन्त के सामने अब सहायक सम्पादक के लिए अपने इन दो रत्नों में से एक पर समझौता करना था, जिसमें बाज़ी उनके दुलारे रंजन ज़ैदी के हाथ लगी। बावजूद सहायक सम्पादक पद के लिए पूरी तरह अयोग्य उम्मीदवार रंजन ज़ैदी को इस पद पर नियुक्त कर दिया गया। अयोग्य मैं इसलिए कह रहा हूँ कि एक तो उसने इस पद के लिए नहीं, सम्पादक के पद के लिए आवेदन किया था। दूसरा, उसकी उम्र इस पद के लिए माँगी गयी उम्र से कहीं ज़्यादा थी। रही बात उन दिनों के युवा आलोचक अखिल अनूप, माफ़ करना अनूप शुक्ल की; सो वे आज उतर प्रदेश के कानपुर के निकट फतेहपुर में महात्मा गाँधी स्नातकोत्तर महाविद्यालय में हिन्दी पढ़ा रहे हैं। सरकारी नौकरी किस तरह एक अच्छे-ख़ासे व्यक्ति के मेधावी तथा प्रतिभाशाली को सोखकर उसे सुविधाभोगी चाकर में बदल देती है, पिछली सदी के अन्तिम दशकों का एक प्यारा दोस्त अखिल अनूप उर्फ़ अनूप शुक्ल इसकी जीती-जागती मिसाल है। मिसाल मैं इसलिए कह रहा हूँ कि उन दिनों जिन युवातुर्कों से हिन्दी आलोचना अपने देदीप्यमान होने की आस लगाये हुये थी, उनमें आज का मेरा यह मित्र प्रो. अनूप शुक्ल भी था।

इस बीच जैसा कि मैं पहले बता चुका हूँ कि इधर 1994 में मेरी तदर्थ पदोन्नति, तदर्थ बोले तो एडहॉक प्रमोशन सहायक निदेशक के पद पर हो गयी और पूर्व सम्पादक भी पदोन्नत होकर संयुक्त निदेशक हो गया। इसलिए अब आप सोच रहे होंगे कि जैसे इब्राहिम लोदी को हराने के बाद, बाबर के अन्दर राणा सांगा के प्रति धधक रहा प्रतिशोध का लावा शान्त हो गया होगा, यह आपका कोरा भ्रम है। क़िस्सा अभी ख़त्म नहीं हुआ था।

अब आप सोचेंगे कि अब मेरा पूर्व सम्पादक से क्या वास्ता रह गया? आप सही सोच रहे हैं। लेकिन मित्र फ़िल्म अभी बाक़ी है। सहायक निदेशक के पद पर पदोन्नत होने के बाद मेरा स्थानान्तरण पालना घर अनुभाग अंग्रेज़ी में बोलें

तो CRECHE प्रोग्राम में हो गया। संयुक्त निदेशक के नाते पूर्व सम्पादक के पास यह प्रोग्राम भी था। बता दूँ संयुक्त निदेशक और सहायक निदेशक के बीच एक अधिकारी और होता था—उप निदेशक अर्थात डिप्टी डायरेक्टर। सहायक निदेशक चूँकि एक तरह से सेक्शन ऑफ़िसर की भूमिका में होता है और उसका वास्ता सेक्शन के डिप्टी डायरेक्टर से ही अधिक पड़ता है, इसलिए मेरा वास्ता स्वाभाविक रूप से अपने उप निदेशक से ही पड़ता था।

मेरा यह उप निदेशक, मेरी और पूर्व सम्पादक अर्थात वर्तमान के संयुक्त निदेशक के बीच चल रही अदावत से पूरी तरह परिचित था। उन दिनों मेरे घर का काम चल रहा था। पहले से ली गयी छुट्टियों के पूरा होने के बाद मैंने अपना कार्यभार सँभाल लिया। मगर कुछ रोज़ बाद मुझे फिर से छुट्टियों की ज़रूरत पड़ी। सो मैंने घरेलू काम के वास्ते अपने उप निदेशक से पहले बात करके और उसकी सहमति के बाद सिर्फ़ तीन दिन के अर्जित अवकाश के लिए 8 जुलाई, 1997 को फिर से आवेदन कर दिया। मेरे उप निदेशक ने समझदारी यह दिखायी कि मेरी छुट्टियों की सिफ़ारिश करने से पहले, वह मेरी छुट्टियों का आवेदन लेकर संयुक्त निदेशक के पास ले गया। जैसे उसे इसका पूर्वानुमान था कि मेरी इन छुट्टियों पर ज़रूर अड़ंगा लगेगा। क्योंकि सहायक निदेशक यानि मेरा यह आवेदन संयुक्त निदेशक के अनुमोदन के बाद ही प्रशासन अनुभाग में जाना था।

10 जून को मेरे उप निदेशक ने मुझे अपने कमरे में बुलाया और एक मेमो के साथ मेरी अर्जित अवकाश की अर्ज़ी झल्लाते हुए वापस लौटा दी। हालाँकि ऐसा अमूनन होता नहीं है। उस आवेदन पर जैसा संयुक्त निदेशक ने आदेश दिया था, या कहिए जैसा लिखवाया था, उसे लिखकर इस आवेदन के नियन्त्रण अधिकारी अर्थात उप निदेशक ने मेमो में लिखा—

कार्यकारी निदेशक के निर्देशानुसार 4 जुलाई तक पूरा पैसा रिलीज हो जाना चाहिए था परन्तु अभी तक ग्रांट भी पूरी तरह सेंक्शन नहीं हुई है। इसलिए इन परिस्थितियों में छुट्टियाँ स्वीकृत नहीं की जा सकतीं। इस बारे में संयुक्त निदेशक से पहले ही चर्चा हो चुकी है। इसलिए उन्हें निर्देश दिए जाता कि वे अपने कार्य पर नियमित रूप से आयें और बिना पूर्व अनुमोदन के वे कार्यालय से अनुपस्थित ना रहें।

चूँकि मेरा काम इतना ज़रूरी था कि मुझे इसके लिए हर हालत में छुट्टी चाहिए थी। मैं छुट्टी अनुमोदित न होने के बावजूद छुट्टी पर चला गया। लेकिन बाबर को मेरी यह हरकत इतनी नागवार गुज़री कि मेरी शिकायत बाक़ायदा लिखित में प्रशासन अनुभाग को कर दी गयी। परिणामस्वरूप तीन दिन की छुट्टी से लौटने के बाद एक बार फिर मेरे प्रशासन ने मेमो थमा दिया,

जिसमें मुझसे 10 दिन के अन्दर जवाब देने को कहा गया। बहरहाल, मैंने दो पृष्ठ का हिन्दी में लम्बा-चौड़ा जवाब दे दिया जिसके बदले में मुझे यह चेतावनी देकर बरी कर दिया गया कि आपके व्यवहार की गम्भीरता के साथ समीक्षा की गयी। इसलिए सख़्त चेतावनी दी जाती है कि भविष्य में ऐसे व्यवहार की पुनरावृत्ति नहीं होनी चाहिए।

इसके बाद मेरा तबादला पालनाघर से दूसरे अनुभाग में कर दिया गया। इस अनुभाग की उप निदेशक वही मैडम थी जिसकी *काला पहाड़* आने पर दी गयी चाय-पार्टी को आयोजित करने में अहम भूमिका थी। मेरे इस तबादले से 'बाबर' और तिलमिला गया क्योंकि उसका यह गुलाम उसके हाथ से जो निकल गया था। अब मेरा उप निदेशक भी बदल गया था और संयुक्त निदेशक भी।

यह साल 1997 था।

मैंने वर्ष 1996 में अपनी छोटी-सी तनख़्वाह से बचत करके और इधर-उधर से उधार माँगकर, नयी दिल्ली के पालम गाँव के पास WZ-745G, नज़दीक बाटा चौक, दादा देव मन्दिर मार्ग जहाँ मेरा इन दिनों निवास है, एक सौ गज़ का ज़मीन का टुकड़ा लिया था। इसी टुकड़े पर मैं एक महीने की छुट्टी लेकर और अपने वेतन अर्थात पे (Pay) जो उस समय 2300/- रुपये थी, उसमें से फिर कुछ बचत कर और अपने ससुराल से उधार लेकर इसे बनवा रहा था। चूँकि एक महीने में सिर्फ़ मकान की छत डली थी, इसलिए मुझे कुछ रोज़ की छुट्टियों की और ज़रूरत पड़ गयी। मैंने एक महीने के बाद अपना कार्यभार सँभाल लिया था।

इधर कथाकार बलराम के माध्यम से परिचय होने के बाद कार्टूनिस्ट राजकमल से यह मित्रता और गाढ़ी होती चली गयी। जैसा कि उन दिनों भी होता था और आज भी होता है कि पहले से नौकरी करने के बावजूद हर व्यक्ति अपने शौक़ के अनुसार बाहर जिसे हम फ्रीलांसिंग कहते हैं, कुछ-न-कुछ काम करता रहता है। राजकमल *नवभारत टाइम्स* में स्टाफर कार्टूनिस्ट होने के बावजूद *समाज कल्याण* पत्रिका के लिए भी आवरण और रेखाचित्र बनाते थे। शुरू में ये राजकमल के नाम से नहीं, सारंग के नाम से बाहर का काम करते थे। चूँकि ये ख़ुद एक चित्रकार थे इसलिए इन्होंने अपना एक लैटर पैड बनवाया हुआ था, जिस पर बड़े ख़ूबसूरत ढंग से सारंग छपवाया हुआ था। इस नाम और इस लैटर पैड को देखकर मुझे लगा कि सारंग किसी पत्रिका का बड़ा सुन्दर नाम हो सकता है। मैंने एक दिन राजकमल से कहा कि वह यह नाम

मुझे दे दे, मैं इस नाम से एक पत्रिका का नाम रजिस्टर्ड करवाना चाहता हूँ। मेरे इस प्रस्ताव को उन्होंने अस्वीकार करते हुए कहा कि यह काम तो हम मिलकर भी कर सकते हैं। मुझे उनका यह प्रस्ताव एकदम व्यावहारिक लगा। व्यावहारिक इसलिए कि पत्रिका निकालने के लिए पैसा भी तो चाहिए।

इस तरह *सारंग* नाम की पत्रिका पर काम शुरू हो गया। धीरे-धीरे यह योजना जब आकार लेने लगी, तो इसके परिवार के सदस्यों का दायरा भी बढ़ने लगा। राजकमल और मेरे अलावा अब इस परिवार में डॉ. राजेन्द्र गौतम, राजगोपाल सिंह तथा सुभाष नीरव भी शामिल हो गये। जिन दिनों 1997 के अन्त में *सारंग* पर युद्ध-स्तर पर काम चल रहा था, उन्हीं दिनों मैं अपने ग़रीब ख़ाने बल्कि कहिए आशियाने अर्थात अपने निर्माणाधीन मकान में बुरी तरह उलझा हुआ था। मेरी भूमिका तय होने के बावजूद मैं इसमें अपना कुछ भी योगदान देने में पूरी तरह असमर्थ था। सच कहूँ मकान के चक्कर में मुझे नहीं पता था कि आख़िर *सारंग* में क्या चल रहा है। हालाँकि निर्माण के दौरान एक बार मेरे घर पर हम सब इकट्ठा भी हुए थे लेकिन मेरा योगदान और मेरी भूमिका पहले अंक के रूप में तैयार हो रही पत्रिका में रत्तीभर भी नहीं था। सोचा था कि सारी कसर इसके आगामी अंकों में पूरी कर दूँगा।

और इस तरह *समय और समाज की साहित्यिक संरचना* अर्थात *सारंग* का प्रवेशांक (अप्रैल-जून, 1998) जुलाई 1998 में प्रकाशित होकर आ गया। पत्रिका में सम्पादकीय कार्यालय का पता डॉ. राजेन्द्र गौतम का निवास बी-226, राजनगर, पालम रखा गया। पत्रिका का एक सम्पादक के बजाय पूरा सम्पादक-मण्डल रखा गया, जो पूरी तरह अवैतनिक था। जिसका क्रम इस तरह था—राजेन्द्र गौतम, राजगोपाल सिंह, राजकमल, सुभाष नीरव, भगवानदास मोरवाल। चूँकि यह प्रवेशांक था और इसमें एक नहीं पाँच सम्पादक थे, इसलिए स्वाभाविक है ज़्यादातर रचनाएँ हमारे मित्रों की ही थीं। बावजूद इसके इस प्रवेशांक की अगर मैं कोई उपलब्धि मानता हूँ तो वह थी *शब्द-शब्द उत्तर शती* के अन्तर्गत समकालीन आलोचना पर एक परिचर्चा। इस परिचर्चा में प्रो. मैनेजर पाण्डेय और पुरुषोत्तम अग्रवाल के विचार पढ़ने वाले थे। चूँकि मेरी पहली मुलाक़ात के बाद राजकमल ने फिर से कहानियाँ लिखनी शुरू कर दी थीं, और इस दौरान प्रवीण प्रकाशन, नयी दिल्ली से इनका पहला कहानी संग्रह *सलीब पर सदी* आ चुका था, उस पर हरेराम समीप की विस्तृत समीक्षा प्रकाशित हुई थी।

इस अंक की एक प्रति मैं कथा मासिक *हंस* के सम्पादक राजेन्द्र यादव जी के पास लेकर गया और हुमकते हुए मैंने अवलोकनार्थ उन्हें दे दिया।

राजेन्द्र जी ने इसे उलट-पुलट कर सरसरी नज़र से देखा और एक तरफ़ रख दिया। मैं देर तक उनकी प्रतिक्रिया का इन्तज़ार करता रहा। उनसे जब मेरी व्यग्रता नहीं देखी गयी, तब वे बोले, "यार, एक बात बताओ अगर मैं इसका आवरण हटाकर इसकी जगह नारंग नाम की पत्रिका का लगा दूँ तो क्या फ़र्क़ पड़ेगा?"

मैं राजेन्द्र जी के इस कहे का जब आशय नहीं समझ पाया, तब वे बोले, "मुझे एक बात बताओ कि इस पत्रिका में ऐसा क्या है जो हिन्दी का पाठक इसे ख़रीदे? जो सामग्री इसमें दी गयी है वह तो किसी भी आम पत्रिका में हो सकती है। दूसरी आम पत्रिकाओं से इसमें अलग क्या है? इसको निकालने के पीछे आप लोगों का विज़न क्या है? ऐसी पत्रिका तो कोई भी निकाल सकता है।"

राजेन्द्र यादव जैसे अनुभवी सम्पादक की इस प्रतिक्रिया को सुन, मैं बूबक की तरह उन्हें देखता रहा। बावजूद इसके मैंने कहा, "अभी यह पहला अंक है।"

"इसीलिए तो कह रहा हूँ कि यह पहला अंक है। अगर पहला ही अंक अपने पाठक पर अपनी छाप छोड़ने में असफल है, तो आगे उससे क्या उम्मीद की जा सकती है।"

उनके इस तर्क पर मैं कुछ नहीं बोला।

पता नहीं इस प्रवेशांक के बाद इसका कोई दूसरा या तीसरा अंक निकला भी या नहीं। क्योंकि न इसके बारे में सम्पादक मण्डल के किसी सदस्य ने मुझसे सम्पर्क किया और न ही मैंने इसमें कोई रुचि दिखाई। मुझे इस बात का पता चल चुका था कि मेरी निजी व्यस्तता के कारण पहले अंक में मेरे किसी तरह के योगदान न होने के कारण सम्पादक मण्डल के कुछ सदस्य मुझसे बुरी तरह नाराज़ थे। इस नाराज़गी की एक वजह यह भी हो सकती है कि यह पट्टा हमें फँसा कर किनारे हो गया है। सम्पादक-मण्डल में मेरा नाम सबसे अन्त में शायद इसी नाराज़गी के चलते ही दिया गया था।

मैं यह पहले ही बता चुका हूँ कि जिन दिनों मैं हिन्दी साहित्य में पल्लवित और पुष्पित होने की प्रक्रिया से गुज़र रहा था, उसके उलट केन्द्रीय समाज कल्याण बोर्ड में मेरे जैसे एक छोटे-से कर्मचारी के ख़िलाफ़ किस तरह साज़िशों की सुरंगें बिछनी शुरू हो गयी थीं। इन सुरंगों की गहराई और बीहड़ता के लिए जिस बारूद का इस्तेमाल किया गया था, वह था वार्षिक गोपनीय प्रतिवेदन अर्थात ACRs (Annual Confidential Reports)। आप सोच भी नहीं सकते कि जो महिला अधिकारी एक समय उपन्यास *काला पहाड़* के आने पर चाय-पार्टी

का हिस्सा रही हो, वही अचानक 'बाबर' की तरह एक दिन मेरे ख़िलाफ़ हो जायेगी? बिना किसी चेतावनी अथवा मेमो दिये पिछले तीन साल की प्रतिकूल गोपनीय रिपोर्ट्स मेरे हाथ में थमा थी जायेंगी? यह किस क़ानून में लिखा हुआ है। बहरहाल, मैंने इनका उस वकील के माध्यम से जवाब दिया, जो मेरे कार्यालय केन्द्रीय समाज कल्याण बोर्ड के प्रशासनिक मामलों को भी देखता था। लेकिन सारे जवाबों के जिस तरह उत्तर मिले, उन्हें पढ़कर लगा मानो ऊपर से नीचे तक पूरा बोर्ड मेरे ख़िलाफ़ है।

आप सोचेंगे कि ऐसा कैसे सम्भव है? बिल्कुल सम्भव है क्योंकि कई बार ऐसा होता है कि आदमी का कोई दुश्मन नहीं होता। बल्कि सबसे बड़ा अपना दुश्मन वह खुद होता है। मुझे भी यही लगता है कि वास्तव में मेरा कोई दुश्मन नहीं है। मैं ही अपना सबसे बड़ा दुश्मन हूँ। मेरे आचरण, व्यवहार और तासीर में ही शायद बहुत बड़ी कमी है। लगता है हालात के सामने झुकना और उनसे मुझे ही समझौता करना नहीं आता है। मैं इसे हृदय से स्वीकारता हूँ। इसलिए मेरे बारे में यह मशहूर है कि बहुत दिनों तक मेरी किसी से निभती नहीं है। मेरा उस तरह कोई दोस्त भी नहीं है, जैसे बहुतों के होते हैं। आख़िर ऐसा क्यों है? इसके बारे में कभी-कभी मैं जब अकेले में ठण्डे मन से सोचता हूँ, तो मुझे लगता है कि जैसा मेरा अतीत रहा है, वह मुझे वैसा नहीं रहने देता, जैसा आज आदमी को होना चाहिए। सामने वाला मुझे बराबरी का हक देने के बजाय अपने आपको मेरा संरक्षक अधिक मानता है। मैंने यहाँ तक देखा है कि मुझे लेखक मानना तो दूर रहा, अधिकतर मेरे लेखन का उपहास उड़ाते हैं। इसीलिए मैं मानता हूँ हिन्दी पट्टी की इसी 'सवर्णवादी मानसिकता' ने उसका सबसे अधिक नुक़सान किया है।

उन दिनों केन्द्रीय समाज कल्याण बोर्ड, मानव संसाधन विकास मन्त्रालय के अधीन हुआ करता था। 1998 में अटल बिहारी वाजपेयी की सरकार ने श्रीमती मृदुला सिन्हा को अध्यक्ष नियुक्त किया था। नियुक्ति के समय उनका कार्यकाल तीन वर्ष का था लेकिन इस सरकार ने उसे आगामी तीन साल के लिए और बढ़ा दिया। इस तरह वे 2004 तक बोर्ड की अध्यक्ष रहीं। इसी दौरान दिल्ली की मुख्यमन्त्री और हिन्दी अकादमी, दिल्ली की अध्यक्ष श्रीमती शीला दीक्षित ने नानक चन्द जी को अकादमी की संचालन समिति का सदस्य नामित कर दिया। मुख्यमन्त्री होने के नाते वे हिन्दी अकादमी की अध्यक्ष थीं और हिन्दी के प्रखर वक्ता, पुराने समाजवादी श्री जनार्दन द्विवेदी, जो बाद में काँग्रेस की तरफ़ से राज्यसभा के सदस्य और उससे पहले आल इंडिया काँग्रेस समिति के महासचिव भी हुए, अकादमी के उपाध्यक्ष थे। साल 1999 में प्रकाशित मेरे पहले उपन्यास

काला पहाड़ को 2000 का *साहित्यिक कृति पुरस्कार,* नानक चन्द जी के हिन्दी अकादमी में संचालन समिति में नामित होने के बाद ही मिला था।

एक लेखक के नाते श्रीमती मृदुला सिन्हा की साहित्यिक महत्त्वाकांक्षाओं को हम सब भली-भाँति जानते थे। इसी के चलते उन्होंने *समाज कल्याण* पत्रिका में *इसी बहाने* शीर्षक से अपना एक कॉलम शुरू कर दिया। इस कॉलम के शुरू होने से पूर्व पत्रिका के सम्पादक का सम्पादकीय एकदम शुरू के पृष्ठों पर जाता था, लेकिन अध्यक्ष ने अपना कॉलम शुरू करते ही सम्पादकीय को पत्रिका के अन्त में धकेल दिया। मुझे याद है अध्यक्ष का पद सँभालते ही उन्होंने बोर्ड में एक *लेखिका सम्मेलन* का आयोजन भी करवाया था। इतना ही नहीं धीरे-धीरे वे सम्पादक को पत्रिका के लिए आने वाली रचनाओं के साथ अपने पास बुलाने लगीं, और यह तय करने का प्रयास करने लगीं कि पत्रिका में रचनाएँ उनकी इच्छानुसार प्रकाशित की जायें। उनकी इस लेखकीय महत्त्वाकांक्षा का इसी से अनुमान लगाया जा सकता है कि केन्द्रीय समाज कल्याण बोर्ड में उन दिनों एक छोटा-सा पुस्तकालय हुआ करता था। उन्होंने आते ही सबसे पहला काम यह किया कि अपनी पुस्तकों की दो-दो प्रतियाँ बोर्ड के पुस्तकालय में भरवा दीं। जबकि नियमानुसार किसी भी पुस्तक की एक प्रति से ज़्यादा ख़रीदी नहीं जा सकती।

सम्पादक के रूप में नानक चन्द ने सम्पादक की गरिमा और उसकी स्वायत्तता को खोने नहीं दिया। इसका एक उदाहरण यह है कि नानक चन्द जी की सम्पादक और डॉ. एस.ज़ेड.ए. ज़ैदी उर्फ़ डॉ. सैयद ज़ुहैर अहमद ज़ैदी अर्थात् रंजन ज़ैदी की सहायक सम्पादक के पद पर नियुक्ति के बाद, संयुक्त निदेशक होने के नाते प्रदीप पन्त को कुछ दूसरे अनुभागों के साथ पत्रिका अनुभाग भी दे दिया गया था। चूँकि नानक चन्द के सम्पादक बनने के बाद रंजन ज़ैदी ही नहीं प्रदीप पन्त भी उन्हें सम्पादक मानने को तैयार नहीं थे, इसलिए वे सम्पादक के बजाय अपने दुलारे सहायक सम्पादक को बुलाते और पत्रिका पर चर्चा करते। जबकि क़ायदे से उन्हें पत्रिका के सम्पादक को बुलाना चाहिए था। एक दिन संयुक्त निदेशक महोदय ने सम्पादक नानक चन्द को अपने कमरे में बुलाया तो सम्पादक ने देखा, वहाँ उनका मातहत अर्थात सहायक सम्पादक पहले से बैठा हुआ है। पत्रिका सम्बन्धी बातचीत के दौरान संयुक्त निदेशक ने सम्पादक नानक चन्द की किसी बात पर तुनकते हुए कहा कि रंजन ज़ैदी तो ऐसा कह रहे हैं? इतना सुनते ही नानक जी यह कहकर उठकर चल दिये कि जब सहायक सम्पादक से ही आपको सबकुछ पूछना है तो मुझे किसलिए बुलाया है?

उस दिन के बाद संयुक्त निदेशक ने सहायक सम्पादक को नहीं बुलाया। मैंने ऊपर सम्पादक की इसी गरिमा और उसकी स्वायत्तता की बात की थी।

नानक चन्द जी के हिन्दी अकादमी, दिल्ली का सदस्य बनने के बाद बोर्ड की अध्यक्ष की उनसे दूसरी तरह की अपेक्षाएँ हो गयीं। वे जानती थीं कि साल 2000 का मेरे पहले उपन्यास *काला पहाड़* पर जो *साहित्यिक कृति पुरस्कार* मिला था, उसमें नानक चन्द जी की ही भूमिका थी। इसलिए वे किसी-न-किसी तरह अपना मातहत होने के नाते उन पर दबाव बनाने लगीं। बल्कि एक दिन नानक जी को उन्होंने अपने मन की बात कह भी दी थी कि 'आप हमारा सम्मान तो कराते नहीं हैं।' नानक चन्द जी उन दिनों बेहद तनाव में रहने लगे थे। इसी के चलते उन्हें फेसिअल पैरालिसिस का आघात लगा था।

पिछले अट्ठारह वर्षों से प्रकाशित *साहित्य, कला और सोच* की मासिक पत्रिका *वर्तमान साहित्य* के जनवरी 2001 के पहले अंक में दो ऐसे लेख प्रकाशित हुए, जिनकी हिन्दी साहित्य में ख़ूब चर्चा रही। एक था *हंस* के सम्पादक राजेन्द्र यादव का *होना/सोना एक ख़ूबसूरत दुश्मन के साथ* और दूसरा था मेरा *दलित विमर्श के अन्तर्विरोध*। *वर्तमान साहित्य* के बाद के कई अंकों में इन दोनों लेखों पर पाठकों के पत्र प्रकाशित होते रहे। दरअस्ल, *दलित विमर्श के अन्तर्विरोध* लेख तब लिखा गया था जब हिन्दी का *दलित विमर्श* एक तरह से अपने शैशव काल में था। *हंस* पत्रिका लगातार दलित लेखन को प्रोत्साहित कर रही थी। ओमप्रकाश वाल्मीकि की आत्मकथा *जूठन*, जिसे हिन्दी की पहली दलित आत्मकथा माना जाता है, उसे आये हुए केवल तीन वर्ष हुए थे। बीसवीं सदी के अन्तिम दशक में एकाएक चर्चा में आये कई युवा दलित लेखकों का उन दिनों यह मत था कि दलित लेखकों को जाति तोड़ने के प्रश्न पर अभी ज़्यादा ऊर्जा नष्ट नहीं करनी चाहिए। बल्कि उन्हें स्वायत्त और निजी संस्थानों में प्रतिनिधित्व के लिए संघर्ष करना चाहिए। इसकी शुरुआत दिल्ली में हिन्दी अकादमी के गठन के तुरन्त बाद, जब अकादमी ने अपने पुरस्कारों की घोषणा की थी, तब हुई। उस समय के युवा दलित लेखक श्यौराज सिंह 'बेचैन' ने यह माँग की थी कि हिन्दी अकादमी, दिल्ली के पुरस्कारों में भी आरक्षण होना चाहिए। यहाँ ध्यान देने वाली बात यह थी कि स्वायत्त और निजी संस्थानों में प्रतिनिधित्व के लिए संघर्ष का आह्वान करने वाले अधिकतर दलित लेखक एक जाति विशेष के थे। जबकि सच्चाई यह है कि दलितों यानि अनुसूचित जाति

की दूसरी निम्न जातियों के लेखक इस जातिवाद से जैसा आज जूझ रहे हैं, तब भी जूझ रहे थे। अगर ऐसा नहीं था तो *जूठन* आत्मकथा के लेखक ओमप्रकाश वाल्मीकि को *शवयात्रा* जैसी कहानी क्यों लिखनी पड़ी?

दरअस्ल, यही जातिगत भेदभाव इस लेख का मूल आधार था। एक तरह से यह लेख उस *ब्राह्मणवादी* प्रतिकार और प्रतिक्रियास्वरूप लिखा गया था, जिसका विरोध करते हुए दलित-विमर्श का उदय भी हुआ था। इस लेख में मैंने उदाहरण देकर अपनी इस धारणा को पुष्ट करने का प्रयास किया था कि जिस ब्राह्मणवाद और सवर्णवाद का हम विरोध करते हैं, उसी तरह का ब्राह्मणवाद और सवर्णवाद दलितों में भी व्याप्त है। ओमप्रकाश वाल्मीकि की इस कहानी का दलित लेखकों द्वारा किया गया विरोध इसका सबसे बड़ा उदाहरण है। इस लेख में मैंने एक तथ्य को और उद्‌घाटित किया था कि उस समय *दलित* शब्द की कोई स्पष्ट परिभाषा नहीं थी।

इधर मेरा यह लेख प्रकाशित हुआ, उधर इस लेख में उठाये गये कुछ प्रश्नों से सहमत होते दलित लेखक सूरजपाल चौहान का अगले अंक फ़रवरी में *दलित साहित्यकारों का मनुवाद* शीर्षक से एक लेख प्रकाशित हो गया। फ़रवरी के अंक में ज़्यादातर पत्रों में मेरे लेख पर जो प्रतिक्रियाएँ छपीं, उनमें मेरे द्वारा उठाये गये सवालों से सहमति प्रकट की गयी थी। मज़ेदार यह है कि इनमें किसी भी दलित लेखक की कोई प्रतिक्रिया मेरे सवालों के पक्ष में नहीं थी। बाद के अंकों में (मार्च 2001 अंक को छोड़कर, क्योंकि वह अंक मुझे उपलब्ध नहीं हो सका था) एक जाति विशेष के दलित लेखकों ने मेरे और सूरजपाल चौहान पर जैसे हल्ला बोल दिया।

अप्रैल के अंक में एक सवर्ण लेखक रूपसिंह चंदेल ने *दलित विमर्श के अन्तर्विरोध* के बारे में अपने पत्र में लिखा—

इसी अंक में एक आलेख है 'दलित विमर्श की अन्तःकथा' (यहाँ पत्र लेखक ने अन्तर्विरोध को अन्तःकथा कर दिया) विद्वान् लेखक के कुछ मुद्दे विचारणीय हैं, लेकिन जहाँ वह कुछ दलित लेखकों को लेकर टिप्पणियाँ करता है, वह आश्चर्यान्वित और पीड़ित करता है। 'दलित साहित्य' ने, वास्तव में 1988 के पश्चात् अपनी पहचान बनानी प्रारम्भ की थी। लेकिन इतने कम समय में ही, जबकि उसके लेखकों की दिशा-विकास निर्धारित होना शेष है...मल्ल युद्ध की स्थिति बनती है...उसे राजनीति में घसीटा जाता है तो यह दुर्भाग्यपूर्ण ही कहा जायेगा। पता नहीं उस लेख से प्रेरित होकर या किन्हीं अन्य कारणों से

'वर्तमान साहित्य' के फ़रवरी अंक में सूरजपाल चौहान की लम्बी टिप्पणी उससे बड़ा आश्चर्य उत्पन्न करती है।

इन प्रतिक्रियाओं की तीक्ष्णता का इसी से अनुमान लगाया जा सकता है कि दलित लेखक कँवल भारती का इसी अंक में दो पृष्ठों का लम्बा पत्र छपा। ये कँवल भारती वही दलित लेखक हैं जिन्होंने अपनी से छोटी जाति के दलित लेखक सूरजपाल चौहान की लम्बी बीमारी के बाद जून 2021 में हुई असामयिक मृत्यु पर जिस तरह का घृणित बयान दिया, यह उसी ब्राह्मणवादी मानसिकता को दर्शाता है, जिसकी ओर मैंने अपने इस लेख में संकेत किया है। कँवल भारती ने सूरजपाल चौहान की मृत्यु पर शौक़ जताने के बजाय अपनी फेसबुक वाल पर लिखा था—

सूरजपाल चौहान की मौत दलित साहित्य के लिए एक शुभ घटना है। केवल धर्मवीर के चेलों की मण्डली के लिए यह शोक का दिन है। चौहान कुछ सालों से कैलाश दहिया के माध्यम से साहित्य में गन्दगी फैला रहे थे, झूठे गल्पों से लोगों की छवि ख़राब कर रहे थे और कुछ लेखिकाओं का चरित्रहनन कर रहे थे। इसलिए उनके जाने से जो गन्दगी वह फैला रहे थे, वह बन्द हुई। ऐसे लोगों की मौत पर मुझे कोई शोक नहीं है।

कँवल भारती की यह टिप्पणी 20 साल पहले लिखे गये मेरे लेख में रेखांकित उन्हीं अन्तर्विरोधों को पुख़्ता करती है, जो दलित अस्मिता के भीतर उभरती सवर्णवादी/ब्राह्मणवादी मानसिकता अपने पंजे गड़ाकर बैठी है। मुझे सूरजपाल चौहान की मृत्यु पर कँवल भारती की इस फूहड़ और घृणित टिप्पणी पर कोई आश्चर्य नहीं हुआ, क्योंकि 20 साल पहले *वर्तमान साहित्य* के अप्रैल 2001 अंक में प्रकाशित अपने एक पत्र में वे ऐसा ही लिख चुके हैं। अगर यक़ीन नहीं है तो नीचे दिये गये उनके इस पत्र को आप पढ़ सकते हैं—

'वर्तमान साहित्य' में दलित साहित्य के विरोध में भगवानदास मोरवाल और सूरजपाल चौहान के लेख (क्रमशः जनवरी 2001 और फ़रवरी 2001) छपे हैं। इन लेखों की सहमति में, प्रशंसा में और साधुवाद में तमाम अधकचरे और नासमझ सवर्ण लेखकों/पाठकों के पत्र आयेंगे और छपेंगे। इन पत्रिकाओं का यही वास्तविक ध्येय है दलित विमर्श के लिए पृष्ठ सुरक्षित रखने का। इन पत्रिकाओं के सम्पादकों से यह कौन पूछे कि भगवानदास मोरवाल क्या दलित साहित्य की अथार्टी हैं, जो उनकी टिप्पणियाँ दलित साहित्य का मूल्य तय करेंगी? सूरजपाल चौहान को ही लीजिए, वह इसलिए नहीं छापे जाते कि दलित साहित्य के गम्भीर

लेखक हैं; वरन उनको इसलिए छापा जाता है कि उनके लेखन से दलित साहित्य का फूहड़पन दिखाया जा सके कि दलित साहित्यकार किस कदर भंगी और चमार चेतना से ग्रस्त हैं और मज़ा लिया जा सके। हिन्दी के लेखक किस क़दर वर्ण चेतना से ग्रस्त हैं, कभी आता है छपकर अख़बारों में? उनके यहाँ कोई सूरजपाल चौहान होगा भी, तो अख़बारों में स्थान नहीं पायेगा।

यदि भगवानदास मोरवाल से सूरजपाल चौहान सहमति व्यक्त करते हैं ('वर्तमान साहित्य' फ़रवरी 2001) तो इसलिए कि दोनों तेज़सिंह से नाराज़ हैं। मोरवाल इसलिए कि 'आज का दलित साहित्य' में 'काला पहाड़' का ज़िक्र नहीं है और चौहान इसलिए कि उसमें उनकी कहानियों को आदर्शवादी कहकर आलोचना की गयी है। सूरजपाल चौहान की व्यक्तिगत सोच में जाति के आग्रह उनके रचनाकर्म में भी हावी होते जा रहे हैं। इससे उनकी रचनात्मकता ही प्रभावित होगी, इसकी उन्हें ख़बर ही नहीं है। पर सवर्ण लेखक और सम्पादक उनकी इस सोच का इस्तेमाल दलित साहित्य के विरुद्ध ज़रूर करेंगे और कर रहे हैं।

'दलित साहित्य का दर्शन' एक गम्भीर विषय है और इस पर मेरा अलग से लम्बा लेख है। यहाँ इसकी चर्चा इसलिए संक्षेप में करूँगा कि अक्सर ग़ैर-दलित लेखक दलित साहित्य के दर्शन का अनर्गल विरोध करते हैं। भगवानदास मोरवाल का 'दलित विमर्श का अन्तर्विरोध' लेख ऐसा ही है, जो इसी में उलझ गया है कि दलित कौन है? यदि उन्हें दलित साहित्य के दर्शन की कुछ समझ होती, तो इस तरह का बेतुका और निरर्थक सवाल वह करते ही नहीं।

'दलित कौन है' इसका जवाब या इस पर स्पष्टीकरण दलित लेखकों से इसलिए माँगा जाता है, ताकि मोरवाल जैसे लोग उसमें अपनी जगह तलाश सकें। 'दलित ही दलित साहित्य लिख सकता है या ग़ैर-दलित लिख सकता है?' यह सवाल भी इसी सन्दर्भ में किया जाता है और अपेक्षा यह की जाती है कि दलित कोई ऐसा जवाब दें कि, दलित समस्या पर सवर्ण लेखकों को भी इसके तहत मान्यता मिल सके। यहीं से आरम्भ होता है, दलित साहित्य के दर्शन का प्रश्न। यदि दलित साहित्य के दर्शन को समझ लिया जाये, तो न यह सवाल उठेगा कि दलित साहित्य लिख सकता है?

दलित परिभाषा को लेकर मोरवाल और ग़ैर-दलित लेखकों में भले ही भ्रम हों, पर दलित बुद्धिजीवियों में कोई भ्रम नहीं है, क्योंकि उनके समक्ष उनका दर्शन स्पष्ट है। मोरवाल के समक्ष दलित साहित्य के दर्शन का संकट है। इसलिए उनकी यह चिन्ता ही हास्यास्पद है कि 'हिन्दी का दलित साहित्य मराठी की

अपेक्षा अपना पथ प्रशस्त करने में कठिनाई महसूस कर रहा है।' उन्हें ऐसा लगेगा ही, क्योंकि देखने की उनकी दृष्टि ही सही नहीं है। उन्हें पहले अपनी आँख का मोतियाबिन्द ठीक करना होगा, तभी उनको वह ऊर्जा, विचार और प्रतिबद्धता दिखाई देगी, जो हिन्दी-मराठी दलित साहित्य में सामान रूप से है।

मोरवाल दलित लेखकों में एक ही जाति का वर्चस्व भी देखते हैं। जाति के आधार पर किसी आन्दोलन को ध्वस्त करने की ऐसी राजनीतिक साज़िशें हमेशा होती रही हैं। मोरवाल उसी के शिकार हैं। ऐसे ही आरोप डॉ. आम्बेडकर के लिए लगाए गये थे कि वह तो महारों के नेता थे। वाल्मीकि समाज तो इसी 'प्रचार' के तहत उन्हें आज भी नहीं अपनाता। अब यदि कुछ ही जातियों का सभी क्षेत्रों में आधिपत्य और अधिकार है, तो यह उस जाति का सवाल है या राजनीतिक अर्थशास्त्र का? मोरवाल इसे समझना क्यों नहीं चाहते?

इस बात को समझा जा सकता है कि ओमप्रकाश वाल्मीकि की 'शवयात्रा' कहानी को लेकर कुछ दलित लेखकों के जातीय आग्रह सामने आ गये थे। वे लेखक यह भूल गये कि हिन्दू समाज की मूल संरचना ऐसी ही है, जिसमें जाति के समाजशास्त्र ने मानवीय संवेदना को ही ख़त्म कर दिया है। 'शवयात्रा' ने इसी समाजशास्त्र पर चोट की है। इस कहानी की तुलना 'कफ़न' (प्रेमचन्द) से नहीं की जा सकती। 'कफ़न' में चरित्रों का हास्यास्पद विकृतिकरण है, पर 'शवयात्रा' में पूरा हिन्दू समाजशास्त्र उभरकर आया है। ऐसी रचनाएँ लिखी जानी चाहिए, जो दलित जातियों की उन पीड़ाओं को रेखांकित करें, जो हिन्दू 'समाजशास्त्र' में अलग-अलग हैं। हाँ, 'शवयात्रा' से उपजे विवाद से सूरजपाल चौहान ने ज़रूर अपनी सोच में संकीर्णता पाल ली है। अन्य संकीर्ण दलित लेखकों के साथ वह भी संकीर्ण ही बन गये। 'ले थोड़ी-सी तू भी पी ले' जैसी रचनाओं ने सूरजपाल चौहान को वहीं खड़ा कर दिया, जहाँ 'कफ़न' में प्रेमचन्द खड़े हैं।

भगवानदास मोरवाल ने 'शवयात्रा' को लेकर तेज़सिंह और दलित बुद्धिजीवियों की जाटव चेतना की तो काफ़ी आलोचना की है, पूरे दो पृष्ठ (यानी छः कॉलम) इस आलोचना में काले किये हैं, पर वैचारिक धरातल पर दो पंक्तियाँ भी इस बहस को आगे बढ़ाने के लिए वह नहीं लिख सके। तेज़सिंह के ख़िलाफ़ भड़ास निकालने के बजाय यदि वह अपने विचार रखते, तो उससे उनकी रचनात्मक चिन्ता का ज़्यादा पता चलता।

भगवानदास मोरवाल इस बात से भी बेचैन हैं कि माता प्रसाद ने 'दिग्विजय रावण' क्यों लिखा और मैंने रावण को नायक क्यों बनाया, क्यों उसे दलित साहित्य का अंग बताया? मोरवाल का यह अज्ञान इसलिए है कि उनको दलित साहित्य की संस्कृति और उसके दर्शन का ज्ञान नहीं है। वह हिन्दू दृष्टि से रावण

को देखते हैं, और उसकी तुलना ओसामा बिन लादेन, दारा सिंह, और दाऊद इब्राहिम से करते हैं। अब यह उनकी दृष्टि है, जो चाहे देखें, जो चाहे समझें। दलित साहित्य की सांस्कृतिक चेतना की दृष्टि से देखें तो ओसामा बिन लादेन, दारा सिंह और दाऊद इब्राहीम की यदि किसी से तुलना हो सकती है तो राम से ही हो सकती है। राम जो शम्बूक का हत्यारा था, राम जिसने 14 हज़ार मूल निवासियों की हत्याएँ की थीं, जिनमें स्त्रियाँ भी शामिल थीं। अब ऐसा व्यक्ति, जिसने ब्राह्मणवाद को स्थापित करने के लिए इतनी सारी मानव-हत्याएँ कीं, जो सिर्फ़ गौओं और ब्राह्मणों की रक्षा के लिए पैदा हुआ था, वह दलितों का नायक कैसे हो सकता है? क्या फ़र्क़ है राम में और दारा सिंह में? क्या फ़र्क़ है राम और दाऊद में?

मोरवाल जी आप यह चिन्ता मत करें कि रावण को नायक मानने से कबीर, रैदास और डॉ. आम्बेडकर गौण हो जायेंगे। रावण हमारी सांस्कृतिक विरासत है और कबीर, रैदास और डॉ. आम्बेडकर इसी विरासत की कड़ी हैं। दलित साहित्य पर कुछ भी अनर्गल लिखना मोरवाल जैसे लोगों का फ़ैशन हो गया है। यह फैशन दलित साहित्य का कुछ नहीं बिगाड़ सकता और न इससे कोई दृष्टि दलित चेतना को मिलती है। हाँ, यदि पी.एन. सिंह की तरह दलित साहित्य पर गम्भीर वैचारिक विमर्श किया जाये, उसका हमेशा स्वागत किया जायेगा।

इसी तरह इस अंक में मीरा बाग़, नयी दिल्ली के किसी मनमोहन वशिष्ठ का पत्र प्रकाशित हुआ था। इस पत्र की जो भाषा है उसे पढ़कर मुझे सन्देह हुआ कि यह किसी परिचित ने इस नाम से पत्र लिखा है। क्योंकि मैंने जब इस पते के बारे में जानकारी ली, तब पता चला कि मीरा बाग़ में ऐसा कोई पता है ही नहीं। मेरे बारे में इस पत्र के माध्यम से कुछ रोचक तथ्य उद्घाटित किये गये थे। उदाहरण के लिए इस पत्र को भी देखें–

'वर्तमान साहित्य' जनवरी 2001 में 'दलित विमर्श के अन्तर्विरोध' तथा फ़रवरी अंक में 'दलित साहित्यकारों का मनुवाद' (सूरजपाल चौहान) पढ़े। दोनों के लेखक विकृत मानसिकता के शिकार प्रतीत हुए। श्री मोरवाल ने जिन लोगों पर प्रत्यक्ष और जिन पर अप्रत्यक्ष (डॉ. तेज़सिंह) प्रहार करने का प्रयास किया है वे न केवल निराधार हैं बल्कि उपहासास्पद भी हैं। दलित साहित्य की आयु, जैसाकि श्री चौहान स्वयं मानते हैं, जब मात्र दस वर्ष की है तब कोई रचनाकार किस प्रकार, विशेषकर आलोचक, छा जाना चाहता है–सोचकर दोनों ही लेखकों की बुद्धि पर तरस आता है। जब दलित साहित्य की समृद्ध परम्परा सामने होगी

तभी किसी आलोचक के लिए कार्य करने की सुविधा होगी और उसी स्थिति में उस आलोचक (यदि वह अपनी रचनाएँ प्रकाशित करवाने के लिए अनुचित ढंग अपनाता है और रचनाकारों की मनमानी आलोचना करता है) के छा जाने की बात समझ में आती है। डॉ. तेज़सिंह का जो भी आलोचना-कर्म सामने आया है वह बेहद ईमानदारी से किया गया प्रतीत होता है। लेकिन जब दलित रचनाकरों के पास कुछ कहानियाँ या एक-दो कहानी संग्रह हैं और वे अपेक्षा करते हैं कि तेज़सिंह उन्हें शीर्ष रचनाकार घोषित क्यों नहीं करते, तो क्या कोई प्रतिबद्ध और ईमानदार आलोचक ऐसा कर सकता है? क्या साहित्य के लिए यह शुभ होगा? दरअसल, यह पीड़ा सूरजपाल चौहान के साथ ही अन्य अनेक दलित साहित्यकारों की भी है। सूरजपाल चौहान के आरोप किसी व्यक्ति के विरुद्ध नहीं, प्रतिबद्ध और ईमानदार आलोचना के विरुद्ध हैं, और यह तब और अधिक महत्त्वपूर्ण हो जाता है जब आलोचना के क्षेत्र में ईमानदारी खोजने से ही मिल सकती है।

वास्तविकता यह है कि आदमी स्वयं चोर होता है वह दूसरों को चोर सिद्ध करने में अपनी पूरी ताक़त लगा देता है, जिससे वह कठघरे में जाने से बचा रहे। सूरजपाल चौहान हों या भगवानदास मोरवाल, दोनों ही वास्तव में चोर दरवाज़े से साहित्य में छा जाना चाहते हैं। कौन नहीं जानता कि भगवानदास मोरवाल जिस थाली में खाते हैं, उसी में छेद करने से नहीं चूकते हैं। वह राजेन्द्र यादव और मैत्रेयी पुष्पा को गाली देते हैं (प्रमाण के लिए देखें 'कथाक्रम') और राजेन्द्र यादव से लाभ लेने के लिए किसी भी स्तर तक जा सकते हैं। वह प्रदीप पन्त, चित्रा मुद्गल, हिमांशु जोशी, पंकज बिष्ट, हरिनारायण...कहने का तात्पर्य यह है कि मोरवाल अवसरानुकूल गाली देते हैं और दुम भी हिला लेते हैं। यही नहीं स्वयं को दलित लेखक न मानने वाले दलित लेखकों के विरुद्ध बोलते हुए, उनसे यह अपेक्षा भी करते हैं कि वे उनकी चर्चा करें। हिन्दी साहित्य में मोरवाल जैसे खलनायक लेखकों की पहचान आवश्यक है।

सूरजपाल चौहान जैसे दलित लेखकों को मोरवाल जैसे सवर्ण-दलित लेखक की कूटनीति को समझना चाहिए। वाल्मीकि-बनाम-जाटव की आग में 'दलित साहित्य आन्दोलन' को झोंककर वह तमाशा देखना चाहता है। यह उसकी सोची-समझी नीति है। कारण खोजा जा सकता है। वह एक रचनाकार के रूप में किसी को भी बर्दाश्त नहीं कर सकता। वह चाहता है कि आपस में लड़कर दूसरे सम्भावित और सक्षम दलित लेखक अपनी रचनात्मक ऊर्जा नष्ट कर दें। मोरवाल ऐसा निहित स्वार्थवश करना चाहता है। किसी पर संकीर्ण मानसिकता और छा जाने का आरोप लगाने वाले भगवानदास मोरवाल के विषय में पाठकों को जानना आवश्यक है कि उनके उपन्यास 'काला पहाड़' की कितनी समीक्षाएँ

शराब की बोतलों के बल पर लिखी-लिखवाई गयीं। उनके इस उपन्यास के प्रकाशन से लेकर उसकी चर्चा तक की अन्तःकथा कितनी शर्मनाक है, क्या वह बताएँगे? वास्तविकता यह है कि जो शख़्स हर अनुचित मार्ग से चलकर साहित्य में अपना वर्चस्व स्थापित करना चाहता है, छा जाने की निकृष्टता वह कर रहा है या डॉ. तेज़सिंह जैसा आलोचक जो एक कोने में बैठा अपना कर्म कर रहा है। तात्पर्य यह कि अब हर उस ईमानदार लेखक को विकृत मानसिकता वाले लोगों के आरोप सहने के लिए अपने को तैयार रखना चाहिए। राजेन्द्र यादव ने तो अपने को बहुत मज़बूत कर लिया। दूसरों को उनसे सबक लेना होगा।

वास्तव में, दलित विमर्श के अन्तर्विरोध दलित साहित्य के दर्शन को आधार बनाकर नहीं लिखा गया था बल्कि दलितों में भी जिस तरह की जातिगत चेतना और जातिवाद व्याप्त है, उस पर आधारित था। इसका एक उदाहरण मैं यहाँ देता हूँ। यह साल 2000 की बात है उस समय के युवा दलित लेखक जयप्रकाश कर्दम ने *दलित वार्षिकी 1999* शीर्षक से एक वार्षिकी का प्रकाशन शुरू किया था। मुझे याद है जिस रावण प्रसंग का उल्लेख बार-बार कँवल भारती ने अपने पत्र में किया, वह माता प्रसाद के प्रबन्ध-काव्य *दिग्विजयी रावण* की समीक्षा थी जो इसी वार्षिकी में प्रकाशित हुई थी। इस वार्षिकी को आगे क्या रूप देना है इसी पर चर्चा के लिए दिल्ली के कनॉट प्लेस में बाबा खड़गसिंह मार्ग पर नये-नये बने दिल्ली सरकार के कॉफ़ी होम में कुछ लेखक एकत्रित हुए थे। मुझे स्मरण है जयप्रकाश कर्दम के अतिरिक्त उस समय डॉ. तेज़सिंह, रूपसिंह चंदेल और मेरे अलावा एकाध मित्र और रहे होंगे।

बातचीत के दौरान मैंने कुछ लेखकों को भविष्य में जोड़ने का सुझाव दिया। मैंने इनमें रामकुमार कृषक का भी नाम लिया। मेरे द्वारा कृषक जी का नाम लेने पर जयप्रकाश कर्दम ने कहा, "वे अपने तो हैं न?"

कर्दम की इस जिज्ञासा को डॉ. तेज़सिंह भाँप गये और बात को सँभालते हुए बोले, "हाँ-हाँ अपने ही हैं।"

कर्दम ने फिर वही बात दोहराई, तो तब भी मेरे कुछ पल्ले नहीं पड़ा कि कर्दम बार-बार 'वे अपने तो हैं न' क्यों कह रहे हैं? मैं कर्दम और डॉ. तेज़सिंह के सामने बैठा था। मैंने जिस तरह तेज़सिंह की तरफ़ देखा, वे अब थोड़ा सकपका गये। जब कर्दम ने तीसरी बार यही सवाल पूछा कहा, तब मेरी समझ में आया कि उनके 'वे अपने तो हैं न' से क्या आशय है। दरअस्ल, जयप्रकाश कर्दम के कहने का आशय यह था कि क्या कृषक जी अपनी 'जाति' के हैं। वे बार-बार मुझसे इसलिए पूछ रहे थे कि मुझे भी अपनी ही जाति का समझ रहे थे। जबकि मुझे कृषक जी की जाति का पता था। इसके बाद चाय-कॉफ़ी जिसे जो पीनी

थी पी और वहाँ से चले आये। अपने पत्र में कँवल भारती जिस वर्ण चेतना के ग्रस्त होने की बात कर रहे थे, मैं इस लेख के माध्यम से यही कहना चाहता था। एक बात और सूरजपाल चौहान को लेकर कँवल भारती की यह जातिगत ग्रन्थि और घृणा, जो चौहान के निधन पर सार्वजनिक रूप से प्रकट की थी, यह दो दशक पुरानी है। बाद में *शवयात्रा* कहानी के लेखक ओमप्रकाश वाल्मीकि ने *वर्तमान साहित्य* में प्रकाशित मेरे लेख पर क्या विचार व्यक्त किये थे, उसे उनके 16 जनवरी, 2001 के इस पत्र से समझा जा सकता है—

आदरणीय भाई श्री भगवानदास मोरवाल जी,

'वर्तमान साहित्य' (जनवरी 2001) अंक में आपके लेख ने ध्यान खींचा और सबसे पहले इसे ही पढ़ लिया। 'दलित विमर्श के अन्तर्विरोध' शीर्षक के अन्तर्गत आपने 'दलित' शब्द को लेकर जो शंकाएँ उठाई हैं उन पर काफ़ी चर्चा हो चुकी है। आपने 'दलित' की चर्चा में जिन अन्तर्विरोधों की ओर संकेत किये हैं उनसे इस विमर्श की धुन्ध हटाने की कोशिश होगी। अवसरवादिता और पारस्परिक होड़ इस विमर्श की ही नहीं और कई आन्दोलनों में विचलन पैदा कर चुकी है। कई लोग तो ऐसे भी इस भीड़ में शामिल हुए हैं जो कल तक विरोध में थे या दलित साहित्य के औचित्य पर ही सवाल उठा रहे थे। 'शवयात्रा' कहानी को लेकर दिल्ली में हुई टीका-टिप्पणी और भाई सूरजपाल चौहान के आक्रोश को आपने गहरी सूझबूझ से पाठकों के सामने रखा है। डॉ. तेज़सिंह आज भी दलित आत्मकथाओं पर नकारात्मक टिप्पणियाँ कर रहे हैं। वे इस भीड़ में ताज़ा-ताज़ा घुसे हैं। शायद इसीलिए यह अन्तर्विरोध है उनमें।

ख़ैर, यह सब धीरे-धीरे छँटेगा और दलित रचनाकार अपनी समूची ऊर्जा बेहतर लेखन के लिए इस्तेमाल करेंगे। 'सलाम' कहानी पर नज़र पड़ी होगी।

शेष कुशल सानन्द होंगे। आदर सहित।

इस लेख पर *वर्तमान साहित्य* में सवा पृष्ठ से अधिक लम्बा पत्र दलित कवि असंगघोष का भी प्रकाशित हुआ था। असंगघोष उन दिनों जबलपुर में थे और ओमप्रकाश वाल्मीकि भी जबलपुर में ही पोस्टेड थे। बाद में 2002 में वाल्मीकि जी का स्थानान्तरण देहरादून हो गया था। जबलपुर में रहते हुए ये दोनों यहाँ से दलित वैचारिकी की *तीसरा पक्ष* नाम की पत्रिका का प्रकाशन कर रहे थे। यह शायद असंगघोष की ही पत्रिका थी जिसकी कमान उन्होंने वाल्मीकि जी को सौंपी हुई थी, जबकि वे खुद इसमें सहायक सम्पादक की भूमिका अदा कर रहे थे। असंगघोष ने अपना पत्र काफ़ी सँभलकर लिखा था। इस पत्र में असंगघोष

ने मेरे लेख पर कम ओमप्रकाश वाल्मीकि की कहानी *शवयात्रा* और सूरजपाल चौहान के फ़रवरी 2001 में प्रकाशित लेख *दलित साहित्यकारों का मनुवाद* पर अधिक चर्चा की। क्योंकि सूरजपाल चौहान के इस लेख में दलितों में पनपते मनुवाद पर सोदाहरण प्रहार किये गये थे इसलिए उनकी जाति से श्रेष्ठ जाति के लेखकों का तिलमिलाना स्वाभाविक था। इस लेख में सूरजपाल ने उन तथ्यों को भी उद्घाटित किया था कि किस तरह *दलित लेखक संघों* पर एक जाति विशेष के लेखक योजनाबद्ध तरीक़े से क़ब्ज़ा जमाने में लगे हुए हैं।

दलित विमर्श के अन्तर्विरोध यह लेख *दलित विमर्श की विडम्बनाएँ* शीर्षक से वर्ष 2017 में वाणी प्रकाशन, नयी दिल्ली से प्रकाशित पुस्तक *लेखक का मन* में भी संकलित है।

2001 के जनवरी महीने में मुझे मेरे कार्यालय की तरफ़ से एक ऑफ़िस ऑर्डर मिला। इस ऑर्डर के अनुसार मुझे मौजूदा कार्य के अलावा बोर्ड के जन-सम्पर्क और प्रचार का अतिरिक्त भार सौंपा गया था। इस ऑर्डर में सबसे मज़ेदार पंक्ति यह थी कि मैं सीधे अध्यक्ष, केन्द्रीय समाज कल्याण बोर्ड से, इस सम्बन्ध में जब भी ज़रूरत होगी, निर्देश लूँगा। इस ऑर्डर को मिलते ही मैं समझ गया कि यह सब प्रदीप पन्त और नानक चन्द जी का किया-धरा है। इन दोनों ने बड़ी सफाई से अपनी बला मेरे गले में डाल दी थी।

बहरहाल, इस ऑर्डर के जारी होते ही अध्यक्ष ने मुझे शनिवार के दिन अपने निवास पर बुलाया। हालाँकि शनिवार को छुट्टी रहती है फिर भी मैं चला गया। लेकिन कुछ घण्टे धक्के खाने के बाद घर लौटते हुए मेरी समझ में आ गया कि बोर्ड के जन-सम्पर्क और प्रचार के बहाने मुझे किसका प्रचार और जन-सम्पर्क करना पड़ेगा। कहते हैं कि 'अन्धे की लाठी राम होता है'। मेरा इस अतिरिक्त कार्यभार या कहिए बेगार से इतनी जल्दी पीछा छूट जायेगा मैंने सोचा भी नहीं था। वरना मेरी रातों की नींद यह सोच-सोचकर हराम हो गयी थी कि पता नहीं अध्यक्ष के घर से कब बुलावा आ जाये।

हुआ दरअस्ल यह था कि बोर्ड का कोई बड़ा आयोजन होना था, जिसके लिए महिला सांसदों (लोकसभा-राज्यसभा दोनों) की सूची चाहिए थी। अब चूँकि बोर्ड के जन-सम्पर्क व प्रचार का अतिरिक्त कार्यभार मुझे ताज़ा-ताज़ा यानि कुछ रोज़ पहले ही सौंपा गया, तो मुझे तुरन्त अध्यक्ष के कमरे में बुलाया गया, और निर्देश दिया गया कि उन्हें महिला सांसदों की सूची चाहिए। मैं उसी समय कम्प्यूटर सेक्शन में गया और कम्प्यूटर पर कार्य कर रहे कर्मचारी से मैंने गूगल

महाराज की मदद से महिला सांसदों कि सूची निकालने को कहा। सर्च करने के दौरान जैसे ही महिला सांसदों की सूची नज़र आयी, मैंने तुरन्त उसका प्रिंट निकलवा लिया और बिना किसी देरी के प्रिंट लेकर अध्यक्ष जी के पास ले गया। जिस समय मैं उनके केबिन में गया, उस समय बोर्ड की कार्यकारी निदेशक भी उनके पास बैठी हुई थी। अध्यक्ष जब उस सूची पर नज़र मार रही थी, तब मैंने देखा उसके माथे पर आड़ी-तिरछी सिलवटें उभर आयी हैं। इसके बाद उसने वह सूची अपने सामने बैठी कार्यकारी निदेशक की तरफ़ बढ़ा दी। कार्यकारी निदेशक ने जैसे ही सूची देखी, देखते ही वह हत्थे से उखड़ गयी और मेरी तरफ़ देखते हुए बोली, “इस लिस्ट को लाये हो? जाइए!”

मैं गर्दन लटकाये केबिन से बाहर जाने लगा तो मेरे कानों में कार्यकारी निदेशक के ये शब्द पड़े, “मेम, हटाइए इसे पब्लिक रिलेशन और पब्लिसिटी की ज़िम्मेदारी से।”

जाते हुए मैंने सुना तो मैं एक पल के लिए घबरा गया कि मुझसे ऐसी क्या ख़ता हो गयी, जो चार-पाँच दिन में ही मुझसे यह फीत छीनने की बात हो रही है। लेकिन बाहर आते ही मैंने अपने फेफड़ों में ज़ोर से हवा भरी और यह सोचते हुए अपनी सीट पर आ बैठा कि गीता में सही कहा गया है—जो हुआ अच्छा हुआ। मगर मेरी एक बात समझ में नहीं आयी कि यह सब हुआ क्यों? मैंने जब अच्छी-ख़ासी महिला सांसदों की सूची कम्प्यूटर से निकालकर दे दी थी, तब ऐसा क्या हुआ जो मुझे पब्लिक रिलेशन और पब्लिसिटी की ज़िम्मेदारी से हटाने की बात की गयी थी? बाद में मुझे पता चला कि मैंने कम्प्यूटर से जो सूची निकाली थी, वह बहुत पुरानी थी जिसमें थोड़े से महिला सांसदों के नाम थे। इसके बाद मुझे कभी न तो अध्यक्ष ने अपने घर बुलाया, न दफ़्तर में। आज सोचता हूँ कि अगर अनजाने में यह भूल या दुर्घटना नहीं होती, तो मुझे उन दिनों किस-किस से जन-सम्पर्क और कैसा-कैसा प्रचार करना पड़ता, कह नहीं सकता।

हिन्दी के लेखक के लिए दरियागंज एक ऐसा तीर्थस्थल है कि जब तक वह इसकी आड़ी-तिरछी तंग गलियों में बने प्रकाशन गृह रूपी मन्दिरों में मत्था नहीं टेकने जाये, उसका उद्धार और उसकी मुक्ति सम्भव नहीं है। मैं भी उन दिनों कई प्रकाशकों के यहाँ अक्सर जाता था। विशेषकर *सामयिक प्रकाशन* के यहाँ। जब तक इसके मालिक जगदीश भारद्वाज जी जीवित रहे, ऐसा कभी नहीं हुआ कि मैं दरियागंज जाऊँ और उनसे मिलकर न आऊँ।

मुझे देखते ही वे अपने यहाँ कार्यरत एक कर्मचारी गुप्ता जी को आवाज़ देते हुए कहते, "अरे गुप्ता जी, भई मोरवाल जी आये हैं।"

जगदीश भारद्वाज की आवाज़ सुनते ही गुप्ता जी तुरन्त पहले पानी और उसके बाद चाय, बिस्कुट और नमकीन लेकर हाज़िर हो जाते। सामयिक प्रकाशन के ज़्यादातर कर्मचारी मुझे व्यक्तिगत रूप से अच्छी तरह जानते थे। *काला पहाड़* आने के बाद उसकी जिस तरह चर्चा हो रही थी स्वाभाविक है एक सजग प्रकाशक के नाते वे भी इससे परिचित थे इसलिए उनके अन्दर भी इसे पढ़ने की लालसा पैदा हुई होगी। इसलिए मैं अब जब भी उनके पास जाता भारद्वाज जी कहते, "यार मोरवाल, हमें भी तो उपन्यास पढ़वाओ!"

मैं उनके इस आग्रह को यही सोचकर टाल जाता कि एक प्रकाशक होने के नाते वे यूँ ही चुहल कर रहे हैं। इसके अलावा मन में यह भाव भी था कि इस बुज़ुर्ग को दिखाई तो सलीक़े से देता नहीं है, क्यों इन्हें एक प्रति देकर मैं अपना नुक़सान करूँ। इस तरह मैं उन्हें कई महीने तक टालता रहा। लेकिन एक दिन मैं जब सामयिक प्रकाशन पहुँचा तो मेरे शीशे के दरवाज़े में प्रवेश करते ही ज़ोर से बोले, "गुप्ता जी, अरे भई मोरवाल जी आये हैं!"

मैं चुपचाप जाकर उनके सामने कुर्सी पर बैठ गया। गुप्ता जी पानी का गिलास रखकर चले गये। मैंने पानी पीया। इस बीच मैंने देखा उन्होंने अपनी कुर्सी धीरे-से आगे सरकाई और मेरी तरफ़ झुककर मुस्कराते हुए बोले, "भई मोरवाल, तूने तो अपना उपन्यास दिया नहीं। मैंने ही मँगवा लिया।"

इतना सुन मुझे अपने ऊपर बड़ी शर्मिन्दगी हुई। मैं जैसा सोच रहा था ऐसा कुछ नहीं था। सचमुच जगदीश भारद्वाज जी उपन्यास पढ़ना चाहते थे। मेरी अब थोड़ी जिज्ञासा हुई और मैंने उनसे पूछ ही लिया, "कैसा लगा आपको?"

"अभी मत पूछ। अभी पढ़ रहा हूँ। पढ़ने के बाद बात करूँगा।"

जगदीश भारद्वाज जी ने जिस तरह शब्दों को चुबलाते हुए उत्तर दिया। मैं बग़लें झाँकने लगा।

अब मेरी जिज्ञासा परवान चढ़ने लगी। लगभग एक महीने के बाद एक दिन मैंने जानबूझ कर दोपहर बाद सामयिक प्रकाशन में फोन किया। मैं जानता था कि इस समय जगदीश भारद्वाज जी ही फोन उठाते हैं। और ऐसा ही हुआ फोन उन्होंने ही उठाया। हाय-हेलो हुई लेकिन उन्होंने मुझे मौक़ा ही नहीं दिया कि मैं वह पूछूँ जिसके लिए मैंने फोन किया था। शायद वे मेरे फोन करने के प्रयोजन को भाँप गये थे। काफ़ी देर बाद मैंने हिम्मत करके पूछ ही लिया, "पंडीजी, आपने उपन्यास पढ़ लिया?"

"हाँ पढ़ लिया।" इतना कह उन्होंने बात पलट दी।

इसके बाद मेरे लिए शाम लेनी मुश्किल हो गयी कि कब कार्यालय बन्द होने का समय हो और कब मैं उड़कर जगदीश भारद्वाज जी के पास पहुँच जाऊँ। मैं पौने पाँच बजे ही दफ़्तर से निकल पहले अधचीनी आया और वहाँ से पुरानी दिल्ली रेलवे स्टेशन जाने वाली 502 नम्बर बस में बैठकर पहुँच गया दरियागंज के जटवाड़ा। शीशे का पल्ला धकेल मैंने जैसे ही अन्दर प्रवेश किया, मुझे देखते ही जगदीश भारद्वाज जी की बाँछें खिल उठीं। उनकी आवाज़ में खनक पहले से कहीं ज़्यादा थी। गुप्ता जी किसी काम के लिए आये थे इसलिए मुझे देख आज बिना आवाज़ के पानी का गिलास रख गये। गिलास रखकर गुप्ता जी जाने लगे तो भारद्वाज जी पीछे से टोकते हुए बोले, "यार, मोरवाल जी आये हैं। इन्हें चाय तो पिला!" इतना कह उन्होंने अपनी दराज से नमकीन और बिस्कुट निकाले तथा इस अन्दाज़ में मेरे सामने रख दिये कि जब तक चाय आये इनका आनन्द लेता रहे।

जब तक मैं चाय पीता रहा मैंने देखा जगदीश भारद्वाज जी की बाँछें रह-रह कर फैलती-सिकुड़ती रहीं। नज़र मेरे चेहरे पर ठिठकी रही। बीच-बीच में मैं चुपचाप उनके चेहरे पर उभरती भंगिमाओं को बाँचने का प्रयास करता रहा। चाय पीते हुए आख़िर मैंने पूछ ही लिया, "आपने बताया नहीं उपन्यास कैसा लगा?"

"यार, पहले आराम से चाय तो पी ले!" मेरी तरफ़ वे एक रहस्यमयी मुस्कान उछालते हुए बोले।

मेरे लिए अब चाय पीना मुश्किल हो गया। अन्ततः चाय भी ख़त्म हो गयी। इस बीच भारद्वाज जी ने गुप्ता जी को फिर से आवाज़ दी, "अरे गुप्ता जी, कप हटा ले!"

वे मेरी व्यग्रता और जिज्ञासा को भाँप गये इसलिए वे जान-बूझकर जैसे मेरे धैर्य की परीक्षा लेने लगे। उन्हें मानो पता था कि मैं उनके पास किस मक़सद से आया हूँ। काफ़ी देर बाद उन्होंने अपने आपको पहले सीधा किया और फिर बड़े निस्पृह भाव से बोले, "और सुना भई मोरवाल क्या हालचाल हैं?"

मैंने कोई उत्तर नहीं दिया। मैं अन्दर-ही-अन्दर झुँझला रहा था।

इसके बाद वे हल्के से मेरी तरफ़ झुके और एक महीन मुस्कान बिखेरते हुए बोले, "यार मोरवाल, ईमानदारी से सच-सच एक बात बता, यह उपन्यास तूने लिखवाया किससे है? ऐसा उपन्यास तू तो नहीं लिख सकता?"

जगदीश भारद्वाज जी के इस प्रश्न पर एक पल के लिए मैं सकपका गया। मैं अपलक अपने सामने बैठे मन्द-मन्द मुस्कराते जगदीश भारद्वाज जी को निरखता रहा। मगर कुछ पलों के बाद जैसे ही मुझे उनके इस कहे का मर्म समझ में आया, मैं अपनी कुर्सी से उठा और उनके पैरों को छू लिया।

सचमुच मेरे जैसे लेखक के लिए इससे बड़ा कॉम्पलीमेंट, वह भी एक अनुभवी प्रकाशक की तरफ़ से दूसरा नहीं हो सकता था।

"मोरवाल, तेरा उपन्यास पढ़ते हुए मुझे यह लगा ही नहीं कि मैं मेवात की कथा पढ़ रहा हूँ। मुझे लगा जैसे मैं मुज़फ़्फ़रनगर के अपने बचपन के गाँव की कहानी पढ़ रहा हूँ। इसके पात्र मुझे मेवात के नहीं, अपने वे पुराने साथी लगे जिनके साथ मेरा बचपन बीता था। यार, सच कहूँ तूने तो मेरे बचपन की याद दिला दी।" इसके बाद जगदीश भारद्वाज जी थोड़ा भावुक होते हुए *काला पहाड़* के मेवात को छोड़, कुछ पल के लिए जैसे अतीत के अपने गाँव के गली-गलियारों में खो गये।

पाठकों बता दूँ सामयिक प्रकाशन के मालिक जगदीश भारद्वाज जी का पैतृक गाँव पश्चिमी उत्तर प्रदेश के उसी मुज़फ़्फ़रनगर के एक गाँव में है, जिस मुज़फ़्फ़रनगर को अगस्त 2013 के साम्प्रदायिक दंगों ने अपनी कालिख से पोत दिया था।

जगदीश भारद्वाज जी के रहते हुए मेरे तीन उपन्यास *काला पहाड़, बाबल तेरा देस में* और *रेत* प्रकाशित हो चुके थे। मैं जब भी उनके पास जाता मुझे देखते ही उनकी आँखें मेरे प्रति स्नेह और वात्सल्य से चमक उठती थीं। वे मेरी दो दशक की लेखन-यात्रा के मुख्य गवाहों में से एक थे। वे मुझे तब से देखते आ रहे थे जब मैं दरियागंज रूपी उस दौर के लेखक बनाने के कारख़ानों के यहाँ आता-जाता था।

एक दिन तो उन्होंने अपने इस स्नेह को जैसे मेरे ऊपर उँड़ेल ही दिया, "मोरवाल, मैं जब भी तुझे देखता हूँ मुझे बड़ी ख़ुशी होती है कि कैसे मेरे देखते-देखते तू लेखक बना है। तुझे किसी ने नहीं बनाया बल्कि तू ख़ुद लेखक बना है।"

एक अनुभवी प्रकाशक और दिल्ली के प्रकाशन जगत से लेकर लम्बे समय तक हिन्दी साहित्य की नंगी सच्चाइयों से भली-भाँति परिचित जगदीश भारद्वाज जी का यह कथन, जब-जब मेरे कानों में थपकी देता है, तब-तब मेरे अन्तर्मन का अँधेरा कोना किसी परिचित उजियारे से भर उठता है। पाठकों की जानकारी के लिए बता दूँ कि जगदीश भारद्वाज जी एक समय शीला संधू के राजकमल प्रकाशन में विक्रय प्रतिनिधि हुआ करते थे। इसे महज़ एक संयोग ही कहा जायेगा कि जिस राजकमल प्रकाशन में जगदीश भारद्वाज जी ने वर्षों सेवा देने के बाद अपना प्रकाशन शुरू किया, उसी राजकमल का मैं भारद्वाज जी के जीवित रहते लेखक बन गया था।

आज जब भी जगदीश भारद्वाज जी के शब्द मेरे कानों में गूँजते हैं और भंगिमाएँ आँखों के सामने तैरती हैं, तो एक नया विश्वास और उच्छ्वास भीतर-ही-भीतर अँगड़ाई लेने लगता है। मेरा मानना है कि ऐसे ऋषि परम्परा के प्रकाशकों की प्रजाति हिन्दी पट्टी से तेज़ी से विलुप्त होती जा रही है।

उम्र और लेखन में मेरी समकालीन कथाकार अलका सरावगी हिन्दी कथा-साहित्य के आकाश में एक धूमकेतु की तरह प्रकट हुईं। सन् 1998 में इनके पहले ही उपन्यास *कलिकथा : वाया बाईपास* का हिन्दी साहित्य में जिस तरह स्वागत हुआ, मेरे जानते इतना आज तक किसी का नहीं हुआ। इसका अनुमान इसी से लगाया जा सकता है कि इस उपन्यास के प्रकाशित होते ही इसे हिन्दी कथा-साहित्य के दो बड़े पुरस्कार मिले। पहला 1998 का *श्रीकान्त वर्मा पुरस्कार* जो शायद अन्तिम श्रीकान्त वर्मा पुरस्कार था। इसके बाद 2001 के लिए इस उपन्यास को, जब आदरणीय डॉ. नामवर सिंह *साहित्य अकादेमी* में हिन्दी भाषा के संयोजक थे, उनकी सरपरस्ती में साहित्य अकादेमी पुरस्कार से सम्मानित किया। अलका सरावगी का यह पहला उपन्यास मेरे पहले उपन्यास *काला पहाड़* (1999) से एक वर्ष पहले 1998 में हरियाणा के पंचकूला स्थित उस समय से एक छोटे-से प्रकाशन *आधार प्रकाशन* से प्रकाशित हुआ था।

यह उन दिनों दिल्ली के प्रगति मैदान में लगने वाला 2002 का विश्व पुस्तक मेला था। वर्ष 2001 के हिन्दी भाषा के लिए मिले *साहित्य अकादेमी पुरस्कार* की चारों तरफ़ चर्चा थी। दोपहर बाद मैं मेले का चक्कर लगाता हुआ राजकमल प्रकाशन के स्टाल पर पहुँचा। समय साढ़े तीन के आसपास का रहा होगा। अन्दर पंडाल में एक कोने में ज़मीन पर सफ़ेद चादर से ढँके गद्दों और पार्टीशन की पतली दीवार से सटाकर लगाये गये गाव का सहारा लिए अधलेटी मुद्रा में डॉ. नामवर सिंह जी अकेले ही थे। हिम्मत करते हुए संकोच के साथ मैं थोड़ा आराम करने की गरज़ से उन्हें नमस्कार कर, उनसे थोड़ी दूरी बनाकर बैठ गया। मुझे बड़े लोगों से हमेशा डर लगता है कि पता नहीं वे आपकी किस भंगिमा या मुद्रा को देखकर, उसे आपकी बेअदबी समझ बैठें। इसीलिए मैं उनसे थोड़ा हटकर बैठ गया।

अपने मुँह में गिलोरी को चुबलाते हुए उन्होंने जैसे आसपास का जायज़ा लिया और धीरे-से मेरी तरफ़ झुकते हुए बोले, "और कैसे हैं मोरवाल जी?"

मैंने बड़े अदब के साथ कहा, "आपका आशीर्वाद है सर।"

इसके बाद वे धीरे-से मेरी तरफ़ खिसके और अपने आसपास देखने के बाद बोले, "मोरवाल जी, मेरे ऊपर एक बोझ है। मैं उसे इस बार उतारकर उससे उऋण हो जाना चाहता हूँ।"

मैं चुपचाप उनकी बात सुनता रहा। सच कहूँ बड़े लोगों की ऐसी उलटबाँसियाँ अपने तो कभी पल्ले पड़ी नहीं। फिर वैसे भी मुझे उनके इस उऋण होने से क्या वास्ता। होगा कोई उनके दिल पर बोझ, जिसे वे उतारकर उऋण होना चाहते होंगे? लेकिन मेरी समझ में यह नहीं आया कि अपने उऋण होने की बात वे मुझसे क्यों कह रहे हैं? मुझे नामवर जी की बात में मज़ा नहीं आया और थोड़ी देर बैठकर मैं राजकमल प्रकाशन के पंडाल से उठकर चला आया। डॉ. नामवर सिंह जी वहीं बैठे रहे।

नामवर सिंह जी के दामाद और दिल्ली विश्वविद्यालय के एक महाविद्यालय, ज़ाकिर हुसैन कॉलेज में अध्यापन करने वाले डॉ. पवन से उन दिनों अक्सर मेरी मुलाक़ात होती रहती थी। मैंने एकाध दिन बाद उन्हें फोन किया और उन्हें विश्व पुस्तक मेले में राजकमल प्रकाशन के पंडाल में डॉ. नामवर सिंह जी द्वारा कही गयी इस बात को बताया।

मेरी बात सुन डॉ. पवन बोले, "अरे आपको पता नहीं? दरअस्ल, सर आपको इस बार साहित्य अकादेमी दिलाने की सोच रहे हैं।"

"मुझे! मेरा कौन-सा कविता संग्रह आया है जिस पर दिलाएँगे?"

"कविता संग्रह नहीं काला पहाड़ पर।"

सुनते ही पहले तो मैं जैसे हवा में उड़ने लगा लेकिन तुरन्त सँभलते हुए कहा, "लगातार कथा साहित्य पर साहित्य अकादेमी देने की परम्परा ही नहीं है।"

"भले ही ना हो लेकिन वे कह रहे थे कि इस बार आपके उपन्यास को दिलाना है।"

फोन के बाद मेरी जिज्ञासा और बढ़ गयी। मैंने कुछ जानकारी हासिल की तो पता चला कि साहित्य अकादेमी के हिन्दी भाषा के पिछले दस साल से चले आ रहे संयोजक के रूप में डॉ. नामवर सिंह जी का वह अन्तिम साल था। सबसे बड़ी बात यह कि लगातार दो वर्ष तक उन दिनों एक ही विधा में पुरस्कार देने की कोई परम्परा नहीं थी। दूसरा, इनका संयोजक के रूप में अन्तिम साल था, इसलिए डॉ. नामवर सिंह जी के उऋण होने या ना होने से कुछ नहीं होता।

इंडिया टुडे द्वारा अपने *साहित्य वार्षिकी* के 1992-93 में *श्रेष्ठ सृजन का संसार,* 1993-94 में *सन्नाटे में संवाद,* 1994-95 में *संवेदना के सत्य,*

1995-96 में *अक्षर की आरसी* और 1997 में *शब्द रहेंगे साक्षी* जैसे पाँच अंक निकालने के बाद; पहले 2000 में *समय से संलाप* और फिर 2002 में *सम्भावनाओं के साक्ष्य* के बाद पन्द्रह साल बाद 2017-18 में *अभिव्यक्ति का उत्सव* शीर्षक से अपना *साहित्य वार्षिकी* का प्रकाशन किया। लेकिन डेढ़ दशक बाद प्रकाशित इस वार्षिकी का सबसे चौंकाने वाला पृष्ठ था सम्पादकीय पृष्ठ। इस पृष्ठ पर सबसे अन्त में *साहित्य वार्षिकी* के तब तक छपे सारे अंकों के आवरणों की तस्वीरें दी गयी थीं। इस अंक का लोकार्पण 2018 *साहित्य आजतक* में किया गया था। इस समारोह में मैं भी गया था और जिज्ञासावश समकालीन रचनाधर्मिता का विशिष्ट आयोजन यानि *अभिव्यक्ति का उत्सव* वाला यह अंक यह सोचकर ख़रीद लिया कि देखें पन्द्रह साल बाद निकलने वाली *साहित्य वार्षिकी* कैसी होगी। लेकिन इस दो सौ रुपये की क़ीमतवाले अंक का मैंने जैसे ही पहला पन्ना खोला और उसे देखा, तो देखते हुए न जाने मुझे क्यों लगा कि जिन पिछले साहित्य वार्षिकियों के आवरण छपे हुए हैं, उनमें कुछ छूटा हुआ है। बहुत से पाठकों/लेखकों के अज्ञान और स्मृति-दोष की तरह मेरा भी इस छूटे हुए पर ध्यान नहीं जाता, लेकिन इसलिए चला गया कि उस छूटे हुए का मैं एक अहम गवाह रहा हूँ। अचानक मुझे याद आया कि इन आवरणों में वर्ष 2002 में प्रकाशित *सम्भावनाओं के साक्ष्य* शीर्षक वाले वार्षिकी का आवरण तो है ही नहीं। मैंने एक बार नहीं कई बार ध्यान से देखा तो मेरा अनुमान सही निकला यानि सचमुच इन आवरणों में उस वार्षिकी का आवरण ही नहीं है। दरअस्ल, इस अंक को वहीं *इंडिया टुडे* के उस स्टाल के सामने देख रहा था, जहाँ इसे लोग धड़ाधड़ ख़रीद रहे थे।

उस समय वहाँ *इंडिया टुडे* से जुड़े कई पत्रकार खड़े थे। इनमें कुछ वे भी थे जिन्हें समकालीन रचनाधर्मिता को जाँचने-परखने और इस अंक की ज़िम्मेदारी दी गयी थी। मैंने जब उनका ध्यान इस ओर खींचा तो पहले वे सब इस बात पर डँटे रहे कि वर्ष 2002 में सम्भावनाओं के साक्ष्य नाम की कोई *साहित्य वार्षिकी* प्रकाशित ही नहीं हुई। परन्तु मैंने जब ज़ोर देकर कहा कि मेरी तो उसमें न केवल *छल* शीर्षक से कहानी प्रकाशित हुई थी, बल्कि उसमें दस सम्भावनाशील नये रचनाकारों की भी खोज की गयी थी। मेरे प्रमाण देने और आत्मविश्वास को देख वहाँ जमा *इंडिया टुडे* से जुड़े पत्रकारों ने आपस में एक-दूसरे की ओर देखा। उन्हें जैसे न अपने कानों पर यक़ीन हो रहा था, न अपनी आँखों पर कि एक अज्ञात कुलशील मामूली-सा लेखक क्या कह रहा है? एकाध ने फुसफुसाते हुए मुझे रोकने की कोशिश की कि मैं यहाँ शोर ना मचाऊँ।

मैं समझ गया कि इस भरी महफ़िल में मेरी चुप रहने में ही भलाई है वरना भविष्य में *इंडिया टुडे* से तो मुझे ब्लैक लिस्ट होना ही पड़ेगा, बल्कि भविष्य के *साहित्य आजतक* भी मेरे हाथ से जाते रहेंगे। अपने भविष्य की चिन्ता करते हुए मैंने अपनी चोंच बन्द रखने में ही भलाई समझी और आगे कुछ नहीं कहा। बाद में सोचने लगा कि ऐसा कर मैंने बहुत अच्छा किया। इससे पहले मैं अपनी ऐसी हरकतों की वजह से अपना कितना नुक़सान उठा चुका हूँ, मैं ही जानता हूँ। मैंने ऊपर वाले का मन-ही-मन यह कहते हुए लाख-लाख शुक्रिया अदा किया कि 'हे मेरे मौला, आज तूने मुझे ख़ुदकुशी से बचा लिया!'

लेकिन जो ग़लती, भूल या चूक डेढ़ दशक बाद प्रकाशित होने वाली *साहित्य वार्षिकी* में हुई थी, उसे 2019-20 में प्रकाशित हुई वार्षिकी में दुरुस्त कर लिया गया। वैसे भी सुबह के भूले को भूला हुआ नहीं कहते। यह तो फिर हिन्दी साहित्य है। जब यहाँ खुलेआम होनेवाली बौद्धिक बेईमानियों पर हम आँखें मूँद लेते हैं, तो यह कौन-सी बड़ी बात है।

शायद आपको यक़ीन ना आये लेकिन यह सच है कि इस भूल, चूक या ग़लती को दुरुस्त करने का श्रेय भी इस अज्ञात कुलशील मामूली-से लेखक को ही जाता है। बताता हूँ क्यों?

जिन दिनों 2019-20 के *साहित्य वार्षिकी* पर ज़ोर-शोर से काम चल रहा था, उन्हीं दिनों मेरे पास *इंडिया टुडे* के एसोसिएट एडिटर और अशोक कुमार की तरह इसके संयोजक शिवकेश मिश्र का फोन आया। मैं पहले से भली-भाँति परिचित था कि अशोक कुमार जी के *इंडिया टुडे* से विदा होने के बाद पुनः प्रकाशित होने वाले इन वार्षिकियों का भार शिवकेश मिश्र के कन्धों पर ही था। शिवकेश मिश्र का फोन आते ही मैं मन-ही-मन बल्लियों उछलने लगा कि वे ज़रूर आगामी वार्षिकी के लिए मेरा 'रचनात्मक' सहयोग माँगेंगे। उन्होंने दबी आवाज़ में शब्दों को चुबलाते हुए कहा, "मोरवाल जी, आपके पास 2002 का साहित्य वार्षिकी का अंक तो है न?"

मैंने बिना आगे-पीछे सोचे तुरन्त कह दिया, "हाँ है।"

"यार, क्या आप उसके आवरण का अच्छा-सा फोटो मुझे व्हाट्सएप पर भेज देंगे?"

मैंने फिर जल्दबाज़ी से काम लिया और यह सोचकर हामी भर दी कि ये मेरे इस सहयोग के बदले मुझसे ज़रूर मेरा रचनात्मक सहयोग गंगा। लेकिन इससे पहले मैं कुछ कहता फोन कट गया। इसके बाद मेरी क्या हालत हुई होगी आप कल्पना कर सकते हैं। मैं तो सोच रहा था कि वे 2002 के *साहित्य वार्षिकी* का आवरण माँगने के बाद, मुझसे कहेंगे कि आप हमें अपना कोई उपन्यास अंश या

जो आपको लगता हो, कुछ दीजिए न! मगर इस बारे में भले आदमी ने कोई बात ही नहीं की। हालाँकि मैं चाहता तो मैं अपनी धूर्तता दिखाते हुए इस आवरण को नहीं भेजता, परन्तु न जाने क्यों मेरे संस्कारों में किसी के साथ वायदा करके कपट करना या धोखा देना नहीं रहा है। नेकी कर दरिया में फेंकना मेरा उसूल रहा है। मैं चाहता तो शिवकेश से ख़ुद ही कह सकता था किन्तु गँवई संकोच मुझे ऐसा करने से रोक देता है। बहरहाल, मैंने वायदे के अनुसार इस वार्षिकी का आवरण भेजा, जो 2019-20 के *मौलिकता की खोज* शीर्षक से प्रकाशित हुई *साहित्य वार्षिकी* के सम्पादकीय पृष्ठ पर शोभायमान था। मेरा मानना है कि साल 2002 तक निकलने वाले साहित्य वार्षिकियों ने जो पहचान बनायी थी और हिन्दी साहित्य जगत् में जिस गम्भीरता के साथ इन सात वार्षिकियों का नाम लिया जाता है, उसका श्रेय उनके सम्पादक अशोक कुमार को जाता है।

अब जब *इंडिया टुडे* के साहित्य वार्षिकियों का ज़िक्र चला है, तो इनमें वर्ष 2002 की वार्षिकी *सम्भावनाओं के साक्ष्य* के उस आयोजन का मैं ज़रूर उल्लेख करना चाहूँगा। *इंडिया टुडे* का यह साहित्य वार्षिकी 1992-93 से लेकर 1997 और 2000 के बाद 2002 में प्रकाशित एक तरह से उस दौर का अन्तिम वार्षिकी था। इसके लगभग पन्द्रह साल बाद 2017-18 में फिर से इसका प्रकाशन हुआ और अन्तिम वार्षिकी का प्रकाशन 2019-20 में हुआ था। अन्त के दोनों वार्षिकियों का प्रकाशन हिन्दी के सबसे बड़े साहित्योत्सवों में से एक *साहित्य आजतक* के दौरान हुआ था।

इंडिया टुडे का वर्ष 2002 में प्रकाशित यह वार्षिकी कई मायनों में महत्त्वपूर्ण था। एक तरह से हिन्दी साहित्य के उस समय के युवा लेखन को मापने का अपने आपमें यह एक नया प्रयोग था। इसके माध्यम से हिन्दी के दस सबसे सम्भावनाशील नये रचनाकारों को चिह्नित किया गया था। इसलिए टेलेंट हंट की तर्ज़ पर हिन्दी के प्रमुख साहित्यकारों, आलोचकों और पाठकों से इन दस सम्भावनाशील रचनाकारों की सूची माँगी गयी। इन दस नामों का चयन उन्हीं नामों में से किया जाना था, जो नब्बे के दशक के आसपास उभरे और चर्चित हुए। जिस तरह *इंडिया टुडे* जैसी व्यावसायिक और न्यूज़ मैगज़ीन साप्ताहिक ने हिन्दी साहित्य के पाठकों में अपनी पैठ बनायी हुई थी, उसके चलते होना यह चाहिए था कि इतने बड़े हिन्दी समाज से हिन्दी के प्रमुख साहित्यकारों, आलोचकों और पाठकों से हज़ारों की संख्या में पत्र प्राप्त होने चाहिए। मगर जितने पत्र प्राप्त हुए उनकी संख्या को जान और सुनकर शायद आपको अपना सिर, अपने हिन्दी समाज पर शर्म से झुकता हुआ लगे। क्योंकि इन पत्रों ने सौ

की संख्या भी पार नहीं की थी अर्थात केवल 87 हिन्दी के प्रमुख साहित्यकारों, आलोचकों और पाठकों के पत्र प्राप्त हुए।

इन पत्रों को बाद में हिन्दी साहित्य के तीन दिग्गजों डॉ. मैनेजर पाण्डेय, डॉ. विजय मोहन सिंह और मृदुला गर्ग को भेजा गया, ताकि इन पत्रों के आधार पर वे अपना अन्तिम निर्णय दे सकें। हालाँकि इस प्रक्रिया का विरोध भी हुआ। इसका सबसे मुखर विरोध वरिष्ठ आलोचक सुधीश पचौरी ने किया। उनका कहना था–

"आप लॉटरी डाल कर कोई भी दस लेखक दस मिनट के लिए चुन सकते हैं। महान लेखकों की अवधारणा एक छलना है।"

शंका तो इस प्रक्रिया को लेकर यह भी ज़ाहिर की गयी थी कि इन अपने-अपने सम्भावनाशील नये रचनाकारों के पक्ष में बाक़ायदा मुहिम चलाई गयी थी। अगर सूचना के अधिकार के तहत इन 87 पत्रों को लिखने वालों का नाम सार्वजनिक करने जैसा कोई प्रावधान होता, तो सबको इस रहस्य का पता चल जाता कि, इन पत्रों को लिखने वालों में किस राज्य और किस वर्ग के लोग सबसे अधिक थे। लेकिन इस प्रक्रिया के अतिरिक्त कोई दूसरी लोकतान्त्रिक प्रक्रिया हो भी नहीं सकती थी। *इंडिया टुडे* की नीयत और मंशा पर कोई अँगुली न उठा सके, इसलिए इस प्रक्रिया का सहारा लिया गया।

जैसाकि उम्मीद और आशंका दोनों थी, वही हुआ। इन पत्रों को लिखने वाले ज़्यादातर दिल्ली समेत बड़े शहरों में रहने वाले हिन्दी के नामवर लेखक/आलोचक थे। जबकि इन 87 पत्रों में से पाठकों के रूप में केवल दो का नाम सार्वजनिक किया गया था। दिल्ली समेत बड़े शहरों में रहने वाले हिन्दी के इन नामवर लेखक/आलोचकों में चित्रा मुद्‌गल, रमेशचन्द्र शाह, पुष्पपाल सिंह, भारत भारद्वाज, महेश दर्पण, पंकज बिष्ट, कमल कुमार, गिरीशचन्द्र श्रीवास्तव, सदानन्द शाही, परमानन्द श्रीवास्तव, संजीव, चन्द्रकान्ता, प्रकाश मनु जैसे नाम थे। जबकि राजेन्द्र यादव, असग़र वजाहत, अब्दुल बिस्मिल्लाह, मंज़ूर एहतेशाम, डॉ. नामवर सिंह, काशीनाथ सिंह, दूधनाथ सिंह, ज्ञानरंजन, रवीन्द्र कालिया, निर्मला जैन, शिव कुमार मिश्र, श्रीप्रकाश मिश्र, नन्दकिशोर नवल, केदारनाथ सिंह, वीरेन्द्र यादव, अशोक वाजपेयी, कृष्णा सोबती, स्वयं प्रकाश, मनोहर श्याम जोशी, शेखर जोशी, मंगलेश डबराल, राजेश जोशी, पुरुषोत्तम अग्रवाल, विजय बहादुर सिंह, ममता कालिया सहित अनेक वरिष्ठ और उस समय के महत्त्वपूर्ण साहित्यकारों से कोई राय नहीं ली गयी, और अगर ली गयी थी तो उनकी टिप्पणियाँ भी शामिल की जानी थीं?

इस तरह मात्र इन 87 पत्रों के आधार पर हिन्दी के जिन दस नये सम्भावनाशील रचनाकारों को चुना गया, वे थे—अलका सरावगी, अखिलेश, संजय कुन्दन, बद्रीनारायण, संजय खाती, हेमन्त कुकरेती, अनामिका, निलय उपाध्याय, कात्यायनी और गीतांजलिश्री। सबसे मज़ेदार यह था कि इन दस 'सम्भावनाशीलों' में से 7 लेखकों की औसत आयु चालीस वर्ष से अधिक थी अर्थात ये अधेड़ावस्था में प्रवेश कर चुके थे। जबकि एक लेखक संजय कुन्दन के बारे में कहा जाता है कि इनको नन्दकिशोर नवल जी की सिफ़ारिश पर अन्तिम समय में इस सूची में शामिल किया गया था। इतना ही नहीं इन तीन दिग्गजों ने जिन सम्भावनाशीलों की सूची बनायी थी उनमें पुरुषोत्तम अग्रवाल, दिनेश कुमार शुक्ल, सविता सिंह, वीरेन्द्र यादव, मैत्रेयी पुष्पा, ओमप्रकाश वाल्मीकि, गगन गिल, सारा राय, कुमार अंबुज, हरी भटनागर, उदय प्रकाश, संजीव, देवेन्द्र, ललित कार्तिकेय, उर्मिला शिरीष और बोधिसत्व जैसे उम्रदराज लेखक भी शामिल किये गये थे।

कथाकार-आलोचक विजय मोहन सिंह ने अपनी 10 के बजाय 15 सम्भावनाशील लेखकों की सूची से पूर्व जो टिप्पणी दी, वह ग़ौर-तलब है। उनके अनुसार, "*पत्रों में अधिसंख्य नाम ऐसे हैं जो सभी सूचियों में कॉमन हैं। यह कॉमननेस कई बातों को सूचित करती है—ये सभी पाठक हिन्दी की कुछ विशेष पत्रिकाओं के पाठक हैं...वे एक विशेष प्रकार के साहित्य के प्रति कंडीशंड हैं, वे उन समीक्षाओं और निबन्धों से भली-भाँति परिचित हैं जो समकालीन साहित्य के सम्बन्ध में प्रकाशित होते रहते हैं। पूरे सन्दर्भ को ध्यान में रखते हुए मैं ये नाम सुझा सकता हूँ।*" (यहाँ नाम देने की ज़रूरत नहीं है)।

वहीं मृदुला गर्ग जी कहती हैं, "*...लगभग 50 प्रतिशत पत्र समीक्षकों, रचनाकारों, प्राध्यापकों, सम्पादकों के हैं इसलिए सर्वेक्षण से जो औसत राय निकाली जायेगी, उसे पाठकों की प्रतिनिधि राय मानना न्यायसंगत नहीं होगा ...पाठकों ने ऐसे नाम भी लिए हैं जो समीक्षकों द्वारा नहीं लिए गये हैं...यह साहित्य पठन के विषय में आशा जगाता है...मैं पिछले दशक के स्थापित व सम्भावनाशील लेखकों के नाम दे रही हूँ।*" (यहाँ भी नाम देने की ज़रूरत नहीं है क्योंकि इससे नामों का दुहराव ही होगा)। मृदुला गर्ग ने तो अपनी तरफ़ से दो सूचियाँ बनायीं। एक, स्थापित लेखकों की और दूसरी सम्भावनाशील लेखकों की।

जबकि इन तीन दिग्गजों में से एक वरिष्ठ आलोचक डॉ. मैनेजर पाण्डेय जी ने विधावार जो सूची बनायी और उपन्यास के तहत जिन तीन उपन्यासकारों के

नाम लिए थे, वे थे—भगवानदास मोरवाल, गीतांजलिश्री और अलका सरावगी। हालाँकि मेरा नाम अन्य दो दिग्गज विजय मोहन सिंह और मृदुला गर्ग द्वारा बनायी गयी सूची के इन दस सम्भावनाशील रचनाकारों में कहीं नहीं था।

डॉ. मैनेजर पाण्डेय द्वारा *सरोकारों से साक्षात्कार* शीर्षक के तहत लिखे गये अपने आधार लेख *कथा साहित्य : स्मृति और अनुभव* में मेरे पहले उपन्यास *काला पहाड़* के बारे में लिखते हैं—

सामाजिक और राजनीतिक चेतना का उपन्यास है भगवानदास मोरवाल का 'काला पहाड़'। इस उपन्यास में मेवात क्षेत्र के जनजीवन, उसके इतिहास और तेज़ी से बदलते हुए वर्तमान में टूटते-बिखरते मनुष्य की कथा कही गयी है। कथा एक ऐसे गाँव की है जिसमें हिन्दू और मुसलमान दोनों रहते हैं, दोनों एक-दूसरे की ज़िन्दगी और संस्कृति में सहज रूप से भाग लेते हैं, लेकिन आज की राजनीति, छल-छद्म और साम्प्रदायिकता के ज़हर के फैलाव के कारण उनमें अलगाव पैदा होता है। साम्प्रदायिकता के कारण हिन्दुओं और मुसलमानों के बीच घटती हुई आत्मीयता और बढ़ते हुए सन्देह की प्रक्रिया का जैसा प्रभावशाली चित्रण इस उपन्यास में है, वैसा हाल के किसी उपन्यास में नहीं है। यह उपन्यास मेवात क्षेत्र के जनजीवन को समग्रता में चित्रित करता है, लेकिन लेखक की दृष्टि के केन्द्र में वहाँ की लोकसंस्कृति है, इसलिए वह उस क्षेत्र के ज्ञात-अज्ञात कवियों की कविताओं और लोकगीतों के माध्यम से जनसंस्कृति को सामने लाता है। उपन्यास का मुख्य पात्र सलेमी मेवात के जनजीवन में मौजूद भाईचारा, सहृदयता और एकता का प्रतीक है। वह किसान जीवन के हृदय के विवेक का प्रतिनिधि भी है।

'काला पहाड़' जैसे उपन्यासों से यह साबित होता है कि नयी पीढ़ी की रचनाशीलता में वह विवेकशील उदारता है, जो हिन्दुओं और मुसलमानों के जीवन को समान आत्मीयता से चित्रित करती है और वह समझदारी भी है, जो दोनों की साझी समस्याओं की गहरी चिन्ता करती है।

जिन दिनों इस विशेषांक बल्कि कहिए *साहित्य वार्षिकी 2002* की योजना बन रही थी, मैं ऐसे ही समीक्षा के लिए पुस्तकें लेने इस अंक के सम्पादक अशोक कुमार के पास चला गया। किताब देने के बाद उन्होंने मुझसे एक कहानी माँगते हुए बताया कि इंडिया टुडे के साहित्य वार्षिकी की योजना बन रही है। तभी उन्होंने बताया था कि इस अंक के लिए दस सम्भावनाशील नये रचनाकारों का भी एक सर्वेक्षण जैसा चल रहा है। इस सर्वेक्षण का आधार अशोक कुमार जी ने

बताया था कि इनका चयन पाठकों के पत्रों के आधार पर किया जायेगा। इस पर मैंने उनसे कहा कि ऐसे तो मैं अपने पक्ष में सौ चिट्ठियाँ लिखवा सकता हूँ। मेरी इस बात पर वे मुस्करा कर रह गये और बोले कि ऐसा नहीं होगा। मगर जब अंक प्रकाशित होकर आया तो मेरी आशंका और सुधीश पचौरी जी का यह कथन सत्य प्रतीत हो गया कि आप लॉटरी डालकर कोई भी दस लेखक दस मिनट के लिए चुन सकते हैं।

साल 2008 में मेरा तीसरा उपन्यास *रेत* आया था। इस उपन्यास का अनौपचारिक लोकार्पण 2009 के विश्व पुस्तक मेले में डॉ. मैनजेर पाण्डेय जी के ही हाथों हुआ था। इसके लोकार्पण के अवसर पर डॉ. पाण्डेय ने कहा कि *मोरवाल की नज़र ऐसे विषयों पर पड़ती है, जिन पर प्रायः हिन्दी के लेखकों की नज़र नहीं पड़ती है।* आज भी मेरा कोई उपन्यास प्रकाशित होकर आता है, तो वे उसका बड़ी बेसब्री से इन्तज़ार करते हैं।

इसे मैं अपनी काहिली मानता हूँ कि मैं इन्हें अपने तीन उपन्यास नहीं दे पाया। ये थे *बाबल तेरा देस में, नरक मसीहा* और *हलाला।* लेकिन मैं इन्हें अपना छठा और हाथरस शैली नौटंकी व उसकी एक अदाकारा पर केन्द्रित उपन्यास *सुर बंजारन* भेंट करके आया था। इससे पहले उपन्यासों को भेंट न करने का एक कारण यह था कि ये उन दिनों कुछ अस्वस्थ थे। *सुर बंजारन* को डॉ. मैनेजर पाण्डेय जी ने बड़े मनोयोग से पढ़ा। पढ़ने के बाद मैंने उनसे आग्रह किया कि अगर आपको लगता है कि इस पर आप कुछ शब्द कह सकते हैं, तो मेरे लिए यह एक उपलब्धि की तरह होगा। इस पर वे बड़े संकोच के साथ हँसते हुए बोले कि मेरा कहा तुम्हारे लिए किस तरह उपलब्धि हो सकती है? मैंने कहा कि सर इसे मैं ही जानता हूँ। इसके बाद मैं एक दिन उनके पास गया और उनकी बात रिकॉर्ड कर लाया। बाद में मैंने इसका लिप्यन्तरण किया और उसे अपनी फेसबुक वाल पर साझा भी किया था। फेसबुक वाल पर लगाई गयी मेरी यह पोस्ट क्या थी, और इस उपन्यास के बारे में डॉ. पाण्डेय ने क्या कहा, आप भी पढ़ें–

कल का दिन इस मायने में एक यादगार दिन रहा कि हिन्दी साहित्य के वरिष्ठ ही नहीं, बल्कि आज भी सबसे ज़्यादा सक्रिय आलोचक और 'साहित्य के समाज शास्त्र की भूमिका' जैसी कालजयी पुस्तक के लेखक प्रो. मैनेजर पाण्डेय ने 'सुर बंजारन' पर जमकर बात की। बीच-बीच में जब-जब कश लेने के दौरान दाँतों के बीच दबे पाइप से उठने वाली धुआँ, मिश्रित लौ में किसी हवन-कुंड से उठती लौ में चेहरा भीगता, तो ऐसा लगता जैसे मन्त्रोच्चार के बीच किसी ऋषि

के होंठों से ऋचाएँ फूट रही हैं। प्रो. मैनेजर पाण्डेय ने एक अलक्षित आवाज़ का मर्मस्पर्शी आख्यान 'सुर बंजारन' के बारे में क्या कहा, आप भी पढ़िए—

हाल में प्रकाशित उपन्यास 'सुर बंजारन' वैसा ही है जैसे उनके दूसरे उपन्यास, मतलब विषय की नवीनता उनके उपन्यासों की एक विशेषता है। हर रचनाकार को चाहे वह जिस विधा में काम कर रहा हो, दो बातों से ही रचना महत्त्वपूर्ण लगती है। एक तो अन्तर्वस्तु का अन्वेषण और दूसरा रूप का आविष्कार, इन दोनों में नवीनता हो तो रचना महत्त्वपूर्ण होती है। ये दोनों बातें मोरवाल के प्रत्येक उपन्यास में हैं और इस 'सुर बंजारन' में भी। मैं ये बातें इसलिए कह रहा हूँ कि 'सुर बंजारन' एक कला रूप पर केन्द्रित उपन्यास है। कला रूप भी ऐसा जिसमें अनेक कलायें एकसाथ मौजूद रही हैं। मतलब नौटंकी की जो विधा है उसके एक कलाकार पर केन्द्रित यह उपन्यास है। कलाकार का नाम है रागिनी। यह जो नौटंकी है कभी उसका केन्द्र था मुख्यरूप से पश्चिमी उत्तर प्रदेश। एक उसका बड़ा केन्द्र था स्वयं हाथरस, जिसका उल्लेख और जिसकी एक नाटक मण्डली कहिए, थिएटर कम्पनी कहिए उसके एक प्रसिद्ध निर्देशक और कम्पनी की कथा के साथ रागिनी के जीवन की कथा चलती है। एक दूसरा केन्द्र बरेली भी था। बरेली में एक लेखक थे राधेश्याम कथावाचक। उन्होंने भी बहुत सारे ऐसे नाटक लिखे जिसे नौटंकी की कम्पनियाँ खेलती थीं, जिनका अभिनय करती थीं।

यह हाथरस केन्द्रित नौटंकी की कम्पनी है। उसको मैं एक सांस्कृतिक रूप इसलिए कह रहा हूँ कि एक तो उसमें अनेक कलाओं का संगम होता है जैसे संगीत का। संगीत का व्यापक अर्थ है वह ऐसा है कि संगीत का अर्थ ख़ाली गीत नहीं होता बल्कि उसमें गीत, गायन, वादन और नृत्य तीनों हों तो उसको संगीत कहते हैं। नौटंकी में तीनों एकसाथ होते हैं। नौटंकी की दूसरी विशेषता यह होती है कि उसमें स्त्रियाँ अभिनय करती थीं। शुरू के दौर में भारत में जो अभिनय की परम्पराएँ जगह-जगह चलीं, उसमें प्रारम्भ के दिनों में पुरुष ही स्त्री का भी अभिनय करते थे। मगर नौटंकी में स्त्रियाँ सीधे अभिनय करती थीं, गायन करती और नृत्य भी करती थीं। यह रागिनी तीनों काम करती है लेकिन यहाँ एक बात ध्यान देने वाली है कि उसकी भाषा हिन्दी-उर्दू मिली-जुली होती थी, जिसको गाँधी जी हिन्दुस्तानी कहा करते थे और प्रेमचन्द भी जिसको हिन्दुस्तानी कहते थे। उस भाषा में नाटक, अभिनय और सारी गतिविधियाँ चलती थीं। इसलिए आम लोगों की समझ में नौटंकी, उनका अभिनय, उनका गायन वे सब बहुत सरलता से आता था। इसी कारण नौटंकी बहुत लोकप्रिय हुई। लेकिन बाद में हुआ यह कि बहुत सारे छन्दों का प्रयोग होने लगा।

इस उपन्यास में भी उन छन्दों का नाम दिया गया है और उन छन्दों में लिखे गीतों का जगह-जगह उपयोग भी है। अब ख़ासतौर से आजकल के पाठकों के लिए नौटंकी तो उलपब्ध है नहीं, इसलिए यह नौटंकी की कला को सम्पूर्णता में प्रस्तुत करने वाला उपन्यास है। इस उपन्यास को पढ़ने पर पाठकों को नौटंकी की संस्कृति का भी ज्ञान होगा, उसकी कला का भी ज्ञान होगा, उसके समग्र रंगमंच और अभिनय आदि का ज्ञान होगा। इसलिए यह एक दुर्लभ क़िस्म का उपन्यास इस अर्थ में भी है कि हिन्दी में संगीत, नृत्य, गायन और कलाकारों पर केन्द्रित उपन्यास लगभग नहीं हैं। जैसे मैंने पहले कहा कि यह इस मायने में भी विशिष्ट है कि अपने पहले उपन्यासों की तरह मोरवाल ऐसे विषय खोज कर लाते हैं, जिन पर हिन्दी के लेखकों की नज़र नहीं जाती है। मैं यहाँ एक बात और कहना चाहता हूँ कि बाद के दिनों में जो पढ़ा-लिखा मध्य वर्ग आया उसने लोक-भाषा, लोक-शैली और लोक-छन्द से अपना सम्बन्ध तोड़कर आभिजात्य की स्थापना की। इसका अर्थ यह हुआ कि नौटंकी की कला को महत्त्व मिलना कम हो गया। बल्कि नौटंकी के छन्दों, गीतों, अभिनय और नृत्यों की आलोचना और निन्दा अधिक होने लगी। इसलिए यह उपन्यास इस दृष्टि से भी महत्त्वपूर्ण है कि लगभग एक विलुप्त होती कला रूप को नये ढंग से लोगों के सामने लाने का काम करता है।

इस उपन्यास के केन्द्र में रागिनी का जीवन-संघर्ष है और उसका यह जीवन का संघर्ष कम-से-कम तीन-चार स्तरों का है। पहला तो वह ग़रीब परिवार की है। इसलिए पारिवारिक संघर्ष भी उसके जीवन-संघर्ष का एक पक्ष है। दूसरा पक्ष है कि ग़रीब घर की होने के कारण वह कोई बहुत प्रशिक्षित गायिका नहीं है लेकिन स्वाभाविक रूप से उसने गायन की कला को साधा। थिएटर कम्पनियों में काम करते हुए उसने उसको और ज़्यादा माँजा और परिष्कृत किया। जिसका प्रभाव आम जनता पर बहुत अधिक पड़ता है। लगभग ऐसा वर्णन इस उपन्यास में अनेक जगह है कि लोग उसके रूप से अधिक उसके गायन के दीवाने थे। एक संघर्ष उसका और है और वह यह कि कलाकारों में चाहे वे स्त्रियाँ हों या पुरुष हों, परस्पर ईर्ष्या भी होती है। स्पर्धा से जुड़ी हुई ईर्ष्या उससे आगे भी बढ़ जाती है। कभी-कभी रागिनी को ऐसी समस्याओं का भी सामना करना पड़ता है। एक और संघर्ष, रागिनी सुन्दर थी गायिका भी थी तथा अभिनेत्री भी थी, तो ऐसे प्रसंग में भारतीय समाज की मानसिकता, विशेषकर पुरुष की मानसिकता बहुत ख़राब है। उसको लोग समझते हैं कि यह आसानी से प्राप्त हो सकती है। जैसे रेणु की प्रसिद्ध कहानी 'तीसरी क़सम' की नायिका के प्रसंग में दिखाई

देता है कि ज़मींदार साहब समझते हैं कि वे इसका ख़ाली नृत्य नहीं करा रहे हैं, बल्कि जो जी में आयेगा वह भी कर लेंगे। ऐसी चीज़ों से लड़ना स्त्रियों के लिए बहुत मुश्किल होता है। रागिनी को ऐसी ही परिस्थितियों और संकटों का भी सामना करना पड़ता है। एक और संघर्ष है रागिनी का और वह है जब वह सरकारी-तन्त्र से जूझती है। ब्यूरोक्रेसी के स्वभाव से भी उसे जूझना पड़ता है। हालाँकि एक स्त्री डॉ. नूपुर शर्मा उसकी मदद करती है लेकिन उसकी मदद की भी एक सीमा है; इसलिए रागिनी थक-हार कर बल्कि निराश होकर उस स्त्री द्वारा फिर से अनुदान के लिए दिये गये आवेदन-पत्र को घर आकर यह कहते हुए फाड़ देती है कि मैं अब इस दिशा में जाऊँगी ही नहीं। इस तरह रागिनी का संघर्ष अनेक स्तरों पर है। इस संघर्ष को मोरवाल ने बहुत ही सलीक़े से और बहुत ही सधे हुए अन्दाज़ में प्रस्तुत किया है।

एक और बात का मैं यहाँ उल्लेख करना चाहूँगा और वह यह कि इस उपन्यास का एक व्यापक परिप्रेक्ष्य भी है, जो केवल नौटंकी की कला से जुड़ा हुआ नहीं है। वह जिस शहर की है उसको बसाने का काम मुग़ल ख़ानदान के शहीद दारा शिकोह ने किया था। उसी शहर शिकोहाबाद की एक गली में उसका घर है। इस उपन्यास में दारा शिकोह की दो जगह कथा भी संक्षेप में कही गयी है। चूँकि दारा शिकोह पर मैंने भी अध्ययन किया है, और मुझे इस पर अभी काम करना भी है। इस उपन्यास में मोरवाल ने दो प्रसंगों को याद किया है। एक तो दारा शिकोह का सबसे बड़ा काम है भारतीय दर्शन के महान दार्शनिक ग्रन्थ उपनिषदों का अनुवाद, इसका भी मोरवाल ने उल्लेख किया है। दूसरे प्रसंग में उसकी शहादत का। औरंगज़ेब द्वारा उसको पराजित कर उसका अपमान करना और उसके बाद उसकी हत्या करवाना। इस इतिहास के एक प्रसंग का इसमें उल्लेख किया गया है। मगर भारतीय राजनीति का एक अद्‌भुत प्रसंग भी इस उपन्यास में है। वह है चम्बल के प्रसिद्ध डाकू मोहर सिंह का प्रसंग। डाकू मोहर सिंह ने आत्मसमर्पण किया था, उस ज़माने में जब जयप्रकाश नारायण बहुत से लोगों से आत्म समर्पण करा रहे थे। समर्पण करने के बाद समकालीन राजनीति का उसको ज्ञान हुआ, और राजनीति के रंग, स्वभाव आदि के बारे में उसका जो कथन मोरवाल ने दिया है, वह ध्यान देने लायक है। मैं उसे बताना चाहता हूँ–'राजनीति बीहड़ों से भी ख़तरनाक डाकू पालने वाला जंगल है।' आज राजनीति को जानने वाला हर आदमी इस सच्चाई को जानता है जैसा डाकू मोहर सिंह ने कहा है।

इस प्रकार मोरवाल के इस उपन्यास के विषय और उसकी रचनाशीलता की व्यापकता यह है कि एक कला रूप, एक इतिहास का प्रसंग और उसके

साथ ही समकालीन राजनीति तीनों से यह उपन्यास जुड़ा हुआ है। यह केवल संगीत के लिए ही नहीं बल्कि इन बातों के लिए भी पढ़ा जाने वाला उपन्यास है। आख़िरी बात मैं इसकी संरचना के बारे में कहना चाहता हूँ। इस उपन्यास की संरचना चक्राकार है। चक्राकार यानी कथा जहाँ से शुरू होती है, जिस गीत से शुरू होती है, उसका अन्त भी उसी गीत से होता है। वह गीत है—घायल हिरनियाँ मैं बन-बन डोलूँ/ किसका लगा बाण मुख से ना बोलूँ।

यह गीत एक तरह से रागिनी की ज़िन्दगी, उसके संघर्ष, उसकी भाव दशा आदि सबकी अभिव्यक्ति है। इसीलिए मुझे यह उपन्यास पढ़ते हुए अंग्रेज़ी के महान कवि शैली की वह पंक्ति बार-बार याद आ रही थी, जिसमें शैली ने कहा कि 'हमारे मधुरतम गीत वे होते हैं, जो हमारे दुःख-दर्द की कथा कहते हैं।' रागिनी के दुःख-दर्द की यह कथा गहरी अनुभूति के साथ कलात्मक ढंग से इस उपन्यास में कही गयी है।

इस बीच *सुर बंजारन* (2017) के बाद मेरे राजकमल प्रकाशन से तीन उपन्यास और आ गये—*वंचना, शकुंतिका और ख़ानज़ादा*। डॉ. मैनेजर पाण्डेय जवाहरलाल नेहरू विश्वविद्यालय के ठीक सामने BD/8A, डीडीए फ्लैट्स, मुनिरका में जहाँ रहते हैं, सालों तक उनके इस निवास के बग़ल से मैं अपने कार्यालय आता-जाता रहा। इसलिए बीच में एक बार इनका कुशल-क्षेम पूछने के बहाने इनसे मिलने गया, तो मैं उन्हें अपने ये उपन्यास देने का वायदा करके आया था। लेकिन फिर उसी काहिली के चलते मैं दे नहीं पाया।

साल 23 जनवरी, 2021 को पड़ने वाले मेरे जन्मदिन को लेकर सोशल मीडिया, विशेषकर फेसबुक पर जब मित्रों की बधाइयाँ और शुभकामनाएँ आ रही थीं, उसके अगले दिन 24 जनवरी को शायद चन्द्रा सदायत जी की नज़र फेसबुक पर पड़ी होगी, तो उनका सुबह लगभग 9 बजे मेरे पास फोन आया और बोलीं, "मोरवाल जी, कल आपका जन्मदिन था देर से सही आपको बधाई। सर भी आपको याद कर रहे थे।"

मुझे याद आया कि सर के पास मुझे अपने उपन्यास लेकर जाना था। लेकिन मैं अपनी काहिली की ओट में बहाना बनाकर नहीं गया। मैंने तुरन्त अपनी इस काहिली बल्कि ग़लती को सुधारा और जवाब दिया, "मैडम, मैं आज ख़ुद ही आने वाला था। अगर सर को कहीं नहीं जाना है तो मैं आ जाता हूँ?"

चन्द्रा जी ने उनसे पूछा तो पाण्डेय जी ने दोपहर बाद आने को कह दिया। लेकिन मैं ज़ल्द से जल्द अपने आपको इस अपराधबोध से मुक्त करना चाहता था,

इसलिए मैंने पूछा कि अगर दोपहर पहले आ जाऊँ तो? चन्द्रा जी ने फिर पूछा तो वे बोले कि 11 बजे तक आ जाऊँ। इसके बाद मैंने उसी समय ताज़ा-ताज़ा प्रकाशित उपन्यास *ख़ानज़ादा, वंचना* और *शकुंतिका* की एक-एक प्रतियाँ लीं और रवाना हो गया मुनीरका की ओर।

देर तक डॉ. मैनेजर पाण्डेय जी और मैडम चन्द्रा सदायत बारी-बारी मेरे इन तीनों उपन्यासों को उलटते-पलटते रहे। *ख़ानज़ादा* को भेंट करने का एक विशेष कारण यह भी था कि मुग़ल कविता और ब्रज के कवि रहीम पर उनका विशेष तरह का काम है। एक बार मैंने बातों-बातों में उनसे मेवात के सन्त लालदास का ज़िक्र किया था। मुझे सन्त लालदास के बारे में इतना तो पता था कि इनका जन्म राजस्थान के अलवर में धौलीदूब में हुआ था लेकिन यह नहीं पता था कि इनका सम्बन्ध दारा शिकोह से भी रहा होगा। इसकी जानकारी मुझे अलवर से ही प्रकाशित एक स्थानीय दैनिक समाचार-पत्र *अमरनाद* से मिली थी। दरअस्ल, मैं उन दिनों अपने आरम्भिक उपन्यासों के सिलसिले में पूरे मेवात में घूमता था। इसी सिलसिले में मुझे एक बार अपने एक मित्र फ़जरुद्दीन बेसर के साथ हरियाणा-राजस्थान सीमा पर बसे, और अलवर ज़िले के एक क़स्बे नौगाँव के पास गाँव शेरपुर जाना हुआ। शेरपुर में लालदास का मन्दिर है। वैसे लालदास का असली नाम लालख़ाँ था और वे एक मेव परिवार में जन्मे थे। इसी मन्दिर में, जो मूलतः मस्जिद है, उसके अन्दर लालदास की मज़ार भी है। जबकि ठीक मन्दिर के सामने उसके परिसर में एक जगह इसके पूरे परिवार, जिनमें इनकी पत्नी भी शामिल है, सबकी क़ब्रें बनी हुई हैं।

यहाँ से वापस आते हुए जब हम दोनों नौगाँव में एक होटल पर चाय पी रहे थे, तभी मुझे *अमरनाद* के कुछ पुराने अंक वहाँ मिले। उनमें एक अंक 7 जनवरी, 1996 का था जिसमें लालदास और शहज़ादा दारा शिकोह की एक बातचीत प्रकाशित थी। मैंने जब डॉ. मैनेजर पाण्डेय जी को इसके बारे में बताया, तो वे बोले कि हाँ लालदास और दारा शिकोह की यह वार्ता बहुत मशहूर है। इसका मतलब यह हुआ कि दारा शिकोह आपके मेवात भी गये थे? उन्होंने जिज्ञासावश पूछा।

मगर मुझे बाद में पता चला कि डॉ. मैनेजर पाण्डेय जिस सन्त लालदास की बात कर रहे थे, वे गुरुदासपुर (पंजाब) के सन्त कवि बाबा लाल थे। गुरुदासपुर के आसपास इनके अनुयायियों का एक पूरा सम्प्रदाय है जिसे *बाबालाली पन्थ* कहा जाता है। मेवात के सन्त लालख़ाँ अर्थात लालदास का जन्म 1540 में हुआ था, जबकि पंजाब के बाबा लाल का जन्म 1590 में हुआ था। रही बात शहज़ादा दारा शिकोह की तो दारा शिकोह का जन्म ही 1615 अर्थात मेवात

के सन्त लालदास से 75 साल बाद हुआ। इसलिए यह सम्भव ही नहीं है कि मेवात के सन्त लालदास और दारा शिकोह की आपस में कभी कोई मुलाक़ात हुई होगी। वैसे भी इसका कोई ऐतिहासिक प्रमाण नहीं है कि दारा शिकोह कभी मेवात गये थे। इसलिए मैंने इसके बाद कभी डॉ. मैनेजर पाण्डेय से इस सम्बन्ध में कोई चर्चा नहीं की। एक बात और वे बाबा लाल द्वारा रचित जिस ग्रन्थ की बात कर रहे थे, और जिसमें इनके साथ दारा शिकोह की वार्तालाप संगृहीत है वह है--*असरारे-मार्फ़त*।

दरअस्ल, हमारा बहुत-सा ऐतिहासिक और आध्यात्मिक, विशेषकर सूफ़ी-सन्तों पर आधारित लेखन जन-श्रुतियों और किंवदन्तियों पर आधारित है। मेवात के सन्त लालदास के बारे में ऐसी अनेकानेक जन-श्रुतियाँ और किंवदन्तियाँ मेवात अंचल में प्रचलित हैं। अलवर ज़िले में चूँकि सन्त लालदास के हिन्दू अनुयायियों की संख्या सबसे अधिक है, इसलिए उनके भक्त और अनुयायियों ने उनसे जुड़े अनेक काल्पनिक क़िस्सों और किंवदन्तियों को रच दिया है। यह भी सम्भव है कि पंजाब के बाबा लाल और दारा शिकोह की वार्ता को ही, मेवात के सन्त लालदास और दारा शिकोह की वार्तालाप बताकर इसका प्रचार किया जाता रहा हो।

इन तीनों उपन्यासों को दे आने के बाद मुश्किल चार-पाँच दिन हुए थे कि एक दिन डॉ. मैनेजर पाण्डेय जी का फोन आया। फोन पर वे बोले कि मोरवाल मैंने तुम्हारा उपन्यास पढ़ लिया है। तुमने इसका अन्त बहुत मार्मिक किया है। रहीम को जिस तरह तुमने प्रस्तुत किया है वह बहुत अच्छा है। बाक़ी इस उपन्यास पर कभी विस्तार से बात करूँगा। डॉ. मैनेजर पाण्डेय जी का आशय *ख़ानज़ादा* उपन्यास से था। इतना कह उन्होंने फोन काट दिया। मेरे लिए इतना ही काफ़ी था। मैं जानता हूँ कि जब हम किसी कृति को पढ़ते हैं, तो सबसे पहले हम उसके उसी हिस्से की चर्चा करते हैं जिसमें हमारी रुचि होती है। चूँकि डॉ. मैनेजर पाण्डेय जी को रहीम बहुत प्रिय रहे हैं इसलिए सबसे पहले उन्होंने उसी से जुड़े हिस्से की चर्चा की।

कई बार आपके जीवन में सामाजिक परीक्षा का समय भी आता है। ऐसा ही कुछ मेरे साथ भी हुआ। डॉ. मैनेजर पाण्डेय जी को यह तो पता था कि मैं किसी समाज कल्याण जैसे विभाग में काम करता हूँ, लेकिन उन्हें यह नहीं पता था कि हमारे कार्यालय का काम क्या था। एक बार उनका मेरे पास फोन आया और बोले कि उनके घर में काम करने वाली महिला विधवा है। आपके कार्यालय में सुना है विधवा पेंशन योजना के तहत ऐसी महिलाओं को पेंशन दी जाती है? मैंने बताया कि सर मेरे ऑफ़िस में नहीं, वह दिल्ली सरकार का कार्यालय है,

जहाँ यह पेंशन योजना है। इस पर वे बोले कि मोरवाल इसमें तुम उसकी कोई मदद कर सकते हो?

यह महज़ संयोग था कि दिल्ली सरकार के समाज कल्याण विभाग का यह कार्यालय और मेरा केन्द्रीय समाज कल्याण बोर्ड दोनों क़ुतुब इंस्टीट्यूशनल क्षेत्र में थे। मैंने कहा कि सर मैं पूछ कर बताता हूँ। मैंने इस बीच भागदौड़ करके और वहाँ के अधिकारियों को अपना यह वास्ता देकर कि मैं भी समाज कल्याण में अधिकारी हूँ, उनकी घरेलू सहायिका की विधवा पेंशन शुरू हो गयी।

डॉ. पाण्डेय की एक बड़ी विशेषता उनकी मानवीयता है। इसका भी एक उदाहरण मुझसे जुड़ा हुआ है।

यह शायद 2003 की बात होगी। देश की राजधानी दिल्ली के एक बड़े विश्वविद्यालय जामिया मिल्लिया इस्लामिया के हिन्दी विभाग से डॉ. चन्द्रदेव यादव के निर्देशन में मेवात के शोधार्थी फ़रमान अली ने 2002 में *काला पहाड़ में मेवात का सांस्कृतिक चित्रण* विषय पर एम.फिल. किया। इस शोध के सम्बन्ध में वह मुझसे एकाध बार मिल भी चुका था। इस शोधार्थी का सम्बन्ध राज़स्थान के मेवात स्थित तिजारा के पास किसी छोटे-से गाँव से था। इसकी जब एम.फिल. हो गयी तो यह एक बार मेरे कार्यालय में आया और मुझसे निवेदन करने लगा कि सर मेरा जवाहरलाल नेहरू विश्वविद्यालय में पीएच.डी. के लिए साक्षात्कार है। अगर आप वहाँ किसी को जानते हैं तो उनसे कह दें। मेरी कुछ मदद हो जायेगी। मैंने इस युवक से पूछा कि विषय क्या लोगे? उसने बताया कि सर सोच रहा हूँ मेवाती लोक साहित्य पर काम करूँ। मुझे उसकी बातों से लगा कि यह एक होनहार छात्र है। दूसरा, जवाहरलाल नेहरू विश्वविद्यालय जैसे बड़े विश्वविद्यालय से अगर मेवाती लोक साहित्य जैसे विषय पर यह पीएच.डी. करता है, तो अपने आप में यह एक बड़ा काम होगा। वैसे भी मेरी रुचि अपने मेवात के लोक साहित्य पर पहले से रही है, जिसका मैंने अपने पहले उपन्यास *काला पहाड़* में ख़ूब उपयोग भी किया है। एक तरह से देखा जाये तो *काला पहाड़* की एक विशेषता मेवात का लोक साहित्य भी है। मुझे लगा कि इस होनहार और मेधावी छात्र की मुझे अतिरिक्त रूप से मदद करनी चाहिए। वैसे भी मेरे कहने भर से अगर किसी का भला होता है, तो इससे बड़ा पुण्य दूसरा नहीं हो सकता।

इस तरह मैंने एक दिन डॉ. मैनेजर पाण्डेय जी को फोन किया और इस बारे में बताया। मैंने अन्त में उनसे एक बात कही कि सर, मेरा स्वार्थ सिर्फ़ इतना है कि जवाहरलाल नेहरू विश्वविद्यालय से मेरे मेवात पर एक अच्छा काम हो जायेगा।

उन्होंने आश्वासन तो नहीं दिया इतना ज़रूर कहा कि मुझसे जो होगा मैं करने की कोशिश करूँगा, क्योंकि कमेटी में और भी लोग होते हैं।

बहरहाल, मेवात के इस युवक का जवाहरलाल नेहरू विश्वविद्यालय में पीएच.डी. में चयन हो गया। मैं अपनी इस उपलब्धि पर फूला नहीं समा रहा था कि डॉ. मैनेजर पाण्डेय जैसे बड़े क़द के व्यक्ति ने मेरा मान रख लिया। साक्षात्कार के दो-तीन दिन बाद यह युवक मेरे पास यह पता लगाने आया कि उसका चयन हुआ है या नहीं? परिणाम आना अभी बाक़ी था लेकिन डॉ. मैनेजर पाण्डेय जी मुझे बता चुके थे कि मैंने जिस छात्र के बारे में उनसे बात की थी, उसका चयन हो गया है। मैंने थोड़ा अभिनय करते हुए कहा कि तुम्हारा साक्षात्कार बहुत ख़राब था। इसलिए तुम्हारा चयन नहीं हो पाया। मेरे इतना कहते ही यह होनहार मेवाती युवक रोने लगा। मुझे लगा कि अब इसे और ज़्यादा नहीं सताना चाहिए, इसलिए मैंने मुस्कराते हुए कहा कि तुम्हारा चयन हो गया है। मुझे याद नहीं कि इसके बाद इसने अपनी शक्ल भी दिखाई हो।

मगर जवाहरलाल नेहरू विश्वविद्यालय में जाते ही मेवात का यह होनहार युवा जैसे बौरा गया। कई सालों तक इसके शोध का कुछ अता-पता नहीं। पूरे चार साल इसने जेएनयू की जमकर हवा खायी। अन्तिम दिनों में इसके निर्देशक कवि और मेरे मित्र गोबिन्द प्रसाद थे। उन्हें इस बात का पता चल गया था कि इस फ़रमान अली नाम के मेवाती छात्र को यहाँ घुसाने में मेरी बड़ी भूमिका रही है। इसलिए मिलने पर एक दिन वे बोले कि यार मोरवाल जी, आपने जेएनयू में यह क्या बला भेज दी है? गोबिन्द प्रसाद जी की बात सुन मुझे हैरानी हुई। मैंने जब उन्हें अपने स्वार्थ से परिचित कराया, तो वे हँसते हुए बोले कि यार काहे का मेवाती लोक साहित्य। यह विषय तो उसने कभी लिया ही नहीं। क्या करें यार हमारी कुछ मजबूरियाँ हैं वरना यह जेएनयू के लायक बिल्कुल नहीं था। बाद में गोबिन्द जी ने बताया कि आनन-फानन में जैसे-तैसे किसी अन्य विषय पर इधर-उधर से सामग्री लेकर उसका शोध-प्रबन्ध तैयार कराया। क्या करता, करना पड़ा।

जवाहरलाल नेहरू विश्वविद्यालय से आनन-फानन में पीएच.डी. की उपाधि लेनेवाला, मेवात का यह होनहार युवा अलवर शहर के केन्द्र में *राजस्थान इंस्टीट्यूट* नाम का एक कोचिंग संस्थान चलाता है। यहाँ यह राजस्थान प्रशासनिक सेवा (RAS), राजस्थान पुलिस, स्कूल व्याख्याता, नेट/जेआरएफ की तैयारी कराता है। अपने परिचय में हिन्दी विषय विशेषज्ञ डॉ. फ़रमान अली (JNU Delhi)

Highly Educated & Experienced Faculty in State जैसे विशेषण बड़े गर्व के साथ लगाता है।

यह बात मार्च 2015 की थी। जवाहरलाल नेहरू विश्वविद्यालय में *समकालीन हिन्दी उपन्यास : सहचिन्तन* विषय पर एक दो दिवसीय राष्ट्रीय संगोष्ठी का आयोजन हुआ था। इसमें बतौर लेखक मुझे भी आमन्त्रित किया गया था। इस संगोष्ठी के संयोजक डॉ. ओमप्रकाश सिंह थे। इस संगोष्ठी के बारे में मैंने अपनी फेसबुक वाल पर एक पोस्ट लगाई थी। इस पोस्ट में किसी दुर्भावना के चलते इस आयोजन पर कोई प्रतिकूल टिप्पणी करने की मेरी कोई मंशा नहीं थी, बल्कि इसमें कुछ प्राध्यापक वक्ता थे उनकी आलोचकीय दृष्टि पर मैंने एक छोटी-सी यह टिप्पणी की थी—

इधर देश की राजधानी में जहाँ एक ओर साहित्य अकादेमी के वार्षिक आयोजन में देशभर की लगभग सारी भाषाओं के पुरस्कृत और दूसरे लेखकों की जमात जमी हुई थी, तो वहीं उसके समान्तर देश के अग्रणी जवाहरलाल नेहरू विश्वविद्यालय के भारतीय भाषा केन्द्र द्वारा आयोजित 'समकालीन हिन्दी उपन्यास : सह-चिन्तन (1990 से 2014)' विषय पर एक दो दिवसीय राष्ट्रीय संगोष्ठी (13-14 मार्च) चल रही थी। इस संगोष्ठी में कुछ जाने-माने आलोचकों और कुछ अध्यापकों द्वारा पिछले 25 वर्षों के उल्लेखनीय उपन्यासों पर आलोचनात्मक लेखों का वाचन किया गया। मुझे जितने सत्रों को सुनने का अवसर मिला और जो मैंने अनुभव किया, वह एक लेखक होने के नाते मेरे लिए काफ़ी निराशाजनक था। अगर कुछ पुराने आलोचकों और इधर के कुछ ऐसे आलोचकों को छोड़ दें, जिन्होंने हिन्दी आलोचना को एक नयी दिशा प्रदान की है, तो ज़्यादातर लेख आलोचना के नाम पर उपन्यासों का कथा-सार भर था। उनसे आलोचकीय दृष्टि, समझ, मीमांसा, प्रज्ञा सिरे से ग़ायब थी। एक तरह से ऐसी राष्ट्रीय संगोष्ठियाँ वास्तव में मुझ जैसे लेखक के लिए तेज़ी-से बढ़ती प्राध्यापकीय साहित्यिक समझ का आईना होती हैं। ऐसी संगोष्ठियों से यह सवाल और बड़ा हो जाता है कि क्या API के लिए किसी रचना की महज़ सूचनात्मक समीक्षा/आलोचना होती है? शायद ऐसे ही सवालों और ज़िम्मेदारियों से बचने के लिए हिन्दी का अध्यापक वर्ग तेज़ी से कविता, कहानी, कुछ-कुछ उपन्यास और कुछ अपने प्रेम-विवाहों के प्रसंग रच, हिन्दी साहित्य को समृद्ध करने पर आमादा है। छात्रों का तो जो होगा देखा जायेगा।

मेरी इस टिप्पणी से संगोष्ठी के संयोजक डॉ. ओमप्रकाश सिंह इतने रुष्ट हुए कि उन्होंने *मोरवाल इतने आत्ममुग्ध न बनो* शीर्षक से मेरी पोस्ट को साझा कर दिया। डॉ. ओमप्रकाश सिंह ने इसे डॉ. अजय तिवारी, रोहिणी अग्रवाल,

डॉ. राधेश्याम सिंह, दीपशिखा सिंह, विवेकानन्द उपाध्याय, शीतांशु कुमार, सत्यपाल शर्मा, विभावरी, वीरेन्द्र यादव, गोपाल प्रधान, वशिष्ठ नारायण त्रिपाठी, जितेन्द्र श्रीवास्तव, विनोद तिवारी, विभास वर्मा, सुरेन्द्र प्रताप सिंह जैसे हिन्दी के कई आलोचकों और अपने शिष्यों को भी टैग कर दिया। इनमें से उनके कुछ शिष्य बेटी नैया के सहपाठी भी थे। साथ में डॉ. ओमप्रकाश सिंह मेरी टिप्पणी का उत्तर भी दिया, जिसकी मुझे लगता है कोई ज़रूरत नहीं थी।

डॉ. ओमप्रकाश सिंह जी ने जो उत्तर दिया, वह इस प्रकार है—

1. जवाहरलाल नेहरू विश्वविद्यालय के भारतीय भाषा केन्द्र द्वारा आयोजित 'समकालीन हिन्दी उपन्यास : सह-चिन्तन (1990 से 2014)' पर दो दिवसीय राष्ट्रीय संगोष्ठी (13-14 मार्च) में प्रो. नामवर सिंह, प्रो. केदारनाथ सिंह, प्रो. अशोक वाजपेयी, प्रो. काशीनाथ सिंह जैसे आलोचक आमन्त्रित किये गये थे। क्या ये आलोचक नहीं हैं?

2. इस संगोष्ठी में प्रो. निर्मला जैन, प्रो. मैनेजर पाण्डेय, प्रो. रविभूषण, प्रो. वरयाम सिंह, प्रो. रामबक्ष, प्रो. सुरेन्द्र प्रताप, प्रो. चन्द्रकला त्रिपाठी, प्रो. दुर्गा प्रसाद गुप्त, प्रो. प्रदीप सक्सेना आदि प्रोफ़ेसर हैं। उनको API की ज़रूरत नहीं होती है।

3. जहाँ तक हमारी जानकारी है इस संगोष्ठी में विभास वर्मा, बजरंग बिहारी तिवारी, डॉ. रणजीत साहा, जितेन्द्र श्रीवास्तव, वीरेन्द्र यादव, सुधा सिंह, विनोद तिवारी जैसे लोग आमन्त्रित किये गये थे। इनमें से कुछ पत्र-पत्रिकाओं के सम्पादक हैं, जिन्हें भी इस प्रकार की API की ज़रूरत नहीं होती और यदि इन लोगों को बोलना-लिखना नहीं आता, तो संगोष्ठी के आयोजक के रूप में हम क्या कर सकते हैं?

4. इस संगोष्ठी की योजना बनाते समय हमने 21 चर्चित उपन्यासों को केन्द्रित किया था, जिन्हें अधिकांश श्रोताओं ने शायद पढ़ा नहीं होगा। यह संगोष्ठी उपन्यास लेखकों को कुछ सिखाने के लिए आयोजित नहीं की गयी थी, बल्कि छात्रों को नये उपन्यासों से परिचित कराने के लिए आयोजित की गयी थी। इसलिए वक्ताओं से अनुरोध किया गया था कि वह पहले कृति का परिचय दें फिर अपनी बात रखें।

5. इस संगोष्ठी में हमने जिन रचनाकारों को आमन्त्रित किया था उनमें से किसी के उपन्यासों पर कोई चर्चा नहीं होनी थी। इस कारण से काशीनाथ सिंह, चित्रा मुद्गल, गंगा प्रसाद विमल, विभूति नारायण राय, भगवानदास मोरवाल के उपन्यासों पर चर्चा नहीं हुई।

6. मोरवाल जी को यह पहले ही बता दिया गया था, तब भी उन्होंने संगोष्ठी में यह दर्द व्यक्त किया कि उनके उपन्यास की चर्चा नहीं की गयी। इस दर्द का हमारे पास कोई इलाज़ नहीं है। यह संगोष्ठी इतनी ही उनको नापसन्द थी तो अपने फेसबुक वाल पर इतने दिनों तक प्रचार क्यों किया? हम उम्मीद करते हैं कि अगली किसी संगोष्ठी में उनके उपन्यास पर ज़रूर चर्चा होगी। तब तक ईश्वर उनको मानसिक शान्ति प्रदान करे।

मेरी इस टिप्पणी का जिस तरह सरलीकरण किया गया, उससे विवाद और बढ़ गया। मैंने जेएनयू के उस समय के एक शोधार्थी शीतांशु जिसने मेरी टिप्पणी को साधने की ज़िम्मेदारी अपने कन्धों पर ली हुई थी, उसका जो जवाब दिया, उसमें डॉ. ओमप्रकाश सिंह के क्रमवार स्पष्टीकरण का जवाब भी शामिल था, जो इस तरह था–

शीतांशु, मैंने अपनी टिप्पणी इधर तेज़ी से बढ़ती एक प्रवृत्ति को लेकर की थी। यह सही है कि हम जिसे भी आमन्त्रित करते हैं, वह अपनी तरफ़ से पूरी तैयारी के साथ आता है। मैं तो फेसबुक पर पहले ही इस संगोष्ठी का इस रूप में प्रचार करता रहा हूँ कि यह संगोष्ठी अपने आप में बहुत महत्त्वपूर्ण है, इसलिए नहीं कि मुझे इसमें आमन्त्रित किया गया था बल्कि इसलिए कि मेरी जानकारी में सम्भवतः यह पहली संगोष्ठी थी, जो पिछले ढाई दशक के दौरान प्रकाशित हुए महत्त्वपूर्ण उपन्यासों को केन्द्र में रखकर आयोजित की गयी थी। हो सकता है एक लेखक के रूप में मेरी इससे कुछ ज़्यादा ही अपेक्षा रही हो, शायद इसलिए कि यह कुलीन पाँच सितारा ठीहे के बजाय देश के अग्रणी विश्वविद्यालय जेएनयू जैसे बौद्धिक माने जानेवाले संस्थान में आयोजित की जा रही थी। यह भी सही है कि कुछ वर्ग विशेष के लेखकों की तरह जिन्हें प्रायः बेहद सम्मान के साथ आमन्त्रित किया जाता रहा है, उनके साथ मुझे भी आमन्त्रित किया गया। दरअस्ल, मेरी चिन्ता ऐसी गोष्ठियों की रात-दिन मेहनत, लगन और पूरी निष्ठा के साथ तैयारी करनेवाले उन आयोजकों को लेकर भी थी, जिन्हें हम जैसे लेखक कितनी गम्भीरता से लेते हैं, बताने की ज़रूरत नहीं है। मैं मानता हूँ कि लेखक मैं पता नहीं अच्छा हूँ या बुरा, वक्ता बेहद ख़राब हूँ। और यह ज़रूरी नहीं कि जो अच्छा वक्ता हो, वह अच्छा लेखक भी हो। या जो ठीक-ठाक सा लेखक हो वह ठीक-ठाक वक्ता भी हो। दरअसल यह अभ्यास का मामला हे और अपनी इसी कमज़ोरी के चलते मुझे ऐसे मंचों पर जाने में मुझे बेहद संकोच होता है। हो सकता है मैं कहना कुछ और चाह रहा होऊँ मगर अतिरेक और शब्दों व

वाक्यों के ग़लत चयन के चलते अर्थ का अनर्थ हो गया हो। इस संगोष्ठी को लेकर मैं तो बहुत उत्साहित और रोमांचित था कि मुझ जैसे लेखक को हिन्दी साहित्य के शीर्षस्थ विद्वानों की जमात में शामिल किया जा रहा है। अब रही मेरी आत्ममुग्धता की बात, तो आत्ममुग्ध वो रहते हैं जिन्हें चीज़ें विरासत में मिलती हैं। एक लेखक के रूप में मैंने जो हासिल किया है या कमाया है, वह अपनी मेहनत और लेखकीय ईमानदारी से कमाया है। दूसरा, मुझे लेखक होने का ऐसा गुमान भी नहीं है। दिल्ली की आचरण लीलाओं से मैं भली-भाँति परिचित हूँ, और ऐसा भी नहीं है कि उन सीढ़ियों या रास्तों के बारे में मैं नहीं जानता हूँ, जिन पर चढ़कर शिखरों तक पहुँचा जाता है। मगर अपनी-अपनी फ़ितरत होती है। हाँ, इस प्रकरण ने मुझे बहुत कुछ सिखा दिया है। इसलिए उन्हें ध्यान में रखकर अपने आप को ढालने की पूरी कोशिश करूँगा। हालाँकि मैं यह भी जानता हूँ कि बहुत कुछ प्राप्त करने के लिए केवल और केवल मेहनत, ईमानदारी, निष्ठा, प्रतिभा ही सबकुछ नहीं होती उसके लिए दूसरे औज़ारों की भी ज़रूरत होती है, जो सम्भवतः मेरे पास नहीं हैं। इसलिए कि–

ना मैं बनिया, ना मैं बामन; ना ठाकुर का पूत हूँ।
अपने पुरखों के हाथों का कता हुआ एक सूत हूँ।।

रोज़ सवेरे जल की ख़ातिर कुआँ खोदता हाथों से।
सारा पानी वे पी जाते, वह अभागा कूप हूँ।।

शमशीरों की धार भोंथरी, बहुत चली इस गरदन पे।
समझ रहे थे जिसको सूख़ा, हरा-भरा वह रूख हूँ।।

सीना ताने इस सूरज को दीया दिखाता रोज़ हूँ।
तू ना माने, वो ना माने, पर अपने मन का भूप हूँ।।

(इन पंक्तियों को मैंने उन्हीं दिनों ऐसे ही गुनगुनाते हुए रचा था)

डॉ. ओमप्रकाश सिंह जी की इस पोस्ट के बाद मैं जेएनयू सहित अन्य विश्वविद्यालयों की अध्यापक बिरादरी और कुछ छात्रों की निगाह में देखते-ही-देखते खलनायक बन गया। मेरे ख़िलाफ़ तरह-तरह की टिप्पणियाँ की जाने लगीं। इन टिप्पणीकारों में एक मेवात का वह प्रतिभाशाली, हिन्दी विषय विशेषज्ञ डॉ. फ़रमान अली (JNU Delhi) Highly Educated & Experienced

Faculty in State भी था। मेवात की इस प्रतिभा फ़रमान अली ने अपने गुरु डॉ. ओमप्रकाश सिंह जी द्वारा शेयर की गयी इस टिप्पणी पर क्या लिखा, आप भी पढ़ें–

मेवात में एक कहावत है–'कहीं की ईंट कहीं का रोड़ा, भानुमती ने कुनबा जोड़ा' भगवानदास मोरवाल ने भी 1999 में उपन्यास 'काला पहाड़' में ऐसा ही कुनबा जोड़ डाला। 2002 में जब 'काला पहाड़' पर लघु शोध-प्रबन्ध लिखा तो पता चला भगवानदास मोरवाल ने इधर-उधर से सामग्री को बड़ी शिद्दत के साथ उपन्यास की शक्ल दे डाली। उपन्यास को पढ़ने से पता चलता है कि लेखक को मेवात की सामाजिक-सांस्कृतिक समझ न के बराबर है। भाषा और व्याकरणिक दृष्टिकोण से उपन्यास निम्न स्तर का है। उपन्यास 'आधा तीतर आधा बटेर' ही साबित होता है। लकड़ी पानी में दस साल पड़ी रहे, वह मगरमच्छ नहीं बन सकती। जुगाड़ लेखक भी ऐसे ही होते हैं। यदि साहित्य अकादेमी के विद्वत्समाज मेवात की समझ रखते, तो इसे पुरस्कार की पंक्ति में शामिल भी नहीं करते। ख़ैर, अपने महान देश में जुगाड़ से सबकुछ सम्भव है। अब लेखक विचलित होकर बड़े आलोचकों के सन्दर्भ में अमर्यादित भाषा का प्रयोग करने लगे हैं। अब उपन्यास तो इस स्तर का है ही नहीं जिसे विश्वविद्यालय के पाठ्यक्रम में शामिल किया जाये। ख़ैर, हनुमानजी की पूँछ में लटकने से स्वर्ग में पहुँच जाते हैं, मोरवाल के हाथ से हनुमानजी की पूँछ भी छूट गयी। बेचारा लेखक।

इसी तरह जेएनयू की उस समय की एक और शोधार्थी आरती रानी प्रजापति, जिसने मेरे उपन्यास *रेत* पर शायद एम.फिल. किया था, और एक बार मेरे ऑफ़िस में भी वह मुझसे इस सिलसिले में अपने पिताश्री के साथ मिलने आयी थी। उसने भी अपने उसी दौरान बातों-बातों में उसके पिताश्री ने बताया था कि उनका गोत्र भी गोरवाल है। गुरु के पक्ष में एक टिप्पणी की, क्या की, उसे भी देखें–*उनके 'रेत' पर मैं काम कर चुकी हूँ। हद दर्जे का घटिया उपन्यास है।*

ये दो उदाहरण तेज़ी से बदलते जवाहरलाल नेहरू विश्वविद्यालय को समझने के लिए काफ़ी हैं कि इस विश्वविद्यालय का भविष्य कितना उज्ज्वल होगा? जबकि इसी विश्वविद्यालय के भारतीय भाषा केन्द्र, भाषा साहित्य एवं संस्कृति अध्ययन संस्थान से प्रो. पुरुषोत्तम अग्रवाल के शोध निर्देशन में योगेश कुमार यादव ने *'काला पहाड़' और मेवात की सामासिक संस्कृति की चुनौतियाँ* तथा 2005 में वीरेन्द्र सिंह ने *'बाबल तेरा देस में' और लोक जीवन* विषय पर

2007 में एम.फिल. की उपाधि ग्रहण की थी। आज योगेश यादव हरियाणा के नारनौल के राजकीय महाविद्यालय में सहायक प्रोफ़ेसर हैं, तो वीरेन्द्र सिंह राजस्थान विश्वविद्यालय, जयपुर में सहायक प्रोफ़ेसर के पद पर कार्यरत हैं।

योगेश कुमार यादव नारनौल के जिस राजकीय महाविद्यालय में अध्यापन करते हैं, एक बार अपनी नियुक्ति के पहले ही वर्ष 2019 में मुझे अपने कॉलेज में आमन्त्रित किया था। यह सुबह का समय था कॉलेज में अभी छात्र-छात्राएँ आ ही रहे थे। इस बीच आमन्त्रित लेखक यानि अतिथि अर्थात मुझे योगेश यादव अपने प्रिंसिपल नित्यानन्द यादव के कार्यालय में ले आये। वहीं प्रिंसिपल साहब ने नाश्ता मँगा लिया।

मैं उनके सामने सोफ़े पर बैठा नाश्ता कर ही रहा था कि अचानक कॉलेज में तैनात सिक्यूरिटी गार्ड के दो जवान एक युवक को पकड़कर लाये। इनके साथ एक डरी-सहमी लड़की भी थी। यह लड़की इसी कॉलेज की छात्रा थी।

सिक्यूरिटी गार्ड ने उस लड़के को प्रिंसिपल नित्यानन्द यादव की ओर धकियाते हुए कहा, "सर, यह लड़का कॉलेज की दीवार फाँदकर इसे तंग कर रहा था।"

जब सिक्यूरिटी गार्ड यह सब कह रहा था तब मेरी नज़र उस डरी-सहमी लड़की पड़ी, जिसे इस बात का सन्तोष नहीं था कि उस लड़के को सज़ा मिलेगी, बल्कि उसके चेहरे पर भविष्य में घटने वाली किसी अनिष्टता का भय साफ़ दिखाई दे रहा था। इसी बीच मैंने अपनी कुर्सी से उठते प्रिंसिपल को देखा, जिसके जबड़े का उभार और बँधी हुई मुट्ठियाँ यह बता रही थीं कि किसी भी पल कुछ भी हो सकता है।

"तेरी हिम्मत कैसे हुई मेरे कॉलेज में आकर इसके साथ बदतमीज़ी करने की?" इतना कह प्रिंसिपल नित्यानन्द यादव ने उस शोहदे को ऐसा झापड़ जड़ा कि वह गिरते-गिरते बचा। इसके तुरन्त बाद प्रिंसिपल गार्ड की तरफ़ पलटा, "पुलिस को फोन करो। इसे अभी हवालात में बन्द कराता हूँ!"

प्रिंसिपल यादव का रौद्र रूप देख अचानक वह लड़की जिसके साथ उस शोहदे ने छेड़खानी की थी, घुटनों के बल बैठ गयी और दोनों हाथ जोड़ते हुए उलटा उस लड़के से माफ़ी माँगने लगी। इस दृश्य को देख मुझसे रुका नहीं गया और मैं उसे डाँटते हुए बोला, "तुम क्यों हाथ जोड़ रही हो? तुमने कुछ किया थोड़े ही है।"

मेरी बात सुन लड़की खड़ी हो गयी। प्रिंसिपल नित्यानन्द यादव जिस तरह उस लड़के को डाँट रहा था, उसकी हालत ख़राब थी। चेतावनी देकर उस लड़के

को छोड़ दिया गया। उनके जाने के बाद मैं प्रिंसिपल से बोला, "सर, हमारे स्कूल-कॉलेजों में आप जैसे प्रिंसिपल होने चाहिए।"

राजकीय महाविद्यालय, नारनौल के प्रिंसिपल नित्यानन्द यादव कुछ नहीं बोले।

प्रिंसिपल के कार्यालय से निकलकर मैं जब योगेश यादव के साथ कॉलेज के सभागार में जा रहा था, तो योगेश ने बताया कि सर इस प्रिंसिपल के आने से पहले इस कॉलेज का बहुत बुरा हाल था। आसपास के लड़के जगह-जगह से टूटी दीवार को फाँदकर अन्दर आकर लड़कियों के साथ छेड़खानी करते थे। इन्होंने आते ही कॉलेज में गार्ड तैनात कर दिये। बहुत सख़्त मिज़ाज हैं प्रिंसिपल साहब। मैंने जब योगेश से उस लड़की के घुटने के बल बैठकर लड़के से माफ़ी माँगने की वजह पूछी तो वह बोला कि सर, शायद यह लड़की और लड़का एक ही गाँव के हैं। पुलिस का नाम सुनते ही वह लड़की घबरा गयी कि अगर यह बात गाँव में पहुँच गयी तो कहीं उसके माँ-बाप डर के मारे उससे पढ़ाई न छुड़वा दें।

"वह शायद इसलिए भी डर गयी थी कि अगर बात बढ़ी, तो यह लड़का उसे कहीं और ज़्यादा परेशान न करने लगे!" मैं बोला।

"आप सही कह रहे हैं सर।"

बातों-बातों में सभागार कब आ गया हमें पता ही नहीं चला।

दक्षिण हरियाणा के अहीरवाल क्षेत्र के नारनौल से मैं जब वापस दिल्ली लौट रहा था, तो उस डरी-सहमी घुटनों के बल बैठ, दोनों हाथों को जोड़ याचना करती देहाती लड़की की तस्वीर रह-रहकर आँखों के सामने कौंध जाती। देश की राजधानी दिल्ली की ओर लौटते हुए मैं सोचता रहा कि, अगर स्त्री-विमर्श का असली रूप देखना हो, तो हमें महानगरों के वातानुकूलित सभागारों और संगोष्ठी कक्षों से बाहर निकलकर, अपने गाँव-देहातों में आकर देखें कि स्त्री-विमर्श क्या होता है।

इन प्रसंगों का ज़िक्र मैंने यहाँ इसलिए किया कि अपने अग्रजों और समकालीनों से हम लाख असहमत हों, लेकिन इस तरह के अमर्यादित आचरण की तो हम क़तई उम्मीद नहीं करते हैं। जवाहरलाल नेहरू विश्वविद्यालय के जिस *भारतीय भाषा केन्द्र के* भाषा, साहित्य एवं संस्कृति अध्ययन संस्थान को डॉ. नामवर सिंह, डॉ. केदारनाथ सिंह, डॉ. मैनेजर पाण्डेय, पुरुषोत्तम अग्रवाल और वीर भारत तलवार जैसे बौद्धिकों व अध्येताओं ने अपनी मेहनत और कल्पनाओं से सींचकर देश में एक सम्मान और प्रतिष्ठा दिलाई, उसका क्षरण और पतन इस तरह होगा, उसकी कल्पना करना मुश्किल है। डॉ. मैनेजर पाण्डेय जी से मैंने

यही सीखा है कि जो भी कहो अपनी मर्यादा में रहकर कहो। मुझे याद है उन्होंने एक बार अपनी किसी बातचीत में डॉ. नामवर सिंह जी के बारे में कहा था कि *जो कुछ मैं आज हूँ उसे बनाने में नामवर जी का योगदान है।*

दरअस्ल, ऐसी ईमानदार आत्मस्वीकृतियों के लिए बहुत साहस की ज़रूरत होती है। ऐसी आत्मस्वीकृतियाँ बताती हैं कि आपके लिए अगर कोई अच्छा करता या सोचता है, तो उसे सहृदयता के साथ स्वीकारना चाहिए। हालाँकि कहा तो यह भी गया है कि–

सत्यं ब्रूयात् प्रियं ब्रूयात्, न ब्रूयात् सत्यम् अप्रियम्।
प्रियं च नानृतम् ब्रूयात्, एष धर्मः सनातनः।।

(सत्य बोलना चाहिए लेकिन प्रिय बोलना चाहिए। ऐसा सत्य नहीं बोलना चाहिए जो अप्रिय लगे। प्रिय किन्तु असत्य नहीं बोलना चाहिए, यही सनातन धर्म है।)

इस श्लोक का अगर मैं सरल मेवाती में अनुवाद करूँ, तो इसका अर्थ होगा कि *कभी भी सीधी कुल्हाड़ी से कपड़े नहीं धोने चाहिए।* लेकिन पता नहीं क्यों मुझसे ऐसा ही सत्य बोला जाता है, जो सामनेवाले को कभी प्रिय नहीं लगता। अपने मेवाती में कहूँ तो न चाहते हुए भी मुझसे सीधी कुल्हाड़ी से ही कपड़े धुल ही जाते हैं। अपनी इस फ़ितरत के चलते मुझे अब तक जीवन में कितना कुछ खोना पड़ा है, उसका अगर हिसाब लगाने बैठूँ तो एक लम्बी सूची बन जायेगी।

जब तक *इंडिया टुडे* का सम्पादकीय विभाग नयी दिल्ली के कनॉट प्लेस में रहा, अशोक कुमार जी के पास अक्सर जाना होता था। एक समय था जब *इंडिया टुडे* का इन्तज़ार *हंस* जैसी पत्रिका से भी अधिक बेसब्री से रहता था। इसके शुरुआत के अंकों में जहाँ तक मुझे स्मरण है साप्ताहिक होने के कारण महीने में दो कहानियाँ प्रकाशित होती थीं। समीक्षाओं का तो कहना ही क्या। एक-एक, सवा-सवा पृष्ठ की बड़ी-बड़ी समीक्षाएँ इसमें छपती थीं। नब्बे के दशक और उसके कई साल बाद तक इस पत्रिका में *सृजन संवाद* नाम का एक कॉलम हुआ करता था। पूरे दो कॉलम का यह *सृजन संवाद* किसी रचनाकार के कृतित्व और व्यक्तित्व पर केन्द्रित होता था। *इंडिया टुडे* के इस चर्चित कॉलम में 28 नवम्बर, 2001 के अंक में *मेवात का माहात्म्य* शीर्षक से पत्रकार रमण कुमार सिंह द्वारा लिखी गयी टिप्पणी प्रकाशित हुई थी। इसमें लेखक और उसके लेखन के बारे में लिखा हुआ था–

लगभग बीस साल पहले वे दिल्ली आये तो थे रोज़गार की तलाश में मगर इस महानगर ने यही नहीं, शोहरत और सम्मान भी दिया—वह भी उम्र के महज़ चौथे दशक में। हरियाणा के बेहद पिछड़े क्षेत्र मेवात के नगीना क़स्बे में एक मज़दूर परिवार में जन्मे भगवानदास मोरवाल ने हिन्दी की केन्द्रीय धारा में युवा उपन्यासकार के रूप में अपनी पहचान बना ली है। दिल्ली की हिन्दी अकादमी ने उनके प्रथम उपन्यास 'काला पहाड़' को 1999-2000 के 'साहित्यिक कृति सम्मान' से पुरस्कृत किया है। पहली बार किसी उपन्यास में मेवात जैसे पिछड़े समाज की कला-संस्कृति, लोक-साहित्य, लोक-जीवन व इतिहास को उत्कृष्ट रूप में अभिव्यक्ति प्रदान की गयी है। मोरवाल बताते हैं कि मेवाती समाज जाटव, बाल्मीकि, खटिक, कुम्हार, विभाजन के दौरान विस्थापित शरणार्थियों, मेवों के फ़क़ीरों, कुंजड़ों, कंडेरों और बनिया-बामनों का मिला-जुला साझा समाज है, जहाँ शिक्षा का स्तर आज भी बहुत नीचा है और विकास नगण्य। उनके पिता अनपढ़ मजदूर रहे। वे बताते हैं कि 'काला पहाड़' का झील-नक्काड़ा बजानेवाला और पतंग उड़ाने वाला चरित्र उनके पिता पर ही आधारित है।

अपने परिवार में मोरवाल ही एकमात्र ऐसे सदस्य हैं जिसने उच्च शिक्षा प्राप्त की है। 1987 तक वे रोज़गार के संकट से जूझते रहे। हाँ, इसी बीच उन्होंने अपनी लगन से हिन्दी में एम.ए. तथा पत्रकारिता का डिप्लोमा कोर्स किया। सम्प्रति मोरवाल केन्द्रीय मानव संसाधन विकास मन्त्रालय के महिला एवं बाल विकास विभाग के अन्तर्गत केन्द्रीय समाज कल्याण बोर्ड, नयी दिल्ली में सहायक निदेशक के पद पर कार्यरत हैं।

अन्य बहुत से रचनाकारों की तरह मोरवाल ने भी लेखन की शुरुआत कविता से ही की थी। अब तक उनकी आठ किताबें प्रकाशित हो चुकी हैं 'सिला हुआ आदमी', 'सूर्यास्त से पहले', 'अस्सी मॉडल उर्फ़ सूबेदार' (सभी कहानी संग्रह); 'दोपहरी चुप है' (कविता संग्रह); 'इक्कीस श्रेष्ठ कहानियाँ', 'हिन्दी की श्रेष्ठ व्यंग्य रचनाएँ' (दोनों सम्पादित कृति), 'कलयुगी पंचायत' (बाल कथा संग्रह) एवं 'काला पहाड़' उपन्यास। 'अस्सी मॉडल उर्फ़ सूबेदार' के लिए वर्ष 1994-95 के लिए उन्हें हिन्दी अकादमी का 'साहित्यिक कृति पुरस्कार' भी मिल चुका है। इस संग्रह पर कुरुक्षेत्र विश्वविद्यालय तथा 'काला पहाड़' पर दिल्ली विश्वविद्यालय के अन्तर्गत एम.फिल. के लिए लघु शोध प्रबन्ध भी लिखे गये हैं। मोरवाल को 1995 में दक्षिण भारत का प्रतिष्ठित 'राजाजी पुरस्कार' एवं इसी वर्ष भारतीय दलित साहित्य अकादमी द्वारा 'डॉ. आम्बेडकर फ़ेलोशिप सम्मान' से भी नवाज़ा जा चुका है।

मोरवाल को पहले डर था कि 'काला पहाड़' के लिए उन्होंने जिस परिवेश और भाषा को चुना उसे कहीं हिन्दी जगत अमान्य न कर दे, लेकिन अब हिन्दी जगत के व्यापक स्वागत से वे उत्साहित हैं। आलोचकों से ज़्यादा उन्हें पाठकों पर भरोसा है क्योंकि उनका मानना है कि हिन्दी आलोचना के औज़ार पुराने पड़ गये हैं। वे स्वयं को साहित्यकार नहीं मानते बल्कि कहते हैं कि 'अभी तो मैं साहित्य का ककहरा सीखने वाला व्यक्ति हूँ।' वे लेखन को भी अपनी पहली प्राथमिकता नहीं बताते क्योंकि उनका कहना है कि 'मैं जिस समाज से हूँ वहाँ रोटी की समस्या प्रमुख है और मुझे अपने समाज से कटकर रहना अच्छा नहीं लगता।' आजकल वे दूसरे उपन्यास पर काम कर रहे हैं। मेवाती समाज को साहित्य में पहचान दिलानेवाले मोरवाल को हिन्दी साहित्य में उस समाज का प्रवक्ता कहा जाये तो अतिशयोक्ति न होगी।

इंडिया टुडे जैसी समाचार पत्रिका ने गम्भीर हिन्दी साहित्य को जो सम्मान दिया, उसके पीछे सारी परिकल्पना उस समय के एसोसिएट एडिटर अशोक कुमार उनकी मेहनत और उनके मृदु स्वभाव को जाता है। नब्बे के दशक में शुरू हुए इसके *साहित्य वार्षिकी* ने हिन्दी जगत में समाचार पत्रिकाओं के प्रति बनी पुरानी धारणा को बदलकर रख दिया। इसके बाद कई समाचार पत्रिकाओं ने समय-समय पर अपने साहित्य विशेषांक निकाले। मगर जो ऊँचाई *इंडिया टुडे* के साहित्य वार्षिकियों ने हासिल की, वह किसी अन्य समाचार पत्रिका को नसीब नहीं हुई। यहाँ तक ख़ुद *इंडिया टुडे* द्वारा लगभग डेढ़ दशक बाद 2017-18 और उसके बाद फिर से प्रकाशित किये गये *साहित्य वार्षिकी* को भी वह सम्मान नहीं मिल पाया।

हिन्दी अकादमी के वर्तमान सचिव रामशरण गौड़ का अकादमी का कार्यकाल पूरा हो रहा था, और इस बात के अनुमान ज़ोरों पर थे कि रामशरण गौड़ के बाद कौन सचिव आयेगा? बता दूँ सचिव का पद यहाँ प्रतिनियुक्ति पर भरा जाता है। अकादमी के किसी अधिकारी को इस पद पर पदोन्नत नहीं किया जाता। अगर ऐसा होता तो उप सचिव के पद पर कार्यरत हरिसुमन बिष्ट कभी के अकादमी के सचिव हो गये होते।

कुछ दिन बाद रामशरण गौड़ का कार्यकाल समाप्त हो गया और सचिव पद के लिए फिर से विज्ञापन जारी किया गया। जब विज्ञापन आया तो नानक चन्द जी ने मुझसे पूछा कि उन्हें इस पद के लिए आवेदन करना चाहिए। मैंने कहा कि अगर कोई सम्भावना है तो ज़रूर करना चाहिए। कम-से-कम आपका

यहाँ से तो कुछ दिन के लिए पीछा छूटेगा। अकादमी में सचिव का पद बहुत महत्त्वपूर्ण होता है। नानक जी मेरी बात से सहमत हो गये। शायद वे मेरी राय लेना चाहते थे क्योंकि वे अकादमी के बारे में उस तरह नहीं जानते थे जैसा मैं थोड़ा-बहुत जानता था। इसके बाद उन्होंने अकादमी में सचिव पद के लिए आवेदन कर दिया। जिस दिन दिल्ली सचिवालय में उनका साक्षात्कार था, मैं भी उनके साथ गया था।

इस तरह 2003 में नानक चन्द जी हिन्दी अकादमी के सचिव पद पर नियुक्त होकर केन्द्रीय समाज कल्याण बोर्ड से चले गये।

हिन्दी साहित्य के कमांडर कमला प्रसाद जी उन दिनों *मध्य प्रदेश संस्कृति परिषद* की इकाई *साहित्य अकादमी* के मुखिया थे। मई महीने में परिषद की ओर से मेरे पास एक पत्र आया। इस पत्र में लिखा था–

मध्य प्रदेश संस्कृति परिषद इकाई साहित्य अकादमी ने वर्ष 1998 से 2000 के बीच प्रकाशित कृतियों पर 'वीरसिंह देव पुरस्कार' योजना के लिए आपकी पुस्तक 'काला पहाड़' विचारार्थ भेजने के लिए लिखा है। पुस्तक की पाँच प्रतियों के साथ आपका लेखकीय सहमति पत्र भी अपेक्षित है।

आपसे अनुरोध है कि सहमत होने पर जल्द से लेखकीय सहमति पत्र भेजने का अनुग्रह करें।

चूँकि कमला प्रसाद जी का मेरे पास इस उपन्यास के बारे में फोन आ चुका था इसलिए मुझे कुछ उम्मीद जगी। प्रकाशक से कहकर मैंने पाँच प्रतियाँ परिषद को भिजवा दीं। लेकिन जब इस पुरस्कार की घोषणा हुई तो उसमें इस पुरस्कार के लिए एक वरिष्ठ लेखिका के उपन्यास को चुना गया। स्वाभाविक है तरजीह वरिष्ठ लेखिका की कृति को ही दी गयी होगी। लेकिन कई बरस बाद उस साल के पुरस्कार के बारे में जो रहस्य एक वरिष्ठ लेखिका ने उद्घाटित किया, वह बड़ा मज़ेदार था। उस लेखिका ने बताया कि इस पुरस्कार के लिए शार्टलिस्ट की गयी पुस्तकों को तीन निर्णायकों को अलग-अलग भेजी गयी थीं। इन सदस्यों में एक दिल्ली के घोषित वामपन्थी वरिष्ठ लेखक भी थे जिन्हें वर्ष 2021 में कोरोना की दूसरी लहर ने हम से असमय छीन लिया था। इन सदस्यों द्वारा इन पुस्तकों पर दिये गये अंकों को जोड़ा जाना था और अधिकतम अंक वाली पुस्तक पर यह पुरस्कार दिया जाना था। इस पद्धति के चलते दिल्ली के इस वरिष्ठ लेखक ने यह किया कि वरिष्ठ लेखिका के उपन्यास को 90 के आसपास अंक दिये और *काला पहाड़* को लगभग 15 अंक दिये।

जहाँ दो पुस्तकों के बीच इतने अंकों का अन्तर हो, ऐसे में आप सहज ही अनुमान लगा सकते हैं कि इस अन्तर को अन्य दो सदस्यों के अंकों को, चाहे वे कितनी भी उदारता बरतें, मिलाकर पूरा नहीं किया जा सकता। मैं यहाँ कहना यह चाहता हूँ कि वरिष्ठ लेखिका का उपन्यास *काला पहाड़* की तुलना में कहीं श्रेष्ठ कृति है, इसमें दो राय नहीं। लेकिन दिल्ली के उस वामपन्थी वरिष्ठ लेखक का इस तरह अंकों में अन्तर करना न्यायसंगत है? इसके पीछे मुझे दो ही कारण नज़र आते हैं कि या तो मेरे प्रति उनका कोई दुराग्रह रहा होगा, या फिर *काला पहाड़* उनके पल्ले नहीं पड़ा होगा। यहाँ महत्त्वपूर्ण यह है कि विपरीत विचारधारा होने के बावजूद इस वामपन्थी लेखक ने यह बौद्धिक बेईमानी की। मेरी शिकायत यह नहीं है कि उसने *काला पहाड़* को अधिक अंक दिये या नहीं, मेरी शिकायत यह है कि क्या मेरा उपन्यास इतना निकृष्ट और अस्तरीय था कि उसे सौ में से मात्र पन्द्रह-सोलह अंक दिये जाते। शायद ऐसे ही दुराग्रह, वर्णीय दम्भ व घृणा के चलते ये बौद्धिक न तो किसी एकलव्य का अँगूठा माँगने में हिचकिचाते हैं, न ही किसी शम्बूक की हत्या करने में संकोच करते हैं। फिर वह कोई वामपन्थी हो या दक्षिणपन्थी। बावजूद इसके ईश्वर उनकी आत्मा को शान्ति दे और जहाँ भी वे हों धरती से अधिक प्रसन्न और सुखी रहें। आमीन!

मेरे वर्ष 1996-97, 1997-98, 1998-99 और 1999-2000 की वार्षिक गोपनीय प्रतिवेदन अर्थात Annual Confidential Reports (ACRs) में दर्ज की गयी प्रतिकूल टिप्पणियों को हटाने के लिए तथ्यों सहित, जब मैं अभ्यावेदन (Representations) देते-देते थक गया, तब मुझे किसी ने यह सलाह दी कि केन्द्रीय समाज कल्याण बोर्ड की अध्यक्ष चाहे तो इन प्रतिकूल टिप्पणियों को हटा सकती है। उसे यह अधिकार है कि वह इन्हें समाप्त कर सकती है।

इस सलाह ने जैसे मेरी आशाओं के पूरी तरह बन्द हो चुके दरवाज़ों को हल्के से खोल दिया। मुझे अपनी इस मासूमियत पर मन-ही-मन बड़ा गुस्सा आया कि मेरा ध्यान इस तरफ़ पहले क्यों नहीं गया? लेकिन मैंने अपनी अध्यक्ष से इस बारे में ख़ुद निवेदन करने के बजाय किसी से कहलवाना उचित समझा। इसलिए मैंने जब इसके लिए किसी उचित व्यक्ति की तलाश की, तो मुझे वरिष्ठ लेखिका श्रीमती चित्रा मुद्गल जी का ख़याल आया। मैं जानता था कि चित्रा जी के केन्द्रीय समाज कल्याण बोर्ड की अध्यक्ष से बड़े ही मधुर सम्बन्ध हैं। अध्यक्ष ही क्यों हिन्दी का लेखक होने के नाते चित्रा जी न केवल मुझे जानती थीं

बल्कि वे मुझसे बड़ा स्नेह भी करती थीं। भले ही उनका उपन्यास *आवां* और मेरा पहला उपन्यास *काला पहाड़* साथ-साथ आये थे, लेकिन लेखक होने के नाते हम दोनों एक-दूसरे से भली-भाँति परिचित थे। वैसे भी एक लेखक के दुःख को दूसरे लेखक से अधिक भला कौन जान सकता है। इसलिए एक लेखक ही दूसरे लेखक से, तीसरे लेखक की परेशानी को आसानी से व्यक्त कर सकता है।

मैंने तुरन्त चित्रा मुद्गल जी को फोन मिलाया। पूर्व की तरह बड़े वात्सल्य भाव से वे बात करने लगीं तो मैंने उन्हें अपनी परेशानी या कहिए अपना दुःखड़ा सुनाया। उन्हें बताया कि हमारी अध्यक्ष चाहें तो मुझे मेरे इस दुःख से मुक्त कर सकती हैं। चित्रा मुद्गल जी ने जब पूछा कि कैसे? तब मैंने कहा कि आप हमारी अध्यक्ष से इसकी सिफ़ारिश कर दें। उन्होंने मुझे दिलासा दिलाई कि वे इसमें मेरी पूरी मदद करेंगी। उनका कहा अध्यक्ष बिल्कुल नहीं टालेंगी। लेकिन महीना बीत जाने के बाद जब मुझे मेरे दफ़्तर से इस सम्बन्ध में कोई प्रतिक्रिया प्राप्त नहीं हुई तो मेरी चिन्ता बढ़ गयी। मैंने इसके बाद चित्रा मुद्गल जी से इस बारे में इसलिए बात नहीं की कि यह प्रशासनिक मामला है। उनका कर्त्तव्य था कहना सो उन्होंने कह दिया। निर्णय मेरे कार्यालय को लेना था।

इसके बाद मैंने वरिष्ठ आलोचक भारत भारद्वाज से कहा कि बिहारी होने के नाते आप बिहार के किसी ऐसे व्यक्ति को जानते हैं, जो मेरी इस मामले में मदद कर सके। भारत भारद्वाज जी ने जिस व्यक्ति के बारे में मुझे बताया उसका नाम सुनकर फिर से मेरी उम्मीदों के मानो पंख उग आये। क्योंकि यह व्यक्ति भी कवि-लेखक होने के नाते मुझे चित्रा मुद्गल जी की तरह अच्छी तरह जानता था। बल्कि एक बार तो हिन्दी अकादमी, दिल्ली द्वारा घोषित *साहित्यिक कृति पुरस्कार* हम दोनों को साथ-साथ मिला था। न जाने कितनी बार हम दोनों सभा-गोष्ठियों से लेकर कई निजी आयोजनों में मिल चुके थे। भारत भारद्वाज जी ने मुझे बताया कि इनके आपकी अध्यक्ष से एकदम पारिवारिक सम्बन्ध हैं।

इस बार मैंने भारत भारद्वाज द्वारा बताये गये इस व्यक्ति अर्थात अपने इस वरिष्ठ कवि उपेन्द्र कुमार, जिन्हें वर्ष 1994-95 के लिए उनके कविता संग्रह *मैं बोल पड़ना चाहता हूँ* और मुझे मेरे कहानी संग्रह *अस्सी मॉडल उर्फ़ सूबेदार* के लिए साथ-साथ *साहित्यिक कृति पुरस्कार* से सम्मानित किया गया था, तुरन्त फोन लगा दिया। उपेन्द्र जी उन दिनों रक्षा मन्त्रालय में निदेशक के पद पर थे। मैंने उन्हें एक सरकारी कर्मचारी की तरह अपनी परेशानी बतायी तो वे तुरन्त मदद के लिए तैयार हो गये। लेकिन इस बार भी महीना बीत जाने के बाद कवि उपेन्द्र कुमार की तरफ़ से किसी तरह का कोई उत्तर नहीं मिला। मैंने इस बारे में भारत भारद्वाज जी से कहा, तो वे बोले मैं उपेन्द्र कुमार से पूछता हूँ।

पता नहीं कितने साहित्य प्रेमियों को पता है कि साल 2003 के अप्रैल महीने में एक बहुत बड़ा साहित्यिक विवाद प्रकाश में आया था। विवाद यह था कि केन्द्रीय माध्यमिक शिक्षा बोर्ड (सीबीएसई) ने प्रेमचन्द के उपन्यास *निर्मला* को पाठ्यक्रम से हटा दिया था, और उसकी जगह केन्द्रीय समाज कल्याण बोर्ड की अध्यक्ष बल्कि मेरी अध्यक्ष श्रीमती मृदुला सिन्हा के एक उपन्यास *ज्यों मेहँदी को रंग* को विकल्प के रूप में रखा था। केन्द्रीय माध्यमिक शिक्षा बोर्ड (सीबीएसई) के इस फ़ैसले की हिन्दी जगत में चौतरफ़ा तीख़ी प्रतिक्रिया हुई। लेखक संघों ने इसे फ़ासिस्ट हरकत बताया। इतना ही नहीं पूर्वी दिल्ली स्थित सीबीएसई भवन के समक्ष लेखक संगठनों के बैनर तले प्रदर्शन भी हुए थे। ऐसा नहीं है कि मुझे इन प्रदर्शनों या इस विवाद के बारे में जानकारी नहीं थी, पूरी जानकारी थी। ख़ैर, इस विवाद का परिणाम यह हुआ कि एक लेखक के रूप में जिस मृदुला सिन्हा के नाम से हिन्दी जगत अपरिचित था, रातों-रात लोग जान गये कि हिन्दी में इस नाम की भी कोई लेखिका है। सच कहूँ, केन्द्रीय समाज कल्याण बोर्ड की अध्यक्ष बनने से पूर्व मैं भी इनके नाम से पूरी तरह अनभिज्ञ था और यह मेरी नासमझी या कहिए अज्ञानता थी। इस तरह इस विवाद ने मेरी अध्यक्ष को कथा सम्राट प्रेमचन्द से भी बड़ी स्टार लेखिका बना दिया।

कुछ दिनों के बाद मैंने भारत भारद्वाज जी को याद दिलाया कि आपने उपेन्द्र कुमार जी से बात की? इस पर वे हिचकिचाते हुए बोले कि हाँ की थी। अब मेरी उत्सुकता यह जानने को हुई कि अगर अध्यक्ष से उनकी बात हुई थी तो मेरे मामले का क्या हुआ? मैंने जब पूछा तब भारत जी बोले, "यार, मृदुलाजी तो तुमसे बहुत नाराज़ हैं।"

मैं घबरा गया कि मेरी अध्यक्ष और मुझसे नाराज़? यह तो बात बनने के बजाय उलटा बिगड़ गयी लगती है। इससे तो अच्छा था, मैं चुप ही रहता।

मैंने ज़ोर देकर पूछा तो भारत जी ने मुश्किल से बताया, "वे उपेन्द्र कुमार से बोलीं कि आप उस आदमी की सिफ़ारिश लेकर आये हैं, जो सीबीएसई के कार्यालय पर मेरे विरुद्ध नारे लगा रहा था।"

भारत जी की बात सुन एक पल के लिए मेरी कुछ समझ में नहीं आया। मैं मन-ही-मन याद करने लगा कि मैं किस दिन केन्द्रीय माध्यमिक शिक्षा बोर्ड (सीबीएसई) के कार्यालय के सामने लेखकों के साथ प्रदर्शन करने गया था?

मैंने उलटा भारत जी से पूछा, "भारत जी, मैं सीबीएसई के दफ़्तर पर नारे लगाने गया था? आपको लगता है ऐसी मूर्खता मैं कर सकता हूँ?"

हालाँकि इस सवाल पर मेरे अन्तर्मन ने जैसे मुझसे कहा था कि क्यों नहीं मैं, ऐसी मूर्खता कर सकता। ऐसी मूर्खताओं के चलते तो आज ये दिन देखने पड़ रहे हैं।

"यही बात उपेन्द्र जी ने उनसे कही थी कि मुझे नहीं लगता यह लड़का ऐसी बेवकूफ़ी करेगा। उसे नहीं पता है कि आप लेखिका बाद में उसकी चेयरमैन पहले हैं। फिर भी अगर आप कह रही हैं तो ठीक ही कह रही होंगी, पर मुझे विश्वास नहीं हो रहा है।"

मैं भारत भारद्वाज की बात सुनकर चुप हो गया। कहने के लिए मेरे पास कुछ नहीं था। फिर भी मैंने हिम्मत जुटाते हुए पूछ ही लिया कि यह बात अध्यक्ष को किसने बतायी होगी?

"मृदुला जी ने कहा कि यह बात उन्हें हिन्दी की एक बड़ी लेखिका ने बतायी थी।"

"किसने?" मेरी जिज्ञासा और बढ़ गयी कि जिस बात का मुझे ही इल्म नहीं, उसे किसी बड़ी लेखिका ने मेरी अध्यक्ष को बताया है।

"नहीं यार, तुम किसी को बता दोगे।"

मेरे बार-बार आग्रह करने पर बल्कि अपने सारे मरे और ज़िन्दा आत्मीयों की सौगन्ध खाने पर भारत जी ने उस बड़ी लेखिका का नाम बता दिया।

मगर पाठको, मैं उस लेखिका का नाम आपको हरगिज़, हरगिज़ नहीं बताऊँगा। भले ही जुम्मन मियाँ की ख़ाला के कहने पर अलगू चौधरी ईमान की बात कहने से नहीं डरा। लेकिन मैं न तो कोई प्रेमचन्द हूँ और न उनकी कहानी *पंच परमेश्वर* का पात्र अलगू चौधरी। मैं एक अज्ञात कुलशील जाति विहीन ऐसा साधारण और निर्बल लेखक हूँ जिसमें और ख़तरे उठाने की हिम्मत नहीं है। नाम बताने से आपका कुछ नहीं बिगड़ेगा लेकिन भविष्य में उनके द्वारा दिये जाने वाले इनाम-इकराम अर्थात पुरस्कार-सम्मानों से, अगर थोड़ी-बहुत सम्भावना बनेगी, वे भी हाथ से जाते रहेंगे।

इसके बाद मैंने किसी से कभी कोई सिफ़ारिश नहीं कराई। सब नियति पर छोड़ दिया। यह बात अलग है कि उन वार्षिक गोपनीय प्रतिवेदन अर्थात ACRs (Annual Confidential Reports) में दर्ज उन प्रतिकूल टिप्पणियों के कारण दो वर्ष तक मेरी पदोन्नति रोक दी गयी। इतना ही नहीं इस बीच मुझसे वरीयता में कनिष्ठ दो लोगों को पदोन्नत कर दिया गया। थोड़ी देर के लिए आप कल्पना करिए कि जिस खीर की थाली पर आपका हक़ हो, उसे आपके सामने से सरकाकर आपके बग़लवाले अपात्र व्यक्ति को दे दिया जाये, तो आपके दिल पर क्या बीतेगी? पदोन्नति की ख़ुशी में जो घी के दिये उस दिन मेरे घर में जलने चाहिए थे, वे मुझसे कनिष्ठ लोगों के घरों में जले।

जिस ख़ुशी में जो मिठाई मेरे घर में पत्नी और बच्चों के बीच बँटनी चाहिए थी, वह औरों के घर में बँटी। आख़िर नौकरीपेशा लोगों की यही तो छोटी-बड़ी ख़ुशियाँ होती हैं।

इस दौरान इस घटना से 'प्रेरणा' ले मैंने एक कहानी लिखी *चोट*। यह कहानी दिल्ली से हरिनारायण के सम्पादन में प्रकाशित होने वाली मासिक पत्रिका *कथादेश* के सितम्बर 2003 के अंक में प्रकाशित हुई थी। मैंने इस कहानी को जब सम्पादक हरिनारायण के पास भेजा, तब पहले अपने 'गुरु' राजेन्द्र यादव की तरह इसे लगभग अस्वीकार ही कर दिया था। परन्तु अचानक उनका न जाने कैसे हृदय परिवर्तन हुआ कि वे इसे अपनी पत्रिका में प्रकाशित करने को तैयार हो गये। अगर आपको मेरे कहे पर विश्वास नहीं है, तो 1 जुलाई, 2003 के उनके इस पोस्ट कार्ड को पढ़ सकते हैं—

प्रिय मोरवाल जी,

मैंने कहानी दुबारा पढ़ी। मुझे लगा यह कहानी एक प्रश्न तो उठाती ही है। अति पिछड़े वर्ग की ओर से प्रतिक्रिया में कोई कुछ भी कर सकता है। यह 'कथादेश' में जल्दी प्रकाशित होगी। अपना फोटो-परिचय भेजो। और तो सब ठीक ही है।

मज़े में होंगे।

इस *चोट* कहानी के प्रमुख पात्र हैं मिसेज़ सक्सेना, दक्ष प्रजापति, समीर राघव (समीर अनुसूचित जाति से है), आहूजा और एक पात्र है सतबीर यादव। इस कहानी में अनुसूचित जाति के प्रति उपजी कुण्ठा को एक सवर्ण महिला अधिकारी मिसेज़ सक्सेना एक अति पिछड़े वर्ग के कर्मचारी अर्थात दक्ष प्रजापति से पूरा करती है। यह कहानी हमारे कार्यालयों में बजबजाती सवर्ण मानसिकता को उद्घाटित करती है। मिसेज़ सक्सेना समीर राघव को चाहकर भी परेशान नहीं कर पाती है, क्योंकि वह जानती है कि अगर उसने ऐसा किया तो राघव उसे एससी/एसटी एक्ट में फँसवा देगा। सतबीर यादव, जो नौकरी के साथ-साथ प्रॉपर्टी डीलर का भी काम करता है, उसे इसलिए नहीं छेड़ती कि उसके पास ताक़त है। वह उसे दिन के तारे दिखा देगा। बचा अब दक्ष प्रजापति जिसके पास न कोई एससी/एसटी एक्ट जैसा हथियार है, न सतबीर यादव की तरह ताक़त। इसलिए मिसेज़ सक्सेना दक्ष को ही परेशान करती है और उसकी ACRs ख़राब कर उसे आर्थिक चोट पहुँचाती है।

इसी तरह 2004 में आये मेरे दूसरे उपन्यास *बाबल तेरा देस में* की समीक्षा हरिनारायण के कहने पर अलवर के श्री सुरेश पण्डित जी ने *सख़्त ज़मीन खुरचती औरतें* शीर्षक से बड़े मनोयोग से लिखी थी। कई महीनों के बाद जब मैंने हरिनारायण से इस समीक्षा के बारे में पूछा कि यह कब प्रकाशित हो रही है, तब पहले तो वे टालते रहे, लेकिन कुछ दिन बाद फिर से पूछा तो अपनी आदत के अनुसार मिनमिनाते हुए बोले, "यार, वह कहीं खो गयी है। उसे फिर से भिजवा दो।"

हरिनारायण की मंशा भाँप मैं समझ गया कि अगर समीक्षा फिर से भिजवा भी दी, तब भी वह हरगिज़ नहीं छपेगी। हालाँकि उसकी फोटोकॉपी मेरे पास थी मगर मैंने नहीं भिजवाई। सुरेश पण्डित जी ने कई बार पूछा तो मैं ही कोई-न-कोई बहाना बनाकर उन्हें टालता रहा। वह 2005 या 2006 का साल था, मैंने उसके बाद आज तक कभी हरिनारायण से दुआ-सलाम तक नहीं की। एक बार किसी गोष्ठी में चलते-चलाते ज़रूर आँखें मिली थीं लेकिन जूठ-मूठ यूँ ही बेमन से हालचाल पूछ लिया। अब आप मुझे अशिष्ट और स्वार्थी कह सकते हैं किन्तु मैं इसे अपनी ख़ुद्दारी कहता हूँ। अगर आपमें किसी के प्रति स्नेह, सम्मान या किसी तरह की उदारता और थोड़ा-सा आपसी लिहाज़ नहीं है, तो दूसरा आपका सम्मान या लिहाज़ क्यों करे? आख़िर हम पढ़ने-लिखने वालों का मानसिक रिश्ता हमारी ये रचनाएँ ही तो होती हैं वरना इतनी बड़ी दुनिया है, हम किसी और से क्यों नहीं बात करते हैं। अगर आपकी उदारता और शिष्टाचार का पैमाना सिर्फ़ आपका स्वार्थ है, तो आप कुछ भी हो सकते हैं, कम-से-कम मनुष्य तो नहीं हो सकते।

ऐसी ही एक और कहानी मैंने उन दिनों लिखी थी *सूतक*। मुझे याद है जिन दिनों मेरे बाद एक के बाद कनिष्ठों को पदोन्नत किया जा रहा था। उनके बाद के अधिकारी/कर्मचारी यही प्रार्थना करते थे कि मेरी ACRs ऐसे ही ख़राब होती रहें ताकि उनकी पदोन्नति हो जाये। वे यही कामना करते कि उनके रास्ते में पड़ने वाला यह सूतक यानि मैं किस तरह अलग हट जाऊँ।

इसी तरह मैंने साल 2001 में एक कहानी लिखी थी *मुक्ति प्रसंग*। यह भोपाल से प्रकाशित *साक्षात्कार* के दिसम्बर 2001 के अंक में प्रकाशित हुई थी। बता दूँ कि यह कहानी 2001 के अप्रैल माह में केन्द्रीय समाज कल्याण बोर्ड से सेवानिवृत्त होनेवाले उस अधिकारी और लेखक को केन्द्र में रखकर लिखी थी, जिसकी बहुत बड़ी भूमिका मुझे इस बोर्ड में लाने की थी। मुझे यहाँ नाम लेने की ज़रूरत नहीं है क्योंकि समझदार को इशारा ही काफ़ी है।

इस कहानी का पात्र जोशी अपनी नौकरी के दौरान हमेशा मुफ़्त की शराब की ताक में रहता। उसकी इस मुफ़्तखोरी का शिकार उसका चपरासी सियाराम भी कई बार हो चुका था लेकिन साहब होने के चलते वह अपनी पीड़ा व्यक्त नहीं कर पाता था। जोशी कई बार सियाराम से शराब मँगाता लेकिन लाने के बाद उसे पैसे नहीं देता था। सियाराम यह सोचकर नहीं माँगता था कि क्या पता उसका साहब इसके बदले कभी उसके काम ही आ जाये। लेकिन जब जोशी इसी सियाराम के बेटे को अपने कार्यालय में फ़राश जैसी मामूली-सी नौकरी लगवाने के लिए तीस हज़ार की रिश्वत माँगता है, तब सियाराम की आँखें खुलती हैं और सियाराम जोशी को सबक सिखाने की ठान लेता है। इसका मौक़ा सियाराम को जोशी के सेवानिवृत्ति वाले दिन हाथ लगता है। उस दिन जोशी अपने घर पर दफ़्तर के लोगों को शाम को शराब पिलाने के लिए आमन्त्रित करता है। शराब की ज़िम्मेदारी जोशी सियाराम को देता है और उससे कहता है कि वह जाकर दुकान से शराब ले आये। लेकिन वह सियाराम को पैसे नहीं देता है। अपनी पुरानी आदत के चलते जोशी भूल जाता है कि जोशी अब उसका साहब नहीं रहा। उस दिन सियाराम जिस तरह बिना शराब के जोशी का अपने दफ़्तर के लोगों के सामने जुलूस निकालता है, उसी का इस कहानी में चित्रण है।

इस कहानी के साथ एक मज़ेदार वाक़या हुआ और वह यह कि मैंने इस कहानी को सबसे पहले, *शब्द सन्धान* प्रकाशन के मालिक, *कथन* पत्रिका के सम्पादक और जनवादी लेखक रमेश उपाध्याय के पास भेजा था। लेकिन मेरी आशा के अनुरूप उन्होंने इस कहानी को प्रकाशित करने से इनकार कर दिया। बोले कि मैं किसी लेखक पर केन्द्रित इस कहानी को नहीं छापूँगा। मैंने कब कहा कि यह किसी लेखक के ऊपर नहीं लिखी गयी है? इसके बाद वे हँसते हुए बोले कि मैं नहीं जानता यह जोशी कौन है? हमने साथ-साथ न जाने कितनी बार शराब पी है। वे इसे पढ़ेंगे तो बड़े नाराज़ होंगे। मुझे कोई हैरानी नहीं हुई क्योंकि मैं जानता था कि बिगाड़ की चिन्ता किये बिना ईमान की बात कहने की हिम्मत हर किसी अलगू चौधरी में नहीं होती। लेखक तो फिर भी एक मामूली-सा व्यक्ति होता है।

अब थोड़ा-सा उस महिला अधिकारी की ईमानदारी के दो क़िस्से, जिसकी कृपा से मुझे दो साल अपने हक़ अर्थात पदोन्नति से वंचित रहना पड़ा था। इस महिला ने केन्द्रीय समाज कल्याण बोर्ड से जवाहरलाल नेहरू विश्वविद्यालय के तहत अपनी पीएच.डी. के लिए तीन वर्ष का अध्ययन अवकाश (स्टडी लीव) ग्रहण किया था। हम सब जानते हैं कि पीएच.डी. में पंजीकरण के लिए चयनित विषय का एक सिनोप्सिस, जिसे विषय के बारे में एक लघु आलेख कह सकते हैं,

वह तैयार करना पड़ता है। इस अधिकारी का पीएच.डी. का पंजीकरण इसी सिनोप्सिस के आधार पर हुआ था और इसी के आधार पर कार्यालय ने इसका अध्ययन अवकाश मंजूर किया था।

अध्ययन अवकाश समाप्त होने के बाद इसने तीन साल बाद अपना कार्यभार सँभाल लिया। इतना ही नहीं उसे कार्यालय में अपना शोध-प्रबन्ध भी जमा कराना चाहिए था। क्योंकि किसी भी सरकारी कर्मचारी को जब अध्ययन अवकाश मंज़ूर किया जाता है, तो इस आधार पर किया जाता है कि आख़िर उसके शोध या शोध-प्रबन्ध की उसके सम्बन्धित विभाग के लिए क्या उपयोगिता है? हम सब जानते हैं कि समय-समय पर उस कर्मचारी को अपने शोध की प्रगति के बारे में सम्बन्धित कार्यालय को भी सूचित करना पड़ता है। कार्यभार सँभालने के डेढ़-दो साल बाद कार्यालय के लोगों की जिज्ञासा जागी कि आख़िर इस मोहतरमा, जिसे तीन वर्ष का, वह भी पूरे वेतन सहित अध्ययन अवकाश मंज़ूर किया गया था, के उस शोध-प्रबन्ध को देखा जाये कि वह कैसा है? मगर उसे देखा तो तब जाता, जब कोई शोध-प्रबन्ध लिखा जाता या कोई शोध हुआ हो। जब हो-हल्ला हुआ तो उसने उसी सिनोप्सिस को प्रस्तुत कर दिया, जिसके आधार पर अध्ययन अवकाश मंज़ूर किया गया था। एक अधिकारी ने जवाहरलाल नेहरू विश्वविद्यालय के सम्बन्धित विभाग में आरटीआई लगाकर यह पूछ लिया कि कृपया इस महिला के शोध-प्रबन्ध की जानकारी मुहैया कराई जाये। मगर जेएनयू के इस विभाग ने इस बारे में जो जानकारी उपलब्ध कराई वह बेहद चौंकाने वाली थी। इस जानकारी के मुताबिक़ उनके विभाग में पंजीकरण तो हुआ था लेकिन उसके बाद कोई शोध नहीं हुआ, न कोई शोध-प्रबन्ध जमा कराया गया। इससे स्पष्ट है कि उक्त महिला ने तनख़्वाह के साथ जो तीन साल का अध्ययन अवकाश ग्रहण किया था, उसके नाम पर न केवल सरकार को लाखों रुपये का चूना लगाया बल्कि अपने कार्यालय को धोखा भी दिया। होना तो यह चाहिए था कि इस धोखाधड़ी में उस महिला अधिकारी के विरुद्ध प्रशासनिक कार्रवाई होनी चाहिए, परन्तु ऐसा कुछ नहीं हुआ।

ऐसा ही इनका एक और कारनामा सामने आया। कुछ सरकारी कर्मचारी अपने रसूख़ और सम्बन्धों का इस्तेमाल कर अपने नाम सरकारी पूल में आवास का जुगाड़ करा लेते हैं। ऐसा ही इस महिला अधिकारी ने किया और अपने नाम नयी दिल्ली के आर.के.पुरम कॉलोनी में सरकारी आवास का जुगाड़ कर लिया। हालाँकि हम केन्द्रीय समाज कल्याण बोर्ड के कर्मचारी इसके हक़दार नहीं थे और हैं।

इस बीच इसने पूर्वी दिल्ली के पटपड़गंज क्षेत्र में एक हाउसिंग सोसायटी में अपना फ़्लेट ले लिया। इसके लिए उसने दफ़्तर से ऋण भी लिया था। तो क़ायदे से या नियमानुसार जब आप अपने निजी आवास में चले जाते हैं, तो आपको वह सरकारी आवास या कहिए आर.के.पुरम वाला सरकारी आवास सरकार को सौंप देना चाहिए था। इसी दौरान यह अधिकारी इस सरकारी आवास को ख़ाली कर अपने निजी फ़्लेट में शिफ्ट कर गयी, मगर उसे सरकार को सौंपने के बजाय किराये पर चढ़ा दिया और अरसे तक उस सरकारी आवास का मज़े से किराया खाती रही।

अपने पहले उपन्यास के प्रकाशन के एक साल होते-होते मैंने अपना दूसरा उपन्यास *बाबल तेरा देस* में लिखना आरम्भ कर दिया था। इस उपन्यास की पृष्ठभूमि भी मैंने मेवात ही रखी। हालाँकि लगातार दो उपन्यासों की एक ही पृष्ठभूमि रखने का औचित्य आज भी किसी पाठक के समझ में नहीं आ रहा होगा। लेकिन इस उपन्यास की पृष्ठभूमि मेवात रखने का विशेष कारण था। कारण यह था कि एक मित्र ने *काला पहाड़* को पढ़ने के बाद कहा कि इसमें तो स्त्री-पात्र ना के बराबर हैं। उनका यह कहना था कि मेरा माथा ठनका। बात तो उसने सोलह आने सही कही थी। एक पात्र मेमन जिसे उसका शौहर सुलेमान हैदराबाद से लाया था, उसे भी मेवात का नहीं कह सकते। कह सकते क्या, है ही नहीं। बाक़ी तरकीला, रुमाली, अंगूरी, रामदेई हैं भी तो उनकी गिनती उपन्यास के किसी यादगार पात्र के रूप में नहीं होती। एक तरह से *काला पहाड़* पुरुष प्रधान उपन्यास है। लिखते समय मेरा इस पर ध्यान ही नहीं गया कि मुझसे कैसे स्त्री पात्र उपेक्षित रह गये?

इसी की भरपायी के लिए मैंने इस उपन्यास की कल्पना की। एक ऐसे उपन्यास की कल्पना जिसमें ज़्यादा प्रमुख पात्र स्त्रियाँ हों। साथ ही इस बात का भी ध्यान रखा कि इन स्त्री पात्रों के कारण ऐसा न हो कि पुरुष पात्र ही छूट जायें। लेकिन प्रश्न सबसे बड़ा यह था कि इस उपन्यास का कथानक क्या हो? उसकी विषय-वस्तु क्या हो? बहुत सोचा। बड़ा मनन किया। तब जाकर यह तय किया इस उपन्यास को स्त्री और धर्म के इर्द-गिर्द रखा जाये। दूसरे शब्दों में कहूँ तो हमारे गाँव-देहातों की स्त्रियों की अपने धर्म, विशेषकर मुस्लिम स्त्रियों की समझ क्या होती है, उसके इर्द-गिर्द ताना-बाना बुनने का प्रयास किया गया। इसलिए मुझे अपने मेवात की स्त्रियों की दुनिया से बेहतर

कोई और दुनिया नज़र नहीं आयी। इस उपन्यास का जो शीर्षक मैंने चुना वह था—*बाबल तेरा देस में।*

यह शीर्षक *महाभारत* को आधार बनाकर लिखी गयी मेवाती काव्य-कृति *पंडून कौ कड़ा* अर्थात पाण्डवों का कड़ा के रचयिता *सादल्ला* के एक दोहे से लिया। सादल्ला का यह दोहा इस प्रकार है—

बाबल तेरा देस में, एक बेटी एक बैल
हाथ पकड़के दीनी जामें परदेसी के गैल।

इस दोहे का सार यह है कि इस बाबुल अर्थात पिता यानि पितृसत्तात्मक व्यवस्था में स्त्री की नियति या उसकी हैसियत किसी बैल अर्थात उस निरीह पशु से कम नहीं है, जिसे किसी भी अनजान व्यक्ति के साथ हाँक दिया जाता है। इस दोहे ने मुझे उपन्यास को विस्तार और गति देने में बड़ी मदद की। इसके लिए सबसे पहले मैंने क़ुरआन मजीद की सदाचरण और समाज व्यवहार सम्बन्धी 114 सूराओं (अध्यायों) तथा सभी 30 पारों, विशेषकर *सूरा अल-बक़रा, सूरा अन-निसा, सूरा अल आराफ़, सूरा अन-नूर, सूराअर-रूम* और *सूरा अत-तलाक़* की स्त्री-सम्बन्धी आयतों का विशेष रूप से अध्ययन किया। इन सूराओं और आयतों के आलोक में इसके बाद हकीमुल उम्मत हज़रत मौलाना अशरफ़ अली थानवी की बेहद चर्चित और एक हद तक विवादास्पद ग्रन्थ *बहिश्ती ज़ेवर* के स्त्री व पुरुष सम्बन्धी निर्देशों और संहिताओं का भी अध्ययन किया। इसके अलावा इस्लाम में बीवी और शौहर के क्या अधिकार हैं, परिवार में मुसलमान औरत की क्या हैसियत है, जैसे विषयों पर बारीक निगाह मारी। साथ में शौहर का लापता होना, महर, नफ़क़ा (गुज़ारा भत्ता), ईला (जानबूझ कर पत्नी के पास न जाना), तलाक़, खुलअ, इनीन (नामर्दी), लिआन (पत्नी पर ग़लत आचरण का आरोप) जिन पर स्त्री-पुरुष के पवित्र रिश्तों की बुनियाद टिकी रहती है, उनको भी देखा। हलाला रस्म पर मैंने ज़्यादा ध्यान नहीं दिया।

जन-कवि सादल्ला की तरह औरत की हैसियत को दूसरे धार्मिक ग्रन्थों जैसे क़ुरआन मजीद और हिन्दुओं के वेदों में किस नज़र से देखा गया है उसकी भी पड़ताल की गयी। उदाहरण के लिए जहाँ सादल्ला कहते हैं कि—

बाबल तेरा देस में, एक बेटी एक बैल
हाथ पकड़के दीनी जामें परदेसी के गैल

वहीं क़ुरआन के चौथे अध्याय *अन-निसा* की 34वीं आयत में कहा गया है—

पुरुष स्त्रियों के मालिक हैं। जो नेक और भली स्त्रियाँ होती हैं, वे आज्ञाकारी और अपने 'रहस्यों' की रक्षा करने वाली होती हैं। जिन स्त्रियों से विद्रोही होने का डर हो—उन्हें समझाओ, उन्हें अपने बिस्तरों से दूर रखो और उन्हें कुछ सज़ा दो।

जबकि *अथर्ववेद* में भी स्त्रियों के लिए बिल्कुल ऐसा ही कहा गया है—

जिस तरह वन्य-जीवों तक को शान्त वातावरण प्रिय होता है, उसी तरह परिवार को सुखमय बनाने के लिए स्त्री को चाहिए कि वह पति से विरोध या कलह ना करे, अपितु उसके अनुकूल रहकर उसकी प्रियता प्राप्त कर अपने ऐश्वर्य की वृद्धि करे।

सादल्ला के दोहे, कुरआन की आयत और अथर्ववेद के श्लोक में आपको एक जैसी समानता नज़र आयी होगी। लोक और धर्म में निहित स्त्री की इस हैसियत ने इस उपन्यास का जैसे पूरा वितान तैयार कर दिया। स्त्री विषयक मेवाती लोक-गीतों, लोकोक्तियों, मुहावरों, दोहों को एकत्रित किया गया। मेवाती स्त्री-सम्बन्धी (विशेषकर मेव स्त्री) लोक-गीतों को उन्हीं स्त्रियों के मुँह से सुनकर संकलित करने का दायित्व मैंने अपने कॉलेज के सहपाठी मेरे गुरुभाई व मेवात के गाँव चन्देनी के रहने वाले अख़्तर हुसैन की पुत्री और आज टीवी की तेज़-तर्रार एंकर मुमताज़ को सौंपा। उन दिनों मुमताज़ नूंह (मेवात) के यासीन मेव डिग्री कॉलेज की छात्रा थी। सनद रहे मेरे इस उपन्यास की एक पात्र का नाम भी मुमताज़ है। यह पात्र वास्तव में यही मुमताज़ है। इसमें एक और पात्र है शकीला। दरअस्ल, शकीला मेरे पहले उपन्यास *काला पहाड़* की पात्र मेमन ही है।

शुरू में मैंने इस उपन्यास को मंडी हाउस स्थित साहित्य अकादेमी के पुस्तकालय के शान्त वातावरण में जाकर लिखने का प्रयास किया। मगर पालम गाँव से एक घण्टे आने और मंडी हाउस से एक घण्टे जाने के सफ़र के बाद मुझे अहसास हुआ कि रचनात्मक लेखन के लिए अपने घर से अच्छा लेखन-स्थल दूसरा नहीं हो सकता। इसके बाद मैंने साहित्य अकादेमी जाना छोड़ दिया।

पश्चिमी भारत के कुछ राज्यों की कुम्हार जाति में उनके कुल-देवता मियाँ पर बकरे की बलि देने की प्रथा है। यह बलि कुछ ख़ास मौक़ों जैसे पुत्र-प्राप्ति के अवसर पर दी जाती है। इसके अलावा इसे मानने वालों की आर्थिक दशा पर भी निर्भर करता है कि मियाँ का बकरा कब करना है। इस उपन्यास के दसवें अध्याय में ऐसा ही प्रसंग आता है। इसके दो पात्र हीरा-बत्तो जिनका इसी जाति से सम्बन्ध है, उनके यहाँ बलि चढ़ती है। चूँकि मुझे इस प्रसंग को पूरे यथार्थ रूप में चित्रित करना था, इसलिए जिस बकरे की बलि चढ़नी थी और फ़क़ीर

जब उसे हलाल करता है, मैंने इस प्रक्रिया में पूरा साथ दिया था। छटपटाते बकरे की टाँगों को पकड़ मैंने इसे हलाल करवाने में फ़क़ीर की पूरी मदद की थी। बकरे के गले को रेतने के दौरान ताज़ा खून के तेज़ फ़व्वारों के बीच तड़पते बकरे के कण्ठ से जब-जब घुर्र-घुर्र की आवाज़ आती थी, इस वीभत्सता को देख मेरी आँखें मुँद-मुँद जाती थीं। इस अध्याय में इस प्रकरण या प्रसंग का जितना वीभत्स वर्णन किया गया है, उसे पढ़कर कई पाठकों का जी तक मितला गया।

इसी अध्याय के अन्त में एक छोटा-सा प्रसंग और है। इस प्रसंग में इसके एक पात्र हीरा के घर बलि के बाद शाम को शराब पीने के दौरान जमा रिश्तेदारों में एक पात्र नौटंकी *स्याहपोश* का एक अंश सुनाता है। जिस समय मैं इस प्रसंग को लिख रहा था, तब इस नौटंकी *स्याहपोश* के एक पात्र गबरू के संवाद का मुझे सिर्फ़ यह दोहा याद था, जिसे मैं बचपन में अपनी उम्र से बड़े लोगों के मुँह से अक्सर सुनता था–

ग़लत ना पढ़ना चाहिए, है ये क़ुरान शरीफ़।
इसी वास्ते आपको, देता हूँ तकलीफ़।।

जबकि पण्डित नथाराम शर्मा गौड़ द्वारा लिखी गयी नौटंकी में गबरू का यह संवाद इस दोहे से शुरू होकर चौबोला और दौड़ के साथ समाप्त होता है। अब समस्या यह थी कि गबरू के इस पूरे संवाद को मैं कहाँ से लाऊँ? उन्हीं दिनों मुझे पत्नी के साथ अपनी मौसी के लड़के की शादी में मथुरा ज़िले की एक छोटी-सी तहसील छाता के एक गाँव खायरा जाना था। हमने नयी दिल्ली के आश्रम चौक से आगरा जानेवाली बस ली और छाता से पहले कोसी कलाँ बस अड्डे उतर गये। यहीं से हमें दूसरी बस लेकर आगे जाना था। सुबह के लगभग 11 बजे थे और हमारे पास बहुत समय था। कोसी कलाँ बस अड्डा पहुँचने पर मैं पत्नी को यह कहकर उसके पीछे बनी मार्केट में ले आया कि चलिए पहले कहीं नाश्ता करते हैं। मार्केट में आये तो किसी खाने-पीने की दुकान पर जाने के बजाय, हम एक स्टेशनरी व किताबों की दुकान पर पहुँच गये।

वहाँ जाकर मैंने दुकानदार से पूछा, "एक बात बताइए, सालों पहले इधर मेले-ठेलों में ज़मीन पर नौटंकियों की किताबें बिकती थीं। क्या ये यहाँ मिल सकती हैं?"

"अरे साब, अब कहाँ मिलती हैं वे।"

दुकानदार की यह बात सुन मैं निराश हो गया लेकिन फिर भी मैंने पूछ लिया, "नहीं-नहीं कहीं उनके बारे में कुछ जानकारी मिल जाये?"

"आप ऐसा करिए तीन-चार दुकान छोड़कर एक कैसेट की दुकान है, उससे पता कर लीजिए।" इतना कह दुकानदार ने हमसे अपना पीछा छुड़ा लिया।

इसके बाद हम दोनों कैसेट की दुकान की तरफ़ बढ़ गये। पत्नी हैरान-परेशान कि यह कौन-सा नाश्ता चल रहा है? इसी बीच कैसेट की दुकान आ गयी।

मैंने जब दुकान के मालिक से पूछा, तब वह बोला, "किताबों का तो पता नहीं, हमारे पास तो नौटंकियों की ये कैसेट हैं।" दुकानदार ने अपने पीछे लगी असंख्य कैसेट्स की तरफ़ इशारा किया।

"आपके पास कृष्णा कुमारी की कोई कैसेट है?" मैंने पूछा।

"अरे बाऊजी, ये सब कृष्णा कुमारी की ही कैसेट हैं।" दुकानदार ने मुस्कराते हुए कहा।

सुनते ही मेरी जैसे बाँछें खिल गयीं कि किताबें ना सही कुछ तो हाथ लगा। मैंने नौटंकी *भक्त पूरनमल* और *अमरसिंह राठौर* की कैसेट्स ख़रीद लीं। मज़ेदार यह था कि ये कैसेट्स किसी स्टूडियो में नौटंकी गवाकर तैयार नहीं की गयी थीं, बल्कि सीधे इनके मंचन के दौरान रिकॉर्डिंग करके बनायी गयी थीं। इसके बाद मैंने दुकानदार से वही बात पूछी जो मैं इससे पहले स्टेशनरी की दुकान पर पूछ चुका था।

"बाऊजी, मुश्किल है उन किताबों का मिलना।" फिर कुछ रुककर बोला, "आप एक काम करिए बायीं तरफ़ आगे जाकर हनुमान जी का मन्दिर है। उसके सामने एक भगत जी किताबें बेचते हैं, आप वहाँ जाकर पूछ लीजिए।" इतना कह इस दुकानदार ने भी पल्ला झाड़ लिया।

मैंने कनखियों से पत्नी की तरफ़ देखा तो पाया उसके चेहरे पर अब झुँझलाहट झलकने लगी थी। मैं पत्नी से बोला, "यहाँ और चलते हैं। इसके बाद आराम से कहीं नाश्ता करेंगे।" फिर मैं दुकानदार की तरफ़ पलटा, "यहाँ से रिक्शा ले लें?"

"पैदल ही चले जाओ बाऊजी। ज़्यादा दूर नहीं है।"

अपने-अपने हाथों में सूटकेस थामे हम दोनों पति-पत्नी पैदल ही हनुमान मन्दिर की ओर चल दिये। दुकानदार ने सही कहा था। कुछ दूर चलने पर मुझे दाहिने ओर मन्दिर दिखाई दे गया। मन्दिर के पास पहुँचे तो देखा उसके सामने पुराने खटोले पर लेटे एक बुज़ुर्ग अधलेटी मुद्रा में किसी से बात कर रहे थे। उसे देखते ही मैं समझ गया कि यही भगत जी हैं। इसके बाद मेरी नज़र उसके सिरहाने ज़मीन पर क़रीने से लगी किताबों पर पड़ी। *सन्तोषी माँ की कथा, करवा चौथ की कथा, सत्यनारायण की कथा* और दूसरी धार्मिक पुस्तकों के बग़ल में

रखी एक किताब पर जैसे ही मेरी नज़र पड़ी, एक पल के लिए लगा मानो मेरे हाथ कोई ख़ज़ाना लग गया। मैं तत्परता के साथ उस किताब पर ऐसे झपटा, जैसे कोई मुझसे पहले इसे उठा न ले। मैंने दुलारते हुए सबसे पहले उस किताब का स्पर्श किया और फिर बड़े ध्यान से उसके आवरण को पढ़ने लगा।

आपकी जिज्ञासा भी अब बढ़ गयी होगी कि आख़िर यह कौन-सी किताब थी? यह वही पतली-सी 64 पृष्ठों की किताब थी जिसने मेरे उस नौटंकी प्रसंग को पूरा किया था और इस किताब का नाम है–*सांगीत स्याह पोश उर्फ़ पाक मुहब्बत*। इस किताब के रचयिता हैं सांगीत शिरोमणि हिन्दी भूषण पण्डित नथाराम शर्मा गौड़। इसके बाद मैंने कुछ और नौटंकी जैसे *अमर सिंह राठौर* (दो भाग), *भक्त पूरनमल* (पाँच भाग), *इन्दल हरण* (दो भाग), *क़त्लजान आलम उर्फ़ ख़्वाबे-हस्ती*, *सुल्ताना डाकू उर्फ़ गरीबों का प्यारा* और *हरिश्चन्द्र उर्फ़ गुलशन का नाग* सहित कुछ और पुस्तकों को उठा लिया। इच्छा तो मेरी थी कि उस समय वहाँ मौजूद सारी नौटंकियों की किताबों को ख़रीदने की, लेकिन पैसे न होने के कारण मैंने उन्हें छोड़ दिया।

अब आप सोच रहे होंगे कि *सांगीत स्याह पोश उर्फ़ पाक मुहब्बत* के पात्र गबरू का वह पूरा संवाद क्या था? वह पूरा संवाद यह था–

दोहा : *ग़लत ना पढ़ना चाहिए, है ये क़ुरान शरीफ़।*
इसी वास्ते आपको, देता हूँ तकलीफ़।।

चौबोला : *देता हूँ तकलीफ़ इनायत जो हुज़ूर फ़रमावे।*
दिलोजान हो शाद महल के ऊपर हमें बुलावे।।
पाक मुहब्बत करें कलामुल्लाह पढ़ाने आवें।
यहाँ क़ुरान के तीसों पारे सारे यहीं करावें।।

दौड़ : *आपकी होय इनायत। पढ़ावें क़ुरान आयत।।*
सखुन मानौ सच्चा है।
रहें महरबाँ ख़ुदा क़ुराँ पढ़ना दुरुस्त अच्छा है।।

मैंने नौटंकियों से लेकर रामलीलायें और अनेक ऐसे खेल-तमाशे देखे हैं जिनमें झील (नक्काड़ी)–नक्काड़े बजाये जाते हैं। इसलिए नक्काड़े की गुमक और नक्काड़ी की खनक मेरी स्मृतियों में आज भी रची-बसी है।

मैं कई दिनों तक अकेले में बचपन में सुनी धुन को साधने का प्रयास करता रहा, और अन्ततः मुझे जैसे एक दिन उसमें कामयाबी हासिल हो गयी। यह धुन थी–

तिकड़क...तिकड़क...तिकड़क...तिकड़क
धिधिंग...धिधिंग...धिधिंग
धिंग...धिंग...धिंग।

इस उपन्यास में मेवात के सन्त लालदास का भी उल्लेख आया है। जैसा कि मैं पहले बता चुका हूँ पूर्वी राजस्थान के अलवर ज़िले में सन्त लालदास के बड़ी संख्या में अनुयायी हैं। इस ज़िले में इसके मन्दिर और बैठकें आज भी मौजूद हैं। इसी लालदास का एक मन्दिर अलवर ज़िले के क़स्बे नौगाँव के पूर्व में स्थित शेरपुर गाँव में है। कहते हैं लालख़ाँ अर्थात लालदास एक मामूली लकड़हारा था।

इस सन्त के बारे में और जानकारी के लिए मैंने अपने पुराने मित्र और ग़ज़लगो फ़जरुद्दीन बेसर से चर्चा की। बेसर साहब ने सन्त लालदास के बारे में कई रोचक जानकारियाँ दीं। इसमें सबसे महत्त्वपूर्ण जानकारी यह थी कि किस तरह नौगाँव के हिन्दुओं ने एक मामूली लकड़हारे लालख़ाँ की मस्जिद को मन्दिर बनाने की मुहिम चलाई। दूसरी महत्त्वपूर्ण जानकारी यह थी कि लालदास मन्दिर का सेवक या ख़िदमतगार कोई हिन्दू ब्राह्मण नहीं, साद समुदाय का व्यक्ति होता है। साद मुसलमानों में एक समुदाय होता है। मेरे लिए ये दोनों जानकारियाँ बड़ी महत्त्वपूर्ण थीं। मेरी जिज्ञासा को देख फ़जरुद्दीन बेसर ने सलाह दी कि हमें एक दिन लालदास के मन्दिर को जाकर बारीकी से देखना चाहिए।

इस तरह हम दोनों ने एक दिन दिल्ली से अलवर जानेवाली बस पकड़ी और पहुँच गये नौगाँव। नौगाँव से शेरपुर जानेवाले एक ताँगे में सवार हुए और जा पहुँचे लालदास मन्दिर। पूरे मन्दिर का सचमुच बारीकी से मुआयना किया। अन्दर से धीरे-धीरे मन्दिर में तब्दील होती मस्जिद और उसकी महराबों व गुम्बदों को देखा। मन्दिर, मस्जिद अब कुछ भी कहिए, उससे बाहर आये तो बाहर बनी छोटी-सी मस्जिद के बग़ल में पंक्तिबद्ध क़ब्रों को देखा। ये क़ब्रें लालख़ाँ के परिवार के सदस्यों की हैं। मन्दिर की दीवारों पर जगह-जगह लालदास के लिखे कुछ दोहों को डायरी में लिखा। इनमें से इन दो दोहों को आप भी पढ़िए। कहा जाता है कि ये दोहे लालदास के रचे हुए हैं–

लालजी जब लक दया न उपजे, तब लक झूठा ज्ञान
दया धरम का मूल है, जब लक घट में प्रान।

लालजी धरती तो धन की भरी, नीर भरो असमान
बिना हुकम वा राम के, राई मिले न पान।

उपन्यास पूरा हुआ तो मैं नानक चन्द जी को लेकर *राजकमल प्रकाशन* इसकी पाण्डुलिपि के साथ पहुँच गया। जाते समय रास्ते में मैंने नानक जी से कह दिया था कि आप इसे *राजकमल प्रकाशन* से प्रकाशित करने के लिए कहना। *काला पहाड़* के राधाकृष्ण से प्रकाशन के बाद मेरी दिली इच्छा थी कि मेरा दूसरा उपन्यास *बाबल तेरा देस में* राजकमल प्रकाशन से आये।

हम दोनों *राजकमल प्रकाशन* के 1-बी, सुभाष मार्ग, दरियागंज अशोक माहेश्वरी जी के पास पहुँच गये। पाण्डुलिपि उन्हें दी। अशोक जी ने पहले उसे उलटा-पुलटा और फिर अपने एक कर्मचारी से *राधाकृष्ण प्रकाशन* का अनुबन्ध मँगाने के लिए जैसे ही कहा, नानक जी अशोक जी को टोकते हुए साधिकार बोले, "यार अशोक जी, इसे राजकमल से छापो!"

अशोक माहेश्वरी नानक चन्द जी को बहुत मानते हैं। उन्होंने इस पर अधिक ज़ोर नहीं दिया। बस, यह कहकर चुप हो गये, "अगर सभी लेखक राजकमल से छपेंगे तो राधाकृष्ण कैसे चलेगा?"

इसके बाद *राजकमल प्रकाशन* का अनुबन्ध-पत्र मँगवाया गया और 14 अप्रैल, 2003 सोमवार के दिन इसका अनुबन्ध हुआ। अनुबन्ध पर नानक चन्द जी के भी हस्ताक्षर हैं, जो इस बात की गवाही है कि यह अनुबन्ध उनकी मौजूदगी में हुआ था।

2003 में नानक चन्द जी ने हिन्दी अकादमी, दिल्ली के सचिव के रूप में पदभार सँभाल लिया।

जनार्दन द्विवेदी के पहले से उपाध्यक्ष और नानक चन्द जी के सचिव बनने के बाद हिन्दी अकादमी की गतिविधियों में मानो पंख लग गये। दिल्ली की मुख्यमन्त्री और अकादमी की अध्यक्ष श्रीमती शीला दीक्षित ने अकादमी को पूरी तरह अपने उपाध्यक्ष और सचिव को सौंप दिया। मजाल है कभी उन्होंने भूले से भी अकादमी के कार्य-कलापों में हस्तक्षेप तो किया हो। नानक जी के सचिव बनने के बाद पहले वर्ष जिन अकादमी सम्मान और पुरस्कारों की घोषणा हुई, उनकी सूची पढ़कर लगा मानो पूरी दिल्ली को हिन्दी अकादमी ने पुरस्कृत और सम्मानित कर दिया।

हंस के सम्पादक राजेन्द्र यादव को वर्ष 2003-2004 के *शलाका सम्मान* की घोषणा के साथ 12 साहित्यकारों को *साहित्यकार सम्मान*, 12 कृतियों को *साहित्यिक कृति सम्मान*, 7 पुस्तकों को *बाल एवं किशोर साहित्य सम्मान* तथा एक साहित्यकार को *काका हाथरसी सम्मान* से सम्मानित करने की घोषणा की गयी। मुझे याद नहीं पड़ता कि एकसाथ दिल्ली के 33 साहित्यकारों को इससे पहले कभी सम्मानित किया गया हो। वर्ष 2003-2004 के लिए जिन 12 साहित्यकारों को *साहित्यकार सम्मान* से नवाज़ा जाना था, उनमें मेरा भी नाम शामिल था। नयी दिल्ली के मंडी हाउस स्थित फिक्की सभागार में 6 सितम्बर, 2003 को आयोजित हुए इस सम्मान समारोह की भव्यता देखने वाली थी। पूरा सभागार खचाखच भरा हुआ था। सम्मान समारोह में दिल्ली की मुख्यमन्त्री और अकादमी की अध्यक्ष पूरे समारोह के दौरान उपस्थित रहीं।

इसी साल हिन्दी अकादमी ने *लोक पर्व* नाम से एक सांस्कृतिक समारोह की शुरुआत की थी। इसके अन्तर्गत एक दिन बेहद लोकप्रिय हरियाणवी फ़िल्म *चन्द्रावल* की नायिका सुश्री उषा शर्मा द्वारा हरियाणवी नृत्य प्रस्तुत किया गया था। इस प्रस्तुति को देखने के बाद अचानक मेरे मन में आया कि क्यों न आगामी *लोक पर्व* के लिए हाथरस शैली की अदाकारा कृष्णा कुमारी जी के लिए भी नानक चन्द जी से बात की जाये। मैंने ऐसे ही टोहने की ग़रज से नानक जी से कृष्णा कुमारी को आमन्त्रित करने के लिए कहा, तो उन्होंने बिना एक पल गँवाये तुरन्त कह दिया कि बुलवा लेते हैं। उनके इतना कहते ही मैं अब एक अजीब दुविधा में फँस गया कि कृष्णा जी को मैं बुलवा तो लूँ, किन्तु मुझे यही पता नहीं कि वे रहती कहाँ हैं? ऐसे में मैं उन्हें कहाँ खोजूँ? मैंने कई मित्रों से जिनमें वरिष्ठ आलोचक-कवि जीवन सिंह भी थे, पूछा मगर कृष्णा कुमारी के बारे में ठीक-ठीक किसी ने पता नहीं बताया कि वे कहाँ रहती हैं।

मुझसे जब नानक चन्द जी पूछते कि कृष्णा जी से बात हुई मैं कह देता कि मैं उनका पता लगा रहा हूँ। मुझे लगता था कि वे मथुरा में रहती हैं। इसका कारण यह है कि हाथरस शैली नौटंकी के अधिकतर कलाकार मथुरा और उसके आसपास रहते हैं। अपने समय के नौटंकी के हास्य कलाकार चौधरी धर्मपाल और छज्जन सिंह का भी मथुरा ज़िले में ही निवास है। मथुरा शहर में इन कलाकारों के कार्यालय भी थे जो आज भी हैं।

एक दिन तय हुआ कि मथुरा जाया जाये और आनेवाले *लोक पर्व* के लिए कृष्णा कुमारी को आमन्त्रित करके आया जाये। इस तरह हिन्दी अकादमी की गाड़ी में अकादमी के सचिव नानक चन्द जी, हजारी प्रसाद द्विवेदी जी के बेटे

डॉ. मुकुन्द द्विवेदी (द्विवेदी जी उन दिनों संचालन समिति के सदस्य थे) और मैं मथुरा के लिए रवाना हो गये।

हमारी गाड़ी जैसे ही कोसी कलाँ पहुँची, मैंने नानक जी से अनुरोध किया कि मुझे सिर्फ़ दस मिनट यहाँ चाहिए। नानक जी तुरन्त तैयार हो गये और कोसी कलाँ बस अड्डे के बग़ल से मैंने गाड़ी उसी हनुमान मन्दिर की तरफ़ मुड़वा दी, जहाँ कुछ ही महीने पहले मैं पत्नी के साथ नाश्ता करने आया था। गाड़ी रुकते ही मैंने उसी भगत जी की दुकान से पण्डित नथाराम शर्मा गौड़ की वे नौटंकियाँ ख़रीद लीं, जहाँ से मैंने *अमर सिंह राठौर, भक्त पूरनमल, इन्दल हरण, क़त्लजान आलम उर्फ़ ख़्वाबे-हस्ती, सुल्ताना डाकू उर्फ़ गरीबों का प्यारा* और *हरिश्चन्द्र उर्फ़ गुलशन का नाग* आदि को ख़रीदा था। इन नौटंकियों अर्थात सांगीत में *मंझा का देश निकाला* (प्रथम भाग), *माली का बेटा उर्फ़ शहज़ादा फ़ीरोज़, अन्धी दुल्हिन उर्फ़ जितेन्द्री जयपाल, सती सावित्री उर्फ़ हुस्न की देवी, रूप-बसन्त उर्फ़ गेंद की चोरी (प्रथम भाग), रूप-बसन्त उर्फ़ ब्रह्मा राजकुमारी विवाह (दूसरा भाग), रूप-बसन्त उर्फ़ अलबेली मालिन (तीसरा भाग), हीर-राँझा उर्फ़ सपने का आशिक़, लज्जावती उर्फ़ धर्म की देवी, भैन-भैया उर्फ़ दौलत की चाह, भक्त प्रहलाद उर्फ़ राम का दीवाना, गोपीचन्द उर्फ़ जोग का उपदेश, श्रीमती मंजरी उर्फ़ ग़मज़दा क़ैदी, मोरध्वज उर्फ़ शेर का भोजन, दहीवाली उर्फ़ बदकार यार, ऊदल का ब्याह उर्फ़ काठ का घोड़ा, ध्रुव चरित्र उर्फ़ छलावा परी, चाचा-भतीजा उर्फ़ राजा भोज, भक्त हरदौल चरित्र उर्फ़ वीर बुन्देला, ख़ुदा दोस्त उर्फ़ मुहब्बत के आँसू, नौटंकी शहज़ादी उर्फ़ अय्यारा औरत, स्याह पोश उर्फ़ पाक मुहब्बत* शामिल थीं। पण्डित नथाराम शर्मा गौड़ द्वारा लिखित ये सभी नौटंकियाँ आज भी मेरे पास सुरक्षित हैं। इन नौटंकियों की पुस्तकों के प्रति मेरी दीवानगी इस क़दर थी कि कइयों की मैं दो-दो प्रतियाँ ख़रीद लाया। यानि मेरे जो हाथ लगीं, सबको ले लाया।

इस काम में मुझे सचमुच दस मिनट से ज़्यादा नहीं लगे। इसके बाद हमारी गाड़ी मथुरा की ओर दौड़ पड़ी।

मथुरा में जहाँ नौटंकी कम्पनियों के कार्यालय बने हुए थे, उन सबसे हमने कृष्णा कुमारी के बारे में पता किया। मगर सब जगह से निराशा हाथ लगी। पिछली बार मैं जब कोसी कलाँ से पण्डित नथाराम शर्मा गौड़ की नौटंकियाँ और *भक्त पूरनमल* व *अमरसिंह राठौर* की कुछ कैसेट्स लेकर गया था, तो उन कैसेट्स पर एक कलाकार का नाम छपा हुआ था नेमसिंह सिसोदिया।

अन्दर शहर की तरफ़ हम सब गये, तब मैंने एक व्यक्ति से यूँ ही कह दिया कि कृष्णा कुमारी की नौटंकी के साथ नेमसिंह सिसोदिया नाम का एक कलाकार भी काम करता था, ऐसा कोई आदमी मथुरा में है? पता नहीं उस व्यक्ति को क्या सुना कि उसने हमें रेलवे लाइन के पास बसी कैलाशनगर कॉलोनी में बने एक इंटर कॉलेज के पास भेज दिया। दोपहर बाद का समय था। कॉलेज बन्द था। मैंने कॉलेज के बाहर बैठे एक व्यक्ति से जब नेमसिंह सिसोदिया के बारे में पूछा, तब वह व्यक्ति बोला, "साब, आदमी का तो पता नहीं, यहाँ तो यह सिसोदिया इंटर कॉलेज है।"

उस व्यक्ति का यह जवाब सुन मेरी अब समझ में आया कि यहाँ भेजने वाले उस व्यक्ति ने समझा कि हमें सिसोदिया इंटर कॉलेज जाना है। हम सब हतप्रभ उस कॉलेज के सामने देर तक खड़े रहे। हमारी समझ में नहीं आ रहा था कि क्या किया जाये। अब हमारे पास एक ही रास्ता बचा था कि हम वापस दिल्ली लौट चलें। मैंने चलते-चलते उस व्यक्ति से यूँ ही बेमन से पूछ लिया कि क्या यहाँ कोई ऐसा आदमी है जो नौटंकी में काम करता है?

मेरे इस प्रश्न पर वह व्यक्ति बोला, "आप ऐसा करिए, इस पटरी के साथ-साथ आगे चले जाइए। थोड़ा आगे जाकर उलटे हाथ की तरफ़ पूछ लेना। वहाँ रहता तो है एक आदमी।"

"मोरवाल, चल यहाँ और पता कर लेते हैं!"

नानक जी के इतना कहने पर गाड़ी रेलवे लाइन के साथ-साथ आगे चल दी। थोड़ी दूर जाकर हमने पता किया तो पता चला कि एक आदमी है जो नौटंकी में काम करता है। हम बताये गये घर गये। घर के अन्दर से एक हृष्ट-पुष्ट व्यक्ति बाहर आया तो मैंने उससे पूछा कि आप नौटंकी में काम करते हैं? उसने तुरन्त हाँ में जवाब दे दिया। इसके बाद मैंने पूछा, "आप कृष्णा कुमारी जी को जानते हैं?"

"हाँ जानता हूँ। हम दोनों ने साथ-साथ बहुत स्टेज किये हैं।"

उसके इतना कहते ही हम सबने जैसे राहत की साँस ली। मैंने जब उसका नाम पूछा तो वह बोला, "मुझे नेमसिंह सिसोदिया कहते हैं।"

लेकिन हमारी नेमसिंह सिसोदिया में कोई दिलचस्पी नहीं थी। हमें तो कृष्णा कुमारी से मिलना था। मैंने जब नेमसिंह सिसोदिया से कहा कि हमें कृष्णा कुमारी जी से मिलना है, तब वह बोला, "कृष्णा जी तो शिकोहाबाद में रहती हैं। मैं अभी आपकी उनसे बात कराये देता हूँ।" इसके बाद नेमसिंह सिसोदिया ने तुरन्त अपने मोबाइल से कृष्णा जी को फोन मिला दिया।

इसके बाद हमें नेमसिंह सिसोदिया की उसके मोबाइल पर किसी से बात करने की आवाज़ आती रही, "हाँ बहिना, दिल्ली से एक पार्टी आयी है...ठीक है मैं बात कर लेता हूँ।"

नेमसिंह सिसोदिया जब कृष्णा कुमारी से बात कर रहे थे, इस बीच मैंने नानक चन्द जी और मुकुन्द द्विवेदी जी से कहा कि मैं पहले इससे अकेले बात कर लेता हूँ। पता तो चलना चाहिए इनकी कितनी डिमांड है।"

"मोरवाल, कोशिश करना पचास हज़ार तक बात बन जाये। हमारा बजट इतना ही है। साफ़ कह देना कि कलाकारों को लाने-ले जाने की इन्हीं की ज़िम्मेदारी होगी। यह सब पचास हज़ार में ही होना चाहिए।" नानक जी स्पष्ट करते हुए बोले।

उसके बाद मैं नेमसिंह सिसोदिया को अलग ले गया।

"सिसोदिया जी, आपका क्या हिसाब-किताब है? मेरा मतलब है आपकी क्या डिमांड है?"

नेमसिंह सिसोदिया मेरे नज़दीक आया और बड़ी धीमी आवाज़ में बोला, "साब, आप पच्चीस हज़ार दिलवा देना।"

पच्चीस हज़ार सुनते ही मैं चौंकते हुए बोला,"क्याऽऽऽ?"

"साब इसमें आपका भी तो कुछ हिस्सा होगा।" नेमसिंह सिसोदिया ने सकपकाते हुए कहा।

जिस तरह मैंने हैरत के साथ 'क्या' को लम्बा खींचा था, उसे सुन नेमसिंह सिसोदिया को लगा शायद उसने ज़्यादा रकम की माँग कर दी है। मुझसे हुई अपनी इस जानी-अनजानी तरकीब यानि मुकुन्द द्विवेदी जी और नानक जी की अनुपस्थिति में नेमसिंह सिसोदिया से पहले बात करने पर ख़ुशी हुई। ख़ुशी इसलिए कि अगर मैं अकेले में बात नहीं करता तो नेमसिंह सिसोदिया सबके सामने पच्चीस हज़ार ही माँगता। दरअस्ल, मेरी दिलचस्पी किसी-न-किसी रूप में कृष्णा कुमारी जी को आर्थिक लाभ पहुँचाना था लेकिन उनके न होने का मुझे थोड़ा दुःख भी था। क्योंकि सारी डील नेमसिंह सिसोदिया के माध्यम से जो करनी पड़ रही थी। एक तरह से कृष्णा जी को नेमसिंह सिसोदिया के साथ दूसरे कलाकारों की तरह काम करना पड़ेगा। नेमसिंह सिसोदिया ने जब पच्चीस हज़ार में से भी मुझे कमीशन देने की बात की, मुझे अपने इन लोक कलाकारों की इस दयनीयता पर बड़ा दुःख हुआ।

मैंने उससे कहा, "नेमसिंह जी, आपको पचास हज़ार की माँग रखनी होगी। बल्कि पाँच-छह हज़ार अलग से ट्रांसपोर्ट आदि के लिए भी माँगना। अगर हमारे सचिव साहब कहें कि सारा पचास हज़ार में ही शामिल होगा, तो हाँ कर देना।"

मेरी बात सुन नेमसिंह सिसोदिया हक्का-बक्का मुझे देखने लगा। उसे लगा कि मैं अपना कमीशन बढ़ाने के लिए उसे पचास हज़ार माँगने की सलाह दे रहा हूँ। वह घबराते हुए बोला, "साब, ये आप कैसी बात कर रहे हो?" सिसोदिया को जैसे मेरी बात पर यक़ीन नहीं हो रहा था।

"घबराओ मत। ऐसा कुछ नहीं होगा। रही बात मुझे देने की, तो मैं ऐसा काम नहीं करता।" मैंने उसे यक़ीन दिलाते हुए कहा।

नेमसिंह सिसोदिया हैरान-परेशान मेरी बात सुन रहा था कि यह कैसा विचित्र व्यक्ति है जो पच्चीस के पचास हज़ार दिलवा रहा है। वह भी किसी कमीशन या अपना हिस्सा लिए बिना। उसे अन्दर-ही-अन्दर यह डर लग रहा था कि मैं कहीं उसे मरवा न दूँ? हाथ आयी पार्टी कहीं हाथ से न निकल जाये।

"घबराओ मत। मैंने जो कहा है उसे याद रखना।"

"साब मरवा मत देना। कहीं ऐसा ना हो कि पच्चीस हज़ार की पार्टी भी हाथ से जाती रहे।"

"चिन्ता मत कर कुछ नहीं होगा। चल मेरे साथ!" इतना कह मैं उसे अपने साथ ले आया।

"हाँ मोरवाल, क्या हुआ?"

इससे पहले कि नेमसिंह सिसोदिया कुछ कहता, मैं बीच में बोला, "सर, कह रहे हैं कि पाँच हज़ार ट्रांसपोर्ट के अलग से हो जाते तो ठीक रहता।" एक तरह से मैंने नेमसिंह सिसोदिया की ओर से कहा।

"लेकिन हमारा पचास का ही बजट हैं। उसी में इन्हें अपने आने-जाने के ख़र्चे को एडजस्ट करना होगा।"

"सिसोदिया जी, सर सही कह रहे हैं। हम तो आपको पूरे पचास हज़ार दे देंगे। इसमें से आपको क्या करना है, किस कलाकार को कितना देना है, यह आपका काम है। अकादमी तो आपको पूरे पचास हज़ार का चेक दे देगी।"

"साब, अब आप इतनी दूर से चलकर मेरे घर आये हैं, तो आपकी बात मान लेता हूँ।"

अन्ततः बात पचास हज़ार में तय हो गयी। साथ में मेरे सुझाव पर यह तय हो गया कि सांगीत शिरोमणि हिन्दी भूषण पण्डित नथाराम शर्मा गौड़ द्वारा रचित नौटंकी *अमरसिंह राठौर* का मंचन होगा। नानक जी ने एक बात पहले ही स्पष्ट कर दी थी कि मंचन के दौरान ना तो कोई ऐसा दृश्य होगा, ना ही कोई संवाद जो स्त्री-विरोधी या उसकी गरिमा के ख़िलाफ़ हो।

यह बात मैंने भी बाद में कृष्णा कुमारी जी को बता दी थी कि यह एक सरकारी आयोजन है इसलिए इस बात का ख़ास ध्यान रखना होगा।

मेरी बात सुन कृष्णा जी झिझकते हुए बोलीं, "भइया, फिर हम उस सीन को कैसे दिखायेंगे जिसमें बादशाह के दरबार से अमरसिंह के लिए बुलावा आता है और हाड़ीरानी उसे जाने से रोकती है? उसमें तो अमरसिंह अपनी पत्नी को हंटर मारने की बात कहता है।"

"नेमसिंह जी इस संवाद को बोल देंगे लेकिन मंच पर हंटर का इस्तेमाल नहीं करना है।" अमरसिंह राठौर की भूमिका नेमसिंह सिसोदिया जी को ही निभानी थी।

मेरा सुझाव कृष्णा जी की समझ में आ गया।

नानक चन्द जी ने और मैंने नेमसिंह सिसोदिया का नम्बर तो लिया ही, बल्कि कृष्णा कुमारी जी का भी नम्बर ले लिया। आप सोच रहे होंगे कि मैंने नेमसिंह सिसोदिया से किस आधार पर पचास हज़ार माँगने के लिए कहा था। दरअस्ल, *लोक पर्व* के अन्तर्गत हरियाणवी फ़िल्म *चन्द्रावल* की हीरोइन उषा शर्मा को उनकी प्रस्तुति के लिए, पूरी मण्डली को बतौर पारिश्रमिक पचास हज़ार का भुगतान किया गया था। इसकी मुझे जानकारी थी। मगर न जाने क्यों मुझे यह आशंका थी कि नेमसिंह सिसोदिया कम पैसे की माँग कर सकता है। क्योंकि हमारे देश में विशेषकर उत्तर भारत और वह भी उत्तर प्रदेश के लोक कलाकारों की स्थिति बड़ी दयनीय है। छोटी-सी रकम के लिए ये राज्य सरकार के कार्यक्रमों का पूरे-पूरे दिन गाँव-देहातों में प्रचार करने के लिए धक्के खाते फिरते हैं। इसमें भी उन्हें भ्रष्ट अधिकारियों को रिश्वत देनी पड़ती है। मुझे अनुमान था कि उसने इसकी कल्पना भी नहीं की होगी कि नौटंकी के एक मंचन के लिए उसे इतनी रकम मिल जायेगी।

बहरहाल, उस बरस *लोक पर्व* के अन्तर्गत दिल्ली के मंडी हाउस स्थित त्रिवेणी सभागर में नौटंकी *अमरसिंह राठौर* के मंचन को देखने इतने दर्शक आये कि उन्हें अन्दर सीढ़ियों और रास्ते में भी जगह नहीं मिली। कृष्णा कुमारी ने अमरसिंह राठौर की पत्नी हाड़ीरानी के संवादों को जिस तरह दोहा, दौड़, दोबोला, चौबोला, बहरतबील और दूसरे छन्दों को अपनी चिर-परिचित सुरीली आवाज़ और अन्दाज़ में सुनाया, तो हारमोनियम, और ढोलक की थाप के साथ नक्काड़े की गुमक व नक्काड़ी की खनक से त्रिवेणी सभागार की दीवारें झंकृत हो उठीं।

नौटंकी *अमरसिंह राठौर* का बादशाह के दरबार से अमरसिंह राठौर के लिए हाज़िर होने के फ़रमान के बाद हाड़ीरानी और अमरसिंह के संवाद मुख्य आकर्षण है।

हाड़ीरानी के रूप में जब-जब कृष्णा कुमारी अपने पति अमरसिंह राठौर से दोहा, ठुमरी, चौबोला, दादरा, क़व्वाली, बहरतबील में मान-मनौवल, दरबार में न जाने का आग्रह और शिकायत करती है; तब-तब लगता जैसे ये उनके कण्ठ से निकले शब्द नहीं, आसमान से गिरते ओलों की खनक है। अमरसिंह राठौर किस संवाद में अपनी पत्नी हाड़ीरानी को हंटर मारने की बात कहता है, वह इस प्रकार है—

दोहा : बस-बस ख़ामोश रह, ज़्यादा ज़बां न खोल।
ए बेहूदी बेहया, मुँह सँभाल कर बोल।।

चौबोला : मुँह सँभाल कर बोल, लगी क्या तिरिया चरित्र दिखाने।
मारूँ हंटर चार, अक़्ल सारी आ जाये ठिकाने।।
तू कायर की सुता, सार क्या क्षत्रिपन की जाने।
अमरसिंह है सिंह, समर को जाये न हरगिज़ माने।।

बहरतबील :
मैं तो जाऊँ तो रो-रोके अशगुन करे, है तू बेहूदी तुझको अक़ल ही नहीं।
हट मेरे सामने से न जी को जला, बस दिखाना मुझे अब शकल ही नहीं।।
जो तू चाहे कुशल तो तू चुपचाप रह, वरना अपनी समझना कुशल ही नहीं।
गर मनै फिर किया तो उड़ा दूँगा सर, मेरे जाने में देना दख़ल ही नहीं।।

चूँकि हिन्दी अकादमी द्वारा आयोजित *लोक पर्व* के अन्तर्गत पहली बार नौटंकी *अमरसिंह राठौर* का मंचन नेमसिंह सिसोदिया के माध्यम से हुआ था और कृष्णा कुमारी बतौर एक अदाकारा इसमें शामिल हुई थीं। लेकिन अगले साल *लोक पर्व* में उनकी नौटंकी मण्डली *कृष्णा कला केन्द्र* को आमन्त्रित किया गया और उस बार नेमसिंह सिसोदिया बतौर इसमें कलाकार शामिल हुए। उस बार *लोक पर्व* में *भक्त पूरनमल* नौटंकी का मंचन हुआ। दोनों बार कृष्णा कुमारी जी के साथ शिकोहाबाद से उनके पति डॉक्टर वीरेन्द्र स्वरूप माथुर साथ आये थे। अगले दिन मैंने कृष्णा जी से अनुरोध किया कि आप मेरे घर चलेंगी तो मैं आपका यह अहसान कभी नहीं भूलूँगा। कृष्णा जी ने मेरा अनुरोध स्वीकार कर लिया। उनके पति डॉक्टर वीरेन्द्र स्वरूप माथुर रात को ही अपनी गाड़ी से शिकोहाबाद चले गये। किन्तु कृष्णा जी दिल्ली ही रुक गयी थीं। अगले दिन पश्चिमी दिल्ली के रोहिणी में अपने किसी नज़दीकी रिश्तेदार, जो शायद उनकी बड़ी बहू थी, उससे मिलने जाना था, इसलिए वे मेरे घर आयीं और कुछ घण्टे रुकने के बाद चली गयीं।

कृष्णा कुमारी के जाने के बाद मेरे मन में आया कि क्यों न इनको केन्द्र में रखकर एक उपन्यास लिखा जाये। इसकी चर्चा मैंने भरतपुर के मूल निवासी, वरिष्ठ आलोचक, सामाजिक कार्यकर्ता और इन दिनों जयपुर में रह रहे राजाराम भादू से की। उन्होंने भी तुरन्त कह दिया कि यह काम आपको करना चाहिए।

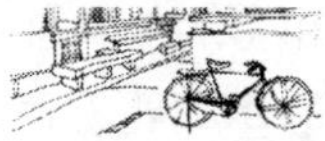

2004 में *राजकमल प्रकाशन* से मेरा दूसरा उपन्यास *बाबल तेरा देस में* प्रकाशित होकर आ गया। इस बार उपन्यास का फ्लैप मैंने किसी से नहीं लिखवाया। बल्कि स्वयं लिखा। वैसे लिखवाने का कोई अर्थ था भी नहीं, वह इसलिए कि जब फ्लैप लिखने वाले का नाम ही नहीं जाना है, तब क्यों किसी से लिखवाया जाये। मैं पहले ही कह चुका हूँ कि ख़ुद लेखक से अच्छा अपनी कृति का कोई दूसरा फ्लैप नहीं लिख सकता। इसी धारणा के चलते मैंने इस उपन्यास का जो फ्लैप लिखा, उसे आप भी पढ़ें–

'बाबल तेरा देस में' आख्यान है स्त्री के उन दुःखों का, जो अपने ही घर के असुरक्षित अभेद्य क़िले में क़ैद है। इसकी रेह लगी, बजबजाती अन्धी सुरंगों में कहीं पिता, तो कहीं भाई; कहीं ससुर तो कहीं-कहीं पति के रूप में एक आदमखोर भेड़िया घात लगाये बैठा है; और जिसके हरेक नाके पर तैनात है एक पहरेदार अपने हाथ में थामे धर्म-ग्रन्थों के उपदेशों एवं तथाकथित आदेशों की धारदार नुकीली बरछी।

'बाबल तेरा देस में' इसी क़िले की पितृसत्तात्मक ईंट-गारे से चिनी मज़बूत दीवारों और महराबों के बीच दादी ज़ैतूनी, असग़री, जुम्मी, पारो, शकीला, शगुफ़्ता, समीना, ज़ैनब, मैना और मुमताज़ का मौन प्रतिवाद है–वह भी बाहर की दुनिया से नहीं बल्कि हाजी चाँदमल, दीन मोहम्मद, हनीफ़, फ़ौजी, जगन प्रसाद, मुबारक अली तथा कलन्दर जैसे अपने ही घरों के पहरुओं से।

यह विमर्श नहीं है समृद्ध संसार की स्त्रियों की उस मुक्ति का, जो उन्हें कभी और कहीं भी मिल सकती है, अपितु यह निजता और शुचिता बचाये रखने का लोमहर्षक उपाख्यान भी है। लोक-जीवन और क़िस्सागोई की तरंगों से लबरेज़ ऐसे जीवन्त-समाज का आख्यान भी है, जो पाठकों को कथा-रस के विभिन्न आस्वादों तथा अपने अभिनव कला-पक्ष से मुठभेड़ कराता, रेत-माटी से सने पाँवों को खेतों की ऊबड़-खाबड़ मेंड़ों पर, जेठ की तपती धूप में चलने जैसा अहसास दिलाता है। 'काला पहाड़' के बाद भगवानदास मोरवाल का यह उपन्यास 'बाबल तेरा देस में' निःसन्देह उस अवधारणा को तोड़ता है कि आज़ादी के बाद मुस्लिम परिवेश को आधार बनाकर उपन्यास नहीं लिखे जा रहे हैं।

जिन दिनों यह उपन्यास अपने प्रकाशन की प्रक्रिया से गुज़र रहा था, तब एक दिन मैं राजकमल प्रकाशन गया हुआ था। सालों से इस प्रकाशन से जुड़े कवि और मित्र आर. चेतन क्रान्ति मुझसे बोले, “मोरवाल जी, आपसे गुप्ता जी मिलना चाहते हैं।”

मेरी यह जानने की जिज्ञासा हुई कि ये भले आदमी गुप्ता जी कौन हैं, जो मुझ जैसे ना-चीज़ से मिलने की ख़्वाहिश रखते हैं? बात आयी-गयी हो गयी। लेकिन कुछ दिनों के बाद मैं पुनः वहाँ गया, तो मुझे देखते ही आर. चेतन क्रान्ति किसी को आवाज़ देते हुए बोले, “गुप्ता जी, मोरवाल जी आये हुए हैं। आप मिलना चाह रहे थे न इनसे, मिल लीजिए!”

जब तक मैं पलटकर उधर देखता जहाँ गुप्ता जी बैठे हुए थे, तब तक वे ही मेरे पास आ गये। मैंने नज़र उठाकर देखा तो पाया एक बुज़ुर्ग मुझसे नमस्कार कह रहे हैं।

मैं अपनी कुर्सी से खड़ा हो गया और बोला, “गुप्ता जी, सुना है आप मुझसे मिलना चाहते हैं?”

“हाँ!” गुप्ता जी बोले।

“आदेश करिए।”

“मोरवाल जी, मैं राजकमल प्रकाशन में सालों से प्रूफ़ पढ़ रहा हूँ लेकिन इतनी साफ़-सुथरी पाण्डुलिपि मैंने आज तक नहीं देखी।”

मैंने संकोच के साथ पूछा, “ऐसा क्या नज़र आ गया आपको मेरी पाण्डुलिपि में?”

“इतनी सुन्दर और साफ़ लिखाई के साथ मैंने देखा है कि जहाँ आपको किसी शब्द को ठीक करना था, काटकर आपने उसके ऊपर लिखा नहीं, बल्कि उस पर सफ़ेद फ्लूड लगाकर दोबारा लिखा है।”

एक पुराने भाषाविद् और प्रूफ़रीडर की यह बात सचमुच मेरे लिए सम्मान की बात थी क्योंकि मैं प्रूफ़रीडर को भाषाविद् ही मानता हूँ। मैंने भी *समाज कल्याण* पत्रिका के अलावा दूसरी जगह सालों प्रूफ़रीडिंग की है। मेरा अनुभव कहता है कि एक अच्छा प्रूफ़रीडर वही हो सकता है, जिसे भाषा की अच्छी समझ और जानकारी हो। आज हालत यह है कि प्रूफ़रीडर को दर्ज और दर्ज़ में अन्तर मालूम नहीं है। चन्द्रबिन्दु और अनुस्वार का ज्ञान नहीं है। ऐसे अनेक उदाहरण हैं। हमारी इस भाषायी अज्ञानता ने सबसे ज्यादा नुक़सान हमारी भाषाओं का ही किया है। ख़ासकर हिन्दी और उर्दू का सबसे अधिक अहित इनके प्रति बढ़ते हमारे कठमुल्लेपन और हमारी ज़िद ने किया है। जिस तरह हिन्दी को हिन्दुओं

की और उर्दू को मुसलमानों की भाषा बनाने का अभियान-सा चल पड़ा है, हमारे भीतर पनपती साम्प्रदायिकता का यह नया रूप है। आने वाले समय में यह अभियान और मानसिकता न हिन्दी को हिन्दी रहने देगी, और न उर्दू को उर्दू।

गुप्ता जी की बातों से मुझे पता चल गया कि आने वाले दूसरे उपन्यास *बाबल तेरा देस में* की प्रूफ़रीडिंग वही कर रहे हैं। यह जानकर मुझे बड़ी तसल्ली हुई कि लेखक की बहुत-सी भाषा सम्बन्धी त्रुटियाँ, जो जाने-अनजाने लेखक से रह जाती हैं, उन्हें एक गुणी प्रूफ़रीडर दुरुस्त कर देता है। इसलिए मैं अच्छे प्रूफ़रीडर को अच्छा सम्पादक भी मानता हूँ।

वर्ष 2004 में जब यह उपन्यास आया तो इसकी चर्चा इसलिए नहीं हुई कि यह मेरा दूसरा उपन्यास था, बल्कि इसकी चर्चा *काला पहाड़* की तरह इसकी पृथुलता के चलते ज़्यादा होने लगी। *राजकमल प्रकाशन* से प्रकाशित इस उपन्यास की पृष्ठ संख्या है 484, जबकि *काला पहाड़* भी 464 पृष्ठों का वृहद् उपन्यास है।

दरअस्ल, पिछली सदी का अन्तिम दशक जितना हिन्दी साहित्य में उपन्यासों की पृष्ठ संख्या की दृष्टि से महत्त्वपूर्ण था, उतना ही अपने विषय की दृष्टि से भी महत्त्वपूर्ण था। इसकी शुरुआत सुरेन्द्र वर्मा के उपन्यास *मुझे चाँद चाहिए* (1993, पृष्ठ संख्या 571) और बदी उज़्ज़माँ के *सभा पर्व* (1994, पृष्ठ संख्या 507) से शुरू होकर दूधनाथ सिंह के उपन्यास *आख़िरी कलाम* पर जाकर रुकती है। इस दशक में आने वाले लगभग एक-सवा दर्जन वृहत् उपन्यासों में *काला पहाड़* और *बाबल तेरा देस में* भी शामिल हैं। इसका सबसे बड़ा प्रमाण है 2010 में प्रकाशित *आधुनिक हिन्दी उपन्यास* का दूसरा खण्ड, जिसका सम्पादन डॉ. नामवर सिंह ने किया था। विदित है कि वर्ष 1976 में भीष्म साहनी के सम्पादन में इससे पहले *आधुनिक हिन्दी उपन्यास* का प्रथम खण्ड आया था। मगर इस दूसरे खण्ड में आश्चर्यजनक बात यह है कि पिछली सदी के अस्सी के दशक से लेकर *आख़िरी कलाम* तक जिन तीस उपन्यासों को शामिल किया गया है, उनमें बदी उज़्ज़माँ का *सभा पर्व* नहीं है। हाँ, इनमें उनके कथाकार बेटे शाज़ी ज़माँ का उपन्यास *प्रेम गली अति साँकरी* को शामिल किया गया है।

जिन दिनों *आधुनिक हिन्दी उपन्यास* के इस दूसरे खण्ड की योजना अन्तिम चरण में थी, उन्हीं दिनों अर्थात साल 2004 के मई महीने की 29 तारीख़ का डॉ. नामवर सिंह जी के घर के पते *32-ए, शिवालिक अपार्टमेंट्स, अलकनन्दा, कालकाजी, नयी दिल्ली-110019* से मुझे एक पत्र प्राप्त हुआ। डॉ. नामवर सिंह द्वारा नीले बालपेन से किये गये हस्ताक्षर वाला यह पत्र इस प्रकार था—

महोदय,

सन् 1976 में स्व. भीष्म साहनी ने आधुनिक हिन्दी उपन्यास के स्वरूप, संरचना तथा उद्देश्यों को रेखांकित करने के लिए एक अनूठा प्रयोग किया था। श्रीरामजी मिश्र और श्री भगवती प्रसाद निदारिया के सहयोग से उन्होंने 'आधुनिक हिन्दी उपन्यास' शीर्षक से एक पुस्तक सम्पादित की जिसमें प्रेमचन्द के 'गोदान' से लेकर मोहन राकेश के 'अँधेरे बन्द कमरे' तक की प्रमुख रचनाओं को शामिल किया गया था। कृति के विषय में लेखकीय और आलोचकीय, दोनों दृष्टिकोण सामने आ सकें, इसके लिए पुस्तक में हर उपन्यास के बारे में लेखक द्वारा उस उपन्यास की रचना-प्रक्रिया से सम्बन्धित एक टिप्पणी तथा किसी प्रतिष्ठित आलोचक-समीक्षक द्वारा लिखित एक प्रकाशित समीक्षा शामिल की गयी थी।

इस पुस्तक को प्रकाशित हुए दो दशक से ज़्यादा समय बीत चुका है। इस बीच हिन्दी उपन्यास के विषय और संरचना दोनों स्तरों पर उल्लेखनीय विकास हुआ है। इसलिए यह अनुचित न होगा कि भीष्म साहनी के उस प्रयास को आगे बढ़ाते हुए इसका दूसरा खण्ड प्रकाशित किया जाये।

इसी योजना के तहत भावी खण्ड में शामिल उपन्यासों में आपकी प्रतिष्ठित रचना 'काला पहाड़' भी है। आपसे निवेदन है कि इस उपन्यास की रचना-प्रक्रिया के सम्बन्ध में अपना एक लेख तथा इस पर प्रकाशित कोई समीक्षा, आपकी दृष्टि में जो भी बेहतर हो, हमें तत्काल भेज दें ताकि पुस्तक को यथा समय प्रकाशित किया जा सके।

पिछली पुस्तक से नमूने के तौर पर 'राग दरबारी' पर श्री श्रीलाल शुक्ल के वक्तव्य तथा डॉ. नित्यानन्द तिवारी की समीक्षा की प्रति संलग्न है।

सहयोग की अपेक्षा के साथ,
आपका
नामवर सिंह
प्रधान सम्पादक

पत्र मिलने के लगभग एक महीने बाद *काला पहाड़* की रचना-प्रक्रिया सम्बन्धी लेख और *मध्य प्रदेश हिन्दी परिषद* की मासिक पत्रिका *साक्षात्कार* के मार्च 2004 के अंक में, वरिष्ठ आलोचक डॉ. विजय बहादुर सिंह जी द्वारा *उपन्यास और लोकगाथा : काला पहाड़* शीर्षक से लिखी लम्बी समीक्षा की फोटोप्रति डॉ. नामवर सिंह जी के घर के पते पर अपने 5 जुलाई, 2004 के इस पत्र के साथ भेज दी—

आदरणीय डॉक्टर साहब,

सादर प्रणाम!

सर्व प्रथम मेरी ओर से अपने 77वें जन्मदिवस (28 जुलाई) की अग्रिम हार्दिक शुभकामनाएँ स्वीकार करें।

जैसा कि आपने अपने दिनांक 29 मई, 2004 के पत्र के द्वारा 'आधुनिक हिन्दी उपन्यास' के अन्तर्गत मेरे उपन्यास 'काला पहाड़' पर लेखक की रचना-प्रक्रिया सम्बन्धी लेख तथा उपन्यास पर समीक्षा का आदेश दिया है। मैं अपनी रचना-प्रकिया तथा उपन्यास पर हाल में 'साक्षात्कार' के मार्च 2004 के अंक में डॉ. विजय बहादुर सिंह जी द्वारा लिखी गयी समीक्षा की फोटोप्रति आपकी सेवा में प्रेषित कर रहा हूँ।

मैंने अपने आलेख में पूरा प्रयास किया है कि 'काला पहाड़' लिखने से पहले तथा लिखने के दौरान मन में जैसी योजना थी, उसे प्रतिपादित करूँ। इसमें मैं कहाँ तक सफल या असफल हुआ हूँ, कहना मुश्किल है। सच तो यह है कि आपके पत्र के बाद कई दिनों तक साहस नहीं जुटा पाया कि आपको लिखकर क्या भेजूँ। एक भय, एक चुनौती-सी सामने खड़ी थी मेरे जैसे उस लेखक के समक्ष जो संकोचवश आपका सामना तक करने का साहस नहीं जुटा पाता है। ऐसे में कुछ लिखकर भेजना सचमुच एक कठिन परीक्षा से गुज़रना जैसा लग रहा है। फिर भी अपने विवेक, तर्क और काफ़ी उधेड़-बुन के बाद इसे आपके पास भेजने का साहस कर रहा हूँ। अगर इसमें कुछ तथ्यात्मक या कोई दूसरी त्रुटि नज़र आये, तो आपको मुझे डाँटने का पूरा अधिकार है। क्योंकि जीवन और साहित्य दोनों में, मैंने जो कुछ अर्जित किया है पूरी विनम्रता के साथ 'शूद्र' एकलव्य की तरह आपके स्नेह, आशीर्वाद और सान्निध्य से ही अर्जित किया है, तथा यही मेरी कुल जमा-पूँजी है।

'काला पहाड़' को अपने सम्पादन में शामिल कर आपने मुझमें एक नये आत्म-विश्वास का संचार किया है, इसे मैं ज़िन्दगीभर सहेज कर रखने का प्रयास करूँगा—ऐसा मैं विश्वास दिलाता हूँ।

जन्मदिवस की हार्दिक शुभकानाएँ पुनः स्वीकारें।

शुभेच्छु,
भगवानदास मोरवाल

2004 के आम चुनावों में सत्तारूढ़ भारतीय जनता पार्टी के नेतृत्व वाला राष्ट्रीय जनतान्त्रिक गठबन्धन पराजित हो गया। चुनाव से पहले केन्द्रीय समाज कल्याण बोर्ड की अध्यक्ष को अक्सर यह कहते हुए सुना जाता था कि, अगर अटल जी की सरकार फिर से सत्ता में नहीं आती है, तो वे अध्यक्ष पद से तुरन्त इस्तीफ़ा दे देंगी। शायद उन्होंने इसकी कल्पना ही नहीं की थी कि यह सरकार चुनाव हार जायेगी। मगर जो नतीजे आये उनके बारे में हम सब जानते हैं। अटल सरकार के जाने के बाद श्रीमती मृदुला सिन्हा ने अध्यक्ष पद से इस्तीफ़ा नहीं दिया, बल्कि काँग्रेस की सरकार बनने के बाद भी वे इस पद पर बनी रहीं और अपना कार्यकाल पूरा करने के बाद ही गयीं।

यह महज़ एक संयोग था कि जिस दिन केन्द्रीय समाज कल्याण बोर्ड से ये दोनों विभूतियाँ श्रीमती मृदुला सिन्हा और एस.ज़ेड.ए. ज़ैदी उर्फ़ सैयद ज़ुहैर अहमद ज़ैदी अर्थात डॉ. रंजन ज़ैदी सेवानिवृत्त हुए, मुझे बोर्ड में इनके इन अन्तिम पलों के दर्शन करने का अवसर नहीं मिला। हाँ, मैंने सुना ज़रूर था कि अपने अन्तिम पलों में अध्यक्ष बेहद भावुक हो गयी थीं। मेरा मानना है अपनी सेवा से निवृत्त होने के बाद हर व्यक्ति जाते-जाते भावुक हो जाता है। परन्तु इस भावुकता का एक पक्ष और भी है और वह यह कि जब व्यक्ति किसी संस्थान में उच्च या सर्वोच्च पद से सेवानिवृत्त होता है, तो वह उस संस्थान को छोड़ने के विरह में भावुक नहीं होता है, अपितु उन सुख-सुविधाओं को हाथ से फिसल जाने के दुःख के चलते भावुक होता है जिनकी उसने शायद ही कल्पना की होती है। इसीलिए कहा जाता है कि आदमी अपने दुःखों के लिए नहीं, अपने भोगे गये सुखों के चले जाने को याद करते हुए रोता है। हम सब जानते हैं कि हर सरकारी सेवक को अपने विदाई समारोह के अवसर पर कुछ शब्द-रूपी पुष्पों की बौछार करनी होती है, अर्थात जाते-जाते अपने कुछ उद्गार प्रकट करने होते हैं। डॉ. राही मासूम रज़ा के इस वारिस डॉ. रंजन ज़ैदी ने अपनी सेवानिवृत्ति के अवसर पर अपने जो उद्गार प्रकट किये, वे कितने हास्यास्पद थे, उन्हें सुनकर आप ही अनुमान लगा सकते हैं। इसका कहना था कि 'मैं आज एक बामशक़्क़त क़ैद से आज़ाद हो रहा हूँ।'

मित्रो, इससे आगे मैं कुछ नहीं कहूँगा।

साल 2004 का नवम्बर महीना।

एक दिन मेरे पास सुबह दस-साढ़े दस बजे एक फोन आया। उधर से जब यह बताया गया कि मैं उदय प्रकाश बोल रहा हूँ तो मेरा जैसे दिन ही बन गया।

हालाँकि इससे पहले मैं ही उनसे छठे-चौमासे फोन कर लेता था। अपने अग्रज और वरिष्ठ लेखकों को फोन करना मैं कोई बुरी बात नहीं मानता। बल्कि यह शिष्टता का तकाज़ा है। इसके अलावा इसका सबसे बड़ा फ़ायदा यह है कि अगर आपको अपने वरिष्ठों और सत्ता केन्द्रित ताक़तों को साधने की कला आती है, या इसमें महारत हासिल है, तो इसके बड़े दूरगामी परिणाम निकलकर आते हैं। आपके लिए इनाम-इकराम की सम्भावनाओं के द्वार हमेशा खुले रहते हैं। इसलिए उनके जन्मदिन से लेकर कोई भी अवसर हो, उससे चूकना नहीं चाहिए। यदि आप समर्थ व सक्षम हैं तो इन अवसरों का लाभ लेते हुए, अपने घर पर लंच-डिनर पर आमन्त्रित करने से लेकर, उन पर किसी पुस्तक का सम्पादन भी कर देना चाहिए। इसे आप साहित्य का उत्तर निवेश मानकर चलें।

हालाँकि इससे पहले मैं जब भी उन्हें फोन करता, उनका यही कहना होता कि अरे मोरवाल जी, अभी थोड़ी देर पहले मैं आप ही को याद कर रहा था। आपको फोन करने की सोच रहा था। शुरू में भाई उदय प्रकाश की इस सहृदयता पर मैं गद्‌गद हो उठता था। मगर बाद में मुझे लगा कि हिन्दी के एक बड़े लेखक की यह अपनी अदा है। बल्कि आज तो हालत यह है आप किसी का हालचाल जानने की ग़रज से फोन करिए, तो दूसरी तरफ़ वाले का सबसे पहला सवाल यही होता है, "किसी विशेष काम के लिए फोन किया क्या?"

अभी कोरोना (2021) के दौरान ऐसा ही हुआ कि मैंने हालचाल जानने के लिए कुछ लेखकनुमा व्यक्तियों को फोन किया। हर बार उधर से यही सवाल पूछा गया। बल्कि एक लेखक मित्र ने जब यही सवाल किया, तो मैंने भी कह दिया कि मैं किसी के पास किसी मक़सद के लिए फोन नहीं करता। क्योंकि वातावरण ही ऐसा है इसलिए पूछ लिया कि आप ज़िन्दा भी हैं या नहीं। इस पर वे लेखक मित्र सकपका गये।

बहरहाल, दुआ-सलाम के बाद उधर से उदय जी ने बताया, "मोरवाल जी, आपके एक बहुत बड़े प्रशंसक मेरे घर आये हुए हैं। वे आपसे मिलना चाहते हैं।"

"मेरा, और प्रशंसक?" मैंने पूछा।

"लो, आप ही बात कर लो!" इतना कह उदय प्रकाश ने रिसीवर मेरे प्रशंसक को थमा दिया।

प्रशंसक ने अपना नाम राजेन्द्र शर्मा बताया और कहा, "मैंने आपका उपन्यास *काला पहाड़* पढ़ा है। मैं अलवर का रहने वाला हूँ। इस उपन्यास में आपने मेवात के जिस नगीना को दिखाया है, वहाँ की मेरी दादी है। एक सीरियल की एडिटिंग के सिलसिले में उदय जी के पास आया हुआ हूँ। आपकी चर्चा चली तो उदय जी ने आपको फोन लगा दिया।"

"फिर तो मुझे आपसे मिलना चाहिए। इस बहाने अपने प्रिय लेखक उदय जी से भी मिलना हो जायेगा। मैं आता हूँ।" इतना कह मैंने फोन काट दिया।

मैं बिना समय गँवाये उदय प्रकाश के निवास रोहिणी के लिए रवाना हो गया।

दरअस्ल, ये वे दिन थे जब 2002 के गुजरात दंगों को मुश्किल से दो साल हुए थे। देश एक विचित्र से साम्प्रदायिक संक्रमण के दौर से गुज़र रहा था। वैसे आप सोच रहे होंगे कि इस उदय प्रकाश प्रसंग में ये गुजरात दंगे कहाँ से आ गये? आप सही सोच रहे हैं। इसलिए फ़िलहाल गुजरात दंगों को यहीं छोड़ देते हैं। वापस अपने अग्रज कथाकार और कवि उदय प्रकाश पर आते हैं। यह पहला अवसर होगा जब मेरे प्रिय लेखक से पहली बार साक्षात् भेंट होगी। इससे पहले मैं खुद को याद दिला दूँ कि उदय प्रकाश जी से मेरा पहला संवाद आमने-सामने नहीं, बल्कि टेलीफोन पर ही हुआ था।

यह 1995 का साल था। *इंडिया टुडे* के पिछले तीन *साहित्य वार्षिकी* की तरह वर्ष 1995-96 का यह उसका चौथा वार्षिकी था। दीपावली से कुछ दिन पहले *अक्षर की आरसी* अर्थात समय के सत्य को उद्घाटित करता समकालीन लेखन पर केन्द्रित इस वार्षिकी में उदय प्रकाश की एक कहानी प्रकाशित हुई थी—*पॉल गोमरा का स्कूटर*। इस कहानी के प्रकाशित होने के बाद हिन्दी साहित्यिक जगत में कहानी से अधिक इसकी ज़्यादा चर्चा थी कि यह कहानी वरिष्ठ कवि इब्बार रब्बी को केन्द्र में रखकर लिखी गयी थी। वैसे इस तरह के वितंडे हिन्दी में नये नहीं हैं। इस तरह के आरोप उदय प्रकाश पर लगते रहे हैं। *पीली छतरीवाली लड़की* और *आचार्य की रज़ाई* के बारे में भी ऐसा ही कहा जाता है।

उस दिन छोटी दीपावली की छुट्टी भी थी। इसलिए पूरी तसल्ली के साथ मैं इस कहानी *पॉल गोमरा का स्कूटर* को पढ़ रहा था कि, अचानक इस कहानी के लगभग अन्त में मेरी नज़र इसकी इन पंक्तियों पर ठिठक गयी—

भारतीय इतिहास अनुसन्धान परिषद के वरिष्ठ अधिकारी डॉ. डी.आर. वाचस्पति के अनुसार, पॉल गोमरा ने कहा था कि मैं मेवातियों, बंजारों, पिंडारियों, क़बायलियों और जे.जे. कॉलोनी वालों के जत्थे बनाकर बाजीराव पेशवा या शेरशाह सूरी की तरह चारों ओर से धावा बोलूँगा।

इसके बाद मैंने कहानी बीच में छोड़ पत्रिका को एक तरफ़ रख दिया। कहानी को बीच में छोड़ने का कारण यह था कि जो लेखक अपनी कहानी में

मेवातियों का उल्लेख कर रहा है, ज़रूर उसके पास मेवात सम्बन्धी और भी जानकारियाँ होंगी। इसी लालच के चलते मैंने अपनी छोटी-सी डायरी निकाली और उसमें लिखे लैंडलाइन नम्बर 7264383 पर फोन घुमा दिया। मेरी क़िस्मत अच्छी थी कि फोन उदय भाई ने ही उठाया।

"हेलो! मुझे उदय प्रकाश जी से बात करनी है?"

"हाँ बोल रहा हूँ बताइए?"

"सर, मैंने इंडिया टुडे में आपकी एक कहानी पढ़ी है। मुझे उसी के बारे में आपसे बात करनी है।"

"जल्दी करिए, मुझे मार्किट जाना है। नीचे मेरी पत्नी मेरा इन्तज़ार कर रही है।"

"आपने सर इस कहानी में एक जगह लिखा है कि मैं मेवातियों, बंजारों, पिंडारियों, क़बायलियों और जे.जे. कॉलोनी वालों के जत्थे बनाकर बाजीराव पेशवा या शेरशाह सूरी की तरह चारों ओर से धावा बोलूँगा। आप इससे मेवातियों के बारे में क्या कहना चाहते हैं?"

"यही कि मेवाती लुटेरे थे।"

"यह आपने कहाँ पढ़ा?"

"मैंने इसे *तारीख़े-फीरोज़ शाही* में पढ़ा है।" उदय भाई ने बड़े आत्मविश्वास के साथ बताया।

"पहले रहे होंगे लुटेरे। अब क्या हैं? आप इनके बारे में जानते हैं? आप हसन ख़ाँ मेवाती के बारे में जानते हैं?"

मेरे इस सवाल को सुन उदय प्रकाश भूल गये कि उन्हें मार्किट भी जाना है और उनकी पत्नी नीचे उनका इन्तज़ार कर रही हैं। इसके बाद मैंने मेवात में महाभारत पर आधारित *पंडून कौ कड़ा,* यहाँ के लोक-कवियों और हसन ख़ाँ मेवाती के बारे में बताया। इस तरह हमारी बात लगभग बीस-पच्चीस मिनट तक होती रही और उदय प्रकाश ने यह कहते हुए फोन काट दिया कि मोरवाल जी जल्दी ही मिलते हैं। मिले तो नहीं मगर उनके लैंडलाइन नम्बर जो पहले 7264383 था, बाद में 7564383 में बदल गया था, उस पर कई बार बात हुई।

यहाँ मैं बता दूँ कि तारीख़े फीर्राज़ शाही में जिन मेवातियों को लुटेरा कहा गया है, वह दौर वह था जब समरपाल और शोपलाला नाम के दो। भाइयों ने फीरोज़ शाह तुग़लक़ के शासन में इस्लाम क़बूल नहीं किया था। इससे पहले ये दोनों भाई मेवात में लूटमार करते थे। इसका पूरा उल्लेख उपन्यास *ख़ानज़ादा* में किया गया है।

डेढ़ घण्टे बस के सफ़र के बाद मैं रोहिणी के *9, तरुण विहार, सेक्टर-13* उदय प्रकाश के पते पर पहुँच गया। वहाँ पहुँचने के बाद देर तक बातें होती रहीं। बातों के दौरान राजेन्द्र शर्मा ने बताया कि मैं उदय जी के पास विजयदान देथा की कहानियों पर दूरदर्शन के लिए बननेवाले धारावाहिक *बिज्जी का ख़ज़ाना* की एडिटिंग के सिलसिले में आया हुआ हूँ। राजेन्द्र शर्मा ने ही बताया था कि बिज्जी की कहानियों की सारी शूटिंग जोधपुर में उनके गाँव बोरुंदा में हुई है।

फिर उन्होंने उदय प्रकाश जी को मेरे सामने बताया, "उदय जी, मेरी दादी का घर मोरवाल जी के गाँव नगीना में उसी माता के मन्दिर के सामने है, जिसका उल्लेख इन्होंने अपने उपन्यास *काला पहाड़* में किया है। दिसम्बर 1992 में मेवात में हुए साम्प्रदायिक तनाव के चलते इस मन्दिर में भी मेवों के कुछ शरारती युवकों ने लूटपाट की थी।"

जिस समय राजेन्द्र शर्मा यह सब बता रहे थे उदय प्रकाश चुपचाप सुनते रहे।

"मैंने तो उदय जी को बोरुंदा में कहा था कि उपन्यास में पतंगबाज़ी का वह सीन इतना ज़बरदस्त है कि उसको आधार बनाकर *लगान* की तरह एक फ़िल्म बनायी जा सकती है।"

देर तक बातें होती रहीं। इस बीच हम तीनों उदय जी के डुप्लेक्स फ्लेट के ऊपर गये। लेकिन बीच में सीढ़ियों के घुमाव पर जैसे ही मेरी नज़र एक मन्दिर पर पड़ी, मैं थोड़ा असहज हो गया। एक बड़ा-सा नाग उस मन्दिर में प्रस्थापित था। सच कहूँ मैंने इसकी कल्पना नहीं थीं। मेरे मन में उदय प्रकाश जी की छवि कुछ दूसरी ही थी।

काफ़ी देर रुकने के बाद मैं लौटने लगा तो उदय जी बोले कि मैं आपको बस स्टॉप तक छोड़ने चलता हूँ। राजेन्द्र शर्मा घर पर ही रुक गये।

जब हम दोनों बस स्टॉप की ओर आ रहे थे तो रास्ते में गुजरात दंगों पर बात होने लगी। इस बातचीत में मेरे लिए सबसे चौंकाने वाला उदय प्रकाश का यह वक्तव्य था कि मोदी ने गुजरात में जो किया अच्छा किया।

यह बात सुनकर मुझे अपने कानों पर यक़ीन नहीं हुआ कि यह बात मेरी तरह हिन्दी ही नहीं, दूसरी भाषाओं के असंख्य पाठकों का बेहद प्रिय लेखक उदय प्रकाश कह रहा है। बाद में यह बात मैं अपने कई मित्रों को भी बताता रहा हूँ। उन्हें भी इस पर विश्वास नहीं हुआ था। मैं चाहता तो इस बात को फेसबुक जैसे सोशल मीडिया पर या कहीं और भी कभी लिख सकता था लेकिन मैंने ऐसा नहीं किया। इसलिए बाद में चाहे वह 2009 के जुलाई महीने में गोरखपुर,

उत्तर प्रदेश के किसी दिग्विजयनाथ पीजी कॉलेज के सभागार में आयोजित डॉ. कुँवर नरेन्द्र प्रताप सिंह जयन्ती समारोह में, उस समय गोरखपुर से बीजेपी के सांसद और बाद में उत्तर प्रदेश के मुख्यमन्त्री बने योगी आदित्यनाथ के हाथों 2009 के *नरेन्द्र सम्मान* लेने का मामला रहा हो, या उनके द्वारा राम मन्दिर निर्माण के लिए दिये गये इक्यावन सौ रुपये और बड़े गर्व के साथ उसकी रसीद का फेसबुक पर प्रदर्शन करना रहा हो, मुझे इन पर कोई आश्चर्य नहीं हुआ। आश्चर्य इसलिए नहीं हुआ कि जो व्यक्ति 2002 के गुजरात दंगों को 2004 में उचित ठहरा सकता है, उसके लिए योगी आदित्यनाथ के हाथों सम्मानित होना या राम मन्दिर के लिए दिये गये चन्दे की रसीद को सार्वजनिक करना बड़ी बात नहीं है।

पता नहीं कितनों को याद है कि डॉ. कुँवर नरेन्द्र प्रताप सिंह जयन्ती समारोह में योगी आदित्यनाथ के हाथों इस सम्मान को ग्रहण करते हुए उदय प्रकाश ने अपने वक्तव्य में कहा था—

किसी भी साहित्यकार को आम जनता के दुःख-दर्द को बिना राजनीति और विचारधारा से प्रभावित हुए लिखना चाहिए। खूँटे अथवा विचारधारा से बँधी रचनाएँ समाज के साथ न्याय नहीं कर पातीं।

उदय प्रकाश द्वारा योगी आदित्यनाथ के हाथों लिए गये इस सम्मान के बाद उनकी बड़ी आलोचना हुई थी। एक समाचार-पत्र द्वारा इस पर की गयी टिप्पणी हमारी आँखों में छायी जालियों को बहुत हद तक साफ़ कर देती है—

यह दुःख और शर्म का कारण इसलिए भी है क्योंकि हिन्दी का एक कथाकार जो भारत की सामाजिक संस्कृति का अलम्बरदार है, वह हिन्दुत्व के नाम पर दंगा करने और मुसलमानों के ख़िलाफ़ नफ़रत फैलाने के आरोपी के हाथों या संरक्षणवाली संस्था द्वारा पुरस्कार ग्रहण करता है। यह उदय प्रकाश का नैतिक पतन माना जा रहा है जो एक लम्बे साहित्यिक संघर्ष के बाद साहित्य के इतिहास को एक विशिष्ट पड़ाव पर ठहरने का आधार देता है।

बाद में जब दूरदर्शन पर *बिज्जी का ख़ज़ाना* धारावाहिक प्रसारित होने लगा, तो राजेन्द्र शर्मा का नाम इसके सह निर्देशक के रूप में जाता था। राजेन्द्र शर्मा से उसके बाद मेरी बराबर बात होती रहती है। एक बार उन्होंने बताया कि वे मेरी अनुपस्थिति में मेवात में मेरे क़स्बा नगीना गये थे। वहाँ उन्होंने क़स्बे की उन हवेलियों की छतों पर चढ़कर देखा, जिन पर चढ़कर हरियाली तीज वाले दिन नगीना और पास के एक गाँव साकरस के बीच पेंच लड़ाने का दृश्य रचा गया है।

इसके बाद ये मेरे घर गये और मेरे बड़े भाई साहब से भी जाकर मिले थे। बड़े भाई के साथ ये उस दादाखानू की मज़ार को भी देखने गये, जिसका कई बार उपन्यास *काला पहाड़* में ज़िक्र आता है।

बता दूँ इनकी दादी के भाई जिन्हें पूरा नगीना और आसपास के गाँवों के लोग मनोहर पंड्डत के नाम से जानते हैं, अपने समय में मेरे क़स्बे की रामलीलाओं में दशरथ का अभिनय करते थे। अपने पुत्र राम के वनवास जाने के दौरान दशरथ रूपी मनोहर पंड्डत इतना भावप्रवण अभिनय करते थे कि रामलीला देखने वाले बुज़ुर्ग दर्शकों की आँखें भर आती थीं। *बिज्जी का ख़ज़ाना* धारावाहिक में सह निर्देशक के रूप में काम कर चुके राजेन्द्र शर्मा वर्तमान में मुम्बई में हिन्दी धारावाहिकों के सबसे बड़े निर्माता *बालाजी टेलेफ़िल्म्स* के *इंस्टीट्यूट ऑफ़ क्रिएशन एक्सीलेंस* में सिनेमेटोग्राफ़ी के विषय विशेषज्ञ के अलावा विभाग प्रमुख के रूप में अपनी सेवाएँ दे रहे हैं।

जैसा कि मैं पूर्वी राजस्थान के शहर अलवर के बारे में कहता आया हूँ कि यह मेवात की सांस्कृतिक राजधानी है। इस शहर ने मुझे बहुत कुछ दिया। मेरे पहले उपन्यास *काला पहाड़* पर *साहित्य संगम, मेवाती साहित्य अकादमी* और *पाठक मंच* के संयुक्त तत्त्वावधान में 6 फ़रवरी, 2000 रविवार के दिन यहाँ के *सामान्य चिकित्सालय* परिसर में स्थित *मेडिकल एसोसिएशन सभागार* में एक चर्चा गोष्ठी का आयोजन किया गया था। दूसरा उपन्यास *बाबल तेरा देस में* के प्रकाशन पर भी इस शहर में एक बार फिर चर्चा शुरू हो गयी। इस चर्चा की वजह थी इसकी पृष्ठभूमि का मेवात होना। इस तरह एक बार फिर अलवर की पहचान, जानी-मानी और साहित्य व कला को समर्पित संस्था *साहित्य संगम* के बैनर तले डॉ. भागीरथ भार्गव, प्रो. जुगमन्दिर तायल, डॉ. जीवन सिंह मानवी और सुरेश पण्डित जी वाली इस चौकड़ी ने अलवर में इस उपन्यास का लोकार्पण व इस पर चर्चा कराने का निर्णय लिया।

21 अगस्त, 2005 शनिवार के दिन अलवर के *कला भारती सभागार* में होने वाले इस कथा-साहित्य विमर्श एवं पुस्तक लोकार्पण समारोह को और भव्य बनाने के लिए पूर्व की तरह एक विषय रखा गया—*आंचलिक कथा-साहित्य और लोकतन्त्र : सन्दर्भ उपन्यास 'बाबल तेरा देस में,* मेरे सुझाव पर कमलेश्वर जी को मुख्य अतिथि के रूप में आमन्त्रित करने पर सहर्ष सहमति बन गयी। दरअसल, जब मुख्य और विशिष्ट अतिथि के नाम तय होने लगे थे, तब बातों-बातों में मैंने

यह कह दिया कि कमलेश्वर जी को मैं ले आऊँगा। मेरा ऐसा कहने का आशय और लालच यह था कि जिस गाड़ी में दिल्ली से कमलेश्वर जी अलवर जायेंगे, मैं भी उन्हीं के साथ लटक लूँगा। दूसरे शब्दों में कहूँ तो उन्हें स-सम्मान लाने की ज़िम्मेदारी मैंने ओट ली थी। वे दिल्ली से किराये पर टैक्सी लेंगे और मैं उनके घर से उनके साथ अंगरक्षक की तरह मुफ़्त में आ जाऊँगा। मेरे इस सुझाव पर भागीरथ भार्गव जी ने तुरन्त अपनी सहमति की मुहर लगा दी।

विशिष्ट अतिथि के रूप में हिन्दी अकादमी दिल्ली के सचिव नानक चन्द जी ने भी अपनी सहर्ष स्वीकृति प्रदान कर दी। अध्यक्षता का भार सर्वसम्मति से सुरेश पण्डित के कन्धों पर डाल दिया गया। विशेष उपस्थिति तो मेरी थी ही। जबकि वक्ताओं के रूप में प्रो. जुगमन्दिर तायल, डॉ. जीवन सिंह, अलीगढ़ मुस्लिम विश्वविद्यालय के हिन्दी विभाग के डॉ. आशिक़ बालौत और डॉ. शंभु गुप्त को शामिल किया गया।

समारोह से एक दिन पहले मैंने भागीरथ भार्गव जी से ऐसे ही जानकारी लेने के लिए पूछ लिया कि कमलेश्वर जी जिस टैक्सी से अलवर आयेंगे, उसके किराये का भुगतान *साहित्य संगम* आयोजन समाप्त होने के बाद करेगा या अगले दिन अलवर से वापस रवाना होने पर? मेरी इस जिज्ञासा पर भार्गव जी तुरन्त बोले कि *साहित्य संगम* क्यों करेगा भुगतान? जब कमलेश्वर जी को लाने की बात आपने की थी, तो भुगतान भी आप ही करेंगे। उन्हें लाने के लिए हमने थोड़े ही कहा था। यह तो आपका सुझाव था कि कमलेश्वर जी को मैं ले आऊँगा।

इतना सुन मेरा ऊपर का दम ऊपर और नीचे का नीचे। लेकिन अब कुछ भी नहीं हो सकता था। हारकर पहले से तय कार्यक्रम के अनुसार मुझे धौला कुआँ से आगे पालम मोड़ (जहाँ से आजकल द्वारका जाने का रास्ता शुरू होता है) से कमलेश्वर जी को जिस गाड़ी में आना था, वहाँ से उनके साथ सवार हो गया। रास्ते में उन्होंने एकाध बार उपन्यास को उलट-पुलट कर देखा। मैं समझ गया कि पहले से पढ़ चुके उपन्यास को वे फिर से उलट-पुलट रहे हैं, ताकि विस्तार से इस पर बोला जा सके।

बहरहाल, सारे वक्ताओं ने उपन्यास पर ख़ूब जमकर बोला। कार्यक्रम के लगभग अन्त में निमन्त्रण-पत्र के अनुसार वरिष्ठ कथाकार, सम्पादक एवं चिन्तक कमलेश्वर जी अपना वक्तव्य देने के लिए माइक पर आ गये। परम्परा और शिष्टाचार का निर्वाह करते हुए पूरे *कला भारती भागार* ने अपने मुख्य अतिथि का करतल ध्वनियों से ज़ोरदार स्वागत किया और दम साधकर उपन्यास *बाबल तेरा देस में* पर दिये जानेवाले उनके भाषण का इन्तज़ार करने लगा।

क्रिकेट की भाषा में कहें तो मुख्य अतिथि के उपन्यास पर दिये गये वक्तव्य का स्ट्राइक रेट बड़ा ज़बरदस्त रहा। शुरुआती वक्तव्य में लेखक और उसके उपन्यास का कई बार ज़िक्र किया गया। लगभग पाँच साल पहले दिल्ली दूरदर्शन के लिए *परिक्रमा* के अन्तर्गत उनके द्वारा मेवात पर बनाये गये एक एपिसोड का भी कमलेश्वर जी ने अपने वक्तव्य में उल्लेख किया। बीच-बीच में कई बार तालियों की गड़गड़ाहट से सभागार रह-रहकर गूँजा भी।

इस तरह बिना किसी व्यवधान के आयोजन राज़ी-ख़ुशी सम्पन्न हो गया। रात को मेहमानों को पास के एक होटल में ठहराया गया। अगले दिन स्थानीय और जयपुर से निकलने वाले दैनिकों में समारोह के समाचार भी प्रकाशित हुए। अलवर से वापस दिल्ली लौटते हुए मैंने स्वयं से यही कहा कि बड़ी हस्ती से सिर्फ़ और सिर्फ़ लोकार्पण ही कराना चाहिए। उनसे लोकार्पित पुस्तक पर बोलने का बिल्कुल आग्रह नहीं करना चाहिए। आप सोच रहे होंगे कि ऐसा क्या हो गया जो मैं ऐसी बात कर रहा हूँ? ऐसा इसलिए कि कमलेश्वर जी ने उपन्यास को रास्ते में ही उलट-पुलट कर देखा था। मैं जैसा सोच रहा था कि पहले से पढ़ चुके उपन्यास को वे फिर से इसलिए उलट-पुलट रहे हैं, ताकि विस्तार से इस पर बोल सकें, मेरा अनुमान एकदम ग़लत था।

सच तो यह है कि अलवर जाने से पहले उन्होंने इसे पढ़ा नहीं था। अब आप यह कहेंगे कि यदि ऐसा था तब फिर पूरा सभागार किस ख़ुशी में करतल ध्वनियों से क्यों गूँज रहा था। तो मित्रो, मैं आपको विनम्रतापूर्वक बता दूँ कि जिन तालियों की गड़गड़ाहट से सभागार रह-रहकर गूँज रहा था, वे उपन्यास पर दिये गये वक्तव्यों पर बजने वाली करतल ध्वनियाँ नहीं थीं, बल्कि कमलेश्वर जी के उन क़िस्सों पर बज रही थीं, जिन्हें मैं इससे पहले एकाध आयोजन में उनसे सुन चुका था। यह सही है कि उनकी स्ट्राइक रेट बड़ी ज़बरदस्त थी और शुरुआती वक्तव्य में उपन्यास *बाबल तेरा देस में* से लेकर *काला पहाड़* में वर्णित मेवात की मिली-जुली संस्कृति का बड़ा मार्मिक बखान किया था। लेकिन धीरे-से, बड़ी सफ़ाई के साथ वे कब मेरे लेखन या उपन्यास के बजाय ताली बटोरने वाले क़िस्से सुनाने लगे, किसी का इस पर ध्यान ही नहीं गया। मुझे पहली बार कमलेश्वर जी की इस कला पर रश्क-सा होने लगा था। पहली बार यह ज्ञान प्राप्त हुआ कि सामने बैठी भीड़ से कैसे तालियाँ बटोरी जाती हैं, इसे मुझे कमलेश्वर जी से सीखना चाहिए।

वर्ष 2000 में रविवार को दैनिक *हिन्दुस्तान* में कमलेश्वर जी ने बिना शीर्षकवाले कॉलम के तहत लेख लिखना शुरू किया था। अपने इन लेखों में

उन्होंने कम-से-कम दो बार मेवात का उल्लेख किया था। *सांस्कृतिक राष्ट्रवाद और भारतीय संस्कृति* शीर्षक से 23 दिसम्बर, 2001 को प्रकाशित अपने लेख की शुरुआत कमलेश्वर जी इस तरह करते हैं–

एक तरफ़ मेवात का इलाक़ा, जिसे कथाकार भगवानदास मोरवाल ने अपने अप्रतिम उपन्यास 'काला पहाड़' में अविस्मरणीय बना दिया है। दूसरी तरफ़ कोसी कलाँ से नन्दगाँव होते हुए बरसाना की छोटी-सी बस्ती को जाता हुआ रास्ता। कनुप्रिया राधा का गाँव बरसाना!

मेवाती मुसलमानों का इलाक़ा भगवानदास मोरवाल के साथ देखा था। मौक़ा था एक ख़ानदानी मुसलमानी शादी का। शायर शाद नूँही के नूँह पहुँचने से पहले वह गाँव घासेड़ा देखा, जहाँ विभाजन के समय गाँधी जी ने मेवाती मुसलमानों को जाने से रोका था। उन्हीं गूजर चौधरियों के एक घराने में शादी थी। बारात सुबह आ चुकी थी। हम सायबान में बैठे थे। गोश्त पकने की बड़ी नशीली महक आ रही थी। दो बड़ी-बड़ी देगें चढ़ी हुई थीं। अलग-अलग।

पता चला कि पड़ोस की पाँच हिन्दू लड़कियाँ दुल्हिन के सुहाग के लिए नाचती-गाती हैं, अपना नेग लेती हैं और चली जाती हैं। तभी मामा भात लेकर आ गये...फिर चक्की पूजन की रस्म अदा होने लगी। मालूम हुआ कि इसी तरह की तमाम रस्म लड़केवाले के यहाँ भी चलती हैं। घर में यही सब चल रहा था।

इस लेख में कमलेश्वर जी ने मेवात की जिस शादी का उल्लेख किया था, वह लगभग दस पहले की बात है। जैसाकि मैं पहले लिख चुका हूँ कि 1991 में कमलेश्वर जी दूरदर्शन के लिए बनाये गये सीरियल *परिक्रमा* के सिलसिले में मेवात गये थे। वहीं मेरे क़स्बे के मुसलमान मीरासियों की एक शादी देखी थी। अपने लेख में वे जिसे गूजर चौधरियों की शादी बताते हैं, वह दरअस्ल इन्हीं मीरासियों की शादी थी। इसी लेख में वे पड़ोस की पाँच हिन्दू लड़कियों द्वारा दुल्हिन के सुहाग के लिए नाचने-गाने के बाद, अपना नेग लेकर जाने की बात कहते हैं, मेवात के मेव मुसलमानों में ऐसी कोई रस्म नहीं है। हाँ, मामा द्वारा भात लेकर आने की बात सही है लेकिन जिसे वे चक्की पूजन की रस्म बताते हैं, वह वास्तव में कुम्हार के यहाँ जाकर होने वाली चाक पूजन की रस्म है। यह रस्म एक समय उत्तर भारत के अधिकतर क्षेत्रों के हिन्दुओं के साथ-साथ मेवों में भी पायी जाती थी।

इसी तरह वे मेवात में प्रचलित महाभारत पर आधारित *पंडून कौ कड़ा* के बहाने 29 फ़रवरी, 2004 के दैनिक हिन्दुस्तान में *मेवाती मुसलमानों की महाभारत कथा*

शीर्षक से लिखे लेख में भी वे कई जगह *काला पहाड़* का उल्लेख करते हैं। इस लेख की शुरुआत करते हुए वे लिखते हैं–

मेवात का नाम सभी जानते हैं। उसकी बड़ी गहरी सांस्कृतिक और रचनात्मक पहचान भगवानदास मोरवाल ने अपने उपन्यास 'काला पहाड़' से कराई है।

एक जगह वे लिखते हैं–

मेवों ने धर्म परिवर्तन के बावजूद न केवल अपने पूर्वजों को याद रखा बल्कि उनकी शौर्य गाथाओं, साहित्य और परम्परा आदि को भी जीवित रखा है। उनका बहुत गहरा लगाव अपनी इस सांस्कृतिक धरोहर के प्रति है। 'काला पहाड़' उपन्यास में मोरवाल ने इसे विशद रूप से प्रस्तुत किया है।

इन दो प्रसंगों का मैंने इसलिए उल्लेख किया है कि बड़े लेखक भले ही आपको अद्यतन न पढ़ते हों परन्तु वे जानकारी पूरी रखते हैं।

वर्ष 2004 के अगस्त महीने में सचिव नानक चन्द की ओर से दिनांक 16 अगस्त, 2004 का एक पत्र प्राप्त हुआ। इसी पत्र के साथ कला, संस्कृति एवं भाषा, राष्ट्रीय राजधानी क्षेत्र दिल्ली सरकार की 13 अगस्त, 2004 की एक अधिसूचना भी संलग्न थी। इस अधिसूचना के अनुसार मुख्यमन्त्री दिल्ली सरकार एवं अध्यक्ष, हिन्दी अकादमी की नयी संचालन समिति अर्थात गवर्निंग बॉडी के पुनर्गठन की सूचना के साथ, 26 नये सदस्यों की सूची संलग्न थी। इसके अलावा अकादमी की पत्रिका *इन्द्रप्रस्थ भारती* के सम्पादन मण्डल एवं इसकी प्रकाशन समिति के सदस्यों की भी सूचना थी। हिन्दी अकादमी की नयी गवर्निंग बॉडी के नये सदस्यों में मुझे भी सदस्य के रूप में नामित किया गया था। सदस्य होने के नाते *इन्द्रप्रस्थ भारती* के सम्पादन मण्डल तथा प्रकाशन समिति के सदस्यों में भी मुझे शामिल किया गया था।

नयी गवर्निंग बॉडी के दो वर्ष के कार्यकाल का पहला साल अच्छी तरह चला। सचिव नानक चन्द जी को कभी-कभार मैं कुछ सुझाव देता, तो बिना हिचके मेरे ऊपर भरोसा कर, वे उसे मान लेते थे। मुझे एक सदस्य के रूप में जो सम्मान मिलना चाहिए था, उसे उन्होंने पूरी उदारता के साथ दिया। लेकिन मेरी कुछ पहले की तरह मूर्खताओं (अब मैं अपनी अज्ञानता का हवाला देकर अपना बचाव नहीं करूँगा) के चलते एक साल होते-होते वह सब होने लगा,

जिसकी कोई कल्पना नहीं कर सकता। मैं जिन्हें नानक जी के बजाय अपना हितैषी समझने की भूल कर बैठा था, उन्होंने ही मेरा सबसे ज़्यादा नुक़सान किया। एक तरह से मैंने अपने पैरों पर ख़ुद कुल्हाड़ी मार ली थी। जिस नानक चन्द जी को मैं अपना सामाजिक गुरु मानता था और आज भी मानता हूँ, जिस प्रेम भाभी (नानक चन्द जी की पत्नी प्रेमलता गर्ग) का मैं बड़ा दुलारा हुआ करता था, और एक तरह से उनके परिवार का सदस्य था, उनकी नज़रों में मेरी क्या छवि बन गयी होगी, आप आसानी से कल्पना कर सकते हैं। कहते हैं कि आप जिसको बहुत स्नेह करते हैं आप उसकी नालायकी और बेवकूफ़ियों को सार्वजनिक नहीं करते हैं। नानक जी ने मेरी दुरभिसंधियों के ख़िलाफ़ कभी किसी से कुछ नहीं कहा। उनसे भी नहीं जो उन्हें अपने स्वार्थ के लिए राजेन्द्र यादव जी की तरह मेरे बारे में न जाने क्या-क्या जाकर कहते थे। उन्होंने अकादमी के बाहर कभी यह अहसास नहीं होने दिया कि मेरी बेवकूफ़ियों के चलते मेरा उनसे संवाद तक बन्द हो गया था। जबकि अकादमी की संचालन समिति से लेकर दूसरी आन्तरिक कमेटियों का सदस्य बनाकर उन्होंने मुझे जो सम्मान और मेरा क़द बढ़ाया था, सच यह है कि उसकी मैं न गरिमा बचा पाया और न रक्षा कर पाया। मेरी मति इस तरह मारी गयी या कहिए मेरी बुद्धि पर ऐसा पर्दा पड़ गया था कि मैंने एक बार भी जाकर उनसे बात नहीं की। कर लेता तो जो अपराध-बोध आज महसूस हो रहा हूँ, उसकी नौबत ही नहीं आती। उनके सारे अहसानों को मैं जैसे भूल गया था। हिन्दी अकादमी के माध्यम से एक लेखक के रूप में मुझे जो स्वीकार्यता और पहचान मिली, उसका सारा श्रेय नानक चन्द जी को ही जाता है। जब कभी पत्नी मुझसे पूछती कि नानक भाई साब का आजकल फोन नहीं आता है, सुनकर एक अपराध-बोध और आत्मग्लानि के चलते मैं चुप्पी साध लेता था।

2008 में प्रतिनियुक्ति का अपना कार्यकाल पूरा कर जब वे पुनः अपने पेरेंट ऑफ़िस अर्थात केन्द्रीय समाज कल्याण बोर्ड वापस आये, तो पुरानी बातों को भूलने का प्रयास कर हिम्मत जुटाते हुए मैंने उनसे संवाद बनाने की कोशिश की। यह उनकी दरियादिली, संस्कार और उनका वह समाजवादी प्रशिक्षण था कि उन्होंने मुझे यह अहसास ही नहीं होने दिया कि अतीत में मुझसे कुछ बेवकूफ़ियाँ भी हुई थीं। मेरे सारे गुनाहों को जैसे उन्होंने बुहार दिया। शायद यह नानक चन्द जी के उन्हीं संस्कारों का जस था कि वर्ष 2010 की 30 अप्रैल को केन्द्रीय समाज कल्याण बोर्ड से सेवानिवृत्ति के अन्तिम पलों में जब वे बोर्ड के लोगों का अभिवादन स्वीकारते हुए कार्यालय की कार से जा रहे थे, मैं अभागा एक तरफ़

खड़ा भीगी आँखों से निरीहता के साथ इन्हें जाता हुआ देखता रहा। लगा जैसे बोर्ड से मेरा कोई सरपरस्त मुँह फेरकर चला गया। कई रातों की मेरी आँखों से नींद ग़ायब हो गयी। कार्यालयी ही नहीं अपनी पारिवारिक समस्याओं और परेशानियों को मैं निःसंकोच जब इन्हें बताता और सुनकर वे जिस तरह मुझे हिम्मत बँधाते हुए उनका समाधान निकालते, उसे मैं शब्दों में व्यक्त नहीं कर सकता। मैं आज इसे सबके सामने स्वीकार करता हूँ कि भले ही नानक चन्द जी ने मेरे गुनाहों के लिए मुझे माफ़ कर दिया हो, लेकिन ताउम्र इस अपराध-बोध से मैं कभी अपने आपको मुक्त नहीं कर पाऊँगा पता नहीं मैं कभी उनके और प्रेम भाभी के सामने अपने इस अपराध के लिए उनसे क्षमा माँगने का साहस जुटा पाऊँगा भी या नहीं? शायद नहीं। मुझमें उनके सामने सीधा खड़े होने तक का साहस नहीं बचा है। इसलिए मेरे सामाजिक गुरु और मेरे संरक्षक नानक जी मुझे हो सके तो माफ़ कर देना। मैंने आपका अनजाने में नहीं बल्कि जानबूझकर जिस तरह दिल दुखाया, मैं इसके लिए ख़ुद को कभी माफ़ नहीं कर पाऊँगा।

वर्ष 2005 के अगस्त महीने में हरियाणा साहित्य अकादमी के निदेशक की ओर से दिनांक 30 अगस्त, 2005 का एक पत्र प्राप्त हुआ। इस पत्र के द्वारा मुझे अकादमी के शासी परिषद अर्थात गवर्निंग बॉडी का सदस्य मनोनीत करने की सूचना दी गयी थी। इसी पत्र से मुझे पता चला कि मेरे अलावा माधव कौशिक, कवयित्री शुभा, ज्ञान प्रकाश विवेक, अरुण आदित्य, स्वदेश दीपक, अशोक भाटिया, देश निर्मोही को ग़ैर-कार्यालयी सदस्य, और विभूति नारायण राय के छोटे भाई और पूर्व आईपीएस विकास नारायण राय तथा पूर्व आईएएस प्रदीप कासनी को विशेष आमन्त्रितों के रूप में शासी परिषद का सदस्य मनोनीत किया गया है। अकादमी के निदेशक बनाये थे *दैनिक ट्रिब्यून* के पूर्व सम्पादक राधेश्याम शर्मा को। जबकि कवि सुरेन्द्र शर्मा को इसका उपाध्यक्ष मनोनीत किया गया था।

मगध में सन्नाटा छा गया—
महाराज बधाई हो—
कोई नहीं रहा
श्रीवस्ती की कोख उजड़ चुकी,
कौशाम्बी विधवा की तरह
सिर मुँडाए खड़ी है।

कपिलवस्तु फटी-फटी आँखों से
सिर्फ़ देख रहा है
अवन्ती निर्वासन है।

और मगध में?
मगध में सन्नाटा है!
क्षमा करें महाराज
आप नहीं समझेंगे
यह कैसा सन्नाटा है।

इस कविता को पढ़ने के बाद आपको यह बताने की आवश्यकता नहीं है कि यह कविता किसकी है? सही अनुमान लगाया आपने *मगध* शीर्षक से हिन्दी साहित्य में केवल एक कवि-राजनेता हैं जिसने यह कविता लिखी, और वो है *श्रीकान्त वर्मा*। पता नहीं कितनों को इसकी जानकारी है कि एक समय हिन्दी साहित्य का एक बहुत ही प्रतिष्ठित पुरस्कार हुआ करता था—*श्रीकान्त वर्मा पुरस्कार*। पता तो आप में से बहुतों को यह भी नहीं होगा कि हिन्दी के बहुत से सम्मान/पुरस्कारों की तरह इस पुरस्कार की शुरुआत कब हुई और कब यह बन्द कर दिया गया।

मैं आपको इतना बता सकता हूँ कि अन्तिम बार यह पुरस्कार मेरी समकालीन अलका सरावगी के पहले उपन्यास *कलिकथा वाया बाईपास,* जो 1998 में प्रकाशित हुआ था, उसे उसी साल के *श्रीकान्त वर्मा पुरस्कार* से नवाज़ा गया था। अगर आपकी स्मृति सही है तो आपको यह भी पता होगा कि यह अन्तिम पुरस्कार था। उसके बाद किसी को यह पुरस्कार प्रदान नहीं किया गया। प्रदान करना तो दूर रहा, इसे हमेशा के लिए बन्द कर दिया गया था। हाँ, एक बार इसको फिर से शुरू करने का ज़रूर प्रयास किया गया था और इसके लिए उस कृति का चयन भी कर लिया गया था, मगर घोषणा से एक-दो दिन पहले एक राष्ट्रीय बल्कि इसे अन्तरराष्ट्रीय कहना उचित होगा, घोटाले के प्रकाश में आने के चलते आज यह पुरस्कार इतिहास के पन्नों में दबकर रह गया।

यह वर्ष 2005 का आख़िरी महीना दिसम्बर था। श्रीकान्त वर्मा जी की पत्नी और काँग्रेस की राज्यसभा सदस्य श्रीमती वीणा वर्मा ने डॉ. नामवर सिंह को बुलाकर अपनी इच्छा प्रकट की कि वे *श्रीकान्त वर्मा स्मृति न्यास* को फिर से सक्रिय करना चाहती हैं। उन्होंने यह भी इच्छा ज़ाहिर की कि वे *श्रीकान्त वर्मा पुरस्कार*

को पुनः शुरू करना चाहती हैं। डॉ. नामवर सिंह *श्रीकान्त वर्मा स्मृति न्यास* द्वारा स्थापित इस पुरस्कार को फिर से शुरू करने पर सहमत हो गये और तय किया गया कि अगले वर्ष की शुरुआत में इसे प्रदान भी कर दिया जाये।

इस तरह दो सदस्य निर्णायक मण्डल अर्थात डॉ. नामवर सिंह और आलोचक डॉ. परमानन्द श्रीवास्तव ने, पिछले चार-पाँच वर्षों के दौरान प्रकाशित कृतियों में से इस पुरस्कार के लिए एक कृति का चयन कर लिया। यह फ़रवरी 2006 की बात है। पुरस्कार की सारी प्रक्रियाओं को पूरा कर अभी *श्रीकान्त वर्मा* पुरस्कार की घोषणा होती, अंग्रेज़ी के साप्ताहिक *आउटलुक* ने अपने 20 फ़रवरी के अंक में एक घोटाले की कवर स्टोरी छाप दी। सोलह हज़ार करोड़ के इस घोटाले का नाम था *स्कॉर्पीन पनडुब्बी* घोटाला। *स्कॉर्पीन पनडुब्बी* की ख़रीद में बीजेपी के वरिष्ठ नेता लालकृष्ण आडवानी ने इसमें दलाली खाने का जिस व्यक्ति पर आरोप लगाया, वह था कवि और दिवंगत श्रीकान्त वर्मा का बेटा अभिषेक वर्मा।

इस ख़बर के प्रकाश में आते ही राजनीतिक गलियारों में जैसे भूकम्प आ गया। जब इस ख़बर या कहिए इस तथाकथित घोटाले की पूरे देश में चर्चा हो, ऐसा नहीं हो सकता कि इसका पता डॉ. नामवर सिंह और डॉ. परमानन्द श्रीवास्तव को ना लगी हो। डॉ. नामवर सिंह ने तुरन्त वीणा वर्मा जी को फोन किया और अपने आपको इस पुरस्कार से अलग करने की सूचना दे दी। उन्होंने अपने आपको इससे अलग ही नहीं किया बल्कि उन्हें यह भी सलाह दे डाली कि उचित होगा इस पुरस्कार की घोषणा ही न की जाये।

आउटलुक ने इसके बाद 10 अप्रैल, 2006 के अंक में फिर एक स्टोरी प्रकाशित की, जिसमें सीधे-सीधे उस समय काँग्रेस की सरकार में रक्षा मन्त्री और बाद में बने राष्ट्रपति व भारतरत्न प्रणव मुखर्जी की संलिप्तता पर सवाल खड़ा किया गया। इस घोटाले के चलते श्रीमती वीणा वर्मा को जहाँ तक मुझे याद है राज्यसभा की सदस्यता से इस्तीफ़ा देना पड़ा था। यहाँ यह भी उल्लेख करना ज़रूरी है कि श्रीकान्त वर्मा के सुपुत्र अभिषेक वर्मा ने लालकृष्ण आडवाणी और इस घोटाले की ख़बर ब्रेक करने वाली पत्रिका पर मानहानि का दावा ठोंक दिया था। इस मामले में अभिषेक वर्मा को तिहाड़ में भी रहना पड़ा था और बाद में उसे बेल भी मिल गयी थी।

अब आते हैं *श्रीकान्त वर्मा स्मृति न्यास* के द्वारा स्थापित *श्रीकान्त वर्मा पुरस्कार* को फिर शुरू करने और डॉ. नामवर सिंह व डॉ. परमानन्द श्रीवास्तव

द्वारा पिछले चार-पाँच साल में प्रकाशित कृतियों में से इस पुरस्कार के लिए चुनी गयी कृति पर। निर्णायक मण्डल के दोनों सदस्यों ने 1998 और उसके बाद प्रकाशित कृतियों पर विचार करने का निर्णय लिया। हालाँकि 1998 में प्रकाशित एक उपन्यास को पहले ही 1998 का *श्रीकान्त वर्मा पुरस्कार* दिया जा चुका गया था। इस तरह दोनों की सहमति से इस पुरस्कार के लिए दो उपन्यासों को शार्टलिस्ट किया गया। ये दो उपन्यास थे गीतांजलिश्री का दूसरा उपन्यास *हमारा शहर उस बरस* (1998) और दूसरा था *काला पहाड़* (1999)। लेकिन निर्णायक मण्डल के दोनों सदस्यों की सहमति बनी *काला पहाड़* पर।

अब यह *काला पहाड़* का दुर्भाग्य था कि ऐन घोषणा से पूर्व स्कॉर्पीन पनडुब्बी घोटाले के प्रकाश में आने से यह कृति *श्रीकान्त वर्मा पुरस्कार* पाने से वंचित रह गयी। काश, यह घोटाला कुछ दिन बाद उजागर होता तो इसका क्या बिगड़ जाता। कम-से-कम *काला पहाड़* के खाते में यह अन्तिम पुरस्कार तो आ जाता। लेकिन मन को तसल्ली देने के लिए यही कहा जा सकता है कि समय से पहले और भाग्य से ज़्यादा कभी नहीं मिलता।

यह सारा वाक़या मुझे डॉ. परमानन्द श्रीवास्तव जी ने बताया था। कई बार सोचता हूँ कि ऐसी बातें अगर इन्सान को ना ही पता चलें, तो ज़्यादा ठीक है। क्योंकि इतिहास में वही दर्ज होता है जो आपके नाम हो। अगर-मगर और बहानों का यहाँ कोई मोल नहीं है। किया होगा इस पुरस्कार के लिए *काला पहाड़* का चयन। माना तो तब जाता जब यह मिल जाता।

विकास नारायण राय, देश निर्मोही, शुभा, माधव कौशिक और स्वदेश दीपक जैसे लेखकों को *हरियाणा साहित्य अकादमी* का सदस्य मनोनीत करने के बाद इसकी शासी परिषद की पहली बैठक 23 मई, 2006 को हुई। इस बैठक में अकादमी की मासिक पत्रिका *हरिगन्धा* को और बेहतर निकालने पर भी चर्चा हुई। इस बैठक के बाद अकादमी के निदेशक ने हम सदस्यों को अपने दिनांक 7 जून के द्वारा पत्रिका में सुधार के नाम पर, पत्रिका के लिए सदस्यों से उनकी रचनाएँ और दूसरे लेखकों के नाम व पते भिजवाने का अनुरोध किया गया था।

अकादमी के निदेशक के इस पत्र के जवाब में विकास नारायण राय ने 22 जून को यह बेहद तल्ख़ पत्र लिखा--

प्रिय श्री राधेश्याम शर्मा जी,

आपके पत्र से लगता है कि आप बात को या तो गम्भीरता से नहीं ले रहे हैं, या फिर अपने अलावा किसी और को इस योग्य नहीं समझते कि वह पत्रिका को ठीक करने में योगदान दे सके।

कृपया, जैसा मैं आपसे पहले भी कई बार निवेदन कर चुका हूँ, आप हरियाणा के ऐसे 15-20 साहित्यिक मित्रों की पत्रिका पर गोष्ठी आयोजित करें, जिसमें विमर्श से समाधान ढूँढ़े जा सकें। वर्तमान रूप में पत्रिका हम सभी के लिए शर्म की बात है।

आशा है आप इस विषय में जल्द सही क़दम उठायेंगे।

सादर,

विकास नारायण राय

विकास नारायण राय के साथ-साथ मैंने भी अकादमी के निदेशक के नाम 23 जून, 2006 का पत्र भेज दिया, जो इस प्रकार था—

आदरणीय राधेश्याम शर्मा जी,

आपके 7.6.2006 के दो पत्र प्राप्त हुए—इसके लिए धन्यवाद।

आपने अपने एक पत्र क्रमांक 5830 में कुछ माननीय सदस्यों की भावनाओं का ज़िक्र करते हुए अकादमी की मासिक पत्रिका 'हरिगन्धा' में सुधार की बात की है। जैसा कि आपको विदित होगा कि शासी परिषद के नये सदस्यों की पिछली बैठक में ही इन विषयों पर चर्चा हुई थी कि पत्रिका के स्तर में सुधार किया जाये। इसके बाद एकाध बैठक में और व्यक्तिगत रूप से आपसे टेलीफोन पर हुई बातचीत में भी मैंने पत्रिका के सुधार पर ज़ोर देने की बात कही थी। लेकिन नयी शासी परिषद के गठन के एक वर्ष से भी अधिक होने के बावजूद परिणाम ज्यों का त्यों है। आपने इस पत्र में भी माननीय सदस्यों से लिखित और मौखिक निवेदन किया है कि वे उन लेखकों के नाम एवं पते भिजवाएँ, जिनसे लिखने के लिए अनुरोध किया जा सके। मेरे लिए व्यक्तिगत रूप से यह बड़े शर्म की बात है कि एक साहित्य अकादमी को मैं लेखकों के नाम व पते भिजवाऊँ। जहाँ तक मेरे रचनाएँ भिजवाने का प्रश्न है, तो अन्तिम बार आपसे टेलीफोन पर हुई बातचीत में मैंने पुनः आपसे निवेदन किया था कि पत्रिका के वर्तमान रूप में इसके स्तर (साज-सज्जा) में सुधार किया जाये। रचनात्मक सहयोग कोई भी लेखक तभी करेगा जब पत्रिका का स्वरूप सुरुचिपूर्ण हो। पृष्ठ संख्या और मूल्य वृद्धि तभी की जाये जब पत्रिका राष्ट्रीय स्तर के मुख्यधारा के रचनाकारों तक पहुँचे।

आपने मेरे द्वारा शासी परिषद की हाल में हुई बैठक तथा इससे पूर्व पुरस्कार समिति में भाग न लेने की भी बात की थी। मुझे लगता है हरियाणा साहित्य अकादमी अपने माननीय सदस्यों की अपेक्षा स्वयं फ़ैसले लेने में विश्वास करती है। उदाहरण के लिए अन्तिम बार घोषित पुरस्कारों, जिनमें सूर सम्मान, बाबू बालमुकुन्द सम्मान आदि थे, की चयन समिति का एक सदस्य मैं भी था परन्तु निर्णय जैसे पहले से ही तय थे। शासी परिषद की अपेक्षा अकादमी के Officials की भूमिका कहीं ज़्यादा प्रभावशाली और निर्णायक थी। आपसे यह भी निवेदन किया गया था कि सम्मान-पुरस्कारों की घोषणा करते समय निर्णायक मण्डल के सदस्यों के नाम भी घोषित किये जाने चाहिए, किन्तु ऐसा नहीं हुआ। एक हैरतंगेज़ प्रक्रिया को मैं अभी तक नहीं समझ पाया हूँ कि जहाँ सम्मानित लेखकों को पत्र द्वारा लिखित रूप में सूचित किया जाना चाहिए, वहाँ अकादमी के officials द्वारा फोन पर मौखिक सूचना देते हैं। प्रश्न यह है कि इस मौखिक सूचना की प्रामाणिकता क्या है? यह सूचना भी स्वयं लेखक द्वारा माँगी जाती है कि इसकी सूचना उन्हें आयोजित होने वाले सम्मान समारोह के समय दी जायेगी, या फिर कहा जाता है कि इसकी सूचना समाचार-पत्रों में छपी ख़बर को पढ़कर ले लें।

अभी हाल में जिन पुरस्कारों की घोषणा हुई है। आश्चर्यजनक यह है कि एक ही लेखक डॉ. एस. एस. मौद्गिल पुस्तक पुरस्कार, कहानी पुरस्कार और पुस्तक प्रकाशन हेतु दिये जाने वाले सहयोग राशि पाने वालों में है। ऐसा लगता है कि कुछ लेखकों का अकादमी में वर्चस्व है। दूसरा, जहाँ तक मेरी जानकारी है दो नाम के लेखक डॉ. श्याम सखा 'श्याम' और डॉ. एस. एस. मौद्गिल, एक ही लेखक के दो नाम हैं। और पिछले कुछ वर्षों के पुरस्कारों पर नज़र डाली जाये तो कई पुरस्कार एक ही नाम के इन अलग-अलग लेखकों को प्रदान किये जाते रहे हैं। अब आप कहेंगे कि इसमें अकादमी की कोई भूमिका नहीं है क्योंकि इनका निर्णय साहित्य के विद्वानों द्वारा दिये गये अंकों पर आधारित होते हैं। मेरा मानना है कि ऐसे मामलों में समिति के सदस्यों को स्पष्ट रूप से बताना चाहिए। पुस्तक प्रकाशन हेतु दी जाने वाली सहयोग राशि (अनुदान) का असल मक़सद युवा-उभरते लेखकों की प्रतिभा को सामने लाने के लिए होता है। जो साधन-सपन्न उम्रदराज लेखक हैं, उन्हें इस योजना में शामिल करने के बजाय प्राथमिकता युवा लेखकों को दी जानी चाहिए।

जहाँ तक अकादमी द्वारा आयोजित साहित्यिक कार्यक्रमों का सवाल है, तो ऐसा लगता है जैसे अकादमी के लिए साहित्यिक आयोजनों का अर्थ केवल

कवि-सम्मेलन और पत्रकारिता सम्बन्धी आयोजन रह गये हैं। पिछले वित्त वर्ष 2005-06 को इसके उदाहरण के रूप में देखा जा सकता है। और तो और निर्मल वर्मा के निधन पर आयोजित शोकसभा को भी साहित्यिक आयोजनों की सूची में शामिल किया गया है। अभी वर्ष 2006-07 के लिए पुरस्कारों, पुस्तक प्रकाशन योजना सम्बन्धी जो विवरणिका अकादमी द्वारा प्रकाशित की गयी है, वह महँगे आर्ट पेपर पर प्रकाशित की गयी है। जबकि इसकी उपयोगिता मात्र लेखकों को सूचित करनाभर है। आख़िर अकादमी के लिए यह विवरणिका आर्ट पेपर पर छपवाने की क्या उपयोगिता है। हम सब जानते हैं कि राज्य सरकार द्वारा आबंटित बजट इतना कम है कि उसका उपयोग सार्थक और रचनाधर्मी कार्यकलापों के लिए किया जा सकता था।

उपर्युक्त तथ्यों के मद्देनज़र ऐसा लगता है कि अपने कार्यक्रमों की रूपरेखा बनाते समय शासी परिषद के माननीय सदस्यों से किसी तरह का विमर्श नहीं किया जाता है। कहीं-न-कहीं इसमें संवादहीनता और पारदर्शिता का अभाव लगता है। इन परिस्थितियों में, जहाँ शासी पार्षद के सदस्यों की कोई भूमिका ना हो, मेरे लिए शासी परिषद अथवा हरियाणा साहित्य अकादमी में बने रहना असम्भव है। पिछली कुछ बैठकों में मेरी अनुपस्थिति इसी का विरोध भी था।

आपने अपने एक अन्य पत्र क्रमांक 5818 में मेरे सुझाव पर मेवाती साहित्य के कुछ मर्मज्ञों के साथ रेवाड़ी में एक बैठक की थी लेकिन इसमें कोई प्रगति नहीं हुई। इस मामले में प्रगति न होने के दूसरे कारण हैं जिनका उल्लेख इस पत्र में करना असम्भव है।

आशा है स्वस्थ होंगे। सादर!

मेरे इस पत्र के उत्तर में अकादमी के निदेशक का दिनांक 4 जुलाई का यह पत्र प्राप्त हुआ—

प्रिय श्री मोरवाल जी,

आपका 23 जून का पत्र मिला। पत्रिका के बारे में आपकी टिप्पणी के लिए धन्यवाद। उस दिशा में अवश्य प्रयास करेंगे। लेखकों के नाम आपसे इसलिए माँगे थे कि अपनी सूची का विस्तार कर सकें। आपने नहीं सुझाये। साज-सज्जा व छपायी पर भी ध्यान देंगे। काफ़ी लेखक पत्र लिखते हैं कि हरियाणवी लेखक ही छपें। सबकी बात सुनकर सबको सन्तुष्ट करने का प्रयास करते हैं।

पुरस्कार के समय हर पुरस्कार के पैनल माननीय सदस्यों के सामने रखे थे, जिसमें से एक का चयन कर सकें। हर पुरस्कार के लिए एक से अधिक नाम

पैनल में थे। साथ में बायोडाटा था। आप यदि किसी नाम पर सहमत नहीं थे तो उस समय आपत्ति करने के लिए स्वतन्त्र थे। चयन समिति के सदस्यों के नामों का खुलासा नहीं किया गया, यह बात सही है। इसका कारण यह है कि चयन समिति तथा पुस्तक पुरस्कार के लिए तय परीक्षकों के नाम गोपनीय रखे जाते हैं। इससे दबावों से बचा जा सकता है। जब पुरस्कृत होने वाले विद्वानों के नाम समिति के फ़ैसले के बाद मुख्यमन्त्री स्तर तक पूरी तरह स्वीकृत होकर आ गये, तभी पुरस्कृतों को पत्र लिखे गये और तभी मौखिक सूचना फोन पर दी गयी। इसका प्रेस नोट भी जारी किया गया था। जो पुरस्कार विचाराधीन थे उनके बारे में ही कहा गया था कि घोषणा हो जाने के बाद नाम पढ़ लें। यह परम्परा पहले से चल रही है ताकि निरपेक्षता बनी रहे। इसमें भी कोई नया ठोस सुझाव आये तो विचार हो सकता है।

यह सम्भव है कि कोई साहित्यकार कविता, कहानी, उपन्यास की सभी विधाओं में लिख सकता हो। ऐसे कई हैं। हमारी शासी परिषद के कई सदस्य कवि भी हैं और कहानीकार भी। पुस्तक, पुरस्कार और पुस्तक प्रकाशन हेतु सहयोग राशि दोनों अलग हैं। एक प्रकाशित पुस्तक भेजने के बाद दूसरी की पाण्डुलिपि भेजने के लिए हर लेखक स्वतन्त्र है। यह संयोग ही है कि एक को दो यश मिले। यह सभी विशेषज्ञ समिति तय करती है। दोनों के विशेषज्ञ अलग-अलग होते हैं। आप जब चाहें आकर पूरी फ़ाइल देख सकते हैं युवा लेखकों के लिए कोई बन्धन नहीं है। वे लिखें। उनके साथ न्याय होगा। उनका स्वागत है।

कवि-सम्मेलन अधिकांश साहित्यिक संगठनों के आमन्त्रण और सहयोग से करते हैं। इससे व्यवस्था में मदद, ख़र्च में भागीदारी और निमन्त्रण-पत्र वितरण में सहयोग हो जाता है। गोष्ठियाँ भी कम नहीं हुई हैं। हिन्दी दिवस, प्रेमचन्द की 125वीं जयन्ती, जैनेन्द्र शताब्दी, प्रेमचन्द जी के नाटक का मंचन, वर्ष 2005 की साहित्यिक उपलब्धियाँ, साहित्य की विधाओं पर गोष्ठियाँ, बाल साहित्य और हरियाणा के लोक साहित्य पर गोष्ठियाँ, रवीन्द्र कालिया के आगमन पर गोष्ठी होती रही है। स्व. निर्मल वर्मा की शोकसभा पर कई वक्ताओं के उनके जीवन, लेखन, उपलब्धियों पर विचारोत्तेजक उद्‌गार थे। प्रगति रिपोर्ट में वह आयोजन गोष्ठी की सूची में जुड़ गया। उसमें सुधार कर लेंगे। पत्रकारिता पर केवल तीन गोष्ठियाँ हुई—सूचना का अधिकार, पत्रकारिता में नैतिक मूल्य और पत्रकारों के समक्ष चुनौतियाँ इनमें शोध पत्र पढ़े गये। दो गोष्ठियाँ हरियाणा के विश्वविद्यालयों के पत्रकारिता विभागों के सहयोग से हुईं। कुलपति भी उससे जुड़े। साहित्य और पत्रकारिता दोनों अकादमी के क्षेत्र में आते हैं।

पुस्तक सम्बन्धी विवरणिका को पुस्तक मेले के समय देने हेतु अच्छे काग़ज़ पर छापा। अन्य अकादमियों के विवरण-पत्र भी अच्छे काग़ज़ पर थे। भविष्य में सादे काग़ज़ पर भी छापे जा सकते हैं। विवरणिका को आकर्षक बनाने का प्रयास विक्रय से जुड़े लोगों की सलाह पर किया गया।

शासी परिषद की माननीय सदस्यों की नीतियाँ तय करने, कार्यक्रमों के लिए मार्गदर्शन करने में बड़ी भूमिका है। आप सुझाव दें, हम स्वागत करेंगे। बैठकों में भी चर्चा हो सकती है। आपसे कई बार भी बात करके आपका सहयोग माँगा गया। मेवाती साहित्य सम्बन्धी आपका सुझाव हमने तत्काल माना और तुरन्त कार्यवाही शुरू कर दी और आपके मार्ग दर्शन में ही उसे आगे बढ़ाया। आपके सुझाव और आपकी सुविधा से रेवाड़ी में लेखकों की बैठक भी की। आपकी परेशानी देखते हुए हमने ख़ुद वहाँ आने, मेवात या अलवर में बैठक करने का सुझाव दिया था। आपके रचनात्मक सुझावों का सदैव स्वागत है। यह तो टीम वर्क है। सबके सहयोग से कार्य होगा। सुधार भी सतत चलने वाली प्रक्रिया है। कुछ कार्यालय की कठिनाइयाँ भी रहती हैं। हम मिलकर दिक़्क़तें दूर कर सकते हैं; कृपया बिना संकोच अपने सुझाव देते रहें। उनके अनुपालन का पूरा प्रयास रहेगा।

धन्यवाद सहित

शुभाकांक्षी,

(राधेश्याम शर्मा)

अकादमी के निदेशक के इस पत्र का मैं जवाब नहीं देना चाहता था क्योंकि मुझे जँच गया था कि 'पतनाले' को वहीं गिरना है, जहाँ गिराने का फ़ैसला किया जा चुका था। बावजूद इसके कुछ भ्रान्तियों को स्पष्ट करना ज़रूरी था, इसलिए विवशतावश 11 जुलाई, 2006 को यह पत्र लिखना पड़ा–

आदरणीय राधेश्याम शर्मा जी,

मेरे दिनांक 23 जून, 2006 के पत्र के जवाब में आपके पत्रांक 6760, दिनांक 4.7.06 के पत्र के लिए धन्यवाद। मेरे द्वारा उठाये गये मुद्दों के जवाब में आपकी टिप्पणी को पढ़ने के बाद एक बार सोचा कि आपको पत्र न लिखूँ लेकिन काफ़ी मनन के बाद यह तय किया कि आपके द्वारा दिये गये कुछ तथ्यों का उत्तर दूँ, ताकि भविष्य में भी संवाद बना रहे।

आपकी यह शिकायत कि आपने मुझसे लेखकों के नाम माँगे थे किन्तु मैंने वे नाम नहीं सुझाय। सम्भवतया आपने वही पत्र सभी सदस्यों को भेजे होंगे।

यहाँ बार-बार लेखकों के नाम न देने से ऐसा लगता है कि पत्रिका का जो स्वरूप है, उसके लिए शासी परिषद के माननीय सदस्य ज़िम्मेदार हैं। मैं अपने पहले पत्र में भी अपनी भावना से आपको अवगत करा चुका हूँ कि यह मेरे लिए व्यक्तिगत रूप से बेहद शर्म की बात है कि एक कोई अकादमी हिन्दी के लब्ध और प्रतिष्ठित लेखकों के नाम व पते ना जाने। प्रश्न यहाँ लेखकों का नहीं, पत्रिका के स्वरूप का है, जिस पर अब भी अर्थात अकादमी के शासी परिषद के नये सदस्यों की घोषणा के लगभग सवा-डेढ़ वर्ष बाद ध्यान देने की बात की जा रही है। जबकि इस विषय पर कई बार चर्चा हो चुकी है।

आपने पुरस्कार सम्बन्धी मुद्दे पर कहा है कि आप किसी नाम पर सहमत नहीं थे तो उस समय आपत्ति करने के लिए स्वतन्त्र थे। मैं इस बारे में भी पूर्व के पत्र में कह चुका हूँ कि अकादमी अपने माननीय सदस्यों की अपेक्षा स्वयं फ़ैसले लेने में विश्वास करती है। आपको याद होगा कि हरियाणवी साहित्य में योगदान के लिए अकादमी के कार्यालय में जिन नामों पर चर्चा हुई थी, उनकी उपेक्षा कर आपने एक पूर्व प्रशासनिक अधिकारी श्री के.सी. शर्मा, पूर्व लोक सम्पर्क विभाग के निदेशक (यदि मेरी स्मृति सही है) को पुरस्कृत करने का मन बना लिया था। यह तो श्री गुजराल जी (श्री आर.एस. गुजराल, आई.ए.एस. उन दिनों हरियाणा सरकार में वित्तायुक्त तथा शिक्षा एवं भाषा विभाग के मुख्य सचिव थे) ने आपका प्रस्ताव नहीं माना और उन्होंने जो तर्क दिया, उसके बारे में आप अच्छी तरह जानते हैं। ऐसे में किसी सदस्य के आपत्ति करने का क्या अर्थ रह जाता है, वह भी तब जब ज़्यादा कार्यवाही मौखिक चल रही हो।

रही बात चयन समिति के सदस्यों के नाम खुलासा करने की, तो इसके पक्ष में आपका तर्क यह है कि पहले से यह परम्परा रही है कि चयन समिति तथा पुस्तक पुरस्कार के लिए तय परीक्षकों के नाम गोपनीय रखे जाते हैं। ताकि इससे दबावों से बचा जा सके। शर्मा जी, आपने कैसे अनुमान लगा लिया कि चयन समिति के लेखक सदस्य इतने कमज़ोर होंगे कि वे किसी दबाव में आ जायें? रही बात परम्पराओं की तो परम्पराओं का निर्वाह तो भारतीय संस्कृति का अहम अंग है। परम्पराओं का निर्वहन नहीं होगा तो निरपेक्षता, पारदर्शिता, दूरदर्शिता आदि-आदि कैसे बनी रहेगी? रही बात किसी नये ठोस सुझाव की तो वर्षों से गहरे तक जमी परम्पराओं के आगे उन्हें बदलना कैसे सम्भव है?

आपने हाल में घोषित पुरस्कारों के सम्बन्ध में लिखा है कि कोई साहित्यकार कविता, कहानी, उपन्यास सभी विधा में लिख सकता है। यह ठीक है परन्तु मेरा मानना है कि यह भी एक वर्ष में एक ही लेखक को तीन-तीन माध्यमों से पुरस्कृत/उपकृत करना अकादमी की मूल भावना और उद्देश्यों से भटकना है।

यह बड़ा विचित्र लगता है कि जहाँ युवा प्रतिभाशाली हस्ताक्षरों को इन योजनाओं का लाभ मिलना चाहिए। उन्हें प्रोत्साहित करना चाहिए, वहाँ एक ही लेखक कभी अलग-अलग नामों से, तो कभी अलग-अलग राशियों के पुरस्कार एवं प्रकाशन सहयोग के लिए अनुदान ले जाये। यह बेशक किसी लेखक के लिए यश और गौरव की बात हो सकती है परन्तु अकादमी की कार्यशैली और उसकी चयन प्रक्रियाओं की पारदर्शिता पर अवश्य सवाल खड़ा करती है। कहीं ऐसा तो नहीं है कि जिन दबावों से बचने की बात की जा रही थी, वे कहीं और हों? मैं यहाँ आपकी नीयत या मंशा पर प्रश्नचिह्न नहीं लगा रहा हूँ, मैं उन प्रक्रियाओं की बात कर रहा हूँ जिन्हें आज बदलने की ज़रूरत है। या कहिए ऐसे मामलों में ज़्यादा सतर्क और चौकन्ने रहने की आवश्यकता है। किसी के साथ न्याय-अन्याय करने का किसी को कोई अधिकार नहीं है। जिसका जो हक़ है, या जो जिसके लिए योग्य एवं सुपात्र है, वह उसे मिलना चाहिए।

पुस्तक प्रकाशन सम्बन्धी विवरणिका को पुस्तक मेले के समय देने हेतु अच्छे काग़ज़ पर छपा गया। अन्य अकादमियों के विवरण-पत्र भी अच्छे काग़ज़ पर थे। यहाँ सवाल फिर वही उठता है कि जब हरियाणा साहित्य अकादमी अन्य अकादमियों के विवरण-पत्र से प्रेरणा ले अपनी विवरणिका भी महँगे काग़ज़ पर छाप सकती है, तब अन्य अकादमियाँ जो अच्छे काम करती हैं, उनसे क्यों नहीं प्रेरणा ली जाये। जहाँ विवरणिका को आकर्षक बनाने का प्रयास विक्रय से जुड़े लोगों की सलाह पर किया गया, ऐसे में यह समझना मुश्किल है कि अकादमी की पुस्तकों या पत्रिका के विक्रय में इसका आकर्षण कैसे अपनी भूमिका निभा सकता है। यहाँ मैं स्पष्ट करना चाहूँगा कि मैंने पुस्तक प्रकाशन सम्बन्धी विवरणिका के बारे में कोई बात नहीं की थी। मैंने पुरस्कार, पुस्तक प्रकाशन हेतु अनुदान सम्बन्धी सूचना-पत्र के बारे में (जो 2006-07 के सम्बन्ध में थी) कहा था।

और अन्त में—

आपने मेवाती साहित्य सम्बन्धी मेरे सुझाव को तत्काल मान उस पर तुरन्त कार्रवाई और उसे मेरे मार्ग दर्शन में आगे बढ़ाने की बात कही है। वह शत-प्रतिशत सही है और मैं इसके लिए आपका ऋणी और आभारी रहूँगा। किन्तु मेरे सुझाव और सुविधा के लिए इस सम्बन्ध में रेवाड़ी में बैठक करने की बात है, और मेरी परेशानी को देखते हुए अकादमी के खुद आने या फिर मेवात या अलवर में बैठक करने के सुझाव का प्रश्न है, वह सही नहीं है। वास्तव में अकादमी ने यह बैठक अपनी सुविधा के लिए रेवाड़ी में की थी क्योंकि उस दिन

शाम को वहाँ अकादमी का भव्य और एक विशाल कवि सम्मेलन का आयोजन किया गया था, जिसमें महामहिम राज्यपाल को आना था। उसी विराट कवि सम्मेलन में अकादमी के उपाध्यक्ष और सुप्रसिद्ध हास्य कवि श्री सुरेन्द्र शर्मा जी को एक कवि के रूप में आमन्त्रित किया गया था। अब यह बात दीगर है कि कवि के रूप में आमन्त्रित सुरेन्द्र शर्मा जी को किसी तरह का पारिश्रमिक आदि नहीं दिया गया था।

रही बात मेवाती साहित्य सम्बन्धी पुस्तक प्रकाशन की योजना की तो मेरी गरमजोशी और सुझाव के बावजूद शायद ही यह योजना सिरे चढ़े। कारण, जो मेवाती साहित्य के मर्मज्ञ इस बैठक में भाग लेने आये थे उन्होंने अकादमी की इन्हीं परम्पराओं और कार्य शैली के चलते इस योजना से अपने हाथ खींच लिए हैं। अकादमी को लेकर उनमें इसके प्रति जो छवि बनी है, उससे मुझे अपने उत्साह और गरमजोशी पर पश्चात्तताप-सा हो रहा है। दरअस्ल, इस बैठक में हिस्सा लेने वाले विद्वान केवल मेवाती साहित्य के ही मर्मज्ञ नहीं हैं अपितु साहित्य में उनका अपना स्थान है। राजस्थान साहित्य अकादमी से लेकर राजस्थानी भाषा एवं संस्कृति अकादमी की योजनाओं में इनकी महत्त्वपूर्ण भूमिका रही है।

आशा है स्वस्थ एवं सानन्द होंगे। अच्छा होगा यदि आगामी शासी परिषद की बैठक में इन मुद्दों पर गम्भीरता से चर्चा हो।

आपका,

(भगवानदास मोरवाल)

एक बात और हरियाणा सरकार के शिक्षा एवं भाषा विभाग के 22 जुलाई, 2005 की अधिसूचना के अनुसार *हरियाणा साहित्य अकादमी* की गवर्निंग बॉडी अर्थात शासी परिषद के जिन सदस्यों को मनोनीत किया गया था, उनमें *कोर्ट मार्शल* जैसे बहुचर्चित नाटक के लेखक स्वदेश दीपक का भी नाम शामिल था। लेकिन मैंने दो सालों में एक बार भी उन्हें अकादमी की किसी बैठक में नहीं देखा। उनकी मानसिक स्थिति उन दिनों बेहद ख़राब थी और जून 2006 के बाद वे अचानक कहीं ग़ायब हो गये थे, जिनका आज तक कुछ पता नहीं चला।

यह साल 2007 का शायद दूसरा ही महीना था। हरियाणा साहित्य अकादमी द्वारा पिछले सालों के दिये जाने वाले वार्षिक पुरस्कारों के लिए अकादमी के कार्यालय में एक बैठक बुलाई गयी थी। दिल्ली से मैं अकादमी के उपाध्यक्ष सुरेन्द्र शर्मा जी के साथ उनकी गाड़ी में बैठकर गया था।

सुबह साढ़े दस बजे के आसपास निदेशक के कार्यालय में बैठक शुरू हुई। इस बैठक में राज्य कवि उदयभानु हंस, वरिष्ठ कथाकार राकेश वत्स, सुरेन्द्र शर्मा और मेरे अलावा अकादमी के निदेशक के एकाध अधिकारी मौजूद थे। एक पुरस्कार के लिए हरियाणा के कथाकार, कवि और ग़ज़लगो ज्ञान प्रकाश विवेक के नाम का प्रस्ताव आया। यह प्रस्ताव शायद सुरेन्द्र शर्मा जी की ओर से आया था।

ज्ञान प्रकाश विवेक का नाम एक तरह से जब तय हो गया, तब मैंने कहा कि वैसे इस पुरस्कार के लिए ज्ञान प्रकाश विवेक से उचित नाम और कोई नहीं हो सकता, लेकिन मेरे हिसाब से उन्हें पुरस्कार नहीं देना चाहिए। उनके नाम पर हमें फिर से विचार करना चाहिए।

मेरे इतना कहते ही पूरी समिति के सारे सदस्य मेरी तरफ़ हैरानी के साथ देखने लगे।

"क्यों नहीं देना चाहिए?" सामने बैठे राकेश वत्स ने पूछा।

"इसलिए कि वे अकादमी की शासी परिषद के सदस्य हैं और शासी परिषद के एक सदस्य को पुरस्कार देना किसी भी तरह से उचित नहीं होगा।"

"लेकिन अकादमी के नियम में तो ऐसा कहीं नहीं लिखा है कि शासी परिषद के सदस्य को कोई पुरस्कार नहीं दिया जा सकता?"

"यह बात अलग है लेकिन क़ानूनन ही नहीं नैतिक दृष्टि से भी उन्हें हमें नहीं देना चाहिए।" मैंने राकेश वत्स जी के सवाल का जवाब दिया।

"ऐसा करते हैं ज्ञान से इस्तीफ़ा दिलवा देते हैं?" इस बार अकादमी के उपाध्यक्ष सुरेन्द्र शर्मा जी बोले।

"भाई साब, इस समय ऐसा करना बिल्कुल ठीक नहीं रहेगा। अगर इस्तीफ़ा ही दिलवाना था तो पहले दिलवाना चाहिए था। अब तो लोग कहेंगे कि पुरस्कार देने के लिए उनसे इस्तीफ़ा दिलवाया गया है।"

"लेकिन इसमें मुझे कोई बुराई नहीं लगती।" पहली बार राज्य कवि उदयभानु हंस ने प्रतिक्रिया दी।

"वे सारी बातें ठीक हैं लेकिन मेरे हिसाब से यह उचित नहीं है। बाक़ी आपका जो निर्णय होगा, मुझे भी मंज़ूर होगा।"

"ऐसा करते हैं बाक़ी नाम तो तय हो ही गये हैं। अब डायरेक्टर साब के पास चलते हैं। वहीं बात करते हैं।"

डायरेक्टर से राकेश वत्स जी का तात्पर्य उस समय हरियाणा सरकार के उच्च शिक्षा विभाग के निदेशक से था। दरअस्ल, अन्तिम बैठक निदेशक की

अध्यक्षता में होनी थी। अकादमी में तो इसके लिए सब इसलिए इकट्ठे हुए थे कि जो कुछ तय करना है, यहीं का लिया जाये। चयन समिति जिन नामों को अन्तिम रूप दे देगी, निदेशक को उन पर अपनी सहमति प्रदान करनी थी। वैसे भी उच्च शिक्षा विभाग के निदेशक एक प्रशासनिक अधिकारी थे, इसलिए उनकी सहमति ज़रूरी और महत्त्वपूर्ण थी। जहाँ तक मुझे याद है उस समय हरियाणा सरकार के उच्च शिक्षा विभाग के निदेशक 1986 बैच के आईएएस अधिकारी वी.एस.कुंडू थे। वी.एस.कुंडू उस समय चर्चा में आये थे जब मनोहर लाल खट्टर सरकार में भाजपा प्रदेश अध्यक्ष सुभाष बराला के बेटे को वी.एस.कुंडू की बेटी से छेड़छाड़ मामले में सलाखों के पीछे जाना पड़ा था।

पुरस्कार चयन समिति के सारे सदस्य उच्च शिक्षा विभाग के निदेशक के केबिन में पहुँच गये। सारे नामों पर चर्चा होने के बाद इस बीच मैंने धीरे-से ज्ञान प्रकाश विवेक वाली बात निदेशक के कानों तक भी पहुँचा दी। साथ में यह भी कह दिया कि इस पुरस्कार के लिए उनसे उचित लेखक कोई नहीं है। बीस-पच्चीस मिनट चली बैठक एक तरह से बेनतीजा समाप्त हो गयी। निदेशक ने सम्बन्धित फ़ाइल अपने पास रख ली। इसके बाद अच्छा-सा लंच किया गया और लंच के बाद तय हुआ कि अब वापस दिल्ली लौटा जाये।

वापस लौटते हुए चण्डीगढ़ को पार कर सुरेन्द्र शर्मा जी की कार जैसे ही अम्बाला और चण्डीगढ़ के बीच पंजाब के छोटे-से टुकड़े मनीमाजरा में प्रवेश हुई, ताक में बैठे पंजाब पुलिस के एक सिपाही ने कार रुकवाई और उसे किनारे लगाने का इशारा किया।

जिस समय सिपाही कार को रुकवाने का इशारा कर रहा था, सुरेन्द्र शर्मा जी घबराते हुए बोले, "यार मोरवाल, अब क्या होगा?"

उनके इतना कहते ही न जाने मुझे क्या सूझा कि मैं उनसे बोला, "भाई साब, आप चुपचाप गाड़ी में ही बैठे रहना। बाहर मत आना!"

कार रुकते ही मैंने झटके से कार का दरवाज़ा खोला और पहुँच गया सीधे सिपाही के पास।

"क्या हुआ...क्यों रुकवाई गाड़ी?" मैंने हिम्मत बटोरते हुए पूरे आत्मविश्वास के साथ सिपाही को डाँटा।

मेरे इस आत्मविश्वास को देख सिपाही अचकचाते हुए बोला, "स...सर गाड़ी के शीशे पर ब्लैक फ़िल्म लगी हुई है। पंजाब में यह अलाऊ नहीं है।" ड्राइवर की तरफ़ लगी छोटी-सी काली फ़िल्म की तरफ़ सिपाही ने इशारा किया।

"तुझे पता है गाड़ी में कौन बैठा है?" इस बार मैंने और अधिक आत्मविश्वास के साथ कहा।

इस बार सिपाही का जैसे फ्यूज़ उड़ गया। मैं समझ गया तीर एकदम निशाने पर लगा है।

"अन्दर सुरेन्द्र शर्मा जी बैठे हुए हैं।" इस बार मैंने जैसे बेक़ाबू होने का अभिनय किया।

इस नाम को सुन सिपाही की समझ में नहीं आया कि उसे क्या करना है? उसकी समझ में नहीं आया कि यह सुरेन्द्र शर्मा नाम की कौन-सी तोप है? बड़ी मुश्किल से सिपाही ने अपने आपको सँभाला और लगभग रिरियाते हुए बोला, "ठीक है सर। आगे से ध्यान रखना। सतश्री अकाल सर।"

"ठीक है...ठीक है!" इतना कह मैं तेज़ी से कार की ओर आया और बड़े स्टाइल के साथ झटके से दरवाज़ा खोला और ड्राइवर को निर्देश देते हुए बोला, "फटाफट गाड़ी बढ़ा। पलटकर भी नहीं देखना है पीछे!"

कार तेज़ी के साथ आगे बढ़ गयी। अन्दर बैठे सुरेन्द्र शर्मा जी की समझ में कुछ नहीं आया कि मैं करके क्या आया हूँ। कार जब सिपाही को काफ़ी पीछे छोड़ आयी, तब वे बोले, "यार तू करके क्या आया था?"

मैंने सारा क़िस्सा सुना दिया। इस पर वे बोले, "तूने तो आज मरवा देना था।"

"क्यों भाई साब?" मैंने पूछा।

"इसलिए कि अगर वह पूछ लेता कि यह सुरेन्द्र शर्मा कौन है? तब क्या करता?"

"इसीलिए तो मैं तेज़ी से उसके पास गया था। फिर उसे इससे क्या मतलब कि सुरेन्द्र शर्मा कौन है। मैंने कौन-सा उसे मौक़ा दिया यह पूछने का। वैसे सारा खेल आत्मविश्वास का था। अगर मैं थोड़ा-सा भी ढीला पड़ जाता, तो आज पक्का चालान कट जाना था।"

ड्राइवर मेरे इस आत्मविश्वास पर मन्द-मन्द मुस्कराने लगा। शर्मा जी की कार अब पूरी गति से अम्बाला की तरफ़ बढ़ी जा रही थी।

बाद में कुछ दिनों के बाद मैंने जब अकादमी के उपाध्यक्ष सुरेन्द्र शर्मा जी से पुरस्कार सम्बन्धी बैठक के बारे में पूछा, तो उन्होंने बताया कि उच्च शिक्षा विभाग के निदेशक, जिसकी अध्यक्षता में यह मीटिंग हुई थी, उसने उसे अमान्य कर दिया है। उसने फ़ाइल यह कहकर लौटा दी है कि इस मीटिंग को फिर से बुलाया जाये। यानि निदेशक की समझ में शायद ज्ञान प्रकाश विवेक वाला मामला आ गया था, इसलिए उसने पुरस्कारों के लिए पुनः बैठक बुलाने का आदेश दिया। इसके बाद न मैंने कभी अकादमी की तरफ़ झाँक कर देखा और न वहाँ से कोई बुलावा आया।

साल 2006 शुरू होते-होते रवीन्द्र कालिया का जैत्र रथ *वागर्थ* और *भारतीय भाषा परिषद्*, कोलकाता को बीच मँझधार में रोता-बिलखता छोड़, कुरुक्षेत्र से सौ मील पहले पड़नेवाले जमुना किनारे बसे पाण्डवों की राजधानी इन्द्रप्रस्थ अर्थात देश राजधानी दिल्ली की ओर रवाना हो गया। वैसे भी दिल्ली फ़तह करने की चाह हर सुलतान या पादशाह में होती है। इसलिए अपने कुछ ख़ास बेगों, अमीर-उमराव, तोपचियों और दीवानों को साथ लेकर, देहली के सफ़दरजंग मक़बरे से फर्लांगभर दूर लोदी गार्डन के ठीक सामने लोदी इंस्टिट्यूशनल एरिया और साईं मन्दिर के पिछवाड़े स्थित *भारतीय ज्ञानपीठ* में बतौर रवीन्द्र कालिया ने निदेशक के रूप में अपना पद सँभाल लिया। उसी लोदी गार्डन के ठीक सामने जिसे सोलहवीं शताब्दी में लोदी वंश के अन्तिम शासक और हसन ख़ाँ मेवाती के मौसेरे भाई इब्राहीम लोदी ने, अपने पिता सिकन्दर शाह लोदी की स्मृति में बनवाया था।

दिल्ली आने से पहले रवीन्द्र कालिया जी से मेरा कोई व्यक्तिगत परिचय नहीं था। एक लेखक से ज़्यादा एक सफल सम्पादक के रूप में मैं उन्हें इतना ही जानता था, जितना बहुत से साधारण लेखक बहुत से बड़े लेखकों को जानते हैं। मेरे साथ आज भी ऐसा ही है कि मैं हिन्दी के 'बड़े' लेखकों को व्यक्तिगत रूप से नहीं जानता हूँ। इसका एक कारण यह है कि जन सम्पर्क के मामले में मेरा हाथ बहुत तंग है। दूसरा मेरा रक़बा बिहार, उत्तर प्रदेश और मध्य प्रदेश के लेखकों की तरह बहुत छोटा है। इसलिए कोई मुझे लेखक माने उसका भला, ना माने उसका भी भला। इसके अलावा जो सबसे बड़ा कारण है वह यह कि कभी इस काम के लिए मुझे समय ही नहीं मिला।

दिल्ली आने से पहले जब रवीन्द्र कालिया *भारतीय भाषा परिषद्*, कोलकाता में *वागर्थ* के सम्पादक थे, उस दौरान ज़रूर मेरी दो कहानियाँ प्रकाशित की थीं। पहली, साल 2004 के मार्च अंक में *सूतक* और दूसरी व अन्तिम ठीक एक साल बाद 2005 के मार्च अंक में *बियाबान* कहानी। रवीन्द्र कालिया जी से कुल-जमा मेरा बस इत्ता-सा परिचय था। *बियाबान* कहानी का अंग्रेज़ी अनुवाद दो साल बाद *साहित्य अकादमी* की द्वैमासिक पत्रिका *इंडियन लिटरेचर* के मई-जून 2007 अर्थात इसके 239वें अंक में *Wilderness* शीर्षक से प्रकाशित हुआ। इस कहानी का अंग्रेज़ी में अनुवाद नयी दिल्ली स्थित *गुरु गोविन्द सिंह इन्द्रप्रस्थ विश्वविद्यालय* के वर्तमान में अंग्रेज़ी विभाग में प्रोफ़ेसर अनूप बेनीवाल ने किया था। अनुवादक ने अंग्रेज़ी में इस कहानी का अन्त थोड़ा बदल दिया था। बता दूँ समय-समय पर प्रोफ़ेसर बेनीवाल अंग्रेज़ी की पत्रिका *The Book Review* में मेरे उपन्यासों *रेत*, *नरक मसीहा* और *ख़ानज़ादा* पर भी आलोचनात्मक समीक्षा लिख चुके हैं।

वागर्थ मार्च 2005 का यह वह अंक था जिससे रवीन्द्र कालिया ने युवा प्रतिभाओं के लिए एक नया स्तम्भ शुरू किया था *उर्वर प्रदेश*। इसमें उन्होंने दावा किया था कि यह स्तम्भ उन सामर्थ्यवान युवा रचनाकारों पर केन्द्रित रहेगा; जिन्होंने पिछले कुछ वर्षों में कथा और कविता में अपनी विशिष्ट पहचान बनायी है। मुझे याद है इस स्तम्भ का श्रीगणेश कालिया जी ने उस समय के दो बेहद ऊर्जावान और समर्थ रचनाकारों से किया था। इनमें एक थे उस समय के एकदम युवा और प्रतिभाशाली कवि, मगर आज के सबसे समर्थ लेखक, राष्ट्रीय फ़िल्म पुरस्कार से सम्मानित और फ़िल्मी व शास्त्रीय नृत्य-संगीत के विशेषज्ञ के रूप में अपनी पहचान बना चुके यतीन्द्र मिश्र। मैं उन दिनों यतीन्द्र मिश्र को एक कवि के रूप में ही जानता था। लेकिन जैसा कहा जाता है कि साहित्य एक साधना है। इसमें यश और कीर्ति कुछ ही भाग्यशालियों को नसीब होती है। जिनमें साहित्य से यश और कीर्ति कमाने की लालसा नहीं होती, वही यहाँ टिक पाता है। अगर आपको ये दोनों चाहिए तो आप दूसरे रास्ते पर जाने को स्वतन्त्र हैं।

आपको याद होगा कि *उर्वर प्रदेश* स्तम्भ के माध्यम से कालिया जी ने हिन्दी कथा-साहित्य की झोली में बड़ी उम्मीदें उड़ेल दी थीं। पंकज मित्र, शशिभूषण द्विवेदी, नीलाक्षी सिंह, मोहम्मद आरिफ़, चन्दन पाण्डेय, राकेश मिश्र, कुणाल सिंह आदि ये वे नाम हैं, जिनसे हिन्दी कथा-साहित्य को मेरे समकालीन कथाकार और इन सबके गुरु अखिलेश की तरह आज भी बड़ी उम्मीदें हैं। इस स्तम्भ के अन्तर्गत युवा कवि यतीन्द्र मिश्र की *कजरी, रसोईघर, बच्चा और झुनझुना, रफ़ू, विकल्प, वह एक चीज़ जो किसी को ग़ालिब बनाती है, ग्रामोफोन का एक पुराना रिकार्ड* और *नमक* शीर्षक से आठ कविताएँ प्रकाशित हुई थीं। तब तक यतीन्द्र के तीन कविता संग्रह *यदा कदा, अयोध्या तथा अन्य कविताएँ* तथा *ड्योढ़ी पर आलाप* प्रकाशित हो चुके थे। *वागर्थ* 2005 के इस अंक के बाद यतीन्द्र की कहीं एकसाथ इतनी कविताएँ प्रकाशित हुई हों, मुझे याद नहीं।

वागर्थ में रवीन्द्र कालिया ने एक स्तम्भ शुरू किया था *फ़ोकस*। यह स्तम्भ दरअस्ल *उर्वर प्रदेश* का ज्येष्ठ भ्राता जैसा था। क्योंकि *फ़ोकस* हिन्दी के प्रौढ़ हो चुके कथाकारों पर केन्द्रित होता था। इसका प्रारूप या कहिए इन दोनों स्तम्भों का प्रारूप लगभग एक जैसा था। बस इतना अन्तर था कि *उर्वर प्रदेश* में जहाँ कहानी से पूर्व कथाकार के बारे में, एक वरिष्ठ लेखक का आधे संस्मरणात्मक और आधे परिचयात्मक क़िस्म के *तआरुफ़* के साथ, कथाकार का *बक़लम ख़ुद* शीर्षक से आत्म-कथ्य दिया जाता था; वहीं कवि की कविताओं के बारे में एक पृष्ठ की किसी समकालीन या उससे वरिष्ठ कवि की टिप्पणी होती थी।

जबकि *फ़ोकस* के अन्तर्गत कहानी के साथ कथा लेखक का कोई समकालीन संस्मरण लिखता था।

जैसाकि मैं पहले ही बता चुका हूँ कि आदरणीय रवीन्द्र कालिया जी से मेरा उस तरह का कोई व्यक्तिगत सम्बन्ध अथवा परिचय नहीं था, जैसा एक लेखक का दूसरे लेखक से होता है। दूसरे शब्दों में कहूँ तो प्याला-हम निवाला जैसा सम्बन्ध, जिसके चलते हर तरह की बौद्धिक बेईमानी की गुंजाइश रहती है। तात्पर्य यह कि अगर आपके राज्य, ज़िले या आपका कोई ख़ास परिचित किसी पुरस्कार समिति का सदस्य है, तो वह अपने ख़ास परिचित की लम्बी कहानी को उपन्यास बताकर, समीक्षात्मक लेखों के मामूली-से संकलन को आलोचनात्मक ग्रन्थ बताकर, अपने ऊपर पीएच.डी. कराने वाले साधारण से अध्यापक को विद्वान बताकर, लेखक संघों से जुड़े इवेंट क़िस्म के मैनेज़रों को लेखक बताकर और समय-समय पर कविता के नाम पर लिखे गये नारों और तुकबन्दियों के संग्रहकर्ता को कवि बताकर उसे राष्ट्रीय स्तर का पुरस्कार दिलवा सकता है। दरअस्ल, यह है वह बौद्धिक बेईमानी जो इस समय हिन्दी में बड़े सुनियोजित ढंग से पल्लवित और पुष्पित हो रही है। मैं ऐसे बौद्धिक बेईमानों को *साहित्य का अमरसिंह* कहता हूँ। हिन्दी साहित्य के ये अमरसिंह आपको दिल्ली से लेकर दूसरे राज्यों में प्रायः नज़र आ जायेंगे। इनकी पहचान करना मुश्किल नहीं है।

रवीन्द्र कालिया जी ने जब पूरे लाव-लश्कर के साथ अपने कुछ ख़ास बेगों, अमीर-उमराव, तोपचियों और दीवानों के साथ *भारतीय ज्ञानपीठ* में गद्दी सँभाल ली, तब एक दिन मेरे पास वरिष्ठ आलोचक और मित्र भारत भारद्वाज जी का फोन आया।

"मोरवाल, तुम्हारे पास कोई नयी कहानी है?" छूटते ही भारत जी ने पूछा।

"हाँ है। अभी कुछ महीने पहले लिखी है।" मैंने सबसे अन्त में और ताज़ा लिखी कहानी *मोक्ष* के बारे में बताया। यह एक लम्बी कहानी जैसी थी।

"ऐसा करो, उसे तुरन्त कालिया जी के पास भेज दो! फ़ोकस के लिए मेरी उनसे बात हो गयी है।" लगभग आदेश देते हुए भारत जी ने कहा।

दरअस्ल, मुझे भी इसकी ज़रूरत थी। इस कहानी को लिखने के बाद मेरी समझ में नहीं आ रहा था कि इसे कहाँ भेजूँ। *हंस, कथादेश, कथन* में भेजने का कोई मतलब नहीं था। यह सोचकर कि *वागर्थ* को रवीन्द्र कालिया ने आते ही एक नयी ऊँचाई दे दी है; दिनांक 31 मई, 2006 को इस छोटे-से पत्र के साथ कहानी *मोक्ष* संलग्न कर भेज दी—

आदरणीय रवीन्द्र कालिया जी,

कल रात भारत जी का फोन आया कि मैं आपको तुरन्त कहानी भेज दूँ। हालाँकि आपसे एकाध बार बात भी हुई थी परन्तु आपने ऐसा कोई ज़िक्र नहीं किया। बहरहाल...

अपनी ताज़ा कहानी 'मोक्ष' आपको प्रेषित कर रहा हूँ। उम्मीद है कहानी आपको पसन्द आयेगी।

ममता जी को मेरा प्रणाम कहिएगा।

आपका
भगवानदास मोरवाल

कहानी भेजने के कुछ दिन बाद मैंने कालिया जी से फोन पर बात की, तो उन्होंने कहा कि मैं अपने कुछ चित्र और एक छोटी-सी बातचीत उन्हें भिजवा दूँ। साथ में *फ़ोकस* के लिए एक परिचयात्मक लेख के बारे में कहा, तो मैंने उन्हें कवि लीलाधर मण्डलोई का नाम सुझाया। इस पर वे बोले कि मैं मण्डलोई जी से बात कर लूँगा। इस बीच मैंने जवाहरलाल नेहरू विश्वविद्यालय के शोध छात्र प्रमोद तिवारी से, जो इन दिनों *गुजरात केन्द्रीय विश्वविद्यालय*, गाँधीनगर में अध्यापन कर रहे हैं, कहकर आठ प्रश्नों की एक छोटी-सी बातचीत तैयार करा दी।

इस तरह सारी सामग्री 21 अगस्त, 2006 के इस पत्र के साथ डाक से उन्हें भेज दी।

आदरणीय रवीन्द्र जी,
सादर नमस्कार,

जैसाकि आपने आदेश दिया था 'फ़ोकस' के अन्तर्गत कुछ चित्रों सहित एक छोटी-सी बातचीत, जिसे जवाहरलाल नेहरू विश्वविद्यालय के पीएच.डी. के शोधछात्र श्री प्रमोद तिवारी, जो स्वयं एक चर्चित हस्ताक्षर हैं, द्वारा लिया गया है, भेज रहा हूँ।

श्री कृष्णमोहन को मैंने कहानी तथा कुछ अन्य सामग्री भिजवा दी है, जो उन्हें मिल चुकी होगी। परिचयात्मक लेख जोकि श्री लीलाधर मण्डलोई द्वारा लिखा जाना है, उनसे आपकी बात हो चुकी होगी।

मेरी तरफ़ से काम तमाम हो चुका है, अब यह श्री मण्डलोई के परिचयात्मक लेख पर निर्भर करता है कि वे आपके पास कब तक भिजवाते हैं (?)।

ममता जी को मेरा नमस्कार कहना।

आपका,
भगवानदास मोरवाल

अब मैं पूरी तरह निश्चिन्त हो गया कि भारत भारद्वाज की सिफ़ारिश या कहिए उनकी मित्रता काम कर गयी है। उन दिनों मैं यह कल्पना कर फूल कर कुप्पा हुआ रहता था कि जिस दिन *नया ज्ञानोदय* में मुझ पर केन्द्रित *फ़ोकस* प्रकाशित होकर आयेगा, दिल्ली ही नहीं लखनऊ, कानपुर, कलकत्ता, बनारस, इलाहाबाद, भोपाल के साहित्यिक गलियारों में भूचाल खड़ा हो जायेगा। यही सोच-सोचकर मैं बौराया हुआ घूमता रहता था। दो उपन्यासों *काला पहाड़* और *बाबल तेरा देस में* ने मेरे छोटे-से क़द को आदमक़द में बदल दिया था, *फ़ोकस* में छपते ही अब वह विशाल प्रतिमा में बदल जायेगा।

इस बीच एक बार अलवर से वरिष्ठ आलोचक डॉ. शंभु गुप्त दिल्ली आये हुए थे। वे बोले कि यार, कालिया जी भारतीय ज्ञानपीठ में आ गये हैं, उनसे मिलने चलना है। चूँकि मैं भी उनके दिल्ली आने के बाद उनसे एक बार भी नहीं मिला था, इसलिए सोचा इस बहाने मिलना हो जायेगा। यही सोचकर मैं डॉ. शंभु गुप्त के साथ भारतीय ज्ञानपीठ चला गया। वैसे मुझे अब तक उनसे कई बार मिल लेना चाहिए था क्योंकि *नया ज्ञानोदय* में फ़ोकस के माध्यम से वे मुझे बड़ा 'ब्रेक' जो देने जा रहे थे।

मैं और डॉ. शंभु गुप्त ज्ञानपीठ गये और कालिया जी से मिले। बाद में बाहर *इंडिया हेबिटेट सेंटर* के बाहर तक कालिया जी हम दोनों को छोड़ने भी आये। मगर बाद में मुझे पता चला कि इन दोनों के बीच कोई पुरानी अदावत-सी है। शायद रवीन्द्र कालिया की नाराज़गी का कारण यह था कि डॉ. शंभु गुप्त ने उनकी कहानियों पर कभी नहीं लिखा। खैर, मुझे क्या।

मगर नवम्बर 2006 के मध्य में *नया ज्ञानोदय* की ओर से डाक द्वारा एक मोटा-सा ए फोर साइज़ का भारी-भरकम लिफ़ाफ़ा मिला। मैंने लिफ़ाफ़े के वज़न से ही भाँप लिया कि इसके अन्दर क्या होगा? मारे रोमांच और जिज्ञासा के मेरा धैर्य विद्रोह पर उतर आया। काँपते हाथों से मैंने लिफ़ाफ़े को जैसे ही खोला, तो खुलते ही एकसाथ कुछ फोटो फ़र्श पर आकर गिरे। फ़र्श पर पड़ी अपनी ही तस्वीरों को देख मेरी कुछ समझ में नहीं आया। मैंने झट से लिफ़ाफ़े को पूरा उलट दिया, तो एक-एक कर सारी सामग्री बाहर आ गयी। कुछ दिन पहले मैं यह कल्पना कर फूल कर कुप्पा हुआ रहता था कि जिस दिन *नया ज्ञानोदय* में मुझ पर केन्द्रित *फ़ोकस* प्रकाशित होकर आयेगा, उस दिन दिल्ली ही नहीं दूसरे

शहरों के साहित्यिक गलियारों में भूचाल खड़ा हो जायेगा; मेरी यह कल्पना मेरी आँखों के सामने भरभरा कर कच्ची माटी की दीवार-सी ढह गयी।

मेरी आँखों के सामने पड़े फोटो, जेएनयू के पीएच.डी. शोधछात्र प्रमोद तिवारी का लिया साक्षात्कार और उन पत्रों के साथ कहानी *मोक्ष* के लाल पेन से लगे प्रूफ़ के दो पुलिन्दे जैसे मेरा मखौल उड़ा रहे थे कि लो, और खड़ा करवा लो दिल्ली, लखनऊ, कानपुर, कलकत्ता, बनारस, इलाहाबाद, भोपाल आदि के साहित्यिक गलियारों में भूचाल। सारा माजरा मेरी समझ में आ चुका था कि जिस फूहड़ता और अभद्रता के साथ *नया ज्ञानोदय* के दिसम्बर 2006 के अंक में शेड्यूल्ड कहानी का 24 अक्टूबर, 2006 को पढ़ा गया 12 पृष्ठ का पहला प्रूफ़ और 9 पृष्ठों का फाइनल प्रूफ़ तथा दूसरी सामग्री अपमानजनक ढंग से लौटायी गयी है, उसका क्या अर्थ हो सकता है। पहला प्रूफ़ पढ़ने के दौरान 12 पृष्ठ की कम्पोज्ड कहानी को जिस तरह बुरी तरह काट-पीटकर 9 पृष्ठों का किया गया था, उसी से प्रूफ़ पढ़नेवाले की नीयत और मंशा का पता चलता है। लेकिन दूसरे या अन्तिम प्रूफ़ के बाद जिस तरह *एक पता और होगा* जैसा निर्देश दिया गया था, उससे स्पष्ट है कि सब ठीकठाक चल रहा था। सिर्फ़ मूल कहानी वापस करने के बजाय जिस तरह चिट्ठियों के साथ फोटो, साक्षात्कार और दोनों प्रूफ़ भेजे गये थे, उन्हें देखकर इसका अनुमान लगाना मुश्किल नहीं है कि अन्तिम समय में कोई बड़ी साज़िश रची गयी होगी। यह एक सम्पादक का अधिकार है कि वह किसकी अथवा किस रचना को अपनी पत्रिका में छापे। अस्वीकृति की स्थिति में सम्पादक अपनी इस छोटी-सी टिप्पणी के साथ भी कहानी लौटा सकता था कि हम आपकी कहानी प्रकाशित नहीं कर पायेंगे। ऐसा होता भी है। लेकिन आपने कभी किसी सम्पादक द्वारा किसी रचना की स्वीकृति की स्थिति में वे पत्र जो आप शिष्टाचारवश सम्पादक को लिखते हैं, उन्हें लौटाते हुए देखा है? किसी सम्पादक द्वारा किसी रचना के पढ़े गये दो-दो प्रूफ़ लेखक को वापस करते हुए देखा या सुना है?

बाद में मुझे पता चला कि रवीन्द्र कालिया ने एक दिन कलकत्ता से साथ लाये अपने वारिस को अपने कमरे में बुलाया और उसे कहानी देते हुए बोले, "यार, इस महान कहानीकार की कहानी को पढ़कर मुझे इसके बारे में टिप्पणी लिखकर दो!"

जिस कुटिल अन्दाज़ में यह आदेश या कहिए निर्देश दिया गया था, कालिया जी के वारिस के लिए इतना ही इशारा काफ़ी था। इसलिए वही होना था जैसा कालिया जी ने इशारा किया था अर्थात उनके उस वारिस ने इस टिप्पणी

के साथ, दो बार रीडिंग की हुई कहानी अपने सम्पादक के सामने रख दी कि यह कहानी प्रकाशन योग्य नहीं है।

अब आप सोच रहे होंगे कि जब यह कहानी *मील का पत्थर* (यह वह स्तम्भ था जो *वागर्थ* के *फ़ोकस* की तर्ज़ पर *नया ज्ञानोदय* में शुरू किया गया था) के लायक नहीं थी, तब इसे कम्पोज़ क्यों कराया गया था? अगर कम्पोज़ हो भी गयी थी तो इसकी दो प्रूफ़ रीडिंग क्यों कराई गयी थी? चलिए, प्रूफ़ रीडिंग हो गयी थी, तब इसे अन्य सामग्री के साथ लेखक को क्यों भेजा गया था? प्रश्न यह है कि सालों सम्पादक के पद की शोभा बढ़ाने वाले स्वर्गीय रवीन्द्र कालिया जी को एक सम्पादक के क्या दायित्व होते हैं? इस पद की क्या गरिमा होती है, इसका भान नहीं था? सम्पादक होने के साथ-साथ वे एक लेखक भी थे, तब क्या उन्हें एक लेखक के सम्मान और उसकी गरिमा का ज्ञान नहीं था? अगर ज्ञान था तब ऐसा उन्होंने जान-बूझकर किया था? या फिर क्या किसी सम्पादक ने उनके साथ अतीत में ऐसी हरकत कर उनका अपमान किया था, जिसे वे सम्पादक रहते हुए बदले की भावना के रूप में इस अशिष्टता का इस्तेमाल करते थे? भले ही यह सोचने की बात है लेकिन उनके इस व्यवहार पर सवाल तो उठता ही है।

मगर सच्चाई यह है कि रवीन्द्र कालिया को अपने लेखकों को इस तरह अपमानित करने में अपार ख़ुशी और आनन्द की प्राप्ति होती थी। क्योंकि ऐसी ही हरकत वे एक बार कथाकार प्रियंवद के साथ भी कर चुके थे। हुआ यह कि प्रियंवद से उन्होंने इस स्तम्भ के लिए पहले कहानी मँगा ली। जब कहानी आ गयी, तब उनसे यह कहलवाया गया कि वे जो एक इतिहास-सम्बन्धी काम कर रहे हैं, उसका एक अंश भेज दें। पहले मैं *नया ज्ञानोदय* में उसे छापना चाहूँगा। भले आदमी प्रियंवद, वह भी *अहिंसा परमो धर्मः* जैसे सिद्धान्त पर यक़ीन करनेवाला जैन, जो इसलिए नंगे पाँव चलता है कि उससे कहीं कोई जीव हत्या न हो जाये, उसने एक अंश भेज दिया। मगर उस लेख के साथ रवीन्द्र कालिया ने क्या शरारत की, आप उसे *नया ज्ञानोदय* के किसी पुराने अंक में देख सकते हैं। किया यह कि लेख में जितने भी सन्दर्भ और उद्धरण थे उन्हें बोल्ड करवा दिया। इन्हें बोल्ड करने से हुआ यह कि लेख में जो लेखकीय नेरेशन था, वह गौण हो गया और सन्दर्भ तथा उद्धरण प्रमुख हो गये और वे दूर से दिखाई देने लगे। अब आप सोचेंगे कि इसमें शरारत जैसी क्या बात हुई? दरअस्ल, वे ऐसा करके पाठकों को यह सन्देश देना चाहते थे कि देखो लेखक के पास 'अपना' कुछ नहीं है। सब दूसरी जगह से उठाया गया।

इसी तरह भगवत रावत जैसे वरिष्ठ कवि के साथ भी ये अभद्रता कर चुके थे। मुझे तो कालिया जी ने कम-से-कम चिट्ठियाँ लौटा तो दीं परन्तु भगवत रावत जी की कविताओं के साथ उनकी वह चिट्ठी भी प्रकाशित करवा दी, जो उन्होंने कविताओं के साथ, मेरी तरह सम्पादक के नाम लिखी थी। क्या आप सोच सकते हैं कि ऐसी अशिष्टता कोई संवेदनशील सम्पादक और लेखक, अपने लेखकों के साथ करता है? मेरा मानना है कि ऐसा कृत्य कोई सामान्य व्यक्ति तो कम-से-कम कर नहीं सकता।

ख़ैर, कुछ दिन बाद मैं सफ़दरजंग मक़बरे से फर्लांगभर दूर लोदी गार्डन के ठीक सामने लोदी इंस्टिट्यूशनल एरिया और साईं मन्दिर के पिछवाड़े स्थित *भारतीय ज्ञानपीठ* के कार्यालय गया। उसी लोदी गार्डन के ठीक सामने जिसे सोलहवीं शताब्दी में लोदी वंश के अन्तिम शासक और हसन ख़ाँ मेवाती के मौसेरे भाई इब्राहीम लोदी ने अपने पिता सिकंदर शाह लोदी की याद में बनवाया था। दुआ-सलाम के बाद मैंने कालिया जी से सीधे ही पूछ लिया, "कालिया जी, आपके यहाँ अगर किसी लेखक की रचना अस्वीकृत हो जाती है, तो क्या मूल रचना लौटाने के बजाय लेखक को कम्पोज़ की हुई सामग्री और वे चिट्ठियाँ भी वापस लौटायी जाती हैं जिन्हें लेखक सम्पादक को लिखता है?"

"क्या हुआ मोरवाल जी?" कालिया जी ने अनजान बनते हुए हैरानी के साथ मुस्कराते हुए पूछा।

मैंने उन्हें सारा वाक़या बता दिया कि आपके यहाँ से किस तरह की बदतमीज़ी की गयी है। कालिया जी ने उसी समय घंटी बजाई और जैसे ही चपरासी अन्दर आया, उसको निर्देश देते हुए बोले, "जरा कुणाल को बुलाना!"

कुछ ही देर बाद एक पच्चीस-छब्बीस वर्षीय युवक उनके कमरे में आ गया। मैंने कृष्ण के जैत्र रथ के सारथी और कालिया जी के असली वारिस को ऊपर से नीचे तक देखा। उसके आते ही कालिया जी ने उससे पूछा, "कुणाल, मोरवाल जी क्या कह रहे हैं?"

जिस तरह कालिया जी के इस सवाल का उस युवक से कोई उत्तर देते नहीं बना। मैं समझ गया पटकथा बड़ी चालाकी और सफ़ाई से लेखी गयी है। वास्तव में अपने कृत्य को वे अपने इस सहायक कुणाल सिंह के सर थोपकर गंगा नहाने की फ़िराक़ में थे।

"अगर मैं उस सामग्री को बाहर लोगों को दिखा दूँ तो लोग क्या कहेंगे? किसी रचना को लौटाने का यह क्या तरीक़ा है?"

लेकिन रवीन्द्र कालिया जी चुपचाप मेरी बात सुनते रहे। मैं जानता था कि वे अपने इस कृत्य पर चुप रहेंगे। मैंने जब कई बार यह बात दोहराई तो एक बार वे जैसे हत्थे से उखड़ते-उखड़ते रह गये। अधिकतर हिन्दी जगत कालिया जी के बारे में जानते हैं कि किस तरह उन्होंने ज्ञानपीठ की गरिमा के विरुद्ध जाकर अपने इस वारिस के एक अधूरे उपन्यास *आदिग्राम उपाख्यान* को *ज्ञानपीठ नवलेखन पुरस्कार* से नवाज़ा था। आपने हिन्दी साहित्य के इतिहास में ऐसा कभी देखा या सुना है कि किसी संस्था का मुखिया अपने चहेते मातहत को सारी नैतिकताओं को धता बताते हुए अपनी संस्था से पुरस्कार/सम्मान दिलवा दे? लेकिन रवीन्द्र कालिया *भारतीय ज्ञानपीठ* में ही नहीं, इससे पहले *भारतीय भाषा परिषद्*, कोलकाता में भी ऐसा कर चुके हैं और अपने इस वारिस को *भारतीय भाषा परिषद् युवा पुरस्कार* दिलवा चुके थे। यह बात अलग है कि रवीन्द्र कालिया के इसी वारिस ने उनके अन्तिम दिनों में अच्छी आरती उतारी थी। बुरा मत मानना मित्रो, लेकिन बहुत कड़वी बात कह रहा हूँ कि जिस तरह की बौद्धिक बेईमानियाँ हमारे इस दौर में पनप चुकी हैं, वे आज ऐसी नागफनियों की शक्ल ले चुकी हैं कि जितना जड़ से उखाड़कर इन्हें समूल नष्ट करने की कोशिश की जाती है, ये फिर से उग आती हैं। यह हक़ीक़त है कि जैसा हम बोएँगे, उसे काटना भी हमको ही पड़ेगा।

रवीन्द्र कालिया जी के *भारतीय ज्ञानपीठ* में निदेशक का पद सँभालने के एकाध महीने बाद, पहले सुशील सिद्धार्थ और लगभग महीनेभर बाद कवि कुमार अनुपम की प्रकाशन अधिकारी के पद पर नियुक्ति हो गयी थी। ये वे दिन थे जब मेरा तीसरा उपन्यास *रेत* आ चुका था और मैं अब अपने अगले उपन्यास की तैयारी में इधर-उधर भटक रहा था। सुशील सिद्धार्थ के ज्ञानपीठ में आने के बाद मैं एक बार ज्ञानपीठ के इलाक़े में गया तो उनसे भी मिलने चला गया। यहीं उस दिन मेरी पहली मुलाक़ात एक शर्मीले से युवक और कवि कुमार अनुपम से हुई थी। सुशील सिद्धार्थ ने हम दोनों का एक-दूसरे से परिचय कराया।

मेरे हाथ में पोलिथिन के एक लिफ़ाफ़े को देख सुशील मुस्कराते हुए बोले, "और गुरु क्या चल रहा है...और हाथ में यह क्या है?" इससे पहले कि मैं कोई जवाब देता, सुशील सिद्धार्थ ने मेरे हाथ से पोलिथिन ले ली और उसमें रखी छोटी-छोटी पुस्तिकाओं को निकालकर देखने लगा।

"ये क्या हैं?" एक महीन मुस्कान फेंकते हुए मुझसे पूछा।

"इधर आपके बग़ल में साईं मन्दिर आया था, तो बाहर बिक रही इन पुस्तिकाओं को ले आया।" मैं सुशील सिद्धार्थ को टालते हुए बोला।

“वह तो ठीक है लेकिन आपका इस साईं बाबा, इन श्री साईं चालीसा, श्री साईं गीता सार, श्री साईं रक्षा मन्त्र, श्री साईं लक्ष्मी प्राप्ति मन्त्र और इस श्री साईं मन्त्रमाला से क्या लेना-देना?”

“बस ऐसे ही ले आया।” मैंने उत्तर दिया।

“गुरु इतने भले आदमी तो तुम हो नहीं। ज़रूर कुछ योजना बन रही है?”

“हाँ, कुछ ऐसा ही समझ लो।”

सुशील सिद्धार्थ ने जिस तरह कुरेदते हुए पूछा मैंने स्वीकृति में सिर हिलाते हुए कह दिया। मैं देख रहा था कि कुमार अनुपम मन्द-मन्द मुस्कारते हुए हमारी बातों का आनन्द ले रहा है।

इसके कई साल बाद जब वे *किताबघर प्रकाशन* आ गये थे, तो मैं 2014 के दिसम्बर महीने की 5 तारीख़ को *राजकमल प्रकाशन* से अपने चौथे और नये-नये आये उपन्यास की कुछ प्रतियाँ लेकर लौट रहा था। लौटते समय रास्ते में पड़नेवाले किताबघर की तरफ़ मुड़ गया।

मैंने उन्हें अपना नया उपन्यास दिया तो देखते ही बोले, “नरक मसीहा, क्या शीर्षक दिया है!” इसके बाद वे उपन्यास के पृष्ठ पलटने लगे कि अचानक उनकी नज़र श्री साईं चालीसा, साईं गीता सार और दूसरे पदों पर जा अटकी। उन्हें पढ़ते हुए अपनी व्यंग्यात्मक शैली का इस्तेमाल कर बड़ी गम्भीरता के साथ बोले, “यार, यह तो साईं से सम्बन्धित वही सामग्री नहीं है जिसे तुम एक बार ज्ञानपीठ के बग़ल में बने साईं मन्दिर के बाहर से ख़रीद कर लाये थे?”

इस बीच किताब घर से हम दोनों बाहर निकल आये। सुशील सिद्धार्थ की याददाश्त का मैं कायल होकर रह गया।

इसके बाद सुशील ने किताब बन्द की और यह कहकर जाने लगे, “ज़रूर पढ़ूँगा। पढ़कर बताऊँगा।”

मैंने उन्हें रोकते हुए कहा, “गुरु, इसके साथ एक फोटो तो हो जाये ताकि सनद रहे कि मैंने आपको उपन्यास दिया है।”

“हाँ-हाँ क्यों नहीं।”

इसके बाद हमने एक राहगीर की मदद से कुछ फोटो खिंचवा लिए। इनमें से दो तस्वीरें स्मृति स्वरूप आज भी 5 दिसम्बर, 2014 की मेरी फेसबुक वाल पर मौजूद हैं। सुशील सिद्धार्थ ने कहीं *नरक मसीहा* पर तो नहीं, मेरे तीसरे उपन्यास *रेत* पर *जनसत्ता* के 8 जून, 2008 (रविवार) के अंक में *ज़मीन की तलाश* शीर्षक से एक बड़ी समीक्षा लिखी थी। इस समीक्षा के शुरुआती और अन्त के इन

वाक्यांशों को पढ़कर आप सुशील सिद्धार्थ की आलोचकीय विवेक और उस दृष्टि का अनुमान लगा सकते हैं, जो तेज़ी से आज विलुप्त होती जा रही है–

'काला पहाड़' और 'बाबल तेरा देस में' के बाद भगवानदास मोरवाल का तीसरा उपन्यास है 'रेत'। हर जागरूक लेखक से कुछ पाठकीय अपेक्षाएँ जुड़ जाती हैं। मोरवाल के साथ जुड़ गयी अपेक्षाएँ हैं-अलक्षित, उपेक्षित जनजीवन को केन्द्रीयता प्रदान करना, लेखन के लिए अनुसन्धान से तथ्य जुटाना, यथार्थ को समाजशास्त्रीय समझ के साथ विश्लेषित करना, आजमाई हुई सफल शैलियों पर भरोसा करना और सहज भाषा में क़िस्सागोई का एक उम्दा रूप हासिल करना। 'रेत' में मोरवाल इन अपेक्षाओं पर खरे उतरे हैं। यह उपन्यास अपने लोक-विश्वासों और लोकाचारों की धुरी पर अपनी अस्मिता और अपने अस्तित्व के लिए संघर्ष करती एक विमुक्त जनजाति कंजर की गाथा कहता है।

सधी भाषा और सुगठित शिल्प के कारण 'रेत' को एक चमक प्राप्त हुई है। समग्रतः कंजर जनजाति और विशेषकर उसकी स्त्रियों पर केन्द्रित होने के बाद भी 'रेत' एक व्यापक प्रश्न-प्रान्तर तक पहुँचाता है। विसंगतियों और विडम्बनाओं की रेत में ज़िन्दगी की ज़मीन तलाशता यह उपन्यास भगवानदास मोरवाल की लेखकीय क्षमताओं के प्रमाण भी प्रस्तुत करता है।

इसके बाद हम तीनों ज्ञानपीठ के कार्यालय से निकल बाहर चाय पीने आये, तो मैंने बातों-बातों में सुशील सिद्धार्थ से ऐसे ही कह दिया, "सुशील जी, आप यहाँ आ तो गये हो पर मैं आपको एक सलाह देना चाहूँगा।"

"हाँ यार दो न!" सुशील ने तपाक से कहा।

"देखो ज्ञानपीठ में जब तक काम करो, अपने भीतर के लेखक को घर रखकर आया करो। यहाँ नौकरी को नौकरी की तरह करना। अपने लेखकपने को बाहर मत आने देना। आप भले ही कितने प्रतिभाशाली लेखक होंगे लेकिन बॉस, बॉस ही होता है। मैं यह सब भुगत चुका हूँ इसलिए कह रहा हूँ।"

"मोरवाल जी, आप कह तो सही रहे हैं।" सुशील सिद्धार्थ ने सहमत होते हुए कहा।

"आप अगर अकेले होते तो कोई बात नहीं थी लेकिन लखनऊ से साढ़े पाँच सौ किलोमीटर दूर अपने घर-परिवार को छोड़कर आये हो। थोड़ा सँभलकर चलना। कालिया जी का कुछ नहीं बिगड़ेगा। उन्हें एक नहीं कई सुशील सिद्धार्थ मिल जायेंगे लेकिन कुछ हो गया, तो आप सड़क पर आ जायेंगे। यहाँ आप सबसे सॉफ्ट टार्गेट हैं।"

सुशील सिद्धार्थ ही नहीं, कुमार अनुपम भी मेरी बात से पूरी तरह सहमत था। मैंने उन दोनों अपने केन्द्रीय समाज कल्याण बोर्ड वाले अनुभवों के आधार पर यह सब कहा था। क्योंकि सरकारी संस्थान के बजाय मैं भी उस समय *भारतीय ज्ञानपीठ* जैसी किसी बनिए की दुकान पर होता, तो मेरा कब का बोरिया-बिस्तर बँध चुका होता।

मगर जिसका मुझे अन्देशा था वही हो गया और उसका निमित्त बना *नया ज्ञानोदय* का (अगस्त 2010) महा बेवफ़ाई विशेषांक। हम सब जानते हैं कि इस विशेषांक में उन दिनों महात्मा गाँधी अन्तरराष्ट्रीय हिन्दी विश्वविद्यालय, वर्धा के कुलपति, पूर्व आईपीएस अधिकारी और *वर्तमान साहित्य* के पूर्व सम्पादक विभूति नारायण राय का एक साक्षात्कार प्रकाशित हुआ था। इस साक्षात्कार में पूर्व कुलपति ने कहा था कि *हिन्दी लेखिकाओं में एक वर्ग ऐसा है जो अपने आपको बड़ा 'छिनाल' साबित करने में लगा हुआ है। लेखिकाओं में यह साबित करने की होड़ लगी हुई है कि उनसे बड़ी कोई छिनाल नहीं है।* इसी बातचीत में उन्होंने यह भी कहा था कि *नारीवाद का विमर्श अब बेवफ़ाई के बड़े महोत्सव में बदल गया है।* वे यहीं नहीं रुके बल्कि एक वरिष्ठ लेखिका की आत्मकथा का हवाला देते हुए बोले *उस पुस्तक का शीर्षक हो सकता था 'कितने बिस्तरों में कितनी बार'*।

इसके बाद क्या हुआ था यहाँ दोहराने की ज़रूरत नहीं है। कृष्णा सोबती जी ने राय साहब के इस कथन की यह कहते हुए आलोचना की थी कि *अगर उन्होंने ऐसा कहा है तो यह न केवल महिलाओं का अपमान है बल्कि हमारे संविधान का भी उल्लंघन है। सरकार को उन्हें तत्काल बर्ख़ास्त करना चाहिए।* जबकि वरिष्ठ लेखिका मन्नू भंडारी ने कहा कि *वह अपना मानसिक सन्तुलन खो बैठे हैं। एक पूर्व आईपीएस अधिकारी एक सिपाही की तरह व्यवहार कर रहा है। हम महिला लेखकों को नारायण जैसे लोगों से प्रमाण-पत्र लेने की ज़रूरत नहीं है।*

इतना ही नहीं *भारतीय ज्ञानपीठ* के कार्यालय पर लेखक-लेखिकाओं द्वारा धरना-प्रदर्शन भी किया गया था। मामले ने जब अच्छा-ख़ासा तूल पकड़ लिया तो यह बात उस समय के मानव संसाधन विकास मन्त्री और पेशे से वकील कपिल सिब्बल के पास भी गयी। सुनते हैं एक वकील होने के नाते मानव संसाधन विकास मन्त्री ने राय साहब को सलाह दी कि बिना किसी हील-हुज्जत के माफ़ी माँग लो वरना मेरे ऊपर जिस तरह के दबाव पड़ रहे हैं, उनके चलते आपसे मुझे कुलपति के पद से इस्तीफ़ा भी माँगना पड़ सकता है।

हारकर महात्मा गाँधी अन्तरराष्ट्रीय हिन्दी विश्वविद्यालय के कुलपति वी.एन. राय को माफ़ी माँगनी पड़ी। तब जाकर मामला शान्त हुआ।

हालाँकि इस इंटरव्यू के छपने से पहले इसकी चर्चा दिल्ली के साहित्यिक गलियारों में शुरू हो गयी थी कि *नया ज्ञानोदय* में कोई विवादास्पद और सनसनीखेज सामग्री प्रकाशित होने जा रही है।

लेकिन मेरा सवाल यहाँ दूसरा है कि क्या रवीन्द्र कालिया ने अपनी चंचल प्रवृत्ति के चलते ऐसा इंटरव्यू जान-बूझकर कराया था? क्या इसके बहाने वे हिन्दी साहित्य को गटर का साहित्य बनाना चाहते थे? क्या वे इस विवादित अंश को हटा नहीं सकते थे? बिल्कुल हटा सकते थे। इसका प्रमाण है प्रियदर्शन मालवीय के साथ रवीन्द्र कालिया के दफ़्तर में हुई वह बातचीत जब कालिया जी प्रियदर्शन मालवीय को चटखारे ले-लेकर इस इंटरव्यू को पढ़वाते हैं, उन्हें वही अंश पढ़ने के लिए उकसाते हैं। प्रियदर्शन मालवीय उन अंशों को पढ़ने के बाद कालिया जी को सुझाव देते हैं कि इन अंशों को हटा देना उचित होगा। मगर अपनी प्रवृत्ति से लाचार कालिया जी बड़ी लापरवाही के साथ उनसे कहते हैं कि यार कुछ चटपटा भी जाना चाहिए। क्योंकि वे जानते थे कि इस पर हल्ला मचेगा और हल्ला मचेगा तो इसके ज़िम्मेदार वे नहीं, महात्मा गाँधी अन्तरराष्ट्रीय हिन्दी विश्वविद्यालय के कुलपति वी.एन. राय होंगे, क्योंकि हर सम्पादक अपना पीछा पत्रिका में इन पंक्तियों को छापकर छुड़ा लेता है—*सम्बन्धित लेखकों द्वारा पत्रिका में प्रकाशित विचारों से पत्रिका और सम्पादक की सहमति अनिवार्य नहीं है।* परन्तु रवीन्द्र कालिया जी भूल गये थे कि उन जैसों के लिए ही शायर राहत इन्दौरी ने कहा है—

लगेगी आग तो आयेंगे घर कई ज़द में
यहाँ पे सिर्फ़ हमारा मकान थोड़ी है।

बहरहाल, इसकी जब *भारतीय ज्ञानपीठ* में खोजबीन शुरू हुई, तो पता चला कि इस बातचीत को बाहर सुशील सिद्धार्थ के मेल आईडी से भेजा गया था। जिसे यह भेजा गया था वे थे प्रभात रंजन। पत्रिका में प्रकाशित होने से पहले इसे प्रभात रंजन ने ही सार्वजनिक किया था। सुशील सिद्धार्थ को उनके इस कृत्य की क्या सज़ा मिलनी चाहिए थी बताने की आवश्यकता नहीं है। उन्हें उसी समय *भारतीय ज्ञानपीठ* से निकाल दिया गया था। लेकिन सुशील सिद्धार्थ ने ऐसा क्यों किया? अगर इसे जानना है तो प्रभात रंजन के इन शब्दों से इसे समझा जा सकता है कि *साक्षात्कार में इस्तेमाल हुए छिनाल शब्द को लेकर सुशील भाई*

इतने व्यथित हुए कि उन्होंने पत्रिका के प्रकाशन की प्रक्रिया के दौरान ही उसे मुझे मेल कर दिया था। उसके बाद मैंने उसको सार्वजनिक कर दिया और हमने छिनाल प्रकरण के ख़िलाफ़ ऐतिहासिक लड़ाई लड़ी।

भारतीय ज्ञानपीठ से निकाले जाने के बाद सुशील सिद्धार्थ काफ़ी दिनों तक *सामयिक प्रकाशन* के लिए काम करते रहे। बाद में वे *राजकमल प्रकाशन* में चले गये थे। मगर यहाँ आने के बाद उन पर यह आरोप लगने लगा कि नौकरी वे राजकमल प्रकाशन की करते थे, किन्तु वहाँ रहते हुए काम सामयिक प्रकाशन के लिए करते थे। इस आरोप के बाद सुशील सिद्धार्थ को राजकमल प्रकाशन से भी जाना पड़ा और इसके उपरान्त वे किताबघर प्रकाशन में आ गये थे। हम सब जानते हैं कि 2018 के मार्च महीने में अपनी असामयिक मृत्यु तक वे इसी प्रकाशन से जुड़े रहे थे।

कहते हैं कि एक-दो उपन्यास तो हर व्यक्ति के जीवन में होते हैं। शायद इस धारणा के पीछे कारण यह रहा होगा कि मनुष्य के पास दो उपन्यासों के अनुभव कहिए या स्मृतियाँ होती हैं। पता तो तब चलता है जब वह इसके आगे की यात्रा तय करता है। यहाँ मेरे लिए बहुत बड़ी चुनौती थी। मेरे पहले दो उपन्यासों की पृष्ठभूमि मेवात है। इनके बाद बहुत से मित्रों ने यह कहना शुरू कर दिया कि अब थोड़ा मेवात से भी बाहर निकलिए। दूसरे शब्दों में कहूँ तो ऐसा कहकर शायद वे मेरी उपन्यास-लेखन की क्षमताओं की थाह लेना चाहते थे। अपने अनुभव क्षेत्र से निकलना किसी भी लेखक के लिए बहुत बड़ी चुनौती होती है। मेरे सामने भी यह चुनौती खड़ी थी कि अपने अनुभव क्षेत्र अर्थात अब मेवात से बाहर निकलकर क्या लिखूँ?

उन्हीं दिनों साल 2006 में मुझे अपने कार्यालय केन्द्रीय समाज कल्याण बोर्ड के छोटे-से पुस्तकालय में एक पुस्तक दिखाई दी। यह पुस्तक थी श्री प्रकाश नारायण सक्सेना की *संयुक्त प्रान्त की अपराधी जातियाँ*। यू.पी. डिसचार्ज्ड प्रिजिनर्स एंड सोसाइटी, पुराना डाकखाना, लखनऊ द्वारा प्रकाशित यह पुस्तक दरअस्ल, इस सोसाइटी के भूतपूर्व अध्यक्ष और *यू.पी. पब्लिक सर्विस कमीशन* के पूर्व चैयरमैन गोपीनाथ श्रीवास्तव की एक रिपोर्ट पर आधारित थी। पण्डित मदनमोहन शुक्ल 'मदनेश', साहित्य मन्दिर प्रेस लिमिटेड, लखनऊ द्वारा मुद्रित और जनवरी 1949 में प्रकाशित इस पुस्तक की क़ीमत थी तीन आना।

माननीय प्रधानमन्त्री यू.पी. के सभासचिव श्री गोविन्दसहाय ने इस पुस्तक की भूमिका में लिखा है कि *अपराधशील जातियों के नीरस और कठिन विषय पर अत्यन्त भावुकता एवं सरसतापूर्ण शैली में एक सारगर्भित पुस्तक लिखने पर मैं उसके लेखक श्रीप्रकाश नारायण सक्सेना को हार्दिक बधाई देता हूँ। मुझे आशा है कि हमारे प्रान्तीय पुलिस, जेल तथा रिक्लेमेशन विभाग के पदाधिकारी तथा अन्य सामाजिक कार्यकर्ता इस सरस और शिक्षात्मक रचना का पढ़कर अवश्य ही लाभ उठायेंगे।*

अपराधशील जातियों से यहाँ तात्पर्य उन जातियों से है, जिनके विरुद्ध 1871 में *अपराधी जनजाति अधिनियम* (Crimianl Tribes Act,1871) बनाया गया। मेरी जानकारी में हिन्दी में यह एकमात्र ऐसी पुस्तक है जिसमें पासी, बौरी या बावरिया, कंजर, नट, बंजारा, गिधिया, मदारी, सिकलीगर, हाबूड़ा, मल्लाह, केवट, मेवाती, घोसी, डोम, भाँतू, मुसहर, दुसाध, गूजर जैसी तथाकथित अपराधी जनजातियों और उनकी उपजातियों की उत्पत्ति, उनके काम-धन्धों, सामाजिक रीति-रिवाज़, अपराध करने की रीति और उनके बारे में बेहद बारीक और विस्तार से जानकारी दी गयी है। यह एक्ट अर्थात अधिनियम इतना भयानक था कि अगर इन समुदायों के लोगों को अपनी बस्ती या गाँव से किसी कार्यवश दूसरी जगह जाना होता था, तो इन्हें नज़दीक के थाने में अपनी रजिस्ट्री करानी होती थी। यानि यह सूचित करके जाना पड़ता था कि मैं फलाँ जगह जा रहा हूँ। इतना ही नहीं, लौटने पर भी उसे यह सूचित करना पड़ता था कि मैं वापस आ गया हूँ।

इस पुस्तक ने मेरा विषय चुनने का रास्ता साफ़ कर दिया। इसका कारण था और वह यह कि नब्बे के दशक में मैं जब राजस्थान के अलवर शहर जाता था तब इसके आसपास के गाँवों और छोटी-छोटी बस्तियों, ख़ासकर एक बस्ती गाजूकी पर समय-समय पर पुलिस द्वारा मारे गये छापों की ख़बरें यहाँ के स्थानीय अख़बारों में प्रकाशित होती रहती थीं। इन ख़बरों से मैं उन दिनों इतना प्रभावित हुआ कि मैंने एक कच्ची-पक्की रोमांटिक-सी कहानी का ताना-बाना बुन एक छोटी-सी कहानी लिख मारी। इसका शीर्षक मैंने दिया *लिलहार*। लिलहार मेवात और उससे सटे ब्रज में ससुराल से आकर ले जानेवाले को कहा जाता है। इसी से मिलता-जुलता एक और शब्द है लिलार, जिसका अर्थ माथा होता है। इस शब्द का बहुत सुन्दर प्रयोग जनवादी और लोकगीतों के रचयिता रमेश रंजक ने अपनी मौलिक धुन पर रचे गये, और ताल कहरवा पर आधारित *ग़रीबों का गीत* में किया था। इस गीत को रमेश रंजक लोकगीत कहते थे, जिसे उन्होंने दिसम्बर 1976 में रचा था। गीत की शुरुआती पंक्तियाँ इस तरह हैं–

बिपत सारी हमरे लिलार लिखी
हमरे लिलार लिखी, बिपत सारी हमरे लिलार लिखी
कछु तो नगद-नगद लिखी दीनी
कुछक उधार लिखी। बिपत सारी...।।

लिलहार शीर्षक से यह कहानी 19 जुलाई, 1987 के *साप्ताहिक हिन्दुस्तान* के अंक के पूरे एक पृष्ठ में प्रकाशित हुई थी। एक तरह मेरे पास पहले से एक धुँधला-सा ख़ाका तैयार था। मैंने सोचा कि इसी कहानी को उपन्यास के रूप में विस्तार दिया जाना चाहिए। इस तरह रह-रहकर मेरे अन्तर्मन में दिल्ली वाया भिवाड़ी-तिजारा सड़क से अलवर से पूर्व पड़ने वाली बरसाती नदी गाजूकी, उसके ऊपर बना गाजूकी पुल और जिस बस्ती के नाम पर इसका नामकरण हुआ होगा अर्थात छोटा-सा कंजरों का गाँव गाजूकी थाप देने लगा। अलवर मेरा दोनों रास्तों अर्थात वाया भिवाड़ी और मेवात के नूँह-फ़िरोज़पुर झिरका से होकर आना-जाना लगा रहता था। अलवर मेरे क़स्बे नगीना से मात्र साठ किलोमीटर दूर पड़ता है। वैसे भी *काला पहाड़* और *बाबल तेरा देस में* आने के बाद यहाँ मेरी आवाजाही कुछ ज़्यादा ही बढ़ गयी थी।

चूँकि अब मुझे इन जनजातियों की प्रामाणिक जानकारी उपलब्ध हो गयी थी, इसलिए अब इनके समाज, परिवार, मौजूदा रीति-रिवाज़ तथा अन्य जानकारी और तथ्य जुटाने के बारे में सोचा जाने लगास सबसे महत्त्वपूर्ण था कि यौन कर्म में संलिप्त स्त्रियों के समाजशात्र को जानना और समझना। मैंने बहुत सोचा कि इन जातियों के बारे में ज़मीनी जानकारी कैसे जुटायी जाये? यह जानने के लिए मुझे सिर्फ़ एक व्यक्ति दिखाई दिया और वह था डॉ. मुंशी ख़ाँ।

अलवर से जाते हुए अलवर-रामगढ़ मार्ग पर एक जगह है बखतल की चौकी। मेरे पुराने मित्र यूनानी पद्धति के हकीम, मेवाती लोक साहित्य-संस्कृति के ठेठ मर्मज्ञ और मज़दूर-किसानों के बीच ज़मीनी स्तर पर काम करने वाले कॉमरेड मुंशी ख़ाँ, जिसे मैं कॉमरेड ही कहता था। जबकि दूसरे लोग उन्हें डॉक्टर मुंशी कह कर सम्बोधित करते थे, इसी बखतल की चौकी पर उनका दवाख़ाना था। इसी पते से उन्होंने *मेवाती साहित्य अकादमी* नाम की संस्था भी रजिस्टर्ड कराई हुई थी। यहीं से वे आर्थिक सुविधानुसार एक पत्रिका निकालते थे *चिराग़-ए-मेवात*। चूँकि मुंशी ख़ाँ वामपन्थी विचारों के व्यक्ति थे इसलिए उनकी सोच पढ़े-लिखे मज़हबी मेवों से एकद [illegible] अल[illegible]दा थी। शायद इसी वजह से मेरी उनकी असामयिक मृत्यु तक ख़ूब जमती थी। [illegible]ंने अपने इसी मित्र कॉमरेड मुंशी ख़ाँ

के पास जाने का मन बनाया और एक दिन दिल्ली से अलवर की बस पकड़ पहुँच गया बखतल की चौकी।

कॉमरेड मुंशी ख़ाँ के पास पहुँचने पर पता चला कि अलवर से लेकर थानागाजी के बीच जितनी भी इन तथाकथित अपराधी जनजातियों की बस्तियाँ हैं, सभी का कंजर समुदाय से सम्बन्ध है। मैंने उन्हें अपनी इच्छा बतायी तो वे बोले, "यार, मेरे पास ताराचन्द कंजर नाम का आदमी यौन-सम्बन्धी रोगों से ग्रस्त यौनकर्मियों के लिए कभी-कभार दवा लेने आता है। लेकिन बहुत दिनों से आया नहीं है। ऐसा करता हूँ मैं उसका टेलीफोन नम्बर दे देता हूँ। उससे बात कर लेना।"

इसके सिवाय शुरू में मुझे कॉमरेड मुंशी ख़ाँ से कोई ख़ास मदद नहीं मिली। मैं ताराचन्द का नम्बर लेकर दिल्ली चला आया। मैंने ताराचन्द से बात की तो पहले उसने मुझसे ठीकठाक बात की, मगर बाद में धीरे-धीरे वह मुझसे कतराने लगा। इस बीच मुझे उससे यह जानकारी मिल गयी थी कि उसका बेटा दिल्ली में अपनी बुआ के पास पढ़ता है। शायद इसी के चलते वह मुझसे कतराने लगा था और बाद में उसने बात भी करनी बन्द कर दी। मैं थोड़ा-सा निराश ज़रूर हुआ लेकिन हार नहीं मानी।

जिन दिनों मैं अपने इस नये उपन्यास के सिलसिले में अलवर जाता था, तो वहाँ के राजर्षि कॉलेज में हिन्दी विभागाध्यक्ष और आलोचक डॉ. शंभु गुप्त के सुभाष नगर स्थित आवास पर चला जाता था। उन दिनों शंभु गुप्त के पास पूर्वी राजस्थान के एक छोटे-से क़स्बे करौली के एक स्थानीय कवि अर्जुन कवि के सैकड़ों की संख्या में दोहे थे। ये दोहे उन्होंने अर्जुन कवि से तब एकत्रित किये थे, जब वे करौली के राजकीय महाविद्यालय में पढ़ाते थे। मैं जब भी इनके पास जाता, वे इन दोहों की चर्चा करते। मैं सुनता तो मुझे उन दोहों में कबीराना अन्दाज़ दिखाई देता। एक बार मैंने उनसे कहा कि आप इन दोहों की व्याख्या के साथ एक पुस्तक तैयार करिए। इस पर वे बोले कि तैयार तो कर लूँ लेकिन उसे प्रकाशित कौन करेगा? मैंने उन्हें आश्वासन दिया कि तैयार तो करिए कोई-न-कोई प्रकाशक तैयार हो जायेगा। दरअस्ल, डॉ. शंभु गुप्त का डर सही था क्योंकि इससे पहले उनकी कोई पुस्तक प्रकाशित नहीं हुई थी। यहाँ तक उन्होंने लम्बे-लम्बे आलोचनात्मक लेख भी लिखे थे,

जो विभिन्न पत्रिकाओं में प्रकाशित हुए। मगर कभी इस पर ध्यान नहीं दिया कि ये सब पुस्तकाकार में भी होने चाहिए।

बहरहाल, डॉ. शंभु गुप्त अपनी एक लम्बी भूमिका के साथ अर्जुन कवि के दोहों की व्याख्या एवं टिप्पणी सहित एक पुस्तक तैयार करने में जुट गये। पाण्डुलिपि तैयार होने पर, उन्होंने इसका शीर्षक दिया—*मैंने पढ़ा समाज*। दलित समुदाय से सम्बन्ध रखनेवाले और विश्व में सर्वाधिक दोहे लिखने के लिए 1981 में अर्जुन कवि का नाम *गिनीज बुक ऑफ़ वर्ल्ड रिकार्ड्स* में दर्ज है। इस बीच मैंने एक बार *शिल्पायन* के ललित शर्मा से बात की, तो वे डॉ. शंभु गुप्त की इस पुस्तक को प्रकाशित करने के लिए सहर्ष तैयार हो गये। अपनी इस पुस्तक के प्राक्कथन में डॉ. शंभु गुप्त ने लिखा है—

मेरे स्थगन को तोड़ने और मुझे लगभग एक 'कम्पटीशन' में खींच लाने में 'काला पहाड़' के प्रसिद्ध लेखक और मेरे अभिन्न मित्र भगवानदास मोरवाल का इस पुस्तक के प्रकाश में आने में जो सहयोग रहा है, उसे यहाँ शब्दों में मैं बयान नहीं कर सकता। वे बीसियों साल से दिल्ली में रहते हुए भी दिल्ली की बहुत सारी बीमारियों से अभी तक अछूते हैं, और लोक का अंश अपने में बचाये हुए हैं, यह हम जैसे लोगों के लिए ही नहीं, स्वयं हिन्दी-कथा के लिए एक उल्लेखनीय बात है।

इस पुस्तक की *लोक कवि अर्जुन का अभिनन्दन* शीर्षक से छोटी-सी भूमिका डॉ. नामवर सिंह ने लिखी है। इधर मैं भी अपने तीसरे उपन्यास रेत में जी-जान से जुटा हुआ था। मैं अपने इस उपन्यास का शीर्षक पहले *सूखी रेत* रखना चाहता था। लेकिन न जाने क्यों मुझे लगा कि नहीं केवल *रेत* अधिक अच्छा रहेगा। शीर्षकों के मामले में मैं थोड़ा चौकन्ना रहता हूँ। अगर मैं अपने दूसरे उपन्यास के शीर्षक *बाबल तेरा देस में* को छोड़ दूँ तो सारे शीर्षक छोटे और ज़बान पर चढ़नेवाले हैं। मैंने हिन्दी के कई विद्वानों और आलोचकों से पूछा कि क्या हिन्दी में *रेत* शीर्षक से कोई उपन्यास है? हालाँकि मैं स्वयं भी यह खोजबीन कर चुका था लेकिन मुझे इस शीर्षक से हिन्दी साहित्य में कोई उपन्यास नहीं मिला। फिर भी मैं पूरी सावधानी बरतना चाहता था और संयोग से सभी ने बताया कि इस शीर्षक से कोई उपन्यास नहीं है। सिर्फ़ डॉ. नामवर सिंह जी से पूछना बाक़ी था। *रेत* शीर्षक रखने के पीछे कई कारण थे। एक तो यह कि यह उपन्यास जिस अपराधी जनजाति को केन्द्र में रखकर लिखा जाना था, उसका अस्तित्व रेत की तरह होता है। कंजर यानि काननचार अर्थात

जंगल-जंगल घूमने वाला जिसका कोई ठिकाना नहीं होता। वैसे रेत शब्द संस्कृत के *रेतः* अर्थात *रेत* शब्द से लिया गया था जिसका अर्थ होता है वीर्य और जल। मेरा आशय यहाँ बीज अर्थात शुक्राणु से ही था। दूसरा कारण यह था कि इस शब्द को पहली बार मैंने मराठी के उद्भट विद्वान विश्वनाथ काशीनाथ राजवाड़े की पुस्तक *भारतीय विवाह संस्था का इतिहास* में पढ़ा। इस शब्द का कई बार इस पुस्तक में इस्तेमाल हुआ है। इसके एक अध्याय में एक वाक्य आता है–

सोमस्याहं देवयज्य्या सुरेता रेतो धिषीय इत्याह सोमो वै रेवोधाः तेनैव रेतआत्मन्धत्ते।

(अर्थात यजमान कहता है कि सोम की देवयज्या से प्रभूतरेतस होकर धारण रेत करूँगा, क्योंकि सोम रेत उत्पन्न करता है। उस सोम रस के कारण यजमान के शरीर में रेत संचित होता है।)

एक दिन डॉ. शंभु गुप्त का मेरे पास फोन आया कि मैं दिल्ली आ रहा हूँ। मुझे डॉ. नामवर सिंह जी के पास आनेवाली पुस्तक *मैंने पढ़ा समाज* की भूमिका के लिए जाना है। तुम्हें साथ चलना है। मैंने तुरन्त हाँ कह दिया। वैसे मुझसे कभी ना कहा भी नहीं जाता। दो-तीन दिन के बाद वे दिल्ली आ गये। हम दोनों डॉ. नामवर सिंह जी के नयी दिल्ली के कालकाजी स्थित अलकनन्दा के शिवालिक अपार्टमेंट्स पहुँच गये। यह शायद 2006 के सितम्बर महीने की बात थी। डॉ. नामवर सिंह ने हाथ की लिखी एक-सवा पन्ने की छोटी-सी भूमिका उन्हें दे दी। बाद में देर तक बातें होती रहीं।

इसी बीच डॉ. नामवर सिंह जी ने पूछा, "और मोरवाल जी इधर क्या चल रहा है?"

"सर, कंजरों पर कुछ करने का इरादा है। मैं उसका शीर्षक *रेत* रखना चाहता हूँ। क्या ख़ाली रेत शीर्षक से आपकी नज़र से कोई उपन्यास गुज़रा है?"

रेत शब्द को सुनकर पहले तो डॉ. नामवर सिंह ने कहा कि उनकी जानकारी में इस शीर्षक से कोई उपन्यास नहीं है। फिर मेरी तरफ़ देखा और पूछा, "तुम्हें रेत का अर्थ मालूम है?"

मैं मुस्कराकर रह गया। संकोचवश कुछ नहीं बोला। इस बीच डॉ. शंभु गुप्त जिज्ञासा प्रकट करते हुए बोले, "क्या अर्थ होता है डॉक्टर साहब?"

डॉ. नामवर सिंह ने शंभु गुप्त की तरफ़ देखा और फिर मुस्कराते हुए बोले, "अगर मोरवाल मुस्करा रहे हैं तो उन्हें इसका अर्थ ज़रूर मालूम होगा।"

मेरी मुस्कराहट में जिस तरह संकोच छिपा हुआ था, उससे वे समझ गये थे कि मैं उनके सामने इसका अर्थ नहीं बताना चाहता।

इसके बाद वे ख़ुद ही बताने लगे, “रेत शब्द दरअस्ल संस्कृत का रेतस शब्द है जिसका अर्थ है वीर्य।” इतना कह उन्होंने मेरी तरफ़ देखा तो मैंने भी हाँ में सिर हिला दिया। कुछ देर बैठकर हम दोनों डॉ. नामवर सिंह जी के पास से चले आये।

एक दिन मेरे पास *कथाक्रम* पत्रिका के सम्पादक और कथाकार शैलेन्द्र सागर का फोन आया। मुझे हैरानी हुई कि न कोई चिट्ठी, न सन्देश यानि बिना किसी पूर्व सूचना के इस तरह फोन करने का क्या अर्थ हो सकता है। मैं लगभग सकते में था और इन कुछ अकबकाने वाले क्षणों में जब तक मैं अपने आपको सँभाल पाता या इस फोन का प्रयोजन समझ पाता, उधर से शैलेन्द्र सागर की खनकती हुई आवाज़ आयी, “मोरवाल जी बहुत-बहुत बधाई!”

“सर किसके लिए?” मैंने अन्यमनस्कता के साथ कहा।

“अरे यार, आपको 2006 का कथाक्रम सम्मान देने का निर्णय हुआ है।”

यह ख़ुश-ख़बरी देने के बाद शैलेन्द्र सागर को यह उम्मीद रही होगी कि मैं आह्लादित हो किलकता हुआ आभार और धन्यवाद जैसे शब्दों से उन्हें भिगो दूँगा। मगर मुझ नाशुक्रे के मुँह से इन शब्दों की जगह जो वाक्य निकला, उन्हें आज भी मैं याद करते हुए सिहर जाता हूँ। मैंने बेहद ठण्डेपन के साथ कहा, “शैलेन्द्र जी, ऐसा मज़ाक़ करने के लिए मैं ही मिला हूँ।”

मेरी इस प्रतिक्रिया पर मेरे अग्रज कथाकार नाराज़ होते हुए बोले, “यार, मैं आपको सूचना दे रहा हूँ और आप कह रहे हो कि ऐसा मज़ाक़ करने के लिए मैं ही मिला हूँ?”

शैलेन्द्र सागर ने जिस गम्भीरता के साथ मुझे डाँटा, अपनी ना-समझी पर मुझे थोड़ी खीज हुई और अपनी ग़लती को सुधारते हुए बोला, “बहुत-बहुत शुक्रिया शैलेन्द्र जी।”

“हम जल्दी ही आपको इसके बारे में सूचित भी कर रहे हैं। वैसे यह सम्मान 11 नवम्बर को लखनऊ में दिया जायेगा, तैयार रहना!” इतना कह शैलेन्द्र सागर ने फोन काट दिया।

फोन कटने के बाद मैं देर तक अकबकाया-सा शून्य में ताकता रहा। मुझे अपने कानों पर यक़ीन ही नहीं हो रहा था कि इतनी जल्दी मुझ जैसे घूरे पर माँ सरस्वती कैसे मेहरबान हो गयी? जिस सम्मान के मिलने की मैं कभी कल्पना नहीं कर सकता, उसे और मुझे देने का निर्णय हुआ है?

एक दिन बाद जब सुशील सिद्धार्थ का फोन आया और उसने भी बधाई दी, तब जाकर पूरी तरह विश्वास हुआ।

यहाँ बता दूँ 2006 का यह अक्टूबर महीना सम्मान/पुरस्कारों की दृष्टि से महत्त्वपूर्ण महीना था। एक तरफ़ जहाँ अन्तरराष्ट्रीय स्तर के साहित्य के *नोबेल पुरस्कार* के लिए तुर्की के उपन्यासकार ओरहान पामुक की घोषणा हुई, तो *बुकर पुरस्कार* किरण देसाई के दूसरे उपन्यास *द इनहेरिटेंस ऑफ़ लॉस* को देने की घोषणा हुई थी। जबकि इधर 2006 का प्रतिष्ठित *व्यास सम्मान* वरिष्ठ आलोचक डॉ. परमानन्द श्रीवास्तव की पुस्तक *कविता का अर्थात* को देने की घोषणा हुई थी और वर्ष 2006 का हिन्दी का बहुप्रतीक्षित *आनन्द सागर स्मृति कथाक्रम सम्मान* कथाकार भगवानदास मोरवाल को प्रदान करने की घोषणा हुई।

सुशील सिद्धार्थ की सूचना के बाद *कथाक्रम-2006* के संयोजक शैलेन्द्र सागर की तरफ़ से दिनांक 12 अक्टूबर, 2006 का अन्ततः पत्र भी आ गया। इस पत्र में लिखा था–

प्रिय भाई,

आपको जानकर हर्ष होगा कि वर्ष 2006 का 'अखिल भारतीय साहित्यिक स्मृति कथाक्रम सम्मान' आपको देने का निर्णय किया गया है। प्रख्यात कथाकार श्रीलाल शुक्ल की अध्यक्षता में गठित समिति द्वारा आपकी रचनाशीलता के लिए आपको इस महत्त्वपूर्ण सम्मान से समादृत किया जा रहा है। इस सम्मान के अन्तर्गत 15000-00 रुपये की धनराशि, सम्मान चिह्न एवं सम्मान पत्र प्रदान किया जाता है।

आप अवगत होंगे कि विगत वर्षों में यह सम्मान हिन्दी के प्रमुख कथाकारों जैसे संजीव, चन्द्रकिशोर जायसवाल, असग़र वजाहत, ओमप्रकाश वाल्मीकि, दूधनाथ सिंह, शिवमूर्ति व उदय प्रकाश को प्रदान किया जा चुका है।

मैं व्यक्तिगत रूप से और समिति की ओर से आपको इस सम्मान के लिए हार्दिक बधाई देता हूँ।

यह सम्मान कथाक्रम-2006 के अवसर पर दिनांक 11 नवम्बर, 2006 को प्रदान किया जायेगा। कथाक्रम का वार्षिक उत्सव दिनांक 11 व 12 नवम्बर, 2006 को लखनऊ में आयोजित होगा। आपसे अनुरोध है कि तदनुसार आप अपना यात्रा कार्यक्रम बनाकर हमें सूचित करें। यात्रा के लिए वातानुकूलित

तृतीय श्रेणी का यात्रा व्यय व आवास की व्यवस्था करेंगे। आपके साथ कोई परिजन या मित्र आ रहा है तो उसके बारे में यदि मुझे सूचित कर देंगे तो मुझे सुविधा होगी।

सम्मान के सम्बन्ध में जो विज्ञप्ति प्रकाशित की गयी है उसकी एक प्रति मैं आपके पास भेज रहा हूँ। यह विज्ञप्ति दिनांक 12-10-06 को लखनऊ के सभी समाचार-पत्रों में प्रकाशित हुई है।

सस्नेह,

भवदीय,
(शैलेन्द्र सागर)

इस पत्र के साथ जो विज्ञप्ति संलग्न की गयी थी, वह इस प्रकार थी—

विज्ञप्ति

वर्ष 2006 का 'आनन्द सागर स्मृति कथाक्रम सम्मान' चर्चित युवा कथाकार भगवानदास मोरवाल को दिया जायेगा। यह सम्मान कथाक्रम-2006 के वार्षिक उत्सव में दिनांक 11 नवम्बर, 2006 को राय उमानाथ बली सभागार, लखनऊ में प्रदान किया जायेगा। सम्मान के अन्तर्गत 15 हज़ार रुपये की धनराशि एवं सम्मान पत्र प्रदान किया जाता है। यह निर्णय प्रख्यात कथाकार श्रीलाल शुक्ल की अध्यक्षता में कथाक्रम समिति ने लिया है। समिति के सदस्यों में सर्वश्री शैलेन्द्र सागर, शिवमूर्ति, राकेश, सुशील सिद्धार्थ व रजनी गुप्त हैं।

'काला पहाड़' एवं 'बाबल तेरा देस में' जैसे चर्चित उपन्यासों के रचयिता श्री मोरवाल का जन्म 23 जनवरी, 1960 को हरियाणा में हुआ। इन दो उपन्यासों के अतिरिक्त 'अस्सी मॉडल उर्फ़ सूबेदार', 'सूर्यास्त से पहले', 'सिला हुआ आदमी' उनके कहानी संग्रह हैं। श्री मोरवाल को हिन्दी अकादमी, दिल्ली द्वारा साहित्यकार सम्मान, साहित्यिक कृति सम्मान, और भारतीय दलित साहित्य अकादमी द्वारा 'डॉ. अम्बेडकर फ़ेलोशिप सम्मान' प्रदान किये जा चुके हैं।

कथाक्रम शृंखला का 14वाँ आयोजन दिनांक 11 व 12 नवम्बर, 2006 को 'समकालीन हिन्दी कथा साहित्य : बदलते सरोकार एवं प्रयोग' विषय पर आयोजित किया जा रहा है। इस आयोजन में डॉ. नामवर सिंह, राजेन्द्र यादव, काशीनाथ सिंह, परमानन्द श्रीवास्तव, मैनेजर पाण्डेय, मैत्रेयी पुष्पा, नमिता सिंह, राजी सेठ, रामधारी सिंह दिवाकर, शिव कुमार मिश्र, विष्णु नगर, रवीन्द्र कालिया,

कमला प्रसाद एवं चन्द्रकान्ता जैसे वरिष्ठ साहित्यकारों के साथ-साथ अनेक युवा साहित्यकार भी होंगे।

विगत वर्षों में यह सम्मान हिन्दी के प्रमुख कथाकारों जैसे संजीव, चन्द्रकिशोर जायसवाल, असग़र वजाहत, ओमप्रकाश वाल्मीकि, दूधनाथ सिंह, शिवमूर्ति व उदय प्रकाश को प्रदान किया जा चुका है।

मैं अब रह-रहकर *कथाक्रम*-2006 के लैटर हेड के दायें तरफ़ प्रकाशित संरक्षक के रूप में छपे *राग दरबारी* जैसे कालजयी उपन्यास के लेखक श्रीलाल शुक्ल, उसके बाद संयोजक के नीचे शैलेन्द्र सागर और संयोजन समिति के सदस्यों के रूप में अग्रज कथाकार शिवमूर्ति, राकेश, सुशील सिद्धार्थ और रजनी गुप्त के नामों को निरखने लगा। इन्हें निरखते हुए अनुमान लगाने लगा कि आख़िर इनमें से ऐसा कौन-सा भला आदमी होगा, जिसका दिल मेरे जैसे अज्ञात कुलशील जातिविहीन लेखक के नाम पर पसीजा होगा? बहरहाल, उन दिनों जवाहरलाल नेहरू विश्वविद्यालय के शोधार्थी प्रमोद तिवारी, वहीं कुतुब इंस्टिट्यूशनल एरिया में स्थित मेरे कार्यालय में आये और बोले मैं इस सम्मान के बारे में *राष्ट्रीय सहारा* में कुछ लिखना चाहता हूँ। प्रमोद ने मुझसे एक पासपोर्ट आकार की तस्वीर के साथ मेरे बारे में कुछ जानकारी ली और चला गया।

राष्ट्रीय सहारा के 15 अक्टूबर, 2006 के अगले ही अंक में कथाक्रम सम्मान से सम्बन्धित *जीवन निष्ठा की प्रतिष्ठा* शीर्षक से प्रमोद तिवारी की उस साल घोषित हुए नोबेल पुरस्कार, बुकर पुरस्कार और व्यास सम्मान के साथ एक बड़ी-सी टिप्पणी प्रकाशित हुई। लेखक के व्यक्तित्व और कृतित्व को बड़े सलीके और मनोयोग से थोड़े-से शब्दों में पाठकों तक सम्प्रेषित करनेवाली इस टिप्पणी को आप भी देखें–

किसी भी लेखक को पुरस्कृत या सम्मानित करने के पीछे दो बातें काम करती हैं–एक उसकी रचनात्मकता को प्रतिष्ठा देकर उसे सामाजिक स्वीकृति प्रदान करना, और दूसरा उसे सम्मानित कर यह अहसास दिलाना कि वह एक महत्त्वपूर्ण लेखक है तथा समाज को उसकी ज़रूरत है। हिन्दी साहित्य में अधिकतर पुरस्कार व सम्मान उस अवस्था में दिये जाते हैं जब लेखक अपने सारे संघर्षों और विषम परिस्थितियों से या तो पार पा चुका होता है या उसका ग्रास बन चुका होता है। इस दृष्टि से युवा कथाकार भगवानदास मोरवाल को वर्ष 2006 का 'आनन्द सागर कथाक्रम सम्मान' दिया जाना एक सुखद अनुभूति है।

इस सम्मान का दिया जाना इसलिए भी महत्त्वपूर्ण है कि यह सिर्फ़ मोरवाल का सम्मान नहीं है बल्कि उन सभी लेखकों का सम्मान है, जो समाज से जुड़कर शोधपरक लेखन कर रहे हैं और गाँव में बसी जिनकी जड़ों को सर्वग्रासी और चमकदार महानगरीय सभ्यता लील नहीं पायी है।

भगवानदास मोरवाल उन रचनाकारों में से हैं जिनकी रचनाएँ एक पूरे समाज की संरचना से हमें परिचित कराती हैं। कहते हैं कि हिन्दी समाज को जानना है तो प्रेमचन्द को पढ़ना चाहिए। प्रेमचन्द, रेणु, नागार्जुन, राही मासूम रज़ा, कृष्णा सोबती, मैत्रेयी पुष्पा, संजीव आदि कुछ ऐसे ही नाम हैं जो एक विशेष क्षेत्र की लोक-संस्कृति को पूरी शिद्दत से उठाते हैं। निश्चय ही ऐसी प्रामाणिक रचना करना एक दुस्साध्य काम है और इसके लिए सूक्ष्म पर्यवेक्षण क्षमता के अलावा श्रमसाध्य होमवर्क करना होता है।

मोरवाल के लेखन की आधार भूमि मेवात क्षेत्र रहा है। इनके यहाँ लोक अपनी पूरी समग्रता, ठसक और जीवन्तता के साथ मौजूद है। डॉ. नित्यानन्द तिवारी ने उनके लेखन के सम्बन्ध में ठीक ही कहा है कि 'मोरवाल के पास वह दृष्टि और भाषा है जो चीज़ों और स्थितियों को इतनी देर और दूर तक देखती है कि उनकी भीतरी असलियत के रूपों को झलका सके। मोरवाल के लेखन की महत्त्वपूर्ण विशेषताओं में से एक मुस्लिम परिवेश का चित्रण है। लब्ध प्रतिष्ठित आलोचक डॉ. नामवर सिंह और वरिष्ठ कथाकार कमलेश्वर कई बार यह चिन्ता जता चुके हैं कि हिन्दी रचना-संसार से मुस्लिम परिवेश ही नहीं, मुस्लिम पात्र भी ग़ायब होते जा रहे हैं। इस दृष्टि से मोरवाल के उपन्यास 'काला पहाड़' और 'बाबल तेरा देस में' ख़ासतौर पर उल्लेखनीय हैं। अपने विवेक पर आश्रित ग्रामीण समाज का चित्रांकन मोरवाल के लेखन को अलग ही ऊँचाई देता है। वे लोक की जिजीविषा को कलात्मक ढंग से रेखांकित करते हैं। मनुष्य और जीवन के प्रति निःशंक निष्ठा ही मोरवाल के पात्रों को ऊर्जा और चमक देती है। कथाक्रम इसी निष्ठा का सम्मान है।

यहाँ अब एक नयी चुनौती मेरे सामने आ खड़ी हुई और वह यह कि ऐसे अवसरों पर सम्मानित लेखक का भी एक वक्तव्य होता है, जिसे सम्मान या पुरस्कार के दौरान लेखक को देना या पढ़ना होता है। अभी तक कुछ सम्मान/पुरस्कार समारोह में मैंने ऐसे धीर-गम्भीर वक्तव्य लेखकों के श्रीमुख से ही सुने थे। यह पहला मौक़ा था जब मुझे भी अपनी तरह से कुछ शब्द कहने होंगे। मैंने मन-ही-मन दृढ़ निश्चय किया और एक लम्बा वक्तव्य लिख डाला।

लिख इसलिए डाला की सार्वजनिक मंचों से बोलने के मामले में मेरा हाथ बड़ा ही तंग है।

इस तरह मैं सपरिवार कथाक्रम सम्मान समारोह में शामिल होने के लिए 10 नवम्बर को लखनऊ पहुँच गया। समारोह के बारे में 11 नवम्बर को तो लखनऊ से प्रकाशित होनेवाले समाचार-पत्रों में ख़बरें छपी ही बल्कि सम्मान समारोह के सचित्र समाचार प्रमुखता के साथ भी प्रकाशित हुए।

2006 का यह 14वाँ आनन्द सागर स्मृति कथाक्रम सम्मान कमला प्रसाद, शंभु गुप्त और कथाकार शैलेन्द्र सागर की उपस्थिति में श्रीलाल शुक्ल तथा *हंस* के सम्पादक राजेन्द्र यादव के कर-कमलों द्वारा प्रदान किया गया। इससे पूर्व सम्मानित रचनाकार का परिचय देने एवं उसको प्रदान किये जाने वाले सम्मान पत्र का मीनू अवस्थी ने वाचन किया। इस सम्मान पत्र में क्या लिखा गया था, उसे आप भी पढ़ें–

सम्मान पत्र

विचलन, विस्थापन एवं व्यतिक्रम से आक्रान्त समय के बीच शब्द तथा उसमें निहित मन्तव्य अपनी भूमिकाएँ पुनर्निर्धारित करते रहते हैं। सामाजिक उत्तरदायित्व और मानवीय प्रतिबद्धता सम्पन्न रचनाकार इस प्रक्रिया में सोच व संवेदना के अस्पर्शित धरातल उद्घाटित करते हैं। यह प्रतिबद्ध प्रतिक्रिया वर्तमान हिन्दी कथा साहित्य के सामर्थ्यवान सर्जक भगवानदास मोरवाल के रचना संसार में सुस्पष्ट दिखती है। संश्लिष्ट व बहुस्तरीय भारतीय जन-जीवन की अन्तवर्ती धारों के उद्गम तक पहुँचने का संकल्प भगवानदास मोरवाल को हमारे समय में महत्त्वपूर्ण बनाता है।

भगवानदास मोरवाल का जन्म 23 जनवरी, 1960 को हरियाणा के मेवात क्षेत्र के जनपद नूँह के नगीना क़स्बे में हुआ। आपने हिन्दी साहित्य में स्नातकोत्तर उपाधि प्राप्त की। स्नातकोत्तर पत्रकारिता में डिप्लोमा अर्जित करने के साथ उर्दू भाषा में योग्यता विकसित की। सम्प्रति, आप केन्द्रीय समाज कल्याण बोर्ड, मानव विकास संसाधन मन्त्रालय, भारत सरकार में सहायक निदेशक के पद पर कार्यरत हैं।

भगवानदास मोरवाल की शब्दयात्रा उनके बहुआयामी सरोकारों को सुपरिभाषित करती है। आप लेखन में अनेक प्रयोग करते हुए अपनी रचनाओं से पाठकीय संसार में एक सम्मानपूर्ण स्थान प्राप्त कर चुके हैं। विभिन्न विषयों पर 250 से अधिक आलेख, रिपोर्ताज, समीक्षा इत्यादि रचनाओं का प्रकाशन हिन्दी की सुविख्यात पत्रिकाओं में हो चुका है। 1981 से 1987 तक स्वतन्त्र पत्रकारिता करते हुए आपने जीवन के मूल्यवान अनुभव अर्जित किये। आपका सम्बन्ध 'मंजुली दर्पण', 'सुलभ इंडिया' तथा 'सारंग' पत्रिकाओं से रहा है। 1987 से 1994 तक आप केन्द्रीय समाज कल्याण बोर्ड, मानव संसाधन विकास मन्त्रालय, भारत सरकार की मासिक पत्रिका 'समाज कल्याण' के सम्पादकीय विभाग में सम्मिलित रहे। इन सक्रियताओं के सार्थक प्रभाव आपकी रचनाशीलता पर परिलक्षित होते हैं।

भगवानदास मोरवाल ने कविता, कहानी एवं उपन्यास के माध्यम से अपनी रचनात्मक उपस्थिति प्रमाणित की है। आपका एकमात्र कविता संग्रह 'दोपहरी चुप है' इस दृष्टि से उल्लेखनीय है कि वह एक कथाकार की काव्यात्मक संरचना के संकेत प्रदान करता है। भगवानदास मोरवाल की कहानियाँ सर्वग्रासी सत्ता का प्रतिवाद तो करती ही हैं, उनमें नयी नैतिक सम्भावनाओं के लिए उत्सुकता भी विद्यमान है। आप विभिन्न कारणों से एकाकी होते जा रहे मनुष्य के अव्यक्त को शब्दबद्ध कर सके हैं। इन कहानियों में वे रचनात्मक प्रयास भी द्रष्टव्य हैं जिनका प्रतिफलन औपन्यासिक विस्तार में सम्भव हुआ। भगवानदास मोरवाल के अब तक दो उपन्यास प्रकाशित हो चुके हैं—'काला पहाड़' और 'बाबल तेरा देस में'। आपकी वास्तविक पहचान व प्रतिष्ठा इन बहुचर्चित उपन्यासों से ही निर्मित हुई। 'काला पहाड़' मेवाती पृष्ठभूमि पर लिखा गया उपन्यास है जो परम्परा, विकास, लोकतन्त्र, लोकशील एवं जन जिजीविषा को अभिव्यक्त करता है। इस उपन्यास की अन्तर्वस्तु के साहित्यिक एवं समाजशास्त्रीय महत्त्व को बहुशः प्रशंसित किया गया है। इस पर कई विश्वविद्यालयों में शोध कार्य किया जा रहा है। आपका दूसरा उपन्यास 'बाबल तेरा देस में' स्त्री-अस्मिता को केन्द्रीय विमर्श के रूप में अंगीकार करता है। मुस्लिम स्त्रियों की दिक़्क़तों, तकलीफ़ों और कोशिशों पर यह एक प्रामाणिक, परिपक्व और प्रखर रचना है। भगवानदास मोरवाल उन वैचारिक आग्रहों और सामाजिक हठों का अतिक्रमण कर सके, जो धर्म तथा समाज के सम्बन्धों का वैज्ञानिक संयम के साथ परखने नहीं देते। आप विगत कुछ वर्षों से राजस्थान के अलवर जनपद में बसने वाली एक घुमन्तू जनजाति की जीवन-पद्धति का सघन शोध व विश्लेषण कर रहे हैं। निश्चित रूप से यह शोध एक रचनात्मक प्रस्थान निर्मित करेगा।

आपकी कुछ रचनाओं का भारतीय भाषाओं में अनुवाद भी हुआ है। भगवानदास मोरवाल हरियाणा साहित्य अकादमी की शासी परिषद के सदस्य हैं। हिन्दी अकादमी, दिल्ली की संचालन समिति तथा 'इन्द्रप्रस्थ भारती' पत्रिका के सम्पादन मण्डल में आप सम्मिलित हैं।

भगवानदास मोरवाल हिन्दी की औपन्यासिक रचनाशीलता के सर्वोत्तम प्रतिनिधियों में से एक हैं। भूमण्डलीकरण के भयाक्रान्त करते कोलाहल के मध्य उन्होंने स्थानीयता एवं निजता का निनाद चिह्नित किया है। पाठकों व आलोचकों में भगवानदास मोरवाल की आत्मीय स्वीकृति इस तथ्य को रेखांकित करती है। हिन्दी कथा साहित्य में भगवानदास मोरवाल के महत्त्वपूर्ण योगदान को स्वीकार करते हुए यह आनन्द सागर स्मृति कथा क्रम सम्मान-2006 समस्त मंगलाशाओं के साथ अर्पित है।

इस सम्मान के प्रतीक स्वरूप यह प्रशस्ति पत्र पन्द्रह हज़ार रुपये की धनराशि व स्मृति चिह्न के साथ समर्पित है।

दिनांक 11 नवम्बर, 2006 — संयोजन समिति
लखनऊ — कथाक्रम

इस अवसर पर अपने अध्यक्षीय वक्तव्य में श्रीलाल शुक्ल ने कहा, "हिन्दी लेखन में समाजशास्त्रीय अध्ययन भी शामिल हो रहा है। हिन्दी की अभिव्यंजना लोकभाषाओं की सामर्थ्य से ही बढ़ेगी। लोकभाषाओं को साथ लेकर ही हिन्दी उन्नति कर सकती है और मोरवाल ने इस सम्भावना का अच्छा दोहन किया है। भगवानदास मोरवाल के अपवादग्रस्त समाज में बड़ी जीवन्तता दिखाई देती है। इनके ये दोनों उपन्यास कई अर्थों में मेरे लिए पुनश्चर्या साबित हुए हैं।"

हंस के सम्पादक राजेन्द्र यादव ने कहा, "कथाक्रम ऐसे लोगों को सम्मानित कर रहा है जो अब तक ऐसे सम्मानों से वंचित रहे हैं। वास्तव में मध्यवर्गीय पाठकों की आदतें कलात्मक कृतियाँ पढ़ने की रही हैं लेकिन अब वे चीज़ें भी मुख्यधारा में आ रही हैं। हम अपने आग्रह, संस्कार, रूढ़ियों और शिकायतों को लेकर बहुत-सी रचनाओं को छोड़ देते हैं, यह नहीं देखते कि ज़रूरत किस बात की है। मध्यवर्गीय लोगों के साहित्य के बाद हाशिए पर स्त्री, दलित व आदिवासियों का जो साहित्य उभरता है, उसे लोग नहीं समझ पा रहे कि क्या करें, क्योंकि इसे नकारा भी नहीं जा सकता। इसे भीतर से स्वीकार नहीं कर पाते पर बाहरी तौर पर मानना ही पड़ता है। आज साहित्य का आधार बदल रहा है।

जिस वर्ग का पढ़ने वाला हो अगर उसी वर्ग का साहित्यकार हो, तो वह रचना अधिक पढ़ी जाती है। इसलिए आज समय उन्हीं का है जिनके लेखन को हमने कभी पसन्द नहीं किया। आज साहित्य के समक्ष बहुत संकट हैं इसलिए लेखकों को सामाजिक सरोकारों वाला लेखन करना चाहिए।"

कमला प्रसाद ने कहा, *"मोरवाल का साहित्य आम लोगों के लिए है।"*

जबकि आलोचक डॉ. शंभु गुप्त ने लेखक की रचना-प्रक्रिया पर प्रकाश डालते हुए कहा, *"स्त्री-विमर्श के शोर में भगवानदास मोरवाल स्त्री का दर्द और मूल कठिनाइयों को उजागर कर रहे हैं। ये मुस्लिम महिलाओं के उत्पीड़न भरे जीवन को प्रकाश में ला रहे हैं। यह रचनाकार की ही ख़ूबी है कि वह अपने ढंग से 'बाबल तेरा देस में' स्त्री-विमर्श को पूरी आंचलिकता के साथ लाये हैं।"*

इस 14वें *आनन्द सागर स्मृति कथाक्रम सम्मान-2006'* के सम्मान समारोह में पुरस्कृत लेखक के रूप में मेरी तरफ़ से यह वक्तव्य पढ़ा गया—

उत्तर प्रदेश की राजधानी और तहज़ीबी शहर लखनऊ के इस उमानाथ बली सभागार में देश के विभिन्न राज्यों, शहरों और क्षेत्रों से आये हिन्दी साहित्य के सभी मनीषी और अपने समकालीनों को मैं नमन करता हूँ।

मेरे लिए व्यक्तिगत रूप से सबसे दुष्कर कार्य यह है कि आज कथाक्रम शृंखला के इस 14वें आयोजन के अवसर पर वर्ष 2006 के *आनन्द सागर स्मृति कथाक्रम सम्मान* से अपने आपको समादृत करने पर क्या कहूँ? वह भी ऐसे में जब इस शहर में मेरा आगमन आज कुल जमा दूसरी बार हुआ है। पहली बार इस शहर में लगभग दो दशक पूर्व कुछ विषम परिस्थितियों के चलते, जिसे कवि त्रिलोचन के शब्दों में कहूँ तो ताप के ताए हुए दिनों में आना हुआ था। उस यात्रा की अन्तःकथा आज की स्थितियों को देखते हुए कुछ हास्यास्पद, तो तब के हिसाब से करुणामयी कही जा सकती है। सच तो यह है कि यहाँ उपस्थित अपने अनेक वरिष्ठ और समकालीनों से आज पहली बार रू-ब-रू भी हो रहा हूँ। ऐसे में कुछ कहना और भी मुश्किल है।

किसी भी लेखक के पुरस्कृत या सम्मानित होने पर प्रायः दो तरह की प्रतिक्रियाएँ होती हैं। एक, लेखकवृन्द और पाठक समुदाय के बीच तथा दूसरी ख़ुद सम्मानित लेखक के भीतर। मेरे मन में किसी भी पुरस्कार या सम्मान मिलने पर जो पहली प्रतिक्रया होती है, वह स्वयं को अचम्भित, संशय और एक हद तक दुविधा में डालने वाली होती है। दुविधा में डालने वाली इसलिए कि इस प्रतिक्रिया की प्रारम्भिक शुरुआत ही आत्म-संशय से होती है, जो धीरे-धीरे एक

डर और आगे चलकर चुनौती और अपनी लेखकीय ज़िम्मेदारी के प्रति एक गहरे बोध का अहसास दिलाने जैसी होती है। मेरा निजी मत है कि मौजूदा दौर में कभी-कभी ऐसे सम्मान अथवा पुरस्कार लेखक और उसके लेखन को कुण्ठित भी करते हैं। क्योंकि इधर जितनी संख्या में आज पुरस्कार/सम्मान हो गये हैं, उन्हें हथियाने अथवा पाने की उतनी ही होड़, उतने ही जोड़, जुगत, मेन्यूपूलेशंस आदि-आदि की नयी-नयी प्रविधियाँ, तकनीक और औज़ार भी आविष्कृत व विकसित हुए हैं।

मेरे लिए इन शब्दों का विशेष महत्त्व है क्योंकि इसके पीछे प्रारम्भिक दौर में, देश के बेहद पिछड़े इलाक़े मेवात के एक छोटे-से क़स्बे से रोज़ी-रोटी की तलाश में पलायन कर दिल्ली आने के बाद घटी एक ऐसी घटना है जिसमें हमारी ग्रामीण निष्कलुषता, निष्कपटता, उसके भोलेपन के साथ-साथ वहीं के चतुर-चालाक सभ्य कहे जाने वाले ग्रामीण समाज के एक वर्ग की निर्ममताएँ और निष्ठुरताएँ छिपी हुई हैं। चूँकि यह अवसर उस घटना को दोहराने का नहीं है, इसलिए इसकी फिर कभी चर्चा होगी।

आज इस सभागार में इस सम्मान को ग्रहण करते हुए जो अनुभूति मुझे हो रही है, उसे मैं एक सुखद आश्चर्य और स्वयं को ध्यानवान्वित होना मानता हूँ। गौरवान्वित होना इसलिए कह रहा हूँ कि जिस जातीय अस्मिता और कृतघ्नता के बोध का ऋण मेरे ऊपर था, लग रहा है उससे मैं धीरे-धीरे उऋण हो रहा हूँ। कहते हैं कि किसी लेखक को पुरस्कृत या सम्मानित होने के पीछे जो दो बातें काम करती हैं, उनमें से एक यह अहसास दिलाना है कि समाज को उसकी ज़रूरत है। मैं यह तो नहीं कह सकता कि समाज को मेरी कितनी ज़रूरत है लेकिन इतना अवश्य है कि मुझे अपने समाज की ज़रूरत है। और शायद इसी ज़रूरत ने मुझमें न केवल एक आत्मविश्वास, उत्साह और आवेग पैदा किया, अपितु साहित्य के प्रति मेरी जिजीविषा तथा उत्कठ आस्था को भी बचाये रखा है। इसलिए मेरे इस वक्तव्य से आप किसी बौद्धिक प्रवचन की बिल्कुल उम्मीद न करें। मेरा ऐसा विनम्र निवेदन है। मैं तो यहाँ अपनों के बीच कुछ अपनी और कुछ अपनों की सुनने और सुनाने की मंशा लेकर आया हूँ। इसलिए मैं सीधे-सीधे अपनी बात पर आता हूँ।

आज जब मैं अतीत की खुरदरी कन्दराओं में झाँककर देखता हूँ तो एक के बाद एक स्मृतियों के हुचके में लिपटी जगह-जगह गाँठ लगी रील खुलती चली जाती है। आठवें दशक के एकदम प्रारम्भ में मैं भी इस देश के असंख्य बेरोज़गारों की तरह अपने अस्तित्व को बचाये रखने के लिए किसी सूखे दरख़्त के कोटर की

तलाश में देश की राजधानी आया था। यहाँ आना पारिवारिक स्थितियों-परिस्थितियों के चलते मेरी ज़रूरत और विवशता दोनों थीं। ज़रूरत इसलिए कि पितृत्व का भार इन कमज़ोर कन्धों पर उस उम्र में आ गया था, जो उम्र भविष्य की सुनहरी कल्पनाओं में डुबकी लगाने की होती है। विवशता इसलिए कि मेरा छोटा-सा क़स्बा न तो मुझे कुछ देने की स्थिति में था, और न ही मैं उसे कुछ देने की स्थिति में था। आज सोचता हूँ तो मुझे अपनी इस विवशता पर किसी तरह का पछतावा अथवा क्षोभ नहीं होता। बल्कि लगता है कि मैंने एक बेहतर विकल्प चुना। मैं जानता हूँ कि मेरी तरह यहाँ उपस्थित ज़्यादातर मित्र मेरे इस मत से सहमत होंगे। क्योंकि जो सामाजिक-आर्थिक हालात हमारे गाँव-देहातों की दो-ढाई दशक पूर्व थी, आज वह उससे कहीं ज़्यादा बदतर हुई है। हमारे गाँव-देहात सामन्तवाद, झूठे दम्भ, कुण्ठा, जातिवाद, साम्प्रदायिकता की ऐसी प्रयोगशालायें बन गये हैं कि आने वाले समय में हो सकता है गाँव की परिभाषा ही बदल जाये। इसलिए प्रो. मैनेजर पाण्डेय के शब्दों में कहूँ तो आज हम गाँव-देहातों में अपने पड़ोसी से या तो दोस्ती रखकर रह सकते हैं, या दुश्मनी रखकर। जबकि शहरों और महानगरों में बिना दोस्ती या दुश्मनी के काम चल सकता है।

मित्रो, त्रिलोचन जी के उन्हीं शब्दों को उधार लेते हुए पुनः दोहराना चाहूँगा कि आठवें दशक के तीन चौथाई वर्ष मेरे लिए सचमुच वे ताप के ताए हुए दिन थे, जिनकी तपिस मैं ताउम्र महसूस करता रहूँगा। ये वही दिन थे जिन्होंने जीवन के व्यावहारिक संघर्ष की परिभाषा समझाई। ये वही दिन थे जब 1982 में होनेवाले एशियाई खेलों के दौरान उस समय देश की राजधानी दिल्ली में निर्माणाधीन और आज के पाँच सितारा होटल *सम्राट* की तीसरी मंज़िल पर लोहे की अलमारियों को अपने कन्धों पर रखकर चढ़ाया था। यही वे दिन थे जब अपनी बची-खुची पढ़ाई जैसे-तैसे पूरी की। यही वे दिन थे जब भूख और अभाव ने अपनी जमकर परीक्षा ली। यही वे दिन थे जब कनॉट प्लेस स्थित कॉफ़ी हाउस की खुली छत पर लेखक नाम के असली 'जीव' से प्रथम परिचय हुआ, और कॉफ़ी के प्यालों से उठती भाप के बीच राष्ट्रीय और अन्तरराष्ट्रीय विषयों के साथ-साथ उन मुद्दों और प्रश्नों पर मग़जमारी करते देखा, जो मुद्दे और प्रश्न एक आम व्यक्ति के लिए तब भी बे-मानी थे और आज भी हैं।

वास्तव में, यहीं से अवचेतन में धीरे-धीरे किसी बड़े काम की भूमिका बनने लगी थी। इसलिए इसकी भूमिका के रूप में *अस्सी मॉडल उर्फ़ सूबेदार, भूकम्प, महराब, लेकिन* और *रंग-अबीर* जैसी कहानियाँ लिखी गयीं। इन कहानियों को पढ़ने के बाद वरिष्ठ आलोचक डॉ. नित्यानन्द तिवारी जी ने मुझे सलाह दी थी

कि मैं अपनी ऊर्जा और अनुभवों को किसी बड़े काम में ख़र्च करूँ। यही वे दिन थे जब कॉफ़ी हाउस की उन बहस-मुबाहिसों को मैं कई साल तक मूक श्रोता बन सुनता और गुनता रहा। कुछ सालों के बाद अन्ततः यह आभास होने लगा कि स्मृतियों का जो ख़ज़ाना, लोकाचार-लोकानुभूतियों का जो ताप, लोक-विश्वासों की जो गमक मेरे पास थाती स्वरूप सुरक्षित है, क्यों न उन्हें कल्पनाओं के साथ पन्नों पर उतारने की कोशिश करूँ। वैसे भी इलियट ने कहा है–*कल्पना में बहुत अधिक स्मृतियाँ ही होती हैं।*

यह एक संयोग ही था कि जब धीरे-धीरे मानस एक व्यवस्थित कार्य के लिए तैयार हो रहा था, तभी इस दौरान एक छोटे-से अन्तराल में इस देश में दो घटनाएँ घटीं। पहली, नवम्बर 1990 में देश में तथाकथित राष्ट्रवादियों द्वारा शुरू की गयी रथयात्रा; और दूसरी ठीक इसके दो वर्ष बाद 6 दिसम्बर, 1992 में इस देश के लिए बेहद शर्मनाक घटना अयोध्या में रामजन्म भूमि-बाबरी मस्जिद का ढहना। इन दोनों घटनाओं का मेरे मेवात के सामाजिक जीवन बल्कि कहिए मिश्रित संस्कृति पर गहरा असर पड़ा। बल्कि दूसरी घटना के प्रतिक्रिया-स्वरूप मेवात जैसे शान्त क्षेत्र में जो घटित हुआ, वह मेरे लिए एकदम अविश्वसनीय, अकल्पनीय और एक हद तक विचलित करने वाला था। इन प्रतिक्रियाओं ने मेवात जैसे समाजों की सामाजिक संरचना को जैसे झकझोर कर रख दिया था। बल्कि 1990 में जो खदबदाहट भीतर-ही-भीतर मूर्त रूप नहीं ले पायी थी, 1992 की इस घटना ने उसे साकार कर दिया। मैं अपने मेवाती समाज और उसके लोक-विश्वासों को लेकर एक भोला भ्रम पाल इतराता हुआ घूमा करता था, वे जैसे एक झटके में दरक गये।

आज मैं कह सकता हूँ कि *काला पहाड़* इन्हीं लोक-विश्वासों और लोकाचारों के दरकने का आख्यान है। इसका मुख्य पात्र अथवा कहिए बूढ़ा नायक सलेमी 1992 की घटना से आहत पल-पल जीता और पल-पल मरता है। कभी-कभी मुझे लगता है कि हमारी मौजूदा हिन्दी आलोचना क्यों इतनी थोथी होती जा रही है? थोथी इसलिए कि एकाध अपवाद को छोड़ दें तो अधिकतर समीक्षात्मक टिप्पणियों में उपन्यास *काला पहाड़* (1999) को साम्प्रदायिकता के विरोध में लिखा गया उपन्यास कहकर अपने आलोचना-कर्म की इतिश्री कर ली। जबकि उपर्युक्त दोनों घटनाएँ इस उपन्यास का आंशिक हिस्सा हैं जिनको उपन्यास में लाने का एकमात्र उद्देश्य यह था कि ऐसी विघटनकारी कार्रवाइयों के बावजूद हमारे साँझे लोक-संघर्ष और लोक-विश्वास इतनी आसानी से दरकने वाले नहीं।

कुछ ऐसा ही अहसास मुझे अपने दूसरे उपन्यास *बाबल तेरा देस में* के समीक्षात्मक लेखों और टिप्पणियों को पढ़ते हुए हुआ। कुछ नगरीय क्रान्तिकारी पतिव्रताओं को तो इस उपन्यास में स्त्री-विद्रोह का वह उत्ताप ही दिखाई नहीं दिया, जो इधर तेज़ी से गढ़े हुए नक़ली स्त्री-विमर्श सम्बन्धी रचनाओं में अक्सर दिखाई देता है। दरअस्ल, *बाबल तेरा देस में* ऐसे किसी भी प्रचलित विमर्श को केन्द्र में रखकर नहीं लिखा गया। बल्कि अपने गाँव-देहात की स्त्रियों की दशा और धार्मिक परिप्रेक्ष्य में उनकी निजता को इशारे-भर से सामने लाना था। मेरा रंचमात्र प्रयास इसके माध्यम से स्त्री-सम्बन्धी उन सवालों से दो-चार होना था जो सवाल महज़ महानगरीय व शहरी, वह भी साधन-सम्पन्न, पति द्वारा प्रदत्त सारी सुख-सुविधाओं को भोगती हुई, बल्कि वरिष्ठ कथाकार विद्यासागर नौटियाल के शब्दों में कहूँ तो *कुलीन घरानों की कुछ स्वच्छ-वस्त्र समाज सेवी क़िस्म की ललनाओं के चारों ओर भिनभिना कर दम तोड़ देते हैं*। *काला पहाड़* के सलेमी की तरह *बाबल तेरा देस में* के जिन पात्रों में आम पाठकों, विशेषकर स्त्रियों को अपना प्रतिबिम्ब दिखाई देता है, वह बूढ़ी दादी जैतूनी है।

कुछ मित्रों को जहाँ इन उपन्यासों में विवरणों की अधिकता दिखाई देती है, तो कुछ को ये महज़ समाजशास्त्रीय अध्ययन नज़र आये हैं। बल्कि कुछ ने तो इन्हें *आंचलिक* कहकर मुक्ति पा ली। मैं निजी तौर पर इन तर्कों से सहमत नहीं हूँ। अन्य विद्वानों की तरह मेरा भी यह मानना है कि विवरणों का सीधा सम्बन्ध जीवन से है। जहाँ जीवन होगा, वहाँ विवरण भी होंगे। जहाँ तक समाज शास्त्रीय अध्ययन का प्रश्न है, तो मेरा सवाल यह है कि फिर उपन्यास क्या है? सच तो यह है कि *काला पहाड़* और *बाबल तेरा देस में* मेरे उन लोक-विश्वासों और लोक-संघर्षों के प्रतिरूप हैं, जो हमें ज़िलाये रखने के साथ-साथ हमारी जिजीविषा को बचाये रखते हैं। यदि ऐसा नहीं होता तो अनातोले फ्रांस को यह नहीं कहना पड़ता कि *राष्ट्र लोक-विश्वासों पर जीवित रहते हैं*। अगर अनातोले फ्रांस के इस कथन को मैं अपने शब्दों में कहूँ तो इस तरह कहूँगा कि समाज अपने लोक-विश्वासों पर ही जीवित रहते हैं।

वैसे हमारे पास अपने इन लोक-विश्वासों के बचा भी क्या है? एक ऐसे निम्नवर्गीय मज़दूर परिवार में जन्मे और बड़े हुए एक लेखक के पास जिसके लिए और भी ग़म है ज़माने में लिखने के सिवाय दूसरा विकल्प है भी क्या? दिल्ली जैसे महानगर में पिछले ढाई दशक की जद्दोजहद के बावजूद आप बेशक मुझे दिल्लीवाला निम्न मध्यवर्गीय लेखक कह सकते हैं। लेकिन क्या मात्र बड़े शहरों और महानगरों में आकर रहने से व्यक्ति आधुनिक और सम्भ्रान्त हो जाता है?

सोच, मानसिकता, संस्कार और कुछ रूढ़ियों के चलते मैं ही क्या, यहाँ उपस्थित ज़्यादातर लेखक निम्न मध्य वर्गीय ही हैं। आर. के. नारायण ने इसीलिए कहा था—*मनुष्य शारीरिक रूप से भले ही बदल जाये, उसके भीतर का व्यक्ति कभी नहीं बदलता।* मेरी तरह आप में से बहुतों की शिक्षा-दीक्षा माह-पूस की कँपकँपाती ठण्ड में, बिना टाट-पट्टी के नंगे फ़र्शों पर बैठकर खिड़की-दरवाज़ों से भड़भड़ा कर आते लू के थपेड़ों को सहते हुए हुई होगी। इसलिए पत्तों से उतरती चाँदनी, बर्फ़ से उठती धुँध और पाँव झुलसाती गरम रेत या देह सुन्न कर देनेवाली ठण्ड के सौन्दर्यबोध की परिभाषा निश्चित ही एक नहीं हो सकती। सौन्दर्य बोध का सीधा सम्बन्ध हमारी चेतना, सरोकारों, लोक-धर्मिता और जीवन-संघर्षों से है। इन संघर्षों में ही हमारे सरोकार निहितं हैं। इस सन्दर्भ में मैं अपने मेवात का यह दोहा सुनाना चाहता हूँ जिसका सम्बन्ध परोक्ष रूप से इसी सौन्दर्यबोध से है—

माई ऐसो पुतर जन, जैसे काळी कीच
भूरा भगें बाहर लू, काळा धँसें दलन के बीच।

मित्रो, इस काली कीच (कीचड़) का प्रयास अपने सरोकारों और संघर्षों से बाहर भागने का नहीं, बल्कि चारों तरफ़ से घिरे दलों के बीच धँसने का होता है। कोशिश रहती है कि तेज़ी से विलीन होती उस छुँकी हुई हरी मिर्च, सिल-बट्टे पर प्याज़-लहसुन के साथ पीसी लाल मिर्च की चटनी, तथा चूल्हे पर मिट्टी के तवे की सिंकी उस रोटी की गन्ध और स्वाद को बचाये रखने की, जिनकी दुर्लभता ने हमारे आपसी विश्वासों में सेंध लगानी शुरू कर दी है।

अब कुछ शब्द अपनी भाषा और शिल्प के प्रयोगधर्मिता के बारे में।

मैंने निजी तौर पर न तो शिल्प के मकड़जाल में उलझने की कोशिश की, न ही भाषायी प्रयोग करने का जंजाल मोल लिया। ऐसा करना कभी मुझे ज़रूरी और उचित भी नहीं लगा। मेरा जीवन जैसा है, मेरी रचनाओं की भाषा और शिल्प भी वैसा ही है। हाँ, अपने कथ्य के प्रति पूरी ईमानदारी बरतने का अवश्य प्रयास किया है। इसमें मैं कितना सफल हुआ हूँ, यह कहना मेरे लिए मुश्किल है। मेरी दृष्टि में भाषायी प्रयोगों और शिल्प का सहारा वे ही लेते हैं जिनके जीवनानुभव रूपी तूणीर में जीवन-मूल्यों, लोक-विश्वासों और जीवन-संघर्षों के तीर समाप्त हो गये हों।

वास्तव में, भाषा व शिल्प की प्रयोगधर्मिता इस बात पर निर्भर करती है कि आप किसके बारे में और किसके लिए लिखते हैं। एक आम पाठक के लिए, या फिर बक़ौल पाकिस्तानी कथाकार इन्तज़ार हुसैन—*आलोचक के रूप*

में उस अन्ना के लिए, जिसकी अँगुली पकड़कर चलनेवाले बहुत से लेखकों के वयस्क होने के बावजूद, अपना नाम उन्हें ख़ुद नहीं बल्कि अन्ना के माध्यम से बताना पड़ता है।

अन्त में, हिन्दी कथा-साहित्य पर केन्द्रित इस अखिल भारतीय आयोजन की आदरणीय श्रीलाल शुक्ल जी की अध्यक्षता में गठित उस समिति का आभार व्यक्त करता हूँ, जिसने मेरे सरोकारों व रचना-कर्म में अपना विश्वास प्रकट करते हुए मुझे इस सम्मान के लायक समझा और आज मुझे सम्मानित करने का निर्णय लिया। आभार व्यक्त करता हूँ यहाँ उपस्थित अपने समस्त वरिष्ठ और समकालीनों का जिन्होंने मुझे धैर्य से सुना। धन्यवाद।

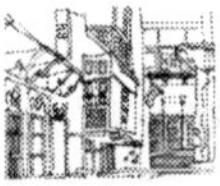

मेरा यह वक्तव्य काफ़ी बोझिल और थका देनेवाला था या फिर श्रोताओं को ऐसे अवसरों पर हम बौद्धिकों को सुनने की आदत नहीं है, कहना मुश्किल है। लेकिन इतना ज़रूर है कि मेरे वक्तव्य या कहिए मेरी इस राम-कहानी में किसी की कोई रुचि नहीं थी। ऐसे में मंच से बोलने या पढ़ने वाले के लिए तब बड़ी विकट स्थिति पैदा हो जाती है, जब सामने बैठे साहित्य-प्रेमी ऊँघने लगते हैं। मेरे लिए भी बड़ी विकट स्थिति पैदा हो गयी कि कैसे मैं अपना लिखित वक्तव्य जल्दी से जल्दी ख़त्म करूँ। मगर अगले ही पल मन को दृढ़ करते हुए सोचा कि ऐसा मौक़ा बार-बार हाथ नहीं आना है। इसलिए चाहे कोई ऊँघे या झपकी ले, मैं तो अपना वक्तव्य पूरा करके ही दम लूँगा और मैंने ऐसा ही किया।

सम्मान समारोह सम्पन्न होने के बाद स्थानीय पत्रकारों ने सम्मानित लेखक से छोटी-सी वार्ता रखी। उस वार्ता में मैंने क्या कहा होगा, वह तो मुझे याद नहीं लेकिन मेरे हवाले से अगले दिन 12 नवम्बर, 2006 को विभिन्न समाचार-पत्रों में जो कुछ प्रकाशित हुआ, उसे यहाँ दे रहा हूँ। लगभग एक जैसे शीर्षक कि *आज के साहित्यकार या लेखक पाठक नहीं, आलोचक को ध्यान में रखकर लिखते हैं,* मेरे इस कथन को विस्तार से प्रकाशित किया गया–

आनन्द सागर स्मृति कथाक्रम सम्मान से सम्मानित कथाकार भगवानदास मोरवाल को यह कहने में कोई गुरेज नहीं है कि आज के साहित्यकार पाठक को ध्यान में रखकर नहीं, आलोचक के लिए लिखते हैं। क्योंकि पुरस्कार उन्हें पाठकों से नहीं बल्कि आलोचकों की आलोचना के बाद मिलता है। आज लेखन का उद्देश्य पुरस्कार हो चुका है। ऐसे में साहित्य पाठक से दूर होता जा रहा है। साहित्यकार की रचनाओं का आकलन क्षेत्रवार रूप से करना ठीक नहीं है।

लेखक अगर किसी भी अंचल विशेष की समस्या उठाता भी है तो उसका सम्बन्ध पूरी मानवता से होता है। 'काला पहाड़' और 'बाबल तेरा देस में' उपन्यासों को आंचलिक व स्थानीय कहना ग़लत है। बोलियों अथवा उपभाषाओं के प्रयोग की बात कहकर उसे आंचलिक जैसे छोटे दायरे में सीमित करना ग़लत है। उपभाषाओं से ही हिन्दी का विकास और वह समृद्ध हुई है। हाँ, हिन्दी को रोज़गार और पठन-पाठन से न जोड़ने का परिणाम है कि हिन्दी के प्रति लोगों की रुचि कम हो रही है। हालाँकि हिन्दी के समाचार-पत्रों की प्रसार संख्या में नितप्रति दिन विस्तार हो रहा है। मुझे दुःख के साथ कहना पड़ रहा है कि हिन्दी का लेखक पूर्णकालिक नहीं होता है। लेखन तो वह अपने शौक़ के लिए करता है।

मैंने पहली बार हिन्दी पाठकों को इन दोनों उपन्यासों के माध्यम से मेवात जैसे अलक्षित और उपेक्षित क्षेत्र की लोकसंस्कृति और जाति अस्मिता का प्रश्न उठाया है। मैं तो फणीश्वरनाथ 'रेणु' का आभारी हूँ जिन्होंने समाज के ऐसे वर्ग को अभिव्यक्त किया, जिस वर्ग ने कभी सोचा भी नहीं होगा। शहरी और आभिजात्य वर्ग के साहित्यकार रेणु के 'मैला आँचल' को भी आंचलिक रचना मानते हैं। जबकि किसी भी रचना या कृति को आंचलिक कहना सही नहीं है। ऐसा कहकर ऐसी कृति की रेंज को कम करना होता है। साहित्य का संकट महानगरों के लेखकों के लिए है क्योंकि उनका दायरा सीमित है।

पिछले एक-डेढ़ दशक में हिन्दी के वे उपन्यास ही चर्चित रहे जिन्होंने अलक्षित समाजों का प्रतिनिधित्व किया है। एक बात और इंटरनेट और टेलीविज़न पाठकों की संख्या कम कर रहा है, यह धारणा ग़लत है। बल्कि सोशल मीडिया के द्वारा अब अधिक लोगों तक पुस्तकों के बारे में ज़्यादा जानकारी पहुँचने से पुस्तक और अधिक पाठकों तक पहुँचने लगी है। सच तो यह है कि लेखक कोई समाज सुधारक नहीं होता और लेखक की रचना से कोई क्रान्ति भी नहीं होती मगर लेखक और उसकी रचना क्रान्ति का आधार पैदा करती है। वह समाज की अभिव्यक्ति को व्यक्त करने का साधन मात्र है।

महानगरों की जो महिला लेखक स्त्री-मुक्ति की बात करती हैं, सबसे पहले यह देखना चाहिए कि वे किस वर्ग का प्रतिनिधित्व करती हैं। इन लेखिकाओं के लेखन में स्त्री-मुक्ति केवल देह तक घूमता-फिरता है। परन्तु गाँव-देहात की स्त्री जो सुबह पाँच बजे उठाकर घर-बाहर व खेत-खलिहानों के काम के साथ, बच्चों का पालन-पोषण करती है उसके लिए देह का कोई अर्थ नहीं है। आर्थिक व शैक्षणिक रूप से मज़बूत करे बग़ैर स्त्री-मुक्ति की बात करना व्यर्थ है।

(यह वक्तव्य लखनऊ से प्रकाशित *स्वतन्त्र भारत* और *जनसत्ता एक्सप्रेस* में प्रकाशित रिपोर्ट्स से लिया गया है।)

सम्मान समारोह के दूसरे दिन दैनिक *हिन्दुस्तान* में उसके संवाददाता आलोक पराड़कर द्वारा की गयी एक कॉलम की छोटी-सी यह बातचीत भी प्रकाशित हुई—

- *राजेन्द्र यादव ने आपके सम्मान को एक दलित के सम्मान के तौर पर रेखांकित किया। आपको नहीं लगता कि जब चयन में ऐसे मानदंड देखे जाते हैं तो रचनाशीलता का अवमूल्यन होता है?*

—मुझे लगता है कि उनका मन्तव्य लेखक विशेष को लेकर नहीं बल्कि लेखन की प्रवृत्ति को लेकर था। लेखन में वे चीज़ें अब मुख्यधारा में आ रही हैं जो हाशिए पर थीं और वे शायद कहना चाहते थे कि ऐसा लेखन करनेवालों को कथाक्रम सम्मानित कर रहा है। अगर उनका आग्रह लेखक की जाति विशेष की ओर होता तो वे मैत्रेयी पुष्पा का नाम न लेते।

- *लेकिन ये बातें बार-बार आती हैं। यादव पिछली बार असग़र वजाहत के सम्मान को उनके मुसलमान होने से जोड़कर देख चुके हैं। क्या आपको लगता है कि पुरस्कारों के चयन में लेखक की जाति, धर्म भी कहीं मायने रखती है?*

—यह सच है कि पुरस्कारों में ऐसी बातें भले ही ऊपरी तौर पर दिखाई न देती हों लेकिन कहीं-न-कहीं इनकी एक अन्तरधारा होती है। निर्णायकों का वर्ग विशेष के प्रति पूर्वाग्रह पुरस्कारों के चयन में काम करता है। आप क्या इससे इनकार करेंगे कि मानसिक तौर पर हमारे संस्कार वही रहते हैं जिनको लेकर हम तरह-तरह के आरोप-प्रत्यारोप लगाते रहते हैं।

- *आप ख़ुद को एक दलित लेखक कहा जाना पसन्द करते हैं?*

—दलित का अर्थ दबे-कुचले, पिछड़ों से है लेकिन हिन्दी साहित्य में दलित का अर्थ अनुसूचित जाति से लगाया जाता है। दबे-कुचले, पिछड़ों की समस्याओं को मैं अपनी रचनाओं में उठाता रहता हूँ।

- *आपकी रचनाओं के बारे में यह कहा जाता है कि ये पत्रकारिता की तरह विवरणात्मक होती हैं?*

—जहाँ जीवन होगा वहाँ विवरण होगा। इससे यह पता चलता है कि मैंने कितना शोध किया है।

- *इन दिनों आप क्या कर रहे हैं?*

  —अपराधी कही जानेवाली जनजाति समूह की एक जाति कंजर के सामाजिक ताने-बाने को केन्द्र में रखकर एक उपन्यास लिखने की कोशिश कर रहा हूँ। आजकल उसी के लिए भागदौड़ हो रही है।

आनन्द सागर स्मृति कथाक्रम सम्मान के इस 14वें सम्मान समारोह में देशभर से हिन्दी के लेखक और साहित्य प्रेमी एकत्रित हुए थे। वरिष्ठ आलोचक परमानन्द श्रीवास्तव, शिव कुमार मिश्र, गिरिराज किशोर, विजय मोहन सिंह, मैत्रेयी पुष्पा, रवीन्द्र वर्मा, चन्द्रकान्ता, चन्द्रकला त्रिपाठी, महुआ माझी, मदन मोहन, शकील सिद्दीकी, मूलचन्द गौतम, जितेन ठाकुर, सुषमा मुनीन्द्र, देवेन्द्र, अखिलेश, वीरेन्द्र यादव, हरिचरण प्रकाश, शिवमूर्ति, गिरीश चन्द्र श्रीवास्तव, नमिता सिंह, अरविन्द त्रिपाठी, वन्दना राग, सुशील सिद्धार्थ, रजनी गुप्त, चन्दन पाण्डे मौजूद थे। लेकिन डॉ. नामवर सिंह, मैनेजर पाण्डे, काशीनाथ सिंह, राजी सेठ, रामधारी सिंह दिवाकर, विष्णु नागर, रवीन्द्र कालिया इस समारोह में पहुँच नहीं पाए।

इस पूरे आयोजन में मैंने एक बात देखी और महसूस की कि जिस तरह की आत्मीयता और मैत्री-भाव सम्मानित लेखक के प्रति नज़र आना चाहिए वह इसमें पूरी तरह नदारद था। बल्कि अपने प्रति मैंने बहुत से वरिष्ठ और कनिष्ठों में एक अजीब-सा कुण्ठा और उपेक्षा का भाव देखा। इसका मुझे एक कारण यह नज़र आया कि उस बार का यह सम्मान एकदम चौंकाने वाला था। क्योंकि यह सम्मान जहाँ दूधनाथ सिंह, असग़र वजाहत, मैत्रेयी पुष्पा, ओमप्रकाश वाल्मीकि, संजीव, चन्द्रकिशोर जायसवाल, शिवमूर्ति जैसे दिग्गजों को दिया जा चुका हो, उनके बरअक्स मुझे कैसे सम्मान मिल गया? उस लेखक को जिसका वास्ता न कभी राजेन्द्र यादव स्कूल से रहा, न नामवर सिंह स्कूल से। उन दिनों हिन्दी साहित्य में इन्हीं दो स्कूलों का बोलबाला था। ईमानदारी से कहूँ इसमें दोष वहाँ इकट्ठा हुए लेखकों का भी नहीं था। सच्चाई यह है कि जैसे मैं बहुत से लेखकों को नहीं जानता था, वैसे ही वे भी मुझे जानते होंगे, इसकी क्या गारंटी है? उन दिनों हिन्दी साहित्य में तरह-तरह के अनुमानों का बाज़ार गर्म था कि इस आदमी को यह सम्मान मिला तो मिला कैसे? कहाँ से इसने जुगाड़ लगाया होगा?

जिस दिन मुझे नयी दिल्ली रेलवे स्टेशन से शाम को लखनऊ के लिए ट्रेन पकड़नी थी, मैंने देखा जिस कोच में बैठा था, उसी कोच के बाहर वरिष्ठ आलोचक डॉ. विजय मोहन सिंह जी अपने बेटे के साथ खड़े थे। उन्हें भी उसी ट्रेन से लखनऊ जाना था। वे मुझे नहीं जानते थे। हालाँकि जानना ज़रूरी था भी नहीं। एक बार मेरे मन में आया भी कि मैं उन्हें अपना परिचय दूँ कि मैं फलाँ-लेखक

हूँ और मुझे इस बार का कथाक्रम सम्मान मिला है। परन्तु मैंने ऐसा नहीं किया। यह सोचकर कोच के बाहर खड़ा रहा कि इतनी बड़ी दुनिया में यह ज़रूरी नहीं है कि सब-एक दूसरे को जानें। वैसे भी क्या पता वे क्या कह बैठें। मैं उनके स्वभाव से अच्छी तरह वाक़िफ़ था। क्योंकि वे हर ऐरे-ग़ैरे नत्थू खैरे को लेखक ही नहीं मानते थे। बावजूद इसके कोच से बाहर आकर उनके इर्द-गिर्द इस भ्रम में मैंने कई चक्कर लगाये कि क्या पता वे मुझे जानते हों? लेकिन मेरा अनुमान तब यक़ीन में बदल जब उन्होंने मेरी तरफ़ देखा तक नहीं। दरअस्ल, डॉ. नामवर सिंह के आलोचकीय ताप ने बहुत से ठाकुर आलोचकों का सूरज सुबह की लालिमा से आगे नहीं चढ़ने दिया।

इस 14वें कथाक्रम सम्मान मिलने के बाद मैं अरसे तक यह जानने-समझने की कोशिश करता रहा कि आख़िर इस सम्मान के लिए मेरे नाम की सिफ़ारिश की तो किसने की? मेरी तो कोई रचना कभी *कथाक्रम* पत्रिका में प्रकाशित भी नहीं हुई। शैलेन्द्र सागर को मैं तब भी उतना ही जानता था जितना आज जानता हूँ। हालाँकि मई 2001 में मैंने *कथाक्रम* के लिए एक कहानी ज़रूर भेजी थी जिसका शीर्षक तब मैंने *स्वप्न मुक्ति* रखा था। जिसकी प्राप्ति सूचना भी पत्रिका के कार्यालय के दिनांक 31 मई, 2001 के इस पोस्ट कार्ड द्वारा जून की 3 तारीख़ को मिल गयी थी—

प्रिय महोदय!

आपकी कहानी प्राप्त हुई, धन्यवाद। प्रकाशन के निर्णय से आपको बाद में सूचित किया जायेगा।

भवदीय,
मीनू अवस्थी
सम्पादक
कथाक्रम

लेकिन 6 महीने तक जब कहानी के बारे कोई सूचना प्राप्त नहीं हुई, तब मैंने ख़ुद ही पत्र डालकर पूछ लिया। जिसका तुरन्त उत्तर आ गया। 6 दिसम्बर, 2001 को लिखी और *कथाक्रम, 4, ट्रांजिट हॉस्टल, वायरलेस चौराहे के पास, महानगर, लखनऊ* के पते से चले इस पोस्ट कार्ड के माध्यम से इस कहानी के सम्बन्ध में जो सूचना दी गयी, उसे कृपया आप भी देख लें—

प्रिय मोरवाल जी,

आपका पत्र प्राप्त हुआ, धन्यवाद। आपकी कहानी सम्पादक मण्डल द्वारा अस्वीकृत कर दिये जाने के कारण 'कथाक्रम' में नहीं प्रकाशित हो सकी। यदि इसके साथ पर्याप्त डाक टिकट लगा लिफ़ाफ़ा मिला होता तो अस्वीकृत रचना आपको लौटायी जा सकती थी, वैसे अस्वीकृत रचनाएँ हम ज़्यादा दिन सँभालकर नहीं रख पाते, नष्ट कर देते हैं। आशा है आप सानन्द होंगे।

भवदीय
ललितेन्द्र
कृत सम्पादक

मैंने यह सन्दर्भ इसलिए दिया कि जिस लेखक की कहानी *कथाक्रम* पत्रिका में प्रकाशन योग्य ना हो, वह पाँच साल बाद *कथाक्रम सम्मान* के योग्य हो जाये, तो इसका अर्थ है उस लेखक ने लेखन के बाज़ार में ज़बरदस्त उछाल मारा है। बाद में यह कहानी *वर्तमान साहित्य* के नवम्बर 2001 के अंक में प्रकाशित हुई थी। एक के बाद एक कभी *हंस* द्वारा, तो कभी *कथन* द्वारा बल्कि अब *कथाक्रम* द्वारा कहानी अस्वीकृत होने के कारण मेरा मन कहानियों से उचटने लगा। कहानियों में मुझे अपना साहित्यिक भविष्य अब असुरक्षित नज़र आने लगा। कहानी लेखन की जो मेरी गति नब्बे के दशक में थी, वह एकदम मन्द पड़ गयी। इस मन्दी का आप इसी से अनुमान लगा सकते हैं कि 2001 से लेकर 2006 तक मैंने मात्र ग्यारह कहानियाँ लिखीं। अन्तिम कहानी मेरी वही *मोक्ष* कहानी थी जिसे 14वें कथाक्रम सम्मान वाले साल 2006 के एकदम शुरू में मैंने लिखा था, और रवीन्द्र कालिया ने जिसके साथ अश्लील हरकत की थी। इसलिए यह तो हो नहीं सकता कि मेरे नाम की सिफ़ारिश कथाक्रम की तरफ़ से हुई होगी।

अब बचे *कथाक्रम सम्मान-2006* के संरक्षक श्रीलाल शुक्ल जी। मेरा उनसे परिचय तो दूर रहा, इससे पहले मैंने सिर्फ़ उन्हें एक बार देखा था। अगर पूरी निर्ममता के साथ कहूँ तो कहाँ राजा भोज, कहाँ गंगू तेली? पहली बार जब श्रीलाल शुक्ल जी को देखा या कहिए उनसे मिला था, तब वह अवसर बिल्कुल अलग था। यह अवसर था 1998 में प्रकाशित इनके उपन्यास *बिस्रामपुर का सन्त* पर के.के.बिरला फ़ाउंडेशन द्वारा नौवें *व्यास सम्मान* (1999) समारोह का दिन।

यह वही 1999 का साल था जब मेरा पहला उपन्यास *काला पहाड़* प्रकाशित होकर आया था। मैं किसी काम से दरियागंज आया हुआ था, तो वहीं भारत यायावर और कवि-कथाकार मित्र श्याम बिहारी श्यामल से मुलाक़ात हो गयी।

पता चला वे दोनों इंडिया गेट के जनपथ मार्ग स्थित *राष्ट्रीय संग्रहालय* जा रहे हैं। मैंने पूछा कि वे किसलिए वहाँ जा रहे हैं तो भारत यायावर जी ने बताया कि आज वहाँ राग दरबारी के लेखक श्रीलाल शुक्ल जी को *के.के.बिरला फ़ाउंडेशन* द्वारा 1999 का *व्यास सम्मान* दिया जा रहा है। मैंने कहा कि मैं भी चलता हूँ। इतना कह मैं उनके साथ चल दिया।

इस तरह हम तीनों जनपथ मार्ग पर स्थित *राष्ट्रीय संग्रहालय* आ गये। अभी समारोह शुरू होने में काफ़ी समय था इसलिए हम तीनों संग्रहालय के बग़ल में जनपथ मार्ग के किनारे घास के लॉन में बैठ गये और बतियाने लगे।

इसी बीच अचानक भारत यायावर बोले, "सुनो, श्रीलाल जी तो ये रहे। हमारी तरफ़ ही आ रहे हैं।"

चौंककर हमने देखा तो पाया सड़क के किनारे खड़ी सफ़ेद अम्बेसडर कार से उतरकर श्रीलाल शुक्ल जी सचमुच हमारी तरफ़ बढ़े आ रहे हैं। उन्होंने अपनी कार से हमें देख लिया था और भारत यायावर जी को उन्होंने पहचान लिया था। जहाँ तक मुझे याद है उनकी कार में उनके परिवार के भी कुछ लोग थे।

भारत यायावर जी ने ऐसे ही पूछ लिया कि अभी आ रहे हैं? इस पर श्रीलाल जी बोले कि आ तो हम बहुत पहले गये थे। अभी काफ़ी समय है तो सोचा बच्चों को आइसक्रीम खिला लाऊँ। जो दिल्ली के इस पर्यटन स्थल इंडिया गेट के भूगोल से परिचित हैं, वे जानते होंगे कि इंडिया गेट के चारों तरफ़ आपको बहुत सारे आइसक्रीम बेचनेवाले मिल जायेंगे।

भारत यायावर जी ने श्याम बिहारी श्यामल और मेरा श्रीलाल शुक्ल जी से परिचय कराया। लगभग दस मिनट बात करने के बाद श्रीलाल जी वापस अपनी कार की तरफ़ लौट गये।

समारोह शुरू होने के ठीक पहले हम तीनों सभागार में प्रवेश कर गये। भारत यायावर जी और श्याम बिहारी श्यामल आगे निकल गये और मैं पिछले हिस्से की एक सीट पर बैठ गया, क्योंकि मुझे जल्दी निकलना था। मैं जिस सीट पर जाकर बैठा मैंने देखा उसकी बग़ल वाली सीट पर उस दौर के प्रखर आलोचक और *हंस* के पहले ही अंक में प्रकाशित *हीलियम* और बाद में *तलछट का कोरस* जैसी कहानियों के लेखक तथा सिमोन द बोउवा की *एक गुमशुदा औरत की डायरी* का हिन्दी में अनुवाद करने वाले ललित कार्तिकेय बैठे हुए हैं। ललित कार्तिकेय से अरविन्द जैन के दरियागंज स्थित कार्यालय में शनिवार के दिन अक्सर मुलाक़ात होती रहती थी। यहीं से कथाकार और बाद में *साहित्य अकादमी* की पत्रिका *समकालीन भारतीय साहित्य* के सम्पादक बने अरुण प्रकाश,

अरविन्द जैन और मैं कई बार *इंडियन एक्सप्रेस* के बग़ल में भगतसिंह बस टर्मिनल के पास एक ढाबे पर शाम को आते और साढ़े नौ-दस बजे तक बैठे गपियाते रहते। एक समय इस टर्मिनल से डीटीसी की रूट नम्बर 851 बस उत्तम नगर टर्मिनल तक चला करती थी। दिल्ली के सबसे पुराने इस बस रूट को 2019 के मध्य में हमेशा के लिए बन्द कर दिया गया।

ललित कार्तिकेय उन दिनों बल्लभगढ़ के अग्रवाल कॉलेज में अंग्रेज़ी पढ़ाते थे और अक्सर नयी दिल्ली के गोल मार्केट इलाक़े में अपनी पत्नी के पास आते थे। एक बार उनकी पत्नी से कनॉट प्लेस स्थित मोहन सिंह प्लेस के कॉफ़ी हाउस में मैं भी मिला था। वे यहीं ललित से मिलने आयी थीं। उन दिनों पति-पत्नी में काफ़ी खटास चल रही थी। शायद इसी के चलते वे गहरे अवसाद में रहने लगे थे। किसी से मिलते भी नहीं थे। बाद में पति-पत्नी के बीच अलगाव भी हो गया था और 2012 के जुलाई महीने में वे हमेशा के लिए इस दुनिया को विदा कह गये।

सम्मान समारोह शुरू हो चुका था। कुछ देर बाद मैं और ललित कार्तिकेय दोनों सभागार से बाहर आ गये और *राष्ट्रीय संग्रहालय* के सामनेवाले बस स्टॉप पर कनॉट प्लेस की तरफ़ जानेवाली बस का इन्तज़ार करने लगे। जहाँ हम बस का इन्तज़ार कर रहे थे, उसके पास एक बहुत ऊँचे और पुराने पेड़ के शिखर पर एक चील अपने घोंसले में बैठी चीख रही थी। पेड़ के शिखर पर अपने घोंसले में बैठी उस चील की ओर देखकर ललित कार्तिकेय बोले, “मोरवाल, यह बाज़ है और बाज़ मेरा कहा मानते हैं।”

“यह बाज़ नहीं चील है।” मैंने उसकी बात पर ध्यान नहीं दिया। मुझे लगा शहरी अंग्रेज़ी पढ़ा-लिखा आदमी है। इसे चील और बाज़ में ही अन्तर नहीं मालूम। वैसे भी इंडिया गेट पर बाज़ क्या करने आयेगा।

लेकिन अगले पल ही उसने कहा कि मैं पेड़ पर चढ़कर इसे उतारकर लाता हूँ। इतना कह सचमुच वह उस गगन-चुम्बी पुराने दरख़्त पर चढ़ने की तैयारी करने लगा। यह देख मेरे हाथ-पाँव फूल गये। मैं जानता था कि इसकी मानसिक स्थिति इन दिनों ठीक नहीं है। अगर सचमुच इसने पेड़ पर चढ़ने की कोशिश की और फिसल कर नीचे गिर गया, तो लेने के देने पड़ जायेंगे। यह तो ग़नीमत था कि उसी समय कनॉट प्लेस की तरफ़ जाने वाली बस आ गयी और मैंने हड़बड़ाने का अभिनय कर उसे बस में चढ़ा दिया। आगे आकाशवाणी के बस स्टॉप पर मैं उतर गया क्योंकि यहीं से मुझे पालम जाने वाली 770 नम्बर बस लेनी थी।

कहने का मेरा आशय यह है कि श्रीलाल शुक्ल जी को मैंने पहली बार उस दिन देखा या कहिए उनसे पहली बार मिला। मगर यह रहस्य, रहस्य ही बना रहा कि जिस *कथाक्रम* पत्रिका को भेजी गयी कहानी उसके सम्पादक मण्डल द्वारा अस्वीकृत कर दी गयी हो, उसी कथाक्रम द्वारा स्थापित *कथाक्रम सम्मान* के योग्य मुझे किसने पाया?

अन्ततः इस रहस्य को कई महीने बाद जिस व्यक्ति ने उद्घाटित किया वह था सुशील सिद्धार्थ। वही सुशील सिद्धार्थ जो *आनन्द सागर स्मृति कथाक्रम सम्मान-2006* संयोजन समिति का सदस्य भी था। मैंने एक बार जब उनके सामने यह जिज्ञासा प्रकट की कि इस सम्मान के लिए मेरा नाम कैसे आया, तब वे मुस्कराते हुए बोले, "अरे गुरु, आपको नहीं पता इस सम्मान के लिए किसने आपका नाम रखा था?"

"किसने रखा था?" मैंने प्रतिप्रश्न किया।

"आपका नाम खुद श्रीलाल जी ने प्रस्तावित किया था। जब सम्मान समिति का संरक्षक ही किसी के नाम का प्रस्ताव रख रहा हो, तो किसी की क्या मजाल जो उनसे बहस करता।"

मेरे लिए सचमुच यह सूचना किसी आठवें आश्चर्य से कम नहीं थी। मुझे आज भी और तब भी सुशील सिद्धार्थ के कहे पर यक़ीन नहीं हो रहा है। मगर सुशील ने एक बार नहीं, दो बार यह बात दोहराई थी। एक समय *कथाक्रम सम्मान* के लिए बड़ी-बड़ी पैरवियाँ और जुगत भिड़ाई जाती थी। पहले आठ-दस कथाक्रम सम्मानों और दो दिन तक चलनेवाले इस आयोजन की महीनों हिन्दी जगत में चर्चा होती थी। आयोजन से अधिक रात को आठ बजते-बजते शुरू हुई व देर रात तक चलनेवाली पार्टियों और उनसे जुड़े क़िस्सों को इस समारोह से लौटकर आनेवाले लोग चटखारे ले-लेकर सुनाते थे। इन क़िस्सों को सुननेवाला एक अजीब-सी कुण्ठा और ईर्ष्या के चलते मन मसोस कर रह जाता। राजेन्द्र यादव जी के जीवित रहने तक इस तरह की दो पार्टियाँ बड़ी बदनाम थीं। एक खुद राजेन्द्र यादव जी के जन्मदिवस पर आयोजित होने वाली पार्टी और दूसरी कथाक्रम सम्मान समारोह वाली रात्रि पार्टी। इसका एक कारण यह था कि इन दोनों पार्टियों के किरदार लगभग एक से थे, बस दिन और जगह बदली हुई होती।

सुशील सिद्धार्थ के इस रहस्योद्घाटन के बाद साल 2006 में मेरे साथ घटे ये नों प्रकरण रह-रहकर सजीव हो उठते हैं। एक, *भारतीय ज्ञानपीठ* जैसी बड़ी संस्था के निदेशक और *नया ज्ञानोदय* के सम्पादक रवीन्द्र कालिया की वह फूहड़ हरकत।

दूसरा, *कथाक्रम सम्मान* के संरक्षक श्रीलाल शुक्ल द्वारा एक ऐसे लेखक के नाम का प्रस्ताव रखना, जिसके उपन्यासों के अलावा वे उसे जानते तक नहीं थे। एक ऐसा लेखक जिसके तब तक सिर्फ़ दो उपन्यास आये हों। 'बड़ा लेखक' क्या होता है, उसे इन दो उदाहरणों से समझा जा सकता है।

यह साल 2007 का मई का महीना था।

एक दिन मेरे मोबाइल पर, जो MTNL (महानगर टेलीफोन निगम लिमिटेड) द्वारा लैंडलाइन फोन के साथ एक विशेष योजना के तहत प्रदान किया हुआ था, उस पर ऐसी अंग्रेज़ी में फोन आया, जिसे समझने में अच्छे-अच्छों के पसीने छूट जायें। बमुश्किल मेरी समझ में आया कि यह इटली से आया था। लेकिन जब उसने बहुत ही सीधे शब्दों में रुक-रुककर बताया कि उनकी एक संस्था मुझे इटली के एक शहर में होने वाले एक भारतीय लेखक सम्मेलन में बुलाना चाहती है, तो मैंने भी विशुद्ध हिन्दुस्तानी अंग्रेज़ी में कह दिया कि आप मुझे यह सब मेल कर दें। उन दिनों मेरा अपना कोई मेल आईडी नहीं था, इसलिए बीसीए कर रहे बेटे प्रवेश पुष्प का मेल दे दिया।

इस तरह बेटे के मेल आईडी पर 12 मई, 2007 को Karin Gavassa का इटली के ट्यूरिन शहर से एक मेल आया lSegreteria : via Montebello, 21-10124, Torino स्थित Premio Grinzane Cavour की ओर से आये इस मेल में लिखा था कि—18 जनवरी, 2008 को इटली के ट्यूरिन में भारतीय लेखक, भारत और दूसरे देशों में बसे भारतीय लेखकों के सम्मेलन में हम आपको बुलाना चाहते हैं। अलका सरावगी, तरुण जे. तेज़पाल, अल्ताफ़ टायरवाला, गौतम मलकानी, गायत्री मूर्ति, सिद्धार्थ सांघवी, निरपाल धारीवाल, शशि थरूर, अनीता नायर और लावण्य शंकरन अपनी सहमति प्रदान कर चुके हैं। कविता दासवानी, महाश्वेता देवी, सुकेतु मेहता, इन्द्रा सिन्हा, एमजे अकबर और उदय प्रकाश के जवाब की प्रतीक्षा है। हमें आपके जवाब का इन्तज़ार रहेगा।

इससे पहले कि कोई अड़ंगा लगाता या लगता, मैंने तुरन्त अपनी स्वीकृति भेज दी। इसके बाद 29 अक्टूबर, 2007 के मेल से Premio Grinzane Cavour की ओर से यह सूचना आ गयी कि दिल्ली से ट्यूरिन आने-जाने का ख़र्चा और रहने की व्यवस्था इस संस्था द्वारा वहन किया जायेगा। 31 दिसम्बर के मेल के द्वारा 18 और 19 जनवरी, 2008 को THE FEEL OF INDIA नाम से आयोजित होने वाले इस समारोह का पूरा विवरण मुझे भेज दिया गया। साथ में भारत और भारत से बाहर अन्य देशों में बसे जिन लेखकों ने अपनी स्वीकृति

भेजी थी उनके नाम भी लिख दिये। ये नाम थे-एमजे अकबर, सुधीर कक्कड़, अलका सरावगी, तरुण जे. तेज़पाल, विकास स्वरूप, अल्ताफ़ टायरवाला, गौतम मलकानी, गायत्री मूर्ति, सिद्धार्थ सांघवी, निरपाल धारीवाल, शशि थरूर, अनीता नायर, भगवानदास मोरवाल और लावण्य शंकरन।

इसके साथ मुझसे L'odoredell' India अर्थात The Scent of India के अन्तर्गत एक लेख लिखने का भी अनुरोध किया गया था। चूँकि मेरा हाथ अंग्रेज़ी में कम नहीं, लगभग कोरा है मैंने हिन्दी में *भारत के अन्दर भारत* शीर्षक से एक लेख तैयार किया। इस लेख का दिल्ली विश्वविद्यालय के श्रद्धानन्द कॉलेज में अंग्रेज़ी के प्राध्यापक और मेरे अनन्य मित्र राजकुमार से अनुरोध कर उसका अंग्रेज़ी में THE INDIA WITH IN INDIA शीर्षक से अनुवाद कराया। इस बीच मुझे बताया गया कि इटली में बहुत सर्दी होती है इसलिए ठीक-ठाक इन्तज़ाम करके जाना चाहिए। अब यह एक नयी परेशानी खड़ी हो गयी। कहाँ से इसका इन्तज़ाम करूँ? वैसे भी परदेस का मामला है निमोनिया या ठण्ड लग गयी तो लेने के देने पड़ जायेंगे। अपनी इस परेशानी से मैंने अपने इसी मित्र राजकुमार को अवगत कराया, तो उस बेचारे ने अपनी एक ऐसी जेकेट दे दी कि उसमें से सर्दी क्या उसका बाप भी पार नहीं हो सकता।

इस तरह 16 जनवरी की रात मैं अपनी पहली विदेश यात्रा के लिए घर से रवाना हो गया। यह शायद रात को एक-डेढ़ बजे की उड़ान थी। दिल्ली एअरपोर्ट पहुँचा तो मुझे उदय प्रकाश जी नज़र आ गये। वैसे मैं इस यात्रा के सम्बन्ध में बराबर उनके सम्पर्क में था। अच्छा हुआ जो उदय जी मेरे साथ थे वरना मेरा इटली पहुँचना लगभग असम्भव-सा था। मैं तो एअरपोर्ट में घुसते ही जैसे बौरा गया। मुझे लगा था कि जैसे हम यहाँ ट्रेन या बस में टिकट लेकर और स्टेशन या बस अड्डे पर खड़ी रेल या बस में चढ़कर बैठ जाते हैं, ऐसे ही हवाई जहाज में बैठ जाते होंगे। मगर उदय प्रकाश के साथ मैं कभी किसी काउंटर पर तो कभी किसी पर भागदौड़ करने लगा, तब मेरी समझ में आया कि कैसे इटली पहुँचा जाता है। मुझे तो यही नहीं पता था कि बीच में किसी देश से ट्यूरिन के लिए दूसरा हवाई जहाज़ भी पकड़ना था। मैं तो समझ रहा था कि दिल्ली से बैठूँगा और सीधा पहुँच जाऊँगा ट्यूरिन। मेरा समय सही था जो मैं उदय भाई को जानता था और सही-सलामत ट्यूरिन पहुँच गया। वरना यह बात हो जाती कि जाना था जापान पहुँच गये चीन, समझ गये न।

दिल्ली एअरपोर्ट पर ही काली दाढ़ी और हेट लगाये एक व्यक्ति को उदय प्रकाश जी ने दूर से पहचान लिया। ये थे *तहलका* के सम्पादक तरुण जे. तेज़पाल।

इस तरह हम तीन हो गये और 17 जनवरी, 2008 को हम ट्यूरिन पहुँच गये। जहाँ हमें शहर के मशहूर होटल *ट्यूरिन पैलेस* में ठहराया गया।

दिल्ली एअरपोर्ट से ही मैंने देखा कि एक सिख परिवार को भी ट्यूरिन ही जाना था। उस परिवार को मैंने दिल्ली से ट्यूरिन तक उन्हीं हवाई जहाज़ों में देखा, जिनसे हम भी ट्यूरिन जा रहे थे। देखने में भले ही यह परिवार सिख था लेकिन शायद था दलित सिख। इसके पुरुष सदस्य कहीं से जट्ट सिख नज़र नहीं आ रहे थे। हाँ, ऐसा ज़रूर लग रहा था कि ये इटली में सालों से रह रहे हैं। यह मैं इसलिए कह रहा हूँ कि जो भारतीय सालों से यूरोप या अमेरिका बल्कि कहिए कि ठण्डे मुल्कों में जा बसे हैं, उनकी गेहुँआ और साँवली त्वचा ताँबई हो जाती है। उनका रंग-रूप न साँवला रह पाता है, न गेहुँआ। इस सिख परिवार के बुज़ुर्गों को छोड़ दिया जाये तो ज़्यादातर वे बच्चे और युवा जिनकी पैदाइश इटली की थी, उन सबका रंग ताँबई था। मुझे लगा इस परिवार का ट्यूरिन में अपना कोई व्यवसाय होगा।

मैंने जब अपनी यह जिज्ञासा वहाँ रहने वाले सुनील दीपक को बतायी तो सुनील ने एक रहस्योद्घाटन किया। इससे पहले कि मैं इस रहस्य से पर्दा हटाऊँ थोड़ा इस सुनील दीपक के बारे में भी जान लेते हैं। सुनील मूलतः लखनऊ के रहने वाले हैं और दिल्ली विश्वविद्यालय से *मेडिसिन इन सर्जरी* में स्नातक हैं। 1988 से ये इटली के बोलोग्ना में रह रहे हैं। इस दो दिवसीय भारतीय लेखक सम्मेलन में इनकी बहुत बड़ी भूमिका थी। मैंने ट्यूरिन में इनसे एक दिन पूछा कि मेरे नाम का किसने प्रस्ताव दिया होगा? जहाँ तक मुझे याद है सुनील दीपक ने अर्चना वर्मा जी का नाम लिया था। सुनील दीपक का रिश्ता अर्चना वर्मा जी के निकट सम्बन्धियों में से रहा है। सुनील दीपक अर्चना जी को दीदी कहते थे। मैंने जब सुनील दीपक से उस सिख परिवार के बारे में पूछा तो सुनील ने बताया कि यहाँ बहुत से सिख चरवाहे का काम करते हैं। उसने आगे बताया कि ट्यूरिन के पास जो पहाड़ी है वे गर्मियों में गायों को इन पहाड़ियों में ऊपर ले जाते हैं और लगभग पूरी गर्मी वहीं रहते हैं। जब पहाड़ों पर सर्दी बढ़नी शुरू हो जाती है, तब ये मैदानी इलाक़ों में उतर आते हैं। ऐसे यहाँ बहुत से सिख परिवार हैं जो भारत से आने के बाद चरवाहों के रूप में काम करते हैं।

दोपहर का खाना खाने और थोड़ा आराम करने के बाद मैंने उदय प्रकाश को कहा कि बाहर थोड़ा घूम कर आते हैं। उदय भाई तुरन्त तैयार हो गये। हम होटल से बाहर आये तो कानों में किसी कॉर्नेट जैसे वाद्य-यन्त्र की आवाज़ सुनाई दी। ऐसा लगा जैसे पास में कोई बारात जा रही है। मुझे सुनकर अच्छा लगा कि चलो इटली और अपने भारत में कोई अन्तर नहीं है।

हम दोनों इसी आवाज़ का पीछा करते हुए वहाँ पहुँच गये जिधर से कॉर्नेट की आवाज़ आ रही थी। लेकिन मैंने जो देखा मुझे यक़ीन नहीं हुआ। दिल्ली के कनॉट प्लेस जैसी व्यस्त मार्किट में देखा, बगुले जैसा सफ़ेद झक सूट पहने एक व्यक्ति खड़ा बड़ी तल्लीनता से कॉर्नेट पर कोई इतालवी धुन बजा रहा है। मैं जब तक कुछ समझ पाता उदय प्रकाश जी बोले कि यह आदमी भीख माँग रहा है। यहाँ इसको भीख माँगना नहीं, मदद माँगना कहते हैं। हम और पास आये तो देखा उसके सामने एक बॉक्स रखा हुआ था जिस पर *प्लीज़ हेल्प* लिखा हुआ था। इसके बाद हम दोनों आगे बढ़ गये।

अगले दिन फिर एक ऐसा ही दृश्य नज़र आया। देखा वैसी ही सफ़ेद वेशभूषा में एक दम्पति अपने वाद्य-यन्त्रों के साथ खड़ा है। स्त्री अपने पति द्वारा बजाई जा रही किसी इतालवी धुन पर कुछ गा रही है। उनके सामने भी एक बड़ा-सा बॉक्स रखा हुआ था। मैं इन दोनों दृश्यों को देख सोचता रहा कि यहाँ भीख भी कितने सभ्य तरीक़े से माँगी जाती है। एक अपना भारत है कि जब तक आप किसी को भीख नहीं दे देते हैं वह आपका पीछा नहीं छोड़ता है। दिल्ली के कनॉट प्लेस में ही भीख माँगने के जैसे-जैसे तरीक़े और दृश्य दिखाई देते हैं, उनके बारे में बताने की आवश्यकता नहीं है।

टहलते हुए हम एक खुली जगह में आ गये। वहाँ एक तरफ़ बहुत बड़ा स्टेचू लगा हुआ था। अचानक मेरी नज़र आते-जाते लोगों के बीच एक बेंच पर पड़ी और मैं अकबकाते हुए रुक गया। मेरे रुकते ही उदय प्रकाश जी बोले कि यहाँ यह सब आम है। इस तरह रुककर देखना यहाँ अशिष्टता, असभ्य और ग़लत माना जाता है। मैं सोचने लगा कि अगर ऐसा ही नज़ारा अपनी दिल्ली के कनॉट प्लेस के सेंट्रल पार्क और आज के राजीव चौक की किसी बेंच पर दिखाई दे जाये, तो दुकानदार तो दुकानदार सारे ग्राहक ख़रीददारी छोड़ इसे देखने उमड़ पड़ें। दृश्य यह था कि उस बेंच पर भारतीय फ़िल्मों की तर्ज़ पर एक युवा जोड़ा खुल्लम-खुल्ला प्रणय-लीला में इस तरह लीन था कि न उन्हें दीन की ख़बर थी, न दुनिया की। लोक-लाज तो गया तेल लेने।

समारोह के अन्तिम दिन ट्यूरिन के मशहूर ऐतिहासिक रेस्टोरेंट Del Cambio में दोपहर का भोजन कराया गया। दोपहर बाद ट्यूरिन के Royal Palace में 2008 के पुरस्कारों की घोषणा की गयी और समारोह का समापन, ट्यूरिन शहर के पास Langhe इलाक़े में (जो देखने में ग्रामीण क्षेत्र लग रहा था) स्थित Literary Restaurant में डिनर के साथ हुआ। डिनर के दौरान यहाँ मैं दूसरे भारतीय लेखकों की तरह इस बात का ध्यान रख रहा था कि खाने में कोई ऐसा मांसाहारी आइटम न हो, जिससे मेरी धार्मिक आस्था और भावनाओं को ठेस पहुँचे।

हालाँकि मेरा एक दोस्त सरदार चरणजीत सिंह मुझे नब्बे के दशक में कनॉट प्लेस की मशहूर *खूबचन्द एंड ब्रादर्स* की दुकान पर पोर्क का स्वाद चखवा चुका था। जिस वक़्त बेरा इटेलियन थाल में कुछ खाने का सामान ला रहा था, तो मैंने देखा बड़े सलीक़े से जैसे हमारे यहाँ रद्दी मिठाई को भी रंग-बिरंगा बनाकर बेचा जाता है, कुछ ऐसा ही यहाँ भी था। विकास स्वरूप चूँकि भारतीय विदेश सेवा के अधिकारी थे और उन दिनों दक्षिण अफ़्रीका में थे, बड़े चाव से थाल में रखी रंग-बिरंगी टिकियों में से एक-एक टिकिया खा रहे थे। वही नहीं कुछ दूसरे भारतीय लेखक भी खा रहे थे। मैंने पूछा तो पता चला यह बीफ़ का बना हुआ है। मैं जानता था कि यह बीफ़ क्या होता है। बावजूद इसके सोचा कि जब भारतीय होने के नाते इनका धर्म भ्रष्ट नहीं हो रहा है, तब मेरी धार्मिक आस्था और भावनाओं को इसे चखने मात्र से कौन-सी ठेस लग जायेगी। चखने में कौन-सी बुराई है। सच तो यह है कि जिस तरह उनको सजाकर रखा गया था, मैं अपने आपको रोक नहीं पाया। इसके बाद मैंने चोर नज़रों से अपने आसपास का ऐसे जायज़ा लिया कि कोई मुझे ताक तो नहीं रहा है। मैंने मन-ही-मन अपने सारे देवी-देवताओं और आराध्यों का सुमरन किया और थाल से एक पीस उठा लिया। मैं हिम्मत कर उसे खाने तो लगा मगर मुझे इसमें कनॉट प्लेस की मशहूर *खूबचन्द एंड ब्रादर्स* की सलामी जैसा स्वाद नहीं आया। मुझसे नहीं खाया गया और अधूरा ही छोड़ दिया। इसका एक कारण शायद मेरी धार्मिक आस्था और भावनाओं का बीच में आ टपकना भी रहा होगा। इसको उठाने से पहले मेरे मन-मस्तिष्क में जिस तरह धार्मिक संशय और द्वन्द्व एक-दूसरे में उलझे हुए थे, यह कारण भी हो सकता है।

दूसरे दिन मैंने सोचा कि जब भारत से इतनी दूर आया हूँ तो बेटी के लिए भी कुछ ले चलूँ। मैंने होटल के स्वागत कक्ष में अपनी यह इच्छा प्रकट की, तो एक लड़की मुझे यह कहकर सामने घड़ी की दुकान पर ले गयी कि वहाँ मेरी एक सहेली काम करती है। मैं वहाँ गया तो उस लड़की ने जिसके साथ में गया था उसने सस्ती-से सस्ती घड़ी दिखाने के लिए कहा। मैंने घड़ी देखी और उसने उसकी यूरो (यूरोपीय देशों की मुद्रा) में जो क़ीमत बतायी, मैंने उसे तुरन्त मन-ही-मन भारतीय मुद्रा में परिवर्तित किया, तो पाया वह लगभग बाईस सौ रुपये की पड़ रही थी। हम भारतीय इस मामले में बड़े लीचड़ होते हैं। मैंने सोचा कि ऐसी घड़ी तो दिल्ली के पालिका बाज़ार में पाँच-छह सौ में आ जायेगी, क्यों बेकार में बाईस सौ ख़र्च करूँ। बस फिर क्या था, मेरा इरादा बदल गया और घड़ी को न लेने के बहाने ढूँढ़ने लगा। जो लड़की मुझे होटल से घड़ी की दुकान

पर ले गयी थी, वह हैरान-परेशान कि अचानक मुझे क्या हुआ? और बिना घड़ी ख़रीदे होटल लौट आया।

जिस होटल में हम रुके हुए थे वहाँ मैंने अगली सुबह देखा कि होटल की महिला सफ़ाईकर्मियों की पोशाक भी एकदम साफ़-सुथरी सफ़ेद झक थी। मुझे लगा कि सफ़ेद रंग ज़रूर यहाँ का राष्ट्रीय रंग होगा। एक जगह मैंने देखा कि लगभग चार-पाँच महिला सफ़ाईकर्मी एक झुण्ड में ऐसे ही गपिया रही थीं, जैसे हमारे भारत में हर मोहल्ले, स्वामियों व बाबाओं के सत्संगों से लेकर दफ़्तर-कार्यालयों में गपियाती हैं। मैं समझ गया कि ज़रूर स्त्री-विमर्श पर कोई गहन चिन्तन चल रहा है। हालाँकि इससे ज़्यादा मुझे यह लगा कि ये ज़रूर अपनी सास-ननदों की बुराई कर रही होंगी। मैंने इस यूनिवर्सल सत्य को देखकर गहरा साँस लिया और अपने कमरे में आ गया।

मेरा कमरा उसी मंज़िल पर था जहाँ भारतीय विदेश सेवा के अधिकारी और अंग्रेज़ी के मशहूर उपन्यासकार विकास स्वरूप ठहरे हुए थे। बल्कि उसी के नज़दीक था। नाश्ता, लंच और डिनर पर अब मैं उन्हें जानने और पहचानने लगा था। एक सुबह मैं उनके कमरे में गया तो बातें होने लगीं। उसी दिन उन्होंने बताया था कि उनके एक उपन्यास पर हॉलीवुड की एक फ़िल्म का करार हुआ है। शायद आपको याद हो कि वे जिस उपन्यास कि बात कर रहे थे, वह था 2005 में प्रकाशित अंग्रेज़ी उपन्यास Q&A (क्यू एंड ए)। यह उनका पहला उपन्यास था। आपको याद होगा कि इनके इसी उपन्यास पर 2008 में हॉलीवुड की बेहद चर्चित फ़िल्म बनी थी—*स्लमडॉग मिलियनेयर।*

इस बीच वे बोले, "आप अपना काला पहाड़ तो दिखाइए!"

मुझे हैरानी हुई कि ये इस उपन्यास के बारे में जानते हैं। लेकिन बता दूँ कि भले ही वे अंग्रेज़ी में लिखते हैं लेकिन इलाहाबाद का होने के कारण विकास स्वरूप का मूल रचनात्मक संस्कार और स्वभाव एकदम इलाहाबादी है। वे हिन्दी लेखन से भली-भाँति परिचित थे। मैं अपने कमरे से *काला पहाड़* ले आया। वे इस भारी-भरकम पेपरबेक संस्करण को उलट-पुलट कर देखते हुए बोले, "इसका अंग्रेज़ी में अनुवाद हुआ है?"

मैंने मना कर दिया।

इस पर विकास स्वरूप बोले,"जिस दिन हिन्दी के ऐसे उपन्यासों का अंग्रेज़ी में अनुवाद होने लगेगा, हमें कोई नहीं पूछेगा।"

उन्होंने यह भी कहा कि उनके जिस उपन्यास पर हॉलीवुड की *स्लमडॉग मिलियनेयर* फ़िल्म बनने जा रही है, वह बहुत हल्का उपन्यास है।

काफ़ी देर तक बातें होती रहीं। बाद में मेल से कुछ दिन सम्पर्क भी रहा लेकिन धीरे-धीरे पुरानी बातें मटमैले चित्रों में बदलती हुई सिर्फ़ स्मृतियों में सिमट कर रह गयीं।

समारोह के अन्तिम दिन एक मज़ेदार और कभी न भूलने वाला वाक़या हुआ।

हुआ यह कि सुबह नाश्ते से पहले ट्यूरिन के एक अख़बार के दो पत्रकार मुझसे बात करने आये। नीचे होटल की लॉबी में एक तरफ़ हमारी बातचीत अभी चल रही थी और मैं अपनी मेवातीवाली टूटी-फूटी अंग्रेज़ी में अपने विचार रखने की कोशिश कर रहा था कि, इस बीच मैंने देखा सामने सात-आठ क़दम दूर कैमरों से लदा एक व्यक्ति बड़े अदब के साथ लगभग सावधान की मुद्रा में हाथ बाँधे खड़ा है। मैं समझा यह इन्हीं दो पत्रकारों का साथी होगा। अभी मैंने पहले वालों से पिंड छुड़ाते हुए साँस लिया ही था कि कैमरों से लदा वह व्यक्ति मेरे पास आया। अपने आपको उसने मिलानो शहर से निकलने वाले किसी अख़बार का फोटोग्राफ़र बताया। वह मेरी कुछ तस्वीरें लेना चाहता है। उसके इतना कहते ही मैं जैसे हवा में उड़ने लगा और सोचने लगा कि जब मेरी तस्वीरें उस विदेशी अख़बार में छपेंगी, तब इटली तो इटली भारत में भी हंगामा हो जायेगा। मेरी इन तस्वीरों को देख मारे ईर्ष्या के न जाने कितने हिन्दी के लेखक तो यूँ ही मूर्च्छित हो जायेंगे।

मैं अभी कल्पनाओं के पोखर में डुबकी लगा ही रहा था कि उसने मुझे अपने पीछे आने का संकेत किया। वह मुझे लिफ्ट से छह-सात मंज़िले होटल *ट्यूरिन पैलेस* के सबसे ऊपर छत पर ले गया। सुबह का उनींदा सूरज क्षितिज से बाहर आकर कुनमुनाते शहर को जैसे जगाने की कोशिश कर रहा था। उसकी पीताम्बरी धूप होटल की मुँडेरों से लेकर दूर तलक फैले ट्यूरिन शहर की इमारतों को भिगोए हुए थी। इस दृश्य की तो मैंने कभी कल्पना ही नहीं की थी। जब तक फोटोग्राफ़र अपने कैमरों को व्यवस्थित करता, मैं आसमान में तने कोहरे की चादर में लिपटे ट्यूरिन को निरखता रहा।

जब फोटोग्राफ़र के कैमरे और वह ख़ुद तैयार हो गया, तब वह धीरे-से मेरे पास आया और मेरे दोनों कन्धों को पकड़ थोड़ा-सा तिरछा किया। इसके बाद एक झटके में कचाकच कई तस्वीरें अपने कैमरे में क़ैद कर लीं। इसके बाद तो दायें-बायें, पूरब-पच्छिम दिशा की कई मुद्राओं की फोटो खींच डालीं। कभी आसमान में उड़ते पखेरुओं को निहारते हुए, तो कभी ज़मीन की तरफ़ चिन्तन की मुद्रा में लीन लेखक की उसने ढेर सारी तस्वीरें ले लीं। फोटो सेशन का यह सिलसिला लगभग आधे घण्टे तक चला। अब आप कल्पना करिए कि एक हिन्दी

के देहाती क़िस्म के लेखक का मुफ़्त में इतना लम्बा फोटो सेशन चले, और फिर उसकी ये तस्वीरें किसी विदेशी अख़बार में छपें, तो वह पल कितना आह्लादित करनेवाला होगा, बताने की ज़रूरत नहीं है। उसने अपने सारे कैमरे वापस जहाँ थे वहाँ रखे और मुझे लेकर लिफ्ट में घुस गया।

लिफ्ट से हम दोनों नीचे आ गये। लिफ्ट से बाहर निकल वापस जाने से पहले बड़े अदब और शालीनता के साथ उसने मुझसे हाथ मिलाया और मेरा आभार प्रकट हुए बोला, "थैंक्यू मिस्टर खक्कड़!"

इतना कह वह जैसे ही जाने के लिए पलटा मैं पीछे से बोला, "सॉरी सर, आई एम नॉट मिस्टर कक्कड़...।"

इतना सुन उस फोटोग्राफ़र के चेहरे का मानो रंग उड़ गया। हक्का-बक्का सा उसने मेरी तरफ़ ध्यान से देखते हुए पूछा, "आर यू नॉट मिस्टर सुढीर खक्कड़?"

मैंने ना में सिर हिला दिया। वह अपनी इस ना-समझी पर इतना शर्मशार हुआ कि उसने मुझसे यह भी नहीं पूछा कि अगर मैं सुधीर कक्कड़ नहीं हूँ, तो फिर कौन हूँ? उसके जाते ही मेरी हँसी छूट गयी। कुछ देर पहले में जिस तरह-तरह की कल्पनाओं में गोते खा रहा था, मुझे अब अपने भोलेपन पर तरस आने लगा। मैं अपलक उस फोटोग्राफ़र को होटल से बाहर जाते हुए देखता रहा। सुबह के सूरज की उनींदी पीताम्बरी धूप का रंग अब तेज़ी से सफ़ेद पड़ने लगा।

फोटोग्राफ़र को विदा करने के बाद मैं सीधा नाश्ते के लिए चला आया। यहाँ आकर देखा तो पाया डाइनिंग हाल में पहले से शशि थरूर, तरुण तेज़पाल, विकास स्वरूप के साथ सुधीर कक्कड़ भी नाश्ता कर रहे हैं। मैं कक्कड़ जी के पास बैठ गया और सबको सुनाते हुए कक्कड़ जी को सारा वाक़या सुनाया, तो कक्कड़ जी मुस्कराते हुए बोले, "आपको यह नहीं बताना चाहिए था कि आप सुधीर कक्कड़ नहीं है।"

"सर, आप सोचिए कि जब उसके अख़बार में इंटरव्यू सुधीर कक्कड़ का और तस्वीरें भगवानदास मोरवाल की छपतीं तो क्या होता? उस बेचारे की तो नौकरी चली जाती।" मैं बोला।

इस पर सुधीर कक्कड़ मुस्करा कर रह गये।

पूरी बात सुनने के बाद तरुण तेज़पाल बोले, "देखिए यह हाल है। एक फोटोग्राफ़र फोटो लेने आ रहा है और उसे यही नहीं पता कि वह किसके फोटो ले रहा है।"

सुधीर कक्कड़ जी बस मन्द-मन्द मुस्कराते रहे। अब आप सोचेंगे कि आख़िर ये सुधीर कक्कड़ कौन हैं? आपको बता दूँ सुधीर कक्कड़ एक जाने-माने मनोविश्लेषक और उपन्यासकार हैं। कामसूत्र के रचयिता वात्स्यायन के जीवन पर आधारित *द एसेटिक ऑफ़ डिज़ायर, द एक्सटेसी* और *मीरा एंड महात्मा* इनके चर्चित उपन्यास रहे हैं, जिनका *कामयोगी, आनन्द वर्षा* तथा *मीरा और महात्मा* शीर्षक से हिन्दी में अनुवाद भी हो चुका है।

जिन दिनों 2021 में यह *स्मृति-कथा* लिखी जा रही थी और पूरा देश *कृष्ण जन्माष्टमी* मनाने की तैयारी कर रहा था, उससे एक दिन पहले हिन्दुत्व की सबसे बड़ी और आधुनिक प्रयोगशाला गुजरात की राजधानी अहमदाबाद में एक किताब की दुकान के सामने बजरंग दल के जाहिल लंगूरों ने इसी महर्षि वात्स्यायन द्वारा रचित *कामसूत्र का* दहन किया गया था। इस दुकानदार के बहाने सबको यह चेतावनी दी गयी कि अगर किसी ने कामसूत्र बेचा तो उसके विरुद्ध सीधा एक्शन होगा। मैं तो इन ज्ञान-शत्रुओं से यही कहूँगा कि आपको इसे जलाने से पूर्व *द एसेटिक ऑफ़ डिज़ायर* या *कामयोगी* पढ़ लेनी चाहिए थी।

ट्यूरिन में ही हमें मालूम हुआ कि इस देश के पूर्व प्रधानमन्त्री राजीव गाँधी की पत्नी अन्तोनिया एड्विज अल्बीना मैनो अर्थात श्रीमती सोनिया गाँधी का पीहर, इसी शहर के नज़दीक *लूसिआना वेनेटो* में है। यह स्थान हमारे होटल से बमुश्किल बीस-बाईस किलोमीटर दूर था। इसलिए कुछ लेखकों ने यह तय किया कि जब भारत से इतनी दूर आये हैं, तो क्यों न अपने देश के प्रधानमन्त्री की ससुराल भी जाया जाये। इस तरह हम पाँच लोग गायत्री मूर्ति उनके पति, उदय प्रकाश और मैं लूसिआना जाने के लिए तैयार हो गये। आयोजकों ने हमारे लिए एक कार कर दी।

लगभग आधे घण्टे में हम उस इलाक़े अर्थात सोनिया गाँधी के मायके और पूर्व प्रधानमन्त्री स्व. राजीव गाँधी के ससुराल पहुँच गये। सोनिया गाँधी के घर का हमारे पास कोई पता नहीं थी। हम यह मानकर चल रहे थे कि भारत के पूर्व प्रधानमन्त्री की पत्नी का मायका होने के नाते सोनिया गाँधी जी को इस इलाक़े का बच्चा-बच्चा जानता होगा। यही सोचकर हमने वहाँ के हेयर कटिंग सेलून की दुकान से लेकर कई जगह पता किया, पर किसी को मालूम नहीं था कि सोनिया गाँधी का यहाँ मायका भी है। सुबह का समय था और पूछते-पाछते हम एक फूल बेचने वाले की दुकान पर गये। इस दुकान पर सिर्फ़ फूल ही नहीं थे बल्कि किताबें और पत्रिकाएँ भी रखी हुई थीं। इसके दुकानदार से पूछा तो उसने भी असमर्थता व्यक्त कर दी। इसी बीच उदय प्रकाश ने अपने कहानीकार

वाला तरीक़ा अपनाते हुए कहा कि उनके पति इंडिया के प्रधानमन्त्री रह चुके हैं। पहले तो दुकानदार सोचने लगा लेकिन कुछ ही पलों में उसे जैसे याद आ गया। मुस्कराते हुए उसने अपने इतालवी ड्राइवर को अपनी भाषा में कुछ समझाया। इसके बाद ड्राइवर हमें सोनिया गाँधी के घर ले गया।

मुख्य दरवाज़े के बाहर लगी नेमप्लेट पर स्तेफेनो मैनो और पाओलो मैनो जिसे बहुत से लोग माइनो भी बोलते हैं पढ़ा। हालाँकि हमें मालूम हुआ कि यहाँ सिर्फ़ सोनिया जी की माँ पाओलो मैनो ही रहती हैं। हमने पहले कई बार गेट के बाहर लगी कॉल बेल बजाई लेकिन अन्दर से कोई उत्तर नहीं आया। उसके बाद वहीं लगे स्पीकर पर कई बार उदय प्रकाश जी ने पुकारा। बल्कि एकाध बार तो उन्होंने यह भी कहा कि हेलो हम इंडिया दिल्ली से आये हैं। उदय प्रकाश जी जिस अन्दाज़ में आवाज़ लगा रहे थे, उससे ऐसा लग रहा था कि मौसी पाओलो उनकी आवाज़ सुनकर तुरन्त बाहर आयेगी, और अपनी बेटी के ससुराल से आये उसके रिश्तेदारों को सम्मान के साथ खाट पर दरी बिछाकर बिठायेगी तथा चलते समय हमारे हाथ में रुपिया-दो रुपिया बिदाई भी रखेगी। मगर अन्दर से कोई आवाज़ नहीं आयी। हम समझ गये कि अन्दर कोई नहीं है।

हमारा सारा उच्छ्वास जेठ के महीने में सूखी गर्म रेत पर पड़ी बूँदों-सा उड़ गया। जाते समय मैं और उदय भाई यह कहते हुए जिस कल्पना, रोमांच और आह्लाद से भरे हुए थे कि अपने भाई की ससुराल में देखते हैं हमारा कैसे स्वागत होता है, वह आह्लाद एक उदासी में बदल गया। हम सब निराश हो अन्तोनिया एड्विज अल्बीना मैनो अर्थात सोनिया गाँधी यानि अपने देश के पूर्व प्रधानमन्त्री की ससुराल की देहरी छूकर ख़ाली हाथ लौट आये।

इस तरह कुछ खट्टी तो कुछ मीठी। कुछ चटपटी और कुछ चरचरी यादों को समेटे ट्यूरिन हवाई अड्डे पर आ गये। हमारी धड़कनें वहाँ जाकर यह सुन-सुन कर बढ़ने लगीं कि जिस फ़्लाइट से हमें आगे जाकर दूसरी फ़्लाइट लेनी है, उसकी उड़ान में अभी बहुत देर है। चेक इन के दौरान मेरे हाथ में जो लैदर बेग था उसमें लिक्विड चॉकलेट था। इसलिए हवाई नियमों के अनुसार उस बेग को मैं अपने साथ नहीं रख सकता था। इसके लिए मुझे दो विकल्प दिये गये या तो मैं उस चॉकलेट को खा लूँ, या उसे दूसरे सामान के साथ कार्गो में भिजवा दूँ। मैंने खाना उचित नहीं समझा क्योंकि इसे मैं अपने बच्चों के लिए ला रहा था। मैंने यही किया। अब मेरे पास सिर्फ़ हवाई टिकट और कुछ पैसे बच गये थे।

लेकिन वही हो गया जिसका डर था। जिस देश से हमें दिल्ली के लिए हवाई जहाज़ लेना था, वह हमारे पहुँचने से पहले उड़ चुका था। अब क्या किया जाये?

उदय भाई ने दौड़-धूप करके सम्बन्धित एयर लाइन्स के काउंटर पर बात की और बताया कि इसमें हमारा कोई दोष नहीं, हवाई जहाज़ पीछे से ही देरी से आया था। बहरहाल, हमें दूसरे हवाई जहाज़ से दिल्ली भेज दिया गया और सामान के बारे में कह दिया गया कि सामान बाद में आपके घर पहुँचा दिया जायेगा।

दिल्ली हवाई अड्डे पर वायुयान से उतरने के दौरान न जाने किस गफ़लत या भ्रम के चलते मैं उदय प्रकाश से बिछुड़ गया। अच्छा हुआ जो अपने देश में बिछुड़ा। अगर दूसरे मुल्क में बिछुड़ जाता तब क्या होता? मैं जब घर पहुँचा तो ऐसा किसी को लगा ही नहीं कि मैं इटली से आ रहा हूँ। पत्नी ने देखा तो वह भी हैरान-परेशान कि मैं कैसे लुटा-पिटा सा आ रहा हूँ। न कोई साज, न सामान। एक पल के लिए उसे लगा कि मैं इटली गया ही नहीं। दो-तीन दिन इधर-उधर घूम-फिर कर चला आया हूँ। मैंने जब सारी कहानी बतायी तब जाकर उसे यक़ीन हुआ कि मैं कहीं से लुट-पिटकर नहीं, इटली से ही आ रहा हूँ। शाम को मैंने यह जानने के लिए कि उदय प्रकाश घर कब पहुँचे, ऐसे ही फोन कर लिया। फोन उठाते ही वे बोले, "मोरवाल जी, आप कहाँ चले गये थे? मैं वहाँ आपको ढूँढ़ता रहा।"

मैंने भी यही शिकायत की तो उन्होंने कहा, "यार, आप मिल जाते तो आपको भी सात सौ-आठ सौ का शेविंग किट मिल जाता।"

मैंने जब अपने इस नुक़सान के बारे में पूछा तब वे बोले कि मैं सम्बन्धित एयर लाइन्स के काउंटर पर गया, और उन्हें बताया कि आपके हवाई जहाज़ में मेरा सामान रह गया है। मुझे दिल्ली से आज ही दूसरी जगह जाना है। मेरे पास न बनियान है न तौलिया। टूथ ब्रश है न शेविंग का सामान। सब मेरे बेग में रह गया। मैं अब क्या करूँ। इसके बाद उन्होंने मुझे शेविंग किट दे दी। तुम होते तो वह तुम्हें भी मिल जाती। यह सुन मुझे अपनी बेवकूफ़ी पर बड़ा गुस्सा आया कि मैं क्यों उदय भाई से बिछुड़ गया। लेकिन कहते हैं कि समय से पहले और भाग्य से ज़्यादा मनुष्य को कभी नहीं मिलता। शायद मेरे भाग्य में वह शेविंग किट थी ही नहीं। ऐसा सोचते हुए मैं एकदम दार्शनिक और वीतरागी हो गया था। यह बात अलग है कि इतना मोटा नुक़सान होने का सन्ताप मुझे अन्दर-ही-अन्दर कचोट भी रहा था।

मैं घर पहुँच तो गया लेकिन एक नये तनाव से घिर गया। यह तनाव मेरे बेग में रखी उन इतालवी बोतलों को लेकर था, जिनमें ट्यूरिन के *जनता मार्किट* से बहुत सस्ते में ख़रीदी गयी थीं। *जनता मार्किट* इटली के शहरों में वह जगह होती है जहाँ एशियाई देशों जैसे भारत, पाकिस्तान, श्रीलंका के लोग दुकान करते हैं।

ख़ैर, तीसरे दिन सामान आया तो सबसे पहले मैंने अपनी बोतलों को देखा। मैंने अपने आराध्यों का मन-ही-मन धन्यवाद अदा किया कि उन्होंने मेरी बोतलें मुझ तक सुरक्षित पहुँचा दीं। आप समझ गये होंगे कि इन सस्ती बोतलों में कौन-सा इतालवी दृव्य रहा होगा?

उस दिन मैं दिल्ली परिवहन निगम अर्थात डीटीसी की बस से अपने कार्यालय जा रहा था। अभी बस वसन्त गाँव ही पहुँची थी कि अचानक मेरा मोबाइल घनघनाया। स्क्रीन पर देखा तो पाया हास्य कवि सुरेन्द्र शर्मा जी का नाम तिरमिरा रहा है। मैंने नमस्कार किया तो वे बोले, "यार मोरवाल, फटाफट कोई दो नाम बता!"

"भाई साब किसलिए?" मैंने पूछा।

"वो क्या है कि राधेश्याम शर्मा ने चुपचाप अकादमी के निदेशक का कार्यकाल बढ़ाने के लिए सेक्रेटरी के पास फ़ाइल भेज दी है। उसने किसी से इस बारे में पूछा तक नहीं। कम-से-कम इस बारे में मुझसे बात तो कर लेता।" सुरेन्द्र शर्मा जी का आशय *हरियाणा साहित्य अकादमी* के निदेशक से था। जबकि शिक्षा और भाषा विभाग, हरियाणा सरकार के सेक्रेटरी के.के. खण्डेलवाल थे। ये वही के.के. खण्डेलवाल हैं जिनकी पत्नी धीरा खण्डेलवाल भी आईएएस हैं। आप धीरा जी को भले ही नहीं जानते हों लेकिन हरियाणा ही नहीं हिन्दी कविता में उनका बहुत बड़ा नाम है। अगर यक़ीन नहीं है तो वर्तमान में *केन्द्रीय साहित्य अकादमी* के उपाध्यक्ष व हिन्दी ग़ज़ल के सशक्त हस्ताक्षर माधव कौशिक और *हरियाणा साहित्य अकादमी* के निदेशक तथा 2019 के केन्द्रीय साहित्य अकादमी के तीन सदस्यीय ज्यूरी में से एक डॉ. चन्द्र त्रिखा से इसकी तसदीक की जा सकती है।

ऐसी स्थिति में जब आप बस से कहीं जा रहे हों और अचानक दो नाम पूछ लिए जायें, तो बड़ा संकट खड़ा हो जाता है। मैंने तुरन्त मन-ही-मन हरियाणा के लेखकों, जिनको मैं थोड़ा-बहुत जानता था, उन पर नज़र दौड़ाई तो इस आपातकाल में मुझे दो ही नाम सूझे।

"भाई साब, मेरी नज़र में तो फ़िलहाल दो नाम हैं। एक प्रदीप कासनी और दूसरा देश निर्मोही। आप पहले प्रदीप कासनी जी से बात कर लें क्योंकि वे एचसीएस (हरियाणा सिविल सर्विसेज) हैं, इसलिए वे तैयार हो जायें।"

"ठीक है मैं उनसे बात करके बताता हूँ।"

इस बीच मैं कार्यालय पहुँच गया। कार्यालय पहुँचते ही लगभग साढ़े नौ बजे उनका फिर से फोन आया और छूटते ही बोले, "यार, प्रदीप कासनी ने तो मना कर दिया है।"

"तो फिर देश निर्मोही को देख लो!" मैंने कहा।

"कोई और नाम नहीं है?"

"अभी तो यही दो नाम मुझे याद आ रहे हैं। आप शाम तक का समय दे दें तो..."

"शाम नहीं दोपहर पहले ही नाम तय होना है।" सुरेन्द्र शर्मा जी बोले।

"फिर तो देश निर्मोही ठीक रहेंगे।"

"आदमी कैसा है? मेरा मतलब है भरोसे का तो है न, राधेश्याम शर्मा की तरह तो नहीं है?"

"आदमी का तो मुझे पता नहीं है भाई साब। पर हरिगन्धा पत्रिका और अकादमी के प्रकाशन अच्छे निकल जायेंगे क्योंकि उसका खुद का प्रकाशन भी है।"

"देख ले यार।" अन्तिम बार जैसे सुरेन्द्र शर्मा जी धीमी आवाज़ में बोले।

"फ़िलहाल कोई नाम भी तो नहीं सूझ रहा।" मैंने यह सोचकर ऐसा कहा कि किसी और के आने से देश निर्मोही कहीं बेहतर होगा। कम-से-कम व्यक्तिगत रूप से मुझे जानता तो है। जबकि सच्चाई यह थी कि अपने स्वार्थ के लिए मैं देश निर्मोही के नाम पर रह-रहकर ज़ोर देता रहा क्योंकि इसी बहाने अकादमी से मैं भी जुड़ा रहूँगा।

"ठीक है। देश निर्मोही से तुम बात कर लो और बात करके जैसा भी हो मुझे बता देना ताकि मैं उसका नाम भिजवा दूँ।" इतना कह हरियाणा साहित्य अकादमी के उपाध्यक्ष सुरेन्द्र शर्मा जी ने फोन काट दिया।

मज़ेदार यह है कि मैंने ये जो दो नाम बताये थे, ये दोनों ही उस समय शासी परिषद के सदस्य थे। मैंने बिना एक पल गँवाये देश निर्मोही को फोन मिला दिया।

हाय-हेलो के बाद मैं सीधा मुद्दे पर आ गया क्योंकि मेरे पास उस समय गपियाने का वक़्त नहीं था।

"देश भाई, एक संजोग बन रहा है उसी के लिए मैंने आपको फोन किया है। अगर आपका नाम हरियाणा साहित्य अकादमी के निदेशक के लिए बढ़वाया जाये, तो आपको कोई परेशानी तो नहीं है?"

"मेरा नाम!" चौंकते हुए देश निर्मोही ने पूछा। शायद एक पल के लिए उसे अपने कानों पर यक़ीन नहीं हुआ होगा।

इसके बाद मैंने उसे सारी बात बता दी। सुनकर उसे अब मेरी बात पर जाकर विश्वास हुआ। फिर भी वह निस्पृह भाव से बोला, "यार मेरे पास अपने ही प्रकाशन का बहुत काम है।"

"देख लो, अगर कुछ मन बनता हो तो बता दो वरना मैं शर्मा जी को कह देता हूँ कि वे कोई दूसरा व्यक्ति देख लें।"

"ठीक है। अगर तुम्हें लगता है तो उन्हें मेरी तरफ़ से हाँ कह देना।"

शायद देश निर्मोही मुझे टटोलना चाहता था।

मैंने उसी समय सुरेन्द्र शर्मा जी को बता दिया कि देश निर्मोही तैयार है। इसके बाद आपको बताने की ज़रूरत नहीं है कि 2007 में देश निर्मोही *हरियाणा साहित्य अकादमी* के निदेशक बना दिये गये थे।

मित्रो, अब आते हैं मेरे उस स्वार्थ पर जिसके चलते मैं बार-बार इस पद के लिए यह सोचकर कि किसी और के आने से देश निर्मोही कहीं बेहतर होगा, उसके नाम पर रह-रहकर ज़ोर दे रहा था।

जैसाकि प्रायः होता है हर नया निदेशक पद ग्रहण करने के बाद अपने भरोसे और काम के लोगों को शासी परिषद में शामिल करता है। अब चाहे तो वह पहले वाले सदस्यों को ही रख ले, या फिर कुछ को हटाकर नये सदस्य रख ले। तो निदेशक बनने के बाद मेरे मित्र देश निर्मोही, अपने स्वार्थवश जिसके नाम पर मैं रह-रहकर ज़ोर दे रहा था, उसने दो ऐतिहासिक काम किये। पहला यह कि शासी परिषद के सदस्य होने के नाते जिन सारे सदस्यों को अकादमी की साहित्य और विचार की पत्रिका *हरिगन्धा* भेजी जाती थी, दो महीने बाद ही उसको मेरे मित्र (अब मैं यह नहीं कहूँगा कि देश निर्मोही के नाम पर रह-रहकर ज़ोर दे रहा था) ने मुझे भेजना बन्द कर दिया। दूसरा, ऐतिहासिक काम यह किया कि अपने पुराने शासी परिषद के सदस्यों में से जिन्हें उसने बाहर का रास्ता दिखाया, उनमें से एक भगवानदास मोरवाल भी शामिल था।

मुझे लगता है कि अपने इस नये निदेशक की तत्कालीन निदेशक से ज़रूर गुफ़्तगू हुई होगी। और तत्कालीन निदेशक ने अवश्य ही उस ख़तो-किताबत का ज़िक्र किया होगा, जो मैंने और शासी परिषद के एक अन्य सदस्य अर्थात विशेष आमन्त्रित विकास नारायण राय ने उनके साथ किया था। यह भी सम्भव है कि तत्कालीन निदेशक ने उन पत्रों को नये निदेशक को दिखाया हो! क्यों दिखाया होगा इसका उत्तर यदि इस स्मृति-कथा को पढ़ने के बावजूद आपको नहीं मिल रहा है, तो ऐसी 'कथा' का क्या फ़ायदा। मगर इसका मज़ेदार पहलू यह है कि विकास नारायण राय शासी परिषद में बने रहे। उनका बाल भी बाँका नहीं हुआ।

बल्कि बाद में वे नये निदेशक के ख़ास सलाहकारों में भी शामिल हो गये। इसीलिए बाबा तुलसीदास कह गये हैं कि समरथ को नहीं दोष गुसाईं।

तो इस तरह मेरा अकादमी से जुड़ने रहने का सपना मेरे उस मित्र के चलते टूट गया, जिसके बारे में सुरेन्द्र शर्मा जी ने मुझसे पूछा था कि 'आदमी कैसा है? मेरा मतलब है भरोसे का तो है न, राधेश्याम शर्मा की तरह तो नहीं है?' लेकिन मैं अपने स्वार्थ में इतना अन्धा हो चुका था कि उस सुरेन्द्र शर्मा जैसे अनुभवी व्यक्ति के मर्म को नहीं समझ पाया, जो देश-विदेश के मंचों से अपने सामने बैठे उदास लोगों को अपनी एक शैली विशेष और हास्य कविताओं से हँसा-हँसा कर लोटपोट करता रहा है। मैं सिर्फ़ और सिर्फ़ उस व्यक्ति को एक हास्य कवि समझने की भूल करता रहा।

बहरहाल, अपनी जैसी आदत है कि जिस रास्ते जाना ही नहीं, उसके क्यों कोस गिनूँ? जो हुआ अच्छा हुआ, जो होगा वह उससे भी अच्छा होगा।

बावजूद इसके मुझे अकादमी के कार्यकलापों की इधर-उधर से जानकारी मिलती रहती। नये निदेशक की देखरेख में हुए दो फ़ैसले, जिनकी हरियाणा में उतनी चर्चा नहीं हुई जितनी आलोचना हुई थी। उनमें से एक है *हरियाणा साहित्य अकादमी* का महत्त्वपूर्ण पुरस्कार *सूर सम्मान*। यह पुरस्कार/सम्मान हरियाणा के किसी वरिष्ठ और ऐसे लेखक को प्रदान किया जाता है जिसका राष्ट्रीय स्तर पर भले ही ना हो, हरियाणा स्तर पर साहित्य में महत्त्वपूर्ण अवदान होना चाहिए। शायद आपको सुनकर हैरानी हो कि नये निदेशक देश निर्मोही और उनके सलाहकारों ने यह पुरस्कार हरियाणा के एक ऐसे कवि को दिया, साहित्यिक उपलब्धियों के नाम पर जिसके खाते में तब भी आज की तरह एक ही कविता संग्रह था। जहाँ तक मेरी जानकारी है आज भी इतने साल बाद भी वह उपलब्धि उसी एक संग्रह पर टिकी हुई है। और ये कवि हैं *महर्षि दयानन्द विश्वविद्यालय,* रोहतक में हिन्दी के प्राध्यापक और वरिष्ठ कवि मनमोहन। 2006 में *राजकमल प्रकाशन* से प्रकाशित मनमोहन जी का शायद एकमात्र कविता संग्रह यही है जिसका शीर्षक है *ज़िल्लत की रोटी।* अब आप इसके पक्ष में भले ही यह तर्क दे लें कि चन्द्रधर शर्मा गुलेरी ने ही कौन-सी दर्जनों किताबें लिखी थीं, या कौन-सा प्रेमचन्द की तरह ढेरों कहानियाँ लिखी थीं? क्या गुलेरी जी बड़े लेखक नहीं हैं? ऐसा तर्क अक्सर हिन्दी के अघाये और अकर्मण्य लोग देते रहते हैं। दरअस्ल, यहाँ किसी लेखक के बड़ा या छोटा होने का प्रश्न नहीं है, बल्कि उसके उस अवदान का है जिसके आधार पर उसकी समग्र रचनात्मकता का मूल्यांकन होता है और जिसे साहित्यिक निकष पर तौला जाता है।

अगर ऐसा ही होता तो आज हिन्दी के सबसे बड़े लेखक वे नहीं होते, जिन्होंने अपना रक्त सींचकर अपनी लेखकीय रचनात्मकता और निरन्तरता को बनाये रखा, बल्कि सोशल मीडिया पर पूरे दिन चिल्ल-पों मचाने वाले लोग होते। साहित्य या लेखन की दुनिया उन छपे हुए शब्दों की ईंटों से बनती है, जिन्हें लेखक अपने अनुभवों के गारे से थेपकर, उस भट्ठे में पकाता है जिसमें कुछ ईंटें ज़्यादा तापमान के कारण पिघलकर खंगर बन जाती हैं, तो कुछ कच्ची रह जाती हैं। एक सुडौल इमारत के लिए जैसी ईंटों की ज़रूरत होती है, ज़रूरी नहीं वैसी उस भट्ठे से निकलें ही। परन्तु परख तो पूरे भट्ठे की होती है।

इसी तरह इसी अकादमी का एक और सम्मान है *हरियाणा गौरव सम्मान*। यह सम्मान 2005-06 में तब शुरू हुआ था जब मैं भी हरियाणा साहित्य अकादमी की शासी परिषद का सदस्य था। इस पुरस्कार के लिए महज़ आपका हरियाणा में जन्म होना ज़रूरी है, भले ही जन्म लेकर आप एक घण्टे बाद किसी अन्य राज्य में चले गये हों। इसके शुरू के दो पुरस्कार कवयित्री डॉ. सुनीता जैन और *क़लम का मज़दूर* जैसी पुस्तक के लेखक मदन गोपाल को प्रदान किये थे। शायद यह तीसरा पुरस्कार था जो उस समय अर्थात 2006-07 में हैदराबाद में नये-नये स्थापित 24वें केन्द्रीय विश्वविद्यालय *इंडियन फॉरेन लैंग्वेजेज़ यूनिवर्सिटी* में पहले कुलपति अभय मौर्य को प्रदान किया गया था। अब आप सोचेंगे कि अगर यह सम्मान डॉ. सुनीता जैन, मदन गोपाल, कमल कुमार और कई ऐसे लोगों को मिल सकता है जिन्होंने सिर्फ़ हरियाणा में जन्म लिया हो, तब एक कुलपति लेखक को दे दिया तो कौन-सी आफ़त आ गयी। इस देश में न जाने कितने लोगों को कुलपति बनने के बाद ही पुरस्कार/सम्मान मिले हैं। आप सही सोच रहे हैं लेकिन यहाँ बड़ा सवाल टाइमिंग को लेकर है कि इधर अभय मौर्य कुलपति बने और उधर उन्हें *हरियाणा गौरव सम्मान* प्रदान किया गया।

इन्हीं दोनों पुरस्कारों की हरियाणा में तब बड़ी आलोचना हुई थी। ख़ासकर अभय मौर्य को प्रदान किये गये *हरियाणा गौरव सम्मान* को लेकर। इस पुरस्कार के बारे में उन दिनों यहाँ कहा जाता था कि यह सम्मान अभय मौर्य को लेखक के रूप में नहीं, कुलपति को दिया गया था। चूँकि इस शासी परिषद के एक महत्त्वपूर्ण सदस्य विकास नारायण राय का *साहित्य उपक्रम* और अकादमी के नये-नये निदेशक देश निर्मोही का *आधार प्रकाशन* था, इसलिए नये-नये विश्वविद्यालय में किताबें ख़रीदवाने के लालच में अभय मौर्य को यह सम्मान दिया गया था। अभय मौर्य यहाँ आने से पूर्व दिल्ली विश्वविद्यालय में रूसी साहित्य पढ़ाते थे।

मुझे याद है उनके तब तक दो उपन्यास *युगनायिका* और *मुक्तिपथ* प्रकाशित हो चुके थे।

धीरे-धीरे देश निर्मोही के प्रति हरियाणा के लेखकों में असन्तोष बढ़ने लगा। यहाँ तक हरियाणा कि नये निदेशक की मुख्यमन्त्री तक शिकायत पहुँचने लगी। सुनते हैं एक बार तो किसी आयोजन में मुख्यमन्त्री की उपस्थिति में ही देश निर्मोही को अकादमी के निदेशक पद से हटाने की माँग होने लगी। बहरहाल, ये सब सुनी-सुनाई बातें थीं। जहाँ तक मुझे याद है राधेश्याम शर्मा की तरह देश निर्मोही को भी दो साल के बाद विस्तार नहीं मिला।

यह शायद 2010 का विश्व पुस्तक मेला था। मेले में *आधार प्रकाशन* का भी स्टाल लगा हुआ था। हरियाणा साहित्य अकादमी के निदेशक पद से मुक्त हुए देश निर्मोही को कुछ ही महीने हुए थे। मैं मेले में घूमते हुए *आधार प्रकाशन* के स्टाल के सामने पहुँचा कि देखा देश अपने स्टाल पर बैठा हुआ है। हम दोनों की जैसे ही आँखें चार हुईं, देश समझ गया कि मैं कुछ कहे बिना मानूँगा नहीं। वैसे हम मेवातियों की सबसे बुरी फ़ितरत यह है कि कहे बिना तो हम अपने बाप से भी नहीं चूकते हैं। मैं देश निर्मोही के पास पहुँचा और मुस्कराते हुए बोला, "यार देश निर्मोही, डायन भी सात घर छोड़ देती है पर तुमने तो एक भी नहीं छोड़ा।"

पता नहीं हरियाणा साहित्य अकादमी का पूर्व निदेशक और मुझे एक लेखक के रूप में जानने वाला प्रकाशक देश निर्मोही मेरे इस कहे का अर्थ समझ पाया या नहीं, कहना मुश्किल है। वही देश निर्मोही जिसके बारे में उस समय के हरियाणा साहित्य अकादमी के उपाध्यक्ष सुरेन्द्र शर्मा जी ने मुझसे पूछा था कि आदमी कैसा है? मतलब भरोसे का तो है न, राधेश्याम शर्मा की तरह तो नहीं है? सच कहूँ सुरेन्द्र शर्मा जी के इस सवाल का जवाब न तो मेरे पास तब था, और न आज है क्योंकि मेरे जैसे स्वार्थी व्यक्ति को अपने सिवाय हर आदमी सत्यवादी हरिश्चन्द्र नज़र आता है। इसी भरोसे के चलते मुझ जैसे व्यक्ति को क़दम-क़दम पर ठोकर खानी पड़ती है।

जैसाकि मैंने बताया कॉमरेड मुंशी ख़ाँ ने पिछली बार कंजर समुदाय के जिस ताराचन्द नाम के व्यक्ति का यह नम्बर दिया था, पहले उसने मुझसे ठीक-ठाक बात की। मगर धीरे-धीरे वह मुझसे कतराने लगा। यहाँ तक बाद में तो उसने फोन उठाना ही बन्द कर दिया। मैं इससे थोड़ा-सा निराश ज़रूर हुआ लेकिन हार नहीं मानी।

लखनऊ से *कथाक्रम सम्मान* ग्रहण करने के बाद दिसम्बर, 2006 में एक बार फिर मैंने दिल्ली से अलवर की बस पकड़ी और पहुँच गया बखतल की चौकी। बातों-बातों में कॉमरेड मुंशी ख़ाँ ने राहुल मिश्रा नाम के एक युवक के बारे में बताया, और कहा कि उसने इस इलाक़े के कुछ गाँवों की यौनकर्मियों से जुड़ी महिलाओं पर किसी एनजीओ के लिए काम किया है। मैंने मुंशी ख़ाँ से राहुल मिश्रा के पास ले जाने का आग्रह किया, तो उन्होंने तुरन्त मुझे अपनी मोटर साइकिल पर बैठाया और रेलवे स्टेशन से थोड़ा आगे, दाऊदपुर फाटक से पहले पड़ने वाली कॉलोनी में उसके घर ले गया। कॉमरेड मुंशी ख़ाँ ने राहुल मिश्रा से मेरा परिचय कराया। इसके बाद मैंने राहुल मिश्रा को अपने आने का प्रयोजन बताया, तो उसने बताया कि उन्होंने जर्मनी की एक अन्तरराष्ट्रीय एनजीओ के लिए, आसपास के गाँवों की यौनकर्मियों पर काम किया था और एक रिपोर्ट तैयार करके दी थी। रिपोर्ट का नाम सुनते ही मेरी बाँछें खिलती चली गयीं। मैंने कहा कि वो रिपोर्ट आप मुझे दिखा सकते हैं? इस पर राहुल बोला कि रिपोर्ट तो हमारे पास नहीं है। इतना सुन मैं थोड़ा निराश हो गया।

इस बीच राहुल मिश्रा किसी को फोन करके कह रहे थे, “भाभी कहाँ पर हो...थोड़ी देर के लिए आओगी...ठीक है भाभी।”

इसी दौरान चाय आ गयी। जब तक हम चाय पीते दरवाज़े पर देखा एक महिला खड़ी हुई है। हमें देखकर वह भी अन्दर आ गयी। उसके आते ही राहुल बोले, “ये नीतू भाभी हैं। उस प्रोजेक्ट में ये भी मेरे साथ थीं।” इसके बाद राहुल मेरी तरफ़ पलटा, “ये भगवानदास मोरवाल हैं। हमारे मित्र हैं। कंजरों पर एक उपन्यास लिखने की सोच रहे हैं। इन्हें हमारी मदद की ज़रूरत है।”

नीतू भाभी जिनका पूरा नाम नीतू शर्मा था। वे एक सोशल एक्टिविस्ट थीं, ने ‘ठीक है’ कहते हुए स्वीकृति में अपना सिर हिला दिया। इसके बाद मैं देर तक राहुल मिश्रा के घर इस पर चर्चा करता रहा और अगली बार आने का वायदा कर डॉ. मुंशी ख़ाँ अर्थात कॉमरेड मुंशी ख़ाँ के साथ उनके दवाखाने बखतल की चौकी पर आ गया।

यह दोपहर बाद तीन बजे के आसपास का समय था। मैं अभी अपने उपन्यास के बारे में उनसे बात कर ही रहा था कि, तभी एक साठ-इकसठ साल के बुज़ुर्ग व्यक्ति ने उनके दवाख़ाने में प्रवेश किया। उन दोनों की बातचीत के दौरान मुंशी ख़ाँ ने मेरा परिचय कराते हुए कहा, “रहमान खाँ, भई ई हमारो वाड़ी है दिल्ली सू आयो है...और मोरवाळ ई चौधरी रहमान ख़ाँ है चावला का बास में रहवे है।”

इसके बाद मुंशी ख़ाँ ने चौधरी रहमान ख़ाँ से भी कहा कि मैं कंजरों पर कुछ काम करना चाहता हूँ। बातचीत के दौरान चौधरी रहमान अपने *चावला का बास* में रहनेवाले कंजरों से जुड़ी कुछ रोचक जानकारियाँ देने लगे कि मुंशी ख़ाँ बीच में टोकते हुए बोले, "यार मोरवाळ तू ऐसो कर साँझ लू चावला का बास ही चलो जा। मैं छोड़ आऊँगो।"

चौधरी रहमान ख़ाँ भी इससे सहमत होते हुए बोला, "ई ठीक रहेगो। रात लू आराम सू बात करंगा।"

इसके बाद शाम को मुंशी ख़ाँ मुझे *चावला का बास* चौधरी रहमान के घर छोड़ आये और अगले दिन आने के लिए कह गये। *चावला का बास* दरअस्ल *बखतल की चौकी* से थोड़ा पीछे बसी एक छोटी-सी बस्ती है।

जिस समय डॉ. मुंशी ख़ाँ मुझे अपनी मोटरसाइकिल पर बैठाकर ले जा रहे थे, मैंने देखा कि *चावला का बास* से थोड़ा पहले बसी छोटी-सी बस्ती में, इधर-उधर अपने-अपने घरों के बाहर बैठी लड़कियाँ और औरतें उन्हें देखकर अपनी नज़रें नीची कर लेतीं। मैं समझ गया कि ये सब मुंशी ख़ाँ को जानती हैं। वरना ऐसा होता है कि किसी भी बाहरी व्यक्ति को ये अपना ग्राहक मान, उन्हें अपने पास आने के लिए इशारा करती हैं।

यह दिसम्बर का महीना था। छह बजते-बजते अच्छा अँधेरा हो गया। चारों तरफ़ कुनमुनाती ठण्ड में सामने कंजरों की बस्ती में दिए-बातियों सहित बल्ब जल उठे। मैंने रात में चौधरी रहमान ख़ाँ और उसके बेटों से कंजरों के बारे में बहुत सारी जानकारी एकत्रित कर ली।

इससे पहले बस्ती में जाकर जब मैं उसका बारीकी से मुआयना कर रहा था, मैंने एक युवक जो शक्ल-सूरत और हाव-भाव से बाहरी लग रहा था, और जिसने अपनी मोटरसाइकिल के पीछे लकड़ियों का छोटा-सा गट्ठर बाँधा हुआ था, उसके बारे में अपने साथ खड़े चौधरी रहमान खाँ के बेटे से पूछा। उसने जो जानकारी दी वह बड़ी रोचक थी। उसने बताया कि यह इस बस्ती में एक *खिलावड़ी* (यौनकर्मी) के पास ग्राहक की तरह आता था। बाद में दोनों में प्यार हो गया और उस खिलावड़ी से शादी कर यह उसके साथ इसी चावला का बास में रहने लगा।

अगले दिन सवेरे डॉ. मुंशी ख़ाँ मुझे लेने आ गये। बातों-बातों में मुंशी ख़ाँ ने ऐसे ही चौधरी रहमान ख़ाँ से पूछ लिया कि कुछ दिन पहले यहाँ सुशीला के पास जो भूरा फ़रारी आया था उसके क्या हाल हैं? यह नाम मुझे बड़ा रोचक लगा यानि भूरा और वह भी फ़रारी। इसका जवाब रहमान ख़ाँ के एक लड़के ने

दिया कि उसकी तो डेढ़ साल पहले मौत हो चुकी है। बास के बाहर सुशीला ने उसकी मज़ार भी बनवा रखी है।

मज़ार वाली यह बात मेरे लिए और भी चौंकाने वाली थी। इस पर मुंशी ख़ाँ हैरान होते हुए हँसकर बोला कि यार भूरा कोई पीर-पैगम्बर था जो उसकी मज़ार बनवा दी? मेरी अब इस मज़ार देखने की इच्छा बलवती हो गयी। लौटते हुए मैंने डॉ. मुंशी ख़ाँ से इस मज़ार को देखने की इच्छा व्यक्त की, तो कुछ ही देर में हम दोनों भूरा की मज़ार पर पहुँच गये।

सचमुच मैंने देखा कि बस्ती के बाहर एक नयी-नयी मज़ार बनी हुई है जिसकी तुर्बत पर हरी चादर पड़ी हुई है। आसपास धूप और अगरबत्तियों के अधजले डंठल और उनकी राख बिखरी हुई है। इस पूरे दृश्य का वर्णन मैंने *रेत* उपन्यास में दिया है। इस उपन्यास का जो लोकेल है वह अलवर, राजस्थान के आसपास के *कलसाड़ा, लावा का बास, कलगाँव, अल्लाहपुर, पठेपुर, चावला का बास, गाजूकी, कटोरी वाला तिबारा और उल्हाड़ी* गाँव का हैं, जहाँ कंजर समुदाय की बस्तियाँ हैं।

अगली बार मैं राहुल मिश्रा के पास गया तो तय हुआ कि नीतू भाभी अर्थात नीतू शर्मा जी मुझे मालाखेड़ा रोड पर बसे एक गाँव *कलसाड़ा* लेकर जायेंगी। जिस एनजीओ के साथ नीतू जी यहाँ काम करती हैं, उस गाँव में हम दोनों गये। वहाँ जाकर यौनकर्मियों के बारे में बहुत-सी जानकरियाँ एकत्रित कीं। एक दिन नीतू जी मुझे अलवर से लगभग चालीस किलोमीटर दूर थानागाजी भी लेकर गयीं। अलवर-जयपुर रोड पर स्थित थानागाजी जाने का विशेष कारण था और वह यह कि यहाँ जाकर मुझे अपने उपन्यास के एक पात्र से मिलवाना। यह पात्र या कहिए इस पण्डितजी और कंजर समुदाय की एक उम्रदराज बुआ (बुआ उस स्त्री को कहा जाता है जो कभी अपनी उम्र में यौनकर्मी का कार्य करती है, तब उसे *खिलावड़ी* कहा जाता है। लेकिन *बुआ* वह उम्रभर कहलाती है) दोनों के बीच बहुत पुरानी आसक्ति थी। राहुल ने बताया कि पण्डित जी थानागाजी की आबादी से बाहर बसी बस्ती में जब इस बुआ से मिलने जाते थे, तो अपनी साइकिल के हैंडल पर एक गेंदा का फूल लगाकर जाते थे।

मैं और नीतू जी थानागाजी इन पण्डित जी के घर दोपहर तक रहे थे। पण्डित जी के ही घर हमने दोपहर का खाना खाया था। खाना खाने के बाद हम अलवर लौटे। मेरे उपन्यास *रेत* में एक पात्र है घनश्याम कृष्ण उर्फ़ वैद्यजी, दरअस्ल ये वही पण्डितजी हैं। यह बात अलग है कि उपन्यास में मैंने इसे तीस-बत्तीस वर्षीय दिखाया है। एक तरह से वैद्यजी के माध्यम से ही

उपन्यास आगे बढ़ता है। कह सकते हैं यह सूत्रधार की भी भूमिका में होता है। इस वैद्यजी में बहुत से पाठक मेरी छवि देखते हैं। उनका कहना है कि वैद्यजी कोई और नहीं ख़ुद लेखक है। राजेन्द्र यादव जी ने भी एक बार कहा था कि यह और कोई नहीं तू ही है।

इस उपन्यास में कंजर समुदाय की रस्म *महफ़िल* का वृत्तान्त है। पूरी रात चलने वाली महफ़िल इस समुदाय में लड़के के विवाह के अवसर पर होने वाला गीत-संगीत का आयोजन है। इसमें इसका पात्र वैद्यजी अपनी कुछ ग़ज़लें सुनाता है। आयोजन के अन्त में इसकी वृद्ध पात्र अर्थात उस घर की मुखिया कमला बुआ एक दादरा सुनाती है। चूँकि इस अध्याय की समाप्ति मैं किसी शास्त्रीय गायन से करना चाहता था, इसलिए मुझे सर्दी की रात में गाये जाने वाले किसी विरह मिश्रित शास्त्रीय गीत की तलाश थी।

इसी की तलाश में मैं एक दिन मंडी हाउस स्थित दूरदर्शन के कार्यालय गया। यहाँ सेल्स काउंटर पर मैंने देखा कि दूरदर्शन आर्काइव्ज़ की तरफ़ से पिछले सौ साल के भारतीय संगीत की पुरानी रिकॉर्डिंग्स की सीडीज़ बिक रही हैं। मैं उनमें अपने मतलब की चीज़ खोजने लगा। खोजते-खोजते अचानक मेरी नज़र म्यूज़िक ऑफ़ इंडिया की *रूह-ए-मौसिक़ी : बेगम अख़्तर* नाम की ऑडियो सीडी अर्थात कॉम्पैक्ट डिस्क पर पड़ी। मैंने वह सीडी जिसकी क़ीमत 90/- रुपये थी, ख़रीद ली। सीडी में बेगम अख़्तर द्वारा गाई जिगर मुरादाबादी के ग़ज़ल संग्रह *आतिश-ए-गुल* से ली गयी ग़ज़ल *तबीयत इन दिनों बेगाना-ए-ग़म होती जाती है /मेरे हिस्से की गोया हर ख़ुशी कम होती जाती है;* फ़ैज अहमद फ़ैज की एक ग़ज़ल *ए कुछ अब्र कुछ शराब आये/ उसके बाद आये जो अज़ाब आये* के साथ होरी और अन्त में उनका गाया एक दादरा था।

सीडी तो मैंने ख़रीद ली लेकिन परेशानी यह आ खड़ी हुई कि इसे कैसे सुनूँ और सुनकर कैसे इसका लिप्यन्तर करूँ? मेरे पास कोई सीडी प्लेयर तो था नहीं। इसलिए इसको सुनने के लिए तुरन्त विडियोकॉन का एक DMV8400 मॉडल का प्लेयर ख़रीदा। लगभग ढाई हज़ार के इस सीडी प्लेयर पर पहले बेगम अख़्तर की गाया यह दादरा एक बार नहीं कई बार सुना, जिसे *रेत* की एक पात्र कमला बुआ *महफ़िल* रस्म के अन्त में गाती है—

ओ बेदर्दी सपने में आ जा
कुछ तो बिपतिया कम होई जाये
ओ बेदर्दी...

हम ही नाहि जानियो साजन
नैना मिलके जुलुम होई जाये

चाँद गगन से झाँके मोहे
पापी दुनिया ताने देवे

खुलके कहूँ तो होए रुसवाई
चुप माँ जियरा भसम होई जाये
ओ बेदर्दी सपने में आ जा।

मज़ेदार यह है कि साल 2006 में ढाई हज़ार रुपये में ख़रीदा गया यह सीडी प्लेयर, उसके बाद कभी इस्तेमाल नहीं हुआ। बेगम अख़्तर की इस सीडी को सुनने के बाद कोई और सीडी नहीं सुनी गयी। इस *स्मृति-कथा* के प्रकाशित होने तक वह सीडी प्लेयर मेरे पास तक मौजूद था। मजाल है इन वर्षों में उसे खरोंच तो आयी हो। अक्सर साहित्य में रचना-प्रक्रिया की बात होती है। मेरा मानना है कि अगर किसी लेखक की सचमुच उसकी किसी कृति की रचना-प्रक्रिया देखनी हो, तो रचना-सम्बन्धी उन पुलिन्दों को देखना चाहिए, जिनके गर्भ में रचना के बीज छिपे होते हैं। अन्ततः 2007 के शुरू में इस उपन्यास को पूरा कर मैंने अपने प्रकाशक को दे दिया।

इस तरह 2008 के एकदम शुरू में राजकमल प्रकाशन से *रेत* शीर्षक से उपन्यास और मेरा चौथा कहानी संग्रह *सीढ़ियाँ, माँ और उसका देवता* दोनों लगभग साथ-साथ प्रकाशित हुए। कहानी संग्रह मेरा थोड़ा पहले आ गया था। जबकि *रेत* अपने प्रकाशन के अन्तिम चरण में था। *छल, सौदा, बियाबान, चोट, निमन्त्रण, सूतक, खँडहर, मुक्ति, भँवर, खिड़की, दुःस्वप्न की मौत; सीढ़ियाँ, माँ और उसका देवता, घड़ी, परिणति* तथा *धूप से जले सूरजमुखी* कहानियों वाले इस संग्रह का सबसे बड़ा दुर्भाग्य यह रहा कि *रेत* के प्रमोशन और संग्रह की मेरी उपेक्षा के चलते इसकी उस तरह चर्चा और प्रचार नहीं हुआ, जैसा होना चाहिए था। इसका परिणाम यह हुआ कि इस *स्मृति-कथा* के प्रकाशित होने तक, पिछले इसका प्रथम संस्करण भी ख़त्म नहीं हुआ। दरअस्ल, चूक मुझसे भी हुई और वह यह कि 223 पृष्ठों वाले इस संग्रह की कहानियों के मुझे दो संग्रह प्रकाशित करवाने चाहिए थे। हालाँकि कई बार किसी-किसी पुस्तक का भाग्य भी होता है और मेरा यह संग्रह इस मायने में बहुत दुर्भाग्यशाली रहा।

इन दोनों पुस्तकों का अनौपचारिक लोकार्पण 2008 के विश्व पुस्तक मेले के दौरान डॉ. मैनजेर पाण्डेय जी के हाथों हुआ था। *रेत* उपन्यास का लोकार्पण करते हुए डॉ. पाण्डेय ने अपने संक्षिप्त वक्तव्य में कहा था कि *मोरवाल की नज़र ऐसे विषयों पर पड़ती है, जिन पर प्रायः हिन्दी के लेखकों की नज़र नहीं पड़ती है।*

इस उपन्यास की जब चर्चा होने लगी तो कहा गया कि इसमें सेक्स-सम्बन्धी प्रसंगों की बड़ी गुंजाइश थी, लेकिन लेखक ने अपने आपको बड़ी चतुराई से बचा लिया। बल्कि बाद में एक दिन राजेन्द्र यादव जी ने भी कहा था कि जहाँ ऐसा लगता था कि अब कुछ होने वाला है, साले तुम बड़ी चालाकी से निकल जाते हो। यह सही है कि अगर मैं इसमें सेक्स-सम्बन्धी प्रसंगों पर ध्यान देता, तो यह उपन्यास एन्थ्रोपोलोजिकल नहीं, एक पोर्नोग्राफिक उपन्यास बनकर रह जाता। जिसकी लोग चटखारे ले-लेकर चर्चा करते।

उन्हीं दिनों एक दिन मैं लंच के समय कार्यालय में कुर्सी पर पाँव फैलाकर थोड़ा आराम कर रहा था। अभी नींद के हल्के से झोंके ने आकर दबोचा ही था कि इसी बीच मेरा मोबाइल घनघनाया। मैंने हेलो की तो उधर से आवाज़ आयी, “साले तुम शक्ल से जितने चूतिया लगते हो, उतने हो नहीं।”

मुझे लगा यह सुभाष नीरव है लेकिन तुरन्त याद आया कि सुभाष को मैंने कभी इस भाषा में बात करते हुए नहीं देखा। अभी मैं कुछ अनुमान लगा पाता, उधर से कहा गया, “बधाई, उपन्यास बहुत अच्छा है।”

इस बार मैं समझ गया यह किसकी आवाज़ है। मैं बोला,“आप क्यों मजाक़ कर रहे हो?”

“देखो, मैं ऐसे किसी से मजाक़ नहीं करता हूँ। मुझे जो लगा मैंने बता दिया।”

“लेकिन कुछ लोगों को यह उपन्यास फ़िल्मी लगा है।”

“ऐसा लोग बोलेंगे लेकिन मुझे तो बहुत अच्छा लगा।” इसके बाद फोन कट गया।

बता दूँ ये *हंस* के सम्पादक राजेन्द्र यादव जी थे। शायद राजेन्द्र जी ने ही अभय कुमार दुबे को *हंस* में इस उपन्यास पर समीक्षा लिखने का आग्रह किया होगा। इसीलिए *हंस* के जुलाई 2008 के अंक में *साहित्य में अनामन्त्रित* स्तम्भ के तहत अभय कुमार दुबे ने लगभग साढ़े छह पृष्ठों का *सेक्सुअलिटी बनाम ब्रह्मचर्यवादी राजनीति* शीर्षक से एक लम्बा लेख लिखा था। इस लेख की ख़ूब चर्चा हुई।

पता नहीं कितनों को याद है कि उन्हीं दिनों लखनऊ से एक महिला आलोचक का हिन्दी में बड़ी धमक के साथ पदार्पण हुआ, जिसका नाम था शालिनी माथुर। एक तरह से यह *कथादेश* की खोज थी। लखनऊ का एक गुट इसे पसन्द नहीं करता था। इसका कारण था परोक्ष रूप से राजेन्द्र यादव की स्त्री विरोधी छवि के साथ-साथ उसकी उस स्थापना को ध्वस्त करना कि *स्त्री-मुक्ति का पहला चरण देह-मुक्ति से ही शुरू होगा।* एक तरह से इनका हिन्दी आलोचना में आना एक संयोग था। शीघ्र ही हिन्दी साहित्य की राजनीति से इनका मोहभंग हो गया। इसलिए कुछ समय बाद सामाजिक कार्यकर्ता शालिनी माथुर ने अपने आपको हिन्दी आलोचना से अलग कर लिया। इसका एक कारण शायद यह भी था कि इनकी बहुत जल्दी यह समझ में आ गया था कि उसे राजेन्द्र यादव और कुछ अन्य लेखकों के विरुद्ध इस्तेमाल किया जा रहा है। इसका उदाहरण *कथादेश* और *तहलका* में उनके कुछ चर्चित लेखों को देखा जा सकता है। जहाँ अनामिका और पवन करण की स्तन पर लिखी कविताओं पर *कथादेश* में *औरत के नज़रिये से* और *व्याधि पर कविता या कविता की व्याधि* लेख लिखकर शालिनी माथुर ने अपनी आलोचकीय मेधा व प्रखरता का लोहा मनवाया था, वहीं इससे पहले *कथादेश* के ही सितम्बर 2008 के अंक में *औरत की दुनिया* कॉलम के तहत *नव-रीतिकालीन सम्पादक और उनके चीयर लीडर्स* शीर्षक से लेख लिखकर स्त्री-आलोचना की एक नयी अलख जगाने का प्रयास किया था। शालिनी माथुर की उपस्थिति ने हिन्दी आलोचना की कई स्त्री आलोचकों की चौहद्दी को मानो झिंझोड़ कर रख दिया था।

शालिनी माथुर ने अपने इस लेख का आधार *हंस* के 2008 के मई, जून तथा जुलाई के तीन अंकों को बनाया था। मैं यहाँ केवल *हंस* के जुलाई 2008 अंक में *साहित्य में अनामन्त्रित* कॉलम के अन्तर्गत *रेत* उपन्यास पर अभय कुमार दुबे की लिखी लम्बी समीक्षा *सेक्सुअलिटी बनाम ब्रह्मचर्यवादी राजनीति* पर शालिनी माथुर के विश्लेषण की बात करूँगा। *नव-रीतिकालीन सम्पादक और उनके चीयर लीडर्स* शीर्षक से लिखे गये इस धारदार लेख में शालिनी माथुर ने राजेन्द्र यादव सहित उनके इर्द-गिर्द मँडराती महत्त्वाकांक्षी फौज़ को उनका चीयर लीडर्स की संज्ञा दी थी। अपने इस लेख में लेखिका कहती हैं कि *इन तीनों अंकों में प्रकाशित ये आलेख यह सिद्ध करने के लिए पर्याप्त हैं कि यहाँ राजेन्द्र यादव के चापलूसों जिनमें स्त्रियाँ भी शामिल हैं की सहायता से मठाधीश के रूप में स्थापित करने का प्रयास हो रहा है।*

नैतिकता की फिनाइल उप शीर्षकवाली अपनी इस टिप्पणी में *रेत* उपन्यास पर अभय कुमार दुबे की लिखी लम्बी समीक्षा के बारे में शालिनी माथुर लिखती हैं–

अब तक जिस स्त्री देह विमर्श में मैत्रेयी पुष्पा ही श्री यादव की संगिनी थीं, उसके मर्दवादी नग्न अनुष्ठान में सी.एस.डी.एस. के सम्पादक व प्रतिष्ठित समाजशास्त्री अभय कुमार दुबे भी कूद पड़े हैं। निश्चय ही कोकशास्त्र उन्हें समाजशास्त्र से अधिक रुचिकर लगने लगा होगा और सरल भी।

समीक्षा के लिए अभय कुमार दुबे ने भगवानदास मोरवाल द्वारा लिखित *रेत* उपन्यास चुना है जो कंजर जाति के जीवन पर आधारित है। मोरवाल ने यह विषय क्यों चुना यह तो मुझे नहीं मालूम क्योंकि मैंने उपन्यास पढ़ा नहीं। परन्तु दुबे ने यह विषय समीक्षा के लिए क्यों चुना, इसे समझना मेरे लिए मुश्किल नहीं था! क्या वे कंजर वेश्याओं के *हाशियाग्रस्त* तबके से सहानुभूति रखते हैं? क्या ये उन्हें अँधेरी ज़िन्दगी से बाहर लाना चाहते हैं? या उनके अँधेरे कमरों में झाँककर उनके कमरों में हो रही गतिविधियों को लार टपकाते हुए देखकर वाइकेरियस प्लेजर प्राप्त करना चाहते हैं?

छह पृष्ठों की इस समीक्षा में दुबे ने यौन कर्म/सेक्स वर्क को तीस से भी अधिक बार सबलीकरण का स्रोत बताने की कोशिश की है। दुबे को *रेत* उपन्यास के लेखक से दो शिकायतें हैं। *पहली कि लेखक अपने वैचारिक चेतना में सेक्स एक्ट को सेक्स वर्क का दर्जा देने के लिए तैयार नहीं है।* (पृष्ठ 79) और दूसरी यह कि उनकी *कहानी से यौन क्रिया का वृत्तान्त क्यों ग़ायब है?* समीक्षा के कुछ अंश उद्धृत हैं– *(हंस, जुलाई 2008 अंक)*

सारे देश में सेक्स वर्कर बनने का रेडिकल आन्दोलन चला रही अनगिनत वेश्याओं के लिए भारतीय नारीवाद के सैद्धान्तिक पिटारे में क्या है?

नैतिकता और नारीवाद को दोष देते हुए दुबे कहते हैं कि सेक्स वर्क को स्त्री सबलीकरण का स्रोत मानने के मामले में नैतिकतावादी और नारीवादी डिस्कोर्स, मोरवाल की खिलावड़ियों का मददगार बनने को तैयार नहीं दिखते।

सेक्स वर्कर बनने की सम्भावना, सेक्स वर्कर की हैसियत, सेक्स वर्कर कहने की जुर्रत जैसी शब्दावली का प्रयोग करते हुए दुबे हर औरत से सेक्स वर्कर बनने की पैशनेट अपील करते हैं। ऐसे में दुबे के पूर्वपक्ष में ब्रह्मचर्यवादी राजनीति से लेकर आधुनिकतावादी नारीवाद एकसाथ खड़े हैं, जो दुबे की इस मुहिम में साथ देते नहीं दिखाई देते।

रुक्मिणी कंजर सेक्स वर्कर की हैसियत प्राप्त नहीं कर सकती, भले ही उसके भीतर उसकी सभी ज़रूर ख़ूबियाँ मौजूद क्यों न हों। सेक्स उसके सबलीकरण का स्रोत नहीं बन पाता। दुबे आगे बताते हैं कि कंजर नायिकाएँ कलंकित गणिकाएँ होते हुए भी आदर्श सेक्स वर्कर बनने की सम्भावनाओं से लैस है।

रुक्मिणी में आदर्श सेक्स वर्कर की प्रवृत्ति ख़ूब देखी जा सकती है। (पृष्ठ 76)

परेशान होकर दुबे कहते हैं कि *परेशानी यह है कि इन तमाम ख़ूबियों के बावजूद सेक्स वर्कर की हैसियत रुक्मिणी को तब तक नहीं मिल सकती, जब तक देश-दुनिया में यौन कर्म को पेशे के रूप में कलंकित समझा जाता रहेगा। क्या इस तरह की कोई सम्भावना है।* (पृष्ठ 76)

दुबे को उम्मीद है कि *जिस तरह धीरे-धीरे कोठेवाली बाई से विकसित होते-होते पद्मभूषण से अलंकृत महान कलाकार बन गयी, इसी तरह यौनकला पर महारत रखने वाली स्त्रियों को भी प्रतिष्ठा मिलेगी। दुबे का मत है कि कंजर स्त्रियों के सामने सेक्स वर्क का विकल्प पेश करना ज़रूरी है। राजनीतिक आधुनिकता के ऊपर यौनकर्मियों को पतित मानने के नैतिकतावादी प्रभावों का असर है। उनकी निगाह में भी मुफ़्त में किया गया यौन कर्म श्रेष्ठ है।* (पृष्ठ 78)

प्रचण्ड बुद्धिमान विमर्शकार अभय कुमार दुबे अपने लेख में *नारीवाद की बौद्धिक दुनिया, गाँधीवाद, सांस्कृतिक राष्ट्रवाद, नारीवादी आधुनिकता, कम्युनिस्ट होलटाइमर, संघ परिवार, मध्यवर्गीय मानस, राजनीतिक आधुनिकता* आदि परस्पर विरोधाभासी शब्दों को निन्दावाचक शब्दों के रूप में प्रयोग करते हुए एक ही तराजू में तौल देते हैं। अपनी सेक्स वर्कर की अवधारणा को वे उत्तर-आधुनिकता विमर्श के भी बाद विकसित धारणा बताते हुए सिद्ध कर देते हैं कि *आज स्थिति बदल चुकी है और भद्र समाज नाचने-गाने और अभिनय में अपनी लड़कियों को उतारने के लिए तत्पर नज़र आता है। कला व्यवसायों के ज़रिये स्त्री सांस्कृतिक उत्पादन से जुड़ती है। लेकिन क्या सेक्स वर्क के ज़रिये भी स्त्री सबलीकरण की राह पर चल सकती है। यौन कर्म में समाजसेवा या सेक्सुअल थेरेपी के पहलू अन्तर्निहित होने का तो तर्क बनता है।* (पृष्ठ 77)

दुबे जी के इतना विस्तार से समझाने पर, अब तक इतना तो पाठकगण समझ ही चुके होंगे कि नाचने-गाने की तरह यौन कला भी स्त्री सबलीकरण का माध्यम है और स्त्री यौन कर्म द्वारा समाज सेवा या थेरेपी करती है। अब यह भी समझ लें कि दुबे द्वारा निन्दित मुफ़्त में किया गया यौन कर्म क्या है।

वे स्पष्ट करते हैं कि *नारीवाद की भौतिक दुनिया में यह मामला इतना सरल नहीं है। यह दुनिया सेक्स वर्क को दो हिस्सों में बाँट देती है। वह वेश्या के सेक्स वर्क को बिना पारिश्रमिक लिए सेक्स वर्क कर रही औरतों के बरअक्स रखते हुए विभिन्न तर्कों के आधार पर, उसे निकृष्ट और स्त्री की आज़ादी के लिए नुक़सानदेह मान लेती है। चाहे वह प्रेमिका द्वारा, मुफ़्त में किया गया हो या विवाहिता पत्नी द्वारा, मुफ़्त में किया गया सेक्स वर्क उच्चतर, उदात्त एक हद तक मुक्तिकारक बन जाता है। नारीवाद उसमें ज़्यादा से ज़्यादा अधिक सन्तुष्टि की दावेदारी और प्रेम के तहत किये जानेवाले सेक्स को और जोड़ देता है। लेकिन प्रेम और प्रजनन से रहित पारिश्रमिक की अपेक्षा में किया गया सेक्स वर्क इस विचारधारा की निगाह में जिंसीकरण कहलाता है या यौन दासता का पर्याय मानकर उसे कलंकित कर दिया जाता है।*

दुबे इस प्रकार स्पष्ट करते हैं कि स्त्री हमेशा सेक्स वर्क ही करती है भले ही वह अपनी दैहिक सन्तुष्टि के लिए करे, प्रेम के तहत करे, प्रजनन के लिए करे, विवाहिता के रूप में करे—चाहे प्रेमिका के रूप में, वह मुफ़्त का वर्क है। इस प्रकार सारी स्त्रियाँ यौनकर्मी हैं। मेरा प्रश्न है कि क्या उसी गतिविधि में संलग्न उनके साथी, प्रेमी, पति भी यौनकर्मी ही हैं या कुछ और, यदि नहीं हैं तो किस आधार पर?

दुबे के *सेक्सुअल लोकतन्त्र के इस नवांकुरित विचार* को मान लें, तो हम पूछना चाहेंगे एक ही खेल का एक प्रतिभागी ग्राहक-उपभोक्ता और दूसरा प्रतिभागी वर्कर किस आधार पर बनता है? क्या दुबे का लोकतन्त्र सबको बराबर नहीं मानता—क्या उसमें स्त्री-पुरुष समकक्ष नहीं हो सकते? हम यह मान लें कि सेक्स एक्ट दरअस्ल सेक्स वर्क है जिसमें स्त्री-पुरुष दोनों ही परिश्रम कर रहे हैं। तब प्रश्न उठता है कि एक श्रमिक दूसरे श्रमिक को पैसा क्यों देता है, कैसे एक क्रेता बनता है, दूसरा क्रीत? पारिश्रमिक की बात दो श्रमिकों के बीच कैसे आ जाती है?

वेश्या क्रीत होती है उन्हें दुबे भी सेक्सुअल सेवादाता कहते हैं, पुरुष अपने आनन्द के लिए उनकी सेवाएँ ले रहा है। दुबे कहते हैं कि वेश्या व उपभोक्ता के बीच लेवल प्लेइंग फ़ील्ड होता है। क्या क्रेता और क्रीत के बीच बराबरी का सम्बन्ध होता है? अपने तर्क को आगे बढ़ाते हुए दुबे कहते हैं कि *दुनिया भले ही उन्हें नीची नज़र से देखे। क्या फैक्ट्री में काम करने वाले मज़दूर को बुर्ज़ुआ मालिक अपने से कमतर नहीं मानता? (पृष्ठ 76)*

यानि दुबे के इस अभीष्ट आदर्श लोकतन्त्र में प्रेमिका, पत्नी और वेश्या के रूप में औरत सेक्स वर्क करती है और पुरुष-पति, प्रेमी, ख़रीददार और उपभोक्ता के रूप में बुर्जुआ मालिक होता है, जो वर्क कर रही मज़दूर को अपने से कमतर समझता है जिसमें कोई हर्ज़ नहीं है।

मार्क्सवाद से होड़ लेने की दौड़ में प्रकाण्ड पण्डित दुबे जी इतनी तेज़ दौड़े कि आधुनिकता से आगे जाकर उत्तर-आधुनिकता के पाले में पहुँचने के बजाय ठोकर खाकर सीधे रीतिकाल के पाले में औंधे मुँह जा गिरे। इन्हें तो रीतिकालीन भी नहीं कहा जा सकता क्योंकि यहाँ तो नख शिख वर्णन द्वारा स्त्री के एस्थेटिक स्वरूप से श्रृंगार रस का सृजन होता था पर यहाँ तो स्त्री केवल एक यौन उपकरण है, स्वयं अपने लिए भी और पुरुष के लिए भी।

स्वयं को उत्तर-आधुनिक बताते हुए दुबे कभी ग्राम्शी, कभी फूको और कभी देरिदा की शब्दावली प्रयोग करके *छोटी-छोटी पहचान* और *महाआख्यान का वितण्डावाद पैदा करते हैं पर यह भूल जाते हैं कि हिन्दी के तमाम पाठक इतने मूर्ख नहीं हैं, जितना वे उन्हें समझते हैं। पाठक जानना चाहेंगे कि उत्तर-आधुनिकता तो मार्क्स से एक क़दम आगे जाकर विभिन्न पाठों, पहलुओं और अस्मिताओं की बात करती है। पुरुष को उपभोक्ता और स्त्री को क्रीत बनाने वाला यह कौन-सा आधुनिक विमर्श है? उत्तर-आधुनिकता विविधतावादी, बहुलतावादी दर्शन है, उसमें देह मात्र के रूप में एसेंशियलाइज़ेशन की सम्भावना कहाँ?*

हंस में दलित विमर्श के इंचार्ज दुबे, दलित पुरुष को राजनीतिक और सामाजिक लड़ाई के लिए नक्सलबाड़ी के हिंसात्मक औज़ार पकड़ाते हैं और दलित कंजर स्त्री के आगे *सेक्स वर्क का विकल्प रखते हैं*। स्त्री देह विमर्श के इस आयोजन में यादव जी के अनामन्त्रित सखा इतने पर ही सन्तुष्ट नहीं होते। एक तो उन्हें पहले ही शिकायत है कि *लेखक सेक्स एक्ट को सेक्स वर्क का दर्जा देने को तैयार नहीं है और दूसरे कथानक में यौन क्रिया के विवरणों की अनगिनत सम्भावनाएँ हैं लेकिन लेखक जान-बूझकर उनका इस्तेमाल नहीं करते।*

स्त्रियों की कहानी से यौन क्रिया का वृत्तान्त क्यों ग़ायब है? कथानक की भाषा इतनी धुली-पुँछी क्यों है जैसे नैतिकता की फिनाइल से सबकुछ साफ़ कर दिया हो?

दुबे को हिन्दी साहित्य के निर्धन हो जाने की चिन्ता सता रही है—*हिन्दी साहित्य को इस तरह के विवरणों से वंचित रखने का परिणाम यह हुआ है उसमें देह भाषा का अभाव हो गया है, कामना केवल अनुभूति स्तर तक ही है। इसी को हमारा साहित्यकार सटलिटी कहकर सन्तुष्ट हो लेता है।* सटलिटी से दुबे को घृणा है। वे आगे कहते हैं *पल्प फ़िक्शन भी पोर्नोग्राफ़ी नहीं होता।*

सूसन ग्रिफ़िन ने अपनी पुस्तक में विस्तार से *पोर्नोग्राफ़िक माइंड* की चर्चा की है जोकि देह तथा मन को अलग करके देखता है। यूँ तो ग्रीक भाषा में उत्पन्न पॉर्नोग्राफ़ी शब्द का व्युत्पत्ति मूलक अर्थ ही वेश्याओं के विषय में लिखना होता है। पर बाद में विकसित हुई परिभाषा के अनुसार केवल सेक्स उत्पादन के रूप में व्यक्ति का निरूपण पॉर्नोग्राफ़ी का विषय है। प्रेमविहीन यौन कर्म इसी श्रेणी में आयेगा। दुबे के उकसाने पर प्रतिष्ठित उपन्यासकार भगवानदास मोरवाल यदि ऐसा निरूपण करते, तो वे पॉर्नोग्राफ़ी रचते न कि एन्थ्रोपॉलोजी।

स्वस्थ साहचर्य करने में अक्षम व्यक्ति अक्सर ब्लू फ़िल्में बनाते-देखते, अश्लील एसएमएस भेजते और फोन पर अश्लील वार्तालाप करते हुए धरे-पकड़े जाते रहे हैं। राजेन्द्र यादव और अभय कुमार दुबे ने अपने सम्पादन में एक ऐसा ही मानसिक व्यभिचार आरम्भ कर रखा है।

धृतराष्ट्र की सभा में बैठे ये फटी-फटी आँखों वाले रीतिकालीन लोग हैं जिनके भीतर दुःशासन की तरह स्वयं धृष्टता से अपनी जंघा पीटने का साहस नहीं, जिनमें दुर्योधन की तरह आगे बढ़कर स्वयं चीरहरण करने का बाहुबल भी नहीं, परन्तु दुःशासन और दुर्योधन द्वारा अपमानित और त्रस्त द्रौपदी को लोलुप आँखों से देखने का बहुत शौक़ है कि चीरहरण के बाद का दृश्य कैसा होगा, उसके बाद क्या होगा? इनका पुरुषों से समाज को वैसे तो न कोई लाभ है, न हानि पर इनकी यह कायर लम्पटता स्त्री की दशा को समाज में और गिराने में योगदान देती है। यह दुःशासनों और दुर्योधनों को प्रोत्साहित करते हैं और मन-ही-मन विलाप करते हैं—हाय! हम स्वयं क्यों न जंघा पीट सके। हाय, हम स्वयं चीर क्यों न खींच सके! दलित जाति की स्त्रियों और गणिकाओं के प्रकरण उठाकर ये उनके अँधेरे कमरों में झाँककर उनके अपमान का तमाशा देखने को उत्सुक हैं। ये उस पूरी प्रक्रिया को देखना चाहते हैं जिसमें यह कर्ता नहीं हैं। इनमें तो दर्शक बनकर झाँककर देखने का भी साहस नहीं। ये की होल लेखकों को उकसाते हैं *देखकर बताओ भीतर क्या हो रहा है।* ये चीयर लीडर्स हैं।

कुछ ही देर बाद ये द्रौपदियों से भी पूछते हैं—*निर्वस्त्र होते समय आपको कैसा लगा? अपनी अनुभूति सार्वजनिक रूप से बयान कीजिए न!* और फिर, कुछ द्रौपदियाँ कह उठती हैं बड़ा आनन्द आया। जिस महफ़िल में पुरुष उन्मत्त हो सकते हैं, उस महफ़िल में स्त्री उन्मत्त क्यों नहीं हो सकती? इस प्रकार देहग्रस्त स्त्री-विमर्श के इस निर्लज्ज नृत्य में कुछ लेखिकाएँ भी उन्माद से चीख़ मारती, ताली पीटती, ठुमके लगाती हुई शरीक हो जाती हैं।

कवि हरिवंश राय बच्चन की कुछ पंक्तियाँ हैं—

नंगा नाचे चोर बलैया, लो देखो नंगा नाचे
इन्द्राणी का नाच कहाँ देखोगे भैया
इतनी महँगी एक टिकट का बीस रुपैया!
यहाँ दिखेंगे बे-पैसे में कई तमाशे।
नंगा नाचे चोर बलैया...

काश, शालिनी माथुर अपनी इस बेलौस और बेधक आलोचनात्मकता को जारी रख पाती। कम-से-कम हिन्दी आलोचना में जिस तरह एक अजीब-सा सन्नाटा आज पसरा हुआ और उसकी साख जिस तरह दाँव पर लगी हुई है, वह तो बच जाती। जिस तरह आलोचना को बीच मझधार में बिलखता हुआ छोड़, एक-एक कर युवा और उम्र दराज़ आलोचकों की गारद कहानी-कविता में हाथ आज़माने को बेचैन हैं, वे देख पाते कि आलोचना भाषा, शिल्प, शैली जैसे पारम्परिक औज़ारों से नहीं मँजती है, बल्कि वह समाजशास्त्रीय चिन्तन, विवेक और अध्ययन के अलावा दूसरे अनुशासनों में झाँकने की माँग भी करती है।

अमर उजाला के 26 दिसम्बर, 2008 के *आखर* में वर्ष 2008 में प्रकाशित जिन तीन उपन्यासों को राजेन्द्र यादव जी ने उल्लेखनीय बताया था, उनमें रेत भी शामिल था। इस उपन्यास के बारे में उन्होंने कहा था—

इस साल का मेरा दूसरा पसन्दीदा उपन्यास भगवानदास मोरवाल का 'रेत' है। मोरवाल ने अब तक मेवात के बारे में जैसा लिखा है, वह न सिर्फ़ प्रामाणिक है, बल्कि उनकी रचनाओं में हरियाणा के इस इलाक़े की तसवीर अपनी समूची भयावहता के साथ मौजूद है। 'काला पहाड़' और 'बाबल तेरा देस में' की तरह 'रेत' भी भारी-भरकम उपन्यास है। इसके बावजूद वह पठनीय है, तो अपनी विषयगत नवीनता के कारण ही। मोरवाल को मैं इसलिए भी समकालीन समय के बेहतर रचनाकारों में मानता हूँ कि वह अपनी हर कृति में एक नया विषय उठाते हैं और उस पर पूरी मेहनत और शोध करते हैं। 'रेत' कंजरों के जीवन पर आधारित है। इस समाज की ज़्यादातर लड़कियाँ खिलाड़ी बनना चाहती हैं, जो दुनिया का सबसे प्राचीन पेशा है। गाजूकी में इस समुदाय की ज़्यादातर लड़कियाँ इस पेशे में हैं। मोरवाल इस समाज की गहराई तक उतरते हैं। 'रेत' की विशिष्टता दरअस्ल उस परिवर्तन में है, जिसमें रुक्मिणी अपने लोगों के साथ हो रहे शोषण का बदला मुरली प्रसाद जैसे एक जमे-जमाए नेता से लेती है और उसकी जगह ख़ुद विधायक बन जाती है।

इससे पहले राजेन्द्र यादव जी मुझे काला पहाड़ कहकर सम्बोधित करते थे। मैं जब भी दरियागंज *हंस* के कार्यालय जाता, मुझे देखते ही व्यंग्य से कहते, “आओ काला पहाड़ कहाँ से चले आ रहे हो?”

मैं समझ जाता कि उनका आशय किस काला पहाड़ से है। दरअस्ल, उनका इशारा मेरे उपन्यास *काला पहाड़* से नहीं होता था, बल्कि बंगाल के सुलेमान कर्रानी की सेना के उस ब्राह्मण कालाचन्द राय सेनापति अर्थात *काला पहाड़* से होता था, जो बाद में इस्लाम ग्रहण कर मुसलमान बन गया था। यह वही *काला पहाड़* था जिसने 1568 ईस्वी में उड़ीसा पर चढ़ाई कर, यहाँ के राजा को पराजित कर पुरी के जगन्नाथ मन्दिर को लूटा था। कालाचन्द राय के *काला पहाड़* बनने की कहानी बड़ी दिलचस्प है। हुआ यह कि पूर्वी बंगाल के मुस्लिम शासक की बेटी को कालाचन्द राय से मोहब्बत हो गयी। इस मोहब्बत का कारण था कालाचन्द राय का बाँसुरी वादन। वह बहुत सुरीली बाँसुरी बजाता था। जैसे कृष्ण की बाँसुरी को सुन राधा सुध-बुध खो बैठती थी, उसी तरह उस मुस्लिम शासक की बेटी कालाचन्द राय की तान को सुन अपनी सुध-बुध खो बैठती। शहज़ादी को कालाचन्द राय से इस तरह मोहब्बत हो गयी कि, वह इस्लाम छोड़कर हिन्दू विधि से शादी करने को तैयार हो गयी। इसका पता जब हिन्दू धर्म के ठेकेदारों को चला, तो उन्होंने इसका तीव्र विरोध किया। उधर कालाचन्द राय भी शहज़ादी से शादी करने पर अड़ गया। उसकी इस हठ का परिणाम यह हुआ कि कालाचन्द राय को हिन्दू धर्म से बेदख़ल कर दिया गया। इससे अपमानित हो कालाचन्द राय ने हिन्दू धर्म का परित्याग कर, इस्लाम क़बूल कर शहज़ादी से निकाह कर लिया और उस मुस्लिम शासक का उत्तराधिकारी बन गया। इसके बाद उसने हिन्दुओं ख़ासकर ब्राह्मणों को मुसलमान बनाना शुरू कर दिया। पूरे पूर्वी बंगाल में उसने इतनी निर्दयता से क़त्लेआम मचाया कि लोग उसे *काला पहाड़* कहने लगे। बहुत से पाठक जिन्होंने मेरा *काला पहाड़* उपन्यास नहीं पढ़ा है, वे इसे पूर्वी बंगाल के इसी कालाचन्द राय अर्थात *काला पहाड़* पर आधारित उपन्यास समझते हैं। इसका एक बड़ा रोचक उदाहरण है।

हुआ यह कि वर्ष 2018 के मई महीने की 22 तारीख़ को मेरा अपने कार्यालय के कार्य से पश्चिम बंगाल के बीरभूम ज़िले में जाना हुआ। जब हम कलकत्ता से पचपन-साठ किलोमीटर दूर निकल आये, तो बातों-बातों में टैक्सी ड्राइवर ने बताया कि हम जहाँ जा रहे हैं रास्ते में बोलपुर पड़ेगा जहाँ *विश्व भारती* है। मेरे लिए यह नयी जानकारी थी। इससे पहले मैं विश्व भारती को कलकत्ता के आसपास ही समझता था। मुझे नहीं पता था कि गुरुदेव रवीन्द्रनाथ टैगोर

की बसाई भारतीय मेधा व मनीषा की नगरी *विश्व भारती* कलकत्ता से 180 किलोमीटर दूर होगी। चूँकि हम कलकत्ता से सवेरे ही रवाना हो गये थे, इसलिए हमारे पास काफ़ी समय था। मैंने ड्राइवर से आग्रह किया कि हम सीधे बोलपुर चलेंगे। मैं *विश्व भारती विश्वविद्यालय* और वहाँ के शान्ति निकेतन के ज़रूर दर्शन करना चाहूँगा। पता नहीं इसके बाद जीवन में कभी इस तरफ़ आना होगा या नहीं।

विश्व भारती, शान्ति निकेतन जाते हुए मैं बड़ा रोमांचित था। न जाने कितनी कल्पनाएँ मन में आ-जा रही थीं। ऐसा लग रहा था कि मैं वहाँ जाऊँगा और गुरुदेव वहीं कहीं टहलते हुए दिखाई दे जायेंगे और दौड़कर मैं उनके चरणों में बैठ जाऊँगा। हम बोलपुर दोपहर को डेढ़ बजे पहुँच गये। मेरा यहाँ आना किसी पूर्व योजना का हिस्सा नहीं था। अगर रास्ते में ड्राइवर यह नहीं बताता कि हम जिस रास्ते से जा रहे हैं, वहाँ *विश्व भारती* भी पड़ेगा तो शायद हम सीधे निकल जाते। मैंने सोचा कि एक हिन्दी का लेखक होने के नाते मुझे हिन्दी विभाग चलना चाहिए। मैं वहाँ किसी को व्यक्तिगत रूप से नहीं जानता था इसलिए सोचा क्यों न वहीं चला जाये। मैं जब *हिन्दी भवन* पहुँचा तो छुट्टियों के चलते वहाँ कोई चहल-पहल नहीं थी। अभी मैं यह तय कर पाता कि मुझे इस हिन्दी भवन के किस तरफ़ जाना है, भवन के सामने एक छात्रा अपनी साइकिल के साथ दिखाई दी। मैंने उसे हिन्दी की कोई शोधार्थी समझकर उससे हिन्दी विभाग के बारे में पूछा तो वह मुझे विभागाध्यक्ष के पास ले गयी।

विभागाध्यक्ष को मैंने अपना नाम बताया, तो किसी ज़रूरी काम के कारण उन्होंने कोई ध्यान नहीं दिया। कई बार ऐसा होता है कि हम किसी लेखक को उसके नाम से नहीं जानते हैं लेकिन उसकी किसी-न-किसी रचना या कृति से ज़रूर परिचित होते हैं। यही सोचकर कि ये *काला पहाड़* को ज़रूर जानते होंगे, उसके माध्यम से अपना परिचय दिया। काला पहाड़ सुनते ही वे बोले कि हाँऽऽऽ उड़ीसा में एक काला पहाड़ हुआ था। उसी के बारे में है? इससे पहले कि वे उस कालाचन्द राय उर्फ़ काला पहाड़ के बारे में कुछ बात करते, मैंने ही अपने उपन्यास के बारे में बता दिया। यह शायद दो बजे के आसपास का समय था उनके अलावा वहाँ मुझे और कोई अध्यापक नज़र नहीं आया। इस बीच मेरी नज़र विभागाध्यक्ष की कुर्सी के पीछे दीवार पर टँगे पूर्व विभागाध्यक्षों के बोर्ड पर अटक गयी। बोर्ड पर सबसे ऊपर प्रथम विभागाध्यक्ष के रूप में आचार्य हजारी प्रसाद द्विवेदी का नाम देखकर, कुछ क्षण पहले सुप्त शिराओं में निराशा का जो रक्त जमने लगा था, एकाएक ठहाठा मारकर दौड़ने लगा।

इस बीच मैंने उस बोर्ड को बड़ी बारीकी और ध्यान से देखा तो पाया पिछले 78 वर्षों के उन्नीस विभागाध्यक्षों में चौदह ब्राह्मण, चार राजपूत और एक कायस्थ विश्व भारती, शान्ति निकेतन के हिन्दी विभाग के विभागाध्यक्ष के रूप में हिन्दी की सेवा प्रदान कर चुके हैं। मेरे आग्रह पर उन्होंने इस विभाग की प्रभावशाली उपलब्धि, जो मेरी दृष्टि में एकमात्र है, और वह यह कि उन्होंने इसके पहले अध्यापक और हिन्दी साहित्य की विभूति आचार्य हजारी प्रसाद द्विवेदी के बारे में बताया। मुझे वे अपने साथ नये-नये बने *आचार्य हजारी प्रसाद द्विवेदी स्मृति सदन* (जिसके बाहर ताला लटका हुआ था) पुस्तकालय दिखाने ले गये। स्मृति-स्वरूप हिन्दी भवन के सामने उस अशोक के वृक्ष के नीचे उनके साथ एक तस्वीर भी ली। जिसके नीचे बैठकर आचार्य हजारी प्रसाद द्विवेदी ने *अशोक के फूल* जैसे कालजयी निबन्ध की रचना की थी।

इसी दौरान विभागाध्यक्ष को मैंने शान्ति निकेतन परिसर देखने की इच्छा प्रकट की, तो उन्होंने यह ज़िम्मेदारी उसी छात्रा को सौंप दी।

बाहर आकर मैंने उस साइकिल वाली छात्रा से उसका नाम पूछा तो उसने मुझे अपना नाम आयेशा मलिथा बताया। इस नाम को सुनकर एक बार तो मेरी समझ में नहीं आया कि श्रीलंका से इतनी दूर आकर यह छात्रा *विश्व भारती* में शिक्षा ग्रहण करने आयी है? बाद में उसने मुझे बताया कि वह पश्चिम बंगाल के मुर्शिदाबाद ज़िले की रहने वाली है। उसको जब मैंने बताया कि मैं एक लेखक हूँ और मेरा पहला उपन्यास *काला पहाड़* है, उसने मेरे पैर छूने की कोशिश की। मैंने उसे रोकते हुए कहा यह उड़ीसा वाला *काला पहाड़* नहीं है। आयेशा ने जवाब दिया सर मैं जानती हूँ।

आयेशा सबसे पहले मुझे उस अशोक के वृक्ष के पास ले गयी जिसके नीचे बैठकर आचार्य हजारी प्रसाद द्विवेदी ने *अशोक के फूल* जैसे कालजयी निबन्ध की रचना की थी। *शान्ति निकेतन* को दिखाने के दौरान आयेशा एक सुलझी हुई साहित्यिक गाइड की तरह मुझे एक बड़े से मैदान के पास ले जाते हुए बोली कि यहाँ निकेतन के ज़्यादातर बड़े आयोजन होते हैं। इसके दाहिने ओर दो मीनारों वाली इमारत के बारे में उसने बताया कि यह सिंह द्वार है। यहाँ हर मंगलवार को *साहित्य सभा* का आयोजन होता है। सामने जो वेदी के ऊपर दो गेरुए रंग के चौरस खम्बों के बीच विशाल घण्टा लटका हुआ है, इससे कक्षाओं के लगने वाले पीरियड्स के शुरू और ख़त्म होने की सूचना दी जाती थी।

इससे पहले आयेशा ने मचान की तरह एक चक्राकार छोटी-सी इमारत को दिखाते हुए बताया कि यह *चाय चक्र* है। इसे कमला देवी जी ने बनवाया था।

इसके अन्दर बैठकर उन दिनों अध्यापक चाय पीते थे। मैंने उसमें अन्दर जाना चाहा तो पता चला कि इसके दरवाज़े पर ताला लगा हुआ है। मैंने बाहर से ही एक अन्दर की तस्वीर ली और दूसरी उसकी सीढ़ियों पर बैठकर। रास्ते में खुले मैदान में जगह-जगह घने पेड़ों के नीचे बने स्थायी ब्लैक बोर्ड्स और उनके सामने बने एकसाथ छोटे-बड़े अर्द्ध चक्राकार पैड़ी को देखकर मैंने जिज्ञासा प्रकट की तो आयेशा ने बताया कि यहाँ कक्षाएँ लगती हैं। मैंने पूछा कि अब भी लगती हैं? उसने हँसते हुए कहा हाँ सर, अब भी लगती हैं। आयेशा बड़े चाव के साथ एक विशेष स्थान को दिखाने की लगभग ज़िद करते हुए बोली कि सर आपको *आम्र कुंज* दिखाती हूँ। इसके बारे में उसने बताया कि हर नेता *शान्ति निकेतन* के विद्यार्थियों को यहीं आकर सम्बोधित करता है। मैंने पूछा क्यों, तो उसने हँसते हुए कहा कि पण्डित जवाहरलाल नेहरू ने विद्यार्थियों को यहीं सम्बोधित जो किया था। मैंने इस *आम्र कुंज* की कोई तस्वीर नहीं ली। वह इसलिए कि दो दिन बाद यानी 25 मई, 2018 को प्रधानमन्त्री मोदी जी को भी यहाँ से विद्यार्थियों को सम्बोधित करना था। मेरे मन ने *आम्र कुंज* के इस रूप की तस्वीर लेने की गवाही नहीं दी, क्योंकि सुरक्षा को ध्यान में रखते हुए इसे विशाल बाँसों की चारदीवारी से एक क़िले में तब्दील किया जा चुका था। आज *आम्र कुंज* का भले ही मेरे पास कोई चित्र नहीं है मगर इसका हरापन और पेड़ों की घनी छाया इस मन में अब भी बसी हुई है।

इस बीच जिज्ञासावश मैंने आयेशा मलिथा से पूछा कि आप किस विषय में शोध कर रही हैं? आयेशा घबराते हुए बोली कि सर मैंने अभी बीए सेकंड ईयर की परीक्षाएँ दी हैं। इस बार फाइनल ईयर में जाऊँगी। मैं हैरान-सा उस लड़की को देखता रह गया। मुर्शिदाबाद ज़िले की यह छात्रा यहीं *शान्ति निकेतन* में हॉस्टल में रहती है। मेरे पास संयोग से एक प्रति *हलाला* उपन्यास की थी। मैं अपने आप को उसे अपना उपन्यास देने से नहीं रोक पाया। मैंने इस उपन्यास के शीर्षक *हलाला* के बारे में आयेशा से पूछा था कि क्या वह मुस्लिम समुदाय की इस रस्म के बारे में जानती है? इस पर आयेशा ने कहा कि मैंने तो यह शब्द ही पहली बार सुना है। इस पर मैंने कहा कि इस उपन्यास को पढ़कर आपको पता चलेगा की ऐसी भी कोई रस्म होती है। अब आप कहेंगे कि ऐसे कैसे हो सकता है कि एक मुस्लिम छात्रा अपने ही धर्म की एक रस्म के बारे में ना जाने? तो इसका सीधा-सा उत्तर यह है कि ऐसे तो असंख्य हिन्दू स्त्री और दलित ही नहीं, बल्कि करोड़ों हिन्दू अपनी ही *मनुस्मृति* के बारे में कितना जानते हैं। मेरे पास *हलाला* और *सुर बंजारन* की इकलौती प्रतियाँ थीं और इन दोनों उपन्यासों की विभागाध्यक्ष के साथ तस्वीर भी खिंचवाई थी।

मैं चाहता तो इन प्रतियों को विभागाध्यक्ष को भेंट कर सकता था, लेकिन मेरे मन ने गवाही नहीं दी। इसलिए बाहर आकर मैंने उनमें से *हलाला* की प्रति उस छात्रा को स्मृति-स्वरूप भेंट करना ज़्यादा उचित समझा।

शान्ति निकेतन के अचानक बने अपने छोटे-से भ्रमण के अन्तिम चरण में आयेशा के साथ मैं वापिस लौट ही रहा था कि सामने से पुरानी साइकिल के साथ, ठीक *हिन्दी भवन* के सामने एकदम नज़दीक आती इस आवाज़ ने हमें रोकने पर विवश कर दिया, "सर, प्रणाम! मेरा नाम रामतेज यादव है और मैं यहाँ एम.फिल. का छात्र हूँ।"

चूँकि मैं अभी तक सिवाय आयेशा के किसी और छात्र से नहीं मिला था, इसलिए चौंकते हुए पूछा, "गुरु, आप मुझे प्रणाम क्यों कर रहे हो?"

"सर, आप भगवानदास मोरवाल ही हो न। मैं आपको जानता हूँ?"

"कैसे?"

"फेसबुक से सर। *काला पहाड़, नरक मसीहा, रेत, हलाला* और अभी आपका एक नया उपन्यास आया है *सुर बंजारन*।"

इतना सुनते ही शान्ति निकेतन में बह रही ठण्डी बयार ने मानो मुझे ऊपर से नीचे तक भिगो दिया। एक पल के लिए मेरी सारी उदासी और सारा सन्ताप धुल गया। अपने होने की सार्थकता एकाएक और प्रबल हो गयी। लगा मानो उमसभरी पसीने से तर देह पर रामतेज ने शीतलता की गगरी उड़ेल दी। इसके बाद उसने आयेशा से एक तस्वीर खिंचवाने के बाद आयेशा से कहा, "दीदी, आप भी आइए ना!"

"नहीं भैया, मेरी फोटो हो गयी है।"

आयेशा ने जैसे ही रामतेज को भैया कहा, रामतेज ने शिकायत करते हुए कहा, "दीदी, आप मुझे भैया क्यों कह रही हैं। मैं तो आपसे जूनियर हूँ।"

इससे पहले कि रामतेज कुछ कहता मैंने ही उसे बताया, "आयेशा आपसे बहुत जूनियर हैं। अभी यह बीए की छात्रा है।"

इसके बाद रामतेज ने हम तीनों की एक सेल्फ़ी ली।

मैं अपने जिस काम के लिए आया था उसके लिए चल पड़ा। जब तक मैं टैक्सी में बैठकर *विश्व भारती, शान्ति निकेतन* के गेट से चला नहीं गया, आयेशा वहीं खड़ी रही। लौटते हुए न जाने क्यों मुझे अपने उपन्यास *काला पहाड़* की मेमन, *बाबल तेरा देस में* की शकीला और अपनी ही एक कहानी *लेकिन* की असली पात्र आयशा रह-रह कर याद आती रही। पता नहीं फिर कभी इस आयेशा से भविष्य में मुलाक़ात होगी भी या नहीं? होगी भी तो न जाने किस रूप और भेस में होगी? तरह-तरह की कल्पनाओं की ऊबड़-खाबड़

पगडंडियों से दौड़ती टैक्सी में हिचकोले खाता हुआ, मैं अपने गन्तव्य की ओर बढ़ा जा रहा था।

पश्चिम बंगाल से लौटने के बाद अपनी फ़ेसबुक वाल पर मैंने इस छोटे-से प्रवास के बारे में *हिन्दी विभागों की उदासियाँ* शीर्षक से एक संस्मरणनुमा पोस्ट लगाई तो उसकी बड़ी तीखी प्रतिक्रिया हुई। मैंने अपनी इस पोस्ट में लिखा था–

मैं हिन्दी विभागों की जिस उदासी की बात कर रहा हूँ उसे आप समझ गये होंगे। थोड़ी देर के लिए मान लीजिए अगर शान्ति निकेतन में आचार्य हजारी प्रसाद द्विवेदी नहीं आये हुए होते और हिन्दी के प्रारम्भिक शिक्षक के रूप में बीस वर्षों तक नहीं रहते, तो आज हम में से कितने हिन्दी के लोग एकदम शान्त इस शान्ति निकेतन को जानते होते। जेएनयू को भी भविष्य में नामवर सिंह, मैनेजर पाण्डे और केदारनाथ सिंह की वजह से ही जाना जायेगा। शान्ति निकेतन के बारे में यहाँ आने से कुछ रोज़ पहले तक मैं समझता था यह कलकत्ता के आसपास है। कोलाहल से दूर एक नैसर्गिक प्राकृतिक वातावरण के बीच एक शैक्षिक संस्थान की ही कल्पना की जा सकती है, किसी माल की नहीं। शान्ति निकेतन की यह उपेक्षाभरी उदासी दरअस्ल उस ग्लैमर और चकाचौंध की मारी है, जिसे हमारे दिल्ली जैसे शहरों में बैठे हिन्दी साहित्य या हिन्दी के पनवाड़ी कभी महसूस नहीं कर सकते। शान्ति निकेतन में बेरोज़गार साधक तो आ सकता है, कम-से-कम आज की तारीख़ में वह कदापि नहीं आयेगा जिसे साहित्य में अमर होना है।

इसकी सबसे तीखी प्रतिक्रिया *शान्ति निकेतन* के हिन्दी विभाग की वरिष्ठ और अब पूर्व प्राध्यापक मंजू रानी सिंह की ओर से आयी। उन्होंने मेरी इस पोस्ट के जवाब में लिखा–

मोरवाल जी से न मिल पाने का बड़ा अफ़सोस है, पर यदि शान्ति निकेतन और हिन्दी भवन में वे गर्मियों की छुट्टियों के समय नहीं आये होते, तो उनकी मुलाक़ात और संवाद कई प्राध्यापकों-विद्यार्थियों के साथ अवश्य हुई होती। यह अच्छा संयोग रहा कि उनकी मुलाक़ात विभागाध्यक्ष प्रो. रवीन्द्रकुमार मिश्र से हुई जिनके साथ के संवाद का ज़िक्र उन्होंने बड़े अभद्र तरीक़े से किया है। एक सम्मानित लेखक से क्या हम इतने धैर्य की उम्मीद नहीं कर सकते कि वे सामने वाले विद्वान की बात भी सुने? मोरवाल जी भी तो उड़ीसा के इस ऐतिहासिक अमानवीय बर्बर चरित्र 'काला पहाड़' जिसके बारे में विभागाध्यक्ष जी बताने की कोशिश कर रहे होंगे, के बारे में कुछ सुनने का धैर्य नहीं रख पाये? पर उनके उपन्यास 'काला पहाड़' को अगर किसी ने नहीं पढ़ा हो तो उनकी नज़र में उसकी कोई अहमियत नहीं। अपनी ऐसी प्रतिक्रियावादी टिप्पणी की वजह से

उनकी ऊँचाई हम पाठकों की नज़र में बड़ी कम हो गयी। क्या कहीं घूमने जाने की बजाय यह अच्छा नहीं होता कि वे हमारी छात्रा के साथ किसी प्राध्यापक से मिलने उनके घर अतिथि बन आ जाते? उन्होंने चन्द घण्टे में रवीन्द्रनाथ ठाकुर की इस विरासत का मूल्यांकन कर डाला। उनके इस क़द से हमें बड़ा अफ़सोस हुआ।

प्रतिक्रियाएँ और भी आयीं लेकिन उनकी इस टिप्पणी के बहाने मन को कचोटने वाला एक और प्रसंग याद आ गया। यह प्रसंग हमारे हिन्दी विभागों में व्याप्त साम्प्रदायिक सड़ाँध को समझने के लिए काफ़ी है। यह अध्यापक के नाम पर उनके उस चरित्र को उजागर करता है, जिनसे जुड़े अधिकतर 'आचार्य' गुरु द्रोणाचार्य की ही भूमिका में अधिक नज़र आते हैं।

यह बात साल 2020 की है। लगभग दो साल बाद मैंने एक दिन आयेशा मलिथा को फोन किया, तो पता चला कि अब वह एम.ए. (हिन्दी) में पहुँच गयी है। मैंने यूँ ही हँसते हुए उससे कहा कि दो साल पहले *विश्व भारती* से लौटने के बाद, मेरी एक पोस्ट पर तो आपके हिन्दी विभाग में बड़ा हल्ला मचा था?

मेरे इस सवाल पर आयेशा बोली, "सर, आपकी इस पोस्ट से मुझे बहुत परेशानी का सामना करना पड़ा।"

"क्यों, तुम्हारा उससे क्या लेना-देना था? पोस्ट तो मैंने लिखी थी।" मैंने हैरान होते हुए पूछा।

"इसलिए कि आपने अपनी पोस्ट के साथ मेरी 'हलाला' उपन्यास वाली फोटो जो छाप दी थी।"

"तो इसमें बुरा क्या है? मेरे पास उसकी एक कॉपी थी तो मैंने उसको तुम्हें दे दिया और फिर ऐसी तस्वीरें तो हम सब लगाते रहते हैं।"

"मेरी मेम ने उसके बाद मुझे बुलाकर बहुत डाँटा था कि सब तुम्हारी वजह से हुआ है। तुम ही मोरवाल को विभाग में लेकर आयी थीं।"

मेरी कुछ समझ में नहीं आया कि आयेशा किस मैडम की बात कर रही है। मैंने ज़ोर देकर पूछा, "तुम्हें किस मैडम ने डाँटा था?"

"मंजू रानी सिंह मैडम ने। इतना ही नहीं उन्होंने मुझसे यहाँ तक कहा कि अपने उपन्यास को उसने तुम्हें इसलिए दिया है कि तुम मुसलमान हो।"

आयेशा मलिथा के इतना कहते ही मैं सन्न रह गया, "क्यों उन्होंने ऐसा कहा?"

छोड़िए सर, जो हो गया सो हो गया। अब तो मैडम रिटायर भी हो गयी हैं।" आयेशा ने बात समाप्त करते हुए कहा।

पश्चिम बंगाल के मुर्शिदाबाद ज़िले की इस मुस्लिम छात्रा, जो हिन्दी विषय की शिक्षा ग्रहण कर रही है और *शान्ति निकेतन* में हॉस्टल में रहती है, उसके एक-एक शब्द मेरे कानों में आज भी रह-रहकर गूँजते हैं। मुझे सबसे ज़्यादा अचरज एक प्रतिभाशाली 'गुरु' की साम्प्रदायिक समझ और संकीर्णता पर हो रहा था।

राजेन्द्र यादव जी को हिन्दी जगत की पल-पल की ख़बर रहती थी, जबकि वे कहीं आते-जाते नहीं थे। सिवाय सभा गोष्ठियों के, घर से *हंस* कार्यालय और कार्यालय से घर आते-जाते थे। मुझे भी सालों तक इसका रहस्य पता नहीं चला कि उन्हें किस लेखक ने शाम को क्या-क्या खाया है, क्या-क्या किया है जैसी महीन और बारीक जानकारी कैसे रहती है। इस रहस्य का मुझे उस दिन अहसास हुआ जब मैंने देखा कि वे हमेशा मुझसे यह पूछते थे कि कहाँ से चले आ रहे हो? मेरी यह समझ में आ गया कि दरअस्ल वे हर किसी से यही पूछते थे और लोग उन्हें सब बता देते थे। सच तो यह है कि उनकी महफ़िलों और दरबार का हिस्सा बनने की चाह में जो भी उनके पास जाता था, अपनी तो अपनी दूसरों की भी सारी राम-कहानी बता आते थे। ऐसे लोगों की लम्बी क़तार थी। उस दिन के बाद मैंने तय कर लिया था कि अगर मैं इंडिया गेट की तरफ़ से जाता था, तो उन्हें कहता लाल क़िले की तरफ़ से आ रहा हूँ। राजघाट से आता तो बताता मैं अजमेरी गेट की तरफ़ से आ रहा हूँ। वैसे मैं उनके पास बहुत कम जाता था। जाता भी था तो बमुश्किल पन्द्रह-बीस मिनट के लिए। मैंने उनके पास बहुत अधिक बैठने का चस्का पाला ही नहीं। वरना कुछ लोग तो ऐसे थे लगभग चौबीस घण्टे उनके साथ साये की तरह लगे रहते थे।

30 दिसम्बर, 2008। दिन मंगलवार। जगह नयी दिल्ली का मंडी हाउस और मंडी हाउस का एनएसडी अर्थात *राष्ट्रीय नाट्य विद्यालय*। उस दिन शाम को राष्ट्रीय नाट्य विद्यालय की त्रैमासिक पत्रिका *रंग प्रसंग* की ओर से प्रतिमाह आयोजित होने वाले श्रुति कार्यक्रम के अन्तर्गत एक लेखक के रूप में मुझे आमन्त्रित किया गया था। इसमें लेखक का रचना-पाठ और रचना-पाठ के बाद मेरी एक कहानी *महराब* का मंचन होना था। उन दिनों एनएसडी की निदेशक थीं प्रसिद्ध रंगकर्मी अनुराधा कपूर और इस कार्यक्रम के संयोजक थे वरिष्ठ कवि-कथाकार व *रंग प्रसंग* के सम्पादक प्रयाग शुक्ल।

तय कार्यक्रम के अनुसार पहले लगभग चालीस मिनट के रचना-पाठ के बाद *राष्ट्रीय नाट्य विद्यालय* के स्नातक दिनेश यादव के निर्देशन में *महराब* का मंचन हुआ। मेवात के सीमान्त और राजस्थान के कोटपूतली के पास बहरोड़ क़स्बे के रहने वाले दिनेश यादव इन दिनों (2021) अमेरिका के विस्कॉन्सिन (Wisconsin) राज्य के ग्रीन-बे (Green-Bay) शहर स्थित विस्कॉन्सिन विश्वविद्यालय (University of Wisconsin) के थिएटर एंड डांस (Theatre and Dance) में तकनीकी निदेशक व सह प्राध्यापक परिकल्पना (डिज़ाइन) के पद पर कार्यरत हैं।

कार्यक्रम जब सम्पन्न हो गया और जब चाय-पानी हो रहा था, तब मेरे पास मेरी उम्र का और पेशे से अध्यापक रजनीकान्त शुक्ल नाम का एक युवक आया और बोला, "सर, आपको पता है आपके उपन्यास रेत पर कन्नौज (उत्तर प्रदेश) में बवाल हुआ है?"

"मेरे उपन्यास पर...क्या हुआ?" मैंने चौंकते हुए पूछा।

"मैं तो समझ रहा था आपको पता होगा।" रजनीकान्त शुक्ल फिर आगे बोला, "आपके इस उपन्यास की इंडिया टुडे में कोई समीक्षा छपी है?"

मैं याद करने लगा और कहा, "इंडिया टुडे में तो नहीं अभी पिछले महीने में *इंडिया न्यूज़* में *कंजर समाज की स्त्रियों का आख्यान* नाम से एक समीक्षा छपी है।"

"हाँ-हाँ वही।" इसके बाद रजनीकान्त विस्तार से बताने लगा,"सर, कन्नौज के छिबरामऊ नगर के गिहार समुदाय के लोगों ने आपके, पत्रिका के सम्पादक और जिसने इसकी समीक्षा लिखी है। सबके विरुद्ध मानहानि का दावा ठोंक दिया है।"

सचमुच यह सूचना मेरे लिए चौंकानेवाली थी। दरअस्ल, उन दिनों *गुड मॉर्निंग इंडिया प्राइवेट लिमिटेड* द्वारा एक दैनिक समाचार पत्र *आज समाज* और एक साप्ताहिक पत्रिका *इंडिया न्यूज़* प्रकाशित किये जाते थे। *आज समाज* के समूह सम्पादक थे मधुकर उपाध्याय। *इंडिया न्यूज़* के सम्पादक डॉ. सुधीर सक्सेना थे, जबकि अशोक मिश्र जो *महात्मा गाँधी अन्तरराष्ट्रीय हिन्दी विश्वविद्यालय,* वर्धा में सम्पादक के पद पर कार्यरत थे, सहायक सम्पादक थे और वे ही पत्रिका में साहित्य को देखते थे। इसी पत्रिका के 7 नवम्बर, 2008 के अंक में रमेश प्रजापति की यह समीक्षा प्रकाशित हुई थी। इसके बाद रजनीकान्त शुक्ल से मैंने कहा कि अगर छिबरामऊ में कोई व्यक्ति है तो बताओ, जो मुझे इसके बारे में पूरी जानकारी दे सके। रजनीकान्त ने मुझे छिबरामऊ से

अमर उजाला के लिए संवाददाता का कार्य कर रहे एक स्थानीय पत्रकार अखिलेश कुमार का नम्बर दे दिया।

मैंने अखिलेश कुमार से जब इस मामले में पूरी जानकारी माँगी, तो उसने अपने अख़बार में 11 नवम्बर, 2008 और 29 नवम्बर, 2008 के छिबरामऊ संस्करण तथा दैनिक *हिन्दुस्तान* के कानपुर संस्करण के सम्बन्धित पृष्ठ ही भेज दिये।

गिहार समाज का अपमान बर्दाश्त नहीं, 'रेत' पर गिहार समाज के लोग भड़के तथा *स्वाभिमान की लड़ाई लड़ेंगे गिहार* शीर्षकवाले इन सचित्र समाचारों को पढ़कर मैं समझ गया कि मामला काफ़ी गम्भीर है। इन ख़बरों के अनुसार छिबरामऊ नगर के मोहल्ला रामनगर स्थित गिहार कॉलोनी के गिहार समाज में उनकी महिलाओं पर टिप्पणी करने वाले उपन्यास *रेत* के ख़िलाफ़ समाज के लोगों में बेहद गुस्सा है। इतना ही नहीं यहाँ की एक भारतीय आदिवासी गिहार विकास सेवक समिति, उत्तर प्रदेश के उपाध्यक्ष और पूर्व सभासद दिनेश गिहार ने अपने वकील आलोक प्रधान के माध्यम से ज्यूडिसियल मजिस्ट्रेट (प्रथम श्रेणी), छिबरामऊ की अदालत में आईपीसी की धारा 500 के तहत इस उपन्यास के लेखक; कार्तिक शर्मा, प्रबन्ध सम्पादक; डॉ. सुधीर सक्सेना, सम्पादक; कुमार, प्रकाशक एवं मुद्रक तथा समीक्षा लिखनेवाले समीक्षक रमेश प्रजापति को अभियुक्त बनाया गया था। इतना ही नहीं उपन्यास को सार्वजनिक रूप से फाँसी देने के बाद उसे फूँका भी गया था। इन समाचारों के अनुसार इस मामले की सुनवाई 10 दिसम्बर, 2008 को होनी थी। चूँकि मेरे पास अदालत की तरफ़ से कोई सम्मन नहीं आया था, इसलिए मुझे नहीं पता कि सुनवाई में क्या हुआ, सुनवाई हुई भी या नहीं?

इसके बाद मैं सक्रिय हो गया। *अमर उजाला* के संवाददाता अखिलेश कुमार जिससे अब थोड़ी-सी मित्रता भी हो चुकी थी, उससे मैंने कहा कि मुझे छिबरामऊ की उस अदालत का कोई वकील बताइए, जो मुझे उस शिकायत की प्रति उपलब्ध करा दे। अखिलेश ने मुझे तुरन्त अपने एक वकील मित्र विमल कुमार पाण्डेय का मोबाइल नम्बर दे दिया। मैंने विमल कुमार पाण्डेय से बात की तो उसने मुझे उस शिकायत की प्रति उपलब्ध करा दी, जिसके माध्यम से मेरे ख़िलाफ़ मानहानि का मुक़द्दमा किया गया था।

10 नवम्बर, 2008 को छिबरामऊ थाने में दी गयी यह तहरीर इस प्रकार थी—

न्यायालय श्रीमान जे.एम. (प्र.श्रे.) , ज़िला कन्नौज
परिसंवाद संख्या 1251 सन 2008

दिनेशचन्द्र गिहार उपाध्यक्ष, भारतीय आदिवासी गिहार विकास सेवक समिति उत्तर प्रदेश निवासी कंजर कॉलोनी क़स्बा व थाना छिबरामऊ, ज़िला कन्नौज

—परिवादी

बनाम

1. भगवानदास मोरवाल लेखक 'रेत' (उपन्यास), राजकमल प्रकाशन, 1-बी, नेताजी सुभाष मार्ग, दरियागंज, नयी दिल्ली-110002
2. कार्तिकेय शर्मा, प्रबन्ध सम्पादक ('इंडिया न्यूज़' साप्ताहिक पत्रिका, गुड मॉर्निंग इंडिया)
3. डॉ. सुधीर सक्सेना, सम्पादक (मीडिया प्रा. लि. के लिए एमपी प्रिंटर्स, बी 220, फेज-2)
4. सुमित कुमार, प्रकाशक एवं मुद्रक (नोएडा (उ.प्र.), एनआईटी फरीदाबाद से मुद्रित कराकर)
5. रमेश प्रजापति (276, ग्राउंड फ्लोर, कैप्टन गौड़ मार्ग, श्रीनिवासपुरी, नयी दिल्ली-110065)

—अभियुक्तगण

धारा-500 आई.पी.सी.
थाना छिबरामऊ

महोदय, निवेदन है कि प्रार्थी निम्नलिखित निवेदन करता है—

1. यह कि प्रार्थी भारतीय आदिवासी गिहार विकास समिति उ.प्र. नामक कंजर समाज की संस्था का उपाध्यक्ष है। जोकि सोसाइटी एक्ट 21-1860 के अन्तर्गत रजिस्टर्ड नं. 112048 से रजिस्टर्ड है। परिवादी नगरपालिका परिषद, छिबरामऊ के सभासद हैं। प्रार्थी के बड़े भाई श्री अमरसिंह भारतीय स्टेट बैंक में डिप्टी रीजनल मैनेजर के पद पर कार्यरत हैं—

2. यह कि गिहार शब्द कंजर जाति का ही रूपान्तरण है जिसे ग्रामीण भाषा में कंजर जाति कहा जाता है। प्रार्थी के समाज में कभी भी वेश्यावृत्ति नहीं हुई। बल्कि प्रार्थी के समाज के अधिकांश लोग इज़्ज़तदार हैं तथा समाज

की मुख्यधारा में जुड़कर शिक्षा, नौकरी, व्यवसाय एवं राजनीति आदि क्षेत्रों में सराहनीय कार्य कर रहे हैं।

3. यह कि 'रेत' उपन्यास के लेखक भगवानदास मोरवाल के उक्त उपन्यास के सन्दर्भ में इंडिया न्यूज़ साप्ताहिक पत्रिका में दिनांक 7-11-2008 की प्रति में अभियुक्त सं.-5 रमेश प्रजापति द्वारा 'कंजर समाज की स्त्रियों का आख्यान' शीर्षक से उक्त उपन्यास 'रेत' के सन्दर्भ में लेख प्रकाशित किया गया है जिसमें उपन्यास के लेखक अभियुक्त सं.-1 भगवानदास मोरवाल के अक्षरः लिखित अंशों के अलावा उपर्युक्त अभियुक्त सं.-5 रमेश प्रजापति ने भी उपन्यास के समर्थन में अपने विचार प्रकाशित किये हैं।

4. यह कि अभियुक्त सं.-2 कार्तिक शर्मा उक्त इंडिया न्यूज़ पत्रिका के प्रबन्ध सम्पादक तथा अभियुक्त सं.-3 डॉ. सुधीर सक्सेना इंडिया न्यूज़ पत्रिका के सम्पादक हैं, तथा अभियुक्त सं.-4 सुमित कुमार इंडिया न्यूज़ पत्रिका के प्रकाशक एवं मुद्रक हैं। उक्त लेख एवं उपन्यास के माध्यम से प्रार्थी के समाज के विषय में नितान्त झूठे, मनगढ़ंत एवं शर्मनाक आरोप एवं तथ्य अंकित किये गये हैं जिसमें उपन्यास के लेखक अभियुक्त सं.-1 के साथ-साथ अभियुक्त सं.-2 एवं 3 सम्पादकगण होने के नाते तथा अभियुक्त सं.-4 प्रकाशक एवं मुद्रक होने के नाते एवं अभियुक्त सं.-5 उक्त लेख के लेखक होने के नाते पूर्णतः दोषी हैं एवं दण्डित किये जाने योग्य हैं।

5. यह कि उक्त लेख के प्रारम्भ में लिखा गया है कि 'विकास के दौर में आज भी समाज में अनेक ऐसी जातियाँ हैं जहाँ स्त्रियों की कमाई पर निर्भर रहने वाले निठल्ले पुरुषों का पालन-पोषण करती हैं। 'रेत' उपन्यास में ऐसी ही कंजर स्त्रियों को अपना परम्परागत धन्धा करते हुए उनके मनोभावों को चित्रित किया गया है।' जबकि परिवादी के समाज में देह व्यापार (वेश्यावृत्ति) जैसे घिनौने एवं अपमानजनक कार्य कभी भी नहीं हुए हैं। जिनसे कि उक्त लेख एवं उपन्यास में प्रार्थी के समाज का परम्परागत धन्धा बताया गया है।

6. यह कि पत्रिका को प्रार्थी एवं उसके समाज के तमाम पुरुषों, स्त्रियों एवं समाज के अन्य वर्गों के अनेक व्यक्तियों ने दिनांक 9-11-2008 को छिबरामऊ ज़िला कन्नौज (उ.प्र.) में पढ़ा तथा पढ़कर अत्यन्त लज्जा, शर्म एवं घोर अपमानजनक प्रतीत हुआ।

7. यह कि इस प्रकार उपर्युक्त समस्त अभियुक्तगण ने प्रार्थी के समाज के सन्दर्भ में एकदम झूठी, फ़र्जी तथा बेबुनियाद एवं आधारहीन तथ्य एवं अपमानजनक तथ्यों से परिपूर्ण उपन्यास 'रेत' के लेखक, सन्दर्भित लेख एवं

पत्रिका में प्रकाशन व मुद्रण करके प्रार्थी के समाज का घोर एवं अक्षम्य अपमानजनक अपराध पारित किया है, जिससे प्रार्थी एवं उसके सम्पूर्ण समाज की घोर मानहानि हुई है तथा छवि धूमिल हुई है। जिससे प्रार्थी को सामाजिक अपमान का सामना तो करना पड़ा ही है, साथ-ही-साथ उससे मानसिक कष्ट एवं मानसिक प्रताड़ना भी पहुँची है। छिबरामऊ नगर के गणयमान्य नागरिक सुनील कुमार दुबे, सभासद नगरपालिका परिषद छिबरामऊ तथा श्री श्यामबाबू यादव, मनोज दुबे इत्यादि लोगों ने भी उपर्युक्त पत्रिका तथा उक्त लेख को पढ़ा। इस प्रकार अभियुक्तगण द्वारा किया गया अपराध धारा 500 आई.पी.सी. के अन्तर्गत दण्डनीय अपराध की परिधि में आता है।

अतः श्रीमान जी से प्रार्थना है कि अभियुक्तगण उपर्युक्त को प्रस्तुत परिवाद में तलब करके दण्डित करने की कृपा की जाये। महान कृपा होगी।

दिनांक 10-11-2008

प्रार्थी परिवादी (दिनेशचन्द्र गिहार)

छिबरामऊ से *अमर उजाला* के संवाददाता अखिलेश कुमार इस मामले पर शुरू से नज़र बनाये हुए थे। जहाँ 11 नवम्बर के समाचार में वे लिखते हैं कि गिहार समाज के लोगों ने उपन्यास की निन्दा की, वहीं 29 नवम्बर की ख़बर को विस्तार देते हुए लिखते हैं–

गिहार समाज की महिलाओं पर टिप्पणी करनेवाले उपन्यास 'रेत' के ख़िलाफ़ समाज के लोगों का ग़ुस्सा भड़क रहा है। टिप्पणियों से आहत समाज के लोग जिसमें महिलायें भी शामिल थीं, ने पहले तो उपन्यास को काले कपड़े में बाँधकर फाँसी पर लटकाया और उसके बाद उसे आग के हवाले कर दिया। 'रेत' उपन्यास को लेकर शुक्रवार को नगर की गिहार कॉलोनी में समाज के लोगों की पंचायत बैठी। आज हुई पंचायत में सर्वसम्मति से फ़तवा जारी किया गया कि समाज की बेइज़्ज़ती करने वाले उपन्यास को फाँसी दी जाये। तय कार्यक्रम के अनुसार उपन्यास को एक काले कपड़े में बाँधा गया इसके बाद वहाँ खड़े पेड़ में रस्सी बाँध कर उसे फाँसी दे दी गयी। इतने पर भी महिलाओं का ग़ुस्सा शान्त नहीं हुआ तो उन्होंने उसे आग के हवाले कर दिया।

इसी ख़बर के बग़ल में बॉक्स में उपन्यास पर *प्रतिबन्ध की माँग* शीर्षक से छापा गया–

नगरपालिका परिषद की सभासद राजश्री गिहार ने कहा कि समाज की महिलाओं पर अपमानजनक टिप्पणी करनेवाले उपन्यास पर तत्काल प्रतिबन्ध लगना चाहिए। इसके लेखक के ख़िलाफ़ गिहार समाज तथा महिलाओं का उपहास उड़ाने पर कड़ी कार्रवाई होनी चाहिए। यदि ऐसा न हुआ तो आन्दोलन की बागडोर महिलायें स्वयं अपने हाथ में ले लेंगी।

जबकि *दैनिक हिन्दुस्तान* के कानपुर संस्करण में *स्वाभिमान की लड़ाई लड़ेंगे गिहार* शीर्षक के नीचे उपशीर्षक *भगवानदास मोरवाल के उपन्यास 'रेत' पर बखेड़ा वाली* ख़बर के अनुसार–

भगवानदास मोरवाल के उपन्यास 'रेत' पर बखेड़ा खड़ा हो गया है। गिहार समाज की स्त्रियों के देह व्यापार पर केन्द्रित इस उपन्यास पर समाज के लोग लामबन्द हो गये हैं। प्रदेश में रह रहे लगभग 70 लाख गिहार समाज के लोग इसे लांछन मानकर आन्दोलन के लिए कमर कस रहे हैं। 350 रुपये के मूल्य के इस उपन्यास को राजकमल प्रकाशन दिल्ली ने छापा है। गिहार समाज का दावा है कि उपन्यास के तथ्य काल्पनिक हैं। वेश्यावृत्ति जैसा काम कभी उनके समाज में नहीं हुआ। यह लांछन ख़तरनाक है। गिहार समाज के सम्मान की रक्षा के लिए दिनेश गिहार ने इस उपन्यास की बिक्री पर तत्काल प्रभाव से रोक लगाने की माँग की।

छिबरामऊ की कंजर कॉलोनी निवासी और पूर्व सभासद तथा *भारतीय आदिवासी गिहार विकास सेवक समिति,* उत्तर प्रदेश के उपाध्यक्ष दिनेशचन्द्र गिहार द्वारा, स्थानीय अदालत में दी गयी इस शिकायत और *अमर उजाला* की इन ख़बरों को पढ़ने के बाद, मेरी समझ में आया कि कंजर और गिहार जाति का आपस में क्या सम्बन्ध है, यानि कंजरों को ही गिहार कहा जाता है।

मामले की गम्भीरता को देखते हुए मैंने मुंसिफ़ कोर्ट, छिबरामऊ में वकील विमल कुमार पाण्डेय को कह दिया कि लगने वाली अगली तारीख़ के बारे में वे मुझे सूचित कर दें। ऐसा मैंने इसलिए किया कि कहीं इसकी आँच मेरी नौकरी पर ना आ जाये। इस बीच 14 जनवरी, 2009 को अदालत ने छिबरामऊ की कंजर कॉलोनी निवासी और पूर्व सभासद तथा *भारतीय आदिवासी गिहार विकास सेवक समिति,* उत्तर प्रदेश के उपाध्यक्ष दिनेशचन्द्र गिहार के बयान दर्ज किये। जबकि 18 फ़रवरी को इस मामले के गवाह मनोज दुबे और श्यामबाबू यादव के बयान होने थे। लेकिन गिहार समाज ने अपना आन्दोलन और तेज़ कर दिया, विशेषकर इस समाज की महिलाओं ने।

कानपुर से प्रकाशित दैनिक *हिन्दुस्तान* के फ़र्रुख़ाबाद संस्करण ने अपने 12 फ़रवरी, 2009 के प्रथम पृष्ठ पर, गिहार समाज की महिलाओं द्वारा 10 फ़रवरी को उपन्यासकार के अमंगल के लिए की गयी प्रार्थना को *उपन्यासकार को विद्या व धन से हीन करने के लिए प्रार्थना* शीर्षक से एक कॉलम की यह ख़बर प्रकाशित की—

छिबरामऊ। भगवानदास मोरवाल के उपन्यास 'रेत' के विरोध के लिए गिहार समाज ने नया तरीक़ा अख़्तियार किया है। महिलायें सैयद बंगाले शाह की मज़ार के पास नीम के पेड़ तक जाती हैं और तने पर रंग-बिरंगे फीते बाँधकर प्रार्थना करती हैं। प्रार्थना का भाव यह होता है : हे भगवान अपने उपन्यास में गिहार महिलाओं का बेजा चित्रण करनेवाले लेखक को धन और विद्याहीन कर दो।

उपन्यास 'रेत' का प्रकाशन राजकमल प्रकाशन, नयी दिल्ली ने किया है। इसमें गिहार समाज की महिलाओं का भी चित्रण है। बिरादरी वाले महिलाओं के चित्रण को आपत्तिजनक मानते हैं। गिहार समाज सेवक समिति के उपाध्यक्ष दिनेश गिहार ने छिबरामऊ में लेखक पर मुक़द्दमा भी ठोंक रखा है। (ब्यूरो)

वहीं *अमर उजाला* ने *उपन्यासकार के अमंगल के लिए बाँधे पेड़ में फीते* शीर्षक से यह समाचार प्रकाशित किया—

छिबरामऊ (कन्नौज)। गिहार समाज की महिलाओं के चरित्र का आपत्तिजनक चित्रण करने वाले उपन्यासकार भगवानदास मोरवाल का समाज की महिलाओं ने विरोध शुरू कर दिया है। महिलाओं ने सैयद बंगाले शाह की मज़ार के पास खड़े पेड़ पर रंग-बिरंगे फीते बाँधकर 'रेत' उपन्यासकार के लिए यह मनौती माँगनी शुरू कर दी है कि वह विद्या व धनहीन हो जाये। किसी साहित्यिक उपन्यास के ख़िलाफ़ प्रदेश में शायद यह पहला मौक़ा होगा जिसके विरोध के लिए नया तरीक़ा खोजा गया है। 29 नवम्बर को गिहार समाज की महिलाओं के चरित्र पर आपत्तिजनक टिप्पणी करनेवाले उपन्यास 'रेत' की प्रति को फाँसी दी जाये। उपन्यास को बाक़ायदा काले कपड़े में बाँधकर एक पेड़ से रस्सी बाँधकर उसमें लटका दिया गया। बाद में महिलाओं ने उसमें आग लगाकर अपने ग़ुस्से का इज़हार किया था। इस बार सभासद राजश्री गिहार के नेतृत्व में राजकली, रजनी, शारदा, छुटली, ललिता व नीतू आदि महिलाओं ने गिहार कॉलोनी स्थित बंगाले शाह की मज़ार पर प्रार्थना की और फिर मज़ार के पास खड़े नीम के पेड़ में रंग-बिरंगे फीते बाँधकर 'रेत' उपन्यास के लेख़क के विद्या और धनहीन होने की मनौती माँगी।

भगवानदास मोरवाल ने अपने उपन्यास 'रेत' में गिहार समाज के पुरुषों को निठल्ला व महिलाओं को देह व्यापार का धन्धा करने की बात कही है। हालाँकि भारतीय आदिवासी गिहार समाज विकास समिति, उतर प्रदेश के प्रान्तीय उपाध्यक्ष व पूर्व सभासद दिनेश गिहार ने उपन्यासकार के ख़िलाफ़ न्यायालय में वाद भी दायर कर रखा है।

उन दिनों दैनिक *हिन्दुस्तान* की समूह सम्पादक कथाकार मृणाल पाण्डे थीं। उन्हें जब इस प्रकरण के बारे में पता चला तो उन्होंने उधर कानपुर कार्यालय में इस मामले को देखने, और तुरन्त इस पर ख़बर करने के साथ दिल्ली में अपने पत्रकार सत्य सिंधु से कहा कि इस उपन्यास को लेकर वह कुछ साहित्यकारों से बात करे। मेरे पास भी सत्य सिंधु का फोन आया तो मैंने उसे कुछ जानकारी दे दी। मुझसे जब सत्य सिंधु ने किसी साहित्यकार से इस बारे में बात करने के लिए पूछा तो मैंने राजेन्द्र यादव जी का नाम बता दिया।

इस तरह 14 फ़रवरी, 2009 अर्थात *वैलेंटाइन दिवस* के दिन दिल्ली से प्रकाशित होनेवाले दैनिक *हिन्दुस्तान* ने 'देश' (Nation) पृष्ठ के शीर्ष पर पाँच कॉलम की *उपन्यास पढ़ा नहीं, लेखक के लिए बद्दुआयें* शीर्षक से, मज़ार के पास नीम के पेड़ में रिबन बाँधकर उपन्यासकार के सर्वनाश की मनौती माँगती गिहार समुदाय की महिलाओं के चित्र के साथ यह ख़बर प्रकाशित कर दी–

अनुभव तिवारी/अखिलेश कुमार कन्नौज। एक जनजाति से ताल्लुक रखने वाली महिलायें एक उपन्यासकार पर अपनी बेइज़्ज़ती का आरोप लगाकर उसके लिए बद्दुआयें माँग रही हैं, टोने-टोटके किये जा रहे हैं। पीरों और औलियाओं की मज़ारों पर मन्नतें माँगी जा रही हैं कि उपन्यासकार का सर्वनाश हो जाये। यही नहीं, विवादास्पद उपन्यास को एक प्रतीकात्मक विरोध प्रदर्शन में फाँसी भी दी जा चुकी है। दूसरी ओर इस जनजाति के कुछ पढ़े-लिखे लोगों ने कोर्ट की शरण ली है। कन्नौज ज़िले के छिबरामऊ तहसील मुख्यालय पर प्रथम श्रेणी के जूनियर मजिस्ट्रेट की अदालत में आईपीसी की धारा 500 में उपन्यासकार के ख़िलाफ़ मुक़द्दमा दायर हुआ है।

यह सब हो रहा है राजकमल प्रकाशन, दिल्ली द्वारा छापे गये भगवानदास मोरवाल के उपन्यास 'रेत' के नाम पर। मोरवाल हरियाणा के मेवात के मूल निवासी हैं। मोरवाल ने यह उपन्यास उत्तर भारत के कंजर समुदाय पर लिखा है। इसमें इस समुदाय की सामाजिक, सांस्कृतिक, राजनीतिक और आर्थिक दशा को मूल आधार बनाया गया है। इसमें उपन्यासकार की कल्पना भी जुड़ी है।

भारतीय आदिवासी गिहार विकास सेवक समिति के प्रदेश उपाध्यक्ष दिनेश गिहार ने पिछले साल 10 नवम्बर को छिबरामऊ के जूनियर मजिस्ट्रेट प्रथम की अदालत में उपन्यासकार के ख़िलाफ़ धारा 500 आईपीसी में मुक़द्दमा दायर कर दिया।

इस समाचार के साथ *पिछले साल छपा उपन्यास* शीर्षक से यह सूचनात्मक ख़बर भी थी--

इस उपन्यास का लोकार्पण दिल्ली के पुस्तक मेले में प्रसिद्ध समालोचक प्रो. मैनेजर पाण्डेय ने पिछले साल फ़रवरी में किया। भगवानदास मोरवाल का पहला उपन्यास 'काला पहाड़' 1999 में राधाकृष्ण प्रकाशन से छपा था। 2004 में मेवात के मुसलमानों पर उन्होंने एक उपन्यास 'बाबल तेरा देस में' लिखा। उन्हें वर्ष 2006 में लखनऊ में 'कथाक्रम सम्मान' भी मिला।

इन्हें बारूद की तरह इस्तेमाल किया जाता है शीर्षक से राजेन्द्र यादव से हुई संक्षिप्त बातचीत के आधार पर, मुख्य ख़बर के साथ यह भी प्रकाशित हुआ—

उपन्यास में ऐसा कुछ भी नहीं है कि बवाल किया जाये। दरअसल, बवाल करने वाले ये लोग कुछ प्रभावशाली लोगों के हाथों की कठपुतली हैं। 'रेत' के बारे में हुए हंगामे को लेकर साहित्यकारों ने ये विचार व्यक्त किये।

प्रख्यात साहित्यकार राजेन्द्र यादव कहते हैं कि जो लोग भारतीय संस्कृति को लेकर हंगामा करते हैं, दरअस्ल उन्हें पता ही नहीं कि भारतीय संस्कृति क्या है। ये सिर्फ़ इतना चाहते हैं कि ये अपने हिसाब से महिलाओं का शोषण करते रहें। दरअस्ल, ये बेरोज़गार लोग हैं जिन्हें धार्मिक नेता अपने लिए बारूद की तरह इस्तेमाल करते हैं। न इनकी सामाजिक चिन्ता है, न प्रतिबद्धता।

दैनिक *हिन्दुस्तान* में जब यह समाचार प्रमुखता के साथ प्रकाशित हुआ तो दिल्ली के कुछ लेखकों ने इसका उपहास तक उड़ाया था। हालाँकि इस समाचार को पढ़कर कुछ दिन बाद वरिष्ठ आलोचक और मित्र भारत भारद्वाज ने मुझे सलाह दी कि अपनी सुरक्षा को ध्यान में रखते हुए तुम्हें अपने थाने में एक आवेदन लगा देना चाहिए। इस आवेदन में क्या लिखना चाहिए, उसे भारत जी ने मुझे बता दिया। मैं तुरन्त उनकी सलाह का पालन करते हुए 27 फ़रवरी, 2009 को पालम गाँव थाने में लिखित में अपना आवेदन दे आया। हालाँकि 22 फ़रवरी के *जनसत्ता* में मेरा स्पष्टीकरण छप चुका था। थाने में दिया गया आवेदन इस तरह था—

सेवा में,
थाना प्रभारी
पालम गाँव पुलिस स्टेशन
नयी दिल्ली-45

महोदय,

पिछले वर्ष 2008 में राजकमल प्रकाशन, दरियागंज, नयी दिल्ली से मेरे द्वारा लिखित 'रेत' शीर्षक से उपन्यास का प्रकाशन हुआ था। यह उपन्यास कभी अपराधी जनजाति कही जानेवाली जातियों में से एक कंजर समुदाय पर आधारित है। पिछले दिनों नवम्बर 2008 में दिल्ली से ही प्रकाशित एक पत्रिका में छपी समीक्षा को पढ़कर उत्तर प्रदेश के कन्नौज ज़िले के गिहार समुदाय के लोग इस उपन्यास से बेहद नाराज़ हैं। जिसके चलते न केवल इन्होंने इस पुस्तक के विरोध में प्रदर्शन के साथ-साथ इस पर प्रतिबन्ध की माँग उठाई है, बल्कि वहाँ की एक अदालत में आईपीसी की धारा 500 के तहत अवमानना का केस भी दायर कर दिया है (सूचनार्थ समाचार-पत्रों की कटिंग संलग्न हैं)। हालाँकि इस सम्बन्ध में मैंने नयी दिल्ली से प्रकाशित दैनिक समाचार पत्र 'जनसत्ता' (22 फ़रवरी, 2009) के माध्यम से अपना स्पष्टीकरण दे दिया है।

अतः उक्त विवाद के चलते भविष्य में अपने साथ होने वाली किसी भी सम्भावित अप्रिय घटना के मद्देनज़र मैं इस सम्बन्ध में सम्बन्धित थाने में सूचित कर देना ज़रूरी समझता हूँ।

भवदीय,
(भगवानदास मोरवाल)
WZ-745G, दादा देव रोड,
नज़दीक बाटा चौक, पालम, नयी दिल्ली-110045

यह 2009 का अप्रैल महीना था। एक दिन एक फोन आया :

"मोरवाल जी, मैं बम्बई से सूरज प्रकाश बोल रहा हूँ। मुझे आपसे एक ख़ुशख़बरी शेयर करनी है?"

मैंने निस्पृह भाव से कहा,"ज़रूर।"

इस पर वे थोड़ा सस्पेंस बनाते हुए बोले, "इस बार कथा (यूके) की ज्यूरी ने 15वें अन्तरराष्ट्रीय इन्दु शर्मा कथा सम्मान जोकि साल 2009 के लिए है, सर्वसम्मति से आपके उपन्यास का चयन किया है।"

"सूरज प्रकाश जी मेरा ऐसा कौन-सा उपन्यास है?" मुझे थोड़ी हैरानी हुई।

"रेत का चयन किया है। सोचा, इस ख़ुशख़बरी को मैं ख़ुद आपको दूँ। आपको शीघ्र ही इस बारे में लन्दन से तेजेन्द्र शर्मा जी सूचित करेंगे।" मित्र और कथाकार सूरज प्रकाश जी ने खुलासा करते हुए बताया।

मुझे मित्र और कथाकार सूरज प्रकाश की इस सूचना पर इसलिए यक़ीन करना पड़ा कि मैं जानता था वे मुम्बई में रहते हुए कथा (यूके) द्वारा संचालित *अन्तरराष्ट्रीय इन्दु शर्मा कथा सम्मान* के राजदूत की भूमिका निभा रहे थे। इसके कुछ ही दिनों बाद 30 अप्रैल को तेजेन्द्र शर्मा का यह मेल आ गया। इस मेल के द्वारा मुझे सूचित किया गया था कि वर्ष 2009 के लिए *अन्तरराष्ट्रीय इन्दु शर्मा कथा सम्मान* के लिए सर्वसम्मति से आपके उपन्यास *रेत* पर देने के लिए सहमति प्रदान की है। सम्मान समारोह लन्दन के हाउस ऑफ़ कॉमन्स में 9 जुलाई, 2009 को शाम 6 बजे आयोजित होगा। समारोह में ब्रिटिश मन्त्री के अलावा लन्दन स्थित भारतीय दूतावास के उच्च अधिकारियों के अलावा उस समय *महात्मा गाँधी अन्तरराष्ट्रीय हिन्दी विश्वविद्यालय,* वर्धा के कुलपति विभूति नारायण राय के उपस्थित होने की बात भी कही गयी थी। इस मेल में 16 मई को मीडिया के द्वारा विधिवत घोषणा की भी सूचना थी।

सम्मान या पुरस्कार छोटा हो या बड़ा, इससे लेखक के यश में न केवल वृद्धि होती है, बल्कि पाठकों और समाज के बीच उसकी स्वीकार्यता भी बढ़ती है। हालाँकि मुझे यह बात एक बार कथाकार और वरिष्ठ लेखक संजीव ने बतायी थी कि मेरे पहले उपन्यास *काला पहाड़* पर लगातार 2001 और 2002 में भी विचार किया गया था लेकिन 2001 में संजीव के उपन्यास *जंगल जहाँ से शुरू होता है* और 2002 में ज्ञान चतुर्वेदी के *बारामासी* को इस सम्मान के लिए चुना गया। *काला पहाड़* को न चुनने का कारण मुझे लगता है उम्र और लेखन दोनों में इनसे मेरी कनिष्ठता रही होगी।

उसी दिन अगले मेल में तेजेन्द्र शर्मा ने एक फोटो, उपन्यास *रेत* का आवरण, आत्मकथ्य और विभिन्न आलोचकों द्वारा समय-समय पर लेखक के लेखन के बारे व्यक्त की गयी राय और टिप्पणियाँ मँगाई। इसका उत्तर देते हुए मैंने अपने 3 मई के मेल में कहा कि *मैं कथा (यूके) की ज्यूरी द्वारा सर्वसम्मति से साल 2009 के लिए अपने उपन्यास रेत को अन्तरराष्ट्रीय इन्दु शर्मा कथा सम्मान चयन के लिए आभार व्यक्त करता हूँ। आज ही मुझे श्री वी.एन. राय ने*

भी इसके लिए बधाई दी है। आपने अपने मेल में कहा था कि इस सम्मान की विधिवत घोषणा 16 मई, 2009 को मीडिया के सामने की जायेगी, लेकिन मेरा मानना है कि इसकी आपको तुरन्त घोषणा कर देनी चाहिए। क्योंकि आपने कई साहित्यिक मित्रों को इसकी सूचना दे दी है और 16 मई अभी काफ़ी दूर है। श्री वी.एन.राय का भी यही सुझाव है कि इसकी अभी घोषणा कर देनी चाहिए।

आपने जो सामग्री माँगी है उन्हें मैं तुरन्त भेज रहा हूँ।

8 मई को कथा (यूके) द्वारा तैयार की गयी हिन्दी की प्रेस रिलीज़ की प्रति मुझे भी भेज दी गयी, जो इस तरह है–

कथा (यूके) के मुख्य सचिव और प्रतिष्ठित कथाकार श्री तेजेन्द्र शर्मा ने लन्दन से सूचित किया है कि वर्ष 2009 के लिए 'अन्तरराष्ट्रीय इन्दु शर्मा कथा सम्मान' उपन्यासकार भगवानदास मोरवाल को राजकमल प्रकाशन से 2008 में प्रकाशित उपन्यास 'रेत' पर देने का निर्णय लिया गया है। इस सम्मान के अन्तर्गत दिल्ली-लन्दन, लन्दन-दिल्ली आने-जाने का हवाई यात्रा का टिकट (एयर इंडिया द्वारा प्रायोजित) एयर पोर्ट टैक्स, इंग्लैंड के लिए वीसा शुल्क, एक शील्ड, शाल, लन्दन में एक सप्ताह तक रहने की सुविधा तथा लन्दन के ख़ास-ख़ास दर्शनीय स्थलों का भ्रमण आदि शामिल होंगे। यह सम्मान श्री मोरवाल को लन्दन के हाउस ऑफ़ कॉमन्स में 9 जुलाई, 2009 को एक भव्य आयोजन में प्रदान किया जायेगा।

'इन्दु शर्मा मेमोरियल ट्रस्ट' की स्थापना सम्भावनाशील कथा लेखिका एवं कवयित्री इन्दु शर्मा की स्मृति में की गयी थी। इन्दु शर्मा का कैंसर से लड़ते हुए अल्पायु में ही निधन हो गया था। अब तक यह प्रतिष्ठित सम्मान सुश्री चित्रा मुद्‌गल, श्री संजीव, श्री ज्ञान चतुर्वेदी, श्री एस.आर. हरनोट, श्री विभूति नारायण राय, श्री प्रमोद कुमार तिवारी, असग़र वजाहत, सुश्री महुआ माझी और नासिरा शर्मा को प्रदान किया जा चुका है।

23 जनवरी, 1960 को नगीना, मेवात में जन्मे भगवानदास मोरवाल ने राजस्थान विश्वविद्यालय से एम.ए. की डिग्री हासिल की। मोरवाल के अन्य प्रकाशित उपन्यास हैं 'काला पहाड़' (1999) और 'बाबल तेरा देस में' (2004)। इसके अलावा उनके चार कहानी संग्रह, एक कविता संग्रह और कई सम्पादित पुस्तकें प्रकाशित हो चुकी हैं। दिल्ली हिन्दी अकादमी के अतिरिक्त बहुत से अन्य पुरस्कार प्राप्त हो चुके हैं। उनके लेखन में मेवात क्षेत्र की ग्रामीण समस्याएँ उभर कर सामने आती हैं। उनके पात्र हिन्दू-मुस्लिम सभ्यता के गंगा-जमुनी किरदार होते हैं। कंजरों के जीवन-शैली पर आधारित उपन्यास 'रेत' को लेकर उन्हें कड़े विरोध का भी सामना करना पड़ा।

कथा (यूके) उन सभी लेखकों, पत्रकारों, सम्पादकों, मित्रों और शुभचिन्तकों का हार्दिक आभार मानते हुए उनके प्रति धन्यवाद ज्ञापित करता है, जिन्होंने इस वर्ष के चयन के लिए लेखकों के नाम सुझाकर हमारा मार्ग दर्शन किया और हमें बहुमूल्य सन्तुतियाँ भेजीं।

मैंने अविलम्ब तेजेन्द्र शर्मा के 30 अप्रैल के मेल के आधार पर इसी दिन अपने कार्यालय में अनापत्ति प्रमाण पत्र (No Objection Certificate) के लिए आवेदन कर दिया। चूँकि मैं एक सरकारी कर्मचारी था इसलिए हर कर्मचारी को विदेश जाने के लिए NOC की आवश्यकता होती है। लेकिन दो सप्ताह तक इस सम्बन्ध में मुझे कोई सूचना नहीं दी गयी। एक दिन मैं अपने कार्यालय की कैंटीन में इसी के बारे में चर्चा कर रहा था कि बातों-बातों में मेरे कार्यालय के एक सहयोगी जो उसी अनुभाग में तैनात था, ने बताया कि मोरवाल जी, आपको NOC नहीं दिया जायेगा। मैंने जब इसका कारण पूछा तो उसने बताया कि जब नहीं देना है, तो नहीं देना है। फिर भी मैंने ज़ोर देकर पूछा कि आख़िर क्यों नहीं दिया जायेगा। वह बोला कि इसलिए आपके ख़िलाफ़ एक Contemplated Vigilence Case है। लेकिन यार अगर है भी तो मैं कौन-सा देश छोड़कर जा रहा हूँ। आ जाऊँगा एक सप्ताह बाद। मैंने कहा। वह बोला देख लीजिए, कुछ ऊपर से करवा सकते हो तो कर लो। वे लोग तो आपको NOC देने नहीं देंगे। इस पर दूसरा सहयोगी बोला कि इस पर तो हमारे दफ़्तर को ख़ुश होना चाहिए कि उसके एक अधिकारी को लन्दन का सम्मान मिल रहा है। इस पर पहले वाले सहयोगी ने एक टेढ़ी-सी मुस्कान उछाली और बोला कि उन्हें लन्दन-फन्दन या किसी सम्मान-वम्मान से कोई मतलब नहीं है। मैं कह रहा हूँ कि उन्हें जब NOC नहीं देना है, तो नहीं देना है। यह विज़िलेंस तो एक बहाना है।

यह सुनकर मेरे कान खड़े हो गये। मेरी अब समझ में आने लगा कि NOC देना तो दूर रहा, मेरे ये अधिकारी जानबूझ कर इसे इसलिए लम्बा खींच रहे हैं, ताकि समय निकल जाये। और हाँ, जिन अधिकारियों के बारे में मेरे उस सहयोगी ने बताया था उनमें एक दलित महिला अधिकारी भी थी। मैं अक्सर एक बात कहता हूँ कि जितनी घृणा हमारा पढ़ा-लिखा दलित समाज पिछड़ों, विशेषकर कमज़ोर वर्ग के पिछड़ों से करता है उतना वह लठैत पिछड़े वर्गों से, करते तो हैं मगर उनके बाहुबल से डरने के कारण उनके विरुद्ध खुलकर नहीं बोल पाते हैं। दलित बुद्धिजीवियों का बहुत बड़ा समूह ब्राह्मणों या सवर्णों से अधिक अपना शत्रु पिछड़ों को मानता है। उन्हें लगता है कि ब्राह्मण और सवर्ण

तो केवल मानसिक ग़ुलामी की भूमि तैयार करते हैं लेकिन इस भूमि पर उत्पीड़न की फ़सल पिछड़े बोते हैं, जिसे काटना दलितों को पड़ता है। मानसिक ग़ुलामी से अधिक उन्हें शारीरिक प्रताड़ना या उत्पीड़न अपने रास्ते में बड़ी बाधा दिखाई देता है। इसलिए इस काट से मुक्ति पाने की आस में दलितों को आरएसएस जैसे संगठनों के पाले में आने में भी कोई परहेज नहीं है। इसीलिए ऐसे मुसलमानों को आज जिस तरह *मुसंघी* कहकर पुकारा जाता है, दलितों में भी बहुत बड़ी जमात *दसंघियों* अर्थात दलित संघियों की पैदा हो गयी है। इसीलिए जिन क्रान्तिकारी और सामाजिक न्याय के हिमायती पिछड़ों को यह भ्रम है कि दलित बुद्धिजीवी उनके साथ हैं, वे भूल जायें। अगर वे इस भ्रम में हैं तो भाँजते रहें इस सामाजिक न्याय की लाठी को। मेरा तो मानना है कि सामाजिक न्याय के नाम पर आर्थिक और राजनीतिक रूप से विपन्न पिछड़ों के साथ यह बहुत बड़ा धोखा है। क्योंकि हमारे दलित राजनीतिज्ञ और बुद्धिजीवी पिछड़ों को साथ लेकर चलने की बात तो करते हैं, मगर नेतृत्व में उन्हें हिस्सेदार नहीं बनाना चाहते। बल्कि इन्हें तो अति पिछड़ों के नायक भी अपने नायकों के रूप में स्वीकार नहीं हैं। अपने नायकों के अलावा पिछड़ों के सारे नायक इन्हें हिन्दुत्व के पैरोकार नज़र आते हैं। ऐसा मैं अपने अनुभवों के आधार पर कह रहा हूँ और मुझे इसको लेकर न तो कोई भ्रम है, न कोई अपराध-बोध।

इसके बाद मैंने 15 मई को फिर से NOC जारी करने का अनुरोध किया लेकिन मुझे अपने कार्यालय से जो उत्तर मिला, वह वैसा ही था जैसा एक दिन मेरे उस सहयोगी ने कार्यालय की कैंटीन में बताया था। उत्तर मिलते ही मैंने जिस कारण मुझे NOC जारी न करने का कारण बताया गया था, उसका विस्तार से तथ्यों के साथ अपना स्पष्टीकरण दे दिया।

इसी बीच कथा (यूके) की तरफ़ से 13 जून को, 7 जुलाई, 2009 की दिल्ली से हीथ्रो और 13 जुलाई की हीथ्रो से दिल्ली की इ-टिकट्स करवा दी गयी। दोनों तरफ़ का किराया 375 पौंड था। इन्हीं इ-टिकट्स के आधार पर मैंने अपने सम्बन्धित मन्त्रालय अर्थात महिला एवं बाल विकास मन्त्रालय में मुख्य सतर्कता अधिकारी को 19 जून, 2009 को न केवल अपना आवेदन दिया, बल्कि उनसे व्यक्तिगत रूप से जाकर मिला भी। वे इस पर बहुत नाराज़ हुईं कि यह Contemplated क्या होता है? अगर इसका अर्थ मैं सरल शब्दों में बताऊँ तो इसका अर्थ होता है विचाराधीन।

पल-पल बदलते घटनाक्रम से मैं बराबर तेजेन्द्र शर्मा जी को अवगत कराता रहा। हार कर तेजेन्द्र शर्मा ने 24 जून, 2009 को नयी दिल्ली स्थित

ब्रिटिश हाई कमीशन को एक मेल लिखा। इस मेल को पढ़कर आप अनुमान लगा सकते हैं कि इस तरह के व्यवधान से किसी आयोजन और उनके आयोजन कर्ताओं पर क्या बीतती होगी, जब आयोजन का मुख्य आकर्षण अर्थात सम्मानित होने वाला साहित्यकार उनके समारोह में न पहुँचे। ऐसे में आयोजकों की सारी योजनाओं और मंसूबों पर पानी फिरना स्वाभाविक है। इस स्थिति में आयोजकों की मनःस्थिति को आसानी से समझा जा सकता है। लेकिन एक उम्मीद अभी बाक़ी थी और वह थी नयी दिल्ली स्थित ब्रिटिश हाई कमीशन। लेखक तेजेन्द्र शर्मा ने ब्रिटिश हाई कमीशन को क्या लिखा आप भी उसे पढ़ें–

Katha UK organises the only International Hindi award viz. International Indu Sharma Katha Samman at the House Lords in the British Parliament. The British Ministers and MPs stand by us and support our cause. We are trying our best to establish this award as Hindi equivalent of the prestigious Booker's Award.

This year theAward Funcion is to be held on the 9th of July at the House of Commons. Our jury for the award selected Mr. BhagwanDass Morwal's novel Ret for the prestigious International Indu Sharma Katha Samman 2009. Accordingly we released a press release which was covered by the majority of Indian Press and media. We informed Mr. Morwal about the decision of our Jury. He was pleased to attend the event personally and accept the award. We sent him all the relevant letters and documents needed to obtain the British Visa.

We were given a rude shock when Morwal informed us that his office has refused to give him a No Objection Certificate to travel to London to receive his award. It is difficult to perceive that the red&tapism of beaurocracy can create such hurdles in a writers receiving a prestigious award. We at Katha UK are working hard to establish Hindi on an international horizons. Hindi, the National Language of India gets no support from the Government Departments only. We feel helpless and deafeated that we would be forced to hold an international award function in the absence of the award winner himself. The Hindi speaking community of the people of Indian origin settled in the United Kingdom would feel cheated. Although we feel sorry that a deserving writer wouldmiss this opportunity to meet hisadmirers here, we would like to reiterate, we shall continue to work hard to establish Hindi in the west, in spite of such incidents.

लेकिन ब्रिटिश हाई कमीशन से की गयी यह गुहार भी बेकार गयी। मज़ेदार यह है कि 19 जुलाई को मन्त्रालय के सतर्कता अनुभाग में दिये गये मेरे आवेदन का जवाब मिला 6 जुलाई को, अर्थात दिल्ली से हीथ्रो रवाना होने से एक दिन पूर्व। इस जवाब के माध्यम से मुझे सूचित किया गया कि आपके कार्यालय का जो निर्णय है, वह बरकरार रहेगा। इसका अर्थ हुआ कि मुझे NOC मिलने की सारी सम्भावनाएँ पूरी तरह समाप्त हो गयीं। रही बात उसकी कि मुझे किन कारणों से NOC नहीं मिला, उस रामायण को यहाँ बाँचने से कोई फ़ायदा नहीं। क्योंकि इस मामले में 8 जनवरी, 2013 के कार्यालयी नोट के साथ उस नोटिंग की फोटो कॉपी मुझे सौंप दी गयी, जिस पर इस फ़ैसले को अन्ततः 'बन्द' करने का निर्णय लिया गया था।

9 जुलाई को सम्पन्न हुए इस पन्द्रहवें *इन्दु शर्मा अन्तरराष्ट्रीय कथा सम्मान* की सबसे पहले अजित राय के नाम से सचित्र ख़बर 11 जुलाई, 2009 के जनसत्ता में *मोरवाल को मिला इन्दु शर्मा सम्मान और मोहन राणा को पद्मानन्द पुरस्कार* शीर्षक से प्रकाशित हुई। इस समाचार की शुरुआत इस तरह होती है–

लन्दन, 10 जुलाई। कथाकार भगवानदास मोरवाल को उनके उपन्यास 'रेत' पर पन्द्रहवाँ इन्दु शर्मा कथा सम्मान उनकी अनुपस्थिति में दिया गया। नौकरशाही की अड़चनों के चलते वे अपने विभाग से विदेश जाने की अनुमति हासिल नहीं कर सके।

इस समाचार के साथ प्रकाशित होनेवाले चित्र में सबकुछ था। यदि कुछ नहीं था तो वह था इस पन्द्रहवें इन्दु शर्मा अन्तरराष्ट्रीय सम्मान को ग्रहण करनेवाला लेखक।

इसके बाद मेरे कार्यालय द्वारा अनापत्ति प्रमाण पत्र (NOC) न देने की वजह से मेरे इस समारोह में शामिल न होने की चर्चा समाचार-पत्रों में होने लगी। *राष्ट्रीय सहारा* में 12 जुलाई, 2009 को *मन्थन* के अन्तर्गत *हिन्दी साहित्य का वैश्विक नेटवर्क* शीर्षक से प्रकाशित लेख में इसका उल्लेख किया गया। वास्तव में यह इस सम्मान समारोह में उपस्थित पत्रकार अजित राय की साहित्यिक रिपोर्ट थी। अपनी इस रिपोर्ट में अजित राय ने *इन्दु शर्मा कथा सम्मान* के इतिहास पर रौशनी डालते हुए डॉ. नामवर सिंह के किसी पुराने वक्तव्य का सन्दर्भ देते हुए, अन्त में लिखा था–

वरिष्ठ आलोचक नामवर सिंह ने कहा था कि वे हाउस ऑफ़ लॉर्ड्स में नहीं जा सकते। अब जबकि कथा (यूके) सम्मान भगवानदास मोरवाल को उनके

उपन्यास 'रेत' के लिए हाउस ऑफ़ कॉमन्स में दिया जा चुका है, तो क्या कथा (यूके) को प्रो. नामवर सिंह का इन्तज़ार रहेगा? हालाँकि हम इस प्रसंग की तुलना उस घटना से नहीं कर सकते जिसमें सुप्रसिद्ध रूसी लेखक बोरिस पास्तरनाक को नोबेल पुरस्कार लेने की अनुमति नहीं दी गयी थी। पर यह एक चिन्तनीय पक्ष है कि लाख कोशिशों के बावजूद हिन्दी लेखक भगवानदास मोरवाल को उनका केन्द्रीय समाज कल्याण बोर्ड लन्दन जाकर पुरस्कार लेने की इजाज़त नहीं देता। सरकारी और प्रशासनिक अवरोधों को दूर करने के लिए दबाव बनना ज़रूरी है ताकि कोई भी अदना-सा अधिकारी अपनी क़लम से हिन्दी की गरिमा को ठेस न पहुँचा सके, जैसाकि भगवानदास मोरवाल ने अपने लिखित वक्तव्य में कहा है।

इसके एक सप्ताह बाद राष्ट्रीय सहारा के 19 जुलाई के इसी स्तम्भ में वरिष्ठ आलोचक भारत भारद्वाज ने *पुरस्कृत कवि-कथाकार उदय* शीर्षक से ऐसे विवादों को केन्द्र में रखकर लिखे गये अपने लेख में एक जगह लिखा था–

भगवानदास मोरवाल को उनके तीसरे उपन्यास 'रेत' (राजकमल प्रकाशन, नयी दिल्ली) पर 'इन्दु शर्मा अन्तरराष्ट्रीय कथा सम्मान' देने की घोषणा हुई, लेकिन उनके विभाग (केन्द्रीय समाज कल्याण बोर्ड, महिला एवं बाल विकास मन्त्रालय) ने उन्हें पुरस्कार ग्रहण करने के लिए लन्दन जाने की इजाज़त नहीं दी। कारण चाहे जो भी बताये गये हों पर इसके पूर्व 18-19 जनवरी, 2008 को इटली की एक साहित्यिक संस्था द्वारा एक कार्यक्रम में भारत के प्रतिनिधि लेखक शशि थरूर, एमजे अकबर, तरुण तेज़पाल और विकास स्वरूप के साथ हिन्दी-लेखक भगवानदास मोरवाल भी शामिल थे। तब केन्द्रीय समाज कल्याण बोर्ड ने उनके विदेश जाने पर आपत्ति क्यों नहीं की?

भारत भारद्वाज जी ने यह लेख दरअस्ल उसी जुलाई के महीने में गोरखपुर, उत्तर प्रदेश के दिग्विजयनाथ पीजी कॉलेज के सभागार में आयोजित डॉ. कुँवर नरेन्द्र प्रताप सिंह जयन्ती समारोह में, उस समय गोरखपुर से बीजेपी के सांसद और बाद में उत्तर प्रदेश के मुख्यमन्त्री बने योगी आदित्यनाथ के हाथों 2009 के *नरेन्द्र सम्मान* लेने के बाद उठे विवाद को लेकर लिखा था।

लेकिन मेरे लिए सबसे अधिक शर्मसार करनेवाला वह दिन और वह पल था, जब *इन्दु शर्मा कथा सम्मान समारोह* सम्पन्न होने के बाद लन्दन से आयी एक पोटली मुझे मेरे कार्यालय के बाहर सौंपी गयी थी।

हुआ दरअस्ल यह था कि इस समारोह के कुछ दिन बाद एक दिन मेरे पास अजित राय का फोन आया और बताया कि मैं लन्दन से आ रहा हूँ।

इन्दु शर्मा कथा सम्मान का कुछ सामान तेजेन्द्र शर्मा ने मुझे दिया है। यह आपको देना है, इसे आप तक कैसे पहुँचाऊँ? मैंने कहा कि जैसी आपको सुविधा हो।

बहरहाल, एक दिन दोपहर से थोड़ा पहले मेरे पास अजित का फिर फोन आया कि मैं दिल्ली एअरपोर्ट से निकल चुका हूँ। आप अपने दफ़्तर में हैं? मैंने कह दिया हाँ हूँ। इसके घण्टेभर बाद फिर से अजित का फोन आया कि मैं आपके दफ़्तंर के बाहर आया हुआ हूँ, आप थोड़ी देर के लिए बाहर आ सकते हैं। मैं बाहर गया तो देखा अजित एक थ्रीव्हीलर में बैठे हुए हैं। मैं उसके पास गया तो वह बोला, "मोरवाल जी, यह आपका सामान है जो तेजेन्द्र जी ने लन्दन से भेजा है। उठा लीजिए!" अपने पैरों के पास रखी एक बड़ी-सी पोटली की तरफ़ इशारा करते हुए अजित ने कहा।

एक बार तो मेरे मन में आया कि मैं लेने से मना कर दूँ। मगर शिष्टताओं की सीमा मुझसे लाँघते नहीं बनी और किसी नदी में प्रवाहित होने वाली अस्थियों की तरह उस पैकेट को उठा लिया और अपने सेक्शन में ले आया। उस 'सामान' को लाते समय मैं बार-बार यही सोचता रहा कि क्या इन्दु शर्मा कथा सम्मान वाले इस सामान का इतना ही मोल है, कि उसे बीच रास्ते में उसके सम्मानित लेखक को थमा दिया जाये? क्या इससे फूहड़ और तरीक़ा नहीं हो सकता था इसे मुझ तक पहुँचाने का? क्या हिन्दी साहित्य का वैश्विक नेटवर्क ऐसे फैलेगा?

अपने सेक्शन में आकर मैंने उस पैकेट को खोलकर देखा तो मुझे उसमें जो 'सामान' मिला उनमें इन्दु शर्मा कथा सम्मान का एक प्रतीक चिह्न, एक शाल, आधा दर्जन कथा सम्मान के अवसर पर प्रकाशित की गयी स्मारिकाएँ, बांगला देश में बनी एक सफ़ेद शर्ट तथा बेहद सुरुचिपूर्ण ढंग से बना एक गुजराती कृत्रिम नारियल (इसे *ईंढोणि नारियल* कहा जाता है) था। गुजरात का यह समृद्धि का प्रतीक *ईंढोणि नारियल,* जिसका गुजराती परिवारों में मंगल कार्यों में उपयोग किया जाता है, मेरे घर के दरवाज़े के ऊपर आज भी टँगा हुआ है। इनके अलावा लन्दन के *गीतांजलि बहुभाषीय साहित्यिक समुदाय, बमिंघम* का *साहित्यिक सेवा सम्मान पत्र* भी था। गीतांजलि परिवार द्वारा 11 जुलाई को अपने काउंसलवास में कथा (यूके) के *अन्तरराष्ट्रीय इन्दु शर्मा कथा सम्मान* तथा *पद्मानन्द साहित्य सम्मान* से सम्मानित होने वाले दोनों लेखकों का स्वागत एवं सम्मान किया जाने वाला था। डॉ. कृष्ण कुमार द्वारा संस्थापित इस *गीतांजलि बहुभाषीय साहित्यिक समुदाय* की उस समय अध्यक्ष जय वर्मा थीं।

इन्दु शर्मा कथा सम्मान की स्मारिका में मेरा लिखा यह आत्मकथ्य भी प्रकाशित था, जिसको मुझे लन्दन में जाकर सम्मान समारोह ग्रहण करने के दौरान पढ़ना था—

कुछ कहने से पहले मैं अपने बारे में कुछ बताना ज़रूरी समझता हूँ। अपने बारे में इसलिए कि एक लेखक की वैचारिक प्रतिबद्धता, उसके सामाजिक सरोकार, उसके जीवन-संघर्ष का असली आईना उसका परिचय ही होता है। मेरा मानना है कि किसी भी लेखक की अनुभूतियों का निर्माण उसके सामाजिक परिवेश, उसकी आर्थिक स्थिति, उसकी जातिगत परिस्थितियों और उसके जातीय संस्कारों से होता है। मेरा जन्म दक्षिण हरियाणा के 'काला पानी' कहे जानेवाले बेहद पिछड़े क्षेत्र मेवात के छोटे-से क़स्बे के एक भूमिहीन मज़दूर परिवार में हुआ। ये वही मेवात है जिसने मुग़ल साम्राज्य के संस्थापक जहीरुद्दीन बाबर से टक्कर ली थी। उसी बाबर से जिसने मेवाड़ के शासक राणा सांगा के ख़िलाफ़ मेवात के अन्तिम शासक हसन ख़ाँ मेवाती को यह सन्देश भिजवाया था कि हम-मज़हबी होने के नाते उसे राणा सांगा का नहीं, बाबर का साथ देना चाहिए। मगर हसन ख़ाँ मेवाती ने बाबर का यह प्रस्ताव यह कहते हुए अस्वीकार कर दिया था कि मैं एक हिन्दुस्तानी हूँ, और मैं किसी बाहरी हमलावर को अपने देश को जीतने या ग़ुलाम नहीं होने दूँगा।

मेरा सम्बन्ध उसी मेवात से है जिसके बारे में राष्ट्रपिता महात्मा गाँधी ने 1933 में बिहार के चम्पारण में काँग्रेस के अधिवेशन में कहा था कि 'यदि मेव क़ौम जैसी बहादुरी, हिम्मत और देशभक्ति पूरे देश में पैदा हो जाये, तो मैं 24 घण्टों में भारत को आज़ाद करा सकता हूँ।' मेरा सम्बन्ध उसी मेवात से है जहाँ आज भी महाभारत पर आधारित काव्य-रचना 'पंडून कौ कड़ा' बड़े गर्व से गाया जाता है। मुझे लगता है अपने बारे में इससे ज़्यादा बताने की ज़रूरत नहीं है।

यहाँ यह उल्लेख करना आवश्यक है कि मेरे दोनों उपन्यास 'काला पहाड़' और 'बाबल तेरा देस में' की पृष्ठभूमि यही मेवात है। वही मेवात जो दूसरे भारतीय समाजों की तरह उस मिली-जुली संस्कृति, बल्कि कहिए मिश्रित संस्कृति का प्रतिनिधित्व करता है, जिसके बारे में अब कहा जाने लगा है कि यह संस्कृति समाप्त होती जा रही है। कभी-कभी मैं सोचता हूँ कि मेरे लेखन में ऐसा क्या है जिसे इतनी व्यापक पाठकीय स्वीकृति मिली और जिसने मुझे एक अलग पहचान दी है। इसका सीधा-सादा एक उत्तर यह है कि मैंने अपने लेखन के केन्द्र में ऐसे समाजों को रखा है, जो भारतीय समाज के अन्य समाजों का हिस्सा होते हुए भी उनका हिस्सा नहीं है। शायद यही जातीय दुर्लभता मेरे लेखन का विषय रहा है। अपने लेखन के केन्द्र में मैंने ऐसे ही समाज और उनके पात्रों के सुख-दुःख को साझा करने, और उनके अस्तित्व को बचाये रखने की जिजीविषा हो रेखांकित करने का प्रयास किया है। अपने तीसरे उपन्यास 'रेत' में एक ऐसी तथाकथित

अपराधी जनजाति को केन्द्र में रखा है, जो आज भी अपने मूलभूत अधिकारों और अपने आपको मुख्यधारा में शामिल करने के लिए संघर्ष कर रही है। 'रेत' में यह जिजीविषा और संघर्ष को, बेशक वह अपराधी कही जानेवाली और देह-व्यापार करनेवाली स्त्री क्यों न हो, देखा जा सकता है। इस जिजीविषा को आप मुख्यधारा की ज़मीन पर खड़े होकर नहीं देख सकते। एक सार्थक रचना चाहे वह उपन्यास हो या कहानी, उसका उद्देश्य महज़ कहानी कहना भर नहीं है, बल्कि इसके अलावा जीवन और समाज के कुछ ऐसे सत्य उजागर करना भी है, जिन्हें या तो हम जानते नहीं हैं और यदि थोड़ा-बहुत जानते भी हैं तो उसे अनदेखा करते रहते हैं। अपनी रचनाओं के माध्यम से मेरा प्रयास अपने समाजों के ऐसे ही अनदेखे सत्य को उजागर करने का रहा है।

किसी भी लेखक के पुरस्कृत या सम्मानित होने की घोषणा होते ही कई तरह की प्रतिक्रियाएँ होती हैं। इनमें एक लेखक-वृंद के बीच, दूसरी पाठक समुदाय के बीच और तीसरी स्वयं सम्मानित लेखक के मन में पैदा होती प्रतिक्रियाएँ हैं। एक लेखक के रूप में मेरी किसी भी सम्मान या पुरस्कार मिलने पर जो पहली प्रतिक्रिया होती है, वह स्वयं को अचम्भित, उद्वेलित और एक हद तक दुविधा में डालने वाली होती है। दुविधा में डालने वाली इसलिए कि इस प्रतिक्रिया की शुरुआत ही आत्म-संशय से होती है, जो धीरे-धीरे एक डर और आगे चलकर चुनौती और फिर अपनी ज़िम्मेदारी के प्रति एक गहरे बोध का अहसास दिलाने जैसी होती है। मेरा निजी मत है कि मौजूदा दौर में कभी-कभी सम्मान अथवा पुरस्कार लेखक और उसको लेखन के प्रति एक नैराश्यवाला भाव तथा कुण्ठा पैदा करने लगता है। इधर जितनी संख्या में आज पुरस्कार/सम्मान की संख्या हो गयी है, उन्हें हथियाने अथवा पाने की उतनी होड़, उतने ही जोड़-जुगत आदि-आदि की प्रवृत्तियाँ, तकनीक और औज़ार आविष्कृत और विकसित हुए हैं। इसलिए आज पुरस्कार और सम्मानों को सन्देह व संशय की दृष्टि से देखा जाने लगा है।

इन्दु शर्मा कथा सम्मान को पाना मैं एक सुखद आश्चर्य और स्वयं को गौरवान्वित होना मानता हूँ। ध्यानवान्वित होना इसलिए कह रहा हूँ कि जिस जातीय अस्मिता और कृतघ्नता के बोध का ऋण मेरे ऊपर था, लग रहा है उससे मैं धीरे-धीरे उऋण हो रहा हूँ। कहते हैं किसी लेखक को पुरस्कृत अथवा सम्मानित करने के पीछे जो दो बातें काम करती हैं, उनमें से एक यह अहसास दिलाना है कि समाज को उसकी ज़रूरत है। मैं यह तो नहीं कह सकता कि समाज को मेरी कितनी ज़रूरत है, परन्तु इतना अवश्य है कि मुझे अपने समाज

की बहुत ज़रूरत है। इसी ज़रूरत ने न केवल मेरे आत्मविश्वास, उत्साह और आवेग को बचाए रखा है, अपितु साहित्य के प्रति मेरी जिजीविषा तथा उत्कट आस्था को भी बचाये रखा है। अपने लोक विश्वास और लोग संघर्षों के प्रति मेरी श्रद्धा को बनाये रखा है।

आज जब भी मैं अतीत की खुरदरी कन्दराओं में सहमते हुए झाँककर देखता हूँ, तो एक के बाद एक स्मृतियों के हुचके से जगह-जगह गाँठ लगी रील खुलती चली जाती है। भारतीय गाँव-देहातों की जो सामाजिक-आर्थिक स्थिति आज से ढाई दशक पूर्व थी, आज वह उससे भी बदतर होती जा रही है। आज भारतीय गाँव-देहात सामन्तवाद, झूठे दम्भ, कुण्ठा, जातिवाद, साम्प्रदायिकता की ऐसी प्रयोगशालायें बनते जा रहे हैं कि हो सकता है आनेवाले समय में इन विद्रूपताओं और विसंगतियो के चलते गाँव की परिभाषा ही बदल जाये। मैं त्रिलोचन जी के शब्दों को उधार लूँ तो कहूँगा कि आठवें दशक के तीन चौथाई वर्ष मेरे लिए ताप के ताए हुए दिन थे। यही वे दिन थे जब गाँव से पलायन कर वर्षों तक भारत की राजधानी दिल्ली के कनॉट प्लेस स्थित, मोहन सिंह प्लेस की छत पर बने कॉफ़ी हाउस की उन बहस-मुबाहिसों को मैं मूकदर्शक बन सुनता और गुनता रहा। इसी दौरान रह-रहकर लगने लगा कि स्मृतियों का जो ख़ज़ाना, लोक संघर्षों का जो ताप व उनसे जुड़ी उपकथाएँ, अनुभव का जो बृहद संसार,लोक विश्वासों के जितने रूप मेरे पास सुरक्षित हैं; क्यों न उनमें सामासिक कल्पना के रंग भर उन्हें पन्नों पर उतारने की कोशिश करूँ? वैसे भी इलियट ने कहा है कि 'कल्पना में बहुत अधिक स्मृतियाँ ही होती हैं।' वर्ष 1999 में प्रकाशित मेरा पहला उपन्यास 'काला पहाड़' इन्हीं लोक विश्वासों और लोक संघर्षों का आख्यान है। वैसे भी अब हमारे पास इन विश्वासों के सिवाय बचा क्या है? और यदि ये बचे हुए हैं, तो हम बचे हुए हैं। इसलिए अनातोले फ्रांस ने कहा है कि 'राष्ट्र लोक विश्वासों पर जीवित रहते हैं।' शायद मेरे लेखन की सबसे बड़ी ताक़त, मेरे ये लोक विश्वास ही हैं।

इस पूरे प्रसंग में यदि अपने सम्मानित उपन्यास 'रेत' के बारे में, विशेषकर इस पर उठे विवाद पर कुछ नहीं कहूँ तो यह अप्रासंगिक होगा। इस उपन्यास पर उठे विवाद और इस दौरान 'रेत' को सार्वजनिक रूप से उत्तर प्रदेश के कन्नौज ज़िले की एक तहसील में पेड़ पर फाँसी लगाना, फाँसी के बाद उसे जलाना और अन्त में एक समुदाय विशेष की महिलाओं द्वारा अपने स्थानीय सैयद बंगाले शाह की मज़ार की बग़ल में खड़े पेड़ पर, रंगीन रिबन बाँधकर लेखक को धनहीन व बुद्धिहीन करने की कामना जैसी घटनाएँ दरअस्ल हाशिए के एक उपेक्षित और

तिरस्कृत समाज का आक्रोश था। इसी आक्रोश के तहत इस समुदाय ने लेखक के ख़िलाफ़ मानहानि स्वरूप आईपीसी की धारा 500 के तहत स्थानीय अदालत में मुक़द्दमा भी दायर कर दिया। हालाँकि यह बात अलग है कि आवेश और आक्रोश की मुख्य वजह उस समुदाय की जातीय अस्मिता और उसमें अस्मिता का द्वन्द्व छिपा होना था। इसका अहसास मुझे उस दिन हुआ जब इस समुदाय के एक शिक्षित युवक ने उपन्यास पढ़ने के बाद मेरे निवास पर आकर मुझसे पूछा था कि आख़िर हमारा इतिहास क्या है? मैंने उसे समझाने का प्रयास किया कि कहीं दलितों, जनजातियों और अतिपिछड़ों का भी कोई इतिहास होता है। इतिहास तो हमेशा सत्ताधारियों और शासकों का होता है। 'रेत' की एक बड़ी उपलब्धि मैं यह मानता हूँ कि उसने कम-से-कम एक समुदाय विशेष को अपने अतीत और इतिहास को जानने के प्रति उद्वेलित तो किया। 'रेत' की यही एक सार्थकता है और इसी सार्थकता के एवज़ में शायद मेरा 15वें 'अन्तरराष्ट्रीय इन्दु शर्मा कथा सम्मान' के लिए चयन किया गया है। मैं एक बार फिर कथा (यूके) के निर्णायक मण्डल का हृदय से आभार व्यक्त करता हूँ।

लन्दन से आये इस सामान को मैंने अपने कार्यालय की अलमारी में रख दिया और किस्तों में धीरे-धीरे उसे घर लाता रहा। मज़ेदार तो यह है कि कुछ महीनों बाद तेजेन्द्र शर्मा दिल्ली आये लेकिन हैरानी मुझे यह देखकर हुई कि उन्होंने एक बार भी यह नहीं पूछा कि उसका भिजवाया 'सामान' सही-सलामत मिल गया है? क्या इसका एक सभ्य और सम्मानजनक तरीक़ा यह नहीं हो सकता था कि अन्तरराष्ट्रीय इन्दु शर्मा कथा सम्मान, दिल्ली आने पर मित्र और लेखक तेजेन्द्र शर्मा किसी आयोजन में न सही, किसी चाय की दुकान पर कुछ साहित्यिक मित्रों की उपस्थिति में प्रदान नहीं कर सकते थे? हो सकता है आप इससे सहमत न हों कि यह उनकी मर्ज़ी है। उनका सम्मान है फिर चाहे वे उसे किसी समारोह या चाय की दुकान पर दें, और चाहें तो वे उसकी पोटली बाँध बीच रास्ते में लेखक को पकड़ा दें। आप कौन होते हैं ऐसी वाहियात सलाह देनेवाले?

हिन्दी अकादमी, दिल्ली में अपना लगभग साढ़े पाँच साल का कार्यकाल पूरा कर नानक चन्द जी अपने मूल कार्यालय केन्द्रीय समाज कल्याण बोर्ड लौट आये। कोई माने या ना माने लेकिन इस बात को मैं पूरी जवाबदेही

के साथ पुनः दोहरा रहा हूँ कि हिन्दी अकादमी का यह दौर स्वर्णिम दौर था। इसका सबसे बड़ा कारण था नानक चन्द जी की किसी तरह की साहित्यिक महत्त्वाकांक्षा का ना होना। मूलतः वे भाषा और हिन्दी साहित्य के अच्छे ज्ञाता थे। हालाँकि उनके कार्यकाल में कुछ दूसरी तरह के विवाद भी अकादमी के कार्यक्रमों में देखने को मिले। इनमें से मुझे एक कार्यक्रम के दौरान जनार्दन द्विवेदी और रामशरण जोशी के बीच हुई नोंक-झोंक आज भी याद है।

यह 2004 की बात है। पत्रकार रामशरण जोशी जी उन दिनों दिल्ली स्थित *बाल भवन* के अध्यक्ष थे। उन्हीं दिनों *हंस* में इनकी आत्मकथा की शृंखला प्रकाशित हो रही थी। अपने एक प्रसंग में इन्होंने एक आदिवासी महिला से अपने एक ऐसे प्रसंग के बारे में लिखा, जिसकी उन दिनों बहुत आलोचना हुई थी। यह आलोचना इसलिए नहीं हो रही थी कि इन्होंने उस आदिवासी स्त्री के साथ क्या किया। आलोचना इसकी हो रही थी कि एक बच्चे की माँ के स्तनों से टपकते दूध का जिस तरह दृश्यांकन किया गया था, वह बहुत ही जुगुप्सापूर्ण और वीभत्स था। दूसरा इस बात की आलोचना हो रही थी कि एक विचारधारा विशेष से जुड़े होने के नाते एक लेखक-पत्रकार द्वारा अपने ऐसे किसी निजी कृत्य को सार्वजनिक करना कितना उचित है?

नानक चन्द जी को हिन्दी अकादमी का सचिव बने एक साल ही हुआ था। इसी दौरान त्रिवेणी सभागार में हिन्दी अकादमी का एक आयोजन था। जिसमें देश के कई बड़े-बड़े बुद्धिजीवियों को आमन्त्रित किया गया था और जिसकी अध्यक्षता जनार्दन द्विवेदी कर रहे थे। इनमें मुझे जिस व्यक्ति की याद आ रही है उनमें पूर्व प्रशासनिक अधिकारी और मशहूर सामाजिक कार्यकर्ता ब्रह्मदेव शर्मा जी भी थे। इनके साथ रामशरण जोशी जी भी एक वक्ता थे। जोशी जी अपना वक्तव्य देकर नीचे सबसे अगली सीट पर दर्शकों के साथ बैठ गये। जनार्दन द्विवेदी जी ने अपने अध्यक्षीय वक्तव्य में रामशरण जोशी जी के वक्तव्य का हवाला देते हुए कहा कि पता नहीं हम कब तक विदेशी विद्वानों के उद्धरणों का इस्तेमाल करते रहेंगे। अगर हम क़ायदे से गाँधी को ही पढ़ लें तो शायद हमें विदेशी विद्वानों को उद्धृत करने की आवश्यकता न पड़े। गाँधी ही क्यों हमारे बीच ब्रह्मदेव शर्मा जैसे विद्वान मौजूद हैं। हम इन्हें कब उद्धृत करेंगे?

रामशरण जोशी जी ने नीचे से बीच में कुछ कहना चाहा तो जनार्दन द्विवेदी ने उन्हें लगभग डाँट दिया। इतना ही नहीं आयोजन समाप्त होने के बाद इस मुद्दे पर जोशी जी ने कुछ कहना चाहा, तो द्विवेदी जी यह

कहकर आगे बढ़ गये कि मैं इस बारे में आपसे बात नहीं करना चाहता। जनार्दन द्विवेदी की इस नाराज़गी का मुख्य कारण शायद मुझे जो उस समय लगा था, वह *हंस* में प्रकाशित हुआ वह प्रसंग था, जिसकी चहुँओर आलोचना हो रही थी। इसकी जानकारी शायद जनार्दन द्विवेदी को थी। इसीलिए मैं कहता हूँ कि आत्मकथा लिखना बड़ा ही साहस, ईमानदारी और जोखिमभरा काम है। शायद बहुत कम लोगों को इसकी जानकारी होगी कि रामशरण जोशी जी की इसी ईमानदारी और साहस के चलते पाँच महीने पहले सँभाले गये बाल भवन के अध्यक्ष पद को उन्हें गँवाना पड़ा था। हालाँकि इसके कुछ दिनों बाद जोशी जी *केन्द्रीय हिन्दी संस्थान,* आगरा के उपाध्यक्ष बना दिये गये थे। इन्हें कमला प्रसाद जी की जगह उपाध्यक्ष बनाया गया था। कमला प्रसाद जी को उनका कार्यकाल पूरा होने से पहले ही पदमुक्त कर दिया गया था। एक बात यहाँ बताना ज़रूरी है कि *केन्द्रीय हिन्दी संस्थान* मानव संसाधन विकास मन्त्रालय के अधीन आता है, और उन दिनों इस मन्त्रालय के मन्त्री अर्जुन सिंह थे।

नानक चन्द जी के बाद हिन्दी अकादमी के सचिव पद पर डॉ. ज्योतिष जोशी का चयन हो गया। और उनके सचिव बनने के बाद अकादमी की संचालन समिति (गवर्निंग बॉडी) का पुनर्गठन किया गया। संचालन समिति ही नहीं अकादमी के नये उपाध्यक्ष के रूप में हास्य-कवि अशोक चक्रधर को भी नामित किया गया। बता दूँ इस संचालन समिति के एक सदस्य के रूप में मेरा भी नाम था।

लेकिन जैसे ही इस नयी संचालन समिति के सदस्यों और उपाध्यक्ष की ख़बर समाचार-पत्रों के माध्यम से सार्वजनिक हुई, एक नया विवाद शुरू हो गया। संचालन समिति के कुछ सदस्यों ने अशोक चक्रधर को उपाध्यक्ष बनाने का विरोध करना शुरू कर दिया। विरोध स्वरूप एक-एक करके कई सदस्यों ने अपना इस्तीफ़ा दे दिया। आये दिन समाचार-पत्रों में संचालन समिति के सदस्यों द्वारा मुख्यमन्त्री को इस्तीफ़ा भेजने की ख़बरें प्रकाशित होने लगीं। संचालन समिति का सदस्य होने के नाते मैंने इस दुःखद प्रसंग को लेकर 30 मार्च, 2010 को हिन्दी अकादमी की अध्यक्ष अर्थात मुख्यमन्त्री को यह पत्र लिखा–

*–**भगवानदास मोरवाल***
सदस्य, संचालन समिति
हिन्दी अकादमी, दिल्ली

माननीय अध्यक्ष जी
30 मार्च, 2010
हिन्दी अकादमी, दिल्ली।

महोदया,

जैसाकि विदित है कि पिछले कुछ समय से हिन्दी अकादमी विवादों के घेरे में घिरती जा रही है, वह न केवल चिन्ता का विषय है अपितु शोचनीय भी है। पहले एक-एक कर संचालन समिति के आधा दर्जन से अधिक सदस्यों के इस्तीफ़ों के बाद लग रहा था कि विवाद यहीं समाप्त हो जायेगा, परन्तु हाल में अकादमी द्वारा घोषित किये गये पुरस्कारों से यह विवाद और गहरा गया है। परिणामस्वरूप एक के बाद एक आठ लेखकों द्वारा (इनमें अकादमी का सर्वोच्च शलाका सम्मान भी शामिल है) पुरस्कार ठुकराये जाने की घोषणा की जा चुकी है और सम्भव है भविष्य में कुछ और लेखक भी पुरस्कार न लेने की घोषणा कर दें।

महोदया, इस पूरे प्रकरण के चलते न केवल हिन्दी अकादमी की गरिमा कलंकित हुई है अपितु आज यह लेखकीय स्वाभिमान का एक राष्ट्रीय मुद्दा भी बन गया है। इस प्रकरण से न केवल अकादमी की गरिमा को ठेस पहुँची है बल्कि एक ऐसी सरकार की छवि भी धूमिल हुई है, जिस पर प्रत्येक दिल्लीवासी को गर्व है। लेखकों की इस एकजुटता से यह तो साबित हो गया है कि अकादमी के भीतर सबकुछ ठीक नहीं चल रहा है। हाल में अकादमी के एक युवा कर्मचारी की हुई असामयिक मृत्यु को एक अन्य उदाहरण के रूप में देखा जा सकता है। इन प्रकरणों से स्पष्ट है कि संचालन समिति के सदस्यों के बीच संवादहीनता व गतिरोध की स्थिति बनी हुई है।

अतः संचालन समिति के एक सदस्य होने के नाते मेरा यह सुझाव है कि इन मुद्दों को ध्यान में रखते हुए संचालन समिति की एक बैठक तुरन्त बुलाई जाये, ताकि दिन-पे-दिन तेज़ी से बढ़ते विवाद और अकादमी की धूमिल होती छवि को रोकने के प्रयासों के बारे में विचार किया जा सके।

शुभाकांक्षी,
(भगवानदास मोरवाल)

इन त्यागपत्रों और पत्रों से अशोक चक्रधर का तो कुछ नहीं बिगड़ा, उतावलेपन में नये-नये बने सचिव डॉ. ज्योतिष जोशी ने भी सचिव पद से अपना इस्तीफ़ा दे दिया। मैंने अपने पत्र में अकादमी के जिस युवा कर्मचारी की असामयिक मृत्यु का ज़िक्र किया है, वह युवा कवि रामलखन यादव था। आज पता नहीं हिन्दी के इस कवि का नाम कितने कविता प्रेमियों को याद है? विदित है कि ज्योतिष जोशी के बाद *मैथिली-भोजपुरी अकादमी* के सचिव डॉ. रवीन्द्रनाथ श्रीवास्तव को हिन्दी अकादमी का भी कार्यभार सौंप दिया।

जुलाई 2009 में जिस संचालन समिति का पुनर्गठन किया गया था और जिसमें सदस्य के रूप में मेरा नाम भी नामित किया गया था, मेरे पास किसी बैठक के लिए जो अन्तिम सूचना भेजी गयी थी, वह 7 सितम्बर, 2009 को भेजी गयी थी। संचालन समिति की 15 सितम्बर को होनेवाली इस बैठक, जैसाकि होता है आगामी कार्यक्रमों की रूपरेखा और गत वर्ष में आयोजित किये गये कार्यक्रमों की समीक्षा के बहाने, गत वर्ष के व्यय और आगामी वित्त वर्ष के बजट के अनुमोदन के लिए बुलाई जाती है, वह भी साल में एक बार। इसलिए इस सूचना के बाद संचालन समिति का सदस्य होने के बावजूद किसी बैठक या कार्यक्रम में न कभी मैं गया और न कभी बुलाया गया। मैं कितने दिनों तक हिन्दी अकादमी का सदस्य रहा, मुझे ही नहीं मालूम।

इंडिपेंडेंट मीडिया इनिशिएटिव सोसाइटी नाम की संस्था की तरफ़ से काफ़ी लम्बे समय से पहले एक *द संडे पोस्ट* नाम का साप्ताहिक पत्र प्रकाशित होता था। मूलतः यह साप्ताहिक उत्तराखण्ड के समाचारों के लिए जाना जाता था। बीच-बीच में नये साल के अवसरों और कभी-कभार कुछ साहित्यिक सामग्री भी दे दिया करता था। लेकिन अचानक साहित्यिक जगत में व्याप्त सन्नाटे को भेदते हुए पाखी नाम की एक पत्रिका की घोषणा हुई यह वही *पाखी* पत्रिका है जिसने अपने पाठकों में जगह तो बनायी थी कथाकार प्रेम भारद्वाज के सम्पादन के कारण। मगर उन्हें इसके सम्पादक पद से इसके सर्वेसर्वा (मालिक) अर्थात पहले के पत्रकार और अब साहित्य में पैर जमाने की कोशिश में लगे युवा कथाकार अपूर्व जोशी ने मुक्त कर दिया। इसकी कुछ महीनों के बाद प्रेम भारद्वाज की कैंसर से असामयिक मृत्यु हो गयी थी।

जिन दिनों *पाखी* पत्रिका ने अपने पाठकों में अपनी जगह बना ली थी, तो उन्हीं दिनों वर्ष 2008 में *इंडिपेंडेंट मीडिया इनिशिएटिव सोसाइटी* नाम

की इस संस्था ने फिर एक और धमाका किया। और इसी साल *शब्द-साधक शिखर सम्मान* की घोषणा कर दी। प्रथम *शब्द-साधक शिखर सम्मान* दिवंगत साहित्यकार विष्णु प्रभाकर को देने की घोषणा हुई, जिसे उनके सुपुत्र अतुल प्रभाकर ने ग्रहण किया था।

यह वर्ष 2009 था। शायद सितम्बर महीने के अन्तिम दिन। पता नहीं क्यों और किस सन्दर्भ में मैंने एक दिन अपूर्व जोशी को फोन किया। मैंने जैसे ही अपना नाम बताया तो वे हुमकते हुए बोले, "अरे मोरवाल जी, मैं आपको पिछले आठ-दस दिन से खोज रहा हूँ लेकिन आपका कोई पता नहीं मिल रहा था।"

मैंने सहज भाव से पूछा,"ऐसा क्या हो गया अपूर्व जी?"

"आपको नहीं पता इस बार आपके उपन्यास *रेत* को *शब्द-साधक ज्यूरी सम्मान* देने का फ़ैसला किया गया है।"

मुझे जैसे पहले *कथाक्रम सम्मान* के चयन पर यक़ीन नहीं हुआ था, वैसे ही इस *शब्द-साधक ज्यूरी सम्मान* पर नहीं हुआ।

"लेकिन आपने तो *शब्द-साधक शिखर सम्मान* शुरू किया हुआ है?"

"हाँ, मगर इस बार हमने दो-तीन और सम्मान शुरू किये हैं जैसे *शब्द-साधक जनप्रिय सम्मान* और *शब्द-साधक ज्यूरी सम्मान*। आपको पता है ज्यूरी के जिन लोगों ने आपके उपन्यास का चयन किया है, वे कौन थे?" अपूर्व ने उलटा मुझसे पूछा।

"कौन थे?" मैंने पूछा।

"ज्यूरी में डॉ. नामवर सिंह जी, राजेन्द्र यादव जी और डॉ. विश्वनाथ त्रिपाठी जी थे। इन तीनों ने सर्वसम्मति से आपके उपन्यास का *शब्द-साधक ज्यूरी सम्मान* के लिए चयन किया है।"

एक बार फिर मुझे अपने कानों पर यक़ीन नहीं हुआ। यक़ीन इसलिए नहीं हुआ कि ज्यूरी में जो तीन वरिष्ठ साहित्यकार थे, उनका निर्णय मेरे लिए चौंकाने वाला था। मेरे लिए इस सम्मान से बड़ी गौरव की बात इसके सदस्यों का होना था। बातचीत के दौरान अपूर्व जोशी ने यह भी बताया कि *शब्द-साधक जनप्रिय सम्मान* के लिए काशीनाथ सिंह जी के उपन्यास *रेहन पर रग्घू* का चयन किया गया है। यहाँ यह बताना ज़रूरी है कि *रेत* और *रेहन पर रग्घू* दोनों का प्रकाशन 2008 में राजकमल प्रकाशन से हुआ था।

इस तरह कुछ रोज़ बाद 2009 के *जे.सी. जोशी स्मृति साहित्य सम्मानों* की घोषणा कर दी गयी। इन सम्मानों में दूसरा *शब्द-साधक शिखर सम्मान* वरिष्ठ लेखक श्रीलाल शुक्ल को देने की घोषणा की। लेकिन इनकी घोषणा होते ही

इन सम्मानों पर विवाद शुरू हो गया। इस विवाद का कारण बना *शब्द-साधक जनप्रिय सम्मान* और *शब्द-साधक ज्यूरी सम्मान* के साथ प्रदान की जाने वाली नक़द राशि। *शब्द-साधक ज्यूरी सम्मान* की सम्मान राशि जहाँ इक्कीस हज़ार रुपये थी, तो *शब्द-साधक जनप्रिय सम्मान* की सम्मान राशि थी ग्यारह हज़ार। दूसरे शब्दों में आप कह सकते हैं कि काशीनाथ सिंह जैसे वरिष्ठ लेखक को सम्मान स्वरूप दी जानी थी मात्र ग्यारह हज़ार और भगवानदास मोरवाल को दी जानी थी इक्कीस हज़ार रुपये की राशि। सुनते हैं कि काशीनाथ सिंह जी के कुछ प्रियों ने यह बात उनके मन में बैठा दी कि भगवन, यह कहाँ का न्याय हुआ कि इतने वरिष्ठ लेखक को दिये जायें मात्र ग्यारह हज़ार और जिसे अभी क़लम पकड़नी भी नहीं आती है, उसे दिये जायें इक्कीस हज़ार। भला दस हज़ार का अन्तर, अन्तर ही नहीं होता है।

23 अगस्त, 2009 को नयी दिल्ली के *हिन्दी भवन* में आयोजित इस सम्मान समारोह में *शब्द-साधक शिखर सम्मान* श्रीलाल शुक्ल के बजाय उनके बेटे ने ग्रहण किया। जबकि पहला *शब्द-साधक ज्यूरी सम्मान* इस ना-चीज़ को डॉ. नामवर सिंह के कर-कमलों द्वारा प्रदान किया गया। जबकि *शब्द-साधक जनप्रिय सम्मान* जिसकी सम्मान राशि मात्र ग्यारह हज़ार थी उसे ग्रहण...एक मिनट! आपको क्या लगता है कि काशीनाथ सिंह जी इस सम्मान को ग्रहण करने सैकड़ों मील दूर से चलकर आये होंगे? जी नहीं, वे इसे लेने नहीं आये। बल्कि अपने उन्हीं सलाहकारों के कहने पर उन्होंने इसे लेने से मना कर दिया। इस तरह इस पहले ही *शब्द-साधक ज्यूरी सम्मान* में ऐसा विघ्न पड़ा कि आयोजकों ने दुःखी होकर अगली बार से इसे बन्द ही कर दिया। इस तरह आप कह सकते हैं कि *इंडिपेंडेंट मीडिया इनिशिएटिव सोसाइटी* द्वारा शुरू किया गया प्रथम और अन्तिम *शब्द-साधक ज्यूरी सम्मान 2009* भगवानदास मोरवाल के उपन्यास *रेत* के नाम रहा।

हालाँकि इस अवसर के लिए मैं अपना एक वक्तव्य भी लिखकर ले गया था। मगर जिस तरह इस सम्मान समारोह में आयोजकीय अराजकता व्याप्त थी, उसके चलते मैंने इसके वाचन का ख़याल त्याग दिया। हालाँकि इस वक्तव्य में बहुत सी वही बातें थीं, जो महीनाभर पहले इन्दु शर्मा कथा सम्मान के लिए तैयार किये गये वक्तव्य में थीं। इसका एक कारण यह था कि ये दोनों सम्मान मेरे एक ही उपन्यास *रेत* के लिए दिये गये थे, इसलिए इन दोनों वक्तव्यों में कुछ बातों का दुहराव स्वाभाविक था। फिर भी मैं इस वक्तव्य से उन बातों को हटाकर, उसका संशोधित रूप यहाँ दे रहा हूँ–

सबसे पहले मैं जे.सी. जोशी स्मृति साहित्य सम्मान 'शब्द-साधक ज्यूरी सम्मान' के माननीय सदस्य प्रोफ़ेसर नामवर सिंह, श्री राजेन्द्र यादव और डॉ. विश्वनाथ त्रिपाठी जी के प्रति आभार और कृतज्ञता ज्ञापित करना चाहता हूँ कि जिन्होंने मेवात जैसे उपेक्षित, पिछड़े और हाशिए के समाज के लेखक के लेखन पर भरोसा जताते हुए, उसके उपन्यास का 'प्रथम शब्द-साधक ज्यूरी सम्मान' के लिए चयन किया। मेरे लिए यह एक लेखक के लेखन के प्रति इनका यह भरोसा महज़ हिन्दी के इन तीन स्तम्भों का नहीं है, बल्कि पूरे हिन्दी समाज का भरोसा और सामूहिक निर्णय है। ऐसे अवसर पर किसी भी लेखक के लिए व्यक्तिगत रूप से एक मुश्किल और दुविधाभरी चुनौती यह होती है कि वह अपने आपको किसी सम्मान से समादृत करने पर क्या कहे? कुछ ऐसी ही दुविधा से मैं अपने आपको घिरा हुआ महसूस कर रहा हूँ कि इस जे.सी. जोशी स्मृति साहित्य सम्मान से सम्मानित करने पर क्या कहूँ? फिर भी कुछ कहने से पहले मुझे थोड़ा-सा अपने बारे में बताना चाहिए। यह इसलिए कि मेरे लेखक के रूप में आप मेरे सरोकारों, अनुभूतियों और संघर्षों से थोड़ा परिचित हो सकें। क्योंकि किसी भी लेखक की अनुभूतियों का निर्णय उसके सामाजिक परिवेश, उसकी जातिगत पहचान, उसके सरोकारों, उसके आत्म-संघर्षों, उसकी चिन्ताओं के साथ साथ उसके संस्कारों से भी होता है।

जैसाकि आप में से बहुत सारे मित्र जानते हैं कि मेरा जन्म हरियाणा के 'काला पानी' कहे जानेवाले मेवात क्षेत्र में हुआ। यह वही मेवात है जिसे हमारे कुछ तथाकथित राष्ट्रवादी, दूसरा अथवा मिनी पाकिस्तान भी कहते हैं। अगर अपने एक मेवाती लोक कवि के शब्दों में कहूँ, तो मेरा सम्बन्ध उस मेवात से है, जिसके बारे में कहा जाता है कि–

दिल्ली पे धावो दियो, अपणा पण के पाण
डरपाँ मेवन सू सदा खिलजी मुग़ल पठान।

मित्रो, मेरा सम्बन्ध उसी मेवात से है जिसकी टेव यानि तासीर के बारे में कहा जाता है कि–

तीन जात अळबी चलाँ, अळबी इनकी टेव
हटकारा सू ना हटाँ गधा, भैंस और मेव।

आज इस सभागार में जे.सी. जोशी शब्द-साधक ज्यूरी सम्मान को ग्रहण करते हुए लग रहा है कि जिस जातीय अस्मिता और कृतज्ञता के बोध का ऋण मेरे ऊपर है उससे मैं धीरे-धीरे उऋण हो रहा हूँ। मुझे याद है आठवें दशक के मध्य का वह समय जब मैं कनॉट प्लेस स्थित मोहन सिंह प्लेस की खुली छत

पर बने कॉफ़ी हाउस की बहस-मुबाहिसों को मूकदर्शक बन सुनता और गुणता रहा। इसी दौरान मुझे लगा स्मृतियों का जो ख़ज़ाना, लोक-संघर्षों के ताप से रची गयी लोक कथाओं का जटिल संसार, लोक विश्वासों के जितने विविध रूप और क़िस्सागोई का जो अनुपम कौशल, विरासत के तौर पर मेरे पास सुरक्षित है, क्यों न उनमें सामाजिक कल्पना के रंग भरूँ। 1990 में प्रकाशित मेरा पहला उपन्यास 'काला पहाड़' इन्हीं लोक विश्वासों और संघर्षों का आख्यान है। मगर इन दिनों मेरे भीतर एक डर और संशय भी तेज़ी से घर करता जा रहा है और वह यह है कि अपने इन लोक-विश्वासों, आस्था और निष्ठाओं को मैं आख़िर कब तक बचाये व बनाये रखूँगा? कब तक अपनी नैतिकता की रक्षा कर पाऊँगा?

मेरे इस डर की वजह दिनों-दिन हिन्दी का बदलता वह चरित्र है, जहाँ हमारे सरोकारों और चिन्ताओं के क्षेत्र व इनकी परिभाषा बदल गयी है। इन बदलावों के चलते हमारी निष्ठाएँ और आस्थाएँ पूरी तरह दरक चुकी हैं। बेशक किसी दार्शनिक ने बहुत ठीक कहा है कि 'समाज में नैतिकता कपड़े की तरह बदलती रहती है।' परन्तु इधर हमारी निष्ठा भी उन जूतों की तरह हो गयी है, जो सुबह किसी और की चौखट पर दिखाई देंगे, तो शाम होते-होते उन्हें दूसरे दरवाज़े के बाहर देखा जा सकता है। उन्हें अपना आकार अवसरानुकूल और अपनी सहूलियत से बदलने में ज़रा भी देर नहीं लगती है। मगर यह भी ध्यान रहे कि बेशक आपके पाँव उनके आकार के अनुरूप हों, तब भी यह ज़रूरी नहीं कि वे आपके पाँवों को अपनाएँ ही। मेरा इशारा इधर हिन्दी में तेज़ी से पनपती कुछ प्रवृत्तियों की ओर है। उन प्रवृत्तियों की ओर, जो हिन्दी को आज विचार की जगह मात्र अनुष्ठान की भाषा बनाने पर आमादा हैं। मेरी चिन्ता, माफ़ करना डर यह भी है कि कुछ दशकों बाद यानि हम-आपमें से बहुतों के सामने हिन्दी का क्या वह स्वरूप बचा रहेगा, जो आज है? शायद नहीं। वह इसलिए कि इधर हिन्दी में जिस तरह 'साहित्य के अमरसिंहों' की आमद लगातार बढ़ती जा रही है, उसे रोकना बेहद ज़रूरी है। वरना अमेरिका, यूरोप में बैठे 'चेतन भगत' और उनकी राह में पलक-पावड़े बिछाये हमारे शब्दों के बौपारी अपने-अपने एनजीओ खोलने को तैयार हैं।

एक बार फिर जे. सी. जोशी स्मृति सम्मान के आयोजकों और विशेष रूप से ज्यूरी के सदस्यों का मैं पुनः आभार व्यक्त करता हूँ तथा अपने पाठकों, आत्मीयों और अपने निन्दकों को पूरा विश्वास दिलाता हूँ कि उनके इस भरोसे को बनाये रखने का पूरा प्रयास करूँगा। धन्यवाद।

अब आइए उन मुद्दों पर जिनके कारण हमारे सम्मान/पुरस्कार कुछ समय बाद अपनी चमक खो देते हैं। इस मामले में *कथाक्रम सम्मान, अन्तरराष्ट्रीय इन्दु शर्मा कथा सम्मान, स्पन्दन सम्मान* और *वनमाली कथा सम्मान* के आयोजकों द्वारा लेखकों की गरिमा और उनकी प्रतिष्ठा का जिस तरह ध्यान रखा जाता है, *जे.सी.जोशी स्मृति साहित्य सम्मान* उसमें पिछड़ा हुआ है। मैंने सम्मान के दौरान देखा है कि सम्मानित लेखकों को आयोजकों द्वारा जहाँ चाहे, वहाँ बैठा दिया जाता है। जबकि सम्मानित लेखक पहली पंक्ति में एक साथ बैठाये जाने चाहिए। सम्मानित होनेवाला लेखक दर्शकों के बीच से कहाँ से निकल कर आता है, इसका तब पता चलता है जब वह मंच के नज़दीक पहुँच जाता है।

सबसे हास्यास्पद तो यह था कि मुझे जो स्मृति-चिह्न प्रदान किया गया, उस पर लेखक का तो नाम गुदवाया गया था, उसे जानकर शायद आपको हँसी आये और वह था *श्रीभगवान मोरवाल।* इतना ही नहीं जो सम्मान पत्र प्रदान किया था, उस पर *शब्द-साधक जूरी सम्मान* लिखा हुआ था, जबकि उसके साथ दिये गये स्मृति-चिह्न पर *शब्द साधना जूरी सम्मान* लिखवाया गया था। इन उदाहरणों से आप आयोजकों की गम्भीरता का अनुमान लगा सकते हैं कि उन्हें न लेखक का सही नाम मालूम और न ही अपने सम्मान का कि वह *शब्द-साधक* है या *शब्द साधना?* साहित्य और साहित्यकारों की हमारे जीवन में क्या जगह है, इस प्रसंग से समझा जा सकता है। हालाँकि मैंने आयोजकों का इस ओर ध्यान दिलाया भी लेकिन जिस मासूमियत और बेपरवाही के साथ उन्होंने इसे अनदेखा कर दिया, यह अपने आप में एक कहानी है। बहरहाल, मैंने अपना इक्कीस हज़ार का चेक बिना किसी देरी के बैंक में डाल दिया, जो जल्दी ही कैश भी हो गया।

यह 2011 का *पाखी महोत्सव* था अर्थात *जे.सी.जोशी स्मृति चतुर्थ शब्द-साधक साहित्य सम्मान* समारोह। इस चौथे सम्मान समारोह में मैं भी एक सामान्य दर्शक के रूप में चला गया। कार्यक्रम से पूर्व सभागार में उपस्थित दर्शकों को एक पम्फलेट वितरित किया गया। इस पम्फलेट में पूर्व के तीनों सभी जे.सी.जोशी स्मृति शब्द-साधक साहित्य सम्मानों का विवरण था। पहले तीनों *शब्द-साधक शिखर सम्मान* के साथ चतुर्थ *शब्द-साधक शिखर सम्मान,* जो उस वर्ष *हंस* के सम्पादक राजेन्द्र यादव जी को प्रदान किया जाना था, उनका भी विस्तार से परिचय दिया गया था। इस बीच पम्फलेट पर प्रकाशित पूर्व में प्रदान किये गये सम्मानों के विवरण को मैंने खँगाल मारा, लेकिन मुझे कहीं भी प्रथम *शब्द-साधक ज्यूरी सम्मान* के बारे में कुछ नहीं दिखाई दिया। दिखाई तो तब देता जब उसे प्रकाशित किया गया होता। मेरे लिए यह हैरान करनेवाली बात थी कि

क्या हम अपनी उपलब्धियों को, भले ही वे विवादास्पद रही हों, उन्हें हमें मिटा देना चाहिए? अगर पहला *शब्द-साधक ज्यूरी सम्मान* किसी कारणवश विवादास्पद बना दिया गया, तो क्या उसे जे.सी.जोशी स्मृति साहित्य सम्मानों की उस सूची से हटा दिया जाना चाहिए? अगर हटाना भी था, तो उसके उन कारणों पर प्रकाश डालना चाहिए था, जिसके चलते पहले इस पुरस्कार को बन्द किया गया और बाद में उसके पम्फलेट में उल्लेख नहीं किया गया। आपकी यदि कोई सन्तान नालायक निकल जाये, तो आप उसे अपनी सन्तान मानने से इनकार कर देंगे?

मैंने समारोह के बाद एक दिन अपूर्व जोशी को फोन किया कि आपके पम्फलेट में पहले शब्द-साधक ज्यूरी सम्मान 2009 का ज़िक्र नहीं है। वे चुपचाप सुनते रहे लेकिन जैसे ही मैंने कहा कि अगर मेरी जगह कोई और होता तो इस मुद्दे पर हंगामा खड़ा हो जाता। इस पर अपूर्व जोशी एकाएक आपे से बाहर हो गये और इस तरह बात करने लगे, मानो मुझ जैसे न जाने कितने लेखक उनके दरबार में पानी भरते हैं। ख़ैर, मुझे जो कहना था कह दिया। इसके बाद मैंने उन्हें यह पत्र भी लिख मारा—

अपूर्व जी,

चौथे पुरस्कार समारोह की अभूतपूर्व सफलता और हिन्दी साहित्य में आपके इस अप्रतिम योगदान के लिए लाख-लाख बधाई। इस सम्मान समारोह में (बिना किसी आमन्त्रण के) संयोग से या कहिए दुर्योग से मैं भी शामिल था और आपका अभूतपूर्व ओजस्वी उद्बोधन भी पूरी एकाग्रता के साथ सुना। आपके इस उद्बोधन से मेरा जो ज्ञानवर्द्धन हुआ उसके लिए भी मैं आपका आभारी हूँ। आपने अपने ओजस्वी उद्बोधन में यह रोचकपूर्ण जानकारी दी कि 'प्रथम शब्द-साधक ज्यूरी सम्मान' श्री एस. आर. हरनोट को प्रदान किया गया। सुनकर मुझे हैरानी नहीं हुई। यह एक सम्पादक और पिछले चार साल से अपने स्वर्गीय पिताश्री की आकांक्षाओं और सपनों को पूरा करने की ग़रज से, कुछ राष्ट्रीय स्तर के सम्मानों को चलाने वाले बेटे की नासमझी और भूल हो सकती है। लेकिन जब पम्फलेट देखा तो पाया यह मेरी ग़लतफ़हमी थी क्योंकि सूचनापत्र में भी वही प्रकाशित था, जो आपने बोला। अपूर्व जी, यहाँ मेरे कुछ सवाल और नासमझी भरी कुछ दुविधाएँ हैं कि यह भूल या चूक सचमुच मेरी तरह नादानी भरी या मासूम थी? या इसके पीछे कोई और बात थी? चलो मैं इसे एक चूक या नादानी मान भी लूँ लेकिन आपके सूचना पत्र में उस लेखक की सूचना न छापने को क्या कहा जाये, जिसे पहला शब्द-साधक ज्यूरी सम्मान मिला? उसका न कहीं उल्लेख था, न कहीं ज़िक्र। उल्टा श्रोताओं को ग़लत जानकारी दी गयी।

मैं अगर कुछ लेखक मित्रों के उकसावे पर उसी समय मंच पर आकर आपसे इसकी सफ़ाई माँगता, तब क्या होता? ये आप भी कल्पना कर सकते हैं और मैं तो कर ही सकता हूँ। क्योंकि पहले शब्द-साधक ज्यूरी सम्मान के दो निर्णायक डॉक्टर नामवर सिंह और राजेन्द्र यादव जी मंच पर उपस्थित थे। लेकिन मैंने ऐसा नहीं किया। ऐसा मैंने क्यों नहीं किया यह मैं आपको बताना उचित नहीं समझता। यहाँ मुझे निर्मला जैन जी का एक उद्‌बोधन एकदम ठीक लगा बल्कि मेरी उस धारणा की पुष्टि करता है, जो ऐसे सम्मानों या पुरस्कारों के बारे में बन गयी है। यह सम्मान मुझे (आपकी नज़र में) हिन्दी की महान विभूतियों की अनुशंसा पर दिया गया था। मुझे शुरू से ही लग रहा था कि आप मुझे यह सम्मान मिलने से ख़ुश नहीं थे। इसके मैं कुछ उदाहरण देता हूँ। एक, लेखक को जो प्रतीक चिह्न प्रदान किया गया था, उस पर भगवानदास मोरवाल की जगह 'श्रीभगवान मोरवाल' लिखवाया गया। मैंने आज तक इसका भी प्रतिरोध नहीं किया। दो, आपको याद है या नहीं, क्योंकि बड़े लोग याद नहीं रखते। मैं आपको याद दिला दूँ कि आपकी सहमति और आपके कहने पर 'रेत' की एक समीक्षा पाखी के लिए भेजी थी। पहले तो महीनों वह समीक्षा लटकाई गयी और अन्त में एकदिन कह दिया गया कि वह खो गयी है।

और अब यह ताज़ा उदाहरण है। मेरी अन्तरात्मा (अन्ना के शब्दों में कहूँ तो) कह रही है कि अगले पाखी महोत्सव में विनम्रता के साथ क्यों न राशि सहित इसे लौटा दूँ? इस पर मैं लेखक मित्रों से भी सलाह-मशवरा कर रहा हूँ। एक बात और यदि मेरी तरह यह धृष्टता किसी और लेखक के साथ होती, तो अब तक इस महा-उत्सव की क्या परिणति होती, आप भली भाँति परिचित हैं। एक सलाह और—

अपनी विजय के लिए
कम-से-कम ऐसे बे-ज़ुबानों का शिकार मत करिए
जो अपने औज़ारों का इस्तेमाल
अपनी अस्मिता और अस्तित्व को बचाये रखने के लिए करते हैं
उन्हें अपनी तरह दूसरों पर वार करने के लिए विवश मत करिए
लीन रहने दो उन्हें अपनी साधना में
अगर वो कुछ माँगते हैं आपसे तो कह दो उनसे कि
शूद्रों के लिए बन्द हैं दरवाज़े हमारे।

जे.सी. जोशी स्मृति साहित्य सम्मान तो मात्र एक उदाहरण है। जबकि हम कुछ अपवादों को छोड़ दें तो हिन्दी के अधिकतर पुरस्कार/सम्मान शुरू करने

वाले और पत्र-पत्रिकाओं को प्रकाशित करनेवाले इनके स्वामी इन्हें अन्य की अपेक्षा अपने लेखक बनने या साहित्य में ख़ुद को स्थापित करने के लिए शुरू करते हैं। जब उनकी यह आकांक्षाएँ लगभग पूरी हो जाती हैं, तो ये असमय काल कवलित हो जाते हैं, या उन्हें बन्द कर दिया जाता है। दरअस्ल, इसका कारण यह है कई बार वे जिसे अपना पुरस्कार/सम्मान नहीं देना चाहते, उसे उनके द्वारा बनाया गया निर्णायक मण्डल दे देता है। जिसे वे देना चाहते हैं उन्हें वे चाहकर भी नहीं दिला पाते। ऐसा ही कुछ सेमीनार/गोष्ठियों में आमन्त्रितों के साथ होता है। जैसे मैं अपना ही उदाहरण दूँ मुझे विश्वविद्यालयों के हिन्दी विभागों में लेखक से अधिक यह सोचकर आमन्त्रित किया जाता है कि, मैं किसी विश्वविद्यालय या महाविद्यालय में प्राध्यापक हूँ। इसका एक कारण भी है और वह यह कि हिन्दी में मोटा-मोटी यह धारणा बन चुकी है कि अगर वह हिन्दी का लेखक है, तो वह अध्यापक ही होगा।

लेकिन जब तक आयोजकों को मेरी असलियत का पता चलता है कि मैं उनके किसी काम का नहीं हूँ अर्थात कहीं अध्यापन नहीं करता हूँ, तब तक बहुत देर हो चुकी होती है। क्योंकि तब तक आयोजक भी हाँ कह चुके होते हैं और मैं भी अपनी स्वीकृति प्रदान कर चुका होता हूँ। मेरे अध्यापक न होने का खमियाज़ा मुझे तब भुगतना पड़ता है जब मैं ऐसे आयोजनों में चला जाता हूँ। कई बार तो ऐसा होता है कि जब आयोजक मुझे डॉक्टर साब कहकर सम्बोधित करते हैं, तो मैं बड़ी विनम्रता से कह देता हूँ कि मैं डॉक्टर तो क्या, क़ायदे का कम्पाउंडर भी नहीं हूँ। इसीलिए देखा जाता है कि अधिकतर सेमीनार और आयोजनों में इन्हीं डाकसाबों की भरमार होती है। थोड़ी देर के लिए सोचिए कि जैसी भूल या चूक *भगवानदास मोरवाल* को *श्रीभगवान मोरवाल* लिखकर हुई थी, अगर ऐसी ही चूक राजेन्द्र यादव को नागेन्द्र यादव, नामवर सिंह को रामसिंह अथवा कमलेश्वर को कामेश्वर लिख कर हो जाती, तो हिन्दी जगत में इसकी क्या प्रतिक्रिया होती, इसकी आसानी से कल्पना की जा सकती है।

साल 2009 शायद यह जुलाई का महीना रहा होगा। रात को साढ़े नौ और दस बजे के बीच मित्र और वरिष्ठ आलोचक भारत भारद्वाज जी का, जिन्हें मैं हिन्दी साहित्य का इनसाइक्लोपीडिया कहता हूँ, फोन आया।

मैंने फोन उठाया तो वे छूटते ही बोले, "मोरवाल, तुम्हें मेरी एक सलाह है कि ज़रा बचके रहना!"

"क्या हुआ भारत जी?" मैंने विस्मयभरी घबराहट के साथ अचकचाते हुए पूछा।

"तुम्हें पता है कि लन्दन जाने की परमिशन आपके कार्यालय ने क्यों नहीं दी?"

मेरे लिए यह नया रहस्य था और सोचने लगा कि ऐसा क्या कारण हो सकता है, जिसके बारे में मुझे पता नहीं है लेकिन भारत जी को पता है।

"इसलिए कि तुम दो साल तक अपने कार्यालय से सस्पेंड रहे थे...और तो और तुम्हारे विरुद्ध कुछ आदिवासी महिलाओं ने यौन शोषण का मुक़द्दमा भी दायर किया हुआ है।" भारत भारद्वाज ने एक सच्चे मित्र और हितैषी की तरह मुझे सचेत किया।

भारत जी के इस रहस्योद्घाटन को सुन पहले तो मैं घबरा गया कि यार यह कौन-सी नयी आफ़त आ पड़ी? फिर मेरी हँसी छूटते-छूटते रह गयी कि भारत जी के पास भी पता नहीं कहाँ-कहाँ से चंडूखाने की ख़बरें आती रहती हैं। मगर अगले ही पल मुझे अपनी इस नादानी से ज़्यादा बेवकूफ़ी पर यह सोचकर गुस्सा आया कि मूर्ख, यहाँ तेरे ऊपर इतने गम्भीर आरोप लग रहे हैं और तुझे हँसने की सूझ रही है।

मैं एकाएक गम्भीर हो गया और अपनी स्मृतियों के सारे अश्वों को चारों दिशाओं में यह जानने के लिए दौड़ा दिया कि मैं अपने कार्यालय में कब सस्पेंड हुआ था? मैंने तब तक अपने जीवन में की गयीं मुश्किल से आधा दर्जन कार्यालयी यात्राओं को छान मारा कि मैं कब और किस आदिवासी और जनजातीय इलाक़े में गया? वहाँ जाकर किस लाचार, बेबस, अपने कष्टों, दुःखों और अभावों से जूझती आदिवासी स्त्री यौनशोषण तो दूर रहा, उसे छुआ होगा।

लाख कोशिशों के बावजूद मेरी स्मृतियों के सारे अश्व लौट आये, मगर उन्हें कहीं इन दोनों के सबूत तक नहीं मिले। मैं निराश हो गया कि ऐसे कैसे हो सकता है?

उन्हीं दिनों एक दिन मुझे भारत भारद्वाज के द्वारा एक और नयी जानकारी मिली। वह जानकारी यह थी कि वरिष्ठ कथाकार और बीस पृष्ठीय पत्रिका *समयान्तर* के सम्पादक पंकज बिष्ट ने अपने एक स्तम्भ *दिल्ली मेल* जिसे वे *दरबारी लाल* के नाम से खुद लिखते थे, मेरे लन्दन न जाने के बारे में बीजेपी के वरिष्ठ नेता लालकृष्ण आडवाणी द्वारा 2006 में स्कॉर्पीन पनडुब्बी घोटाले की तर्ज़ पर एक नये रहस्य से पर्दा उठाया है। भारत भारद्वाज जी की इस सूचना के बाद सबसे पहले *समयान्तर* का वह अंक प्राप्त किया।

इसे इसलिए प्राप्त किया कि कई बार जहाँ से सूचना चलती है, और जहाँ उसे पहुँचना होता है,वहाँ तक पहुँचते-पहुँचते उसका रूप ही बदल जाता हैं। वैसे बुरा मत मानना, उन दिनों *समयान्तर* का बड़ा पाठक वर्ग इसकी वैचारिक और गम्भीर सामग्री से अधिक इसके इस स्तम्भ *दिल्ली मेल,* जिसे कथाकार पंकज बिष्ट ख़ुद *दरबारी लाल* के नाम से लिखते थे/या लिखते हैं (क्योंकि मैं नहीं जानता यह पत्रिका अभी निकलती भी है या नहीं), के ही कारण बना हुआ है। क्योंकि इस स्तम्भ के बहाने लोगों को इन्तज़ार रहता है कि इसमें इस बार किसके कपड़े फाड़े हैं।

बहरहाल, मेरे पास जब *समयान्तर* आ गयी तब पहले मैंने बड़े धैर्य के साथ उस स्तम्भ को पढ़ा। उसके एक-एक शब्द के अर्थ और उससे निकलने वाली ध्वनि को समझने का प्रयास किया। इसके बाद मैंने पंकज बिष्ट को फोन किया। मेरी अपने वरिष्ठ कथाकार से जो वार्ता हुई और जो मुझे याद है, उसे यहाँ प्रस्तुत कर रहा हूँ।

"पंकज जी, आपने अपनी पत्रिका में मेरे लन्दन न जाने के बारे में जो छापा है, कम-से-कम छापने से पहले आप मुझसे पूछ तो लेते कि मोरवाल यह मामला क्या था जिसके कारण लन्दन जाने के लिए आपके दफ़्तर ने NOC नहीं दिया।" मैंने पूरी शालीनता से पूछा।

इस पर वे तुनकते हुए बोले, "आप अपना पक्ष लिखकर भेज दीजिए। मैं अगले अंक में उसे प्रकाशित कर दूँगा।"

"वो बात तो ठीक है पर आप एक बार पूछ तो लेते? आपने तो मेरा पक्ष जाने बिना अपना फ़ैसला ही सुना दिया। आपने अपने स्तम्भ में मेरे ऊपर जो आरोप लगाये हैं, वह तो मेरा दफ़्तर भी नहीं लगा रहा है।"

"पूछना क्या था, भ्रष्टाचार के आरोप तो थे आप पर। मैंने कह दिया न आप लिखकर अपना पक्ष भेज दें।" वरिष्ठ कथाकार और एक तरह से हिन्दी की EPW अर्थात *समयान्तर* के सम्पादक पंकज बिष्ट ने बमकते हुए कहा।

"आरोपों का क्या है पंकज जी। ऐसे तो मैं भी यह आरोप लगा सकता है कि आपकी पत्नी के अपने पड़ोसी से अवैध सम्बन्ध हैं। इसके बाद लोगों के सामने रखते फिरिए अपना पक्ष।" मेरे धैर्य और उनके प्रति मेरे सम्मान ने मानो बग़ावत-सी कर दी। बावजूद इसके मैंने अपनी शालीनता बनाये रखी।

मेरे इस मेवाती फूहड़पन और अप्रत्याशित तर्क को सुन पंकज जी हक्के-बक्के रह गये। उन्हें जैसे इसकी बिल्कुल उम्मीद नहीं थी कि उनसे इतना जूनियर और हिन्दी का अदना-सा लेखक इस तरह नंगई पर उतर आयेगा।

अभी तक मैंने जो शिष्टता, शालीनता, लिहाज़ और सम्मान रूपी लबादा ओढ़ा हुआ था, मैंने उसे एक तरफ़ उतार फेंका और मेरे भीतर जो लावा धधक रहा था, उसे बाहर निकालते हुए बोला,"एक बात और पंकज जी, अगर अगली बार बिना जाँच-पड़ताल और मेरा पक्ष जाने अपनी पत्रिका में मेरे बारे में कुछ छापा तो मुझसे बुरा कोई नहीं होगा।"

वैसे अपने इस संवाद का मैंने अन्त बदल दिया है। वह इसलिए कि निर्लज्जता,अशिष्टता और फूहड़ता की भी अपनी सीमा होनी चाहिए तथा इनका कभी सार्वजनिक प्रदर्शन नहीं करना चाहिए, ऐसा मेरा मानना है। इसके बाद मैंने फोन काट दिया और सचमुच मेरे अग्रज और वरिष्ठ कथाकार/सम्पादक ने उस मामले में कभी कुछ नहीं छापा। बावजूद इसके वे कहीं मिलते तो मैं उन्हें नमस्कार करना नहीं भूलता।

बल्कि इस दुर्भाग्यपूर्ण घटना के तुरन्त बाद 2009 के अक्टूबर महीने में दिल्ली के प्रेस क्लब में *हिन्दी उपन्यास साहित्य में स्वातन्त्र्योत्तर भारत की उपस्थिति* विषय पर हुई एक परिचर्चा में पंकज बिष्ट जी से आमना-सामना हुआ और मैंने अपने अग्रज को नमस्कार किया था, जिसका पंकज जी ने एक उदार और बड़े लेखक की तरह बड़ी शालीनता के साथ उत्तर भी दिया था।

दरअस्ल, इस परिचर्चा का आयोजन *अन्यथा साहित्य संवाद द्वारा* प्रकाशित *अन्यथा* नाम की पत्रिका के लिए किया गया था, जो *उपन्यास में इन्सान का विराट* शीर्षक के पन्द्रहवें अंक में प्रकाशित हुई थी। इस पत्रिका का प्रबन्धन सुखजोत और भवजोत कौर नाम की दो बहनों के हाथ में था। जबकि इसके सम्पादक थे कृष्ण किशोर। सुखजोत कौर पंजाब के लुधियाना शहर में, जबकि डॉ. भवजोत कौर अमेरिका के सेंट एंथोनी शहर में रहती थीं। पत्रिका का सम्पादकीय कार्यालय लुधियाना में था। यह वह दौर था जब हिन्दी की साहित्यिक पत्रिकाओं के विशाल अंक प्रकाशित होते थे। समकालीन विश्व उपन्यास साहित्य पर केन्द्रित *अन्यथा* का यह अंक भी लगभग साढ़े तीन सौ पृष्ठों का था। सबसे आश्चर्यजनक बात यह थी कि मात्र तीस रुपये की क़ीमतवाले दूसरी भाषाओं और साहित्य के लेखकों-आलोचकों का समकालीन प्रतिनिधित्व प्रदान करने वाले इस अंक में कृष्णा सोबती, निर्मला जैन, गुरदयाल सिंह, मंज़ूर एहतेशाम, सारा राय, सुधा अरोड़ा, तेजिन्दर, मृदुला गर्ग, ममता कालिया, मैत्रेयी पुष्पा, संजीव, गौतम सान्याल, विभूति नारायण राय, अनामिका, चित्रा मुद्गल, सुषम बेदी, स्वयं प्रकाश, खगेन्द्र ठाकुर, परमानन्द श्रीवास्तव, मैंनेजर पाण्डेय, विनोद शाही सहित अनेक प्रमुख लेखक शामिल थे।

दिल्ली के प्रेस क्लब में हिन्दी *उपन्यास साहित्य में स्वातन्त्र्योत्तर भारत की उपस्थिति* विषय पर हुई इस परिचर्चा में मृदुला गर्ग, पंकज बिष्ट, अब्दुल बिस्मिल्लाह, विभूति नारायण राय, रामशरण जोशी, ज्योतिष जोशी, भगवानदास मोरवाल सहभागी के रूप में मौजूद थे। जबकि जवरीमल्ल पारेख ने इसमें संयोजक की भूमिका निभाई। उपन्यासों पर केन्द्रित पत्रिकाओं के जिन अंकों को भविष्य में याद किया जायेगा, उनमें *अन्यथा* का यह अंक भी शामिल होगा।

पूरे स्मृति-मन्थन के बाद मेरी स्मृतियों के सारे अश्व निराश लौट आये, मगर उन्हें कहीं इन दोनों के सबूत तक नहीं मिले। मैं निराश हो गया कि ऐसे कैसे हो सकता है? अगर यह बात मुझ तक पहुँची है तो इसमें कुछ-न-कुछ तो सच्चाई होगी। मैंने जब भारत भारद्वाज जी से ज़ोर देकर पूछा कि उन्हें यह बात किसने बतायी है, तब उन्होंने बड़ी दबी ज़बान में बताया कि यह बात उन्हें विभूति नारायण राय ने बतायी है और राय साहब को यह बात...।

माफ़ करना यहाँ भी मैं उस व्यक्ति का नाम नहीं बताऊँगा जिसने यह बात विभूति नारायण राय को बतायी थी। हाँ, मेरे बारे में यह उसका दूसरा भ्रामक दुष्प्रचार था कि मैं दो साल तक अपने कार्यालय से सस्पेंड रहने के साथ, मेरे ख़िलाफ़ कुछ आदिवासी महिलाओं द्वारा यौन-शोषण का मुक़द्दमा भी दर्ज किया गया था। इससे पहले एक अनर्गल, मन गढ़न्त और तथ्यहीन जानकारी देने के बावजूद किसी तरह मेरी नौकरी तो बच गयी, लेकिन मुझे दो साल तक पदोन्नति नहीं मिल पायी।

मैं रह-रहकर यही सोचता रहा कि आख़िर इस दुष्प्रचार से उसे हासिल क्या होना था?

हारकर मैंने ही कुछ सूत्रों को जोड़कर अनुमान लगाने का प्रयास किया, तो धीरे-धीरे सारी गिरह सुलझती चली गयीं। अर्थात जिसे मेरा सस्पेंशन कहा था, वह मेरी पदोन्नति थी जो दो साल तक नहीं हो पायी थी। दूसरा, मेरे ख़िलाफ़ कुछ आदिवासी महिलाओं द्वारा यौन शोषण का मुक़द्दमा दायर करने और उसका जिस तरह घृणित प्रचार किया गया था, वह कन्नौज ज़िले के छिबरामऊ तहसील की अदालत में *रेत* पर मेरे विरुद्ध आईपीसी की धारा 500 के तहत किया गया मानहानि का मुक़द्दमा था। विदित है इसे *भारतीय आदिवासी गिहार विकास समिति,* उत्तर प्रदेश के उपाध्यक्ष ने दायर किया था। इसी गिहार समाज की महिलाओं ने अपने चरित्र का आपत्तिजनक चित्रण करने वाले उपन्यासकार का विरोध करने तथा सैयद बंगाले शाह की मज़ार के पास खड़े पेड़ पर रंग-बिरंगे फीते बाँधकर लेखक के लिए विद्याहीन व धनहीन करने की मनौती को आदिवासी महिलाओं का यौन शोषण बताया गया था।

मित्रो, पिछले चार दशक के दौरान साहित्य की दुनिया से वास्ता पड़ने के चलते मेरी एक बात समझ में आयी है कि यह ज़रूरी नहीं है बड़ा आदमी विवेकशील, समझदार और उदारमना भी हो। उदारता और सहिष्णुता तो दूर की बात रही, जितना हिप्पोक्रेट अर्थात प्रपंची हिन्दी साहित्य का आदमी होता है, शायद उतना किसी दूसरे क्षेत्र का होता होगा, मुझे इसमें सन्देह है। ईर्ष्या-द्वेष, छल-प्रपंच, जातिवाद-क्षेत्रवाद, अनैतिकता यहाँ तक कि साम्प्रदायिकता की भावना जिस तरह हिन्दी समाज में कूट-कूटकर भरी हुई है, इसका पता आपको तभी लग सकता है जब आप उस दुनिया की बदबूदार तंग और अँधेरी गलियों से होकर गुज़रते हैं। आपको पता ही नहीं चलेगा कि सामनेवाला कब वामपन्थी हो जायेगा और कब दक्षिणपन्थी। कब वह दलित, आदिवासी, पिछड़ों का हितैषी दिखने का अभिनय करने लगेगा, और कब वह वापस अपने वर्णवादी खोल में आकर दुबक जायेगा। कब वह अवसर आने पर दलित-दलित चिल्लाकर ग़ैर-दलितों की नाक में दम करना शुरू कर देगा, और कब वह दलितों में ही निम्नजाति के दलितों पर दलित सवर्णवाद का चाबुक चलाना शुरू कर देगा। हिन्दी साहित्य की बौद्धिक बेईमानियों के लिए हमारा यह समाज कितना बदनाम है, बताने की आवश्यकता नहीं है। इसलिए भारतीय समाज, विशेषकर *गोबरपट्टी* को समझना शायद और शायद सबसे मुश्किल है। और जिन्होंने समझा उन्होंने सालों तक इस मुल्क पर राज किया।

यह शायद अक्टूबर 2009 का ही महीना था।

एक दिन सुबह लगभग 11 बजे कार्यालय में मेरे पास घर से लैंडलाइन नम्बर से पत्नी का फोन आया। यह वही लैंडलाइन फोन था जो एक समय भारतीय मध्यम वर्ग की पहचान और उसका स्टेटस सिंबल हुआ करता था। अगर मोहल्ले में किसी के पास लैंडलाइन फोन होता था, तो आस-पड़ोस के अच्छे-ख़ासे पढ़े-लिखे और नौकरीपेशा लोग अपने विजिटिंग कार्ड पर दाहिने ओर साधिकार और बड़े गर्व के साथ जिस टेलीफोन नम्बर को छपवाते थे, वह उनका नहीं, उनके पड़ोस का नम्बर होता था। इस नम्बर के आगे अंग्रेज़ी में PP लिखा होता था। उन दिनों हम PP का अर्थ 'पास-पड़ोस' समझते थे। जबकि सच्चाई यह है कि इसका मतलब आज तक मुझे नहीं पता। हालाँकि उन दिनों निजी मोबाइल कम्पनियाँ दूरसंचार के क्षेत्र में आ चुकी थीं और सरकारी महानगर टेलीफोन निगम लिमिटेड (MTNL) तथा भारत संचार निगम लिमिटेड (BSNL) का

तेज़ी से उनके भ्रष्ट अधिकारियों की मिली-भगत से पतन होना शुरू हो चुका था। बहुत से अधिकारी वेतन इन विभागों से पाते थे और काम निजी मोबाइल कम्पनियों के लिए करते थे।

पत्नी ने बताया कि आपसे कोई मिलने आया है। मैंने मिलने वालों से बात की और जो कुछ उन्होंने बताया, उनसे मैंने दफ़्तर में आकर मिलने को कह दिया। वे आधे-पौने घण्टे के भीतर मेरे दफ़्तर आ गये। वे तीन-चार लोग थे। उनमें से एक ने अपना नाम कुँवर प्रज्ञ आर्य बताया और उसकी बड़ी-बड़ी कटारधार झबरीली मूँछें थीं। रौब-दाब से लगता था जैसे किसी उच्च कुल से उसका वास्ता है। उनमें से एक के बारे में बताया गया कि ये डायरेक्टर हैं। जबकि सच्चाई यह है कि वह डायरेक्टर कहीं से भी नहीं लग रहा था।

बहरहाल, बातचीत का सिलसिला शुरू हुआ और मैंने पूछा कि मेरा नाम और पता आपको किसने दिया है, तो बड़ी-बड़ी कटारधार मूँछों वाले भाईसाब ने बताया कि *हिन्दुस्तान* में काम करनेवाले पत्रकार सत्य सिंधु ने आपके बारे में बताया है। सत्य सिंधु का नाम सुन मुझे याद आया कि मेरे विरुद्ध कन्नौज के छिबरामऊ तहसील मुख्यालय की अदालत में मानहानि का जो मुक़द्दमा दायर किया गया था, और दिल्ली से प्रकाशित दैनिक हिन्दुस्तान के 14 फ़रवरी, 2009 के अंक में राजेन्द्र यादव जी के हवाले से जो टिप्पणी छपी थी, उसे सत्य सिंधु ने ही तैयार किया था।

मैंने उनसे मिलने का प्रयोजन पूछा तो उस बड़ी-बड़ी कटारधार मूँछों वाले कुँवर प्रज्ञ आर्य ने जो बताया, उसे सुनकर मैं मन-ही-मन बल्लियों उछलने लगा। सोचने लगा कि इसे कहते हैं क़िसमत का दरवाज़ा खुलना। पहली बार मुझे अपने लेखक होने और अपने लेखन पर गर्व हुआ।

“हम चाहते हैं कि इस फिलिम के डायलोग आपके उपन्यास जैसे हों।” पहली बार कहीं से भी डायरेक्टर न दिखने वाले ने अपने मतलब की बात की।

“यह बात तो ठीक है लेकिन इसमें मैं क्या कर सकता हूँ। फ़िल्म आप बना रहे हैं तो आप किसी प्रोफ़ेशनल स्क्रीन प्ले राइटर से संवाद लिखवाइए। मेरा इससे क्या वास्ता?” मैंने अपना पल्ला झाड़ते हुए कहा।

“चूँकि हमारी फिलिम एक हाई वे के किनारे बसी बस्ती पर बनेगी तो उसमें डायलोग भी वैसे ही हों। वैसे आपके उपन्यास में बड़े मजेदार डायलोग हैं।” इस बार बड़ी-बड़ी कटारधार मूँछों वाले कुँवर साहब ने हस्तक्षेप किया।

“तो इसमें परेशानी क्या है? ऐसे ही संवाद लिखवा लो किसी से!”

"आप समझ नहीं रहे हैं। ऐसे डायलोग आप ही लिख सकते हैं।" कुँवर साहब ने कहीं से भी नहीं दिखने वाले अपने डायरेक्टर को पीछे कर अब जैसे ख़ुद मोर्चा सँभाल लिया।

"लेकिन मैंने तो आज तक यह काम किया ही नहीं?" मैं बोला।

"हम करा तो रहे हैं आपसे।" बड़ी-बड़ी कटारधार मूँछों ने जैसे उम्मीद का सिरा पकड़ते हुए कहा।

मेरी समझ में नहीं आ रहा था कि ये मुझसे ही संवाद क्यों लिखवाना चाहते हैं। ख़ैर, एक पल रुककर मैंने चिन्तन किया और सोचा कि अगर इनको मेरी प्रतिभा पर इतना ही भरोसा है तो इसमें मैं क्या कर सकता हूँ। कुछ-न-कुछ तो धन की प्राप्ति ही होगी। यही सोच मैं लगभग तैयार हो गया।

"ठीक है आप इतना ज़ोर दे रहे हैं तो मैं कोशिश करता हूँ। बताइए डायलॉग लिखने की आपकी क्या-क्या शर्तें होंगी?" मैं एक मँझे हुए स्क्रीन प्ले राइटर की तरह संवाद की जगह डायलॉग शब्द का इस्तेमाल करते हुए बोला।

"आप बस डायलोग लिख दीजिए।"

"वो तो मैं लिख दूँगा लेकिन मुझे लिखने के लिए कुछ मिलेगा भी या नहीं?"

मेरी यह बात सुन जो तीसरा व्यक्ति क्या लड़का था, वह लपककर बोला, "भाई साब, मिलेगा न? आपका नाम डायलोग राइटर के नाम पर जा तो रहा है, यह क्या कम है? आपको हम ब्रेक दे रहे हैं। इस फिलिम के बाद हमारी जित्ति भी फिलिम बनेंगी सबकी इस्टोरी और डायलोग आप ही लिखेंगे।"

मैंने उस फुल्तरू की तरफ़ जिस तरह देखा, बड़ी-बड़ी कटारधार मूँछों वाले कुँवर प्रज्ञ आर्य ने जैसे स्थिति को भाँप लिया। वह तुरन्त बोला कि यह मेरा छोटा भाई इन्दर वीर है। लगे हाथ मुझे उसने एक और से परिचय कराते हुए बताया कि यह भी मेरा छोटा भाई है राहुल आर्य। मुझे हैरानी हुई उन तीनों भाइयों को देखकर जिनकी शक्लें आपस में दूर-दूर तक नहीं मिल रही थीं। एक बार फिर मोर्चा कुँवर प्रज्ञ आर्य ने सँभाल लिया,"ऐसा करिए, आप हमारे ऑफ़िस में आ जाइए। वहीं फ़ुरसत में तसल्ली से बात करते हैं।" इतना कह उसने अपना विजिटिंग कार्ड निकाला और मेरी तरफ़ बढ़ा दिया। साथ में मिलने का दिन भी तय हो गया।

उनके जाते ही मैं विजिटिंग कार्ड को ध्यान से देखने लगा, तो पाया कम्पनीज़ एक्ट 1956 के तहत रजिस्टर्ड *आर्यन ब्रादर्स एंटरटेनमेंट प्राइवेट लिमिटेड* नाम की इस कम्पनी का कार्यालय नयी दिल्ली के डिफेंस कॉलोनी में है।

इस तरह मैं तय दिन समय निकालकर अपने उज्ज्वल भविष्य को तलाशता हुआ पहुँच गया *डी 25, डिफेंस कॉलोनी।* दक्षिण दिल्ली की पॉश कॉलोनी का यह रिहायशी इलाक़ा है। मैं इस पते की कोठी में अन्दर गया तो मेरी नज़र इधर-उधर खड़े लकड़ी के पेंटिंग स्टैंड्स और उन पर रखे कैनवास के फ्रेम पर बनी आधी-अधूरी पेंटिंग्स पर पड़ी। थोड़ा ध्यान से देखा तो पाया कुछ खुली और कुछ ढकी हुई पेंटिंग्स दीवार के सहारे भी। खड़ी हैं। मुझे यह जगह कहीं से भी किसी फ़िल्म निर्माण का कार्यालय नहीं लगी। यह तो एक आर्ट गैलरी जैसी लग रही थी। बाद में मेरा अनुमान सही निकला क्योंकि यह आर्ट गैलरी ही थी, जिसका नाम *आर्यन आर्ट गैलरी* था।

इसी आर्ट गैलरी में मुझे वह डायरेक्टर भी दिखाई दे गया, जो कहीं से भी डायरेक्टर नहीं लग रहा था। जिस समय मैं वहाँ पहुँचा मैंने देखा उनकी उस बनने वाली फ़िल्म का संगीत निर्देशक और उसकी टीम गीत-संगीत पर कुछ काम कर रही थी, जिसके संवाद लिखने का भार अति शीघ्र मेरे कन्धों पर आने वाला था। मेरा परिचय कराया गया और इसी बीच मुझे बताया गया कि उस फ़िल्म के एकाध गीत रिकॉर्ड भीह भी हो चुके हैं। जिस काम के लिए मैं गया उसके बारे में बात हुई और 16 नवम्बर, 2009 को मेरा डायलॉग राइटर के रूप में अनुबन्ध हो गया। अनुबन्ध के अनुसार इस फ़िल्म के संवाद लिखने के लिए मुझे कुल चालीस हज़ार रुपये पारिश्रमिक मिलना था। क्योंकि अनुबन्ध में इस राशि को Remuneration अर्थात पारिश्रमिक लिखा गया और अनुबन्ध के अनुसार यह राशि मुझे तीन किस्तों में मिलेगी। पहली किस्त बीस हज़ार जोकि कुल राशि का 50 प्रतिशत था, अनुबन्ध के समय दी जानी थी। 25 प्रतिशत अर्थात दस हज़ार रुपये फ़िल्म की शूटिंग के दौरान और बाक़ी बकाया 25 प्रतिशत शूटिंग पूरी होने के बाद दी जायेगी। इस तरह मुझे पहली किस्त के रूप में बीस हज़ार का चेक उसी समय दे दिया गया। जिसे मैं लेकर लगभग हवा में उड़ता हुआ आ गया। इसके बाद कई दिनों तक मेरे पाँवों ने जैसे ज़मीन पर पड़ने से साफ़ इनकार कर दिया। मन तरह-तरह की कल्पनाओं में डुबकी लगाने लगा।

इस तरह मैं सलीम या जावेद अख़्तर की तर्ज़ पर अपने उज्ज्वल भविष्य की पटरी पर दौड़ पड़ा। चूँकि मेरे हाथ में अब डायलॉग राइटर एग्रीमेंट की कॉपी थी और कोई माई का लाल मुझे डायलॉग राइटर बनने से रोक नहीं सकता था, इसलिए मेरी महत्त्वाकांक्षाएँ अब और ऊँची उड़ान भरने लगीं। अगर मेरे लिखे डायलॉग हिट हो गये तो मेरा लिखा एकाध गीत भी चल सकता है। यही सोचकर मैंने गुलज़ार साहब को अपना गुरु मान एक छोटा-सा रोमांटिक गीत भी लिख मारा। लिख ही नहीं मारा बल्कि मैंने मन-ही-मन इसके फ़िल्मांकन के लोकेशन

की भी कल्पना कर ली। यानि मेरी कल्पना के अनुसार इसे चीड़ और देवदारों से आच्छादित किसी हरे-भरे पर्वत में फ़िल्माया जाना चाहिए। अब फ़िल्म के निर्माता और निर्देशक क्या लोकेशन तय करेंगे, कहना मुश्किल है।

वैसे अब आपकी जिज्ञासा और धैर्य निःसन्देह मेरे लिखे इस रोमांटिक गीत को पढ़कर, उसे गुनगुनाने के लिए बेताब हो रहा होगा? तो अपने गुरु गुलज़ार साहब का सुमरन कर पेश है मेरा लिखा यह रोमांटिक गीत–

इन हवाओं से कर दूँ ग़र
शिकायत तेरी
होगी रुसवाई कितनी सोचो ज़रा

धुँधली धुँधली सी परछाइयों की ओट में
भरके बाँहों के घेरे में घेरकर मुझे
बहकी बहकी ख़ुशबू बदन की मेरे
खींचकर साँसों से तूने भिगोया मुझे

इन गुनाहों को लिख दूँ ग़र
शोख पत्तियों पे
बात फैलेगी कितनी सोचो ज़रा

तंग गलियों की अजब स्याह रात में
लिख दी जिसने इबारत मेरे प्यार की
उस इबारत को ओस की बूँदों में भिगो
रख दूँ हाथों पे तेरे सोचो ज़रा

इन हवाओं से कर दूँ ग़र
शिकायत तेरी
होगी रुसवाई कितनी सोचो ज़रा!

इस तरह जैसे डायलॉग लिखना मेरे बायें हाथ का खेल हो, मैंने बहुत सारे संवाद लिख दिये। लिख क्या दिये उन तीनों भाइयों की आँखों में धूल झोंकने की कोशिश की। उन तीनों भाइयों की आँखों में, जिनकी शक्ल आपस में कहीं से नहीं मिल रही थी। सच्चाई यह थी कि मैंने अपने उपन्यास *रेत* के हू-ब-हू सारे संवाद उतार दिये। इन संवादों को लेकर मैं जब उनके पास गया तो उन्हें ये पसन्द नहीं आये। कहा गया कि नये सिरे से लिखिए। मैंने फिर से लिखने की कोशिश की। कोशिश अर्थात थोड़े-बहुत संशोधन करके फिर वही संवाद लिखकर दे दिये।

उन्हें ये फिर पसन्द नहीं आये। पता नहीं किस झोंक के चलते इस दौरान मैंने बीस हज़ार का उनका दिया चेक अपने बैंक खाते में नहीं डाला।

इसी बीच एक दिन सत्य सिंधु से बात हुई तो उसने पूछा कि मैंने एक पार्टी भेजी थी, उसका क्या हुआ? मैंने तब तक की उसे सारी कहानी बता दी। मेरी पूरी कहानी सुन सत्य सिंधु बोला कि आपको पता है संवाद लेखक का हिस्सा फ़िल्म के पूरे बजट का 3% होता है। जैसे ही उसने यह बताया मैं समझ गया कि गुरु तू तो फँस गया। तीन प्रतिशत के हिसाब से तो यह पारिश्रमिक राशि लाखों में बनती है, और इन तीनों भाइयों ने तुझसे अनुबन्ध करा लिया मात्र चालीस हज़ार में।

अब क्या करूँ? जबकि वह बड़ी-बड़ी कटारधार मूँछों वाला कुँवर प्रज्ञ आर्य और उनका वह डायरेक्टर जो कहीं से भी डायरेक्टर नहीं लग रहा था, बार-बार कहते कि फ़िल्म के डायलॉग उपन्यास की तरह होने चाहिए। जबकि मैं कहता कि वैसे ही तो हैं। अन्त में मुझे उनसे पीछा छुड़ाने का एक उपाय सूझा और वह यह कि मैंने उनसे कहा कि आप ऐसा करिए मेरे उपन्यास का कॉपीराइट ही ख़रीद लें। उसके बाद जैसा आप चाहें उसका उपयोग करें। लेकिन वे इसके लिए तैयार नहीं हुए और जब वे तैयार नहीं हुए, तो एक दिन मैं उनके दिये बीस हज़ार के चेक को उन्हें वापस लौटा आया। लौटा इसलिए आया कि ऐसा ना हो कहीं अनुबन्ध हमेशा के लिए बना रहे।

इसके बाद न तो इस *आर्यन ब्रादर्स एंटरटेनमेंट प्राइवेट लिमिटेड* नाम की इस कम्पनी के मालिक अर्थात कुँवर प्रज्ञ आर्य ने मुझसे कोई सम्पर्क किया और न ही मैंने। इस तरह मेरा उज्ज्वल भविष्य बनने से पहले ही भरभरा कर ढह गया। हालाँकि इस बीच वे बता रहे थे कि वे एक मलयालम फ़िल्म PonmuttayidunnaTharavu का *दस तोला* नाम से हिन्दी में एक रीमेक बना रहे हैं। इसकी मुख्य भूमिका के लिए मनोज बाजपेयी को साइन किया है। इस फ़िल्म के बनने से पूर्व *आर्यन ब्रादर्स एंटरटेनमेंट प्राइवेट लिमिटेड* ने अमेरिका की मशहूर बॉलीवुड फ़िल्मों के निर्माता और वितरक वार्नर ब्रादर्स के साथ अपनी फ़िल्म के वितरण के लिए भी करार किया था। जहाँ तक मुझे याद है *दस तोला* नाम से हिन्दी में बनी रीमेक 2010 के अक्टूबर महीने में रिलीज़ हुई थी। लेकिन बॉक्स ऑफ़िस पर इसका क्या हश्र हुआ, पता नहीं। शायद इसी से निराश होकर *आर्यन ब्रादर्स एंटरटेनमेंट प्राइवेट लिमिटेड* ने भविष्य में फ़िल्म बनाने का निर्णय त्याग दिया। क्योंकि महँगी पेंटिंग्स बेचकर जो पैसा कमाया था, उसे वह दस तोला को गलाने में लग गया।

जनवरी 2008 को दो दिवसीय *द फील ऑफ़ इंडिया* शीर्षक इटली के ट्यूरिन शहर में जो भारतीय लेखकों का सम्मेलन हुआ था, उन दो दिनों में *तहलका* के सम्पादक तरुण जीत तेज़पाल से थोड़ा-सा परिचय हो गया था। ट्यूरिन में ही उन्होंने किसी दिन दक्षिण दिल्ली ग्रेटर कैलाश, पार्ट-2 की मार्केट में स्थित *तहलका* के कार्यालय में मिलने के लिए कहा। एक दिन मैं उनसे मिलने गया। चूँकि वे जानते थे कि मैं हिन्दी का लेखक हूँ इसलिए उन्होंने मेरा परिचय हिन्दी *तहलका* के वरिष्ठ सम्पादक संजय दुबे से कराया। इस परिचय के बाद संजय दुबे ने कहा कि मोरवाल जी किसी दिन फ़ुरसत में आइए *तहलका* के लिए कोई बड़ी योजना बनाते हैं।

कुछ दिन बाद मैं संजय दुबे के पास गया। मेरे जाने पर वे बोले कि मैं चाहता हूँ *इंडिया टुडे* के साहित्य वार्षिकी की तरह *तहलका* का एक अंक निकाला जाये। मैं जानता था कि इंडिया टुडे का अन्तिम वार्षिकी सात साल पहले अर्थात 2002 में *सम्भावनाओं के साक्ष्य* शीर्षक से निकला था, इसीलिए मैंने कहा कि अगर *तहलका* का कोई ऐसा अंक निकलता है, तो उसका हिन्दी जगत में भरपूर स्वागत होगा। क्योंकि आज ऐसे विशेषांकों की बहुत ज़रूरत है। इस पर संजय दुबे बोला कि मैं तो हिन्दी के लेखकों को जानता नहीं हूँ, यह ज़िम्मेदारी आप ले लीजिए। इस वार्षिकी में क्या-क्या होगा, यह आप ही तय करिए। आपका नाम अतिथि सम्पादक के रूप में जायेगा।

मुझे उसके इस प्रस्ताव को स्वीकारने में कोई बुराई नहीं दिखी। मेरे मन में *इंडिया टुडे* के साहित्य वार्षिकी जैसा अंक निकलने की कल्पना थी। ख़ासकर इसके शुरुआती वार्षिकियों की तरह जिसमें समकालीन लेखन पर नामचीन लेखकों को शामिल कर कोई विशद परिचर्चा हो। धरोहर या दस्तावेज़ के तहत पुरानी अलक्षित सामग्री हो। साहित्य, समय, समाज सम्बन्धी वैचारिक सामग्री हो। सिनेमा, संगीत और कला पर एक छोटा-सा खण्ड हो। उपन्यास अंश के साथ कहानियाँ, कविताएँ और व्यंग्य तो हों ही। मैंने अपनी पूरी योजना से संजय दुबे को अवगत कराया, तो वह सहर्ष तैयार हो गया।

मैंने इसके बाद कहा कि इस तरह मेरे कहने पर *तहलका* के लिए कौन रचनाएँ देगा? मेरे पास कुछ ऐसा अथॉरिटी पत्र वग़ैरा तो होना चाहिए? इस पर संजय दुबे बोला कि इसकी आप चिन्ता न करें, यह काम हो जायेगा। इस आश्वासन के बाद मुझे सम्पादक के हस्ताक्षर युक्त लिखित पत्र में यह दे दिया गया कि *तहलका* की एक साहित्य वार्षिकी निकालने की योजना है। इसकी ज़िम्मेदारी लेखक भगवानदास मोरवाल को दी गयी है। इस पत्र के आधार पर मैंने लेखकों के पास पत्र डालकर और कुछ से फोन के द्वारा रचनाएँ मँगानी शुरू कर दीं।

भारत भारद्वाज जी से मैंने इस बारे में चर्चा की तो वे बोले कि हिन्दी के कुछ वरिष्ठ सम्पादकों और आलोचकों की पिछले एक दशक की पसन्दीदा पाँच पुस्तकों की सूची प्रकाशित करनी चाहिए। बीसवीं शताब्दी की दस साहित्यिक पत्रिकाओं के बारे में जानकारी होनी चाहिए। इसके अलावा एक योजना यह बनायी गयी कि कुछ चुनिंदा प्रकाशकों से वर्ष 2009 के दौरान सर्वाधिक बिकनेवाली अर्थात उनकी पाँच बेस्टसेलर पुस्तकों की सूची आमन्त्रित करनी चाहिए। भारत जी खुद हिन्दी साहित्य की ऐसी पुस्तकों पर लेख लिखने के लिए तैयार हो गये जिनके सर्वाधिक संस्करण निकले हों। जबकि हिन्दी आलोचना और साहित्यिक पत्रकारिता में अपनी विशिष्ट पहचान बना चुके युवा आलोचक और वर्तमान में इलाहबाद विश्वविद्यालय में अध्यापन कर रहे हैं दिनेश कुमार से चर्चा के बाद *समकालीन कहानी : कितना ज़ोर, कितना शोर?* विषय पर एक मुख्य लेख लिखवाने की योजना बनी। साधना अग्रवाल से *समकालीन कविता की चुनौतियाँ* शीर्षक से और वरिष्ठ आलोचक वीरेन्द्र यादव से भी समकालीन उपन्यासों पर एक लेख लिखवाया गया था।

दिनेश कुमार के इस लेख का मूल स्वर यह था कि *भारतीय भाषा परिषद,* कलकत्ता की पत्रिका *वागर्थ* का सम्पादक होते हुए रवीन्द्र कालिया ने युवा कहानीकारों के नाम पर जिस तरह एक सेना पैदा की थी, उसके कितने सिपाही कथा-लेखन में टिक पाये हैं। इसके लिए तय यह हुआ कि कुछ वरिष्ठ साहित्यकारों से, जो इस सेना के कई युवा सैनिकों के बड़े भारी मुरीद थे, उनके विचार लिए जायें। इनमें काशीनाथ सिंह, ज्ञानरंजन, विश्वनाथ त्रिपाठी, विजय बहादुर सिंह, संजीव, पंकज बिष्ट, कमला प्रसाद, विभूति नारायण राय, रवीन्द्र कालिया, गिरिराज किराडू से उनके विचार लिए गये। दिनेश कुमार और मैंने मिलकर इन वरिष्ठ लेखकों के नामों की जो सूची बनायी गयी, उनमें गिरिराज किराडू का नाम कहीं नहीं था। इस लेख में समकालीन कहानी के नाम पर जो सेना तैयार की गयी थी, उस पर सिवाय रवीन्द्र कालिया के सबने अपने खुलकर विचार व्यक्त किये थे।

मैं अभी इस योजना को साकार करने में जुटा हुआ था कि इसी दौरान हिन्दी साहित्य के तिमिर में चौबीस साला गौरव सोलंकी नाम के एकदम ताज़ा-ताज़ा जुगनू की इसमें प्रविष्टि हुई। दरअस्ल, गौरव सोलंकी *तहलका* में वरिष्ठ फ़ीचर संवाददाता के रूप में नया-नया भर्ती हुआ था। उसके आते ही स्वाभाविक है *तहलका* में अब किस-किसको छपना था, यह तय हो गया। गिरिराज किराडू का नाम भी इसी दौरान शामिल किया गया। कहने का आशय यह है कि ऐसे अवसरों पर जो लीलायें रची जाती हैं, वे रची गयीं।

बहरहाल, *पठन पाठन* शीर्षक से *तहलका* का साहित्य विशेषांक बाज़ार में आ गया। मैंने इसे उलट-पुलट कर देखा तो मेरी दी हुई या कहिए *तहलका* के वरिष्ठ सम्पादक पर भरोसा कर मैंने जो सामग्री मँगाई थी, उसका मात्र तीस प्रतिशत हिस्सा प्रकाशित हुआ। इसमें दिनेश कुमार, साधना अग्रवाल, वीरेन्द्र यादव, भारत भारद्वाज, नैया सहित मेरे द्वारा मँगाई गयी कुछ कविताएँ प्रकाशित की गयीं। इतना ही नहीं हिन्दी साहित्य के अँधेरे आकाश के नये-नये जुगनू अर्थात हलका के वरिष्ठ फ़ीचर संवाददाता गौरव सोलंकी ने खुद की एक कहानी और एक कविता प्रकाशित कर दी। इसी कहानी में छपे इसके परिचय से पता चला कि वे उन दिनों किसी फ़िल्म के लिए गीत भी लिख रहे थे। हिन्दी साहित्य का यह वही जुगनू है जिसके एक संग्रह को इसके प्रकाशक ने छापने के बाद उसका ऐसा प्रचार किया कि जैसे प्रतिभा का ऐसा विस्फोट इससे पहले कभी हुआ ही नहीं। अपने लेखन के कुल-जमा चार दशकीय अनुभव के बाद मेरी एक ही बात समझ में आयी है कि हिन्दी के व्यक्ति विशेषकर साहित्यकारों में साहित्य के अलावा सारी प्रतिभाएँ और गुण होते हैं। इनमें ये प्रतिभाएँ इस क़दर कूट-कूट के भरी होती हैं कि आगे जाकर इनके लिए साहित्य दोयम दर्जे का कर्म बनकर रह जाता है। ये भूल जाते हैं कि साहित्य एक साधना है; धन, यश या कीर्ति अर्जित करने का माध्यम नहीं।

इस सम्बन्ध में मैंने पत्रिका के सम्पादक तरुण तेज़पाल को 22 जून, 2010 को यह पत्र भी लिखा–

प्रिय भाई तरुण जी,

सबसे पहले 'तहलका' के साहित्य विशेषांक के प्रकाशन की बधाई स्वीकारें।

जैसा कि इस अंक के सम्पादकीय से स्पष्ट हो चुका है कि इसके आयोजन में थोड़ी-सी भूमिका जो 'निःस्वार्थ सहयोग' के रूप में थी, मेरी भी थी। मगर इस अंक के प्रकाशन से जो विश्वसनीयता और निष्पक्षता झलकनी चाहिए, वह पूरी तरह नदारद थी। आप तो जानते ही हैं कि 'तहलका' के लिए जिन लेखकों ने रचनाएँ भेजीं, वे आपके हस्ताक्षर और एक लेखक के रूप में बनी मेरी कुछ छवि के आधार पर भेजी गयी थीं। मुझे बताने की ज़रूरत नहीं है कि जिन लेखकों से 'तहलका' ने आग्रह करके रचनाएँ आमन्त्रित की थीं, उनमें से ज़्यादातर रचनाओं की जगह ऐसे लेखकों की रचनाएँ मँगाकर प्रकाशित की गयीं, जो इस योजना में शामिल ही नहीं थे। मेरा अपना मानना है कि यह न केवल किसी लेखक के साथ धोखाधड़ी है, बल्कि 'तहलका' की 'निष्पक्षता', जिसके लिए वह जाना जाता है, पर प्रश्नचिह्न भी लगाता है। आप इससे सहमत भी होंगे। दरअस्ल, ऐसी पत्रिका जो अपनी निर्भीकता और निष्पक्षता के लिए जानी जाती हो, वह किसी की

लेखकीय महत्त्वाकांक्षाओं का साधन नहीं बन सकती। परन्तु 'तहलका' में ऐसा हुआ है। 'तहलका' की एक 'विलक्षण लेखन प्रतिभा' यानि फ़ीचर संवाददाता की एकसाथ दो रचनाओं का छपना, उस अनैतिकता की ओर इशारा करता है, जो दूर-दराज़ के लेखकों से मँगाई रचनाओं को न छापकर, उनके साथ बरती गयी है। आपके सम्पादकीय विभाग और विलक्षण प्रतिभा का आलम यह है कि लेखकों के नाम और रचनाओं के नाम तक ग़लत छापे गये हैं।

सच तो यह है तरुण जी कि आपको और मुझे अँधेरे में रख लेखकों से रचनाएँ मँगाकर न छापना, केवल लेखकों का अपमान नहीं बल्कि आपका भी अपमान है। 'तहलका' से अपने आप को जोड़ना, जो कभी मुझे गर्व का अहसास दिला रहा था, अब लेखकों को उत्तर देते हुए शर्मसार होना पड़ रहा है। प्रस्तुत अंक की रचनाएँ न केवल बार-बार आग्रह करके मँगाई गयी थीं बल्कि कुछ को मैंने स्वयं जाकर लेखकों से प्राप्त की हैं—किसके लिए 'तहलका' के लिए। लेकिन आभार स्वरूप इन शब्दों को देखिए कि...'हमारे इस प्रयास का स्वरूप हिन्दी के वरिष्ठ रचनाकार भगवानदास मोरवाल जी के निःस्वार्थ सहयोग के बिना ऐसा हो ही नहीं सकता था। उनका आभार।' जबकि हाल में आपके यहाँ नियुक्त हुए एक संवाददाता के बारे में छपे शब्दों पर ध्यान करें—'यहाँ 'तहलका' में मेरे सहयोगी और विलक्षण लेखन प्रतिभा गौरव सोलंकी का उल्लेख करना भी आवश्यक है, जिनका इस विशेषांक के सम्पादन में उतना ही योगदान है जितना मेरा।'

बस, मुझे इतना ही कहना था।

मज़ेदार यह है कि मेरा नाम अतिथि सम्पादक के रूप में देना तो दूर रहा, संजय दुबे ने *इंडिया टुडे* के साहित्य वार्षिकियों में अरुण पुरी की तरह लिखे अपने सम्पादकीय में *निःस्वार्थ सहयोग* लेकर ऐसे निपटा दिया, मानो यह कोई कारसेवा हो। वैसे बुरा मत मानना यह एक कटु सत्य है कि हिन्दी साहित्य सेवा या लेखन अपने आप में एक कारसेवा ही है जिसमें हम लेखकों की भूमिका किसी कारसेवक से कम नहीं होती। हालाँकि इसके बाद 'तहलका' का शायद एक और साहित्य विशेषांक आया था। उसके बाद *तहलका* का क्या हश्र हुआ बताने की ज़रूरत नहीं है।

उत्तर प्रदेश के कन्नौज ज़िले की तहसील छिबरामऊ की मुंसिफ़ कोर्ट के वकील विमल कुमार पाण्डेय का एक दिन मेरे पास फोन आया कि भाई साब अगली तारीख़ लग गयी है। आपको ज़रूर आना है।

यह जून 2010 का ही महीना था। मैंने कुछ मित्रों से कन्नौज जाने का रास्ता पूछा तो किसी ने कुछ बताया, किसी ने कुछ। इस बीच मैंने अपने मित्र डॉ. फ़ारूक अंसारी जो NCERT में उर्दू के प्रोफ़ेसर हैं और जिन्होंने उसी दौरान *रेत* का उर्दू में अनुवाद किया था, उनसे पूछा। उन्होंने सुझाव दिया कि मैं सड़क के रास्ते से जाऊँ तो बेहतर होगा। उन्होंने बताया कि पूर्वी दिल्ली के आनन्द विहार बस अड्डे से कन्नौज और उस तरफ़ कई बसें जाती हैं। मैंने उनकी सलाह पर अमल किया और तारीख़ से एक दिन पहले रात की लगभग दस बजे की बस ले ली।

अभी मैंने नींद की एक मोटी झपकी ली ही थी कि लगा बस रात के बारह बजे के आसपास कहीं रुकी हुई है। मैंने कुनमुनाते हुए खिड़की से बाहर झाँककर देखा तो पाया कुछ सवारियाँ नीचे उतरकर आपस में बातें कर रही हैं। मैंने नीचे उतरकर पूछा तो पता चला कि ग़ाज़ियाबाद-बुलन्दशहर वाला यह रास्ता बहुत ख़राब है। पूरी सड़क पर बड़े-बड़े गड्ढे बने हुए हैं। बस इस रफ़्तार से आगे बढ़ रही थी कि अगर आदमी पैदल चलता तो अब तक बुलन्दशहर को पार कर जाता। मैंने एक सवारी से पूछा कि इस समय हम कहाँ हैं, तो उसने बताया कि भाई साब अभी तो हम खुर्जा के पास ही हैं। मैंने सिर्फ़ खुर्जा का नाम सुना था। मुझे लगा खुर्जा दिल्ली से सैकड़ों मील दूर होगा।

इस तरह हमारी बस सुबह पाँच बजे के आसपास अलीगढ़ पहुँची। इसके बाद रास्ता ठीक था तो बस ने रफ़्तार पकड़ ली। मैं नौ बजे छिबरामऊ पहुँचा गया। दिल्ली से रवाना होने से पहले मैंने *अमर उजाला* के पत्रकार अखिलेश कुमार से बात कर ली थी कि मैं आपके पास ही आऊँगा। इसलिए उससे उसका पता ले लिया था। मैं सीधा उसने जो पता दिया था, उस पर पहुँच गया।

इस बीच मैंने अपने वकील विमल कुमार पाण्डेय को भी सूचना दे दी कि मैं आ चुका हूँ। वकील ने बताया कि आप साढ़े दस बजे आ जाइए। मैं पत्रकार अखिलेश कुमार के साथ कोर्ट पहुँचा और अपने वकील से मिला, तो उसने दूर एक तरफ़ पच्चीस-तीस लोगों के समूह की ओर इशारा करते हुए बताया कि ये लोग गिहार समुदाय के हैं। आपका विरोध करने आये हैं। पूरे समूह के लोगों की बाज़ुओं पर बँधी काली पट्टियों को देख, मैं डर गया। मेरे इस डर का कारण यह था कि हमारे दिलो-दिमाग़ में इन तथाकथित अपराधी जनजातियों को लेकर ऐसी छवि बना दी गयी है कि, पता नहीं ये कब आपका गला रेत कर आपको लूट लें। यह तो वैसे भी मानहानि का मामला और यहाँ इनका घर है।

चूँकि मेरे साथ *अमर उजाला* के पत्रकार अखिलेश कुमार और वकील विमल कुमार पाण्डेय खड़े हुए थे, और वे पत्रकार होने के नाते अखिलेश को जानते थे। लेकिन उनके पास एक अपरिचित व्यक्ति यानि मुझे खड़ा देख उनमें कुछ हलचल हुई। मैंने देखा उनमें से कुछ लोग हमारी तरफ़ ही देख रहे हैं। इसके बाद मैं, अखिलेश कुमार और अपने वकील के साथ कोर्ट के बाहर बैठे वकीलों की तरफ़ आने लगे, तो उस समूह में हलचल और तेज़ हो गयी। इस हलचल को देख मैं तरह-तरह की डरावनी कल्पनाएँ करने लगा। पता नहीं कब कौन पीछे से आकर धारदार खंता से हमला कर दे। खंता कंजरों का एक प्रिय हथियार होता है। इसी से ये घास खोदते हैं और इसी से ये साँप, स्येह, सियार और दूसरे खूँखार जंगली जानवरों का शिकार करते हैं। इसी खंता से ये नक़ब्ज़नी यानि मकानों में सेंध लगाते हैं। वैसे भी कहते हैं कि 1874 में इस क्षेत्र के अलीगढ़, बुलन्दशहर, मथुरा और आगरा में इन्होंने बड़ा उत्पात मचाया था। जब पुलिस इन्हें पकड़ लेती थी तब ये अपने आपको बेड़िया, बंजारा, भाँट, भाँतू, करनाटक या नट और कुचबन्धिया बताकर छूटने की कोशिश करते।

हम तीनों जैसे ही चलने के लिए बढ़े, यह समूह *उत्तर प्रदेश भारतीय आदिवासी गिहार विकास सेवक समिति* के उपाध्यक्ष और परिवादी दिनेश चन्द्र गिहार, जिसने न्यायालय में मानहानि का मुक़द्दमा दायर किया था, उसके नेतृत्व में हमारे पास आ गया। चूँकि ये स्थानीय लोग थे और इन्हें पूरा वकील समुदाय पहचानता था, उनमें हड़कम्प मच गया कि यह व्यक्ति कौन है जिसको इन लोगों ने घेर लिया है।

लेकिन मुझे हैरानी यह देखकर हुई कि मेरे पास आकर इस समूह ने मेरे विरोध में न कोई ज़िन्दाबाद का नारा लगाया, न मुर्दाबाद का। न किसी सदस्य ने मेरे साथ किसी तरह की अशिष्टता बरती, न किसी ने एक शब्द कहा। बल्कि एक-एक कर बाजुओं पर बँधी काली पट्टियो ने जैसा जिसके पास था, एक-एक फूल मुझे भेंट किया। अगर मैं कहूँ कि गिहार समुदाय के इन लोगों ने, जो अपने आपको कंजर ही मानते हैं, और जिन्हें हम ज़रायमपेशा कहकर सम्बोधित करते हैं, मेरे विरोध का जो तरीक़ा अपनाया वह एकदम गाँधीवादी तरीक़ा था। छिबरामऊ न्यायालय का पूरा और बाहर बैठा वकील समुदाय इस दृश्य को हैरानी के साथ देखता रहा। इस बीच मुझसे एक वकील ने इस माजरे को जानना चाहा, तो मैंने संक्षेप में उसे बता दिया। इस पर उसने एक कुटिल मुस्कान उछालते हुए कहा कि आपने कौन-सा ग़लत लिखा है। यह काम तो इनकी औरतें करती हैं।

मुझे याद है इस अदालत के तब जज थे आज़ाद मोहम्मद। मैं, पत्रकार अखिलेश कुमार और मेरा वकील विमल कुमार पाण्डेय जब हम कोर्ट परिसर की ओर बढ़ रहे थे, तब गिहार समुदाय का वह प्रतिनिधि मण्डल हमारे पीछे-पीछे अन्त तक गया। हम तीनों माननीय जज की कोर्ट में चले गये। हमारा जैसे ही नम्बर आया मेरे वकील ने जज साहब से अगली तारीख़ ले ली।

अगली तारीख़ लेकर हम बाहर आ गये। वकील को मैंने फ़ीस दी और मैं पत्रकार अखिलेश कुमार के साथ उसके कमरे पर चला आया। अगले दिन सुबह मेरे पास युवा आलोचक दिनेश कुमार का दिल्ली से फोन आया। उसने बताया कि कानपुर से प्रकाशित *दैनिक जागरण* के साहित्य सम्पादक राजेन्द्र राव चाहते हैं कि इस मुद्दे पर आपसे मैं एक बातचीत करूँ। मैंने कहा कि मैं दिल्ली लौट आता हूँ फिर इस बारे में बात करते हैं। मैं दिल्ली लौट आया और कई दिनों तक जब दिनेश कुमार का फोन नहीं आया, तो मैंने ही पूछ लिया कि आप आये नहीं? इस पर वे बड़े संकोच के साथ बोले कि उन्होंने मना कर दिया है। मैं समझ गया कि साहित्य सम्पादक दिल्ली के उनके किसी प्रिय लेखक ने ज़रूर इस मामले को लेकर उनसे कुछ कहा होगा।

इसके बाद मेरे पास वकील विमल कुमार पाण्डेय का कोई सन्देशा नहीं आया। जिन दिनों मैं इस स्मृति-कथा को लिख रहा था, तब इस मामले की ताज़ा स्थिति जानने के लिए मैंने उन्हें फोन किया, तो उसने बताया कि वह व्यक्ति अर्थात *उत्तर प्रदेश भारतीय आदिवासी गिहार विकास सेवक समिति* का उपाध्यक्ष और शिकायतकर्ता दिनेश चन्द्र गिहार, जिसने न्यायालय में मानहानि का मुक़द्दमा दायर किया था, वह उसके बाद कभी न्यायालय नहीं गया। शायद मामला ख़त्म किया जा चुका है। वकील ने आगे बताया कि दिनेश चन्द्र गिहार छिबरामऊ नगरपालिका का उन दिनों पूर्व सभासद था और उसे फिर से सभासद का चुनाव लड़ना था, इसीलिए उसने यह सारा वितंडा खड़ा किया था। उसे इस मामले में अपने समुदाय के कुछ लोगों का पूरा सहयोग भी मिला था। कुछ महीने बाद हुए नगरपालिका चुनावों में वह पुनः सभासद चुन लिया गया था, तो फिर उसे इसकी क्या ज़रूरत पड़ी।

मैं समझ गया। लेकिन इस प्रसंग से एक बात सिद्ध होती है कि आज हर भारतीय, चाहे वह शिक्षित हो या अशिक्षित राजनैतिक रूप से बेहद सचेत है। स्थितियों-परिस्तिथियों का दोहन करना उसे अच्छी तरह आता है। फिर चाहे वह *भारतीय आदिवासी गिहार विकास सेवक समिति* का उपाध्यक्ष दिनेश चन्द्र गिहार हो, जिसने *रेत* उपन्यास के लेखक के ख़िलाफ़ छिबरामऊ की अदालत में

आईपीसी की धारा 500 के तहत मानहानि का मुक़द्दमा दायर किया था, या कंजर समुदाय के सामाजिक ताने-बाने को केन्द्र में रखकर लिखे गये इसी उपन्यास की पात्र रुक्मिणी। दोनों ने अपने राजनैतिक लाभ के लिए स्थितियों-परिस्थितियों का बड़ी चालाकी और सूझ-बूझ से दोहन किया। दोहन ही नहीं किया बल्कि ये दोनों अपने मक़सद में कामयाब भी हो गये। वास्तविक जीवन में दिनेश चन्द्र गिहार जहाँ नगरपालिका का सभासद बन जाता है, तो उपन्यास की नायिका रुक्मिणी, मुरली बाबू जैसे घाघ राजनीतिज्ञ को धूल चटाकर, पहले विधायक और बाद में मन्त्री बन जाती है। एक तरह से इसे मौजूदा भारतीय राजनीति में प्रवेश कर चुकी अस्मितावादी और दैहिक चेतना का उपन्यास कहा जा सकता है।

रेत का उर्दू अनुवाद नयी दिल्ली स्थित NCERT अर्थात *राष्ट्रीय शैक्षणिक अनुसन्धान और प्रशिक्षण परिषद* के भाषा विभाग में उर्दू के प्रोफ़ेसर डॉ. फ़ारूक अंसारी ने इसके प्रकाशन के तुरन्त बाद कर लिया था। इससे पहले कि मैं इसके उर्दू प्रकाशन और कथा (यूके) के बीच घटित कुछ रोचक प्रसंगों को साझा करूँ, मैं डॉ. फ़ारूक अंसारी से हुई कुछ प्रारम्भिक मुलाक़ातों से जुड़े चित्रों को साझा करना चाहूँगा।

यह 2006 का वर्ष था। उन दिनों मैं पालम से अपने कार्यालय कुतुब इंस्टिट्यूशनल एरिया जो NCERT से आधा किलोमीटर पहले पड़ता है, चार्टेड बस से आता-जाता था। यह चार्टेड बस महावीर एन्क्लेव के निकट नसीरपुर गाँव की भूमि पर, दिल्ली विकास प्राधिकरण (DDA) द्वारा दक्षिण-पश्चिम दिल्ली में बसाये गये उप महानगरीय क्षेत्र द्वारका के सेक्टर-1A में बने NCERT के स्टाफ क्वार्टर्स से बनकर चलती थी और खेल गाँव तक जाती थी। महावीर एन्क्लेव, दक्षिण दिल्ली के चितरंजन पार्क के बाद दिल्ली में स्थायी रूप से बस चुके पश्चिम बंगाल और उड़ीसा से आने वाले बांगलाभाषियों की सबसे बड़ी कॉलोनी है।

जब तक यह चार्टेड बस पालम गाँव तक आती, इसकी सीटें भर चुकी होतीं। इसलिए धीरे-धीरे पहले मैं महावीर एन्क्लेव तक जाता और बाद में जब यह बस अपने किसी स्कूल का फेरा लगाकर NCERT स्टाफ़ क्वार्टर्स की तरफ़ जाती, तो रास्ते में ही मैं उसमें बैठ जाता था। यही हालत कार्यालय से घर लौटते समय होती। पहले मैं कुतुब होटल तक जाता और कई बार NCERT के बाद महरौली रोड पर अधचीनी के पास बने अस्सेक्स फार्म तक चला जाता। दिल्ली में सुबह-शाम चलने वाली इन चार्टेड बसों की अपनी कुछ विशेषताएँ होती हैं।

जैसे इनका अगला हिस्सा अर्थात ड्राइवर के बग़ल में निकला कूबड़ अर्थात बोनट के आसपास का इलाक़ा कुछ 'विशेष' यात्रियों के लिए आरक्षित होता है। अगर बस के ड्राइवर की किसी सवारी विशेष पर 'अनुकम्पा' हुई, तो वह बस की पूरी सवारियों से आपके लिए भिड़ जायेगा।

जिस चार्टेड बस में हम आते थे एक बार उसके एक ड्राइवर की अपनी एक सवारी पर ऐसी अनुकम्पा बरसी कि जब तक वह सवारी आ नहीं जाती थी, उसे लिए बिना वह बस टस से मस नहीं होती थी। बाकी सवारियाँ चीख़ती-चिल्लाती रहतीं मगर उस पर कोई असर नहीं होता। उसकी इस अनुकम्पा का यह असर हुआ कि वह रोज़ाना बाक़ी की सवारियों को इन्तज़ार कराने लगी। ड्राइवर की इस अनुकम्पा को लेकर उस बोनटीय इलाक़े की अन्य सवारियों में खुसर-पुसर शुरू हो जाती।

इन बसों का एक और आकर्षण होता और वह है इनके पिछले हिस्से में फेंटे जानेवाले ताश। मैं अक्सर इन्हीं ताश खेलने वाले खिलाड़ियों के पास बैठ जाता, जिनमें सचमुच कई भद्र क़िस्म के पढ़े-लिखे अधिकारियों से लेकर चपरासी तक होते। क़ायदे से मेरी भूमिका आईपीएल देखने वाले उन शोहदों की तरह होती जिन्हें सिर्फ़ चौकों-छक्कों से मतलब होता है। लगभग चालीस मिनट का यह समय एक तरह से हमारे लिए किसी आईपीएल के T20 से कम नहीं होता। कई बार तो यह अपने उस क्लाइमेक्स पर पहुँच जाता कि विशुद्ध हिन्दुस्तानी गालियों के साथ गुलाम, बेगम और बादशाह खिड़की से बाहर हवा में उड़ते नज़र आते। लेकिन इन बसों के चालकों पर इसका कोई असर नहीं पड़ता। अपनी गति से दौड़ती बस के बोनटीय इलाक़े की ख़ूबसूरती में उसकी आड़ी-तिरछी नज़र डूबी रहती।

एक दिन मैं दो सवारी वाली सीट पर बैठी एक सवारी के पास जा बैठा। उसने पहले मुझे देखा और फिर धीरे-से पूछा, "आप 'काला पहाड़' उपन्यास के लेखक भगवानदास मोरवाल ही हैं?"

इस सवाल को सुनकर मुझे हैरानी हुई कि NCERT में यह कौन-सा पढ़ा-लिखा व्यक्ति है जो मेरे नाम से परिचित है? उलटा मैंने ही उस सवारी से पूछ लिया, "आपको कैसे पता कि मैं भगवानदास मोरवाल हूँ?"

"आप इन ताश खेलने वालों के साथ बैठते हैं, वहीं गुप्ता जी को मैंने कई बार आपका नाम लेते सुना है।"

इतना सुन एक पल के लिए मैं जैसे आत्मग्लानि मिश्रित अपराध बोध से भर उठा कि जिस व्यक्ति के मन में मेरी एक धीर-गम्भीर छवि, और छुई-मुई

कोमल-सुकोमल लेखक की प्रतिमा बसी हुई थी, मेरी इन हरकतों को देख इस पर क्या बीती होगी? लेकिन जो होना था वह हो चुका और झूठी गम्भीरता का आवरण ओढ़ते हुए जवाब दिया, "जी, मैं वही हूँ।"

इसके बाद इस यात्री ने बताया कि मैं जब भोपाल में था, तब मैंने वहीं आपका यह उपन्यास पढ़ा था। *बाबल तेरा देस में* की भी बड़ी चर्चा रही है। जिस गम्भीरता के साथ वह यात्री मेरे उपन्यासों को लेकर बात कर रहा था, मुझे यह देखकर ख़ुशी हुई कि लगता है मेरी छवि इसके अन्तर्मन में उसी तरह छपी हुई है, जैसे 'बड़े' और 'श्रद्धेय' लेखकों की छपी होती है। धीरे-धीरे पता चला कि यह यात्री जिसने अपना नाम नरेश कोहली बताया था, जवाहरलाल नेहरू विश्वविद्यालय का तो छात्र रहा ही, बल्कि मेरे राज्य हरियाणा के प्रमुख शहर रोहतक के पास के एक गाँव का है।

इसके बाद नरेश कोहली ने मेरा परिचय अपने एक और साथी अर्थात भोपाल में साथ रह चुके डॉ. फ़ारूक अंसारी से भी कराया। अब मैं इस बस में ताश खेलनेवालों के पास कम नरेश कोहली और डॉ. फ़ारूक अंसारी के पास आकर (जब सीट नहीं मिलती थी) खड़ा हो जाता और वैसी ही बातें होतीं, जैसी ऐसे लोगों के बीच होनी चाहिए।

इसी बीच 2008 में मेरा तीसरा उपन्यास *रेत* आया, तो नरेश कोहली ने डॉ. फ़ारूक अंसारी से कहा कि आप क्यों नहीं इसका उर्दू में अनुवाद करते हैं। फ़ारूक अंसारी को यह बात जँच गयी और उसने इसका जितनी तत्परता के साथ उर्दू में अनुवाद किया, उसकी मैंने कल्पना भी नहीं की थी। इसका उर्दू में अनुवाद हो तो गया लेकिन पेंच यहाँ आकर फँस गया कि इसे उर्दू में छापेगा कौन? इसी दौरान मुझे पता चला था कि सिर्फ़ हिन्दी में ही लेखकों से पैसे लेकर किताबें छापने का असाध्य रोग व्याप्त नहीं है, बल्कि उर्दू में इससे भी बुरा हाल है। उन दिनों उर्दू में एक नये प्रकाशन की बड़ी चर्चा थी। अपनी गुणवत्ता के चलते इसकी छवि बहुत अच्छी थी और यह था जवाहरलाल नेहरू विश्वविद्यालय के उर्दू के पूर्व छात्र इज़हार अहमद नदीम का स्थापित किया *अर्शिया पब्लिकेशंस*। मेरा इज़हार से थोड़ा परिचय था। मैंने उससे बात की तो उसने कोई सन्तोषजनक उत्तर नहीं दिया। मेरी उस धारणा की जो मैंने उर्दू प्रकाशन के बारे में सुना था, अब पक्की हो गयी कि *रेत* का अनुवाद अब लेखक-अनुवादक के आर्थिक सहयोग के बिना सम्भव नहीं है।

चूँकि मुझे ताज़ा-ताज़ा कथा (यूके) का 15वाँ *इन्दु शर्मा अन्तरराष्ट्रीय कथा सम्मान* मिला था और समारोह के कुछ दिन बाद अजित राय ने लन्दन से अपने

साथ लायी जो पोटली मुझे दी थी है; उसमें समारोह के अवसर पर प्रकाशित स्मारिका में लन्दन स्थित *एशियन कम्युनिटी आर्ट्स* का एक विज्ञापन छपा हुआ था। इस विज्ञापन में एशियन कम्युनिटी आर्ट्स तथा कथा (यूके) द्वारा संयुक्त रूप से तेजेन्द्र शर्मा की कुछ उर्दू-अंग्रेज़ी में अनूदित पुस्तकों के प्रकाशन की सूचना थी। मैंने, क्या पता लग जाये तो तीर वरना तुक्का तो है ही, सिद्धान्त का अनुसरण करते हुए डॉ. फ़ारूक अंसारी से कहा कि फ़ारूक साहब, एक बार हम तेजेन्द्र शर्मा से बात करके देखते हैं। क्या पता वे इसे छापने के लिए तैयार हो जायें। ऐसा है मैं आपको तेजेन्द्र शर्मा का मेल दे देता हूँ। आप बात करेंगे तो ज़्यादा ठीक रहेगा। इसके बाद मैंने डॉ. फ़ारूक अंसारी को तेजेन्द्र शर्मा का आईडी मेल दे दिया।

डॉ. फ़ारूक अंसारी ने 17 अगस्त, 2009 को तेजेन्द्र शर्मा के पास मेल किया। इस मेल में उन्होंने अपना परिचय देते हुए लिखा कि *हाल में मैंने आपकी प्रतिष्ठित संस्था द्वारा सम्मानित भगवानदास मोरवाल का लिखा हिन्दी उपन्यास 'रेत' पढ़ा। मैंने इसका उर्दू में अनुवाद किया है ताकि उर्दू प्रेमियों को भी इसका लाभ मिल सके। मैं आपको उसका एक अंश भेज रहा हूँ। मैं इसका आभारी रहूँगा अगर आपकी संस्था इसे प्रकाशित करेगी।*

इसके बाद मैंने भी तेजेन्द्र शर्मा को इस बारे में मेल किया कि *अगर एशियन कम्युनिटी आर्ट्स की 'रेत' के उर्दू अनुवाद प्रकाशित करने में रुचि है तो इसकी कम्पोज की हुई सामग्री इसके कवर के साथ भेजी जा सकती है। इधर एक ख़बर यह है कि 'रेत' पर पी.सी. जोशी शब्द-साधना ज्यूरी सम्मान (21,000/=) की घोषणा हुई है। ज्यूरी के मेम्बर थे प्रो. नामवर सिंह, श्री राजेन्द्र यादव और डॉ. विश्वनाथ त्रिपाठी। यह सम्मान 23 अगस्त, 2009 को हिन्दी भवन में दिया जा रहा है। आपके उत्तर का इन्तज़ार रहेगा।*

तेजेन्द्र शर्मा ने फ़ारूक अंसारी के मेल का तुरन्त उत्तर दिया कि *फ़ारूक अंसारी साहब, आप ज़रा पता लगाएँ कि यह किताब छपवाने में क्या ख़र्चा आयेगा? हमने आपका भेजा हुआ अंश प्रो. अमीन मुग़ल को भेजा था। उनका कहना है कि इसमें प्रूफ़ रीडिंग की ज़रूरत है।* इसके बाद डॉ. अंसारी ने पूरे उपन्यास की कम्पोज्ड सामग्री भेज दी। साथ में यह भी बता दिया कि पाँच सौ प्रतियों पर लगभग चालीस हज़ार का ख़र्चा आ जायेगा।

जैसा कि इधर *तहलका* के साहित्य विशेषांक के लिए मैं रचनाएँ आमन्त्रित कर रहा था, मैंने तेजेन्द्र शर्मा जी से भी एक कहानी भेजने का आग्रह किया, तो उन्होंने तुरन्त *आख़िरी कुछ दिन* शीर्षक से अपनी कहानी भेज दी। जिसकी पुष्टि मैंने उन्हें 4 दिसम्बर, 2009 के इस मेल से कर दी।

प्रिय भाई तेजेन्द्र,

कहानी मिल गयी है। 'तहलका' में ज़रूर जायेगी। आपने सूचित किया है कि आपकी संस्था ने उर्दू अनुवाद के लिए 25,000/= स्वीकृत किये हैं, इसके लिए बहुत-बहुत धन्यवाद। बहरहाल, अनुवादक का सोचना है कि अब जो भी हो किताब तो निकालनी है क्योंकि जब इतनी मेहनत की है तो उसे छापना ही होगा। वैसे अनुवादक का ख़याल था कि एशियन कम्युनिटी सेंटर, जोकि कथा (यूके) की सहयोगी संस्था है, और 'रेत' को इन्दु शर्मा कथा सम्मान मिला है तो उर्दू में आसानी से छप जायेगी। अनुवादक का यह भी सोचना है कि वो किताब को विश्व पुस्तक मेले तक ले आयें। अब आप ये और बता दें कि प्रकाशक के रूप में सेंटर का नाम दिया जाये, या फिर इंडिया के ही किसी प्रकाशक का नाम दिया जाये? इस तरह की सारी बातें आप बता दें ताकि किताब छपने की प्रक्रिया शुरू कर दी जाये।

यहाँ बे-ख़याली में *एशियन कम्युनिटी आर्ट्स* की जगह *एशियन कम्युनिटी सेंटर* लिख दिया था। इस तरह तेजेन्द्र शर्मा ने अपनी कोशिशों के चलते एशियन कम्युनिटी आर्ट्स और कथा (यूके) की तरफ़ से चालीस हज़ार की जगह, पच्चीस हज़ार की राशि की मंज़ूरी दिला दी। इधर 19 नवम्बर, 2010 को डॉ. फ़ारूक अंसारी ने तेजेन्द्र शर्मा को सूचना भेज दी कि *रेत* का उर्दू अनुवाद छपकर आ गया है। *अर्शिया पब्लिकेशंस,* दिल्ली से प्रकाशित इस पर संस्करण 2011 का डाला गया है। इतना ही नहीं इसके लोकार्पण की भी योजना बनायी गयी। पहले यह लोकार्पण 7 फ़रवरी, 2011 को उर्दू के मशहूर आलोचक डॉ. गोपी चन्द नारंग, जिन्हें हम उर्दू का नामवर सिंह कहते हैं, उनके कर-कमलों से कराने की योजना थी। मगर वे उस दिन पटना में थे, इसलिए 12 फ़रवरी को उनके आने के बाद की योजना बनायी गयी। लेकिन ऐसा नहीं हुआ और इसके बाद इसका कोई लोकार्पण नहीं हुआ।

कुछ ऐसा ही इस उपन्यास के साथ अंग्रेज़ी अनुवाद के दौरान हुआ। दिल्ली विश्वविद्यालय के मोतीलाल नेहरू कॉलेज (सान्ध्य) के अंग्रेज़ी विभाग की एसोसिएट प्रोफ़ेसर उमा चौधरी ने इसका अंग्रेज़ी में Quicksand शीर्षक से अनुवाद किया था। इसके अंग्रेज़ी अनुवाद के प्रकाशन के लिए अंग्रेज़ी के कई प्रकाशकों के पास प्रस्ताव भेजा गया मगर हर जगह से निराशा हाथ लगी। अन्ततः इसका प्रकाशन दिल्ली के लक्ष्मी नगर स्थित *मानक पब्लिकेशंस प्राइवेट लिमिटेड* द्वारा 2020 में हुआ। इतना ही नहीं इसी साल 2020 में इसका उर्दू अनुवाद रावलपिंडी, पाकिस्तान के *सरीर पब्लिकेशंस* से भी प्रकाशित हुआ। *रेत* को पाकिस्तान से प्रकाशित करवाने में, दिल्ली के मेरे सबसे पुराने मित्रों में से

एक मुशर्रफ़ आलम ज़ौक़ी की भूमिका थी। ज़ौक़ी उर्दू जगत में जितना लोकप्रिय भारत में था, उससे कहीं ज़्यादा वह पाकिस्तान में था। रावलपिंडी, पाकिस्तान के *सरीर पब्लिकेशंस* से उनकी एक के बाद एक कई कृतियों का प्रकाशन हो चुका है।

अपनी अब तक की लेखकीय यात्रा के दौरान यह अहसास रह-रह कर होता रहा है कि हिन्दी का लेखक उस किसान की तरह है, जो कड़ी मेहनत से अपनी फ़सल तैयार कर तो लेता है लेकिन विकल्पहीनता के चलते उसे उसकी फ़सल का उचित दाम नहीं मिल पाता।

कहते हैं कि एकाध उपन्यास तो हर व्यक्ति के जीवन में होता है लेकिन उसकी असली परीक्षा तब होती है जब वह इसके बाद लिखे। मेरे सामने भी यही संकट पैदा हो गया कि अब क्या लिखूँ? दो उपन्यास मैंने अपने जीवनानुभवों और स्मृतियों के बल पर लिख दिये। तीसरे अर्थात *रेत* से सम्बन्धित मेरे पास पहले से कुछ सामग्री उपलब्ध थी, इसलिए अब क्या लिखूँ? इस बीच एक ऐसा पारिवारिक झंझट सिर पर आ गया था कि उसके चलते लगभग डेढ़ साल तक न दीन की ख़बर थी, न दुनिया का पता। लेकिन फिर खुद ही इस बात का अहसास हुआ कि साहित्य में किसी तरह का बहाना या एक्सक्यूज़ नहीं चलता। आपकी परेशानी से पाठक को कोई मतलब नहीं होता। उसे तो एक लेखक से उसके नये शाहकार की अपेक्षा रहती है। लेखक के रूप में उसने अपने पाठक में जो भूख पैदा कर दी है, उसे हर हाल में पूरा करना है।

हालाँकि जिन दिनों हिन्दी अकादमी, दिल्ली के नानक चन्द जी सचिव थे, तब यह मन बनाया था कि क्यों न हाथरस शैली नौटंकी और उसकी अदाकारा कृष्णा कुमारी को केन्द्र में रखकर कुछ काम किया जाये। इस बारे में मैंने जयपुर में रह रहे वरिष्ठ आलोचक और सामाजिक कार्यकर्ता राजा राम भादू से ज़िक्र भी किया था कि मैं कृष्णा जी पर कुछ काम करना चाहता हूँ। राजा राम भादू राजस्थान के ब्रज क्षेत्र के उस भरतपुर ज़िले के बाशिन्दे हैं जहाँ नौटंकी बेहद लोकप्रिय रही है। मेरी इस योजना पर वे बोले भी कि इस पर आपको ज़रूर काम करना चाहिए। लेकिन परिस्थितियाँ कुछ ऐसी बनीं कि इस पर काम करने की जो योजना थी वह पीछे छूटती चली गयी। बल्कि कृष्णा कुमारी जी से संवाद भी समाप्त हो गया।

बहरहाल, धीरे-धीरे पारिवारिक झंझट से उबरने लगा, तो मैंने एक बार फिर अपने अनुभवों और कल्पनाओं के अश्वों को दौड़ाना शुरू कर दिया।

बहुत सोच-विचार के बाद यह तय किया कि क्यों न इधर लगभग डेढ़ दशक से भारत में जिस तेज़ी से ग़ैर-सरकारी संगठनों अर्थात एनजीओज़, जिन्हें बाद में स्वयंसेवी संगठन कहा जाने लगा, संस्कृति ने पैर फैलाये हैं, उस पर काम किया जाये। लेकिन मेरे सामने सबसे बड़ी समस्या यह थी कि एनजीओ की कार्यप्रणालियों से तो मैं भली-भाँति परिचित था, और इस संस्कृति के सामाजिक विज्ञान, इसके वैश्विक नेटवर्क, एनजीओ की सैद्धान्तिकी, उसके व्यवहारशास्त्र तथा इनकी दाता एजेंसियों के असली चरित्र की थोड़ी-सी मुझे जानकारी भी थी। लेकिन उस तरह का गहरा ज्ञान नहीं था जिसकी दरकार उपन्यास के लिए होनी चाहिए।

इसी बीच दिल्ली में आयोजित विश्व पुस्तक मेले के दौरान कई प्रकाशनों के स्टाल्स को खँगालने के बाद, मैं कवयित्री व सामाजिक कार्यकर्त्ता कात्यायनी द्वारा संचालित एक सांस्कृतिक और वैचारिक मुहिम *जनचेतना* के स्टाल पर गया। हम जानते हैं कि *जनचेतना* देश-दुनिया के प्रगतिशील साहित्य को बेहद सस्ती दरों पर आमजन तक पहुँचाने के लिए संकल्पबद्ध है। इस स्टाल पर आकर मैं यहाँ भी ऐसा साहित्य तलाशने लगा, जो एनजीओ संस्कृति के बारे में मेरी समझ में और वृद्धि कर सके। काफ़ी प्रयास के बाद अचानक मेरी नज़र राहुल फ़ाउंडेशन द्वारा प्रकाशित एक छोटी-सी पुस्तक पर पड़ी। विश्वनाथ मिश्र और अरविन्द सिंह द्वारा लिखी इस पुस्तक का शीर्षक था—*एनजीओ : एक ख़तरनाक साम्राज्यवादी कुचक्र।* इस पुस्तक का पहला संस्करण जनवरी 2002 में प्रकाशित हुआ था और जिसे मैं मात्र तीस रुपये में ख़रीद कर लाया था। जनवरी 2006 का इसका यह चौथा पुनर्मुद्रण था। इस पुस्तक को पढ़ने के बाद एनजीओ संस्कृति की पृष्ठभूमि से लेकर इसके सामाजिक विज्ञान, इसके वैश्विक नेटवर्क, एनजीओ की सैद्धान्तिकी, उसके व्यवहारशास्त्र तथा इनकी दाता एजेंसियों के असली चरित्र के बारे में इसने मेरी समझ और दृष्टि को शीशे की तरह साफ़ कर दिया।

इसके बाद मैंने भारत में काम करने वाले एनजीओज़ के बारे में और सामग्री जुटानी शुरू कर दी कि किस तरह विदेशी दाता एजेंसियाँ (फॉरेन फंडिंग एजेंसीज़) भारत में काम करने वाले स्वयंसेवी संगठनों के माध्यम से कार्य करती हैं। शायद आपको पता नहीं है कि पूरे भारत में फ़ोर्ड फ़ाउंडेशन, डेनिडा (डेनिश इंटरनेशनल डेवलपमेंट), ऑक्सफेम, एक्शन ऐड, कासा (क्रिश्चियन ऐड फ़ॉर सोशल), केयर, वाम इंटरनेशनल, प्लान इंटरनेशनल, राकफ़ेलर फ़ाउंडेशन, नोराड, सीडा, क्रिश्चियन एड जैसी अनगिनत एनजीओज़ कार्य कर रही हैं। भारत सहित दक्षिण एशियाई देशों में किस तरह ये यहाँ की ग़रीबी को बायप्रोडक्ट के रूप

में इस्तेमाल कर, यहाँ के सुदूर आदिवासी और आर्थिक रूप से पिछड़े क्षेत्रों में मसीहा बनकर जाते हैं, और उन्हें ग़रीबी नाम के नरक से मुक्ति दिलाने का झूठा व बेमानी आश्वासन देते हैं तथा कैसे उन गरीबों के नाम पर मिलने वाले अनुदान से ऐशो-आराम की ज़िन्दगी जीते हैं।

इस विषय पर कार्य करने के दौरान मेरा एक बड़ा विचित्र अनुभव रहा और वह यह कि एनजीओ की दुनिया में तीन-चार तरह के लोग संलिप्त हैं। पहला वे, जो एक समय खाँटी कम्युनिस्ट हुआ करते थे। दूसरा, जो कभी घोर गाँधीवादी रहे; जबकि तीसरी व चौथी श्रेणी के वे लोग हैं जो ख़ुद को आम्बेडकरवादी और राष्ट्रवादी होने का ढोल पीटते हैं। मैंने अपने इस उपन्यास के केन्द्र में इसी वैचारिक दुचित्तेपन और फिसलन को रखने का प्रयास किया है। इसीलिए मैंने इसका शीर्षक *नरक मसीहा* दिया। अर्थात निर्धनों, उपेक्षितों और वंचितों को इस ग़रीबी नाम के नरक से निकालने के नाम पर किस तरह उनका उद्धारक बन उनके बीच जाते हैं। इस उपन्यास के माध्यम से वर्ग संघर्ष, वैचारिक प्रतिबद्धता को साम्राज्यवादी ताक़तों, बाज़ारवाद और पूँजीवाद के सामने घुटने टेकने और अन्य कसौटियों पर परखने का भी प्रयास किया है। इन ताक़तों के दबाव में किस तरह भारत जैसे देशों के प्रगतिशील, गाँधीवादी, आम्बेडकरवादी और तथाकथित राष्ट्रवादी अपनी सामाजिक और वैचारिक प्रतिबद्धताओं को तिलांजलि दे; मानसिक रूप से गुलामी, दरिद्रता और अपंगता की ओर बढ़ रहे हैं, यह इसका मूल स्वर है। स्वतन्त्रता से पूर्व गाँधी ने जिस तरह समाज सेवा को एक मिशन के रूप में शुरू किया था, वह मिशन किस तरह आज एनजीओ के माध्यम से पद-प्रतिष्ठा और धन कमाने का माध्यम बनकर रहा गया है, मैंने इन्हीं सवालों को उपन्यास में रखने की कोशिश की है। दरअस्ल, सृजनात्मकता यथार्थ, कल्पना, अनुभव और रचनात्मक कौशल को मिलाकर ऐसा रसायन तैयार करता है, जो हमारी चेतना और विवेक के उलझे हुए धागों को सुलझाता है।

बता दूँ मैंने लगभग 32 वर्षों तक जिस केन्द्रीय समाज कल्याण बोर्ड में काम किया है, उस बोर्ड का मुख्य कार्य और उद्देश्य महिलाओं एवं बच्चों का विकास करना रहा है। देशभर में इन्हीं एनजीओज़ को अनुदान प्रदान कर, इनके लिए विभिन्न योजनाओं को लागू करना रहा है। इसलिए मैं जानता हूँ कि सरकारी तन्त्र किस तरह इस देश में कार्य करता है। इसीलिए इसके बहुत से पात्रों में आपको मेरे बोर्ड से जुड़े लोग नज़र आ सकते हैं। जैसे इस उपन्यास में एक पात्र है बहन भाग्यवती, जिसे मैंने विशुद्ध गाँधीवादी दिखाया है, संस्कारगत भले ही वह गाँधीवादी है लेकिन चरित्र और मिशन उसका विशुद्ध पद-प्रतिष्ठा और धन कमाने का है। इस पात्र में आपको इसी केन्द्रीय समाज कल्याण बोर्ड

की एक ऐसी पूर्व अध्यक्ष की छवि नज़र आयेगी, जिसे लिखने-पढ़ने का शौक़ है। औसत दर्जे के किसी लेखक को जब एक सरकारी संस्थान में उच्च पद हासिल हो जाता है, तो वह अपनी महत्त्वाकांक्षाओं की पूर्ति के लिए किस तरह उस संस्थान और सरकारी संसाधनों का उपयोग करता है, आप इस उपन्यास से जान सकते हैं। अगर मैं इस उपन्यास के अन्य पात्रों की बात करूँ तो आपको इनमें ऐसे बहुत से लोगों की छवि नज़र आयेगी, जो हमें अक्सर जन्तर मन्तर से लेकर इंडिया गेट पर शाम ढलते ही, जलती हुई मोमबत्तियों के साथ नज़र आते हैं। कॉमरेड सोहनलाल 'प्रचण्ड' हो या गंगाधर आचार्य सब आपको जाने-पहचाने पात्र दिखायी देंगे। इसमें एक दम्पति है कबीर और उसकी पत्नी सानिया पटेल। यह दम्पति खाँटी और पुराने कम्युनिस्ट कॉमरेड सोहनलाल 'प्रचण्ड' का शिष्य है और एक *सर्वहारा फ़ाउंडेशन* नाम के बहुत बड़े एनजीओ, जिसे विदेशों से अनुदान मिलता है, का मालिक है। कैसे यह बाद में इस साम्राज्यवादी कुचक्र का शिकार होता है और अन्ततः साईं का भक्त अर्थात हिन्दूवादी कॉमरेड हो जाता है, आप भली-भाँति समझ सकते हैं कि ये कौन लोग हैं।

जहाँ तक इसमें इस्तेमाल कच्ची सामग्री की बात है मेरी एक कोशिश होती है कि देखने में जो बातें और चीज़ें बड़ी मामूली और सामान्य नज़र आती हैं, मैं उनका भरपूर उपयोग करता हूँ। उदाहरण के लिए मुझे जब सानिया पटेल और कबीर को आस्तिक या कहिए उनके कम्युनिज़्म से मोहभंग को दिखाना था, तो मैं दिल्ली के लोदी एस्टेट स्थित भारतीय ज्ञानपीठ के बग़ल में बने साईं मन्दिर के बाहर छोटी-छोटी दुकानों से श्री साईं चालीसा, श्री साईं गीता सार, श्री साईं रक्षा मन्त्र, श्री साईं लक्ष्मी प्राप्ति मन्त्र और श्री साईं मन्त्र माला की छोटी-छोटी पुस्तिकाओं को ख़रीद कर लाया था। मैंने इस प्रसंग का उल्लेख भारतीय ज्ञानपीठ में सुशील सिद्धार्थ और कवि कुमार अनुपम की नियुक्ति के दौरानवाले प्रंसग में भी किया है।

इसी तरह इसमें मैंने कुछ कविताओं, तुकबन्दियों और मेरे ही केन्द्रीय समाज कल्याण बोर्ड में बजने वाले गीत को पैरोडी के रूप में उपयोग किया है। सालों तक *जनसंस्कृति मंच* से जुड़े रहे अजय सिंह जी की एक लम्बी कविता जो पहल में प्रकाशित हुई थी, उसके एक अंश का उपयोग किया। यह कविता उन्होंने संस्कृतिकर्मी और उनकी सहयोगी कॉमरेड अजन्ता लोहित, जिनका कैंसर से निधन हो गया था, उनकी स्मृति में लिखी थी। इस लम्बी कविता का यह अंश कौन-सा था, आप भी पढ़ें—

साथी, लाल सलाम
मैंने सपना देखा
लाल क़िले पर लहराता
लाल झण्डा देखा
परकोटे से लाल क़िले के
ख़ुद को भाषण देते देखा
सामने चाँदनी चौक में
फैले जन-समूह को
लाल सलाम लेते देखा
मैंने सपना देखा साथी...मैंने सपना देखा।

इसी तरह *राहुल फ़ाउंडेशन*, लखनऊ द्वारा प्रकाशित पुस्तक *एनजीओ : एक ख़तरनाक साम्राज्यवादी कुचक्र* में प्रकाशित एक कविता का भी उपयोग किया। इसकी कुछ पंक्तियों को यहाँ देना चाहूँगा–

भिखमंगे आये
नवयुग का मसीहा बनकर,
लोगों को अज्ञान, अशिक्षा और निर्धनता से
मुक्ति दिलाने।
अद्भुत वक्तृता, लेखन-कौशल और
सांगठनिक क्षमता से लैस
स्वस्थ-सुदर्शन-सुसंस्कृत भिखमंगे आये
हमारी बस्ती में।

पता नहीं कितनों को याद है कि 2012 के अक्टूबर महीने में *एकता परिषद* नाम की एक एनजीओ के बैनर तले निकलने वाली उस *जन सत्याग्रह यात्रा* की, जो ग्वालियर से दिल्ली के लिए चली थी। 26 राज्यों के लगभग पचास हज़ार भूमिहीन आदिवासी पैदल यात्रा करते हुए दिल्ली के लिए रवाना हुए थे। अगर याद नहीं है तो बता दूँ कि यह वही *एकता परिषद* नाम की एनजीओ है जिसके मुखिया पी.वी. राजगोपाल हैं। ऐसी ही 2007 में *जनादेश आन्दोलन* की तर्ज़ पर पच्चीस हज़ार भूमिहीन आदिवासियों ने पदयात्रा की थी। इस यात्रा के बाद काँग्रेस की मनमोहन सिंह सरकार ने *राष्ट्रीय भूमि सुधार परिषद* के गठन की घोषणा की थी। लेकिन इस परिषद की एक भी बैठक न होने के कारण, साल 2012 में *एकता परिषद* के बैनर तले यह *जन सत्याग्रह यात्रा* निकाली गयी। आपको यह भी याद होगा कि हर रोज़ बारह किलोमीटर की यात्रा करने वाली

इस यात्रा में शामिल भूमिहीन आदिवासी दिल्ली पहुँचने तक दिन में केवल एक वक़्त खाना खाते थे।

ऐसी यात्राओं में जगह-जगह रुकने के दौरान क्या होता है, उसे इस उपन्यास *नरक मसीहा* के दो पात्र कबीर और सानिया पटेल, जो अपने *सर्वहारा फ़ाउंडेशन* के बैनर तले ऐसी यात्रा निकलते हैं, उसका सजीव चित्रण किया गया है। सरकार और बड़ी-बड़ी एनजीओ के बीच कैसे गुप्त समझौता होता है, सरकार और ऐसे नरक मसीहाओं की उन दुरभिसन्धियों को उजागर करने की कोशिश की गयी है, जिन्हें आम व्यक्ति नहीं जानता है।

नयी दिल्ली से प्रकाशित समाचार पत्रिका *आउटलुक* साप्ताहिक ने अप्रैल 2008 में पंचायतों को केन्द्र में रखकर एक अंक निकाला था। इस अंक में उन दिनों मेवात और राष्ट्रीय मीडिया में, मेवात की एक पंचायत नीमखेड़ा पर भाषा सिंह ने एक स्टोरी की थी। मेवात की इस पंचायत नीमखेड़ा की सभी सदस्य महिलायें थीं। एक तरह से यह स्टोरी पूर्व नियोजित और तथ्यहीन थी क्योंकि इन सदस्यों में सरपंच सहित अधिकतर पंच एक राजनैतिक कुनबे की थीं। मेवात का होने के नाते मैं मेवात की स्थानीय राजनीति को अच्छी तरह जानता हूँ। इसी तरह ठीक एक साल बाद इसी *आउटलुक* के अप्रैल 2009 अंक में (इस बीच यह पत्रिका मासिक हो चुकी थी) पत्रकार और कथाकार गीताश्री की इसी मेवात को लेकर *सुहाए न अपनी लाडो, ख़रीदते दूर की 'पारो'* शीर्षक से एक स्टोरी प्रकाशित हुई थी। हरियाणा के मेवात में झारखण्ड समेत अन्य ज़िलों से लड़कियों की तस्करी को लेकर, इस स्टोरी को जिस तरह सनसनीखेज और रोमांचक बनाया गया था, उसे पढ़कर मुझे पहली बार गीताश्री के पत्रकार होने पर रश्क-सा होने लगा था। लेकिन इस स्टोरी को करने से पहले या बाद में ही गीताश्री मेरे दूसरे उपन्यास *बाबल तेरा देस में* को ही पढ़ लेतीं, तो उन्हें मेवात में प्रचलित *पारो* शब्द की उत्पत्ति और उसकी अवधारणा का पता चल जाता। दूसरा, उन्होंने जिस तरह अन्य राज्यों से ब्याह कर लायी गयी लड़कियों को मानव तस्करी से जोड़ने का प्रयास किया है, इस उपन्यास उसके समाजशास्त्र को समझने में मदद मिल जाती। इस स्टोरी की शुरुआत जिस भयावह और सनसनीखेज दृश्य से होती है, उसे देखिए–

नूंह (मेवात, हरियाणा) के चौकचौराहे, बस अड्डे पर एक अकेली आदिवासी लड़की बौराई-सी घूम रही है। भटकते-भटकते वह इतनी बदहवास हो चुकी है कि अपना नाम तक बताना नहीं चाहती। गहरी धँसी हुई उसकी आँखों में अविश्वास भरा है। कुछ ही दिन पहले चौक पर खुलेआम उसकी नीलामी हो रही थी।

उसका कथित बाप चौक पर खड़े होकर बोली लगा रहा था...एक हज़ार ...एक हज़ार...एक हज़ार एक...दो...तभी भीड़ के बीच से एक बूढ़े व्यक्ति की भर्राई, कमज़ोर-सी आवाज़ आयी-दो हज़ार...। बाप उत्साह से चीख़ा, दो हज़ार...एक, दो, तीन...। उधर से गुज़रते हुए एक स्थानीय पत्रकार आसिफ़ अली चंदेनी ने यह नज़ारा देखा और पलभर में माजरा बदल गया। पुलिस आयी और भीड़ ग़ायब। निरीह लड़की अपने बाप से पीछा छुड़ाकर भीड़ में कहीं गुम हो गयी।

इन पंक्तियों को पढ़ने के बाद कई दिनों तक मैं यही सोचता रहा कि मैं गीताश्री की कोई कहानी पढ़ रहा हूँ, या अपने मेवात की कोई काल्पनिक स्टोरी। मैं सालों से जबसे मैंने होश सँभाला है उस जगह से आता-जाता रहा हूँ, जहाँ इस आदिवासी लड़की को खुलेआम बेचने का दृश्य बताया गया है। इसी नूंह के *यासीन मेव डिग्री कॉलेज* से मैंने बीए किया है। लगभग हर महीने मेवात में इसी ज़िले के अपने घर नगीना आना-जाना लगा रहता है, फिर कैसे मुझे आज तक यह पता नहीं चला या किसी ने नहीं बताया कि मेवात में चौक-चौराहों और बस अड्डों पर लड़कियों की इस तरह बोलियाँ लगाई जाती हैं। सच कहूँ मुझे पहली बार अपने मेवाती होने पर शर्म-सी महसूस होने लगी थी और सोचता रहा कि मैंने *काला पहाड़* और *बाबल तेरा देस में* जैसे उपन्यास लिखकर अपना जीवन अकारथ कर लिया। मेवात का होने के बावजूद मैं मेवात को समझने में कैसे असफल रहा?

इसी तरह *आउटलुक* पत्रिका की कॉपी सम्पादक व सह संवाददाता मनीषा भल्ला ने *यूएन वीमेन* द्वारा प्रायोजित *नेशनल फ़ाउंडेशन फ़ॉर इंडिया* अर्थात एनएफआई के तहत 2013 में *फ़ोर्ड फ़ाउंडेशन* के मार्गदर्शन में एक अध्ययन किया। मज़ेदार यह है कि गीताश्री की स्टोरी के बाद लगभग चार साल बाद तैयार किया गया यह अध्ययन भी मेरे मेवात को लेकर था। इस अध्ययन में इस रोचक तथ्य को उद्घाटित किया गया था कि मेवात में औरत की क़ीमत एक भैंस से भी कम है। इस रिपोर्ट की शुरुआत भी कितनी थ्रीलिंग है, ज़रा आप भी पढ़ें—

यह मेवात के गाँव उड़की दौला की शाहीन है। न के बराबर हिन्दी जानती है। इसकी जेठानी बताती है कि एक रोज़ भरी दोपहर में एक आदमी इसकी बाँह पकड़कर गाँव की गलियों में चिल्ला रहा था कि 'बच्ची ले लो बच्ची...बच्ची ले लो बच्ची!' मैंने सोचा कोई बकरी का बच्चा बेच रहा है। मैं बाहर निकली तो मेरे पैरों तले ज़मीन नहीं रही क्योंकि वो आदमी इसे बेच रहा था।

शाहीन की जेठानी को ठीक से याद नहीं कि उन्होंने शाहीन को कितने रुपये में ख़रीदा था। मैंने शाहीन से पूछा कि 'कहाँ की रहने वाली हो? तुम्हारी शादी किसके साथ हुई है?' वह कुछ नहीं बोली। आसपास इकट्ठा हुई उसकी पड़ोसनें बताती हैं कि 'अरे, इसके मरद की आँखें नहीं हैं, बुड्ढा है।'

इस तथाकथित अध्ययन के ठीक एक साल बाद 28 अगस्त, 2004 के *नवभारत टाइम्स* के मुखपृष्ठ पर सामान्य से बड़े पाँच कॉलम में किसी सौरभ भारद्वाज की *एक भैंस की क़ीमत में वहाँ बिकती हैं चार औरतें* शीर्षक से एक सनसनीखेज स्टोरी प्रकाशित होती है। इसी की लिखी एक और ख़बर 17 मई, 2005 को *दलालों के चंगुल में फिर फँसी एक और मासूम 'दुल्हन'* शीर्षक से एक और छोटा-सा समाचार प्रकाशित होता है। इस पत्रकार की पहली स्टोरी को पढ़ते हुए शुरू में लगा कि यह हरियाणा में लगातार होती कन्या भ्रूण हत्या के चलते, बढ़ती लैंगिक असमानता पर आधारित स्टोरी है, लेकिन कुछ ही पंक्तियों के बाद यह मेवात पर केन्द्रित हो जाती है। *नवभारत टाइम्स* की इस स्टोरी, *आउटलुक* पत्रिका में प्रकाशित स्टोरी तथा किसी नेशनल फ़ाउंडेशन फ़ॉर इंडिया के लिए किये गये तथाकथित अध्ययन में आपको कई समानताएँ दिखाई देंगी। हरियाणा में आज जो लैंगिक असमानता है अगर उसमें से मेवात को निकाल दिया जाये, तो यह असमानता कल्पना से कहीं ज़्यादा होगी क्योंकि मेवात और मेव समुदाय में कन्या भ्रूण हत्याएँ बिल्कुल नहीं होती हैं।

आउटलुक और *नवभारत टाइम्स* की रिपोर्ट्स और यह तथाकथित अध्ययन इस बात के सबूत हैं कि, देश की राजधानी दिल्ली की जड़ में बसा मेवात हमारे मीडिया और एनजीओज़ के अघाये नरक मसीहाओं के लिए, किस तरह मानव तस्करी और स्त्री-अध्ययन की एक नयी प्रयोगशाला बन चुका है। यह इस तथ्य का सबूत है कि यहाँ कोई भी शहरी पत्रकार पर्यटक की तरह आकर स्थानीय लोगों से कुछ हल्की-फुल्की तथा सतही जानकारी लेकर, किस तरह 21वीं सदी के भारत की कपोल-कल्पित छवि और उनके बारे में मनगढ़न्त नैरेटिव तैयार करता है।

उन दिनों विधायिकाओं अर्थात संसद और विधानसभाओं में महिला आरक्षण के लिए सामाजिक महिला कार्यकर्ताओं द्वारा बड़ी भारी मुहिम चली हुई थी। अगस्त 2012 में एक दिन अंग्रेज़ी के टेबलायड अख़बार *मिड डे* के प्रथम पृष्ठ पर दुनिया के सबसे बड़े औद्योगिक हादसों में शुमार भोपाल गैस त्रासदी मामले में, मध्य प्रदेश सरकार एवं केन्द्रीय अन्वेषण ब्यूरो (सीबीआई) द्वारा इस त्रासदी से जुड़े फ़ैसले की ख़बर छपी हुई थी। इसके पृष्ठ पलटते हुए अचानक मेरी नज़र एक सचित्र समाचार पर पड़ी। मैंने इस ख़बर के साथ छपे चित्र को

ध्यान से देखा तो पाया उसमें एक देहाती स्त्री महिलाओं के घेरे के बीच नाच रही है। चित्र के नीचे जो कैप्शन था उसमें लिखा हुआ था यह गैंग रेप पीड़िता भँवरी देवी है। मैंने उत्सुकतावश उस समाचार को पढ़ा, तो मालूम हुआ कि देश कि कुछ अघायी नरक मसीहाओं ने क्रान्तिकारी कवि सफ़दर हाशमी की बहन शबनम हाशमी की अगुवाई में *रिज़र्वेशन एक्सप्रेस* नाम से विधायिकाओं में महिला आरक्षण के लिए एक यात्रा निकाली थी। चित्र में जो जगह बतायी गयी थी, वह *10 जनपथ* अर्थात काँग्रेस अध्यक्ष श्रीमती सोनिया गाँधी का निवास था। यह चित्र इसी *रिज़र्वेशन एक्सप्रेस* की प्रतिनिधियों द्वारा महिला आरक्षण के पक्ष में काँग्रेस अध्यक्ष को ज्ञापन देने से पूर्व का था। उन दिनों केन्द्र में काँग्रेस की सरकार थी। काँग्रेस अध्यक्ष के पास जाने से पहले के इस दृश्य के माध्यम से उपन्यास में मैंने यही दर्शाने का प्रयास किया है कि ये अघायी तथाकथित नरक मसीहा किस तरह भँवरी देवी जैसी सामूहिक बलात्कार पीड़िताओं तक का इस्तेमाल करने से नहीं चूकती हैं। इस चित्र और समाचार के बहाने मैंने उपन्यास में इस मानसिकता का विस्तार से चित्रण किया है।

ऐसी रिपोर्ट्स का उपयोग मैंने इस उपन्यास में कच्ची सामग्री की तरह इस्तेमाल किया है कि, हमारे शहरी मीडिया और देश-विदेश से अनुदान प्राप्त एनजीओ उपेक्षितों, वंचितों और निर्धन वर्गों के बीच किस मानसिकता के साथ काम करते हैं। सबसे ज़्यादा आपको यह जानकर हैरानी होगी कि इन स्वयंसेवी संगठनों के बीच कोई वैचारिक टकराव नहीं होता। अपने स्वार्थ के लिए सब एक-दूसरे के लिए पूरक के रूप में काम करते हैं।

यह 2013 का साल था। युवा आलोचक और *बनास* पत्रिका (अब यह *बनास जन* के नाम जानी जाती है) के सम्पादक पल्लव को दिल्ली विश्वविद्यालय के प्रतिष्ठित *हिन्दू कॉलेज* के हिन्दी विभाग में आये एकाध साल ही हुआ होगा। एक दिन पल्लव का फोन आया कि हिन्दू कॉलेज के हिन्दी विभाग की *अभिधा* हिन्दी साहित्य सभा आपको अपने छात्रों के बीच एक लेखक के रूप में आमन्त्रित करना चाहती है। उन दिनों पल्लव अपनी पत्रिका *बनास* के माध्यम से हिन्दी के अध्यापकों से लेकर साहित्यकारों के बीच आज की तरह बड़े प्रिय थे। उनकी इस प्रियता में काशीनाथ सिंह पर उनके 2002 में प्रकाशित *काशी का अस्सी अर्थात गल्पेतर गल्प का ठाठ* शीर्षक से *बनास* के निकले बेहद ख़ूबसूरत आवरणवाले अंक ने जैसे चार चाँद लगा दिये थे। यह अंक उन दिनों बहुत लोकप्रिय हुआ।

मैंने उनका यह निमन्त्रण सहर्ष स्वीकार कर लिया। इस आयोजन में मुझे अपनी किसी रचना का पाठ भी करना था। इसके अन्तर्गत मैंने उन दिनों लिखे जा रहे अपने चौथे उपन्यास *नरक मसीहा* के एक अंश का पाठ करना उचित समझा, ताकि इस पर होने वाली प्रतिक्रियाओं से यह पता चल कि इसमें कुछ दम है अथवा नहीं।

अंश-पाठ के बाद हिन्दी विभाग के प्रभारी डॉ. रामेश्वर राय अपना वक्तव्य देने आये। अपने वक्तव्य में उन्होंने इस अंश पर जिस निर्ममता के साथ अपनी राय रखी, उसे सुन मेरे चेहरे पर हवाइयाँ उड़ने लगीं। पल्लव ने अपने विभाग के अध्यापकों और विद्यार्थियों के बीच एक उपन्यासकार के रूप में मेरी जो छवि गढ़ी होगी, वह भरे सभागार में भरभरा कर ढह गयी। बाद में मैंने शान्तचित्त के साथ उनकी इस आलोचना को आत्मसात कर इस पर मनन किया और सोचा कि, अगर एक अध्यापक/आलोचक होने के नाते यह अंश उन्हें अच्छा नहीं लगा है, तो सामने बैठे विद्यार्थियों को कैसे पसन्द आयेगा। मैंने उसी समय तय कर लिया कि अब तक लिखे गये इस उपन्यास के साथ मुझे क्या सलूक़ करना है।

उसके बाद मैंने इसको फिर से लिखना शुरू किया और फिर जैसा यह उपन्यास बना, उसके बारे में मुझे कहने की आवश्यकता नहीं है। मैं आज भी *हिन्दू कॉलेज* के हिन्दी विभाग के प्रभारी डॉ. रामेश्वर राय का मन से आभार व्यक्त करता हूँ कि, यदि वे उस दिन मेरे इस सुनाये गये अंश पर इतनी निर्मम व कठोर टिप्पणी नहीं करते, तो शायद उपन्यास *नरक मसीहा* उस तरह नहीं बन पाता, जैसा आज है। युवा आलोचक पल्लव और उनके हिन्दू कॉलेज की *हिन्दी साहित्य सभा* द्वारा आयोजित, इस आयोजन की मेरे लिए सबसे बड़ी उपलब्धि यह रही कि उसने मुझसे एक अच्छा उपन्यास लिखवा दिया।

आयोजन समाप्त होने के बाद आमन्त्रित अतिथियों द्वारा दोपहर का खाना खाने के दौरान पल्लव ने अपने विभाग और उसी कॉलेज में हिन्दी साहित्य पढ़ाने वाली, जिसे मैं इससे पहले सचमुच नहीं जानता था, उससे मेरा परिचय कराते हुए कहा, “ये भगवानदास मोरवाल हैं। हिन्दी के बड़े अच्छे लेखक हैं।”

तब तक मेरे तीन उपन्यास आ चुके थे और अपने नये उपन्यास *नरक मसीहा* को लिख रहा था। इसी उपन्यास का एक अंश मैंने सुनाया भी था। हालाँकि आयोजन के बाद मेरे इस परिचय की कोई आवश्यकता नहीं थी। क्योंकि इतना तो अब उस हिन्दी की अध्यापक को पता चल ही गया होगा कि मैं कोई लेखक हूँ। पल्लव के इस परिचय के बाद जब दूसरी तरफ़ से किसी तरह की कोई प्रतिक्रिया नहीं आयी, तो पल्लव ने मेरे परिचय का और विस्तार करते हुए कहा, “इनका उपन्यास ‘काला पहाड़’ काफ़ी चर्चित रहा है।”

पल्लव के इस परिचय के बाद भी वे निस्पृह भाव से मुस्कराती रहीं। मैं समझ गया कि जैसे आज से पहले मैं इन्हें नहीं जानता था, उन्होंने भी इससे पहले मेरा नाम नहीं सुना होगा। बाद में मैंने चुपके से उस अध्यापक के बारे में पूछा तो पता चला कि ये हिन्दी के बहुत बड़े प्रोफ़ेसर-कवि की बेटी हैं।

मित्रो, इस प्रसंग को यहाँ देने का मेरा मन्तव्य न तो हिन्दी के बड़े कवि की आन में किसी तरह की गुस्ताख़ी करने का है, न उनकी प्राध्यापिका बेटी की साहित्यिक समझ पर प्रश्न उठाने या किसी तरह उनका अपमान करने का। मेरा मन्तव्य मेरे उस लेखक होने पर प्रश्न खड़ा करता है कि मैं कैसा अभागा लेखक हूँ कि उसे तो छोड़िए, उसकी रचनाओं से भी लोग अनभिज्ञ हैं। वैसे सच कहूँ इस अनभिज्ञता की भाँग हमारे हिन्दी साहित्य रूपी पूरे कुएँ में पड़ी हुई है। हम अपने मद में इस क़दर चूर हैं कि अपने सिवाय हम किसी को जानते ही नहीं हैं। वैसे एक बात है कि हम इस तरह की अपेक्षा करें भी क्यों कि अगर कोई हिन्दी का अध्यापक है, या किसी बड़े साहित्यकार-लेखक की सन्तान है तो उसे पूरे हिन्दी साहित्य का ज्ञान हो? आख़िर वे भी हमारी तरह आम इन्सान हैं। अध्यापन भी दूसरी नौकरियों की तरह ऐसी नौकरी है जिसके बदले में हमें उसी तरह वेतन मिलता है जैसे एक सरकारी डॉक्टर, इंजीनियर, अफ़सर आदि को मिलता है। साहित्य की समझ और जानकारी की अपेक्षाएँ सिर्फ़ अध्यापक समुदाय से ही क्यों की जाती हैं? और फिर यह किस शास्त्र में लिखा है कि नौकरी के लिए किसी ज्ञान, मेधा या प्रतिभा की आवश्यकता होती है?

इस तरह जनवरी 2014 में मैंने अपने इस चौथे उपन्यास का अन्तिम ड्राफ्ट पूरा कर इसे राजकमल प्रकाशन को दे दिया। मुझे यह आश्वासन दिया गया था कि यह उपन्यास 2014 में आयोजित होने वाले विश्व पुस्तक मेले में प्रकाशित होकर आ जायेगा। लेकिन पुस्तक मेला समाप्त होते-होते एक आग्रहभरे आश्वासन के साथ मुझे सूचित किया गया कि पुस्तक मेले की हड़बड़ी से बचने के लिए क्यों न उपन्यास को मेले के तुरन्त बाद छाप दिया जाये। मुझे इसमें कोई बुराई नज़र नहीं आयी। मैं इसके लिए तैयार हो गया कि मई-जून से ज़्यादा विलम्ब नहीं होना चाहिए। साल के अन्तिम महीनों में किसी पुस्तक के प्रकाशन का मतलब है, कुछ महीने बाद उसका एक साल पुराना हो जाना।

लेकिन इसी बीच पिछले तीन वर्षों की तरह *राजकमल प्रकाशन समूह* की ओर से वर्ष 2014 के पाँचवें *राजकमल प्रकाशन कृति सम्मान* की घोषणा हो गयी। यह घोषणा मेरे समकालीन और *तद्भव* पत्रिका के सम्पादक-कथाकार अखिलेश के नये उपन्यास *निर्वासन* के लिए हुई। उस साल दिये गये इस सम्मान का नाम रखा गया *कसप-मनोहरश्याम जोशी पुरस्कार*।

सनद रहे *राजकमल प्रकाशन कृति सम्मान* की शुरुआत 2010 में हुई थी और एक लाख राशिवाला यह सम्मान 2012 तक प्रतिवर्ष दिया जाता रहा। लेकिन न जाने किन कारणों के चलते 2013 में यह सम्मान किसी को नहीं दिया गया। 2010 का पहला सम्मान आलोचक पुरुषोत्तम अग्रवाल की आलोचनात्मक पुस्तक *अकथ कहानी प्रेम की : कबीर की कविता और उनका समय* के लिए *कबीर-हजारी प्रसाद द्विवेदी पुरस्कार*, 2011 का अजित वडनेकर की पुस्तक *शब्दों का सफ़र भाग-2* के लिए *हिन्दी की शब्द सम्पदा-विद्यानिवास मिश्र सम्मान* तथा 2012 का महुआ माजी के उपन्यास *मरंग गोड़ा नीलकण्ठ हुआ* के लिए *मैला आँचल-फणीश्वरनाथ रेणु पुरस्कार* प्रदान किया गया।

इस घोषणा के बाद कुछ-कुछ माजरा मेरी समझ में आने लगा। मुझे समझते हुए देर नहीं लगी कि जिस तरह दो तरह क़िस्म के किसान होते हैं, उसी तरह हिन्दी साहित्य में भी दो तरह के लेखक होते हैं। यानि एक किसान वे जो अपनी पूरी मेहनत और धूप व धूल में ख़ून-पसीने से अपनी फ़सल तैयार करते हैं, और दूसरे वे बड़े ज़मींदार जिन्होंने कभी हल की मूठ तक नहीं पकड़ी, मगर कहलाते फिर भी किसान हैं।

बहरहाल, मुझे मई में पुनः आश्वासन दिया गया कि उपन्यास जून में आ जायेगा। लेकिन फिर यह सूचना मिली कि सम्भवतः उपन्यास अगस्त में आ पायेगा। एक लेखक की इस आकुलता और व्याकुलता को केवल और केवल पहले वाला किसान रूपी लेखक ही समझ सकता है, वह भी तब जब एक के बाद एक उसके समकालीनों की फ़सलें मंडी में आ रही हों। दरअस्ल, हिन्दी साहित्य दक्षिण अफ्रीका और मेक्सिको के समाना के उन जंगलों की तरह है जहाँ हर ताक़तवर के पास उसका अपना इलाक़ा होता है। मैं समझ चुका था कि मेरा उपन्यास वर्ष के लगभग अन्त में ही आ पायेगा और ऐसा ही हुआ। यह उपन्यास सितम्बर 2014 में आया। सिर्फ़ *नरक मसीहा* ही नहीं आया बल्कि इसके साथ मेरे पहले उपन्यास *काला पहाड़* का चौथा सजिल्द संस्करण भी प्रकाशित होकर आया। थोड़ा देर से आने का एक कारण यह भी हो सकता है कि इन दोनों उपन्यासों को एकसाथ लाना हो।

हिन्दी साहित्य में पुरस्कारों की लीला भी अपरम्पार है। ये शुरू तो होते हुए दिखाई देते हैं लेकिन बन्द कब हो जाते हैं, कोई नहीं जानता। इसलिए आपको नहीं मालूम होगा कि 2010 में शुरू हुआ *राजकमल प्रकाशन कृति सम्मान* कब बन्द हो गया? या यूँ कहें कि वर्ष 2014 में दिये गये *कसप-मनोहर श्याम जोशी पुरस्कार* के बाद एक लाख रुपये वाला यह पुरस्कार किस लेखक की किस कृति को प्रदान किया गया? ऐसे ही मुझे एक और पुरस्कार की याद आ रही है

और संयोग से उसे भी उपन्यासकार शान्तिकुमारी बाजपेयी की स्मृति में राजकमल प्रकाशन द्वारा शुरू किया गया था। इसका नाम था *राजकमल प्रकाशन सृजनात्मक गद्य सम्मान*। इस पुरस्कार की राशि भी एक लाख थी और इसकी शुरुआत वर्ष 2012 में हुई थी। पहला सम्मान डॉ. विश्वनाथ त्रिपाठी की कृति *व्योमकेश दरवेश* को प्रदान किया गया था। वर्ष 2013 का दूसरा, सुधीर चन्द्र की *गाँधी : एक असम्भव सम्भावना* पुस्तक के लिए। 2014 का शिक्षाविद् कृष्ण कुमार की कृति *चूड़ी बाज़ार* में लड़की, जबकि साल 2015 का चौथा और शायद अन्तिम सम्मान या पुरस्कार आश्चर्यजनक रूप से दो पुस्तकों को संयुक्त रूप से प्रदान किया गया था। इनमें एक कृति थी मालचन्द तिवाड़ी की *बोरुंदा डायरी : अप्रतिम बिज्जी का विदा-गीत* और दूसरी थी एनडीटीवी के पत्रकार रवीश कुमार की लप्रेक *इश्क़ में शहर होना*। मैंने संयुक्त रूप से प्रदान किये जानेवाले इस सम्मान को आश्चर्यजनक इसलिए कहा है कि यदि आप पहले के तीन सम्मानों को देखें, तो पायेंगे कि यह पुरस्कार जिस भावना और उद्देश्य के लिए शुरू किया गया था, उसकी कसौटी पर खरा उतरता है। *बोरुंदा डायरी : अप्रतिम बिज्जी का विदा-गीत* यदि अकेली पुस्तक होती तब भी समझ में आता। परन्तु उसके साथ लप्रेक को जोड़ना तर्क संगत नहीं लगता। अगर लप्रेक अर्थात लघु प्रेम कथा को हम गद्य मानते हैं तब उपन्यास या कहानी संग्रहों को हमें क्या मानना चाहिए? वैसे कुछ अपवादों को छोड़ दें तो हिन्दी के ज़्यादातर पुरस्कार/सम्मानों की कहानी बड़ी रहस्यमयी है।

बहरहाल, किसी का पुरस्कार और उसका निर्णायक मण्डल किसे दे, हमें क्या। हमें तो नहीं मिला न। इसलिए कोऊ नृप होहिं हमें का हानि। वैसे भी एक बार राजेन्द्र यादव ने अपनी पत्रिका *हंस* के बारे में किसी से कहा था कि *यह मेरा ड्राइंग रूम है। मैं इसमें क्या सजाऊँ या किस वस्तु को कहाँ रखूँ, यह तय करने का अधिकार मेरा है।* तो मित्रो, हमें किसी के ड्राइंग रूम में झाँकने का कोई अधिकार नहीं है।

जैसा कि हर लेखक की इच्छा और आकांक्षा होती है कि उसकी कृति की समीक्षा ज़्यादा से ज़्यादा पत्र-पत्रिकाओं में प्रकाशित हो। साल 1999 में *राधाकृष्ण प्रकाशन* से प्रकाशित मेरे पहले उपन्यास *काला पहाड़* की जिन पत्र-पत्रिकाओं में समीक्षाओं हेतु प्रकाशन की ओर से जो सूची भेजी गयी थी, उसमें डॉ. गोपाल राय और डॉ. हरदयाल के सम्पादन में जुलाई 1967 से निरन्तर प्रकाशित होने वाली त्रैमासिक पत्रिका *समीक्षा* का नाम भी शामिल था।

और यह एक सुखद संयोग था कि इस उपन्यास की समीक्षा *यह आंचलिक नहीं है* शीर्षक से किसी और ने नहीं, डॉ. गोपाल राय के ज्येष्ठ पुत्र और वर्तमान में *इन्दिरा गाँधी मुक्त विश्वविद्यालय* में वर्तमान समकुलपति प्रोफ़ेसर सत्यकाम ने लिखी थी, जो उस समय पत्रिका के साथ बतौर सह सम्पादक जुड़े हुए थे। इतना ही नहीं इसके बाद 2004 में राजकमल प्रकाशन से ही प्रकाशित मेरे दूसरे उपन्यास *बाबल तेरा देस में* की समीक्षा भी *आधे भारत का सच : बाबल तेरा देस में* शीर्षक से इस पत्रिका में प्रकाशित हुई थी। संयोग देखिए कि इस समीक्षा को भी सत्यकाम ने ही लिखा।

सच कहूँ डॉ. गोपाल राय और उनकी इस पत्रिका *समीक्षा* से मेरा पहला प्रत्यक्ष और परोक्ष परिचय वास्तव में अपने उपन्यासों की इन्हीं समीक्षाओं के माध्यम से हुआ था। मुझे नहीं मालूम कि सत्यकाम ने मेरे इन उपन्यासों का चयन समीक्षा के लिए ख़ुद किया था अथवा डॉ. गोपाल राय जी ने उन्हें यह दायित्व सौंपा था। *काला पहाड़* उपन्यास के बारे में प्रोफ़ेसर सत्यकाम ने एक जगह लिखा है कि *इस तनावभरे माहौल (1992 में बाबरी मस्जिद-रामजन्म भूमि विध्वंस के दौरान उपजा तनाव) में भगवानदास मोरवाल का सद्यः प्रकाशित उपन्यास 'काला पहाड़' सुकून तो देता ही है, यह जानकर तसल्ली होती है कि अभी बिल्कुल अँधेरा नहीं हुआ है; रोशनी नज़र आ रही है।*

इस प्रसंग को उद्धृत करने का आशय यह है कि अपने ज्येष्ठ पुत्र द्वारा, एक अनाम-से युवा लेखक के उपन्यास पर लिखी गयी इस समीक्षा को पत्रिका के सम्पादक, आलोचक और हिन्दी कथा साहित्य के इतिहासवेत्ता डॉ. गोपाल राय ने पढ़ा नहीं होगा, असम्भव है। अवश्य पढ़ा होगा। शायद इसीलिए इस समीक्षा ने डॉ. गोपाल राय के मन में एक सम्भावनाशील उपन्यासकार के प्रति ऐसा भरोसा पैदा किया कि, उन्होंने न केवल अपनी लगभग पूरी कर ली गयी पुस्तक *हिन्दी उपन्यास का इतिहास* (जिसमें वर्ष 2000 तक प्रकाशित उपन्यासों को शामिल किया गया है) में *काला पहाड़* को भी शामिल किया।

यह इसी भरोसे का परिणाम था कि जिन दिनों डॉ. गोपाल राय हिन्दी कहानी का इतिहास जैसे बड़े काम में जुटे हुए थे, उन दिनों मेरे पास उनका फोन आया कि मैं दिल्ली आया हुआ हूँ और हिन्दी कहानी के इतिहास पर काम कर रहा हूँ। आप मुझे अपनी कहानियाँ उपलब्ध करा दें। मैं चाहता हूँ कि तुम्हारी कहानियाँ भी इसमें शामिल हों। मैंने जब पूछा कि आप कहाँ हैं, मैं आ जाता हूँ। तब उन्होंने बताया कि मैं यहाँ द्वारका के पास मधु विहार आया हुआ हूँ। मधु विहार, जहाँ ये रुके हुए थे, मेरे घर (पालम) से कुछ ही किलोमीटर की दूरी पर है। मैं अगले दिन सवेरे दस बजे के आसपास अपने तीन कहानी संग्रहों

सूर्यास्त से पहले, अस्सी मॉडल उर्फ़ सूबेदार तथा *सीढ़ियाँ, माँ और उसका देवता* की एक-एक प्रति लेकर उनके द्वारा बताये गये पते पर पहुँच गया। पहले संग्रह *सिला हुआ आदमी* को मैं जान-बूझकर नहीं ले गया, क्योंकि मेरी नज़र में इस संग्रह की कहानियाँ, कहानी की उन शर्तों और मानदण्डों पर खरी नहीं उतरती हैं, जिन पर उन्हें उतरना चाहिए।

डॉ. गोपाल राय जी से आमने-सामने यह मेरी पहली भेंट थी। इस पहली भेंट में मुझे कहीं से यह अहसास नहीं हुआ कि मैं उनसे पहली बार मिल रहा हूँ। मैं लगभग डेढ़ घण्टा इनके पास रहा। दिल्ली और हिन्दी साहित्य को लेकर काफ़ी बातें हुईं। मैं इन्हें किताबें देकर आ गया। मगर कई साल तक पता ही नहीं चला कि हिन्दी कहानी के जिस इतिहास पर ये काम कर रहे थे, उसका क्या हुआ? बीच-बीच में ये अस्वस्थ भी रहने लगे। लेकिन उनकी मृत्यु के बाद एक दिन राजकमल प्रकाशन ने घोषणा कर दी कि *हिन्दी कहानी का इतिहास* प्रकाशित हो गया है।

एक बार कुछ ऐसा संयोग बना कि द्वारका सेक्टर 22 के जिस अपार्टमेंट्स में इनके सबसे छोटे बेटे रहते थे, ठीक उसके सामने सड़क पार करते ही दूसरे अपार्टमेंट्स में बी.आर.आम्बेडकर बिहार विश्वविद्यालय, मुज़फ़्फ़रपुर के हिन्दी विभाग की पूर्व अध्यक्ष डॉ. पूनम सिन्हा और उनके पति श्रीनारायण सिंह अपने छोटे बेटे के पास आये हुए थे। इन्हीं के साथ जब डॉ. गोपाल राय द्वारका आते, उनसे मुलाक़ात हो जाती।

दरअस्ल, डॉ. पूनम सिन्हा और श्रीनारायण सिंह से परिचय के निमित्त भी डॉ. गोपाल राय जी ही बने थे। इनसे पहली मुलाक़ात का प्रसंग बड़ा रोचक है। यह साल 2014 की होली के एकाध दिन पहले की बात है। डॉ. गोपाल राय द्वारका सेक्टर 22 में रहने वाले अपने सबसे छोटे इसी बेटे के पास आये हुए थे। इसी बीच एक दिन *जनसत्ता* में कार्यरत सूर्यनाथ सिंह जो इसी सेक्टर में रहते हैं, उनका फोन आया कि इस बार होली पर हमारे पास के ही एक अपार्टमेंट्स बेवर्ली पार्क में एक आयोजन है। आप ज़रूर आइए। मैंने पूछा तो सूर्यनाथ सिंह ने बड़े संकोच के साथ बताया कि इस बार मुझे *महामूर्ख* चुना गया है। इसलिए इस अवसर पर मुझे महामूर्ख की उपाधि से नवाज़ा जा रहा है। मैंने इनसे जिज्ञासावश पूछा कि इसे कौन आयोजित करता है, उन्होंने बताया कि वरिष्ठ व्यंग्यकार रमाशंकर श्रीवास्तव, जो इसी अपार्टमेंट्स में रहते हैं, हर साल वे इसका आयोजन करते हैं।

ठीक होली के दिन शाम को मैं जब बेवर्ली पार्क पहुँचा, तब तक समारोह की शुरुआत हो चुकी थी। अपार्टमेंट्स के बीचों-बीच सूर्यनाथ सिंह सचमुच महामूर्ख बने खड़े थे। सिर पर अलग-अलग रंग के गुलाल से रंगी टोपी पहनी हुई थी। इसी बीच मैंने दूर बैठे डॉ. गोपाल राय को पूरा आनन्द लेते देखा। समारोह बड़े उल्लास के साथ सम्पन्न हो गया। आनेवाले अतिथियों को रिफ्रेशमेंट बाँटा गया। इसके बाद एक-एक कर जब सब जाने लगे, तो मैं डॉ. गोपाल राय जी का इन्तज़ार करने लगा। वे आये तो उनके साथ दो अपरिचित मेहमान और थे। उन्होंने उन दोनों का परिचय कराते हुए बताया कि ये प्रो. पूनम सिन्हा हैं और ये इनके पति श्रीनारायण सिंह। पूनम सिन्हा जी बी.आर. आम्बेडकर बिहार विश्वविद्यालय, मुज़फ़्फ़रपुर के हिन्दी विभाग में हैं। इस संक्षिप्त-से परिचय के बाद डॉ. पूनम सिन्हा ने बताया कि आपको आया देख जैसे ही गोपाल राय जी ने कहा कि लो, मोरवाल भी आ गये, तब मैंने इनसे पूछा कि क्या ये वही मोरवाल हैं जिनका *काला पहाड़* उपन्यास है? इन्होंने कहा कि हाँ वही हैं। डॉ. पूनम सिन्हा और उनके पति श्रीनारायण सिंह से मेरी यह पहली मुलाक़ात थी। इसके बाद जब तक इनका बेटा नीलाभ द्वारका में रहा, और जब कभी ये अपने बेटे के पास आते, हमारी मुलाक़ात ज़रूर होती।

इसके बाद डॉ. गोपाल राय लगातार बीमार रहने लगे। जून 2015 में डॉ. पूनम सिन्हा और श्रीनारायण सिंह दिल्ली आये हुए थे। उन्होंने अपने आने की सूचना तो दी ही, साथ में यह भी बताया कि डॉ. गोपाल राय इन दिनों गम्भीर रूप से बीमार हैं, और अपने मझले बेटे सत्यकेतु सांकृत के सेक्टर 10, द्वारका स्थित आवास पर हैं। अगले दिन यानि 26 जून को हम तीनों उनसे मिलने गये, तो देखा सचमुच वे गम्भीर रूप से बीमार हैं। और इसके ठीक तीन महीने बाद 26 सितम्बर, 2015 को सुबह लगभग साढ़े नौ बजे सत्यकाम ने यह दुःखद सूचना दी कि बाऊजी नहीं रहे।

डॉ. गोपाल राय जी की प्रतिबद्धता और सरोकारों का इसी से अनुमान लगाया जा सकता है कि अपने सीमित संसाधनों के बावजूद वे *समीक्षा* को निरन्तर निकालते रहे। आज जब डॉ. गोपाल राय के अवदान पर नज़र पड़ती है तो सबसे अधिक दुःख इस बात का होता है कि 1967 में जिस हिन्दी आलोचना की पत्रिका *समीक्षा* की उन्होंने स्थापना की थी, तथा जिसका लगभग पाँच दशक तक अपना पेट काट-काटकर एक शिशु की तरह पालन-पोषण किया, वह *समीक्षा* उनके तीन-तीन सफल और आर्थिक रूप से बेहद सम्पन्न पुत्रों के रहते हुए बन्द हो गयी थी। कहते हैं कि जब सूर्य अस्त होता है तो उसके साथ-साथ,

उसके आसपास की वह आभा भी लुप्त हो जाती है, जो सूर्य के अस्त होने के बाद देर तक धरती को रोशनी देती है। मनुष्य के लिए सबसे मुश्किल होता है एक जमी-जमाई विरासत को सँभालना। जिस विरासत को डॉ. गोपाल राय अपने पीछे छोड़कर गये थे, वह इस तरह उनके जाते ही बिखर जायेगी, इसकी कल्पना करना बेहद पीड़ादायक है।

2014 के अक्टूबर महीने में *नरक मसीहा* आने के बाद मेरे मन में आया कि इस पर अपने प्रयासों से एक अलग तरह की चर्चा का आयोजन किया जाये। सोचा यह था कि उसमें हिन्दी के साथ अंग्रेज़ी का कोई बहुत बड़ा लेखक नहीं, तो किसी ठीकठाक लेखक को आमन्त्रित किया जाये। मैंने अपनी समझ और स्मृति को खँगाला तो मुझे ले देकर एक नाम भाया और वह था नमिता गोखले। हम हिन्दीवाले उन्हें अंग्रेज़ी की लेखिका से अधिक जयपुर लिटरेचर फेस्टिवल (JLF) की कर्ताधर्ता के रूप में जानते हैं। हिन्दी के मेरे जैसे अधिकतर हाशिए के लेखकों की यह हार्दिक इच्छा रहती है कि काश, एक बार उसका भी साहित्य के इस कलजुगी कुम्भ के मेले में डुबकी लगाने का बुलावा आ जाये।

अब आप सोच रहे होंगे कि अंग्रेज़ी लेखकों की इतनी बड़ी दुनिया में नमिता गोखले का ही नाम मेरे मन में क्यों आया? कहीं मेरे अन्दर JLF में घुसने की चाह तो अचानक नहीं कुलबुला उठी थी? ऐसा आपका सोचना सौ प्रतिशत सही है। क्योंकि मैंने जब एक दिन नमिता गोखले जी को फोन किया, तो मेरे हेलो कहने के बाद जैसे ही मैंने अपना परिचय एक हिन्दी के लेखक के रूप में दिया, वे छूटते ही बोलीं, "हाँ बोलिए, लेकिन JLF के बारे में कोई बात नहीं करना। वह सब पहले से तय हो चुका है।"

नमिता जी के इतना कहते ही मेरी ज़बान जैसे तालू से चिपक गयी। बल्कि एक चालू मुहावरे का इस्तेमाल करूँ तो मेरे मुँह में मानो दही जम गयी। मेरी साँस-सी अटक गयी। मेरे हाथ में थमा रिसीवर मन्द-मन्द मुस्कराते हुए जैसे धीरे-से फुसफुसाया, 'और कर ले बेटा अंग्रेज़ी वाले को फोन। अब दे इसे जवाब!'

कुछ क्षण रुककर मैंने एक लम्बा साँस लिया और बोला,"नमिता जी, आपने यह कैसे सोच लिया कि हिन्दी का हर लेखक आपके पास JLF में आने के लिए फोन करेगा। आप मुझे जानती हैं? अगर नहीं जानती हैं तो मैं आपको बताता हूँ कि अगर आप अंग्रेज़ी की बीस लेखिका हैं, तो उन्नीस मैं भी नहीं हूँ।

मैं भी हिन्दी के सबसे बड़े प्रकाशक राजकमल प्रकाशन का लेखक हूँ। मेरी भी यहाँ से पाँच किताबें छप चुकी हैं।" इतना कह मैंने फोन काट दिया।

मैंने नमिता गोखले को बोलने का जैसे मौक़ा ही नहीं दिया। शायद उन्हें इसकी बिल्कुल उम्मीद नहीं थी कि कहाँ हिन्दी के एक से एक तुर्रमख़ाँ उनके पास JLF में आने की चिरौरी-याचना करते हैं। इधर-उधर से JLF में आने के लिए प्रकाशकों, उनके कारिन्दों और साहित्यिक संस्थाओं के मठाधीशों के माध्यम से जुगत भिड़ाते हैं, और एक यह आदमी है कि मुफ़्त में इतनी सुनाकर चलता बना। इसके बाद मैंने तय कर लिया कि मुझे इस उपन्यास पर कोई चर्चा-वर्चा नहीं करानी है।

मन एक अजीब-सी विरक्ति से खिन्न हो उठा। मुझे अपनी इस ना-समझी पर रह-रहकर क्षोभ होने लगा। हालाँकि अपनी इस विरक्ति और क्षोभ के लिए कोई और नहीं, मैं ख़ुद ही ज़िम्मेदार था। दरअस्ल, कई बार हमारी छोटी-छोटी आकांक्षाएँ हमारी बेचैनियों की वजह बनती हैं। अब आप ही सोचिए कि आख़िर मुझे अपने उपन्यास पर ख़ुद चर्चा कराने की क्या ज़रूरत आ पड़ी थी? यह काम तो क़ायदे से प्रकाशक का होता है? लेकिन सच्चाई यह भी है कि नब्बे प्रतिशत पुस्तकों के लोकार्पण/विमोचन लेखक ख़ुद कराते हैं। पुस्तक के प्रकाशक का नाम बेक ड्राप, बैनर, पोस्टर्स पर इस मजबूरी में दिया जाता है ताकि लोगों को यह न पता चले कि देखो फलाँ लेखक किस तरह अपना ख़ुद प्रचार कर रहा है। जिन दस प्रतिशत लेखकों की पुस्तकों के लोकार्पण/विमोचन कार्यक्रम प्रकाशकों के ख़र्च पर होते हैं, वे साहित्य के ऐसे ज़मींदार होते हैं जिनकी पैठ सत्ता के केन्द्रों तक होती है, और जिन्होंने कभी ज़िन्दगी में आम किसान की तरह हल की मूठ भी नहीं पकड़ी होती है। बल्कि यह कहना उचित होगा कि ये साहित्य के बड़े ज़मींदार होते हैं।

मेरा मन उद्विग्नता से भर गया। अभी इस प्रसंग को बीते मुश्किल से घण्टाभर हुआ था कि देखा मोबाइल पर प्रभात रंजन का नाम तिरमिरा रहा है।

मोबाइल उठाते ही प्रभात ने पहले की तरह छूटते ही कहा, "सर नमस्कार!"

मैंने भी पूर्व की तरह प्रभात की नमस्कार का बड़ी शालीनता के साथ उत्तर दिया।

"सर, नमिता गोखले से आपकी कोई बात हुई थी क्या?" मैं प्रभात से कुछ और पूछता, उसने उलटा मुझसे ही पूछ लिया।

मैं हैरान-परेशान कि इस भले आदमी को कैसे पता? मैंने विस्मय से पूछा, "आपको किसने बताया?"

"सर, उन्हीं का फोन आया था। बता रही थीं आपने उनसे कुछ कहा था।"

"हाँ हुई थी।" इसके बाद मैंने प्रभात को पूरा प्रसंग बता दिया और अन्त में कहा,"यार, वे पहले सुन तो लेतीं कि मैंने उनके पास क्यों फोन किया है। इन लोगों को पता नहीं ऐसा क्यों लगता है कि हर आदमी इनको JLF में आने के लिए फोन करेगा।"

"सर वे बड़ी डिस्टर्ब हैं। वैसे वे इस समय केरल में हैं। उनका कोई रिश्तेदार बीमार हैं, वहाँ गयी हुई हैं। इसलिए हो सकता वे आपसे ठीक ढंग से बात नहीं कर पायी हों। मैंने उनसे कहा था कि मोरवाल जी ऐसे नहीं हैं।" प्रभात ने बात को सुलटाने की ग़रज से कहा।

"प्रभात, अगर उन्हें मेरी बात बुरी लगी है तो मैं उन्हें अभी फोन कर लेता हूँ और अपने इस व्यवहार के लिए माफ़ी माँग लेता हूँ।" मैं बिना किसी लाग-लपेट के बोला।

"नहीं सर, वे भी बड़ी भली महिला हैं।"

"ठीक है। मैं अभी करता हूँ।" इतना कह मैंने फोन काट दिया और तुरन्त नमिता जी को फोन लगा दिया। फोन लगते ही मैंने उन्हें कहा कि मेरी मंशा आपका दिल दुखाने की नहीं थी। मैंने तो आपको इसलिए फोन किया था कि मेरा एनजीओ कल्चर पर जो नया उपन्यास आया है, मैं चाहता था आप उस पर कुछ बोलतीं। अगर मेरी किसी बात से आपको ठेस लगी है तो मैं इसके लिए माफ़ी माँगता हूँ।" मैंने बात को यहीं ख़त्म करते हुए कहा।

"ठीक है, आप मेरे दिल्ली वाले पते पर अपना उपन्यास भिजवा देना। इस समय मैं केरल में हूँ। आपसे आकर बात करती हूँ।" नमिता गोखले ने भी पूरी विनम्रता से कहा।

मैंने जैसा ऊपर कहा था कि इसके बाद मैंने तय कर लिया कि मुझे इस उपन्यास पर अब कोई चर्चा-वर्चा नहीं करानी है। इसलिए न मैंने उन्हें अपना उपन्यास भेजा, न उन्हें कभी फोन किया। हाँ, उनके जन्मदिन पर एक बार उन्हें शुभकामनाएँ ज़रूर भेजी थीं।

इस घटना के बाद मैं बहुत दिनों तक सोचता रहा कि आख़िर प्रभात रंजन को कैसे पता चला कि मैंने नमिता गोखले को फोन किया था। इसका ख़ुलासा एक दिन सत्यानंद निरुपम ने बड़े रहस्यमय अन्दाज़ में किया। निरुपम ने बताया कि जिस दिन मेरी नमिता गोखले से बात हुई थी, नमिता ने यह सोचकर निरुपम को फोन किया कि जो आदमी अपने आपको राजकमल प्रकाशन का लेखक बता रहा है, क्यों न इस लेखक के बारे में वहीं से पता किया जाये। निरुपम ने उन दिनों राजकमल प्रकाशन समूह नया-नया ज्वाइन किया था।

नमिता गोखले ने निरुपम से मेरे बारे क्या कहा होगा मुझे नहीं पता, लेकिन निरुपम ने भाँप लिया कि कुछ ज़्यादा ही गड़बड़ हुई है। इस पर निरुपम ने नमिता से कहा कि उस आदमी से मैं भी कुछ नहीं कहा सकता। वे मुझे ही क्या कह दें, अनुमान लगाना मुश्किल है। आप प्रभात रंजन से बात करिए, वे प्रभात जी के ही दोस्त हैं। मेरा उनसे कोई ज़्यादा परिचय नहीं है। एक तरह से सत्यानंद निरुपम ने गेंद बड़ी चतुराई से नमिता गोखले के पाले में सरका दी। इसी के बाद नमिता गोखले ने प्रभात रंजन से बात की थी और उसके बाद प्रभात ने मुझे फोन किया था। तो मित्रो, इस अप्रिय हरि-कथा का इस तरह एक सौहार्दपूर्ण वातावरण के बीच मित्र प्रभात रंजन की सूझबूझ और मध्यस्थता के चलते अन्त हो गया।

नरक मसीहा आने के बाद मेरी सबसे बड़ी चिन्ता यह थी कि इसकी सूचना पाठकों तक कैसे पहुँचाई जाये? क्योंकि आज सिर्फ़ लिखना ही काफ़ी नहीं होता। लेखक तो इस हिन्दी संसार में असंख्य भरे हुए हैं। लेखक के अलावा अन्य गुण भी उसमें होने ज़रूरी हैं। अगर ये नहीं हैं तो आप सिर्फ़ होंगे लेखक। चूँकि फेसबुक पर मैं नया-नया आया था इसलिए यह समझ में नहीं आ रहा था कि इसके अलावा उपन्यास के प्रचार के लिए क्या किया जाये? एक दिन बातों-बातों में मैंने अनंत विजय से इस बारे में चर्चा की, तो वे बोले कि क्यों न इसका लोकार्पण पटना पुस्तक मेले में करवा दें। मैं रत्नेश्वर जी से बात करता हूँ।

अनंत विजय ने 1985 में शुरू हुए तथा हर साल 12 दिनों तक चलने वाले *पटना पुस्तक मेले* के आयोजक और *सेंटर फ़ॉर रीडरशिप डेवलपमेंट* (सीआरडी) के अध्यक्ष व उपन्यासकार रत्नेश्वर जी से बात की। मैं तब तक नहीं जानता था कि ये रत्नेश्वर महाशय हैं कौन, जो अनंत विजय के एक बार कहने से मेरे उपन्यास का अपने मेले में लोकार्पण करने के लिए तैयार हो गये। इस तरह लोकार्पण तय हो गया लेकिन इसके बाद एक दूसरी बड़ी समस्या आ खड़ी हुई कि लोकार्पण किसके कर-कमलों से कराया जाये, क्योंकि मैं बिहार का कोई बड़ा लेखक तो दूर रहा किसी छोटे या मझले लेखक को भी नहीं जानता था। इसका हल भी अनंत विजय ने ही निकाला। चूँकि नमिता गोखले का नाम मेरे मन से अब भी नहीं निकला था, इसलिए मैंने पहले ही अनंत को कह दिया कि अगर साहित्यकार के अलावा कोई समाजशास्त्री या एनजीओ से जुड़ा कोई बड़ा नाम हो तो और अच्छा होगा। अन्ततः वरिष्ठ आलोचक डॉ. नन्दकिशोर नवल

और वरिष्ठ लेखिका उषाकिरण ख़ान जी का नाम साहित्यकारों के रूप में तय हो गया। लेकिन समाजशास्त्री या किसी एनजीओ से जुड़ा बड़ा नाम कौन हो, इस पर गाड़ी अटक गयी। बहुत सोच-विचार करने के बाद अनंत ने एक नाम सुझाते हुए कहा कि अगर शैबाल गुप्ता लोकार्पण में आ जाते हैं, तो समारोह में रंग जम जायेगा। अनंत ने ही बताया कि शैबाल जी बिहार का बहुत बड़ा नाम है। जाने-माने अर्थशास्त्री तो हैं ही बल्कि उनकी एक एनजीओ भी है। आप इनसे बात कर लीजिए। इतना कह अनंत ने शैबाल जी का नम्बर भी दे दिया।

अनंत विजय ने जो नम्बर दिया उस पर अगले दिन यानि 28 अक्टूबर को मैंने दिन में कई बार फोन किया। लेकिन उनसे कोई सम्पर्क नहीं हो पाया। अन्ततः रात को उधर से रोमन में एक एसएमएस (SMS) आया—अस्थमा का अटैक। दो दिन बाद फोन कर पायेंगे।

अगले दिन 29 अक्टूबर को मैंने इस पर चिन्ता प्रकट करते हुए, अपनी फेसबुक वाल पर यह पोस्ट लगा दी—

कल दिनभर 'दामुल' जैसी कालजयी कहानी के रचयिता शैवाल जी को फोन मिलाता रहा, मगर हर बार स्विच ऑफ़ की रटी-रटायी आवाज़ सुनाई देती रही। रात को लगभग 8 बजे फिर से फोन किया, तो उधर से 8.13 बजे उनका जब मिस्ड कॉल आया तब कहीं जाकर सन्तोष हुआ। लेकिन पुनः फोन किया तो उनका कोई जवाब नहीं आया। आख़िरकार 8.16 मिनट पर उनका यह SMS आया—Asthma ka atack . Do din baad phone kar payenge. अगर गया (बिहार) में उनके आसपास कोई लेखक है तो उससे अनुरोध है कि जाकर उनका हाल जाने, और यथासम्भव उनकी मदद करे।

मैंने एक-दो दिन बाद अनंत से पुनः शैबाल जी का दूसरा नम्बर लिया और जैसे ही लगाया शैबाल गुप्ता ने तुरन्त फोन उठा लिया। उनकी बातचीत से ऐसा कुछ लगा ही नहीं जैसा उन्होंने SMS कर बताया था कि उन्हें अस्थमा का अटैक पड़ा था। मुझे बड़ी हैरानी हुई। मैंने उन्हें अपना फोन करने का प्रयोजन बता दिया। इस पर वे बोले कि मैं दिल्ली आ रहा हूँ। इंडिया इंटरनेशनल सेंटर में ठहरूँगा। आप उस दिन फोन कर लेना, वहीं बात करते हैं। मुझे ख़ुशी हुई शैबाल जी ने कम-से-कम मना नहीं किया। मुझे पहली बार अहसास हुआ कि अनंत विजय कोई मामूली हस्ती नहीं है। इस दौरान मैंने शैबाल गुप्ता जी के बारे में और जानकारी प्राप्त की तो पता चला कि वे पटना स्थित आद्री अर्थात *एशियन डेवलपमेंट रिसर्च इंस्टीट्यूट* नाम की बहुत बड़ी एनजीओ के सदस्य सचिव हैं। बिहार में उन्हें एक तरह से आर्थिक सम्बन्धी मामलों का विशेषज्ञ

और थिंक टैंक के रूप में जाना जाता है। अंग्रेज़ी के एक ख्यात लेखक के रूप में भी ये जाने जाते हैं। अंग्रेज़ी-हिन्दी के सभी प्रमुख समाचार-पत्रों में नियमित रूप से सामाजिक-आर्थिक मुद्दों पर लिखते रहते हैं।

अब आप सोच रहे होंगे कि जिस व्यक्ति को अस्थमा का अटैक पड़ा हो, वह इतनी जल्दी कैसे भला-चंगा हो गया। इस रहस्य का ख़ुलासा तब हुआ जब मैंने अनंत विजय द्वारा दिये गये दोनों नम्बरों का मिलान किया। पता चला कि दोनों नम्बर बिल्कुल अलग थे। पता नहीं किस झोंक में अनंत ने पहले जो नम्बर दिया था वह शैबाल गुप्ता का नहीं, कथाकार शैवाल जी का था और मैं उसी नम्बर पर फोन करता रहा। अगर मैं दोबारा अनंत विजय से नम्बर नहीं लेता तो शैवाल जी को ही फोन करता रहता। शायद इस भ्रम से परदा ही नहीं उठता कि मैं शैबाल गुप्ता को नहीं, शैवाल जी को फोन करता रहता। हालाँकि जब शुरू में अनंत विजय ने शैबाल गुप्ता का नाम सुझाया था, तो मैंने बिना देरी किये अपनी सहमति इसलिए दे दी थी कि पटना पुस्तक मेले में मेरे उपन्यास का लोकार्पण *कालसूत्र* जैसी कहानी के लेखक शैवाल जी करेंगे, जिस पर प्रकाश झा ने 1985 में *दामुल* (आजीवन बन्धुआ) जैसी कलात्मक फ़िल्म बनायी थी। नब्बे के दशक का यह वही कला फ़िल्मों अर्थात समान्तर फ़िल्मों का दौर था, जिसके दौरान *अल्बर्ट पिंटो को गुस्सा क्यों आता है (1980), बाज़ार (1982), अर्ध सत्य (1983), मंडी (1983), पार (1984), मोहन जोशी हाज़िर हो (1984), दामुल (1985), एक रुका हुआ फ़ैसला (1986), मिर्च मसाला (1987)* जैसी यथार्थवादी फ़िल्मों का निर्माण हुआ। मुझे नहीं मालूम था कि शैबाल गुप्ता और शैवाल दो अलग-अलग नाम हैं। मुझे लगा था कि शैवाल जी का पूरा नाम शैबाल गुप्ता है।

इस बीच अनंत विजय ने अपने चाचा भारत भारद्वाज जी के माध्यम से डॉ. नन्दकिशोर नवल जी को तैयार करा लिया। उषाकिरण ख़ान जी से उन्होंने ख़ुद बात कर उन्हें भी तैयार कर लिया। मेरी सबसे बड़ी परेशानी यह है कि मैं अपने वरिष्ठों और अग्रजों के नाम से तो परिचित रहता हूँ, लेकिन अधिकतर से मिलना तो दूर रहा कभी देखा तक नहीं होता। डॉ. नन्दकिशोर नवल जी और उषाकिरण ख़ान जी को भी मैंने इससे पहले कभी नहीं देखा। हाँ, इससे पहले जब कभी किसी रचना के साथ उसके लेखक के रूप में उषाकिरण ख़ान नाम देखता, तब इस नाम को पढ़कर बड़ा विस्मय होता कि यह कैसा नाम है जो आधा हिन्दू और आधा मुसलमान है?

शैबाल गुप्ता जी ने जो दिन बताया गया था, उस दिन मैंने फोन किया तो वे बोले मैं कि यहीं इंडिया इंटरनेशनल सेंटर में हूँ, आप आ जाइए। दोपहर बाद तीन बजे के आसपास मैं उनके पास पहुँच गया। सबसे पहले मैंने उन्हें उपन्यास दिया। परन्तु जिस तरह उन्होंने बेमन से उसे ग्रहण किया, मुझे लगा कि कहीं ऐन वक़्त पर यह आदमी आने से मना न कर दे। इस तरह 14 नवम्बर, 2014 (शुक्रवार) को होनेवाले लोकार्पण पर मिलने के वायदे के साथ मैं वहाँ से लौट आया।

नवम्बर के महीने में ही हर साल लखनऊ का प्रतिष्ठित *कथाक्रम सम्मान* का आयोजन होता है। *कथाक्रम* का यह 18वाँ सम्मान था जो वरिष्ठ कथाकार नासिरा शर्मा जी को प्रदान किया जाना था। इसे 15-16 नवम्बर को आयोजित होनेवाले दो दिवसीय समारोह में प्रदान किया जाना था। मैंने 'गणित' लगाया कि अगर पटना पुस्तक मेले में 14 नवम्बर को उपन्यास के लोकार्पण के बाद, उसी दिन शाम को पटना से रवाना हुआ जाये तो अगले दिन दोपहर तक लखनऊ पहुँचा जा सकता है। मैंने इसकी सम्भावना तलाश की तो पता चला यह पूरी तरह सम्भव है। लेकिन इससे पहले मैने *कथाक्रम* के संयोजक और कथाकार मित्र शैलेन्द्र सागर से बात की। क्या पता वे मेरी योजना को स्वीकार न करें और अगर वे इस पर सहमत नहीं हुए तो फिर मैं लखनऊ धूल फाँकने जाऊँगा? यही सोचकर अपनी बनायी गयी योजना के अनुसार मैंने शैलेन्द्र सागर जी से बात की और उन्हें बताया कि इस बार के कथाक्रम सम्मान समारोह में मैं आना चाहता हूँ। हालाँकि 2006 का 10वाँ *आनन्द सागर स्मृति कथाक्रम सम्मान* मिला था, और मज़ेदार यह है कि मैं न तो कभी उससे पहले और न बाद में आयोजित हुए किसी कथाक्रम सम्मान समारोह में गया। पहले का तो मुझे याद नहीं लेकिन 2006 के बाद मुझे कई बार इस सम्मान समारोह में मित्र शैलेन्द्र सागर ने आमन्त्रित किया था, किन्तु मैं ही नहीं जा पाया। मगर इस बार मेरा स्वार्थ था तो मैंने 2014 के उस समारोह में जाने की योजना बनाडाली। मैंने जब बताया कि इस बार के समारोह में मैं भी आना चाहता हूँ तो उन्हें बड़ी ख़ुशी हुई और बोले, “अरे यार आइए, आपका स्वागत है!”

शैलेन्द्र सागर ने जब मेरे आने पर ख़ुशी ज़ाहिर की तो मैंने बड़ी सफ़ाई और चालाकी के साथ अपनी साध और मंशा प्रकट करते हुए उनसे आग्रह किया, “शैलेन्द्र जी, मेरा अभी-अभी नया उपन्यास आया है। मैं चाहता हूँ कि इस बार की सम्मानित कथाकार नासिरा शर्मा जी के कर-कमलों से उसका अनौपचारिक-सा लोकार्पण हो जाये!”

मित्र शैलेन्द्र सागर ने इस पर सहर्ष सहमति प्रदान करते हुए कहा, “हो जायेगा यार इसमें कौन-सी बड़ी बात है।”

"फिर ऐसा करते हैं कि इसका लोकार्पण अन्तिम दिन 16 नवम्बर को कराते हैं।"

मैंने अन्तिम दिन इसलिए कहा था कि एक तो पहले दिन सम्मान अर्पण समारोह होता है। दूसरा, समारोह का शुभारम्भ दोपहर बाद शुरू होता है। इसमें अन्य वक्ताओं के साथ सम्मानित कथाकार का भी उद्‌बोधन होता है। इसलिए समयाभाव के चलते पहले दिन यह बिल्कुल सम्भव नहीं था। अन्तिम दिन लोकार्पण कराने की एक बड़ी वजह यह भी थी कि अगले दिन अधिकतर समाचार-पत्रों में सम्मान अर्पण की ख़बरें होंगी। इसीलिए बहुत सोच-समझकर मैंने शैलेन्द्र सागर के सामने 16 नवम्बर के दिन लोकार्पण कराने का पासा फेंका।

मैंने यहाँ अनौपचारिक-सा लोकार्पण शब्दों का इस्तेमाल जान-बूझकर किया था। क्योंकि ऐसा न करने पर मैं जानता था कि अगर वे लोकार्पण की सार्वजनिक घोषणा कर देंगे, तो मेरी सारी योजना, साध और मंशा सब धरे के धरे रह जायेंगे। मैं अपने हिन्दी साहित्य के चरित्र को अच्छी तरह जानता हूँ कि इस ख़बर के लीक होते ही तरह-तरह की विघ्न-बाधाएँ और रोड़े अटकने शुरू हो जायेंगे कि मेरे उपन्यास का किसी भी हालत में लोकार्पण ना हो पाये। वैसे भी यह लखनऊ है। आपकी गर्दन यहाँ कितनी नफ़ासत और सलीक़े से रेती जायेगी, आपको पता ही नहीं चलेगा। मैं यह अच्छी तरह जानता था कि औपचारिक-अनौपचारिक जैसा कुछ नहीं होता। जब 26वें कथाक्रम सम्मान समारोह में इसका लोकार्पण होगा, तो फिर यह अनौचारिक कैसे रह जायेगा? हाँ, एक और मज़ेदार रहस्य। मैंने शैलेन्द्र जी को इसकी बिल्कुल भी भनक नहीं लगने दी कि मैं इसका एक लोकार्पण दो दिन पहले पटना पुस्तक मेले में कराकर आऊँगा। आप तो जानते हैं कि हमारे यहाँ वैसे भी जूठन को बहुत घृणा से देखा जाता है।

इस तरह भारत में तेज़ी से पनपती एनजीओ संस्कृति को केन्द्र में रखकर लिखे गये मेरे चौथे उपन्यास *नरक मसीहा* के बेक टू बेक दो लोकार्पण तय हो गये। अब आप कल्पना कर सकते हैं कि जो लेखक तीन दिन के भीतर दो लोकार्पण फिक्स करा ले, ऐसा लेखक कितना घाघ और घुटा हुआ होगा, बताने की आवश्यकता नहीं है।

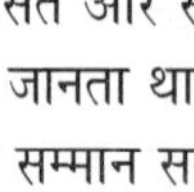

यह मेरा पहला पटना ही नहीं पहला बिहार प्रवास भी था। इससे पहले मैं यहाँ कभी नहीं आया था। पटना पुस्तक मेले में दिल्ली से मैं और अनंत विजय दोनों साथ आये। एअरपोर्ट से गाँधी मैदान जाते हुए मैं पटना शहर की

सड़कों को बुड़बक की तरह बौराया हुआ ऐसे देख रहा था, जैसे बिहार से पहली बार दिल्ली आने वाला बिहारी अकबकाते हुए देखता है। मैंने छरहरे बदनवाले लगभग अधेड़ उम्र के रत्नेश्वर को उस दिन पहली बार देखा था। हम तीनों ने स्मृति-स्वरूप एक ग्रुप फोटो भी खिंचवाया था।

शाम को चार बजे लोकार्पण का समय था लेकिन डॉ. नन्दकिशोर नवल जी के देर से आने पर कार्यक्रम समय पर शुरू नहीं हो पाया। जब शुरू हुआ तो इतना लम्बा खिंच गया कि उसके बाद के सारे सत्र गड़बड़ा गये। बहरहाल, उपन्यास का लोकार्पण हुआ। लोकार्पण के बाद सबसे बड़ी हैरानी मुझे यह देखकर हुई कि जिस तैयारी के साथ शैबाल गुप्ता जी आये थे, वह अकल्पनीय था। जगह-जगह उपन्यास से गुलाबी पट्टियाँ बाहर झाँक रही थीं। उनके वक्तव्य से मुझे ज़्यादा तो याद नहीं, बस इतना याद है कि उन्होंने एक तो यह कहा था कि मैं एक एनजीओ से जुड़ा होने के नाते यह कह सकता हूँ कि इस उपन्यास में जो लिखा गया है, एकदम सही लिखा गया है। दूसरा, उन्होंने यह कहा था कि जिस दिन ये मुझसे दिल्ली के इंडिया इंटरनेशनल सेंटर में मिलने आये थे, मैंने इन्हें हिन्दी का एक मामूली लेखक समझा था और उसी तरह इनके साथ बिहेव किया था। किन्तु जब मैं पटना आया तब मुझे पता चला कि ये हिन्दी के बड़े लेखक हैं। शैबाल गुप्ता के मुँह से यह सब सुनते हुए मुझे बड़ी हैरानी हुई और स्वयं को मन-ही-मन धिक्कारने लगा कि इस भले आदमी के बारे में मैं तो कुछ और ही सोच रहा था, लेकिन इसके अन्दर तो मेरे प्रति आदरभाव कूट-कूटकर भरा हुआ है। अगर समय की सीमा नहीं होती, तो मुझे यक़ीन था कि वे जिस तरह उपन्यास पढ़कर पूरी तैयारी के साथ आये थे, वे बहुत देर तक बोलते।

वरिष्ठ आलोचक डॉ. नन्दकिशोर नवल जी ने अपने उद्‌बोधन में कहा—

किसी भी कथाकार की ताक़त इस बात में निहित होती है कि उसकी कथा की संरचना कैसी है, वह लेखक दृश्य चित्रण में सफल है या नहीं। तीसरी बात कि वह संवाद-प्रेषण में किस हद तक पटु है। ये तीनों ही विशेषताएँ भगवानदास मोरवाल के उपन्यास 'नरक मसीहा' में अपने चरमोत्कर्ष पर पहुँची हुई हैं। मोरवाल की क़लम में बहुत ताक़त है, बहुत शहज़ोर क़लम है इनकी।

दुर्भाग्य से यह लोकार्पण समारोह इतना लम्बा खिंच गया कि मित्र रत्नेश्वर ने उसी दिन जैसे प्रण ले लिया कि वे भविष्य में इस भगवान्नदास मोरवाल की किसी पुस्तक का कोई लोकार्पण नहीं कराएँगे। रत्नेश्वर जी ही क्या, अगर उनकी जगह मैं और मेरी जगह वे होते तो मैं भी ऐसा ही प्रण लेता और ज़िन्दगीभर इस प्रण का पालन करता जैसे रत्नेश्वर जी कर रहे हैं।

इसी मेले में फेसबुक मित्र रत्नाकर त्रिपाठी से मिलना हुआ। रत्नाकर त्रिपाठी ने एक बार बहुत लम्बी पोस्ट कंजर समुदाय के सामाजिक ताने-बाने को केन्द्र में रखकर लिखे गये उपन्यास *रेत* पर अंग्रेज़ी में लिखी थी। यह पोस्ट एक बार गूगल पर कुछ सर्च करते हुए अचानक मेरे हाथ लग गयी थी। इसका एक अंश इस तरह है–

This is my greatest Hindi novel post-2000 and I heavily recommend it for friends who do will not read Hindi, although I am not in a position to vouch for the translation quality here. it's a great moment in Hindi novel and I feel proud promoting it so brazenly. The fact is Morwal ji became a friend much after I reviewed this book in English for site bihardays.com that has sunk since and you cant access my+*+' piece anymore. I discussed my three favourite Hindi writers–Shreelal Shukla, Prabha Khaitan, and Bhagwandass Morwal, he being the main focus. I may now add Abdul Bismillah and Tulsi Ram to the list, all of whom form a column of people whom we should lobby for for more than one Nobel and no less. although I feel we the Hindi folk'd rather wrangle with each other as caste coteries rather form a confident chorus, not being accustomed to the idea of greatness in Hindi lit. The interesting thing about Morwal is he an evolving author and selecting his Ret [Quick Sand] was tough. who knows his next 'Sur Banjaran' [the Melody Rover,a bad translation of the title], may top even Quick Sand. I am waiting...as for the Hindi critics, I am sorry, I will quiet lest I begin to froth at my mouth...so it's really up to us, the perceptive and the big-hearted hindi reader.

यहीं मुझे पता चला कि रत्नाकर त्रिपाठी शैबाल गुप्ता जी की एनजीओ आद्री (ADRI) से जुड़े हुए हैं। रत्नाकर त्रिपाठी ने बातचीत के दौरान एक वाक़या सुनाया। वे बोले कि मैंने एक दिन शैबाल जी की मेज़ पर जब *नरक मसीहा* देखा, तो मैंने उनसे चौंकते हुए पूछा, "सर, आपको यह उपन्यास कहाँ से मिला?"

इस पर शैबाल जी ने बड़ी ही सहजता से उत्तर दिया,"इसे दिल्ली में खुद लेखक ने दिया था।"

"आप इसके लेखक को जानते हैं?" रत्नाकर त्रिपाठी ने पूछा।

"नहीं।"

तब रत्नाकर ने कहा,"सर, ये हिन्दी के बड़े लेखक हैं।"

इतना सुन शैबाल जी चौंकते हुए बोले,"क्या? लेकिन मैंने तो इनसे ढंग से बात भी नहीं की।"

मेरी अब समझ में आया कि इसी कारण शैबाल गुप्ता इस उपन्यास पर बोलने के लिए अच्छी तैयारी के साथ आये थे।

उसी साल 2014 में ही *किताबघर प्रकाशन* से *10 प्रतिनिधि कहानियाँ* शीर्षक से मेरा एक कहानी संग्रह भी आया था। जिसकी मुँह दिखाई रस्म के तौर पर अतिथि लौंज में रत्नेश्वर, डॉ. पूनम सिन्हा और कथाकार मित्र अवधेश प्रीत के हाथों इसका एक अनौपचारिक लोकार्पण किया गया था।

इस तरह मैं 14 नवम्बर, 2014 की शाम को पटना से रेल से लखनऊ के लिए रवाना हो गया। लेकिन हुआ यह कि यह रेल कानपुर जाकर रुकी थी। कानपुर से मैंने लखनऊ के लिए बस ली और धक्के खाता हुआ शाम के चार बजे के आसपास लखनऊ के राय उमानाथ बली प्रेक्षागृह पहुँच गया।

सम्मान समारोह के पहले दिन यानि 15 नवम्बर को हिन्दी की वरिष्ठ कथाकार नासिरा शर्मा को *कथाक्रम सम्मान* से नवाज़ा गया। अगले दिन *लेखक, आलोचक और पाठक : सहमति/असहमति के आयाम और आधार* विषय पर एक गरमागरम चर्चा हुई। इस बीच मैंने उपन्यास की चार प्रतियों का छोटा-सा पैकेट मंच पर लगी मेज़ के नीचे, जहाँ शैलेन्द्र सागर को बैठना था, रखवा दिया। इसकी किसी को कानों-कान भनक नहीं लगने दी कि चर्चा के बीच में क्या होने वाला है। क्योंकि मैंने ही शैलेन्द्र सागर को यह सुझाव दिया था कि जब चर्चा अपने पूरे उठान पर होगी, तभी इसका लोकार्पण कराना उचित रहेगा।

इस चर्चा में हिन्दी लेखक, आलोचक और पाठक के बीच बने गठबन्धन और दुरभिसन्धियों की ख़ूब परतें उघड़ीं। जब चर्चा सचमुच अपने पूरे रंग में आ गयी, तो शैलेन्द्र सागर जी डायस पर आये और बेहद सधे हुए शब्दों के साथ बोले,"मित्रो, आपको बताते हुए यह ख़ुशी हो रही है कि 14वें कथाक्रम सम्मान से सम्मानित हमारे लेखक भगवानदास मोरवाल का नया उपन्यास 'नरक मसीहा' राजकमल प्रकाशन से प्रकाशित होकर आया है। मोरवाल जी स्वयं हमारे बीच मौजूद हैं। हम इस अवसर पर उनके इस नये उपन्यास का इस मंच पर उपस्थित साहित्यकारों के हाथों लोकार्पण कराना चाहेंगे। इसके बाद चर्चा पूर्व की तरह जारी रहेगी। मोरवाल जी, मंच पर आइए!"

अचानक किसी तेज़ बहाववाली नदी के वेग को मानो किसी ने थाम लिया। गरमागरम चर्चा के बीच अचानक हुई इस उद्घोषणा को सुन, मंच पर उपस्थित सम्मानित लेखिका नासिरा शर्मा, वरिष्ठ कवि नरेश सक्सेना, चन्द्रकला त्रिपाठी,

वीरेन्द्र यादव, अखिलेश सहित पूरा प्रेक्षागृह जैसे सकते मैं आ गया। हैरान-परेशान किसी की समझ में नहीं आया कि पूर्व कार्यक्रम के अनुसार तो ऐसा कुछ था नहीं। मैं बड़ी अदा के साथ एकदम भोले-भण्डारी की मुद्रा अपनाते हुए, जैसे इस अल्लाह की गाय को कुछ पता ही नहीं है, छोटे-छोटे क़दमों से मंच की तरफ़ बढ़ गया। शैलेन्द्र सागर ने मेज़ के नीचे रखे पैकेट को बाहर निकाला और उसे खोलकर उपन्यास की एक-एक प्रतियाँ नासिरा शर्मा, नरेश सक्सेना, चन्द्रकला त्रिपाठी और एक प्रति संयुक्त रूप से वीरेन्द्र यादव और अखिलेश को दे दी। इस तरह मेरे नये उपन्यास *नरक मसीहा* का लोकार्पण उस बार की *आनन्द सागर स्मृति कथाक्रम सम्मान-2014* की सम्मानित कथाकार नासिरा शर्मा, वरिष्ठ कवि नरेश सक्सेना, वरिष्ठ आलोचक वीरेन्द्र यादव व चन्द्रकला त्रिपाठी तथा मेरे समकालीन एवं तद्भव पत्रिका के सम्पादक अखिलेश के कर-कमलों द्वारा अवध की सांस्कृतिक पहचान लखनऊ के साहित्य-प्रेमियों और संस्कृतिकर्मियों की गौरवमयी उपस्थिति और उनकी गवाही में सम्पन्न हो गया। लोकार्पण के दौरान नासिरा शर्मा जी ने मुस्कराते हुए कहा मोरवाल तुम तो बड़े चालाक निकले। चुपचाप अपने उपन्यास का लोकार्पण करा लिया।

इसी कथाक्रम सम्मान समारोह के दौरान ही पता चला कि राजेन्द्र यादव के दो प्रिय लेखक मैत्रेयी पुष्पा और वीरेन्द्र यादव के बीच कुछ खटास-सी पैदा हो गयी है। हालाँकि अखिलेश इसमें अपने मित्र वीरेन्द्र यादव के साथ थे। इस खटास का कारण उन दिनों मैत्रेयी जी द्वारा दिया गया यह बयान था कि मुझे किसी आलोचक की ज़रूरत नहीं है। या उन्होंने कुछ ऐसा कहा था कि मेरे लेखक बनने में किसी आलोचक का कोई हाथ नहीं है। मैत्रेयी जी के इस बयान से वीरेन्द्र यादव बेहद आहत थे। उनका कहना था कि जब आलोचकों ने उन्हें लेखक बनाया था, तब उन्होंने ऐसा कुछ नहीं कहा और अब वे स्थापित हो गयी हैं, तो वे यह सब कह रही हैं। अगर ऐसी बात वीरेन्द्र यादव कह रहे थे तो उनकी बात में कुछ-न-कुछ सत्यता अवश्य होगी। चूँकि उस बार चर्चा का विषय *लेखक, आलोचक और पाठक : सहमति/असहमति के आयाम और आधार* था, इसलिए मंच से वीरेन्द्र यादव ने मैत्रेयी जी के इस बयान को लेकर अपनी नाराज़गी व्यक्त की थी। बल्कि एक क़दम बढ़कर मैंने भी अपने वक्तव्य में उन सुने-सुनाये प्रसंगों का ज़िक्र किया था कि किस तरह कुछ लेखक अपने उपन्यासों के साथ आलोचकों के पास उपहार लेकर जाते हैं। वीरेन्द्र यादव मैत्रेयी जी की तरह *हंस* के सम्पादक राजेन्द्र यादव के बेहद क़रीबी थे, तो उनकी नाराज़गी का आधार सही और प्रामाणिक रहा होगा। हम जैसे जातिविहीन लेखक तो सिर्फ़ दूर की कौड़ी ढूँढ़कर या हवा में तीर मारकर अपना काम चलाते हैं।

बहरहाल, उस दिन राय उमानाथ बली प्रेक्षागृह में अजीब-सा तनाव व्याप्त था। लेकिन ऐसे समारोह/आयोजनों की यही ख़ूबसूरती होती है कि सबको अपने-अपने मत व्यक्त करने का अधिकार होता है। असहमतियाँ एक-दूसरे को समझने के झरोखे होते हैं। हालाँकि कुछ दिनों के बाद मैत्रेयी जी और वीरेन्द्र यादव में उसी तरह की घनिष्ठता देखी गयी जैसी लखनऊ से पहले कभी उनमें रही होगी। होनी भी चाहिए क्योंकि हम एक-दूसरे को छोड़कर जायें भी तो कहाँ जायें? शायद इसी को हमारे मेवात में कहा जाता है कि 'तोकू और ना, मोकू ठौर ना'।

इतना ही नहीं अगले महीने 12-13 दिसम्बर को भी *महाराष्ट्र राज्य हिन्दी साहित्य अकादमी,* मुम्बई के सहयोग से पेण, ज़िला रायगढ़ (महाराष्ट्र) के *भाऊसाहेब नेने कला, विज्ञान और वाणिज्य महाविद्यालय* में सम्पन्न हुए दो दिवसीय *रजत महोत्सवी वर्ष* तथा *महाराष्ट्र हिन्दी परिषद* के 22वें अधिवेशन में इस उपन्यास का भव्य लोकार्पण हुआ। बता दूँ, महाराष्ट्र हिन्दी परिषद पूरे महाराष्ट्र के विश्वविद्यालयों तथा महाविद्यालयों के हिन्दी विभागों के प्राध्यापकों की संस्था है। प्रतिवर्ष हिन्दी के प्राध्यापक सैकड़ों मील दूर आयोजित होने वाले अपने परिषद के अधिवेशन में अपने ख़र्चे पर पूरे उत्साह के साथ शामिल होते हैं। इन अधिवेशनों में स्थानीय प्रकाशकों द्वारा हिन्दी की पुस्तक प्रदर्शनियाँ लगाई जाती हैं। मेरा मानना है कि अगर हिन्दी के प्रति अनुराग देखना हो, तो कभी अहिन्दी क्षेत्रों के हिन्दी सेवियों के बीच जाकर देखनी चाहिए।

इस तरह एक महीने के अन्दर बिहार व उत्तर प्रदेश की राजधानी, और महाराष्ट्र के एक शहर में एक उपन्यास के तीन-तीन लोकार्पण अपने आप में एक घटना है। वह भी बिना किसी सहयोग के स्वयं लेखक के बल पर कराये गये लोकार्पण। उस समय मेरे अन्य उपन्यासों की अपेक्षा इस उपन्यास के सबसे अधिक लोकार्पण हुए। इन लोकार्पणों ने हिन्दी साहित्य की उस परम्परागत अवधारणा को बेमानी साबित कर दिया कि किसी पुस्तक का लोकार्पण केवल एक बार होता है। हालाँकि उन दिनों शहर-दर-शहर होने वाले लोकार्पणों को लेकर मेरी बड़ी कटु आलोचना भी हुई थी। इन लोकार्पणों की ही आलोचना नहीं होती थी, इस बात की भी होती थी कि मैं कितनी निर्लज्जता से अपनी पुस्तकों का प्रचार-प्रसार सोशल मीडिया पर करता हूँ। उन दिनों मेरे ऊपर रह-रह कर यह आक्षेप लगता था कि मैं बेहद आत्ममुग्ध, आत्मप्रचारक, आत्मकेन्द्रित आदि-आदि हूँ। बल्कि इधर-उधर से यह सलाह दी जाती थी कि एक लेखक को यह सब नहीं करना चाहिए। जबकि मेरा मानना है कि अगर आपको इस प्रचार-प्रसार की तकनीक आती है, तो प्रचार करने में क्या बुराई है? यह बात अलग है कि

जो फेसबुक जलकुक्कड़ मेरी आलोचना करते थे, बाद के दिनों में वे ही सबसे अधिक फेसबुक पर अपना प्रचार करते हुए दिखाई देने लगे सजिन दिनों 2014 में हमारा हिन्दी समाज फेसबुक को लेकर नाक-भौं सिकोड़ता था, आज यह माध्यम उसकी जैसे ज़रूरत बन चुका है। बल्कि इस माध्यम ने हिन्दी को अनेक लेखक-लेखिकाएँ दिये हैं। बहुत से लेखक-लेखिकाओं को तो लगता है कि जिस दिन वे फेसबुक पर अनुपस्थित रहते हैं, उन्हें लगता है मानो वे साहित्य की दौड़ में पिछड़ जायेंगे। यह बात अलग है कि सोशल मीडिया ने मेरे उतने मित्र नहीं बनाये, जितने दुश्मन पैदा किये हैं। हाँ, इस माध्यम का सबसे बड़ा योगदान यह है कि यह आपको अपने दुश्मन और हितैषी की तुरन्त पहचान करा देता है।

पता नहीं क्यों *हिन्दी अकादमी,* दिल्ली का भूत मेरा पीछा नहीं छोड़ रहा है? हिन्दी अकादमी, दिल्ली का सचिव पद प्रतिनियुक्ति, जिसे अंग्रेज़ी में डेपूटेशन कहा जाता है, उससे भरा जाता है। उसका अन्तिम सचिव जिसे प्रतिनियुक्ति के आधार पर भरा गया था, वह डॉ. ज्योतिष जोशी था। हम सब जानते हैं कि उस समय हास्य कवि अशोक चक्रधर को अकादमी का उपाध्यक्ष बनाने के विरोध में संचालन समीति के कई सदस्यों द्वारा त्यागपत्र देने के बाद, ज्योतिष जोशी भी सचिव पद से त्यागपत्र दे, वापस अपने मूल विभाग ललित कला अकादमी लौट गये थे। डॉ. ज्योतिष जोशी के बाद मैथिली-भोजपुरी अकादमी के सचिव डॉ. रवीन्द्रनाथ श्रीवास्तव को हिन्दी अकादमी का अतिरिक्त कार्यभार सौंपा गया था। इसके बाद आज तक अकादमी का कोई सचिव प्रतिनियुक्ति पर नहीं बुलाया गया।

1 मार्च, 2014 को हिन्दी के समाचार पत्र दैनिक *हिन्दुस्तान* में एक विज्ञापन प्रकाशित हुआ। इस विज्ञापन के माध्यम से हिन्दी अकादमी में प्रतिनियुक्ति आधार पर सचिव पद के लिए आवेदन पत्र माँगे गये थे। मैंने भी इस पद के लिए उचित माध्यम से आवेदन कर दिया। मेरे कार्यालय ने मेरा आवेदन 6 मार्च को *कला, संस्कृति एवं भाषा विभाग,* दिल्ली सरकार को अग्रेषित कर दिया। उन दिनों दिल्ली में कोई सरकार नहीं थी। वरिष्ठ आई.ए.एस. और जामिया मिलिया इस्लामिया के पूर्व कुलपति नजीब जंग उन दिनों दिल्ली के उपराज्यपाल थे। विदित है कि दिल्ली में काँग्रेस की 15 साल सरकार रहने के बाद 2013 में विधानसभा के चुनाव हुए थे। 4 दिसम्बर, 2013 को दिल्ली विधानसभा के लिए हुए मतदान में काँग्रेस को केवल 8 सीटें मिली थीं। जबकि बीजेपी को 32 और काँग्रेस के ख़िलाफ़ उपजे असन्तोष से उभरी और पहली बार चुनाव

लड़ रही आम आदमी पार्टी को 28 सीटें तथा अन्य को 2 सीटें मिली थीं। इस तरह किसी भी पार्टी को पूर्ण बहुमत (35 सीट) न मिलने के कारण दिल्ली में राष्ट्रपति शासन लगा दिया गया था, और नजीब जंग को दिल्ली का उपराज्यपाल बना दिया गया था।

हिन्दी अकादमी के सचिव पद के लिए मार्च 2014 के शुरू में आवेदन करने के पाँच महीने बाद अर्थात 1 अगस्त, 2014 के कला, संस्कृति एवं भाषा विभाग, दिल्ली सरकार के पत्र द्वारा मुझे 6 अगस्त को सुबह 11 बजे सम्बन्धित विभाग के सचिव के चैम्बर में होने वाले साक्षात्कार के लिए बुलाया गया। मैं 6 अगस्त को तय समय से पहले दिल्ली सचिवालय, इन्द्रप्रस्थ एस्टेट की सातवीं मंज़िल पर पहुँच गया। मैं जब कला, संस्कृति एवं भाषा विभाग में पहुँचा तो मुझे वहाँ छायी शान्ति बड़ी विचित्र लगी। पूछते-पाछते मैं वहाँ पहुँच गया जहाँ अभ्यर्थियों को होना था। लेकिन इससे अधिक हैरानी मुझे यह देखकर हुई कि मैं तो समझ रहा था कि इस पद के लिए साक्षात्कार देने वालों की भीड़ लगी होगी। और नहीं कम-से-कम हरिसुमन बिष्ट तो यहाँ मिलेगा ही। लेकिन देर तक बैठने के बाद सिर्फ़ एक अभ्यर्थी आया। उससे बातचीत हुई तो पता चला कि वह दिल्ली सरकार के किसी विद्यालय में अध्यापक है। मैं सोचने लगा कि हिन्दी के ज़्यादातर लेखक कहीं-न-कहीं नौकरी करते हैं, इसलिए यह भी नौकरी करता है। मैंने उसके लेखकीय अनुभव के बारे में पूछा तो पता चला कि उसके पास ऐसा कोई अनुभव नहीं था। जबकि मैं अपने चारों उपन्यासों और अन्य पुस्तकों को झोले में भरकर ले गया था।

इस तरह दिन के साढ़े ग्यारह बज गये। पहले तो मैं सोचता रहा कि शायद दूसरे आवेदनकर्ताओं का इन्तज़ार हो रहा होगा लेकिन हम दो के अलावा तीसरा कोई नहीं आया। बावजूद इसके साक्षात्कार की कोई चर्चा नहीं। बातों-बातों में मुझे इसी दूसरे उम्मीदवार ने बताया कि साक्षात्कार के लिए केवल तीन उम्मीदवारों को बुलाया गया है। दो हम हो गये और तीसरी उम्मीदवार हिन्दी अकादमी की तरह कला, संस्कृति एवं भाषा विभाग की संस्था *साहित्य कला परिषद* की एक महिला अधिकारी, जिसके पास परिषद के सचिव का कार्यभार था, उसको भी बुलाया गया था। लेकिन वह मुझे कहीं नहीं दिखाई दी। मैं मन-ही-मन ख़ुश हुआ कि चलो रास्ते से एक काँटा तो हटा। मेरे ख़ुश होने का कारण यह था कि सम्बन्धित विभाग की एक संस्था की सचिव का कार्यभार सँभालने वाली इस महिला अधिकारी ने अगर हिन्दी अकादमी के सचिव पद के लिए आवेदन किया है, तो ऐसे ही नहीं किया होगा।

इसी बीच उस दूसरे उम्मीदवार ने एक और सूचना दी कि कल अर्थात 5 अगस्त को जिस सचिव को हमारा साक्षात्कार लेना था, उसका दूसरे विभाग में तबादला हो गया है। नये सचिव ने कल शाम को ही अपना कार्यभार सँभाला है। कहना मुश्किल है कि आज इंटरव्यू हो जाये। अचानक मुझे दूर एक जाना-पहचाना-सा चेहरा दिखाई दिया। ये दिल्ली विश्वविद्यालय के हिन्दी विभाग के प्रो. गोपेश्वर सिंह थे। मैंने सोचा दिल्ली सचिवालय है, अपने किसी काम से आये होंगे। लगभग पौने एक बजे हमें बताया गया कि आज इंटरव्यू नहीं होगा। जब होगा, उसकी आपको सूचना दे दी जायेगी। इस सूचना के बाद मेरा डर व आशंका और बढ़ गयी कि साहित्य कला परिषद की जिस महिला अधिकारी, जिसके पास परिषद के सचिव का कार्यभार था, अगली बार अवश्य आयेगी। और आयेगी तो परिणाम क्या होगा, आप अनुमान लगा सकते हैं।

मैंने हिन्दी अकादमी के सचिव पद के लिए आवेदन कर तो दिया था लेकिन मुझे लगता था कि साक्षात्कार के लिए बुलावा नहीं आयेगा। परन्तु जब यह पता चला कि इस पद के लिए केवल तीन उम्मीदवारों को साक्षात्कार हेतु बुलाया गया है, तो अपने प्रशासनिक और लेखकीय अनुभव को देखते हुए मुझे अपने चयन की सम्भावना बलवती होती दिखाई देने लगी। जैसे ही मुझे इसकी सम्भावना नज़र आने लगी मैं एक नयी दुविधा और अन्तर्द्वन्द्व में फँसता चला गया कि, अगर मेरा चयन सचिव पद के लिए हो गया तो मेरे लेखन का क्या होगा? मैं जानता था कि सचिव की चौबीस घण्टे भाग-दौड़ रहती है। मेरा अधिकतर समय चाहे, वह छुट्टी का दिन हो या कार्य-दिवस तो हिन्दी अकादमी और दिल्ली सचिवालय के बीच दौड़ने में ही खट जायेगा। लेकिन मन को यह कहकर भी तसल्ली दे ली कि चयन हो जायेगा तो भी ठीक है। अगर मामला जमेगा तो तीन साल टिक जाऊँगा। नहीं जमा तो अपना क्या है, ज्योतिष जोशी की तरह इस्तीफ़ा देकर अपने केन्द्रीय समाज कल्याण बोर्ड में वापस चला जाऊँगा। लेकिन मैं मन-ही-मन इसकी अधिक कामना कर रहा था कि मेरा चयन हो ही नहीं। चयन नहीं होगा तो कहने के लिए यह बहाना मिल जायेगा कि मेरा चयन नहीं हुआ।

वहाँ न जाने का एक कारण यह भी था कि अब हिन्दी अकादमी का वैसा दौर नहीं रहा जैसा नानक चन्द जी के समय में था। बजट भी कम हो गया था। इसके अलावा सम्मान/पुरस्कारों को लेकर जो आकर्षण था, वह तो नानक चन्द जी के जाते ही ख़त्म हो गया था। ले-देकर कुछ कवि सम्मेलन बच गये थे, तो कुछ चर्चा-संगोष्ठियाँ। पत्रिका *इन्द्रप्रस्थ भारती* का सम्पादक बनने का कोई शौक़ नहीं था।

मुझे याद है कि नानक चन्द जी के यहाँ से जाने के बाद संचालन समिति की एक बैठक हुई थी, जिसकी खुद मुख्यमन्त्री और अकादमी की अध्यक्ष श्रीमती शीला दीक्षित ने अध्यक्षता की थी। उस समय कला, संस्कृति एवं भाषा विभाग, दिल्ली सरकार के सचिव थे केशव चन्द्रा, जो मूलतः बिहार के थे। उन्होंने जितने भी पुरस्कार जैसे *साहित्यकार सम्मान, साहित्यिक कृति सम्मान, काका हाथरसी पुरस्कार, विशेष कृति सम्मान, बाल साहित्य कृति सम्मान* (जिसे बाद में *बाल एवं किशोर साहित्य सम्मान* कर दिया गया था) थे, सबका यह कहकर विरोध किया कि इतने पुरस्कारों की क्या ज़रूरत है। *शलाका सम्मान* के अलावा एक-एक लाख के केवल पाँच पुरस्कार रखने चाहिए। इस बैठक में इस पर किसी भी सदस्य ने आपत्ति नहीं जताई। मैं हास्य कवि और संचालन समिति के वरिष्ठ सदस्य सुरेन्द्र शर्मा जी के बग़ल में बैठा था, मैंने धीरे-से कहा कि भाई साब आप कुछ बोलो न। सुरेन्द्र शर्मा जी ने सचिव के इस सुझाव का जब विरोध किया तो मैंने भी दबी ज़बान से कहा कि इन्हें ख़त्म नहीं करना चाहिए।

26 सितम्बर, 2021 को अपनी फेसबुक वाल पर बिहार के वरिष्ठ लेखक कर्मेन्दु शिशिर ने अपनी पोस्ट में लिखा था--

अभी हाल तक बिहार से कई साहित्यिक पत्रिकाएँ निकलती थीं। शीला दीक्षित जी ने मात्र एक करोड़ राशि हिन्दी की लघु पत्रिकाओं के लिए आवंटित कर दी थी। हिन्दी में लघु पत्रिकाओं की बाढ़ आ गयी। केजरीवाल जी ने उसे बन्द कर दिया। देश की हर राज्य सरकारें अनाप-शनाप पैसे ख़र्च करती हैं लेकिन लघु पत्रिकाओं के लिए कुछ नहीं। सारी पत्रिकाएँ एक-एक कर बन्द हो गयीं।

कर्मेन्दु जी ने सही कहा था कि दिल्ली की मुख्यमन्त्री और दिल्ली सरकार की सभी अकादमियों की अध्यक्ष श्रीमती शीला दीक्षित ने हिन्दी ही नहीं अन्य भाषाओं की लघु पत्रिकाओं के लिए बड़ी राशि आवंटित की थी। इस राशि से मिलने वाले अकादमी के विज्ञापनों से हिन्दी में लघु पत्रिकाओं की बाढ़ आ गयी थी। लेकिन बाद में यह योजना बन्द कर दी गयी थी। हाँ, शीला दीक्षित सरकार के बाद आयी केजरीवाल सरकार और उसकी पहली उपाध्यक्ष व हिन्दी की साहित्यकार मैत्रेयी पुष्पा से यह अपेक्षा ज़रूर थी कि हिन्दी अकादमी के पुराने गौरव को फिर से बहाल किया जायेगा। मगर ऐसा नहीं हुआ और हिन्दी की अधिकतर लघु पत्रिकाएँ एक-एक कर काल कवलित होती चली गयीं। मैं बार-बार कहता हूँ कि भाषा, कला और साहित्य के संवर्द्धन में श्रीमती शीला दीक्षित का और हिन्दी अकादमी को नयी ऊँचाई पर पहुँचाने में

जो योगदान नानक चन्द जी का रहा है, वह कभी भुलाया नहीं जा सकता। मुफ़्त बिजली-पानी और सस्ते राशन से समाज का पेट तो भरा जा सकता है लेकिन बौद्धिक चेतना का विकास तो कला और साहित्य के संवर्द्धन से ही सम्भव है।

ठीक दो महीने बाद अक्टूबर 2014 में फिर से पत्र प्राप्त हुआ जिसमें 14 अक्टूबर को मुझे साक्षात्कार के लिए बुलाया गया था। तय दिन को मैं एक बार फिर उसी जगह साक्षात्कार देने गया। सचिव पद के हम तीनों उम्मीदवार अपने आपको साक्षात्कार के लिए बुलाने का इन्तज़ार कर रहे थे कि, इसी बीच मैंने पिछली बार की तरह प्रो. गोपेश्वर सिंह को एक कमरे में अन्दर जाते हुए देखा। दोनों बार उनको यहाँ देखने का माजरा मेरी समझ में तब आया जब मैंने देखा कि दिल्ली सरकार के कला, संस्कृति एवं भाषा विभाग के सचिव के बायें तरफ़ वे बैठे हुए हैं। हम दोनों ने आँखों-आँखों में एक-दूसरे को देखा। साक्षात्कार शुरू हुआ। गोपेश्वर सिंह जी ने मेरे लिखने-पढ़ने के बारे में पूछा, अपने साथ लेकर गया पुस्तकों को एक-एक कर मैंने मेज़ पर रख दिया। सचिव ने भी मुझसे कुछ प्रश्न किये। इस तरह साक्षात्कार देकर मैं आ गया।

इधर एक के बाद एक कई महीने बीत गये लेकिन सचिव पद के लिए किसका चयन हुआ, कुछ पता नहीं चला। एक दिन मैंने प्रो. गोपेश्वर सिंह जी को टटोलने की कोशिश की, तो उनकी बातों से मुझे लगा कि मेरे नाम पर सहमति बनी है। मगर इसके बावजूद कला, संस्कृति एवं भाषा विभाग की तरफ़ से कोई नोटिफिकेशन जारी नहीं हुआ। शायद इसका कारण था दिल्ली की राजनीतिक अस्थिरता। अन्ततः दिल्ली में फिर से विधानसभा चुनावों की घोषणा हो गयी और फ़रवरी 2015 में हुए मतदान में, इस बार आम आदमी पार्टी ने 67 सीटें जीतकर इतिहास रच दिया। बीजेपी को मात्र 3 सीटें मिलीं जबकि काँग्रेस का खाता भी नहीं खुला। इस तरह बाबा तुलसीदास का यह कथन चरितार्थ हो गया कि जैसी रही भावना जाकी। जिस दुविधा और अन्तर्द्वन्द्व की खन्दक में फँसे मुझसे न निकलते बन रहा था, न उसमें नीचे उतरने का मोह मुझे छोड़ रहा था, उससे आख़िर मुक्ति मिल गयी।

नयी सरकार बनने के बाद एकबार फिर हिन्दी अकादमी चर्चा में आ गयी। इस बार इस चर्चा का कारण सचिव पद नहीं था बल्कि इसके नये अध्यक्ष को लेकर थी। यह चर्चा उस दिन सही साबित हो गयी जब हिन्दी की वरिष्ठ लेखिका मैत्रेयी पुष्पा को इसका उपाध्यक्ष बनाने की घोषणा हो गयी।

कहते हैं, बल्कि मैत्रेयी जी ख़ुद बताती हैं कि उनके दिल्ली के मुख्यमन्त्री अरविन्द केजरीवाल से लगभग परिवार जैसे सम्बन्ध हैं। ज़ाहिर सी बात है कि अगर किसी मुख्यमन्त्री से किसी के पारिवारिक सम्बन्ध हों, तो सरकार की किसी संस्था का अध्यक्ष-उपाध्यक्ष बनना कौन-सी बड़ी बात है।

सुना जाता है कि उपाध्यक्ष बनने के बाद जब उन्होंने अकादमी के सचिव के बारे में पता किया, तो उन्हें बताया गया कि सचिव के इंटरव्यू हो चुके हैं। लेकिन उन्हें जैसे ही यह बताया गया कि उसके लिए भगवानदास मोरवाल का चयन हुआ है, उन्होंने यह कहते हुए मना कर दिया कि मैं उस व्यक्ति के साथ काम नहीं कर सकती। हालाँकि ये सब सुनी-सुनाई बातें हैं। असलियत क्या है इसके बारे में जानकारी आदरणीया मैत्रेयी जी ही दे सकती हैं। लेकिन गीता सार के अनुसार जो हुआ अच्छा हुआ। बहरहाल, उन्होंने हिन्दी अकादमी के उपाध्यक्ष का कार्यभार सँभाल लिया और दो वर्षों तक उस पद पर शोभायमान रहीं। प्रतिनियुक्ति आधार पर सचिव पद पर जो नियुक्ति होनी थी, वह डॉ. ज्योतिष जोशी अर्थात 2010 के बाद फिर कभी नहीं हुई। दूसरी अकादमियों के सचिवों को अतिरिक्त कार्यभार देकर दिल्ली सरकार की सबसे बड़ी अकादमी को पूरी गति से दौड़ाया जाता रहा।

इस तरह मेरे जीवन का एक मज़ेदार वाक़या मेरी स्मृतियों में आकर यदा-कदा चुहल करके मेरे पास से मुस्कराता हुआ निकल जाता है।

हिन्दी अकादमी में चयन न होने के बाद मैं अब पूरी ताक़त से अपने लेखन में जुट गया। उन दिनों मेरे कार्यालय में इ-ऑफ़िस के माध्यम से कार्य होना शुरू हो गया था। इसमें किसी चपरासी द्वारा फ़ाइल लाने-ले जाने का कोई झंझट नहीं था। सम्बन्धित अनुभाग से मेरे कम्प्यूटर पर इ-फ़ाइल्स के माध्यम से फॉरवर्ड कर दी जातीं। इसके बाद उप निदेशक होने के नाते मुझे जहाँ इन्हें भेजना होता था, भेज देता। अधिकतर फ़ाइल्स ऐसी होतीं कि मैं उन्हें या बिना कुछ लिखे वापस सेक्शन में भेज देता? या अपने उच्च अधिकारी के अनुमोदन हेतु फॉरवर्ड कर देता। इसका सबसे बड़ा मुझे लाभ यह था कि मैं अपनी किसी स्टेनो की मदद के बिना स्वयं सारा काम अविलम्ब निपटा देता। इस तरह ऑफ़िस छोड़ने से पहले और कम्प्यूटर शट डाउन करने से पहले यह देखता कि मेरे अकाउंट में किसी अन्य सेक्शन से कोई इ-फ़ाइल तो नहीं है? इसी तरह अगले दिन मैं अपने कार्यालय आने के बाद सबसे पहले अपना कम्प्यूटर खोल इ-ऑफ़िस लॉग इन कर देखता कि किसी ने मेरे ऑफ़िस से जाने के बाद कोई फ़ाइल तो नहीं भेजी है।

मैंने सेक्शन की पूरी ज़िम्मेदारी अपने सेक्शन अधिकारियों को सौंप दी थी। मन्त्रालय से लेकर अपने उच्च अधिकारियों के पास उन्हें ही भेज देता। हाँ, जब कोई ऐसी मीटिंग होती जिसमें मेरा होना अनिवार्य होता, मैं चला जाता। मेरे सारे उच्च अधिकारी इस बात से भली-भाँति परिचित थे कि मैं अपने अधिकतर समय का सदुपयोग अपने लेखन में करता हूँ। इसीलिए मैं किसी काम को पेंडिंग नहीं रखता था। उप निदेशक के रूप में मेरे पास लगभग सात वर्षों तक केन्द्रीय समाज कल्याण बोर्ड का एक महत्त्वपूर्ण कार्यक्रम परिवार परामर्श केन्द्र की ज़िम्मेदारी थी। बता दूँ इस कार्यक्रम के माध्यम से देश की विभिन्न स्वयंसेवी संस्थाओं को ग्रांट दिया जाता था। इसलिए समय-समय पर मेरे पास भी इन स्वयंसेवी संस्थाओं के प्रतिनिधि अक्सर आते थे। ये प्रतिनिधि वे होते थे जिनका अनुदान उनके द्वारा समय पर ज़रूरी दस्तावेज़ जमा न करने के कारण, स्वीकृत होने में देर हो जाती थी। शुरुआत में जब मेरा प्रमोशन समाज कल्याण पत्रिका से सेक्शन अधिकारी, जिसे केन्द्रीय समाज कल्याण बोर्ड में सहायक निदेशक कहा जाता है, के रूप में हुआ था; तो कभी-कभी अपने कार्यालय के अन्य बाबुओं और अधिकारियों की तरह ऐसे स्वयंसेवी संस्थाओं का कोई प्रतिनिधि लपेट में आ जाता, तो मैं भी उनसे जो हाथ लगता झटक लेता था। लेकिन बाद में मेरा मन इसकी गवाही नहीं देने लगा। कई बार तो ऐसा होता कि कुछ घाघ और चतुर प्रतिनिधि जिनकी मुझसे कहने की हिम्मत नहीं पड़ती थी, वे बड़ी अदा से अपने थैले या जेब से जानबूझ कर ऐसे काग़ज़ या पेन निकालते कि उनके साथ हरे-नीले करारे नोट मुझे देखकर मुस्कराने लगते। इस पर मैं उन्हें विनम्रता से कहता कि आप इन्हें वापस रख लें और भविष्य में जब भी कुछ पूछने की ज़रूरत पड़े, मेरे कार्यालय के नम्बर पर पूछ लिया करें। आपको यहाँ आने की कोई ज़रूरत नहीं है। हाँ, मैं किसी को अपना मोबाइल नम्बर नहीं देता था। इस सबकी जानकारी मेरे उच्च अधिकारियों को थी। इसलिए वे मेरी तरफ़ से पूरी तरह बेफ़िक्र थे।

पिछले साढ़े पाँच वर्षों अर्थात 2015 से लेकर जनवरी 2021 के बीच मेरे जो पाँच उपन्यास *(हलाला, सुर बंजारन, वंचना, शकुंतिका तथा ख़ानज़ादा)* और एक स्मृति-कथा *पकी जेठ का गुलोहर* प्रकाशित होकर आये, वे सब परिवार परामर्श केन्द्र कार्यक्रम में उप निदेशक पद पर तैनाती के दौरान आये थे। मैं अपनी सारी फ़ाइलस निपटाकर अपने काम में लग जाता। *हलाला* और *पकी जेठ का गुलमोहर* पेन से लिखे गये थे, और जब *सुर बंजारन* लैपटॉप पर टाइप करना शुरू किया, तो मैं सोमवार को घर से लैपटॉप लाता और कार्यालय में कमरा बन्द कर अपने काम में जुट जाता। शुक्रवार के दिन उसे घर ले जाता।

शनिवार, रविवार अर्थात इन दो छुट्टियों में मेरा घर पर लेखन होता। इस तरह मेरा जो समय 2015 में अकादमी के सचिव बनने के बाद बर्बाद होता, उन वर्षों का मैंने भरपूर उपयोग किया। बल्कि मैंने दिल्ली के साहित्यिक आयोजनों तक में जाना कम कर दिया।

एक दिन अचानक मेरे पास अनंत विजय का फोन आया कि सर हम आपके ऑफ़िस के आसपास हैं। मैंने कहा आ जाओ। कुछ देर बाद देखा तो पाया अनंत विजय और प्रशान्त कश्यप दरवाज़ा ठेलकर घुसे आ रहे हैं। मेरी ख़ाली पड़ी मेज़ को देख दोनों को बड़ी हैरानी हुई। वे दरअस्ल, वे सोचकर आये थे कि जब मेरे कमरे में घुसेंगे तो मेरी मेज़ फ़ाइलों से उन्हें भरी हुई मिलेगी। लेकिन उन दोनों को निराशा हाथ लगी। प्रशान्त ने तो बाद में कुछ मित्रों से कहा भी कि सरकारी नौकरी हो तो मोरवाल जी जैसी।

दिल्ली की एक एनजीओ है *दिल्ली प्रतिरक्षा महिला मण्डल।* उसकी बुज़ुर्ग कर्ताधर्ता मिसेज़ शीतल सहगल मेरे पास अपने एनजीओ को मिलनेवाली ग्रांट के सिलसिले में आती रहती थीं। एक दिन वे अपने किसी काम से केन्द्रीय समाज कल्याण बोर्ड के कार्यकारी निदेशक के पास गयीं, और उनकी मेज़ पर लगे फ़ाइलस के ढेर को देखकर बोलीं, "सर, आपकी मेज़ पर तो जब देखो फ़ाइलों का ढेर लगा रहता है। एक वो मोरवाल जी हैं, मैं जब भी उनके कमरे में जाती हूँ उनकी मेज़ शीशे की तरह चमकती हुई मिलती है। एक भी फ़ाइल दिखाई नहीं देती है उस पर।"

वह तो कार्यकारी निदेशक ही भला आदमी था जिसने हँसकर यह कहते हुए बात टाल दी कि मैडम, वे एक ही डिवीज़न के डिप्टी डायरेक्टर हैं। मैं पूरे बोर्ड का ई.डी. (एग्ज़ीक्यूटिव डायरेक्टर) हूँ। वरना कोई और होता तो मेरी तैनाती ऐसी जगह कर देता, जहाँ मुझे साँस लेने की फ़ुरसत नहीं मिलती।

बाद में एक दिन वे मेरे पास अपने किसी काम से आयीं तब उन्होंने हुलसते हुए मुझे यह बात बतायी। उनकी बात सुनकर मैं बोला कि मैडम आप तो मुझे किसी दिन मरवा देंगी। इस पर वे हँसते हुए बोलीं कि नयीं काका, मैंने तो तेरी बढ़ाई की थी कि देखो मोरवाल जी के यहाँ कोई काम पेंडिंग नहीं रहता।

हर साल की तरह उस साल भी पाँच दिवसीय (21 से 25 जनवरी, 2015) जयपुर साहित्य उत्सव बड़े धूमधाम से शुरू हो चुका था। इस साहित्योत्सव में हिन्दी साहित्य की एक तथाकथित नयी विधा *नैनो फिक्शन* उर्फ़ लघु कथा

और उसके रचयिता की भव्य उपस्थिति को प्रकाशन की तरफ़ से जिस तरह फेसबुक पर एक अभूतपूर्व घटना की तरह हर घण्टे के बाद बुलेटिन की तरह प्रस्तुत किया जा रहा था, मुझसे रुका नहीं गया। मैंने आव देखा न ताव और उन पोस्ट्स पर अपनी कुण्ठाग्रस्त फूहड़ प्रतिक्रियाएँ देनी शुरू कर दीं। मेरी ये प्रतिक्रियाएँ इतनी तीखी थीं कि मेरे ख़िलाफ़ राजकमल प्रकाशन में एक माहौल बनने लगा। दरअस्ल, यह माहौल बनने नहीं लगा था अपितु इसे बनाया गया था। मेरी इन तीखी प्रतिक्रियाओं का कारण यह था कि कुछ महीने पहले प्रकाशित अपने चौथे उपन्यास *नरक मसीहा* का मैं तो बिहार, उत्तर प्रदेश, महाराष्ट्र और न जाने कहाँ-कहाँ लोकार्पण कराता हुआ घूम रहा हूँ, और जिसके लघुकथा संग्रह अर्थात नैनो फिक्शन को आये अभी एक महीना भी नहीं हुआ है, उसका फेसबुक पर ऐसा प्रचार हो रहा है कि बस पूछो मत।

एक दिन राजकमल प्रकाशन से अशोक माहेश्वरी जी का मेरे पास फोन आया। मैंने नमस्कार किया तो वे बोले, "हाँ मोरवाल जी क्या हो रहा है?"

"कुछ विशेष नहीं अशोक जी।" मैंने उत्तर दिया।

"थोड़ा समय हो तो इधर आ जाओ!"

"कोई विशेष काम?" मैंने पूछा।

"बस ऐसे ही।" अशोक जी ने ज़्यादा नहीं कहा।

"ठीक है मैं चारेक बजे आता हूँ।"

"हाँ आ जाइए।" इतना कह अशोक जी ने फोन काट दिया।

फोन कटने के बाद मैं देर तक सोचता रहा कि आख़िर ऐसी क्या बात हो सकती है जिसके लिए मुझे बुलाया जा रहा है? ऐसे तो ये कभी बुलाते नहीं हैं। ज़रूर कोई विशेष काम ही होगा जो मुझे बुला रहे हैं।

दोपहर बाद मैं दिये गये समय पर 1-बी, सुभाष मार्ग, दरियागंज स्थित राजकमल प्रकाशन के कार्यालय पहुँच गया। थोड़ी देर इधर-उधर की बातों के बाद अशोक जी बोले,"मोरवाल जी, फेसबुक पर आप जो लिख रहे हो उससे राजकमल की प्रतिष्ठा ख़राब होती है। आपको सार्वजनिक रूप से फेसबुक पर ऐसी टिप्पणी नहीं करनी चाहिए। अगर ऐसी कोई बात थी तो मुझसे कहनी चाहिए।"

मेरी अब समझ में आया कि अशोक माहेश्वरी ने क्यों मुझे फोन करके यहाँ आने के लिए कहा। एक पल के लिए मुझे कुछ नहीं सूझा कि इसका क्या उत्तर दूँ। इसके बाद अपने आपको पहले मैंने संयत किया और फिर बड़े सधे अन्दाज़ में कहा,"अशोक जी, अगर आपको ऐसा लगता है कि अब हमारे जैसे लेखक और लेखन की राजकमल को ज़रूरत नहीं है तो आप हमें मना कर दें। हम कहीं और ठिकाना ढूँढ़ लें।"

अशोक जी ने मेरी बात पहले बड़े ध्यान से सुनी और फिर बोले, “ऐसा आपको क्यों लगता है मोरवाल जी। वह लेखन दूसरी तरह का है और आपका दूसरी तरह का।”

“लेकिन प्रचार तो हमें भी चाहिए। बिना प्रचार के कैसे हमारी पुस्तकें पाठकों तक पहुँचेंगी। आपको तो पता ही है कि पिछले एक महीने में मैं अपने उपन्यास के तीन लोकार्पण करा चुका हूँ। अगर मैं इतना कर रहा हूँ तो प्रकाशक होने के नाते राजकमल प्रकाशन को भी तो कुछ प्रचार करना चाहिए। जिस व्यक्ति का स्वभाव ही लेखन नहीं है, उसका हर घण्टे आपके फेसबुक पेज पर ऐसे बुलेटिन जारी हो रहा है, मानो राष्ट्रपति का आगमन हो रहा हो, और जिन्हें प्रचार की ज़रूरत है उस पर कुछ नहीं।”

इस बीच मैंने देखा कि सत्यानंद निरुपम भी अशोक माहेश्वरी के कमरे में आ गये। आये नहीं बल्कि मुझे लगता है उन्हें बुलाया गया था। निरुपम के सामने भी लगभग यही बातें हुईं। दरअस्ल, अशोक माहेश्वरी फेसबुक पर मेरे द्वारा की जानेवाली टिप्पणियों को रोकना चाहते थे। उनके दिमाग़ में यह बात बैठा दी गयी थी कि मेरी टिप्पणियों से राजकमल प्रकाशन की छवि ख़राब हो रही है। इसीलिए मुझे बुलाया गया था। क्योंकि वे जानते थे कि फेसबुक पर लगने वाली पोस्ट्स निरुपम की देखरेख में लगती थीं, इसीलिए उसे मेरे सामने बुलाया गया था। चूँकि सत्यानंद निरुपम कुछ ही महीने पहले राजकमल प्रकाशन समूह से जुड़े थे, और समूह के सम्पूर्ण प्रकाशन का कार्यभार उन्हीं के ज़िम्मे था इसलिए एक अनुभवी और दूरदर्शी प्रकाशक होने के नाते अशोक जी निरुपम की भी बात रखना चाहते थे, और दूसरी तरफ़ वे अपने डेढ़ दशक पुराने लेखक को भी नाराज़ नहीं करना चाहते थे। हालाँकि लेखक का क्या, वे तो बहुत मिल जायेंगे लेकिन एक अनुभवी और निष्ठावान कर्मचारी दीया लेकर भी ढूँढ़ने से नहीं मिलेगा।

बहरहाल, मुझे जो कहना था मैं बिना अपना भला-बुरा सोचे अशोक माहेश्वरी जी के सामने सत्यानंद निरुपम की उपस्थिति में कहकर चला आया। हालाँकि राजकमल प्रकाशन समूह में मेरे प्रति जो माहौल तब बनाया गया था, आज भी एक हद तक वह यहाँ क़ायम है। इसलिए मैं कभी राजकमल जाता हूँ तो बहुत से पुराने परिचित लोग मुझसे कन्नी काटने लगते हैं। इसीलिए मेरी कोशिश रहती है कि मैं अपना वास्ता केवल अशोक जी से रखूँ। मुझे जो कुछ भी कहना होता है सिर्फ़ उन्हीं से कहता हूँ।

जिन दिनों मैंने अपने उपन्यास *नरक मसीहा* की पाण्डुलिपि प्रकाशन के लिए दी थी, उसी के साथ बेटी नैया की नवजागरण कालीन लेखिकाओं

की कहानियों के एक संकलन के लिए कुछ कहानियाँ भी दी गयी थीं। आपको शायद स्मरण होगा कि नैया के सम्पादन में चाँद कार्यालय, इलाहाबाद से जुलाई 1927 में श्रीमती स्फुरना देवी की सत्य घटनाओं पर लिखित एक क्रान्तिकारी और बेहद विवादास्पद पुस्तक *अबलाओं का इन्साफ़* का, जिसे आधुनिक हिन्दी की प्रथम स्त्री-आत्मकथा कहा गया था, राधाकृष्ण प्रकाशन से प्रकाशन हो चुका था। इस पुस्तक का 2013 में प्रकाशन हुआ था। राजेन्द्र यादव ने *हंस* के अपने अन्तिम सम्पादकीय में इस पुस्तक के सम्बन्ध में लिखा था—*मेरे लिए इस पुस्तक से गुज़रना साक्षात नरक से गुज़रना है, और मैं इससे पहले शायद कल्पना भी नहीं कर सकता था कि ये अनमेल या बाल-विवाह विधवा-जीवन की वजह बनकर उसे किस परिणाम की गहराई तक ले जाते और दूर तक समाज को खोखला करते रहे हैं। इन्हीं सम्पन्न घरों की लड़कियों से भरे होते थे वेश्यालय और जुए के नशेड़ी-भंगेड़ी अड्डे; लाखों-करोड़ों की धन-सम्पत्ति वाले परिवारों से आयी लड़कियाँ अठन्नी छाप वेश्याओं के रूप में जीवन का अन्त करती हैं—यह कहानी किसको भीतर तक नहीं हिला देगी।*

आप इसी से कल्पना कर सकते हैं कि इस क्रान्तिकारी आत्मकथा की लेखिका स्फुरना देवी स्वयं इस पुस्तक में अपनी प्रस्तावना में लिखती हैं कि--

मैंने थोड़े से नामों की कल्पना करके, उनके वर्णनों में अनेक अत्याचार पीड़ित व्यक्तियों की आत्मकथाओं का संक्षेप में समावेश कराते हुए, समाज की दुर्दशा का दिग्दर्शन मात्र करा दिया है। इस तरह की आत्मकथा सच्ची हों, तो भी उनके सम्बन्ध में व्यक्तियों के सच्चे नाम लिखना अनेक कारणों से ठीक नहीं। अतः इस लेख में नाम यद्यपि बदले गये हैं और कहीं-कहीं कल्पित भी किये गये परन्तु अत्याचार कल्पित नहीं हैं।

इसी प्रस्तावना में स्फुरना देवी का पाठकों को सम्बोधन महत्त्वपूर्ण है, जो इस कृति के औचित्य और उसके सामाजिक सरोकार को रेखांकित करता है—

पाठक महाशयो! यह कोई धर्म की गाथा नहीं है, न कोई अपने पूर्वजों का पवित्र इतिहास, न यह कोई मनोरंजक उपन्यास या नाटक है, और न यह शृंगार रस, नायिका भेद तथा उपमालंकार से परिपूर्ण कोई काव्य ही है, यह न कोई राजनीतिक पुस्तक है, न कोई वैज्ञानिक निबन्ध, न इसमें भाषा की शुद्धता एवं सुन्दरता पर ही कोई ख़याल रखा गया है और न कविता ही कही गयी है, बल्कि अत्याचार से आतुर महिलाओं की आत्मकथा, और है उनकी करुणा भरी अपील।

मेरे विरुद्ध बनाये गये इस दुर्भावनापूर्ण नैरेटिव की पहली गाज बेटी नैया पर गिरी। क्योंकि अचानक एक दिन मैंने देखा कि डाकिया एक अच्छे-ख़ासे भारी-भरकम पैकेट को जब घर देकर गया और उसे मैंने खोलकर देखा, तो आप आसानी से अनुमान लगा सकते हैं कि उस पैकेट में क्या रहा होगा? आपने सही अनुमान लगाया। वह उन्हीं नवजागरण कालीन लेखिकाओं की कहानियों का पैकेट था, जिसे पूरी योजना के साथ राजकमल प्रकाशन की ओर से स्वीकृत किया था। उसे ही राजकमल प्रकाशन समूह के प्रबन्ध निदेशक अशोक माहेश्वरी के हस्ताक्षर के साथ खेद सहित लौटा दिया गया था, बल्कि स्पष्ट शब्दों में कहूँ तो प्रकाशित करने से मना कर दिया गया था।

इतना ही नहीं मैंने जब अपना पाँचवाँ उपन्यास *हलाला* पूरा किया तो यह परखने के लिए कि राजकमल प्रकाशन में मेरे विरुद्ध बने माहौल की आँच कुछ धीमी पड़ी है अथवा नहीं, एक दिन अशोक माहेश्वरी को फोन किया। मैंने उन्हें बताया कि इधर एक नया उपन्यास पूरा किया है। अगर आपकी इसके प्रकाशन में रुचि है तो मैं किसी दिन आ जाऊँ? अशोक जी ने तुरन्त कहा आ जाओ। मैंने अशोक जी को केवल यह परखने के लिए ही फोन नहीं किया था कि राजकमल प्रकाशन में मेरे विरुद्ध बने माहौल की आँच कुछ धीमी पड़ी है या नहीं, बल्कि इसलिए भी किया था क्योंकि इससे पूर्व राजकमल प्रकाशन से मेरे चार उपन्यास और एक कहानी संग्रह प्रकाशित हो चुके थे, तो मेरे लोक अनुभवों ने मुझे सबसे पहली प्राथमिकता राजकमल प्रकाशन को ही देने के लिए प्रेरित किया। हो सकता है जैसा मैं सोच रहा हूँ यह मेरी ख़ाम ख़याली हो।

मैं बिना वक़्त गँवाये अगले ही दिन फोन करने के बाद दरियागंज पहुँच गया। पूर्व की तरह अशोक माहेश्वरी ने मुस्कराते हुए बड़ी सौम्यता के साथ अपने लेखक का स्वागत किया।

मेरे बैठते ही उन्होंने पूछा,"मोरवाल जी, कैसी चाय लोगे?"

"जैसी आप पीते हैं।"

खाने-पीने के मामले में मेरा सिद्धान्त यह रहा है कि इसे मैं मेज़बान की मर्ज़ी पर छोड़ देता हूँ। मैं कभी अपनी इच्छा ज़ाहिर नहीं करता।

इतना सुन अशोक जी ने एक लड़के को बुलाया और बोले,"दो ग्रीन टी ले आओ!"

उसके बाद ग्रीन टी आ गयी। पहले इधर-उधर की बातें होती रहीं। लेकिन मेरी व्यग्रता मुझे भीतर-ही-भीतर रह-रहकर उकसा रही थी कि मैं जिस प्रयोजन के वास्ते यहाँ आया हूँ, उस पर बात करूँ।

चाय समाप्त कर अन्ततः मैंने *हलाला* की पाण्डुलिपि अशोक जी के सामने रख दी। अशोक जी ने मुस्कराते हुए उसे हाथ में लिया और उलट-पुलट के देखा। कुछ देर देखने के बाद उसे वापस रखते बोले,"मोरवाल जी, क्या है कि अभी हमारे पास बहुत सारी पुरानी पाण्डुलिपियाँ हैं। पहले उन्हें क्लीयर करने का विचार है, इसलिए इस समय हम नयी पाण्डुलिपि लेने की स्थिति में नहीं हैं।"

समझदार के लिए इशारा ही काफ़ी था अर्थात उनके इस उत्तर को सुन मैं समझ गया कि राजकमल प्रकाशन में मेरे विरुद्ध बनाये गये माहौल की आँच अब भी पूर्व की तरह धधक रही है। मैंने पाण्डुलिपि अपनी तरफ़ सरकाते हुए कहा,"अशोक जी, यह बात आप मुझसे तब भी कह सकते थे, जब मैंने आपसे फोन पर इसके बारे में बात की थी। कम-से-कम मुझे पालम से इतनी दूर आना तो नहीं पड़ता।"

अशोक जी ने इसका कोई उत्तर नहीं दिया। मैंने बिना कुछ कहे पाण्डुलिपि पोलीथीन के लिफ़ाफ़े में रखी और राजकमल प्रकाशन के कार्यालय से नीचे आ गया। नीचे आकर उसी समय मैंने वाणी प्रकाशन में अरुण माहेश्वरी को फोन किया कि वे अपने कार्यालय में हैं? उनके हाँ कहने पर मैं यहाँ से वाणी प्रकाशन आ गया। कुछ देर बात करने के बाद मैंने *हलाला* के बारे में बताया, तो उन्होंने अविलम्ब मुझसे उसकी पाण्डुलिपि दिखाने को कहा। मैंने पाण्डुलिपि अरुण जी को दे दी जिस पर सरसरी नज़र मारकर, उन्होंने उसे सहर्ष स्वीकार कर लिया।

बावजूद इस अप्रिय प्रसंग और मेरे ख़िलाफ़ बनाये गये माहौल की धीमी-धीमी सुलगती आँच के अशोक माहेश्वरी जी से मेरी उसी तरह दुआ-सलाम होती रही, जैसे *हंस* के सम्पादक राजेन्द्र यादव जी के नाराज़ होने के बाद भी मैं उनके कार्यालय जाता रहा। यहाँ तक कि बीच-बीच में राजकमल प्रकाशन के आयोजनों में भी आता-जाता रहा। इतना ही नहीं अपने छोटे बेटे अलिंद की शादी का जब अशोक माहेश्वरी जी ने बड़े स्नेह के साथ निमन्त्रण पत्र भेजा, तब भी मैं पत्नी के साथ गया था। पारिवारिक और सामाजिक आचरण के मामले में मैं इस देश के राजनेताओं को अपना आदर्श मानता हूँ। जिस तरह आपसी मतभेद, असहमति और दूसरे चकल्लस को वे कभी अपने सामाजिक व्यवहार के बीच नहीं लाते, उसी तरह मैं भी ऐसी असहमतियों को मनभेद के रूप में स्वीकारने में यक़ीन नहीं करता। यह प्रकाशक और लेखक दोनों का विशेषाधिकार है कि प्रकाशक किसको प्रकाशित करता है, और लेखक अपनी रचनाओं को कहाँ से प्रकाशित कराता है। हालाँकि एक समय बाद दोनों एक-दूसरे की ज़रूरत जैसे बन जाते हैं। इसलिए इस ज़रूरत के चलते इन दोनों के सम्बन्ध सिर्फ़ लेखक-प्रकाशक के सम्बन्ध नहीं रह जाते हैं।

इसे भी हमें स्वीकारना होगा कि जो मेरी निन्दा कर रहा है, ज़रूरी नहीं है वह मेरा दुश्मन ही हो। हो सकता है मेरी निन्दा करने वाला मेरी कमियों और कमज़ोरियों के प्रति मुझे सचेत कर रहा है।

अब कुछ बातें *हलाला* के बारे में।

रेत और *नरक मसीहा* के बाद मेरे कुछ मित्रों ने मुझे यह सलाह दी थी कि बीच-बीच में मुझे अपने मेवात की तरफ़ लौटते रहना चाहिए। उनकी यह अपेक्षा और सलाह मुझे बेजा नहीं लगी। मेरा भी मानना है कि मेरा रचनात्मक स्वभाव, कार्यक्षेत्र, आत्मीयता और अनुभव मेवात से कहीं गहरे तक आबद्ध है। मुझे उनकी यह सलाह और सुझाव उचित लगे। एक मित्र ने यह भी कहा कि मुझे अपने लेखन की पेस, जिसे क्रिकेट की भाषा में गति कहते हैं, थोड़ी बढ़ानी चाहिए। क्योंकि 1999 और 2014 अर्थात इन पन्द्रह वर्षों में मेरे सिर्फ़ चार उपन्यास ही प्रकाशित हुए हैं। उपन्यास के चक्कर में मुझसे कहानियाँ तक छूट गयीं। मैंने अन्तिम कहानी *मोक्ष* 2006 में लिखी थी। उसके बाद कोई कहानी नहीं लिखी। एक महत्त्वपूर्ण सलाह मेरे एक मित्र ने यह दी थी कि कहानी-वहानी के चक्कर में पड़ने के बजाय मुझे अपना सारा ध्यान सिर्फ़ उपन्यास में लगाना चाहिए, कहानी आपके बस की बात नहीं है। मैंने अपने मित्र की इस सलाह पर धैय पूर्वक ठण्डे मन से मनन किया, तो मुझे उसकी बात में दम नज़र आया।

यह साल 2012 के मार्च महीने का वाक़या है। *महर्षि दयानन्द विश्वविद्यालय,* रोहतक (हरियाणा) के अंग्रेज़ी विभाग ने अपने विद्यार्थियों को मुझे *कहानी कैसे लिखी जाती है* विषय पर ज्ञान देने के लिए आमन्त्रित किया था। उन्हीं दिनों *जनसत्ता* में एक समाचार प्रकाशित हुआ जो पश्चिमी उत्तर प्रदेश के मुज़फ़्फ़रनगर के पास के एक गाँव के बारे में था। समाचार यह था कि एक व्यक्ति ने अपनी पत्नी को किसी अनबन के चलते तलाक़ दे दिया। तलाक़ के कुछ दिनों बाद पति को अपनी ग़लती का अहसास हुआ, तो वह अपनी पत्नी को लेने अपने ससुराल पहुँच गया। लेकिन इस बात का सबको पता चल गया कि फलाँ आदमी ने अपनी बीवी को तलाक़ दे दिया है। इसलिए बिना हलाला की रस्म से गुज़रे पत्नी को भेजना मुमकिन नहीं था। इस तरह हलाला की रस्म पूरा करने के लिए दूसरे मर्द की तलाश की गयी। संयोग से उसी कुनबे में एक व्यक्ति मिल गया, जो तलाक़ देने वाले का चाचा था। बड़ी मुश्किल से उस चाचा को निकाह के लिए तैयार किया गया। उसे यह कहकर मनाया गया कि इद्दत के बाद उसका

उसके भतीजे की पूर्व पत्नी से तलाक़ दिलवा दिया जायेगा। मगर जब इद्दत पूरी होने के बाद चाचा से कहा गया कि वह भतीजे की पूर्व पत्नी को तलाक़ दे दे, तब उस भले आदमी ने तलाक़ देने से दो टूक मना कर दिया। उसके मना करने पर मामला बड़ा पेचीदा हो गया। बहरहाल, उसे समझा-बुझाकर तलाक़ देने के लिए मनाया गया। इस तरह वह महिला अपने पहले पति के पास लौट पायी। तो साब, मैंने *जनसत्ता* की उसी कटिंग को जेब में रखा और पहुँच गया एम.ए. अंग्रेज़ी के छात्रों के बीच 'कहानी कैसे लिखी जाती है' सिखाने के लिए।

मैंने इस विषय पर वहाँ कोई भाषण नहीं दिया। दिया इसलिए नहीं कि मुझे भाषण देना न तो तब आता था, और न ही आज आता है। अतः मैंने कहा कि जिन छात्र-छात्राओं की कहानी लिखने में थोड़ी-बहुत रुचि है, वे आगे आ जायें। मेरे इतना कहने पर दस-बारह विद्यार्थी आगे आ गये। इसके बाद मैंने उनसे कहा कि सब अपने-अपने कॉपी-पेन निकाल लें। फिर मैंने अपनी जेब से *जनसत्ता* की वह कटिंग निकाली और कहा कि मैं आपको एक समाचार पढ़कर सुनाता हूँ जो एक अख़बार में छपी है। इसलिए आप सब इसे ध्यान से सुनें और इसमें कुछ ऐसे शब्द हैं जिनका अर्थ शायद आपको मालूम ना हो, उन्हें नोट कर लें। मैंने उस समाचार को पढ़ा और उसमें कुछ शब्दों जैसे तलाक़, शरियत, हलाला, इद्दत आदि को उनसे नोट करने के लिए कहा। समाचार सुनाने के बाद मैंने जब उनसे इन शब्दों का अर्थ पूछा तो सिवाय तलाक़ के, अन्य शब्दों का वे अर्थ नहीं बता पाये। मैंने सरल शब्दों में इन शब्दों का अर्थ बताया।

इसके बाद मैंने कहा कि मैं इस विषय पर एक कहानी लिखना चाहता हूँ। लेकिन मेरी दुविधा यह है कि इस कहानी का अन्त कैसे करूँ। थोड़ी देर के लिए मान लीजिए कि आपको इस घटना के आधार पर कोई कहानी लिखनी हो, तो इसका आप क्या अन्त करेंगे? इसके लिए आपको मैं पन्द्रह मिनट देता हूँ। आराम से सोचकर बताइएगा!

ठीक पन्द्रह मिनट बाद मैंने जब उन छात्र-छात्राओं से पूछा तो आपको सुनकर हैरानी होगी कि ज़्यादातर छात्राओं का कहना था कि उस स्त्री को अपने पहले पति के पास वापस नहीं लौटना चाहिए। इसके बाद मैंने, कहानी बुनने की जो मेरी समझ थी उसके आधार पर उन्हें कुछ सूत्र दिये। इस तरह भाषण के लिए मेरा समय एक घण्टा तय था, लेकिन वह दो घण्टे चला। वह भी तब रोकना पड़ा जब यह बुलावा आया कि चलिए खाना ठण्डा हो रहा है। बाद में मैंने एक दिन अंग्रेज़ी विभाग के जयबीर सिंह हुड्डा, जिनके निमन्त्रण पर मैं उनके विभाग में गया था, उनसे पूछा कि मेरा यह प्रयोग कैसा रहा?

वे बोले महाराज, हमें ऐसा ही चाहिए था। मैंने इस पर कहा कि अंग्रेज़ी के विद्यार्थियों को तो बड़ी परेशानी आयी होगी क्योंकि मैंने अपनी बात अंग्रेज़ी के बजाय हिन्दी में रखी थी। वे हँसते हुए बोले कि भले ही वे अंग्रेज़ी विषय के बच्चे हैं पर उन्हें बात हिन्दी में ही समझ में आनी थी।

जैसाकि कि मैंने पूर्व में बताया था और जैसी मेरी इच्छा 2004 में हिन्दी अकादमी, दिल्ली द्वारा आयोजित *लोकपर्व* के दौरान हाथरस शैली की नौटंकी के मंचन के बाद, उसकी अदाकारा कृष्णा कुमारी को केन्द्र में रखकर लिखने का मेरा मन बना था, इसी तरह *हलाला* को लेकर भी 2012 में ऐसा ही कुछ लिखने का मन बना था। मगर इन दोनों में से कुछ नहीं लिखा गया। बल्कि इनसे पहले भारत में तेज़ी से पनपती एनजीओ संस्कृति को केन्द्र में रखकर *नरक मसीहा* उपन्यास लिख दिया गया। साल 2014 में *नरक मसीहा* के प्रकाशन के बाद मैंने जब अगले उपन्यास के बारे में सोचा तो मुझे कोई विषय नहीं सूझ रहा था। काफ़ी समय तक सोच-विचार करने के बाद मुझे मेरे मित्रों की यह सलाह याद आयी कि बीच-बीच में मुझे अपने मेवात की तरफ़ भी लौटते रहना चाहिए।

मैंने सोचा कि अगर हलाला को केन्द्र में रखकर कुछ लिखा जाये तो कैसा रहेगा? लेकिन इसके साथ समस्या और डर यह था कि हलाला रस्म तो मेवात में प्रैक्टिस में है नहीं। अगर प्रैक्टिस में नहीं है तो कैसे इसको लेकर उपन्यास जैसी चीज़ लिखी जाये। इसकी आलोचना भी हो सकती है कि जो रस्म मेवात में है ही नहीं उसके केन्द्र में मैंने मेव समाज को कैसे रख दिया? मुझे अपने मेव समाज से भला-बुरा भी सुनने को मिल सकता है। मेवात से बाहर निकलकर इस पर लिखना इसलिए मुश्किल था कि मैं दूसरे राज्य या इलाक़े में रहनेवाले मुस्लिम समुदाय की सांस्कृतिक और सामाजिक पृष्ठभूमि से पूरी तरह अनभिज्ञ था। क्या पता पाठक इसे स्वीकार करेंगे भी या नहीं? काफ़ी चिन्तन-मनन के बाद मैंने एक रास्ता निकाला और वह यह कि मुझे इस उपन्यास की पृष्ठभूमि मेवात ही रखनी चाहिए। इसके पीछे मेरी सोच और वजह यह थी कि मैं जिस परिवेश को अच्छी तरह जानता हूँ, जिस सामाजिक संरचना को मैं गहरे तक समझता हूँ मैं अपनी बात को इसके और यहाँ के पात्रों, लोकोक्तियों, मुहावरों, लोक जीवन और लोक गीतों के माध्यम से आसानी से कह सकता हूँ। इसके अलावा मुझे भी अपने आपको परखने का अवसर मिल जायेगा कि इतने समय बाद मेरा जुड़ाव मेवात से बचा है या दिल्ली में आकर मैं 'स्वयं' को विस्मृत कर चुका हूँ। यही सोचकर मैंने अपने आपको मज़बूत किया और *हलाला* उपन्यास की रूपरेखा कहिए या आउटलाइंस बनानी शुरू कर दी।

इस तरह मेवाती समाज के अनुकूल कुछ पात्रों जैसे डमरू, कळसंडा, लपरलैंडी नामों का चयन कर मैंने इसे लिखना शुरू कर दिया।

चूँकि इस उपन्यास का कथानक धार्मिकता की दृष्टि से बेहद संवेदनशील था, इसलिए हलाला जैसी रस्म को लेकर इस्लाम में दर्ज बुनियादी बातों का बड़ी बारीकी से अध्ययन किया। मैं किसी भी रचना या उपन्यास पर काम करने से पहले एक शोधार्थी की तरह अपनी क्षमता और समझ के मुताबिक़ पूरी मेहनत करने का प्रयास करता हूँ। विषय से सम्बन्धित हर तरह के उपलब्ध साहित्य और सामग्री का अध्ययन करता हूँ। इसलिए दिल्ली के जामिया नगर स्थित इस्लामिक फ़िक़ह अकेडमी द्वारा प्रकाशित इससे सम्बन्धित कुछ महत्त्वपूर्ण फ़ैसलों को देखा। पत्रकार महरउद्दीन ख़ाँ की 1994 में प्रकाशित *तलाक़ : अल्लाह का क़ानून बनाम मुल्ला का क़ानून* को पढ़ा। मैंने सबसे पहले इस रस्म से सम्बन्धित क़ुरआन मजीद की आयतों को खोजा, तो क़ुरआन में इससे सम्बन्धित सूरा अल-बक़रा की सिर्फ़ 230वीं एक आयत मिली। इसके अलावा हलाला के बारे में मुझे कोई दूसरी आयत नहीं मिली। क़ुरआन की इस आयत में इसके बारे में क्या दर्ज है, उसे मैं हू-ब-हू यहाँ प्रस्तुत कर रहा हूँ–

तो यदि उसे 'तलाक़' दे दे, तो फिर उसके लिए यह स्त्री जायज़ नहीं है जब तक कि किसी दूसरे पति से निकाह न कर ले। फिर यदि वह उसे तलाक़ दे दे, तो फिर इन दोनों के लिए एक-दूसरे की ओर पलट आने में कोई दोष न होगा।

इसे और स्पष्ट करने के लिए क़ुरआन में लिखा गया है–

यह दूसरा पति यदि उसे छोड़ दे या उसकी मृत्यु हो जाये, तो यह स्त्री अपने पहले पति के साथ फिर से विवाह कर सकती है।

इस आयत का अलग-अलग कोणों से अध्ययन करने के बाद मेरे मन में एक प्रश्न यह उठा कि अगर क़ुरआन में ऐसा कहा गया है, तो फिर दूसरे पति से निकाह के बाद उससे सहवास की बात कहाँ से आयी? हालाँकि क़ुरआन से इतर दूसरे धार्मिक ग्रन्थ जैसे हदीस में इसे जोड़ा गया कि *औरत दूसरे शौहर के लिए उस वक़्त तक हलाल नहीं हो सकती, जब तक कि दूसरा शौहर उसके साथ सहवास न कर ले।* अगर मैं एक आम आदमी की तरह सोचूँ तो मेरे भीतर इस सवाल का उठना स्वाभाविक है कि जब क़ुरआन में ऐसा कहीं है ही नहीं, तो दूसरे पति से सहवास का क्या मतलब है? जहाँ तक हदीस की बात है और जितना मुझे पता है हदीस का आधार भी क़ुरआन ही है।

अब हम यदि क़ुरआन को एक पवित्र आधार ग्रन्थ मानते हैं तो जो बात उसमें है ही नहीं वह कहाँ से आयी? जबकि इसके बरअक्स दूसरे ग्रन्थों में सहवास का न केवल उल्लेख किया गया है बल्कि एक आम मुसलमान को जिस तरह समझाने की कोशिश की गयी है, उसमें धर्म के बहाने मर्दवादी सोच ही नज़र आती है।

जैसे सैयद अबुल आला मौदूदी की एक पुस्तक में हलाला के बारे में कहा गया है—

नबी सल्लल्लाहु अलैहि वसल्लम ने साफ़ कहा है कि हलाला के लिए केवल दूसरा निकाह ही काफ़ी नहीं है, बल्कि औरत उस वक़्त तक पहले शौहर के लिए हलाल नहीं हो सकती, जब तक कि दूसरा शौहर उससे सहवास का स्वाद न चख ले।

इसी तरह मैंने एक पत्रिका *इसलाहे समाज* में पढ़ा था कि *...दूसरा शौहर उससे सहवास का मज़ा न चख ले।*

यही सब सवाल थे जिसने एक लेखक के रूप में मुझे सोचने के लिए प्रेरित किया। इसके अलावा जब आप धार्मिक विषय, वह भी उस धर्म से सम्बन्धित जिसका आपसे कोई सम्बन्ध नहीं हैं, उस पर कुछ लिखने का प्रयास करते हैं; आपसे कई तरह के सवाल पूछे जा सकते हैं। जैसे मैंने इस उपन्यास में हज और जमात का उल्लेख किया है, तो कोई भी मुस्लिम दानिश्वर आपकी धार्मिक समझ और छोटे-मोटे ज्ञान की परीक्षा लेने की ग़रज से आपसे सवाल कर सकता है कि क्या आपको हज और जमात में अन्तर मालूम है? इस मामले में मेरी धारणा और राय है कि एक लेखक को ऐसे सवालों के जवाब देने के लिए तैयार रहना चाहिए। अब जैसे हज व जमात के अन्तर का प्रश्न है, तो इनके बारे में मेरी क्या जानकारी है उसे मैं यहाँ देना चाहता हूँ।

हज मुसलमानों के मक्का मदीना स्थित अल्लाह का वह काबा (घर) है, जिसके दर्शन का हर मुसलमान इरादा रखता है। वैसे हज का मतलब ही *इरादा करना* होता है। हज का मूल उद्देश्य यह है कि इन्सान अल्लाह की चाह में उन्मत्त होकर अपना सबकुछ उसकी राह में लगा दे।

अब आता हूँ *तबलीग़ जमात* पर। अरबी में *तबलीग़* का अर्थ होता है *किसी के पास कुछ पहुँचाना, धर्म का प्रचार करना* या *दूसरों को अपने धर्म में मिलाना।* यहाँ यह एक बड़ा प्रश्न है कि तबलीग़ आन्दोलन मुस्लिम मिशनरी है या मुस्लिम धर्म का पुनर्जीवन आन्दोलन। इसी पर अपनी समझ और जानकारी के मुताबिक़

कुछ रोशनी डालने की कोशिश करता हूँ। पता नहीं कितनों को मालूम है कि तबलीग़ जमात की शुरुआत 1926 में मेरे मेवात से ही हुई थी। इसके प्रवर्तक और प्रेरक थे मौलाना मौहम्मद इलियास खण्डालवी (1885-1944)। वही तबलीग़ जमात जो आज हर मुसलमान के लिए मानो उसकी धार्मिक अनिवार्यता और जीवन का ज़रूरी हिस्सा बन चुका है। मौलाना इलियास ने एक नारा दिया दिया था–*ऐ मुसलमानो मुसलमान बनो!*

हालाँकि तबलीग़ की स्थापना मौलाना इलियास द्वारा 1920 में की गयी थी। मगर इसकी जड़ें 19वीं शताब्दी के उत्तरार्द्ध में इनके वालिद मोहम्मद इस्माइल ने बंगले वाली मस्जिद, हज़रत निज़ामुद्दीन, नयी दिल्ली में जमा दी थीं। मौलाना इलियास ने 1923 में मेवात के नूँह में *मदरसा मोइनुल इस्लाम* की स्थापना की थी। 1926 में तबलीग़ जमात का पहला जत्था सहारनपुर के मौलाना ख़लील अहमद के नेतृत्व में आया। इस जत्थे ने स्थानीय लोगों की मदद से नूँह क़स्बे में एक सम्मेलन का आयोजन किया था। हज़ारों की तादादवाले इस सम्मेलन में लोगों से हिन्दू रीति-रिवाज़ों को त्यागने और मुस्लिम क्रियाकलापों को अपनाने के साथ पूरे मेवात में तबलीग़ आन्दोलन को फैलाने की अपील की गयी थी। मेवात के मेव मुसलमानों से यह अपील इसलिए की गयी थी कि यहाँ के मेव मुसलानों की आधी सामाजिकता-धार्मिकता हिन्दू रीति-रिवाज़ों पर आधारित थी, तो आधी मुस्लिम रीति-रिवाज़ों पर।

ह*लाला* का जब मेरे पास अन्तिम प्रूफ़ आया तब यह कुल 157 पृष्ठों का उपन्यास बन रहा था और इसके कुल दस अध्याय थे। मैंने जब इसके प्रूफ़ पढ़ लिए तो मुझे यह देखकर कुछ अटपटा-सा लगा कि सीधे दस अध्यायों वाला उपन्यास देना एक पाठक के साथ अन्याय होगा। पाठक को बीच-बीच में कुछ रिलीफ़ भी मिलना चाहिए। यही सोचकर मैंने इन दस अध्यायों को पहले कुछ अध्यायों में बाँटने का निर्णय लिया। लेकिन समस्या यहाँ आकर यह खड़ी हो गयी कि इनका नाम क्या दूँ? पहले सोचा सुबह, दोपहर, शाम दूँ किन्तु फिर सोचा कि ये नाम तो बड़े प्रचलित-से हैं। बहुत सोचने के बाद इस उपन्यास को पाँच नमाज़ों–*फ़ज्र, ज़ुह्र, अस्र, मग़रिब* और *इशा* के नाम पर पाँच अध्यायों में बाँटने का निर्णय लिया। अन्तिभ प्रूफ़ देने मैं वाणी प्रकाशन गया तो अरुण माहेश्वरी ने सुझाव दिया कि क्यों न हर अध्याय से पहले नमाज़ पढ़ती स्त्री

का अलग-अलग मुद्राओं में रेखाचित्र दिया जाये। मुझे यह सुझाव अच्छा लगा। इस तरह इन रेखाचित्रों को गूगल पर खोजा गया। जब ये रेखाचित्र मिल गये तो मैंने फिर एक और सुझाव दिया कि क्यों न हर रेखाचित्र के नीचे क़ुरआन मजीद की आयतें दी जायें। इस तरह मैंने क़ुरआन मजीद की सूराओं से आठ-दस स्त्री-पुरुष सम्बन्धी आयतें निकालीं, जिन्हें हर रेखाचित्र के नीचे और उसे ही उसके पीछे ख़ाली जगह पर बड़े फान्ट में भी लगवा दिया। इस प्रयोग ने न केवल उपन्यास को 157 पृष्ठों से बढ़ाकर 187 पृष्ठों का कर दिया, बल्कि साज-सज्जा की प्रस्तुति में चार चाँद भी लग गये। आलाँकि उपन्यास की कथा पर इसका कोई असर नहीं पड़ा।

मेरा मानना है कि पुस्तक के प्रथम संस्करण और उसके पुनर्मुद्रण अथवा नये संस्करण से पूर्व उसके लेखक से भी अवश्य राय लेनी चाहिए कि पुस्तक सुन्दर, दर्शनीय और किस तरह प्रभावशाली हो सकती है। यह परम्परा अंग्रेज़ी प्रकाशन में तो है लेकिन हिन्दी में अभी इसका चलन में नहीं है। हिन्दी में तो कई बार हमारे प्रकाशकों को यक़ीन ही नहीं होता है कि वह जिस लेखक की पुस्तक छाप रहा है, उसे लिखना आता भी है या नहीं। हिन्दी लेखकों को हमारे यहाँ क़लम घिस्सू से अधिक कुछ नहीं माना जाता है। ऐसे में उससे प्रस्तुति सम्बन्धी राय लेने का तो प्रश्न ही नहीं उठता। पहले लेखक हस्तिखित पाण्डुलिपि दिया करता था। मगर अब तकनीक का उपयोग करते हुए अधिकतर लेखक अपनी रचनाओं को खुद लैपटॉप अथवा डेस्कटॉप कम्प्यूटर पर टाइप कर पूरी वर्ड फ़ाइल प्रकाशक को थमा देता है। इसका बेचारे लेखक को कोई मेहनताना नहीं दिया जाता है। कुछ प्रकाशक तो अपने लेखक से कई-कई प्रूफ़ तक पढ़वा डालते हैं और लेखक इस तरह की बेगार को सहर्ष स्वीकार कर लेता है। इस तरह पुस्तक प्रकाशन सम्बन्धी दो मुख्य काम आज लेखक ख़ुद सम्पन्न करके दे देता है। अब बचा काग़ज़ और मुद्रण। इसलिए आज प्रकाशन व्यवसाय, प्रकाशन से अधिक मुद्रण व्यवसाय बनकर रह गया है। कई बार तो ऐसा देखा गया है कि अगर कोई लेखक अपनी पुस्तक के आवरण अथवा उसकी साज-सज्जा के बारे में अपनी कोई राय देने की कोशिश करता है, तो मुद्रण और प्रकाशन से जुड़े कर्मचारी इसे अपना अपमान ही नहीं समझते हैं बल्कि अपने कार्यक्षेत्र में हस्तक्षेप मानने लगते हैं। इतना ही नहीं पुनर्मुद्रण अथवा नये संस्करण के दौरान भी सम्बन्धित लेखक से यह तक पूछने की ज़हमत नहीं उठाई जाती है कि,

भाईजान आपको अपने परिचय में कुछ जोड़ना-घटाना तो नहीं है। इसका परिणाम यह होता है कि सालों पुराना परिचय और त्रुटियाँ फिर से छप जाती हैं।

नतीजतन लेखक बेचारा क़समसा कर रह जाता है। हाँ, किसी कद्दावर लेखक के साथ ऐसा हो जाये तो तुरन्त उसकी किताबों को मार्केट से वापस उठाने की घोषणा हो जाती है। यह अलग बात है कि इन घोषणाओं के बाद सचमुच इन कद्दावर लेखकों की पुस्तकें वापस मँगाई भी जाती हैं या नहीं, कौन देखने जाता है? और, हिन्दी प्रकाशन जगत में लेखक को पुस्तक के प्रकाशन से पूर्व किसी तरह की अग्रिम रॉयल्टी का तो मानो रिवाज़-सा ही नहीं है। जिन्हें मिलता है या जो लेखक लेते हैं, वे लेखक से अधिक 'बड़े' व्यक्ति होते हैं। दरअस्ल, श्रम का एक सिद्धान्त है कि जब आप किसी की चौखट पर खुद जाते हैं तो आपके श्रम का मूल्य अलग होता है, और सामने वाला अगर आपके पास चलकर आता है तो आपकी मेहनत का मोल दूसरा होता है। दूसरी स्थिति में आप अपनी शर्तों पर अपने श्रम का मूल्य तय करते हैं, और पहली स्थिति में आपकी नहीं दूसरे की शर्तों के अनुसार आपका मूल्य तय होता है। इसी सिद्धान्त पर हमारे हिन्दी के लेखकों और प्रकाशकों के मध्य एक मौन सन्धि काम करती है।

इस तरह 2012 में महर्षि दयानन्द विश्वविद्यालय, रोहतक के अंग्रेज़ी विभाग ने 'कहानी कैसे लिखी जाती है' विषय पर बोलने के लिए मुझे आमन्त्रित किया था, और मैंने तब *जनसत्ता* में प्रकाशित समाचार को आधार बनाकर, वहाँ के विद्यार्थियों को अपने अनुभव और समझ के अनुसार कुछ सूत्र दिये थे; उसका परिणाम लगभग चार साल बाद 2016 में धर्म की आड़ में स्त्री-शोषण का आख्यान अर्थात *हलाला,* वाणी प्रकाशन से प्रकाशित उपन्यास के रूप में निकलकर सामने आया। इसका अन्त भी वही है जो मेरे मन में था और जैसा उन अंग्रेज़ी की अधिकतर छात्राओं ने बताया था।

जिन दिनों 2016 में मेरे पाँचवें उपन्यास *हलाला* की ठीक-ठाक चर्चा हो रही थी, उसी दौरान 11 अप्रैल, 2016 को मेरे पास राजकमल प्रकाशन से अशोक माहेश्वरी जी का फोन आया। अशोक जी ने बताया कि राजकमल प्रकाशन में मेल से मुम्बई से चन्द्रकान्त भोंजाळ का आपके नाम पत्र आया है। वे आपके उपन्यास *नरक मसीहा* का मराठी में अनुवाद करने की अनुमति लेना चाहते हैं। मैंने अशोक जी से कहा कि आप उस पत्र को मुझे फॉरवर्ड कर दें।

अगले दिन 12 अप्रैल को राजकमल प्रकाशन की ओर से इस पत्र को मुझे फॉरवर्ड कर दिया गया।

मैंने उक्त पत्र को पढ़ा जो मेरे नाम से वहाँ आया था। यह पत्र इस प्रकार था—

चन्द्रकान्त भोंजाळ

302, अपर्णा, एसबीआई कर्मचारी
कॉ-ऑपरेटिव हाउसिंग सोसाइटी,
आज़ादनगर क्रॉस रोड नं. 3,
वीरा देसाई मार्ग,
अँधेरी (पश्चिम), मुम्बई-400058

दिनांक : 11/4/2016

To,

श्री भगवानदास मोरवाल,

सप्रेम नमस्ते।

मैंने आपको एक ख़त लिखा था। शायद वो आपके पास पहुँचा नहीं है। फिर से लिखता हूँ।

मैंने आपका उपन्यास 'नरक मसीहा' पढ़ा। मुझे वो अच्छा लगा। ऐसा उपन्यास मराठी में लिखा नहीं गया है। इसलिए मैं इसे मराठी में ट्रांसलेट करना चाहता हूँ। आप मुझे अनुमति प्रदान करें।

मुझे मराठी ट्रांसलेशन के लिए 1997 में 'साहित्य अकादमी' राष्ट्रीय पुरस्कार प्राप्त हुआ है। मैंने अबतक 40 किताबें ट्रांसलेट की हैं।

आप मुझे अनुमति देंगे तो मैं आपका उपन्यास मराठी में ट्रांसलेट करूँगा। उसके बाद प्रकाशक से बात करूँगा।

कृपया आप ट्रांसलेशन की अनुमति प्रदान करें।

मैं आपके ईमेल की राह देखता हूँ।

भवदीय,
चन्द्रकान्त भोंजाळ

इस पत्र से ऐसा लग रहा था कि इससे पहले चन्द्रकान्त भोंजाळ ने इस सम्बन्ध में मेरे नाम पहले भी कोई पत्र लिखा था परन्तु वह मुझ तक पहुँच नहीं पाया।

इसे पढ़ने के बाद मैंने इस पर दिये गये मोबाइल नम्बर पर उनसे बात की, तो फोन पर उन्होंने वही बातें बतायीं जो इस पत्र में लिखी गयी थीं। मैंने उन्हें फोन पर ही यह कहते हुए मौखिक अनुमति प्रदान कर दी कि आप अनुवाद शुरू कर दें। जब आपका अनुवाद पूरा हो जाये तो आप मुझे बता देना, मैं लिखित में आपको अनुमति प्रदान कर दूँगा। मेरी इस अनुमति के बाद भोंजाळ जी ने अनुवाद शुरू कर दिया। बीच-बीच में किसी शब्द को लेकर उन्हें परेशानी होती, वे फोन कर लेते।

इसी दौरान मैंने फेसबुक खोला तो देखा अरुण माहेश्वरी (कोलकाता) जी ने 25 मई, 2016 को अपनी वाल पर *नरक मसीहा* उपन्यास के आवरण के साथ, वरिष्ठ कवयित्री सरला माहेश्वरी की *मसीहाओं से डरो* शीर्षक से एक कविता लगाई हुई है। आवरण और कविता का शीर्षक देखकर जिज्ञासावश मैं इस कविता को पढ़ने लगा तो तीसरी पंक्ति में नरक मसीहा और चौथी पंक्ति में अपना नाम देखकर, मैं पूरी कविता पढ़ गया। मुझे हैरानी हुई कि सरला माहेश्वरी जी की यह कविता डेढ़ साल (2014) पहले प्रकाशित उपन्यास *नरक मसीहा* को केन्द्र में रखकर लिखी गयी थी। *मसीहाओं से डरो* शीर्षक की यह कविता सिर्फ़ कविता नहीं है बल्कि अपने आप में एक ऐसी सारगर्भित समीक्षा है, जो कई आलोचनाओं पर भारी पड़ती है। कविता पढ़ने के बाद मैंने इसका स्रोत देखा तो पाया कि, अरुण माहेश्वरी जी ने इसे Sarla Maheshwari's blog space for Poetry अर्थात सरला माहेश्वरी जी के ब्लॉग *नष्टोमोह* (nashtomoh. wordpress.com) से लिया है। अपने ब्लॉग पर सरला जी ने इस कविता को 25 मई, 2016 को लगाया हुआ था। उनकी इस कविता को आप भी पढ़ें–

मसीहाओं से डरो!

अम्बर्तो इको कहते थे
मसीहा से डरना चाहिए
क्या वे उस 'नरक मसीहा' की बात कह रहे थे
हमारे भगवानदास मोरवाल ने
कही है जिसकी कहानी
मसीहा नहीं, मसीहाओं की कहानी
जैसे रख दी हो उँगली
हमारी दुखती रगों पर ज़ुबानी!

बैठकें, सभाएँ कम नहीं की हैं
तब भी सर भन्ना जाता था
आज भी काँप-काँप जाती हूँ
उन पर जाने वाली बातों से
सम्मेलनों के मंच पर 'फाइटर सेलिब्रिटियों' के प्रदर्शनों से
होशमन्दी पर जोशमन्दी के प्रहारों से
'प्रेरक' खींच-तानों से

यहाँ तो एक मसीहा नहीं
पूरा दफ़्तर है
मसीहाओं से भरा हुआ
माँगों को पूरा करता हुआ
सबको एक मसीहा थमाता हुआ
रोज़ नया लाता हुआ
फ़ार्मूलों से पैदा करता हुआ
जब दुःख है चारों ओर
तो मसीहा भी हैं चारों ओर

क्रान्ति का पेशा
एनजीओ का तमाशा
रसायन से इनके
बनता मसीहाई करिश्मा
बज रहा था...
श्री साईं गीता सार...
कैसे मिले अचानक धन, बिन मेहनत बिन काम।
उम्र गुजारे रोग रहित, पुण्य बताओ नाथ।।
कॉमरेड प्रचण्ड टीवी के पर्दे पर न्यूज़ देख रहे हैं...
अबला मंच के करवा चौथ उत्सव की रिपोर्ट...प्रसिद्ध गाँधीवादी...
राष्ट्रीय महिला कल्याण परिषद की अध्यक्ष बहन भाग्यवती
मशहूर हीरोइन और डालमिया ग्रुप ऑफ़ इंडस्ट्रीज की सीईओ

टीना डालमिया...
मशहूर समाजविज्ञानी और स्त्री अध्ययन संस्थान की डायरेक्टर
डॉ. वन्दना राव
डॉ. अम्बेडकर दलित महिला उद्धार सभा की सुप्रीमो सुमन भारती
युवा सामाजिक कार्यकर्ता व ग्रासरूट फ़ाउंडेशन की सानिया पटेल!
सानिया पटेल! नहीं! नहीं! यह नहीं हो सकता!

करवा चौथ की रिपोर्ट जारी है...
कॉमरेड प्रचण्ड ये क्या देख रहे हैं...

'एकम सत, विप्रा बहुधा वदन्ति'
अलग अलग मार्ग! एक मंज़िल...
या एक मार्ग, एक मंज़िल...

उत्सवमयी यह देश हमारा! पर्वमयी यह देश हमारा!
राष्ट्रीय बाल और महिला कल्याण परिषद का शानदार कार्यालय!
परिषद का स्वर्ण जयन्ती वर्ष!
फिर वही करवा चौथ वाला संगम!
पर्व तो सारे मना चुके...कोई नहीं छूटा...
न विकास पर्व, न पहचान पर्व,
न अभिनव पर्व, न जननी पर्व,
अब क्या करें, कैसे करें?
एक से बढ़कर एक सुझाव...

वे कह रहे थे
मज़ा तो उत्सव में ही है
क्यों न हम साल के बारह महीनों को बारह उत्सव में बाँट दें?
मानसी उत्सव, मनुजा उत्सव, मानवी उत्सव, सबला उत्सव, वामा उत्सव,
सबसे पहले सेलिब्रेशन कमेटी हो जाये
सब एनजीओ को अलग-अलग काम दे दिये जायें
सुझाव थे कि द्रोपदी के चीर की तरह ख़त्म होने को नहीं आते थे...

करवा चौथ से लेकर फ़ैशन परेड, बुजुर्गों की मैराथन,
भँवरी देवी, सन्तोष पाल...कैंडल मार्च, टॉर्च मार्च, लाल मिर्च...
डांस फ़ॉर हंगर, म्यूज़िक फ़ॉर हंगर...
वही सब के अपने-अपने दुःख! अपने-अपने मसीहा!

कोई मसीहा रहे न ख़ाली! रोज़ मने दीवाली!

परिषद के कार्यालय में
अध्यक्ष की कुर्सी पर विराजमान बहन भाग्यवती
अपने पुराने सहकर्मी और गाँधीवादी गंगाधर आचार्य को समझा रही थी...
यह सर्वोदयी कल्याण सभा नाम...अब बीते ज़माने की बात जैसा
नहीं लगता?
अगर सभा की जगह आश्रम...लगता बापू का पूरा चिन्तन समेटे हुए...
सर पर काला चश्मा चढ़ाये हुए बहन अचानक जैसे होश में आ गयी...
वैसे सबसे अच्छा तो रहेगा, ट्रस्ट या फ़ाउंडेशन!
फ़ाउंडेशन! मतलब अन्तरराष्ट्रीय एनजीओ!
करोड़ों का कर मुक्त सम्पत्ति!

बहन भाग्यवती बूढ़े गंगाधर जी को अनशन के लिए मना रही थी...
और प्रोफ़ेशनल मसीहा शिष्य कबीर
अपने सर्वहारा फ़ाउंडेशन की सत्याग्रह पदयात्रा के लिए
आदिवासियों और दलितों को बहका रहा था...
सरकार को डरा रहा था...ख़ुद भी डर रहा था
दोनों ही डर रहे थे...
एक-दूसरे से डरकर...समझौता...दिल्ली पहुँचने से पहले ही समझौता!
सरकार ने सारी शर्तें मान लीं! एक आयोग सभी पर विचार करेगा!
प्रभु की महिमा! मसीहा की महिमा! दो आँखें बारह हाथ!
राष्ट्रीय सलाहकार समिति की सदस्यता!
रीयल हीरोज़ का अवार्ड!
सेज़ के नाम पर सम्पत्ति हड़पने वाले औद्योगिक घराने के हाथों!

कॉमरेड प्रचण्ड की बूढ़ी आँखें!
देख रही थीं सब कुछ धुँधला, धुँधला-सा!
पता नहीं ये उनकी आँखों का धुँधलापन है या संसार ही ऐसा है!
करवा चौथ! महान भारतीय संस्कृति! पति परमेश्वर!
मुक्ति पर्व! पितृसत्ता का पाखण्ड!
सब आपस में गलबहियाँ किये हुए!

प्रोफ़ेशनल क्रान्तिकारी नेता प्रचण्ड!
और शिष्य प्रोफ़ेशनल मसीहा!
पीछे झण्डा उठाये हज़ारों दुखियारे!
घर में बेटा चिल्ला रहा है...
बाहर आकर देखिए बाबूजी ...
दुनिया कितनी बदल चुकी है ...
जिन गाँधीवादियों की फटी बिवाइयों से आज़ादी का ख़ून रिसता था...
आज उनके पाँव ज़मीन पर नहीं टिकते...
और गला फाड़-फाड़कर साम्राज्यवाद मुर्दाबाद चिल्लानेवाले वामपन्थी
वैलियंट फाइटर
वैलियंट ड्राइवर
'वैलियंट' से नीचे के किसी साधारण नाचीज़ को
देखते भी नहीं हैं!

एक ऐसा फोटो
जो पीला पड़ा है
बस उतना ही बदला है
नहीं तो, जैसे सहस्र सालों से
जस का तस

शिक्षित बेरोज़गार!
सिद्धान्तों की क्रान्ति से थका-हारा नौजवान!
है परेशान!
क्यों समझते नहीं ये ग़रीब, दुखियारे!

कब और कैसे जागेंगे!
इतने पर्चे, इतने भाषण!
पर कोई सुगबुगाहट भी नहीं होती!
लाल क़िले पर लाल निशान!
सब हवा हवाई!
चप्पल, जूते सब घिस गये!
नहीं बदली यह बदबूदार सीलन भरी कोठरी!

वाह रे वाह कॉमरेड प्रचण्ड!
एक ज़िन्दा अन्तर्विरोध!
अपने अँधेरे सीलनभरे कमरे में
एक बार, या आख़िरी बार फिर
सुनना चाहते थे वही पुराना गीत अपने शिष्य कबीर से...
साथी लाल सलाम!
मैंने सपना देखा!
लाल क़िले पर लहराता लाल झण्डा!
पर लाख कोशिश के बावजूद
मुर्दा शब्द नहीं दिखा सके सपना!

शिष्य कबीर और सानिया!
चू रहा था माथे से उनके पसीना!

उधर आचार्य जी बहन जी से निवेदन कर रहे थे...
मुझे इस ठगों और धोखेबाज़ों के स्वर्ग से मुक्त करिए...
मुझे इस स्वर्ग में रहने का शौक़ नहीं है...
मैं अपनी मैली-कुचली दुनिया में ही ख़ुश हूँ...
मुझसे यह हिंसा नहीं होगी...

ये कहाँ आ गये हम यूँ ही साथ-साथ चलते!
आचार्य जी का भी
लगा दम घुटने
ज़िन्दगी में ऐसी गरमी कभी नहीं देखी।

आचार्य जी बापू के चरणों में बैठे
बापू का प्रिय भजन गुनगुना रहे थे...
वैष्णव जन तो तैने कहिए जे पीड़ परायी जाने रे...!!!

ओ भगवानदास मोरवाल!
क्या तुम भी यही कह रहे हो
मसीहाओं से डरो!
...और उन लोगों से भी जो सच के लिये
अपनी जान देने
और अपनी जान से पहले दूसरों को जान देने के लिए तैयार रखते...

ओह क्या इको इन्हीं नरक मसीहाओं के बारे में कह रहे थे!

इतना ही नहीं इसके बाद 17 जून, 2016 को *शिलान्यास समारोह का लाइव कवरेज* शीर्षक से सरला जी ने एक और कविता अपने ब्लॉग पर लगाई थी। यह कविता मेरे पहले उपन्यास *काला पहाड़* को केन्द्र में रखकर लिखी थी। इस कविता को अरुण माहेश्वरी जी ने पहली बार 17 जून को अपनी फेसबुक वाल पर साझा किया था, और दूसरी बार इसे 11 दिसम्बर, 2020 को शेयर किया था। विदित है कि प्रधानमन्त्री नरेन्द्र मोदी ने सेंट्रल विस्टा परियोजना की सितम्बर 2019 में घोषणा की थी और 10 दिसम्बर, 2020 को इसकी आधारशिला रखी थी। इस परियोजना के तहत एक नये संसद भवन और नये आवासीय परिसर का निर्माण किया जा रहा है। अरुण माहेश्वरी ने 11 दिसम्बर, 2020 को क्यों सरला जी की इस कविता को फिर से अपनी वाल पर लगाया था, उसे इस कविता को पढ़कर समझा जा सकता है–

शिलान्यास समारोह का लाइव कवरेज!

भगवानदास मोरवाल
सुना रहे हैं एक कहानी
मेवात की कहानी
मेवात के महू में प्रधानमन्त्री के हाथों एक शिलान्यास की कहानी
खँडहर होते, विलुप्त होते एक इतिहास की कहानी
एक वर्तमान के विलुप्त होने की कहानी

ठहरे, सिसकते
इन्सानों और इलाक़े की...
बुझते दीये की आख़िरी लौ के
अचानक भड़क उठने की कहानी।

जैसे पुरानी गाथाओं में
राजाओं और राक्षसों की जान
बसती थी दूर किसी दुर्लभ तोते में
आज लोकतन्त्र की जान बसती है
प्रधानमन्त्री के दौरों में।

तो किसी समय में
'काला पहाड़' की खोह में
बसा हमारा ये महू गाँव
अटका हुआ, ठहरा हुआ
आज प्रधानमन्त्री के आने की ख़बर से सरपट भाग रहा है
ख़ुद को भी नहीं पहचान पा रहा।

बड़े-बूढ़ों में भी
जैसे आ गयी है नयी जान
रोडवेज़ की बसों में गोडे तुड़वाते, धक्के खाते
पहुँच गये हैं जलसे में!
लोग नहीं समझ पा रहे प्रधानमन्त्री के आने का कारण
भले ही इश्तहार बता रहे थे, शिलान्यास! शिलान्यास!

जिन पाठकों ने 1999 में प्रकाशित *काला पहाड़* को पढ़ा होगा, वे जानते हैं कि इस उपन्यास की शुरुआत मेवात के एक गाँव महू में प्रधानमन्त्री द्वारा किये जाने वाले शहीदी मीनार के शिलान्यास के अवसर पर उसके दौरे से होती है। उपन्यास की इस शुरुआत को आप भी पढ़ें—

ख़बर सचमुच चौंकाने वाली थी, बल्कि यह कहिए कि मगज को एकदम घुमा देनेवाली और कुछ हद तक धमनियों में दौड़ रहे रक्त को ठिठका देनेवाली भी।

लो भला, एकाध दिन पहले तक जो ख़बर महज़ छोटे-मझोले और रंग-बिरंगे इश्तहारों की शक्ल में पूरे इलाक़े के गाँव-खेड़ों से लेकर उन क़स्बों की दीवारों पर चिपकी हुई थी, जिनके बाज़ारों की आमदो-रफ़्त को अँगुली के पोर से यदि छू-भर दिया जाये तो वह वहीं थम जाये। आज वही ख़बर दीवारों से चिपके इश्तहारों से निकलकर जगह-जगह सड़क के नाकों से लेकर, छोटे-छोटे चौराहों पर इतराती घूम रही है और सबको बता रही है कि तुम्हारे इस काले पहाड़ की खोह में बसे उसी महू गाँव में प्रधानमन्त्री जी का आगमन हो रहा है, जिस गाँव का नाम इससे पहले शायद अपने पी.ए. के सिवाय प्रधानमन्त्री जी ने किसी से सुना तो हो।

मई 2017 में चन्द्रकान्त भोंजाळ जी का फोन आया कि अनुवाद पूरा हो गया है और नागपुर के एक प्रकाशक *विजय प्रकाशन* इस उपन्यास को प्रकाशित करने का लिए तैयार भी हो गया है। इसलिए अपना परिचय, अनुवाद की स्वीकृति तुरन्त भिजवा दें। मैंने अविलम्ब 5 मई, 2017 को यह स्वीकृति, अनुमति या सहमति पत्र कुछ भी कहिए, उसका पीडीएफ बनाकर उन्हें मेल कर दिया—

आदरणीय चन्द्रकान्त भोंजाळ जी,

जैसाकि आपने राजकमल प्रकाशन, नयी दिल्ली से हिन्दी में प्रकाशित मेरे उपन्यास 'नरक मसीहा' का मराठी अनुवाद की स्वीकृति माँगी है, मुझे आपको यह स्वीकृति देते हुए बड़ी खुशी हो रही कि आप मेरे इस उपन्यास 'नरक मसीहा' का मराठी अनुवाद कर सकते हैं। मैं अपनी स्वीकृति सहर्ष प्रदान करता हूँ। मेरी तरफ़ से लेखक के रूप में किसी तरह के सहयोग की ज़रूरत पड़े, तो आप निस्संकोच मुझसे कभी भी सम्पर्क कर सकते हैं।

आपका,
भगवानदास मोरवाल

इस स्वीकृति पत्र के ठीक दो साल बाद जून 2019 में विजय प्रकाशन, नागपुर से चन्द्रकान्त भोंजाळ द्वारा मराठी में अनुवाद किया गया उपन्यास *नरक मसीहा* प्रकाशित होकर आ गया। उपन्यास की आकर्षक साज-सज्जा और प्रस्तुति को देखकर यह धारणा टूट जाती है कि हिन्दी में ही स्तरीय पुस्तकों का प्रकाशन होता है। बल्कि दूसरी भारतीय भाषाओं में भी स्तरीय प्रकाशन होता है।

वर्ष 2016 में वरिष्ठ कवि-कथाकार और शिक्षाविद् सन्तोष चौबे जी का *भारतीय ज्ञानपीठ* से *जलतरंग* शीर्षक से उपन्यास प्रकाशित होकर आया था। इस उपन्यास का 5 जुलाई, 2016 (रविवार) को भोपाल के *भारत भवन* में लोकार्पण होना था। जबकि अगले दिन 6 जुलाई को भोपाल के *स्वराज भवन* में इस पर चर्चा होनी थी। दिल्ली से इस दो दिवसीय आयोजन में वरिष्ठ कवि मंगलेश डबराल, लीलाधर मण्डलोई और मुझे आमन्त्रित किया गया था।

अपने इस दो दिवसीय भोपाल प्रवास के बाद मुझे और मंगलेश जी को एक ही ट्रेन से दिल्ली लौटना था। लौटने के लिए हम दोनों की जो टिकट्स बुक कराई गयी थीं, उन्हें भोपाल के हबीबगंज से चलनेवाली *भोपाल एक्सप्रेस* के बजाय जबलपुर से आने वाली ट्रेन का करा दिया गया। सो 6 जुलाई की रात को हम दोनों समय से पहले स्टेशन पर पहुँच गये। जबलपुर से चलकर इस ट्रेन का भोपाल पहुँचने का समय रात लगभग साढ़े नौ या पौने दस बजे था। जब हम स्टेशन पहुँचे तो पता चला कि ट्रेन एक घण्टे देरी से आयेगी। बाद में पता चला कि एक घण्टा देर से आयेगी। इस तरह करते-करते हमें स्टेशन पर रात के दो बज गये मगर ट्रेन का कोई अता-पता नहीं। इस बीच तेज़ हवाओं के साथ मूसलाधार बारिश शुरू हो गयी। मैं और मंगलेश डबराल जी किसी तरह अपने आपको स्टेशन के शेड के नीचे बारिश से जैसे-तैसे बचाते रहे। रात के साढ़े तीन बज गये और सुबह चार बजे सूचना मिली कि वह ट्रेन पौने पाँच बजे के आसपास आयेगी। इस बार सूचना सही निकली और हम ट्रेन में चढ़ गये। हम दोनों की सीटें अलग-अलग डिब्बों में थीं। मेरी जिस डिब्बे में सीट थी उसमें एक परिवार के कुछ लोग बैठे हुए थे। ट्रेन जब चल पड़ी तब उस परिवार के एक पुरुष ने मुझसे आग्रह किया कि उनका एक सदस्य इसी डिब्बे में दूसरी सीट पर है। अगर आप उधर चले जायें तो हमारा पूरा परिवार एकसाथ हो जायेगा। मैं उनके आग्रह को स्वीकार कर दूसरी सीट पर चला गया।

कई घण्टों के बाद ट्रेन झाँसी जंक्शन पर आकर रुकी। उसे इस स्टेशन पर दस मिनट रुकना था इसलिए मैं ट्रेन से उतर गया। सुबह का समय था कुछ खाया-पिया भी नहीं था। सामने गरमागरम आलू की सब्ज़ी और पूड़ियों को देख सोचा, कुछ नाश्ता-पानी हो जाये। मैं अभी सब्ज़ी-पूड़ी का ऑर्डर देता कि देखा ट्रेन चल पड़ी है। बिना सब्ज़ी-पूड़ी खायें मैं भागकर ट्रेन में चढ़ गया और अपनी सीट की तरफ़ बढ़ने लगा। सवारियों से खचाखच भरे डिब्बे में अपनी सीट की ओर बढ़ते हुए अचानक मुझे लगा कि इस डिब्बे में इतने सारे सिख कहाँ से आ गये? भोपाल से चलते समय तो एक भी नहीं था।

तुरन्त सारा माजरा मेरी समझ में आ गया। मैं इधर-उधर खड़े लोगों को चीरते हुए दरवाज़े पर आया। इस बीच ट्रेन ने अच्छी गति पकड़ ली। ग़नीमत थी उसने प्लेटफ़ॉर्म पार नहीं किया था। मैंने दिल्ली में सालों तेज़ रफ़्तार से दौड़ती और रुकने वाली डीटीसी बसों में चढ़ने-उतरने के अपने अभ्यास और अनुभव का सहारा लिया, और प्लेटफ़ॉर्म से कुछ इंच ऊपर अपने बायें पैर को हवाई पट्टी पर उतरने वाले वायुयान की तरह धीरे-से छूते हुए, मैंने अपने शरीर को पीछे की तरफ़ तिरछा कर ढीला छोड़ दिया। रेल की बढ़ती गति के साथ मैं लगभग पाँच-छह क़दम उसके समान्तर दौड़ने के बाद रुक गया। इस बीच ट्रेन तेज़ी से मुझे पीछे छोड़ अपनी मंज़िल की तरफ़ बढ़ गयी। मैं दूर जाती रेल और उसके लघुतम होते आकार को देर तक निहारने के बाद वापस अपने डिब्बे में आया और चुपचाप अपनी सीट पर बैठ गया। मेरी भूख अब जैसे काफ़ूर हो गयी। मैं देर तक इस घटते-घटते रह गयी अनिष्टता के बारे में सोचता रहा कि अगर मैं इस ट्रेन से नहीं उतर पाता तो मैं न जाने कहाँ पहुँच जाता? सालों तक अपने ताप के ताए दिनों में दिल्ली की डीटीसी बसों में उतरने चढ़नेवाले अभ्यास और अनुभव में थोड़ी-सी चूक हो जाती तथा तेज़ गति से दौड़ती ट्रेन से उतरने के दौरान कहीं मेरा सन्तुलन बिगड़ जाता, तब क्या होता? टिकट मेरे पास दिल्ली जानेवाली ट्रेन का था लेकिन दिल्ली से विपरीत दिशा में जानेवाली ट्रेन से कूदने के दौरान हुई मौत पर कई तरह के प्रश्न खड़े हो जाते। हज़रत निज़ामुद्दीन रेलवे स्टेशन पर देर तक मेरा इन्तज़ार करने के बाद, मंगलेश डबराल अपने घर निकल जाते और कई दिनों के बाद जब उन्हें इस दुर्घटना के बारे में पता चलता, तब वे क्या सोचते, यही न कि चढ़े तो हम दोनों दिल्ली वाली ट्रेन में थे। लेकिन दिल्ली से विपरीत दिशा में जाने वाली ट्रेन में मैं पहुँचा कैसे? सामान के नाम पर मेरा लेदर बैग दिल्ली वाली ट्रेन में पाया जाता और शव मेरा दूसरी ट्रेन से कूदकर होनेवाली दुर्घटना बल्कि एक तरह से ख़ुदकुशी के बाद विपरीत दिशा में पाया जाता। ऐसे ही सवाल भोपाल के मित्रों के मन में भी उठता। अगर सचमुच ऐसी दुर्घटना घट जाती तो यह रहस्य भी हमेशा-हमेशा के लिए दफ़न हो जाता। मगर यह सब हुआ यों? बताता हूँ।

हुआ दरअस्ल यह था कि जिस समय जबलपुर से दिल्ली जाने वाली हमारी ट्रेन झाँसी जंक्शन पर रुकी और मैं उससे नाश्ता-पानी के लिए नीचे उतर आया, तभी दूसरे प्लेटफ़ॉर्म पर खड़ी सचखण्ड एक्सप्रेस, जो पंजाब के अमृतसर से महाराष्ट्र के नांदेड़ जा रही थी, चल पड़ी। नांदेड़ में हज़ूर साहिब गुरुद्वारा और अमृतसर में सचखण्ड श्री दरबार साहिब गुरुद्वारा है। यह ट्रेन सिखों के दो पवित्र

गुरुद्वारों वाले शहरों को जोड़ने के उद्देश्य से चलाई जाती है और इसीलिए इसे सचखण्ड एक्सप्रेस का नाम दिया गया है। तो विपरीत दिशा में जाने वाली यह ट्रेन जैसे ही रवाना हुई, न जाने किस मति भ्रम के चलते मैं उसे अपनी ट्रेन समझ भागकर उसमें चढ़ गया। मगर मैंने जब उसमें खचाखच भरे सिख तीर्थ यात्रियों को देखा, तो एक पल के लिए मुझे कुछ समझ में नहीं आया। जब तक मेरी समझ में आता कि मैं ग़लत ट्रेन में चढ़ गया हूँ उसने गति पकड़ ली। मैं यात्रियों को धकियाता हुआ आगे के दरवाज़े पर आया, और सालों तक अपने दिल्ली की डीटीसी बसों में चढ़ने-उतरने के अभ्यास और अनुभव का सहारा ले, उससे कूद गया। तो कुल मिलाकर क़िस्सा यह था। लेकिन इस घटना से एक सबक यह भी मिलता है कि ऐसे समय में मानसिक और शारीरिक सन्तुलन और विवेक को बनाये रखना बहुत ज़रूरी है। अगर मैं थोड़ी-सी असावधानी और घबराहट से काम लेता, तो आपके हाथों में यह स्मृति-कथा नहीं, स्मृतियों के कुछ शब्द आपकी यादों में अटके रह जाते।

भोपाल के इसी प्रवास से जुड़ा एक और मज़ेदार प्रसंग है। इसे वरिष्ठ कथाकार मित्र मुकेश वर्मा ने बहुत दिनों के बाद अपने चिर-परिचित और चुटीले अन्दाज़ में बताया था। हुआ यह कि भोपाल का एक युवा लेखक और भयंकर पाठक तब तक आ चुके मेरे पाँच उपन्यासों में से कइयों को पढ़ चुका था। एक तरह से वह इन उपन्यासों के लेखक का मुरीद बन चुका था। उस मुरीद को जब पता चला कि सन्तोष चौबे जी के *जलतरंग* उपन्यास के लोकार्पण और उस पर होने वाली चर्चा में भाग लेने के लिए उसका प्रिय लेखक भी आ रहा है, तो उसने पुष्टि करने के लिए मुकेश वर्मा जी से पूछा कि सचमुच मैं भोपाल आ रहा हूँ। इस पर मुकेश जी ने कहा कि हाँ। इतना सुन वह मुरीद अपने प्रिय लेखक से मिलने के लिए मचल उठा। मैं भोपाल आया और आकर चला भी गया लेकिन जहाँ तक मुझे याद है, मुझसे मेरा ऐसा कोई प्रशंसक मिलने नहीं आया।

बाद में मुकेश वर्मा ने उससे पूछा कि मिल लिए मोरवाल जी से? इस पर मेरे उस मुरीद या कहिए प्रशंसक ने उन्हें जवाब दिया कि हट, मुझे नहीं मिलना ऐसे लेखक से! मुकेश जी ने हैरान होते हुए पूछा कि क्या हुआ? मेरे उस मुरीद ने जो उत्तर दिया और मुकेश वर्मा जी ने मुझे जो बताया, उसे याद कर मैं आज तक आत्मग्लानि से नहीं उभर पाया हूँ। हुआ यह कि मेरे उपन्यासों को पढ़ने के बाद उस युवा के मन में अपने प्रिय लेखक की एक अलग ही छवि बन गयी थी। इस छवि के मुताबिक़ वह कल्पना कर बैठा था कि उसके लेखक का डील-डौल अज्ञेय की तरह होगा। काँधे पर पड़ी कई परतों वाली कीमती शाल

और पैरों में कोल्हापुरी चप्पल डाले उसकी कल्पनाओं का लेखक, गोरा-चिट्टा, नर्म-मुलायम व कोमल-सुकोमल हाव-भाव वाला होगा। मृदुभाषी और बड़ी अदा के साथ चुबला-चुबलाकर सधे हुए अन्दाज़ में एक-एक शब्द को बड़ी कंजूसी के साथ ख़र्च करने वाला होगा। अगर वह सकुचाते हुए बार-बार उसके क़रीब जाने का प्रयास करेगा, तो मुश्किल से नज़र उठाकर उसका प्रिय लेखक उसकी तरफ़ उचटती कनखियों से उसे देखेगा भर।

मगर जब उस मुरीद ने अपनी कल्पनाओं के प्रिय लेखक को, अपने शहर के कुछ लफंगे क़िस्म के लेखकों, जो वास्तव में लेखक नहीं उठाईगीर थे, उनसे हँसी-ठट्ठा करते देखा, तो वह मुरीद मारे शर्म के ज़मीन में समाते-समाते रह गया। उसके सपनों और कल्पनाओं का लेखक इस तरह निर्लज्जता भरी फूहड़ता के साथ भोपाल के असभ्य लेखकों के साथ ही-ही हू-हू करेगा, उसने सोचा भी नहीं था। चलिए, काँधे पर पड़ी कई परतों वाली क़ीमती शाल और पैरों में कोल्हापुरी चप्पल डाले गोरा-चिट्टा, नर्म-मुलायम कोमल-सुकोमल हाव-भाव वाला ना सही। मृदुभाषी और बड़ी अदा के साथ चुबला-चुबलाकर सधे हुए अन्दाज़ में शब्दों को ख़र्च करने वाला भी ना सही, पर इस कुलक्षणे को इतना तो शऊर होना चाहिए कि एक धीर-गम्भीर लेखक को हर ऐरे-गैरे से हँसी-ठट्ठा नहीं करना चाहिए। जा, मुझे नहीं मिलना ऐसे असभ्य लेखक से!

वैसे एक बात कहूँ मित्रो, इसमें उस मुरीद का कोई दोष नहीं था। सारा दोष मेरा ही है जो अपने देहाती गँवईपन के चलते मैं हर किसी के साथ अनौपचारिक हो जाता हूँ। इसका नुक़सान मैंने न जाने कितनी बार उठाया है। बहुत से मित्र मेरे इस देहातीपन के चलते मेरे इस झंडुपने का तो उपहास उड़ाते ही हैं, मेरे लेखन को भी गम्भीरता से नहीं लेते हैं। इसलिए मैं कई बार सोचता हूँ कि एक लेखक को यदि अपनी रचनात्मक गरिमा को बचाये रखना है, तो उसे कम-से-कम मित्र बनाने चाहिए। कम-से-कम लोगों से उसे मिलना-जुलना चाहिए। वह जितना प्रपंची होगा, उसकी क़दर उतनी ही ज़्यादा होगी। कुटिलताएँ उसमें अव्वल दर्जे की कूट-कूटकर भरी हुई होनी चाहिए। संवेदनशील तो उसे बस एक हद तक होना चाहिए। वह जितना किसी का नुक़सान कर सकता है, उसे करने में बिल्कुल नहीं हिचकिचाना चाहिए। मेरा अनुभव कहता है कि समाज में आपका सम्मान केवल आपकी सदाशयता या भलमनसाहत से ही नहीं बढ़ता है, बल्कि इससे अधिक बढ़ता है कि आप किसी को कितनी गहरी चोट पहुँचा पाने में समर्थ हैं। इसलिए उस युवा मुरीद ने अपने लेखक के बारे में जो कल्पनाएँ की थीं, वे यूँ ही नहीं की होंगी बल्कि अपने आसपास विद्यमान ऐसे

ही छल-प्रपंचों से पैदा हुई दुरभिसन्धियों और उनसे निर्मित छवियों से प्रेरणा पाकर ही की होंगी।

एक ऐसा ही वाक़या मुकेश वर्मा जी ने दिल्ली में आयोजित 2015 के विश्व पुस्तक मेले के दौरान घटे प्रसंग का सुनाया। जैसाकि विदित है मुकेश वर्मा के प्रधान सम्पादन में मध्य प्रदेश से वर्ष 2008 से प्रकाशित होने वाली मासिक पत्रिका *समावर्तन* के 80वें अर्थात नवम्बर 2014 के अंक का चर्चित कॉलम *एकाग्र* मुझ पर केन्द्रित था। जब किसी पत्रिका में एक ऐसे लेखक पर विशेष सामग्री दी जाती है जिसकी लेखन में जगह अपने लेखकीय तथा अपने पाठकों द्वारा अर्जित किये गये भरोसे के बल पर बनी हो, तब खुलेआम न सही दबी ज़बान में तरह-तरह के सवाल व प्रतिक्रियाएँ उठना स्वाभाविक है। इस तथ्य से मैं भली-भाँति परिचित हूँ। विश्व पुस्तक मेले से लौटने के बाद एक दिन मुकेश जी ने यह आह्लादित करने वाला प्रसंग सुनाया। हुआ यूँ कि मेले के दौरान उन्हें एक लेखक मित्र मिले। मिलते ही उस लेखक ने उनसे शिकायत करते हुए कहा कि आपने *समावर्तन* का *एकाग्र* भगवानदास मोरवाल पर क्या सोचकर किया? पत्रिका के सम्पादन से जुड़े मुकेश जी ने बड़े भोलेपन के साथ तर्क दिया कि जिस लेखक के चार-चार उपन्यास आ गये हों, उस पर एकाग्र करने में क्या बुराई है? मुकेश वर्मा के इस तर्क का जब उस लेखक मित्र को कोई कुतर्क नहीं मिला, तब वह इतना ही कह पाया कि यह तो ठीक है पर वह अभी अपकमिंग (Upcoming) लेखक है।

ऐसी टिप्पणियाँ न जाने क्यों मुझे अपनी सबसे बड़ी ताक़त लगती हैं। कहते हैं कि स्वाद का अहसास अभावों में ही पता चलता है। अगर आपके भीतर की भूख ख़त्म हो जाये तो न आपके अन्दर कोई स्वाद बचता है, न उसे मिटाने की कोई लालसा बचती है। मेरा मानना है कि इस देश का बुद्धिजीवी असल में न तो वामपन्थी है, न दक्षिणपन्थी। न समाजवादी है, न राष्ट्रवादी। न गाँधीवादी है, न आम्बेडकरवादी। स्वभावतः सबसे पहले वह वही होता है, जो उसे होना चाहिए। ये पन्थ और वाद तो दरअस्ल उसके आखेट करने के वे छिपे हुए हथियार हैं, जिनका अवसर मिलने पर वह इनका इस्तेमाल करने से कभी नहीं चूकता है। यह तो अब अवसर पर निर्भर करता है कि कब उसे क्षेत्रवाद का कार्ड खेलना है और कब जातिवाद का। कब तक उसे वामपन्थी बने रहना है और कब उसे चुपचाप दक्षिणपन्थी हो जाना है। मैंने देखा है जिनसे कभी ज़िन्दगी में आपकी दुआ-सलाम तो दूर रही, सलीक़े से आमना-सामना भी नहीं हुआ होगा, वे ही आपसे इतनी मोहब्बत करते हैं कि समय आने पर वे आपका गला कब रेत जायेंगे, आपको इसका अहसास भी नहीं होगा।

एक बात और हर शहर की अपनी एक विशेषता होती है। भोपाल की भी अपनी एक ख़ासियत है लेकिन अन्य शहरों की तरह यहाँ भी अब सिर्फ़ 'लेखक' रह गये हैं। अगर हम कुछ ऐसे व्यक्तियों की यहाँ तलाश करें, जिनके कारण आत्मीयता और सम्बन्धों की थोड़ी-सी आब बची हुई है, तो उनमें मुकेश वर्मा का नाम आप सबसे ऊपर रख सकते हैं। यह शख़्स ग़लती से बच गयी उस दुर्लभ प्रजाति का प्रतिनिधित्व करता दिखाई देता है, जिसकी जीवन्तता और यारबाशी के चलते भोपाल में तेज़ी से शुष्क होते आपसी सम्बन्धों की थोड़ी नमी बची हुई है। इस शहर में 'लेखक' तो आपको इनसे बहुत बड़े-बड़े दिखाई दे जायेंगे परन्तु व्यक्ति इनसे बहुत बौने दिखाई देंगे।

मेरा मुकेश वर्मा जी से कैसे परिचय हुआ यह तो मुझे ठीक-ठीक याद नहीं, लेकिन इक्कीसवीं सदी के पहले दशक में जब मैं प्रायः दरियागंज स्थित वकील अरविन्द जैन के कार्यालय जाता था, तब उनसे और कवि मित्र लीलाधर मण्डलोई से इनके नाम की चर्चा सुनता था। चूँकि लेखकों से प्रगाढ़ता बनाने में मेरा संकोची स्वभाव और मेरी देहाती उजड्डता हमेशा आड़े आ जाती है, इसलिए मुकेश वर्मा जी से भी मेरा कभी परिचय नहीं हो पाया। इसका एक कारण यह भी है कि मेरा भोपाल, लखनऊ, कानपुर, पटना, कलकत्ता, बनारस, इलाहाबाद, जयपुर, शिमला, रोहतक, कुरुक्षेत्र; और तो और अपने राज्य की राजधानी चण्डीगढ़ से कभी मेरा ऐसा वास्ता नहीं रहा कि मैं कह सकूँ कि इन शहरों को मैं जानता हूँ। अधिकतर शहरों में एक से तीन बार ही जाना हुआ है। कानपुर, कलकत्ता, बनारस, इलाहाबाद, जबलपुर जैसे शहरों को तो मैंने आज तक देखा ही नहीं है। ठीक उसी तरह जैसे दिल्ली में पिछले चार दशक से अधिक रहने के बावजूद, मैंने यहाँ आयोजित होने वाले साहित्य अकादेमी पुरस्कार समारोह को आज तक नहीं देखा। अपने लिए तो मेवात से दिल्ली और दिल्ली से मेवात ही काशी-काबा है। ऐसा ही हाल कुछ उन पत्रिकाओं का है कि जिनके बारे में अक्सर कहा जाता है कि यदि आप उनमें प्रकाशित नहीं हुए हैं, तो आपको 'लेखक' कहलाने का अधिकार नहीं है।

यह तो 2015 के आसपास पता नहीं कैसे संजोग बना कि मैं इनके सम्पर्क में आया और इनसे संवाद होने लगा। देखने में ये जितने आक्रान्त लगते हैं, अन्दर से ये उतने ही कोमल, मिलनसार और एकदम साफ़ दिल के इन्सान हैं। इनकी सबसे बड़ी विशेषता है व्यक्ति को पहचानने की ग़ज़ब क्षमता। खरे इतने कि बिना किसी लाग-लपेट के ये अपनी बात कहने से नहीं चूकते हैं। अगर आप इनको पसन्द आ जाते हैं तो आपके लिए ये कुछ भी कर सकते हैं,

वह भी बिना किसी लोभ-लालच या स्वार्थ के। इसीलिए मैंने कहा था कि यह शख़्स उस दुर्लभ प्रजाति का प्रतिनिधित्व करने वालों में सबसे आगे खड़ा नज़र आता है, जिसकी यारबाशी के चलते भोपाल जैसे शहर में तेज़ी से शुष्क होते आपसी सम्बन्धों की कुछ नमी बची हुई है।

साल 2016 में वाणी प्रकाशन से *हलाला* के प्रकाशित होते ही वर्तमान में NCERT के उर्दू प्रोफ़ेसर डॉ. फ़ारूक अंसारी ने इसका उर्दू में अनुवाद करना शुरू कर दिया। जैसाकि मैं पहले ही बता चुका हूँ डॉ. अंसारी ने इससे पहले कंजर समुदाय के सामाजिक तानेबाने को केन्द्र में रखकर लिखे गये और 2008 में राजकमल प्रकाशन से प्रकाशित उपन्यास *रेत* का भी उर्दू में अनुवाद किया था, जो पहले 2011 में अर्शिया पब्लिकेशंस से प्रकाशित हुआ और इसके बाद 2020 में पाकिस्तान के रावलपिंडी स्थित सरीर पब्लिकेशंस से भी प्रकाशित हुआ।

जब *हलाला* का उर्दू में अनुवाद हो गया तो एक बार फिर *रेत* की तरह इसके प्रकाशन की समस्या खड़ी हो गयी। मैंने अर्शिया पब्लिकेशंस के मालिक से बात की तो वह टालमटोल करने लगा। उसकी बातों से लगा *रेत* की तरह *हलाला* के लिए भी उसे प्रकाशन के लिए सहयोग राशि चाहिए। उन्हीं दिनों 2016 में मुझे प्रभात रंजन की फेसबुक वाल से पता चला कि उनकी पुस्तक *कोठागोई* का उन्हीं के ज़ाकिर हुसैन कॉलेज के प्राध्यापक डॉ. मज़हर अहमद द्वारा किया गया उर्दू अनुवाद अप्रैल 2016 में प्रकाशित हो चुका है। मैंने उर्दू के इस प्रकाशक से बात की और जो उसने शर्तें बतायीं, सुनकर मेरे पाँवों तले जैसे ज़मीन खिसक गयी। उसने कहा कि इस पुस्तक को प्रकाशित करने के वे एक लाख रुपये लेंगे। उसने आश्वासन देते हुए कहा कि अगर हम उसे यह राशि देते हैं, तो वे इसे उर्दू में प्रकाशित करने के बाद कई पुरस्कार दिलवा देंगे। यानि हम जो राशि देंगे उसका प्रकाशक हमें पुरस्कार दिलवाकर हमारी दी राशि को लौटा देगा। मैंने इस पर कहा कि पुरस्कारों के रूप में मिलने वाली सारी राशि वे ही लें लें। लेकिन प्रकाशक वर्ड फ़ाइल देने के बावजूद सिर्फ़ मुद्रण के लिए एक लाख रुपये की राशि की माँग करता रहा। मैं समझ गया कि इस प्रकाशक को यह पुस्तक प्रकाशित नहीं करनी है इसलिए ऐसी शर्त लगा रहा है। इस तरह यह सौदा नहीं बना या कहिए *हलाला* का उर्दू अनुवाद प्रकाशित नहीं हुआ। पहले मुझे लगता था कि पैसे लेकर पुस्तकें प्रकाशित करने की संस्कृति सिर्फ़

हिन्दी में ही है, लेकिन उर्दू प्रकाशन जगत में यह कहीं अधिक है। बल्कि यहाँ हालात ज़्यादा बदतर हैं।

एक दिन मैंने वाणी प्रकाशन के मुखिया अरुण माहेश्वरी जी से इस बारे में बात की, तो वे बोले कि इसे तो हम ही छाप देंगे। अन्धे को क्या चाहिए सिर्फ़ और सिर्फ़ दो आँखें। मैंने यह बात डॉ. फ़ारूक अंसारी जी को बतायी तो वे तुरन्त बोले कि वाणी को ही दे देते हैं। इस तरह 2017 में अर्थात हिन्दी के एक साल बाद वाणी प्रकाशन से *हलाला* का उर्दू अनुवाद भी प्रकाशित होकर आ गया। इस उपन्यास का इसी शीर्षक से दिल्ली विश्वविद्यालय के श्री अरविन्दो कॉलेज के अंग्रेज़ी विभाग की डॉ. कुसुम लता द्वारा किये गये अंग्रेज़ी अनुवाद का प्रकाशन भी, *रेत* के अंग्रेज़ी अनुवाद Quicksand को प्रकाशित करने वाले मानक पब्लिकेशंस, दिल्ली से अक्टूबर 2020 में एकसाथ हुआ था। एक समय नब्बे के दशक में इसके मालिक से प्रायः कनाट प्लेस स्थित मद्रास होटल के पीछे मित्र ब्रजमोहन की फोटोस्टेट की दुकान पर मुलाक़ात होती रहती थी। हम दोनों एक-दूसरे को अच्छी तरह जानते थे। बीच-बीच में मानक प्रकाशन हिन्दी की पुस्तकें भी प्रकाशित करता रहा है। कवि और कथाकार ब्रजमोहन का कविता संग्रह *किसी बच्चे से पूछो* 1991 में इसी मानक पब्लिकेशंस से प्रकाशित हुआ था।

हलाला के प्रकाशन से जुड़ा एक अप्रिय प्रसंग है। हालाँकि मेरा उससे कोई सीधा सम्बन्ध नहीं था लेकिन इसका निमित्त मैं ही बना था। हुआ यह था कि अक्टूबर 2018 में डॉ. कुसुम लता द्वारा इसका अंग्रेज़ी में अनुवाद पूरा करने के बाद मैंने अपने स्तर पर, *हलाला* तथा उमा चौधरी द्वारा *रेत* के अंग्रेज़ी अनुवाद की तरह अंग्रेज़ी के कई प्रकाशकों को इसके प्रकाशन हेतु Book Proposals मेल किये थे। इनमें ऑक्सफ़ोर्ड यूनिवर्सिटी प्रेस, स्पीकिंग टाइगर, पेंगुइन, हार्पर कॉलिंस, वेस्टलैंड एक्का जैसे अंग्रेज़ी के मशहूर प्रकाशक थे, परन्तु कहीं से कोई उत्तर नहीं आया। इसी बीच मैंने *हलाला* के अंग्रेज़ी अनुवाद के बारे में अदिति माहेश्वरी से चर्चा की, तो वे बोलीं कि सर वाणी प्रकाशन और हार्पर कॉलिंस के बीच एक समझौता हुआ है। इस समझौते के अनुसार वाणी उनके द्वारा सुझाई पुस्तकों का हिन्दी में, और हार्पर कॉलिंस हमारे द्वारा सुझाई हमारी पुस्तकों का अंग्रेज़ी में प्रकाशन करेंगे। इसे आप हमें दिलवा दें। मैंने तुरन्त हाँ कह दिया क्योंकि इससे पूर्व वाणी प्रकाशन *हलाला* का उर्दू अनुवाद प्रकाशित कर चुका था। इस तरह मुझे बार-बार अंग्रेज़ी प्रकाशकों को बुक प्रोपोज़ल भेजने से मुक्ति मिल गयी। बता दूँ दोनों अनुवादक उमा चौधरी और डॉ. कुसुम लता सगी बहनें हैं।

बड़ी बहन उमा चौधरी दिल्ली विश्वविद्यालय के मोतीलाल नेहरू कॉलेज (सान्ध्य) के अंग्रेज़ी विभाग से सम्बद्ध थीं। जबकि छोटी बहन डॉ. कुसुम लता दिल्ली विश्वविद्यालय के ही श्री अरबिंदो कॉलेज (सान्ध्य) के अंग्रेज़ी विभाग में एसोसिएट प्रोफ़ेसर थीं। इन दोनों ने अपने द्वारा किये गये *रेत* और *हलाला* के अंग्रेज़ी अनुवादों के प्रकाशन की ज़िम्मेदारी मेरे ऊपर इसलिए डाल दी थी कि प्रकाशन की दुनिया से मैं थोड़ा परिचित था।

मैंने डॉ. कुसुम लता से कह दिया कि वे अदिति माहेश्वरी से बात कर लें। यह शायद 2019 के अन्तिम महीने अथवा 2020 के शुरू की बात थी। उन दोनों में बात हुई और डॉ. कुसुम लता ने अनुवाद की सॉफ्ट कॉपी अदिति को मेल कर दी। हार्पर कॉलिंस को वाणी प्रकाशन ने अपनी दो पुस्तकों के अंग्रेज़ी अनुवाद के लिए अनुशंसा की थी। एक थी यतीन्द्र मिश्र की *अख़्तरी* और दूसरी थी *हलाला।* मगर बाद में कुछ कारणों के चलते *हलाला* को लौटा दिया गया। अदिति ने शुरू में कह दिया था कि अगर हार्पर कॉलिंस तैयार हो जाता है तो ठीक है वरना वाणी ही इसे अंग्रेज़ी में प्रकाशित कर देगा। मुझे इस बात की तसल्ली थी कि अपने लेखक का मान रखते हुए अदिति इसे किसी-न-किसी तरह अंग्रेज़ी में प्रकाशित करने को लेकर बड़ी उत्साहित थी। दूसरा, मुझे इससे कोई मतलब नहीं था कि इसे हार्पर कॉलिंस प्रकाशित कर रहा है या वाणी प्रकाशन। मेरा इसे बस अंग्रेज़ी में छपवाने का लक्ष्य था, जो अब लगभग पूरा होने जा रहा था। क्योंकि इस पर तुरन्त सम्पादन का कार्य शुरू हो चुका था। शायद काम काफ़ी आगे बढ़ भी चुका था जिसका मुझे बाद में पता चला। हालाँकि मैंने जब एक बार पूछा कि यह कब तक आ जायेगा तो शुरू में मुझे जनवरी 2020 तक आने की उम्मीद बतायी थी।

लेकिन सितम्बर 2020 के मध्य में डॉ. कुसुम लता का मेरे पास फोन आया कि सर अगले महीने मेरा एसोसिएट प्रोफ़ेसर का प्रमोशन होने वाला है। अगर यह आधे अगस्त तक प्रकाशित होकर आ जाये तो मेरा प्रमोशन आसानी से हो जायेगा। मेरे लिए यह बात कटोरी में ज़िन्दा हाथी को बैठाने वाली जैसी थी। इतनी जल्दी उपन्यास किसी हालात में नहीं आ सकता था। मैंने कुसुम जी से कहा कि इस बारे में एक बार आप अदिति जी से बात कर लें। उन्होंने शायद बात की भी बल्कि इसके अलावा अदिति को मेल भी किया था। इस मेल में कई बातों के अलावा कुसुम जी ने अन्त में लिखा कि 16 अक्टूबर प्रमोशन के लिए आवेदन करने की अन्तिम तारीख़ है। एक सप्ताह के अन्दर 2 अक्टूबर, 2020

तक आप प्रकाशित कर सकते हैं तो मुझे सूचित करें। अगर वाणी प्रकाशन एक सप्ताह के अन्दर प्रकाशित करने में असमर्थ है तो मेरे पास जो समय बचा हुआ है उसमें मैं दूसरे प्रकाशक से अप्रोच कर सकूँ। मेरे रिटायरमेंट से पहले मेरे प्रमोशन का यह अन्तिम अवसर है जिसे मैं खोना नहीं चाहती। अगर बतायी गयी तारीख़ तक मेरी पुस्तक प्रकाशित नहीं होती है तो उसके बाद इसका मेरे लिए कोई लाभ नहीं है। आशा है आप मेरी स्थिति को समझ रही होंगी। अगर 27 सितम्बर, 2020 तक मुझे सकारात्मक उत्तर नहीं मिलता है, तो मैं अन्य प्रकाशक से बात करती हूँ।

इसके उत्तर में अदिति ने जो कई बातें लिखीं उनमें सबसे महत्त्वपूर्ण यह थी कि लॉकडाउन के चलते सारी योजनाएँ गड़बड़ा गयी हैं, इसलिए सम्भव नहीं है। अदिति को इस पर यक़ीन ही नहीं हो रहा था कि किसी प्रकाशक से एक सप्ताह में उनकी किताब प्रकाशित भी हो सकती है। यक़ीन क्या इसकी उम्मीद मुझे भी नहीं थी। अदिति इस प्रकरण से कितनी व्यथित थी, उसे उनके इस वाक्य से समझा जा सकता है–Sir, this book is an important text for Vani Prakashan Group. We will not be undermining our own publishing ethics by doing a shoddy job with your book.

मैंने 26 सितम्बर को अदिति माहेश्वरी को मेल किया–

अदिति जी,

कुसुम लता जी के मेल के उत्तर में आपका जवाब देखा। बाक़ी बातें अपनी जगह सही हो सकती हैं मगर मुख्य बात यह है कि कुसुम जी का अगले महीने प्रमोशन होना है। यह बात उन्होंने मुझे भी बतायी थी और मैंने ही कहा था कि अगर इतने कम समय में कोई इसे प्रकाशित कर देता है तो आप उन्हें दे दें। इतने भर से अगर आपको प्रमोशन मिलता है तो आप ऐसा कर लें। यह पुस्तक अब तक आ गयी होती तो उनके प्रमोशन में बहुत सहायक होती। अगर उनका प्रमोशन का मामला नहीं होता तो जहाँ दो साल इन्तज़ार कर लिया, कुछ महीने और कर लिया जाता। अब अगर कोई प्रकाशक उनकी पुस्तक इतनी जल्दी, जितना वह चाह रही हैं, प्रकाशित कर देता है तो मेरा मानना है इसमें कोई हर्ज़ नहीं है। आख़िर नौकरीपेशा लोगों के लिए जीवन में यही तो छोटी-छोटी उपलब्धियाँ होती हैं। मैं आपकी स्थिति भी समझ सकता हूँ। मुझे लगता है इस मामले को यहीं ख़त्म कर देना उचित रहेगा।

उसी दिन अदिति का मेल आया—

सर नमस्ते,

मैं सारी बातें समझ रही हूँ। प्रमोशन के लिए एक कवर और ISBN नम्बर की आवश्यकता होती है जो उपलब्ध कराया जा सकता है। यह बात मैंने कुसुम जी से पहले भी कही थी लेकिन शायद उन्होंने आपको बताया नहीं। आप भी जानते हैं कि प्राध्यापकों के प्रमोशन के लिए वाणी प्रकाशन ने हमेशा सहयोग ही किया है। लेकिन एक हफ़्ते में यदि आप भी पुस्तक प्रकाशित करने के विचार से सहमत हैं, तो हमें स्वीकार्य है। पुस्तक पर Originally written in Hindi by Bhagwandass Morwal and published by Vani Prakashan Group लिखा जाना होगा। कॉपी एडिटर को कार्य निरस्त करने के लिए कह दें? कृपया कन्फ़र्म कीजिए।

यह बात मैंने डॉ. कुसुम लता जी को बतायी कि इस उपन्यास पर यह पंक्ति प्रकाशित होनी है, तो वे तुरन्त तैयार हो गयीं। इसके बाद मैंने अदिति को मेल करके कह दिया कि किताब पर वही पंक्ति जायेगी जैसा आपने कहा है। अब आप कॉपी एडिटर को कार्य निरस्त करने के लिए कह दें।

मित्रो, आप कल्पना कर सकते हैं कि इस दौरान मेरी क्या हालत रही होगी? दूसरी घटनाओं और अनुभवों की तरह इस घटना से मैंने यही सबक सीखा कि लेखक को लेखक ही रहना चाहिए। इसका परिणाम यह हुआ कि—

न ख़ुदा ही मिला न विसाल-ए-सनम, न इधर के हुए न उधर के हुए
रहे दिल में हमारे ये रंज-ओ-अलम, न इधर के हुए न उधर के हुए।

इस बीच अक्टूबर 2020 के मध्य में एक दिन डॉ. कुसुम लता जी का फोन आया कि सर दोनों उपन्यास छपकर आ गये हैं। दोनों से कुसुम जी का आशय *रेत* के अंग्रेज़ी अनुवाद Quicksand और *हलाला* के अंग्रेज़ी अनुवाद से था। मैंने जब पूछा कि इन्हें किसने प्रकाशित किया है, तब उन्होंने बताया कि मानक पब्लिकेशंस प्राइवेट लिमिटेड ने।

किसी की कृति अथवा रचना के बारे में उसके लेखक की अपनी राय क्या होती है, मायने यह नहीं रखता है, मायने यह रखता है कि इसे पाठक किस तरह स्वीकार करते हैं। इस मायने में इस उपन्यास का ठीक-ठाक स्वागत हुआ। इतना ही नहीं बल्कि इसके प्रकाशन के दो वर्ष बाद

कॉलेजिएट ड्रामा सोसाइटी ने 23 सितम्बर, 2018 को बारिश में भीगते मंडी हाउस (नयी दिल्ली) के कॉपरनिकस मार्ग स्थित LTG (लिटिल थिएटर ग्रुप) ऑडिटोरियम में वरिष्ठ नाट्यकर्मी रवि तनेजा के निर्देशन में एक के बाद एक (शाम 4 बजे और 7 बजे) दो मंचन हुए। इस नाटक को देखने के लिए मेवात से मेरे मित्र, ग़ज़लगो और सामाजिक कार्यकर्ता फ़जरुद्दीन बेसर के नेतृत्व में छह मेवातियों का एक प्रतिनिधिमण्डल आया था। इस नाटक को देखने के बाद बेसर जी ने अपनी फेसबुक वाल पर जो टिप्पणी लगाई, वह ग़ौर तलब है। उन्होंने लिखा था—

बहुत-बहुत बधाई

मोरवाल साहब, ख़राब मौसम के बावजूद पूरा ऑडिटोरियम भरा था! पूरे मंचन के समय या तो सन्नाटा था या कभी-कभी तालियों की गूँज। अगर कोई मंचित नाटक दर्शकों की एकाग्रता को बस में कर ले, तो मंचन की सार्थकता और सफलता स्वतः सिद्ध हो जाती है। यह दृश्य 23 सितम्बर, 2018 को LTG ऑडिटोरियम में 'हलाला' के मंचन के अवसर पर देखा। मेवाती बोली और मेवात की पृष्ठभूमि पर दिल्ली में मंचित होनेवाला यह पहला नाटक था।

मैंने जैसे पहले ही कहा था कि धार्मिक समस्याओं या मुद्दों पर लिखने के अपने ख़तरे होते हैं। ऐसे किसी विषय पर लिखे गये उपन्यास या मंचित हुए नाटक के बाद उसकी आलोचना-प्रतिआलोचना न हो कैसे सम्भव है। हालाँकि इसका अनुमान मुझे भी था लेकिन मैं थोड़ा इसलिए आश्वस्त था कि जिस तरह मेरे दूसरे उपन्यास *बाबल तेरा देस में* पर पाठकों ने कोई तीखी प्रतिक्रिया व्यक्त नहीं की थी, इस पर भी नहीं होगी। लेकिन ऐसा नहीं हुआ। इस पर ज़्यादा तीखी प्रतिक्रिया हुई। इसका एक कारण यह हो सकता है जिन मुद्दों और प्रश्नों से दर्शक नाटक के माध्यम से सीधे दो-चार होता है, पढ़ने पर शायद उतना नहीं। इसीलिए 25 सितम्बर, 2018 को समकालीन रंगमंच के सम्पादक, कवि और रंगमंच आलोचक राजेश चन्द्र ने इस मंचन के बाद लिखा—

एक ऐसे वक़्त में जब देश में एक फ़ासिस्ट हुकूमत नफ़रत की फ़सल बोते हुए अलग धार्मिक एवं सांस्कृतिक पहचानों को मिटा देने और बदनाम करने में दिन-रात जुटी हुई हो, धार्मिक अल्पसंख्यकों की भीड़ द्वारा सुनियोजित हत्याएँ कराई जाती हों, ऐसे वक़्त में हलाला जैसे संवेदनशील एवं विवादित मुद्दे को उठाना और उसके ज़रिये एक धर्म और धार्मिक समुदाय को पोंगा-पन्थी या स्त्री-विरोधी दिखाना एक सोची-समझी चाल भी हो सकती है। मैंने नाटक नहीं देखा,

उपन्यास भी नहीं पढ़ा, पर जिस प्रकार यह बात खुल रही है कि नाटक में हलाला के मुद्दे को एकांगी तरीक़े से उठाया गया है, उस पर कोई वैज्ञानिक नज़रिया सामने लाने की बजाय नाटक में एक धार्मिक पहचान को बुरा दिखाने का प्रयास किया गया है, तो यह निश्चित तौर पर मौजूदा फ़ासिस्ट सत्ता के काम और अभियान का नाटक हो सकता है। हलाला जैसे विषय पर इस वक़्त ही नाटक प्रदर्शित करना और उस मुद्दे को एक विशेष नज़रिये से प्रस्तुत करना सन्देह करने का पर्याप्त आधार मुहैया करा रहा है। नाटक का एक राजनीतिक मक़सद लगता है।

इस पोस्ट के जवाब में अगले दिन 26 सितम्बर को मेवात के सामाजिक कार्यकर्ता फ़जरुद्दीन बेसर ने राजेश चन्द्र को यह जवाब दिया—

मैं हल्फ़िया बयान करता हूँ कि मैं ना तो उपन्यासकार भगवानदास मोरवाल द्वारा लिखित 'हलाला' नाटक का अन्धा दर्शक हूँ, ना कट्टर समर्थक हूँ और ना पूर्वग्रही आलोचक व निन्दक हूँ।

मैं यह भी हल्फ़िया बयान करता हूँ कि मेरी जो भी इस नाटक के बारे में राय है, वह न इसके पक्ष, ना इसके विपक्ष में है। बल्कि एक निष्पक्ष राय है।

मेरा मानना है कि 'हलाला' नाटक महज़ एक संवेदनशील शीर्षक की वजह से विवादास्पद नहीं बनाया जा सकता। लेकिन इस नाटक में तलाक़ की आग की लपटों के बीच तिल-तिल जलती एक बेक़सूर, निरीह और लाचार नारी की पीड़ा और वेदना को जिस सूक्ष्मता व मानवीय दृष्टिकोण से प्रस्तुत किया है, उसकी जितनी तारीफ़ और तरफ़दारी की जाये उतनी कम है। इस नाज़ुक मुद्दे पर लिखना ही नंगी तलवार की धार पर नंगे पैरों से सफ़र करने जैसा है। यह लेखक की साहसिक लेखनी की ईमानदारी की अग्निपरीक्षा है जिसमें वह चौबीस कैरेट खरा उतरा है। अगर इस स्थिति में कोई इस उपन्यास पर धूल उछाले तो वह ख़ुद ही अपनी आँखों में धूल झोंकेगा।

हालाँकि इससे पूर्व वरिष्ठ रंगकर्मी परवेज अख़्तर ने 23 सितम्बर को अपनी फेसबुक वाल पर इसके मंचन के बाद यह टिप्पणी की थी—

भगवानदास मोरवाल द्वारा लिखित यह नाटक, मुस्लिम समाज में एकसाथ तीन-तलाक़ और हलाला जैसी संस्था की कठमुल्लाओं द्वारा थोपी गयी व्यवस्था और उससे जूझती औरत के दर्द का चित्रण करता है। (यहाँ यह उल्लेखनीय है की तीन-तलाक़ और हलाला ग़ैर-इस्लामी और हराम है)

मेवाती-ब्रज-हरियाणवी मिश्रित भाषा में लिखित नाटक 'हलाला' एक विशिष्ट परिवेश का सृजन करता है, जोकि इस नाटक का एक प्रशंसनीय पक्ष है। अभिनेता-दल ने नाटक की सच्ची और विश्वसनीय प्रस्तुति की। नाटक के मंचन के लिए निर्देशक रवि तनेजा और नाट्य-दल को अनेक बधाइयाँ!

वहीं हिन्दी-उर्दू की वरिष्ठ लेखिका और सामाजिक कार्यकर्त्री नूर ज़हीर ने 25 सितम्बर को इस पर अपनी टिप्पणी देते हुए लिखा—

भगवानदास मोरवाल का उपन्यास मैंने पढ़ा है। यह बात सही है कि उपन्यास बहुत गहरे और ज़रूरी प्रश्न नहीं उठाता। लेकिन यह भी सही नहीं कि पाठक/दर्शक उपन्यास या नाटक में सबकुछ देखना/समझना चाहे। जहाँ तक रही कुरआन की बात, वह हलाला को सही भी मानता है और शरीयत के हिसाब से भी इसे सही माना है। मसलन, एक बार में तीन तलाक़ को कुरआन सही नहीं मानती लेकिन शरीयत मानती है। लेकिन हलाला दोनों जगह मौजूद भी है और माना भी जाता है।

एक और बात भी है, अगर ये मुल्लाओं द्वारा फैलाई हुई गन्द भी है तो भी यह आज की ज़मीनी हक़ीक़त है और मेरे ख़याल से रवि जी और भगवानदास जी ने इसे सामने लाकर इस्लाम पर कोई छींटाकशी नहीं की है। वे केवल एक सच्चाई को सामने रख रहे हैं, जो हर लेखक और नाटककार को करना चाहिए।

तीसरी और सबसे ज़रूरी बात, धर्म की बहस में न पड़कर उस औरत के बारे में भी ज़रा सोचिए जिसे हलाला से गुज़रना पड़ता है। कुरआन साफ़ कहता है कि, यह पुरुष के लिए सज़ा है, कि उसकी चीज़ किसी और के पास से मैली होकर आयेगी। यानि महिला तो चीज़ हुई, जिसके ऊपर एक पराये मर्द के साथ रात गुज़ारने का कोई असर नहीं होना चाहिए। आज के दौर में इस सोच को कौन लोग बढ़ावा दे रहे हैं?

एक वर्ष के अन्दर उपन्यास पर आधारित कॉलेजिएट ड्रामा सोसायटी, दिल्ली और रवि तनेजा के निर्देशन में मंचित नाटक *हलाला* के लगभग दस मंचन हुए। लेकिन सबसे अधिक रोमांचित करनेवाला मंचन था 11 जनवरी, 2019 को पुरानी दिल्ली के बेहद क़रीब दिल्ली विश्वविद्यालय के माता सुन्दरी कॉलेज का। पाँच माह में कॉलेजिएट ड्रामा सोसाइटी की यह छठी प्रस्तुति थी। हम जानते हैं कि महिला कॉलेज होने के नाते इस कॉलेज में इस क्षेत्र के मुस्लिम समुदाय की छात्राओं की बड़ी संख्या है।

नाटक शुरू होने के तुरन्त बाद मैं आगे की सात-आठ क़तार छोड़कर छात्र दर्शकों के बीच जाकर बैठ गया था। वहाँ बैठने का मेरा उद्देश्य था कि चुपचाप छात्राओं की प्रतिक्रिया जानना। जब मंचन शुरू हुआ और आधे के आसपास पहुँच गया तो मैंने अपने पीछे बैठी दो छात्राओं के बीच होती बातें सुनीं। वे आपस में कह रही थीं कि हमें तो पता ही नहीं था हलाला में यह सब भी होता है। बीच-बीच में जब नाटक की नायिका नज़रना, मौलवी को जवाब दे रही थी तो छात्राएँ किलकते हुए नाटक के दृश्यों और संवादों पर जिस तरह प्रतिक्रियाएँ दे रही थीं, उन्हें देखकर मुझे 2001 की एक फ़िल्म *ग़दर : एक प्रेमकथा* का वह दृश्य ताज़ा हो उठा, जब नायक तारा सिंह फ़िल्म की नायिका सकीना के कॉलेज में जाकर अपना गाना सुनाता है, और उसके गीत को सुन उस महिला कॉलेज की छात्राएँ किलकते हुए तारा सिंह का साथ देती हैं। सचमुच वे क्षण अभिभूत करने वाले थे। उस प्रस्तुति को देखने मेरे मित्र और हिन्दी-उर्दू के कथाकार मुशर्रफ़ आलम ज़ौक़ी भी आये हुए थे। माता सुन्दरी कॉलेज में *हलाला* के मंचन को देखने के बाद मंच पर आकर नाटक के निर्देशक रवि तनेजा को बधाई देते हुए ज़ौक़ी ने कहा था कि *जिस हलाला पर उपन्यास मुस्लिम लेखकों को लिखना चाहिए, उसे एक हिन्दू लेखक मोरवाल ने लिखा। ऐसा क्यों है, हमें इस पर सोचना चाहिए?*

इतना ही नहीं मार्च 2019 में *साहित्य कला परिषद,* दिल्ली सरकार द्वारा आयोजित भारतेन्दु नाट्य उत्सव में जिन सात नाटकों को मंचन के लिए चुना था, उनमें *हलाला* को भी शामिल किया गया था। इस तरह उपन्यास के साथ इसकी नाट्य प्रस्तुति और उसकी सफलता को मैं एक लेखक से ज़्यादा उसके निर्देशक की बड़ी उपलब्धि मानता हूँ।

मेरा मानना है कि अगर लेखक को अपने आपको रचनात्मक अवरोध (Writer's Block) से बचाना है, तो उसे किसी-न-किसी रूप में अपनी लेखकीय निरन्तरता बनाई रखनी चाहिए। क्योंकि किसी भी कवि, कथाकार या एक विधा विशेष के लेखक के लिए यह सम्भव नहीं है कि वह हर समय कविता, कहानी या उपन्यास ही लिखता रहे। हर रचना, विशेषकर एक उपन्यास के लिए उसके सृजक को पहले उस विषय, जिस पर वह उपन्यास लिखना चाहता है, उसके लिए पूरी तैयारी करनी पड़ती है। यह तैयारी विषय और कथानक के अनुरूप होती है। एक कथाकार के नाते मैं अपनी बात कहूँ तो मेरे जिस तरह

के विषय होते हैं, या जिनका मैं चयन करता हूँ, वह वातानुकूलित कक्ष में कुछ रातों में बैठकर लिखने वाले विषय नहीं होते। बल्कि वे एक शोध की माँग करते हैं। शोध भी सिर्फ़ किताबी नहीं उन्हें विषय के अनुरूप ज़मीन पर जाकर अनुभव करना होता है। केवल कल्पना के आधार पर लिखी गयी रचना की उम्र ज़्यादा नहीं होती है। मेरा अनुभव कहता है कि एक मुकम्मल कृति लेखक के अनुभव, उसकी कल्पना और रचना कौशल के मिश्रण से बनकर निकलती है। हालाँकि मेरे मन में *हलाला* के बाद कुछ विषयों को लेकर एकाध योजनाएँ थीं लेकिन उन पर गहन अध्ययन और शोध की ज़रूरत।

इसीलिए मैंने अपनी स्मृतियों को आधार बनाकर कुछ लिखने का मन बनाया। हालाँकि एक साहित्यकार की असली पहचान एक विधा विशेष के लेखक के रूप में होती है, लेकिन यह भी सही है कि उसके पूरे कृतित्व और व्यक्तित्व को समझने और जानने के लिए अन्य लेखन का होना भी ज़रूरी है। इन्हें समझने में कुछ उसके यात्रा वृत्तान्त मदद करते हैं, तो कुछ उसके साक्षात्कार। कुछ हमें उसका वैचारिक लेखन जानने में सहायता करता है, तो कुछ उसका रचनात्मक लेखन। इसीलिए मैं कहता हूँ कि एक लेखक की असली रचना-प्रक्रिया को जानना है तो उसके उस लेखन से भी परिचित होना ज़रूरी है, जिनमें एक रचनाकार का रचनात्मक स्वभाव और वे सूत्र छिपे होते हैं, जिन्हें केवल उसकी कृतियों में खोजना आसान नहीं होता। हालाँकि यह भी सच्चाई है कि एक कथाकार के पास आत्मकथा लिखने के लिए कुछ नहीं बचता है। क्योंकि अधिकतर तो उसकी कहानी-उपन्यास में आ ही जाता है। बावजूद इसके उसके जीवन की कुछ घटनाएँ, कुछ आत्मीय प्रसंग, कुछ व्यक्ति जो जाने-अनजाने उसकी रचनाओं से छूट जाते हैं, उन्हें जानना भी दिलचस्प होता है।

ऐसे ही बेनाम और गुमनाम पात्रों को आधार बनाकर और अपने आपको रचनात्मक अवरोध (Writer's Block) से बचाने के लिए स्मृति-कथा लिखने का मन बनाया। अपनी इस स्मृति-कथा जिसका शीर्षक मैंने *पकी जेठ का गुलमोहर* रखा। इस शीर्षक से पहले कई शीर्षकों जैसे *मैं कच्ची माटी का लौंदा, मैं माधो कच्ची माटी का* और *मैं दिया कच्ची माटी का* पर भी विचार किया, लेकिन दिल और दिमाग़ दोनों ने अन्ततः *पकी जेठ का गुलमोहर* शीर्षक के लिए अपनी सहमति प्रदान की। प्रायः पाठकों के मन में एक लेखक द्वारा अपनी कृतियों के शीर्षक रखने को लेकर बड़ी जिज्ञासा रहती है। वह उस आधार और उन सूत्रों को ढूँढ़ने की कोशिश करता है जो एक लेखक को शीर्षक रखने के लिए प्रेरित करते हैं।

जहाँ तक मेरी स्मृति-कथा *पकी जेठ का गुलमोहर* का प्रश्न है, तो इसे मैंने यह बहुत सोच-समझकर रखा। कहते हैं कि उत्तर भारत में मई-जून के महीने जितने ज़्यादा तपते हैं गुलमोहर उतना ही खिलता है। मेरी जिस तरह की सामाजिक-आर्थिक पृष्ठभूमि रही है और पारिवारिक स्थितियों से निकल मैं लेखन के क्षेत्र में आया हूँ; वह उसी गुलमोहर की तरह है कि उसे जेठ के गरम थपेड़ों ने जितना झुलसाया, वह उतना ही खिलता गया। एक तरह से मैं अपने आपको लू और आग बरसाते जेठ के महीने में पल्लवित-पुष्पित होते गुलमोहर की तरह मानता हूँ।

हिन्दी साहित्य में पुस्तक को समर्पित करने की भी अपनी आदिम-परम्परा रही है। इसलिए इसे भी मैंने किसी-न-किसी को जब समर्पित करने का मन बनाया, तो मुझे पत्नी से बेहतर कोई व्यक्ति नहीं लगा जिसे मैं इस स्मृति-कथा को समर्पित करता। मेरे अच्छे-बुरे दिनों और सम-विषम परिस्थितियों में जितना साथ पत्नी ने दिया, और किसी ने नहीं दिया। यही सोचकर मैंने जो समर्पण लिखा वह इस प्रकार था—

अपनी सहधर्मिणी सुमरती, रामबाला, राजबाला, शीला और
अब सुनीता के लिए जिसके सहयोग, सहमति और इच्छा के
बिना यह स्मृति-कथा सम्भव नहीं थी।

लेकिन इसको जब मैंने कई बार पढ़ा तो इस दुविधा ने घेर लिया कि कहीं पाठक यह ना समझ बैठे कि मेरी इतनी पत्नियाँ हैं? जबकि सच्चाई यह है कि ये सब नाम मेरी इकलौती पत्नी के हैं। मायके का नाम उसका सुमरती है (सुमरती सम्भवतः स्मृति का अपभ्रंश रहा होगा), मेरी माँ अर्थात उसकी सास अपनी बहू को लाड़ से रामबाला कहकर बुलाती थी। दिल्ली में हम आये तो कुछ पड़ोसनें उसे राजबाला कहकर बुलाने लगीं। बल्कि एक पड़ोसन तो उसे शीला कहकर बुलाती है। रही बात सुनीता की तो यह नाम उसके वोटर आईडी कार्ड से लेकर, आधार और सीजीएचएस कार्ड, यहाँ तक अन्य सरकारी दस्तावेज़ों में दर्ज है। इसलिए मित्रों को मैं सूचित करना चाहता हूँ कि वे इस मामले में किसी ग़लतफ़हमी का शिकार ना हों। अन्त में जो समर्पण तय हुआ वह यह था—

यह स्मृति-कथा हमारे समाज के उन तमाम गुमनाम और
अलक्षितों को समर्पित है, जो जाने-अनजाने भले ही हमारी
रचनाओं के पात्र बनने से रह जाते हैं मगर हमारी
स्मृतियों में हमेशा ज़िन्दा रहते हैं।

हालाँकि इस स्मृति-कथा को दो हिस्सों *पकी जेठ का गुलमोहर* और *वे ताप के ताए हुए दिन* (1980 में प्रकाशित कवि त्रिलोचन शास्त्री के कविता संग्रह *ताप के ताए हुए दिन* से उधार लेते हुए) में विभक्त किया गया है। लेकिन शुरू में इसे तीन हिस्सों में बाँटने का विचार था। पहला—बचपन से 1981 में दिल्ली आने तक, दूसरा—1981 से 1987 अर्थात केन्द्रीय समाज कल्याण बोर्ड में आने तक, तथा तीसरा—1987 से वर्तमान यानि 2016 तक का सफ़र। मगर वर्ष 1993 तक आते-आते यह काफ़ी लम्बी हो गयी अर्थात पुस्तक प्रकाशन के बाद जैसी आशा थी, यह 280 पृष्ठों की स्मृति-कथा हो गयी। इसलिए इसे 1993 तक, जब पहले उपन्यास *काला पहाड़* लिखने की मेरी भूमिका बन रही थी, तब तक रखा।

इस तरह 14 जून, 2015 (रविवार) अर्थात विक्रमी संवत् 2072 के आषाढ़ महीने के तेरहस को मैंने अपनी इस स्मृति-कथा का लेखन प्रारम्भ किया और 13 सितम्बर, 2015 (रविवार) अर्थात विक्रमी संवत् 2072 भाद्रपद की अमावस्या को, ठीक चार महीने में इसे इस शे'र के साथ पूरा कर दिया—

फिर आज खेल रहा हूँ पुरानी यादों से
यही तो आख़िरी कोशिश है भूल जाने की।

स्मृति-कथा *पकी जेठ का गुलमोहर* दरअस्ल मेरे बचपन से लेकर दिल्ली आने के बाद 1993 लगभग तीन दशक का सफ़र है। इस सफ़र का सबसे मुश्किल पड़ाव था 1981 से लेकर 1987। यही वह दौर था जब मैं सितम्बर 1981 में बी.ए. करते ही मेवात से दिल्ली आ गया था। हिचकोले खाते बेतरतीब जीवन में स्थायित्व तब जाकर आया जब शौचालय बनाने वाली एक ग़ैर सरकारी संगठन, जिसे *सुलभ इंटरनेशनल* कहा जाता है की पत्रिका *सुलभ इंडिया* में लगभग आठ महीने कार्य करने के बाद, अगस्त 1987 में *केन्द्रीय समाज कल्याण* बोर्ड की पत्रिका *समाज कल्याण* में प्रस्तुति सहायक के पद पर नियुक्ति हुई। *सुलभ इंडिया* में जहाँ 900/- रुपये प्रतिमाह वेतन मिलता था, *समाज कल्याण* पत्रिका में यह लगभग सवा दो हज़ार प्रतिमाह हो गया। केन्द्रीय समाज कल्याण *बोर्ड* में नियुक्ति के कुछ महीने बाद मैंने ईस्ट ऑफ़ कैलाश के पास जमरूदपुर की एक पोर्टेबल टीवी बनानेवाली छोटी-सी लोकल फैक्ट्री से श्वेत-श्याम टीवी ख़रीदा। इस तरह ज़िन्दगी की छोटी-छोटी निम्नवर्गीय ख़्वाहिशें पूरी होने लगीं और हिचकोले खाते जीवन की गाड़ी धीरे-धीरे पटरी पर आने लगी।

इस स्मृति-कथा में मेरे प्रारम्भिक लेखन की नर्सरी में उगने वाले उन छोटे-छोटे पेड़-पौधों, गन्धहीन जंगली फूलों, लताओं और आवारा घास की कई

तरह की क़िस्मों को देख सकते हैं। उदाहरण के लिए इसमें आपको मेरी पहली स्वरचित रचना, जोकि एक तथाकथित कविता थी और जिसका शीर्षक था *मेरा स्वप्न,* जिसे सम्भवतः मैंने अट्ठारह बरस की उम्र अर्थात 1978 में लिखा था, वह पढ़ने को मिल जायेगी। वहीं किसी पत्र-पत्रिका में मेरी पहली प्रकाशित रचना, जो कविता ही थी और जिसका शीर्षक था *शायद सभी जानते हैं,* वह भी पढ़ने को मिल जायेगी। यह कविता बीस साल की उम्र में अर्थात 4 जून, 1980 को उस समय के मेरे मूल ज़िले गुड़गाँव (जिसे अब गुरुग्राम के नाम से जाना जाता है) से प्रकाशित होने वाले दैनिक *मेवात* में प्रकाशित हुई थी।

मेरी दृष्टि में यह स्मृति-कथा पुरानी यादों का अतीत राग या फिर उनकी दास्तानभर नहीं है, बल्कि इसे अपने समय का शोकगीत कहना उचित होगा। बल्कि बीसवीं सदी के अन्तिम चार दशकों में बदलते आधुनिक ग्रामीण-शहरी समाज के बहाने, एक देहाती युवा-मन के क्रमिक परिवर्तन और उसके आसपास का समाजशास्त्रीय आख्यान भी है; इसे पढ़ते हुए आपको उत्तर भारत के तेज़ी से बदलते और विकासशील बहुजातीय सभ्यता का समाजशास्त्रीय अध्ययन जैसा भी लग सकता है। परन्तु जो सच इसमें दर्ज है वह हमारे तथाकथित आधुनिक भारतीय समाज का प्रतिनिधि सच है। पढ़ने के बाद आप इसे मानने से इनकार नहीं कर पायेंगे। मैंने इसमें अपनी मौजूदा स्मृति-कथा, जो आपके हाथों में है, उसकी तरह तीखी, शोख, तिलमिलाई बल्कि जिसे चोट खायी भाषा कहना उचित होगा का ही उपयोग किया है। एक ऐसा खिलन्दड़ अन्दाज़ आपको नज़र आयेगा जो आपकी अँगुली पकड़, अतीत की खुरदरी कन्दराओं में ले जायेगा। उन खुरदरी कन्दराओं में जो आपको अपने आपसे बाहर निकलने नहीं देंगी।

इस तरह वाणी प्रकाशन से यह स्मृति-कथा वर्ष 2016 में प्रकाशित हुई।

एक लोक कलाकार की जनप्रियता क्या होती है उसे मैंने बीसवीं सदी के अस्सी और नब्बे के दशक में अपने मेवात में देखा है। मेरे मेवात में कृष्णा कुमारी जी के बारे में कहा जाता है कि वे जब गाती थीं, तब लगता था मानो आकाश से ओले बरस रहे है। अपने क़स्बे में उस समय नये-नये बनने वाले मेवात कॉलेज के कमरों के निर्माण के लिए धन इकट्ठा करने के लिए 1974-75 में करायी गयी नौटंकी, और मेवात के एक क़स्बा पिनगवाँ में देखी गयी नौटंकियों की अदाकारा कृष्णा कुमारी की वह छवि मन के किसी कोने में कहीं दुबकी हुई थी। उसी कृष्णा कुमारी की जिसका नाम सुनते ही कोसों दूर

से दर्शक पागलों की तरह दौड़े आते थे। सत्तर से लेकर नब्बे के दशक के बीच अपने सुरों में पगे दोहा, दौड़, चौबोला, बहरतबील से मुग्ध करने वाली कृष्णा कुमारी की लोकप्रियता का आलम यह था कि धर्मशाला हो या मन्दिर, स्कूल हो या कॉलेज; कहीं इनका निर्माण हो और धन एकत्रित करने के लिए कृष्णा कुमारी की नौटंकियों का आयोजन न किया जाये, ऐसा असम्भव था।

जिन दिनों हिन्दी अकादमी, दिल्ली के नानक चन्द जी सचिव थे, उन्हीं दिनों अकादमी द्वारा प्रतिवर्ष आयोजित होने वाले सांस्कृतिक कार्यक्रम के अन्तर्गत दो साल यानि 2004 और 2005 में हाथरस शैली की दो मशहूर नौटंकियों *अमरसिंह राठौर* तथा *भक्त पूरनमल* का मंचन किया गया था। इनमें अमरसिंह राठौर की पत्नी हाड़ी रानी और भक्त पूरनमल की अम्बादे पात्र का भावप्रवण अभिनय श्रीमती कृष्णा कुमारी ने किया था। एक लोक कलाकार की जो छवि मेरे मन में अपनी किशोरावस्था यानि 14-15 साल की उम्र में देखे गये इनके अभिनय के बाद अंकित हो गयी थी, उसकी अमिट छाप लगभग तीन दशक बाद भी ज्यों की त्यों बनी हुई थी।

उन्हीं दिनों मन बनाया कि क्यों न हाथरस शैली नौटंकी और उसकी अदाकारा कृष्णा कुमारी को केन्द्र में रखकर कुछ काम किया जाये। लेकिन कई बार हम योजना कुछ बनाते हैं और हो कुछ और जाता है। उदाहरण के लिए 2014 में जब *नरक मसीहा* प्रकाशित होकर आ गया तो एक बार फिर विषय का संकट पैदा हो गया। बहुत सोचा कि क्या किया जाये? तभी मेरे मन में आया कि क्यों न वृन्दावन की विधवाओं को लेकर एक उपन्यास जैसा काम किया जाये। इसके लिए मुझे कोई ऐसा व्यक्ति चाहिए था जिसका सम्बन्ध ब्रज विशेषकर वृन्दावन से हो। इस बीच मेरे उपन्यास *बाबल तेरा देस में* पर एम.फिल. कर रहे एक शोधार्थी से जिसका शोध निर्देशक भरतपुर, राजस्थान के *महारानी श्री जया राजकीय महाविद्यालय* के एक हिन्दी प्राध्यापक डॉ. कृष्ण चन्द्र गोस्वामी, जो मूलतः वृन्दावन के निवासी हैं, उनके बारे में पता चला। बता दूँ डॉ. कृष्ण चन्द्र गोस्वामी के बड़े भाई डॉ. ललित बिहारी गोस्वामी दक्षिण दिल्ली के श्रीनिवास पुरी स्थित *पी.जी.डी.ए.वी. कॉलेज* के हिन्दी विभाग से जुड़े रहे हैं।

डॉ. कृष्ण चन्द्र गोस्वामी से मैंने फोन पर बात की। मैंने उन्हें बताया कि वृन्दावन की विधवाओं पर मेरा कुछ काम करने का विचार है। इसलिए मैं इस बारे में आपसे मिलना चाहता हूँ। उन्होंने तुरन्त हाँ कह दिया और मुझे भरतपुर बुलाने का एक रास्ता खोज लिया। रास्ता यह था कि उन्होंने अपने महाविद्यालय के हिन्दी विभाग के *छात्र परिषद* द्वारा 5 फ़रवरी, 2014 को एक

विस्तार व्याख्यान कार्यक्रम तय कर दिया। इसमें मुझे उन्होंने मुख्य वक्ता के रूप में आमन्त्रित किया और इस व्याख्यान का विषय रखा—*साहित्य : स्वायत्तता और प्रतिबद्धता।* इसका फ़ायदा यह हुआ कि मेरे आने-जाने और वहाँ ठहरने में जो ख़र्चा आता, वह अतिथि के रूप में मिलनेवाले मानदेय से बच गया। इस तरह मैं उनके महाविद्यालय के निमन्त्रण पर रेल से एक दिन पहले 4 फ़रवरी की शाम भरतपुर पहुँच गया। रात को डॉ. कृष्ण चन्द्र गोस्वामी ने मेरे ठहरने की व्यवस्था अपने घर पर ही कर दी। मैं जिस उद्देश्य से उनके पास गया उस पर तो चर्चा हुई ही बल्कि अगले दिन विस्तार व्याख्यान देने के बाद मैं डॉ. कृष्ण चन्द्र गोस्वामी से यह वायदा करके लौट आया कि मैं जिस प्रयोजन से भरतपुर गया था, उनसे शीघ्र ही मिलूँगा। लेकिन जैसाकि मैंने ऊपर कहा कि कई बार हम योजना कुछ बनाते हैं और हो कुछ और जाता है। ऐसा ही हुआ उसके बाद मेरा उनके पास जाना नहीं हुआ। इस बीच पहले *हलाला* और उसके बाद *सुर बंजारन* उपन्यास आ गया। वृन्दावन की विधवाओं पर काम करने की जो योजना बनी थी, वह धरी की धरी रह गयी और उसके बाद मैं डॉ. कृष्ण चन्द्र गोस्वामी के पास इस स्मृति-कथा लिखने अर्थात लगभग सात-आठ साल बीत जाने के बाद भी नहीं गया। हाँ, एकाध बार उनसे फोन पर ज़रूर बात हुई थी। यह बात अलग है कि वृन्दावन को केन्द्र में रखकर लिखा जाने वाला उपन्यास 2022 में लिखा गया जिसका शीर्षक है 'मोक्षवन'। अर्थात आठ वर्ष बाद।

यह वर्ष 2015 का नवम्बर का महीना था। स्मृति-कथा *पकी जेठ का गुलमोहर* को मैं प्रकाशन के लिए दे चुका था। इसलिए अब आगामी योजना को लेकर चिन्तित था कि अब क्या किया जाये। इसी दौरान एक दिन राजाराम भादू जी से फोन पर ऐसे ही लिखने-पढ़ने को लेकर बात हो रही थी। बातचीत के दौरान उन्होंने एकाएक पूछ लिया,"यार मोरवाल जी, आप कृष्णा कुमारी पर कुछ काम करनेवाले थे, वह कहाँ तक बढ़ा?"

"वह तो बहुत पीछे छूट गया। कुछ नहीं हुआ। मेरी तो कृष्णा जी से बात हुए भी कई साल हो गये।" मैंने भादू को बताया।

"यार ऐसा नहीं करना चाहिए। तुम्हें यह काम ज़रूर करना चाहिए क्योंकि तुम इसे कर सकते हो।" राजाराम भादू ने एक तरह से मुझे प्रोत्साहित किया।

राजाराम भादू से बात होने के बाद कई दिनों के चिन्तन-मनन के बाद मुझे लगा कि यह काम करना चाहिए। लेकिन सबसे बड़ी समस्या यह थी कि जिस कृष्णा कुमारी से मेरा सालों से कोई सम्पर्क नहीं हुआ, उसे कहाँ खोजूँ?

कैसे उनसे फिर से सम्पर्क करूँ। सिवाय उनके इस पते के रहट वाली गली, बड़ा बाज़ार, शिकोहाबाद मेरे पास उनका कोई सम्पर्क सूत्र नहीं था। ऐसी स्थिति में मैं उनसे कैसे सम्पर्क करूँ? लेकिन मुझे यह ध्यान था कि किसी-न-किसी डायरी में उनका टेलीफोन नम्बर है। मगर क़िसमें और कहाँ लिखा हुआ था, यह याद नहीं आ रहा था। एक दिन हिम्मत कर मैंने अपनी छोटी-बड़ी, नयी-पुरानी सारी डायरियाँ निकालीं और उन्हें खँगालना शुरू कर दिया। बड़ी कोशिशों के बाद एक डायरी में मुझे नेमसिंह सिसौदिया और कृष्णा जी दोनों का पता मिल गया। बल्कि यह देखकर मेरी ख़ुशी का ठिकाना नहीं रहा कि कृष्णा जी के शिकोहाबाद वाले पते के साथ, उनका लैंड लाइन नम्बर और मोबाइल नम्बर दोनों लिखे हुए हैं।

शायद इसी को जहाँ चाह, वहाँ राह या फिर हिम्मते-मर्दा, मददे-ख़ुदा कहा जाता होगा।

मैंने एक पल के लिए आँखें बन्द कर एक लम्बी साँस ली और उनके लिखे हुए मोबाइल पर कॉल कर दिया। लेकिन मेरे निराशा तब हाथ लगी जब नम्बर मिलाने के बाद एक रटा-रटाया सन्देश मेरे कानों के परदे से टकराया कि यह नम्बर मौजूद नहीं है। इसके बाद मैंने उनके दूसरे मोबाइल नम्बर पर फोन किया। फोन करते ही जब घण्टी बजी, मेरी जैसे साँस में साँस लौट आयी। कुछ पलों के पश्चात् जैसे ही चिर-परिचित हेलो की आवाज़ मेरे कानों में घुली, मैंने चहकते हुए कहा,"आंटी नमस्कार!"

"भइया कौन बोल रहे हो?" दूसरी तरफ़ से पूछा।

"मैं भगवानदास बोल रहा हूँ आंटी।"

"अरे कैसे हो बेटा?" कृष्णा आंटी ने चहकते हुए पूछा।

"मैं ठीक हूँ आंटी। आप सुनाओ?"

"बस बेटा, कट रही है ज़िन्दगी। तुम कैसे हो, घर-परिवार में सब ठीक हैं...बहू कैसी है?" एक साँस में वे इतना पूछ गयीं।

"हम भी सब ठीक हैं। इधर दिल्ली तो आना ही नहीं होता होगा?"

"आती रहती हूँ। वो क्या है कि भारत सरकार के संस्कृति विभाग से 2014 में मथुरा में बच्चों के लिए एक महीने की नौटंकी वर्कशॉप के लिए ग्रांट ली थी। पचहत्तर परसेंट ग्रांट तो रिलीज़ कर दी, पर पच्चीस परसेंट के लिए मरे मन्त्रालय के लोग बड़े चक्कर कटवा रहे हैं। क्या करूँ बेटा, मैं तो दिल्ली के चक्कर लगाते-लगाते बड़ी परेशान हो गयी हूँ। एक तो चलने-फिरने में परेशानी ऊपर से यह नयी मुसीबत।"

"चलने-फिरने में परेशानी! क्या हुआ?" मैंने चौंकते हुए पूछा।

"मिलने पर बताऊँगी बेटा।" निराशा के साथ कृष्णा कुमारी ने कहा।

फोन कटने के बाद कृष्णा कुमारी जी की इस परेशानी बल्कि कहिए मन्त्रालय के बाबुओं द्वारा जान-बूझकर उन्हें परेशान करने का कारण मैं समझ गया। क्योंकि जिस केन्द्रीय समाज कल्याण बोर्ड में मैं कार्यरत था, उसका मुख्य काम महिलाओं एवं बच्चों के विकास के लिए विभिन्न योजनाओं के तहत इसी तरह अनुदान (ग्रांट) प्रदान किया जाता था। इस तरह की योजनाओं में अक्सर ऐसा होता है कि पचहत्तर प्रतिशत अनुदान तो तुरन्त रिलीज़ कर दिया जाता है, लेकिन असली खेल बाक़ी बचे अनुदान को रिलीज़ करने के दौरान होता है। सरकारी मशीनरी का यह बहुत कारगर और आजमाया हुआ हथियार है कि बाक़ी बचे ग्रांट को रिलीज़ के लिए अनुदान लेने वाली संस्था या व्यक्ति को इतने धक्के खिलाये जाते हैं कि, थक-हारकर वह किसी-न-किसी माध्यम से सम्बन्धित अधिकारियों और बाबुओं से उनका जो भी उचित मानदेय या कहिए सेवा शुल्क होता है, उसे देने को मजबूर हो जाता है। चतुर सुजान और शिक्षित वर्ग, जिसे मैं नरक मसीहा कहता हूँ, वह इन रास्तों से इस क़दर अभ्यस्त होता है कि लाखों के अनुदान स्वीकृत करने से लेकर, पूरे अनुदान को बिना हील-हुज्जत ले जाता है। कभी आपको मौक़ा लगे तो ऐसे मन्त्रालयों और उनके सम्बन्धित विभागों, जो विभिन्न योजनाओं के अन्तर्गत अनुदान प्रदान करते हैं, उनके गलियारों में जाकर देखिए आपको इनके दलाल घूमते हुए नज़र आ जायेंगे। मज़ेदार यह है कि ऊपर से नीचे तक इसमें इतनी पारदर्शिता बरती जाती है कि इस तरह के लेन-देन को भ्रष्टाचार नहीं माना जाता।

कृष्णा कुमारी जी को इस कार्यशाला के लिए अनुदान *राष्ट्रीय नाट्य विद्यालय* की प्रो. त्रिपुरारी शर्मा की कोशिशों से स्वीकृत हुआ था। सम्बन्धित अधिकारी या बाबू उनसे खुलकर कुछ माँग भी नहीं सकते थे। इसलिए किसी-न-किसी बहाने उसे शिकोहाबाद से दिल्ली का चक्कर कटवा रहे थे।

कृष्णा कुमारी जब शिकोहाबाद से दिल्ली आयीं तो सराय काले ख़ाँ बस अड्डे पर उन्हें बस से वॉकर द्वारा उतरता देख मेरा कलेजा जैसे मुँह को आ गया। मैंने उन्हें उतरने में मदद की और अपनी गाड़ी से घर ले आया। घर आकर मैंने सहज भाव से उनके पति डॉ. वीरेन्द्र स्वरूप माथुर का हालचाल पूछा, तो उन्होंने बताया कि उनकी तो दो साल पहले अचानक हार्ट अटैक से मृत्यु हो चुकी है। और वॉकर से चलने का कारण पूछा तो पता चला कि छत पर लगे लोहे के जाल में उनका पैर फँस गया था, जिससे उनके कूल्हे में ऐसी चोट आयी कि

वह ठीक होने का नाम न ले। मैं देखता था कि सीढ़ियों से उतरने-चढ़ने में उन्हें बड़ी परेशानी होती थी।

घर आकर मैंने उनसे पूरा विवरण जाना तो पता चला कि बच्चों की, इस 30 दिवसीय कार्यशाला के लिए उनको प्रेमचन्द की मशहूर कहानी *ईदगाह* को नौटंकी शैली में बच्चों को प्रशिक्षित करने के लिए यह अनुदान स्वीकृत हुआ था। अनुदान की पचहत्तर प्रतिशत राशि नौटंकी कार्यशाला और उसके बाद बच्चों द्वारा दो दिवसीय नौटंकी की प्रस्तुति के लिए जारी किया गया था। नौटंकी शैली में प्रशिक्षित बाल कलाकारों द्वारा श्रीमती कृष्णा कुमारी माथुर के निर्देशन में *ईदगाह* का मंचन मथुरा में 27 और 30 नवम्बर को किया गया था। अनुदान लेनेवाले अभ्यर्थी ने सचमुच इसका मंचन किया था, उसके पक्ष में कुछ सबूत देने होते हैं। जैसे निमन्त्रण पत्र, समाचार-पत्रों में प्रकाशित ख़बरों की कतरनें और साथ में परफॉरमेंस-कम-अचीवमेंट रिपोर्ट (इसका आप अपनी सुविधा से अनुवाद कर लीजिए) भी देनी होती है। यही परफॉरमेंस-कम-अचीवमेंट रिपोर्ट बनानी कृष्णा जी के लिए सबसे कठिन थी।

अगले दिन मैं उनके साथ बल्कि कहिए उन्हें अपनी कार से आई.एन.ए. मार्किट के पीछे जी.पी.ओ. कॉम्प्लेक्स स्थित संस्कृति मन्त्रालय के पुरातत्व भवन ले गया। बाक़ी बचे पच्चीस प्रतिशत अनुदान को रिलीज़ न करने का कारण पूछा, तो सम्बन्धित सेक्शन ऑफ़िसर ने कुछ ज़रूरी सूचनाओं की एक नयी सूची थमा दी। अनुदान लेने वाली संस्था और व्यक्तियों द्वारा क्या-क्या दस्तावेज़ देने होते हैं, मैंने ऑफ़िस में अपने कम्प्यूटर से तैयार करके मन्त्रालय में स्वयं जाकर जमा करवा दिये। लेकिन मज़ेदार यह हुआ कि जब बार-बार फोन करके मैंने यह पूछा कि भाई बाक़ी बचा अनुदान कब तक जारी कर दिया जायेगा? इस पर सम्बन्धित सेक्शन ऑफ़िसर बड़ी निर्लज्जता से बोला कि पता नहीं वे काग़ज़ कहाँ गुम हो गये हैं, आप फिर से भेज दीजिए। लेकिन कुछ दिन बाद उसने बताया कि वे काग़ज़ात मिल गये हैं। इस तरह बमुश्किल बाक़ी बची ग्रांट जारी की गयी।

इसके बाद कृष्णा कुमारी जी जब दूसरी बार दिल्ली आयीं और उन्हें मैं अपने घर लाया, तो मैंने अपनी मंशा उनके सामने प्रकट कर दी। लेकिन वे अपने बारे में कुछ भी बताने को तैयार नहीं हुईं। मैंने फिर दूसरा तरीक़ा अपनाया। पत्नी के सामने मैं उनसे बातों-बातों में उनके बारे में पूछने लगा। जैसे मैंने पहली बार पूछा कि आंटी डॉक्टर साब ने आप में ऐसा क्या देखा, जो वे आप पर मर मिटे। पहले वह थोड़ी लजाई और फिर बोली कि क्या है भइया हमारी जिया (माँ)

बड़ी बीमार रहती थीं, तो डॉक्टर साब उन्हें देखने आते थे। मैंने भी शादी के बाद एक दिन उनसे इसी तरह पूछा था, तब वे बोले कि मुझे आपके दाँत बहुत सुन्दर लगते थे। जब वे हर दूसरे दिन आने लगे तो एक दिन उन्होंने जिया के सामने शादी का प्रस्ताव रख दिया। कहते-कहते अचानक कृष्णा जी रुक गयीं और बोलीं भइया तुम तो बड़े चालू निकले। वैसे नहीं तो ऐसे पूछने लगे। मैं और पत्नी हँस पड़े। इसके बाद वे जैसे समझ गयीं कि यह आदमी मेरा पीछा नहीं छोड़ने वाला है, इसलिए मैं अब जो भी पूछता वे बता देतीं।

एक बार मैंने उनसे पूछा कि आंटी जिन दिनों आप शो करती थीं, उन दिनों के कुछ काग़ज़-पत्तर तो आपके पास होंगे। पहले तो उन्होंने मना कर दिया परन्तु जब मैंने ज़ोर देकर कहा कि कुछ तो होगा। इस पर वे बोलीं कि मैं देखती हूँ। इस बीच उनके पास जो कुछ पुराने काग़ज़ थे और जिन्हें उन्होंने अनुदान के लिए आवेदन करते समय आवेदन पत्र के साथ संलग्न किया था, उन्हें दिखाते हुए कहा कि मेरे पास तो ये हैं। ये दरअस्ल, हाथरस से तोताराम शर्मा के सम्पादन में प्रकाशित दैनिक पत्र *नागरिक* के 18 जुलाई, 1966 और 17 अक्टूबर, 1966 के अंक में प्रकाशित समाचारों की फोटोकॉपी थीं। 18 जुलाई, 1966 के इस समाचार-पत्र में 15 जुलाई को हाथरस में श्रीमती कृष्णा कुमारी द्वारा 19 वर्ष 5 महीने की उम्र में नौटंकी *सत्यवादी हरिश्चन्द्र* के प्रदर्शन की ख़बर यह प्रकाशित हुई थी–

ब्रज लोक मंच द्वारा लोक नाटक सत्यवादी हरिश्चन्द्र का सफल प्रदर्शन

कृष्णा कुमारी ने दस हज़ार दर्शकों के दिलों पर अपनी छाप लगा दी

हाथरस, 17 जुलाई। ब्रज कला केन्द्र के ब्रज लोक मंच द्वारा परसों यहाँ सुरुचि उद्यान (बिजली मिल) में लोक नाटक सत्यवादी राजा हरिश्चन्द्र प्रस्तुत किया गया। राजा हरिश्चन्द्र का पार्ट श्री पूरनमल तथा रानी तारावती का पार्ट श्रीमती कृष्णा कुमारी ने अदा किया। यों तो सभी पात्रों का काम सुन्दर रहा और प्रोग्राम बहुत सफल रहा लेकिन श्री पूरनमल व श्रीमती कृष्णा कुमारी ने तो अपना पार्ट अदा करने में कमाल ही कर दिया जिसमें श्रीमती कृष्णा कुमारी ने तो लगभग दस हज़ार दर्शकों के दिलों पर अपनी छाप लगा दी। रानी तारावती के रूप में श्रीमती कृष्णा कुमारी के राजा हरिश्चन्द्र (श्री पूरनमल) व विश्वामित्र (श्री मनोहर सिंह) से सवाल-जवाब देखते ही बनते थे। कृष्णा के कोकिल कण्ठ का तो कहना ही क्या था। कुँवर रोहितास की सर्प दंश से मृत्यु हो जाने पर श्रीमती कृष्णा कुमारी ने तारावती के रूप में जो रुदन व विलाप किया, उससे तो दर्शक इतने प्रभावित हुए कि वे ख़ुद भी रो गये। वास्तव में कृष्णा कुमारी के

उस समय के एक्शंस व मोशंस बहुत ही सुन्दर थे। नगर में सर्वत्र कृष्णा कुमारी के अभिनय की प्रशंसा हो रही है। प्रोग्राम का अन्त कृष्णा कुमारी द्वारा गाए गये राष्ट्रगान 'चालीस करोड़ों ने तुमको पुकारा है' के साथ हुआ।

हाथरस जैसे छोटे शहर से प्रकाशित इस स्थानीय समाचार-पत्र *नागरिक* में छपी यह ख़बर एक मायने में अपने समय का दस्तावेज़ है। आप सोचेंगे कि दस्तावेज़ तो देश की राजधानी और दूसरे महानगरों से प्रकाशित होने वाले समाचार होते हैं। छोटे-छोटे शहरों ने निकलने वाली पत्र-पत्रिकाएँ तो महज़ डी.ए.वी.पी. के सरकारी विज्ञापन लेने के लिए निकलती हैं। लेकिन ऐसा सोचना आपका भ्रम है। अब इसी *नागरिक* को लें जिसमें 18 जुलाई, 1966 को यह ख़बर छपी थी, तो हमें याद करना होगा कि महज़ साढ़े तीन साल पहले 1962 के अक्टूबर-नवम्बर महीने में पूरे एक महीना भारत-चीन के बीच युद्ध हुआ था। इसमें कृष्णा कुमारी द्वारा गाये गये गीत *चालीस करोड़ों ने तुमको पुकारा है* को राष्ट्रगान बताया गया है। इस गीत के माध्यम से वे अपने दर्शकों और चालीस करोड़ देशवासियों का भारत माता के बलिदान का आह्वान करती थीं। इस गीत की इस पंक्ति में यह सूचना भी निहित है कि भारत की उस समय आबादी चालीस करोड़ थी, जो 2021 में एक सौ पचास करोड़ हो गयी। अपने हर शो का अन्त कृष्णा कुमारी अपने इसी गीत से करती थीं। बाद में, 1972 में हुए भारत-पाकिस्तान युद्ध के बाद, वे 1945 में बनी फ़िल्म *आम्रपाली* के अमीरबाई कर्नाटकी द्वारा गाये *आज अपने घर में लगी आग रे, नौजवान जाग रे* गीत के साथ *अमरसिंह राठौर नौटंकी* का समापन करती थीं।

दूसरी फोटोकॉपी तीन महीने बाद 17 अक्टूबर, 1966 के इसी दैनिक *नागरिक* में प्रकाशित एक अन्य समाचार की थी। यह समाचार हास्य कवि काका हाथरसी की हीरक जयन्ती के अवसर पर हाथरस में मंचित नौटंकी *अमरसिंह राठौर* से सम्बन्धित था। इस समाचार को भी मैं यहाँ हू-ब-हू प्रस्तुत कर रहा हूँ–

अमरसिंह राठौर का सफल प्रदर्शन

श्रीमती कृष्णा कुमारी ने पार्ट अदा करने में रिकौर्ड तोड़ दिया

पूरनचन्द्र शर्मा द्वारा 'अमरसिंह राठौर' का सुन्दर अभिनय

हाथरस, 17 अक्टूबर। काका हाथरसी हीरक जयन्ती समारोह के कार्यक्रमों के अन्तर्गत कल रात स्थानीय सुरुचि उद्यान में ब्रज कला केन्द्र के ब्रज लोक मंच द्वारा लोक नाट्य 'अमरसिंह राठौर' का सुन्दर व सफल प्रदर्शन किया गया, जिसे लगभग पन्द्रह हज़ार व्यक्तियों ने बड़ी रुचि के साथ देखा और सराहा।

यों तो सभी पात्रों का काम सुन्दर रहा परन्तु श्रीमती कृष्णा कुमारी ने हाड़ी रानी का पार्ट अदा करने में बहुत ही कमाल कर दिया। श्रीमती कृष्णा की कीमती वेशभूषा उनका एक विशेष आकर्षण थी। सिलवरी व सुनहरी साड़ियों ने श्रीमती कृष्णा कुमारी की ख़ूबसूरती में चार चाँद लगा दिये। श्रीमती कृष्णा के मेक-अप और कला को देखकर दर्शक अपने को ही भूल गये। पूरनचन्द्र शर्मा द्वारा अमरसिंह राठौर का भी अभिनय बड़ा सुन्दर व आकर्षक रहा। बादशाह की तेगा से कुन्नस जिस कमाल से श्री पूरनचन्द्र ने बजाई उसे देखकर तो दर्शक बहुत ही प्रभावित हुए। वह सीन भी वास्तव में बहुत ही प्रशंसनीय था।

नबीरसूल का पार्ट अदा करने वाले बालक का भी काम बहुत अच्छा रहा। कुल मिलाकर प्रोग्राम बहुत ही सुन्दर रहा जिसका श्रेय मुख्यतः श्रीमती कृष्णा कुमारी को ही दिया जा सकता है।

उपर्युक्त दोनों ख़बरों में हाथरस के सुरुचि उधान का ज़िक्र आता है जहाँ नौटंकी आयोजित की जाती थी। दरअस्ल, सुरुचि उद्यान में हाथरस के बहुत बड़े व्यवसायी लाला रामबाबूलाल की बिजली कॉटन मिल हुआ थी। एक बार वरिष्ठ आलोचक सुधीश पचौरी जी ने बताया था कि हाथरस की बिजली कॉटन मिल देश की कुछ उन मिलों में से एक थी, जिसके परिसर तक भारतीय रेल की पटरी बिछी हुई थी। हास्य कवि अशोक चक्रधर के पिता राधेश्याम प्रगल्भ अपनी अध्यापकी की सरकारी नौकरी छोड़कर इसी मिल के मालिक की नौकरी करने चले आये थे। दूसरे समाचार में श्रीमती कृष्णा कुमारी द्वारा नागौर (राजस्थान) के अमरसिंह राठौर की नयी-नवेली पत्नी हाड़ी रानी का पार्ट अदा करने, और उसकी क़ीमती वेशभूषा अर्थात सिलवरी व सुनहरी साड़ियों का उल्लेख हुआ है। आपको जानकार हैरानी होगी कि अमरसिंह राठौर की पत्नी हाड़ी रानी की जिस वेशभूषा की इस समाचार में प्रशंसा की गयी थी, वह वेशभूषा अर्थात सिलवरी व सुनहरी सोने की गोटे वाली साड़ी बिजली कॉटन मिल के मालिक लाला रामबाबूलाल की पत्नी की थी। जिसे वह अपने गौने के समय पहन कर आयी थी। लाला रामबाबूलाल ने हाड़ी रानी का वास्तविक राजसी लुक दिखाने के लिए अपनी पत्नी की सिलवरी व सुनहरी साड़ी कृष्णा कुमारी को पहनने के लिए दे दी थी।

अगली बार जब कृष्णा जी अपने ग्रांट के सिलसिले में दिल्ली आयीं, तो वे अपने साथ नीता अभ्यास पुस्तिका, जिसे हम साधारण और स्कूली भाषा में कॉपी कहते हैं, उसे लेकर आयीं। एक तरह यह अभ्यास पुस्तिका छोटा-सा ख़ज़ाना थी।

पूरी कॉपी में फाउंटेन पेन की अलग-अलग गहरी-नीली स्याही में कहीं आग़ाहश्र कश्मीरी के नाटक *आँख का नशा* व उस समय के मशहूर नाटक *दिल की खता, बेटे की कुर्बानी, कफ़न, दो बहनें* और *दहेज* नाटक के छन्द और संवाद, ग़ज़लें, अशआर, नौटंकी के कुछ कलाकारों-साज़िन्दों के पते, 1969 में कानपुर के जय शंकर दुबे की भारत थिएटर कम्पनी में काम करने के दौरान आने-जाने पर हुए लगभग बारह हज़ार ख़र्चे का विवरण, कुछ नात, ब्रज और भोजपुरी के एकाध लोकगीत लिखे हुए थे।

इस अभ्यास पुस्तिका से मैंने सबसे पहले इन नाटकों के छन्दों और गीतों को अपने कम्प्यूटर में उतार लिया। उदाहरण के लिए इन छन्दों को देखें—

न छेड़ो गैस मैं शोला हूँ नागिन हूँ मैं
ग़ज़ब मैं आग तो ग़ुस्से में शेरनी हूँ मैं
लगाया हाथ तो चोटी कलाई कस लेगी
तड़पके ज़ुल्फ़ की नागिन जबाँ को डस लेगी।

खुलेंगे लब जो शिकायत को, तो इन होंठों को सी लूँगी
न दोगे मुझको पानी भी, तो मैं आँसू ही पी लूँगी।

('दहेज' नाटक)

न जब तक यह जमीं व आसमाँ आपस में मिल जायें
न जब तक परबतों की चोटियाँ थर्रा के हिल जायें
न जब तक जल के बदले आसमाँ से हो रक्त की बारिश
वहाँ तक तो मेरी साड़ी का पल्लू छू नहीं सकता।

('आँख का नशा' नाटक)

इसके बाद मैंने श्रीमती कृष्णा कुमारी के मुँह से 1962 अर्थात मात्र 15 साल की उम्र में भागलपुर (बिहार) के *हिन्दुस्तान थिएटर कम्पनी* में प्रवेश से लेकर, 1966 में हाथरस की *ब्रज कला केन्द्र*, 1969 में कानपुर के *भारत थिएटर* और खुद उनके *कृष्णा कला केन्द्र* का पूरा विवरण एकत्रित किया। कृष्णा कुमारी के बारे में यह मशहूर ही नहीं बल्कि मैंने स्वयं देखा है कि वे शो करने अपनी कार से जाती थीं। उनकी आवाज़ के लोग इस तरह दीवाने थे कि जब उन्हें पता चल जाता कि उनकी कार आ गयी है, वे तभी टिकट्स लेते थे। आयोजक कई बार उनकी ख़ाली कार का आसपास भ्रमण करवा देते ताकि लोगों को यह

विश्वास हो जाये कि कृष्णा कुमारी आ गयी हैं। मैंने जब इनसे पूछा कि उन्होंने पहली बार कब कार ख़रीदी थी, तो उन्होंने हँसते हुए कहा कि उन्होंने 1966 अर्थात 19 साल की उम्र में अम्बेसडर ख़रीदी थी। उस वक़्त इसकी क़ीमत तेरह हज़ार रुपये थी और पेट्रोल पचहत्तर पैसे प्रति लीटर था।

कृष्णा कुमारी ने 1970 के आसपास का एक मज़ेदार क़िस्सा सुनाया कि कैसे जब एक बार मध्य प्रदेश के शिवपुरी से वे आधी रात के बाद अपना शो ख़त्म कर अपनी कार से शिकोहाबाद लौट रही थीं, तो उनका पुलिस और चम्बल के डाकुओं के बीच हुई मुठभेड़ से सामना होते-होते बचा। यह मुठभेड़ उस समय के कुख्यात डकैत मोहर सिंह-माधोसिंह के गिरोह और पुलिस के बीच हुई थी। 1972 में जयप्रकाश नारायण ने जब चम्बल के दस्युओं से आत्म समर्पण की अपील की थी, तो इन आत्म समर्पण करने वाले दस्युओं में ये दोनों भी शामिल थे। आत्म-समर्पण के बाद मोहर सिंह ने राजनीति में सक्रिय रूप से भाग भी लिया था। भारतीय राजनीति के बारे में मोहर सिंह का यह कथन आज भी रह-रह कर चम्बल के बीहड़ों की खड़ी रेतीली दीवारों से टकराता रहता है— *राजनीति, बीहड़ों से भी ख़तरनाक डाकू पालने वाला जंगल है।* बहुत से फ़िल्म के शौक़ीनों को पता होगा कि फ़िल्म *पानसिंह तोमर* में इरफ़ान एक संवाद कहता है कि *बीहड़ में बाग़ी होते हैं, डकैत मिलते हैं पार्लियामेंट में।* वास्तव में यह संवाद इसी मोहर सिंह के कथन से प्रेरित होकर लिखा गया था।

जब लगा कि अब उपन्यास शुरू कर देना चाहिए तो उसे शुरू कर दिया। बीच-बीच में जब कृष्णा कुमारी दिल्ली आतीं और हमारे घर रुकती थीं, तब मैं उन्हें कोई-न-कोई अंश अवश्य सुनाता। ऐसा मैं इसलिए करता कि मैं कोई तथ्यात्मक ग़लती तो नहीं कर रहा हूँ। मेरा अंश सुनकर वे प्रायः यही कहतीं कि हाँ भइया ऐसा ही हुआ था। इस पर मैं उनसे कहता कि आपने तो इतना सब बताया नहीं। आपने तो छोटा-सा संस्मरण सुनाया था बाक़ी मैंने अपनी कल्पना से इसका विस्तार किया है। इस पर वे हँसते हुए कहतीं कि भले ही कल्पना से लिखा है पर हुआ बिल्कुल ऐसा था जैसे तुमने लिखा है। बीच-बीच में संगीत सम्बन्धी कोई दुविधा होती, तो दिल्ली विश्वविद्यालय के प्रोफ़ेसर और रीतिकालीन काव्य के मर्मज्ञ डॉ. मुकेश गर्ग से मदद ले लेता। एक बात और, मैं तकनीक का बहुत सहारा लेता हूँ। लेखन के दौरान मेरा अधिकतर समय तथ्यों को ढूँढ़ने और खँगालने में लग जाता है ताकि प्रसंग अथवा घटना प्रामाणिक और विश्वसनीय बन सके।

चूँकि मैं यह उपन्यास कृष्णा कुमारी जी, उनकी अदायगी और हाथरस शैली नौटंकी को केन्द्र में रखकर लिख रहा था, तो शुरू में इसकी नायिका का नाम कृष्णा कुमारी ही रखा था। आधे के लगभग जब उपन्यास पहुँच गया तो एक दिन उन्होंने बड़ी विनम्रता के साथ आग्रह किया कि बेटा इसमें से कृष्णा कुमारी नाम हटा दे। इसके बजाय कुछ और कर ले। इतना सुन मैं कुछ असहज हो गया। मैं बोला कि आंटी जब उपन्यास ही आपके ऊपर है तो नाम भी आपका ही होगा। इस पर वे बोलीं बेटा समझा कर। कल को इसे शिकोहाबाद के लोग पढ़ेंगे। हो सकता है मेरे पोते-पोतियाँ भी पढ़ लें। अच्छा नहीं लगेगा। मेरा तर्क तो कृष्णा जी की समझ में आ गया लेकिन मेरा मानना था कि अगर इन्हीं का नाम बदल दिया तो फिर काहे का उपन्यास। मैंने यह कहकर बात ख़त्म कर दी कि ठीक है। कुछ रोज़ बाद मैंने यह बात डॉ. मुकेश गर्ग को बतायी तो वे बोले कि मोरवाल जी, उनका कहना ठीक है। महिला का मामला है। उनके लिए परेशानी हो सकती है। मैं मुकेश गर्ग जी के तर्क से पूरी तरह सहमत हो गया। इसके बाद इस उपन्यास में मैंने केवल इन्हीं का नहीं बल्कि अन्य तीन पात्रों के नाम भी बदल दिये। कृष्णा कुमारी को रागिनी, इनके पति डॉ. वीरेन्द्र स्वरूप माथुर को डॉ. वीरेन्द्र स्वरूप सक्सेना, राधेश्याम प्रगल्भ को राधेश्याम शर्मा और राष्ट्रीय नाट्य विद्यालय की पूर्व प्रोफ़ेसर त्रिपुरारी शर्मा को डॉ. नूपुर शर्मा कर दिया।

हिन्दी अकादमी, दिल्ली के सचिव नानक चन्द जी, डॉ. मुकुन्द द्विवेदी जी और मैं जब कृष्णा कुमारी जी की तलाश में मथुरा गये थे, और रास्ते में कोसी कलाँ से मैंने भगत जी की दुकान से पण्डित नथाराम शर्मा गौड़ की *अमर सिंह राठौर, भक्त पूरनमल (पाँचों भाग), इन्दल हरण (दोनों भाग), क़त्लजान आलम उर्फ़ ख़्वाबे-हस्ती, सुल्ताना डाकू उर्फ़ गरीबों का प्यारा, हरिश्चन्द्र उर्फ़ गुलशन का नाग, मंझा का देश निकाला (प्रथम भाग) उर्फ़ नल जन्म, माली का बेटा उर्फ़ शहज़ादा फ़ीरोज़, अन्धी दुल्हिन उर्फ़ जितेन्द्री जयपाल, सती सावित्री उर्फ़ हुस्न की देवी, रूप-बसन्त उर्फ़ गेंद की चोरी (प्रथम भाग), रूप-बसन्त उर्फ़ ब्रह्मा राजकुमारी विवाह (दूसरा भाग), रूप-बसन्त उर्फ़ अलबेली मालिन (तीसरा भाग), हीर-राँझा उर्फ़ सपने का आशिक़, लज्जावती उर्फ़ धर्म की देवी, भैन-भैया उर्फ़ दौलत की चाह, भक्त प्रह्लाद उर्फ़ राम का दीवान, गोपीचन्द उर्फ़ जोग का उपदेश, श्रीमती मंजरी उर्फ़ ग़मज़दा क़ैदी, मोरध्वज उर्फ़ शेर का भोजन, दहीवाली उर्फ़ बदकार यार, ऊदल का ब्याह उर्फ़ काठ का घोड़ा, ध्रूव चरित्र उर्फ़ छलावा परी,*

चाचा-भतीजा उर्फ़ राजा भोज, भक्त हरदौल चरित्र उर्फ़ वीर बुन्देला, ख़ुदा दोस्त उर्फ़ मुहब्बत के आँसू, नौटंकी शहज़ादी उर्फ़ अय्यारा औरत, स्याह पोश उर्फ़ पाक मुहब्बत जैसी नौटंकियों की पुस्तकों को ख़रीदा था, उनका मैंने इस उपन्यास में भरपूर उपयोग किया है।

इस तरह मैंने इस उपन्यास का पहला हस्त-लिखित ड्राफ्ट लिख लिया। इस बीच इसका दूसरा ड्राफ्ट मैंने यूनीकोड में धीरे-धीरे टाइप करना शुरू कर दिया। यह मेरा पहला प्रयास था जब मैंने अपने किसी उपन्यास को यूनीकोड में टाइप कर उसे अन्तिम रूप दिया। हालाँकि मैं दूसरे काम कम्प्यूटर पर करता था मगर इससे पहले कभी इतना बड़ा काम नहीं किया। पहली बार इस बात का अहसास हुआ कि तकनीक रचनात्मक कामों में कितनी मददगार और कारगर साबित हो सकती है। हालाँकि इससे पहले मेरा मानना था कि रचनात्मक लेखन काग़ज़ और पेन से ही करना चाहिए। लेकिन इस उपन्यास ने मेरी इस पारम्परिक धारणा को बदल दिया। इसलिए मैं कहता हूँ कि तकनीक हमें तब तक दुश्मन नज़र आती है, जब तक वह हमें नहीं आती है। जब आने लगती और इसके हम अभ्यस्त हो जाते हैं, तब यह हमारी ज़रूरत बन जाती है। इसका एक मज़ेदार उदाहरण है। जैसाकि हम सब जानते हैं कि जब युवा प्रधानमन्त्री स्वर्गीय राजीव गाँधी ने इस देश में पहली बार कम्प्यूटर लाने की पहल की थी, तब हम जैसे पुरातनपन्थियों ने उसका कितना विरोध किया था। राजीव गाँधी ने कम्प्यूटर लाने की बात जिस अन्दाज़ में अपने वरिष्ठ काँग्रेसी नेता पी.वी. नरसिम्हा राव से कही, तो यह वरिष्ठ नेता अपने युवा नेता का व्यंग्य समझ गया। कहते हैं कि कुछ ही दिनों में पी.वी. नरसिम्हा राव ने कम्प्यूटर चलाना सीख लिया था।

इस तकनीक का मुझे सबसे बड़ा फ़ायदा हुआ कि आज मेरे पास सिर्फ़ इस उपन्यास की ही वर्ड फ़ाइल नहीं है बल्कि इसके बाद के *वंचना, शकुंतिका ख़ानज़ादा, मोक्षवन* की ही नहीं, इस स्मृति-कथा की भी वर्ड फ़ाइल सुरक्षित हैं, जो मेरी अपनी सम्पत्ति हैं। और मैं जब चाहे अपनी मर्ज़ी से इसका इस्तेमाल कर सकता हूँ। आज यह तकनीक मेरी इस तरह ज़रूरत बन चुकी है कि अपना सारा लेखन अब डेस्कटॉप पर ही होता है।

इस उपन्यास की शुरुआत सबसे पहले इस तरह की गयी थी–

उन्नीस सौ बासठ का साल इतिहास में भारत-चीन युद्ध के रूप में जाना जाता है। एक ऐसी जंग जिसमें हथियारों से कम, हिमालय की गगनचुम्बी चोटियों पर लहू जमा देने वाली ठण्ड से, कहीं ज़्यादा हमारे जवान शहीद हुए। एक ऐसी जंग जिसे इन दोनों मुल्कों द्वारा नौसेना और वायुसेना का इस्तेमाल

करने के लिए भी जाना जाता है। सर्दियाँ शुरू होते ही पूरे एक महीने चले इस जंग में चीनी सेना ने चुशूल में रेजांग-ला और तवांग पर क़ब्ज़ा कर लिया। इस जंग में मिली शिकस्त में आज़ाद भारत के पहले वज़ीरे-आज़म के माथे पर 'हिन्दी-चीनी, भाई-भाई' जैसे नारे को एक कलंक की तरह चस्पाँ कर दिया था।

लेकिन बात कुछ जमी नहीं। इसके बाद कुछ इस तरह शुरू करने की कोशिश की–

यह वाक़या बक़ौल उर्दू शायर मौलाना अल्ताफ़ हुसैन हाली उत्तर भारत के एक ऐसे शहर का है, जहाँ खजूर के पट्टे की पंखियाँ एक ज़माने में बड़ी मशहूर थीं। अगर ज़रा खुलकर कहूँ तो यह क़िस्सा तेरहवीं सदी के मध्य में सुलतान फ़िरोज़ शाह तुग़लक़ द्वारा बसाये गये उस शहर का है, जिसे आज चूड़ियों का शहर कहा जाता है। गरम आब-ओ-हवा लिए उस शहर का, जिसके पीछे चन्द्रवार के उजड़ते जाने और उसके बाद उसके बसने की कहानी जुड़ी है। यह उस वक़्त की बात है जब पूरा देश अपने पड़ोसी मुल्क के साथ हुई जंग में मिली शिकस्त के रंज-ओ-ग़म में डूबा हुआ था।

मगर यह शुरुआत भी नहीं जमीं। तीसरी बार फिर से कोशिश की गयी, जो इस तरह थी–

जिन दिनों हमारा देश अपने पड़ोसी मुल्क चीन के साथ हुई जंग में मिली शिकस्त के रंज-ओ-ग़म में डूबा हुआ था। उसी चीन के साथ हुई जंग में, जिसमें उसकी लाल सेना असम के तेज़पुर तक आ पहुँची थी, और हमारा सबसे बड़ा फ़ौजी कमांडर लेफ्टिनेंट जनरल असम से भागकर दिल्ली आकर छिप गया था। उस जंग में जिसमें हथियारों से कम, हिमालय की गगनचुम्बी चोटियों पर लहू जमा देनेवाली ठण्ड से कहीं ज़्यादा हमारे जवान शहीद थे, और इसमें मिली इस शिकस्त ने आज़ाद हिन्दुस्तान के पहले वज़ीर-ए-आज़म के माथे पर हिन्दी चीनी, भाई-भाई जैसे नारे को हमेशा के लिए एक कलंक की तरह चस्पाँ कर दिया था। उन्हीं दिनों डायरेक्टर सूरज प्रसाद शर्मा एक दिन यूँ ही, घूमते-फिरते इस छोटे-से शहर की अलसायी-सी गलियों में निकल गये। उन्हीं उदास और अलसायी गलियों में, जिनके अधखुले दरवाज़े-खिड़कियों के पीछे पसरे अनन्त मटमैले उजास में गाहे-ब-गाहे कोई अदृश्य उदासी भी खँखारती, तो लगता जैसे किसी शीशा पिघलाने वाली सुर्ख़ भट्ठी से, ताज़ा-ताज़ा बाहर आयी कोई बदनसीब ठण्डी चूड़ी खनक रही है। अभी वे इसकी एक उनींदी-सी गली, रहट गली में दाख़िल हुए ही थे कि, एक अधखुली खिड़की से एकाएक उनके कानों में कुछ

कमसिन-से सुर पड़े। हिन्दुस्तान थिएटर के डायरेक्टर के आगे बढ़ते क़दम वहीं ठिठक गये। वे धीरे-से दबे पाँव खिड़की के पास आये और अन्दर से आ रही आवाज़ को ध्यान से सुनने लगे।

अक्सर पाठकों को लगता होगा कि जिस कृति को वे पढ़ रहे हैं, उसे लेखक यूँ ही चलते-चलते लिख देता होगा। जबकि ऐसा नहीं होता। अगर किसी लेखक की रचना-प्रक्रिया को देखना हो, तो उसके उस कारख़ाने को जाकर देखना चाहिए जिसमें उसकी रचना का कच्चा माल पड़ा हुआ होता है। यह देखना चाहिए कि वह अपनी रचना को अन्तिम रूप देने से पहले किस तरह एक कुशल कुम्हार की तरह, चाक से उतरे माटी की कच्ची आकृति को पकी हुई मिट्टी अथवा पत्थर की बनी पींडी से उसको अन्दर से सहारा देते हुए, लकड़ी के थापे से बाहर से घड़ता है? कैसे बड़े जतन के साथ उसे सुघड़ और एक मकम्मल शक्ल प्रदान करता है।

अब थोड़ी-सी बात इस उपन्यास के शीर्षक पर। पहले मैं इस उपन्यास का शीर्षक *सुर बंजारा* रखना चाहता था। लेकिन इसी दौरान एक दिन मेरे पास वरिष्ठ कवि और ग़ज़लगो रामकुमार कृषक अपने एक मित्र संजय भालोटिया (जो इन दिनों संजय सुमति के नाम से जाने जाते हैं) के साथ मेरे कार्यालय आये। संजय जी छत्तीसगढ़ से *लौ* नाम की एक पत्रिका निकालते थे। वे इस पत्रिका को आईएसएसएन (ISSN) अर्थात इंटरनेशनल स्टैंडर्ड सीरियल नम्बर लेने के लिए दिल्ली आये हुए थे। यह नम्बर CSIR (वैज्ञानिक तथा औद्योगिक अनुसन्धान परिषद) द्वारा स्थापित *नेशनल साइंस लाइब्रेरी* द्वारा प्रदान किया जाता है, जिसका कार्यालय कुतुब इंस्टिट्यूशनल एरिया, जहाँ मेरा कार्यालय था, उसके पास है। बातचीत के दौरान मैंने उन्हें अपने नये उपन्यास और इसके शीर्षक के बारे में बताया। शीर्षक *सुर बंजारा* सुनकर कृषक जी बोले कि यार जब यह उपन्यास एक महिला कलाकार को केन्द्र में रखकर लिख रहे हो, तो इसका शीर्षक भी वैसा ही होना चाहिए। यह उपन्यास अगर किसी पुरुष कलाकार को केन्द्र में रखकर लिखा जाता, तब इसका शीर्षक *सुर बंजारा* हो सकता था। मेरे हिसाब से इसका शीर्षक *सुर बंजारन* होना चाहिए। मुझे कृषक जी का यह तर्क तुरन्त समझ में आ गया और उनके सुझाव पर इसका शीर्षक *सुर बंजारन* अन्तिम कर दिया। हालाँकि बहुत से लोग इसे नौटंकी पर नहीं, किसी बंजारा समुदाय पर केन्द्रित उपन्यास समझते हैं। उसी तरह जैसे *रेत* को अधिकतर लोग आदिवासी पृष्ठभूमि पर लिखा गया उपन्यास समझते हैं।

दरअस्ल, हम ट्राइब और ट्राइबल के बीच के महीन अन्तर को नहीं समझ पाते हैं। इन दोनों को हम समानार्थी मानते हैं। जबकि ट्राइब्स अर्थात क़बीले (समूह) और ट्राइबल यानि आदिवासी में ज़मीन-आसमान का अन्तर है। क़बीले को ऐसे भूमिहीन समुदायों के समूहों के रूप में पहचाना जा सकता है, जो अपने रिश्तों के कारण एकजुट हो गये हैं। इस एकजुटता के बावजूद ये एक स्थान से दूसरे स्थान के लिए विचरण करते रहते हैं। इसलिए इन्हें घुमन्तु भी कहा जाता है। एक और महत्त्वपूर्ण पहलू यह है कि क़बीला *कुलदेवता* के रूप में जाना जाता है। जबकि आदिवासी को एक समूह के रूप में पहचाना जा सकता है। एकसमान भूमि साझा करने के बावजूद ये एक राष्ट्र की मुख्यधारा और उसकी संस्कृति से अलग हैं। आदिवासियों को प्रायः आत्मनिर्भर माना जाता है और उनके अपने रिवाज़, परम्परा और विश्वास होते हैं। सरल शब्दों में कहूँ तो आदिवासी उन लोगों का एक समूह है, जो लगभग एक ही वंश और ज़्यादातर एक-दूसरे पर निर्भर रहते हैं।

इस तरह एक अलक्षित आवाज़ का मर्मस्पर्शी आख्यान अर्थात *सुर बंजारन* उपन्यास 2017 में वाणी प्रकाशन, नयी दिल्ली से प्रकाशित होकर आ गया। इसे मैंने कृष्णा कुमारी जी को इन शब्दों के साथ समर्पित किया है—*हाथरस शैली नौटंकी की जीवित किंवदन्ती, एक लोकप्रिय अदाकारा और इस आख्यान की प्रेरक कृष्णा कुमारी माथुर को समर्पित।*

उपन्यास को बड़े संकोच के साथ हिचकिचाते हुए मैंने कृष्णा जी को दिया। उन्होंने उसे उलट-पुलट कर देखा। जिस समय वे इस उपन्यास को बीच-बीच में उलट-पुलट रही थीं, उनके चेहरे पर रह-रहकर आते-जाते मनोभावों को मैं ध्यान से बाँचने की कोशिश करता रहा। इस उपन्यास को नानक चन्द जी पढ़ चुके थे। इस बारे में मेरी उनसे जो बात हुई उससे लगा वे लगभग इससे सन्तुष्ट थे। मुझे कृष्णा जी को उनके द्वन्द्व से उबारने का अचानक एक उपाय सूझा। मैंने जानबूझ कर कृष्णा जी के सामने नानक चन्द जी की चर्चा छेड़ी, तो वे बोलीं कि उनसे बहुत दिन हो गये हैं बात किये हुए। मैं जैसे इसी पल का इन्तज़ार कर रहा था और बोला कि मैं उनसे आपकी अभी बात करा देता हूँ। इसके बाद मैंने नानक जी को फोन मिला दिया। मैंने उन्हें बताया कि कृष्णा जी मेरे घर पर हैं। वे तुरन्त बोले कि यार मेरी भी बात करा दो। मैंने मोबाइल कृष्णा जी को दे दिया। जब ये दोनों आपस में बात कर रहे थे तो मैं समझ गया कि नानक चन्द जी उनसे *सुर बंजारन* को लेकर भी बात कर रहे थे। उन्होंने कृष्णा जी से इस उपन्यास को लेकर क्या कहा, यह तो पता नहीं लेकिन इसके बाद कृष्णा जी एकाएक तनावमुक्त हो गयीं। मेरी यह तरकीब जैसे काम कर गयी।

उपन्यास प्रकाशित होने के बाद नौटंकी की एक अदाकारा के बहाने हाथरस शैली नौटंकी और उसके धीरे-धीरे ख़त्म होने की कथा से हिन्दी का पाठक शायद पहली बार परिचित हुआ था। इस उपन्यास का विधिवत लोकार्पण 2017 में आयोजित पहले *बरेली लिटरेचर फेस्टिवल* में 18 नवम्बर को हुआ था। वहीं, जयपुर में आयोजित पहले *समानान्तर साहित्य उत्सव-2018* के एक पूरे सत्र में इस उपन्यास की नायिका अर्थात श्रीमती कृष्णा कुमारी की उपस्थिति में *नौटंकी का नेपथ्य* विषय के बहाने इस पर चर्चा हुई। इस चर्चा में इप्टा के राष्ट्रीय अध्यक्ष रणवीर सिंह, विनोद भारद्वाज और नाट्य समीक्षक संगम पाण्डेय ने हिस्सा लिया था। कृष्णा कुमारी के अनुभवों और उनकी आवाज़ ने इस चर्चा को संगीतमय बना दिया था। इसी तरह जुलाई 2018 में साहित्य अकादमी द्वारा भारत भवन, भोपाल में आयोजित दो दिवसीय पूर्वोत्तरी समारोह में कृष्णा कुमारी द्वारा अपनें साज़िन्दों के साथ नौटंकी पर एक प्रस्तुति भी दी।

आज यह अदाकारा श्रीमती कृष्णा कुमारी माथुर अपने जीवन के अन्तिम पड़ाव पर है। जब कभी महीने में एकाध बार उनका फोन आता है, तो उनकी पुरानी छवियाँ स्मृतियों के परदे पर तिरमिरा उठती हैं। कानों में रह-रहकर उनके स्वर में पगे दोड़ा, दौड़, बहरतबील, चौबोला और अन्य छन्दों की मिठास घुलने लगती है। याद आता है उनका वह अवदान जो उन्होंने अपनी कला के माध्यम से हमारे समाज को दिया था। मैं आज भी अपने क़स्बे के सरकारी कॉलेज में जाता हूँ, तो लाल रंग से पुते उन कमरों को देर तक निरखता रहता हूँ, जिनका अस्सी के दशक के शुरू में उनके शो से एकत्रित हुए धन से निर्माण हुआ था। उन्हीं कमरों को जिनमें *काला पानी* कहे जानेवाले मेवात के न जाने कितने अभावहीन बच्चों ने शिक्षा ग्रहण की होगी। इन्हें निरखते हुए बीच-बीच में लगता है जैसे हारमोनियम के महीन सुरों और नक्काड़े-नक्काड़ी की गुमक के साथ उनकी सुरीली आवाज़ कानों में गूँज रही है।

हालाँकि साल 2017 के नवम्बर महीने अर्थात साल के लगभग अन्त में प्रकाशित यह उपन्यास न तो हिन्दू रहा, न मुसलमान। कहने का आशय यह है कि ISBN के कुछ नियमों के चलते, जो पुस्तकें साल के अन्तिम महीनों विशेषकर नवम्बर-दिसम्बर महीने में प्रकाशित होकर आती हैं, उनकी सबसे अधिक दुर्गति होती है। जिस साल वे आती हैं उस साल की महत्त्वपूर्ण पुस्तकों में वे अलक्षित रह जाती हैं, और अगले वर्ष की पुस्तकों में उन्हें कोई शामिल नहीं करता। एक तरह से एक-दो महीने के कारण ऐसी पुस्तकें एक साल पुरानी हो जाती हैं। इसलिए मेरा मानना है कि पुस्तकें या तो वर्ष के शुरू में आनी

चाहिए या फिर अधिक से अधिक जुलाई-अगस्त तक आ जानी चाहिए। एक प्रकाशक के लिए भले यह बात कोई मायने नहीं रखती होगी कि कोई पुस्तक साल के शुरू में आये या अन्त में, लेकिन एक पुस्तक और उसके लेखक के लिए बहुत मायने रखता है।

ऐसा ही *सुर बंजारन* के साथ हुआ। यह तो भला हो मेरी समकालीन कथाकार उर्मिला शिरीष और भोपाल के जाने-माने ललित कलाओं का प्रशिक्षण, प्रदर्शन एवं शोध संस्थान *स्पन्दन*; तथा उस साल के निर्णायकों का जिन्होंने 2017 के *स्पन्दन* सम्मान के लिए इस उपन्यास का चयन कर लिया और इसकी थोड़ी लाज बच गयी।

अपनी आदत से मजबूर एक लेखक के रूप में मुझसे जितना बन पड़ा, मैंने इस सम्मान के बहाने इस उपन्यास का प्रचार किया। इस तरह 29 अप्रैल, 2018 को भोपाल के शामला हिल्स स्थित राज्य संग्रहालय में *स्पन्दन सम्मान समारोह-2017* के सम्मानों को प्रदान करने का दिन तय हो गया। सम्मान समारोह की संयोजिका कथाकार उर्मिला शिरीष ने पहले ही बता दिया था कि संस्था आपको आने-जाने का रेल के द्वितीय श्रेणी का किराया देगी। संस्था के नियमों का पालन करते हुए दिल्ली से भोपाल जाने और भोपाल से दिल्ली आने की टिकट मैंने स्वयं करा ली। इनके अनुसार दिल्ली से मुझे भोपाल के लिए 28 अप्रैल को हज़रत निज़ामुद्दीन रेलवे स्टेशन से रात 20.55 बजे छूटने वाली भोपाल एक्सप्रेस से रवाना होना था।

मेरी एक देहाती आदत है कि जब गाँव में किसी ब्याह-बारात में बाराती बनकर जाना होता था, तो सवेरे से ही उसकी तैयारियों में जुट जाता था। यह आदत केवल ब्याह-बारात तक ही सीमित नहीं थी, बल्कि पहले स्कूल और बाद में कॉलेज के दिनों में जब कहीं हमारी क्रिकेट टीम बाहर खेलने जाती थी, तो कई दिन पहले मैं अपने एक्शन के टेनिस शूज़, जो पीटी शूज़ की तर्ज़ पर बने होते थे, उन्हें सफ़ेद खड़िया से अच्छी तरह पोत कर रख देता था। और इधर-उधर से माँगी गयी सफ़ेद पैंट-बुशर्ट को धोकर सिराहने तकिये के नीचे तह बनाकर रख देता था। उन दिनों प्रेस किये हुए कपड़े पहनना एक स्टेटस सिम्बल होता था। धोबी से प्रेस कराना मुश्किल था क्योंकि इसमें 'धन' ख़र्च होता था। कहते हैं कि अभाव और ज़रूरत आपको अपने आप रास्ता बता देते हैं, तो इस ज़रूरत को हम धोबी के पास जाने के बजाय घर पर पूरा करते थे। यानि कोई बड़ा-सा लोटा या काँसे-पीतल का बेला लेकर उसमें सिगड़ी या अँगीठी में धीरे-धीरे सुलगते उपलों की आँच भरकर, उसके पेंदे से क़मीज़-पाजामे की प्रेस कर उनकी सिलवटों को सीधा किया जाता था।

इन खड़िया पुते पीटी शूज़ को पहनकर जब मैं मैदान की तरफ़ जाता, तो वहाँ तक पहुँचते-पहुँचते उनसे खड़िया का अधिकतर लेप झड़ जाता था। ऐसे में उन जूतों को अपने आसपास खड़े फील्डर्स की नज़रों से बचाना एक बड़ी चुनौती होती थी। इस चुनौती के चक्कर में कई बार डक पर आउट होना पड़ जाता। एक बार तो यह हुआ कि मैं दसवीं में पढ़ता था। हमारे क़स्बे की क्रिकेट क्लब, जिसे हमने इंग्लैंड के बहुत मशहूर क्लब एमसीसी के नाम पर रखा हुआ था, उसकी टीम को सुबह 5 बजे की बस, जो मेरे क़स्बे से बनकर चलती थी, उससे जाना था। मैंने शाम को ही माँ से कह दिया था कि सवेरे कुछ पराँठे बना देना। माँ उठी साथ में पिता भी। पराँठे बने और कई दिन पहले खड़िया से पोतकर रखे गये जूतों को पहन घर से चल पड़ा। घर में कोई घड़ी नहीं थी। हाँ, चाँदनी खिली हुई थी इसलिए यह पता नहीं चला कि कौन-सा पहर रहा होगा। क़स्बे में जहाँ बस खड़ी होती थी, वहाँ जाकर देखा तो बस का कहीं अता-पता नहीं। मेरे साथ के खिलाड़ियों का भी कुछ पता नहीं। मैं समझ गया कि पट्ठे मुझे छोड़कर चले गये हैं। बावजूद इसके मैं घर नहीं आया, मैंने सोचा कि हो सकता है मैं ही जल्दी आ गया हूँ। यही सोचकर मैं वहीं एक सूनी बेंच पर बैठ गया। मुझे नहीं पता मैं कितने घण्टे वहाँ बैठा रहा। धीरे-धीरे पौ फटी। पूरब में हल्का-सा उजाला हुआ और तब वह बस कहीं से वहाँ आयी तो जान में जान आयी। एक-एक कर सारे खिलाड़ी भी आ गये। बाद में मैंने अनुमान लगाया कि मैं शायद रात के तीन-साढ़े बजे ही आ गया था।

तो साहब, 28 अप्रैल, 2018 को भी ऐसा ही हुआ। अपनी इसी आदत के चलते सुबह से भोपाल जाने की तैयारी में जुट गया। पत्नी ने रास्ते के लिए खाना बाँध दिया और इत्र-फुलेल से लैस यह बन्दा यह सोचकर कुर्सी खींचकर बैठ गया कि आठ बजने में अभी दस-बारह मिनट हैं। इसी बीच मैंने बेटे से रेल की टिकट दिखाते हुए कहा कि, देखना आधे घण्टे पहले रेलवे स्टेशन पर पहुँच जाऊँगा न? बेटे ने टिकट देखी और उसे देखने के बाद बोला कि यह क्या है?

मैंने घबराते हुए उलटा पूछा कि क्या हुआ? वह बोला कि आपकी ट्रेन तो आठ पचपन की है और आप आठ बजे तक यहीं हैं। अब तो आप उड़कर भी जायेंगे, तब भी निज़ामुद्दीन स्टेशन नहीं पहुँच पाएँगे। यानि इस बीच सवा आठ बज चुके थे। मैंने उससे टिकट ली और उस पर 20.55 देखकर मैंने अपना सिर पकड़ लिया। पता नहीं क्यों मैं इस 20.55 को 10.55 समझने का भ्रम पाले हुए था।

बेटे ने सही कहा था कि मैं यदि हज़रत निज़ामुद्दीन उड़कर भी जाऊँ, तब भी मैं भोपाल एक्सप्रेस को नहीं पकड़ सकता। इस तरह अपने इस देहाती स्वभाव और आदत के चलते भोपाल जाने की तैयारियों में जुटा हुआ था, सब धरी की धरी रह गयीं। मुझे दुःख भोपाल एक्सप्रेस के छूटने या भोपाल न जाने का नहीं था, बल्कि उन कल्पनाओं और उससे जुड़ने वाली उन स्मृतियों के बिखरने का था, जिन्हें मैं स्पन्दन सम्मान ग्रहण करने और इस दो दिवसीय भोपाल प्रवास के दौरान सँजोकर रखने वाला था। देर तक मेरी कुछ समझ में नहीं आया कि अब मैं क्या करूँ?

हारकर मैंने उर्मिला शिरीष जी को फोन किया और अपने साथ घटी इस दुर्घटना के बारे में बता दिया। मेरी बात सुन वे आग्रह करते हुए बोलीं कि मोरवाल जी दिल्ली से गुज़रने वाली बहुत-सी रेलगाड़ियाँ हैं, आप किसी तरह आ जाइए। वो क्या है कि लखनऊ से शैलेन्द्र सागर भी नहीं आ रहे हैं और पटना से शिवनारायण जी भी नहीं आ रहे हैं। ऐसे में अगर आप भी नहीं आयेंगे तो फिर बचा कौन। प्लीज़ आप कुछ भी करिए। आपको आना है।

उनके इस सुझाव पर कि दिल्ली से गुज़रने वाली बहुत-सी रेलगाड़ियाँ हैं, मैंने सबके बारे में एक ट्रेवल एजेंट से पता लगवाया, तो पता चला किसी भी ट्रेन में कोई सीट ख़ाली नहीं है। मैं इस दुःख और विलाप जैसी घड़ी से उबरने का कोई सम्भव और नामुमकिन-सा उपाय खोज रहा था कि इसी बीच मेरा मोबाइल घनघनाया। मैंने उचटती नज़र से स्क्रीन की ओर देखा तो पाया उस पर अनंत विजय का नाम तैर रहा है। अगर कोई और होता तो शायद मैं मोबाइल नहीं उठाता लेकिन मजबूरी में उठाना पड़ा। बात हुई तो मैंने अपनी व्यथा-कथा उन्हें बतायी। मेरी दर्दभरी कहानी सुन अनंत छूटते ही बोले कि इसमें घबराने की क्या बात है, सवेरे हवाई जहाज़ से निकल जाओ। जिस समय ट्रेन से भोपाल पहुँचोगे, उसी समय दिल्ली से पहली फ़्लाइट लेकर भोपाल पहुँच जाओगे।

सच कहूँ अगर वह समय मेरी वेदना, व्यथा, पीड़ा, दुःख, विलाप और वो क्या कहते हैं कल्पनाओं व स्मृतियों के बिखरने का नहीं होता, तो मैं इस अनंत के बच्चे को अब तक इतने हर के भजन सुना चुका होता कि यह ज़िन्दगी भर नहीं भूल पाता। अजीब आदमी है। कह रहा है कि भोपाल हवाई जहाज़ से चला जाऊँ। पैसे मिलेंगे सेकंड ए.सी. के और यह भिजवा रहा है हवाई जहाज से। यह दोस्त नहीं दोस्त के नाम पर कलंक है।

क्या हुआ? मेरी कल्पनाओं में खलल डालते हुए इस दोस्तनुमा कलंक ने पूछा। मैंने दुखी मन से कहा कि यार तुम इतनी बेकार की बातें क्यों कर रहे हो।

एक तो मेरा रेल की टिकट के चक्कर में पहले ही इतना नुक़सान हो चुका है, ऊपर से तुम हवाई जहाज़ से जाने की सलाह दे रहे हो। मेरा दुःख और गुस्सा दोनों को भाँपते हुए वह बोला, "अच्छा यह बताओ, सम्मान कितने का है?"

"ग्यारह हज़ार का।" मैंने बताया।

"अगर आप हवाई जहाज़ से जाते हो तो कितने की टिकट आयेगी?"

"मुझे क्या पता।" मैंने झल्लाते हुए कहा।

"मान लीजिए साढ़े पाँच-छह हज़ार टिकट में ख़र्च हो गये, फिर भी पाँच हज़ार तो आपको बच गये न? आपकी जेब से तो कुछ नहीं जा रहा है? ऊपर से जो भोपाल से दिल्ली आने के लिए जो रेल की टिकट का पैसा दिया है, वह भी बच जायेगा।"

मुझे अनंत की बात में अब कुछ-कुछ दम नज़र आने लगा।

"सोचो कि जब भोपाल और देश के हिन्दी-लेखकों को यह पता चलेगा कि मोरवाल जी सम्मान हवाई जहाज़ से लेने गये हैं, तो वे क्या कहेंगे।" अनंत विजय मेरी हौसला अफ़ज़ाइश करते हुए बोला।

"यार बात तो आपकी सही है।" अनंत विजय का बताया फंडा जैसे मेरी समझ में आ गया।

"अब आप बिना कुछ सोचे दिल्ली से भोपाल की पहली फ़्लाइट बुक कराओ और ठसके के साथ पुरस्कार लेकर आओ!"

अनंत की बात मेरी पूरी तरह समझ में आ गयी। मैंने उसी समय ट्रेवल एजेंट को फोन किया और उससे पूछा कि कल सवेरे भोपाल जानेवाली जो भी पहली फ़्लाइट हो उसकी एक टिकट करवा देना। ट्रेवल एजेंट ने बिना देरी किये जेट एयरवेज़ की फ़्लाइट संख्या 9W-893 से 29 अप्रैल (रविवार) को सुबह 5.40 बजे की एक टिकट कराई और मुझे मेल कर दी। सुबह सात बजे लगभग सवा घण्टे की यात्रा कर पूरे ठसके के साथ मैं भोपाल के राजा भोज एअरपोर्ट उतर गया। जी हाँ उसी राजा भोज के नाम पर बने एअरपोर्ट पर जिसको लेकर यह कहावत बनी हुई है कि *कहाँ राजा भोज और कहाँ गंगू तेली।* वैसे क्या आप इस राजा भोज के बारे में कुछ जानते हैं? अगर नहीं तो मैं बताता हूँ इस राजा और उससे जुड़ी इस कहावत का क़िस्सा।

दरअस्ल, राजा भोजराज 11वीं सदी में मालवा और मध्य भारत के एक प्रतापी राजा थे। इसे शास्त्रों का महाज्ञाता कहा जाता था। वास्तुशास्त्र, व्याकरण, आयुर्वेद और धर्म-वेदों का इसे प्रचुर ज्ञान था, तथा इन विषयों पर कई ग्रन्थ भी लिखे। जबकि गंगू तेली के बारे में लोगों की अलग-अलग राय है।

कुछ का कहना है कि गंगू और तेली दो लोग थे। गंगू दक्षिण भारत के राजा थेसगंगू का पूरा नाम कलचुरि नरेश गांगेय था, जबकि तेली का पूरा नाम चालुक्य नरेश तैलंग था। ये दोनों अपने आप को बहुत बहादुर और बुद्धिमान समझते थे। इसलिए इन्होंने राजा भोज के राज्य पर आक्रमण कर दिया था। राजा भोज की छोटी-सी सेना ने अपने से बहुत बड़ी इन दोनों की सेना को हरा दिया। राजा भोज की इस विजय के बाद लोगों ने तंज़ कसते हुए यह कहावत बना दी कि *कहाँ राजा भोज और कहाँ गांगेय-तैलंग,* जो बाद में बिगड़ते-बिगड़ते *कहाँ राजा भोज और कहाँ गंगू-तेली* बन गयी। तो मित्रो, इस तरह राजा भोज की नगरी भोपाल से उपन्यास *सुर बंजारन* पर घोषित वर्ष 2017 का *स्पन्दन सम्मान* लेकर आया।

मेरे साथ घटनेवाली यह पहली दुर्घटना नहीं थी। ऐसी ही एक दुर्घटना इसके ठीक दो साल बाद यानि अप्रैल 2019 में भी घटी। हुआ यह कि मुझे *दक्षिण भारत हिन्दी प्रचार सभा,* तेलंगाना की तरफ़ से हैदराबाद में आयोजित एक अन्तरराष्ट्रीय संगोष्ठी में आमन्त्रित किया गया था। अक्सर मैं आयोजकों को परेशान करने के बजाय स्वयं अपना टिकट बुक करा लेता हूँ। मैं पत्नी के साथ इस संगोष्ठी में गया। आयोजन सम्पन्न होने के बाद शाम को वापसी में केरल के *श्री शंकराचार्य संस्कृत विश्वविद्यालय,* कालड़ी की हिन्दी विभाग की प्रोफ़ेसर डॉ. श्रीलता विष्णु और हम दोनों पति-पत्नी हैदराबाद के *राजीव गाँधी अन्तरराष्ट्रीय हवाई अड्डे* पर पहुँच गये। हमारी और श्रीलता जी की फ़्लाइट्स में थोड़ा-सा अन्तराल था। मुख्य द्वार पर तैनात केन्द्रीय औद्योगिक सुरक्षा बल (CISF) के सुरक्षाकर्मी को श्रीलता विष्णु जी ने इ-टिकट दिखाया और वे अन्दर प्रवेश कर हमारा इन्तज़ार करने लगीं। जब मैंने अपना और श्रीमती जी का इ-टिकट दिखाया तो मुख्य द्वार पर तैनात केन्द्रीय औद्योगिक सुरक्षा बल (CISF) का जवान हमारी टिकट्स को बड़े ध्यान से देखने लगा। एक बार वह अपने हाथ में पकड़ी हमारी टिकट्स को देखता और एक बार हमारी तरफ़ देखता। मुझे बड़ी हैरानी हुई कि दूसरे यात्रियों को तो उसने बिना हील-हुज्जत के प्रवेश करने दिया और हमें यह रोके हुए है। आख़िर मैंने ही पूछा कि क्या हुआ? केन्द्रीय औद्योगिक सुरक्षा बल के उस जवान ने मुस्कराते हुए बड़े संकोच के साथ कहा कि सर आपकी फ़्लाइट तो सवेरे ही निकल गयी। सवेरे निकल गयी? मैंने अकबकाते हुए पूछा। हाँ सर, आपकी टिकट्स सुबह 5.30 बजे की हैं। केन्द्रीय औद्योगिक सुरक्षा बल के जवान के इतना कहते ही सारा माजरा मेरी समझ में आ गया। मैंने 5.30 बजे के जो टिकट्स बुक कराये थे, वे वास्तव में सुबह के हो गये।

जबकि मुझे 17.30 बजे की टिकट्स बुक करानी चाहिए थीं। पत्नी ने पूछा अब क्या होगा? मुझसे कोई उत्तर देते नहीं बन रहा था। हमारा इन्तज़ार कर रहीं प्रोफ़ेसर श्रीलता विष्णु को जैसे इसका पता चला वे भी 'अब क्या होगा' सोचकर विचलित हो उठीं। मैंने उनसे कहा कि आप जाकर अपना बोर्डिंग पास ले लें। मैं देखता हूँ क्या हो सकता है।

मैंने उसी समय दिल्ली में अपने दामाद को फोन किया तो उसने बताया कि आप सम्बन्धित एयर लाइंस के काउंटर पर जाकर बात करें। अपनी इस ग़लती के बारे में उन्हें बतायें, वे कुछ-न-कुछ रास्ता निकाल देंगे। मैं उसी समय सामने बने सम्बन्धित एयर लाइंस के काउंटर पर गया और इसके बारे में बताया। उसने दिल्ली जाने वाली अगली फ़्लाइट के बारे बताते हुए कहा कि आप इससे जा सकते हैं। आपको टिकट्स की कुल राशि का 50% का भुगतान करना होगा। मुझे यही ठीक लगा और दो टिकट्स बनाने के लिए कह दिया। इस तरह हम दोनों पति-पत्नी को जहाँ दिल्ली एक घन्टा पहले पहुँचना था, इस गफ़लत के चलते मात्र एक घण्टा देरी से पहुँचे, लेकिन अपनी जेब से साढ़े आठ हज़ार के आसपास राशि ख़र्च करके।

जैसाकि मैंने पहले बताया था कि हिन्दी अकादमी के सचिव पद के लिए आवेदन कर तो दिया था लेकिन मुझे लगता था कि साक्षात्कार के लिए बुलावा नहीं आयेगा। मैंने इस पद के लिए इसलिए भी आवेदन किया था कि मैं अपनी क़ाबिलियत को परखना चाहता था कि मैं किसी लायक हूँ या नहीं। इसीलिए जब साक्षात्कार के लिए बुलावा आया और देखा कि केवल तीन उम्मीदवारों को बुलाया गया है, तो अपने प्रशासनिक और लेखकीय अनुभव को देखते हुए मुझे अपने चयन की सम्भावना बलवती होती दिखाई देने लगी। इसलिए मन को यह कहकर समझा लिया कि चयन हो जायेगा तो ठीक है। अगर मामला जमेगा तो तीन साल टिक जायेंगे और नहीं जमा तो अपना क्या है, ज्योतिष जोशी की तरह इस्तीफ़ा देकर अपने केन्द्रीय समाज कल्याण बोर्ड में वापस चले जायेंगे। परन्तु इसके साथ जैसे ही मुझे इसकी सम्भावना नज़र आने लगी मैं एक नयी दुविधा और अन्तर्द्वन्द्व में फँसता चला गया कि, अगर मेरा चयन हो जाता है तो मेरे लेखन का क्या होगा? क्योंकि प्रतिनियुक्ति के ये तीन साल हिन्दी अकादमी और दिल्ली सचिवालय के बीच दौड़ने और साहित्य की राजनीति में खप जायेंगे। इसीलिए मैं मन-ही-मन यह कामना भी कर रहा था कि मेरा चयन हो ही नहीं।

मुझे अपने उस मित्र की यह बात रह-रहकर याद आने लगी कि अपने लेखन की गति मुझे बढ़ानी चाहिए।

गीता में कहा गया है कि परिवर्तन ही संसार का नियम है। इस परिवर्तन का अर्थ केवल यह भी नहीं है कि मनुष्य के साथ सब अच्छा ही अच्छा घटे। इसीलिए अपने संकट के समय में मैं गीता के इस सार में बहुत यक़ीन करता हूँ कि—

जो हुआ, वह अच्छा हुआ
जो हो रहा है, वह भी अच्छा ही हो रहा है
और जो होगा, वह भी अच्छा ही होगा।

जिस तरह स्थितियाँ बन रही थीं उन्हें देखते हुए मन में यह विश्वास था कि मेरा चयन नहीं होगा। और ऐसा ही हुआ कि मेरा चयन सचिव पद पर नहीं हुआ। उन दिनों को याद करता हूँ तो गीता सार की इन पंक्तियों को याद कर लेता हूँ—तुम्हारा क्या गया, जो तुम रोते हो? तुम क्या लाये थे, जो तुमने खो दिया? दूसरी तरफ़ उन तीन सालों (2015 से 2018) का, जो मेरे इस पद पर चयन होने के बाद नष्ट होने थे, आज हिसाब लगाता हूँ तो पाता हूँ कि जो रचनात्मक कमाई मैंने इन सालों में अर्जित की वह शायद ही हो पाती। ये तीन साल ज़िन्दगी में फिर कभी लौटकर नहीं आते। आपको विश्वास नहीं है तो मैं आपको बताता हूँ कि वर्ष 2016 में धर्म की आड़ में स्त्री-शोषण का आख्यान *हलाला,* इसी साल बेनाम और गुमनाम पात्रों की अनकही कथा अर्थात स्मृति-कथा *पकी जेठ का गुलमोहर;* 2017 में एक अलक्षित आवाज़ का मर्मस्पर्शी आख्यान *सुर बंजारन।* इसके बाद मन ऐसा रमा कि 2019 में *वंचना,* 2020 में *शकुंतिका* और जनवरी 2021 में तुग़लक़, सआदत, लोदी और मुग़लों से लोहा लेने वाले मेवातियों की गाथा *ख़ानज़ादा* का प्रकाशन उसी गीता सार का परिणाम है कि जो हुआ अच्छा हुआ। वैसे आप 2014 में प्रकाशित भारत में तेज़ी से पनपती एनजीओ संस्कृति की गाथा *नरक मसीहा* को भी शामिल कर सकते हैं। कुल मिलाकर सात वर्षों (2014 से 2021) में 7 कृतियों का प्रकाशन अर्थात प्रतिवर्ष एक कृति का प्रकाशन किसी लेखक के लिए एक उपलब्धि से कम नहीं है। इनमें 2017 में ही प्रकाशित लेखों के संग्रह *लेखक का मन, नरक मसीहा* और *शकुंतिका* का मराठी अनुवाद, *हलाला* का उर्दू व अंग्रेज़ी में तथा *रेत* का रावलपिंडी (पाकिस्तान) से उर्दू में व भारत में अंग्रेज़ी अनुवाद शामिल नहीं हैं। अगर इन सबको मिलाया जाये तो यह इतनी बड़ी कमाई है कि उसे अर्जित करने के लिए शायद दूसरा जन्म लेना पड़ता।

अब आपके मन में यह प्रश्न उठ रहा होगा कि मैं बात तो कर रहा था उन तीन वर्षों यानि 2015 से 2018 की, जो हिन्दी अकादमी में प्रतिनियुक्ति के दौरान नष्ट होने से बच गये, लेकिन मैंने इनके साथ 2019, 2020 और 2021 को भी शामिल कर लिया? आपके मन में इस प्रश्न का उठना स्वाभाविक है। यहाँ हमें यह नहीं भूलना चाहिए कि इन तीन वर्षों में प्रकाशित उपन्यास *हलाला,* स्मृति-कथा *पकी जेठ का गुलमोहर;* तथा 2017 में प्रकशित उपन्यास *सुर बंजारन* के बाद के तीन वर्षों में प्रकाशित कृतियों *वंचना* (2019), *शकुंतिका* (2020) और *ख़ानज़ादा* (2021) का लेखन-प्रकाशन उसी रचनात्मक प्रवाह का ही परिणाम है। यह प्रवाह या कहिए लेखन की गति आज भी यानि जब मैं इस स्मृति-कथा जो आपके हाथों में है, तथा दसवें उपन्यास 'मोक्षवन' लिखने तक बनी हुई है।

इसलिए मित्रो, गीता में सही लिखा है कि जो हुआ, वह अच्छा हुआ।

वर्ष 2017 में *सुर बंजारन* के प्रकाशन के बाद पूर्व की तरह फिर वही समस्या आ खड़ी हुई कि अब किस विषय पर उपन्यास लिखा जाये। मैं अभी इसके बारे में कुछ सम्भावना तलाश ही रहा था कि स्त्री-सम्बन्धी क़ानूनों के जानकार, अधिवक्ता और लेखक अरविन्द जैन एक दिन बोले कि यार तुम्हें स्त्री-सम्बन्धी क़ानूनों को लेकर एक उपन्यास लिखना चाहिए और यह तुम लिख सकते हो। मैंने वकील साहब के इस प्रस्ताव पर यह कहते हुए असमर्थता प्रकट कर दी कि मुझसे नहीं होगा यह। यह मेरे मिज़ाज़ के अनुकूल नहीं है। दूसरा इसके लिए स्त्री-सम्बन्धी क़ानूनों का गहन अध्ययन भी ज़रूरी है। इस पर वे बोले कि यह सब मैं कर दूँगा। मैं इसलिए कह रहा हूँ कि तुम यह काम कर सकते हो। हालाँकि इस विषय पर किसी लेखिका को काम करना चाहिए लेकिन तुम कोशिश करो।

जिन दिनों अरविन्द जैन ने यह सुझाव दिया था मेरा मन आरएसएस अर्थात राष्ट्रीय स्वयंसेवक संघ पर कुछ काम करने का बन चुका था। इसके लिए मैंने पालम के (राजनगर, साधनगर और पालम गाँव) स्वयंसेवकों द्वारा पालम गाँव के दादा देव मन्दिर परिसर में लगने वाली एक शाखा में 3 नवम्बर, 2016 से जाना भी शुरू कर दिया था। मैं लगभग तीन महीने इस शाखा में गया। मैंने जिस प्रयोजन हेतु शाखा में जाना शुरू किया था, मुझे जब लगा कि मेरा काम इतनी दीक्षा के बाद चल जायेगा, मैंने शाखा जाना छोड़ दिया।

मैंने कुछ विश्वसनीय मित्रों को अपनी इस योजना के बारे में बताया, तो उन्हें बड़ा अचरज हुआ कि मैं शाखा में जाता हूँ। हालाँकि उन्हें मैं यह बताना नहीं भूलता था कि मैं शाखा में हिन्दू बनने नहीं, बल्कि अपने किसी स्वार्थ के लिए जाता हूँ।

इस शाखा में जाने के बाद मेरी उन जिज्ञासाओं और आशंकाओं की पुष्टि हो गयी, जैसा हम आरएसएस के बारे में अक्सर सुनते हैं। शुरू में मैं जब इस विषय पर काम करने की योजना बना रहा था, तब मेरे सामने समस्या यह आ खड़ी हुई कि आख़िर आसपास मैं कहाँ शाखा ढूँढूँ। मैं सुबह की सैर पर अक्सर पाँच बजे से पहले घर से निकल जाता हूँ। वापिसी में जब लौटता तो कभी-कभार पालम गाँव के दादा देव मन्दिर के आसपास मुझे कई निक्करधारी स्वयंसेवक दिखाई दे जाते थे। मुझे काफ़ी दिनों तक यही समझ में नहीं आया कि ये खाकी निक्कर वाले आख़िर आते कहाँ से हैं। एक दिन मैंने सुबह की सैर पर आने वाले एक व्यक्ति से, जो मन्दिर के पास ही रहता है, इनके बारे में पूछा। उसने बताया कि दादा देव मन्दिर में शाखा लगती है। इसके बाद मैं एक दिन सुबह छह बजे के आसपास सुबह की सैर से लौटते हुए मन्दिर के अन्दर गया, तो मुझे दो युवा शाखा ध्वज लगाते हुए नज़र आये। जब सारे स्वयंसेवक आ गये तो शाखा की प्रकिया शुरू हो गयी। शुरू में कुछ दिन मैं उन्हें दूर से दर्शक की तरह देखता था। फिर धीरे-धीरे उनके नज़दीक आया और एक दिन मैं भी उनके मण्डल में शामिल हो गया। फिर तो जैसाकि आप जानते हैं मैं कई महीने इसमें जाता रहा। मैं जब तक वहाँ जाता रहा, घर आकर मैं वहाँ देखी और उनके साथ बेमन से की गयी गतिविधियों को विस्तार से लिखता। इस शाखा में देशभर की शाखाओं की तरह अधिकतर स्वयंसेवक सवर्ण होते थे। मज़ेदार यह है कि ये सारे स्वयंसेवक दिल्ली में आकर बस गये बिहार, उत्तर प्रदेश और दिल्ली से सटे हरियाणा-राजस्थान के वे सवर्ण थे, जिनका गाँव-देहातों में महाजनी का धन्धा सिमट चुका था। दिल्ली में आकर ये छोटा-मोटा कारोबार करने लगे थे मुझे सबसे ज़्यादा हैरानी मीणा जाति के एक स्वयंसेवक को देखकर होती थी। जो ज़बरन हिन्दू बनने के चक्कर में यहाँ कभी-कभार आता था।

शाखा में मुझे सबसे दिलचस्प जो दृश्य नज़र आता था, वह अन्त में बोली जाने वाली प्रार्थना *नमस्ते सदा वत्सले मातृभूमे* होती थी। इस दौरान मैंने देखा और अनुभव किया कि नब्बे प्रतिशत इन सवर्ण हिन्दुओं अर्थात स्वयंसेवकों को यह प्रार्थना आती ही नहीं है। जिस ज़ोर-शोर के साथ पंक्तिबद्ध अनुशासित तथाकथित राष्ट्रवाद से कण्ठ तक भरे ये स्वयंसेवक पहली पंक्ति का उद्घोष करते हैं, अगली पंक्ति *त्वया हिन्दुभूमे सुखवं वर्धितोऽह्म* तक आते-आते नक़ली

मुर्गा छाप राकेट की तरह कुछ ग़ज आसमान की ओर जाकर चकरघिन्नी हो ज़मीन पर औंधे मुँह आ गिरते हैं। अगर आपको मेरी बात पर विश्वास नहीं है, तो अपने किसी पड़ोसी स्वयंसेवक से यह प्रार्थना बुलवाकर देख लो। पूरी बीस पंक्तियों की इस प्रार्थना और अन्त में बोले जाने वाली *भारत माता की जय* की जितनी दुर्गति मैंने शाखा में होती देखी है, मेरा अनुमान है कि वैसी ही दुर्गति नागपुर से लेकर पूरे राष्ट्र में लगने वाली शाखाओं में होती होगी।

इन शाखाओं में युद्ध-कलाओं को सिखाने की पद्धति और तरीक़े इतने पारम्परिक होते हैं कि एक अच्छे-ख़ासे प्रशिक्षित स्वयंसेवक को एक नया-नया जूडो कराटे सीखने वाला निहत्था व्यक्ति सीधा करके चलता बने। और यहाँ खेले जाने वाले खेल जैसे *नमस्कार छू, नमस्ते, वाह रे शेर, भस्मासुर, भालूयुद्ध, तीन पैर की दौड़, डमरू दौड़, राम-रावण* आदि का तो कहना ही क्या। इन्हें देखकर लगता है जैसे गली-मोहल्ले के छोटे-छोटे बच्चे आपस में खेल रहे हैं। यहाँ स्वयंसेवकों को बौद्धिक योजना, राष्ट्रवाद और राष्ट्रभक्ति (देशभक्ति जैसा शब्द इनके शब्दकोश में नहीं है) के नाम पर इन्हें चार चीज़ों के प्रति घृणा करना सिखाया जाता है। पहला, मुसलमान। दूसरा वामपन्थ। तीसरा नेहरू परिवार और चौथा ईसाई। सिखाते तो यहाँ दलितों और गाँधी के प्रति भी हैं लेकिन उतना खुलकर नहीं, जितना बाक़ी के प्रति खुलकर सिखाया जाता है। इस घृणा को मज़बूत करने के लिए यहाँ जिस तरह के कुतर्कों और तथ्यहीनता का उपयोग किया जाता है, वह इतना हास्यास्पद होता है कि उसका कोई जवाब नहीं। इस घृणा की सूची में कुछ नयी चीज़ें भी शामिल की गयी हैं। इनमें सबसे ऊपर है जेएनयू अर्थात जवाहरलाल नेहरू विश्वविद्यालय, जामिया मिलिया इस्लामिया और अलीगढ़ मुस्लिम विश्वविद्यालय। जेएनयू के प्रति भरी गयी नफ़रत का तो आलम यह है कि अगर इन स्वयंसेवकों का बस चलता तो अब तक ये इसे नेस्तनाबूद कर चुके होते। इन घृणा करनेवालों में अशिक्षित और बेरोज़गार युवा स्वयंसेवक सबसे आगे मिलेंगे। अशिक्षा और बेरोज़गारी इस घृणास्पद राष्ट्रवाद की जैसे सबसे बड़ी ताक़त है।

मैं अपने इस विषय पर काम करने की सोच ही रहा था कि अरविन्द जैन ने यह नया विषय बता दिया। मैं आरएसएस पर तुरन्त काम करने में थोड़ा इसलिए भी हिचकिचा रहा था कि उन दिनों इस देश में नक़ली राष्ट्रवाद की उदण्डता अपने चरम पर थी। शाखामृगों की फ़ौज इस तरह बेक़ाबू हो चुकी थी, कि वे कहीं भी लिंचिंग और उत्पात मचाना शुरू कर देते। इसी बीच मेरे एक नये-नये राष्ट्रवादी मित्र ने मुझे सलाह दी कि आप अभी कुछ समय रुक जायें।

वैसे भी आप सरकारी नौकरी में हैं, ऐसे में इसको अभी स्थगित कर दें। मुझे अपने इस मित्र के तर्क में दम नज़र आया और मैंने यह योजना ठण्डे बसते में डाल दी, जो आज भी उसी बस्ते में पड़ी अपने बाहर आने के लिए फड़फड़ा रही है। इसीलिए मैंने कहा था कि कई बार आप करना कुछ और चाहते हैं और हो कुछ और ही जाता है। ऐसा ही कुछ इस बार भी हुआ।

इस तरह मैं अरविन्द जैन के सुझाय विषय पर जुट गया और धीरे-धीरे काम आगे बढ़ने लगा। मैंने किसी की कोई मदद नहीं ली। हालाँकि शुरू में कथा बुनने और उसे आगे बढ़ने में बड़ी परेशानी हुई, लेकिन बाद में घटनाएँ और पात्र मुझे अपने आप रास्ता दिखाते हुए जैसे मेरे आगे-आगे चलने लगे। उपन्यास पूरा होने के बाद इसके शीर्षक को लेकर काफ़ी माथापच्ची करनी पड़ी। छल, कुदाँव, कुघात, फंद, वंचना जैसे शीर्षकों पर विचार किया। एक बार तो अमीर ख़ुसरो की कविता *काहे को ब्याहे बिदेस,* जो बेटी की विदाई के अवसर से जुड़ी है और आज भी बेहद लोकप्रिय है, उसके हर छन्द में आने वाली पंक्ति *अरे, लखिय बाबुल मोरे* को रखने का मन बना लिया था। लेकिन अरविन्द जैन ने इसे सिरे से ख़ारिज कर दिया। मुझे भी लगा कि यह शीर्षक ठीक नहीं है। मेरे दूसरे उपन्यास का शीर्षक भी तो लगभग ऐसा ही यानि *बाबल तेरा देस में* है। इस उपन्यास के शीर्षक को देख और पढ़कर बहुत से पाठक ही नहीं लेखकों-आलोचकों को लगता है मैंने इसे ग़लत लिखा है। वास्तव में यह 'बाबुल तेरे देश में' होना चाहिए था। इसलिए उपन्यास सामने होने के बावजूद अधिकतर हिन्दी के पाठक/लेखक इसे बाबल तेरा देस में के बजाये बाबुल तेरा देश में या बाबुल तेरे देश में लिखते हैं। परन्तु कई विद्वानों से विचार-विमर्श के बाद सहमति *वंचना* पर बनी। वंचना वास्तव में छल, कुदाँव, कुघात, फंद का ही समान्तर शब्द है। चूँकि जो क़ानून एक स्त्री की सुरक्षा के लिए बनाये गये हैं, वे ही किस तरह उसके विरुद्ध इस्तेमाल होते हैं, यानि किस तरह उसे इनके माध्यम से छला जाता है, उसके साथ धोखा किया जाता है—*वंचना* उसी स्त्री की कथा है।

इस तरह सातवें उपन्यास *वंचना* को 20 दिसम्बर, 2018 को अन्तिम रूप दे दिया गया। चूँकि यह उपन्यास स्त्री-सम्बन्धी क़ानूनों के जानकार और अधिवक्ता अरविन्द जैन द्वारा प्रोत्साहित करने के बाद लिखा गया था। इसलिए कहीं भी भेजने से पूर्व मैंने जैन साहब से ही इसे पढ़वाना उचित समझा और उनसे बात कर 21 दिसम्बर को मैंने इसकी वर्ड फ़ाइल उन्हें मेल कर दी। जैसाकि मैं बता चुका हूँ इससे पहले लिखे गये उपन्यास *सुर बंजारन* को मैंने हाथ से काग़ज़ पर

लिखने के बाद इसका अन्तिम ड्राफ्ट यूनीकोड में डेस्क टॉप पर तैयार किया था। *वंचना* मेरी दूसरी ऐसी कोई कृति है। जिसे मैंने लैपटॉप पर लिखा था। इसके बाद सारा काम मैंने लैपटॉप अथवा डेस्क टॉप पर ही करना शुरू कर दिया था।

अरविन्द जैन ने इसे तसल्ली से पढ़ा और लगभग दो महीने बाद अपनी तरफ़ से ओके कर दिया।

मुझे लगता है कि अपनी कृति अथवा रचना तैयार करने के बाद हर लेखक (कुछ अपवादों को छोड़कर) को यह लगता होगा कि उसे प्रकाशित करेगा कौन? इसलिए अरविन्द जैन से ओके होने के बाद एक नयी दुविधा ने घेर लिया और यह दुविधा थी कि इसे *हलाला* और *सुर बंजारन* को प्रकाशित करनेवाले वाणी प्रकाशन को ही दिया जाये, या फिर से राजकमल प्रकाशन से बात की जाये? जैसाकि विदित है 2014 में राजकमल प्रकाशन से प्रकाशित मेरे चौथे उपन्यास *नरक मसीहा* के उपरान्त मेरी कुछ कटु आपत्तियों, असहमतियों और अपने प्रति होने वाले तथाकथित भेदभाव ने मेरे विरुद्ध राजकमल प्रकाशन में एक दुर्भावनापूर्ण वातावरण बना दिया गया था। मेरी इन असहमतियों का असर यह हुआ कि नैया की नवजागरण कालीन लेखिकाओं की कहानियों के एक संकलन के लिए जो कहानियाँ दी गयी थीं, उन्हें तो लौटाया गया ही बल्कि *नरक मसीहा* के बाद लिखा गया पाँचवाँ उपन्यास *हलाला* को भी अशोक माहेश्वरी जी ने लेने से इनकार कर दिया था। हालाँकि मुझे बेटी नैया की नवजागरण कालीन कहानियों को लौटाने की एक प्रतिशत भी आशा नहीं थी। आशा इसलिए नहीं थी कि ये आपत्तियाँ और असहमतियाँ किसी व्यक्ति ने नहीं, बल्कि राजकमल प्रकाशन के उस लेखक ने दर्ज कराई थीं, जिसके इससे पूर्व इस प्रकाशन से एक कहानी संग्रह और चार उपन्यास प्रकाशित हो चुके थे। इसलिए मेरी आपत्तियों और असहमतियों की क़ीमत चुकाने या ख़मियाजा भुगतने का असली हकदार था, तो वह भगवानदास मोरवाल था, न कि उसकी बेटी डॉ. नैया, जिसकी स्वीकृत सामग्री को लौटा दिया गया था।

कहने का आशय यह है कि लगभग चार वर्षों के बाद पुनः 'घर वापिसी', वह भी तब लेखक और प्रकाशक के बीच भरोसे की खाई काफ़ी गहरी जैसी हो गयी थी, का फ़ैसला लेना बड़ा मुश्किल था। हालाँकि वाणी प्रकाशन से मुझे किसी तरह की शिकायत नहीं थी, वापस राजकमल में लौटने का एक ही कारण था कि भिन्न प्रकाशनों के बजाय यदि एक लेखक की पुस्तकें या कृतियाँ एक ही प्रकाशन से आयें, तो मैं इसे ज़्यादा उचित मानता हूँ।

मैंने इस बारे में बहुत विचार किया कि कैसे अशोक माहेश्वरी से इस बारे में बात की जाये? बहुत सोच-विचार के बाद यह तय किया कि एक पुराना लेखक होने के नाते मुझे सीधे अशोक जी से ही बात करनी चाहिए। अगर उनके मन में मेरे प्रति किसी तरह का कोई पूर्वग्रह या दुराग्रह होगा तो उसका भी पता चल जायेगा। वैसे पिछले इन चार वर्षों में किसी-न-किसी बहाने अशोक जी से बातें होती रहती थीं। यही सोचकर 28 फ़रवरी, 2019 को रात 9 बजे के थोड़ी देर बाद अर्थात जिस दिन राजकमल प्रकाशन का स्थापना दिवस होता है, मैंने अशोक माहेश्वरी जी को यह मेल किया—

प्रिय भाई अशोक जी,

सबसे पहले राजकमल प्रकाशन के 70वीं सालगिरह की बेहद बधाई। साथ में राजकमल रूपी इस बरगद की शाखाओं में चार नयी शाखाओं (साहित्य भवन, पूर्वोदय प्रकाशन, रेमाधव और सारांश) के जुड़ने की भी शुभकामनाएँ।

आपको सूचित करते हुए हर्ष हो रहा है कि इधर हाल में मैंने अपना नया और सातवाँ उपन्यास पूरा किया है। यह उपन्यास स्त्री-सम्बन्धी क़ानूनों को केन्द्र में रखकर लिखा गया है। अगर आपको लगता है कि यह उपन्यास राजकमल प्रकाशन द्वारा प्रकाशित होना चाहिए तो मुझे भी इसकी हार्दिक प्रसन्नता होगी। आपके उत्तर की प्रतीक्षा रहेगी।

एक बार फिर से राजकमल प्रकाशन के 70वीं सालगिरह की बधाई के साथ।

जब दो-तीन दिन तक अशोक जी की तरफ़ से कोई उत्तर नहीं आया, तब मैंने उन्हें फोन किया और अपने नये उपन्यास के बारे में बताया। अशोक जी बोले, "मैंने आपका मेल पढ़ लिया था। आजकल में मैं आपको उसका उत्तर देने ही वाला था। आप मुझे उसकी वर्ड फ़ाइल तुरन्त भेज दीजिए!"

मुझे जैसी आशंका थी ऐसा कुछ नहीं हुआ। अशोक माहेश्वरी ने बिना किसी लाग-लपेट के तुरन्त उपन्यास भेजने के लिए कह दिया। इसके बाद मैंने 4 मार्च, 2019 सोमवार को वर्ड फ़ाइल उन्हें मेल कर दी।

बहुत सोच-विचार के बाद लिया गया यह निर्णय कि एक पुराना लेखक होने के नाते मुझे सीधे अशोक जी से बात करनी चाहिए, यह युक्ति काम कर गयी। सचमुच अशोक जी के मन में मेरे प्रति ऐसा कोई मैल नहीं था। मैं यह मानता ही नहीं जानता भी था कि 2014 में राजकमल प्रकाशन से प्रकाशित मेरे चौथे उपन्यास *नरक मसीहा* के बाद मेरी आपत्तियों और असहमतियों ने

मेरे विरुद्ध राजकमल प्रकाशन में जो दुर्भावनापूर्ण वातावरण बनाया गया था, उसकी पटकथा किसी और ने तैयार की थी। दूसरे शब्दों में कहूँ तो इसका निर्माता-निर्देशक कोई और था। अशोक जी ने तो इस मामले को दबाने और निपटाने की बहुत कोशिश की थी लेकिन मैं ठहरा निरा मेवाती। अपनी हठ और ज़िद के लिए एक मेवाती किसी भी हद तक जा सकता है, भले ही उसे इसका कितना भी नुक़सान उठाना पड़ जाये। इसीलिए इसी हठ के बारे में मेवात में यह दोहा बहुत मशहूर है कि–

तीन कौम अळबी चलाँ, अळबी इनकी टेव
हटकारा सू ना हटाँ; गधा, भेंस और मेव।

(अळबी : टेढ़ी , टेव : तासीर)

इसी दौरान अक्टूबर महीने में *वनमाली सृजनपीठ,* भोपाल ने वर्ष 2019 के अपने वनमाली कथा सम्मानों की घोषणा कर दी। हर दूसरे वर्ष प्रदान किये जानेवाले अपने पिछले पुरस्कारों की तरह इस वर्ष का *वनमाली शिखर कथा सम्मान 2019* के लिए कथाकार प्रियंवद तथा असली *वनमाली कथा पुरस्कार* रणेन्द्र को देने की घोषणा की गयी। जबकि आश्चर्यजनक रूप से *वनमाली विशिष्ट कथा पुरस्कार* के लिए मेरे नाम की घोषणा की गयी। जबकि इससे पहले उसी साल 2 व 3 नम्बर, 2019 को आयोजित होने वाले *साहित्य आजतक* की भी घोषणा हो चुकी थी। भोपाल में 7 से 10 नवम्बर, 2019 तक चलने वाले *विश्वरंग* के दौरान 10 नवम्बर को *टैगोर इंटरनेशनल लिटरेचर एंड फेस्टिवल* के समापन समारोह में भोपाल के मिंटो हॉल इंटरनेशनल कन्वेंशन सेंटर में सुबह 10 बजे वनमाली पुरस्कार प्रदान किये जाने थे।

इन दोनों आयोजनों को ध्यान में रखते हुए मैंने अशोक माहेश्वरी जी से आग्रह किया कि अगर *वंचना* का प्रकाशन *साहित्य आजतक* से पूर्व हो जाये, तो इसमें उसके लोकार्पण का प्रयास किया जा सकता है। इसके अलावा भोपाल में आयोजित होने वाले *विश्वरंग* में भी ऐसा ही कुछ किया जा सकता है। अशोक जी को यह बात जँच गयी और उन्होंने इसकी प्रकाशन सम्बन्धी प्रक्रिया तेज़ करवा दी। जैसे-जैसे *साहित्य आजतक* की तारीख़ नज़दीक आने लगी, मैं अशोक जी से इसकी प्रकाशन सम्बन्धी प्रगति के बारे में पूछता रहा। हर बार अशोक जी अपनी आदत के अनुसार बड़े निस्पृह भाव से कहते आप निश्चिन्त रहिए, समय पर उपन्यास आ जायेगा। लेकिन मेरी चिन्ता तब बढ़ने लगी, जब *साहित्य आजतक* शुरू होने में कुछ रोज़ रह गये और उपन्यास का कुछ अता-पता नहीं था।

मेरी इस चिन्ता का एक कारण यह भी था कि 3 नवम्बर को *साहित्य की बेड़ियाँ* विषय पर होने वाले सत्र में इसके लोकार्पण की स्वीकृति मिल चुकी थी। इस सत्र में वरिष्ठ लेखिका निर्मला भुराड़िया, शरद सिंह और मेरे बीच चर्चा होनी थी। इसका संचालन *आजतक* के पत्रकार और इन दिनों न्यूज़ और मीडिया वेबसाइट *आर्टिकल 19 इंडिया* का संचालन कर रहे नवीन कुमार को करना था।

2 नवम्बर को *साहित्य आजतक* शुरू हो गया लेकिन अगले दिन 3 नवम्बर को लोकार्पित होने वाले उपन्यास *वंचना* की कोई ख़ैर-ख़बर नहीं। पूछता तो राजकमल प्रकाशन से यही आश्वासन मिलता कि चिन्ता न करें, कल उपन्यास का लोकार्पण हो जायेगा। जब-जब मुझे यह आश्वासन दिया जाता, मेरा डर तथा आशंका और बढ़ जाती कि क्या सचमुच कल अर्थात 3 नवम्बर को उपन्यास का लोकार्पण हो जायेगा?

इस बीच किसी को अन्दाज़ा नहीं था कि मेरा यह उपन्यास कहाँ से आ रहा है। यहाँ तक कि वाणी प्रकाशन को भी नहीं मालूम कि, मैंने अपना कोई उपन्यास राजकमल प्रकाशन को दे दिया है। इसलिए मैं एक शशोपंज में घिरता चला गया कि जब वाणी प्रकाशन को मेरे इस कृत्य के बारे में पता चलेगा, तो वे क्या सोचेंगे? मैं इसी उधेड़बुन में रहता कि किस तरह वाणी प्रकाशन तक यह बात पहुँचे कि मैंने अपना नया उपन्यास राजकमल प्रकाशन को दे दिया है। इसी उधेड़बुन के बीच 2 नवम्बर को मैं *साहित्य आजतक* साहित्योत्सव में चला गया। दोपहर के आसपास मैं उनके उस पण्डाल में बैठा हुआ था, जहाँ इसके आमन्त्रित लेखक, कलाकार बैठे हुए थे। मैं भी कुछ लेखक मित्रों के साथ बैठा हुआ था कि इसी बीच मेरे व्हाट्सएप पर एक सन्देश आया। मैंने सन्देश देखा तो पाया उसमें *वंचना* का आवरण है, जिसे मेरे अवलोकनार्थ भेजा गया था। आवरण तैयार होने के बावजूद मुझे अब भी यक़ीन नहीं हो रहा था कि कल 3 नवम्बर को इसका लोकार्पण हो जायेगा।

इसी बीच मुझे वाणी प्रकाशन तक यह सूचना भिजवाने की एक युक्ति सूझी कि यह उपन्यास राजकमल प्रकाशन से आ रहा। मेरा एक मित्र जो मेरे बग़ल में बैठा किसी से बतिया रहा था, मैंने जानबूझ कर व्हाट्सएप पर आये आवरण को उसे दिखाते हुए कहा,"गुरु देखना कैसा आवरण है?"

आवरण देखते ही वह चकित होते हुए बोला,"यह नया उपन्यास है? कहाँ से आ रहा है?"

"राजकमल प्रकाशन से।" इतना कह मैं आवरण में ऐसे खो गया मानो मुझे अपने आसपास क्या हो रहा है, के बारे में कुछ नहीं पता है।

मैंने अपना काम कर दिया।

अचानक रात को साढ़े नौ बजे के लगभग मेरा मोबाइल घनघनाया। मैंने स्क्रीन पर उभरे नाम को देखा तो नाम देखते ही मैंने मन-ही-मन अपने आपसे कहा कि गुरु तरकीब काम कर गयी है।

"अरुण जी नमस्कार!" मैंने मोबाइल को कान से सटाते हुए बड़े भोलेपन के साथ अरुण माहेश्वरी को नमस्कार किया।

"सर, क्या आपने वो आरएसएस वाला उपन्यास 'वहाँ' दे दिया है?" अरुण जी ने हँसते हुए पूछा।

"यह वो नहीं दूसरा था। उसे तो मैंने अभी लिखना भी शुरू नहीं किया है।"

"इसे आपने हमें क्यों नहीं दिया?"

"मैंने आपसे पूछा तो था लेकिन आपने कोई रुचि ही नहीं दिखाई।"

"कब पूछा था?"

मैंने अरुण माहेश्वरी को दिन बता दिया कि मैं आपके पास कब आया था।

इसके बाद अरुण जी ने कुछ नहीं कहा।

मैंने शाम को एक बार फिर अशोक माहेश्वरी से पूछा कि उपन्यास की क्या स्थिति है, तो उन्होंने अपने उसी प्राचीन भाव के साथ कहा, कल लोकार्पण से पहले मिल जायेगा। इस भरोसे के बाद हारकर मैंने सब नियति पर छोड़ दिया।

साहित्य की बेड़ियाँ विषय पर होने वाले सत्र का समय दोपहर 1.30 बजे था, लेकिन अगले दिन 3 नवम्बर, 2019 को *साहित्य आजतक* के अन्तिम दिन मैं जल्दी पहुँच गया। इस जल्दी पहुँचने का कारण और बैचेनी दूसरी थी। शायद इसे आपको बताने की आवश्यकता नहीं है। मैं IGNCA अर्थात इन्दिरा गाँधी नेशनल सेंटर फ़ॉर द आर्ट्स में प्रवेश करने के बाद साहित्योत्सव के उस हिस्से में गया, जहाँ विभिन्न प्रकाशन गृहों के स्टाल्स लगे हुए थे। यहाँ मैं सीधा राजकमल प्रकाशन के स्टाल पर गया, तो मुझे दूर से वहाँ मौजूद अलिंद माहेश्वरी नज़र आ गये। मुझे देखते ही अलिंद धीरे-से मुस्करा दिया। लेकिन मेरी उनकी मुस्कान में कोई दिलचस्पी नहीं थी। मेरे कुछ भी कहने से पहले अलिंद माहेश्वरी ने सूचना दी कि उपन्यास आ गया है। इसके बाद अलिंद ने मेरे सामने ताज़ा-ताज़ा आये उपन्यास की

पैक की हुई प्रतियाँ रख दीं। मैं देर तक अपने हाथों में अपने उपन्यास को ले किसी नवजात शिशु की तरह सहलाता रहा। उपन्यास की प्रतियों को सहलाते हुए मानो मेरे सारे सन्ताप धुल गये। उपन्यास से उठती काग़ज़ और प्रिंटिंग इंक की सोंधी गन्ध नथुनों में उतरती चली गयी। सच कहूँ जब लेखक के हाथों में उसकी नयी कृति आती है, तो उससे उठती यह गन्ध किसी ताज़े फूल की ख़ुशबू में तब्दील हो जाती है। इस सोंधी गन्ध को लिए मैं अब दोपहर डेढ़ बजे का इन्तज़ार करने लगा।

बहरहाल, सत्र के मध्य में वरिष्ठ लेखिका निर्मला भुराड़िया, शरद सिंह, अलिंद माहेश्वरी और इसका संचालन कर रहे *आजतक* के पत्रकार और इन दिनों न्यूज़ और मीडिया वेबसाइट *आर्टिकल 19 इंडिया* के प्रमुख और पत्रकार नवीन कुमार के कर-कमलों द्वारा *साहित्य आजतक* में बड़ी ही सरलता के साथ *वंचना* का लोकार्पण हो गया।

मध्य प्रदेश की राजधानी में आयोजित होने वाले *विश्व रंग टैगोर इंटरनेशनल लिटरेचर एंड फेस्टिवल* का समापन और *वनमाली कथा सम्मान* पहले पूर्व राष्ट्रपति और भारत रत्न श्री प्रणव मुखर्जी के कर-कमलों द्वारा प्रदान किये जाने थे। लेकिन अन्तिम समय में पूर्व राष्ट्रपति के न आने के कारण समापन समारोह में मध्य प्रदेश की राज्यपाल आनंदी बेन पटेल द्वारा इन सम्मानों को प्रदान करने का निर्णय लिया गया।

इधर मध्य प्रदेश की राज्यपाल आनंदी बेन पटेल को समापन समारोह की मुख्य अतिथि बनाने, और उनके हाथों वनमाली कथा पुरस्कारों को प्रदान करने की घोषणा हुई, उधर *विश्वरंग* का हिन्दी के लेखकों/बुद्धिजीवियों द्वारा विरोध शुरू हो गया।

वरिष्ठ कवि मंगलेश डबराल ने इसके विरोध में 3 नवम्बर को अपनी फेसबुक वाल पर लिखा–

भोपाल में करोड़ों रुपये से होने वाले विश्वरंग में जिस तरह और जिस तादाद में संघ परिवार के लोग बुलाये गये हैं और आयोजन में जो विचार हीनता नज़र आती है, उसमें मैंने शामिल न होने का निर्णय किया है। देश आज जिन अँधेरी और दमनकारी ताक़तों के क़ब्ज़े में है और जो भीषण अशान्ति जगह-जगह फैला दी गयी है, उन्हें देखते हुए भी इस महा-आयोजन से दूर

रहना किसी भी रचनाकार का कर्त्तव्य होना चाहिए। ऐसा लगता है कि इस पूरे तामझाम का मक़सद साहित्य का उन्नयन नहीं बल्कि आयोजकों के विविध धन्धों का विस्तार है।

मंगलेश डबराल जी की इस पोस्ट के समर्थन में कई वरिष्ठ और नये लेखकों ने अपनी तीखी प्रतिक्रिया व्यक्त करनी शुरू कर दी। जैसे वरिष्ठ कवि असद ज़ैदी ने लिखा–

आपको जिस आयोजन में 'विचारहीनता' नज़र आती है मुझे तो वह सुविचारित नज़र आता है। हो सकता है आप euphemism से काम ले रहे हों! एक कुख्यात mafiosi और शैक्षिक जगत का लुटेरा क्यों ऐसे ही इतनी ज़हमत उठायेगा? वह एक फ़ासिस्ट षड्यन्त्रकारी है।

जबकि वरिष्ठ लेखक रमेश उपाध्याय ने कहा–

हम तो इससे पहले के लिट्फेस्टों से भी दूर ही रहे हैं, पर इससे तो दूर रहना ही काफ़ी नहीं, इसका तो बाक़ायदा विरोध होना चाहिए।

वहीं कवयित्री तेजी ग्रोवर ने लिखती हैं–

हम लोग तो कब के निकल चुके! पहले ठीक से पता न था। सन्तोष(!) है कि बहुत से मित्र समय रहते चेत गये। इस माफ़िया का बहिष्कार ज़रूरी था।

लेकिन कुछ हास्यास्पद प्रतिक्रियाएँ भी आयीं। हिन्दी के एक कवि रमेश प्रजापति यहाँ अपना अलग ही राग अलाप रहे थे। वे कहते हैं–

हम भी नहीं जा रहे हैं क्योंकि यहाँ पिछड़े वर्ग से किसी कुम्हार कवि को बुलाने की कोई परम्परा किसी भी साहित्यिक आयोजन में नहीं होती है...सब ईमानदार और मानवतावादी बनते हैं...किसी भी मतलब, किसी भी साहित्यिक आयोजन से है सर।

सबसे मज़ेदार यह था कि इस आयोजन का ऐसे-ऐसे साहित्यकारों ने बहिष्कार किया, जो इससे पूर्व समय-समय पर इस विश्वरंग के आयोजक साहित्यकार और शिक्षाविद् सन्तोष चौबे के संस्थानों से भरपूर लाभ लेने के साथ-साथ उपकृत होते रहे। इनमें सबसे बड़ी संख्या मध्य प्रदेश के लेखकों की है। हिन्दी का एक ऐसा पत्रकार और कवि भी इनमें शामिल था, जो अपनी पत्नी के साथ *वनमाली सृजन पीठ* द्वारा आयोजित एक आयोजन में शामिल होने गया। लेकिन आयोजन में शामिल होने के बजाय वह पूरे दिन उसी संस्थान की कार में भोपाल का भ्रमण करता रहा।

विश्वरंग के अन्तिम दिन 10 नवम्बर की सुबह दिये जाने वाले इन वनमाली कथा पुरस्कारों की पूरी तैयारी हो गयी। मंच पर लगी अतिथियों की कुर्सियों के बीच महामहिम राज्यपाल की कुर्सी लगा दी गयी। इस तरह देर तक महामहिम राज्यपाल का इन्तज़ार होता रहा कि कब वे आयें और कब समारोह शुरू किया जाये। इस दौरान राज्यपाल की कुर्सी कई बार आगे-पीछे, दायें-बायें होती रही। इस बीच अचानक भोपाल के मिन्टो हॉल इंटरनेशनल कन्वेंशन सेंटर में बैठे सैकड़ों दर्शकों ने देखा कि महामहिम राज्यपाल की कुर्सी हटा दी गयी है। इसका संकेत यही था कि महामहिम राज्यपाल नहीं आ रही हैं।

आपको बता दूँ कि *वनमाली कथा पुरस्कार 2019* के *वनमाली शिखर कथा सम्मान* से सम्मानित होनेवाले अग्रज कथाकार प्रियंवद पहले ही यह घोषणा कर चुके थे कि वे राज्यपाल के हाथों सम्मान ग्रहण नहीं करेंगे। इसलिए उनकी भावनाओं का सम्मान करते हुए उन्हें एक दिन पहले एक सत्र में सम्मानित कर दिया गया। अब आप सोच रहे होंगे कि राज्यपाल का अन्तिम क्षणों में आना कैसे रद्द हो गया? क्या कारण रहे होंगे? मैं आपकी स्मृति को दुरुस्त करते हुए बता दूँ कि समापन समारोह से एक दिन पूर्व अर्थात 9 नवम्बर, 2019 शनिवार की सुबह चीफ़ जस्टिस रंजन गोगोई की अध्यक्षता वाली पाँच जजों (जस्टिस शरद अरविन्द बोबड़े, जस्टिस धनंजय यशवन्त चन्द्रचूड, जस्टिस अशोक भूषण और जस्टिस अब्दुल नज़ीर) की विशेष बेंच ने सर्वसम्मति से विवादित स्थल पर राम मन्दिर बनाने के पक्ष में फ़ैसला सुनाया था। इस फ़ैसले के बाद राज्य की सुरक्षा-व्यवस्था को ध्यान में रखते हुए महामहिम राज्यपाल ने अन्तिम समय में आने का निर्णय टाल दिया। इस तरह *विश्वरंग* का यह समापन समारोह फ़ासिस्ट ताक़तों के हाथों में जाने से अन्तिम समय में बाल-बाल बच गया। महामहिम राज्यपाल के न आने से बक़ौल हिन्दी के बड़े कवि असद ज़ैदी एक कुख्यात mafiosi और शैक्षिक जगत का लुटेरा व एक फ़ासिस्ट षड्यन्त्रकारी की चाल असफल हो गयी। यह बात अलग है कि भोपाल और भोपाल के बाहर के जिन साहित्यकारों ने एक माफ़िया का बहिष्कार करने की खुलेआम अपील की थी, एक-एक कर वे सब इस माफ़िया से अपने कृत्य पर निर्लज्ज माफ़ी माँगते हुए देखे गये थे।

महाराष्ट के *सावित्रीबाई फुले पुणे विश्वविद्यालय,* पुणे के हिन्दी विभाग एवं भारत-अमेरिका के *हिन्दी संगम फ़ाउंडेशन* के संयुक्त तत्त्वावधान में 21-22 फ़रवरी, 2019 को आयोजित दो दिवसीय अन्तरराष्ट्रीय सम्मेलन के समापन-सत्र

के लिए डॉ. विजय कुमार रोडे और उस समय विभागाध्यक्ष डॉ. सदानन्द भोंसले की पहल पर मुझे भी आमन्त्रित किया गया था। बता दूँ डॉ. विजय कुमार रोडे अगस्त 2021 से हिन्दी विभाग के अध्यक्ष नियुक्त हुए हैं। यहीं औरंगाबाद से आये प्रो. अंबादास देशमुख, डॉ. माधव सोनटक्के, डॉ. संजय नवले और मुम्बई से डॉ. अनिल कुमार सिंह से मुलाक़ात हुई। हालाँकि डॉ. अनिल कुमार सिंह से मेरी पहली मुलाक़ात 2014 में पेण, ज़िला रायगढ़ (महाराष्ट्र) के *भाऊसाहेब नेने कला, विज्ञान और वाणिज्य महाविद्यालय* में 12-13 दिसम्बर को *महाराष्ट्र राज्य हिन्दी साहित्य अकादमी,* मुम्बई के सहयोग से सम्पन्न हुए महाविद्यालय के दो दिवसीय *रजत महोत्सवी वर्ष* तथा *महाराष्ट्र हिन्दी परिषद* के 22वें अधिवेशन में हो चुकी थी।

यहाँ से लौटने के बाद मेरी यह धारणा ध्वस्त हो गयी कि हिन्दी साहित्य केवल उत्तर भारत के पूर्वी उत्तर प्रदेश, बिहार, मध्य प्रदेश जैसे राज्यों के सहारे जीवित और बचा हुआ है। यहाँ आकर मैंने देखा कि यह हमारा कोरा भ्रम ही नहीं बल्कि कोरी ठसक है। जबकि महाराष्ट्र और दूसरे अहिन्दी भाषी राज्यों का योगदान इनसे कहीं ज़्यादा है। *महाराष्ट्र हिन्दी परिषद* मेरी नज़र में पूरे देश में एकमात्र ऐसी संस्था है, जो पूरे महाराष्ट्र के विश्वविद्यालयों तथा महाविद्यालयों के हिन्दी विभागों के प्राध्यापकों की संस्था है। इस परिषद की असली ताक़त *पुण्यश्लोक अहिल्यादेवी होल्कर सोलापूर विश्वविद्यालय* के पूर्व कुलपति डॉ. इरेश स्वामी, *राष्ट्रभाषा प्रचार समिति,* हैदराबाद के अध्यक्ष डॉ. चन्द्रदेव कवड़े, *शिवाजी विश्वविद्यालय,* कोल्हापुर के हिन्दी विभाग के पूर्व अध्यक्ष डॉ. पाण्डुरंग पाटील, *महाराष्ट्र हिन्दी परिषद* के पूर्व अध्यक्ष डॉ. मधुकर खराटे, पूर्व उपाध्यक्ष डॉ. अरुण घोघरे के अलावा असंख्य हिन्दी के वे प्राध्यापक हैं, जो सैकड़ों मील दूर आयोजित होने वाले इस परिषद के आयोजनों में अपने ख़र्चे से पूरे उत्साह के साथ शामिल होते हैं। इसी समारोह में *महाराष्ट्र हिन्दी परिषद* से जुड़े और मुम्बई से प्रकाशित पत्रिका *सृजन सन्दर्भ* के सम्पादक व *के.जे.सोमैया कालेज के एसोसिएट* के पूर्व प्रोफ़ेसर डॉ. सतीश पाण्डेय से भी पहली मुलाक़ात हुई। अगर महाराष्ट्र के हिन्दी विभागों और यहाँ के विद्यार्थियों के बीच एक लेखक के रूप में मेरी व्याप्ति का किसी को श्रेय जाता है, तो वह इसी *महाराष्ट्र हिन्दी परिषद* को जाता है।

महाराष्ट्र के रायगढ़ ज़िले के छोटे-से शहर पेण के इसी महाविद्यालय एवं महाराष्ट्र राज्य हिन्दी साहित्य अकादमी, मुम्बई के सहयोग से आयोजित दो दिवसीय रजत जयन्ती समारोह के उद्घाटन, तथा महाराष्ट्र हिन्दी परिषद के

22वें अधिवेशन में मुख्य अतिथि के रूप में मुझे शामिल होने के लिए जाना था। इस समारोह में *1980 के बाद हिन्दी साहित्य में ग्राम जीवन के विविध आयाम* विषय पर एक परिचर्चा भी थी।

महाविद्यालय के हिन्दी प्राध्यापक और इस अधिवेशन के स्थानीय संयोजक श्री देविदास क. बामणे, जिन्होंने अपने महाविद्यालय के इस रजत जयन्ती के लिए सम्पर्क कर मुझे आमन्त्रित किया था, उन्होंने बताया कि दिल्ली विश्वविद्यालय के *पी.जी.डी.ए.वी. कॉलेज* के हिन्दी विभाग के एक प्राध्यापक भी यहाँ आ रहे हैं। आप चाहें तो उनसे सम्पर्क कर लें। बामणे जी ने लगे हाथ मुझे उनका मोबाइल नम्बर भी दे दिया। आने से पहले मैंने इस प्राध्यापक से सम्पर्क किया और यह तय हो गया कि दिल्ली हवाई अड्डे पर उनसे मुलाक़ात होगी।

बहरहाल, 11 दिसम्बर, 2014 को दिल्ली हवाई अड्डे पर जब मेरी दिल्ली विश्वविद्यालय के उस प्राध्यापक से मुलाक़ात हुई, तो उनके साथ एक युवती भी थी। इस युवती को मैं आमन्त्रित अतिथि समझता रहा। मगर पेण पहुँचने तक बातों-बातों में पता चला कि यह युवती उसी प्राध्यापक के हिन्दी विभाग में तदर्थ शिक्षिका के रूप में पढ़ाती है। पेण पहुँचने के बाद हमें जिस *यात्री* नाम के लॉज में ठहराया जाना था, वहाँ पहले से अलग-अलग विश्वविद्यालयों और महाविद्यालयों के प्राध्यापक रुके हुए थे। स्थानीय भाऊसाहेब नेने कलाविज्ञान और वाणिज्य महाविद्यालय के हिन्दी प्राध्यापक और इस अधिवेशन के स्थानीय संयोजक देविदास बामणे जब हम तीनों को *यात्री* लॉज के कमरों को दिखा रहे थे, तब वह तदर्थ शिक्षिका कमरों को देख बहुत नाराज़ हो गयी। उसने इस लॉज में रुकने से साफ़ मना कर दिया। एक तदर्थ शिक्षिका हिन्दी के स्थाई अध्यापक पर ज़ोर डालने लगी कि हमें यहाँ से किसी दूसरे होटल में चलना चाहिए। अन्ततः वे दोनों उस लॉज से निकलकर किसी दूसरे होटल या लॉज में चले गये।

मुझे उन दिनों ऐसे आयोजनों में ठहरने-ठहराने की व्यवस्थाओं की अधिक जानकारी नहीं थी। हिन्दी विभाग का वह प्राध्यापक, जिससे इस आयोजन में आने से पहले मेरी केवल फोन पर बातें होती थीं, मैं अब तक उससे पूरी तरह परिचित हो चुका था। शाम को वह मिला तो बोला कि सर जिस होटल में हम दोनों गये हैं, वह इससे बहुत अच्छा और सस्ता है। आप भी वहीं चलिए। आप मेरे साथ मेरे कमरे में रुक जाना। चिन्ता मत करना उसका किराया मैं ही दे दूँगा। हालाँकि स्थानीय संयोजक देविदास बामणे ने मुझे रोका भी था,

पर मैंने उनकी नहीं सुनी। मुझे लगा कि जिस होटल में वे रुकने गये हैं, वह यहीं कहीं आसपास होगा। यही सोचकर मैं हिन्दी के इस प्राध्यापक की बातों में आ गया और अपना सामान उठा, उसके साथ चला गया।

जब मैं उसके साथ वहाँ पहुँचा तो देखा *ग्री गार्डन होटल* नाम का यह होटल पेण के बाहरी इलाक़े में हाईवे के किनारे है। शाम हो चुकी थी और अँधेरा होते-होते जिस समय मैं दिल्ली विश्वविद्यालय के कॉलेज के उस स्थायी हिन्दी प्राध्यापक के साथ इस दूसरे होटल में पहुँचा, तो हल्की बूँदाबाँदी शुरू हो चुकी थी। होटल में चारों तरफ़ सन्नाटा और सूनापन पसरा हुआ था। कहीं से यदा-कदा कोई आवाज़ आ जाती। सीलन के चलते अजीब-सी गन्ध पूरे होटल को अपनी गिरफ़्त में लिए हुई थी। होटल में दो कमरे बुक कराये गये—एक जिसमें मुझे और उस प्राध्यापक को ठहरना था, तथा दूसरा उस हिन्दी की तदर्थ शिक्षिका के नाम से था। जिस कमरे में मुझे उस प्राध्यापक के साथ रुकना था, मुझे लगा उसे उसने अपने नाम से बुक किया है। मगर बाद में मुझे पता चला कि वह मेरे नाम से बुक था। अपने नाम से उसने उस कमरे को बुक किया था जिसमें तदर्थ शिक्षिका को ठहराया गया था।

रुक-रुककर होती बूँदाबाँदी के बीच रात को लगभग 8 बजे हिन्दी विभाग का वह स्थायी प्राध्यापक बोला कि मोरवाल जी, 'उसकी' थोड़ी तबियत ख़राब है, इसलिए मैं कुछ देर के लिए 'उसके' पास हो आता हूँ। थोड़ी देर में आ जाऊँगा। इसके बाद हिन्दी विभाग का वह प्राध्यापक ऐसा गया कि रात के दस तो क्या, बारह बजे तक नहीं लौटा। बल्कि पूरी रात नहीं आया। उसे लगा था कि मैं सो जाऊँगा। *ग्री गार्डन होटल* नाम के उस सुनसान भुतहा होटल में एसी चलने के बावजूद मुझे पूरी रात नींद नहीं आयी। मैंने उस कमरे में जाना उचित नहीं समझा, जिसमें वह स्थायी प्राध्यापक गया था। जैसे-तैसे सुबह हुई मैंने कमरे से निकल कर इधर-उधर देखा, तो पाया एक कमरे में कुछ लोग ठहरे हुए हैं। उनमें से एक व्यक्ति ने सफ़ेद रंग का स्पोर्ट्स सूट पहना हुआ था। मुझे लगा यह कोई स्थानीय क्रिकेट टीम है जो यहाँ रुकी हुई है। यही सोचकर मैं बाहर चाय पीने आ गया। थोड़ी देर में वही व्यक्ति जिसने सफ़ेद रंग का स्पोर्ट्स सूट पहना हुआ था, और जिसे मैं उस टीम का कोच समझ रहा था, वह भी चाय पीने आ गया। जब तक चाय बनती हम दोनों अपरिचित आपस में एक-दूसरे को देखते रहे। चाय बनने के बाद हमने चाय ली, तो उसी कोच ने पूछा, "आप भी क्या भाऊ साहेब कॉलेज के लिए आये हैं?"

"जी हाँ।" मैंने उत्तर दिया।

"हम भी उसी के लिए आये हैं। हम यहाँ रात को आ गये थे। देर हो गयी थी, इसलिए इसी होटल में रुक गये। आपका नाम?" उसने पूछा।

मैंने जैसे ही नाम बताया, वह हँसते हुए बोला, "मैं अशोक धुलधुले। सर, आपसे तो बात होती रहती है।"

"कॉलेज कितनी देर में चलोगे?" मैंने पूछा।

"बस, थोड़ी देर में हम जानेवाले हैं।"

डॉ. अशोक धुलधुले ने जैसे ही कहा कि वे कॉलेज जाने वाले हैं मैंने दिल्ली विश्वविद्यालय के उस हिन्दी प्राध्यापक से कहा कि मैं वापिस उसी होटल में जा रहा हूँ। मेरे इतना कहने पर वह बड़े ही निस्पृह भाव से बोला कि आप जाइए। हमें अभी अलीबाग बीच जाना है। मैंने अपना बेग उठाया और वापिस *यात्री* लॉज में पहुँच गया। मैंने वापस जाकर बामणे जी को बताया कि मैं वापिस आ गया हूँ तो वे बड़े ख़ुश हुए। इसी दौरान बामणे जी ने रहस्योद्घाटन किया कि मोरवाल जी, हमने तो केवल इस हिन्दी प्राध्यापक को बुलाया था, पता नहीं साथ में यह किसे ले आया। उसके बाद पूरे अधिवेशन में न तो वह स्थायी हिन्दी प्राध्यापक कहीं नज़र आया, न ही उसके विभाग में पढ़ाने वाली वह तदर्थ शिक्षिका, जिसे पेण जैसे छोटे शहर का यह मामूली लॉज पसन्द नहीं आया था। इस घटना को आज जब-जब याद करता हूँ तो अपने हिन्दी विभागों की उन सरस सलिल कथाओं की याद ताज़ा हो उठती है, जिनकी चर्चाएँ अक्सर हमें सुनने को मिलती रहती हैं।

जिस *यात्री* लॉज में मैं रुका हुआ था वहीं कुछ लोगों से परिचय हुआ। इनमें उस समय के *महाराष्ट्र हिन्दी परिषद* के उपाध्यक्ष डॉ. अरुण घोगरे, *सृजन सन्दर्भ* पत्रिका के सम्पादक डॉ. सतीश पाण्डेय और महाराष्ट्र हिन्दी परिषद के अध्यक्ष डॉ. मधुकर खराटे थे। यह उसी आत्मीय मुलाक़ात का परिणाम था कि सृजन और शोध की पत्रिका *सृजन सन्दर्भ* के सम्पादक व के.जे.सोमैया कालेज के एसोसिएट प्रोफ़ेसर डॉ. सतीश पाण्डेय ने मेरे कथा-लेखन पर अपनी पत्रिका का एक अंक प्रकाशित करने का प्रस्ताव रखा। मुझे इसमें भला क्या आपत्ति होती। मैंने अपनी स्वीकृति प्रदान कर दी। इस तरह लगभग एक वर्ष बाद अर्थात *सृजन सन्दर्भ* का जनवरी-जून 2015 का *कथाकार भगवानदास मोरवाल पर केन्द्रित* अंक प्रकाशित होकर आया।

इसी पेण के भाऊसाहेब नेने कला, विज्ञान और वाणिज्य महाविद्यालय में मेरी मुलाक़ात *सन्त गाडगे बाबा अमरावती विश्वविद्यालय,* अमरावती के डॉ. अरुण घोगरे से भी हुई थी। बातों-बातों में उन्होंने मुझसे बी.ए. के बच्चों

के लायक एक छोटी कहानी माँगी। उनके आग्रह पर मैंने उन्हें अपनी एक कहानी *लक्ष्मण रेखा* भेज दी। कुछ महीनों के बाद उन्होंने मुझे सूचित किया कि 2017-18 के सत्र से सन्त गाडगे बाबा अमरावती विश्वविद्यालय, अमरावती के बी.कॉम. प्रथम वर्ष, हिन्दी (अनिवार्य) के गद्य खण्ड के अन्तर्गत मेरी वह कहानी पाठ्यक्रम में लगाई गयी है। अगस्त 2017 के मध्य में उन्होंने मुझे एक छोटी-सी पुस्तक भेजी। *राघव पब्लिशर्स एंड डिस्ट्रीब्यूटर्स,* नागपुर से *गुंजन* शीर्षक से प्रकाशित यह वह पुस्तक थी जिसे बी.कॉम. प्रथम वर्ष, हिन्दी (अनिवार्य) के पाठ्यक्रम में शामिल रचनाओं के संग्रह के रूप में तैयार किया गया था। राघव पब्लिशर्स एंड डिस्ट्रीब्यूटर्स, नागपुर से प्रकाशित इस पुस्तक के सम्पादक डॉ. अरुण घोगरे और *श्रीमती केशरबाई लाहोटी महाविद्यालय,* अमरावती के सहायक प्रोफ़ेसर डॉ. तीर्थराज राय थे। यह पहला अवसर था जब मेरी किसी रचना को किसी विश्वविद्यालय के किसी पाठ्यक्रम में शामिल किया गया था। बता दूँ *लक्ष्मण रेखा* कहानी 10 मई, 1987 को दैनिक *हिन्दुस्तान* के रविवासरीय अंक में, जिन दिनों वरिष्ठ गीतकार विजय किशोर मानव इस पृष्ठ को देखते थे, उन्होंने प्रकाशित की थी। यह कहानी पहले मेरे दूसरे कहानी संग्रह *सूर्यास्त से पहले* (लोक प्रकाशन, 1990) में संकलित थी। बाद में इसी शीर्षक से 2010 में प्रवीण प्रकाशन के सहयोगी प्रकाशन *सनफ्लावर बुक्स* से संग्रह भी प्रकाशित हुआ। दिनमान प्रकाशन से प्रकाशित *सिला हुआ आदमी* (1986), लोक प्रकाशन से *सूर्यास्त से पहले* (1990), प्रवीण प्रकाशन से प्रकाशित *अस्सी मॉडल उर्फ़ सूबेदार* (1993, 1997), *लक्ष्मण रेखा* (2010) संग्रहों की सारी तथा अस्सी और नब्बे के दशक की वे सारी कहानियाँ हैं, जो किसी संग्रह में शामिल करने लायक नहीं थीं वर्ष 2021 में *हंस* प्रकाशन से प्रकाशित *धूप से जले सूरजमुखी* तथा *महराब और अन्य कहानियाँ* संग्रह में संकलित हैं। एक जगह इन सारी कथित-तथाकथित कहानियों को अन्तिम दो संग्रहों (*धूप से जले सूरजमुखी* तथा *महराब और अन्य कहानियाँ*) में शामिल करने के पीछे कारण यह था कि पाठकों व शोधार्थियों को एक लेखक की कथायात्रा का पता चल सके। दूसरा बड़ा कारण था इनकी अनुपलब्धता।

सावित्रीबाई फुले पुणे विश्वविद्यालय के दो दिवसीय अन्तरराष्ट्रीय सम्मेलन के दौरान डॉ. अनिल कुमार सिंह ने मुझसे कहा कि सर, आपके उपन्यास बड़े मोटे-मोटे होते हैं। कई बार हम चाहते हुए भी उन्हें पाठ्यक्रम में नहीं लगा सकते। इसलिए कोई छोटा उपन्यास लिखिए।

दिल्ली लौटने पर मैंने डॉ. अनिल कुमार सिंह के सुझाव पर बड़ी गम्भीरता से विचार किया। वैसे भी *वंचना* को मार्च 2019 में राजकमल प्रकाशन में प्रकाशन हेतु दे चुका था। मेरे पास करने को अभी कुछ नहीं था, और जिस पर विचार बन रहा था उसमें बहुत तैयारी और शोध की ज़रूरत थी। हालाँकि मैं उस पर भी साथ-साथ काम कर रहा था। डॉ. अनिल कुमार सिंह की सलाह पर मैंने अपने आपको एक तरह से तैयार कर तो लिया, लेकिन परेशानी मेरे सामने यह आ खड़ी हुई कि आख़िर इसको मैं कैसे तय करूँगा कि यह उपन्यास कितने पृष्ठों का होगा। रचना है जब तक वह लेखक के आगे-आगे चलती रहेगी, तब तक वह भी पीछे-पीछे चलता रहेगा। वैसे भी इतिवृत्तात्मकता मेरे उपन्यासों में इतनी होती है कि वह कितना बड़ा होगा, बताना मुश्किल होता है। लेकिन उपन्यास छोटा होना चाहिए, यह इसकी प्रथम शर्त थी।

बहरहाल, बड़े चिन्तन-मनन के बाद एक विषय तय कर अपने 8वें उपन्यास पर काम शुरू कर दिया। मेरी रचना-प्रक्रिया का एक महत्त्वपूर्ण हिस्सा होता है, उसका शीर्षक। मैं कई बार पहले चुने गये कथानक के अनुसार रचना शुरू कर, अन्त में उसको शीर्षक देता हूँ। और कई बार कथानक तथा शीर्षक तय करने के बाद लिखना शुरू करता हूँ। रचना शुरू करने से पूर्व शीर्षक तय करने का लाभ यह होता है कि रचना बेक़ाबू नहीं होती है। उसके पात्र अपनी परिधि में रहकर कभी वे लेखक को डिक्टेट करते हैं, तो कभी लेखक उन्हें डिक्टेट करता है। कहने का आशय यह है कि ये दोनों प्रक्रियाएँ साथ-साथ चलती हैं। हाँ, एक बार रचना को जब सही दिशा और रास्ता मिल जाता है, तो उसे ज़बरन हाँकने की ज़रूरत नहीं पड़ती है। वह अपना मार्ग ख़ुद बनाना शुरू कर देती है।

इन्हीं सब सीमाओं को ध्यान में रख कर इस उपन्यास को सौ-सवा सौ पृष्ठों के बीच रखना है, सबसे पहले इसकी आउटलाइन तैयार की। इसके बाद पात्रों का चयन किया और फिर धीरे-धीरे कछुए की चाल से वह आगे बढ़ने लगा। कथानक रखा भारतीय समाज में बेटियों के प्रति बदलती मानसिकता और उसका शीर्षक रखा *शकुंतिका*। हालाँकि इसे अन्तिम रूप देने से पहले कालकण्ठ, कुलिंग, पतंगिनी, शकुनिका, शकुनी जैसे शीर्षकों पर भी विचार किया। गौरैया या चिड़िया रखने का तो इसलिए प्रश्न नहीं उठता था कि इससे कथानक पहले ही खुलने लगता है। और फिर वह शीर्षक ही क्या जिसका अर्थ पाठक के देखते ही समझ में आ जाये।

शकुंतिका! आप सोचेंगे यह क्या शीर्षक हुआ? क्या अर्थ हुआ इसका? इस उपन्यास को पढ़ने के बाद कई पाठकों ने मुझसे इसका अर्थ पूछा था। जैसाकि मैंने बताया कि भारतीय समाज में बेटियों के प्रति बदलती मानसिकता को लेकर मैं यह उपन्यास लिखना चाहता था, और आप जानते हैं कि बेटियों को हम चिड़ियों की मानिंद मानते हैं। उनकी चहचहाहट से किस तरह पूरा घर-आँगन गूँजता रहता है इसका अहसास तब होता है जब वे एक-एक कर वहाँ से उड़ जाती हैं। अमीर ख़ुसरो ने ऐसे ही नहीं लिखा होगा–

ख़्वाजा जी
सुन ली हमरे जियरा की पीर
अँखियों से बहे है नीर
काहे को ब्याहे बिदेस,
अरे लखियन बाबुल मोहे।

हम तो बाबुल तोरे आँगन की चिरिया
अरे चुगे, पिये, उड़ जाये,
लखिया बाबुल मोरे,
काहे को ब्याहे बिदेस।

शकुंतिका, दरअस्ल इसी चिड़िया या कह लीजिए गौरैया का समान्तर शब्द है।

कहा जाता है कि लेखक को अपने रचना-कर्म के दौरान बहुत निष्ठुर और निर्मम होना चाहिए। उसे उस समय भावुकता से बचना चाहिए। परन्तु ऐसा होता नहीं है। होता इसलिए नहीं है कि आख़िर वह भी एक इन्सान होता है। उसकी भी अपनी संवेदनाएँ होती हैं। इस उपन्यास को लिखने के दौरान कई पल ऐसे आये जब मैं ख़ुद अपनी आँखों को गीला होने से रोक नहीं पाया था। इसका एक कारण है और वह यह कि हम पति-पत्नी की एक कामना यह थी कि काश एक पोती हमारे घर में भी होती। अपने दोनों पोतों के जन्म से पहले हमने बड़ी दुआयें और मन्नतें माँगीं कि एक पोती आ जाये बस। लेकिन हमारी यह आस तब टूट गयी जब दोनों पोते आ गये। इसलिए इसमें दादा-दादी अर्थात दशरथ-भगवती नाम के पात्रों में हमें अपना ही अक्स नज़र आता है। मेरे लिए इस उपन्यास में सबसे कठिन दृश्य वह था जब दशरथ-भगवती अपने दूसरे निःसन्तान बेटे को एक अनाथाश्रम से, अपनी पड़ोसन दुर्गा की सलाह पर बच्ची गोद लेने जाते हैं। वही बच्ची पीहू जब विदेश से एक बार अपने दोस्तों के साथ

भारत अपने घर आती है और पूरे परिवार को भ्रमण के बहाने उसी आश्रम में ले जाती है। वहाँ वह उस जगह को जाकर देखती है जहाँ वह एक सीलन भरे कमरे में एक तरफ़ अकेली पड़ी होती थी। सचमुच इस दृश्य की कल्पना और उसे चित्रित करते समय जो छटपटाहट और बेचैनी मैंने महसूस की, आप उसकी कल्पना नहीं कर सकते।

इस उपन्यास की इस पात्र पीहू का नाम सुनकर शायद आपकी स्मृतियों में वर्ष 2019 में सुर्ख़ियों में आये उस दुखद घटना की याद ताज़ा हो उठी होगी, जब राजस्थान के नागौर ज़िले के जायल क्षेत्र के बरनेल में कचरे के ढेर में कोई अपनी नवजात बेटी को फेंककर चला गया था। यह नाम और ज़्यादा सुर्ख़ियों में तब आया जब पत्रकार विनोद कापड़ी और साक्षी जोशी ने इसे गोद लेने की घोषणा कर इसका नाम पीहू रखा रखा था। बाद में इस नवजात को लाख कोशिशों के बावजूद बचाया नहीं जा सका था। सनद रहे विनोद कापड़ी 2018 में इसी *पीहू* शीर्षक से एक बेहद मार्मिक फ़िल्म भी बना चुके हैं। इस फ़िल्म के लेखक-निर्देशक के रूप में विनोद कापड़ी को राष्ट्रीय पुरस्कार भी मिला था। *शकुंतिका* की इस पात्र का नाम पीहू रखने की प्रेरणा मैंने राजस्थान के नागौर में घटी इसी घटना से ली थी, जहाँ एक नवजात कचरे के ढेर में मिलती है और जिसका पीहू नाम विनोद कापड़ी ने रखा था।

इस तरह यह उपन्यास का पहला ड्राफ़्ट जुलाई 2019 में पूरा हो गया। पूरा होने के बाद मैंने इसे एक बार फिर से पढ़ा। पढ़ने के बाद मैंने प्रकाशनार्थ से पहले इसे किसी से पढ़वाना उचित समझा। क़िससे पढ़वाना है, मुझे उस पाठक को खोजने में अधिक परेशानी नहीं हुई। सोचा कि जिस व्यक्ति ने इसको लिखने के लिए प्रेरित कर इसे मुझसे लिखवाया, क्यों न उसी से पढ़वाया जाये। यही तय कर मैंने इसकी वर्ड फ़ाइल सोनू भाऊ बसवन्त कालेज, शाहपुर, मुम्बई के उसी हिन्दी विभाग के विभागाध्यक्ष एवं प्रोफ़ेसर डॉ. अनिल कुमार सिंह को 31 अगस्त, 2019 को इस सन्देश के साथ मेल कर दी, जिसने पाँच महीने पहले फ़रवरी 2019 में सावित्रीबाई फुले पुणे विश्वविद्यालय में मुझसे एक छोटा उपन्यास लिखने को प्रेरित किया था—

सर, जैसाकि आपने निर्देश दिया था कि एक छोटा-सा उपन्यास लिखा जाये। सो आपके आदेश का पालन करते हुए यह काम सम्पन्न हो गया है, जिसे आपके अवलोकनार्थ प्रेषित कर रहा हूँ। आप इसमें कुछ और सुझाव देना चाहें तो ज़रूर दीजिए। छपने से पूर्व अच्छा है यह काम हो जाये।

पहले ड्राफ्ट को पढ़ने के बाद डॉ. अनिल सिंह ने इसमें एक महत्त्वपूर्ण सुझाव दिया जिसने इस उपन्यास को और मार्मिक बना दिया। सुझाव यह था कि इस उपन्यास को थोड़ा वैश्विक बना दिया जाये। मैंने बहुत सोचा कि इसे कैसे वैश्विक बनाया जाये? दूसरा सुझाव यह था कि इसमें सिया, जिया, रिया और हिया पात्रों का नाम कुछ और कर दिया जाये क्योंकि आपस में ये भ्रम पैदा करने वाले नाम हैं। हालाँकि सच्चाई यह है कि ये नाम मैंने जान-बूझकर रखे थे। ताकि पाठक का ध्यान पात्रों के नामों के बजाय इस पर रहे कि ये लड़कियाँ हैं। मैंने इन पात्रों का नाम इसीलिए रखा था कि पाठक थोड़ा भ्रमित हो जाये। लेकिन डॉ. अनिल सिंह जी का कहना था कि पाठक इनमें उलझ जायेगा। मुझे उनके इस तर्क में दम नज़र आया। बाद में डॉ. अनिल सिंह के सुझाव पर इसमें जमकर हुई तोड़फोड़ के दौरान इनका नाम गार्गी, सिया, बुलबुल और पीहू कर दिया गया। इसे वैश्विक बनाने के लिए लेखक ने पीहू को अध्ययन के लिए विदेश (ऑस्ट्रेलिया) भिजवा दिया। सारे संशोधनों और डॉ. अनिल सिंह के सुझाव के अनुसार इस उपन्यास को 2019 के अक्टूबर के तीसरे सप्ताह में अन्तिम रूप दे दिया गया। पहले जहाँ यह ए-4 आकार में लगभग 98 पृष्ठों का था, अब यह 120 पृष्ठों का बन गया।

इस तरह अपने 8वें उपन्यास *शकुंतिका* को अन्तिम रूप देकर मैंने इसे एक तरफ़ रख दिया। चूँकि *वंचना* को मैं राजकमल प्रकाशन में उसी साल मार्च में दे चुका था और अभी वह प्रकाशन की प्रक्रिया में भी नहीं गया था, इसीलिए मैंने किसी से बात नहीं की। वैसे भी एक ही साल के अन्दर दो उपन्यासों का आना उचित नहीं होता। वास्तव में यह अगले वर्ष अर्थात 2020 के लिए लिखा गया था। चूँकि मुझे उम्मीद थी कि *वंचना* 2019 में प्रकाशित होकर आ जायेगा, इसलिए मैंने इसे वर्ष 2020 के लिए रख दिया।

वर्ष 2019 के अन्तिम महीने दिसम्बर की 30 तारीख़ का मुझे मेल से एक पत्र प्राप्त हुआ। यह पत्र महाराष्ट्र के जलगाँव ज़िले के पाचोरा शहर में स्थित *श्री शेठ मुरलीधरजी मानसिंगका कला, वाणिज्य एवं विज्ञान महाविद्यालय* में 10-11 जनवरी को आयोजित होनेवाले *महाराष्ट्र हिन्दी परिषद* के 27वें अधिवेशन तथा इस अवसर पर *हिन्दी साहित्य और हाशिए का समाज* विषय पर होनेवाली संगोष्ठी के निमन्त्रण के बारे में था। इस संगोष्ठी में महाविद्यालय के प्राचार्य व अधिवेशन कार्याध्यक्ष और उस बार के संयोजक तथा उसी महाविद्यालय में हिन्दी के प्राध्यापक डॉ. जिजाबराव पाटील मुझे विशेष अतिथि के रूप में आमन्त्रित करना चाहते थे। मैंने महाविद्यालय के इस निमन्त्रण को सहर्ष स्वीकार कर

उन्हें आने की सहमति प्रदान कर दी। मैं ही क्यों मेरी जगह हिन्दी का कोई भी लेखक होता, तो शायद ही इसे अस्वीकार करने की हिम्मत जुटा पाता। उस साल महाराष्ट्र हिन्दी परिषद के किसी अधिवेशन में मुझे दूसरी बार आमन्त्रित किया गया था। पहली बार मुझे 12-13 दिसम्बर, 2014 को महाराष्ट्र राज्य हिन्दी साहित्य अकादमी, मुम्बई के सहयोग से पेण, ज़िला रायगढ़ (महाराष्ट्र) के भाऊसाहेब नेने कला, विज्ञान और वाणिज्य महाविद्यालय के दो दिवसीय *रजत महोत्सवी* वर्ष के दौरान, इसी महाराष्ट्र हिन्दी परिषद के 22वें अधिवेशन में आमन्त्रित किया गया था।

श्री शेठ मुरलीधरजी मानसिंगका कला, वाणिज्य एवं विज्ञान महाविद्यालय में आयोजित होने वाले महाराष्ट्र हिन्दी परिषद के 27वें अधिवेशन के अवसर पर *हिन्दी साहित्य और हाशिए का समाज* विषय पर होनेवाली संगोष्ठी में मुझसे भी बोलने को कहा गया था। ऐसे अवसरों पर मेरे लिए सबसे मुश्किल काम यह होता है कि किसी विषय पर कोई आधा-पौना घण्टा बोलने को कहे तो मेरे पसीने छूटने लगते हैं। वह इसलिए कि बोलना या भाषण देना भी अपने आपमें एक कला है। इस कला में हमारे अध्यापकगण बड़े निष्णात और पारंगत होते हैं। क्योंकि उन्हें कक्षाओं में लगातार बोलने के कारण इसका अभ्यास होता है। इसलिए आम वक्ताओं की अपेक्षा अध्यापन से जुड़ा व्यक्ति किसी भी विषय पर जितना चाहे लम्बा बोल सकता है। मैंने परिषद के अध्यक्ष डॉ. मधुकर खराटे जी को एक सुझाव दिया कि मेरे भाषण के बजाय अगर एक लेखक के नाते बातचीत रखी जाये, तो यह कहीं ज़्यादा ठीक रहेगा। क्योंकि इस विषय पर मैं कितना बोलूँगा अधिक-से-अधिक पन्द्रह-बीस मिनट। इस पर डॉ. खराटे लगभग सहमत होते हुए बड़े खिलन्दड़पन के साथ बोले कि कर लेंगे। यह कोई बड़ी समस्या नहीं है। इसी के साथ मैंने उन्हें दूसरा सुझाव यह दिया कि अभी दो महीने पहले राजकमल प्रकाशन से मेरा नया उपन्यास आया है *वंचना*। अगर इस अवसर पर लोकार्पण के रूप में उसकी मुँह-दिखाई जैसी रस्म हो जाती तो अच्छा रहेगा। डॉ. मधु खराटे जी ने बातों-बातों में यह सूचना भी दी थी कि महाराष्ट्र हिन्दी परिषद के अधिवेशन के अवसर पर जलगाँव का *प्रशान्त पब्लिकेशन* यहाँ हिन्दी की पुस्तकें भी प्रदर्शित करेगा। इस पर मैंने डॉ. खराटे से कहा कि आप उस प्रकाशक को सुझाव दें कि वह *वंचना* की कुछ प्रतियों के साथ मेरी दूसरी पुस्तकों को भी प्रदर्शित करे।

इस तरह 10 जनवरी, 2020 को महाविद्यालय में आयोजित होने वाले महाराष्ट्र हिन्दी परिषद के इस अधिवेशन के अवसर पर, होनेवाली संगोष्ठी के

प्रारूप को उसी तरह रखा गया जैसा मैंने डॉ. खराटे जी को सुझाव दिया था। बातचीत से पूर्व दस-पन्द्रह मिनट इस विषय पर मुझसे बोलने का आग्रह किया गया और मैंने इस पर अपनी बात रखने का प्रयास भी किया था। इसके बाद बातचीत का सिलसिला शुरू हुआ। लेखक से यह बातचीत *कवयित्री बहिणाबाई चौधरी उत्तर महाराष्ट्र विश्वविद्यालय,* जलगाँव के *आर्ट्स, कॉमर्स एवं साइंस कॉलेज,* तलोदा (नन्दुरवार) में हिन्दी विभाग के डॉ. संजय शर्मा ने की। बता दूँ कंजर समुदाय के सामाजिक तानेबाने को केन्द्र में रखकर लिखा गया उपन्यास *रेत* इसी उत्तर महाराष्ट्र विश्वविद्यालय के एम.ए. (हिन्दी) पार्ट-1 में 2017-18 से 2020-21 तक पाठ्यक्रम में पढ़ाया ज़ाता था। बातचीत के दौरान लेखक से आमन्त्रित प्राध्यापकों ने प्रश्न भी किये। इसी दौरान *वंचना* का भव्य लोकार्पण भी हुआ। बातचीत वाला यह प्रयोग इतना सफल रहा कि अधिवेशन में भाग लेने आये सभी प्राध्यापकों और शोधार्थियों ने इसे बहुत पसन्द किया। कइयों ने तो यहाँ तक कहा कि हमने ऐसा प्रयोग पहली बार देखा है। इस बीच मैं महाविद्यालय के मुख्य द्वार पर लगे जलगाँव के प्रशान्त पब्लिकेशन के स्टाल पर गया, तो देखा मेरे लगभग सभी उपन्यास वहाँ मौजूद थे। *वंचना* की तो पन्द्रह-बीस प्रतियाँ वहाँ रखी हुई थीं। कई दिन बाद में मैंने उस प्रकाशक से पूछा कि मेरी कुछ पुस्तकें निकली भी थीं या नहीं। उसने मुझे बताया कि आपकी अस्सी के आसपास पुस्तकें यहाँ आनेवाले प्रतिनिधियों और शोधार्थियों ने ख़रीदी थीं। *वंचना* की प्रतियाँ तो कम ही पड़ गयी थीं। यह सूचना मेरे जैसे लेखक के लिए किसी ताज़ा हवा के झोंके से कम नहीं थी।

जिन दिनों महाराष्ट्र के इस छोटे-से शहर पाचोरा के *श्री शेठ मुरलीधरजी मानसिंगका कला, वाणिज्य एवं विज्ञान महाविद्यालय* में महाराष्ट्र *हिन्दी परिषद* का 27वाँ अधिवेशन चल रहा था, उन्हीं दिनों साहित्य और कला की मंडी व देश की राजधानी नयी दिल्ली के प्रगति मैदान में विश्व पुस्तक मेला 2020 (4 से 12 जनवरी) भी चल रहा था। पाचोरा के जिस होटल में मैं रुका हुआ था, उसी में महाराष्ट्र हिन्दी परिषद के कई सदस्य और उसके पदाधिकारी अर्थात हिन्दी विभागों के प्राध्यापक भी रुके हुए थे। शाम को मैं अपने कुछ अतिथि मित्रों के साथ बैठा हुआ था। बात हिन्दी साहित्य और साहित्यकारों की चल रही थी। इसी बीच बातों-बातों में सन्त गाडगे बाबा अमरावती विश्वविद्यालय, अमरावती के *बी. एस. पाटील महाविद्यालय,* परतवाड़ा के हिन्दी विभागाध्यक्ष डॉ. अरुण घोगरे बोले कि आज महाराष्ट्र में अगर हिन्दी का कोई लेखक सबसे अधिक जाना जाता है, तो वे मोरवाल जी हैं। डॉ. घोगरे की इस बात से महाराष्ट्र

के कई विश्वविद्यालयों और महाविद्यालयों के प्राध्यापकों ने भी सहमति व्यक्त की। फिर वे बोले किन्तु इनके उपन्यास बहुत मोटे-मोटे हैं। अगर इनका कोई छोटा उपन्यास होता तो इस साल वह कहीं-न-कहीं पाठ्यक्रम में लग सकता था। मुझे याद आया कि मैंने जब *शकुंतिका* को पूरा करने के बाद डॉ. अनिल कुमार सिंह को पढ़ने के लिए भेजा था, तो उसके कुछ महीने बाद उन्होंने एक दिन मुझसे पूछा था कि आपके उपन्यास का क्या हुआ? उनका आशय *शकुंतिका* से था। तब मैंने अनिल सिंह जी की बात पर कोई ध्यान नहीं दिया था। वैसे भी दो महीने पहले तो मेरा नया उपन्यास *वंचना* प्रकाशित हुआ है। इतनी जल्दी क्या है। वैसे भी इतनी जल्दी उसे कौन छाप देगा। लेकिन मैंने जब परिषद के प्राध्यापक सदस्यों के बीच हो रहे इस वार्तालाप के दौरान डॉ. अरुण घोगरे के मुँह से यह सुना कि यदि इनका कोई छोटा उपन्यास होता, तो इस साल पाठ्यक्रमों में लग सकता है, मैं इसके प्रकाशन के बारे में सोचने लगा। परन्तु संकट यह था कि इसे प्रकाशित करेगा कौन? राजकमल प्रकाशन से तो एकदम असम्भव है क्योंकि दो महीने पहले ही तो यहाँ से *वंचना* आया है।

अधिवेशन के पहले दिन 10 जनवरी को शाम सात बजते-बजते महाविद्यालय के प्रांगण में एकाएक गहमा-गहमी बढ़ने लगी। प्रांगण के एक तरफ़ बने स्थायी मंच की छत पर टँगे बल्बों से नीचे गिरते वृत्ताकार रोशनी के चकत्तों को देख मैं समझ गया कि किसी सांस्कृतिक कार्यक्रम की प्रस्तुति होने वाली है। अपने अनुमान की पुष्टि के लिए मैंने पता किया तो पता चला जलगाँव की *परिवर्तन नाट्य संस्था* मोहन राकेश के मशहूर नाटक *आधे अधूरे* के मराठी रूपान्तर *अपूर्ण अंक* का मंचन करने जा रही है। मेरे लिए यह एकदम सुखद और नयी सूचना थी कि *आधे अधूरे* का मराठी में मंचन होने जा रहा है। लेकिन नाटक से ज़्यादा मेरा कौतूहल यह देख-देखकर बढ़ रहा था कि, इस नाटक को देखने के लिए आने वाले दर्शकों में लगातार वृद्धि होती जा रही है। मेरी हैरानी तब और बढ़ गयी, जब मैंने देखा कि इनमें अधिकतर दर्शक आम गृहिणियाँ और वे लोग हैं, जिनके बारे में यह धारणा है कि इनका नाटक-मंचन से क्या लेना-देना। यह तो फिर भी हिन्दी के एक क्लासिक नाटक का मराठी रूपान्तर है।

आधे अधूरे के मराठी रूपान्तर *अपूर्ण अंक* के शुरू होते-होते महाविद्यालय का पूरा प्रांगण दर्शकों से अटता चला गया। जैसे-जैसे नाटक आगे बढ़ने लगा, दर्शकों के बीच सन्नाटा पसरता चला गया। रुकी हुई साँसें और पथरायी-सी आँखें मंच पर एक के बाद एक बदलते दृश्यों से हटने का नाम न लें।

संवादों पर न कोई ताली, न किसी दर्शक की ओर से कोई प्रतिक्रिया। दर्शकों के बीच से कोई आवाज़ आती भी, तो आसपास बैठी आँखें उसे इशारों ही इशारों में चुप करा देतीं। दिल्ली या उत्तर भारत में हर संवाद पर ताली, छोटे से विनोदपूर्ण दृश्य पर किलकारी और बीच-बीच में होने वाली टिप्पणियाँ जैसा कोई नज़ारा मुझे यहाँ देखने को नहीं मिला जैसा मैंने दिल्ली में मंचित होने वाले *हलाला* नाटक के दौरान देखा था। लेकिन यहाँ साँस रोके दर्शक एक-एक संवाद और दृश्य में जिस तरह खोए हुए थे, वह किसी आह्लादकारी क्षण से कम नहीं नहीं था। महाराष्ट्र के इस छोटे-से शहर पाचोरा में उत्तर भारत, विशेषकर अपनी गोबर पट्टी और मराठी मानस की सांस्कृतिक समझ और उसके अन्तर को मैंने जिस तरह देखा व उसकी अनुभूति हुई, उसे शब्दों में व्यक्त करना कठिन है। जहाँ तक मंचन का प्रश्न है उसके दृश्यों से लेकर संवादों, और संवादों से लेकर भाव-मुद्राओं व अभिव्यक्तियों में जैसा परफेक्शन था, ऐसा मैंने दिल्ली स्थित राष्ट्रीय नाट्य विद्यालय से निकलने वाले मँझे हुए कलाकारों तक में नहीं देखा। लगभग तीन घण्टे के इस नाट्य मंचन के दौरान एक अन्तराल भी था किन्तु मजाल है दर्शक अपनी जगह से हिले तो हों। अन्तराल के बाद मैंने महाविद्यालय के प्रांगण पर निगाह मारी तो दूर-दूर तक, बल्कि सामने बरामदों तक में दर्शकों को नाटक का आनन्द लेते देखा। इनकी संख्या का अनुमान लगाया तो मुझे लगा कि सात-आठ सौ दर्शक तो होंगे ही। परन्तु बाद में अधिवेशन के संयोजक और हिन्दी विभाग के प्राध्यापक डॉ. जिजाबराव पाटील ने बताया कि शुरू में बारह सौ कुर्सियाँ लगाई गयी थीं, लेकिन जब दर्शकों की संख्या बढ़ने लगी तो दो सौ कुर्सियाँ और लगवाई गयीं। यानि मोहन राकेश के नाटक *आधे अधूरे* के इस मराठी रूपान्तर *अपूर्ण अंक* को उस रात चौदह सौ से अधिक दर्शकों ने देखा। आप उत्तर भारत के किसी विश्वविद्यालय या महाविद्यालय को तो छोड़िए, किसी कला परिषद या अकादमी द्वारा आयोजित किसी मंचन में इतने दर्शकों की कल्पना कर सकते हैं?

डॉ. जिजाबराव पाटील से मैंने पूछा था कि इतने दर्शक नाटक देखने आयेंगे, आपको इसका अनुमान था। डॉ. पाटील ने हँसते हुए कहा कि सर, महाराष्ट्र में नाटकों के प्रति बेहद दीवानगी है। प्रबुद्ध और बौद्धिक समाज के दर्शक तो इन्हें देखने के लिए आते ही हैं, आम दर्शक भी बड़ी संख्या में आते हैं। आपने पाचोरा जैसे छोटे-से शहर में देखा होगा कि इस नाटक को देखने के लिए महिलाएँ सबसे अधिक आयी थीं।

अगले दिन 11 जनवरी, 2020 को मुझे औरंगाबाद से दिल्ली के लिए पूर्वाह्न 11.05 बजे स्पाइस जेट की फ़्लाइट पकड़नी थी। मुझे बताया गया था कि पाचोरा से औरंगाबाद का रास्ता लगभग तीन घण्टे का है। ऐसा मुझे लगा भी क्योंकि औरंगाबाद से जब हम पाचोरा के लिए चले थे, तब रास्ता साफ़ होने के कारण इतना ही समय लगा होगा। हालाँकि रास्ते में पड़नेवाली एलोरा की गुफा देखने के बाद पत्नी के लिए रास्ते में महाराष्ट्र के शहर पैठण की पूरे देश में मशहूर पैठणी साड़ियाँ भी ख़रीदी थीं। अजन्ता-एलोरा की गुफाओं के बारे में कभी मैंने स्कूल के दिनों में पाठ्य पुस्तकों में पढ़ा था। पाचोरा जाते समय रास्ते में एक जगह सड़क किनारे लगे बोर्ड पर अचानक मेरी नज़र पड़ी, तो मेरी ख़ुशी का मानो ठिकाना नहीं रहा। मेरी इस ख़ुशी का कारण था कि उस बोर्ड पर लिखा हुआ था *मेवाती ढाबा*। एक बार मेरे मन में आया भी कि अपने देस के इस प्रवासी मेवाती भाई का हालचाल पूछता चलूँ, लेकिन देर होने और मुख्य सड़क से ढाबे के दूर होने के कारण मेरी यह इच्छा अधूरी रह गयी। पूरे रास्ते रह-रहकर मेरी आँखों के सामने *मेवाती ढाबा* का वह बोर्ड तैरता रहा और सोचता रहा कि पेट की आग आदमी को अपनी मिट्टी से कैसे दूर कर देती है, उसका एक उदाहरण मेरे सामने था।

इसी तीन घण्टे के सफ़र को ध्यान में रख, हम सुबह 6 बजे पाचोरा से औरंगाबाद के लिए कार से रवाना हो गये। नियमानुसार मुझे 9 बजे एअरपोर्ट पहुँचना था इसलिए 6 बजे रवाना होने के बाद तीन घण्टे में औरंगाबाद पहुँचना कोई मुश्किल नहीं था। कार अपनी गति से मैदानी इलाक़े को पार कर *कन्नड़ घाट* में प्रवेश कर गयी। कन्नड़ घाट या कहिए कन्नड़ घाटी औरंगाबाद ज़िले में 6-7 किलोमीटर लम्बा एक पहाड़ी रास्ता है। हमारी कार अभी घाटी में एकाध किलोमीटर ही बढ़ी थी कि देखा वहाँ जाम लगा हुआ है। ड्राइवर अपनी कुशलता का परिचय देते हुए कार को आगे बढ़ाने लगा। परन्तु आधे रास्ते में जो भयानक जाम मिला, मेरी यह सोच-सोचकर धड़कनें बढ़ने लगीं कि ऐसे तो औरंगाबाद पहुँचने में कई घण्टे लग जायेंगे। कन्नड़ घाट में ही हमें साढ़े नौ बज गये। यहाँ से अभी हमें साठ किलोमीटर आगे और जाना था। कार जब खुली सड़क पर आ गयी तब मैंने ड्राइवर से पूछा कि हम एअरपोर्ट समय पर तो पहुँच जायेंगे न? ड्राइवर ने सिर्फ़ आश्वासन दिया और कार पूरी गति से दौड़ा दी। लगभग पौने ग्यारह बजे हमने एअरपोर्ट में प्रवेश किया। मैं कार से उतरकर तेज़ी से अन्दर गया तो स्पाइस जेट का एक कर्मचारी मुझे देखते ही मेरी तरफ़ लपका और

बोला कि आपको दिल्ली जाना है? मैंने हाँ कहा तो वह मुझे सीधा बोर्डिंग पास काउंटर पर ले गया। बोर्डिंग पास ले वह मुझे फटाफट फ़्लाइट नम्बर SG 471 अर्थात औरंगाबाद से दिल्ली जाने वाले वायुयान के दरवाज़े तक छोड़ने आया। मैंने उसका धन्यवाद किया और वायुयान में दाख़िल हो गया। लगभग उड़ान भरने को तैयार हवाई जहाज़ में जाकर मैंने अपनी सीट ली और, आँखें बन्द कर मन-ही-मन सोचने लगा कि अगर दस-पन्द्रह मिनट और हम कन्नड़ घाटी के जाम में फँसे रहते, तो आज यह फ़्लाइट छूट जानी थी।

नयी दिल्ली के प्रगति मैदान में चल रहे *विश्व पुस्तक मेला* 2020 के 12 जनवरी को समाप्त होने से एक दिन पहले 11 जनवरी को मैं दिल्ली पहुँच गया। 12 जनवरी मेले का अन्तिम दिन था। क़ायदे से मुझे वहाँ अन्तिम दिन जाना चाहिए था परन्तु नहीं गया। इस ना जाने के पीछे मन में छिपी एक खिन्नता थी। उसी ने जाने से मना कर दिया।

हुआ यह कि बड़ी मन्नतों, दुआओं और प्रार्थनाओं के बाद अपने 35 वर्षों के लेखकीय जीवन में पहली बार मेरी किसी पुस्तक पर किसी पुस्तक मेले में चर्चा होनी थी। सच कहूँ जब-जब ऐसे मेले-ठेलों अथवा इंडिया इंटरनेशनल सेंटर, किसी त्रिवेणी या साहित्य अकादमी के प्रेक्षागृहों/सभागारों में किसी 'लेखक' की पुस्तक का भव्य लोकार्पण या उन पर होने वाली चर्चाओं को बतौर एक दर्शक देखता हूँ, तो मन में एक हूक और कसक-सी उठने लगती है। इससे अधिक अपने भाग्य पर ईर्ष्याभरा गुस्सा तब आता है जब लोकार्पित और चर्चाई पुस्तक का लेखक इतराता हुआ, भिन्न देह भाषा और मुद्राओं के साथ इधर-से-उधर मटकता हुआ नज़र आता है। हालाँकि लेखक से लेकर प्रकाशक, वक्ताओं से लेकर मुख्य-विशिष्ट अतिथि और दर्शक-श्रोताओं से लेकर सारे पाठक इस सच्चाई को भली-भाँति जानते हैं कि ऐसे समारोहों का असली प्रायोजक स्वयं लेखक ही होता है। ऐसे कम या बिरले लेखक होते हैं जिनके भाग्य में अपनी पुस्तकों के निःशुल्क भव्य लोकार्पण अथवा चर्चाएँ लिखी होती हैं।

तो जैसाकि मैंने कहा बड़ी प्रार्थनाओं के बाद 2020 के विश्व पुस्तक मेले में, मात्र दो महीने पहले राजकमल प्रकाशन से प्रकाशित उपन्यास *वंचना* पर 6 जनवरी, सोमवार के दिन अपराह्न तीन बजे *जलसाघर* में चर्चा का कार्यक्रम तय हो गया। इस चर्चा में इस उपन्यास को लिखवाने वाले और स्त्री सम्बन्धी क़ानूनों

के विशेषज्ञ व वरिष्ठ अधिवक्ता अरविन्द जैन की उपस्थिति में, आलोचक वीरेन्द्र यादव की लेखक के साथ बातचीत होनी थी। सारे ग्रह-नक्षत्र इस बातचीत या कहिए चर्चा के पक्ष में इसके चारों तरफ़ बिना किसी विघ्न-बाधा के परिक्रमा लगा रहे थे। राजकमल प्रकाशन की ओर से अपने फेसबुक पेज पर 5 जनवरी को बाक़ायदा एक ख़ूबसूरत पोस्टर भी जारी कर दिया गया था। बातचीत सम्बन्धी सूचना के साथ इस पोस्टर में तीन तस्वीरें भी थीं। इनमें सबसे पहली मेरी हँसती-खिलखिलाती हुई, बीच में स्निग्ध मुस्कान बिखेरती वरिष्ठ आलोचक वीरेन्द्र यादव की और सबसे अन्त में अधिवक्ता अरविन्द जैन की धीर-गम्भीर मुद्रावाली तस्वीर लगी हुई थी। जब-जब पोस्टर में लगी मैं अपनी तस्वीर देखता, तो मुझसे अपने भाग को सराहे बिना नहीं रहा जाता।

मगर ठीक बातचीत वाले दिन अर्थात 6 जनवरी को सुबह उन्हीं ग्रह-नक्षत्रों की चाल उलटी हो गयी, जो बिना किसी विघ्न-बाधा के परिक्रमा लगा रहे थे। अचानक सारी मन्नतें, दुआयें और प्रार्थनाएँ धोखा दे गयीं। वैसे इसमें बेचारे इन नक्षत्र-ग्रहों और मन्नत-दुआओं का कोई दोष नहीं था। सच तो यह है कि इन्हें भड़काने और बिदकाने में मेरी ही अहम भूमिका थी। मैं ही इसके लिए ज़िम्मेदार था। मेरे कुछ ख़ास मित्र तो अक्सर मुझे यह ताना मारते रहते हैं कि अपने पतन का कारण मैं स्वयं हूँ। एक मित्र तो साफ़-साफ़ कहता है कि मेरे अन्दर यह जो वामपन्थ का क्रान्तिरूपी कीड़ा कुलबुलाता रहता है न, यह मुझे कहीं का नहीं छोड़ेगा। देखना आपको ये वामपन्थी कुछ नहीं देने वाले हैं। मुझे उस मित्र की बात कभी-कभी ठीक लगती है। क्योंकि यश और कीर्ति का आधा घी वामपन्थी पी जाते हैं और आधा दक्षिणपन्थी। बचे-खुचे को हमारे आम्बेडकरवादी गटक जाते हैं। हम जैसे इस इन्तज़ार में रह जाते हैं कि इनसे कुछ खुरचन बचे तो उससे अपने होंठ गीले कर लें। लेकिन खुरचन भी कोई छोड़े तब न।

तो भाईजान हुआ यह कि न जाने किस झोंक में उस दिन इस क्रान्तिकारी ने एक ऐलान कर दिया। अब वह प्रसंग तो मुझे याद नहीं रहा, लेकिन मैंने उस पोस्टर को अपनी वाल पर साझा करते हुए यह लिख दिया कि आज तीन बजे जलसाघर में *वंचना* पर बातचीत के दौरान मैं एक लेखक के रूप में 'उसका' विरोध प्रकट करूँगा। आप भी उसमें शामिल होना चाहते हैं तो तीन बजे जलसाघर में आइए। वैसे आपको ईमानदारी से बताऊँ यह सब मैंने इसलिए किया था कि इस बहाने कुछ भीड़ जमा हो जायेगी। एक तरह से यह वैसा ही पब्लिसिटी स्टंट था जैसे आजकल हिन्दी में आये दिन होते रहते हैं, वरना आप तो जानते ही हैं कि ऐसे विरोधों की आज परवाह कौन करता है।

मेरी इस घोषणा का असर यह हुआ कि कुछ ही मिनट बाद उस पोस्ट पर टिप्पणी करके मुझसे उसको हटाने को कहा गया। बल्कि उसके बाद राजकमल प्रकाशन के प्रबन्ध निदेशक का फोन भी आ गया कि मोरवाल जी इस पोस्ट को तुरन्त हटा लीजिए। मैंने उसे हटा भी लिया लेकिन तब तक काफ़ी देर हो चुकी थी। क्योंकि पोस्ट पढ़ते ही मेरे एक मित्र ने तुरन्त मेरी पोस्ट का स्क्रीन शॉट लेकर *नेशनल बुक ट्रस्ट* के अपने किसी अधिकारी मित्र को भेज दिया कि देखिए राजकमल प्रकाशन पर आज सरकार के ख़िलाफ़ क्या होने जा रहा है। वैसे अच्छा हुआ जो यह बातचीत रद्द कर दी गयी। यदि होती और जैसा मैंने अपनी पोस्ट में लिखा था कि उस घटना अथवा प्रसंग (मुझे याद नहीं आ रहा कि वह क्या था) का विरोध करेंगे तो मेरा कुछ नहीं जाता, राजकमल प्रकाशन गृह का कुछ-न-कुछ अहित अवश्य हो जाता। इस तरह मेरा पब्लिसिटी स्टंट का यह रॉकेट नक़ली मुर्गा छाप रॉकेट की तरह, बोतल से बाहर निकलने से पहले ही फुस्स हो गया। पब्लिसिटी तो जैसी होनी थी वह हो गयी, उलटा मन्नतों के बाद चर्चा का जो अवसर हाथ आया था, वह भी जाता रहा।

लेकिन तब तक जो रायता फैलना था, वह फैल चुका था तथा जिसे फैलाने का अधिकारी सिर्फ़ और सिर्फ़ मैं था। बेचारे नक्षत्र-ग्रह और मन्नत-दुआयें अपनी ऐसी की तैसी कराते। सीधी कुल्हाड़ी से लत्ते धोने की ज़ुर्रत तो मैंने की थी। बावजूद इसके मैं विश्व पुस्तक मेले में गया और पाया कि जैसा वातावरण मेरे ख़िलाफ़ 2014 में उपन्यास *नरक मसीहा* के आने के बाद बनाया गया था, वैसा ही कुछ-कुछ दृश्य 6 जनवरी के दिन इस पुस्तक मेले में था। मेले में वीरेन्द्र यादव भी पहुँचे हुए थे। हम दोनों इसी आशा में वहाँ देर तक रुके रहे कि शायद कुछ हो जाये। मैं कुछ देर इन्तज़ार करने के बाद राजकमल प्रकाशन के प्रबन्ध निदेशक अशोक माहेश्वरी के पास गया, तो उन्होंने यह कहते हुए रही-सही सम्भावना पर पानी फेर दिया कि मोरवाल जी भविष्य में फिर कभी इस पर चर्चा करा देंगे। लेकिन वह भविष्य कभी नहीं आया। इस तरह बड़ी मन्नतें, दुआयें और प्रार्थनाओं के बाद एक अवसर हाथ आया था, वह इस तरह रूठ कर बग़ल से निकल जायेगा, कभी नहीं सोचा था। इस घटना ने मेरे भीतर उठने वाले क्रान्ति के ज्वार को जैसे हमेशा के लिए शान्त कर दिया।

विश्व पुस्तक मेले 2020 के अन्तिम दिन अर्थात 12 जनवरी को ढाई-तीन बजे के आसपास मैंने अशोक जी को फोन किया। उस समय वे पुस्तक मेले में ही थे। दुआ-सलाम हुई तो वे बोले कि मोरवाल जी मेले में नहीं आ रहे हो? मैंने बहाना बना दिया कि कल ही महाराष्ट्र से लौटा हूँ, इसलिए थोड़ी थकान-सी है।

जबकि सच्चाई यह थी कि 6 जनवरी को *वंचना* पर होने वाली बातचीत रद्द होने के कारण मन अभी तक अपने प्रति एक क्षोभ से भरा हुआ था। इसी बीच मैंने उन्हें बताया कि मेरे पास एक छोटा-सा उपन्यास है। आगामी कुछ महीनों में महाराष्ट्र के कुछ विश्वविद्यालयों के बनने वाले पाठ्यक्रमों में इसके लगने के कुछ संजोग बन सकते हैं। लेकिन हाथ में उपन्यास होगा तभी किसी से कहा जा सकता है। इस पर अशोक जी तुरन्त बोले कि कहाँ है उपन्यास? मेरे पास उसकी वर्ड फ़ाइल है। आप कहें तो मैं कल आ जाऊँ? मैंने कहा। कल नहीं आप परसों का कार्यक्रम बनाइए। अशोक जी ने सुझाव दिया।

परसों अर्थात 14 जनवरी को मैं पेन ड्राइव में उपन्यास *शकुंतिका* की वर्ड फ़ाइल ले गया और अशोक जी को दे आया। इधर 14 जनवरी को मैं अशोक जी को वर्ड फ़ाइल देकर आया और उधर 5 फ़रवरी को ठीक बीसवें दिन दो बजे के आसपास मेरे पास राजकमल प्रकाशन से फोन आया कि एमडी साहब आपसे बात करना चाहते हैं। मैं समझ गया कि फोन करने वाली आवाज़ का एमडी से तात्पर्य है मैनेजिंग डायरेक्टर, अर्थात अशोक माहेश्वरी जी मुझसे बात करना चाहते हैं।

कुछ ही पलों के बाद अशोक जी की शहद में घुली आवाज़ मेरे कानों में पड़ी, "मोरवाल जी, उपन्यास आ गया है! कब आ रहे हो लेने?"

अगर आप दिल्ली या इसके आसपास गुड़गाँव, फरीदाबाद, नोएडा या गाज़ियाबाद में रहते हैं और आपके पास इस तरह का कोई फोन आये, तो मैं समझता हूँ कि मेरी तरह आप भी अगले दिन का इन्तज़ार नहीं कर पायेंगे। मेरी तरह आप भी उसी समय कह देंगे कि मैं आज ही 5 बजे के आसपास आ रहा हूँ। हाँ, अगर आप बड़े लेखक हैं तो कह देंगे कि अपने आदमी के हाथ तुरन्त उसकी कुछ कॉपी भिजवा दें। राजकमल प्रकाशन में जाने का बड़ा कारण यह भी था कि जैसे एक माँ को अपने नवजात शिशु को पहली बार स्पर्श करने में जिस आनन्द और आह्लाद की अनुभूति होती है, उसी तरह अपनी ताज़ा-ताज़ा कृति को तुरन्त स्पर्श करने के सुख से मैं भी अपने आपको वंचित नहीं करना चाहता था।

मैं शाम 5 बजे राजकमल प्रकाशन के 1-बी, सुभाष मार्ग, दरियागंज पहुँच गया। मैंने रिसेप्शन पर जाकर कहा कि अशोक जी को बता दें कि भगवानदास मोरवाल आये हैं। रिसेप्शनिस्ट बोली आप बैठिए। अभी अखिलेश जी बैठे हुए हैं। इस बीच रिसेप्शनिस्ट ने इंटरकॉम से अशोक जी को मेरे आने की सूचना दे दी।

मैं वहीं बिछे सोफ़े पर बैठ गया। लगभग दस मिनट बाद रिसेप्शनिस्ट ने कहा कि आपको एमडी सर ने बुलाया है।

मुझे लगा कि अखिलेश जी उठकर बाहर आ रहे हैं तभी अशोक जी ने मुझे बुलाया होगा। मगर मेरा अनुमान ग़लत निकला क्योंकि अखिलेश जी वहीं बैठे मिले। मैं जब अशोक जी के पास गया तो मैंने देखा उनके सामने रखीं *शकुंतिका* की कुछ ताज़ा-ताज़ा प्रतियाँ मन्द-मन्द मुस्करा रही हैं।

मेरे बैठते ही अखिलेश जी एक वक्र मुस्कान उछालते हुए बोले, "भई आप तो इन दिनों बहुत लिख रहे हैं!"

"अखिलेश जी, जब कुछ लोगों का बिना लिखे काम चल रहा है तो उन्हें लिखने की क्या ज़रूरत है।" मैंने उनकी वक्र मुस्कान का जवाब अपनी कुटिल मुस्कान से देते हुए कहा।

"नहीं-नहीं...मेरे कहने का मतलब यह है कि इन दिनों आप दो ही लोग लिख रहे हैं संजीव जी और आप।" अखिलेश को शायद आशा नहीं थी कि मैं ऐसा चुभनेवाला उत्तर दे दूँगा।

अशोक माहेश्वरी अपनी स्निग्ध मुस्कान के साथ हमारे संवादों को सुनते रहे। इसके बाद अखिलेश जी ज़्यादा देर नहीं रुके और वहाँ से चले गये। उनके जाते ही अशोक जी मुद्दे पर आ गये और मात्र बीस दिन के अन्दर प्रकाशित मेरे आठवें उपन्यास *शकुंतिका* की एक प्रति मेरी तरफ़ बढ़ा दी। मैं उपन्यास का अवलोकन करने लगा। मेरे साथ-साथ वे भी उसे उलटने-पलटने लगे। मैं जब अपने उपन्यास का अवलोकन कर रहा था, तो सबसे अधिक हैरानी मुझे इस 120 पृष्ठीय उपन्यास के पेपरबैक जिसे छात्र संस्करण कहना उचित होगा उसकी क़ीमत को देखकर हो रही थी। शायद इसकी क़ीमत जानकर आपको भी आश्चर्य हो क्योंकि इसकी क़ीमत रखी गयी मात्र 60/- रुपये। जबकि सजिल्द संस्करण की क़ीमत है 295/- रुपये।

अचानक अशोक माहेश्वरी जी के मुँह से निकला, "अरे मोरवाल जी, इसमें तो एक गड़बड़ हो गयी। इसे राधाकृष्ण प्रकाशन से छपना था लेकिन यह तो राजकमल से छप गया।" इसके बाद वे ख़ुद ही बोले, "कोई बात नहीं, छप गया तो छप गया।"

इस बीच उनकी ग्रीन टी आ गयी। अशोक माहेश्वरी जी के केबिन में इससे पहले ग्रीन टी अर्थात हरी चाय पी तो कई बार थी परन्तु उस दिन उसका ज़ायका कुछ अलग ही था। चाय-पानी के बाद मैंने उनसे नये उपन्यास के साथ

एक तस्वीर लेने का आग्रह किया, तो उन्होंने बाहर से किसी को बुलाया और मेरे मोबाइल से तुरन्त खड़े होकर एक तस्वीर खिंचवा ली। मैंने उनसे उपन्यास की लेखकीय प्रतियाँ लीं और विदा ले वहाँ से चला आया।

शकुंतिका प्रकाशित होने के बाद जैसाकि मुझे उम्मीद थी कि इस उपन्यास को महाराष्ट्र के किसी-न-किसी विश्वविद्यालय के पाठ्यक्रम में जगह मिलेगी, यह उम्मीद उस दिन पूरी हो गयी जब *मुम्बई विश्वविद्यालय* के हिन्दी पाठ्यक्रम के अध्यन मण्डल के अध्यक्ष डॉ. अनिल कुमार सिंह का सन्देश आया कि *शकुंतिका* को बी.ए. द्वितीय वर्ष के नये पाठ्यक्रम में शामिल किया गया है।

इस ख़बर को अभी महीना ही हुआ होगा कि जुलाई के अन्तिम सप्ताह में महाराष्ट्र के नंदुरबार ज़िले के *आर्ट्स, कॉमर्स एंड साइंस कॉलेज,* तलोदा के हिन्दी विभाग के डॉ. संजय शर्मा की ओर से समाचार मिला कि *शकुंतिका* को सत्र 2020-21 से *कवयित्री बहिणाबाई चौधरी उत्तर महाराष्ट्र विश्वविद्यालय,* जलगाँव के बी.ए. तृतीय वर्ष (छठे सेमिस्टर में) के *आधुनिक कालीन साहित्य* के अन्तर्गत पाठ्यक्रम में शामिल किया गया है। *गोदान* (प्रेमचन्द), *मैला आँचल* (फणीश्वरनाथ रेणु), *पहला राजा* (जगदीशचन्द्र माथुर), *अन्तिम अरण्य* (निर्मल वर्मा) और *आषाढ़ का एक दिन* (मोहन राकेश) जैसी पाँच महत्त्वपूर्ण कृतियों के साथ *शकुंतिका* का शामिल होना किसी भी लेखक के लिए गर्व की बात हो सकती है। विदित है कि इसी विश्वविद्यालय के एम. ए. प्रथम वर्ष के, प्रथम सेमिस्टर में कंजर समुदाय के ताने-बाने को केन्द्र में रखकर लिखा गया उपन्यास *रेत* 2017-2018 से 2020-2021तक पढ़ाया जा चुका है।

इतना ही नहीं जुलाई महीने के लगभग अन्त में अमलनेर (जलगाँव) से प्रो. कुबेर कुमावत ने ख़बर दी कि इस उपन्यास को सत्र 2020-21 से अमलनेर स्थित *प्रताप महाविद्यालय,* जोकि एक स्वायत्त कॉलेज है, उसके बी.ए. (हिन्दी) द्वितीय वर्ष के पाठ्यक्रम में स्वतन्त्र उपन्यास के रूप में शामिल किया गया है। बल्कि साल 2021 के समाप्त होते-होते एक के बाद एक तीन विश्वविद्यालयों से यह सुखद सूचना और प्राप्त हो गयी कि इस उपन्यास को पाठ्यक्रम में शामिल किया गया है। *मेंगलोर विश्वविद्यालय,* कर्नाटक के दो वर्षीय बी.ए. प्रथम वर्ष के II semester, महाराष्ट्र के *अहिल्यादेवी होल्कर सोलापूर विश्वविद्यालय* के बी.ए. तृतीय वर्ष अर्थात छठे सेमिस्टर, तथा *शिवाजी विश्वविद्यालय,* कोल्हापुर के एम.ए. प्रथम वर्ष, प्रथम सेमिस्टर के पाठ्यक्रमों में भी इस उपन्यास को शामिल किया गया है। सोलापूर विश्वविद्यालय तथा शिवाजी विश्वविद्यालय, कोल्हापुर के पाठ्यक्रमों में तो विशेष लेखक के रूप में शामिल किया गया है।

सोलापूर विश्वविद्यालय में जहाँ *शकुंतिका* तथा *दस प्रतिनिधि कहानियाँ* का अध्ययन कराया रहा है, वहाँ शिवाजी विश्वविद्यालय में *काला पहाड़, वंचना, शकुंतिका* तथा *दस प्रतिनिधि कहानियाँ* का अध्ययन कराया रहा है।

इस तरह दो वर्ष के अन्दर *शकुंतिका* का छह विश्वविद्यालयों के पाठ्यक्रम में शामिल होना, इस कृति के साथ उसके लेखक के लिए भी एक बड़ी उपलब्धि कही जा सकती है।

बीसवींसदी के अस्सी के दशक अर्थात 1979-80 में मेवात के *यासीन मेव डिग्री कॉलेज,* नूँह के पुस्तकालय से कोटपूतली (राजस्थान) के डॉ. महावीर प्रसाद शर्मा की एक पुस्तक *मेवाती का उद्भव एवं विकास* प्राप्त हुई थी। यही वह पुस्तक थी, जो थी तो मेवाती बोली पर किया गया शोध-प्रबन्ध, लेकिन इसी के माध्यम से पहली बार मेरा मेवात की सामाजिक, सांस्कृतिक और ऐतिहासिक संरचना से छोटा-सा परिचय हुआ था। उसके बाद 6 दिसम्बर, 1992 में जब बाबरी मस्जिद को ढहाया गया था, तब मेवात भी इस घटना से अछूता नहीं रहा और इसकी यहाँ भी प्रतिक्रिया हुई। इसी घटना के बाद मैंने अपने पहले उपन्यास *काला पहाड़* को लिखने के लिए मेवात-सम्बन्धी जो साहित्य एकत्रित किया, उसके माध्यम से मेरा परिचय मेवात के नायक हसन ख़ाँ मेवाती से हुआ था। हालाँकि मेरा छोटा-सा परिचय हसन ख़ाँ मेवाती से पहले हो चुका था। परन्तु बाद में जैसे-जैसे मेवात के इतिहास को जानने और समझने का अवसर मिलता गया, वैसे-वैसे मन में तीव्र इच्छा पैदा होने लगी कि भविष्य में कभी मौक़ा मिला तो इस नायक पर उपन्यास लिखने का प्रयास करूँगा। इसीलिए मुझे इस सम्बन्ध में जो भी सामग्री मिलती गयी मैं उसे एकत्रित करता चला गया। ऐसा पिछले दो दशकों से चला आ रहा था। मुझे जो भी ऐसी सामग्री या उसकी जानकारी मिलती, जो मेरे इस उपन्यास में मदद कर सकती थी, मैं उसे खोजकर ले आता।

एक तरफ़ मैं *वंचना* लिखकर उसे प्रकाशित होने के लिए दे चुका था, तो उसके बाद छोटा उपन्यास *शकुंतिका* भी लिखना शुरू कर दिया था। इसी बीच मेरी नज़र 17 अगस्त, 2019 को फेसबुक पर पत्रकार योगेश जादोन की एक पोस्ट पर पड़ी। इस पोस्ट में योगेश जादोन ने हसन ख़ाँ मेवाती को बाबर द्वारा भेजी गयी इस पेशकश का ज़िक्र किया गया था, जो बाबर ने हसन ख़ाँ मेवाती को भेजी थी कि–

मैं मानता हूँ कि तुम बहादुर हो, राजपूताना के राजाओं से मिले हुए हो, पर मुसलमान होने के नाते तुम्हें मेरी तरफ़दारी करनी चाहिए। मैं तुम्हें पूरे मेवात का शासक बना दूँगा।

बाबर की इस पेशकश को हसन ख़ाँ मेवाती ने यह कहते हुए ठुकरा दिया था—

यहाँ हिन्दू-मुसलमानों में कोई भेदभाव नहीं है, सब भाई-भाई हैं। हम विदेशी हुकूमत नहीं चाहते।

इसी पोस्ट में उज़बेक लेखक पिरिमकुल कादिरोव की पुस्तक *बाबर* का भी उल्लेख था। चूँकि मेरे पास युगजीत नवलपुरी द्वारा अनूदित और साहित्य अकादमी द्वारा प्रकाशित *बाबरनामा,* इलाहाबाद विश्वविद्यालय के मध्यकालीन एवं आधुनिक इतिहास विभाग के एक इतिहासकार की पुस्तक *मुग़ल सम्राट बाबर* पहले से मौजूद थी, लेकिन इनमें हसन ख़ाँ मेवाती से सम्बन्धित कोई विशेष जानकारी नहीं मिल रही थी। पिरिमकुल कादिरोव की पुस्तक *बाबर* के बारे में मुझे पता चला, तो मैंने अपनी फेसबुक वाल पर इसको प्राप्त करने के बारे में एक छोटी-सी पोस्ट लगाई। इस पोस्ट का असर यह हुआ कि तुरन्त इस पर कई प्रतिक्रियाएँ आयीं। इनमें एक प्रतिक्रिया अग्रज और कवि कृष्ण कल्पित की भी थी। कल्पित जी ने लिखा था कि मैंने इस उपन्यास पर 1993 या 1994 में *हंस* के किसी अंक में एक समीक्षा लिखी थी परन्तु वह मेरे पास उपलब्ध नहीं है। इस टिप्पणी को पढ़कर मुझे लगा कि यह समीक्षा मुझे *हंस* से लानी चाहिए। अगर कल्पित जी ने इस उपन्यास पर लिखा है तो यह समीक्षा मेरे काम आ सकती है।

दूसरी महत्त्वपूर्ण टिप्पणी *संवाद प्रकाशन,* शास्त्री नगर, मेरठ, उत्तर प्रदेश के आलोक श्रीवास्तव की थी। उन्होंने पिरिमकुल कादिरोव के इस उपन्यास *बाबर* के बारे में पूरी जानकारी उपलब्ध करा दी कि इसका हिन्दी अनुवाद किसने किया है और यह दिल्ली में कहाँ उपलब्ध हो सकता है। इसके बाद मैंने सबसे पहले दो काम किये। पहला, इस उपन्यास को ख़रीदा और अगले दिन दरियागंज स्थित *हंस* के कार्यालय जाकर वीना उनियाल से आग्रह कर 1993 और 1994 के *हंस* के अंकों की फ़ाइल्स निकलवाई। एक-एक कर फ़ाइल्स में लगे अंकों के अनुक्रम के सबसे अन्त में *परख* कॉलम को देखना शुरू कर दिया। लेकिन 1993 के किसी अंक में मुझे कवि कृष्ण कल्पित की कोई समीक्षा दिखाई नहीं दी। इसके बाद वर्ष 1994 के अंकों को देखने लगा तो सितम्बर 1994 के अंक में

कृष्ण कल्पित जी द्वारा लिखी समीक्षा मिल गयी। मैंने अपने मोबाइल से उसका चित्र लिया और सफ़ाई करके उसे कल्पित जी को व्हाट्सएप कर दिया। संयोग देखिए कि यह समीक्षा *हंस* के सितम्बर महीने में प्रकाशित हुई थी और इसे मैं 25 साल बाद ढूँढ़कर भी 2019 के सितम्बर महीने में लाया था। कृष्ण कल्पित जी ने इस समीक्षा की तस्वीर को 9 सितम्बर, 2019 के दिन अपनी फेसबुक वाल पर साझा करते हुए लिखा था–

रूसी भाषा के उपन्यासकार पिरिमकुल कादिरोव के बाबर के जीवन पर लिखे उपन्यास 'बाबर' का हिन्दी अनुवाद रादुगा प्रकाशन से 1988 में प्रकाशित हुआ था। इस अद्‌भुत उपन्यास का हिन्दी-संसार ने कोई ख़ास नोटिस नहीं लिया। राजेन्द्र यादव ने 'हंस' के सितम्बर, 94 के अंक में 'बाबर' पर लिखी मेरी समीक्षा प्रकाशित की थी। यह भी मेरी बहुत-सी खोयी हुई रचनाओं में शुमार थी। पिछले दिनों हमारे मित्र लेखक भगवानदास मोरवाल ने इस समीक्षा को खोज निकाला और 'हंस' के दफ़्तर जाकर इसकी तस्वीर खींचकर मुझे भेजी। इस धर्म के काम के लिए मैं हिन्दी-साहित्य के (सुर) बंजारे भगवानदास मोरवाल को शुक्रिया कहता हूँ। आप भी यदि इसे पढ़ना चाहें (यदि पढ़ा जा सके) तो पढ़ सकते हैं!

मैं इस उपन्यास को जिस प्रयोजन हेतु ख़रीद कर लाया था, सबसे पहले मैंने इसे पढ़ा। मगर इस उपन्यास में भी हसन ख़ाँ मेवाती और बाबर के सम्बन्धों के बारे में मुझे कोई जानकारी नहीं मिली। यहाँ तक कि इसमें बाबर और राणा सांगा के बीच मार्च 1527 में खानवा में हुए युद्ध के बारे में भी कोई विशेष उल्लेख नहीं था। केवल दो पंक्तियों में इस युद्ध का ज़िक्र आता है। हाँ, इस उपन्यास को पढ़ने के बाद मैंने यह ज़रूर सीखा कि एक कुशल कथाकार किस तरह इतिहास सम्बन्धी छोटी-छोटी सूचनाओं को अपनी कल्पना और रचना-कौशल से विश्वसनीय बना सकता है।

इस तरह मैं धीरे-धीरे हसन ख़ाँ मेवाती से सम्बन्धित सामग्री एकत्रित करता चला गया। इसी क्रम में मैंने ख़ानज़ादा और पेशे से अध्यापक शर्फ़ अल्लाउद्दीन अहमद अर्थात शर्फ़उद्दीन शर्फ़ की *मुरक़्क़ा-ए-मेवात*, जिसका हिन्दी अनुवाद 1989 में अलवर के अनिल जोशी ने *मेवात का इतिहास* के नाम से किया था, उसका अध्ययन किया। जैसाकि इस ऐतिहासिक पुस्तक का प्रथम संस्करण उर्दू में 1935 में, जबकि दूसरा संस्करण 2002 में पाकिस्तान से हुआ है।

इसी तरह *अकबरनामा* (पहला हिस्सा), ख़्वाजा निज़ामुद्दीन अहमद का *तबक़ाते अकबरी* (भाग दो), गुलबदन बेगम का *हुमायूँनामा,* ख़ुद बाबर द्वारा लिखी अपनी आत्मकथा *बाबरनामा,* मुंशी देवीप्रसाद का *ख़ानख़ानामा,* विद्यानिवास मिश्र-गोविंद रजनीश की *रहीम ग्रन्थावली,* सुदर्शन चोपड़ा की पुस्तक *रहीम : जीवनी तथा कविता संकलन* सहित अन्य सहायक सामग्री के अध्ययन के साथ-साथ हसन ख़ाँ मेवाती और उनके वंशजों का जिन-जिन स्थलों से सम्बन्ध रहा, उन्हें जाकर देखना भी इस उपन्यास में बहुत सहायक रहा।

मुग़लों और लोदियों में कौन-कौन से प्रशासनिक और सैनिक पद थे। बादशाह और सुल्तान को उनके परिवार तथा दरबार में बेग व अमीर-उमरा किस-किस नाम से सम्बोधित करते थे। बग़ावत करने वाले को किस-किस तरह की सज़ायें दी जाती थीं। बाबर की वंशावली का पूरा विवरण। बाबर की मनपसन्द शराब कौन-सी थी। बाबर की तरफ़ से किस-किस ने और राणा संग्राम सिंह की सेना में किन-किन राजा-महाराजाओं ने युद्ध किया था। मुग़लों का खानपान क्या था। उनकी वेशभूषाएँ क्या थीं। उनके खाने वाले बर्तनों के नाम क्या थे और वे किस धातु के बने हुए थे। लोदी, मुग़ल और भारतीय राजा किन हथियारों से युद्ध करते थे। ख़ानज़ादों की पूरी वंशावली का विवरण और महत्त्वपूर्ण जानकारियों को तैयार करना एक चुनौतीपूर्ण काम था। 1196 ईस्वी से लेकर 1556 ईस्वी में हुई अब्दुर्रहीम ख़ानेख़ानाँ की मृत्यु अर्थात 360 वर्षों के दरम्यान फैले इतने लम्बे समय की घटनाओं को क्रमवार तैयार करना और भी मुश्किल काम था। सबसे बड़ी चुनौती थी इन 360 सालों के बीच-बीच में रह जाने वाली रिक्तताओं को भरना।

लगभग 33 वर्षों की लम्बी सरकारी सेवा के बाद 31 जनवरी, 2020 को मेरी सेवानिवृत्ति होनी थी। मैंने यह कई वर्षों पहले तय कर लिया था कि जिन दिनों मेरी सेवानिवृत्ति होगी, मुझे अपना कोई काम पहले से शुरू कर देना है ताकि सेवानिवृत्ति के बाद मैं उसमें व्यस्त रहूँ। उसका कारण यह था कि एक लम्बी सरकारी सेवा के बाद अचानक जब व्यक्ति की दिनचर्या टूटती है, तो समय काटना उसके लिए मुश्किल हो जाता है। इसके चलते जिन लोगों का कोई विशेष शौक़ नहीं होता, वे एकाएक विषाद से घिरते चले जाते हैं। यह अलग बात है कि कुछ लोगों को फिर से कहीं रोज़गार मिल जाता है।

परन्तु मैंने यह पहले ही सोच लिया था कि सेवानिवृत्ति के बाद मैं कहीं कोई काम नहीं करूँगा। जितना बन पड़ेगा लेखन को समय देने का प्रयास करूँगा।

अपनी इसी योजना के अन्तर्गत जुलाई 2019 में 8वें उपन्यास *शकुंतिका* को पूरा करने के बाद, मैं अपने 9वें उपन्यास में जुट गया। जब 31 जनवरी, 2020 को मैं सरकारी सेवा से मुक्त हुआ था, यह उपन्यास आधा से ज़्यादा लिखा जा चुका था। अब मेरे पास पहले से कहीं अधिक समय था। वैसे भी मार्च महीने में कोरोना की विभीषिका के चलते दिल्ली में लॉक डाउन की सरकारी घोषणा के बाद इसकी गति तेज़ हो गयी। इस तरह 22 मार्च को प्रधानमन्त्री द्वारा थाली बजाने और 5 अप्रैल को दीए जलने के आह्वान के बीच लगभग साढ़े तीन महीने बाद मई 2020 में मेरी तरफ़ से यह उपन्यास पूरा हो गया। प्रकाशन से पूर्व मैं इसे कम-से-कम दो व्यक्तियों से पढ़वाना चाहता था। एक ऐसे व्यक्ति से जिसे मेवात के इतिहास की अच्छी जानकारी हो, तथा दूसरे ऐसे व्यक्ति द्वारा जिसे मुग़ल इतिहास की जानकारी हो। बहुत सोचने के बाद मेरी नज़र दो व्यक्तियों पर पड़ी। इनमें एक थे मेरे मेवात के गाँव बीसरू के जनाब जान मोहम्मद। वे मेवात के नगीना ब्लॉक में पड़ने वाले एक गाँव घाघस में, पिछले दो दशक से सामाजिक और पर्यावरण के क्षेत्र में कार्य कर रही एक एनजीओ *सहगल फ़ाउंडेशन* में अपनी सेवा दे चुके थे। जान मोहम्मद जी को मेवात के इतिहास की अच्छी समझ है। कई बार टेलीफोन और मिलने पर मेवात सम्बन्धी वे कई महत्त्वपूर्ण जानकारियाँ देते रहते थे। इसलिए इस उपन्यास की एक प्रिंट कॉपी मैंने मेवात जाकर उन्हें पढ़ने के लिए दे दी।

दूसरा नाम जिससे मैं इस उपन्यास को प्रकाशित होने से पहले पढ़वाना चाहता था, वे थे *प्रेमगली अति साँकरी, जिस्म जिस्म के लोग* और 2016 में राजकमल प्रकाशन, नयी दिल्ली से प्रकाशित और बहुचर्चित उपन्यास *अकबर* के लेखक शाज़ी ज़माँ। अपने इस उपन्यास को लिखने के दौरान मैंने *अकबर* को भी पढ़ा। इस उपन्यास को पढ़ने का मेरा एक ख़ास मक़सद था और वह यह कि अकबर के नौ रत्नों में से एक अब्दुर्रहीम ख़ानेख़ानाँ के जीवन से जुड़ी कुछ जानकारियाँ इसमें अवश्य होंगी। लेकिन जिस तरह मुझे पिरिमकुल कादिरोव के उपन्यास *बाबर* में हसन ख़ाँ मेवाती के बारे में कोई जानकारी नहीं मिली, उसी तरह अब्दुर्रहीम के बारे में *अकबर* में भी वैसी जानकारी नहीं मिली, जैसी मेरी अपेक्षा थी। मगर अब यहाँ परेशानी यह खड़ी हो गयी कि मैं शाज़ी ज़माँ को केवल नाम से जानता था। व्यक्तिगत रूप से मेरा उनसे कोई परिचय नहीं था।

यह जानते हुए कि सत्यानंद निरुपम से शाज़ी भाई की अच्छी छनती है, मैं निरुपम से इस बारे में बात नहीं करना चाहता था। इसलिए नहीं करना चाहता था कि मैं इस रहस्य को गुप्त रखना चाहता था कि मैंने कोई उपन्यास लिखा है। एक तरह से मैं कुछ धमाका जैसा करने के मूड में था। मगर एक तरफ़ मेरी दिली ख़्वाहिश थी कि इसे शाज़ी ज़माँ पढ़ें और दूसरी तरफ़ मेरे पास उन तक पहुँचने का जो रास्ता था, उससे जाना नहीं चाहता था। अन्ततः मेरी यह समझ में आ गया कि अगर नदिया के पार पर बैठे शाज़ी ज़माँ तक पहुँचना है, तो इस सत्यानंद निरुपम रूपी पुल से हुए बिना पहुँचना असम्भव है। इस तरह मैं जिस गोपनीयता को बचाने की जितनी कोशिश कर रहा था, उसका भाँडा फूटने के उतने ही आसार बनते जा रहे थे।

अन्ततः वह दिन आ ही गया।

मैंने सत्यानंद निरुपम को फोन लगाया। हाय-हेलो हुई और फिर जैसा कि मुझे आशा थी वही प्रश्न दूसरी तरफ़ से उछल गया कि इन दिनों क्या चल रहा है। मैंने तफ़सील से सब बता दिया। इसके बाद मैंने निरुपम से पूछा कि इसे पढ़ने के लिए कोई नाम सुझाइए। कुछ देर सोचने के बाद वे बोले कि एक नाम है, मैं उनसे बात करता हूँ। इस पर मैंने छूटते ही कहा कि मैं भी उसी से पढ़वाना चाहता हूँ जिसकी आप बात कर रहे हैं। उन्होंने हैरानी से पूछा कि मैं किसके बारे में बात कर रहा हूँ? मैंने कहा कि शाज़ी ज़माँ के बारे में। इसके बाद मैं बोला कि आप उन्हें बता दें कि ऐसा मामला है। साथ में आप मुझे शाज़ी जी का नम्बर भी व्हाट्सएप कर दें। इसके बाद सत्यानंद निरुपम ने मुझे शाज़ी ज़माँ का मोबाइल नम्बर भेज दिया।

इस तरह मैंने अपने नये उपन्यास *ख़ानज़ादा* की वर्ड फ़ाइल 21 मई, 2020 को इस सन्देश के साथ उन्हें मेल कर दी—

आदरणीय भाई शाज़ी जी,

प्रिय सत्यानंद के साथ हुई चर्चा और उनके सुझावानुसार अपना उपन्यास आपके अवलोकनार्थ भेज रहा हूँ। इस उपन्यास की कथा मेवात के शासक हसन ख़ाँ मेवाती को केन्द्र में रखकर बुनी गयी है। हसन ख़ाँ मेवाती वो शख़्स था, जिसने बाबर के ख़िलाफ़ 1527 में राणा सांगा के साथ मिलकर खानवा का युद्ध लड़ा था और बदक़िसमती और राणा सांगा के कपट के चलते वह इसी जंग में मारा गया था। इसी हसन ख़ाँ मेवाती के चचेरे भाई जमाल ख़ाँ की छोटी बेटी सलीमा बेगम रहीम की माँ भी थी।

उम्मीद है अपना बेशक़ीमती वक़्त देकर इस पर नज़र मारेंगे।

उसी दिन रात को लगभग पौने ग्यारह बजे शाज़ी ज़माँ का यह जवाब भी आ गया–

आदरणीय भाई भगवानदास मोरवाल जी,

यह आपका स्नेह है कि आपने मुझे इस क़ाबिल समझा। इसलिए ज़रूर पढ़ूँगा कि मेरी समझ कुछ बढ़ेगी। सत्यानंद जी का फ़ोन आया था। उनका आग्रह तो मेरे लिए आदेश से बढ़कर है।

थोड़ा समय दे दीजिए। काम का बोझ एकाएक बढ़ गया है। लेकिन पहली फ़ुर्सत में पढ़ूँगा।

सादर।

दो महीने में शाज़ी ज़माँ ने कुछ छोटे-छोटे सुझावों और शब्दों को ठीक करने के सुझाव के साथ मेरे नवें उपन्यास *ख़ानज़ादा* को पास कर दिया।

इसी बीच एक दिन मैंने किसी काम के लिए अशोक माहेश्वरी जी को फोन किया, तो छूटते ही उन्होंने कहा,"मोरवाल जी, बधाई हो!"

सुनते ही मेरा कलेजा धक् से रह गया। क्या मुझे कोई बड़ा पुरस्कार मिलने जा रहा है जिसके लिए अशोक जी पूर्व में बधाई दे रहे हैं? मैंने अपनी धड़कनों पर क़ाबू पाते हुए उनसे पूछा, "किस बात की बधाई सर?"

"उसी की जो आप इन दिनों एक महत्त्वपूर्ण काम कर रहे हो।"

अशोक जी के कहने का आशय मैं अब भी नहीं समझ पाया। दोबारा पूछा तब उन्होंने स्पष्ट करते हुए कहा,"वही जो आप उपन्यास लिख रहे हो।"

मेरा सारा उच्छ्वास जैसे काफ़ूर हो गया। मैं क्या समझ रहा था और क्या निकला। इसके बाद मैं देर तक सोचता रहा कि अशोक जी को कैसे पता चला कि मैंने कोई उपन्यास लिखा है। मैं जिस राज़ को राज़ बनाये रखने की कोशिश कर रहा था, बल्कि यह कहना उचित होगा कि एक तरह से मैं इस बार कुछ धमाका जैसा करने के मूड में था, उसकी ऐसी-तैसी हो गयी। थोड़ी देर बाद मेरी समझ में आया कि ज़रूर यह बात अशोक जी को सत्यानंद निरुपम ने बतायी होगी। क्योंकि निरुपम के अलावा यह बात किसी को नहीं पता थी कि मैंने कोई उपन्यास लिखा है। लेकिन मेरे धमाका करने के मूड पर एक तरह से पानी फिर गया।

इस बीच मुम्बई से डॉ. अनिल कुमार शिवनारायण सिंह यानि डॉ. अनिल सिंह का फोन आया। उन्होंने बताया कि वे *शकुंतिका* पर मुम्बई विश्वविद्यालय के बी.ए. (हिन्दी) के विद्यार्थियों के लिए एक पुस्तक का सम्पादन करना चाहते हैं। मैं चाहता हूँ कि अगर आप इस पर कुछ लोगों से लेख लिखवा सकते हैं तो मुझे कुछ मदद मिल जायेगी। मैंने उनसे कहा कि मैं कोशिश करता हूँ। उत्तर भारत और दूसरे अहिन्दी भाषी राज्यों के जिन प्राध्यापकों से मेरा परिचय था, और कुछ फेसबुक मित्र थे; उनसे एक-एक कर मैंने सम्पर्क करना शुरू कर दिया। इनमें पश्चिम बंगाल, राजस्थान, केरल, महाराष्ट्र, दिल्ली सहित कई राज्यों के अधिकतर लेखक/ प्राध्यापक मित्रों ने यथा सम्भव सहयोग दिया।

इसी दौरान एक सूचना और मिली कि इस उपन्यास का *चिमणी* शीर्षक से *कला, वाणिज्य व विज्ञान महाविद्यालय,* यावल, ज़िला जलगाँव के मराठी विभाग की प्रमुख डॉ. सुधा खराटे द्वारा मराठी में अनुवाद किया जा रहा है। जिसे विद्या प्रकाशन, कानपुर द्वारा प्रकाशित किया गया। इतना ही नहीं डॉ. एस.ए. मंजूनाथ द्वारा *शकुंतिका* का कन्नड में किये गये अनुवाद को *कुवेम्पु भाषा भारती प्राधिकार,* बेंगलुरु द्वारा प्रकाशित किया गया। विदित है कि *कुवेम्पु भाषा भारती प्राधिकार* संस्कृति एवं कन्नड विभाग, कर्नाटक सरकार की एक स्वायत्त संस्था है।

अकबर उपन्यास के लेखक शाज़ी ज़माँ द्वारा मेरे 9वें उपन्यास *ख़ानज़ादा* को उत्तीर्ण करने के बाद 23 जुलाई, 2020 को मैंने इस उपन्यास को अन्तिम रूप देने के बाद राजकमल प्रकाशन को इस सन्देश के साथ इसकी वर्ड फ़ाइल प्रेषित कर दी–

प्रिय अशोक जी,

जैसाकि पिछले कुछ दिनों से लिखा जा रहा उपन्यास फाइनल हो गया है। इसे मैं आपके विचारार्थ प्रेषित कर रहा हूँ। उम्मीद है उपन्यास आपको अवश्य पसन्द आयेगा। इसे मैं श्री सत्यानंद निरुपम जी को भी संलग्न कर रहा हूँ।

अब कुछ शब्द इसके शीर्षक पर। *ख़ानज़ादा* शीर्षक देने से पूर्व बाग़ी बवंडर, बाग़ी योद्धा', बाग़ी बावड़ी, बाग़ी हवा, बाग़ी कंगूरे जैसे कई शीर्षकों पर विचार किया। लेकिन इनमें से कोई एक शीर्षक तब उचित रहता, जब यह उपन्यास केवल हसन ख़ाँ मेवाती को केन्द्र में रखकर लिखा जाता। हसन ख़ाँ मेवाती तो मार्च 1527 में बाबर के साथ खानवा में हुए दूसरे ही युद्ध में खेत हो गया था। जबकि यह उपन्यास 1356 ईस्वी में फ़िरोज़शाह तुग़लक़ के समय,

राजा थिनपाल की 7वीं पीढ़ी के इस्लाम क़बूल करने वाले समरपाल जादू अर्थात बहादुर ताहिर ख़ाँ जिसे फ़िरोज़शाह तुग़लक़ बाद में बहादुर नाहर ख़ाँ कहने लगा था, उसके वंशजों को केन्द्र में रखकर लिखा गया था। इसी बहादुर नाहर ख़ाँ को 1398 में अमीर तैमूर अर्थात तैमूर लंग ने ख़ानज़ादा के लक़ब यानि ख़िताब से नवाज़ा था। इसके बाद बहादुर नाहर ख़ाँ के वंशज ख़ानज़ादा कहे जाने लगे। मैंने इन शीर्षकों के बारे में बाबा साहेब भीमराव आम्बेडकर बिहार विश्वविद्यालय, मुज़फ़्फ़रपुर के हिन्दी विभाग की पूर्व अध्यक्ष डॉ. पूनम सिन्हा से भी चर्चा की, तो उन्होंने इन शीर्षकों को सिरे से ख़ारिज कर दिया। उनका कहना था कि दूसरे शीर्षक जासूसी उपन्यासों जैसे हैं, किसी गम्भीर उपन्यास के शीर्षक नहीं लगते। ख़ानज़ादा साहित्यिक शीर्षक है। डॉ. पूनम सिन्हा ने मेरी सारी दुविधा दूर कर दी। कुछ मामूली संशोधनों और उपन्यास का शीर्षक ख़ानज़ादा तय करने के साथ 24 अगस्त, 2020 को इस सन्देश के साथ वर्ड फ़ाइल पुनः मेल कर दी–

प्रिय अशोक जी,

कुछ हल्के-फुल्के संशोधन के साथ अपने नये उपन्यास 'ख़ानज़ादा : तुग़लक़, सादात, लोदी और मुग़लवंश से लोहा लेने वाले जाँबाज़ मेवातियों की शौर्य-गाथा' पुनः भेज रहा हूँ। उम्मीद है अब इसे प्रकाशन-प्रक्रिया में डाल दिया जायेगा। शीर्षक बहुत सोच-समझकर रखा गया है। अगर कोई और शीर्षक सूझा तो अन्त में देख लिया जायेगा।

उपन्यास की वर्ड फ़ाइल अन्तिम रूप से भेजने के बाद एक दिन मैं यह दर्याफ़्त करने राजकमल प्रकाशन गया कि फ़ाइल खुल भी रही है या नहीं? असल बात तो यह थी कि फ़ाइल खुलने का तो एक बहाना था, मैं वहाँ किसलिए था आप समझ गये होंगे। शायद सत्यानंद निरुपम मेरी बेचैनी को भाँप गये थे इसीलिए लगभग मुझे चेतावनी देते हुए कहा कि आप इसके लिए जल्दबाज़ी नहीं करेंगे। ऐसे बारीक काम वाले उपन्यास में कम-से-कम छह महीने लग जाते हैं। उन्होंने शाज़ी ज़माँ के उपन्यास *अकबर* का उदाहरण भी दिया। चूँकि मैं प्रकाशन-सम्बन्धी प्रक्रियाओं से थोड़ा-सा परिचित हूँ इसलिए मुझे एक प्रकाशन विशेषज्ञ की यह बात एकदम उचित लगी। मैंने झेंपते हुए निरुपम से सहमत होते हुए अपनी सहमति व्यक्त कर दी।

इसके बाद मैं एक तरह से चादर तानकर सो गया। मगर कुछ दिन बाद मन-ही-मन योजना बनाने लगा कि अब क्या किया जाये? एक बार मन में आया कि *शकुंतिका* जितना एक छोटा उपन्यास और लिखा जाये। ऐसा सोचने का कारण यह था कि छोटे उपन्यास के पाठ्यक्रम में लगने की अधिक सम्भावना रहती है। इसलिए मैंने इसे शुरू कर भी दिया था परन्तु तीन अध्याय लिखकर छोड़ दिया। फिर मन में आया कि आरएसएस को लेकर जो योजना बनायी थी, और जिसके लिए कई महीने एक शाखा में गया भी था, उसे ही शुरू कर दूँ। ऐसा किया भी और *उर्फ़ मुसलमान* शीर्षक से 1 सितम्बर, 2020 से इस पर भी कार्य शुरू कर दिया था, तथा लगभग आठ हज़ार शब्द अर्थात ए-4 साइज़ के सोलह पृष्ठ यानि दो अध्याय लिख भी लिए थे, किन्तु उसे भी बीच में छोड़ दिया। फिर मन में आया कि मेवात के रिवाज़े-आम को केन्द्र बनाकर उपन्यास लिखा जाये, लेकिन उसके लिए उस तरह की तैयारी नहीं थी, जैसी होनी चाहिए।

इस तरह साल 2020 का उत्तरार्द्ध बिना कुछ किये अपनी समाप्ति की ओर बढ़ने लगा। अक्टूबर के शुरू होते-होते लगा दुनिया एक बार फिर पुराने ढर्रे पर लौटने लगी है। लगा सबकुछ पहले की तरह सामान्य हो रहा है। लेकिन पालम जैसे इलाक़े के स्थानीय बाज़ार की हर तीसरी दुकान के बन्द शटर पर *यह दुकान किराये के लिए ख़ाली है* के हाथ से लिखे और कम्प्यूटर से निकले पोस्टर कुछ और ही कहानी बयान कर रहे थे। दिसम्बर में सर्दी बढ़ने के कारण कुछ ना करने का एक और बहाना मिल गया। परन्तु इसी बीच *ख़ानज़ादा* के प्रूफ़ आ गये। शीर्षक के साथ जो पंच लाइन मैंने भेजी थी वह *तुग़लक़, सादात, लोदी और मुग़लवंश से लोहा लेने वाले जाँबाज मेवातियों की शौर्य-गाथा थी;* उसे अब *तुग़लक़, सादात, लोदी और मुग़ल राजवंशों से लोहा लेने वाले मेवातियों की गाथा* कर दिया गया। कई मित्रों को राजवंश शब्द पर आपत्ति थी। उनके अनुसार यह सल्तनत होना चाहिए था। मुझे भी एक बार लगा था कि यहाँ राजवंश नहीं होना चाहिए, परन्तु जब राजवंश और सल्तनत के शाब्दिक अर्थ के बजाय इनका व्यापक अर्थ समझने के लिए इनकी परिभाषाएँ देखीं, तो पता चला कि इन दोनों के बीच बहुत महीन अन्तर है। पहली बात यह कि राजवंश का सीधा-सीधा अर्थ होता है किसी राजा का वंश। जबकि सल्तनत का अर्थ है शासन या राज्य। यह अरबी का शब्द है जो सुल्तान से निकला है। अगर देखें तो राजा और सुल्तान का अर्थ लगभग एक है।

दोनों ही शासक होते हैं और दोनों का प्रमुख उद्देश्य अपने साम्राज्य का विस्तार करना होता है। दोनों के अधीन छोटे-छोटे परगनों और राज्यों के राजा हो सकते हैं। उनके उत्तराधिकारी शासकों अर्थात वंशजों का उद्देश्य भी वही होता है। जहाँ तक तुग़लक़, सादात, लोदी और मुग़ल बादशाह अथवा सुल्तानों का प्रश्न है, इस देश में इनके वंशजों का भी वर्षों तक शासन रहा है। इसलिए राजवंश का उपयोग मेरी दृष्टि में सर्वथा उचित था।

इस तरह जनवरी 2021 कई मायनों में मेरे लिए महत्त्वपूर्ण रहा। मुम्बई विश्वविद्यालय, कवयित्री बहिणाबाई उत्तर महाराष्ट्र विश्वविद्यालय, जलगाँव; और प्रताप कॉलेज, अमलनेर (जलगाँव) महाराष्ट्र के पाठ्यक्रम में शामिल उपन्यास *शकुंतिका* का डॉ. सुधा खराटे द्वारा मराठी में किया गया *चिमणी* शीर्षक से अनुवाद विद्या प्रकाशन, कानपुर, उत्तर प्रदेश से प्रकाशित होकर आ गया। जबकि डॉ. अनिलसिंह के सम्पादन में लोकभारती प्रकाशन, इलाहाबाद अब (प्रयागराज) से *शकुंतिका : सृजन और दृष्टि* शीर्षक से समाजशास्त्रीय पक्षों को केन्द्र में रखकर तैयार की गयी आलोचनात्मक पुस्तक भी इसी वर्ष प्रकाशित होकर आ गयी। *बदलते परिप्रेक्ष्य में परिवार और समाज, नारी अस्मिता, जीवन और मानव मूल्य; संस्कृति, परम्परा और नारी चेतना* तथा *पितृसत्ता, स्त्री और मुक्ति के प्रश्न* शीर्षकों में विभक्त 4 खण्डों वाली इस आलोचनात्मक पुस्तक में देश-विदेश के आलोचकों और शोधार्थियों के 35 लेख संकलित हैं।

इस तरह *शकुंतिका* पुस्तकों की भीड़ में बिकनेवाला उपन्यास भले ही ना हो, लेकिन उसके प्रकाशन के महज़ डेढ़ वर्ष के अन्दर पहले इसका छह विश्वविद्यालयों के पाठ्यक्रमों में लगना; उसके प्रकाशन के एक साल के भीतर उस पर एक वृहद् आलोचनात्मक ग्रन्थ का आना; तथा मराठी, कन्नड और मळयालम में इसका अनुवाद एक लेखक की दृष्टि में कम मा़नीखेज़ नहीं है।

मगर जिसका बड़ी बेसब्री से इन्तज़ार था उसका प्रथम संस्करण (पेपरबैक) 20 जनवरी, 2021 को अवतरित हुआ। हालाँकि 12 जनवरी को अपनी फेसबुक वाल पर 'इन्तज़ार ख़त्म' के साथ 13 जनवरी को सत्यानंद निरुपम ने राजकमल प्रकाशन से 2021 की 'दूसरी किताब-डाक' के अन्तर्गत अपनी वाल पर यह घोषणा कर दी थी–

हिन्दी के दो चर्चित-प्रशंसित उपन्यासकारों--भगवानदास मोरवाल और रणेन्द्र के नये उपन्यास 'ख़ानज़ादा' और 'गूँगी रुलाई का कोरस' अब राजकमल से प्री-बुक किये जा सकते हैं। अगले हफ़्ते से बाज़ार में उपलब्ध होंगे।

सोशल मीडिया पर लगे उपन्यास के आवरण की चौतरफ़ा प्रशंसा होने लगी। लेकिन आवरण की प्रशंसा अपनी जगह है क्योंकि इस प्रशंसा का सारा श्रेय राजकमल प्रकाशन के कला विभाग और उसकी सम्पादकीय टीम को जाता है, असली परीक्षा तो अब लेखक की होनी है। पता नहीं मेरे अन्दर यह कौन-सा भय समाया हुआ है कि मुझे स्वयं पर विश्वास नहीं रहता। हमेशा लगता है कि मैं जो कर रहा हूँ या मैंने जो किया है उसे सामने वाला स्वीकार कर पायेगा भी या नहीं? अपने प्रति एक संशय बना रहता है। यह इसी संशय और आत्महीनता का परिणाम है कि मुझे अपने लेखक होने पर भी सन्देह रहता है।

जनवरी 2021 में प्रकाशित *ख़ानज़ादा* की जब अगले महीने फ़रवरी में दूसरी आवृत्ति की घोषणा हुई, तब लगा मैं अपनी प्रारम्भिक परीक्षा में उत्तीर्ण हो गया हूँ। कोई मेरे इस मन्तव्य से भले ही सहमत ना हो परन्तु एक उपन्यासकार/कथाकार के रूप में मेरे जैसे सत्ताविहीन अज्ञात कुलशील लेखक के लिए यह बड़ी उपलब्धि थी कि, एक महीने में इस 9वें उपन्यास का प्रथम संस्करण (पेपरबैक) समाप्त हो गया। वह भी उस स्थिति में जब कोरोना के चलते पूरे देश की शिक्षा-व्यवस्था पूरी तरह ध्वस्त हो चुकी थी। सारे पुस्तकालयों और समस्त विश्वविद्यालयों पर ताले पड़े हुए थे। इतने मुश्किल समय में इस उपन्यास को जिस तरह मेरे पाठकों ने हाथों-हाथ लिया, एक तरह से यह मेरे लेखन के प्रति पाठकों का स्नेह और विश्वास है। इस स्नेह ने मेरे भय, अविश्वास, संशय और आत्महीनता पर जमी गर्द को जैसे पोंछ दिया। लेकिन इस विश्वास और स्नेह ने मेरे लिए एक बड़ी चुनौती भी खड़ी कर दी है। मेरी उस ईर्ष्या तथा प्रतिद्वन्द्विता को और मुखर कर दिया है, जो किसी और से नहीं खुद से है। बावजूद इसके मैं अपने पाठक को यक़ीन दिलाता हूँ कि उनकी अपेक्षाओं पर खरा उतरने की पूरी कोशिश करूँगा।

कहा जाता है कि हर मकान एक निश्चित अवधि के बाद अपने नवीनीकरण की माँग करता है। वह चाहता है कि उसके जिस्म पर पड़े दाग-धब्बों को मिटा दिया जाये। दीवारों पर जगह-जगह आ गयी दरारों को अगर समय रहते भर दिया जाये, तो छत का भरोसा उन पर लम्बे समय तक बना रहता है। दरार तो दीवार ही क्या, सम्बन्धों में भी नहीं पड़नी चाहिए। अपने मकान की इसी भावना का सम्मान करते हुए फ़रवरी 2021 के अन्त में उसके नवीनीकरण

का काम शुरू करवा दिया। नवीनीकरण के साथ सोचा कि उसमें लेखक का एक ऐसा कोना भी सृजित कराया जाये, जहाँ सुकून के साथ रचनात्मकता की धूनी रमाई जा सके।

परन्तु इस बीच एक बार फिर से लौटकर आयी कोरोना की दूसरी लहर के चलते सबकुछ जैसे ठहर-सा गया। पहली लहर के चलते शहरों से अपने-अपने गाँव-देहातों की तरफ़ मची भगदड़, और फिर इधर-उधर भागते बदहवास लोगों का ऐसा भयानक दृश्य मैंने अपने जीवन में कभी नहीं देखा। किसी दिन घंटियों और थाली-थालों का चीत्कार सुनाई देने लगता, तो किसी दिन शाम के मटमैले अँधेरे में टॉर्च-मोबाइलों की ख़ौफ़नाक रोशनी से एकाएक अँधेरे के हवाले कर दिये गये सुनसान गली-कूचों की दरो-दीवार लुहान होने लगतीं। ऊपर से पुलिस प्रशासन की ऐसी अराजकता कि लगता मानो आप किसी लोकतान्त्रिक देश में नहीं, किसी तानाशाह के देश में रह रहे हैं। जो बाज़ार लोगों की गहमागहमी से गुलज़ार रहते, उनमें एक डरावना सन्नाटा पसर गया। जिन विद्यालयों के परिसर नन्ही-नन्ही किलकारियों और उनकी चहचहाहट से चहकते रहते, उनके मुख्य द्वारों पर ताले लटक गये। जिन विश्वविद्यालययों में युवा सपने पल्लवित होते, वे नालन्दा के खँडहर नज़र आने लगे। एक अजीब से नैराश्य और बेचैनी के चलते मन किसी काम में नहीं लगता। ऐसा महसूस होता कि जब सबकुछ स्थगित है, उसमें कुछ भी करना व्यर्थ है। एक रचनात्मक अवरोध (Writers Block) और भीतर की अकुलाहट ने सोचने और कुछ करने की सारी ऊर्जा को मानो सोख लिया।

इस तरह लगभग चार महीने बाद जून के अन्त में इस नवीनीकरण से मुक्ति मिली। इन चार महीनों में कोरोना की दूसरी लहर का वह समय भी शामिल था, जिसमें अधिकतर ने अपने प्रियजनों को खोया था। इस नवीनीकरण के दौरान एक नया अनुभव यह प्राप्त हुआ कि यदि आप आर्थिक रूप से समर्थ और सक्षम हैं, तो मकान के निर्माण से लेकर उसके नवीनीकरण का कार्य, सामग्री सहित ठेकेदार को दे देना चाहिए। इस बार जाने-अनजाने मुझसे यह काम हो गया अर्थात सारा कार्य भवन-निर्माण करने वाले ठेकेदार को दे दिया था। इसका लाभ यह हुआ कि कोरोना के बावजूद नवीनीकरण और निर्माण का कार्य नहीं रुका। जब चारों तरफ़ लॉक डाउन के चलते पूरा बाज़ार बन्द था, तब भी ठेकेदार ने अपने स्तर पर अपने अनुभव का इस्तेमाल कर सारी सामग्री की व्यवस्था कर ली थी। अगर मैं ऐसा नहीं करता तो इस कार्य को सम्पन्न

होने में चार के बजाय छह महीने या उससे अधिक समय भी लग सकता था। थकान व तनाव के चलते पूरे जीवन से कम-से-कम पाँच वर्ष आयु कम हो जाती वह अलग। यदि दुर्भाग्य से उस दौरान कोई हारी-बीमारी हो जाती, तो कोई डॉक्टर-हकीम भी आसानी से हाथ लगाने को तैयार नहीं था।

अतः अपनी कल्पना और इच्छा के अनुरूप लेखक का एक कोना भी मुझे मिल गया। लगभग साढ़े चार महीने तक रहे रचनात्मक अवरोध के बाद, अब पुनः लेखन की गाड़ी को पटरी पर लाने का विचार किया जाने लगा। मगर इन महीनों में मेरी हालत दूर तक फैले रेगिस्तान के किनारे खड़े, पीछे छूट गये उस पथ के पथिक की तरह हो गयी जिसे उसकी दिशा नहीं मिल रही थी कि आगे का सफ़र कहाँ से शुरू किया जाये। महीनों से बन्द पड़ी गाड़ी की तरह फिर से सड़क पर दौड़ाने का कोई उपाय नहीं सूझ रहा था। लेखन चूँकि निरन्तर अभ्यास की माँग करता है, इसलिए समझ में नहीं आ रहा था उसे किस सिरे से शुरू करूँ। हालाँकि पहले हरियाणा के मेवात क्षेत्र के मेव समुदाय में प्रचलित रिवाज़े-आम पर कार्य करने की योजना थी। परन्तु मकान का नवीनीकरण और छोटा-सा निर्माण उस समय और अवसर को लील गया, जब मुझे इसके लिए मेवात में जाना चाहिए था। बहुत मनन करने के बाद भी कुछ नहीं सूझ रहा था कि कहाँ से अपनी यात्रा की शुरुआत करूँ?

एक बार मन में आया कि आरएसएस को लेकर पिछले साल सितम्बर 2020 में जो काम शुरू किया था, तथा जिसके दो अध्याय लिख भी लिए थे उसे ही आगे बढ़ाऊँ। फिर सोचा कि वह छोटा उपन्यास जिसको सबसे पहले शुरू किया था और तीन अध्याय लिखकर छोड़ दिया, उसे ही लेकर बैठ जाऊँ लेकिन बात नहीं बनी। इसी बीच सोचा कि यदि 2016 में प्रकाशित स्मृति-कथा *पकी जेठ का गुलमोहर* के बाद की यात्रा को आगे बढ़ाया जाये तो कैसा रहे? वैसे भी वर्ष 1992 तक लिखी गयी इस स्मृति-कथा को आज नहीं तो कल, इससे आगे लिखना ही है। मगर मुश्किल यह थी कि इसकी कहाँ से शुरुआत करूँ? *काला पहाड़* की मेमन, *बाबल तेरा देस में* की शकीला या कहूँ अपनी एक कहानी *लेकिन* की आयशा की स्मृतियाँ; अपने मोहल्ले की फूल के पति के नाम लिखे गये पत्रों और उनमें लिखी गयी *फूल तुम्हें भेजा है ख़त में / फूल नहीं मेरा दिल है* की यादें, तथा कुछ कहे-अनकहे क़िस्से तो *पकी जेठ का गुलमोहर* के तेज़ी से पीले पड़ते पन्नों में क़ैद हो चुके हैं। फिर इसका आरम्भ करूँ तो कहाँ से करूँ?

बहुत सोचने के बाद तय किया कि क्यों न इसकी शुरुआत अहमद नसीम कासमी के उसी शे'र से की जाये, जिससे *पकी जेठ का गुलमोहर* का अन्त किया था। क्योंकि पुराने हुचके में लिपटी रील के सिरे से, नये हुचके में लिपटी डोर के सिरे को बाँधकर ही स्मृतियों की पतंग को शब्दों के आकाश में उड़ाया जा सकता है। ऐसा ही किया। भूली-बिसरी यादों की बन्द पुरानी सन्दूकचियों को खँगाला गया। उनमें से कुछ तहों में सँजोकर रखे गये और कुछ बेरहमी का शिकार हुए दस्तावेज़ों को इनसे बाहर निकाला गया। अपने पहले उपन्यास *काला पहाड़* से लेकर नौवें उपन्यास *ख़ानज़ादा* और पिछले लगभग तीन दशक के दौरान मेरी साहित्यिक यात्रा किन-किन पड़ावों और टेढ़ी-मेढ़ी पगडण्डियों से होते हुए 2021 के अन्त तक पहुँची है, उसे क़लमबद्ध करूँ। इस स्मृति-कथा को आप मेरे अतीत की उन छोटी-छोटी कतरनों से बना ऐसा अमूर्त कोलाज भी मान सकते हैं, जिसे पढ़ते हुए आपको सिर्फ़ और सिर्फ़ इसके लेखक का धुँधला चेहरा नज़र आया होगा। हो सकता है इस स्मृति-कथा में आपको इसके लेखक की निर्लज्ज आत्मप्रवंचनाओं, आत्मशलाघाओं, आत्ममुग्धताओं और महिमामण्डन के ही दर्शन हुए हों! पूरी दुनिया उसके द्वारा सिर्फ़ और सिर्फ़ बुरी दिखाई गयी हो! हो सकता है इसके माध्यम से आपको मिथ्या और अतिशयोक्तियों के काल्पनिक भग्नावशेषों में भटकाने की कोशिश की गयी हो! इसको पढ़ने के बाद आपके मन-मस्तिष्क में ऐसे प्रश्नों का उठाना स्वाभाविक है। लेकिन इन पूर्वग्रहों और मेरी नीयत पर सन्देह किये बिना, एक पल के लिए अपनी आँखें बन्द कर अपने दिल पर हाथ रखकर सोचिए कि, इस स्मृति-कथा में सत्य-असत्य, यथार्थ-काल्पनिक, आत्मप्रवंचना, आत्मशलाघा, आत्ममुग्धता और महिमामण्डन का कितना बखान किया होगा? चलो, थोड़ी देर के लिए मान लिया जाये कि ऐसा सम्भव है, तब फिर इन्हें प्रामाणिक और विश्वसनीय बनाने के लिए दशकों पुराने मैले-कुचैले, कोने फटे तथा तेज़ी से नष्ट होते सारे दस्तावेज़ी गवाह झूठ बोल रहे हैं? अगर ये सब झूठे हैं तो यक़ीन मानिए फिर इस दुनिया में कुछ भी सत्य नहीं है। सब छलना है।

इस तरह इस स्मृति-कथा को जून 2021 के अन्त में शुरू किया गया तथा औसतन पाँच घण्टे प्रतिदिन देने के बाद, विक्रमी संवत् 2078 के कार्तिक माह के शुक्ल पक्ष की एकादशी अर्थात *देव उठनी ग्यारस* (देव प्रबोधनी एकादशी) हमारे विवाह की 46वीं वर्षगाँठ; और देश के प्रथम प्रधानमन्त्री पण्डित जवाहरलाल नेहरू की 132वीं जयन्ती (14 नवम्बर, 2021) के दिन;

साढ़े चार महीने यानि लगभग एक सौ तीस-पैंतीस दिनों की बेहद थकाने वाली तरह-तरह की प्रक्रियाओं से गुज़रने के बाद यह पूरी हो पायी। इन साढ़े चार महीनों में प्रथम ड्राफ्ट के साढ़े तीन महीने तथा लगभग एक महीने से ज़्यादा का वह समय भी शामिल है, जिसके दौरान इसे बारीकी के साथ तथ्यात्मक दृष्टि से पढ़ा गया। बाद के बार-बार पढ़ने और लगातार होते हल्के-फुल्के संशोधनों में लगने वाला समय इसमें शामिल नहीं है। इसे लिखने में जिन संसाधनों और माध्यमों का सहारा लिया गया, उसमें सोशल मीडिया और गूगल महाराज की बहुत बड़ी भूमिका रही है। इसे प्रामाणिक और विश्वसनीय बनाने के लिए सालों-साल बाद उन अग्रजों और मित्रों से भी सम्पर्क किया गया, जिनका प्रत्यक्ष और परोक्ष योगदान मेरे लेखक बनाने में रहा है। अब इसमें सत्य-असत्य या कहिए झूठे-सच्चे वे प्रसंग जो आपको अप्रिय लग सकते हैं, और जिनसे आपके मन में बनी किसी की देवतुल्य छवि दरकती है, तो उसके लिए आप मुझे ही ज़िम्मेदार ठहरा सकते हैं। भले ही इस स्मृति-कथा में आपको पूरा सत्य नज़र ना आये, परन्तु इसे अर्द्ध सत्य भी कहना भी ठीक नहीं होगा।

मेरी इस स्मृति-कथा और 2016 में प्रकाशित बेनाम और गुमनाम पात्रों की अनकही कथा *पकी जेठ का गुलमोहर* के माध्यम से, मेरे अतीत के उन धुँधले पड़ चुके मटमैले रेखाचित्रों को देख सकते हैं, जिन्हें अगर मैं इनमें नहीं समेटता, तो शायद वे गुज़रते समय के साथ फीके पड़, एक दिन पूरी तरह मिट जाते। दरअस्ल, मेरी ये स्मृति-कथाएँ उन्हीं धुँधली पड़ चुकी धूसर यादों को बचाये रखने का प्रयास है, जिनमें मैं अपनी कल्पनाओं की कूची से रचनात्मकता के नये-नये रंग भरता हूँ। इसीलिए इलियट ने कहा है कि *कल्पना में बहुत अधिक हमारी स्मृतियाँ ही होती हैं।*

❑❑